KB035650

카프카 전집 9

Franz Kafka, Briefe an Felice

카프카의 편지

카프카의 편지

약혼녀 펠리체 바우어에게

프란츠 카프카 지음 | 변난수·권세훈 옮김

솔

사랑을 얻기 위한 그 어떤 동화 속의 싸움도
내 안의 그대를 얻기 위해 내가 겪은 싸움보다
더 격렬하고 더 절실하지는 못합니다.
처음부터 언제나 새롭게 그리고 아마도 영원히……

약혼녀 펠리체와 함께

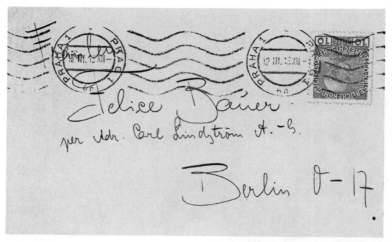

카프카가 프라하에서 펠리체 바우어에게 보낸 편지

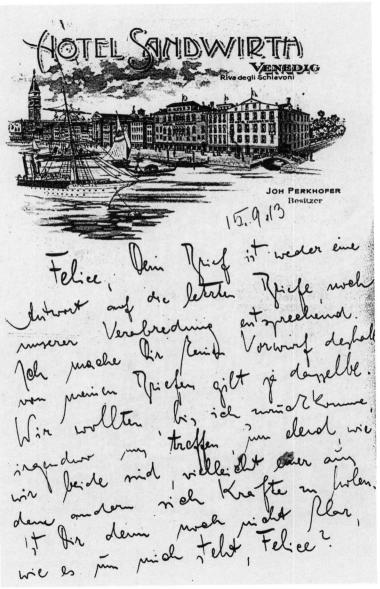

HOTEL SANDWIRTH
VENEDIG
Riva degli Schiavoni

JOH PERKHOFER
Besitzer

15. 9. 13

Felice, Dein Brief ist weder eine
Antwort auf die letzten Briefe noch
unserer Verabredung entsprechend.
Ich mache Dir keinen Vorwurf deshalb,
von meinen Briefen gilt ja dasselbe.
Wir wollten, bis ich zurückkomme,
irgendwo uns treffen. Bin elend, wie
wir beide sind, vielleicht aber auch
dem andern sich Kräfte zu holen.
Ist Dir denn noch nicht klar,
wie es zwischen mir steht, Felice?

카프카가 1913년 9월 15일 베니스에서 펠리체에게 보낸 편지

프라하의 노동재해재보험공사 사옥
카프카는 이 회사의 관리로 일하면서 펠리체에게 편지를 썼다.

카프카의 책상

흐라드신의 알히미스텐게스헨
여동생 오틀라가 임대한 이 집을 카프카는 작업실로 사용하였다.

카프카가 빈에서 열린 제11차 시온주의자 회의에 참석했을 때의 여가 시간
맨 왼쪽의 인물이 카프카다.

1916년 7월 카프카와 펠리체가 함께 지낸 호텔〈발모랄 성과 오스브로네〉

차례

일러두기

1. 이 책의 원 텍스트는 에리히 헬러Erich Heller와 위르겐 보른Jürgen Born이 공동 편집한 **Franz Kafka: Briefe an Felice und andere Korrespondenz aus der Verlobungszeit**(Fischer, 1982)이다.

2. 이 책에 실린 엽서와 편지는 총 545통이다. 이 엽서와 편지들은 카프카가 쓴 순서대로 배열했다. 엽서와 편지는 가능한 한 원본에 손을 대지 않았으며, 정서법과 단락 구분(카프카는 공간이 부족해 단락을 구분하는 대신 줄표를 사용했다)도 그대로 따랐다. 카프카가 편지글에 직접 밑줄을 그은 부분은 똑같이 밑줄을 그어 표시했다. 독일어 원 텍스트 편집자이며 카프카의 절친한 친구인 막스 브로트가 설명을 붙인 부분은 [ ] 안에 넣었다. 카프카는 때때로 날짜와 요일을 잘못 적은 경우가 있는데, 이럴 경우 카프카가 적은 날짜 뒤에 [ ]를 넣어 실제 날짜를 추정해 표기했다. 이 역시 편집자인 막스 브로트의 추정을 따랐다. 원주에 밝히지 않은 참고 서적 목록은 따로 원주 맨 뒤에 첨부하였다.

3. 이 책에 실린 사진은 클라우스 바겐바흐의 사진집과 하르트무트 빈더 · 얀 파르크의 사진집에서 발췌하여 사용했다.

4. 한문은 필요한 경우에만 병기했다.

5. 그 외의 부호와 기호는 아래와 같다.

　　—책명(단행본) · 장편소설 · 정기간행물 · 총서: 겹낫표(『　』)

　　—논문 · 시 · 단편 작품 · 연극 · 희곡: 낫표(「　」)

　　—오페라 · 오페레타 · 노래 · 그림 · 영화 · 특정 강조: 홑화살괄호(〈　〉)

　　—대화 · 인용: 큰따옴표(" ")

　　—강조: 작은따옴표(' ')

펠리체 바우어는

펠리체 바우어는 1887년 11월 18일 오버슐레지엔의 노이슈타트에서 태어났다. 펠리체에겐 네 명의 형제 자매, 곧 엘리자베트(엘제), 에르나, 안토니(토니) 그리고 페르디난트(페리)가 있었다. 에르나는 카프카의 일기에서 1914년 후반기에 자주 등장하며, 펠리체와 파혼한 뒤에는 E.라는 약어로 등장한다. 빈 태생의 펠리체 아버지는 노이슈타트에 거주하던 염색공의 딸과 결혼했다. 펠리체가 열두 살이던 1899년에 가족은 오버슐레지엔의 작은 도시에서 베를린으로 이주했고, 그곳에서 아버지는 외국 보험 회사의 대리업자로 일하기 시작했다. 바우어 부부는 1904년부터 1910년까지 육 년 동안 떨어져 살았다. 그래서 펠리체는 혼자 힘으로 가족을 부양하는 어머니를 돕기 위해 1908년 학교를 졸업한 뒤 오데온 레코드 제작 회사에서 속기 타자수로 일했다. 1909년에는 구술용 녹음기와 대화 재생기를 제작하는 칼 린드스트룀 주식 회사로 직장을 옮겼다. 그곳에서 곧 지배인으로 승진했다.

1913년 3월까지 바우어 가족은 동베를린의 조용하지만 특별히 흥미로울 게 없었던 임마누엘 키르히 거리에서 살았다. 그 후 그들은 빌머스도르퍼 거리로 이사했는데, 그곳은 당시 서부 베를린에서는 우아한 주택가였다. 펠리체의 아버지는 1914년 11월에 사망했다.

1916년 9월에 펠리체는 카프카의 권유로 유대인 국민 보호 시설의 자원 봉사자로 지원했다. 1916년 5월에 창설된 유대인 민간 노동 본부는 동유대인 전쟁 난민들과 이주자들이 주로 살고있던 알렉산더 광장 근처의 베를린 구역에 있었다. 막스 브로트, 마르틴 부버 그리고 구스타프 란다우어 등이 후원자였다. 보호시설의 목적은 일부 궁핍한 가정의 아이들과 청소년들에게 민족적·종교적 교육을 시키는 것이었다. 보호 시설의 '원조자'인 교사들은 주로 대학생들과 유대인 문화 단체의 젊은 상인들과 부인들로 구성되었다. 교사들 대부분은 서부 베를린의 부유층 출신이었으나 학생들이 신분 차이를 느끼지 않도록 옷을 검소하게 입었다.

펠리체는 비번인 날 사회 봉사에 전념했는데 보호 시설의 다른 여자 지원자들한테 높은 평가를 받았다. 특히 여학생들로 이루어진 학급을 가르쳤는데 반 학생들의 사랑을 받았다. 카프카는 프라하에서 펠리체의 새로운 일에 후원을 아끼지 않았다. 그녀에게 도움이 될 만한 교육 서적과 학생들이 읽을 만한 책을 추천해주고 조달해주었으니 말이다. 대체로 카프카는 보호 시설의 일에 세심한 관심을 보였다.

펠리체 바우어에 대한 카프카의 모든 증언과 기록은 카프카에게는 절대적으로 부족했던 여러 방면의 유능함과 실천성을 그녀가 갖추고 있음을 드러내준다. 이러한 면들은 비단 펠리체뿐 아니라 카프카와 펠리체의 관계에서 큰 역할을 했던 그레테 블로흐에 대해서도 그랬듯이, 그가 일생 동안 다른 사람들에게 과장되게 칭찬했던 속성들이었다. 펠리체는 낙천적이고 그다지 복잡하지 않은 성격의 소유자였던 것 같다. 카프카는 언젠가 펠리체를 "명랑하고 건강하며 자신 있는" 소녀라고 표현했다. 펠리체는 아름다운 옷들을 사랑했고 여행을 좋아했으나 가족을 도와야 할 경우에는 기꺼이 많은 것을 포기했다. 문학과 예술과 가구에 대한 그녀의 취향은 당시 중산층의 취향을 반영해준다. 그러나 펠리체는 카프카의 문학적 작업에 대해 거의 이해하지 못했다.

1919년 3월, 곧 카프카와 마지막으로 파혼한 지 일 년 삼 개월 뒤 펠리체는 한 부유한 베를린의 상인과 결혼했다. 이 부부는 딸 하나와 아들 하나를 두었다. 밀레나와 막스 브로트에게 보낸 편지로 유추해볼 때 카프카가 펠리체의 출산 소식을 알고 있었음이 분명하다. 펠리체는 1931년에 가족과 함께 스위스로 갔다가 1936년 미국으로 이주하여, 1960년 10월 15일 그곳에서 사망했다.

카프카의 편지
약혼녀 펠리체 바우어에게

1912년

Nr. 1 [노동자재해보험공사의 편지지 소인: 프라하]

1912년 9월 20일

존경하는 아가씨!

혹시라도 그대가 저에 대한 아무런 기억도 떠올리지 못할지 모르기에 다시 한번 저에 대해 소개하겠습니다. 제 이름은 프란츠 카프카이며, 프라하의 브로트 지점장' 댁에서 처음으로 뵙고 인사했던 남자입니다. 저는 그때 탈리아 여행²의 사진들을 한장 한장 식탁 너머로 건네주었지요. 그러고는 지금 타자를 치는 이 손으로 그대의 손을 잡았습니다(내년에 저의 팔레스티나 여행에 동행하겠다는 약속을 확신시켜주던……).

만일 그대가 아직도 이 여행을 하고 싶다면—그대는 그때 일시적인 기분으로 그러는 것이 아니라고 말했지만, 저 역시 일시적인 기분으로 그러는 것은 아니었습니다—우리가 지금부터 이 여행에 대해 서로 이야기하는 것은 옳은 일일뿐더러 꼭 그래야 합니다. 팔레스티나 여행을 하기엔 너무나도 짧은 우리의 휴가 시간을 일분일초라도 아껴야 하니까요. 더불어 가능한 한 철저하게 준비를 하고 서로의 의견이 일치할 때만 가능하기 때문입니다.

좋지 않게 들릴지도 모르고 또 지금 막 제가 한 말에 잘 맞지 않는다고 생각할지도 모르지만 그래도 고백할 게 있습니다. 저는 편지를 쓸 때 시간을 정확히 지키지 못합니다. 만일 저에게 타자기가 없었다면 사정은 분명 지금보다 더 나빴을 것입니다. 설사 편지를 쓸 기분이 아니더라도 타자를 할 수 있는 손가락 끝은 여전히 있으니까요. 그에 대한 보답으로 답장이 정확한 시간에 도착하리라는 기대는 하지 않습니다. 날마다 새로운 긴장감과 함께 답장을 기대하긴 하겠지만, 답장이 오지 않는다 해도 실망하지 않을 것입니다. 그리고 마침내 편지가 오면 깜짝 놀랄 것입니다. 타자기에 새 종이를 끼워 넣으면서 어쩌면 실제의 내 모습보다 더 까다롭게 제 자신을 묘사했을지도 모른다는 생각이 듭니다. 이런 실수를 한 것은 당연할지도 모릅니다. 아니라면 무엇 때문에 제가 여섯 시간을 근무한 뒤에, 그것도 별로 익숙지도 않은 타자기로 이 편지를 쓰겠습니까?

그러나—타자기로 편지를 쓸 때 유일한 단점은 이야기의 맥락이 끊어진다는 것입니다—저를 여행의 동반자로, 안내자로, 거추장스런 짐으로, 권위적인 사람으로 그리고 제가 될 수 있는 무엇으로든 저를 동반하는 일에 반대하는 마음이 있더라도—실제적인 반대 말입니다—또 저를 편지 왕래의 상대자로 인정하지 않더라도—당장은 그것이 문제지만—처음부터 저와의 편지 왕래를 단호히 반대하지 마시고 저를 시험해보시기 바랍니다.

삼가 프란츠 카프카 올림

프라하, 포릭 7

Nr. 2 [노동자재해보험공사의 편지지 소인: 프라하]

1912년 9월 28일

존경하는 아가씨, 편지를 타자기로 쓰지 않아 죄송합니다. 당신에게 쓸 말은 너무 많은데, 타자기는 저 밖 복도에 있습니다. 게다가 이 편지는 절박한 듯합니다. 이곳 보헤미아는 오늘 휴일입니다[3](엄밀히 말

24

해 위의 사과에 들어맞는 것은 아니지만요). 타자기로는 제 생각만큼 그렇게 빨리 쓸 수 없습니다. 날씨는 청명하고, 따뜻하며, 창문은 열려 있습니다(제 창문은 늘 열려 있습니다). 그리고 오랫동안 하지 않았던 콧노래를 부르며 사무실에 도착했습니다. 당신의 편지를 가지러 온 것이 아니라면 제가 왜 휴일에 사무실에 왔겠습니까.

어떻게 주소를 얻었냐구요? 그게 막상 그대가 묻고자 하는 질문은 아니겠지요. 저는 주소를 알기 위해 구걸했습니다. 처음에는 어떤 주식 회사 이름을 얻어들었으나 마음에 들지 않았습니다. 그런 다음에 호수 없이 그대 아파트 주소를, 그리고 나선 호수까지 얻었습니다. 이제는 만족하지만 곧바로 쓰지는 못하고 있습니다. 그 주소를 대단한 것으로 여기기 때문입니다. 한편으로는 주소가 틀리지나 않나 하고 걱정도 됩니다. 그런데 임마누엘 키르히Kirch가 누구입니까? 편지를 부정확한 주소로 보내는 것보다 더 슬픈 일은 없습니다. 편지가 아니라 탄식일 뿐입니다. 나중에 당신이 사는 거리에 임마누엘 교회 Kirche가 있는 것을 알고 나서야 다시 기분이 좋아졌습니다. 이제 주소에 방위 표시까지 할 수 있으면 좋을 텐데요. 베를린의 주소에는 모두 포함되어 있으니까 말입니다. 당신의 집이 북쪽에 있으면 좋겠습니다. 잘사는 지역은 아닌 것 같지만 말입니다.

그러나 주소에 대한 걱정은 제쳐놓고라도(프라하에서는 당신이 20번지에 사는지 30번지에 사는지조차 확실하지 않습니다) 나의 비탄의 편지는 미처 씌어지기도 전에 얼마나 고통을 겪어야 했는지요! 이제 우리 사이의 문이 움직이기 시작합니다. 아니면 적어도 문의 손잡이를 쥐고 있다고 말할 수 있습니다. 그렇게 말해서는 안 된다 해도요. 제가 어떤 기분인지 아십니까, 아가씨! 신경과민증상이 비처럼 끊임없이 내 위로 쏟아져 내립니다. 한순간 하고 싶었던 일이 다음 순간에는 하고 싶지 않습니다. 마지막 계단에 올라서도 집 안에 들어갔을

임마누엘 키르히 거리
오른쪽의 모서리 건물에서 바우어 가족이 1913년 4월까지 살았다.

때 저의 기분이 어떨지 예측할 수 없습니다. 하나의 확신, 아니 한 통의 편지를 쓰기 전까지 제 안에 수많은 불안들을 쌓아야만 합니다. 첫 번째 편지를 쓰기 위해 얼마나 많은 밤을—과장하지 않고 열흘 밤이나—보내야 했는지요. 지금 제가 괴로워하는 것은 예전에 차곡차곡 모아두었던 것을 나중에는 하나의 흐름 속에서 기록할 수가 없기 때문입니다. 저의 기억력은 형편없습니다. 제 기억력이 최고조에 달했을 때도 잠시 전에 생각해내고 외웠던 짧은 문장을 정확히 기록할 수 없을 정도였습니다. 각 문장의 내부엔 기록하기 전에 미결정인 채 남아 있는 과도기가 있기 때문입니다. 그래서 기억나는 문장을 쓰기 위해 자리에 앉으면 파편밖에 보이지 않으며, 그 파편들을 꿰뚫어 볼 수도 없으며 그 너머도 전혀 볼 수가 없습니다. 그럴 때 나의 우유부단함이 허락한다면 펜을 던져버리고 싶을 뿐입니다. 그런데도 그 편지를 다시 한번 곰곰이 생각해봅니다. 편지를 써야겠다고 전혀 결심한 적이 없기 때문이며 그러한 심사숙고야말로 글쓰기를 멈추게 하는 가장 좋은 수단이기 때문입니다. 언젠가 당신에 대해 생각한 것을 글로 적기 위해 침대에서 나와 서 있었던 일이 기억납니다. 그러나 바로 침대로 되올라갔습니다. 왜냐하면—이것이 저의 두 번째 괴로움인데—어리석은 불안감을 질책했기 때문이며, 머릿속에 그토록 명료하게 떠오른 생각이라면 아침에 정확히 기억해내어 종이 위에 기록할 수 있겠다고 판단했기 때문입니다. 한밤중에는 늘 그러한 판단이 앞섭니다.

이런 식으로는 결코 편지를 끝낼 수 없습니다. 당신에게 써야 할 많은 것을 쓰는 대신에 이전 편지에 대해 떠들고 있군요. 왜 첫 번째 편지가 저에게 그토록 중요한지 이해해주십시오. 그 편지에 대한 답으로 당신이 지금 제 옆에 있는 이 편지를 보내주었기 때문입니다. 당신의 편지는 저를 무한히 기쁘게 해주었으며, 지금 저는 그 편지를 가지고 있음을 느끼기 위해 편지 위에 손을 얹어 놓았습니다. 곧 다시 편지를 보내주십시오. 편지를 쓰는 데는 노력이 필요하지만 그러지 마세요. 그래도 한 사람은 그 편지를 읽을 것입니다. 그저 저에게 작은 일기를 써 보내주십시오. 일기는 편지에 비해 노력이 덜 들지만 더 많은 것을 알려줍니다. 물론 당신만을 위해 쓰는 일기보다는 더 많이 써야 합니다. 정말로 저는 당신에 대해 아는 게 전혀 없으니까요. 예를 들어 당신이 몇 시에 사무실에 도착하는지, 아침 식사로 무엇을 먹었는지, 사무실의 창으로 무엇이 보이는지, 사무실에서 어떠한 일을 하는지, 친구들의 이름은 무엇인지, 왜 사람들이 당신에게 선물을 하는지, 누가 당신에게 사탕을 선물해 당신의 건강을 망치려 하는지 등등. 그 밖에도 제가 알지 못하는 수많은 존재들과 가능성들에 대해 기록해야 합니다.—그런데 팔레스티나 여행은 어떻게 되었나요? 다음에, 다음다음에, 아마도 다음 해 봄이나 가을엔 틀림없이.―막스의 오페레타⁴는 지금 쉬고 있습니다. 막스는 이탈리아에 있거든요. 그러나 곧 당신의 독일에 엄청난 문학 연감을 안겨줄 것입니다.⁵ 마침내 저의 작은 책이 받아들여졌습니다.⁶ 그러나 그다지 훌륭한 작품들은 아닙니다. 더 나은 작품들을 써야 합니다. 이 진실의 말과 함께 안녕히 계십시오!

그대의 프란츠 카프카

Nr. 3

1912년 10월 13일

존경하는 아가씨!

보름 전 오전 열 시에 당신의 첫 편지를 받았습니다. 그리고 몇 분 뒤 자리에 앉아 당신에게 큰 용지로 네 쪽이나 되는 편지를 썼습니다.⁷ 그렇다고 편지 쓴 것을 후회하지는 않습니다. 그 시간 내내 더없이 큰 기쁨을 누렸거든요. 단지 한탄스러운 것은 막상 편지를 다 쓰고 보니 제가 말하고자 했던 것들 가운데 아주 작은 부분만을 겨우 시작하다 말았다는 점입니다. 그래서 편지에서 쓰지 못한 말들이 온종일 제 마음에 가득 차 저를 불안하게 하였지만, 곧 당신의 답장에 대한 기대로 바뀌었고, 이 기대감은 서서히 사그라졌습니다.

그런데 왜 당신은 답장을 하지 않았습니까?―제 편지에 당신을 혼란케 할 어리석은 부분이 있을 수도 있고 또 제 글쓰기 방식도 그러했을 수 있지만 제 말들 뒤에 숨어 있는 좋은 의도를 당신이 놓쳤을 리는 만무합니다.―편지가 분실되었나요? 허나 제가 편지를 얼마나 열의를 다해 부쳤는데, 절대 그럴 리 없습니다. 당신의 편지가 너무나도 기다려집니다. 아무 설명도 찾지 못한 채 불안한 예상 속에서 편지를 기다리는 사람이 있는 한 어떻게 분실될 수 있습니까? 혹시 탐탁지 않은 팔레스티나 여행 때문에 제 편지가 당신에게 전달되지 않았을까요? 그러나 그런 일이 정말로 가족 내에서, 그것도 하필이면 당신에게 일어날 수 있는 일일까요? 제 계산대로라면 그 편지는 일요일 오전에 도착했어야 합니다.—그렇다면 그대가 아프다는 가능성만 남는군요. 그러나 그 가능성을 믿지 않습니다. 그대는 분명 건강하고 쾌활할 것입니다.—그렇다면 저의 추론은 다 틀렸고, 저는 이 편지를 답장에 대한 희망보다는 제 자신에 대한 의무를 다하기 위해 씁니다.

만일 제가 이 편지를 그대의 집에 배달하는 임마누엘 키르히 거리의 우편 집배원이라면 놀란 당신의 가족들 중 그 누구도 나를 저지하지 못하도록 하면서 모든 방들을 지나 곧장 당신의 방으로 걸어 들어가 손 위에 편지를 놓아줄 텐데요. 아니면 이보다 더 좋은 방법으로, 문 앞에서 한없이, 내가 누릴 수 있을 만큼, 모든 긴장을 해소할 수 있을 만큼 오래오래 즐기며 벨을 누르고 서 있을 텐데요.

당신의 프란츠 카프카
프라하, 포릭 7

Nr. 4
1912년 10월 14일

소피 프리드만 부인[8]에게

친애하는 부인!

저는 오늘 우연히, 그리고 허락도 없이—그 때문에 저에게 화를 내시지는 않겠지요—당신이 부모님께 보내는 편지에서 저와 바우어 양이 활발한 편지 왕래를 하고 있다고 말한 부분을 읽었습니다. 어느 정도는 사실이지만 다른 한편으로는 진정으로 제가 바라는 바입니다. 친애하는 부인, 당신이 말한 것에 대한 해명을 몇 자 적어 보내주시기 바랍니다. 당신은 펠리체 바우어 양과 서로 편지를 주고받는 사이이니 그리 어려운 일이 아닐 것입니다.

당신이 '활발한'이라고 말한 편지 왕래는 실상은 이런 것 같습니다. 제가 부인의 부모님 댁에서 그 아가씨를 처음이자 마지막으로 본 이래 아마 두 달쯤 지난 뒤 그 아가씨에게 편지를 한 통 보냈습니다. 편지의 내용을 자세히 말할 필요는 없을 듯합니다. 그 아가씨한테 친절한 답장을 받았으니까요. 그러나 궁극적으로 답장은 아니었습니다. 편지에서 그녀의 말투나 내용은 가까운 시일 내에 친밀한 편지 왕래가 가능하다는 것을 알리는 전주곡 같았습니다. 저의 편지와 그녀의 답장 사이의 시간 간격은 열흘입니다. 제 편지에 대한 이 지체를, 물론 그다지 길지는 않았지만, 하나의 충고로 받아들여야 했습니다. 여러 이유로, 다시 또, 언급할 가치가 없는 이유로—친애하는 부인, 당신에게 언급할 가치가 없는 것처럼 여겨진다는 말을 너무 많이 언급합니다—저는 그렇게 하지 않았습니다. 그 대신 여러모로 피상적으로 그 편지를 읽고 난 뒤 즉시 편지를 썼습니다. 제 편지는 불가피하게 여러 사람의 눈에 어리석고 돌발적인 것으로 비칠 수 있습니다. 단언하건대, 편지에 대한 모든 반대가 정당함은 인정할 수 있으나, 편지가 불성실하다는 이의는 정당하지 않습니다. 이 점은 서로에 대해 결코 호의적이지 않은 사람들 사이에서는 결정적인 요소입니다. 그 편지 뒤로 오늘까지 답장을 받지 못한 채 열엿새가 지났습니다. 지금 저는 무슨 연유로 답장이 오지 않는지 모르겠습니다. 특히 그 편지는 곧바로 답장을 받을 수 있다고 생각한 편지들 가운데 하나였습니다. 당신에 대한 저의 솔직함을 보여주기 위해, 그 열엿새 동안 비록 보내지는 않았지만 펠리체 양에게 두 통의 편지를 더 썼다는 사실을 고백해야겠습니다.[9] 그 편지들이야말로, 만일 제게 유머 감각이 있다면, 활발한 편지 왕래라고 말할 수 있을 만한 유일한 것들입니다. 사실 처음에 우연히 일이 생겨 답장 쓰기가 힘들었거나 아예 할 수 없었을 것이라고 믿었습니다. 허나 모든 상황을 곰곰이 생각해본 결과 그 어떤 우연한 일도 믿지 않게 되었습니다.

제가 당신 편지의 그 구절에 깊은 영향을 받지 않았다면, 그리고 자랑스러운 구석이라곤 눈곱만큼도 없는 이 편지가 친절하고 섬세한 사람의 손에 전달될 것을 몰랐다면, 분명 저는 감히 당신에게나 저 자신에게나 이 같은 작은 고백을 할 엄두를 내지 못했을 것입니다.

당신과 남편에게 안부를 전합니다.

삼가 프란츠 카프카

프라하, 포릭 7

Nr. 5 [노동자재해보험공사의 편지지]

1912년 10월 18일

소피 프리드만 부인에게

친애하는 부인!

당신의 16일 자 편지에 답하는 이 편지의 중요성에 비하면 사무실 일은 별로 중요하지 않습니다. 그 편지를 당신이 썼다면 제가 기대한 것처럼 당신은 친절하고 정중하며 명확합니다. 반면 편지의 인용 부분은 열 번을 읽어도 이해할 수 없었습니다. 불필요한 것 같아 지난번 편지에서는 고백하지 않았으나 부끄럽게도 제 생각에 '활발한 편지 왕래'라는 당신의 언급은 막연할 뿐 아니라 근거가 없는 것입니다. 그 활발한 편지 왕래는 사실 10월 3일, 아니면 좀 이르더라도 2일에 이루어졌어야 했습니다. 그때는 나의 두 번째 편지, 아무 답장도 받지 못한 불행한 편지가 무조건 베를린에 있어야 했던 시기이기도 하구요. 혹 답장이 씌어졌던 것 입니까? 당신의 그 언급은 그 편지를 알고 있었다는 것이 아닙니까? 그러나 아무 설명도 찾을 수 없는 불안한 예상을 뿌리치지 못하고 결국 그 편지가 분실되었다면요? 부인, 당신이 인정해야 할 것은 제가 당신에게 편지를 쓴 것이 옳았다는 것과 그것은 한 친절한 천사를 매우 필요로 하는 일이라는 것입니다.

당신과 남편에게 안부를 전합니다.

은혜를 입은 프란츠 K.

Nr. 6 [노동자재해보험공사의 편지지]
1912년 10월 23일

친애하는 아가씨!

세 명의 상사가 모두 제 책상 주위를 둘러싸고 제 펜을 내려다보고 있다 하더라도 저는 곧장 당신에게 답장을 써야 합니다. 그대의 편지가 삼 주나 헛되게 바라다보던 구름으로부터 내려오듯이 저에게 떨어졌기 때문입니다(저의 직속상관에 대한 소망이 지금 이 순간 막 달성되었습니다). 편지에서 그대가 그동안의 생활에 대해 썼던 부분에 부합하는 답을 저도 해야 한다면, 그 시간 동안 제생활의 반은 그대의 편지를 기다리는 것이었다고 말해야겠습니다. 물론 거기에 삼 주 동안 그대에게 썼던 세 통의 작은 편지도 포함시킬 수 있는데(지금 막 죄수들의 보험에 관한 질문을 받았습니다, 맙소사!) 그중 둘은 필요하다면 지금 당장 부칠 수 있으나 나머지 한 통은(사실은 맨 처음에 쓴 편지인데) 부칠 수가 없습니다. 그리고 그대의 편지가 분실되었다면(지금 막 카타리나베르크에 있는 요제프 바그너의 행정상의 탄원에 대해 아는 바가 없다고 설명해야 했습니다), 제 질문에 대한 답은 받지 못하겠군요. 그렇다고 편지의 분실에 대해 비난하고 싶지는 않습니다.

저는 불안합니다. 좀처럼 마음을 가라앉힐 수가 없습니다. 줄곧 불평을 늘어놓고 싶습니다. 오늘은 어제가 아닌데도 축적된 날들이 넘쳐흘러 그것을 더 좋은 날들 속으로 발산시킵니다.

오늘 쓰는 편지는 그대의 편지에 대한 답장이 아닙니다. 내일 쓰는 편지가, 아니 모레쯤 쓰게 될 편지가 답장이 될 것입니다. 나의 서체는 그 자체로는 이상하지 않지만 그대에게 언젠가는 말하게 될 내 현재의 삶의 방식처럼 기이합니다.

그리고 그대는 늘 선물을 받게 될 것입니다! 제가 보낸 책들하며 봉봉 과자며 꽃들이 그대의 사무실 책상 위에 놓여 있나요? 제 책상 위에는 온통 어수선한 무질서뿐입니다. 그대의 꽃은(감사의 표시로 그대의 손에 입맞춤을 보냅니다) 재빨리 제 서류 가방에 보관했습니다. 그 가방 안에는 분실된 편지 말고도 그대의 편지가 두 통 더 들어 있는데, 그대가 막스에게 보낸 편지를 그에게 달라고 부탁했기 때문입니다. 좀 우스운 일이긴 하지만 그렇다고 저를 나쁘게 여기지는 않겠지요.

우리들의 편지 왕래에서 이 첫 번째 불상사는 모르긴 해도 잘된 일인 것 같습니다. 적어도 이제 편지가 분실될지언정 그대에게 편지를 해도 괜찮다는 것을 알았습니다. 그러나 편지가 분실되는 것은 이번 한 번으로 족하겠지요.─안녕히 계십시오. 그리고 짧은 일기에 대해 생각해보십시오.

그대의 프란츠 K.

[첫 장 위쪽 가장자리에] 앞으로 일어날 수 있는 편지 분실에 대해 신경이 곤두서 있습니다. 그대는 제 주소를 제대로 적지 않으셨더군요. 이렇게 쓰셔야 합니다. pořič에서 r와 c 위에 두 개의 ˇ가 있어요. 덧

붙여 노동자재해보험공사를 언급하는 것도 좋을 것입니다.

소피 부인의 생일이 언제인지는 내일 편지에 적어 보내겠습니다.

Nr. 7 [노동자재해보험공사의 편지지]
1912년 10월 24일

존경하는 아가씨!

어제는 정말 잠 못 드는 밤이었습니다. 결국은 지난 두 시간 동안 억지로 잠을 꿈꾸며 몸을 뒤틀었습니다. 그러나 꿈은 여전히 꿈이 아니고 잠은 잠이 아니었습니다. 뿐만 아니라 집 문 앞에서 정육점 점원의 들것과 부딪쳐서 왼쪽 눈은 아직도 그 나무로 된 들 것의 촉감이 느껴집니다.[10]

물론 이러한 준비 과정이 그대에게 편지 쓰는 어려움과 지난밤 끊임없이 변화된 형태로 내 머릿속을 스쳐간 갖가지 어려움을 극복하는 데 도움을 주지는 못할 것입니다. 그 어려움은 내가 하고자 하는 말을 쓸 수 없다는 데 있지 않습니다. 그것은 그저 단순한 문제일 뿐입니다. 어려움은 그 생각들 대부분을 시간이나 공간 속에서 적용시킬 수 없다는 데 있습니다. 저는 여러 번, 특히 밤에 그러한 인식 속에서 모든 것을 멈추고 아무것도 쓰지 않은 채 차라리 침몰하고 싶다는 생각을 했습니다.

극장을 방문했던 이야기를 하셨는데, 흥미로웠습니다. 첫째, 그대는 베를린의 극장 행사에 빠짐없이 참석하기 때문입니다. 둘째, 그대가 극장을 잘 골랐기 때문입니다(저도 갔다가 무대 입구 보다 더 크게 하품만 하다 온 메트로폴 극장을 제외하고는). 셋째, 저는 극장에 대해 전혀 알지 못하기 때문입니다. 하지만 전후에 무슨 일이 있었는지 제가 전반적으로 알지 못한다면, 곧 그대가 무슨 옷을 입었는지, 무슨 요일이었는지, 날씨는 어땠는지, 극장가기 전이나 후에 저녁 식사를 했는지, 기분이 어땠는지, 기분이 그런 이유는 무엇 때문이었는지 등등 생각할 수 있는 이 모든 것들을 알지 못한다면 그대가 극장을 방문했다는 걸 아는 것이 무슨 소용입니까. 저에게 그 모든 것에 대해 다 쓰는 것은 불가능하겠지요. 그렇다면 모든 것이 다 불가능합니다.

소피 부인의 생일은—정확하고 완벽하게 전달할 수 있는 무언가를 적기 위해—3월 18일입니다. 단도직입적으로 물어보겠습니다. 그대의 생일은 언제죠?

제 편지가 갈피를 못 잡고 왔다 갔다 하는 것은 사무실이라 불안해서가 아닙니다. 그래서 이제 아주 다른 질문을 해야겠습니다. 저는 그대가 그날 밤 프라하에서 했던 모든 말을 기억하고 있습니다. 그러한 확신을 신뢰할 수 있는 한 말입니다. 그대의 편지 중 딱 한 군데가 불분명한데 그것을 설명해주어야겠습니다. 우리가 브로트와 함께 그의 집에서 나와 호텔로 가고 있었을 때 사실 저는 좀 제정신이 아니었고 주의력도 산만했으며 지루한 상태였습니다. 적어도 이 상황은 브로트와 함께 있었던 것과는 관련이 없습니다. 반대로 혼자 남겨진 것 같은 느낌인 것이 비교적 만족스러웠습니다. 그때 화제는 그대가 저녁에는 시 중심지에 거의 나가지 않는다는 것과 극장에 갔다 돌아오는 길에 집 앞 골목길에서 특이한 방식으로 손뼉을 쳐서 어머니에게 문을 열어놓도록 한다는 것이었습니다. 정말 그렇게 독특한 방법을 쓰십니까? 그런데 메트로폴 극장을 방문할 때 예외적으로 열쇠를 가지고 가는 것은 단순히 늦게 돌아오기 때문인가요? 우스운 질문이었나요? 제 얼굴은 아주 진지합니다. 만일 지금 웃고 계시다면 부탁하건대 자세한 내용의 답장을 보내주세요.

늦어도 봄에는 라이프치히에 있는 로볼트에서 막스가 발행하는 『시 문학 연감』이 나옵니다." 그 연감에 단편 「선고」가 실리는데 그 헌사를 "펠리체 B. 양에게"로 했습니다. 그대의 권리를 오만하게 침해한 것은 아닙니까? 더구나 그 헌사는 이미 한 달 전에 씌어졌고 원고는 제 소유가 아니니 더 그러하겠지요? 제가 "그러므로 그녀가 언제나 다른 사람들한테만 선물을 받는 것은 아니다" 하고 거기(펠리체 B. 양에게)에 덧붙이는 것을 억지로 생략하지 않을 수 없었다고 하면 설득력 있는 변명이 될까요? 그리고 제가 아는 한 그 단편의 내용은 그대와 연관이 없습니다. 다만 그 안에 잠시 등장하는 처녀의 이름이 프리다 브란덴펠트라는 것과, 저도 뒤늦게 깨달았지만 그 이름의 머리글자가 당신과 같다는 사실을 제외하면 말입니다. 오히려 유일한 연관성은 그 짧은 글이 의도하는 바가 멀리서나마 그대에게 가치 있는 것처럼 보이고자 했다는 것입니다. 헌사에서 표현하고자 했던 것은 바로 이런 것이었습니다.[12]

그대가 저의 지난번 편지에 어떤 답을 했는지 결코 알지 못하리라는 생각에 마음이 무겁습니다. 당신에 대해 아무것도 모른 채 너무나 많은 세월이 흘렀습니다. 그런데 이제 여기에 또 불필요한 망각의 한 달이 더해져야 합니까? 물론 저는 우체국에 물어볼 것입니다. 그러나 그대가 그 편지에 대해 기억하는 것 이상을 우체국에서 듣게 되리라는 가망은 거의 없습니다. 그대가 그 답을 나에게 열 마디로 적어줄 수는 없습니까?

오늘 편지의 끝맺음입니다. 이미 앞쪽부터 제가 숨어 있는 이 조용한 방에 방해가 시작되었습니다. 그대는 제가 사무실에서 자유시간이 많다는 것(이례적인 경우에만)과, 사무실에서만 편지를 쓴다는 사실에 놀라시는군요. 물론 해명할 수 있습니다만 쓸 시간이 없군요.

안녕히 계십시오. 그리고 날마다 '수령인 확인Recipisse'[13]이라고 서명하는 것에 대해 화내지 마십시오.

그대의 프란츠 K.

Nr. 8 [노동자재해보험공사의 편지지]
1912년 10월 24일

소피 프리드만 부인에게

친애하는 부인!

당신이 이번 일에 보여주신 자상함에 다시 한번 감사드립니다. 이제 이 일은 잘되었습니다. 저의 지난번 편지가 어떤 특별한 답장을 필요로 했던 것은 아니었지만, 당신이 답을 하시지 않은 것이 저의 두 편지 속에 신경과민이나 그 밖의 이유로 쉽게 섞여들었던 그 어떤 어리석음에 대한 벌이라고 볼 이유는 없습니다. 허나 당신은 제가 답장이 오지 않으면 얼마나 괴로워하는지 아시지 않습니까? 그 어리석음을 답장하지 않는 것으로 벌주기보다는 차라리 적당한 답장으로 벌을 주셨더라면 좋았을 텐데요. 이런 상황을 고려해볼 때 저는 지금도 무조건 답장을 바라지는 않습니다. 그러나 당신이 지난번에 보여주신 친절함을 앞으로도 계속 보여주기 바랍니다. 또한 당신의 남편에게 특별히 감사드리고 싶지만, 그렇게 하지는 않겠습니다. 그렇게 하면 제가 좀 불편할 것 같고, 당신은 남편과 한몸이나 다름없으니 당신에게 감사하는 것이 직접 그에게 감사하는 것과 같으니까요.

진심으로 안부를 전하며 당신의 카프카 박사가

Nr. 9 [노동자재해보험공사의 편지지]
1912년 10월 27일

존경하는 아가씨!

저녁 여덟 시가 돼서야―일요일입니다―편지를 쓸 수 있었습니다. 제가 하루 종일 한 모든 일은 가능한 한 빨리 그대에게 편지를 쓰기 위해 하는 것이었습니다. 일요일은 즐겁게 보내셨나요? 분명히 과도

한 일을 하신 뒤겠지요. 적어도 지난 육 주 동안 일요일은 저에게 기적 같았습니다. 그 환희의 빛을 이미 월요일 아침 일찍 눈을 뜨면서부터 봅니다. 일요일이 될 때까지 한 주를 보내는 문제와 그 한 주 동안 해야 했던 일들을 미루는 문제가 남아 있습니다. 설사 그 일을 시작한다 해도 금요일엔 진척되지 않습니다. 만일 잠 못 이루는 밤 시간처럼 낮 시간조차 그렇게 긴장된 상태로 한 주의 한 시간 한 시간을 보내야 한다면, 무자비하고 기계적인 한 주를 돌아보면서 우리가 정말 기뻐해야 할 것은 그 암담하게 이루어지고 있는 날들이 처음부터 다시 시작되기 위해 되돌아오는 것이 아니라 단순히 지나가버린다는 것과, 드디어는 안도의 숨을 내쉴 수 있도록 저녁과 밤이 시작된다는 것입니다.

더 쾌활할 수도 있으나 오늘은 아닙니다. 비가 와서 일요일 산책을 못했습니다. 반나절을 비애와 명상에 가장 좋은 장소인 침대에서 보냈습니다. 이것은 편지 첫머리에 했던 말들과 표면상으로만 모순될 뿐입니다. 터키인들은 패하고 있습니다. 가짜 선지자처럼, 군인들만을 위해서가 아니라 모두를 위해(우리 식민지들도 큰 타격입니다) 큰소리로 후퇴를 주장할 수도 있습니다. 그러나 눈과 귀를 막고 일상의 직업 속으로 들어가는 도리밖에는 달리 길이 없습니다.[14]

어떻게 하면 그대를 즐겁게 할 수 있을까요! 그대여, 일어나서 편지 쓰는 것을 그만둘까요? 그러나 모든 것을 통해 제가 매우 행복하다는 것과 다시 남아 글을 더 쓰리라는 것을 아실 것입니다.

편지에서 그대는 그날 저녁 프라하에서 아주 거북했다고 했습니다. 그 편지 구절로 유추해보건대, 그대가 그렇게 말한 것도 아니고 그렇게 생각하지 않았다 해도, 그 거북함은 저로 인해 생겨난 듯합니다. 왜냐하면 그때까지 브로트는 오페레타에 관하여 거의 이야기를 하지 않았으며, 더욱이 오페레타는 브로트에게 전혀 골칫거리나 걱정을 안겨주지 않았으며, 저도 그때까지는 나의 우스꽝스러운 종이 꾸러미로 모임의 조화를 어지럽히지 않았기 때문입니다. 게다가 그때 저는 종종 농담을 걸어 취침 시간을 정확히 지키는 오토 브로트를 방문할 때마다 즐겁게 해주었고, 시간이 지나면서 그 흥겨움은 한층 더해져 오랫동안 그를 잠자지 못하게 하던 때였습니다. 그래서 온 가족이 합심하여, 물론 친절하게 저를 문밖으로 몰아내곤 했지요. 그 결과 저의 늦은 출현은—아마도 아홉 시가 넘은 시간이었을 겁니다—하나의 위협이었습니다. 마음속으로 브로트 가족은 아주 다른 두 방문객을 맞이합니다. 곧 모든 친절함과 정중함을 베풀고자 하는 그대의 방문과 직업적인 잠 방해꾼인 저였지요. 예를 들어 그대를 위해서는 피아노를 연주했고, 저를 위해서는 브로트가 난로의 방열용 칸막이와 씨름했죠. 잠자는 시간을 알리기 위해 흔히 하는 일이었습니다. 연유를 모르는 사람들에게 이 행동은 어리석고 권태롭게 보이기도 합니다. 하지만 그 집에서 방문객을 만나리라고는 전혀 예상하지 못했습니다. 단지 저는 다음 날 아침까지 원고를 넘겨야 하는데도 그때까지 신경 쓰지 않고 있던 원고의 순번에 관해 의논할 요량으로 막스와 여덟 시에(늘 그랬듯이 저는 한 시간 늦게 도착했습니다) 만나기로 약속했을 따름입니다.[15] 그런데 방문객을 발견하고는 좀 화가 났습니다. 하지만 적어도 그 불시의 방문객을 보고 놀라지는 않았습니다.[16] 미처 소개받기도 전에 큰 식탁 너머로 그대에게 손을 내밀었지요. 그런데도 그대는 자리에서 일어나지도 않았고 손을 내밀 기분도 아닌 것 같았습니다. 저는 그대를 그저 무심코 쳐다보고는 자리에 앉았습니다. 그리고 친숙한 모임에서 낯선 사람들이 제게 보였던 가벼운 격려조차도 그대에게서는 느끼지 못했지만 모든 것이 아무 문제없는 것 같았습니다. 막스와 함께 원고를 교정할 수 없다는 사실을 받아들인 뒤, 탈리아 사진을 차례로 돌렸는데 기분 전환하는 데 꽤 도움이 되었습니다. (지금 이렇게 그대와 멀리 떨어져 있는 이상, 당시 받았던 인상을 묘사해주는 이런 말을 쓰고 있는 나를 한 대 치고 싶습니다.) 그대는 그 사진들을 진지하게 눈여겨보았고 오토가 설명할 때나 제가 새로운 사진을 건네줄 때야 고개를 들었지요. 누군지는 모르겠으나 우리 중의 한 사람에게 어떤 사진을 설명하고 있을 때 우스운 오해가 생겼지요. 사진들을 자세히 보기 위해 그대는 숟가락을 내려놓았고 막스가 식사에 대해 무슨 말인가 하자 그대는 언제나 먹기만 하는 사람보다 더 끔찍한 것은 없다고 말했지요. 이러는 와중에 시간을 알리는 종이 (밤 열한 시가 지난 지 한참 되었습니다. 원래 이 시간은 일을 시작할 시간입니다만 편지에서 벗어날 수가 없습니다), 그래요 종이 울렸습니다. 그리고 그대는 레지덴츠 극장에서 들었던 〈자동차 걸〉이라는 오페레타 (레지덴츠 극장이 있나요? 그게 오페레타였나요?[17])의 서막에 관한 이야기로 말머리를 돌렸지요. 열다섯 명의 인물이 무대에 서 있고, 전화벨 소리가 들려오는 대기실에서 누군가가 나와 그들에게 다가가서는 한 사람 한 사람에게 차례로 전화 받으라고 똑같은 대사로 말하는 얘기였지요. 여전히 그 대사를 기억하지만 글로 옮기기는 부끄럽군요. 글로 옮기는 것은 고사하고 그 대사를 제대로 발음조차 할 수 없군요. 당시 아주 정확하게 들었을 뿐 아니라 그대의 입술 위에서도 읽었고, 더구나 제 머릿속에서 여러 번 떠올랐음에도 말입니다. 그러고 나서(아니 그 전일 거예요. 왜냐하면 이때 그대의 맞은편 문 가까운 곳에서 비스듬히 앉아 있었기 때문입니다) 어떻게 화제가 몽둥이질과 형제자매 이야기로 돌아갔는지 모르겠습니다.

한 번도 들어본 적이 없는 가족들의 이름이 거론됐고 페리[18]라는 이름도 나왔죠(혹시 그대의 남동생인가요?). 또 어렸을 때 남자 형제들과 사촌들한테(프리드만 씨한테도?) 많이 얻어맞았으며 방어를 전혀 하지 못했다고도 했죠. 그러면서 그 당시 온통 푸른 멍으로 덮여 있었을 왼팔을 손으로 쓰다듬었습니다. 그러나 비통해 보이지는 않았습니다.

아무리 그 당시 어린아이였다고 해도 어떻게 감히 누군가가 그대를 때릴 수 있었는지 이해할 수가 없었습니다.―그리고 그대는 무엇인가 주시하고 있거나 읽으면서(그대는 거의 고개를 들지 않았습니다만 어쨌든 너무나도 짧은 밤이었습니다) 지나가는 말로 무심코 히브리어를 배웠다고 했습니다.

한편으로 저는 경이로움으로 그대를 바라보았고 다른 한편으로는 (모든 것은 그 당시의 의견이고 오랜 세월 동안 미세한 체를 통해 빠져 나갔습니다) 그대가 과장되게 그런 말을 하지 않았으면 했으며, 나중에는 텔 아비브를 번역하지 못하는 게 은근히 기뻤습니다.

―또한 그대가 시온주의자라는 것도 알게 되었고, 이 점이 무척 제 마음에 들었습니다.―이 밖에도 그 방에서는 그대의 직업에 관한 얘기가 오고 갔고, 브로트 부인은 그대의 호텔 방에서 본 아름다운 고급 삼베옷에 관심을 보였죠. 아마도 그 옷은―기억한다기보다는 추측컨대―그대가 부다페스트에서 있었던 결혼식에 가느라 입었던 옷일 겁니다.[19]―그대가 자리에서 일어났을 때 그대는 브로트 부인의 실내화를 신고 있었습니다. 구두를 말려야 했으니까요.

그날은 종일 날씨가 나빴습니다. 그 실내화는 좀 불편했구요. 어두운 가운데 방을 지나면서 그대는 이제야 실내화 뒷굽이 익숙해졌다고 말했습니다. 그런 실내화를 저는 처음 보았습니다.―피아노 방에서 그대는 제 맞은편에 앉아 있었고 저는 원고를 펼쳐놓기 시작했습니다. 그러자 원고 발송에 대해 사방팔방에서 우스운 조언들이 쏟아졌습니다. 그중 어떤 것이 그대의 조언이었는지는 기억이 나질 않는군요. 제가 기억하는 것은 다른 방에서 있었던 일인데, 그때 저는 너무 기쁜 나머지 주먹으로 책상을 내리쳤지요. 그대는 원고를 베껴 쓰

는 일을 좋아한다면서, 베를린에 있을 때 어떤 신사(어떤 이름이나 설
명도 없는 이 단어의 울림을 저주합니다!)의 원고를 베껴 써준 일이 있으
며, 막스에게 베껴 쓸 원고가 있으면 보내달라고 부탁했다는 말을 했
습니다.─제가 그날 밤 가장 잘한 일은 우연히 잡지 『팔레스티나』[20]
를 한 부 가지고 있었다는 것입니다. 그 때문에 저는 다른 모든 일은
용서받아야 합니다. 팔레스티나 여행에 관해 이야기했죠. 그대는 그
때 제게 손을 내밀었는데, 더 정확히 말하면 영감으로 제가 그 손을
끌어냈다고 할 수 있습니다.─피아노를 연주하는 동안 저는 그대 뒤
에 비스듬히 앉아 있었습니다. 그대는 한쪽 발을 다른 쪽 위에 얹고
여러 번 머리를 잡아당기고 있었는데 그러한 모습은 제가 앞에서 볼
때는 상상할 수 없었던 것이었습니다. 피아노가 연주되는 동안 내가
단지 알고 있는 것은 그 머리 모양이 옆으로 조금 튀어나왔다는 것입
니다.─그런데 그 후 그곳 분위기가 산만해졌습니다. 브로트 부인은
소파에서 졸고 있었고, 브로트는 책장 근처에서 바빴고, 오토는 난
로의 방열용 칸막이와 씨름하고 있었습니다. 막스의 책들에 대해 이
야기가 오갔는데 그대는 아놀트 베어[21]와 『동양과 서양』[22]에 실린 논
평에 대해 말했습니다. 그리고 괴테 작품의 프로필래엔판 중에서 한
장을 넘기며 『노르네피게 성』[23]을 읽으려고 했으나 끝까지 읽을 수는
없었다고 했죠. 이런 말을 듣고 몸이 뻣뻣해졌습니다. 저를 위해서,
그대를 위해서, 그리고 모두를 위해서 말입니다. 그 말은 불필요하면
서도 이해할 수 없는 무례한 말이 아니었나요? 그런데도 그대는, 우
리가 그대가 책 쪽으로 숙인 머리를 바라보는 동안, 겉으로 보기에
구제 불능인 그 상황을 여장부처럼 뚫고 나가시더군요. 무례한 말이
아니었다는 것이 밝혀지는 순간이었습니다. 예, 온건한 비판도 아니
었습니다. 단지 그대도 이상하게 생각하는 하나의 사실일 뿐이었습
니다. 그로 인해 그대는 앞으로 기회가 있을 때 그 책을 다시 한번 읽

어볼 결심을 하게 되었습니다. 그 일은 그보다 더 좋게 해결될 수는 없었겠죠. 그리고 저는 우리 모두가 그대에게 조금은 부끄러워할 줄 알아야 한다고 생각했습니다.—기분 전환을 위해 브로트는 프로필 래엔판의 삽화본을 가지고 와 그대에게 팬츠 차림의 괴테를 보여주 겠다고 말했습니다. 그대는 "그는 팬츠 차림으로도 여전히 왕입니다"[24] 하는 구절을 인용했지요. 이 인용은 그날 밤 그대가 내 마음에 들지 않는 유일한 것이었습니다. 저는 이 불만으로 거의 목이 눌리는 느낌이었는데 무엇이 나를 그렇게 하도록 이끌었는지 자문해야 했 습니다. 그런데 저는 일관성이 없는 사람입니다.—그대는 드디어 방 밖으로 급히 나가 구두를 신고 돌아왔는데 그 신속함을 전혀 납득할 수가 없었습니다. 브로트 부인이 가젤 양과 두 번이나 비교를 했는데 제 마음에 들지 않았습니다.—아직도 저는 그대가 어떤 모자에 고정 핀을 어떻게 꽂았는지 정확히 기억합니다. 모자는 꽤 컸고 테두리 쪽 은 흰색이었습니다.—골목길에서 제게 비교적 흔히 일어나는 몽롱 한 의식 상태에 빠졌습니다. 그런 상태에서는 나 자신의 무능함 이외 에는 다른 어떤 것도 분명히 인식할 수 없습니다. 페를 가에서 그대 는 저에게, 아마도 저의 지나친 침묵을 깨기 위해서인지, 제가 어디 에 사는지 물어보았습니다. 가는 길이 같은 방향인지를 듣기 원했던 것인데 비참하게도 바보인 저는 그대가 혹시 제 주소를 알고 싶어 하 는지를 되물었지요. 왜냐하면 그대가 베를린에 도착하자마자 곧 불 타는 열의로 팔레스티나 여행에 대해 편지를 하리라고 가정했기 때 문이며, 나의 주소를 모르는 절망적인 상태에 내맡겨지기를 그대가 원하지 않는다고 가정했기 때문입니다. 말할 필요도 없이 그때 저질 렀던 실수로 인해 집으로 가는 동안 내내 혼란스러웠습니다.—처음 에는 방에서 그리고 다시 거리에서 프라하 지국의 어떤 신사를 화제 에 올렸지요. 그대는 그날 오후 그 남자와 흐라드신으로 가는 마차에 동행했다고 했습니다. 이 남자의 존재는 조금 전부터 불확실한 결심 속에서 머리에 떠올리고 있던 일, 곧 다음 날 아침 일찍 꽃을 들고 정거장으로 마중 나가는 일을 불가능하게 만드는 것 같았습니다. 그대가 출발하는 이른 시간에 꽃을 사기는 힘들다는 생각이 단념할 수 있도록 도와주었습니다.—옵스트 가와 그라벤 가에서 브로트가 주로 대화를 이끌었고, 그대는 어떻게 어머니가 그대의 손뼉 치는 소리를 듣고 문을 열어주시는지 이야기를 했는데 그 일에 대해선 설명이 더 필요합니다. 그 밖에 프라하와 베를린의 교통 사정을 비교하는 데 많은 시간을 낭비했지요. 제 말이 맞다면 그대는 오후 간식을 호텔 맞은편의 레프래젠타치온하우스에서 먹는다고 했습니다.[25] 마지막으로 브로트는 그대의 여행에 관해 조언을 해주었고 식사를 할 수 있는 정거장 이름을 몇 군데 말해주었습니다. 그대는 식당차에서 아침을 들 생각이었죠? 지금 막 생각이 나는데 우산을 기차에 두고 내렸다는 말도 했습니다. 이 사소한 일(저에게는 사소한 일입니다)은 제게 그대의 이미지에 대한 새로운 면을 일깨워주었습니다.—그대가 아직 짐을 꾸리지 않았다는 것과 그런데도 여전히 침대에서 책을 읽으려 한다는 말이 저를 불안하게 만들었습니다. 그 전날 밤에 그대는 새벽 네 시까지 책을 읽었다고 했잖아요. 여행 중에 책을 읽기 위해 브요른센의 『도시와 항구의 깃발』, 안데르센의 『그림 없는 그림책』을 갖고 왔다고 했습니다. 그대가 그런 책들을 가져왔으리라고 추측했어야 했는데, 그런 일은 당연히 제 인생에서 있을 수 없는 일입니다. 호텔로 들어가면서 좀 당황한 나머지 그대가 들어간 회전문의 같은 칸에 들어섰습니다. 거의 그대의 발을 밟을 뻔했지요.—그러고 나서 우리 세 사람은 당신이 곧 들어가 사라질 승강구, 그리고 문이 막 열리던 승강구 옆의 급사 앞에 서 있었습니다. 그대는 급사와 당당하게 간단한 말을 나누었는데 그 소리가—잠시 멈추고 있으면—아직도

44

내 귀에 울립니다. 가까운 역까지 가는 데 마차를 탈 필요가 없다는 것을 그대에게 설득시키는 일은 쉽지 않았습니다. 물론 그대는 프란츠-요제프 역에서 출발하려 했습니다.―그러고 나서 우리는 작별을 고했고 저는 다시 한번 팔레스티나 여행에 대해 서툴게 입을 뗐지요. 이 순간에도 그날 밤 팔레스티나 여행에 대해 왕왕 언급했다는 생각이 듭니다. 저 이외에는 어느 누구도 진지하게 받아들이지 않는 것 같은 그 일을 말입니다.

―

이러한 일들이 대략―비록 많은 생략이 있었지만 사소하고 중요하지 않아 생략한 일까지 포함해―제가 지금까지도 기억하고 있는 그날 밤의 모든 외적인 사건들입니다. 아마도 그동안 브로트 가족과 함께 한 달 이상의 밤을 보냈을 것입니다. 그래서 유감스럽게도 많은 일들이 기억 속에서 지워졌습니다. 제가 그 일들을 죽 기록한 것은 그날 사람들이 거의 주의를 기울이지 않았던 그대의 말에 대해 답을 하기 위해서였습니다. 그날 밤에 대한 기억이 남아 있는 한 언젠가 적어두려고 했던 생각을 너무 오랫동안 참아왔기 때문이기도 합니다. 그러나 이제 그대는 이 엄청난 양의 편지지를 보고 놀라시겠지요. 그런 뒤 그 원인이 된 자신의 말을 저주하고, 다음엔 그 모든 것을 읽어야 하는 자신을 저주하고 있겠지요. 어쩌면 가벼운 호기심에서 끝까지 읽을지도 모르고 그동안 차는 다 식어버릴 것입니다. 결국 그대는 기분이 나빠져서 그대가 좋아하는 모든 걸 걸고 맹세하기를, 어떤 경우에도 나의 기억을 그대의 기억으로 보충하지는 않을 거라고 하겠지요. 그러나 그대가 그 노여움 때문에 생각하지 못하는 것은 그 보충이 처음의 기록만큼은 수고를 끼치지 않는다는 것이고, 이 자료들을 수집하면서 제가 그대에게 준 기쁨보다 더 큰 기쁨을 제게 주게 된다는 것입니다.―그러나 이제 그대는 정말로 내게서 벗어나 쉬어야 합니다. 진심으로 안부를 전합니다.

그대의 프란츠 K.

아직 끝이 아닙니다. 대답하기 어려운 질문이 하나 있습니다. 초콜릿을 얼마나 오랫동안 상하지 않게 보관할 수 있을까요?

Nr. 10
1912년 10월 29일

존경하는 아가씨!

지금 바쁘긴 하지만 중요한 일이 떠올랐습니다. (이제는 편지를 사무실에서 쓰지 않습니다. 일을 하다 보니 그대에게 편지 쓸 시간이 여의치 않습니다. 사무실 일은 전적으로 제게 맞지 않습니다. 또한 제가 정말 필요로 하는 것이 무엇인지 전혀 알지 못합니다.) 그대는 제가 그저께 편지처럼 한없이 긴 편지로(이미 그 일로 질책하긴 했으나) 책 읽는 시간뿐 아니라 쉬는 시간까지 빼앗고 그대로 하여금 많은 분량의 답장을 빨리 하도록 한다고 생각해서는 안 됩니다. 만일 고된 근무 뒤에 갖는 당신의 저녁 시간을 성가시게 한다면 나 자신을 부끄럽게 생각해야 할 것입니다. 제 편지의 목적은 그런 것이 아닙니다. 결코 아닙니다. 당연한 일이니 당신도 달리 생각하지 않았을 것입니다. 단지 당신은 저에게—아주 중요합니다. 정말입니다(너무 중요해서 서두르다 보니 장황스러워졌군요)—긴 편지를 써서는 안 됩니다. 제 편지와 상관없이 당신이 제게 편지를 쓰고 싶은 생각이 드는 밤이라도 안 됩니다. 아무리 당신의 사무실에 대해 즐거운 상상을 한다 해도—방에 혼자 계시나요?—당신을 저녁 늦게까지 사무실에 붙잡고 있다는 생각을 하고 싶지 않습니다. 다섯 줄만. 그래요, 그 정도는 밤에 이따금 쓸 수 있을 것입니다. 아무리 안 그러려고 해도 잔인한 말을 하게 됩니다만, 긴 편지 대신 다섯 줄 정도의 편지는 더 자주 쓸 수 있을 것입니다. 문 앞에서 당신의 편지를 보게 되면―이제 그 편지들은 점심때쯤 옵니다― 당신에 대한 모든 배려를 잊고 맙니다. 그러나 편지를 쓴 시간 표시를 읽어보거나 제가 당신의 산책 시간을 빼앗는 것이 아닌가 하는 생각이 들 때는 다시 견딜 수가 없습니다. 만일 당신의 두통에 대해 일부 책임이 있다면 피라미돈 진통제를 먹지 말라고 충고할 권리가 있을까요? 대체로 언제 산책을 가나요? 일주일에 두 번은 체조, 세 번은 교수에게―교수에 관한 그 편지는 분실했습니다―그렇다면 자유 시간이 얼마나 더 남아 있습니까? 그리고 일요일엔 뜨개질, 왜 그러시죠? 당신이 자신의 쉬는 시간을 그런 유의 일에 소비한다는 것을 어머니가 아시면 기뻐하실까요? 특히 당신의 편지에 의하면 어머니는 당신의 가장 좋은 친구이자 가장 즐거운 친구인 듯한데요.―당신이 이 모든 것에 대해 다섯 줄로 알려주면 좋겠습니다. 그러면 우리는 그 일에 대해 쓸 것도 없고 곰곰이 생각할 필요도 없으며 자신을 비난할 필요도 없이 서로를 조용히 바라보면서 귀 기울일 수 있을 것입니다. 당신은 당신의 호의와 이해에 따라, 저는 또 제가 그래야 하는 대로 말입니다.

그대의 프란츠 K.

Nr. 11
1912년 10월 31일

존경하는 아가씨!
편지 쓰기가 얼마나 힘든 것인지 보세요. 달랑 다섯 줄의 편지만 써 달라고 그대에게 당부한 제 말에서 역겹고도 허위로 아량을 베푸는 듯한 모습을 지울 수 있겠습니까? 불가능합니다. 그런데 제가 이런 당부를 솔직하지 못하다고 생각할까요? 물론 저는 솔직하다고 생각합니다. 혹시 진실되지 못하다고 생각하는 것은 아닐까요? 물론 진실되지 못하다고 생각합니다. 얼마나 진실되지 못한데요! 마침내 편지가 도착하면—편지를 가져다주는 급사를 들여보내기 위해서가 아니라, 나를 괴롭히는 평온한 얼굴 표정으로 편지를 가지고 오는 집사만이 들어올 권리가 있는 이곳에서 적재적소를 느끼는 무수한 사람들을 들여보내기 위해서, 사무실 문이 수천 번 열린 뒤에야 편지가 도착하면 저는 잠시 평온할 수 있고 편지에 만족감을 느끼고는 하루가 무사히 지나갈 거라고 생각하게 됩니다. 그러고 나서 편지를 읽습니다. 듣고 싶었던 것보다 많은 것을 그 편지에서 읽게 됩니다. 그대는 편지 쓰는 데 하루 저녁을 다 소비했고 라이프치히 거리를 산책할 시간이 거의 없었을 것입니다. 편지를 한 번 읽고는 옆에다 치워놓고, 다시 또 읽고. 손에 공문서를 집어 들지만 어느새 그대의 편지만 읽게 됩니다. 편지를 받아쓸 타자수가 옆에 서 있지만 다시 천천히 그대의 편지가 내 손 안에서 움직이고 있습니다. 그러나 편지를 호주머니에서 꺼내기도 전에 사람들이 무언가를 묻습니다. 그제서야 지금 그대의 편지를 생각할 때가 아니라는 것을 깨닫지만 그 생각만이 머릿속에 떠오릅니다.—어찌되었든 이전과 마찬가지로 갈망하고 이전과 마찬가지로 불안해합니다. 그리고 문은 마치 급사가 편지를 가지고 다시 오기라도 할 것처럼 활발히 움직입니다. 그대의 표현대로 그대의 편지가 주는 '작은 기쁨'입니다. 제게 그대의 편지를 받기 위해 매일 사무실에 나와야 하는 것이 불편하지 않은지 물어보신 것에 대한 답입니다. 물론 그대의 편지를 받는 일과 사무실 일을 결합시키는 것은 거의 불가능합니다. 그러나 일을 하면서 헛되이 편지를 기다리는 일도 불가능하고 일하면서 혹시 편지가 집으로 가지 않왔을까 생각하는 일도 불가능합니다. 모든 면에서 불가능성뿐입니다. 그럼에도 그렇게 나쁘지만은 않습니다. 최근에 사무실 일과 다른 불가능한 일들을 다 성공적으로 해냈기 때문입니다. 사람들은 작은 불가능성 앞에 무릎을 꿇어서는 안 됩니다. 그러면 더 큰 불가능성을 알아보지 못합니다.

오늘 저는 아무것도 불평해서는 안 됩니다. 최근에 당신이 쓴 두통의 편지가 두 시간 간격으로 왔기 때문입니다. 어제는 우체국의 무질서를 저주했지만 오늘은 찬양합니다.

그러나 전혀 답장을 쓰지 않고 있으며 질문도 하지 않고 있습니다. 당신에게 편지를 쓴다는 기쁨이 당신에게 보내는 모든 편지에 대해, 미처 기쁨을 인식하지 못한 채, 무한성을 부여하게 되고 그 결과 첫 번째 편지지 위에는 그 어떤 본질적인 이야기도 쓸 수 없으니까요. 기다리세요. 아마 내일은 (저를 위해 희망하기를) 단숨에 모든 질문에 답하고 적어도 한순간은 제 마음이 가벼워질 수 있도록 모든 질문을 할 수 있는 충분한 시간이 있을 겁니다.

오늘은 당신의 모자에 대해 쓴 부분에서 입을 다물고 있었다는 것만 말하겠습니다. 그 모자는 아래 부분이 검습니까? 저의 눈은 어디에 있었지요? 저의 관찰이 형편없지는 않습니다. 모자는 위쪽 전체가 희었지요. 제 키가 커서 모자를 내려다보았으니 착각했을 수도 있습니다. 더구나 그대는 모자를 쓰기 위해 머리를 약간 숙였습니다. 요컨대 언제나 그렇듯이 변명을 하자면, 제가 정확하게 알고 있지 못한 것에 대해선 쓰지 말았어야 했습니다.

진심으로 안부를 전하며 허락하신다면 손에 입맞춤을 보냅니다.

당신의 프란츠 K.

1912년 11월 1일

친애하는 펠리체 양!

그대는 이 호칭을 적어도 이번만은 나쁘게 받아들이시면 안 됩니다. 그대가 이미 두어 번 요구하신 대로 생활 방식에 대해 쓰려고 하는데 '아가씨'에게는 차마 공개할 수 없는 몇 가지 괴팍한 일들을 말해야 하기 때문입니다. 게다가 이 새로운 호칭이 그리 나쁠 리가 없습니다. 그렇지 않으면 제가 그 말을 아주 만족하게 그리고 계속해서 만족하게 생각하지 않았을 것입니다.

저의 삶은 오래전부터 글을 쓰려는 시도로 이루어져 왔고 이루어져 있습니다. 그러나 대부분 실패했지요. 글을 쓰지 않을 때는 방바닥에 누워 있습니다. 빗자루로 쓸어내기에나 적합하지요. 오래전부터 저의 기력은 비참할 만큼 약합니다. 제가 그 사실을 인식하지 못했다 하더라도 모든 면에서 힘을 절약해야 하고, 주목적으로 여기는 것에 대해 충분한 에너지를 유지하기 위해서는 모든 것을 조금은 포기해야 한다는 것이 곧 명백해집니다. 만일 그렇게 하지 않고(맙소사! 오늘 같은 휴일날 당직 근무를 하느라 전혀 쉬지를 못합니다. 마치 작은 지옥처럼 방문에 방문이 이어졌습니다) 제 힘의 한계를 벗어나려고 하면 저절로 원점으로 돌아가 상처 입고, 실망하고, 영원히 나약해집니다. 저를 한순간 불행하게 했던 이런 일은 시간이 지나면서 자신감을 안겨줍니다. 비록 발견하긴 어렵다 해도 어느 곳에선가 행운의 별이 있음이 틀림없으며 그 별 아래에서 계속 살아갈 수 있으리라 믿기 시작합니다. 저는 언젠가 제가 글 쓰는 일을 위해 무엇을 희생했으며 글 쓰는 일을 위해 무엇을 잃었으며 더 정확히 말해 이러한 진술로 인해 견뎌낼 수 있게 된 손실들에 대해 하나하나 목록을 만들어 보았습니다.[26]

사실 저는 무척 말랐습니다. 아마도 제가 아는 사람 가운데 가장 말랐을 것입니다(이미 여러 요양소를 돌아다닌 게 일리가 있습니다). 또한 글 쓰는 일에선 다른 사람들이 쓸데없는 거라고 부를 수 있는 게 제겐 조금도 없습니다. 만일 어떤 위대한 힘이 저를 사용하고자 한다면, 지금 사용하고 있다면 준비된 도구로서 그 권한 하에 저를 맡길 것입니다. 그렇지 않다면 저는 아무것도 아닙니다. 갑자기 무서운 공허 안에 남겨지게 될 것입니다.

이제 저의 삶을 그대에 대한 생각으로 확장했습니다. 깨어 있는 동안 그대를 생각하지 않는 시간은 십오 분도 안 됩니다. 다른 일은 아무것도 하지 못하는 십오 분도 많습니다. 그러나 이 사실조차도 글쓰기와 연관이 있습니다. 글쓰기의 성쇠만이 저의 삶을 결정합니다. 글쓰기가 시원찮을 때 그대에게 향하는 용기는 내지 말았어야 했습니다. 정말입니다. 그날 밤 이후로 가슴에 하나의 구멍이 난 느낌입니다. 그 구멍으로, 어느 날 저녁 침대에서 어느 성경 이야기에 대한 기억을 통해 그 감정의 필연성뿐 아니라 성경 이야기의 진실이 동시에 입증될 때까지 그 감정을 억제하지 않고 끌어들이고 빼내고 한 것도 사실입니다. 글을 쓰는 동안은 그대에 대해 조금도 생각하지 않는다고 믿었는데도 최근에 그대가 나의 글쓰기와 얼마나 친밀한 연관을 맺고 있는지 최근에 발견하고는 놀랐습니다. 제가 썼던 짧은 단락 가운데 다른 이야기도 있지만 그대와 그대의 편지에 대한 이야기도 있습니다. 곧 누군가 초콜릿 한 통을 선물로 받았다는 것과 근무 시간 동안 잠시 기분 전환을 했다는 이야기가 그것입니다. 그 밖에도 전화온 이야기, 마지막으로 누군가 다른 사람에게 잠자러 갈 것을 재촉하면서 만일 응하지 않으면 그의 방까지 끌고 가겠다고 위협하는 구절도 있습니다. 이 얘기는 그대가 사무실에 너무 오랫동안 있을 때 어머니가 언짢아하셨던 일을 기억한 것입니다."²⁷—그러한 구절들은 특히 마

카프카가 즐겨 이용하던 산책길

음에 듭니다. 그대가 그런 감정을 느끼지는 못 하지만 그래서 또 그대가 저항할 필요도 없지만 그대를 그 구절들 안에 꽉 붙잡고 있습니다. 언젠가 그대가 저의 글을 읽게 된다 하더라도 이 사소한 구절들을 알아채지 못할 겁니다. 이 세상 그 어떤 다른 곳에서도 그대가 여기에서보다 더 큰 무관심에 사로잡히지는 않으리라는 것을 믿으십시오.

저의 생활 방식은 단지 글 쓰는 일만을 위해 준비되어 있습니다. 만일 그것이 변화를 겪게 된다면 오직 글 쓰는 일에 가능한 한 좀 더 부응하기 위해서입니다. 시간은 짧고, 저의 힘은 미약하여 사무실은 끔찍하고, 집은 시끄럽기 때문입니다. 만일 아름답고 반듯한 삶이 가능하지 않다면 요령 있게 헤쳐나가도록 힘써야 합니다. 시간을 성공적으로 잘 분할하는 요령에 대해 느끼는 만족감은, 원래 쓰려고 했던 것보다 씌어진 글에서 피로감이 훨씬 더 분명히 드러날 때 느끼는 영원한 비참함에 비하면 아무것도 아닙니다. 참기 어려운 허약함 때문에 지난 며칠 동안 중단되긴 했지만 한 달 반 전부터 저의 시간표는 이렇습니다. 여덟 시부터 두 시 아니면 두 시 삼십 분까지 사무실에서 일하고, 세 시나 세 시 반까지 점심, 그때부터 일곱 시 반까지 침대에서 잠자기(대부분은 시도일 뿐입니다. 일주일 내내 잠 속에서 유고 연방인 몬테네그로 거주민만 보았습니다. 그 꿈은 아주 복잡한 의상을 세세하고 명료하게 보여주어 불쾌한 두통만 일으켰습니다) 그리고 십 분간 창문을 열어놓고 벌거벗은 채 체조하기, 한 시간 동안 산책하는데 혼자서 하거나 막스와 함께 아니면 다른 친구들과 함께 하기도 합니다. 그러고는 가족들과 저녁 식사(저는 세 명의 누이동생이 있는데 하나는 결혼했고 다른 하나는 약혼을 했습니다. 미혼인 누이동생은 다른 누이동생들에 대한 사랑에도 불구하고 어디까지나 가장 사랑하는 누이동생입니다)[28] 그리고 열 시 반까지(그러나 흔히 열한 시 반까지) 앉아 글을 씁니다. 체력과 의

카프카와 누이동생들
왼쪽부터 카프카, 엘리(가브리엘레·21세), 발리(발레리·20세), 오틀라(오틸리·18세)

욕과 행운에 따라 한 시, 두 시, 세 시까지 쓴 적도 있고 한 번은 아침 여섯 시까지 쓴 적이 있습니다. 다시 모든 긴장을 피하려고 위에서처럼 체조를 한 뒤 몸을 씻고는 가벼운 가슴의 통증과 경련하는 배의 근육과 함께 잠자리에 듭니다. 잠들려고 모든 시도를 해보지만 불가능합니다. 잠들 수가 없습니다(K씨는 꿈을 꾸지 않는 잠을 원합니다). 동시에 자신의 일을 생각하고 다음 날 그대의 편지가 올 것인지, 몇 시에 올 것인지 명확하게 해결할 수 없는 문제를 명확하게 해결하려 하기 때문입니다. 그래서 저의 밤은 깨어 있거나 아니면 잠들지 못하는 두 부분으로 이루어져 있습니다. 만일 제가 이런 상황에 대해 그대에게 상세히 쓴다 해도 또 그대가 경청할 준비가 되어 있다 해도 저는 결코 이야기를 마칠 수 없을 것입니다. 그러니 제가 아침에 사무실에서 기진맥진한 채 일을 시작하려는 것이 특별히 놀랄 일도 아닙니다. 타자수에게 가기 위해 늘 지나가는 복도에 서류와 인쇄물 같은 것들을 나르는 들것이 있습니다. 그 옆을 지나갈 때마다 들것이 유독 나를 위해 만들어졌으며 나를 기다리고 있는 것 같습니다.

정확히 말해 저는 제가 사무원일 뿐 아니라 제조업자라는 사실을 잊어서는 안 됩니다. 제 누이동생의 남편은 석면 공장을 소유하고 있습니다.[29] 저는(물론 아버지의 금전 출자와 함께) 동업자이며 동업자로 등

54

록되어 있습니다. 이 공장은 이미 많은 고통과 근심거리를 안겨주었습니다만 지금 이야기하고 싶지는 않습니다. 어찌되었든 저는 그 일을 오랫동안 등한시했고(어차피 소용없는 저의 협력을 그만둔 것입니다) 그럭저럭 잘 피해가고 있습니다.

다시 또 이야기도 많이 하지 못하고, 많이 물어보지도 못하고 벌써 끝맺어야 하는군요. 그러나 단 하나의 대답도, 단 하나의 질문도 분실되어서는 안 됩니다. 두 사람이 서로 보지도 않고 서로 말하지도 않고 서로에게 모든 것에 관해 쓸 필요도 없이 단숨에 확실하게, 서로의 과거에 대해 많은 것을 알 수 있는 하나의 마술 비법이 있습니다. 수준 높은 마법의 비법입니다(그렇게 보이지는 않지만요). 결코 보상 없는 것은 아니지만 벌 받지 않고 무사히 그 비법에 의존할 수는 없습니다. 그런 연유로 그 비법을 말하지 않겠습니다. 그대가 먼저 알아맞혀야 합니다. 그 비법은 모든 마법의 주문이 그러하듯이 아주 짧습니다.

잘 지내시고 이 소망을 손 위의 긴 입맞춤으로 봉인하게 해주십시오.

그대의 프란츠 K.

Nr. 13 [노동자재해보험공사의 편지지]
1912년 10월 2일 [실제로는 1912년 11월 2일로 추정]
존경하는 아가씨!

어찌된 일인가요? 그대도 지치셨나요? 그대가 저녁때 피곤한 상태로 혼자 사무실에 있다고 상상하는 건 나에게 섬뜩한 느낌을 줍니다. 사무실에서는 어떤 옷을 입고 계신가요? 주된 일은 무엇인가요? 편지는 직접 쓰나요, 아니면 받아쓰게 하나요? 그대가 그렇게 많은 사람들과 이야기를 해야 한다면 직위가 꽤 높겠군요. 직위가 낮은 공무원은 자기 책상에 말없이 앉아 있기 때문입니다.[30] 그대의 사무실 옆에 공장이 하나 있다는 것을 이미 짐작하고 있었습니다. 무엇을 만드나요? 단지 구술용 녹음기인가요? 사는 사람이 있나요? 살아 있는 사람에게 글을 받아쓰게 해서(그것이 저의 주된 일입니다) 행복합니다(제가 직접 타자기로 글을 쓰는 드문 경우를 제외하고는). 그는 때때로, 제게 아무 생각도 떠오르지 않을 때, 졸거나 몸을 조금 쭉 펴거나 파이프에 불을 붙이거나 합니다. 그동안 저는 창밖을 조용히 내다볼 수 있지요. 아니면 오늘처럼 그의 느린 받아쓰기를 불평할 때는, 그는 나를 달래기 위해 제가 편지를 하나 받았다는 사실을 상기시킵니다. 그런 일을 할 수 있는 구술용 녹음기가 있습니까? 얼마 전에 대화 재생기가 전시된 것을 기억합니다(당시 저는 오늘날 그대의 경쟁사 제품에 대해 가졌던 선입견을 아직 갖고 있지 않았습니다). 대화 재생기는 극도로 단조롭고 비실용적입니다. 이러한 사업에 대해 상상이 잘 안 갑니다. 그래서 그 일이 제가 상상하는 대로 무디고 느슨하게 조직되어 있기를 바랄 뿐입니다. 그대가 그 안에서 그에 맞게 경쾌하고 힘들지 않은 삶을 이끌어나가길 바랍니다. 그런데 제 기억에 의하면 프라하 지국이 옵스트 가나 페르디난트 가에 있다고 그대한테 들은 것 같은데 찾을 수가 없습니다. 이미 여러 번 찾아보았습니다. 왜냐하면 회사의 간판을 보면 그대에 대한 그 어떤 흔적이나 생각을 얻을 수 있지 않을까 해서입니다.

저의 사무실 일에 대해 서술하는 것은 별로 즐거운 일이 아닙니다. 그 일은 그대가 알 만한 가치도 없고 제가 쓸 만한 가치도 없습니다. 그 일은 그대에게 편지를 쓸 수 있는 시간도 주지 않고, 휴식도 주지 않으며 저를 지금처럼 아주 산만하고 무감각하게 만들기 때문입니다. 오로지 하나의 즐거움은 복수심에 다시 그대에 대한 생각으로 흥분되는 것입니다.

안녕히 계세요! 내일은 정말로 한가로운 일요일입니다. 그래서 당신에게 많이 쓸 수가 있습니다. 피곤해 지칠 만큼 일하지 마세요! 저를 슬프게 하지 마십시오!—저의 비통해하는 편지를 그대가 받았을 바로 그날, 이 편지를 쓰고 있습니다. 우리는 얼마나 나약한 인간입니까!

그대의 프란츠 K.

Nr. 14
1912년 11월 3일

친애하는 펠리체 양!

조카³¹가 옆방에서 울고 있습니다. 저의 어머니는 끊임없이 그 아이를 체코어로 '착한 아이' '어린아이'라고 부릅니다. 벌써 저녁 여섯 시입니다. 아니 시계를 보니 여섯 시 반이군요. 오늘 오후에 너무 오랫동안 막스 집에 있었습니다. 막스는 「재봉 학교에서」³²라는 새로운 단편의 두 장을 읽어주었습니다. 그 단편은 매우 아름답고 소녀 같은 감정으로 가득 차 있습니다. 그러나 편지 쓸 생각에 골몰해 있어 단편은 사방으로 흩어져버렸습니다. 정확히 계산해서, 다른 글 쓰는 일을 중단한 새벽 두 시부터 편지 쓰는 일에 몰두하고 있습니다. 그러나 너무 늦은 시간입니다. 폭군 같은 시간표는 제가 한 시간 동안 잠을 자야 한다고 전제하고 있습니다. 하지만 지금은 잠자러 가기 전 집에서 가질 수 있는 비교적 조용한 마지막 시간입니다. 게다가 며칠 동안 쳐다보지도 않은 채 책상에 놓아둔 교정쇄가 있습니다. 내일은 그것³³을 발송해야 합니다. 필시 그 교정쇄는 남아 있는 몇 시간의 저녁 시간을 쉬 빼앗아갈 것입니다. 대부분 이런 어리석은 이유로 이 편지는 제가 원하는 대로, 또 일요일에 마땅히 그래야 하는 질

카프카의 아버지 헤르만 카프카(1852~1931)

서 정연한 편지가 되지 못할 것입니다. 마지막 이유를 포함해 이런 모든 이유 때문에 불만스럽고 슬픕니다. 부엌에서 들려오는 아주 어리고 작은 고양이의 울음소리가 마치 제 마음속에서 들려오는 것 같습니다. 뿐만 아니라 (이제 달리 기대할 수도 없지만) 그대한테 편지를 받지 못했습니다. 그대의 편지는 늘 두 번째 우편물과 같이 오는데 일요일엔 배달되지 않습니다. 운이 좋다면 긴 밤이 지난 뒤 내일 아침 일찍 받아보게 되겠지요.―이런 상황에서 그 모든 것에 대한 작은 보상으로 그대를 제가 위에서 부른 대로 호칭하는 것을 누가 막을 수 있겠습니까? 이 호칭은 어느 정도는, 아니 전적으로 너무나 적절하지 않습니까? 그러니 한 번 사용한 이상 결코 그 습관을 버릴 수 없겠지요?

친애하는 펠리체 양, 그대는 이 아름다운 일요일, 그러나 끔찍이도 짧은 일요일을 어떻게 보내셨습니까? 만일 제가 그대를 생각할 때마다 그대가 방해를 받는다면 한밤중에 놀라서 일어나야 했을 것이고, 아침에 침대에서 책을 읽다가 어디를 읽고 있는지도 모르게 되었을 것이고, 아침 식사 때는 여러 번 코코아나 빵, 게다가 어머니까지 못 본 척했을 것입니다. 또 새집에 가지고 왔던 난초는 손 안에서 굳어버리고 말았겠지요. 그런데 지금은 『실링의 도주』[34]를 읽으며 쉬실 수 있을 것입니다. 왜냐하면 지금 그대를 생각하고 있지 않거든요. 저는 그대 곁에 있습니다. 그런데 그대 곁에도 있지 못하는군요. 막 이 문장을 끝내자마자 아버지가 집에 돌아오셔서 사업에 대한 나쁜

소식을 옆방에서 이야기하시는 것을 들었기 때문입니다. 그 방으로
건너가 슬프고도 멍한 채로 부모님 옆에 잠시 서 있었습니다.

우리가 만났던 그날 밤에 대해 보충할 두 가지 이야기가 최근에 떠올
랐습니다. 하나는 우연히 그대의 편지에서 발견한 것이고 다른 하나
는 저절로 떠오른 것입니다.

혼자서 호텔에 머무는 것이 불편하다는 사실을 그대가 그때 이야기
했었는데 어떻게 잊어버릴 수 있었는지 이해가 되지 않습니다. 아마
도 저는 그 말에 그대와 정반대로 호텔에 머무는 것이 쾌적하다고 대
답했을 것입니다. 정말로 그렇습니다. 특히 지난해, 한 겨울에 오랫
동안 북보헤미아 도시들을 여행했을 때 경험했습니다.[35] 둘러볼 수
있는 네 개의 벽이 있고 잠글 수 있는 문이 있는 호텔 방의 공간을 갖
는다는 것, 특정한 것들로 이루어진 자신의 소유물이 옷장과 책상과
옷걸이의 일정한 곳에 보관되어 있다는 것을 안다는 것은 적어도 제
게 언제나 하나의 새롭고 소모되지 않은 존재, 더 나은 것을 위해 운
명지어진 존재, 가능한 한 팽팽하게 긴장된 존재의 느낌을 줍니다.
아마도 그것은 바로 이 호텔 방의 차가운 무덤에서 집처럼 편안함을
느끼는 절망감일 것입니다. 저는 늘 편안함을 느끼며 머물렀던 거의
모든 호텔 방에 대해 좋은 점만을 이야기할 수 있습니다. 일반적으로
우리 둘 다 자주 여행하는 것은 아닙니다. 그런데 그대가 집의 계단
을 밤에 혼자서 걸어 올라가는 것이 불안하다는 것은 어찌된 일입니
까? 더구나 그 아파트는 높지 않은 것 같은데 말입니다. 그렇지 않으
면 거리에서 손뼉 치는 소리를 어떻게 들을 수 있겠습니까(창문을 닫
은 채 어떻게 그 소리를 들을 수 있는지 이해가 되지 않습니다). 그 짧은 계
단을 혼자 올라가기를 원치 않으십니까? 그렇게 침착하고 자신에 차
보이는 그대가요? 아니오, 집 현관문을 어떻게 여는지 그대가 썼던
이야기에 저는 만족할 수 없습니다.

그날 밤에 이디쉬 극단도 화제에 올랐었죠. 그대는 언젠가 그 극단의 공연을 본 적은 있지만 제목을 기억하지 못했습니다. 제가 알기로는 바로 지금 베를린에서 그 극단이 상연을 하고 있습니다. 그들 중엔 저의 좋은 친구 뢰비[36]가 있습니다. 그대의 첫 번째와 두 번째 편지 사이에, 지루하게 기다리던 시간에 뢰비는, 비록 의도한 것은 아니었지만, 고맙게도 그대에 대한 짧은 소식을 보내주었습니다. 그 친구는 저에게 왕왕 편지를 보냅니다. 그렇지 않으면 그림이나 포스터, 신문 오린 것 등등을 보내줍니다. 한번은 이디쉬 극단의 라이프치히 객연 포스터를 보내준 적이 있습니다. 저는 그 포스터를 거의 쳐다보지도 않고 책상 위에 접은 채 놓아두었습니다. 그러나 의도하지도 않았는데 가장 밑에 있던 것이 위로 가는 일이 책상 위에서 자주 일어나듯이 한번은 이 포스터가(다른 것은 아무것도 없이) 맨 위에, 그것도 펼쳐진 채 놓여 있었습니다. 이러한 우연으로 그 포스터를 자세히 읽게 되었습니다. 거기엔 재미있는 일들이 있었는데(제가 찬미하는 여배우가—이미 결혼했고 나이도 많지만—'프리마돈나'로 불려지고 뢰비는 '극작가'로 자칭하더군요) 아래 구석엔 놀랍게도 베를린의 북동쪽에 있는 임마누엘 키르히 거리의 이름이 있었습니다. 포스터가 인쇄된 곳이죠. 그런 연유로 감사하는 마음에서—다행히도 이제는 그대에 대한 그러한 소식에 만족할 필요가 없지만—혹시 언젠가 이 배우들을 그대가 만나보기를 원하지 않는지 생각하고 있습니다. 배우들에 대해선 끝없이 이야기할 수 있습니다. 지금 베를린에서 그들이 공연을 하고 있는지는 확실히 모르겠습니다. 그러나 책상 어딘가에 놓여 있는 뢰비의 엽서에 의하면 공연을 하고 있을 것입니다. 그대는 분명이 남자를, 적어도 십오 분 동안은, 좋아할 것입니다. 즐거움을 줄 수 있다면, 공연 전이나 후에 그를 큰 소리로 불러보십시오. 그리고 나를 내세워 친해질 수 있고 잠시 그가 하는 이야기에 귀 기울일 수 있을 것입니다. 이디쉬 극단은 모든 점에서 훌륭합니다. 지난해 이디쉬 극단 공연에 아마 스무 번은 갔을 것입니다. 그러나 독일 극장엔 한 번도 가지 않았을 것입니다.—그렇다고 제가 여기에 쓴 모든 말이 그대더러 그곳에 꼭 가보라는 이야기는 아닙니다. 베를린에는 더 아름다운 극장이 있습니다. 아마도 아니 십중팔구는 극장 홀이 초라해 그대는 들어가려고도 하지 않을 것입니다. 저는 극장에 대해 썼던 말을 모두 취소하고 싶기까지 합니다. 그러니 적어도 그대는 극장에 가라고 권하는 게 아니라고 결론 내리시길 바랍니다.

그런데 그대에게 편지를 쓰면서 보낸 일요일의 한 자락을 끝내야 하나요? 시간은 점점 늦어지고 야간 근무 시간 전에 눈을 조금이라도 붙이려면 서둘러야 합니다. 하지만 분명한 것은 이 편지를 쓰지 않았다면 잠을 전혀 잘 수 없었을 거라는 것입니다. 비록 이 편지가 만족스럽지는 못하지만요.

안녕히 계십시오! 몹쓸 우체국, 그대의 편지는 아마 하루 종일 프라하에 있었겠지요. 제게서 그 편지를 빼앗아가는군요! 안녕히.

그대의 프란츠 K.

자정이 지났습니다. 겨우 교정만 끝냈습니다. 잠을 전혀 자지 못했구요. 글도 전혀 쓰지 못했습니다. 그러나 잠을 전혀 자지 못해 이제 시작하기에는 너무 늦었습니다. 그래서 억눌린 불안감과 함께 침대로 가 잠을 자기 위해 한바탕 씨름해야 합니다. 그대는 오래전에 잠자리에 들었을 텐데, 이 짧은 추신으로 잠을 방해하는 것은 옳지 못합니다. 그러나 그대의 지난 편지를 다시 보면서 혹시 그대가 교수 집에서 일하는 것을 그만두어야 하지 않나 하는 생각이 들었습니다. 아직 그 일이 어떤 일인지 잘 모릅니다만 아무리 그 교수가 그대에게 밤마다 좋은 말들을 받아쓰게 한다고 해도 그 일이 그대를 피곤하게 만든다면 가치가 없습니다. 이제 잘 주무시라고 말하겠습니다. 그대는 편안한 호흡으로 고마워하는군요.

그대의 프란츠 K.

Nr. 15
1912년 11월 4일

지금은 월요일 오전 열 시 반입니다. 토요일 아침 열 시 반부터 편지를 기다리지만 아무것도 오지 않는군요. 저는 날마다 편지를 씁니다 (이 말은 결코 원망 섞인 말이 아닙니다. 편지를 쓴다는 것은 행복한 일이니까요). 그런데도 단 한마디의 답장도 받을 자격이 없나요? 단 한 마디라도요? 설사 그 답장이 "그대의 편지를 이제 받고 싶지 않아요"라도 말입니다. 게다가 오늘 그대의 편지는 일종의 작은 결심을 담고 있으리라 생각했습니다. 그러나 편지가 오지 않는 것도 하나의 결심이라고 믿습니다. 만일 편지가 왔다면 그 즉시 답장을 했을 것이고 이틀 동안의 끝없이 긴 시간에 대한 푸념과 함께 그 답장을 시작했을 것입니다. 이제 그대는 저를 저의 울적한 책상 옆에서 울적하게 앉아 있도록 하시는군요!

Nr. 16
1912년 11월 5일

친애하는 펠리체 양!
만일 제가 언제나 사실 그대로의 일들을 쓰길 원하신다면 어제 저의 무례하고 불필요한 경악의 편지를 가벼이 용서하실 수 있을 것입니다. 모든 사정이 편지에 씌어진 대로 한마디 한마디가 사실이니까요.

오늘 당신이 최근에 쓴 두 통의 편지가 왔습니다. 하나는 아침 일찍, 다른 하나는 오전 열 시경. 저에겐 불평할 권리가 조금도 없습니다. 더구나 매일 한 통씩 받으리라는 약속을 얻었습니다. (마음이여, 들어라, 매일 편지 한 통을!) 절 용서해주십시오. 이제 당신에게 애원하는데, 저에게 보내는 편지가 다 끝났을 때 당신의 손에 우표가 없다고 저를 괴롭히지 마십시오. 우표가 없더라도 그냥 편지를 힘차게 우체통에 집어넣으세요.

괴로운 것은, 일요일이 아닌 날은 하루 시간 중 가장 생기 없는 시간인 세 시와 네 시 사이에만 겨우 편지를 쓸 수 있다는 것입니다. 사무실에서는 좀처럼 불가능합니다―그대의 편지를 읽고 나면 얼마나 자제해야 하는지요!―그러나 지금 그대에게 편지를 쓰지 않으면 저 자신이 만족하지 못해 잠을 잘 수가 없을 것 같습니다. 그러나 그대는 다음 날에도 제 편지를 받지 못하겠지요. 제 시간표가 저녁에는 너무 빡빡합니다.

하여튼 휴일에도 어리석은 방식으로 글을 쓰고 있다는 것을 그대의 편지를 보고 알게 됩니다. 제 마음은 비교적 건강합니다만 누구라도 잘못 쓴 편지의 우울함과 잘 쓴 편지의 행복함을 마음으로 견뎌내기가 쉽지는 않습니다. 저는 요양원에 단지 위가 나빠서, 몸이 허약해서 있었습니다. 또 빠뜨리지 말아야 할 것은 그 자체에 매혹되었던 우울함 때문이기도 하구요. 이 모든 것에 대해서는 언젠가 자세히 쓰겠습니다. 유명한 의사를 저는 믿지 않습니다. 그 의사들이 아무것도 모른다고 말할 때만 그들을 믿습니다. 저는 그들을 싫어합니다(그대가 의사를 좋아하지 않기를 바랍니다). 하지만 베를린에서 자유롭고 평화로운 삶을 누리도록 처방을 내린다면 기꺼이 따를 것입니다. 그러나 어디서 그런 힘 있는 의사를 찾을 수 있지요? 임마누엘 키르히 거리는 피곤한 사람에게는 분명히 좋은 곳입니다. 저는 그 거리를 그대에게 묘사할 수 있습니다. 들어보세요. "알렉산더 광장부터 길고 활기 없는 거리인 프렌츠로어 거리, 프렌츠로어 가로수길이 뻗어 있습니다. 그 길엔 골목길이 여럿 있지요. 이 골목길 가운데 하나가 임마누엘 키르히 거리입니다. 조용하고, 한적하며, 늘 붐비는 베를린에서 좀 떨어진 곳이지요. 그 거리는 평범한 교회와 함께 시작됩니다. 그 반대쪽에는 아주 좁고 높은 37번지 집이 있습니다. 거리도 비좁습니다. 제가 그곳에 갈 때는 조용하고 평온합니다. 그래서 '이곳이 아직 베를린인가?' 하고 묻습니다." 어제 받은 편지에 배우 이샤크 뢰비는 그대가 사는 거리를 이렇게 묘사했습니다. 마지막 질문은 다분히 시적입니다. 모든 것이 정확하게 묘사되었습니다. 얼마 전에 뢰비에게 이유도 대지 않고 그 일을 부탁했고 그는 또 아무 질문도 없이 써 주었습니다. 물론 30번지 집에 대해 듣고 싶었습니다(그런데 알고 보니, 만일 제가 틀리지 않다면, 그대는 29번지에 살고 있더군요). 저는 왜 그가 37번지 집을 저를 위해 골랐는지 모르겠습니다. 생각해보니 아마도 이 번지에 그 포스터 인쇄소가 있지 않나 싶습니다. 최근 편지에 의하면 이디쉬 극단은 일요일에 베를린에서의 마지막 공연을 한 것 같습니다. 그러나 편지에서 알 수 있는 것은 다음 일요일에 다시 공연할 가능성이 있다는 것입니다. 제가 이 사실을 상기하는 것은 이전에 했던 말을 고치기 위해서입니다. 이 극단을 방문할 것을 제안했을 때 내놓았던 모든 조건들과 함께요. 마법의 말이 우연히도 그대의 지난번 편지 바로 전 편지에 씌어 있지만 그대는 모르고 있습니다. 거기에서 그 말은 다른 말들 사이에서 보이지 않습니다. 우리 편지에서 그 말이 당연히 받아야 할 지위를 결코 얻지 못할 것 같아 걱정입니다. 왜냐하면 저는 어떤 경우에도 먼저 말하지 않을 것이고 그대 또한 설사 그것을 알아맞힌다 해도 먼저 말하지 않을 것이기 때문입니다. 그러는 것이 좋을지도 모릅니다. 그 말이 줄 영향을 가정했을 때 그대가 제게서 싫어할 일들을 찾아낼지도 모르는데 왜 제가 먼저 말을 합니까?

저의 글쓰기와, 글쓰기에 대한 저의 태도에 대해 그대는 생각이 다를지도 모릅니다. 그리고 '절도와 한계'를 충고하지 않겠지요. 인간의 나약함은 '절도와 한계'를 이미 충분히 야기하고 있으니까요. 제가 서 있을 수 있는 유일한 위치에 모든 것을 다 걸어야 되지 않겠습니까? 만일 제가 그렇게 하지 않는다면 전 얼마나 희망 없는 바보입니까! 글을 쓴다는 것은 물론이고 저의 존재 또한 무의미할 것입니다. 이런 점에서 제 몸을 아낀다면 진정한 의미에서 제 몸을 아끼는 것이 아닙니다. 저를 죽이는 것입니다. 그런데 제 나이가 몇 살쯤 될 거라고 생각하십니까? 기억이 잘 안 나지만 그날 밤 우리는 나이에 대해 이야기했을 것입니다. 그대는 나이에 별로 신경을 쓰지 않는 것 같지만.

안녕히 계십시오. 그리고 저를 계속해서 좋게 생각해주십시오. 소피 부인에게 보내려고 시작한 편지는 편안한 마음으로 밀어놓으세요. 저는 프리드만 부인을 좋아합니다. 그러나 그 부인한테 그대의 편지를 받게 할 정도는 아닙니다. 저희는 편지를 주고받지 않습니다. 제가 프리드만 부인에게 편지한 것은 세 번뿐입니다. 처음은 그대 때문에 불평하느라고, 다음은 그대 때문에 불안해서, 마지막은 그대 때문에 감사하느라고요. 안녕!

그대의 프란츠 K.

Nr. 17 [노동자재해보험공사의 편지지]

1912년 10월 6일 [실제로는 11월 6일로 추정]

펠리체 양! 사람들이 그대를 제 눈앞에서 산산조각 내는군요. 너무 많은 사람들과, 불필요하게 너무 많은 사람들과 어울리는 건 아닌가요? 그대에게 시간이 더 많다면 전혀 문제가 되지 않습니다. 많은 일을 하고, 찾아다니고, 그저 근심만 가져다주는 파티에 가시는 건 아닌가요? 상황을 잘 알지도 이해하지도 못하면서 제가 좀 가르치려고 하지요? 하지만 지난 편지에서 그대가 신경과민인 것 같아 그대의 손을 오래도록 붙들어주고 싶었습니다. 저는 어떤 특별한 것에 반대하는 것이 아닙니다. 교수 집에서의 즐거운 유혹에도 신경 쓰지 않습니다. 비록『물과 가스』에 대해 눈썹을 치켜올리긴 했지만요. 창립기념제도 반대하지 않습니다. 그런데 그러한 축제 때 사람들은 종종 단체 사진을 찍습니다. 그런 사진들은 선물할 자기 사진을 강조할 필요 없이 쉬이 나누어줄 수 있지요. 동시에 멀리 떨어져 있는 사람에겐—원하기만 한다면—큰 기쁨을 안겨줄 수 있습니다.

제가 이디쉬 극단에 대해 말했던 것은 반어적으로 말한 것이 아니었습니다. 비웃었을지도 모르나 애정에서 우러나온 말이었습니다. 지금 생각해보니 저는 많은 사람들 앞에서 짧은 개회 강연을 했습니다. 그러고 나서 뢰비가 연기를 하고, 노래 부르고, 낭송을 했습니다.[*] 유감스럽게도 많은 사람들에게서 조달된 돈은 그것을 충당할 정도로 많지는 않았습니다. 베를린 공연에 대해서는 제가 어제 썼던 것 외에는 모릅니다. 뢰비의 지난 편지에는 단지 한탄과 비통함만이 들어 있었을 뿐입니다. 그의 불평 중에는 베를린에서는 평일에 아무런 벌이도 되지 않는다는 것도 있었고, 베를린 여자에게 숨겨서는 안 될 비난도 있었습니다. 그 밖에 뢰비는 사람들이 그냥 내버려 두면 바닥나지 않을 열광에 찬 사람이라 동부 유럽에서는 '열렬한 유대인'으로 알려져 있습니다. 그러나 지금 뢰비는 여러 가지 이유로—여기서 다 이야기하기에는, 비록 지루하지는 않더라도 너무 깁니다—불행합니다. 가장 안 좋은 일은 어떤 방법으로도 제가 그를 도울 수 없다는 것입니다.

제가 왜 일요일에 그대의 편지를 기대했는지 쉬 설명할 수 있습니다. 저는 막 사무실에 확인하러 갔었습니다. 처음에는 실망하지 않았습니다. 기대에 차서라기보다는 아무 생각 없이 우체통 안을 뒤적거렸습니다. 저의 집 주소는 니클라스 가 36번지입니다. 그대의 주소는요? 편지 뒷면에서 세 개의 각각 다른 주소를 보았는데 29번지인가요? 등기 우편을 받는 게 성가시지 않나요? 그렇게 보내는 것은 단지 신경과민 때문만은—그런 이유도 있지만—아닙니다. 등기 우편은 보통의 편지들이 슬프게 왔다 갔다 하듯이 목적 없이 왔다 갔다 하는 것이 아니라 곧바로 당신의 손으로 들어간다는 느낌 때문입니다. 저는 건장한 베를린의 우편집배원이 죽 내밀고 있는 손을 늘 상상해봅니다. 우편집배원은 그대가 거절한다 해도 부득이한 경우엔 강제로라도 편지를 손에 쥐어줄 것입니다. 의존적인 사람은 조력자가 아무리 많아도 지나치지 않습니다.—안녕히 계세요! 비록 그대한테 불평하는 것이 아름다운 일이라 해도 이 편지에 어떠한 불평도 없다는 것이 자랑스럽습니다.

당신의 프란츠 K.

Nr. 18 [노동자재해보험공사의 편지지]

1912년 11월 7일

펠리체 양! 어제 저는 그대에 대해 걱정을 하는 척하면서 충고하려고 했습니다. 그런데 그렇기는커녕 제가 무엇을 하고 있습니까? 괴롭히고 있지요? 의도적으로 그런 것은 아닙니다. 그럴 리 없습니다. 그랬다면 악이 선 앞에서 물러나듯이 그대의 최근 편지 앞에서 그 의도는 사라졌을 것입니다. 그래도 저의 존재로 인해, 순전히 저의 존재로 인해 그대를 괴롭히고 있습니다. 저는 근본적으로 변하지 않았습니다. 계속 저의 테두리 안에서 돌고 있습니다. 그러고는 충족되지 않은 다른 갈망에 덧붙여 충족되지 않는 새로운 갈망만 하나 더 얻게 됩니다. 그리고 새로운 자신감이, 아마도 제가 가져본 가장 강한 자신감이 다른 상실에 대한 선물로 주어집니다. 그런데 그대는 불안과 혼란스러움에 꿈속에서 울고 있습니다. 잠이 오지 않아 멍하니 천장만 쳐다보는 것보다 더 견딜 수 없는 일입니다. 그대의 시선이 한 사람에게서 다른 사람에게로 조용히 지나가던 그날 밤 이후로 그대는 변했습니다. 이제 그대는 너무 빨리 지나갑니다. 한번은 그대 편지에 스무 명이 거론된 적도 있지만, 다른 편지에서는 한 명도 없었습니다. 간단히 말해 우리 사이에 이득은 불공평하게, 아주 불공평하게 분배되었습니다. (그대는 지금 그대의 이 고요한 방 안에, 저의 맞은편에 앉아 무엇을 하시나요!)

거듭 말하지만 잘못은 제게 있는 게 아닙니다.―그렇다면 저는 무엇이지요?―잘못은 단지 하나, 이전부터 제 마음이 오로지 향해 있던 것, 아직도 향하고 있는 그것입니다. 제 마음이 그대를 잃어버리지 않으려면 그 방향으로 그대도 함께 가야 합니다. 그대에게 가하는 폭력은 얼마나 슬픈 폭력입니까! 그 폭력에 저는 운명지어 있습니다.

한참동안 중단했었습니다. (시간이 있다면, 시간이 있다면! 평안을 얻고 모든 것을 좀 더 바른 시각으로 바라볼 텐데요. 그러면 그대에게 어떡하면 좀 더 신중하게 편지를 쓸 수 있을지 알 수 있을 것입니다. 비록 방지할 수 있는 것이 하나도 없다 하더라도, 그대를 결코 지금처럼 괴롭히지는 않을 것입니다. 저는 평안을 얻게 될 것입니다. 결코 조금 전처럼 그대에 대한 생각으로 사무실에 쌓인 서류 더미를 보고 전율하지 않을 겁니다. 비교적 조용한 이 방에서 아무 생각 없이 앉아 있거나 늘어진 커튼 사이로 밖을 내다보지 않을 거구요. 설사 우리가 서로에게 매일 편지를 한다 해도 오늘과는 다른 날이 존재

할까요? 불가능한 것을 수행하려는 숙명과는 다른 숙명이 존재할까요? 온 힘으로 산산이 흩어졌다가 같은 힘으로 다시 하나로 합쳐질 수 있을까요?)

왜 중단했는지에 대해서 말해야 했습니다. 다른 말은 말고요. 이제 다시 오후입니다. 벌써 늦은 오후입니다. 그대의 편지를 다시 읽으니 당신이 전에는 어떻게 살았는지 아무것도 모른다는 생각이 들었습니다. 하지만 어린 소녀였을 때 담쟁이 사이로 들판을 내다보던 그대의 얼굴만은 담쟁이와 얽히지 않게 풀어낼 수 있습니다. 편지에 쓴 말을 통해서만 알 수 있지 달리 방법이 없습니다. 그렇게 생각지 않나요? 제가 직접 갔더라면 그대는 견딜 수 없었을 것입니다. 그날 밤 호텔로 돌아가는 길에 그러했듯이 말입니다. 제 삶의 방식이, 비록 삶의 방식이 제 위장을 치료해주긴 했지만, 당신한테는 어리석고 지나치게 비쳤을 것입니다. 저녁 식사를 할 때 제 아버지는 익숙해지실 때까지 여러 달을 얼굴 앞에 신문을 대고 계셔야 했습니다.[38] 몇 년 전부터 제 옷차림은 너저분했습니다. 같은 양복을 사무실에서, 거리에서, 책상머리에서, 더구나 여름이나 겨울이나 똑같이 입고 다녔습니다. 저는 나무보다 더 추위에 무감각합니다. 그렇다고 이리저리 돌아다니는 것은 아닙니다. 11월인 지금 가벼운 외투도 무거운 외투도 입지 않고, 여름 모자에 여름옷을 입고 조끼도 입지 않은 채(저는 조끼를 입지 않는 복장의 고안자입니다) 외투를 입고 거리를 걸어가는 사람들 사이로 정신 이상자처럼 돌아다니고 있습니다. 속옷에 대해선—저는 말할 수 없을 정도로 유별납니다—말하지 않는 편이 더 낫습니다. 만일 그대가, 그대가 사는 거리의 맨 처음 건물인 그 교회 부근에서 그런 남자를 만난다면 얼마나 놀라시겠습니까! 제 삶의 방식에 대해서(그런 삶의 방식을 채택한 이래 이전보다 비교 할 수 없을 정도로 건강하다는 것을 제외하고) 몇 가지 해명하고 싶지만 그대는 어떤 해명도 인정하지 않을 것입니다. 특히 제 삶의 방식에 있어 건강에 좋은 모든 것들이(저는 담배도 피우지 않고 술은커녕 커피나 차도 마시지 않으며, 원칙적으로—이것이 허위적인 저의 침묵을 벌충해주지만—초콜릿도 먹지 않습니다) 수면 부족으로 인해 오래전부터 무너지고 있음을 인정하지 않을 것입니다. 친애하는 펠리체 양, 그렇다고 저를 물리치지 마십시오. 또한 이런 일로 저를 고쳐보려고도 하지 마시고 우리가 떨어져 있는 먼 공간 너머로 친절하게 참아주십시오. 상상해보십시오. 어젯밤 저는 아주 추운 날씨에 평상복 차림으로 집으로 돌아와, 거의 날마다 똑같은 저녁 식탁에 앉아 누이의 남편이 하는 이야기를 들었으며, 또 곧 누이의 남편이 될 남자가 하는 많은 이야기를 들었습니다. 그러고 나서 사람들이 옆방에서 작별 인사를 하는 동안(저는 요즈음 아홉 시에서 아홉 시 반 사이에 저녁 식사를 합니다) 혼자 방에 있다가 그대에 대한 그리움에 사로잡혀, 어떤 식으로든 기댈 수 있도록 얼굴을 식탁 위에 올려놓아야 했습니다.

그대는 저를 제 나이보다 훨씬 젊게 보았지요. 제 나이를 비밀로 하고 싶기도 했습니다. 제 나이를 알면 그대는 더욱 혼란스러워질 테니까요. 저는 막스보다 한 살 정도 많습니다. 7월 3일이면 서른 살이 되죠. 물론 소년처럼 보이지만 정통하지 않은 판단자들의 안목에 따르면 제 나이를 열여덟 살에서 스물다섯 살로 평가합니다.

어제 그 교수에 대해 제가 무엇인가 이야기한 것 같은데 오만함으로 해석될 수 있겠습니다. 그저 질투일 뿐입니다. 적어도 오늘은 그 교수가 좀 싫습니다. 그 교수가 그대에게 빈딩이란 사람의 작품을 읽어보라고 권했기 때문입니다. 저는 빈딩에 대해서는 잘 알지 못합니다. 그러나 거짓되지 않고 과장되지 않은 표현은 한 줄도 읽어보지 못했습니다. 바로 이것을 그가 당신의 꿈속으로 보내는 것입니다. 이제 서둘러 물어보겠습니다. 왜 그대는 전차에서 급히 뛰어내립니까? 그대가 다음에도 그런다면 저의 놀란 얼굴이 바로 그대 앞에 있을 것입니다. 그리고 안과 의사는요? 두통은요? 그대의 다음 편지가 그것들에 대한 답으로 시작하지 않는다면 그 편지를 읽지 않겠습니다.

그대의 프란츠 K.

친애하는 펠리체 양!

그대의 지지난 편지(그대가 쓴 대로 '지난 편지'가 아니라)로 저는 당황했습니다. 정말입니다. 그러나 그대의 지난번 편지에서 알 수 있듯이 그렇게까지 심한지는 몰랐습니다. 제가 정말로 그렇게 자신 없어 합니까? 저의 감춰진 초조감과 치유될 수 없는 불만감이 글자 안에서 눈에 띌 만큼 전율했습니까? 하필이면 저의 편지가 제가 무슨 생각을 하는지 왜 다 말했을까요? 제 주위의 모든 것이 다 우울합니다. 그런데도 온 힘을 다해 그대를 그 안으로 끌어들이려 하는군요!

그대가 제 삶을 올바로 상상하고 있는지 모르겠습니다. 그 상상을 통해 저의 신경과민한 섬세함을─그것은 늘 준비가 되어 있어 한번 끌어내면 저를 마치 돌처럼 남겨놓습니다─올바로 이해하고 계신지요. 그대의 편지를 이미 스무 번은 읽었습니다. 받고 나서 여러 번, 타자수 앞에서 여러 번, 그리고 한 고객이 저의 책 상가에 앉아 있는 동안 그 편지가 그때 막 도착한 것처럼 또 읽었습니다. 거리에서도 읽었고 집에서도 읽었습니다. 어찌해야 좋을지 모르겠습니다. 그저 무기력할 뿐입니다. 그대와 함께라면 저는 가만히 있을 텐데요. 그러나 우리는 멀리 떨어져 있으니 편지를 써야 합니다. 그렇게 하지 않으면 저는 슬픔으로 죽을 것입니다. 누가 압니까. 혹시 저보다 그대가 더 손길을 필요로 할는지요. 달래는 손길이 아니라 힘을 주는 손길 말입니다. 어젯밤에는 죽을 정도로 피곤해 한참을 생각하다 글쓰기를 단념했습니다. 그 대신 두 시간 동안, 주머니 안의 손이 뻣뻣하게 얼어버릴 때까지 골목길을 거닐다 돌아왔습니다. 그리고 거의 여섯 시간을 내리 잠만 잤습니다. 잘 기억나지 않으나, 그대에 대한 꿈을 꾸었는데 어쩐지 슬퍼 보였습니다. 그대에 대한 꿈을 꾸고 그 꿈을 기억하기는 이번이 처음입니다. 이제 생각이 나는데 이날 밤 저를 깨웠던 것은—비록 잠시였긴 했지만—이 꿈이었습니다. 게다가 보통 때보다 더 일찍 깼습니다. 우리 집의 가정 교사³⁹가 집으로 쳐들어와—비몽사몽간에 듣기론 마치 어머니의 고함 소리 같았습니다—나의 누이가 자정이 막 지나 딸아이를 낳았다며 소리를 질렀으니까요.⁴⁰ 저는 침대에서 나오지 않은 채 잠시 생각했는데—아무리 비상사태라 해도 절 강제로 깨울 수 없습니다. 저를 깨우는 것은 오히려 문 뒤에서 나는 소음입니다—출산 소식을 전하는 베르너 양의 친절한 관심을 이해할 수가 없었습니다. 오빠이자 삼촌인 저는 호의는 털끝만큼도 없이 시기심만, 제 누이에 대해 아니 누이의 남편한테 난폭한 시기심만 느꼈으니까요. 저는 결코 아이를 갖지 않을 생각입니다. 다른 무엇보다(더 큰 불행에 대해선 말할 필요도 없습니다) 확실합니다.
기분이 참 좋습니다. 잠을 푹 자고 난 뒤, 그리고 어리석은 신중함으로 낭비해버린 저녁 이후에 말입니다. 사랑스런 아가씨!

그대의 프란츠 K.

Nr. 20 [「국도 위의 아이들」⁴¹이라는 조판 견본 뒷면에]

1912년 11월 8일

친애하는 펠리체 양!
지금은 밤 열두 시 반인데 편지지를 가지러 갈 수가 없습니다. 바로 옆방에 편지지가 있는데 그 방에서 제 누이가 자고 있거든요. 집안일들은 뒤죽박죽입니다. 우리의 손자이자 조카인 아이가 자기 누이가 태어나자 우리 집에서 지내기 때문입니다. 그래서 이 조판 견본에 편지를 씁니다. 동시에 그대에게 제 작은 책자의 조판 견본을 보낼 수가 있습니다.

자 들어보세요, 친애하는 아가씨, 저의 언어들은 밤의 고요함 속에서 더욱 선명해지는 것 같습니다. 오늘 오후의 편지에 대해서는 잊어버립시다. 편지로서요. 그러나 경고로 기억합시다. 선의와 최선의 동의 안에서 말입니다. 그대에게 보내는 편지를 쓰고 난 뒤인 오늘 오후의 끔찍함에 대해 잊지 못할 것입니다. 편지를 쓰는 동안 이미 모든 일들은 좋지가 않았습니다. 이런 일들은 저 자신을 위해 아무것도 쓰지 못했을 때 일어납니다(그것만이 원인은 아니지만요). 제가 자신만을 위해 살거나, 무관심한 사람, 친한 사람, 단순히 현존하는 사람을 위해 살거나, 그들의 무관심이나 친밀함, 단지 강력하고 활기찬 존재로 인해 나의 부족함을 메워주는 사람들을 위해 살 때는 저 자신조차 인식하지 못한 채 지나가게 됩니다. 그러나 누군가에게 가까이 다가가려 하고 그 일에 전력 질주하면 비참함은 확실해집니다. 그러면 저는 아무 의미도 없는 존재가 돼버립니다. 이 무의미함과 함께 무엇을 할수 있겠습니까? 오늘 아침(오후엔 벌써 문제가 달라졌습니다) 그대의 편지가 제때에 왔음을 고백합니다. 바로 그런 말들이 저에게는 필요했습니다. 그러나 완전히 회복되지는 않았습니다. 바른 정신으로 글을 쓰지 못합니다. 이 편지조차도 그대가 오늘 한 비난을 받아 마땅합니다. 비난은 잠에다 맡기고 신들에게 맡깁시다.

조판 견본이 마음에 들었나요? 종이가 다르지요? 활자체가 지나치게 아름다워 제 작은 책략보다는 모세의 계명 기록 석판에나 더 잘 어울릴 것입니다. 그러나 곧 그렇게 인쇄될 것입니다.[42]

안녕히 계세요! 저는 제가 받을 수 있는 것보다 더 많은 친절함을 필요로 합니다.

당신의 프란츠 K.

Nr. 21

1912년 11월 9일 [펠리체 바우어에게 보내는 편지 초안으로 추정]
친애하는 아가씨! 제게 편지하지 마십시오. 저도 당신에게 편지하지 않겠습니다. 제 편지가 당신을 불행하게 만들었습니다. 어쩔 수가 없습니다. 그 사실을 깨닫느라 오늘 밤 내내 시계가 몇 시를 치는지 셀 필요가 없었습니다. 제가 당신을 불행하게 만든다는 것을 첫 번째 편지를 보내기 전에 알고 있었습니다. 그럼에도 제가 당신에게 집착하려 했다면 당연히 저주받을―이미 저주받은 게 아니라면―만 합니다.―만일 편지를 돌려받고자 하신다면 돌려드리겠습니다. 그러나 저는 그 편지들을 보관하고 싶습니다. 그래도 돌려받고 싶으시면 그 표시로 아무것도 안 쓴 엽서를 보내십시오. 그 대신에 간절히 부탁하는데 제 편지는 간직해주세요.―허깨비 같은 저를 빨리 잊으시고 이전처럼 즐겁게, 편안하게 생활하십시오.⁴³

Nr. 22
1912년 11월 11일

친애하는 아가씨!
"아, 다행이다!" 저도 이렇게 말합니다. 금요일과 토요일을 어떻게 보냈는지, 특히 금요일 밤부터 토요일 아침까지 어떻게 보냈는지 당신이 아실 수 있다면! 정말로 시계가 십오 분을 칠 때마다 놓치지 않고 세웠습니다. 오후에 저는 지지난번 편지를 극도로 불가피한 자학 속에서 썼습니다. 그러고 나서 좀 걷다가 비교적 늦게 잠자리에 들었습니다. 정확히는 모르겠습니다만 슬픔에 겨워 잠이 들었던 것 같습니다. 저녁에 최악은 아닌 서너 쪽의 글을 썼습니다. 편안한 상태가 아닌데도 그 글들이 흘러나올 수 있는 편안한 장소가 아직 내 안에 있는지 제 자신에게 물어보았지만 헛수고였습니다. 그 후 제가 다시 온전한 인간이 되었다고 생각이 들었을 때 그 편지를 조판 견본 위에 썼습니다. 그러나 그 편지는 다시 무심코 해로운 것이 돼버려 저는 마치 제가 쓴 것이 아니라 받은 것처럼 바라보았습니다. 그러고 나서 자리에 누웠는데 푹 자진 못했지만 신기하게도 스르르 잠이 들었습니다. 그러나―십오 분 뒤 다시 깼습니다. 반쯤은 꿈속에서 누군가가 문을 두드리는 것 같은 생각이

[글이 중단됨]

(이제 저는 한 절박하고 끔찍한 일, 일주일 전부터 미루어왔던 일을 처리하고자 합니다. 그대에게 감히 말하지는 않겠습니다. 저를 도와주셔야 합니다. 그렇게 되면 그 보답으로 이 편지를 쓸 수 있는 자유로운 시간과 평화를 얻을지도 모릅니다. 이 편지는 제 가슴의 고동처럼 친밀한 저의 일부입니다. 그리고 제 하루의 반나절 이상을 내주었는데도 당연한 듯이 항상 요구만 하는 사무실에 앉아 있는 것이 아닌 것처럼 제 머리를 온통 채우고 있습니다. 다행인 것은 잠이 덜 깬 제 눈앞에서 비교적 중요하지 않은 일이 사라지고 있다는 것입니다. 그러나 지금은 더 쓰지 않겠습니다. 일을 시작해야 하니까요.)

보답은 실현되지 않았습니다. 제 일이 저를 이리저리 몰아대고 있습니다. 당신에 대한 생각은 다른 방향으로 몰아댑니다. 오늘 저는 당신이 최근에 쓴 편지를 거의 동시에 세 통이나 받았습니다. 당신의 친절은 끝이 없습니다. 이제 이 편지를 그대로 부치겠습니다. 아마 오늘은 두세 번 더 편지를 쓸 겁니다. 어제 당신에게 편지를 쓰지 않

은 이유를 자세히 말씀드리겠습니다. 제 편지가 적어도 나에게서 떠나 당신에게 가지 않는다면 괴롭기 이를 데 없으므로 이 편지를 그대로 우체통에 넣겠습니다.

단 몇 시간이지만 안녕히 계십시오.

그대의 프란츠 K.

Nr. 23
1912년 11월 11일

친애하는 아가씨!

나는 당신을 잃어버리지 않았습니다. 당신을 잃었다고 단정했었는데 말입니다. 제 편지 가운데 한 통이 낯설다고 밝히셨던 당신의 편지는 저를 놀라게 했습니다. 그 편지에서 의도한 것은 아니지만 그래서 더욱더 결정적인 저주—최근엔 그 저주에서 적어도 대부분은 벗어났다고 믿었습니다만 이제 최후의 일격과 함께 다시 저주에 굴복하는군요—를 확인하게 됩니다. 마음을 가라앉힐 수가 없었습니다. 그대에게 아무것도 쓸 수가 없었구요. 토요일의 두 편지는 처음부터 끝까지 조작된 것이었습니다. 저는 정말로 모든 것이 다 끝났다고 믿었습니다.—방금 이 말을 할 때 제 어머니가 하염없이 우시면서(어머니가 막 상점으로 가려고 하십니다. 하루 종일 상점에 나가 계시거든요. 지난 삼십 년간 매일 상점에서 보내셨습니다) 제 곁으로 오셨습니다. 저를 쓰다듬으며 무슨 일인지, 왜 내가 식탁에서 아무 말도 하지 않는지(그러나 이미 오래전부터 그랬습니다. 생각을 집중해야 하기 때문입니다), 그리고 그 외에도 많은 것을 물으셨지만 그것이 무슨 의미가 있습니까. 가여운 어머니! 그러나 저는 어머니를 이성적으로 위로해드렸고, 입을 맞춰드렸으며, 결국은 웃게 해드렸습니다. 게다가 어머니는 눈물

이 거의 다 마른 눈으로 (이미 몇 년 전부터 해오던) 간식을 먹지 않는
다고 힘 있게 꾸중하시게까지 되었습니다. 어머니께서 저를 이렇게
까지 걱정하는 일이 어디에서 비롯되었는지 알고 있습니다(어머니
는 제가 그것을 알고 있다는 것을, 아니 나중에 알게 되었다는 것을 모르십니
다). 그러나 그 일에 대해서는 다음번에.

그대에게 말하고 싶은 게 너무 많아 어디서부터 시작해야 할지 모를
정도입니다. 그런데도 지난 사흘을 늘 존재하고 있는 불행한 가능성
의 예고로 생각합니다. 불안하게 일하는 평일에는 편지를 길게 쓰지
않으려고 합니다. 그대는 동의하셔야 합니다. 화내지 마시고 나무라
지 마십시오. 그런데 지금 원하든 원하지 않든 그대 앞에 몸을 던져
저를 바치고 싶은 기분입니다. 다른 어떤 사람에 대한 자취나 추억도
제게 남아 있지 않음을 그대는 아십니까? 그러나 다시는, 잘못이 있
든 없든 그 편지에서와 같은 말은 듣지 않으려 합니다. 그 때문에 지
금부터 짧은 편지만 쓰겠다는 것은 아닙니다(대신 일요일엔 환희와 함
께 엄청난 양의 편지를 쓰겠습니다). 마지막 숨을 거둘 때까지 소설을 위
해 자신을 모조리 소비할 생각이기 때문입니다. 그 소설은 당신의 것
이기도 합니다. 또한 당신에게 제 안에 존재하는 장점에 대해서, 긴
일생 동안 보내는 긴 편지 속의 암시적인 말들보다 더 선명한 개념을
줄 것입니다. 제가 쓰는 이야기는 미완으로 구상 중입니다. 잠정적으
로 암시하면 제목은 '실종자'이고 북미가 배경입니다.** 우선 5장, 아
니 거의 6장이 끝났습니다. 각각의 장들은 1장 화부, 2장 외삼촌, 3장
뉴욕 교외의 별장, 4장 람제스로 향한 행군, 5장 옥시덴탈 호텔에서,
6장 로빈슨 사건으로 제목을 달았습니다. 이 제목들은 사람들이 무
엇인가 상상할 수 있도록 지었으나 사실 그것은 불가능합니다. 그러
나 가능할 때까지 그대에게 그 제목들을 보관할 생각입니다. 십오 년
동안의 절망적인 노력 후에(드문 순간을 제외하고는) 지난 육 주 동안
처음으로 자신감을 갖게 된 비교적 큰 작품입니다. 이 작품을 끝내야
합니다. 그대도 같은 생각일 것입니다. 그래서 그대의 축복과 함께,
그대에게 정확하지도 않고 끔찍이 흠도 많으며 신중하지도 않은 위
험한 편지를 쓰는 데 소비하는 작은 시간을 그 소설을 쓰는 데 투자
하고자 합니다. 그 일에서 모든 것이—적어도 지금까지는—진정이

되었으며 올바른 길을 찾게 되었습니다. 그대도 동의하시지요? 이 모든 것으로 인해 제가 느끼는 끔찍한 고독 속에 내버려 두지 않겠지요? 친애하는 아가씨, 지금 이 순간 그대의 눈을 들여다봅니다.

—

일요일 날 모든 질문에 될 수 있는 대로 사리 있게 대답을 하겠습니다. 어제 편지를 쓰지 않은 이유도요. 간단한 이야기가 아닙니다.

—

만일 누군가가 안과 의사한테 눈이 아파서 간 것이 아니라면 그렇다고 솔직하게 말해야 합니다.

사흘 전부터 전차에서 뛰어내리는 즐거움을 자제하고 있습니다. 일종의 텔레파시에 의해 그대가 제 경고를 심각하게 받아들이지 않을지도 모른다고 걱정했기 때문입니다. 이제 드디어 그대의 확고한 약속을 받았으니 다시 뛰어내릴 수 있습니다. 토요일에 있었던 한 사건이 떠오릅니다. 막스와 함께 길을 가면서 저는 제가 아주 행복한 남자는 아니라고 생각하고 있었습니다. 어디로 가는지 별 생각이 없었는데 마차 한 대가 제 곁을 스치듯 겨우 피해 지나갔습니다. 여전히 생각에 잠겨 있던 저는 땅바닥 위로 발을 구르면서 무엇인가 분명치 않은 말을 외쳤습니다. 순간 마차에 치이지 않았다는 데 무척 화가 났습니다. 마부는 그 점을 오해하고는 당연히 욕을 해댔습니다.

아니오, 저는 가족과 완전히 등진 채 사는 것은 아닙니다. 첨부한 우리 집의 음향 조건에 대한 서술이 이를 증명해줄 것입니다. 곧, 우리 가족에게 그다지 심하지 않은 공개적인 징벌로 지방의 작은 프라하 신문에 실렸습니다.[45]—그 밖에 막내 누이동생은(벌써 스무 살이 넘었지요) 저의 가장 친한 프라하 친구입니다. 다른 두 누이동생과도 마음이 맞으며 둘 다 상냥합니다. 아버지와 나만이 서로를 철저히 미워한답니다.

설사 인용의 일부로라도 '그대'[Du]라고 불리면 얼마나 좋을까요! 편지를 끝내기 전에 얼른 하나 물어보겠습니다. 제가 사무실에서 당신의 편지를 받아 읽어볼 때 바보처럼 기쁨으로 떨지 않는 방법을 알려주십시오. 그래야 제가 일을 할 수가 있고 쫓겨나지 않지요. 사무실에서 차분하게 당신의 편지를 읽을 수 있겠지요, 그렇죠? 몇 시간이나마 그 편지에 대해 잊어버리고요. 저는 해내야 합니다. 편지 읽는 것을.

그대의 프란츠

Nr. 24
1912년 11월 11일

펠리체 양!

저는 당신에게 터무니없는 부탁을 하나 하려 합니다. 만일 제가 편지를 받는 사람이라고 해도 제가 하는 부탁은 터무니없다고 여길 것입니다. 또한 가장 관대한 사람을 시험하는 일이기도 합니다. 제 부탁은 이런 것입니다. 당신의 편지를 일요일에 받을 수 있도록 일주일에 한 번만 제게 편지를 해주십시오. 매일 보내는 당신의 편지를 견딜 수 없습니다. 참을 수 없습니다. 당신의 편지에 답장을 쓰고 겉으로 보기에는 조용히 침대에 누워 있습니다만 심장의 두근거림은 온몸을 관통하고 당신 이외에는 다른 어떤 것에도 관심을 둘 수가 없습니다. 나는 '그대에게'[Dir] 속합니다. 그것을 달리 표현할 길이 없습니다. 이 표현도 너무 약합니다. 이런 이유로 그대가 무슨 옷을 입고 있는지 알고 싶은 것은 아닙니다. 나는 너무 혼란스러워 살아갈 수가 없습니다. 그래서 내가 나를 좋아하는지 알고 싶지 않습니다. 그랬다면 어떻게 제가, 이 바보가, 여전히 사무실에 아니면 집에 앉아 있겠습니까. 기차에 몸을 던져 눈을 감고 있다가 그대 곁에서야 비로소 눈을 뜨지 않고 말입니다. 내가 왜 그렇게 할 수 없는지 슬픈 이유가 있습니다. 나의 건강은 겨우 제 한 몸을 위해서만 좋을 뿐이지 결혼을 하기엔 좋지 못합니다. 아버지가 되는 것은 말할 것도 없구요. 그러나 그대의 편지를 읽을 때는 지나쳐서는 안 될 문제를 지나칠 수 있는 것 같습니다.

지금 그대의 답장을 받을 수 있다면! 얼마나 끔찍하게 그대를 고문하고 있습니까. 그대의 조용한 방에서 이 편지를—그대의 책상 위에 놓인 편지 가운데 가장 고약한 편지를—읽으라고 얼마나 강요하는지요. 때때로 나는 허깨비처럼, 행복을 가져다주는 그대의 이름에 의해 살아가는 것 같은 생각이 듭니다. 그대에게 다시는 편지를 하지 말라고 했던 토요일의 편지, 또 나 역시 그대에게 같은 약속을 했던 그 편지를 부쳤으면 좋았을 텐데요.[46] 아, 무엇이 그 편지를 부치지 못하도록 했을까요. 그랬다면 모든 것이 다 좋았을 텐데요. 평화로운 해결책이 아직 있습니까? 우리가 서로한테 일주일에 한 번 편지를 쓴다면 도움이 될까요? 아니오, 저의 괴로움이 그런 식으로 치유될 수 있다면 그 괴로움은 심각하지 않은 것입니다. 저는 일요일의 편지조차도 견딜 수 없습니다. 그래서, 토요일에 놓쳐버린 기회를 만회하기 위해, 이 편지 끝에 겨우 남아 있는 기력으로 그대에게 부탁합니다. 우리가 우리의 삶을 아낀다면 그 모든 것을 그만둡시다.[47]

제가 '그대의'란 말로 서명하려고 한다고요? 틀렸습니다. 아니오, 저는 영원히 저 자신에 묶여 있습니다. 그것이 저입니다. 제가 감수해야 할 일입니다.

프란츠

Nr. 25

1912년 11월 13일

11월 17일 일요일에 한 다발의 장미와 함께 심부름꾼을 통해 전달되었을 것으로 추정.

범죄의 말을 하고 난 뒤 순결한 장미를 보내려는 궁색한 시도! 그러나 바로 그렇습니다. 한 사람 안에 들어 있는 모든 것을 억제하기엔 외부 세계는 너무 작고 너무 솔직하고 너무 정직합니다.—좋습니다. 그러나 이 사람은 적어도 자신이 의존하고 있다고 생각하는 그 사람을 위해 정신을 차려야 합니까?—더구나 바로 제정신을 유지하기 불가능한 곳에서요?

Nr. 26

1912년 11월 14일

사랑하는 이여! 사랑하는 이여! 이 세상에 선한 것이 많이 존재하는 한 두려워하거나 불안해할 필요가 없습니다. 그대의Dein 편지가 왔습니다. 우리 과장 옆에 앉아 장석 광산 보험에 관해 이야기하고 있었습니다. 그때 그 편지를—손은 평상시처럼 떨리고 있었습니다—움켜쥐고는 과장이 유령이라도 되는 것처럼 바라보았습니다. 그러나 그 편지를 두 번 세 번 읽자 이미 오랫동안 원해왔듯이, 또 사흘 전 밤에 기도한 대로 편안했습니다. '그대'의 편지 봉투에—(잘못됐습니다. 그냥 '그' 편지 봉투라고 해야 합니다. 그러나 '그대Du'나 '그대의Dein'라는 단어는 계속 나올 것입니다)—위안이 될 만한 글들이 들어 있는 그 편지 봉투가 편안해진 원인일 수는 없습니다. 그것을 한참 후에야 읽었습니다. 편지에 씌어 있는 내용은 나를 틀림없이 동요시켰을 것입니다. 얻는 게 많으면 많을수록 사람들은 이 회전하는 지구 위에서 더 많이 두려워해야 하기 때문입니다.—나를 꽉 붙들고 있는 것은 단지 그대였는지 모릅니다. '그대Du', 이 말에 대해 나는 그대에게 무릎을 꿇고 감사를 드립니다. 그대에 대한 불안이 감사를 강요했는데 이제 그대는 그것을 조용히 되돌려주기 때문입니다. 사랑하는 그대여! 이제 그대에 대해 확신해도 됩니까? '당신Sie'이란 단어는 스케이트를 타듯이 미끄러집니다. 존칭 '당신'이란 단어는 두 편지 사이에서 사라진지도 모릅니다. 편지들과 생각을 통해서 그 상황을 아침에, 저녁에, 밤에 추적해야 합니다. 그러나 그 '그대'는 그대의 편지처럼 그대로 머물러 있습니다. 그 편지는 움직이지 않으며 나는 그 편지에 입 맞추고 입 맞춥니다. 그 말은 참으로 대단합니다. 그 어떤 것도 그렇게 완전히 두 사람 사이를 맺어주지 못합니다. 더구나 우리처럼 가진 것이라곤 단어뿐일 때는 말입니다.

오늘 나는 사무실에서 가장 평온한 남자였습니다. 자기 수양을 쌓은 자가 지난 한 주와 같은 일주일을 보낸 뒤 자신에게서 기대할 수 있을 정도로 평온했습니다. 나중에 좀 더 자세히 이야기하죠. 그래요, 생각해보십시오. 나는 아주 좋아 보입니다. 사무실엔 나의 겉모습을 정밀히 검사하는 것을 생업으로 삼는 사람들이 있습니다. 이들이 그렇게 말했습니다. 그대에게 답장을 쓰려고 서두르지 않았습니다(게다가 오늘은 불가능합니다). 그러나 내 마음은 그대에게 계속 답을 하고 계속 감사해 합니다.

사랑하는 이여, 사랑하는 이여! 이 말을 여러 쪽에 걸쳐 반복하고 싶습니다. 만일 일률적으로 씌어진 종이들을 그대가 꼼꼼히 읽고 있을 때 누군가가 그대 방에 들어와, 그대가 읽고 있던 것을 감출 수 없을지도 모르는 그런 경우를 내가 염려하지 않는다면 말입니다. 어제는 그대에게 몇 줄만 썼습니다. 그대는 이 편지를 일요일에나 받게 될 것입니다. 지금 다시 찾기는 어렵습니다. 하여튼 그럴 필요 없습니다. 단지 그대가 불필요하게 놀라지 않기를 바라기에 언급하는 것입니다―지금까지 나는 그대를 충분히 놀라게 했습니다.―날짜, 표제, 그리고 서명도 없이 몇 줄만 썼습니다. 그대를 되찾기 위한 가엾고도 불확실한 시도입니다. 다정하게 봐주세요!

그러나 최근에 그대에게 여기저기에서 썼던 것들이 미친 짓이 아니라 고통이었다는 것을 어떻게 그대가 아는지 말해주십시오. 미친 짓처럼 보였을 것입니다. 내가 그대라면 얼른 그 편지에서 손을 놓아버리려고 애썼을 것입니다. 지난번 편지는 씌어진 것이 아니라―표현을 용서하세요―토한 것이었습니다. 침대에 누워 있었는데 그 편지는 일련의 문장들이 아닌 단 하나의 끔찍한 문장으로 생각났습니다. 만일 그 말을 기록하지 않는다면 나를 죽일 것 같았습니다. 실제로 쓰기 시작하자 그리 나쁘지 않았습니다. 그래서 더 많은 생각들을 모으고, 기억을 좇아갔으며, 여기저기서 작은 위로가 되는 거짓들이 편지 안으로 기어들어 갔습니다. 그러나 아주 경쾌하게 편지를 역으로 들고 가 다급하게 우체통에 집어 넣었습니다. 불행하긴 하나 여전히 살아 있는 남자로 집에 돌아왔습니다. 그러나 잠들기 전 끔찍한 두 시간이 다시 마음을 바꾸어 놓았습니다.

그것으로 충분합니다. 다시 그대의 편지를 받게 되겠지요. 언제든지 그대가 편지를 쓰고 싶을 때, 아니 언제든지 그렇게 할 수 있을 때 쓰세요. 나 때문에 사무실에 밤늦게까지 있지는 마세요. 편지가 오지 않아 괴로워하지 않겠습니다. 그래도 한 통이 온다면 그 편지는 손 안에서―그렇게 여겨집니다―그 어떤 편지에서도 일어나지 않았던 일, 곧 살아나게 될 것입니다. 나의 눈과 입술로 쓰지 못했던 모든 편지들을 충분히 대신할 것입니다. 그러나 아름다운 밤에 산책할 수 있는 시간을 더 많이(어제 막내 누이동생과 밤 열 시부터 열한 시 반까지 산책을 했습니다. 열 시에 나가 열한 시 반에 돌아왔지요. 그대는 그 애를 올바르게 머릿속에 그릴 수 없을 것입니다. 벌써 스무 살이고 키가 상당히 크고 건장하긴 하지만 어린애 같은 구석이 있지요) 가지세요. 만일 리허설 때문에 급히 가지 않아도 된다면요. '유머'[48]는 성공하셨지요! 나는 막스를 계속 괴롭혔고 산책하다가 그의 팔을 거의 삐게 할 뻔했습니다. 모두 그대 때문이지요. 그러나 그 바보는 전화로 오갔던 말들 중 웃음에 대한 이야기 외에는 다른 말을 해줄 줄 몰랐습니다. 그대가 전화기 앞에서 웃을 수 있다면 그대는 분명히 전화 통화에 익숙한 사람일 것입니다. 전화 생각만 하면 웃을 수가 없습니다. 그렇지 않다면 왜 우체국으로 달려가 그대에게 잘 자라고 인사하지 않겠습니까? 우체국에서 전화가 연결되기를 기다리며 한 시간이나 불안한 마음으로 벤치를 꽉 붙들고 앉아 있다가 드디어 이름이 불려 달려가 전화를 받으면 떨려서 기어들어 가는 목소리로 그대의 안부를 묻고, 그대의 목소리를 들을 때쯤에는 대답조차 할 수 없을 것입니다. 삼 분이 지나간 것을 신에게 감사하고는 그대와 진정한 대화를 하고 싶은 참을 수 없는 갈망을 안고 집으로 돌아올 것입니다.—그러니 그렇게 하지 않는 것이 더 낫습니다. 그러나 가능성은 아름다운 희망으로 남습니다. 그대의 전화 번호는 뭐죠. 막스가 전화 번호를 잊어버리지 않았나 염려됩니다.

이상입니다. 이제 멋지게 잠을 자려고 합니다. 사랑하는 이여, 나는 아주 비음악적입니다. 음악이 필요하지 않을 때!

그대의 프란츠

Nr. 27
1912년 11월 14일
사랑하는 이여, 그대를 방해하지 않기를 바랍니다. 그대에게 잘 자라는 말을 하고 싶었습니다. 그 말을 하려고 글 쓰던 것을 중단했습니다. 곧 그대에게 편지를 쓸 수 없을까 봐 두렵습니다. 누군가에게(나는 그대를 모든 이름으로 다 불러보아야 합니다. 그러니 그대는 한 번은 '누군가'로 불려야 합니다) 편지를 하려면 말을 걸고 있는 그 사람의 얼굴이 앞에 있다고 상상을 해야 하니까요. 그대의 얼굴은 잘 떠오르기에 문제 될 것은 없습니다. 그러나 그것보다 분명한 모습이 더 자주 나를 사로잡습니다. 곧 나의 얼굴을 그대의 어깨 위에 놓고, 그대는 내가 무슨 말을 하는지 전혀 알아듣지 못하는데도—조금 흐릿하고 목이 메인 채—그대의 어깨에, 그대의 옷에, 또 나 자신에게 이야기하고 있는 모습입니다.

지금 자고 있습니까? 아직까지—내가 반대할 일인—책을 읽고 있습니까? 아니면 아직도 리허설을 하고 있나요. 이는 내가 바라는 바가 전혀 아닙니다. 늘 느리긴 해도 결코 망가지지 않는 나의 시계는 지금 한 시 칠 분 전을 가리킵니다. 그대는 다른 사람보다 잠을 더 많이 자야 합니다. 왜냐하면 나는 다른 사람보다 조금 자기 때문입니다. 그래도 아주 조금 자는 것은 아닙니다. 잠자는 시간 중에서 내가 사용하지 않은 시간을 저장하는 데 그대의 사랑스런 눈보다 더 좋은 장소를 알지 못합니다.

부탁이니 어수선한 꿈은 꾸지 마세요! 마음속으로 그대 침대 주위를 돌면서 고요함을 명령합니다. 나는 그곳에서 질서를 잡고 술 취한 사람마저도 임마누엘 키르히 거리 밖으로 몰아낸 뒤, 마음이 가라앉아 글 쓰는 일로 돌아가거나 아니면 잠으로 돌아갑니다.

그래도 늘, 내가 그대에게 편지 쓰는 시간에 무슨 일을 했는지 대강 이야기해주십시오. 사랑하는 이여. 그러면 나의 추측이 맞는지 확인해보겠습니다. 가능하다면 내가 추측할 수 있는 일들을 하세요. 여러 번 그렇게 하고 나면 믿을 수 없게도 그 두 가지가 일치하는 날이 오게 되어 우리가 언제나 확신할 수 있는 위대한 현실이 펼쳐질 것입니다.—이제 탑에서 프라하 시간으로 정확히 한 시를 치고 있습니다. 안녕, 펠리체, 안녕! 어떻게 그대는 그 이름을 얻게 되었지요? 내게서 날아가버리지 마세요! 그런 생각이 떠오릅니다. 아마도 '안녕'이라는 말이 어떤 날아오르는 힘을 갖고 있기 때문일 것입니다. 누구든 날아오르는 일에서—만일 그것이 내가 그대에게 매달려 있듯이 매달려 있는 무거운 짐을 벗어버리게 해준다면—틀림없이 크나큰 즐거움이 될 것입니다. 그러한 구원의 손짓에 유혹되지 않기 바랍니다. 그대가 나를 필요로 한다는 착각으로 사세요. 더 깊이 그렇게 상상하세요. 그대에게 아무런 해도 되지 않음을 알게 될 것입니다. 언젠가 나에게서 벗어나고자 한다면 그대는 그렇게 할 힘을 충분히 갖게 될 것입니다. 그러나 그동안 그대는 내가 이 삶에서 발견하리라 꿈꾸지도 못했던 그런 선물을 나에게 주셨습니다. 설사 그대가 잠을 자며 머리를 흔든다 해도 말입니다.

프란츠

Nr. 28 [노동자재해보험공사의 편지지]
1912년 11월 15일
그대여, '그대Du'란 단어가 내가 생각한 만큼 도움이 되지는 못합니다. 그리고 오늘, 두 번째 날인데도, 그 호칭이 아무 소용이 없음을 알았습니다. 물론 여전히 평온할 수 있었습니다. 그러나 오늘 편지가 오지 않았다는 것보다 더 분명한 것은 없습니다. 제가 무엇을 할 수 있겠습니까? 복도에서 이리저리 배회하다 모든 사환들의 손을 바라다보고, 단지 우편물을 보러 누군가를 내려보내기 위해 불필요한 지시를 하고(왜냐하면 사무실은 사 층에 있는데 우편물은 아래에서 분류되며 우편 집배원은 시간을 잘 지키지 않기 때문입니다. 그 밖에도 간부 선거가 있기 때문에 우편물이 아주 많습니다. 그대의 편지가 달갑지 않은 우편물 더미 속에서 발견되기 전에 초조해서 죽을지도 모릅니다) 결국은 모든 것을 믿지 못하고 아래로 달려가나 역시 아무것도 발견하지 못합니다. 만일 무엇인가 왔다면 즉시 받았겠지요. 나는 세 사람에게 그대의 편지를 다른 우편물보다 앞서 가져다 달라고 부탁했으니까요. 이러한 임무로 그 세 사람의 이름은 불려질 만합니다. 먼저 사환 메르글은 겸손하고 부탁을 잘 들어주긴 하나 그에 대해 억누를 수 없는 반감을 갖고 있습니다. 왜냐하면 그에게 모든 희망을 걸면 그대의 편지가 드물게 온다는 것을 알았기 때문입니다. 그럴 때는 이 남자의 고의는 아니지만 무섭게 생긴 외모가 불쾌합니다. 오늘도 그랬습니다. 그의 빈손을 몽둥이로 때리고 싶을 정도였습니다. 그래도 메르글은 관심을 갖는 것 같습니다. 편지가 오지 않은 날은 혹시 다음 날 오지 않을까 하여 그에게 여러 번 묻습니다. 그러면, 언제나 허리를 굽혀 경의를 표하며 분명히 그럴 거라고 합니다. 이런 말을 털어놓기가 부끄럽지 않습니다. 한번은—이제 생각이 나는데—터무니없이 단호하게 그대의 편지를 기대하고 있었습니다. 분명 기분이 좋지 않았던 처음 한 달 중의 일이었을 겁니다. 그때 그 사환이 복도에서, 편지가 정말로 왔는데 내 책상 위에 있다고 알려주었습니다. 서둘러 책상에 가보니 그곳엔 막스가 베네치아에서 보낸 벨리니의 그림엽서만 덩그러니 놓여있었습니다. '사랑의 여신, 지구의 지배자'를 묘사한 그림이었죠. 그러나 그렇게 개인적으로 고통스러운데 일반성이 무슨 소용 있겠습니까?—두 번째 심부름꾼은 보타바라는 우편물 담당 부장입니다. 그는 약간 나이가 든 독신으로, 여러 음영의 주근깨로 뒤덮인 주름진 얼굴과 까칠한 수염으로 덮인 얼굴을 하고 있습니다. 언제나 젖은 입술로 버지니아 담배를 깨물고 있지요. 그러나 보타바가 문 사이에 서서 자신의 임무가 아닌데도 양복 가슴 안주머니에서 그대의 편지를 끄집어내 나에게 건네줄 때는 얼마나 초월적으로 아름답게 보이는지요. 그는 그 편지가 무슨 편지인지 어렴풋이 알아차린 것 같습니다. 왜냐하면 시간이 있을 때마다 그는 언제나 다른 두 사람보다 선수를 치려 하기 때문입니다. 그러고는 사 층이나 올라와야 하는데도 불평하지 않습니다. 하지만 그가 내게 편지를 직접 건네주기 위해 때때로 더 일찍 가지고 올 수도 있는 다른 사환들을 방해한다는 것을 생각하면 괴롭습니다. 그래요, 걱정 없이 되는 일은 없습니다. ─ 뷤 양은 나의 세 번째 희망입니다. 그녀도 편지 건네주는 일을 행복하게 생각합니다. 뷤 양은 밝은 모습으로 내게 와서 마치 그 편지가 겉으로는 다른 사람의 편지지만 실제로는 그녀와 나 둘 사이의 편지인 듯이 건네줍니다. 만일 다른 두 사람 중 누군가가 편지를 가지고 오면 뷤 양은 거의 울상이 됩니다. 그러고는 다음 날은 주의를 기울이겠다고 굳게 약속하죠. 그러나 건물은 크고 직원이 이백오십 명에 달해 다른 사람이 그녀보다 먼저 쉬이 편지를 차지합니다.

오늘은 세 사람 모두 그 일을 못하고 있습니다. 그 말을 얼마나 자주 반복할지 모르겠습니다. 오늘은 전혀 편지가 올 것 같지 않으니까요. 더구나 이 과도기에 내가 불안을 느낀 것은 오늘뿐입니다. 만일 그대가 내일 편지한 뒤에 편지를 하지 않는다면 더 이상 신경 쓰지 않겠습니다. 이전엔 나 자신에게 "그녀는 편지를 쓰지 않는다"하고 말하곤 했습니다. 기분이 좋지 않았습니다. 그래서 이제는 "사랑하는 이여, 그대는 산책을 갔군요"하고 말하겠습니다. 그러면 즐거워지겠죠. 몇 시에 그대는 나의 밤 편지를 받았습니까?

그대의 프란츠

1912년 11월 15일 저녁 11시 30분

사랑하는 이여, 오늘 내 글을 쓰기 전에 그대에게 편지를 합니다. 그
래야 그대를 기다리게 한다고 생각하지 않을 수 있고, 그래야 그대
는 나의 건너편에 있는 것이 아니라 내 옆에 있게 되며, 그래야 안심
하고 글을 쓸 수 있습니다. 그대에게 솔직히 털어놓으면 며칠 전부터
조금밖에 쓰지 못했습니다. 네, 거의 아무것도 쓰지 못했습니다. 그
대에게 너무 골몰해 있었고 그대에 대해 생각할 게 너무 많았습니다.
제시간에 도착하지 않을지도 모르지만 두 책 가운데 하나는 그대의
눈을 위해서이고 다른 하나는 그대의 마음을 위해서입니다. 첫 번째
책은 좀 임의적이고 우연이었지만 훌륭합니다.[49] 그대에게 이 책 말
고 주어야 할 책이 많습니다. 그러나 첫 번째 책은 우리 사이에 임의
적인 것도 허용된다는 것을 보여주기 위해서입니다. 임의적인 것도
필연적인 것으로 변화하기 때문입니다. 두세 사람 정도와 가깝게 지
내는데 『감정 교육』은 여러 해 동안 그들만큼이나 가까웠던 책입니
다. 언제 어디서 펴더라도 그 책은 나를 깜짝 놀래켰고 완전히 사로
잡았습니다. 나는 늘 이 작가의 정신적인 아들로 느꼈습니다. 설사
가련하고 어색한 아들이긴 해도 말입니다.[50] 혹시 그대는 프랑스어를
읽을 수 있는지 곧 답장을 주세요. 프랑스어를 읽을 수 있다면 그대
는 신프랑스어판을 얻을 수 있습니다. 사실이 아니더라도 프랑스어
를 읽을 수 있다고 말하세요. 이 프랑스어판은 멋지거든요.

그대의 생일을 위해(그대의 어머니와 생일이 같군요. 그렇게 그대는 어머
니의 삶을 직접적으로 연장하나요?) 아무것도 기원할 수가 없습니다. 그
대에 대해 절박한 소망이 있다 해도 그 소망은 내게 불리한 쪽으로
나아가기 때문입니다. 그래서 말로 표현할 수 없습니다. 내가 말할
수 있는 것은 단지 이기적인 것입니다. 그래서—당연하지만—아무

말도 할 수 없고 아무 소망도 기원할 수 없습니다. 그래도 생각만으로라도 이번 한 번만 그대의 사랑스런 입술에 입맞춤하도록 허락해 주십시오.

프란츠

Nr. 30
1912년 11월 15일

막스 브로트가 펠리체 바우어에게

친애하는 아가씨—

친절한 편지 고맙습니다. 오늘 오후 프란츠와 이야기할 예정인데 당신의 편지에 대해서는 말하지 않을 것입니다. 바로 당신에게 편지하겠습니다. 그사이 상황이 해결되어—바라는 바지만—필요 없게 되는 경우가 아니라면 말입니다. 당신에게 부탁하고 싶은 것은 프란츠와 그의 빈번한 병적 감수성에 친절하게 대해주십사 하는 것입니다. 프란츠는 순간적인 기분에 따릅니다. 게다가 무조건적인 것만을, 모든 것에서 극단적인 것만 원하는 그런 사람입니다. 결코 타협이란 말과는 어울리지 않는 사람입니다. 글을 쓰는 데 모든 기능이 순조롭지 못하면 그는 절반만큼의 좋은 창작에 만족하기보다는 차라리 몇 달이고 한 줄도 창작하지 않습니다. 문학에서 그러하듯이 프란츠는 모든 것에서 그러합니다. 종종 사람들은 그에게서 변덕스럽고 괴짜인 듯한 인상을 받습니다. 그러나 그런 성격을 잘 아는 저로서는 절대 그렇지 않습니다. 더욱이 프란츠는 중요한 일에서는 실무적인 방법을 선택하는 데 영리하고 능숙하기까지 합니다. 단지 이상적인 문제에서는 농담을 모릅니다. 무엇보다 자기 자신에게 무서울 정도로 엄격하기 때문이죠. 그 자신 몸이 허약하고 외적 생활 환경(사무실!!)이

유리하지 못하기에 그로 인해 생기는 갈등을 극복할 수 있도록 사람들은 이해와 선의로 도와주어야 합니다. 출중한 사람은 수많은 평범한 사람과는 다르게 취급받을 만하다는 의식에서 말입니다.—나는 당신이 내 말을 오해하지 않으리라 믿습니다. 오늘 같은 경우에 도움을 청하십시오.—프란츠는 매일 두 시까지 사무실에 있어야 한다는 사실에 괴로워합니다. 오후에 그는 지칠 대로 지친 상태입니다. 그래서 '환상을 채우기' 위해 남아 있는 시간은 밤뿐입니다. 슬픈 일입니다. 그는 그때 소설을 쓰는데, 그것은 내가 아는 다른 모든 문학을 압도하는 것입니다. 프란츠가 자유롭고 확실한 보호 아래 있다면 무엇인들 성취할 수 없겠습니까! 진심으로 또 부탁하는데 아무에게도 제가 베를린에 있다고 말하지 마십시오. 저는 아무도 방문하지 않고 당신하고만 이야기했습니다. 당신의 모든 일이 잘되고 모든 것이 행복하기를 바랍니다.

충심으로 막스 브로트

Nr. 31

1912년 11월 15일 [실제로는 1912년 11월 16일로 추정]

사랑하는 이여, 나를 괴롭히지 마시오. 그대는 오늘, 토요일에도 편지 한 통 없이 나를 내버려 두는군요. 바로 오늘, 밤이 지나면 아침이 오듯 편지가 오리라 생각한 날입니다. 누가 완전한 편지를 원했나요. 그저 두 줄, 하나의 인사말, 하나의 봉투, 엽서 하나를 원했지요. 네 통의 편지를 보냈는데도(이 편지가 다섯 번째입니다) 그대한테 단 한 줄의 편지도 받지 못했습니다. 옳지 않습니다. 어떻게 내가 그 긴 하루를 보내고, 일을 하고, 말하고, 또 사람들이 나에게 요구하는 것을 할 수 있습니까? 별일은 없겠지요. 그대는 시간이 없었거나 연극 리허설 아니면 연극 준비 회의에 방해를 받았나보군요. 그러나 도대체 누가 그대가 책상으로 가 연필로 한 조각 종이 위에 '펠리체'라고 적어 나에게 보내는 것을 못하게 방해할 수 있는지 말해주십시오. 그것만으로도 충분합니다. 그대가 살아 있다는 표시 하나가 살아 있는 존재에 매달리려는 나의 무리한 시도에 안도감을 줍니다. 내일은 편지가 오겠지요. 와야 합니다. 그렇지 않으면 어떻게 할 방법이 없습니다. 온다면 모든 것이 좋아질 것이고 자주 편지 하라고 그대를 괴롭히지 않을 것입니다. 내일 편지가 오면 월요일 아침 사무실에서 이러한 푸념으로 그대에게 인사할 필요가 결코 없습니다. 그러나 불평을 표현해야 합니다. 그대가 답을 하지 않으면 그대가 나를 저버리고 다른 사람과 이야기하고, 나를 잊어버렸다는 느낌이 드는 것을 그 어떤 이성적인 생각으로도 떨쳐버릴 수 없기 때문입니다. 내가 그런 상황을 아무 말 하지 않고 참아야 하나요? 그대의 편지를 기다리는 것이 처음이 아님을(그대의 잘못은 아님을 확신하지만) 덧붙인 옛 편지가 증명해줍니다.

그대의 사람

Nr. 32 [노동자재해보험공사의 편지지]

동봉한 것. 날짜는 없음

아가씨!

막 지역 관청 사무실까지 천천히 걸어갔다가 돌아왔습니다. 상당한 거리입니다. 사람들은 강을 건너 먼 몰다우 둑까지 갑니다. 오늘은 그대의 편지가 오지 않으리라는 사실을 감수합니다. 지금까지 아침에 편지가 오지 않으면 오지 않는다고 생각했기 때문입니다. 최근 이틀 동안 여러 이유로 좀 슬프고 산만했습니다. 돌아오는 길에 벨베데

카프카의 편지 93

레 가에 서 있었습니다—한쪽 길가에는 주택이, 다른 쪽엔 발트슈타인 백작 정원[51]의 평범하지 않은 높은 담이 있습니다—아무 생각 없이 그대의 편지들을 주머니에서 꺼냈고 막스에게 보내는 편지를—그 편지는 맨 위에 있었지만 별로 중요하게 생각지 않았습니다—그 밑에 놓았습니다. 그러고는 그대의 첫 편지를 몇 줄 읽어보았습니다. 다소 졸린 상태에서의 행동이었습니다. 잠을 아주 조금 자기 때문에 피곤하지 않은데도 그렇게 느낍니다. 이제 사무실로 오니 기대하지 않았던 그대의 편지가, 화려한 편지지의 크기와 만족스런 무게와 더불어, 놓여 있었습니다. 다시 한번 말하지만 내가 쓰는 것은 답장이 아닙니다. 우리 서로 질문과 답이 실컷 얽히게 합시다. 그대 편지의 모든 아름다움 중에서 가장 아름다운 것은 내가 원할 때 언제든지 그대에게 편지해도 된다는 허락입니다. 날마다 반복되는 편지 쓰기가 언젠가는 중단될 때가 있으리라는 걸 알기 때문입니다. 이 점에서 그대를 모르겠습니다. 그대에게 편지가 매일매일 오는 것은 고통스러울지 모릅니다. 그러나—본질적으로 규칙적이지 못한 내가—아무 저항 없이 그대에게 편지하는 일에 전념하고 있습니다. 이제 그대의 허락을 받았으니 내가 하고 싶은 대로 할 수 있습니다. 그대의 답장 없이도 편지할 수 있는 것과 똑같이, 내가 편지할 수 없는 경우에도 그대에게서—내가 그만큼 두 배로 편지를 필요로 할 것이기에—동정심으로 쓴 편지 한 통을 받을 수 있으리라는 희망을 품습니다.

오늘은 하나의 답만 하겠습니다. 진통제와 그런 모든 것을 다 그만두시오! 약국으로 가는 대신에 두통의 원인을 알아보시오! 어디에 두통의 원인이 있는지 알 수 있도록 그대 삶의 더 오랜 시간을 조망할 수 없는 것이 유감입니다. 그런 약이 주는 인공적인 느낌은, 설사 최상의 효력을 볼 때라 해도, 자연적으로 당하는 두통보다 더 참을 수 없는 것이 아닙니까. 게다가 치료는 사람과 사람을 통해서만 가능합니다. 고통이 사람을 통해—이번 경우 그대의 두통과 나 사이에서처럼—전달되듯이 말입니다. 안녕히 계십시오. 계속 나에게 호감을 가져주십시오.

그대의 카프카

Nr. 33 [소인: 프라하]
1912년 11월 16일

카프카의 어머니가 펠리체 바우어에게 보내는 첫 편지

친애하는 아가씨!

우연히 당신이 우리 아들에게 11월 12일에 보낸 편지를 보게 되었습니다. 당신의 글씨체가 너무 맘에 들어 그럴 자격이 없다는 것은 생각도 안 하고 편지를 끝까지 읽었습니다. 단지 우리 아들의 건강 문제가 그런 상황으로 몰고 갔다는 것을 당신에게 맹세하면 나를 용서하리라 확신합니다.

당신을 개인적으로 아는 즐거움을 가질 수는 없지만 어머니로서 염려를 털어놓고 싶을 만큼 당신을 신뢰합니다.

그런 신뢰를 하게 된 연유는 당신이 편지에서 한 말, 곧 자식을 진심으로 사랑하는 어머니에게 말해야 한다고 한 것 때문입니다. 친애하는 아가씨, 당신의 나에 대한 의

카프카의 어머니 율리 뢰비(1856~1934)

견은 정확합니다. 아마 당연하겠지요. 일반적으로 모든 어머니는 자기 자식을 사랑하니까요. 그러나 내가 얼마나 내 아들을 사랑하는지 당신에게 설명할 수가 없습니다. 프란츠가 행복할 수만 있다면 내 삶의 몇 년을 기꺼이 잃어도 좋습니다.

어느 누구라도 우리 아들의 처지라면 모든 사람들 가운데 가장 행복한 사람일 것입니다. 부모는 자식의 어떤 소망도 거부하지 않았으니까요. 프란츠는 자신이 좋아하는 것을 공부했고 변호사가 되기를 원치 않아 공무원의 길을 택했습니다. 아들에게 아주 잘 맞는 듯합니다. 근무 시간은 짧고[52] 오후는 자신을 위해 글을 쓸 수 있으니까요.

프란츠가 한가한 시간에 글 쓰는 일에 몰두하는 것을 이미 여러 해 전부터 알고 있습니다. 그러나 나는 글 쓰는 것을 단지 오락거리로 여깁니다. 만일 프란츠가 또래의 다른 젊은이들처럼 잠자고 먹기만 한다면 건강을 해치지는 않을 것입니다. 우리 아들은 너무 조금 자고 조금 먹어 자신의 건강을 망가뜨리고 있습니다. 내가 두려워하는 것은 그가 너무 늦게 그 사실을 깨닫는 것입니다.[53] 그래서 당신에게 부탁하는데 어떤 식으로든 프란츠에게 그 사실을 상기시켜주고 어떻게 사는지, 무엇을 먹는지, 몇 번의 식사를 하는지 등 하루를 어떻게 보내는지 물어봐주십시오. 그렇지만 내가 당신에게 편지했다는 사실을 프란츠가 알아서는 안 됩니다. 더욱이 당신과 편지를 주고받는다는 사실을 내가 알고 있다는 것을 알아서도 안 됩니다. 내 아들의 생활 방식을 바꿀 수 있는 힘이 당신에게 있다면 나는 당신을 고맙게 생각할 것이며 당신은 나를 가장 행복한 사람으로 만들어줄 것입니다.

당신을 존경하는 율리 카프카

나에게 답장하고 싶다면 다음의 주소로 하십시오.
프라하, 알트슈태터 링, 킨스키—팔레: 16—사신.

사랑하는 이여, 저주받을 놈인 나는 건강한 그대를 아프게 하는데 탁월합니다. 몸조심하세요, 제발 몸조심하세요. 제발 나를 위해 나로 인해 생긴 병을 이겨내세요. 그런데도 그대가 편지하지 않아 감히 그대를 비난하고 나 자신의 불안과 욕망에 파묻혀 그대가 아픈 것이 아니라 리허설이나 오락을 즐기고 있다고 우스운 추측을 합니다. 만일 우리가 대륙에 의해 갈라져 있고 그대는 아시아 어딘가에 살고 있더라도 우리는 그보다 더 멀리 갈라져 있을 수가 없습니다. 그대가 보내는 모든 편지는 아무리 짧아도 나에게는 무한히 깁니다(맙소사, 언뜻 보기에 모든 것을 다 비난하는 것 같습니다. 오늘 그대의 편지는 짧지 않습니다. 내가 받을 자격이 있는 것 보다 만 배나 더 깁니다). 그 편지를 서명까지 다 읽고 난 뒤 다시 처음부터 읽습니다. 그렇게 계속 반복합니다. 그러나 결국 편지에 종지부가 있음을 인정하고 그대는 어둠 속으로 사라집니다. 그때는 스스로 머리를 한 대 치고 싶습니다.

오늘은 정말로 그대의 편지가 적당한 때에 왔습니다. 나는 그대 처럼 의지가 굳지 못합니다. 베를린으로 갈 생각은 꿈에도 못했습니다. 단지 편지가 올 때까지는 일찍 침대에서 나오지 않으려고 결심했습니다. 이러한 결심을 하는 데 그 어떤 특별한 결단력도 필요하지 않습니다. 나는 너무 슬퍼서 일어날 수가 없었습니다. 지난밤에는 나의 소설이 더 악화된 듯했습니다. 아주 우울했습니다. 그러나 그 등기 우편을 받았을 때의 행복감은 뚜렷이 기억합니다. 위를 올려다볼 때마다 아주 불쌍한 남자가 진정한 행복의 절정 안으로 걸어 들어가고 있는 것을 봅니다. 그저께 밤에 두 번째로 그대의 꿈을 꾸었습니다. 한 우편 집배원이 그대가 나에게 보낸 두 통의 등기 우편을 가지고 왔습니다. 편지를 각각 한손에 하나씩 들고는—증기 기관의 피스톤

막대가 거세게 움직이듯이—팔을 멋지고 정확하게 움직이며 건네주었습니다. 맙소사, 마법의 편지였습니다. 봉투에서 계속 여러 장을 끄집어냈으나 비지가 않았습니다. 나는 계단 중간에 서 있었는데 봉투에서 다른 편지들을 끄집어내기 위해 읽은 편지지를—나쁘게 여기지 마십시오—계단 위로 던져야 했습니다. 온 계단이 위부터 아래까지 읽은 편지들로 뒤덮이고, 떨어져 겹쳐진 채 탄력적인 종이들은 큰 소리를 냈습니다. 정말로 소망이 이루어졌습니다.

그러나 오늘 아침 그 우편 집배원을 아주 다른 방식으로 이곳으로 오게 했습니다. 우리 집배원은 시간을 잘 지키지 않습니다. 열한 시 십오 분경 드디어 편지가 왔습니다. 열 번이나 나는 여러 사람들을—마치 이런 정황이 집배원을 위로 유인할 수 있다는 듯이—나의 침대에서 계단으로 내려보냈습니다. 감히 일어날 수가 없었습니다. 그러나 열한 시 십오 분경에 정말로 편지가 왔습니다. 그래서 편지를 찢어 열고는 단숨에 읽었습니다. 그대가 아파 행복하지 못했습니다. 그러나—이제야 본성이 드러납니다—그대가 아프지 않으면서도 편지를 하지 않았다면 더 불행했을 것입니다. 이제 다시 우리는 서로를 소유하고 있습니다. 서로 악수한 뒤 서로를 더 건강하게 만들어야 합니다. 함께 건강한 삶을 이어갑시다. 다시 아무것에도 답을 하지 못했습니다. 대답은 직접 입으로 해야지 글로는 알 수가 없습니다. 기껏해야 행복의 예감만을 얻을 수 있지요. 그렇더라도 오늘—아직 뛰어다녀야 할 일이 많고, 비참함 가운데 침대 속에서 떠오른 일, 곧 나를 가장 괴롭히는 단편을 써야 하지만[54]—다시 그대에게 편지를 쓰겠습니다.

그대의 프란츠

[가장자리에] (불안해하지 마세요. 어떤 경우에도 전화하지 않습니다. 그대도 전화하지 마십시오. 그것을 참을 수가 없습니다.)

1912년 11월 18일 [11월 17일에서 18일로 가는 밤으로 추정]

사랑하는 그대여, 새벽 한 시 반입니다. 지난번에 말했던 단편은 아직 마무리 짓지 않았습니다. 오늘은 소설을 한 줄도 쓰지 못했습니다. 거의 아무런 영감 없이 잠자리에 듭니다. 내게 밤이 자유로워 펜을 중단 없이 아침까지 놀릴 수 있다면 얼마나 좋을까요! 그러면 아름다운 밤이 될 테지요. 그러나 침대로 가야 합니다. 어젯밤은 잘 자지 못했고 오늘 낮에는 거의 자지 않았습니다. 비참한 상태로 사무실에 가서는 안 됩니다. 사랑하는 이여, 내일은 그대의 편지들을! 만일 내가 어느 정도 깨어 있다면 그 편지들은 확실히 나에게 기운을 북돋아 줄 것입니다. 그러나 선잠을 자고 있을 때 가장 원하는 것은 그 편지들과 영원히 안락 의자에 파묻혀 나를 방해하려는 모든 사람들에게 이를 드러내보이는 것입니다. 아니, 사무실에 대해 내가 과도하게 흥분하는 건 아닙니다. 흥분의 정당성은 이미 오 년 동안 사무실 생활을 해왔다는 데서 나옵니다. 그중 특히 첫 해는 개인 보험 회사에서 보낸 아주 나쁜 해였습니다. 사무실 근무 시간은 아침 여덟 시부터 저녁 일곱 시까지, 여덟 시까지, 여덟 시 반까지였습니다.[55] 제기랄! 사무실로 가는 좁은 길에 어떤 곳이 있었는데, 그곳에서 거의 매일 아침 절망감에 사로잡히곤 했습니다. 나보다 더 강하고 더 단호한 사람에게는 황홀한 자살로 이끌기에 충분한 그런 절망감이었습니다. 이제는 사정이 훨씬 나아졌습니다. 사람들은 나에게 분에 넘치게 친절합니다. 게다가 부장[56]까지도요. 최근에 우리는 그의 사무실에서 머리를 맞대고 하이네의 시를 읽었습니다. 그동안 대기실에는 사환, 사무소장, 그리고 긴급한 용무로 면회 허락을 기다리던 사람들이 부장을 기다리고 있었습니다. 그런데도 사무실 일은 마음에 들지 않아 견뎌내기 위해 온 힘을 다 쓰나 별 보람이 없습니다.

이제야 문득 떠오르는데 그대는 혹시 이런 편지지에 대해 화를 내지는 않나요? 내 누이동생의 편지지를 며칠 전 다 써버렸습니다. 나는 편지지를 가지고 있지 않습니다. 그래서 올해 썼던 여행 일기장을 한 장씩 뜯어내 그대에게 뻔뻔스럽게 보내고 있습니다. 그러나 그 일기장에서 떨어진 종이 한 장을 함께 보내는 것으로 보상하려 합니다. 그 종이엔 노래가 하나 적혀 있습니다. 요양원에 있을 때 아침에 자주 합창으로 불렀던 노래[57]인데 좋아서 베껴놓았습니다. 아주 유명한 노래라 그대도 알겠지만 다시 한번 가사를 음미해보세요. 그리고 그 종이를 아무튼 돌려보내 주세요. 없으면 곤란합니다. 깊은 감동을 주지만 이 시의 구조는 규칙적이고 각 연은 감탄사로 이루어져 있어 고개를 절로 끄덕이게 됩니다. 시의 슬픔이 진실되다는 것을 맹세할 수 있습니다. 내가 노래의 선율만이라도 기억할 수 있다면. 그러나 음악적 기억력이 없습니다. 나의 바이올린 선생은 음악 시간에 절망한 나머지 쥐고 있던 막대기로 나를 차라리 때리고 싶어 했습니다. 음악 시간마다 나의 음악적 진척은 선생이 막대기를 더욱 높이 드는 것으로 이루어졌습니다. 내가 이 노래에 붙이는 선율은 아주 단조롭습니다. 사실 신음 소리지요. 사랑하는 이여!

프란츠

Nr. 36 [전보 소인: 프라하]

1912년 11월 18일 2시 30분

긴박함 = 회신료 첨부 긴급함

펠리체 바우어 베를린 임마누엘 키르히 거리 29

아프십니까 = 카프카 + +

1912년 11월 18일

사랑하는 이여, 당연히 그 전보를 보낼 만했습니다. 그대는 어제 토요일에, 편지 쓰는 데 분명히 어떤 지장이 있었으리라 확신합니다. 나 또한 사실 오늘 편지를 받을 자격이 없습니다. 이 불행한 일요일은 이미 우리 교제에서 정기적인 불행이 되기 시작했습니다. 그러나 이전의 긴 기다림으로 마음이 산란했습니다. 어제의 편지는 나를 완전히 만족시키지 못했습니다. 특히 그 편지가 그대의 고통스런 상황을 말해주었기 때문이지요. 그러나 그대는 나에게 확실하게, 그 어느 때보다 확실하게 월요일에 한 통이나 두 통의 편지를 약속해주었습니다. 그런데도 하나도 오지 않았습니다. 나는 사무실에서 어찌할 바를 몰라 이리저리 왔다 갔다 했습니다. 수백 번 책을 옆으로 치웠습니다. 그 책엔 내가 꼭 읽어야 할 게(그대도 아는 상급 행정 재판소의 판결) 있었는데도요. 수백 번 그 책을 다시 가까이 끌어당겼으나 헛일이었습니다. 전람회 건으로 의논하러 왔던 한 기술자가 분명히 나를 미쳤다고 여겼을 것입니다. 왜냐하면 거기 서서 두 번째 우편물이 올 시간이라는 것과 그 시간이 막 지나가려 한다는 것 외에는 아무것도 생각하지 않았기 때문입니다. 망아忘我의 경지에서 줄곧 끈덕지게 이 기술자의 작고 구부러진 손가락을 응시했습니다. 보지 말았어야 했습니다.—사랑하는 이여! 더 이야기하지 않겠습니다. 점점 더 불쾌해져 읽는 것조차 참기 어려울 것입니다. 전보를 치는 것조차도 생각한 대로 성공적이지 못했습니다. 나는 '긴급'으로 전보를 두 시 반에 쳤습니다. 그런데 밤 열 시 십오 분에야 답이 왔습니다. 베를린으로 차를 타고 가도 그렇게 오래 걸리지는 않습니다. 답장에 대한 희망이 내게서 점점 더 희미해지는 동안에 사람들은 베를린에 가까워져 있을 것입니다. 드디어 종소리가 나고 우편 집배원이! 아, 집배원은 얼마나 친절하고 행복한 얼굴을 하고 있었는지요! 전보엔 그 어떤 나쁜 소식도 씌어 있어서는 안 되었습니다. 물론 아니었습니다. 사랑과 호의만이 담겨 있었습니다. 내 앞에 펼쳐진 채 내 앞에 놓여 있는 전보는 지금도 나를 그렇게 바라보고 있습니다.

사랑하는 이여, 격렬한 고통에서 행복으로 날아오를 때 사람들은 어디서 그 힘을 조달하고 어떻게 의식을 유지할 수 있을까요?

나는 어제 쓰던 이야기에 온 힘을 다 쏟아버리고자 하는 무한한 갈망으로 앉아 있습니다. 갈망은 절망감에서 나온 것입니다. 여러 문제들로 괴로워하면서, 곧 그대에 대한 불확실함으로, 또 사무실을 전혀 좋아할 수 없으므로, 그리고 며칠 전부터 중단된 나의 소설에 직면해 새로운 이야기 그러나 많은 것을 요구하는 이야기를 계속 쓰고 싶은 강한 욕망과 함께 여러 가지 일로 괴로워하면서 몇 날 며칠 밤을 걱정스럽게도 거의 잠을 이루지 못했습니다. 중요하지는 않으나 그래도 걱정되는 일들이 머릿속에서 방해하고 선동하고 있습니다. 간단히 얘기하자면 오늘 저녁에 삼십 분으로 줄어든 산책을 하면서(물론 전보 배달원을 학수고대하면서 한 산책인데 실제로 우리 집에서 아주 먼 곳에서 한사람을 만났습니다) 나의 유일한 구원은 올해 여름에 괜찮은 친분을 맺은 슐레지엔의 한 남자에게 편지를 하는 거라고 결정했습니다. 그 남자[58]는 오후 내내 나에게 예수에 대한 신앙을 전도하려 했습니다.―그러나 지금 여기에 그대의 전보가 왔으니 그 편지는 잠시 내버려 둡시다. 그대, 사랑스런 유혹이여! 이제 단편을 써야 할지 아니면 잠자러 가야 할지 모르겠습니다. 더구나 그대에게 내가 전보로 야기시킨 걱정과 불편함에 대해서는 한마디의 사죄도 없이요.

프란츠

1912년 11월 19일

사랑하는 이여, 이것은 결코 비난이 아닙니다. 단지 설명에 대한 부탁입니다. 잘 알지 못해 슬픕니다. 수없이 편지를 보내는 우리의 미친 짓을 그만두는 것은 옳은 일입니다. 어제 그 일에 관해 편지를 쓰기 시작했습니다. 그대에겐 내일 보내겠습니다. 편지 날짜를 변경하는 것은 서로 동의 하에 이루어져야 합니다. 사전에 의논하고 통지해야지 그렇지 않으면 미칠 겁니다. 그대가 알려준 바에 의하면 그대는 나의 지난번 등기 편지를 금요일 오전에 받았고, 아니면 적어도 그 편지에 대해 알고 있었다고 하는데 나 자신에게 어떻게 설명해야 하나요? 그런데도 그대는 토요일에야 그 편지에 답했고, 토요일 편지에서 그날 편지를 하나 더 쓰겠다고 하고는 하지 않았으며, 월요일에는 약속했던 두 통의 편지 대신 하나도 받지 못한 사실은요? 또 그대는 일요일이 지나는 동안 한마디도 쓰지 않고 있다가 저녁에야 나를 행복하게 만드는 편지를 쓰셨지요. 내가 아직도 행복해할 수 있는 정도에 한해서 말입니다. 내가 전보를 보내지 않았다면 월요일에도 편지를 하지 않았을 거고 결국 아무 편지도 하지 않았을 것입니다. 월요일 날짜가 적힌 그대의 속달 편지가 내가 받은 유일한 편지입니다. 그러나 이상하고 놀라운 것은 다음 사실입니다. 그대는 반나절이나 아팠는데도 한 주일 내내 연습 공연에 참석했다는 것입니다. 그대는 아파도 토요일 밤에 춤추러 가고 아침 일곱 시경 집에 돌아와 새벽 한 시까지 안 자고 있다가 월요일 저녁엔 개인 무도회에 가시나요. 세상에, 무슨 삶이 그러합니까! 사랑하는 이여, 부디 설명을, 설명을 해주세요. 꽃과 책들은 잊어버리세요. 그것은 그저 나의 무력함일 뿐입니다.

프란츠

[동봉한 종이에] 그대가 일요일 편지에서도 월요일에 편지할 것을 분명히 약속했다는 것을 나는 지금 확인합니다.

Nr. 39

1912년 11월 20일

사랑하는 이여, 내가 그대에게 어떻게 했다고 나를 그렇게 괴롭히십니까? 오늘도 편지가 없습니다. 첫 번째 우편 배달 때도, 두 번째 배달 때도. 정말로 나를 괴롭히시는군요! 반면에 그대의 편지 한 통은 나를 무척 행복하게 할 텐데요. 그대는 나에게 싫증이 났습니다. 그 밖엔 달리 설명할 길이 없습니다. 그대가 내게 편지하지 않는 게 놀라운 일도, 이해하기 어려운 일도 아닙니다. 이해할 수 없는 것은 왜 그렇다고 말하지 않는 것입니까? 내가 계속 살아가기 위해선 지난날처럼 헛되이, 끝없이 그대의 소식을 기다려서는 안 됩니다. 그러나 그대의 소식을 들으리라는 희망 또한 없군요. 그대가 침묵으로 보내는 이별을 나 자신에게 반복해 표현해야겠군요. 나는 이 편지에 얼굴을 던지고 싶습니다. 그러면 그 편지를 보내지 못하겠지요. 그래도 편지는 보내야 합니다. 이제 더 편지를 기다리지 않겠습니다.

프란츠

Nr. 40

1912년 11월 20일에서 21일로 가는 밤으로 추정

사랑하는 이여, 새벽 한 시 반입니다. 오전 편지가 그대의 마음을 상하게 했나요? 그대가 친척과 친구들에게 갖고 있는 의무가 무엇인지 내가 어떻게 알겠습니까? 그대는 수고하고 있는데 나는 그대의

수고를 비난하면서 괴롭히고 있습니다. 제발, 사랑하는 그대여, 나를 용서하십시오. 용서한다는 표시로 장미 한 송이를 보내주십시오. 나는 사실 피곤한 게 아니라 무감각하고 마음이 무겁습니다. 적당한 말을 찾을 수가 없습니다. 내가 할 수 있는 말은 제발 내 곁에 머물러 달라는 것과 떠나지 말라는 것입니다. 만일 내게서 그 어떤 적의가 나와 그대에게 어제 오전 편지 같은 그런 편지를 쓰더라도 믿지 마세요. 그 편지를 무시하고 내 마음을 보십시오. 삶은 정말 힘들고 슬픕니다. 어떻게 씌어진 글로만 누군가를 붙잡을 수 있겠습니까. 붙잡기 위해 손이 있습니다. 그러나 이 손 안에 나의 삶을 위해 절대적으로 필요한 그대의 손을 단지 세 번의 순간 동안만―곧 그날 밤 내가 방으로 들어갔을 때, 그대가 나에게 팔레스티나 여행을 약속했을 때, 바보인 내가 그대를 승강구에 오르게 했을 때―붙잡을 수 있었습니다.

그대에게 입맞춤해도 되나요? 그러나 이 가련한 종이 위에요? 차라리 창문을 열고 밤 공기에 입맞춤하는 게 낫겠습니다.

사랑하는 그대여, 화내지 마세요! 그대에게 바라는 것은 아무것도 없습니다.

프란츠

Nr. 41 [노동자재해보험공사의 편지지]
1912년 11월 21일

사랑하는 이여, 가엾은 이여! 그대는 비참하고도 몹시 까다롭게 구는 애인을 두고 있군요. 만일 그가 이틀 동안 그대한테 한 통의 편지도 받지 못하면 그는 단순히 말로라도 닥치는 대로 공격을 합니다. 그대에게 상처를 입히는 것은 그 순간 알지 못합니다. 그러나 그런 뒤엔 후회합니다. 그는 그대를 불안하게 한—경미한 그대 입의 경련까지—벌을 마땅히 받게 될 테니 안심하세요.

사랑하는 이여, 오늘 그대가 보낸 두 통의 편지에 의하면 그대는 나를 아직 잠시 더 견뎌내는 듯합니다. 제발 어제 나의 편지가 그대의 마음을 돌려놓지 않았기를 바랍니다. 그대에게 오늘 전보로 용서를 빌 것입니다.

그러나 그대에 대한 나의 걱정만은 이해해주십시오. 끔찍한 초조감, 머릿속에서 타오르는 유일한 생각, 그것과 관련 없는 것은 잘 수행할 수 없는 무능력, 시선은 늘 문으로 향해 있는 사무실에서의 삶, 침대에서 감은 눈 뒤로 참을 수 없는 심상들, 몽유 상태, 골목길에서 무관심하게 넘어짐, 두근거리지 않고 잡아당기는 근육일 뿐인 심장, 반은 망가진 글쓰기—그 모든 것을 이해하시고 화내지 마세요. 그대가 편지하지 않는 것에 대해 생각해 보았습니다. 들어보세요. 월요일에 한 통의 편지도 받지 못했습니다. 그 편지는 그대의 생각대로라면 월요일에 왔어야 했습니다. 토요일 저녁에 보낸 것이 분명하니까요. 그러니 분실된 것이 분명합니다. 일요일에는 그대가 토요일 아침에 썼던 편지만을 받았습니다. 아직도 기억하고 있다면 토요일 밤에 썼던 편지 내용을 알려주십시오. 그러면 적어도 그 불쾌한 일요일의 기억을 즐겁게 할 수 있습니다. 월요일엔 편지가 없었고 화요일엔 일요일 날짜가 적힌 편지 한 통과 억지로 얻어낸 속달 편지를 받았습니다. 수요일엔 다시 편지가 없었습니다. 정말 참을 수 없어 나를 파열시키는 감정의 작은 부분이라도 모면하기 위해 어제 편지를 쓴 것입니다. 나를 따라다니는 저주 때문에 그대가 자신의 자유 의지로 끝내려 했거나 그대의 어머니가 그대에게 편지 쓰는 것을 금한 것 이외에는 내게 다른 설명이 없다는 것을 염두에 두세요. 내 기억으로는 그대의 어머니는 그대의 처음 편지에서는—어머니가 발코니에서 그대에게 손짓했을 때, 그대가 아침을 조금밖에 먹지 않는 것이 불만스러웠을 때, 그대가 사무실에 너무 늦게까지 있어 전화로 집에 오라고 하셨을 때—친절한 분이셨습니다. 그러나 어머니는 점점 부정적으로—뜨개질한 것을 생일 선물로 원하셨을 때, 그대의 사무실 일을 바로 평가해주지 않으셨을 때, 그대가 생각하기에는 필요하지 않은 방문을 너무 자주 요구하셨을 때, 그대가 침대에서 편지를 쓰고 있을 때, 밤에 방으로 들어오셔서 그대를 죽을 듯이 놀라게 하셨을 때 등등—되어갔습니다. 이 두 가지 그럴듯한 설명에 너무 몰두한 나머지 그 생각에서 벗어날 수가 없어 편지를 썼던 겁니다. 이제야 베를린의 휴일[59] 때문에 화요일의 편지가 목요일에야 도착했다는 걸 알았습니다. 내가 달력만 봤더라도 알았을 텐데요. 내 모든 잘못을 다시 한번 그대의 관용으로 만회할 수 있을까요? 한 번의 입맞춤으로 오늘과 그 모든 슬픈 일들을 잊을 수 있을까요?

그래도 나의 편지 가운데 하나는 분명히 분실되었습니다. 대충 계산해보면 그대에게 금요일(11월 8일로 추정) 이래 열네 통이나 열다섯 통의 편지를 썼습니다. 그런데 그대는 화요일에 한 통만 받으셨나요? 확인을 할 수 있도록, 동봉한 것이 들어 있는 편지들 그래서 내가 분명히 기억하는 그 편지들을 그대가 받았는지 편지로 알려주십시오. 그중엔, 오래전에 썼으나 그때 보내지 않았던 편지를 하나 동봉했는데 그 편지는 태곳적부터 쓰던 우스운 인사말 '아가씨'로 시작합니다. 다른 편지엔 우리 집의 소음을 묘사한 인쇄된 종이를 동봉했습니다.[60]

네, 슈트린드베르크 인용들은 잘 읽었습니다. 내가 어떻게 그대에게 그 인용에 대해 쓰지 못했는지 이해할 수 없습니다. 그 인용들은 끔찍한 진실입니다. 그 인용을 그렇게 자유로이 말할 수 있다는 게 경탄스럽습니다. 그러나 더 무서운 진실이 내부에서 떠들어대는 것을 느끼는 그런 순간이 있습니다. 사랑을 할 때 사람들이 새로운 자기 방위를 하게 되며 그 어떤 일련의 생각들을 피하려 하고, 이야기를 그다지 들으려 하지 않는다는 것은 커다란 진실입니다. 반면에 이전에 멍하니 받아들였던 많은 것들은 마음을 꿰뚫고 지나갑니다. 더 가벼운 다이어트를 하기가 거의 불가능합니다. 자주는 아니더라도 무언가 마실 때는 와인 대신에 과일즙을 마십니다.

식사는 하루에 세 번 합니다. 간식은 거의 먹지 않구요. 아주 조금 먹는 것은 아닙니다. 아침에 설탕에 졸인 과일과 케이크 그리고 우유를 먹고 두 시 반에 효도하는 마음으로 다른 사람보다는 대체로 적은 양이지만 나 개인적으로 볼 때는 적지 않은 양의 생선과 과일을 먹습니다. 저녁 아홉 시 반경에는 겨울에 요구르트·빵·버터·견과류·밤·대추·무화과·포도·아몬드·건포도·호박·바나나·사과·배·오렌지를 먹습니다. 물론 이중에서 선택해 먹습니다. 풍요의 뿔에서 나온 것처럼 모든 것을 다 뒤섞어 먹는 건 아닙니다. 그러나 이 편지보다 마음을 자극하는 음식은 없습니다. 세 모금 더 먹는 것을 고집하지 마십시오. 모든 것을 다 그대를 위해 먹습니다. 이 세 모금은 나에게는 병이 될 수도 있습니다.

그대의 편지에 대해 걱정하지 마세요. 그 편지들은 책상 위의 엄청난 무질서 가운데서도 유일하게 정돈되고 격려된 것입니다. 그 편지들을 끄집어낼 때마다—자주 일어나는 일입니다—다시 완벽하게 정돈해놓습니다. 맙소사, 그대에게 아직 이야기하고 답할 것이 많은데 끝을 맺어야겠군요. 벌써 세 시[61]입니다. 내일 다시 쓰지요. 그대가 토요일 일찍 편지를 부치면 나는 그 편지를 일요일에 받게 되고 그러면 나의 일요일은 이전보다 몇 배 더 아름다울 것입니다.

프란츠

[편지지 위에 추신] 전보를 치지 않는 편이 낫겠습니다. 전보는 그대에게 불필요한 놀라움을 안겨줄 것입니다. 그대가 오늘 분명히 받았을 네 통의 편지들은 좋은 편지와 나쁜 편지가 서로 평형을 이룰 것입니다. 그대는 '유머'로 무대에 등장했나요? 사진이 있나요? 나의 사진에 대해선 내일.

Nr. 42

1912년 11월 21일

사랑하는 이여, 지금 그대의 전보를 받았습니다. 나 때문에 생긴 손해가 무엇인지 알았습니다. 사무실에서 나오면서 그대에게 커다란 속달 편지를 보냈는데 방심해서 등기로 보내는 것을 잊었습니다. 그대의 전보를 보면서 혹시 불행을 더욱 완전하게 하려고 이 속달 편지가 도착하지 않으면 어떡하나 불안합니다. 왜냐하면 우체국이 우리를 박해하는 것 같기 때문입니다. 내 편지를 다루던 우체국 여직원은 조심성이 없고 산만했습니다. 그래서 전보는 부치지 못하지만 이 등기 편지를 서둘러 보냅니다. 그대가 둘 다 받기를 바라며, 용서하는 마음으로 친절하게 받아주시길 바랍니다. 우리의 편지 왕래가 불운 속에서 계속되는 것이 끔찍합니다. 멀리 떨어진 것만으로도 충분히 괴로운데 왜 이런 타격까지! 그대의 전보에 의하면 월요일에도 편지를 썼다고 했는데 이미 받은 속달 편지가 아니라 다른 월요일 자 편지를 의미하는 것이 틀림없습니다. 그렇다면 그대의 두 번째 토요일 편지뿐 아니라 첫 번째 월요일 편지도 분실되었습니다. 정말 끔찍합니다. 사람들은 분실된 편지에 대해 문의할 수 있습니다. 나도 예전에 분실된 편지에 대해서 문의할 수 있었는데 못했습니다. 그대가 귀찮게 조서 작성을 하지 않는 한 문의할 수가 없었습니다. 그래서 그

카프카의 편지 109

당시 그대로 두었는데 이번에도 그대로 두겠습니다. 그대가 어떤 우체국 직원한테 질문을 받는 대신에 나에게 짧고 신선한 인사를 보내주는 것이 더 낫습니다. 그 옛 편지들은 모든 조사에도 불구하고 분실된 채 있을 테니까요.

설상가상으로, 내가 이 모든 일로 인해 혼란스러워하다 오늘 그대의 멋진 편지를 받고 천천히 기운을 차리면서도 배려하는 마음 없이 그대를 이 고통 속으로 끌어들이려 갖은 노력을 다 하는군요.

다시 편지하시겠죠, 그렇죠?

프란츠

Nr. 43

1912년 11월 21일

사랑하는 이여, 그대에게 두 시간 전에 편지를 쓰지 않은 건 다행이었습니다. 그렇지 않았으면 어머니에 관해 이야기했을 것이고 그 일로 그대가 나를 싫어하게 될 게 분명하기 때문입니다. 이제 좀 더 평온합니다. 그래서 그대에게 자신감을 갖고 쓸 수 있습니다. 내 안은 그리 좋지만은 않습니다. 그러나 좋아질 것이고 나 자신이 그렇게 되지 않는다면 그대에 대한 사랑으로 좋아지겠지요. 어머니가 그대 편지 중 하나를 읽으신 것은 나의 책임입니다. 용서받지 못할 일이고 맞을 만한 일입니다. 그대의 편지를 몸에 지니고 다니는 습관이 있다는 것을 이미 편지에 쓴 적이 있지요. 그 편지들로부터 강한 원기가 지속적으로 내 안으로 넘쳐흐르기 때문에 나는 좀 더 나은 남자로, 더 유능한 남자로 돌아다닐 수 있습니다. 물론 지금 처음의 초라한 시절처럼 모든 편지를 지니고 다니지는 않지만 가장 최근 편지나 그 이전 편지는 늘 가지고 다닙니다. 이것이 불운을 초래했습니다. 웃옷을 갈아입으면서 신사복 상의를 내 방 옷걸이에 걸어놓았습니다. 내가 방에 없을 때 어머니가 내 방을 지나가시다가—나의 방은 하나의 통로가 되는 방이고, 더 정확히 말해 거실과 부모님 침실을 이어주는 길입니다—그 편지가 양복 주머니에서 삐죽 나와 있는 것을 보셨습니다. 사랑의 집요함에서 편지를 꺼내 읽으시고 그대에게 편지를 하신 것입니다. 나에 대한 어머니의 사랑은 나에 대한 무지만큼 큽니다. 이 무지에서 나온 무배려가 사랑으로 옮아가고 그 사랑이 더욱 심해져 나로서는 때때로 이해할 수 없는 지경입니다.

나는 그대가 오늘 보낸 편지를 일종의 수수께끼에 대한 해답으로 다루려고 합니다. 식사와 잠에 대한 그대의 충고는 별로 나를 당황하게 하지는 않았습니다. 지금과 같은 생활 방식을 발견한 것이 기쁘다고 이미 그대에게 이야기한 것을 고려하면 사실 당황했어야 합니다. 하지만 지금의 생활 방식은 내가 감수해야 할 모순들에 대한 상당히 만족스럽고도 유일한 해결책입니다. 오늘 막스가 편지 보관하는 일과 관련해 넌지시 충고를 해주었습니다. 어떻게 막스의 소지품들이 부모님 앞에서 안전하지 못한지를—모든 방구석을 뒤지고 살피는 아버지에 대해선 이미 경험을 통해 알고 있습니다—이야기해주었습니다. 막스가 한 모든 언급들은 그 문제에 대해 그대가 오늘 편지에서 하고자 했던 언급들과 일치합니다. 왜냐하면 그대의 편지는 늘 그렇듯이 내가 함께 이야기하고 있는 사람의 얼굴 표정처럼 가깝게 느껴지기 때문입니다. 모든 것을 금방 다 알 수는 없었지만 모든 것을 다 말하라고 막스에게 충분히 강요할 수는 있었습니다.[62]

용서를 청하지는 않겠습니다. 그대같이 친절한 사람조차 어떻게 용서할 수 있겠습니까? 나는 늘 이 죄를 지니고 이리저리 다닐 것입니다. 모든 것이 이미 너무 행복해 그대가 나를 위해 존재한다는 행복을 평온히 누릴 수 있습니다. 성탄절 휴가에 대한 그대의 언급에서 무한한 희망을 봅니다. 지저분한 사무실에서 쓴 오늘 아침 편지에서는 그 희망에 대해 감히 언급할 수 없었습니다. 그런데 어머니마저 그 희망을 부수어버리셨습니다. 나는 부모님을 늘 박해자로 느꼈습니다. 일 년 전까지 온 세상에 대해 냉담했듯이 부모님에 대해서도 생명이 없는 물건을 대하듯 냉담했습니다. 그러나 이제 알겠는데 그것은 단지 억제된 불안과 근심과 슬픔이었습니다. 부모님은 그저 나를 옛 시절로 끄집어 내리려고만 하십니다. 나는 그곳에서 심호흡을 하며 벗어나고 싶은데 말입니다. 물론 부모님은 나를 사랑하는 마음에서 그러시지만 끔찍합니다. 그만두죠. 혹시 너무 격렬해질까 종이의 끝이 하나의 경고가 됩니다.

그대의, 그대의, 그대의.

Nr. 44 [동봉한 종이에]

1912년 11월 21일

사진을 하나 동봉합니다. 아마 다섯 살이었을 것입니다. 화난 표정은 그 당시 장난이었지만 나는 지금 그 표정을 감춰진 심각함이라 여깁니다. 그러나 그 사진을 되돌려주셔야 합니다. 우리 부모님의 것이니까요. 그분들은 모든 것을 다 소유하려 하고 모든 것을 다 알려고 합니다. (오늘은 그대의 어머니에 대해 써야 했습니다!) 그 사진을 돌려주시면 최근에 찍은 별로 좋지 않은 바보 같은 모습을 담은 사진과 함께 다른 것도 보내드리지요. 그대가 원한다면 그 사진은 갖고 계셔도 됩니다. 그 사진에서는 아직 다섯 살은 아닌 것 같습니다. 아마 두 살? 그대는 아이를 좋아하는 사람이니 나보다 더 잘 판단할 수 있겠지요. 나는 아이들 앞에선 차라리 눈을 감아버립니다.

프란츠

그대의 사진을 부탁하거나 빌려달라는 것은 지금 적당한 때가 아니겠지요. 그저 말을 꺼내본 것뿐입니다.

Nr. 45

1912년 11월 22일

사랑하는 이여! 목요일에 그대에게 주었던 괴로움에 대해 용서를 구할 시간이 없었습니다. 그 괴로움이 오늘 그대의 편지에서 분명히 드러나 현혹된 바보조차도 그 괴로움을 동정할 것입니다. 그러나 나는 아닙니다. 나는 계속 더 죄를 지을 것입니다. 내가 무엇을 하든지 그대에 대한 적의로 변하고 맙니다. 그러나 나의 또 다른 존재는 그대 발 앞에다 자신을 던져버리고 싶어 합니다. 내가 항상 그대만을 위해 이 세상에 있는 것처럼요. 그대의 편지를 잘 간수하지 못해 어머니가 읽으시고 편지하게 한 것만으로는 충분치 않습니다. 그 죄만으로는 만족할 수 없었습니다. 죄인이 더욱더 그 죄 안으로 파고들어 갑니다. 어제 막스를 만났을 땐 그 일이 나쁘게 여겨졌습니다만 참을 수 없을 정도는 아니었습니다. 나는 어머니에게 말하지 않겠다고 막스에게 약속했습니다. 어쩌면 맹세까지 했는지도 모릅니다. 내가 맹세하지 않았다 해도 그대에 대한 배려라는 것은 자명합니다. 그러나 가장 사랑하는 사람을 위해서라고 하지만 어떻게 내가 배려 속에서 침착할 수 있었겠습니까. 산책을 하려고 막스네 집을 나왔을 때부터 나의 내부는 흥분하기 시작해 머리는 증기 기관처럼 분노에 차 집에 왔을 때는 내 마음을 표현하지 않으면 다시는 어머니와 한마디 말도 할 수 없으리라고 확신했습니다. 손님이 있었습니다. 누이의 신랑[63]과 그 친구 중 하나였습니다. 거실에서는 견뎌낼 수 없을 것 같아 바로 내 방으로 갔습니다. 내 마음속은 잔뜩 긴장해 있는데 집이 허물어지지 않는 게 놀라웠습니다. 곁방에서는 어머니가 무언가를 예감하셨는지 신발을 끌며 왔다 갔다 하셨습니다. 결국 나는 어머니와 마주쳤습니다. 그 외에 다른 일은 불가능했습니다. 어머니에게 나의 생각을 이야기했습니다. 감정을 억누르지 못한 채. 어머니와 나를 위해 좋은 일이라고 확신했으니까요. 내가 지금까지 살아오는 동안 어머니에게 그처럼 대범하게 이야기한 적이 있는지 기억할 수 없습니다. 나의 친구나 친척들한테서도 내가 부모한테 보여주었던 칼날 같은 냉정함과 거짓된 다정함을 (나의 잘못과 그들의 잘못으로) 볼 수가 없었습니다. 유쾌하지 못했던 어제 저녁 이후 어머니는 걱정하시면서도 우리의 현재 관계를 생각하며 행복해하셨습니다. 이렇게 보면 그대는 분명 나를 위해 좋은 천사였습니다. 그러나 지금 그게 문제가 아닙니다. 나는 그대를 생각해서라도 어머니에게 그렇게 말해서는 안 되었는데 그렇게 했습니다. 사랑하는 이여, 아직 용서할 수 있겠습니까? 내가 그대에게 너무 많은 죄를 지은 것을 인간인 재판관도 아마 알고 있을 것입니다. 나는 하느님 앞에서는 이미 오래전부터 죄인입니다. 그대가 편지 끝에 보내준 화해의 입맞춤을 받을 권리가 아직 내게 있나요? 그 입맞춤은 그대의 편지와 내 편지가 끝맺는 것을 허락하지 않을 것입니다.

프란츠

Nr. 46 [소인: 프라하우체국]

1912년 11월 22일

펠리체 바우어에게 보내는 막스 브로트의 편지

친애하는 아가씨―프란츠는 당신의 편지에서 이미 어떤 식으로든 예상을 한 듯했습니다. 암시를 주었을 때 그는 바로 눈치를 챘습니다. 그래서 프란츠의 어머니가 당신의 편지를 읽었다는 사실을 오래 부인할 수 없었습니다.—이 일은 결과적으로 그가 앞으로 좀 더 조심하도록 하였습니다.

그 편지로 인해 생긴 일에 대해서는 많은 이야기가 필요 없겠지요. 프란츠의 어머니는 그를 무척 사랑하십니다. 그러나 아들이 어떠한 사람인지 무엇을 필요로 하는지 전혀 알지 못합니다. 문학은 '소일거리'입니다. 맙소사! 마치 문학이 우리의 마음을 송두리째 먹어 치우는 건 아니라는 듯이요. 우리는 기꺼이 그 희생이 되려고 하는데도요.—저는 프란츠 어머니와 이미 여러 번 의견 충돌을 겪었습니다. 이해심이 없는 사랑은 소용이 없습니다. 편지가 그 사실을 다시 한번 증명해줍니다.—프란츠는 몇 년 간의 시험을 거친 뒤 드디어 자신의 몸에 좋은 유일한 식이 요법을 찾았습니다. 곧 채식주의입니다. 수년간 그 친구는 위장병으로 시달렸으나 이제는 건강하고 내가 그를 안 이래 그 어느 때보다 생기발랄합니다. 그러나 부모님이 당신들의 단순한 사랑으로 다가와 그에게 무리하게 육식을 권하면서 다시 아프게 만듭니다.

—잠자는 시간도 마찬가지입니다. 결국 프란츠는 자신을 위해 가장 좋은 것을 찾았습니다. 잠을 잘 수 있으며, 무의미한 사무실에서 자신의 의무를 다하고 문학적 창작을 할 수 있습니다. 그러나 부모님은…… 정말 이 때문에 화가 납니다.—다행히 프란츠는 만족스럽게도 완고해서 자신에게 유익한 것을 잘 고수합니다. 프란츠처럼 예외적인 사람에게는 예외적인 상황이 필요하며 그래서 그의 연약한 정신이 위축되지 않아야 한다는 것을 그의 부모님은 인정하려 들지 않습니다. 최근에 프란츠 어머니에게 그에 대해 여덟 쪽에 달하는 긴 편지를 보내야 했습니다. 부모님은 프란츠가 오후에 아버지 가게에 나가기를 원하십니다. 그 일로 인해 프란츠는 자살할 생각까지 했습

니다. 내게 작별 편지까지 보냈습니다. 마지막 순간에야 가차없는 개입을 통해 그를 '사랑하는' 부모님으로부터 보호할 수 있었습니다. 부모님이 프란츠를 그렇게 사랑한다면 왜 딸에게 주듯이 그에게도 삼만 굴덴을 주지 않습니까. 그러면 사무실에서 나와 리비에라 어딘가에 싼 장소를 구해 그의 두뇌를 통해 신이 탄생시키기를 원하는 그런 작품을 창작할 텐데요.—그가 이러한 형편에 있지 않는 한 결코 완전히 행복해질 수는 없습니다. 왜냐하면 그의 모든 유기적 조직체가 평화롭게 창작에만 전념할 수 있는 근심 없는 생활을 강렬히 요구하기 때문입니다. 오늘 같은 상황에서 그는 약간의 밝은 순간과 함께 근근이 삶을 살아 나가고 있습니다.—이제 당신도 그의 신경과민 상태를 잘 이해하시겠죠.

이제 곧 프란츠의 멋진 책이 나옵니다. 어쩌면 이 책으로 행운을 얻어 순수한 문학적 삶을 시작할 수 있을지도 모릅니다. 장편도 하나 쓰고 있는데 이미 일곱 장을 썼습니다. 나는 크게 성공하리라 기대합니다.

『노르네피게』에 대해선 아무 말도 하고 싶지 않습니다. 그 책은 나의 작품 가운데서 유일하게 낯설게 느끼는 것입니다. 당신의 친절한 관심에 감사드립니다.

삼가 막스 브로트 올림

Nr. 47
1912년 11월 23일

사랑하는 이여, 아! 내가 얼마나 그대를 사랑하는지! 아주 늦은 밤입니다. 단편을 옆으로 치웠습니다. 벌써 이틀 밤 동안 전혀 쓰지 못했습니다. 그 단편은 조용히 좀 더 많은 분량의 이야기로 자라납니다.

이미 끝났다고 해도 어떻게 그대에게 읽어보라고 줄 수 있겠습니까? 그 단편은 읽기 어렵게 씌어졌습니다. 이 점이 장애가 되지 않더라도—지금까지 아름다운 글씨체로 그대를 길들이지 않았으니—그대에게 읽어보라고 보낼 수가 없습니다. 내가 낭독해드리지요. 그래요, 이 이야기를 그대에게 낭독해주는 게 좋을 것입니다. 그러면 이야기가 약간 무서우니 어쩔 수 없이 그대 손을 잡게 되겠지요. 그 단편의 제목은 「변신」입니다. 「변신」을 읽으면 그대는 공포스러워질 것입니다. 아마 그 이야기를 사양할지도 모릅니다. 유감스럽게도 내가 매일 그대에게 편지로 공포를 주었으니 말입니다. 사랑하는 이여, 우리는 좀 더 좋은 이 편지지로 좀 더 나은 삶을 시작할 수 있습니다. 바로 앞의 문장을 쓰면서 갑자기 나는 그대가 저 높은 곳에 있는 듯이 높은 곳을 바라보았습니다. 실제처럼 그대가 높은 곳에 있지 않고 나의 깊은 곳에 있었으면 합니다. 그곳은 정말 깊은 심연입니다. 오해하지 마십시오. 우리가 서로에게 지금부터 편안하게 편지하면—신이 드디어 우리에게 그것을 선사했습니다—그대는 그것을 분명히 알게 될 것입니다. 그럼에도 그대가 내 옆에 머물기를! 아마도 평온함과 강함은 불안과 허약함이 필요로 하는 곳에 머물러야 할 운명인 것 같습니다.

나는 지금 너무 우울합니다. 어쩌면 아무것도 쓰지 말아야 할지 모르겠습니다. 내 단편의 주인공도 오늘 안 좋은 하루를 보냈습니다. 그 우울함은 지금도 계속되는 불행의 마지막 단계입니다. 그러니 내가 어찌 즐거울 수 있겠습니까! 만일 이 편지가 언젠가 그대가 나에게 썼던 사소한 메모까지도 찢어버리지 않도록 할 수 있는 본보기가 된다면 이것 역시 가치 있고 중요한 편지입니다. 그러나 내가 늘 슬프다고는 생각지 마십시오. 그렇지는 않습니다. 한 가지만 제외하면 어느 점에서도 불평할 게 많지 않습니다. 희망 없는 어두운 부분, 그것만 제외하면 모든 것이 결국은 좋게 될 것이고 유쾌하게 될 것이며, 그대의 친절과 더불어 멋지게 될 것입니다. 내게 시간과 능력이 있다면 일요일 날 '희망 없는 어두운 부분'에 대해 그대에게 다 털어놓고 싶습니다. 그대는 무릎에 손을 얹은 채 큰 선물을 받게 될 것입니다. 사랑하는 이여, 이제 자러 갑니다. 아름다운 일요일이 되기를 바랍니다. 나에겐 그대의 생각들이 조금 주어지길 바라며.

프란츠

Nr. 48

1912년 11월 24일 [1912년 11월 23일 밤에서 24일로 추정]
사랑하는 이여! 이것은 정말로 역겨운 이야기입니다. 그대를 생각하며 원기를 되찾기 위해 다시 옆에다 치웠습니다. 이제 절반 이상 진척되었습니다. 불만스럽지는 않습니다. 그러나 역겹습니다. 이런 것은 그대를 품고 있고 그대가 거처로 허용한 마음과 같은 마음에서 나온 것입니다. 그 일로 슬퍼하지 마십시오. 누가 압니까. 내가 쓰면 쓸수록, 내가 자유로울수록 아마 나는 그대를 위해 더욱 순수해지고 더욱 품위 있게 될지요. 분명히 많은 것이 나의 밖으로 나가게 될 것입니다. 그래서 밤 시간들도 이 극도로 환희에 찬 일을 하기에 충분히 길지 못합니다.

잠자러 가기 전에(새벽 세 시입니다, 이전엔 한 시까지만 일했습니다. 지난 편지에서 내 시간 배분을 그대가 잘못 이해하신 듯한데 오후 세 시를 의미합니다. 사무실에 남아 있다가 편지를 썼던 것입니다) 나는 그대에게—당신이 원하고 있고 간단한 일이기에—내가 얼마나 그대를 사랑하는지 귀에다 속삭이겠습니다. 펠리체여, 그대를 너무나 사랑해서, 그대를 계속 간직할 수 있다면 나는 영원히 살고 싶습니다. 무엇보다 잊지 말아야 할 것은 건강하고 그대에게 필적할 수 있는 남자로서 말입니다. 그렇습니다. 당신도 그 사실을 알고 있지요. 입맞춤으로도 충분하지 못합니다. 그러한 것을 알고 그대의 손을 쓰다듬는 것 이외엔 달리 방법이 없습니다. 이것이 내가 그대를 '사랑하는 이여'보다는 '사랑하는 펠리체여', '연인'보다는 '그대'로 부르는 이유입니다. 그러나 나는 가능하면 많은 것을 그대와 연관시키고 싶습니다. 그래서 그대를 기꺼이 '사랑하는 이여'라고 부르고 싶고 그대를 무엇으로든지 부를 수 있다는 것이 행복합니다.

Nr. 49

일요일 점심 식사 후 [1912년 11월 24일로 추정]

두 통의 편지! 두 통의 편지! 어떤 일요일도 그러한 시작에 필적 할 수 없습니다. 그러나 그대여, 그대가 나를 용서했을 뿐 아니라 이해하고 있으니 정말 우리는 무슨 일이 일어나든 침착하게, 방해받지 말고 서로 사랑합시다. 내가 나약하여 그대를 피곤하게 하고 눈물이 나도록 슬프게 만들기에 편지로나마 그대를 다시 활기 있고 즐겁게 할 수 있는 힘이 내게 있다면 좋겠습니다. 그럴 수 있다고 확신합니다. 내가 성공한다면 전적으로 그대가 나의 친구이기 때문이며 그대한테 의지할 수 있다는 강한 의식 덕분입니다.

다만 사랑하는 이여, 제발 밤에 편지 쓰지 마세요. 그대의 잠에 대한 대가를 치르고 얻은 편지를 행복과 슬픔에 뒤범벅되어 읽고 있습니다. 그러지 마세요. 잠을 잘 자세요. 그대는 그럴 만합니다. 그대가 아직 나로 인해 잠들지 못한다면 나는 편안히 일을 할 수가 없습니다. 그러나 그대가 잘 잔다고 생각하면 용기를 내어 일을 할 수가 있습니다. 그러면 나는 그대가 건강한 잠 속에서 의지할 데 없이 나의 배려에 맡겨진 듯합니다. 그대를 위해, 그대의 행복을 위해 일한다는 느낌을 받습니다. 그런 생각을 하는데 어떻게 일을 멈출 수 있겠습니까! 낮에 그대가 나보다 많이 일하는 만큼 잘 자요. 무조건 아침까지 자고 침대에서 편지하지 말아요. 나의 소망이 절실하다면 오늘도 당신은 그렇게 하지 않겠지요. 그러면 그대는 잠자러 가기 전에 아스피린 남은 것을 창밖으로 던져버릴지도 모릅니다. 밤엔 더 이상 편지하지 말아요. 밤에 쓰는 일은 나에게만 남겨놓으세요. 이 밤일에 대한 작은 자부심은 나에게만 맡겨놓으세요. 이것이 그대에 대해 내가 갖고 있는 유일한 자부심입니다. 그렇지 않으면 나는 너무나도 자신을 낮추게 되며 당신의 마음에도 들지 않을 것입니다. 잠깐만요. 밤일은 도처에서, 중국에서조차도, 남자들에게 속한다는 증거로 책장에서 (옆방에 있습니다) 책을 하나 가져와 그대를 위해 짧은 중국시를 하나 베껴드리겠습니다. 여기 있군요(아버지가 조카와 함께 시끄러운 소리를 내고 계십니다). 이 시는 양첸차이(1716~1797)라는 시인의 시로 이런 주석이 달려있군요. "재능이 많고 조숙하며 공무원으로서 빛나는 경력을 갖고 있고 인간으로서 예술가로서 여러 면으로 비상하다." 그 밖에도 시의 이해를 위해 유복한 중국인들은 잠자기 전 침상에 향기로운 향료를 뿌린다는 것을 알아야 합니다. 어쩌면 이 시는 약간 점잖지 못할지도 모릅니다. 부족한 점잖음은 이 시의 아름다움이 보충해줄 것입니다. 여기 그 시가 있습니다.

깊은 밤에

차가운 밤에 나의 책으로 인해
잠자는 시간을 잊어버렸습니다.
금빛 수놓은 이불의 향기는 이미 사라졌습니다.

벽난로도 타지 않습니다.
나의 아름다운 여자 친구는 그때까지 간신히 화를
억누르고 있다가 내게서 램프를 빼앗아가며 묻습니다.
지금 얼마나 늦은 시각인지 알아요?[64]

자, 사람들이 실컷 음미해야 할 시입니다. 그 밖에 이 시에서 세 가지 정도가 생각납니다. 그러나 그 연관 관계를 더 살펴보지는 않겠습니다.
무엇보다 그대가 마음으로 채식주의자인 것이 기쁩니다. 진짜 엄격한 채식주의자를 나는 좋아하지 않습니다. 나도 겨우 가까스로 채식주의자니까요. 거기서 특별히 매력적인 것을 찾아내지 못하고 당연한 것만 봅니다. 허나 마음으로만 채식주의자이고 건강상의 이유나 식사에 대한 무관심 때문에, 아니면 음식을 단순히 과소평가하기 때문에 고기와 그 외 식탁에 있는 것을 왼손으로 남김없이 먹는 그런 사람들이 내가 좋아하는 사람들입니다. 그대에 대한 나의 사랑이 너무 서둘러 나아가다 보니 그대가 먹는 것에 대해 사랑할 자리를 남겨놓지 않아 유감입니다. 창문을 연 채로 잠자는 어리석음을 그대도 갖고 있나요? 일 년 내내 열려 있나요? 겨울에도? 완전히요? 어쩌면 그대가 나를 능가할지 모르겠습니다. 나는 겨울에는 약간만 열어놓거든요. 하지만 창문은 건축 부지인 커다란 공터로 나 있는데 그 뒤로는 몰다우 강[65]이 흐릅니다. 그 너머에는 공원과 언덕이 있습니다. 그래서 공기와 바람과 추위가 많이 불어오지요. 그대가 밤에 임마누엘 키르히 거리에서 창문을 열어둔다 해도 나의 방과 같은 위치의 방에서도 그럴지는 모르겠습니다. 그 밖에도 내가 그대를 능가하는 것은 방이 전혀 난방이 되지 않는다는 것입니다. 그런 가운데 글을 씁니다. 더구나 지금에야 알게 됐는데(창가에 바짝 앉아 있습니다) 안의 창문은 완전히 열려 있고 바깥쪽의 창문은 어설프게 닫혀 있습니다. 아래 다리의 난간 위에는 눈이 아닌 서리가 쌓여 있습니다.

그대 사무실의 작은 숙녀들이 쓴 시[66]는 멋집니다. 그대에게 그 시를 돌려주겠습니다. 베껴놓았거든요. 그러나 브뤼 양이 귀족 칭호 '폰'이라는 이름을 가진 남자를 그대가 남편으로 맞이하기를 바란 벌로—아니면 그대가 그런 남자에 어울리는 여자가 되기를 바란 벌로—그녀가 이런 생일 선물을 받기 바랍니다. 곧 오늘부터 저녁마다 업무를 마친 뒤에, 일 년 동안 브뤼 양의 다음 생일까지 두 명의 광란적인 지배인들이 오른쪽과 왼쪽에서 끊임없이 그녀에게 한밤중까지 편지를 받아쓰게 하는 것입니다. 그러나 아름다운 시를 짓는 브뤼 양을 위해 그대가 부탁한다면 벌을 반 년으로 줄이겠습니다. 그대가 브뤼 양을 좋아하고 그녀는 남을 기분 좋고 즐겁게 하는 능력이 있기 때문에, 내가 내일 유감스럽지만 가야만 하는 크라차우에서(크라차우는 라이헨베르크 뒤쪽 산꼭대기에 있습니다) 그림 엽서를 하나 보내겠습니다. 그림 엽서에 낯선 사람의 손으로 서명 없이 쓰겠습니다. "진심으로 축하합니다. 아, 누구로부터일까요?"

오래전부터 그대에게 묻고 싶었습니다만 늘 놓쳤습니다. 그대가 두 번째 편지에서 매일 받는 우편물과 여러 종류의 잡지들에 대해 언급했는데, 어떻게 다 정기 구독해서 읽을 수 있는지요. 아주 많은 이름들을 들었는데 그 뒤에 또 '등등'이란 말이 있었습니다. 정말 그렇다면, 곧 내가 옳게 이해했다면 우리는 추가의 편지 교환을 시작할 수 있겠습니다. 나는 그대가 손에 쥐었던 많은 것들을 충분히 얻을 수 없으며 나와 상관 있는 것들을 충분히 보낼 수도 없습니다. 이미 오래전부터 그 계획을 세웠지만 게을러서 늘 실행에 옮기지 못했습니다. 곧 어떤 이유에선가 나를 놀래키고 감동을 주며 내다볼 수 없는 장래를 위해 개인적으로 중요하게 생각하는 그런 여러 신문의 기사를 오려내고 수집하는 일 말입니다. 그 대부분은 첫눈에는 사소한 일이었습니다. 예를 들어 최근의 '우간다에서 있었던 스물두 명의 기독교 흑인 청년들의 시복식'[67](지금 그 기사를 찾아 동봉합니다)이란 기사입니다. 거의 이틀 마다 신문에서 그런 유의 기사를 봅니다. 그 기사들은 나만을 위한 기사 같지만 관련 수집을 나 자신만을 위해 시작하고 계속할 끈기가 없습니다. 그러나 그대를 위해서라면 즐거이 할 수 있습니다. 그대 마음에 든다면 그대도 나를 위해 하세요. 모든 독자를 위한 것이 아닌 특정한 독자만을 목표로 하는 기사는 분명 있습니다. 관심 없는 비평가는 특별한 관심의 이유를 발견하지 못하지요. 특별히 그대의 관심을 끄는 작은 기사들은 그대에게 별 후회 없이 보낼 수 있는 나의 수집보다 의미가 있을 것입니다. 그러나 오해하지 마세요. 내가 의미하는 것은 작은 일들, 대부분 실제 일어난 일들을 신문에서 오려내는 것을 말합니다. 잡지에서 오려내는 것은 드문 일이지요. 그대는 내가 그대의 아름다운 잡지를 나를 위해 찢어내기를 원한다고 생각하지 않겠지요. 나는 단지 『프라하 일간 신문』을 읽고 있습니다. 그것도 아주 건성으로요. 잡지는 『노이에 룬트샤우』와 『팔레스티나』를 보는데 『팔레스티나』는 정기 구독했는데도 우편물이 오지 않습니다(아마도 이 잡지는 우리가 함께했던 밤에 내가 갖고 있던 한 부가 다른 정기 구독자에게 일 년치의 잡지가 한 것보다 더 많은 일을 나를 위해 했다고 생각하는 것 같습니다. 물론 맞는 얘깁니다). 유용한 기사와 함께 수집을 시작하기 위해 한 끔찍한 소송에 대한 기사[68]를 함께 보냅니다.

이제 크라차우 여행에 대해 이야기하려니 불쾌한 생각이 머리에서 떠나지 않습니다. 나의 단편은 내일까지는 분명 끝날 것입니다. 나는 내일 저녁 여섯 시에 떠나야 합니다. 열 시에 라이헨베르크에 도착해 다음 날 아침 일찍 일곱 시에 크라차우로 가서 법정에 나가야 합니다. 이 다소 복잡하고 위험한 일에 있어 나는 확고하게 바보 같은 짓을 하려 합니다. 그러면 사람들은 결코 그런 일로 나를 다시 보내지 않을 것입니다. 어쨌든 화요일 오후 네 시까지는 다시 프라하로 돌아오기를 바랍니다. 그래서 즉시 사무실로 달려가 혹시(조금도 흥분하지 않고) 그대한테 편지가 왔는지 보고, 한 통의 편지라도 있다면 만족하고, 없다면 침착하게 집으로 가 바로 침대에 몸을 던지겠습니다. 이 계획이 성공하려면 크라차우의 법정에서 나의 용무를 늦어도 세 시간 안에 마쳐야 합니다. 그래서 나는, 정해놓은 시간이 임박하면 서서히 의식을 잃어 역까지 급히 실려가도록 할까 생각 중입니다. 법정의 회의록 서명 자리에는 "노동자재해보험공사의 대리인이(회사가 아니라) 기절해 실려가야 했다"고 씌어 있겠지요. 그러면 나는 기차에서 생기가 솟아나 프라하로 질주하겠지요.

아직 그대에게 이야기하고, 질문할 것이 많습니다. 그러나 너무 시간이 늦었고 더 할 수가 없습니다. 오늘 오전에 매주 일요일에 하는 대로 바움 씨 집에(오스카 바움[69]이라고 아십니까?) 갔었습니다. 그리고 (막스도 그의 신부와 함께 있었습니다) 그들 앞에서 나의 단편의 첫 부분을 낭독했습니다.[70] 나중에 한 아가씨가 들어왔는데 그녀는 어떤 사소한 일에서 그대를 연상시켰습니다(그대를 생각나게 하는 데 많은 것이 필요하지 않습니다). 나는 매혹되어 그녀를 바라보았습니다. 사소하지만 비슷한 부분을 눈으로 꼼꼼히 살핀 뒤 아무도 바라보지 않고 온전히 그대만을 생각하려고 창가로 갔습니다.

어머니와는 사이가 좋습니다. 우리 사이에 좋은 관계가 형성되고 있습니다. 같은 피가 한마음을 갖게 하는 듯합니다. 어머니는 그대를 좋아하는 것 같아요. 그대에게 편지를 하나 쓰신 것 같은데 내가 부치지 못하게 했습니다. 그 편지는 너무 겸허해서 내가 기분이 좋지 않은 밤에나 필요로 할 그런 편지였습니다. 그대에게 부쳤다면 별로

였을 것입니다. 어머니는 곧 다시 그대에게 편안하고 쾌적한 편지를 쓸 겁니다.

사진을 한 장 받을 수는 없나요? '유머'를 하는 동안 아무도 사진을 찍어놓지 않았나요? 사진 찍는 순간을 놓치다니 이상한 모임이군요. 사무실에서 찍은 단체 사진도 없나요? 사무실 안의 모습은요? 공장은요? 임마누엘 키르히 거리는요? 공장의 전경도는요? 프라하 지점의 주소는요? 그대는 무슨 일을 하나요? 사무실의 모든 사소한 것에 이르기까지 관심이 갑니다(나의 사무실과는 대조적입니다). 그대의 말투는 얼마나 아름다운지요. 등기소에 있나요? 등기소는 도대체 무엇입니까? 어떻게 그대는 두 소녀에게 동시에 받아쓰게 합니까? 그대가 사무실에서 무언가 예쁜 것을 보낸다면 우리 회사의 연도 보고서를 흥미로운 나의 논설과 함께 보내겠습니다."

이제 작별의 인사로 그대를 포옹합니다.

프란츠

Nr. 50
1912년 11월 24일

특별한 교활함에서―사랑하는 이 앞에서 교활함으로 두드러지기 위하여―이 일요일 편지의 모든 편지지를(모두 다섯 장입니다) 하나하나 다른 봉투에 넣어 부칩니다. 우리를 박해하는 우체국 때문인데, 그렇게 하면 우체국은 모든 편지를(오늘이 일요일이라 등기로 보낼 수 없다고 해도) 다 분실할 수는 없을 것입니다. 그 대신 이런 방법은 하나 아니 그 이상의 편지지를 잃어버릴 수 있는 위험성이 더 큽니다. 그러나 이제 내가 할 수 있는 최선을 다하고, 더 많은 두려움을 언급해 위험을 불러내지는 않겠습니다.

수요일에 그대는 반드시 나의 편지를 하나도 받지 못하겠지만 그림 엽서는 받을 수 있을 것입니다. 집에서 받아보는 게 더 낫겠지요. 그러면 그 작은 숙녀의 주의를 끌지 않을 테니까요.

—

그대가 잘 있는지 정확하게 편지해주세요. 이 두통! 이 눈물! 이 신경과민! 사랑하는 이여, 여러 번 부탁합니다. 제대로 자고, 산책하고, 내 편지를 읽을 때 내가 경솔해 없앨 수 없었던 그 어떤 불쾌함이 다가오면 가차없이 찢어버리세요. 그러나 조용히, 조용히요! 편지의 죄가 아닙니다. 나는 그 한 편지 대신에 열 통을 쓸 수 있고 열 통을 찢으시면 그 대신 백 통을 쓰겠습니다.

그대의 프란츠

—

혹시 여름을 요양원에서 보내려 하는지요. 머지않아 그대에게 요양원에서의 삶을 유혹적으로 써 보내겠습니다.

—

혹시 유대인들이 베를린에서 공연을 하는지 한번 신경 써 보세요. 틀림없이 그러리라 생각합니다.[72] 유감스럽게도 뢰비에게 아직까지 답을 하지 않았습니다. 그대에게 보낸 첫 번째 편지에서 나는 편지를 쓸 때 시간을 정확히 지키지 못하는 사람이라고 표현했는데 오늘까지 변하지 않았습니다.

—

연감(『아르카디아』)은 빨라야 2월에나 나옵니다. 내 책은(『관찰』)은 다음 달 아니면 1월에 나오고요. 물론 그대는 둘 다 발행되는 대로 받을 수 있습니다. 플로베르(『감정 교육』)에 대해선 일부러 아무것도 써넣지 않았습니다. 플로베르의 책은 낯선 사람의 글을 포용할 수 없는

책입니다. 게다가 나는 세상이 다 볼 무언가를 그대에게 쓸 수 있는
지 전혀 모르겠습니다.

그대의 사람

1912년 11월 25일 일요일 밤 [1912년 11월 24일 일요일에서 25일 월요
일로 가는 밤으로 추정]

나는 오늘 단편을 치워버렸습니다. 오늘도 어제처럼 작업할 수가 없
었습니다. 그 망할 크라차우 여행 때문에 하루 이틀 정도 중단해야
할 듯싶습니다. 유감스럽지만 그 이야기의 결과가 너무 나쁘지 않기
를 희망합니다. 그 이야기를 끝내려면 사오일은 더 필요합니다. '너
무 결과가 나쁘지 않기를'이란 말은 그 이야기가 이미 나의 작업 방
식을 통해 유감스럽게도 충분히 해를 입었다는 의미입니다. 그 이야
기는 두 번의 열 시간 동안 한 번만 중단되었다 씌어져야 했습니다.
그랬으면 그 이야기는 지난 일요일 머리에 가지고 있던 자연스러운
필치와 격정으로 살아났을 텐데요. 그러나 그 두 번의 열 시간을 내
재량껏 쓸 수 없었습니다. 최고의 것이 주어지지 않을 때는 최선을
다해야 합니다. 그러나 그대에게 매주 일요일 아침마다 그 이야기를
낭독해줄 수 없어 안타깝습니다. 유감 또 유감입니다. 오후엔 그대에
게 편지를 해야 하기에 시간이 없습니다. 오늘 나는 저녁 여섯 시 십
오 분까지 글을 썼습니다. 그리고 나서 편지를 부쳐야 하는데도 침대
에 누웠습니다. 너무 늦게 잠자리에 들어 잠들지 못하는 것은 아닌지
두려웠습니다. 왜냐하면 밤의 모임이 옆방에서 한번 열리면 카드놀
이하는 소음 때문에(아주 드문 경우를 제외하고는 아버지를 위해서라도
내가 억지로 참가할 수 없는 유일한 것입니다) 평온해지지 않기 때문입니

다. 이러한 걱정이 오늘은 필요치 않았습니다. 내가 미처 알지 못했지만 부모님과 여동생이 결혼한 누이 집에서 자고 오기 때문입니다. 둘째 누이동생은 정혼자와 함께 시골에 계신 장차 시부모 될 분의 집에 인사드리러 갔습니다. 하지만 어쨌든 잘 자지 못했습니다. 분명 편지를 미리 부치지 못한 죄 때문일 것입니다. 집에 아무도 없어—열일곱 살 난 하녀가 있으나 그림자처럼 조용해—날 깨우지 않았습니다. 선잠 속에 누워 있었지만 방 공기가 차가워 시계를 향해 손을 뻗을 힘조차 없었습니다. 그러다가 손을 뻗고 보니 시간은 놀랍게도 아홉 시 반이었습니다. 제발 지금 편지 부치는 게 너무 늦지 않았으면 합니다. 이미 한 번 언급했듯이 활짝 열린 창가에서 급히 이 분 동안 체조를 하고, 옷을 입고, 역으로 가야지요. 집 밖에서—우리 지역은 인적이 드물어 아홉 시면 문을 닫아버립니다—다행히도 막 집으로 돌아오는 가족을 피할 수 있었습니다. 샛길을 돌아 정거장으로 날 듯이 달려갔습니다. 새 구두를 신어서 그런지 빈 골목길에서 발 구르는 소리가 끔찍하게 났습니다. 바라건대 편지가 제때 도착했으면 합니다. 바로 집으로 돌아와 여느 때처럼 저녁 식사를 했습니다. 막내 누이 동생이 호두를 까먹으며, 나한테 주는 것보다 자신이 더 많이 먹고 있습니다. 우리는 즐거운 대화를 도란도란 나눕니다. 그것이 저녁 식사지요. 그러나 사랑스런 누이가 나를 필요로 하지 않는 시간이 있고 나 역시 누이를 필요로 하지 않는 시간이 있습니다.

프란츠

1912년 12월 24일 여행 떠나기 직전에 [실제로는 1912년 11월 25일로 추정]

사랑하는 이여! 걱정할 일이 있을 땐 그것이 얼마나 사람을 이리저리 뒤흔들어놓는지요. 그대의 편지를 조용히 기다리고, 편지를 조용히 손에 쥐고는 한 번 읽고 집어 넣었다 다시 읽고, 다시 집어 넣고, 모든 것을 평온히 하던 그런 날이 있었습니다. 그러나 오늘처럼 그대의 편지를 기다리면서 참을 수 없는 흥분에 몸을 떨며, 편지를 잡을 때는 마치 살아 있는 것을 잡기라도 하듯이 손에서 놓지 못하는 그런 날도 있습니다.

사랑하는 이여, 우리의 편지엔 믿을 수 없는 일치점이 있다는 걸 눈치챘나요. 한 사람이 무언가를 바라면 다음 날 아침 이루어집니다. 예를 들어 요전 날, 그대가 나한테 사랑한다는 말을 듣고 싶어 하던 순간 나는 강요라도 받은 듯이 편지에 답을 써 넣었고 그 편지는 그날 밤 이곳과 베를린 사이 어디에선가 그대의 편지와 서로 교차했던 것입니다. 그 대답은 아마 나의 첫 편지의 첫마디에서 아니면 함께 만났던 밤에 그대를 바라보던 나의 시선에 이미 담겨 있었습니다. 그런 유의 일치는 셀 수 없을 정도입니다. 그런데 오늘 아름다운 일이 실현되었습니다.

내가 어제 그대에게 쓴 대로 나는 오늘 밤 혼자 산으로 출발합니다. 그대는 명확히 알지도 못했는데 나에게 사랑스런 어린 동반자를 보내주었습니다. 얼마나 사랑스런 작은 소녀입니까! 작은 어깨! 너무 약해 보여 소녀를 가뿐히 안을 수 있습니다. 그 소녀는 겸손하며 조용합니다. 그 당시 아무도 소녀를 괴롭히지 않았고 눈물 흘리게도 안 했으며, 심장은 그래야만 하듯이 고동치고 있었겠지요. 그 사진을 오래 바라보면 쉬이 눈물이 나온다는 걸 아시나요? 기회가 닿으면 그 사진을 돌려드려야 하나요? 좋습니다. 그렇게 하지요. 그러나 그동안 이 사진은 이 망할 놈의 가슴 주머니에서 짧고 불편한 여행을 기차와 호텔 방에서—그 소녀가 지금까지 아무 설명도 없이 호텔 방에서는 불안하다고 고백하긴 하지만—하게 될 것입니다. 시계 줄을 봅니다. 브로치가 귀엽군요. 머리는 곱슬기가 있습니다. 한껏 정성 들인 머리 모양입니다. 그럼에도 그대는 쉽게 알아볼 수가 있습니다. 내가 다른 무엇보다 잘 기억하는 순간이 있습니다. 이 사진과 비슷한 표정으로 그대가 식탁에 앉아 있었을 때입니다. 그대는 손에 탈리아 사진 한 장을 들고 있었는데 무언가 어리석은 말을 하던 나를 바라보고는 시선을 식탁 주위로 잠시 돌리다가 바로 사진을 설명해주던 오토 브로트에서 다시 멈추었습니다. 그대가 머리를 천천히 돌릴 때 보여주던 여러 표정을 나는 변함없이 간직하고 있습니다. 이제 이 작은 소녀한테는 내가 아주 낯선 사람인데도 그 소녀는 내게로 와 사랑스런 기억의 진실을 확인시켜줍니다.

또 다른 일치가 생각납니다. 어제 그대한테 인쇄물을 부탁했는데[73] 오늘 나에게 보내주겠다고 약속했습니다. 아, 이 심장의 고동이여! 내가 평온한 심장을 원할 때 이렇게 뛴다면 내가 그대 심장의 일부분이라는 게 사실일 수 있을까요?

그대의 프란츠

Nr. 53 [그림엽서 스탬프: 크라차우]
1912년 11월 26일
마음의 인사를 보내오. 지겨운 여행, 그러나 좋은 여행 친구가 한 명 있습니다.

F. 카프카

Nr. 54 [소인: 크라차우지방재판소]

1912년 11월 26일

사랑하는 이여, 탐욕스런 상대방 변호사가 내 뒤에서 최고 낙찰가를 얻으려 애쓰는 동안(그대가 그 말을 이해 못 한다 해도 괜찮습니다) 나는 이 책상에 앉아 그대에게 마음으로 인사를 할 수 있어 만족스럽습니다.

프란츠

Nr. 55 [그림엽서 스탬프: 크라차우]

1912년 11월 26일

짧은 여행이 즐거이 이어집니다. 최고의 안부를 전합니다.

F. 카프카

Nr. 56

1912년 11월 26일

펠리체, 이 편지는 최근에 내가 말한 대로 그대가 두 번째 혹 세 번째 문장을 읽다 찢어버려야 할 그런 편지들 가운데 하나라는 것을 미리 말씀드립니다. 지금이 그런 순간입니다. 찢어버리세요. 내가 이 편지를 쓰지 말아야 할 순간이기도 합니다. 유감스럽게도 분명히 그대는 이 편지를 읽게 될 것입니다. 내가 분명 쓰게 될 테니까요.

막 여행에서 돌아왔습니다. 먼저 사무실로 달려가 그대의 사랑스런 일요일 밤의 편지를 받았소. 그 편지를 수위실에서 읽었습니다. 키 작은 수위의 부인이 편지를 읽는 동안 나를 올려다보더군요. 그대의 편지는 사랑스럽고 유쾌하며 진실되었습니다(단지 사진의 내 나이를 잘못 추측했습니다. 이제야 나도 알게 되었는데 정확히 한 살 때였습니다).
그대는 내가 그대의 일부가 될 수 있도록 노력하고 있습니다. 아, 내
가 그대 삶의 매 순간을 같이할 수 있다면, 아! 그럼에도 그대는 인
간적으로 가능한 모든 일을 다 합니다. 내가 그대의 귀중한 존재 전
체를 사랑하지 않았다면 그대의 친절함 때문에라도 그대를 사랑했
을 것입니다. 그런데 왜 내가 그 편지에 만족하지 못하고 다른 편지
를 찾으려고 수위의 책상을 쳐다보았을까요? 분명 그대는 월요일에
편지를 할 거라고 했는데 월요일 편지가 없었습니다. 여러 번 나에게
성실히 약속을 지키겠다고 약속하지 않았습니까. 지난번에 설사 사
무실에 편지가 없더라도 평안하게 있을 거라 하였지요. 여하튼 그대
의 일요일 편지를 받았습니다. 그대는 월요일 저녁 연습 공연을 하
러 가지 않았나요? 그래서 편지가 약간 늦게 부쳐졌는지도 모르지
요. 월요일 편지가 오지 않았다고 해서 흥분할 이유는 조금도 없습니
다. 그럼에도 왜 나는 놀라서 집으로 달려가 월요일 편지를 발견하리
라 확신하고 동시에 나를 기다리는 실망에 대해 절망할까요. 왜요?
그대에 대한 나의 사랑의 부족 때문이라 보입니까? 지금 그대의 건
강에 대한 걱정이 불안과 섞인다 해도 그대의 사랑에 대한 걱정이 더
큽니다. 그리고 언제나 비탄하는 말이 내 입에서 나오게 됩니다. 곧
그대는 얼마나 더 나를 인내할 수 있는지, 내가 그대의 생각을 몇 가
지 얻을 수 있는지 등등. 편지가 오지 않을 때 전보로 왜 그러냐고 물
어보는 건 너무 느린 방법입니다. 그대가 나의 편지에서 낯선 말투를
보고 놀랐듯이 나도 이제까지 단 한 번 놀랐습니다. 다른 사소한 말
들도 나를 놀라게 합니다. 곧 그대의 어머니가 그대를 실망하는 마음
으로부터 지키고자 한다는 것에 놀라고, 내가 몇 주 동안 묻고 싶었
지만 억제했던 브레슬라우 친구에 관해 읽을 때 놀라며, 그대가 나를
사랑한다는 말을 할 때 놀랍니다. 그 말을 들을 수 없었다면 나는 죽

고 싶었을 것입니다. 언젠가도 그대는 비슷한 말을 썼는데 어떻게 그런 올바른 판단을 하게 되었는지 이해할 수 없습니다. 그러나 그대가 올바른 판단을 했다는 것이 나를 놀라게 하지는 않았습니다. 그대의 감정이 결코 잘못되지 않았다는 것을 잘 알기 때문입니다.

이 모든 모순에 단순 명쾌한 이유가 있습니다. 나 자신도 잘 잊어 버리는 일이기에 다시 한번 말씀드리겠습니다. 나의 건강 문제입니다. 그 이상도 그 이하도 아닙니다. 그 일에 대해 더 쓸 수가 없습니다. 그러나 건강은 그대에 대한 확신을 빼앗아가며 나를 이리저리로 뒤치락거리게 만들고 결국 그대까지 함께 휩쓸어갑니다. 그런 이유로— 그대에 대한 사랑이 이유가 아니라—내게 필요한 것은 그대의 편지입니다. 또 그런 이유로 그 편지들을 다 탐독합니다. 또 그런 이유로 그대의 친절한 말들을 다 믿을 수가 없습니다. 그런 이유만으로 그대 앞에서 이 슬픈 요청을 하면서 몸을 뒤틀고 있습니다. 이런 상황과 맞닥뜨리면 가장 친절한 존재의 힘도 말을 듣지 않습니다. 그대를 포기할 힘이 없습니다. 다른 사람들에게서 미덕이라 여겼던 것이 내게는 가장 큰 해악이 됩니다.

여행은 아주 불쾌했습니다. 헛되이 보낸 어제 저녁은 나를 슬프게 만듭니다. 여행하는 동안 난 어느 한순간 불행하지 않았던 때가 없었습니다. 게다가 산에 밤에 눈이 와서인지 모든 것이 축축했습니다. 호텔 방의 난방은 끌 수가 없어 밤새 창문을 열어두어야 했습니다. 자는 동안 눈이 얼굴로 날아왔습니다. 기차 여행 내내 마음에 들지 않는 여자 맞은편에 앉아 있었습니다. 그 여자가 하품할 때마다 주먹을 입안으로 쑤셔 박고 싶은 마음을 억제하느라 불안했습니다. 여행 내내 그대의 사진을 위안 삼아 바라보았습니다. 밤에도 그 사진은 침대 옆 안락 의자 위에 위안으로 놓여있었습니다. 모든 에너지를 필요로 하는 일이 집에 있을 때는 사람들은 차라리 사무실에서 반항을 했으면 했지 절대로 여행을 떠나서는 안 됩니다. 지금도 갖고 있는 영원한 걱정, 곧 이 여행이 나의 단편을 망치지는 않을까, 또 글을 쓸 수 없게 되지는 않을까 하는 걱정 등등과 함께 비참한 날씨에 밖을 내다보고, 진창 속을 달리며, 진창 속에 처박히고, 다섯 시에 일어나야 하다니요! 크라차우에 복수하기 위해 그곳 지물 상회에서 크라차우가 현재 보유하고 있는 책 가운데 가장 좋은 책을 하나 샀습니다. 발자크의 소설입니다. 서문에 발자크가 여러 해 동안 특별한 시간표를 짜놓고 지켜왔다고 씌어 있는데 합리적이라는 생각이 듭니다. 발자크는 밤 여섯 시에 자러 가고 열두 시에 일어나 나머지 열여덟 시간을 일했습니다. 그러면서 잘못한 것은 커피를 너무 많이 마셔 심장을 해쳤다는 것입니다. 그러나 그 여행을 하는 동안에는 좋은 것이 하나도 없었습니다. 발자크의 소설은 마음에 들지 않았습니다. 철도 신문에서 자칭 괴테의 격언으로, 프라하가 "지구 성벽 꼭대기에서 가장 값진 돌"이라는 어리석은 기사를 읽었습니다. 여행에서 가장 아름다웠던 것은 프라하에서 내린 일이었습니다. 프라하에 가까이 다가갈수록 내 마음은 조금씩 나아졌습니다. 내가 내리려고 하자 한 작은 아이가 내 옷깃을 잡아당겼습니다. 몸을 돌려보니 내 뒤의 젊은 부인이 아기를 팔에 안고 있었습니다. 그 부인을 보자 다시금 그대가 떠올랐습니다. 적어도 첫인상이 그랬습니다. 얼굴이나 분명히 지적할 수 있는 그 어떤 특별한 부분은 아니었습니다. 단지 대체적인 인상이 그러하여 굳이 부정할 수 없었습니다. 아마도 그대의 이미지가 지속적으로 내 눈앞에 있었나 봅니다. 어느 누구도 나처럼 신중하게 이 젊은 부인이 마차에서 내리는 것을 도와주지 않았을 것입니다. 그러나 누구든 그 부인을 도와주어야 했습니다. 아이를 안고 있어 계단을 볼 수 없었으니까요.

물론 나는 그대가 전에 여행했던 일을 듣고 싶습니다. 가능한 한 많이요. 그대가 시골에 머물렀던 것도 아니고 특별히 흥미 있는 외국 도시에 가지도 않았는데 그런 여행을 휴양차 했다는 사실이 나에게는 신기합니다. 만일 친척이 누군가 그들을 방문하길 원한다면 그들은 미리 리비에라로 가 그리로 그를 초대해야 합니다. 나는 그대를—살며시—여행하는 동안 어느 정도는 따라다녔습니다. 브레슬라우에 좋은 친구가 있습니다(언젠가 내가 신앙심이 깊다고 했던 그 사람은 아닙니다. 시골에 사는 측량 기사인데, 주소를 찾으려면 그가 내게 기념으로 선물한 성경책을 뒤져봐야 합니다). 아직까지 좋은 친구로 남아 있는 것은 내가 글쓰기를 싫어하는 덕분입니다. 그러나 그대가 브레슬라우에 있을지도 모른다고 생각했을 때 나는 오랫동안 아무 연락 없이 살다가 갑자기 그에게 편지를 띄웠습니다.[74] 그래서 적어도 편지로나마 그대가 머물던 브레슬라우에 동참할 수 있었습니다. 그 당시 뚜렷이 의도하진 않았지만 바로 그래서입니다. 그대에게 편지를 해야 할 만큼 필요성을 느끼지 않았죠. 아니 전혀 필요가 없었습니다.

일기를 쓰십니까? 쓰신 적은 있는지요? 일기와 연관해서 질문을 하겠는데 왜 그대는 언젠가 아주 좋은 여자 친구라고 불렀던 친구에 대해 전혀 쓰지를 않습니까.

잘 있어요, 사랑하는 이여. 이미 앞에서 말했듯이 우리 위에 존재하는 위협을 우리가 처음으로 진정한 대화를 나눌 수 있을 때까지(편지를 통한 대화가 아니라) 방해하지 말고 그대로 둡시다. 그러는 것이 그대의 의견이 아닌가요?

그대에게 부탁하는데 오늘 편지를 병의 재발로 보지 말아요. 새로운 시점입니다. 단지 내 글쓰기가 중단되어 약간 우울했습니다. 펠리체, 그대의 손을!

프란츠

우리의 어머니들이 우리들에 대해 똑같이 걱정한다는 게 맞습니까? 그대의 어머니는 나에 대해 좋게 말씀하시나요, 아니면 무관심하게 말씀하시나요? 그리고 브레슬라우의 친구에 대해 이야기했을 때 왜 그녀는 나를 연상시켰나요? 부디 내가 묻는 말에 모두 대답해 주세요.

[동봉한 종이 위에]
여행의 진정한 목적이 어떠한 결과를 가져왔는지 나는 결코 잊어서는 안 됩니다. 그 결과가 이번 여행에 대한 증오를 보여주기 때문입니다. 나는 성공했습니다. 더 정확하게 말하면 우리 회사가 성공했습니다. 삼백 크로네 이상은 가져올 수 없으리라 믿었는데 사천오백 크로네를 얻어 사천 이상을 더 성취한 셈입니다. 돌아오는 길에 눈 덮인 들판에서 까마귀를 보며 "너는 성공에 저항해야 했다"하고 나 자신에게 말했습니다.

Nr. 57

1912년 11월 26일

늦은 시간에 나는 나 자신을 위로할 생각을 하고 있습니다. 곧 그대의 월요일 편지가 오긴 했지만 누군가가 수위에게 건네주는 것을 잊어버린 것 같습니다. 그런 경우 나는 내일 아침에 한 통을, 열 시에 다시 한 통을 받는 것입니다. 사무실은 그대의 편지와 대조되어 싫습니다. 허나 그대의 편지가 사무실로 온다는 이유만으로 다시 좋아집니다.

1912년 11월 27일

사랑하는 이여, 벌써 오전 열한 시 십오 분입니다. 막 하던 일에서 잠시 벗어났습니다. 정확히 다시 이전과 같은 혼란에 빠졌습니다. 편지를 썼는데 그 첫 줄을 동봉합니다. 다행히도 작은 그림이 그려진 그대의 엽서가 왔습니다(그대의 월요일 편지를 오늘에야 받았습니다). 사랑하는 이여, 좋아요. 내가 원하는 바입니다. 전에 약속한 소식만은 적어도—아무리 사소하더라도—무조건입니다. 예를 들면 그대가 밤에 내게 편지하는 것을 원치 않습니다. 그 일은 양보할 수 없습니다. 지난밤 나의 평범한 글쓰기는 그대가 나와 같은 밤 시간에 편지한 탓이라고 믿습니다(은밀히 말하지만 그대가 그렇게 했기를 바랍니다). 그러나 이미 밤 편지를 썼다면 받고 싶습니다. 엽서에서 그대는 월요일 밤에 편지를 썼다고 했는데 그 편지를 아직 받지 못했소. 어찌해야 하나요? 그대가 쓴 한줄 한줄이 모두 소중합니다. 엽서대로라면 내일 두 통의 편지를 한꺼번에 받을지도 모르지요. 그러나 분명히 한 통을 받거나 전혀 받지 못할 것입니다. 손들이 어찌할 바를 모르고, 또 그대를 그리워하며 책상 아래로 떨어집니다. 분명 내 모든 편지들이, 곧 크라차우에서 보낸 것, 라이헨베르크에서 보낸 것, 오늘 아침 편지, 단순한 편지, 등기 편지, 속달 편지 그 모두가 분명 분실되었을 것입니다. 예를 들어 그대는 내가 그대에게 일요일 밤에 몇 줄만 썼다고 하는데 그 편지는 적어도 여덟 쪽은 되며 끝없는 한숨을 함께 보냈습니다. 그대여, 만일 우리의 편지가 곧장 우리를 맺어주지 않으면 결코 함께할 수가 없습니다.

새 사진을 받은 나의 느낌은 참으로 이상합니다. 그 작은 소녀가 더 가깝게 느껴집니다. 그 소녀한테 나는 모든 것을 다 말할 수 있습니다. 그러나 큰 숙녀분한테는 무한한 존경심을 갖고 있습니다. 나는 나 자신에게 말합니다. 그 소녀는 펠리체다. 또한 큰 숙녀이며 동시에 숙녀가 아니다라고요. 그 숙녀는 명랑합니다. 소녀가 슬프다는 말이 아닙니다. 그러나 너무 진지합니다. 숙녀는 뺨이 통통해 보이지만(아마 조명 탓이겠지요) 창백합니다. 만일 내 인생에서 두 여자 중 한 여자를 선택해야 한다면 나는 당장 그 작은 소녀한테 달려가지는 않겠지만 천천히라도 그녀에게 갈 것입니다. 큰 숙녀 쪽을 돌아보며 시선을 떼지 않은 채 말입니다. 최선책은 그 소녀가 나를 큰 숙녀에게로 인도해 그녀한테 나를 간곡히 권하는 것입니다.

당신이 보낸 것은 사진의 한 부분인데 그 나머진 어떤 사진이었나요? 왜 내가 전체를 다 받아보지 못했지요? 잘 나오지 않은 사진인가요? 나는 그대를 잘 나오지 않은 사진에서도 좋게 본다는 것을 믿지 않는군요. 사진에 블라우스의 일부인 듯한 목 주위의 하얀 주름 장식으로 보아 그대가 광대로 치장했다는 생각이 듭니다. 사실이라면 내게 그 사진을 주지 않은 것은 정말 나쁩니다. 더구나 나처럼 그대를 보는 일에 굶주린 사람에게 보내는 사진을 자른 것은 죄입니다.

그대의 일에 대한 나의 생각은 어느 정도 맞았습니다. 그러나 매일 천오백 대의 축음기에서 소음이 나온다는 것은 정말 생각해보지 못했습니다. 많은 사람들의 신경 조직이 괴로움을 당하는데 그대는 그 공범입니다. 그런 사실에 대해 생각해보았나요? 어딘가 우리 집 근처에 축음기가 설치되어 그것이 나의 불행이 되지 않을까 하는 생각에 사로잡힌 적이 있었습니다. 그러나 그 일은 일어나지 않았습니다. 그대의 프라하 지사(주소를 아직 모르는데 그 지사장이 언젠가 그대와 흐라드신에 간 적이 있지요. 그 일을 쉽게 용서할 수 없습니다)는 열심히 일하는 것 같지 않습니다. 한번 그대가 와서 매일, 매 주일, 일생 동안 검열해야 할 것입니다. 늘 천오백 대의 축음기라니요. 축음기는 보내지기 전에 적어도 한 번은 소리를 질러봐야 하겠지요. 불쌍한 펠리체! 이 천오백 대의 첫 고함으로부터 그대를 보호할 수 있는 강한 벽이 있다면! 그래서 당신은 아스피린을 갖고 있군요. 나는 단 한 대의 소리도 듣고 싶지 않습니다. 축음기가 세상에 있다는 것만으로도 위협이 됩니다. 그 축음기는 파리에서만 내 맘에 들었습니다. 파테 회사는 파리의 어느 대로에 파테폰을 설치한 진열실을 갖고 있었는데 그곳에서 사람들은 작은 동전을 내고 끝없이 연주 곡목을(두꺼운 노래책의 도움으로 선택하여) 연주하게 할 수 있었습니다. 베를린에 아직 없다면 당신도 파테폰을 만들어야 할 것입니다. 당신도 레코드판을 파나요? 나는 그대 목소리가 담긴 판을 천 개 사겠습니다. 그대에게 필요한 말은 내가 슬픔을 잊기 위해 필요로 하는 만큼의 수많은 입맞춤을 내게 허락한다는 말뿐입니다.

그대의 프란츠

Nr. 59 [체코어로 된 노동자재해보험공사의 편지지]
동봉한 첫 번째 문장
사랑하는 이여, 나에게 상세히 쓸 시간이 없을 때는 그대가 잘 있다는 세 마디를 엽서에 보내주는 습관을 들이길 부탁합니다.

Nr. 60
1912년 11월 27일
사랑하는 이여, 편지 자체는 그렇게 중요하지 않은데도 사람들은 왜 입맞춤으로 편지를 끝낼까요? 그대가 여기 있었으면 하고 간절히 바라지만 상상할 수도 없는 일이라 종이와 펜은 무의미할 뿐입니다(지금 바로 그렇습니다). 펠리체여, 밤에 혼자 여기 앉아 있을 때, 더구나 어제와 오늘처럼 작품을 잘 쓰지 못했을 때—이야기는 차분하나 부진하게 나아가고 있습니다. 반드시 필요한 명료함은 한순간만 비칩니다—또 결코 최선이 아닌 이러한 상태에서 우리가 다시 만난다는 것을 생각해보니 나는 그대를 보는 것이—길에서건, 사무실에서건, 집에서건—견딜 수 없을 것 같아 때때로 두려워집니다. 너무나 견딜 수가 없습니다. 아무도, 그대 조차도 나를 바라보아서는 안 됩니다. 내가 견딜 수 있는 때는 아주 정신이 산만할 때나 취해 있을 때뿐입니다. 그대 앞에 서 있을 자격이 전혀 없다는 두려움을 나는 여러 번 느낍니다. 다행히도 그대는 조각이 아니고 살아 있습니다. 아주 건강하게. 그대가 내게 손을 내민다면 모든 것이 좋아질 것입니다. 또 내 얼굴은 곧 인간의 모습을 갖게 될 것입니다.

성탄절 휴가에 관해 물으셨지요. 유감스럽게도 달력이 없군요. 물론 이틀의 공휴일 동안 휴가를 보낼 수 있습니다.

또한 올해 말까지 사흘간의 휴가를 요구할 수 있습니다(값진 소유입니다. 그 휴가의 가능성이 여러 달 전부터 나의 원기를 북돋아 줍니다). 내가 알기로는 휴일이 잘 배치되어 있어 내가 얻는 사흘과 이틀의 공휴일, 그리고 일요일까지 포함해 닷새나 엿새의 휴가가 생긴다는 것입니다. 그러니 그 이틀을 잘 이용한다면 성탄절 휴가는 상당한 것이 됩니다. 사실은 이 시간을 소설 쓰는 데 투자하려고 합니다. 아마 소설의 결말을 위해 쓰게 될 것입니다. 소설이 벌써 일주일째 제자리 상태입니다. 새 단편도 끝나갑니다만 이틀 전부터 곤경에 빠졌다는 생각이 듭니다. 그 결심을 더 확고히 지켜야 합니다.

성탄절 휴가 중 하루는 누이의 결혼 문제로 잃어버립니다. 누이는 이제 스물두 살입니다. 더구나 성탄절에 여행을 한 기억이 없습니다. 어딘가로 굴러가 하루가 지난 뒤 되돌아오는 것, 그러한 계획의 무익함은 늘 나를 당황하게 합니다.

자, 그대의 성탄절 휴가는 어떻습니까? 휴양이 필요한데도 베를린에 계실 건가요? 산으로 간다면 어디로? 내가 그대에게 닿을 수 있는 그 어디인가요? 나는 결심했습니다. 소설이 끝나기 전에는 다른 사람 앞에 나타나지 않을 것입니다.

그러나 나 자신에게 물어봅니다. 특히 오늘 밤에요. 소설이 끝나고 나면 그대 앞에서 이전보다는 낫게, 적어도 더 나쁘게 되지는 않겠지요? 육 일 낮과 밤 동안의 자유를 미친 듯이 글 쓰는 일에 바치는 것보다 나의 불쌍한 눈을 그대의 시선으로 포만케 하는 것이 더 중요하지 않나요? 대답해주세요. 나 스스로는 커다랗게 '네'하고 말합니다.

프란츠

Nr. 61
1912년 11월 28일

사랑하는 펠리체여, 우체국은 우리를 우롱하고 있습니다. 어제 그대의 화요일 편지를 받았습니다. 분실된 월요일 편지에 대해 탄식했는데 오늘 목요일 아침에 그 편지가 왔습니다. 이 정확한 우편 조직 내부에 어딘가 흉악한 직원이 앉아 우리의 편지를 갖고 장난하며 자기 기분에 따라 보내고 싶을 때 보내는 것 같습니다. 그 밖에 화요일 저녁의 편지를 받았고 한밤의 우편도 받았습니다. 밤에는 편지하지 말라는 나의 부탁에 대한 조롱인가요. 제발 다시는 그러지 말아요. 설사 나를 행복하게 한다 해도 그러지 말아요. 적어도 그대의 신경이 편안해질 때까지만이라도 그러지 말아요. 우는 일은 어떻게 된 일입니까? 어떻게 그대에게 일어나지요? 이유 없이요? 그대가 식탁에 앉아 있을 때 갑자기 울게 되나요? 사랑하는 이여, 그래도 침대로 가는 것이 마땅합니다. 리허설에 가는 게 아니구요. 울음은 나를 아주 놀라게 만듭니다. 나는 울 수가 없습니다. 다른 사람들의 울음은 내게 이해할 수 없는 낯선 자연 현상으로 여겨집니다. 나는 수년 동안 단 한 번—두세 달 전 일입니다—울었습니다. 울음은 안락 의자에 앉아 있는 나를 두 번이나 짧게 잇달아 흔들어 놓았습니다. 나의 제어할 수 없는 흐느낌이 가까이 있는 부모님을 깨울까 두려웠습니다. 흐느낌은 밤에 일어났는데 내 소설의 한 부분 때문이었습니다. 그러나 그대의 눈물은 예사롭지 않습니다. 그대는 잘 우나요? 언제부터지요? 내게 그 책임이 있나요? 분명히 그렇겠지요. 그대에게 최선의 것을 힘입고 있는 누군가가 나처럼 이유 없이(그대 쪽에서 이유 없이) 그대를 괴롭히는 사람이 있나요? 대답할 필요는 없습니다. 아니까요. 그러나 일시적인 기분에서 그러는 것이 아님을 그대도 알지요. 아니면 그렇게 느끼고 있던가요. 그대의 울음이 나를 따라다닙니다. 분명 흔히 있는 불안에서 오는 것이 아닙니다. 그대는 유약하지 않습니다. 특별한, 분명히 설명할 수 있는 이유가 있을 것입니다. 부탁이니 내게 말해봐요. 그대의 말이 내게 어떠한 힘을 갖는지 그대는 전혀 모를 것입니다. 그 불안과 울음이 나와 관련이 있다면 끝까지 다 이용하십시오. 이 편지에 대한 그대의 답에서 분명하게 말해주십시오. 아마 그 이유는 우리가 너무 자주 편지하기 때문이 아닐까요. 편지 한 통을 함께 보내는데 전보를 보냈던 일요일에 쓰기 시작했던 것입니다. 그 당시 두 번째 우편 배달이 아무것도 갖다 주지 않았을 때 느꼈던 비참함 때문에 감히 끝낼 수 없었던 것입니다. 그 편지를 오래된 문서처럼 잘 읽어보세요. 이제는 그 편지에 쓰여진 대로 똑같이 생각하지는 않습니다. 허나 그대의 울음이 그 상황을 생각나게 했습니다.

서둘러 편지를 씁니다. 아직도 이야기할 것이 많은데 사람들이 나의 오후를 빼앗는군요. 다음번에 다시 몇 가지를 이야기하지요. 아름다운 그대의 젖은 눈에 입맞춤을 해도 되겠습니까?

프란츠

1912년 11월 18일 [완성하지 않은 채 동봉한 것으로 추정되는 편지]
사랑하는 이여, 나는 오늘 사무실 일을 이 편지와 함께 시작합니다. 그러나 지금으로서는 우리에게 다음의 것보다 더 중요한 것은 정말 없습니다. 그것에 대해 즉시 답장을 해주십시오. 영리한 그대도 나와 같은 의견이었으면 좋겠습니다. 그렇지 않다고 해도 그대의 의견에 반대할 수 없습니다. 하여튼 그대는 강해서 내가 견딜 수 없는 것도 견뎌낸다는 사실을 염두에 두십시오. 그래서 내가 모든 것을 견뎌낼 수 없을 때 나의 억제할 수 없는 연약함으로 그대를 나의 원 안으로 끌어넣습니다. 그대는 그것을 지난주에 보았습니다. 그러니 들어보세요. 내가 조심을 하는 것은 바로 두려움과 근심 때문입니다. 최근에 그랬듯이 하루에 두 번씩 편지하기 시작한 것은 달콤한 광기이지 아무것도 아닙니다. (지금 첫 우편물이 왔습니다만 그대의 편지는 한 통도 없군요. 제발, 아직도 아픈가요?) 이런 식으로 계속되어서는 안 됩니다. 우리는 잦은 편지로 서로를 채찍질하고 있습니다. 그 편지들은 그대가 이곳에 실제 있도록 하지 못합니다. 실제로 여기 있는 것과 참을 수 없이 멀리 떨어져 있는 것 사이에서 견딜 수 없는 어중간함만 만들어집니다. 우리는 요즘 같은 상태로 다시 서로를 몰고 가서는 안 됩니다. 그런 일은 결코 일어나서는 안 됩니다. 더구나 그대를 위해서라면. 그러나 이미 나는 이런 편지 쓰기 방식에서 그대가 앞으로의 편지에 대해 다시 비난을 하고―약하고 부드럽긴 해도―그 비난이 나를 근심과 절망 속으로 던져버릴 거라고 예견할 수 있습니다. 지난 번처럼 우리 사이가 그렇게 심하게 되지는 않겠지만 그래도 나빠질 것입니다. 지금은 내가 감히 상상할 수 없지만 신께서 우리에게 주실 수 있는 더 나은 날들을 위해 서로를 잘 보살펴줍시다. 사랑으로 서로를 묶읍시다. 서로를 절망으로 묶지 맙시다. 부탁하는데 실망만을 일으키고 머리를 전율하게 만드는 이 잦은 편지 쓰기를 그만둡시다. 그 일은 내게 없어서는 안 될 일이지만 그대에게 부탁합니다. 그대도 동의한다면 나도 가끔 쓰는 편지에 익숙해질 것입니다. 그렇지 않으면 안 되지요. 그것은 명치 안에 든 독입니다. 우리가 어떻게 해야 할지 한번 말해보십시오. 나 자신을 따르지 않고 그대를 따르겠습니다.

편지 쓰고 싶을 때 편지 쓰는 것은 해결책이 되지 않습니다. 좋은 의미에서 결코 해결책이 아닙니다. 해결책은 계속 채찍질하는 것입니다. 그대에게 편지를 쓰고, 그대의 편지를 읽고자 하는 바람이 언제나 나와 함께하기 때문입니다. 내가 생각하기에 억제는 잠정적이 될 것

[글이 중단됨]

—

1912년 11월 28일

다음의 언급이 같은 종이에 있음

내가 여기서 몇 살이었는지 모르겠습니다. 그 당시 나는 완전히 나 자신에게만 빠져 있어 안락한 듯 보입니다. 맏아들이라 많은 사진을 찍었습니다. 그래서 변화하는 모습을 연속적으로 볼 수 있죠. 그대도 보게 되

1888년의 카프카의 모습

겠지만 이제부터 모든 사진들에서 나는 점점 나빠질 것입니다. 바로 다음 사진에서 나는 부모님의 모방자로 등장할 것입니다.

—

그대를 위해 벌써 막스의 『격렬한 감정』을 내 앞에 준비해놓았습니다.[75] 비록 순 가죽(순 가죽이 있나요?)은 아니지만 아름다운 초록색으로 제본했습니다. 지금 보내줄 수도 있지만(이제 막 나왔습니다. 막스의 새 책이지요) 우선 브로트 댁으로 가지고 가 막스가 몇 마디 친절하게 써 넣어주면 즉시 보내겠습니다.

—

바움이 쓴 책을 아직 한 권도 읽지 않았나요? 그러면 곧 그대에게 무엇인가 보내주어야겠군요. 바움은 일곱 살 때부터 완전히 시력을 잃었고 지금은 내 나이 정도며 결혼을 해 예쁜 아이가 하나 있습니다. 바움은—오래되지는 않았지만—베를린에서 강의를 한 적이 있어, 베를린 신문을 뒤적이면 바움에 대한 많은 기사를 읽을 수 있습니다.

Nr. 63
1912년 11월 28일

나무꾼처럼 피곤하지만 몇 줄이라도 더 쓰려고 합니다. 그래야만 하니까요. 오후 시간은 사무실에 전부 쏟아부었습니다. 잠을 자지 못해서 지금은 글을 쓸 수 없습니다. 그 일상적인 교활함과 함께 글쓰기에 대한 욕망이 거세어지는군요. 교활함과 욕망이 없어지길! 더 나은 시간이 올까요? 펠리체, 눈을 열어 내가 그 눈을 바라보게 해주십시오. 나의 현재가 그 안에 있다면 그 안에서 나의 미래도 찾을 수 있지 않을까요?

오늘 여러 사람들과 이야기를 나누었습니다. 특히 베를린의 화가[76]와 이야기하고 깨달은 것은 내가 집에서 묻혀 살면서 아무것도 모르는 사이에(나 자신한테요, 그대한테는 아니구요) 사람들과 즐길 수 없는 사람이 되었다는 겁니다. 낯선 사람들과 있을 때 얻을 수 있는 만족스런 첫 결과는—순간적인 만족이긴 하지만—영원히 강요된 자기 자신과의 관계에서 손가락 끝까지 부여받은 책임감의 대부분을 잊어버린다는 사실입니다. 그 화가는 자신에게 부과된 짐이 모두에게 공통되기를 몰래 바라고 그래서 공동으로 그 무게를 나누어 갖기를 희망합니다. 틀렸지만 좋은 생각이지요. 도처에서 사람들은 동정심으로 서둘러 도와주려 합니다. 그래서 마음이 내키지 않는 사람이나 우물쭈물하는 사람도 다른 사람들이 이런 경우에 취하는 몹시 유쾌한 기분으로 어쩔 수 없이 자신의 행복 속으로 끌려 들어가게 됩니다. 내가 한번 사람을 좋아하면 그 즐거움은 끝이 없습니다. 그 사람과 끊임없이 신체적 접촉을 하려고 합니다. 점잖지 못한 것 같지만 나는 사람들과 팔짱을 끼고 걷는 것을 좋아합니다. 사람들과 끼었던 팔을 빼냈다가도 기분이 나면 다시 손을 뻗습니다. 늘 사람들에게 말을 걸고 싶은데 그들의 이야기를 듣고 싶어서가 아니라 내가 듣고 싶은 것을 듣기 위해서입니다. 예를 들어 이 화가는(그의 초상화가 들어 있습니다) 예술 이론을 유포하고 싶어 합니다. 그 이론은 주관적으로는 진실되다 해도 객관적으로는 촛불처럼 쉽게 불어 끌 수 있는 나약한 이론입니다. 그래서 나는(그 화가의 팔을 잡거나 그 화가를 이리저리 끌어당기는 것이 두 배나 필요한 이유입니다) 그가 결혼 한지 일 년이 되었고, 행복하게 살고 있으며, 하루 종일 일을 하고, 빌머스도르프에 방이 두 개 딸린 정자에서 살고 있다는 등의 부러움과 원기를 일깨우는 얘기만을 계속 듣고 싶습니다.

안녕히 주무십시오.

프란츠

Nr. 64 [노동자재해보험공사의 체코 편지지]

1912년 11월 29일

그대여, 오늘은 수요일 밤의 편지만 받았습니다. 그래서 그대가 편지를 부쳤던 목요일 아침까지만 그대에 대해 알고 있지요. 그 이후로 시간이 꽤 흘렀습니다. 그러나 불안하지는 않습니다. 그대가 그러길 바라니까요. 이 편안함은 그대가 편안할 때까지만입니다. 그대는 지금 리허설 문제로 끔찍한 혼란 속에 살고 있는 것이 분명합니다. 모든 것이 끝나면 나는 그대를 위해 기뻐할 것입니다. 그대도 등장하나요? 무슨 역을 맡았습니까? 그건 그렇고 그대는 나에게 관심을 보이지 않습니다. 만일 내가 '유머'에 등장한다면 오래전에 그대에게 나의 역할을 보냈을 것입니다. 내가 그대의 대본을 갖게 되면 나쁜 기억력에도 불구하고 모두 외워(기억력 말고 다른 힘이 나를 도우러 올 테니까요) 밤에 방에서 크게 낭독할 것입니다. 허나 그대에게 초래하는 이것은 그대에게는 제가 만들어낸 어둡고 불행한 꿈일 뿐입니다. 그래서 나는 생각합니다. 그대가 깨어 있을 때뿐 아니라 꿈속에서도 그대를 괴롭힐 운명인가 하고요.

그대의 첫 번 사진은 무척 소중합니다. 이 작은 소녀는 이제 존재하지 않기 때문이며 사진은 이것이 전부이기 때문이지요. 다른 사진은 사랑스런 현재의 모습입니다. 그래서 나의 갈망하는 마음은 나를 불안하게 하는 작은 사진 너머로 시선을 옮겨가게 합니다. 『정신의 천재』는 꿈에서 나온 말처럼 의미가 없으나 진실됩니다. 다음 장에서 꿈 이야기를 발견하고도 나는 전혀 놀라지 않았습니다. 그런데 도대체 왜 이전 사진은 구멍투성이인가요?

이제 그만 써야겠습니다. 오늘 밤 늦기 전에 다시 쓸 수 있을지 모르겠습니다. 그래서 반만 쓴 편지를 부칩니다.

다시 우리의 일치점을 찾았습니다. 지난 편지에서 그대는 나의 사진에 대해 일깨워주었는데 나는 그 편지를 그대가 사진이 든 나의 편지를 받은 바로 그 순간에 받았습니다. 또한 실현되지 않은 것도 있습니다. 두 편지에서 우리는 만나고 싶어 했지만 그러지 못했습니다.

브륄 양의 어제 시는 매우 우수합니다. 남자들의 정평 있는 시들 보다 훨씬 아름다웠습니다. 브륄 양이 무슨 일을 저질렀기에 비난을 받습니까? 이 부분에서 브륄 양을 바라보세요(브륄 양이 그대의 방에 앉아 있다고 가정해봅니다). 그리고 말없이 나의 안부를 전하세요.

축음기가 그대가 입사한 무렵에 생산된 것은 우연의 일치인가요, 아니면 창설 때부터 그대는 이 부서에 있었나요. 내가 너무 많이 묻는 건가요. 아마 그대 앞에 벌써 질문이 산처럼 쌓여 있겠군요. 서둘러 대답할 필요 없습니다. 결코 질문을 멈추지 않을 테니까요. 잠시 동안 잘 있어요. 오늘은 특별히 글씨체가 멋지죠, 그렇지 않습니까?

그대의 프란츠

Nr. 65

1912년 11월 30일 [1912년 11월 29일 밤에서 30일로 추정]

이 편지를 집어들 때쯤 그대는 피곤할 것입니다. 그래서 그대의 졸린 눈이 너무 애쓰지 않도록 명확히 쓰려고 노력하겠습니다. 잠시 편지를 읽지 않은 채 내버려 두고, 뒤로 기대어 이번 주의 소음과 부산함을 뒤로하고 몇 시간 더 자는 것이 어떻겠습니까? 편지는 달아나지 않을 것이며 그대가 깰 때까지 이불에서 조용히 기다리고 있을 것입니다. 이 편지를 쓰는 동안은 몇 시인지 그대에게 정확히 말할 수가 없습니다. 내 시계는 그리 멀지 않은 의자 위에 있지만 감히 일어나 보고 싶지 않습니다. 아마 조금 뒤에는 아침일 것입니다. 자정이 넘어서야 책상에 앉을 수 있었습니다. 봄과 여름에는—밤에 깨어 있는 것은 최근의 일이라 경험으로 아는 건 아닙니다—새벽이 침대로 사람을 몰아넣으니 여러 시간 방해받지 않고 깨어 있을 수가 없습니다. 그러나 지금 이 길고 변함없는 밤 안에서 세상은 그를 잊어버립니다. 그는 세상을 잊지 않는데도요.

더욱이 글쓰는 일이 너무 비참해져 잠을 잘 만한 가치도 없습니다. 나머지 밤을 창밖만 내다보며 보내야 할 운명입니다. 이런 상황을 이해할 수 있겠습니까? 졸렬하게 글을 쓰고, 그러면서도 완전한 절망에 빠지지 않기 위해서 어쩔 수 없이 계속 글을 써야 한다는 것을요! 좋은 글의 기쁨을 이런 식으로 속죄해야 하다니요! 사실 불행하지는 않습니다. 불행이 막 입힌 상처를 느끼는 것은 아닙니다. 그러나 종이들이 미워하는 것들로 끝없이 가득 차 구토를 일으키게 하거나 둔한 무관심을 갖게 합니다. 그래도 살아가기 위해선 다시 써야 합니다. 제기랄! 지난 나흘 동안 썼던 것들을 다 없애버릴 수만 있다면! 마치 존재하지 않았다는 듯이요.

이것이 아침 인사인가요? 이 아름다운 일요일 아침에 막 깨어난 연인을 이런 식으로 맞다니요! 글쎄요, 그 사람 천성이 그렇다면 그럴 수밖에요. 당신도 다른 식을 바라지는 않겠지요. 나의 불평이 그대의 잠을 완전히 몰아낸 것이 아니라면 그래서 다시 잠들 수 있다면 만족합니다. 이제 작별을 고하며 모든 것이 나아질 거라고, 분명히 나아질 거라고, 그래서 그대는 걱정할 필요가 없다고 말하겠습니다. 누구도 나를 글 쓰는 일 밖으로 내몰 수는 없습니다. 나는 그 한가운데에, 그 따뜻한 위로 안에 앉아 있다고 몇 번이나 생각했습니다.

이제 아무 말도 하지 않겠습니다. 오로지 입맞춤만, 특히 여러 가지 이유로—일요일이니까요, 축제는 끝났으니까요, 날씨가 좋으니까요, 아니 어쩌면 날씨가 나쁠지 모르니까요, 글을 졸렬하게 썼으니까요, 글이 더 나아지길 바라니까요, 그대에 대해서 너무 조금밖에 모르니까요, 입맞춤만으로도 더 진지한 것을 알게 되니까요, 그리고 마지막으로 그대는 너무 졸려 저항할 수 없으니까요—보냅니다.
잘 자요! 일요일 즐겁게 보내세요!

그대의 프란츠

Nr. 66 [노동자재해보험공사의 체코 편지지]
1912년 11월 30일

그대여, 내가 어디 있든 그대 생각뿐입니다. 그래서 지금 과장의 책상에 앉아 편지를 씁니다. 그대의 긴 편지와 두 장의 엽서는 오늘 나를 행복하게 해주었습니다. 그런데 두 장의 엽서는 금요일 밤에 썼던 편지보다 먼저 씌어진 것인데도 비정상적으로 늦게 왔습니다. 나는 (막 부장한테서 전화가 와 깜짝 놀랐습니다. 그렇다고 그 전화가 다시 일로 돌아가게 하지는 못합니다), 나는 그대가 일요일에 받을—우편이 허락한다면요(그대여, 종종 편지는 분실됩니다. 아니면 내가 피해 망상에 시달리던가요)—편지에 붙일 우표를 사러 담배 가게에 갔습니다. 우연히 우편 집배원이 내 옆에 서 있었는데 그 꾸러미 맨 위에 그대 편지가 놓여 있어 힘차게 낚아챘습니다. 그래서 꾸러미 전체를 하마터면 다 뒤엎을 뻔했습니다.

당신들은 얼마나 엄청난 준비를 하고 있습니까! 축하 기념 간행물을 곧 받아볼 수 있기 바랍니다. 러시아 발레에 대해선 어떤 토론이 벌어졌습니까? 러시아 발레는 연극의 일부인가요?[77] 내 걱정은 하지 마세요. 괜찮습니다. 적어도 울지 않습니다. 소파에 몸을 던지지도 않습니다. 단지 그대가 그럴까 걱정입니다. 이 넓은 세상에 훌륭한 요양원은 많습니다. 요양원에 대해선 다음에 쓰지요. 왜 그대의 동료가 그대를 동정했으며, 왜 그대의 신경과민을 참작해주었는지 설명해주십시오. 그대가 항상 신경과민인 것은 아니지요. 누구나 기념 행사를 준비할 때는 신경이 예민해집니다. 신경과민인 사람은 동정을 모르지요. 마음 편안하게 가지세요. 우리 두 사람 다 서로를 위해 편안해야 된다는 그대의 생각은 좋은 생각입니다. 그러려고 나도 무의식적으로 오랫동안 노력했는데도 잘 되지는 않습니다. 그대의 불안 때문에 잘 되지 않습니다. 그대를 전적으로 신뢰합니다. 오해하지 마세요. 누군가를 신뢰하지 않는다면 어떻게 상대방을 사랑할 수 있으며 살아갈 수 있겠습니까? 그러나 내 쪽에, 단지 내 쪽에 악한 것이 있고, 그 사악한 것이 확산되어 그대를 놀라게 합니다. 때때로 만일 우리 두 사람이 함께 악한 것에 저항하기 위해 일치 단결한다면 악한 것은 배겨날 수 없으리라 생각합니다. 그러면 악한 것을 더 잘 알 수 있을 것입니다.

이제 그만 써야겠습니다. 과장은 애인에게 편지를 써서는 안 됩니다. 우리 부서엔 칠십 명의 직원이 있습니다. 직원들 모두가 이 과장의 본보기를 따른다면 어떻게 되겠습니까. 끔찍한 일입니다.

그런데 브뤼 양은 잘 지낸답디까? 브뤼 양이 내 엽서를 받고 의아해하지는 않던가요? 아니면 결국 받지 못했는지도 모릅니다. 내 생각엔 그럴 가능성이 있습니다.

낭독회의 초대장을 하나 동봉했습니다.[78] 나는 그대의 단편 이야기 「선고」를 낭독할 것입니다. 그대는 그곳에 있을 것입니다. 비록 베를린에 남아 있다 해도요. 믿으세요. 그대의 이야기로—어느 정도는 그대와 함께—대중 앞에 나서는 것은 내게 특별한 느낌을 줄 것입니다. 그 이야기는 슬프고 고통스럽습니다. 그래서 아무도 왜 나의 얼굴이 낭독하는 동안 행복해 보이는지 이해할 수 없을 것입니다.

프란츠

[동봉한 종이 위에]

그대여! 세상에! 밤에 정신이 없어 일요일 편지를 그대의 집으로 보내려고 했는데 회사 주소를 쓴 것 같습니다. 집으로 보내는 편지는 속달로 보낼 필요가 없습니다. 그러니 그 편지가 일요일에 도착할 가망이 없습니다. 하여튼 우체국이 뛰어난 일을 할 기회가 주어졌군요. 용서를!

프란츠

Nr. 67
1912년 12월 1일

사랑하는 펠리체, 나의 짧은 이야기와의 싸움을 끝낸 뒤—제3부 그러나 분명히(내가 실제 세계에 익숙해질 때까지 나의 글은 얼마나 불확실하고 얼마나 많은 실수로 가득 차게 될까) 마지막 부가 될 부분이 모양을 잡아가기 시작합니다—내일 저녁이나 되어야 이 편지를 부치겠지만, 무조건 잘 자라는 말만 해야겠습니다. 내가 얼마나 그대에게 애착을 느끼는지 두려워집니다. 그런 감정은 부당하다고 내 자신에게 여러 번 말합니다—그대는 결코 그렇게 말하지 않겠지만—그러나 자제할 수가 없습니다. 만일 내가 그대와 함께 있다면 그대를 혼자 남겨놓지 않을까 걱정입니다. 그러나 혼자 있고자 하는 나의 열망은 지속적입니다. 그래서 우리 두 사람 다 고통받을 것입니다. 물론 고통 없이 값싸게 얻을 수 있는 행복은 없지만요.

아직 그대의 방에 대해 아무것도 모릅니다. 생각 속에서 그곳으로 그대를 따라가려 하면 나는 길을 잃고 허공 속에 있게 됩니다. 이런 상황을 염두에 두고 그대 편지를 꼼꼼히 읽을 때마다 '우아한 책상'에 대한 언급만 눈에 띕니다. 물론 그대는 책상을 종종 침대 대용으로 쓰지만요. 그런데 한번은 날씨가 험악한 어느 날 밤에 블라인드에 대

해 얘기했었습니다. 분명히 편지를 보관할 작은 상자도 있겠지요. 책
들도요. 그리고 그 책들을 뒤지다 그대는 그 사랑스런 사진을 발견했
지요. (누가 압니까? 혹시 다른 사진들이 또 있는지요. 그대가 어린아이였을
때는 분명 자주 사진을 찍었을 겁니다. 열두 살 이후에도요. 소녀들이 모여
있을 땐 단체 사진을 찍지요. 피할 수 없는 일입니다.)

이제 그만요. 오늘은 시계가 주머니 안에 있는데 두 시 사십오 분입
니다(다시 열두 시가 넘어서야 책상에 앉았습니다). 이번엔 그대보다 더
일찍 자러 갈 것이고 그래야 합니다. 아, 그대는 얼마나 즐거운 시간
을 보내고 있나요. 나는 그대가 잘로몬 지배인과 춤을 춘 뒤 시를 쓰
는 남자, 그다음엔 어제 나에게 편지를 쓰고 있을때 그대 책상 주위
에 있던 여섯 명의 남자들과 춤추는 것을 봅니다. 그럴 것 같진 않지
만 코펜하겐의 두 대리인들도 회사 축제에 와서 춤을 추고 있을지도
모르지요. 그대가 춤을 많이 추니 어지럽습니다. 모두가 분명 나보다
는 춤을 잘 출 것입니다. 아, 내가 춤추는 것을 그대가 본다면! 그대는
팔을 위로 들어 올릴 것입니다. 모두들 춤추세요. 나는 잠자러 가겠
소. 그리고 그들 모두에 대한 화풀이로 꿈의 힘으로—신이 좋아하시
면—춤추는 무리들 가운데서 그대를 조용히 내 쪽으로 끌어오겠소.
—

편지가 없군요. 여기도, 사무실에도(나는 두 사람이 신기하게도 똑같이
정신이 없었던 것은 아닌가 하는 생각을 했습니다). 그러나 그날 금요일
에 끝없는 리허설이 있었습니다. 그래서 어쩔 수 없이 그대 편지를
포기함으로 그대 파티가 성공할 수 있도록 나도 한 몫을 했습니다.
그대가 모든 에너지를 리허설에 다 소비하지 않고 파티로 너무 피곤
하지 않았기를 바랍니다.

오늘 나는 오후를 완전히 빼앗겼습니다. 친척들, 오일렌베르크의 강
연(그의 작품에 대해 아시나요?),[79] 그리고 여기저기 작은 볼일들. 아무

것도 잘 되지 않습니다. 정신이 산만합니다. 옆방에서 들려오는 고함소리(결혼식에 초대할 손님들 명단이 모아졌습니다. 이름 하나하나가 다 부르짖습니다)가 날 멍하게 만듭니다.[80]

그대는 일요일을 어떻게 보내십니까? 내가 준 놀라움과 함께 행복하게 시작했겠지요? 나는 결국 편지를 속달로 보내야 했습니다. 어쩔 수 없었습니다. 바보 같은 짓이었다면 용서하세요. 옳았다면 나의 공로가 아닙니다. 나는 일을 잘 처리할 줄 모릅니다. 결국 무엇을 선택해야 할지 자신에게 물어보았습니다. 그대에게 충격과 불쾌감을 줄 편지를 선택할지 아니면 아무 편지도 안 보내 편안함을 선택할지. 물론 우체국으로 달려갔습니다. 그래서 그대는 충격과 함께 나의 편지를 받게 되었고 나는 아무 편지도 못 받았습니다. 적어도 우리는 피장파장입니다. 어찌되었든 분실되거나 광적인 편지에 상관없이 서로에 대한 애정은 변하지 않아야 한다고 생각합니다. 그대도 동의하시겠지요. 나에게 애정은 가장 내밀한 곳에서 나온 명령입니다. 잘 있어요. 이제 좀 쉬세요. 사무실 일이나, 가족, 나까지도 생각하지 말고 마음이 원하는 대로 소파에서 푹 쉬세요. 소파는 게으름을 피우라고 있는 것이지 울라고 있는 것이 아닙니다. 적어도 그렇게 생각합니다.

그대의 프란츠

Nr. 68

1912년 11월 1일 [실제로는 1912년 12월 1일로 추정]

그대여, 몇 마디만. 늦은 시각입니다. 아주 늦었습니다. 내일은 할 일이 많습니다. 이제 드디어 나의 단편에 약간 흥분하게 됩니다. 두근거리는 가슴이 점점 나를 그 안으로 몰고 갑니다. 그러나 가능한 한 거기서 빠져 나오려 노력합니다. 정말 힘든 작업이라 잠자러 가기 전까지 여러 시간이 걸릴 것입니다. 서둘러 자러 가야지요.

그대여, 나는 일요일의 대부분을 그대에게 바쳤습니다. 행복한 생각, 슬픈 생각을 하면서요. 나는 금세 오일렌베르크의 낭독에 무관심해졌습니다. 그러고는 곧바로 그대에 대한 생각으로 빠져 들었습니다. 나는 일찍 나와서 그대의 편지를 부쳤던 역 쪽으로 향했습니다. 나는 아직도 그대를 소유하고 있습니다. 그래서 행복합니다. 얼마나 더 오래 그럴 수 있을까요? 그대에 대한 한 점의 불신도 없이 말합니다. 그러나 나는 그대에게 방해가 되며 지장을 줍니다. 늦든 빠르든 언젠가 그대한테서 물러나야겠지요. 이기심이 지나치기 때문에 말입니다. 그리고 그런 사실을 결코 솔직하고 남자답게 말로 표현하지 못할 것입니다. 언제나 나 자신만 생각하니까요. 나는 결코—내 의무입니다만—진실을 숨길 수 없습니다. 내가 만일 그대를 잃는다면 나 자신도 잃는 것입니다. 나의 행복은 가까이 있는 것 같습니다.—기차로 여덟 시간밖에 안 걸립니다. 그럼에도 그것은 불가능하고 생각할 수도 없습니다.

이렇게 끊임없이 불평한다고 놀라지 말아요. 얼마 전에 한 대로 갑자기 편지를 보내지는 않을 테니까요. 그러나 다시 한번, 무조건 그대를 보아야 합니다. 길게, 가능하면 아주 길게, 시간을 젤 필요도 없이 그대와 함께 있어야 합니다. 여름엔 가능할까요? 아니면 봄에? 내가 자신을 위해 불평을 털어놓아야 하는 밤이 있습니다. 말없이 괴로워하기엔 너무 힘듭니다.

그대여, 무언가 즐거운 말을 하고 싶습니다만 자연스러운 것이 생각나지 않습니다. 나의 단편에 나오는 네 사람이 현재 내 앞에 놓인 페이지에서 울고 있습니다. 적어도 슬픈 상태입니다. 그러나 열 시엔 즐거운 편지가 있을 것입니다. 그 일로 지금 입맞춤을 받을 자격이 있습니다. 그 입맞춤과 함께 자러 가겠습니다.

[1912년 12월 1일에 동봉되었을 다른 종이에]
그대여, 혹시 유대인들이 어디선가 연극을 하고 있는지 포스터를 유심히 보세요. 무엇보다 주소가 어떻게 되는지요. 그래야 뢰비에게 편지가 닿을 수 있을 테니까요.* 뢰비는 내게 다시 편지를 했는데 자신에 대한 불평으로 가득 차 있었습니다. 나에 대해선 편지를 하지 않는다고 불평을 하고요. 유감스럽게도 봉투를 잃어버려 뢰비의 주소를 알 길이 없습니다.

Nr. 69 [노동자재해보험공사의 편지지]
1912년 12월 2일

그대여, 두 사람이 신기하게도 똑같이 정신없었던 일이 우체국의 태만함까지 거들어 실제로 일어났습니다. 일요일에 받을 예정이었던 그대의 편지를 오늘에야 사무실에서 받았습니다. 금요일 저녁의 편지, 아주 오래전의 그 편지입니다. 모든 일이 다 잘되었기를 바랍니다. 그대는 성탄절에 베를린에 있나요? 친척도 오고, 방문도 받을 거고, 춤도 추고, 이 모임에서 저 모임으로 돌아다니겠지요—이런 식으로 그대는 좀 쉴 생각인가요? 그대는 정말로 좀 쉬어야 합니다. 낯선 방문객들조차 그대의 안 좋은 모습을 알아본다구요. 그런데 토요일에 사진을 찍었다니 그대가 어느 정도로 안 좋은지 내가 곧 볼 수 있겠군요.

나의 성탄절 여행은 더욱 알 수 없게 되었습니다. 누이의 결혼식이—가족 모임이긴 해도 성대하게 치러질 겁니다—25일로 연기되었거든요. 성탄절 휴가를 제대로 쓰지 못할까 걱정입니다. 그대한테도 방문객이 있어 내가 베를린에 가지 못한다면, 어디로 가야 합니까? 아직 시간이 있으니 희망도 있습니다.

그대가 건강해졌다는 소식을 받는다면! 그날 저녁 그대는 너무나 쾌활했고 뺨은 발그스레해 무너지지 않을 듯했습니다. 그 당시 첫눈에 그대를 좋아하게 되었냐구요? 이미 그대에게 말하지 않았던가요? 첫눈에 나는 유난히도, 그래서 이해할 수 없을 정도로 그대에게 무관심했습니다. 그래서 오히려 그대가 낯익은 사람 같았습니다. 나는 그것을 당연한 듯이 받아들였습니다.[82] 우리가 식당 식탁에서 일어났을 때에야 시간이 얼마나 빨리 지나갔는지 알고는 놀랐습니다. 그리고 서둘러야 하는 것이 얼마나 유감이었는지요. 왜 또 무엇 때문에 그런지는 알 수 없었습니다. 그러나 우리가 피아노가 있는 방에 왔을 때—그대는 막 신발을 가지러 달려갔지요—결국 나는 바보 같은 말을(어쩌면 큰소리로) 했습니다. 곧 "그녀는(그 당시에는 아직 '그녀sie'라고 불렀지요) 탄식이 나오도록 내 마음에 듭니다" 하고요. 그러고는 식탁 모서리를 꽉 잡았습니다.

그날 저녁부터 그대의 방문객[83]이 그대의 불행한 사랑에 관해 묻기까지 얼마나 긴 시간이 있었나요! 얼굴을 붉히는 것은 긍정을 의미하지만, 이 경우에 그대가 얼굴을 붉히는 것은—그대는 모른다 해도—다음을 의미합니다. 곧 "그래, 그는 나를 사랑한다. 그러나 내게는 불행이다. 그는 나를 사랑하므로 나를 괴롭혀도 좋다고 믿고 있고, 이 그릇된 권리를 극도로 이용하고 있다. 거의 매일 편지가 오고 나는 그 편지로 피를 흘릴 정도로 괴로움을 당한다. 첫 번째 편지를 잊게 하려고 두 번째 편지가 오지만 어떻게 내가 잊을 수 있나? 그는 늘 비밀스럽게 말을 해 그로부터 솔직한 말을 들을 수가 없다. 그가 말하고 싶은 것은 아마 쓸 수 없는지도 모른다. 그러면 제발 그는 그 일을 중지하고 이성적인 남자로 편지를 해야 하지 않을까. 그는 분명히 나를 괴롭히고자 하지는 않는다. 나를 사랑하기 때문이다. 나도 무한히 느끼고 있다. 그러나 그는 나를 괴롭히지 말아야 하고 그의 사랑이 나를 불행하게 만드는 것을 멈춰야 한다." 사랑스런 능변가여! 나는 그대를 위해 내 삶을 멈출 수는 있어도 그대를 괴롭히는 것은 멈추지 못하겠소.

그대의 프란츠

Nr. 70

1912년 12월 3일 [1912년 12월 2일 밤에서 3일로 추정]
그 멋진 긴 편지, 그래서 내게는 과분하고 받을 자격이 없는 편지! 그대여, 나에게 크나큰 즐거움을 주었소. 편지 안의 사진은 처음엔 익숙지 않은 자세와 주변 사람들로 낯설게 보였지만 오래 볼수록 수수께끼가 풀립니다. 책상 위의 램프 불빛 속에서—그때의 햇빛 아래에서처럼—그대의 사랑스런 얼굴은 작은 배 가장자리에 놓인 손에 입맞춤하고 싶을 정도의 착각을 불러일으킵니다. 그래서 그렇게 합니다. 그때의 그대는 지금보다 좋아 보이는군요. 그런데 너무 행복해서인지 짜증 난 얼굴을 하고 있군요. 손엔 무엇을 쥐고 있나요? 독특한 작은 가방? 누가 그대의 허리띠에 잎사귀를 꽂아주었지요? 그대가 나를 얼마나 조심스럽고 미심쩍게 바라보는지 마치 사 년 뒤 그대를 괴롭힐 학대자에 대해 가벼운 예감을 하는 듯하군요. 또한 그대는 단순한 소풍치고는 너무 정성들여 옷을 입었군요. 남동생도요. 남동생이 용모가 수려하다는 것을 이미 다른 사람들한테 들었습니다. 그 옆에서 나는 우스꽝스럽게 어려 보일 것입니다. 사실은 남동생보다 나이가 많고, 더구나 사진 속의 남동생은 겨우 스물다섯 살인데도요. 그대는 남동생이 자랑스럽지요?

다른 사진도 약속했지요. 꼭 약속을 지키세요. 편지 봉투만 보고는 알아채지 못합니다. 편지만 들어 있는 줄 알고 확 찢어서 열지요(많은 편지가 개봉된 채 옵니다. 봉투의 성질에 달려 있습니다). 그러나 그 안에 사진이 있고 그대가 언젠가 아름다운 날 기차에서 내려 내 앞으로 다가올 그때처럼 미끄러져 나옵니다. 이 카메라 플래시를 이용한 사진도—설사 잠시 빌리는 것이든 아주 갖는 것이든 상관없이—영원히 나의 것입니다. 그대로부터 모든 의혹을 없애기 위해(그대에게 그 어떤 의혹을 야기시키기 위해서가 아니고) 그대에게 나의 사진을 보냅니다.[84] 그 사진은 그리 마음에 들지는 않지만 그대한테 주기 위해서는 아니었고 우리 기관의 관리 대리권 때문에 이삼 년 전쯤에 찍은 것입니다. 실제로는 비뚤어진 얼굴이 아닌데 플래시 빛 때문에 몽상적인 시선입니다. 높은 옷깃은 입지 않습니다. 한편 누우이 말했다시피 입고 있는 옷은 유일한 것(유일한 것이란 말은 과장이지만, 그렇다고 지나친 과장은 아닙니다)입니다. 오늘도 그때처럼 기분 좋게 입고 있습니다. 나는 베를린 극장의 상석에서, 소극장의 맨 앞자리에서 그 의상으로 주위 사람들에게 주목을 받았고 기차 의자에서 며칠 밤을 그 옷을 입은 채 푹 자거나 졸았습니다. 그 옷은 나와 함께 나이를 먹지요. 이제는 그 사진에서처럼 그렇게 멋지지는 않습니다. 넥타이는 화려한데 연도는 지금 생각이 안 나지만 두 번째가 아닌 첫 번째 파리 여행에서 샀던 것입니다.[85] 우연히도 편지를 쓰고 있는 지금도 그 넥타이를 매고 있습니다. 넥타이도 나이가 들겠지요. 그대가 사진을 보고 놀라지 않기를 부탁합니다. 최근에 찍은 것 가운데 잘 나온 사진이 하나 있지만(별다른 가능성이 없어, 보이고 싶어 하는 대로만 보여주는 사진이 잘 나온 사진입니다) 다른 가족사진과 함께 액자 속에 있습니다.[86] 가능하다면 그대를 위해 한 장 찍겠습니다. 적어도 사진으로라도 그대 손 안에 있는 것이 내겐 중요합니다. 그대의 진짜 손 안에 말입니다. 그대 상상의 손 안에 오래 있었으니까요.

—

저녁에 썼던 것입니다. 이제 한밤중입니다. 그대여, 어제 편지가 없었는데도 난 모범적으로 행동하지 않았나요? 그대에 대한 신뢰 속에서, 그대가 내 옆에 있는 것처럼—침묵하고 있는 날처럼—그대와 한마음이었습니다. 그대의 눈물에도 불구하고 우울한 날이 아니리라 확신합니다. 그대의 유일한 결점이지만 그대를 급히 가슴에 끌어안게 만드는 대단한 유혹이기도 하지요. 그대는 나보다 비교할 수 없을 정도로 자제를 잘 합니다. 혹 그대는 여러 날을, 또 하루에 여러 번, 문자 그대로 자기 안에 빠져 거기서 헤어나지 못하는 그런 사람을 좋아할 수 있는지 한번 잘 생각해보세요. 일주일 전엔 그런 날이 자주 있었습니다. 그대가 편지에서 눈치챘는지 모르겠습니다(한 일주일 전에요!). 하여튼 알아차리지 못했다고 말해주세요. 내가 단지 상상에 시달린다고 말해주세요. 나에 대한 모든 결정이 나오리라고 기대하는 그대의 입에서 나온 말이 나를 안심시킬 수 있을 것입니다.

그대의 축제는 엄청 화려했습니다. 왜 그랬는지는 모르지만 공장 전체가—이성적인 모든 반대 이유에도 불구하고, 의구심을 떨쳐버리는 그대의 증언에도 불구하고, 내가 상세히 알고 있음에도 불구하고(그대와 편지 왕래를 하는 이 지독히도 게으른 자의 편지지가 이제 거의 바닥이 났습니다. 애석하게도 문방구는 다 자고 있습니다)—비현실적으로 느껴질 정도였습니다.

아마도 그 이유는 실제 회사 경영에는 어울리지 않고 비현실적인 경영에나 어울릴 그런 소망과 희망들로 그대를 내가 에워싸고 있기 때문일 것입니다. 또한 그것은 내가 그대 사무실에 관해 이야기 듣는 걸 좋아하는 이유이기도 합니다. 만일 사무실이 그대를 에워싸고 그대에게 노동을 시킨다는 확신이 있다면 나는 그것을 혐오할 것입니다. 사무실 모습을 찍은 풍경 사진을 받을 수 있습니까? 만일 그 사진을 받으면 그대는 우리 기관의 연도 보고서를 둥글고 안전한 대팻날에 대한 나의 논문과 함께 받을 수 있습니다. 삽화도요. 아니면 작업장 보험에 대한 논문과요. 아니면 안전한 재단기 머리 부분에 관해서요. 그대여, 그대 앞에 아직도 즐거운 일이 많습니다.[87]

그러나 이제 잠자러 갑니다. 요즘 잠을 조금밖에 못 잤습니다. 산책도 거의 하지 않고 독서는 전혀 하지 못합니다. 그다지 나쁜 상태는 아닙니다. 성탄절 휴가에 대한 생각과 여름 휴가 그리고 그다음 미래에 대한 생각을 하며 소일합니다. 전망이 어두워지면 눈을 감습니다. 잊어버리기 전에, 지금부터는 '하루에 한 번만' 편지를 쓰도록 하겠습니다. 사람들은 내게서 오후를 빼앗아갑니다. 그러나 내게 입맞춤을 보냅니다. 그래서 모든 것을 참지요.

프란츠

Nr. 71 [노동자재해보험공사의 편지지]

1912년 12월 3일

그대여, 단 두 마디만. 그대에게 이미 이야기했을지도 모르는 우리의 선거[88]가 끝났습니다. 나의 자유로운 사무실 시간도 끝났습니다. 그대에게 서둘러 안부 전합니다. 게다가 나는 감당할 수 없을 정도로 졸립습니다. 그대여, 오늘 그대는 나에게 멋진 선물을 했습니다. 그 아침 편지는 손으로 잡아끌듯이 나를 그대에게로 끌어당깁니다.

밤에 다시 봅시다. 하루에 두 통의 편지를 쓰는 습관을 버리기가 어렵습니다. 어떻게 하면 고칠 수 있을까요? 입맞춤과 함께 말해주세요. 그리고 입맞춤과 함께 고마워할 수 있도록 해주세요.

그 어느 다른 사람이 아닌 그대의 프란츠

연도 보고서를 보내드립니다. 그대가 그 보고서를 외울 때쯤 다른 보고서를 받게 될 것입니다.

1912년 12월 3일

그대여, 오늘 밤새 글을 써야 했습니다. 나의 의무겠지요. 단편의 결말이 다가오고 있거든요. 집중과 정열이 이 결말에 아주 많은 도움이 될 것입니다. 내일 낭독한 뒤에도—그것을 저주합니다—글을 쓸 수 있을지는 아무도 모릅니다.[89] 그런데도—나는 중단합니다. 감히 계속하지 못하겠습니다. 규칙적인 맥락에서 글을 쓰기 시작한 것은 그리 오래되지 않았습니다. 그러나 그 일로 인해 전혀 모범적이지는 못하지만 그래도 쓸모 있던 공무원에서 우리 과장에게 악몽 같은 존재가 돼버렸습니다(나의 임시 칭호는 공문서 작성자입니다). 사무실에 있는 나의 책상은 결코 정돈이 잘된 적은 없었지만 지금은 종이와 서류가 어수선하게 높이 쌓여 있습니다. 대략 위에 놓여 있는 것만 압니다. 아래 있는 서류는 끔찍할 것 같습니다. 왕왕 한편으로는 글쓰기에 의해 다른 한편으로는 사무실에 의해 내 자신이 으깨지는 소리를 듣는 것 같습니다. 그래도 두 가지를 비교적 다 균형 있게 하는 시간이 옵니다만, 특히 집에서 글을 쓰지 못했을 때는 이 능력이(조악한 글쓰기의 능력이 아니라)—두렵지만—점차 사라집니다. 이따금 이전에 아무도 사무실에서 가능하다고 생각하지 못한 그런 시선으로 사무실을 돌아봅니다. 타자수는 내가 그런 순간에서 부드럽게 깨어나도록 할 수 있는 유일한 사람입니다. 그대의 편지가 여기 있습니다. 우리가 서로 편안하게 좋아한 이래로 절대적으로 삶에 도움을 주는 것이지요. 누군가, 아니 단지 누군가가 아니라 사랑하는 그대가 나를 위해 걱정을 하고, 나는 그대의 편지에 의해 더 나은 상태로 도약하지요. 그러나 그럼에도 불구하고, 그럼에도 불구하고—

오늘 나는 그대에게 조금밖에 쓰지 못했습니다. 말할 것은 많은데도요. 전시실에서 그대는 얼마나 아름답게 서 있는지요! 그러나 그대의 사무실이 빠져 있습니다. 아니, 오늘 그대가 보낸 물건들에 대해, 참을성 많은 펠리체여, 나는 여러 달 동안 질문해 알아낼 것입니다. 특히 그대에 관한 두 가지 언급에 대해 조금만이라도 설명해주세요. 첫 번째는 그대의 시온주의에 관련한 것이고, 두 번째는 문학과 냉동육에 관한 것인가요? 잘로몬에서 로젠바움까지, 어떻게 이 모든 사람들이 그대를 알죠? 어떻게 그들은 그대를 매일 볼 수가 있으며, 어떻게 그들은 당신과 함께 자동차를 탈 수 있으며, 어떻게 그대는 관리국 총무처에서 단추를 누르기만 하면 달려갑니까? 내가 그대를 부를 수 있는 벨은 어디 있습니까? 나는 그대를 입맞춤으로 기습합니다. 이제 그만 쓰겠습니다. 나의 소설은 나로 하여금 잠을 자지 못하게 하는군요. 그러나 그대가 나에게 불어넣는 꿈이 나를 잠들도록 합니다. 어제 나는 그대와 잔디밭에 누워 함께 시골에 가는 것에 대해 이야기했습니다.

그대의 프란츠

Nr. 73
1912년 12월 4일

그대여, 그대가 편지를 끝내갈 즈음에 마음이 더 편안해진 것이 다행입니다. 나는 자책만 한 채 무엇을 해야 할지 모를 뻔했습니다. 그 대신 지금 내가 그대에게 할 수 있는 최선의 약속을 하지요—그 약속을 더욱 굳건히 하기 위해 그대가 편지를 쓰는 동안 그대에게 입맞춤했던 브륄 양의 입술이 나의 것이었기를 원합니다—(신중해지기 위해 한 자 한 자 쓰겠습니다). 나는 이제부터 편지로 그대를 괴롭히지 않겠습니다. 그 대신 우리가 함께 만날 수 있는 날, 그래서 나의 모든 잘못이 즉시—그다음 편지로 미루어 뒤늦게가 아니라—제대로 만회될 때까지 아껴두겠습니다.

내가 그대를 괴롭히지 않을 거라고 자신에게 말하세요. 그대는 나 자신입니다. 그래서 때때로 나 자신을 괴롭힙니다. 그것이 그에겐 좋습니다. 그러나 그대는 나의 가장 내밀하고 가장 연약한 자아입니다. 그래서 세상의 그 무엇보다도 가장 소중하게 보호하고 가장 편안할 수 있도록 하고 싶습니다. 그러나 분명 최선을 다하겠다는 나의 생각에도 불구하고 펜이 내 손 안에서 스스로 나쁜 길을 갑니다.

사랑하는 이여! 용서하세요. 이제부터는 부드럽게 편지하겠습니다. 사랑하는 사람에게—채찍질보다는 보듬어주고 싶은 사람에게—편지할 때 모든 사람이 그렇게 하듯이요.

어제 저녁에도 내가 도에 지나치지 않았나 싶습니다. 사무실 일은 그런대로 되어갑니다. 설사 비참한 인간으로 사무실에 앉아 있었다 해도 그대의 편지를 받아 읽고 난 뒤에는 거인처럼 일어나—마치 그대가 나를 인도하듯이, 그리고 내가 일을 잘했을 때 그대가 그 보답으로 입맞춤을 약속한 듯이—열성적인 공무원처럼 기다리고 있는 타자기로 걸어갑니다. 그대여, 슬퍼하지 말아요. 그대가 지금처럼 전혀 의도하지 않았는데도 이미 나를 행복하게 만들었으니까요. 안녕, 그대여. 오늘은 작별할 수 있을까요? 이제 타자기로 가겠습니다! 이것이 하루에 두 번 쓰는 편지의 마지막입니다. 이제부터는 한 번만 쓰겠습니다. 그 이유는 다음에 말하지요. 오늘 나는 그대에게서 떠나지 못하겠습니다. 내가 바보같이 여겨지면 그대 손을 도로 빼내세요.

프란츠

[1912년 12월 4일 밤에서 5일로 추정]

아, 그대여, 무한히 사랑하는 이여, 내가 염려하며 예견했던 대로 단편을 쓰기에는 너무 늦었습니다. 그 단편은 내일 밤까지 완성되지 않은 채 하늘만 쳐다보고 있을 것입니다. 그러나 펠리체, 어린아이 같은 여인이여, 그대를 위해서는 바로 지금이, 언제나 그렇듯이 바로 지금이 적당한 시간입니다. 나는 전보를 입맞춤으로 받아들였습니다. 그 입맞춤의 여운이 너무 좋아 나를 즐겁게 하고 우쭐대게 하고 의기충천하게 합니다. 그런데 축하 인사로는요? 다른 모든 밤들이 오늘 밤보다 중요합니다. 다른 날 밤들은 나를 구제하기 위해 예정된 반면에 오늘 밤은 오로지 나의 즐거움에만 쏠려 있습니다. 하지만 그대여, 나는 마음의 준비를 하고 열중하고 있는 청중의 귀에 대고 부르짖듯이 낭독하는 것을 좋아합니다. 낭독은 가련한 마음에 즐거움을 줍니다. 게다가 나는 유능하게 부르짖습니다. 그래서 나의 낭독하는 수고를 빼앗아가려는 옆방의 음악 소리를 간단히 무시해버립니다. 사람들에게 호령하든지 아니면 적어도 호령할 수 있다고 믿는 것보다 육체적으로 더 큰 쾌감을 주는 것은 없습니다. 그대는 그것을 아시나요? 내가 아이였을 때—몇 년 전까지만 해도 여전히 아이였습니다—사람들로 가득 찬 홀에서—내가 그 당시 가지고 있던 것보다 큰 마음의 힘과, 목소리의 힘과 정신의 힘으로—『감정 교육』을 여러 날 여러 밤 동안 중단 없이(마치 필연적인 듯이), 물론 프랑스어로(아, 나의 아름다운 발음이여!) 낭독을 하고 그 소리가 벽에 메아리치는 것에 대해 꿈꾸곤 했습니다. 강연할 때마다 늘—강연하는 것이 낭독하는 것보다(드물기는 하지만) 낫습니다—행복해집니다. 오늘도 그랬습니다. 강연이—여기에 나의 변명이 있습니다—내가 지난 삼 개월 동안 나 자신에게 베푼 유일한 사회적 즐거움이었습니다. 이때부터 낯선 사람과는 전혀 말을 하지 않았습니다. 단 슈퇴슬하고만 말했습니다. 한 이 주 전에 내가 만나야 했을 그대의 슈미츠를—내가 슈미츠에게 이끌리는 것은 전적으로 그와 그대의 관계 때문이지요—늦잠을 자는 바람에 놓치고 말았습니다. 그대는 슈퇴슬을 아나요? 그는 뛰어난 사람입니다. 인물을 창조해내는 능력이 슈퇴슬의 얼굴에서 뿜어져 나옵니다. 그렇지 않으면 그 얼굴은 불그죽죽한 혈색과 매부리코 때문에 유대인 학살자에게나 어울릴 수 있는 얼굴입니다(잠깐, 한 카탈로그에 그의 사진이 있으니 동봉하지요).[90] 지금 약간은 정신없이 이것저것에 대해 이야기하고 있는데, 그대 앞에서 그럴 수 없다면 누구 앞에서 그렇게 하겠습니까? 더욱이 낭독이 그 원인일 수도 있는데 그 여파가 아직 손가락 끝에 붙어 있습니다. 남의 눈에 띄지 않고 무엇인가 꼭 그대의 것을 손에 지니기 위해 축제일 그림 엽서를 갖고 갔습니다. 낭독하는 동안 손을 조용히 엽서 위에 올려놓으면 그런 식으로, 마력에 의해 그대의 도움을 손쉽게 얻을 수 있다고 생각했습니다. 그러나 이야기가 고조되자 처음에는 그 엽서를 만지작거리다 무의식적으로 꽉 움켜 쥐어 구겨버렸습니다. 그 엽서에 그대의 사랑스런 손이 없었던 것이 다행이었습니다. 그렇지 않았으면 그대는 분명 내일 나에게 편지를 쓸 수 없었을 것이고 나에겐 너무 값비싼 대가를 치르는 밤이었을 테니 말입니다. 그런데 그대는 그대의 짧은 이야기(「선고」)에 대해 아직 모르지요. 그 이야기는 좀 터무니없고 무의미합니다. 그러나 내적 진실이 없었다면(결코 일반적으로 확증될 수 없지만 늘 모든 독자나 청자가 새로이 인정하거나 부정할 것입니다) 아무것도 아니었을 테지요. 그리고 그 이야기는 적은 분량(타자기 용지로 열일곱 쪽)에 상상하기 어려운 많은 결함이 있어 어떻게 내가 그대에게 그런 미심쩍은 선물을 증정하려고 했는지 전혀 모르겠습니다. 그러나 누구나 자신이 가지고 있는 것을 줍니다. 나는 그 짧은 이야기와 함께 나 자신을 부록으로 주고, 그대는 사랑이라는 엄청난 선물을 주세요. 아, 그대여, 나는 그대로 인해 얼마나 행복한지요. 단편의 결말에서 흘리던 눈물과 이 행복의 눈물이 온통 뒤섞이는군요.[91] 어떻게 내가 그대가 오늘 보낸 편지를—예를 들어 두 번째 장은 내가 무자비하게 강요한 괴로움으로 가득 차 있는데—받을 자격이 있는지 말해주십시오. 세 번째 편지지에서—나로 인해 아직은 그늘지지 않은 여행에 대한 추억과 함께—약간의 평온함이 그대에게 일었을 때 나는 안도의 숨을 내쉬었습니다. 하지만 그대여 운명이 우리를 희롱합니다. 그대는 아무도 그대를 위해 정거장으로 배웅 나오지 않은 채 프라하를 떠난 것을 한탄하고 나는—적어도 오늘을 뒤돌아보면서 그렇게 생각합니다—그대와 동행해 그대의 객석을 들여다볼 수 있도록 달리는 기차 발판 위에 서 있었으면 얼마나 좋았을까 생각합니다(그러나 그것은 미친 짓입니다. 나는 안전하게 승차했어야 합니다.—하지만 지금처럼 깊은 밤에는 사랑하는 사람을 위해서라면 아무리 어려운 일도 전혀 어려울 것 같지 않습니다). 지금 막 생각이 났는데 지난 편지에서 그대는 한번 '나에게' 대신에 '그대에게'라고 썼는데 그 오자가 언젠가 현실이 될 수 있다면 얼마나 좋을까요!(진정, 진정하시오, 이미 나는 입을 다물었습니다.)—회사의 한 지사에 대해 그대가 거짓말하는 것을 알아차렸습니다—부정하지 말아요, 부정하지 말아요! 프라하엔 지사가 없어요. 아들러 회사를 이미 오래전에 찾아냈지만 지나갈 때마다 침을 뱉었습니다. 그대의 경쟁 회사라고 생각했으니까요. 나는 어느 축음기 회사 앞에서도 그렇게 했습니다. 어쨌든 나의 충고에 따라 프리드리히 거리에 축음기 상점을 여시겠습니까?[92] 벌이가 되면 서부 어딘가에도 하나 열 수 있습니다. 파리에서는 한 멋진 부인이 방 한가운데 있는 가장 높은 자리에 앉아 아무 일도 하지 않은 채 그저 손으로 방문객들에게 돈을 칩으로 바꾸어주고 있었습니다. 만일 그대가 베를린에서 이 일의 제안자로서 직장을 얻는다면 어떨까요? 그러면 그대는 일하는데 쓰지 않는 손으로 하루 종일 나에게 편지를 쓸 수 있기에 하는 말입니다. 그대여, 그대에 대한 갈망이 별 바보 같은 짓을 다 생각해내는군요. 나 자신이 슬퍼집니다. 그대에게 편지 쓰던 시간을 한데 모아 베를린으로 여행하는 데 썼다면 오래전에 그대 옆에서 그대의 눈을 볼 수 있었을 텐데요. 그런데 나는 삶이 영원하고 매 순간이 아주 긴 것처럼 편지를 어리석음으로 채웠습니다.

아니 이제 쓰지 않겠습니다. 그럴 마음이 사라졌습니다. 침대로 가 그대 이름을, 펠리체, 펠리체 하고 부르겠습니다. 그 이름은 모든 것을 할 수 있게 합니다. 흥분시킬 수도 있고 진정시킬 수도 있습니다. 잘 자요. 그리고 세상 사람들이 말하듯이 '좋은 꿈'을! 그런데 질문이 하나 있습니다. 어떻게 그대는 침대에서 편지를 쓸 수 있나요? 잉크병은 어디 있지요? 그대의 무릎에 종이를 받치나요? 나는 그렇게 할 수 없습니다. 그대의 글씨는 내가 책상에서 쓰는 것보다 명확합니다. 이불에 잉크가 묻지는 않나요? 가여운 그대 등이여! 그대의 사랑스런 눈도 나빠질 것입니다. 중국에서와는 달리 여기선 남자가 여자 친구에게서 불빛을 치워버리려 합니다.[9] 그 때문에 그 남자가 중국의 책벌레보다 현명하지는 않습니다(언제나 중국 문학에서 이런 책벌레에 대한 조롱과 존경을 만날 수 있지요). 애인이 밤에 편지를 쓰는 것을 남자는 원하지 않으나 우편 집배원의 손에서 그 밤 편지를 탐욕스럽게 빼앗지요.

자, 잘 있어요, 그대여. 마지막 입맞춤을 보냅니다. 서명을 덧붙입니다.

프란츠

혼자지만 혼자가 아닙니다. 서명하고 나서 그대에게 다시 입 맞출 수 있다고 생각하기 때문이지요. 만일 우리가 만날 때 지금처럼 어렵게 그대와 작별하게 된다면 내가 그대에게 편지로 끼친 괴로움은 나와의 실제 왕래가 주는 고통에 비하면 작은 것이라는 걸 깨달을 겁니다. 안녕, 그대여. 서명 다음에 쓴 이 새로운 편지는 새로운 입맞춤을 갈망합니다. 나는 상상 속에서 그 입맞춤을 받습니다.

[가장자리에] 오늘도 편지가 오지 않는군요.

Nr. 75
1912년 12월 5일

그대여, 그대의 방을 자세히 묘사해주어 고맙습니다. 단지 뒷벽에 대한 설명이 빠져 있군요. 거기 문이 하나 더 있는데. 책을 많이 보유하고 계신가요?

선거에 대해 내가 편지했었습니까? 했습니다. 그러면요. 분명 분실되었을 많은 편지들에 끼여 있을 거요. 지금 기억나는데, 그대의 편지를 산더미 같은 선거 우편물 속에서 찾아내야 했다는 것과 시간이 아주 많이 걸렸다고 내가 불평을 한 적이 있었지요.[94] 우리 간부들의 선거 때였습니다. 그 일에는 많은 다른 일들이 따릅니다. 왜냐하면 우리 보험에 가입한 모든 고용주(약 이십만)와 고용인들(삼백만)이 뽑기 때문입니다. 올해 나는 이 일을 등한시했습니다. 밀린 일들이 다소 남의 눈에 띄지 않은 채 쌓여있을 것입니다. 벌써 여기저기서 삐걱거립니다.

그대여, 사진에 담긴 내 모습이 그대에게 낯설다는 것을 부정하지 않으셔도 됩니다. 그대는 시인하지 못해도 그대 편지는 그것을 드러냅니다. 고백하지만 그 편지를 의심하면서 읽으면—내가 지금 그렇듯이—적어도 그렇습니다. 어쩌겠습니까. 사진은 잘 나오지 않았는데요. 그래도 비슷합니다. 실제론 더 나쁘게 보일 때도 있습니다. 그 사진은 두 살 때인데 어린아이 같은 외모는 변하지 않았습니다. 밤에도 일을 하니 보기 싫은 주름살이 생기기 시작합니다. 그대여, 이 사진에 익숙해질 수 있나요? 아직 그대에게 입 맞출 수 있나요, 아니면 입맞춤 없이 서명을 해야 하나요? 사진은 참을 수 있습니다. 그런데 그 남자가 나타나면 어떨까 생각해보세요. 그대는 달아날지도 모릅니다. 그대는 그 남자를 단 한 번 가스 등불 밑에서 보았고 그때는 별 관심도 없었습니다. 그는 낮에는 거의 밖으로 나오지 않아 밤의 얼굴을 갖게 되었습니다. 나는 그대를 잘 이해합니다. 아마 그대는 그에게 익숙해지겠지요. 편지를 쓰는 나, 그리고 그대가 잘 대해주었던 나도 그에게 익숙해져야 했으니까요.

나는 편지를 쓰면서 과장을 했습니다. 그대의 편지는 여전히 사랑스럽습니다. 그러나 내 기분이 좋았다 나빴다 하고 오늘은 나쁜 날입니다. 편지 쓰는 자와 사진에 있는 자 둘 다를 용서하세요. 나의 두 모습 다 입맞춤을 받을 수 있도록 해주세요. 그대여, 안녕. 아주 편안합니다. 그대도 편안하길. 나를 계속해서 사랑해 주세요.

그대의 프란츠

오늘은 정말로 마지막으로 두 번째 편지를 씁니다. 다시 여행이 나를 위협합니다.

1912년 12월 6일에서 7일 [실제로는 1912년 12월 5일 밤에서 6일로 추정]
그대여, 울어요. 지금이 울 때입니다. 내 단편 이야기의 주인공이 조금 전 죽었습니다. 주인공이 평화롭게 모든 것과 화해한 채 죽었다는 걸 안다면 조금은 위안이 될 겁니다. 이야기 자체는 완전히 끝나지 않았지만 지금은 더 쓸 기분이 아니어서 결말을 내일까지 내버려두려고 합니다. 시간이 너무 늦은 데다 어제의 혼란스러웠던 마음이[95] 제자리를 찾아야 하기 때문입니다. 그 이야기의 군데군데 내가 얼마나 피곤한지, 왜 중단했는지, 그 이야기와 상관없는 걱정들이 훤히 드러나 있어 유감입니다. 기분 좋은 구절에서 볼 수 있듯이 조금 더 솜씨 있게 쓸 수도 있었을 텐데요. 그런 감정이 끊임없이 괴롭힙니다. 좀 더 유리한 환경이었더라면 내 안에서 느끼는 창조력으로—그 강도와 지속력은 제쳐두더라도—지금 존재하는 것보다 솜씨 있고 더 설득력 있고 더 조직화 된 작업을 마무리할 수 있었을 텐데요. 그것은 어떠한 이성으로도 다 떨쳐버릴 수 없는 느낌입니다. 물론 현실 이외의 그 어떤 다른 상황은 있을 수 없기에 다른 상황을 참작할 수 없다고 말하는 것이 옳다고 주장하는 것도 이성이지만 말입니다. 아무튼 내일 이 이야기를 끝내고 모레는 소설로 돌아가 몰두했으면 좋겠습니다.

가여운 나의 그대여, 편지가 언제 도착하는지 알고 싶으세요? 그래서 편지 도착 시간을 표준으로 삼으려고요. 그러나 우체국은 예측하기 힘듭니다. 오스트리아식이라—여름 파티에서 전보 게임을 하듯이—즉흥적으로 일을 하지요.

그대의 첫 번째 속달 우편은 우리 집으로 월요일 열한 시에 왔고 두 번째 것은 수요일 아홉 시에서 열 시 사이에 사무실로 왔습니다. 그대의 전보는 오후 네 시 반에 집으로 왔습니다(더 늦게 왔더라면 좋았을 텐데요. 그러면 아마도 나를 제때 깨웠을 텐데요. 하마터면 늦잠을 잘 뻔 해 아홉 시에야 그곳에 갔습니다). 그대가 시가 전차에서 보낸 편지는— 사랑스런 펠리체가 수요일 오후를 위해 보낸 이 편지가—목요일 오 전에야 집으로 왔습니다. 그 편지를 세 시쯤 손에 받고는 우리가 얼 마나 서로 밀접하게 연결되어 있는지를 느낄 수 있었습니다. 그대는 내가 낭독하는 데 전보를 가지고 가기를 원했고 나는 정말로 가지고 가려고 주머니에 집어 넣으려 했으니까요. 새삼 생각해보니 그 전보 를 주머니에 지니고 있는 것보다는 내 앞의 책상 위에 놓아두고 싶었 습니다. 그러기에는 전보가 남의 눈을 끌기에 대신 그림 엽서를 가지 고 가기로 결정했습니다.

그대가 나의 사무실에 관해 잘못 생각하고 있어 분명하게 (보증은 못 하지만) 설명해드리겠습니다. 우리 회사에는 칠십 개의 부서가 있는 게 아니라 내가 일하는 부서에 칠십 명의 직원이 있습니다. 이 부서 의 과장은 세 명의 보좌인을 거느리며, 그중 한 명이 가장 중요하긴 하나 유감스럽게도 가장 불쾌한 책무를 맡아 하는데 그게 바로 나입 니다. 그렇습니다. 좀 더 알기 쉽게 하기 위해 사진 속의 남자가—비 록 그대에게 낯설긴 해도 마음으로는 어느 누구보다 더 그대에게 헌 신적인 그 남자가—그대에게 긴, 아주 긴 입맞춤을 보냅니다.

그대의 프란츠

Nr. 77
1912년 12월 6일

그대여, 다시 한번 굉장한 바보짓을 했습니다. 내 사진으로 그대에 게 걱정을 끼쳤으니까요. 그대는 도시 철도를 따라 산책을 하면서 분 명 그 사진에 익숙해졌겠지요. 그렇지 않으면 그대는 나를 그렇게 다정하게 생각지는 않았을 테니까요. 아마 두통은 첫 놀라움의 잔여물이었을 겁니다. 아니면 그전에 썼던 긴 편지의 잔여물이든가요. 명심하세요. 제가 원하는 것은 편지를 자주 써달라는 겁니다. 긴 편지는 원하지 않습니다. 어쩔 수 없어요. 여행을 묘사한 그 편지처럼 긴 편지를 받기 위해 내가 무엇을 할 수 있는지 둘러보지만 아무것도 찾지 못합니다. 그 편지를 부들부들 떨면서 읽고 또 읽는 것 외에는 다른 도리가 없습니다.

내 외모에 대해 유감스러워했던 나의 편지 때문에 나는 아직도 두렵습니다. 그대가 나를 얼마나 비웃을지 신만이 아시겠지요. 매 순간 혹시 전보를 받을까 두렵습니다. "프란츠, 그대는 아름답습니다"하고요. 그러면 나는 책상 밑으로 기어 들어가는 수밖에는 없지요. 행복한 소녀여, 그대가 동봉한 신문 기사 자료 때문에 그 작업이 개인 행사인데도 그대의 작은 이야기가 얼마나 공공연히 그리고 과장되게 칭찬받는지 아시나요? 그 기사를 쓴 사람은 결코 하찮은 남자가 아닌 파울 비글러[96]입니다. 비글러를 아십니까? 몇 권의 훌륭한 책을 썼고 몇 권의 프랑스 책을 탁월히 번역했습니다. 비글러에 대해 부러워할 일은 2월에 베를린으로 간다는 것인데, 나는요? 물론 비글러는 『모르겐포스트』의 연극 비평가 자격으로 베를린에 갑니다. 그것은 부러워할 일이 아닙니다. 누구나 자신만의 괴로움이 있지요.

아, 그대여, 편지를 끝내고 입맞춤해야 할 긴박한 시간입니다. 그렇지 않으면 과장이 우리 사이에 끼어들 것입니다. 막아야 합니다. 그대여, 그대여! 단지 이 두 외침을.

그대의 프란츠

어제는 마지막 '하루에 두 번째' 편지를, 오늘은 정말 마지막 편지를.
—

지금 막 그대를 작은 천사라고 불렀던 여행 동반자인 여자의 남편에게 보내는 편지에 서명을 했습니다. 그대, 작은 천사여.

—

나에게 중요하면서도 교육적인 사진에 대해서는 밤에 다시 쓰겠습니다.

—

월요일에는 라이트메리츠에 가야 합니다. 그 작은 브륄 양은 나의 엽서에 대해 무어라고 하던가요? 그대는 내가 보낸 두 장의 엽서를 다 받았나요?

—

이제 생각이 나는데 그대 편지는 4일에 쓴 것입니다. 그런데 어째서 수요일이 되었지요—아, 어리석게도 내가 날짜를 잘못 생각했습니다. 자꾸 그때 그대가 나의 사진을 갖고 있지 않았다고 생각합니다.

Nr. 78

1912년 12월 6일에서 7일

그대여, 들어보세요. 단편 이야기가 끝났습니다. 그런데 오늘의 결말이 나를 기쁘게 하지 못합니다. 더 잘될 수도 있었는데요. 분명히요. 그러한 고뇌에는 다음 생각이 늘 뒤따릅니다. 아직 나에게 그대가 있다는 것과 삶에 대한 두 번째 정당성에 대해서요. 부끄러운 것은 그러한 삶의 정당성을 전적으로 사랑하는 사람의 존재에서 얻는다는 사실입니다.

때마침 생각나는 것은 이 편지가 일요일 편지가 되어야 한다는 것과 불평은 월요일을 위해 남겨놓는 게 좋겠다는 것입니다. 그대여, 왠지는 모르지만 그대가 도시 철도를 따라 산책했다는 사실에 감동받았습니다. 만일 사람들이 그대의 고독한 산책과 나의 산책을 비교하고 시선을 한 사람에게서 다른 사람에게로 옮긴다면 비웃음이 최고조에 달할 것입니다.

그대여, 이 사진은 나를 다시 그대에게 아주 가까이, 가까이 다가가게 하는군요. 나는 이 사진이 아주 오래되었다고 생각합니다. (그대는 사진에 대해 아무 설명도 하지 않았습니다. 나를 함정에 빠뜨리려는 거겠지요. 그러나 행복한 마음과 감사한 마음이 나를 대담하게 만들어 두렵지 않습니다). 조명과 자세 그리고 사진 속의 사람들의 분위기가 신비스럽습니다. 이 비밀의 열쇠는 수납 상자 옆에 자리 한 앞쪽 책상 위에 있지만 그 모든 것을 분명하게 하지는 못합니다. 그대는 우울하게 미소 짓고 있는데 나의 기분이 그대에게 그런 미소를 덮어씌우는지도 모르지요. 그대를 너무 많이 들여다보아서는 안 될 것 같습니다. 그러면 그대에게서 결코 시선을 떼지 못할 테니까요. 그대는 독특한 장식이 달린 블라우스를 입었군요. 왼쪽 손목엔 끈인지 팔찌인지를 차고 있고요. 여기서 주관적인 의견은 제쳐놓고라도, 다른 사람들이 보기에도 이 사진의 중심 인물은 그대입니다. 그대가 중앙에 있기 때문이 아니라 어머니가 그대 팔을 잡고 있기 때문입니다. 적어도 그렇게 보입니다. 그 자세는 그대에게 특별한 의미를 줍니다. 더구나 그대는 가족들과는 다른 방향을 보고 있군요. 다른 사람들 중에서 어머니가 내겐 가장 가깝습니다(그대의 어머니가 이 사진에 계시지 않는다고 해도요). 어머니의 인상은 어렴풋합니다. 가장 밝고 산란한 조명이 얼굴 위로 비추고 있기 때문이죠. 어머니는 키가 크고 몸집이 큰가요? 나의 친가 쪽으로 분위기가 비슷한 분들이 계십니다. 그 어른들은 이해심이 많아 보이죠. 그대의 어머니에 대한 첫 인상도 거의 비슷합니다. 그대의 어머니와 이야기하는 것은 두렵지 않으나, 위엄 있는 그대의 아버지 앞에서는 다소 불안합니다. 그분은 무슨 사업을 하십니까? 그대의 오빠는 빈츠의 사진에서 보아 이미 알고 있습니다. 별로 다르지 않군요. 가장자리에 서 있는건 분명 그대의 자매들이군요(그대 오빠는 아직 결혼을 안 했으니 추측하기 쉽지요). 큰언니를 나는 '부다페스트에서 온 여인'이라고 부릅니다. 그대 옆의 명랑한 얼굴의 남자는 부다페스트 형부겠지요. 그들만이 웃고 있으니 서로 통하는 사이일 것입니다. 다른 쪽 가장자리에 있는 소녀는—자만에 찬 표정과 졸린 미소로 판단하건대—냉정한 여동생일 것입니다(스무 살의 여자가 전혀 책을 읽지 않는다는 것은 문제 되지 않습니다. 대충 읽는 것이 더 나쁘지요). 그대는 어느 방에 있습니까? 이 방은 현재 그대의 거실인가요? 이 책상은 언젠가 그대의 편지에서 아버지와 오빠가 66게임을 하던 그 책상인가요? 사진은 누가 찍었습니까? 가족의 축하 잔치인가요? 그대의 아버지와 오빠는 어두운 색깔의 양복에 흰 넥타이를 맨 반면 형부는 색깔 있는 넥타이를 맸군요. 그대여, 사진으로 서로 얼굴을 대할 때는 힘이 있는데 실제로는 얼마나 무력한지요. 나는 어느새 전체 가족이 옆으로 물러나고 그대만 혼자 남겨진 것을 쉬이 상상할 수 있습니다. 큰 책상 너머 그대 쪽으로 몸을 기울여 그대 시선을 찾습니다. 그 시선을 찾아 기쁨으로 어쩔 줄 모릅니다. 그대여, 사진은 좋은 것입니다. 없어서는 안 되지요. 그러나 동시에 고통이기도 합니다.

나쁜 예감으로 막 시계를 보았는데 세 시 십오 분입니다. 안 되겠습니다. 자정이 되도록 일을 시작하지 못했습니다. 잘 자요, 그대여. 나를 사랑하는 일을 중단하지 말아요. 다음 주엔 나의 작은 책 (『관찰』)을 받게 될 것입니다. 그 대가로 얼마나 많은 입맞춤을 받을까요? 꿈꾸기엔 멋진 생각이지요. 이것이 나의 마지막 말이길!

그대의 프란츠

단순히 우편물을 확인하기 위해 이 말을 합니다. 오늘 사진이 든 속달 편지만 받았습니다.

1912년 12월 6일 밤에서 7일 [실제로는 1912년 12월 7일 밤에서 8일로 추정]

그대여, 오늘 여러 이유로 글 쓰는 작업을 하지 못했습니다. 써야할 편지가 몇 통 있었고 사무실의 청원서, 라이트메리츠로의 바보 같은 여행을 준비하느라고요. 게다가 일곱 시가 넘어서야 잠자리에 들어 열한 시에 일어났습니다. 라이트메리츠 여행은 격렬히 서둔다고 해도 하루 치 일할 밤을 빼앗아갈 것입니다. 최근에 다시 시작한 소설은 다시 옆으로 치워야겠습니다. 간단히 말해 오늘 그 일을 계속할 수 없는 여러 이유가 있습니다. 가장 중요한 이유는 오늘 그대에 대한 나의 들뜬 그리움 때문입니다. 정말 건강한가요? 혹시 나를 비난할 게 많지는 않나요? 특별히 오늘 내가 그대에게 중요한가요? 그대여, 오늘 내가 잠든 사이 줄곧 그대 꿈을 꾸었는데 두 가지만 기억합니다. 깨어나자마자 나는 그것들을 심한 저항에도 불구하고 잊어버리려 했습니다. 꿈속에는 무서운 진실이 들어 있었기 때문이죠. 일상의 단조로운 생활에서 보다 부담스럽고 더 분명하게 나타났습니다. 비록 그 꿈들의 복잡하고 상세한 내용들이 아직도 나를 위협하지만 그대에게 피상적으로나마 간단히 묘사해드리죠. 첫 번째 꿈은 그대가 사무실에서 바로 전보를 보낼 수 있다고 한 언급과 관련이 있습니다. 나도 내 방에서 곧장 전보를 보낼 수 있었습니다. 그 기구가 실제 내 침대 옆에 있었으니까요. 그대가 침대 옆으로 끌어다 놓은 책상과 비슷한 위치에 있었을 겁니다. 그것은 끝이 뾰족한 기구입니다. 그래서 전화 거는 걸 무서워하듯이 전보 보내는 걸 두려워했습니다. 그러나 그대가 몹시 걱정스러웠고 나를 침대 밖으로 나오게 할 만한 뉴스를 기다리는 마음에 전보를 보내야 했습니다. 운 좋게도 나의 누이동생이 그곳에 있어 나를 위해 전보를 보내기 시작했습니다. 그대에 대한 나의 걱정은 꿈속에서만은 나를 상상력이 풍부하게 만드나 봅니다. 그 기구는 단추만 누르면 움직이도록 고안되었는데, 베를린에서 온 답신이 즉시 종이 테이프 위에 나타났습니다. 처음엔 긴장한 나머지 경직된 채, 빈 테이프가—달리는 기대할 수가 없었습니다. 그대가 베를린에 있는 기계로 수신할 때까지는 대답이 올 수가 없었으니까요—풀리는 것을 바라보던 기억이 납니다. 처음 답장의 표시가 테이프에 나타났을 때 얼마나 기뻤는지 모릅니다. 너무 기쁜 나머지 하마터면 침대 밖으로 떨어질 뻔했습니다. 그러고 나서 완전하게 읽을 수 있는 그럴듯한 편지가 왔지요. 그 대부분을 기억하려고만 하면 다 기억할 수 있습니다. 내가 하고 싶은 말은 그 편지가 나의 불안을 친절하고 유쾌하게 꾸짖었다는 것입니다. 나는 '만족할 줄 모르는 사람'으로 불리웠고, 그다음에는 내가 최근에 받았거나 오는 중에 있는 편지와 엽서들의 목록이 뒤따랐습니다.

두 번째 꿈에서는 당신이 장님이었습니다. 베를린의 한 맹인 학교가 어떤 마을로 단체 소풍을 갔는데 그곳에서 어머니와 나는 여름 휴가를 보내고 있었습니다. 우리는 목재로 지은 작은 집에 머물렀는데 그 창문을 정확히 기억합니다. 이 작은 집은 비탈길 위에 위치한 큰 농장의 한가운데 있었습니다. 그 집 왼편엔 일광욕실이 있는데 맹인 소녀들이 묵었습니다. 그대도 그들 가운데 한 명이었고 나의 머릿속은 그대를 만나 어떻게 말을 걸 것인지에 대한 생각들로 꽉 차 있었습니다. 여러 번 나는 그 작은 집에서 나와 문밖 진흙 땅 위에 놓인 두꺼운 널빤지 위를 건넜습니다. 매번 그대를 보지 못한 채 우유부단하게 돌아왔죠. 어머니도 정처없이 헤매고 계셨습니다. 어머니는 수수한 옷차림이었는데 일종의 수녀복이었습니다. 팔을 가슴에 대고는 있었지만 정확히 십자를 긋지는 않았습니다. 어머니는 눈먼 소녀들한테 다양한 서비스를 요구하고 있었고 이런 점에서 검은 옷을 입은 둥근 얼굴의 소녀를 발탁했습니다. 그 소녀의 한쪽 뺨은 깊게 상처가 나 있어 언젠가 한번 찢어졌던 것 같았습니다. 어머니는 이 소녀의 총명함에 대해 칭찬했습니다. 나는 그 소녀를 바라보고 고개를 끄덕였으나 그 소녀가 그대의 친구이며 어디서 그대를 찾을 수 있는지 알고 있으리라는 것만 계속 생각하고 있었습니다. 갑자기 정적이 깨졌는데 출발 신호 때문이었을 겁니다. 어쨌든지 학교는 계속 행진해야 했습니다. 이제 나의 마음은 결정되었습니다. 벽에 난 작은 문을 통해 비탈길을 달려 내려갔는데, 학생들이 그 방향으로 가리라 생각했기 때문입니다. 그 아래서 교사와 함께 줄지어서 있는 맹인 소년 무리를 만났습니다. 나는 언제라도 전체 학생들이 막 도착할 것이고 그대를 쉽게 찾아내 말을 걸 수 있으리라는 생각에 그들 뒤에서 왔다 갔다 했습니다. 그곳에서 너무 오래 지체했었나 봅니다. 출발 절차를 물어보는 것도 놓치고 한 눈먼 아기를—모든 연령의 집단이 그 학교에 있었습니다—돌로 된 받침대 위에서 포대기에서 끄집어냈다가 다시 싸고 하는 것을 바라보는 데 시간을 허비했습니다. 드디어 점점 조용해지는 것이 의심스러워 왜 나머지 학생들이 도착하지 않는지 교사에게 물었습니다. 놀랍게도 어린 소년들만 이곳을 통해 떠난다는 것을 알게 되었습니다. 다른 학생들은 이 순간에 언덕 꼭대기에 있는 다른 출구로 떠나고 있었습니다. 교사는 나를 위로하기 위해—그때 나는 미친 듯이 달려가고 있었으므로 교사가 나를 불러세웠습니다—소녀들이 줄을 서려면 시간이 걸리니 내가 제시간에 도착할 수 있으리라는 말을 덧붙였습니다. 그래서 텅 빈 벽을 따라 나있는 가파르고 양지바른 길 위로 달려 올라갔습니다. 그때 갑자기 나는 커다란 오스트리아 법전을 손에 들고 있게 되었는데 법전을 들고 가는 것은 번거로웠지만 그대를 찾아 자연스럽게 말을 거는 데 어떤 식으로든 도움이 되리라고 생각했습니다. 도중에 그대가 눈이 멀었다는 것과 그 경우 나의 외모나 외적인 태도가 그대에게 주는 인상에 다행히도 영향을 끼칠 수 없다는 것을 기억해냈죠. 이런 생각에 이르자 그 법전이 불필요한 장애물로 여겨져 던져버리고 싶었습니다. 마침내 꼭대기에 다다랐습니다. 사실 시간이 꽤 남아 있었습니다. 맨 첫 쌍이 아직도 출입구를 빠져 나가지 못했으니까요. 나는 만반의 준비를 한 채 마음속으로 나를 향해 오는 소녀들 가운데 그대가 눈꺼풀을 내리깔고 굳은 채 조용히 다가오고 있다고 생각했습니다.

그때 깨어났습니다. 그대가 나로부터 너무 멀리 있다는 사실에 몸이 달아올랐고 절망했습니다.

Nr. 80

1912년 12월 7일 일요일 [1912년 12월 8일 일요일을 잘못 적은 것으로 추정]

아, 그대여, 나의 신앙심이 다른 방향으로 향하긴 했지만 그대의 오늘 편지에 감사하려고 신 앞에 무릎을 꿇고 싶소. 그대에 대한 이 불안은 어디서 오는 것일까. 그대가 없는 이 방에 앉아 있는 것은 얼마나 무의미한가요, 그대가 영원히 필요합니다! 내일 여행을 위해 아직도 준비를 해야 하지만 제일 좋은 것은 몇 시간의 기차 시간만큼은 그대에게 더 가깝게 있을 수 있다는 겁니다. 그러고 나서 모든 일이 잘된다면 내일 오후엔 프라하로 돌아오게 될 것입니다. 그러면 역에서 수위에게로 돌진할 것입니다. 편지, 그대의 편지!

오늘 별난 시간표를 짜고 있습니다. 지금은 오후 세 시입니다. 지난 밤에는 네 시에 잠자리에 들었지만 침대에서 열한 시 반까지 있었습니다. 다시 한번 그대의 편지에 책임이 있습니다. 다른 때는 편지가 오길 기다리며 그렇게 오래 침대에 있었지만 오늘은 특별 배달로 편지가 왔습니다(한 번 정도 그런 일이 있었으니 일요일 편지는 늘 속달로 와야 하지 않을까요). 너무 일찍 와 일어나기엔 일렀습니다. 그래서 그대의 편지가 준 기쁨을 즐기면서 몇 시간 동안 게으름을 피웠습니다.

자, 이제 산책할까 합니다. 진정한 의미의 산책을 여러 날 하지 못했습니다. 그러고 나선 여섯 시부터 잠을 자서 가능하다면 새벽 한 시나 두 시까지 자려 합니다. 아마 다시 소설과 씨름하겠지요. 그러면 새벽 다섯 시까지는 편안하게 쓸 수 있을 겁니다. 그 이상은 안 됩니다. 기차가 다섯 시 사십오 분에 떠나니까요.

그대여, 제발 잘 지내요. 다시 또 세 시까지 안 자고 있었군요. 하누카 축제[97]의 주된 목적이 그대를 기진맥진하게 하는 것은 아닐 것입니다.

그대도 연사 중 한 명인가요? 보세요. 내가 전에 말하지 않았나요? 서문은 룻에 관해선가요? 내가 머물렀던 지난번 요양소[98]의 오두막도 '룻'으로 불렸습니다. 문에 '룻'이라 씌어진 그 오두막에서 삼 주 머물러서인지 그 이름이 친숙하게 여겨집니다. 나는 그대가 그 이름을 대중적으로 알리고 찬미하기를 바랍니다.—한 가지 더. 아내 될 사람을 찾는 게 아닙니다. 그랬다면 그 어떤 화가도(틀림없이 자신의 초상화에서 범죄적인 원숭이처럼 보이는 자입니다) 부러워할 필요 없이 온 세계가 나를 부러워하도록 했을 것입니다.[99]

프란츠

그대여, 우리가 정신적으로 일치한다는 것을 그대는 깊이 신뢰하지요(정당합니다). 일요일에 받은 편지에서 그대는 훈계를 했지요. 그대가 일요일에 받아야 할 편지를 왜 속달로 부치지 않았냐구요. 그렇다면 그대는 우리가 정신적으로 하나라는 것을 깊이 신뢰한다는 얘깁니다. 그 훈계는 달콤한 나른함이었습니다. 멀리 떨어져 있는 사람에겐 그대가 활기차게 살아 있다는 명백한 표시니까요.

Nr. 81

1912년 12월 7일 [실제로는 1912년 12월 8일로 추정]
그대여, 급한 안부 인사와 함께 그대 어깨 위에서 조금 불평하고 울 수 있도록 해주기를 간청합니다. 여러 번 나쁜 우연들로 인해 일곱 시 반에야 집에 올 수 있었습니다. 지금 잠을 잔다거나 잠이 든다는 것은 생각할 수도 없습니다. 식구들이 시끄럽게 떠들어대기 때문입니다. 나는 법원의 심리에 대해 공부를 좀 해야 합니다. 긴 청원서도 써야 하구요. 간단히 말해 이 밤은 다시 한번 강탈적인 세상에 희생되어야 합니다. 그대여 당신만이 나의 위로가 됩니다. 난 피곤하고 허약합니다. 머리가 빙빙 돕니다. 그래서 부탁하는데─무례하지만─입맞춤을 해주세요, 여기 이 편지 끝에다요. 그대여, 하루가 끝났습니다. 앞으로 올 일에 대해선 말할 가치가 없습니다.

프란츠

Nr. 82 [광고엽서 소인: 라이트메리츠]

1912년 12월 9일
당신은[100] 그의 단편 「혼자서」를 아십니까?[101] 오래전에 감동받은 단편이었습니다. 이전에 그 작품말고도 「고딕의 방들」이라는 작품의 몇

단락을 알고 있습니다. 그 단락을 아주 좋아합니다. 특별한 이유에서
겠지요. 잘 있어요.

F. 카프카

Nr. 83 [그림엽서 소인: 라이트메이츠]
1912년 12월 9일
막 집으로 가려고 합니다. 고맙게도 집에는 가장 중요한 편지가 처리
되지 않은 채, 개봉되지 않은 채 날 기다리고 있습니다. 안녕.

FK

Nr. 84
1912년 12월 9일에서 10일
나의 그대여, 이 지긋지긋한 중단이 나의 일을 얼마나 망치고 있는지
우울하기만 합니다. 어제도 애를 써서 일을 중단해야 했습니다. 게다
가 여행이 끼어들어 오늘 나의 글쓰기는―운 좋게도 많이 쓰지 못했
지만―평범했습니다. 아니 그 일에 관해선 이야기하지 않겠습니다.
내가 그 여행에 대해 유일하게 만족하는 것은 여행이 회사에도 무익
했다는 것입니다. 여행이 다른 한편으로 나를 화나게 하지만 말입니
다. 결국 여행 전체가 친지 방문이 되고―라이트메리츠에 친척이 있
습니다―말았습니다.[102] 그 이유는 회사를 대표해 내가 참석하려던
공판이―법원 서기관의 잘못으로―회사에 통고도 안 된 채 사흘 전
에 무한정 연기되었기 때문입니다. 이런 점에서 전체 여행은 중요
한 의미를 띕니다. 아직 밤이라고 할 수 있는 시간에 집을 나왔습니
다. 살을 에는 추위 속에서 거리를 배회하다―불빛은 비치고 있으나

커튼이 쳐진 '푸른 별'이라는 아침 식당을 지나갔습니다. 누군가가 열심히 안을 들여다보지만 거리를 내다보는 사람은 아무도 없습니다―열차를 타고 잠자고 있는 사람들 사이에서 밤 여행을 하는데 그들은 자고는 있지만 의식은 있어 엉뚱하게도 내가 낮춰놓은 난방 온도를 다시 '따뜻하게' 높이고 있었습니다. 이미 너무 더워진 공간을 계속 덥게 하고 있었죠. 마지막으로 삼십 분 동안 마차를 타고 안개 낀 길과 눈 날리는 벌판과 목초지를 줄곧―계속 불안한 마음으로 달려갔습니다. 내가 바라보는 모든 광경에 대한 무감각 때문이었을지 모릅니다. 드디어 아침 여덟 시에 라이트메리츠의 랑엔 거리에 있는 친척의 가게 밖에 서 있었습니다. 그러고는 어릴 적부터 아는 아저씨 상점에서(사실은 의붓아저씨입니다. 그런 것이 있다면 말입니다) 생동감과 우월감을―막 침대에서 빠져 나와 털 슬리퍼를 신은 채 춥고 문도 안 연 상점에서 헛되게도 따뜻함을 유지하려는 사람을 마주했을 때 여행자가 느낄 수 있는 그런 부당한 우월감을―만끽했습니다. 그러자 아주머니가(정확히 말해 수년 전에 나의 진짜 아저씨가 죽은 뒤 지배인, 곧 지금의 의붓아저씨와 결혼을 했지요) 손을 비비면서 나왔습니다. 아주머니는 몸이 아프기는 하지만 여전히 활기 있으며, 키가 작고 통통하며 말이 많으나 내겐 언제나 기분 좋은 분입니다.

그러나 이제 그들이 계속 시끄럽게 떠드는 것을 중단시켜야만 합니다. 옆방에서 시계종이 새벽 세 시를 치고 있고 아이는 자러 가야 하니까요. 그대여, 그대의 오늘 편지에 대해 할 말이 많습니다. 부디 나를 일종의 경이로운 사람으로 보지 마세요. 우리의 사랑을 위해 그렇게 하지 말아요. 그러면 그대가 나를 그대로부터 멀리 밀어내려는 듯 보일 것입니다. 나 자신만 의지하는 한, 또 그대가 내 곁에 있지 않은 한 나는 근본적으로 몹시도 불쌍하고 불행한 남자입니다. 내가 유별난 점은 주로 기분이 안 좋고 슬픔에 잠겨 있다는 겁니다. 그대가 편지의 첫머리에서—그 결론은 생각지 않았지만—올바로 예측한 대로 본질적인 이유는 바로 다음의 사실에 있습니다. 곧 나는 라이트메리츠까지의 무의미한 여행을 할 수는 있었어도 분명한 목적을 띤 베를린에는 갈 수 없었다는 것입니다. 그대여, 이 슬픈 유별남이 허용할 수 있는 만큼 가까이 나를 그대에게로 끌어당겨 주세요. 내 안에 숨겨진 위대함에 대해 말하지 마세요. 아니면 이틀 동안 글쓰기를 중단한 것 때문에 다시는 글을 쓸 수 없으리라는 끊임없는 두려움에서 이틀을 보낸 것을 혹시 위대함이라고 여기시나요. 그런데 그 두려움은 오늘 밤이 증명한 대로 완전히 무의미한 것은 아니었습니다. 우리가 만났던 밤에 내가 마분지를 만지작거렸던 것은 경박함과 소심함, 사교적 절망감과 그 안에서의 안락함 때문이었습니다. 그대도 그 당시 무의식적이긴 해도 그 사실을 알고 있었지요. 요즘 그대의 기억이 흐려지는데 그래서는 안 됩니다. 이 모든 건 내가 오랫동안 부치기를 망설였던 그 바보 같은 사진 탓이라고 말하고 싶습니다. 그 사진은 한편으로는 내게 해를 끼치고 다른 한편으로는 아무 도움도 되지 못했습니다. 왜냐하면 그대의 최근 사진이 분명 오래전에 다 되었을 텐데 아직 못 받았으니까요. 그대여, 내가 여행 중 내내—기차 안에서, 마차에서, 친척들과 있을 때, 법정에서, 거리에서 그리고 벌판에서—느꼈듯이 그대를 안을 수 있는 한 아주 꼬옥, 꼬옥 안고 싶습니다. 나의 상상 속에서 칸막이 객차 안의 사람들을 자리에서 몰아내고 그 자리에 그대를 앉혔습니다. 그러고는 조용히 각자의 자리에 앉은 채 서로를 바라보았습니다.

펠리체, 왜 얼굴이 좋아 보이지 않나요? 어머니가 무엇을 기대하시나요? (즉시, 상세하게 대답해야 합니다!) 어머니는 그대의 안 좋은 모습이 무엇 때문이라고 생각하시나요? 그대 생각은요? 어머니와는 화해했나요? 오늘 편지에서 그대는 불안해 보입니다. 그대가 불안하게 보였는데도 앞장에서 나는 바보스럽게도 그대에게 불필요한 충고를 했군요. 나 자신도 이제 불안해하며 이야기합니다. 그대여 심각하게 잘못된 것은 없지요? 이 모든 것에 정확히 답장해주세요. 앞의 편지지에서 다른 일들은 중요하지 않습니다. 그런 것들은 무시하고 이 일에만 대답해주세요. 그대가 병이라도 난다면 나는 어찌하면 좋단 말입니까? 그대여, 이 모든 것을 알아야 합니다. 나의 최대 관심사입니다. 더욱이 아직은 불안하지 않지만 그대가 상세히 답장을 하지 않으면 그렇게 될 것입니다. 그대는 나의 가장 소중한 사람이니까요.

프란츠

Nr. 85

1912년 12월 10일

지금 근무 시간이 끝난 한참 후에 이 편지를 씁니다. 내가 시간이 없을 때 편지 쓰는 걸 그대가 원치 않기 때문이며, 내 편지를 그대가 열시에 받도록 하기 위해서가 아닙니다. 단지 나 자신을 위해 씁니다. 그러면 내일 아침 열 시에 잠시라도 사랑스럽고 행복을 주는 그대가 가까이 있음을 느낄 수 있으니까요. 그대여, 나를 가장 놀라게 하는 것은 우리 두 사람의 꿈에 다 장님이 나타났다는 게 아닙니다. 그대의 일요일 편지가 원인은 아니었지만 내가 그대를 특별히 걱정했던 것은 일요일에 그대가 느낀 슬픔 때문입니다.

일요일에 그대의 집에서 무슨 일이 있었나요? 그대의 일요일 편지는 수수께끼로 가득 차 있습니다. 이전 편지에서 그대는 내 앞에서 그 어떤 비밀도 갖고 싶지 않다고 말했지요. 그런데 지금 그대는 내 앞에서 그대의 괴로움에 대한 비밀을 갖고 있습니다. 그 괴로움의 비밀에 대해 나는 특별한 권리가 있다고 믿습니다. 물론 그대의 괴로

186

움 자체에 대한 권리는—때때로 내가 갖고 있기라도 한 듯 행동하지만—없지만요. 그대여, 그 일에 대해 몇 마디 답을 해주세요. 내가 그대의 괴로움을 모른다 해도 그대와 함께 괴로워한다는 사실을 일요일 편지를 통해 그대는 알 것입니다. 그러나 원인도 모른 채 누군가와 함께 괴로워한다는 것은 두 배나 더 나쁩니다. 오늘 열 시 이후엔 불안하지 않았습니다. 사랑과 친절함 그리고 신선함으로 가득 찬 그대의 월요일 편지가 나를 다시 바른 궤도 위에 올려놓았으니까요(막이 편지의 몇 줄을 읽었을 때 목수가 자신의 영업 보험을 위한 신청서를 갖고 왔습니다. 목수가 원하는 모든 걸 서둘러 승낙했습니다만, 신 이외의 어느 누구 앞에서도 책임질 수 없습니다). 그러나 일요일에 대해 해명을 들어야합니다. 왜 그날 산책을 하지 않았습니까? 왜 일요일 저녁에 그렇게 피곤했습니까? 그러면서 월요일, 근무하는 날에, 생기를 기대한 이유는요? 나는 그대의 일요일 아침 편지에서 무언가 잘못됐다는 것을 알아차렸습니다. 그러나 무엇이요? 만일 장님이 자신과 관련된 일이 그 앞에서 일어나지만 끝없는 소음만 들을 뿐 아무도 그에게 설명을 해주지 않는다면 틀림없이 이렇게 느낄 것입니다. 그대의 두 번째 편지를 받고 안심했습니다. 그러나 앞으로도 있을 가능성 때문에 그 어떤 고통과 괴로움이 그대를 위협했는지 나는 알고 싶습니다.
지난번 사진의 우울한 소녀의 입에 긴 입맞춤을, 그리고 앞으로 올 흑인 소녀에겐 입술을 오므립니다.

프란츠

Nr. 86
1912년 12월 10일 밤에서 11일
드디어 사랑스런 소녀의 전체 모습이 여기 있군요. 전혀 흑인 같지 않은데요. 나의 머리와 가슴속에 있는 모습 그대로군요. 슬프거나 나쁜 모습도 아니구요—다른 사람들보다 명랑한데요. 다만 유감스럽게도 양쪽에서 꼭 잡고 있어 그 소녀를 빼내 오려면 거인 같은 힘이 필요할 것 같습니다. 또 유감스럽게도 파트너 옆에 바짝 붙어 있어서 입맞춤을 하려면 로젠 바움 씨도 함께(실제론 다른 사람인 듯싶습니다) 입맞춤을 해야겠는데요.

밤에 찍은 이 사진에서 이상한 것은 대낮에 볼 때는 모두가 밤새 잠을 못 잔 듯하고 잘못된 듯한데 지금 전기 탁상등 밑에서는 경외심을 일으키는 모습이라는 겁니다. 그래서 내가 그런 일행 안에 끼는 것은 상상할 수 없습니다. 연미복을 입어본 지 얼마나 오래되었는지요. 아마이 년 전 누이동생 결혼식에서였을 겁니다. 이제는 구닥다리가 된 연미복은 학위를 받을 때 처음 입었던 것입니다. 육 년이란 세월이 흘렀지만 꽉 끼지는 않습니다. 그대의 파트너는 나무랄 데 없는 연미복을 입었군요. 멋지게 입은 그 조끼는 대담하게 재단된 것 같습니다.

그대가 하고 있는 펜던트와 반지는 어떤 것이지요? (흑인 소녀같이 보인다던 그대의 말에서 나는 두 번째 다른 사진이 있는 게 아닌가 하고 생각합니다. 무언가 부정확한 그대여?) 그대 옆에 자리한 부인은 지배인의 부인이지요. 그대의 두 손 사이에 있는 손은 그 부인의 손이지요? 그 부인의 다른 손은 어디 있습니까? 그대 옆의 두 사람은 왜 그렇게 바짝 누르고 있나요? 그대는 레이스로 테두리를 장식한 치마를 입었군요, 그렇죠?

그대가 이 사진에 대해 아무리 자세히 설명을 해주어도 충분치 않습니다. 이 사람들 가운데 누가 그대와 함께 근무합니까? 브릴 양은 알아볼 수 있을 것 같습니다. 독특하긴 하나 가슴에 눈에 띄는 장식이 있는 검은 드레스를 입은 여자가 맞지요. 오직 슬퍼 보이는 사람은 그대 뒤 기둥 옆에 있는 사람입니다. 그 사람은 검은 넥타이를 했는데 모두를 걱정하는 것 같고 모두를 위해 일해야 하는 사람처럼 보입니다. 슈트라우스 지배인과 잘로몬 지배인은 어디 있습니까? 그대가 함께 춤추었던 소녀는요? 그로스만은요? 또 시를 쓴 남자는?

어젯밤 편지에서 사진을 부탁했는데 오늘 받았습니다. 그러나 그 사진으로 만족해선 안 됩니다. 우리는 한 사람이 다른 사람에게 무엇인가 원하는 그 순간에, 낮이든 밤이든 우편 집배원이 급히 올 수 있도록 준비를 해야 합니다. 우체국도 우리와 타협을 할 것입니다. 오늘 우편 집배원이 내 소설(『관찰』)의 가제본된 책을 갖다 주었습니다(내일 그 가제본을 그대에게 보내겠습니다). 우리가 서로에게 속한다는 표시로 그 우편 집배원은 책을 동여맨 줄 안에다 그대의 사진이 든 두루마리를 끼워 밀어넣었습니다. 그러나 그것으로도 나의 소망은 채워지지 않은 채 계속됩니다.

프란츠

Nr. 87
1912년 12월 11일

『관찰』과 함께 동봉되어

자, 오늘 다시 편지를 쓰지는 않겠습니다. 오후에 잠시 동안 눈을 붙여야 합니다. 머리의 왼쪽 윗부분이 경고하듯이 윙윙거립니다. 토요일과 일요일에는 아무것도 쓰지 못했습니다. 월요일엔 아주 조금, 평범하게, 화요일엔 전혀 아무것도. 한 주일의 멋진 끝이고 멋진 시작이지요!

—

나의 불쌍한 책에 친절하길 바랍니다. 그날 우리가 만났던 밤에 내가 원고를 정리하는 걸 그대가 보았는데 바로 그 원고들로 구성되었습니다. 그때 그대는 자신이 원고를 검토할 '자격이 없다'고 생각했지요. 바보 같은 사람, 집념이 강한 사람이여! 이제 그 책은 완전히 그대의 것입니다. 그대의 품에 안기는 유일한 것이 되기 위해서는, 또 나의 자리를 하찮은 낡은 책과 공유하지 않으려면 질투심만이 그 책을 그대 손에서 낚아챌 수 있습니다. 혹시 그대는 여러 작품들의 출판 연도가 어떻게 다른지 알아차렸는지요. 작품 가운데 하나는 팔 년에서 십 년이 된 것입니다. 가능하면 사람들에게 보여주지 마세요. 그래야 나에 대한 그대의 마음이 변치 않을 테니까요.

잘 자요, 그대여, 안녕.

Nr. 88
1912년 12월 11일 밤에서 12일

그대여, 상태가 좀 이상합니다만 나는 참아야 합니다. 오늘 충분히 쉬었고 새벽 한 시부터 이른 아침까지 잘 잤습니다. 게다가 오후에도 잘 수가 있었습니다. 그러고는 글을 쓰려고 앉았습니다. 마음이 편한 상태였고 글을 쓰고 싶은 열정과 능력이 있다고 생각했는데도 좋지도 나쁘지도 않게 조금만 쓰고는 그만두었습니다. 안락 의자에 잠옷을 걸치고는 아무것도 하지 않은 채 한 시간 동안 파묻혀 있었습니다. 지금은 아주 추운 방에서 무릎에 담요를 덮고 앉아 있습니다. 왜냐구요. 그대가 묻듯이 나 자신도 물어봅니다. 그래서—그대가 동의한다면—우리는 서로 팔을 끼고, 나를 마주하고, 나를 바라보나, 나를 이해하지 못한 채 여기 서 있습니다. 하여튼 오늘 오랫동안 글을 쓰지 못한 이유로 나 자신과 사이가 좋지 못합니다. 그래서 오늘 오후에 한편으로는 시간이 없어서 또 한편으로는 그대가 열 시에 나의 책을 받아볼 테니까 편지를 쓰지 않았습니다. 하루에 한 통의 편안한 편지가 우리 둘에게 최선일 것입니다. 무엇보다도 글을 쓰지 못해 내가 느끼는 끔찍하고 일반적인 불쾌감과 우울한 권태 때문이며 시달림을 많이 받는 그대에게 모든 순간의 불행한 느낌을 다 쏟아내는 것은 불필요하다고 생각했기 때문입니다. 그러나 지금 이 밤에 글을 쓸 기회가 생겼습니다. 그것은 나의 온 존재가 직접적으로는 아니더라도 내적으로 퍼져가는 절망감과 함께 반박할 수 없도록 요구하던 것이었습니다. 허나 내일 하루를 지탱할 수 있을 만큼만 씁니다. 그리고 마치 천천히 피를 흘리며 죽어가듯이 작은 안락함 속에서 뒤로 기댄 채 나른하게 앉아 있습니다. 나의 나약한 말들을 쏟아낼 수 있고 그 말들을 열 배나 더 강하게 해서 돌려주는 그대가 아니었으면 나는 얼마나 우울하게 침대로 갔을까요. 이제부턴 나의 작업에서 단 하룻밤도 떠나지 않겠습니다. 내일은 더욱 깊이 그 안에 몰두할 것입니다.

그대여, 제발 그대가 어디 있으며 무엇을 입고 있는지, 그대가 내게 편지 쓰는 동안 주위는 어떻게 보이는지를 이야기해주세요. 전차에서 쓰는 그대의 편지는 미치도록 그대를 가깝게 느끼게 합니다. 전차에서 어떻게 쓰지요? 종이를 무릎 위에 올려놓고 쓸 때는 머리를 깊숙이 숙이나요? 전차는 베를린에서 천천히 가지요, 그렇죠? 하나가 또 다른 하나 뒤에서 긴 열을 이루면서, 그렇죠? 그대는 아침에 걸어서 출근하나요? 어느 우체통에다 편지를 집어 넣나요?

그런데 이 편지에서 그대는 일요일을 조용한 날로 묘사했는데 어떻게 이것이 지난번에 했던 말과 맞는지요? 풍부한 음식! 11월에 아스파라거스라! 산책 가는 대신에 책을 제본했다는 것은 무슨 말입니까? 제본이라니요? 어떻게요? 아, 그대여 그러한 질문들로 그대를 움켜잡고 싶습니다. 그 밖에 내가 무엇을 할 수 있겠습니까? [종이 위에 더 쓸 공간이 없어서 맨 구석에다] 키스를!

프란츠

Nr. 89

1912년 12월 12일

그대여, 그래서는 안 됩니다! 두 번째 편지를 약속하고는 안 지키다 니요. 바쁘다는 건 압니다. 나도 두 번째 편지를 요구하지는 않습니 다. 그렇지만 오늘 아침 편지에서처럼 분명히 약속하고는 편지가 도 착하지 않으면 걱정이 됩니다. 달리 가능한 것이 있습니까? 그대가 불안해 하는 것을 내가 염려하면 나도 불안해지고 그 어느 때보다 무 가치하게 느껴집니다. 오늘은 그리 나쁘지는 않습니다. 그대의 오후 편지는 친절했고 위로가 됩니다. 그대가 『아침 놀』[103]을 읽고 있다면 적어도 그것은 그 방면에서 그대를 잘 보호해줄 겁니다. 그래도 약속 한 편지가 오지 않으면 모든 것이 완전하지는 않습니다.

헤어초크의 논문[104] 고맙습니다. 이미 그가 쓴 많은 글을 읽었습니다. 그의 글 쓰는 방식은 무기력하고 지나치게 억지를 부립니다. 그 무미 건조함에 생기를 불어넣으려(모든 문장에) 시도하나 번번이 실패하 죠. 더 분명하게 설명하기에는 너무 피곤합니다. 하지만 다른 곳에서 와 마찬가지로 여기서 헤어초크의 기본 생각은 칭찬할 만하게 그리 고 진실하게 느껴졌습니다. 그의 글의 불안감, 그가 극복하려 노력 하지만 앞뒤가 맞지 않는 생각들, 글 안에까지 밀고 들어오지 못하는 그의 열정 등은 그의 논문을 다른 훌륭한 작가들의 작품보다 더 특 색 있게 합니다. 헤어초크가 좋은 책들을 추천하고자 했다면 논문에 서 말한 것은 맞습니다. 또 '현대'를 정의내리고자 했다면 아주 잘못 된 것은 아닙니다. 헤어초크의 결론은 오직 진부함에 바탕을 두고 있 으니까요. 인상적인 것은 베르펠에 대한 상세한 비평이었습니다. 논 문의 백미였죠. 펠리체, 베르펠은 사실 경이로운 사람이란 것을 아나 요? 내가 베르펠의 『세상의 친구』를 처음 읽었을 때(그전에 그가 시를 낭독하는 것은 들었습니다) 나는 그에 대한 열광으로 미칠 만큼 감동받았습니다.[105] 베르펠은 대단한 사람입니다. 게다가 이미 보상을 받았습니다. 그는 라이프치히에서 로볼트 출판사(내 책 『관찰』도 그 출판사에서 냈습니다)의 편집 고문으로 낙원 같은 상태에서 살고 있으며 스물네 살의 나이에 삶과 글쓰기의 완전한 자유를 누리고 있습니다. 베르펠에게서 어떤 것이 나오게 될까요? 이 이상한 남자가 우리 사이에 들어와 어떻게 끝을 맺어야 할지 모르겠습니다.

프란츠

Nr. 90
[1912년 12월 12일에서 13일로 추정]

아, 그대여, 어색하게 느껴지던 소설의 한 부분에서 겨우 벗어나 (여전히 소설은 나를 따라주지 않습니다. 소설을 붙잡아보지만 내 손 밑에서 저항을 하고 결국 전체 부분을 놓아버립니다) 드디어 그대에게 글을 쓸 기회가 와서 얼마나 좋은지 모르겠습니다. 그대는 소설보다 나에게 더 친절하니까요.

그대가 자신을 항상 그렇게 괴롭히려고 하는 것이 아니라면 그렇게 늦게 잠자러 가지 않을텐데요.—죽을 듯이 피곤한 애인과 내가 무엇을 하겠습니까? 제발 나를 본보기로 삼아요. 나는 매일 밤 집에 있습니다. 설사 전에는(특히 내가 개인 보험 회사에서 일했을 때) 그대가 표현한 대로 할 일 없이 빈둥거리는 사람이었다 해도 나는 결코 열광에 찬 사람은 아니었습니다. 오히려 다음 날의 피할 수 없는 비참함을 졸음과 명백한 후회로 무디게 하려는 비참한 사람이었습니다. 그러나 그 모든 것은 이미 오래전 일입니다. 그저께 밤에, 그대의 과거에 대해 내가 완전한 지식을 가지려면 아직도 내가 필요로 하는 것이 있냐고 물어보았는데 그때 그대는 무척 피곤했나 봅니다. 그대여, 나는 아직도 아무것도 모르겠습니다. 그대에 대해 모든 것을 알고자 하는 나의 욕구를 그대는 과소평가하십니다. 그대의 편지가 누군가 이마를 어루만지듯이 그저 내게 위로가 되고, 그리고 내가 함께할 수 없는 그대 삶의 낮과 밤이 그동안 지나간다는 것을 뚜렷이 의식하고 있음에도 불구하고 그대의 과거에 대해, 편지가 없었던 수많은 날들에 대해 내가 얼마나 더 많이 놓쳐야 한단 말입니까! 예를 들어 그대의 휴가에 대해서요. 그때는 특별히 사람들이 많지는 않지만 농축된 삶을 시작하고 끝맺는 한 해의 중요한 때입니다. 나는 오직 두 번의 휴가 곧 프라하로의 여행과 빈츠에서의 체류에 대해 어렴풋이 알고 있습니다. 베를린에서 휴가를 세 번 보냈다고 이야기한 적이 있는데 다른 휴가는 어땠나요. 그대의 다음 여름 여행에 대해 상세히 알려면—오늘 밤 머리가 흐리멍덩하고 무거워 가능할 것 같지 않습니다—과거의 여행은 어땠는지도 알아야겠습니다. 그대가 너무 사치스럽지는 않았는지, 그에 비해서 나는 그대에게 너무나도 가난하고 무가치한 여행 동반자가 아닌지 말입니다. 잘 자요, 그대여, 더욱 평화로운 삶을!

그대의 프란츠

Nr. 91

1912년 12월 13일 밤에서 14일

사랑하는 이여, 며칠 전부터 그대의 젊은 남자는 다시 너무나 피곤하고 불행해서 사람들이 그와 교제할 수가 없습니다. 그 어느 때보다도 그는 친절하고 의지가 굳으며 활기찬 사람을 절실하게 필요로 합니다. 아니면 그런 사람을 자신의 동반자로 남용해서는 안 될 시간인지도 모르지요. 아마도 그는 혼자서 꾸벅꾸벅 조는 것이 최선일지도 모릅니다. 나의 소설은 느리기는 하지만 진척 중입니다. 단지 그 모습이 나처럼 끔찍합니다.—그대를 만나기 전에도 나에게는 이런 예측할 수 없는 시간들이 있었습니다. 그러나 그때는 온 세상이 사라지는 것 같았고 나의 삶은 중단된 것 같았습니다. 나는 표면으로 떠올랐다가는 심연으로 가라앉았습니다. 이제는 당신이 있어서 유익하게 보살핌을 받고 내가 무너질 때도 그것이 영원하지 않다는 것을 압니다. 적어도 안다고 믿습니다. 그래서 더 나은 때가 오리라고 그대와 나를 위로할 수 있습니다. 일요일 아침의 이 인사 때문에 화내지 않기를.

나는 사진을 해석하는 데 그리 뛰어나지 못했습니다. 그대가 함께 춤추었던 여자를(그대 앨범의 스냅 사진을 보고는) 브륄 양이라고 생각했습니다. 전보 하단에서처럼 나의 편지에서도 우연히 그 소녀를 언급했거나 언급하려 했던 것 같습니다. 그래요, 그 여자가 그대의 작은 친구군요. 그 여자는 내 맘에 쏙 듭니다. 사진에서 브륄 양의 코는 프랑스적으로 생긴 듯합니다. 눈은 명랑해 보입니다. 브륄 양에 비해 그로스만 양은 덜 활기차 보입니다. 그러나 두 사람 다 그대와의 관계에서 나보다 우월합니다. 그들은 매일 그대를 만나고 나는 매일 그대를 볼 수 없다는 것 외에는 그 둘 중 어느 누구도 비난할 게 없습니다.

그날 밤 춤추는 것말고 또 어떤 행사가 있었나요? 연극 공연을 함께 하지 않았나요? 그런데 이 젊은 남자가 벌써 부장이란 말입니까? 그리고 더 나이 많은 사람은 과장이구요. 부장이 훨씬 나이가 많을 거라고 생각했던 터라 이 남자의 나이와 외모를 중요한 순간에 바로잡기 위해서는 당신이 그날 밤 내게 말해주었던 모든 것을 기억 속에서 점검해보아야겠습니다.

나는 아주 행복합니다. 나의 책이 홈은 많지만(간결함만이 홈 잡을 데 없습니다) 그대의 사랑스런 손 안에 있다는 것을 아니까요. 브륄 양이 옳았습니다. 모노그램은 아주 아름답게 해석될 수 있습니다. 그대도 기억하겠지만 막스 브로트의 이름을 생략하지 않고 다 쓸 수 있는데도 당신이 있는 데서, 당신이 보는 데서 모노그램을 썼던 것이 사실입니다.[106] 그의 이름, 우정, 그리고 우리를 맺는 사랑이 비밀일 필요는 없었습니다. 또한 B가 바우어의 머릿글자인 것도 맞습니다. 그런 이유로 나는 비참하게 계속 지껄이고 있습니다. 내 입이 입맞춤으로 봉해지는 것이 절실히 필요합니다.

그대의 프란츠

Nr. 92

1912년 12월 14일에서 15일

그대여, 오늘 너무 피곤합니다. 또 나의 일에 대해서도 너무 불만이라(나의 가장 내밀한 의도를 수행할 수 있는 힘이 충분히 있다면 내가 쓴 소설의 모든 부분을 집어서 창밖으로 던져버리겠습니다) 몇 줄밖에는 못 쓰겠습니다. 그러나 그대에게는 편지를 써야겠습니다. 잠자러 가기 전 쓰는 마지막 말은 그대를 향한 것이어야 합니다. 그래야 자나깨나 모든 것이 마지막 순간에 참된 의미를 얻게 됩니다. 나의 글쓰기에서 얻을 수는 없습니다. 잘 자요, 괴로움을 받는 가여운 사람아! 내 편지에는 저주가 걸려 있어 가장 사랑스러운 손조차도 그것을 몰아낼 수 없습니다. 비록 그대에게 가해진 고통이 지나간다 해도 그 고통은 다시 일어나 그대를 새롭게 끔찍한 방법으로 괴롭힐 것입니다. 가여운, 영원히 피곤한 아이여! 장난 어린 질문에 장난 어린 대답. 그대여, 나는 그대를 좋아하지 않습니다. 밖에 폭풍이 붑니다. 여기 내 앞에 종이를 놓고 우울하게 앉아 있습니다. 그대가 언젠가 이 편지를 손에 쥐리라는 생각을 믿을 수 없습니다. 우리 사이의 먼 거리감이 내 가슴에 자리 잡습니다. 그대여, 울지 말아요. 그날 밤 내가 보았던 그 침착한 소녀가 어떻게 울 수 있습니까? 어떻게 내가 옆에 있지도 못하고 울도록 그냥 내버려 둘 수가 있습니까? 울 이유가 전혀 없습니다. 기다려요. 내일은 어쩌면 그대의 어머니가 읽을지도 모르는 편지에 대해 어떻게 자위책을 강구해야 할지. 가장 멋지고, 가장 위로가 되며 가장 총명한 생각을 떠올릴 수 있을 것입니다. 만일 베를린을 향한 나의 손이 사랑과 마법의 힘을 부여받아 무엇이든 명령할 수 있다면, 적어도 일요일엔 평안하세요! 내가 무엇인가 성취했나요? 내가 나의 소설에서 성공하지 못했듯이 결국 그대와도 성공하지 못한 채 자러 가야 하나요? 정말 그렇다면 차라리 악마가, 아니 저 밖의 폭풍이 나를 강제로 데려가길 바랍니다. 아닙니다. 어쩌면 그대는 오늘 춤을 추고 있는지도 모르지요. 그래서 지치고요. 그대를 비난하지는 않습니다. 단지 그대를 돕고 싶습니다. 어떻게 해야 할지 모르겠습니다. 물론 참된 충고자는 나 같지 않지요. 잘 자요. 피곤해서 똑같은 말을 쓰고 있군요. 단지 나를 만족시키기 위해서요. 단지 내 마음만 가볍게 하려고 하지 지칠 대로 지치고, 눈물이 가득하며, 먼 곳으로부터의 입맞춤으로 붉게 된 눈이 이것을 읽게 될 것이라는 생각은 하지 않습니다.

Nr. 93

일요일 [1912년 12월 15일로 추정]

그대여, 나를 위한 시간도 없고 평화도 없습니다. 그대를 위해서도 그렇구요. 그대의 최근의, 곧 어제와 오늘의 네 통의 편지에 대해(생각해보십시오. 그대가 11일 전차에서 쓴 편지가 어제야 도착했습니다. 사진에 대한 설명을 곁들인 12일의 편지보다 하루 늦게 말입니다) 할 말도 많고 대답할 것도 많은데 말입니다. 지금 나는 무기력하고 바보 같아서 얼마나 그대의 편지를 필요로 하는지 모릅니다. 오늘 아침 그대의 속달 편지가 와서 잠에서 깼을 때 나는 마치 온밤 내내 이런 식으로 깨어나길 바라고 있었던 것 같았습니다. 그러곤 침대에서 그대의 사진과 함께 얼마나 멋진 시간을 보냈는지요. 모든 슬픈 일은 가까이 오질 못하고 침대 앞에서 기다려야 했습니다. 내가 침대에 있는 한 완전히 보호받았습니다.

그 사진은 그대한테서 받은 것 가운데 가장 생기 넘치는 사진입니다. 일 년 기간의 지원자는 복받기를! 한 손은 그대의 허리에, 다른 한 손은 그대의 관자놀이에. 그것이 인생입니다. 그것이 내가 속해 있는 인생이기에 빤히 쳐다본다 해도 소모되지는 않습니다. 그것은 그대의 방인가요? 아닌가요? 둘 다인 경우를 위해 할 말이 있습니다. 작은 책상은 그대의 책상이 있는 그 자리에 있는 듯합니다. 그렇다면 침대는 그 맞은편에 있겠군요. 그러나 많은 것이 걸려 있는 벽은 나를 혼란스럽게 합니다. 그대는 방을 묘사할 때 그것에 대해서는 말하지 않았습니다. 왜 그대는 맥주잔을 그렇게 높은 벽에다 걸어놓았나요? 그리고 왜 앞쪽엔 신사의 지팡이가 손잡이만 내민 채 그곳에 있나요? 혹시 방문객의 서재인가요? 그대의 자세는 당당하군요. 나는 그대의 이름을 부르는데 그대는 뒤돌아보지 않는군요. 그러길 바라는데. 벽에 걸린 모든 사진에서(베레모를 쓴 남자가 있는 사진은 제외하고요) 그대를 찾습니다. 지금까지 세 장 찾았습니다. 내가 맞다면 확인해줘요. 잘못 보았다면 그대로 믿도록 내버려 두시고요. 그대는 아주 나긋해 보입니다. 그대가 춤추는 것을 볼 수 있었다면! 그대는 옛날부터 체조를 했나요?

오늘 그대의 속달 편지는 평온하군요. 진정 그 평안함을 믿어도 됩니까? 혹시 의심스러운 구석이 없나 해서 그 편지를 모든 각도에서 다 읽어보았습니다. 어떻게 사람이 슬픔과 피로 후에 갑자기 활력과 생동감을 얻을 수 있습니까? 단지 나 때문인가요, 나에게 걱정을 끼치지 않기 위해서요? 아니, 그대여, 내게 숨길 만큼 그렇게 상태가 나쁘지는 않겠지요? 나는 모든 것을 다 알아야겠습니다. 사람들은 부모님 앞에서만 위장을 하지요. 만일 모든 것을 다 듣지 못한다면 나는 여기 있을 가치가 없습니다.

그대여, 편지에 관한 일은 좋아 보이지 않습니다. 당분간 회복될 가망이 없는 것 같아 심한 압박감을 느낍니다. 나의 경우도 마찬가집니다만 그 직접적인 효력은 훨씬 적습니다. 물론 어떤 어머니들은 자녀의 편지를, 설사 그런 기회가 있다 해도 읽지 않습니다. 그렇지만 그대의 어머니와 나의 어머니는 그런 어머니는 아닌 것 같습니다. 그래서 우리의 생각과 염려를 단순화하기 위해 그대의 어머니가 편지를 읽는다고 가정해봅시다. 어머니뿐 아니라 그대의 여동생도 그런 것 같습니다. 적어도 그대의 묘사에 따르면 여동생이 전화 받을 때의 응답이 의심스러울 정도로 짧았습니다. 그대의 어머니가 그대의 방에 들어오는 일은 드물어 여동생이 처음으로 편지를 발견하고 어머니를 불렀을 것입니다. 그래서 그들은 그대의 전화에 의해 중단될 때까지 편지를 읽었을 것입니다. 누가 처음에 전화를 받았죠? 보통은 누가 받나요? 모든 편지가 다 그랬나요, 아니면 일부만, 어느 편지지요? 지금 이 순간에(현재의 내 마음 상태를 고려할 때 나는 무조건 침대에 있어야 합니다. 이런 상태에선 그대 이외의 그 누구에게도 편지를 할 수 없습니다. 나의 모든 상태는, 가장 좋든 가장 나쁘든, 그대에게 속하는 것이 아닌가요?) 읽기 곤란한 글씨체로 씌어진 내 편지가 그대의 어머니와 여동생에게 어떤 인상을 주었을지 상상할 수 없습니다. 더구나 그들은 우리가 일생에서 단 한 시간도 함께 있지 못했다는 것을, 그것도 아주 형식적이었다는 것을 분명 알고 있고 편지에서 그 증거를 찾았을 것입니다. 그들이 이러한 사실과 편지 내용의 연관성을, 적어도 통례적인 연관성을 어떻게 발견할 수 있을지 좀 더 자세한 증거 없이는 추측할 수 없습니다. 가장 분명하고 단순한, 그래서 별로 믿을 만하지 못한 추측은 그들이 나를 정신 나간 사람으로 보고 그대가 나로 인해 오염되어 이중으로 휴식이 필요하다고 생각하는 것입니다. 그럴 경우 그대는, 내 편지로 인한 나쁜 결과가 아니더라도, 부드러운 대우를 받을 것입니다. 그러나 가족 안에서는 가장 무례한 모욕이 될 수도 있습니다. 어쨌든 우리는 기다려야 합니다. 우리 사이의 평형은 아직 완전하지 못합니다. 나는 아직 그대 어머니의 편지를 받지 못했으니까요. 가엾은 그대여, 남을 생각해줄 줄 모르고 괴롭히는 사람과 감시하는 가족 사이에 끼여 있군요. 만일 그대의 어머니가 좀 더 분명히 무엇인가 말하고자 했다면 나의 일요일 편지를 건네줄 때가 가장 좋은 기회였을 것입니다. 내일 그것에 대해 무슨 말을 듣게 되겠지요.

이제 그만 쓰려고 합니다. 잠자러 가지는 않습니다. 그러기엔 너무 늦은 시간입니다. 오늘 밤엔 아무것도 하지 않겠습니다. 단지 편지를 부치러 역으로 달려가겠습니다. 그러고 나선 브로트의 집으로 꼭 가야 합니다. 소피 부인(프리드만)이 갑자기 오늘 아침 왔습니다(저녁에 막스의 약혼식이 있습니다). 이미 소피 부인과 몇 마디 나누었습니다만 공교롭게도 원래 하고 싶었던 말을 넌지시 비쳤을 뿐입니다. 지금 현재로는 그 이상은 못할 것 같습니다. 소피 부인이 도착했다는 소식을 처음 접했을 때 거의 그대의 입김을 가까이서 느끼는 듯했고 기대가 컸습니다. 그런 채 있을 것입니다.

프란츠

1912년 12월 15일 밤에서 16일

그대여, 문들이 닫혔습니다. 모든 것이 조용합니다. 다시 한번 그대와 함께 있습니다. '그대와 함께'라는 말이 얼마나 많은 것을 의미합니까? 하루 종일 자지 못했습니다. 오후 내내 그리고 초저녁에도 무거운 머리로, 머릿속이 안개로 가득 찬 채 돌아다녔습니다. 이제 밤이 열리면서 나는 흥분이 되고 글을 쓰고 싶은 강한 욕망을 느낍니다. 글을 쓰고자 하는 욕망 속에 언제나 숨어있는 악마가 활동하기에 적당하지 않은 시간에도 움직입니다. 그러라고 하지요. 잠자러 갑니다. 그러나 성탄절을 글쓰기와 잠자기로 나누어 보낼 수 있다면 멋질 것입니다.

오늘 오후 계속 그대 뒤를 좇고 있었습니다. 헛되게 말입니다. 아니, 아주 헛되지만은 않았습니다. 가능하면 프리드만 부인 가까이 있으려고 했습니다. 프리드만 부인은 오랫동안 그대 가까이에 있었고 당신들은 서로 '너Du'라고 부르는 사이고 또 내가 부러워하듯이 부인은 그대의 편지를 갖고 있는 사람이니까요. 그런데 프리드만 부인은 왜 그대에 대한 말은 한마디도 하지 않을까요? 첫마디를 빼앗기 위해 계속 입을 바라보는데도 말입니다. 당신들은 이제 편지를 하지 않나요? 프리드만 부인이 혹시 그대에 대한 새로운 소식을 알지 못하나요? 어떻게 그럴 수 있지요? 만일 프리드만 부인이 새로운 소식을 모른다면 왜 옛날 일은 말하지 않나요? 그대에 대해서 이야기하길 원하지 않는다면 이전에 머무르는 동안 늘 그랬듯이 적어도 그대의 이름만이라도 말해야 하지 않을까요? 그런데 아니, 프리드만 부인은 그렇게 하지 않습니다. 그 대신에 나를 지루하게 기다리게 합니다. 우리는 아주 중요하지 않은 말들, 곧 브레슬라우, 재채기, 음악, 스카프, 브로치, 머리 스타일, 이탈리아 여행, 썰매, 진주 가방, 예복용 셔츠,

헤르베르트 스코틀랜드인, 프랑스어, 공중 목욕탕, 샤워, 여자 요리사, 행정 구역들, 거래 시세, 밤 여행, 팔라체 호텔, 작가 죽이기, 모자, 브레슬라우 대학, 친척들, 간단히 말해 모든 가능한 것은 다 말하나 그대와 약간이라도 연관이 있는 것은 피라미돈이나 아스피린 같은 몇 마디뿐입니다. 사람들은 왜 내가 그 대상에 오래 머무는지 왜 이 두 단어를 특히 좋아하여 혀 주위에 굴리는지 이해하지 못합니다. 결국 나는 이런 이야기를 오후의 성과로 만족할 수 없습니다. 여러 시간 동안 나의 머릿속엔 펠리체에 대한 요구가 윙윙거리고 있으니까요. 결국 억지로 베를린과 브레슬라우 사이의 철도 접속에 대한 화제를 끄집어내고 약간 위협적인 눈빛을 보내지만―아무것도 없습니다. 이것 외에도 막스의 약혼에 대해서도 좀 불안합니다. 결국 브로트는 내게서 벗어났습니다. 물론 신부를 수년 간 알아왔고 항상 좋아해 왔지요. 어떤 때는 정말 많이 좋아했습니다. 신부는 장점이 많은 사람입니다(그 점에 대해선 이 편지지로는 충분치 않습니다. 특히 내가 진부한 말로 채운다면요). 부드럽고, 상냥하며, 조심스러운 성격의 소유자로 브로트에게 아주 헌신적입니다―그래도, 그래도. 잘 있어요. 오직 그대하고만 이 세상에 있었으면 합니다.

프란츠

Nr. 95

1912년 12월 16일

사랑하는 이여, 편지가 한 통도 없군요. 여덟 시에도 열 시에도. 그대는 춤과 오후의 파티로 피곤했지요. 그렇지만 나는 엽서도 받지 못했습니다. 글쎄, 불평할 이유는 없지요. 어제와 그저께 두 통의 편지를 받았으니까요. 누가 두 가지 최상의 가능성 사이에서 "나는 애인한테 하루에 두 통의 편지를 받고 그다음 날에는 한 통도 못 받느니 차라리 날마다 한 통씩 받겠다"하고 결정할 수 있겠습니까—그러나 마음을 기쁘게 하는 것은 바로 규칙성입니다. 날마다 같은 시간에 편지가 도착한다면 이 시간은 평온함과 신뢰와 편안함을 주고, 유쾌하지 못한 놀람으로부터는 멀리 벗어나게 되지요. 그대여, 무언가 좋지 않은 일이 그대에게 일어났다고 생각하지는 않습니다. 그런 경우엔 더욱이나 급히 편지를 해야지요. 그렇지만 어떻게, 책상에 혼자 앉아, 타자수가 있는 데서, 자신의 일에만 몰두한 고객들과 여러 질문을 하는 사무원들이 있는 데서, 어떻게 내가, 멀리 떨어져 있는 베를린에서 그대가 어느 정도 편안하고 만족스런 삶을 살고 있다는 절대적이고 확실한 신념에 이를 수 있겠습니까? 아마 그대의 어머니가 어제 괴롭혔나 보지요. 아니면 치통이나 두통을 앓았든지, 아마 너무 지쳤든지. 그 모든 것에 대해 나는 아무것도 모르고 머릿속은 그저 불확실하게 왔다 갔다 합니다. 잘 있어요, 그대여. 지금부터 하루에 한 번만 쓰겠습니다. 적어도 내일이 진척될 때까지는요. 그렇게 되지 않으면 내 편지는 너무 우울한 말들뿐일 겁니다. 비록 그대가 스스로 인정하지 않는다 해도 하루 한 통이면 그대에게 충분할 것입니다.

안녕, 그대여. 이 말을 할 때 갑자기 햇빛이 종이 위에 비치는군요. 그대에게 아무 일 없을 겁니다. 나는 편안합니다.

그대의 프란츠

Nr. 96

1912년 12월 16일에서 17일

그대여, 새벽 세 시 반입니다. 많은 시간을 보냈지만 나의 소설엔 너무 적은 시간을 들였습니다. 그대에게로 돌아가는 것을 거의 주저하

고 있습니다. 의외로 자연스럽게(그 장면을 묘사하기에는 터무니없이)
내게서 흘러나온 그 역겨운 장면으로 인해 내 손이 아직 너무 더럽거
든요. 그대여 오늘 아무 소식이 없는 게 마치 우리 사이에 여덟 시간
의 기차 여행이 두 번 있는 듯합니다. 나의 일요일 편지를 건네받았
을 때 무언가 당황스런 일이 일어났나요? 글쎄요, 내일은 알게 되겠
지요. 이런 안심 없이는 잠자러 가는 대신 차라리 밤새 방을 왔다 갔
다 할 것입니다. 이제 잘 자요, 가장 사랑하는 이여, 그대에게 지나친
해를 끼치지 않는 한 나에게 성실하세요. 그리고 내가 그대의 방에
있는 사랑스런 물건처럼 그대의 것이라는 점을 아십시오.

그대의 프란츠

Nr. 97

1912년 12월 17일 밤에서 18일

나의 사랑스런 소녀여, 오늘 내가 소설에 썼던 모든 것은 그대에게
쓰고 싶어 하는 억압된 욕망이었습니다. 이제 나는 양쪽에서 다 벌을
받았습니다. 내가 쓴 글은 아주 비참하고(계속 불평하지 않기 위해서인
데요, 어제는 좋은 밤을 보냈습니다. 나는 그 밤을 한정 없이 연장할 수도 있
었고 했어야 했습니다) 그대에게는 그것 때문에 짜증을 내고 품위를
잃었습니다.

모든 것이 유쾌한 듯한 그대의 사무실에서 내가 잠시라도 시간을 보
낼 수 있다면 얼마나 좋을까요! 그대의 어린 소녀들 가운데 하나를
하루라도 대신할 수 있다면요. 그 소녀들은 자신들이 원할 때마다 언
제든지 자유롭게 그대에게 달려가 입 맞출 수 있고 그대에게 팔을 두
를 수 있으니까요. (책이 도착했을 때 왜 그들이 그대에게 입맞춤을 했는
지, 또 왜 그들이 특히 그대에게 흥분해서 입 맞추었는지요? 단지 무의식적

이고 깊은, 참된 동정심에서, 그들의 좋은 친구와 나 같은 남자—그만하겠습니다. 그대의 마음과 내 마음을 상하게 하니까요.) 그러나 정말 그대가 가까이 있었으면 좋겠습니다. 그대의 사무실에 있을 수만 있다면! 나의 슬픈 책상 앞에 서 있으면—그 책상은 그대의 책상보다 몇 배나 크지요. 그렇게 커야 합니다. 그렇지 않으면 어지럽게 널린 모든 것을 다 수용할 수 없으니까요—우리가 한 사무실에 있는 것이 그렇게 불가능하지만은 않다는 생각을 하게 됩니다. 그러면 나는 책상을 엎어버리고, 책장의 유리를 깨고는 상사에게 욕을 하고 싶은 마음입니다. 그러나 이런 갑작스런 충동을 실행할 힘이 없어 그 일을 못합니다. 표면상 읽은 문서들을 들고는 이전처럼 그곳에 서 있지만 사실은 그대의 편지를 전달해줄 사람이 열고 들어올 문을 졸린 눈으로 쳐다봅니다. 한번 사무실 주위를(아직 그대는 내게 묘사해주지 않았습니다) 둘러보세요. 혹시 그곳에 어느 구석이라도 나를 위한 공간이 남아 있는지요. 그렇다면 내게 자세히 그 공간을 말해주세요. 그러면 그곳을, 비록 현실에서는 정해진 것이 아니더라도, 날마다 차지하겠습니다. 그대가 원한다면 나의 사무실에 그대를 위한 자리도 비워두겠습니다(바로 내 옆자리가 가장 적당하지요). 그러면 우리는 같은 사무실은 아니더라도 두 사무실에 함께 앉아 있게 될 것입니다. 그대가 밤에 혼자 앉아 내게 편지를 쓰고 있을 때 큰 이득이 될 것입니다. 내가 그대 책상 주위에 쥐들이 못 오게 하고 쫓아낼 테니까요. 반면 나는 손해를 볼 겁니다. 그런 밤에는 내게 쓰는 편지를 다 마치도록 그대를 내버려 둘 정도로 나는 충분히 사려 깊지 못하니까요. 나는 그대에게로 가 쓰려는 손을 붙잡고는 놓아주지 않을 겁니다.

그대의 어린 소녀들은 매력적이고 감동적으로 행동합니다만 이것이 나를 놀라게 하지는 않습니다. 모든 것이 내가 기대했던 대로니까요. 그대의 사무실에 대해선 충분한 이야기를 듣지 못했습니다. 여자들이 많은 사무실은 남자들이 많은 사무실과 다르겠지요. 예를 들어 내 타자수는 내 재단사의 집에서 장미꽃을 들고 나를 기다리지는 않습니다(이러한 상상이 얼마나 우스운지 그대는 이해할 수 없을 겁니다. 내가 좋아하는 이 남자를 그대는 실제로 보아야 합니다). 그 대신 그는 다른 일을 할 수 있습니다. 예를 들어 한번은, 믿을 만한 증인들이 있는 데서 그는 작은 빵을 앉은자리에서 일흔여섯 개나 먹어 치웠습니다. 어떤 때는 삶은 달걀을 스물다섯 개나 먹었구요. 그럴 재력만 있다면 그는 매일이라도 즐겁게 그런 재주를 반복할 것입니다. 특히 달걀을 스물다섯 개나 먹은 뒤에 갖게 되는 편안한 포근함을 찬양합니다.

맙소사, 내가 편지지 위에서 그대와 함께할 수 있는 이 짧은 순간에 무엇을 하고 있습니까! 나는 어제 편지에서 그대에게 부당한 일을 했습니다. 사랑스럽고 상냥한 소녀여!(그대에게 부당한 일을 하는 것 말고 내가 무엇을 잘하겠습니까?) 그대는 일요일에 피곤했지요(지난주에 그대 어머니에게 약속했는데도 요리를 하지 않았습니다). 또한—내 머리도 그랬듯이—월요일에 두통이 났고요(목도 아팠죠? 안됐어요, 안됐어. 그대와 나! 자연 치료법을 믿는 사람의 애인이 목이 아프다니요). 그럼에도 그대는 일요일에 편지를 썼는데—아직까지 설명이 안 되는 배달 문제로—편지와 엽서가 월요일 저녁까지 사무실에 도착하지 않았습니다. 하여튼 그 편지와 엽서를 화요일에 아래 수위실에서 받았습니다. 아, 얼마나 기쁘던지. 거의 춤을 추듯이 계단을 올라갔습니다.

그런데 무언가 중요한 것이 그대 편지에서 빠졌습니다. 그대 어머니에 대한 말이 없습니다. 그리고 내가 일요일 편지에 썼던 편지 사건에 관한 이론에 대해서도요. 좋은 징조인가요, 나쁜 징조 인가요? 나는 파티 엽서를 갖고 있지 않습니다. 그 엽서를 사무실에서 입는 윗옷에다 두고 왔습니다. 거기에 토니 바우어[107]가 서명을 하지 않았나요? 이름과 함께 안부도 적지 않았구요? 그 사람은 여동생인가요? 다른 사람들은 누구지요? 춤에 관해서는 그대의 춤 상대자 중 어느 누구도 나와 비교할 수 없으리라 믿습니다. 내가 춤을 출 수 없는 이유는 많습니다. 아마도 혼자서 연습을 많이 하지 못했기 때문일 것입니다. 여자들과 춤을 출라치면 수줍음을 타고 마음이 산만합니다. 나는 젊고 정력적인 한 젊은이를 기억하는데 그는 댄스 수업 시간에 다른 쌍들이 춤추고 있을 때 혼자서 구석에서 스텝을 연습하곤 했습니다. 그가 이런 식으로 제대로 배웠는지는 모르지만 그의 결심과 자유로움을 부러워하면서 그를 자주 바라보았습니다.

소피 프리드만 부인은 다시 떠났습니다. 그들은 휴가 중인데 제머링으로 간 것 같습니다. 그대가 그렇게 오랫동안 소피 부인에게 편지하지 않았다니 정말 기쁩니다. 그러나 이미 말했듯이 소피 부인은 충분히 이 기쁨에 복수했습니다.―이상입니다. 다시 혼자입니다.

프란츠

Nr. 98

1912년 12월 18일에서 19일

그대여, 두 시 반입니다. 막스가 자신의 아파트에 가구를 배치하는 것을 보면서 오후를 보냈습니다. 저녁은 가족과 함께, 밤의 처음은 잠시 일을 하면서요. 지금은 그대에게 편지를 쓰고 있습니다. 좀 늦어서야 나의 진짜 하루가 시작됩니다.

자, 그렇다면 그 여자가 바이센제에서 온 작고 슬픈 타자수인가요? 그러나 그 타자수는 밝고 명랑해 보입니다. 그 여자 오른쪽 무릎의 굴곡은 뻣뻣이 한 줄로 늘어선 다른 소녀들을―약간은 엄격하고 기독교적으로 보입니다―행진하는 자세로 만들어버립니다. 그들 가운데 친구가 있나요? 그렇다면 그들 모두는 내 마음에 들 것입니다. 검은 옷을 입고 무섭게 생긴 키 큰 여자조차 호감이 가며 친근합니다. 사진에서 그대는 내게 얼마나 캐내는 듯한 눈초리를 보내고 있는지요. 그대 오른쪽에 있는 사람은 얼마나 그대의 허리를 꽉 잡고 있는지 마치 누구를 잡고 있는지 잘 아는 것 같습니다. 그대가 들고 있는 책은 뭐죠? 그대는 바이센제에서 진짜 전원 생활을 누렸지요. 수풀과 울타리 그리고 뒷배경의 유리문은 사무실 같지 않습니다. 나는 그대가 사무실에서 시달림을 받기엔 너무 행복했던 그 시절에 대해 알고 싶습니다. 그대의 상관은 어떤 사람이었나요? 상관이 화났을 때 그대는 상관을 좇아 장미를 들고 여자 재단사에게 달려가지 않지요? 지금의 지위에서 여비서와의 언쟁은 어땠나요? 해결은 어떤 식으로 하죠? 당분간, 그대여, 사진을 보내지 않겠습니다. 다음 사진은 이야기했던 좋은 사진이 될 겁니다. 아직 주문을 하지 못했는데 사진사에게 가기가 번거롭기 때문입니다. 며칠 안에 하겠습니다. 최근 사진이 없습니다. 단체 사진은 가지고 있는 게 없구요. 더구나 내가 생활했던 단체는 별로 즐거움을 주지 못했습니다(여자들끼리 생활하는 것이 남자들끼리 생활하는 것보다 더 좋고 더 따뜻하지요). 다른 사진은 당분간 보내지 않겠습니다. 아무 잘못 없이 부당하게 내가 좀 이상하게 보이지 않을까 걱정이 되거든요. 하지만 그대에게 이야기할 것은 많습니다. 일요일엔 옛날로 몸을 던져봅시다.

그런데 그대여, 나는 즐겁게 편지를 쓰고 있는데 혹시 그대는 아픈 게 아닌가요? 『실링의 도주』를 읽고 나서 쓴 편지에서 감기 기운이 있다고 말하지 않았나요. 제발 그대여, 나의 생명은 그대의 것이니 몸을 돌봐요. 고백하자면 그대가 아프다는 소리를 들으면 먼저 그대가 괴로울 것을 생각하는 것이 아니라 그대로부터 아무 소식도 듣지 못할 것을 생각합니다. 그러면 비탄스런 마음으로 나를 둘러싼 모든 것을 공격합니다. 화요일에 목 아픈 것이 기침으로 변했습니다. 분명히—나에겐 완전히 생소한—감기로 발전하는 것이 아닐까요. 그대는 아직도 두통에 시달리나요? 나는 그대가 지난번 편지를 봉하고 나서 아스피린을 꺼내 삼키는 것을 볼 수 있습니다. 몸서리쳐집니다. 오늘 브로트의 집에 갔습니다. 그렇지 않아도 가려고는 했지만 오늘 아침 그대의 두 번째 편지를 보고는 특별히 서둘러 간 이유가 있습니다. 왜냐하면—의심할 바 없이 어리석지만—그대가 소피 프리드만에게 보낸 엽서를 재빨리 쥐고 싶었기 때문입니다. 그대가 쓴 글을 늘 충분히 볼 수가 없으니까요. 다른 사람에게 보낸 엽서를 잠시 손에 쥐고 천천히 읽으며 "이것이 나의 사랑스런 사람한테서 온 것이다"라고 중얼거리는 건 정말 즐거운 일입니다. 모든 것이 잘되어갔습니다. 난 나의 질문들을 천진하게 늘어 놓아 결정적인 대답을 향해 몰고 갔습니다. 그러나 결국은 브로트가 소피에게 온 우편물을, 그대의 엽서를 포함해서 약 삼십 분 전에 빈으로 부쳤다는 말을 했습니다. 책상을 치지 않으려 참아야 했습니다.

밖의 폭풍 때문에—잠시 전에 총체적인 흔들림 때문에 잘 맞지 않는 거실 문이 저절로 열렸습니다—밖에 걸린 시계 소리를—어느 것인지조차 모르지만 단지 밤에만 들을 수 있지요—못 들은 것 같습니다. 벌써 세 시 반입니다. 안녕, 그대여. 아니 나는 그대가 생각하는 것처럼 그대와 단둘이 있는 것을 상상하지 않았습니다. 만일 내가 불가능한 것을 원한다면, 나는 그 모든 것을 다 바랍니다. 그대와 완전히 단둘이, 이 세상에서 단둘이, 하늘 밑에서 단둘이 있기를 바랍니다. 그리고 그대의 것인 나의 삶을 조금의 흐트러짐도 없이 완전히 그대 안에 몰두하도록 이끌고 싶습니다.

프란츠

Nr. 99

1912년 12월 19일에서 20일

자, 나의 사랑스런 소녀여, 잠을 자지 못한 오후가 지난 후(잠자지 못한 오후가 잠자지 못한 밤보다 더 나쁘게 들립니다) 다시 저녁입니다. 이제 글 쓰는 것은 그만하겠습니다. 단지 언제나 편지를 쓰고 싶고, 언제나 소식을 듣고 싶고, 언제나 함께 있기를 바라는, 그 소녀에게만, 그 안에서 사라지기를 원하는 그녀에게만 씁니다.

그러나 그대여 어떻게 그럴 수 있는지 제발 솔직히 대답해주세요. 결코 아프지 않다던 당신이(그대의 뺨과 눈에서 건강함을 보았기에 나는 묻지조차 않았습니다) 의사들 사이를 왔다 갔다 하다니요. 그대는 여러 주 동안 매일 아팠겠군요. 사람들이 그대에게 농담으로, 그러나 반은 진지하게 그대가 마치 휴가 중인 시체 같다고 (만일 그대에게 한 말만 아니라면 내가 아주 좋아할 만한 표현입니다) 했습니다. 최근에 그대는 머리와 목이 아프면 피로함을 느꼈는데 이 모든 것들이 끊임없이 계속된다면 어떻게 이것을 편안히 받아들일 수 있겠습니까? 모든 것을 잘 해결하려고 해야 하지 않을까요? 이제 어떻게 그대 몸을 돌보려고 합니까? 곧바로 자세히 말해주어야 합니다. 나도 그대만큼 그대의 괴로움에 관여되어 있으니까요. 그대가 목이 아플 때 나도 똑같이 목이 아프지는 않습니다. 그러나 그대가 아프다는 것을 듣거나 예상을 하면, 아니 단지 걱정만 해도 내 나름대로 그대 못지않게 고통을 받습니다. 그대가 피로하거나 두통이 있을 때는 더욱 그러합니다. 그대가 아스피린을 먹으면 나도 몸이 좋지 않습니다. 지난밤, 세 시 반부터 일곱 시 반까지 그리고 이른 아침에 내 안에서 이상한 압박감을 느꼈습니다. 이전엔 삼십 년 동안 그런 적이 없었습니다. 위장에서 오는 것도 아니었고 심장이나 폐에서 오는 것도 아니었습니다. 아마 그 모든 곳에서 동시에 왔을 겁니다. 하지만 날이 밝자 사라졌습니다. 만일 어제 그대가 아스피린을 먹었다면 아마 분명히 그 결과일 것입니다. 그렇지 않다면 그전에 먹은 아스피린 때문이고요. 그것도 아니라면 나의 글쓰기 작업이 좋지 않아서일 것이고 결국 그것도 아니라면 나는 단지 마음속으로 그대의 관자놀이에 손을 얹고는 나의 입맞춤이 그대의 이마에서 과거부터 빛나는 미래까지 모든 두통을 다 없애버릴 수 있는 힘을 갖기를 바라는 바보입니다. 그대여 대답해봐요. 어떻게 할 건가요. 그대로 놔둘 수는 없잖아요. 충분히 잠잘 시간을 갖고 산보를 해야 합니다. 무슨 수를 써서라도 말입니다. 근무가 끝나면 바로 사무실에서 나와야 합니다. 그리고는 산보를 하세요. 그러나 혼자서 도시 철도를 따라 하지는 말고 그대가 좋아하는 사람들과 함께요(스케이트 타러 가지는 않나요? 체조에 대해서도 오랫동안 듣지 못했습니다). 교수 집에서 일하는 것을 그만두는 것도 나쁘지 않을 것입니다. 나한테는 밤에 편지하세요. 낮에는 시간이 없으니까요. 매일 그대에게 소식을 듣지 못하는 것에 대해 나 자신을 책망하기엔 그럴 힘이 없습니다. 그러나 그대가 이전처럼 완전히, 근본적으로, 영구적으로 또한 그대의 어머니가 확신할 만큼 원기가 있고 푹 쉴 때까지는 이를 악물고 엽서만으로 만족하겠습니다. 나의 제안이 받게 될 크나큰 찬사에(그 경우를 위해 다른 것도 준비하고 있습니다) 구미가 당기는군요. 또 그대가 나의 제안에 덧붙여줄 비슷한 다른 제안들에 대해서도요.

다시 그대가 건강해진다면 그대의 어린 시절에 대해 많이많이 듣고 싶습니다. 그대의 지난번 편지는 그에 대한 엄청난 소망을 갖게 했습니다. 물론 장녀가 아닌 것은 불리한 점도 있지만 장자의 불리함에(내가 그 슬프고도 완전한 본보기지요) 비하면 유리한 점이 많습니다. 늦게 태어난 자들은 일부는 이미 다 겪은, 그리고 일부는 얻고자 애쓴 다양한 경험들로 둘러싸여 있습니다. 형제 자매들이 가진 인식,

경험, 발견, 획득물, 그리고 가깝고도 전적으로 서로 의존하는 가족들에 의해 얻어진 이득과, 교훈, 격려들은 엄청납니다. 또한 그들을 위해 가족은 이미 훨씬 세심하게 수련되어 있습니다. 부모님은 실수를 통해 가능한 한 배우고(물론 실수를 통해 고집이 세지셨지만요) 늦게 태어난 자식들은 저절로 둥지 안에 아늑하게 자리 잡게 됩니다. 사람들은 그들에게 신경을 덜 쓰는데 이 점에서 이로운 점과 불리한 점이 불확실합니다. 결코 불리한 점이 더 우세하지는 않지만 그들은 그것을 필요로 하지 않습니다. 모든 것이 그들 주위에서 무의식중에—그래서 더욱 철저하나 해가 안 되게—보살펴지니까요. 나는 여섯 남매 중 첫째입니다. 어린 두 남동생은 의사의 잘못으로 어려서 죽었고 그 얼마간의 공백기 동안 내가 유일한 아이였죠. 사오 년 뒤 여동생 세 명이 일 년과 이 년 간격으로 각각 태어났습니다. 그래서 나는 오랫동안 혼자서 간호사, 유모, 심술궂은 요리사, 우울한 가정 교사 등과 씨름해야 했습니다. 부모님들은 늘 가게에 계셨으니까요. 이 모든 일에 대해 할 말이 많습니다. 그러나 오늘은 아닙니다. 놀랍게도 열두 시를 치고 있습니다. 안녕, 그대여. 그대를 깨울 위험을 무릅쓰고, 입맞춤을 합니다.

프란츠

Nr. 100

1912년 12월 20일

그대여, 무엇이 그대를 그렇게 불안하게 하나요? 불행 속에서 우리는 어느 정도 평화롭게 서로 공존하고 있지 않나요? 무엇이 당신을 엄습합니까? 그대는 내 마음의 평안이자 혼란입니다. 그런 상태일 때는 내 심장의 고동 소리를 상상해 보세요. 어딘가에 그 어떤 평화가, 그 어떤 기쁨이 나타나지 않나 하는 희망에서, 나는 얼굴이 달아오른 채 그대의 편지를 여러 번 읽었습니다. 그것은 분명 불행했던 밤의 기분이었습니다. 딸려 보낼지도 모르는 사무실에서의 격앙된 찌꺼기도 이제는 진실이 아닙니다. 내일은 다시 나의 건강한 여인에게 자신에 찬 편지가 올 것을 알고 있으니까요. 그녀는 단지 단 하룻밤만 피로감과 무서운 고통을 가누지 못하는 것뿐이니까요.

나는 최선의 의도로 매일 쓰던 두 번째 편지를 그만두었습니다. 그러면 우리 둘 다 좀 더 많은 평화와 믿음을 얻지 않을까 생각해서입니다. 매일 두 번 반복해서 연결되고 두 번 반복해서 끊어지는 일이 너무 끔찍해 아침 내내 그리고 오후 내내 나를 몰아대고 불안하게 만듭니다.

불가능성에 대한 헛된 요구는—곧 그대가 여기 있는 것—나뿐만 아니라 그대도 매번 경악시킬 것입니다. 결국 그대가 옳을지도 모릅니다. 하루에 한 번만 그대에게 편지를 써야 합니다. 그렇지 않으면 다른 것을 모두 그만두어야 할 것이고 나 자신을 어떻게 해야 할지 모를 겁니다. 또한 그렇다고 그대가 여기 있지도 않을 테니까요. 그러나 그대에게 한 모금 더 평안을 줄 수 있다면 두 번 쓰도록 하겠습니다. 내가 그 편지를 쓰고 싶은지 아닌지는 문제가 되지 않습니다.

문제는 하루에 두 번 편지를 씀으로써 사람들이 주위에서 내게 요구하는 다른 일들을 할 마음이 얼마나 있을까 하는 것입니다. 그대와 함께 있다는 이 느낌, 마음속 깊이 갖고 있는 이 느낌이 두 번 편지함으로써 타격을 받는 것은 슬프게도 그대와 멀리 떨어져 살아가야만 하는 내겐 너무 큰 모험입니다.

이제 나는 달려가야 합니다. 막스네 집으로 가 공증받을 서류 마련하는 것을 도와주어야 합니다. 참, 그대는 오늘 법정에서 선서를 했지요. 그래서 다시 불쾌했지요.

카프카의 편지 213

그대에게 입맞춤하게 해주세요. 사랑스럽고, 창백한, 고통 받는 소녀여! 밑에 서명을 하는 사람은 그대 방의 물건처럼 그대에게 속하는 것이 아닙니다. 그대가 원하는 대로 그리고 영원히 그대의 것입니다.

그대의 프란츠

[노동자재해보험공사의 서식 용지에 씌어져 동봉됨]
그대여, 그대에 대한 걱정을 잠시 덜기 위해 가장 가까이 있는 이 종이 위에 씁니다. 제발, 제발, 그렇게 불안해하지 말아요. 조금도 좋은 결과가 되지 못합니다. 여기 내 옆에 있는 의자에 그대를 앉히고 꼭 안은 채 그대 눈을 들여다볼 수만 있다면! 나의 삶엔 무언가 정신 병원 같은 것이 있습니다. 아무 죄도 없이 죄의식을 느끼며 감옥이 아니라 이 도시에 갇혀 있습니다. 사랑스런 소녀를 부르면서 그녀가 편안하고 행복하기를 바라지만 벽과 종이를 향해서만 외칠 뿐입니다. 그리고 나의 가여운 소녀는 여전히 고통 받고 있지요.

프란츠

Nr. 101
1912년 12월 20일에서 21일
사흘 밤째 아무것도 쓰지 못했습니다. 크리스마스 전부터 시작이 좋지 않습니다. 크리스마스 휴가조차도 불확실합니다. 여동생의 결혼식이—아직 그대에게 이야기하지 않은 것 같군요—전쟁의 공포 때문에 연기되었지만 바라던 대로 이틀의 휴가를 가질 수 있을지 아주 불확실합니다. 계속해서 할 일이 많아요. 일이 많을수록 마음이 내키지 않습니다. 더 정확히 말하면 점점 더 꺼려집니다. 사무실에 있으면 처리되지 않은 일들이 책상에 쌓이는 것을, 개인적인 영향력을 최대한 활용해 방어할 수가 있습니다. 그러나 집에 있으면 나의 사무실 책상은 누구에게나 다 개방되어있어 온종일 끊임없이 교체되는 밀린 일들이 작은 폭발을 일으키고 말 겁니다. 그럼, 돌아왔을 때 매우 기분이 나쁠 수도 있죠. 그러나 그럼에도 지금 여기 쓰듯이 이틀을 낭비한다는 것은 참을 수가 없습니다. 나의 책상을 방어하는 것 말고는 아무것도 할 수 없으니까요. 그래서 이틀의 휴가를 정말로, 결국 감행하려고 합니다.

그대의 일은 어떻게 되어가나요, 나의 소녀여? (오늘은 그대가 이제는 더 편안해하고 더 만족스러워한다고 느낍니다. 그대의 사랑스런 눈에선 상냥하면서도 영원히 나를 사로잡는 거부할 수 없는 눈빛을 느낄 수 있어요.) 그대는 늘 모든 일을 다 끝까지 마치나요? 편지가 책상 밑으로 떨어져 사라져버리지는 않나요? 혹시 오래되고 처리되지 않은 일들이 마치 불쾌한 동물들처럼 몰려드는 비밀 서랍은 없나요? 당신은 기억력이 좋나요? 나는 그렇지 못합니다. 그래서 나의 부장의 무한한 기억력에 의존해야 하죠. 그는 정말 경탄할 만합니다. 무언가 내가 필요로 하는 일을 그가 잊어버리면 나는 막연하면서 일반적인 말들로 얼러서 그의 기억력을 끌어내기 시작하지요. 그러면 오래가지 않아 그는 기억해냅니다. 모든 것을 곧바로 기억해내는 데 단지 협조적인 얼굴만—아무리 무기력한 사람의 것이라 해도—눈앞에 있으면 되는 사람이죠. 나는 결코 그대처럼 자주적으로 일할 수 없습니다. 마치 뱀처럼 책임감에서 빠져 나옵니다. 많은 일들에 서명을 해야 하지만, 서명을 회피하는 게 이롭다고 느껴집니다. 나는 모든 것을(꼭 그래야 하는 것은 아니지만) FK로 서명합니다. 그러면 조금 덜 부담스럽습니다. 때문에 사무실 일을 할 때 내 마음은 자연 타이프라이터에게 이끌려집니다. 타이피스트의 손을 통하면 일은 익명의 것이 됩니다. 하지만 다른 상황에서는 칭찬할 만도 한 이 신중성도, 가장 중요한 일에서는 읽지도 않은 채 위에서 말한 FK로 서명해버리는 사실로 인해 서로 보완되고 상쇄됩니다. 또 건망증 때문에, 일단 내 책상을 떠난 것은 결코 나를 위해 존재한 적이 없게 되는 사실로 인해 서로 보완되고 상쇄됩니다. 최근에 그대 사무실에 지망했던 나를 이런 사실에도 불구하고 추천할 만합니까?

오늘 그대는 편지에서 일기장에 대해 얘기했죠. 아직도 일기를 가지고 있나요? 오늘도 썼나요? "나는 그를 사랑한다. 그리고 설사 누가 나의 길을 가로막는다 해도 결코……"라는 표현을 열다섯 살에 썼어요? 그대여, 만일 내가 그때 그대를 알았더라면! 그랬다면 이렇게 멀리 떨어져 있지는 않을 텐데요. 같은 책상에 앉아 같은 유리창으로 거리를 내다볼 텐데요. 한 사람이 다른 사람 때문에 두려워하지도 않을 것이고, 그 어떤 불가능도 없을 겁니다. 그러나 다시 내 자신에게 말합니다. 모든 일은 필연적이다. 십 년 전, 아니 이 년 전 아니 바로 일 년 전에도 나는 모든 일에 있어 더 낫긴 했지만 유감스럽게도 본질 자체에서는 오늘보다 더 불안전하고 더 불행했다. 아마도 지금이야말로 이 세상 그 누구보다도 더 소중한 사람이 내게 나타나기에 좋은 때인가 보다 라고 말이죠.

오늘 책상 위에서 무언가를 찾다가(이 책상도 정돈되어 있지 않아 찾아야만 합니다. 오직 한 서랍만 정돈되어 잠겨져 있는데 그곳에 그대의 편지가 있습니다) 오래된 편지 한 통을 발견했습니다. 한 달 동안 기다리면서 썼던 것인데 별로 마음에 들지는 않지만 그대의 것이니 보내드립니다. 다시 한번 읽다 보니 유감스럽게도 날짜가 없더군요. 나는 불합리한 희망을 가지고(내 뜻과는 다르게 쓰는 것이 너무나도 많습니다. 그냥 어쩔 수 없이 내게서 나옵니다. 나쁜, 비참한 작가입니다) 이제 모든 것이 더 나아졌으며 우리를 안내해주던 행운의 별도 결코 우리 위에서 그 빛이 꺼지지 않으리라 믿습니다. 어린아이여, 그대는 오늘 이상한 말을 하더군요. 내가 도망갈 거라구요? 어디로부터요? 기껏해야 내 삶으로부터겠지요. 하지만 고의는 아닐 겁니다. 비참하게도 나는 싸움터 한가운데 있는 것 같습니다. 따라서 고의로, 내 손으로 그런 일이 일어나지는 않을 겁니다.

자, 잘 있어요, 소녀여! 일요일을 잘 보내요. 부모님이 우호적이길 바랍니다. 좋은 음식을 먹고 산보도 오래 하고 그래서 머리가 맑아지길 바랍니다. 내일 나는 다시 글쓰기를 시작합니다. 모든 힘을 다해 몰두하려 합니다. 글을 쓰지 않을 때는 고집 센 손에 의해 세상 밖으로 떠밀려진 것 같습니다. 아마 내일은 오늘 편지보다 더 즐거운 그러나 똑같이 진실된 편지를 받을 수 있겠지요. 누군가를 고려하는 마음은 진실보다 더 상처를 줍니다.

프란츠

[1912년 9월 28일에서 10월 23일까지 '한 달간 기다리는 동안'의 날짜 없는 편지가 동봉됨]

아가씨!

지난번 편지에 대한 그대의 답장은 불확실함에도 그대에게 편지하는 것을 이해해주십시오. 편지하지 않으면 두통이 생기고 그대에 대해 또 나 자신에 대해 자신이 없어집니다. 그대에게 편지 쓰는 것이 의무가 되도록 하는 습관이 생겼습니다. 그대가 답장을 하지 않는다고 해서 어떻게 내가 이 통제할 수 없는 의무에서 벗어날 수 있겠습니까? 비몽사몽 간에 그대에게 계속 편지를 쓴 밤도 있었습니다. 마치 끊임없이 가벼운 망치질을 하는 것 같은 느낌이었습니다.

프란츠

Nr. 102

1912년 12월 21일

현재의 추신입니다. 일요일부터는 무슨 일이 있어도 아파트로 편지를 보내주세요. 다음 금요일부터는 다시 편지를 사무실에서 받아보고 싶습니다. 그대는 어디로 보내기를 원하죠?

Nr. 103 [그림엽서]

1912년 12월 21일

맨 첫 번의 아침 인사입니다. 지금 엄청난 산보를 준비하고 있습니다. 몇 주 동안 하지 못했습니다. 아마도 한 시간은 걸릴 것입니다. 여기 그려진 대로 연금술사 거리를 한 번 왔다 갔다 해보려고 합니다.

FK

[오른쪽 위 우표 붙이는 공간에]
아, 그대여, 어쩔 수가 없습니다. 이 펼쳐진 엽서를 보낼 수가 없습니다. 지난밤 그대에게 입맞춤을 보내지 않았는데 입맞춤을 받는다면 이 밤이 어떻게 되겠습니까?

프란츠

Nr. 104

1912년 12월 22일

오전에

그대여, 네블레 씨에 대한 이야기를 듣고 그것이 그대가 지난 며칠 동안 의기소침했던 유일한 이유였을 거라 생각하니 한없이 기뻤습니다. 그것이 전부입니까? 물론 아주 불쾌했을 겁니다. 그러나 그대가 승리자로 일어서리라고 또한 예상할 수 있습니다. 하이네만 부장의 놀라운 역할이 부러울 따름입니다. 나는 훨씬 더 잘할 수 있었을 텐데요. "자, 바우어 양, 문을 닫으세요"하고 말이죠. 그러면 그대도 무어라 이야기했겠지요. 부장에게 침묵을 지켰듯이 내게도 침묵을 지키지는 못했을 테니까요. 왜 첫날 바로 네블레 씨 이야기를 듣지 못했을까 하고 나 자신에게 묻습니다. 내가 만일 당신의 부장이었다면 나는 무슨 말을 들었을까요! 밤이 오고, 아침이 오고, 직원들은 새로운 일을 찾아 도착했겠지요. 그리고 그대는 나의 끝없는 질문에 끝없이 이야기하고 있어야만 했겠지요. 그러나 한 가지만은 당신의 부장만큼 잘할 수 없었을 것입니다. 그대의 첫 눈물에 나는—비록 이전엔 잘 울지 않았지만—부장답지 못하게 당신과 함께 울었을 겁니다. 그러고는 위엄을 지키기 위해 내 얼굴을 그대의 얼굴에 비비며 눈물이 서로 구별되지 못하도록 섞이게 하는 것 말고는 다른 도리가 없었겠지요. 그대여, 사랑하는 펠리체여, 어떠한 괴로움이 다시 그대에게 떠맡겨질까요!

그대는 쉽게 화를 내나요? 나는 좀처럼 화를 내지 않지만 한번 화를 내면 다른 때보다 더욱 더 신에게 가까워지는 듯합니다. 한번 피가 머리끝에서 발끝까지 뜨거워지면 주먹이 주머니 속에서 꿈틀거리고 모든 것이 자제심을 잃어버립니다. 자신을 억제할 수 없는 이 무능력이 진정한 의미에서 위력이 되면, 분노는 바로 그 처음 느리게 시작하는 부분에서 막아야 된다는 것을 깨닫습니다. 어제 저녁에 어떤 사람의 얼굴을 때릴 뻔했습니다. 한 손이 아니고 두 손으로, 한 번이 아니고 여러 번 말입니다. 결국 말을 하는 것으로 만족했습니다. 그러나 아주 심한 말들이었습니다. 네블레에 대한 기억이 함께 작용한 것이 아니라고는 할 수 없군요.

같은 날, 오후에

자, 사랑하는 펠리체여, 이제 다시 그대와 함께합니다. 어제 저녁 오 랜 산보에서 돌아왔을 때—혼자 하고 싶었는데 정거장으로 가는 도 중에 결혼한 여동생의 집에서 돌아오던 가족들을 만났고 막내 여동 생과 사촌이 끈덕지게 들러붙어 그들과 함께 해야만 했습니다—어 쩌면 토요일의 두 번째 편지에서 내가 지나치게 걱정을 해서 그대가 화가 난 것은 아닌지, 아니면 조금도 화가 나지 않았는지도(사실 부당 한 말은 쓰지 않았으니까요)모른다는 생각이 오랫동안 머릿속을 떠나 지 않았습니다. 그러나 나 또한 사람들이 마구, 정말 마구—그것이 가장 좋고 쉽게 불평할 수 있는 길이지요—자신과 자신을 둘러싼 세 상에 대해 아무 생각 없이 불평을 늘어놓을 수 있는 사람이 아니라는 사실에 실망했습니다. 그리고 지난밤 나의 걱정이 아주 잘못된 것도 아니었습니다. 그대의 속달 편지를 보면 말입니다. 거기에는 "그대 의 편지가 열 시의 우편 배달과 함께 왔을 때 나는 이전보다 더 슬프 고 우울했습니다"라고 씌어 있었지요. 그런 편지를 사랑하는 사람 에게 써서 고통을 더하게 하는 그런 훌륭한 애인이 있나요? 아니, 그 대여, 들어봐요. 나를 떠나지 말아요. 그렇게 여러 번 당신도 말했지 만 나는 모든 점에서 그대에게 아주 가까이 있기를 바랍니다. 그대의 어느 부분도 나로부터 떠나가게 하지 말아요. 그대의 불만조차도요. 나와 함께 있어줘요. 지금 그대로 나와 함께요. 그대의 머리카락 하 나도 달리 바꾸어지길 원치 않습니다. 즐겁지 않은데 그러려고도 하 지 말아요. 쾌활함은 단지 결심으로는 안 됩니다. 쾌활한 상황도 필 요하지요. 그대가 더 좋아 보인다고 해서 내가 더 좋아하는 것은 아 닙니다. 단지 지금처럼 좋아할 뿐입니다. 그대를 아무리 가깝게 느 끼더라도 그 어떤 기분이나 외모의 변화가 그대에 대한 나의 관계에 영향을 끼칠 수는 없습니다. 그대가 불행하면 나도 불행하고, 그대에 대한 사랑에서 또한 이기심에서 그 불행을 없애려 노력할 것입니다. 그 어떤 불행도 눈치채게 해서는 안 됩니다. 순간적으로 아무 의미 없는 흥분에서 벗어나지 못한 채 낮 동안 성급히 휘갈겨 쓴 이런 편지들은 예외입니다. 어쨌든 하루에 두 번 편지하는 것에 다시 한번 경고합니다.

내가 불평하고 있는 것은 아닙니까? 거의 으르렁대고 있지요. 사실 어제, 사무실에서 완전히 기진맥진했습니다. 머리는 잠에 대한 욕구로 가득 찼고(게다가 밤새 그대에게 쓴 편지 외에는 아무것도 쓰지 못했습니다) 어느 곳이든 기대기만 하면 기댄 채 우두커니 있었습니다. 안락 의자에 앉으면 다시는 일어나지 못할까 두려워 앉지도 못했습니다. 서류들을 읽을 때면 잠들지 않기 위해 펜대의 끝 부분을 관자놀이에 갖다 대었습니다. 오후엔 약간 잤지만 저녁에도 나아지지 않아 그 때문에 산보를 갔던 것입니다. 그러고는 다시 가볍게 마치 파수를 보듯 잠을 잤지요. 팔로 포옹을 못한다면 불평으로라도 포옹을 합시다.

프란츠

Nr. 105
1912년 12월 22일에서 23일

그대여, 나는 아주 혼란스럽습니다. 내가 무슨 말을 하는지 모르겠다고 화내지 말아요. 내 마음이 그대로 가득 차 있어 그대에게 편지를 씁니다. 그것을 어떤 식으로든 외부 세계에 알려야만 하니까요. 일요일엔 비참한 마음으로 배회했습니다. 대부분의 시간을 다른 사람들과 보냈습니다. 잠을 전혀 자지 못한 채 예기치 않게 친구들을 방문하고는 다시 갑자기 떠나왔습니다. 몇 달 동안 이런 적이 없었습니다. 아마 오랫동안 글을 쓰지 못해서 그 일에서 떨어져 나온 것 같은 느낌, 곧 상실감 때문일 겁니다. 게다가 고대하던 크리스마스는 왔는데 빈둥거리며 소일하려 합니다. 그 모든 것의 이면에는 그대와 함께 베를린에, 가장 안전한 피난처에 있을 수도 있지 않나 하는 생각이 숨어 있습니다. 그러나 나는 프라하에 있습니다. 그렇게 하지 않으면 마지막 보루를 잃어버리기라도 하는 것처럼, 또 마치 그대가 여기 프라하에 있는 것처럼 말입니다.

그대여, 내가 어젯밤 이런 멋진 기분으로 집으로 왔을 때 책상 위에서 그대의 전보를 발견했습니다. 사랑스런, 마음이 따뜻한 그대여, 나는 전혀 두렵지 않았습니다. 그 안에 오직 위로만이 담겨 있으리라는 것을 알았으니까요. 그리고 정말 그랬을 때 나는 이 낯선 종이에 더 이상 만족할 수 없을 때까지 오래 눈을 감고 입맞춤을 하고는 얼굴에 갖다 대었습니다.

위의 편지를 언제 썼는지 그대는 추측할 수 없겠지요. 네 시쯤이었을 겁니다. 전보의 영향 때문에 아주 일찍, 아홉 시 전에 자러 갔다가(나는 나 자신을 좀 변덕스럽게 다룹니다) 두 시에 깼습니다. 눈은 뜬 채였으나 여전히 멍한 상태였습니다. 그래서 계속, 조금은 마법 같은 상상을 하며 그대와 그대가 있는 베를린으로 여행을 할 수 있는 가능성에 대해 생각했습니다. 아무 방해 없이 아름답고도 쉽게 연결이 이루어졌습니다. 자동차들은 연인들처럼 질주하고 전화 대화는 마치 손을 잡고 있는 듯이 잘 됐습니다. 더 이상 생각하지 않는 것이 좋겠습니다. 잠이 깨면 깰수록 점점 더 불안해집니다. 네 시경 침대에서 나와 운동을 하고, 몸을 씻고, 나를 위해 두 쪽을 쓰다가 마음이 불안해져서 그만두고는 조금 전의 편지 두 장을 썼습니다. 그것도 그만두고 윙윙거리는 머리로 침대로 돌아가 아침 아홉 시까지 깊은 잠을 잤습니다. 그런데 그 꿈속에서 그대가 나타나 친구 가족과 간단한 대화를 하고 있었습니다. 이 이상한 생활 방식은 우선 오랫동안 글을 쓰지 못했다는데 그 원인이 있고 두 번째는 내가 거의 구속받지 않기 때문입니다. 지금까지는 거기에 순응하지 못했지만요.

사랑하는 펠리체여! 그대의 프란츠

[좁은 공간 때문에 두 이름을 붙여서 썼음. 카프카는 가장자리에 덧붙임]
적어도 여기 우리 두 사람은 함께 있습니다.

Nr. 106
1912년 12월 23일

다른 종이에 써서 동봉함

지금 막 그대의 토요일 밤의 편지가 왔습니다. 오후에나 답장을 하려고 합니다. 그렇지 않으면 그대는 이 편지를 아홉 시에 받지 못할 테니까요. 그대의 편지가 암시하는 대로 정말 모든 것이 나아지고 있나요? 신이 그렇게 해주시길 바랍니다. 다만 그대 편지의 안정감과 즐거운 기분은 나를 부끄럽게 만듭니다. 그러나 다시 나아지겠지요. 아, 린드너 양이 나와 마찬가지로 편지를 아주 조금 쓰는 것이 얼마나 힘든지를 안다면요! 지난번에 막 폭발하려는 폭탄에 대해 말했지요. 그대 어머니가 들어오셔서 편지를 계속 쓰지 못하고 중단해야 했지요. 그 폭탄은 어떻게 되었나요? 내가 그대를 얼마나 사랑하는지 말 대신 입맞춤으로 말하게 해주세요.

프란츠

Nr. 107

1912년 12월 23일

사랑하는 펠리체, 나는 이틀이라는 소중한 날들의 시간을 이렇게 분배했습니다. 오전에 잠시 사무실에 가 우편물 확인을 하고 나머지 시간은 자유로운 사람으로 지내기로요. 토요일과 일요일은 밤에 간단히 쓴 것 말고는 시간을 헛되이 보냈습니다. 그렇게 나쁜 것은 아니지요. 그렇게 나쁘지는 않다고 이야기해줘요.

덧붙이자면 나는 이 쾌적한 생활을 철저히 향유하기 시작했습니다. 어제 가졌던 낮과 밤의 혼란은 점차 사라지고 있습니다. 어제의 전보를 액자에 끼워 책상 위에 놓은 나의 착상을 어떻게 생각하시나요? 그대의 토요일 밤 편지에서 그때 이미 전보를 보낼 생각을 하고 있었다는 것을 이제야 알았습니다. 그런데—그대여, 전보를 보내면서 무슨 생각을 했나요? 그것이 내게 주는 의미를 그대는 예상할 수 없었을 텐데요. 또 특히나 그대가 오전에 받았던 나의 편지는 내 기억에 의하면 비교적 평안했는데요. 게다가 원래 그대는 그 전보를 아침에 보내려고 했었지요. 만일 아침에 왔다면 오로지(오로지! 오로지!) 그대의 사랑과 친절의 징표가 되었을 테지요. 그러나 저녁에(그대는 네 시에 보낸 것 같군요) 그 전보는 나를 바닥에서 일으켜 세웠습니다. 그런 전보가 주는 가까움은 편지가 먼 거리에서 천천히 오는 것과는 아주 다릅니다. 이제는, 비록 일요일 편지는 오지 않았지만, 오후 네 시까지 모든 것이 그대에게 잘되었으며 그래서 우리 둘 다 아무 탈이 없다는 것을 압니다. 어쩌면 편지는 늦게 사무실로 왔는지도 모르지요. 아침에는 없었거든요. 다시 살펴보지요. 어쩌면 그대가 주소를 잘못 썼는지도 모르고요. 어쨌든 오늘 밤 편지는 아파트로 보내겠습니다. 그대의 계획은 아주 좋았습니다. 그대로 지킨다면 나는 모범적인 애인을 하나 갖게 되겠군요. 그대가 아주 엉망인 애인을 갖는다

해도 그대는 그래야만 합니다. 그대의 뺨이 붉지 않다면 어떻게 내가 그것을 창백하게 하겠습니까? 그것이 나의 사명인데요. 그대가 활기가 없다면 어떻게 그대를 피곤하게 만들겠습니까? 그대가 명랑하지 않다면 어떻게 그대를 의기소침하게 하겠습니까? 그대여, 사랑 안에서, 오직 사랑에서 그대와 함께 춤을 추고 싶습니다. 춤추는 것, 포옹, 그리고 함께 도는 것은 전적으로 사랑에 속하니까요. 그것은 사랑의 참되고 미칠 듯한 표현입니다. 아, 너무 많은 말을 했군요. 그렇지만 내 머리는 할 이야기가 많은 것만큼이나 사랑으로 가득 차 있습니다.

그대의 프란츠

Nr. 108

[1912년 12월로 추정] 23일에서 24일

그대여, 내가 더 이상 글을 쓸 수 없다면 어떻게 될까요? 그 시간이 온 것 같습니다. 일주일이 넘도록 나는 아무것도 할 수가 없었습니다. 지난 열흘 동안의 밤에(물론 자주 중단되기는 했지만) 나는 단 한 번만 일에 마음을 빼앗겼습니다. 그것이 전부입니다. 계속해서 피곤했고 잠에 대한 갈망이 내 머릿속에서 빙빙 돌아다녔습니다. 두개골 위 왼쪽과 오른쪽의 긴장감. 어제 짧은 단편을 하나 시작했습니다. 마음에 늘 지니고 있다 어느 한순간에 갑자기 열리는 듯했는데 오늘은 완전히 닫혀버렸습니다.[108] 어떻게 될까요, 하고 물었을 때는 나 자신을 생각한 것이 아니었습니다. 이미 최악의 시간들을 체험했음에도 나는 여전히 계속 살아가고 있습니다. 만일 나 자신을 위해 글을 쓰지 않는다면 그대에게 편지 쓸 시간을 더 많이 가질 겁니다. 그대에게 가까이 있음을 누리기 위해서 말이죠. 그 가까움은 생각에 의해서, 글을 쓰면서, 내 영혼의 모든 힘을 다해 싸움으로써 생겨납니다. 그러나 그러면, 그대는 더 이상 나를 사랑하지 않겠지요. 더 이상 나 자신을 위해 글을 쓰지 않아서가 아니라 글을 쓰지 않음으로써 더욱 쓸모없고 더욱 불안하고 그래서 그대 맘에 들지 않는 사람이 되기 때문이지요. 그대여, 그대가 만일 거리에서 불쌍한 아이들을 행복하게 해준다면 나한테도 그렇게 해주세요. 나도 그들 못지않게 불쌍하답니다. 저녁에 다 팔지 못한 물건들을 갖고 집으로 돌아가는 늙은이와 내가 얼마나 비슷한지 그대는 모를 거예요. 그러니 그들 모두에게 하듯이 내게도 해줘요. 비록 그대의 어머니가 그들에게 화를 내는 것처럼 내게도 화를 내신다 해도 말입니다(모든 사람에겐 자신이 무조건 짊어져야 할 괴로움이 있습니다. 부모님에겐 자녀들의 순진한 본성에 화를 내게 되는 괴로움이 있지요). 간단히 말하면, 내가 어떻게 되든 나를 계속 사랑할 것이라고, 어떤 대가를 치르고라도 나를 사랑할 것이라고 말해줘요. 내가 감수할 수 없는 치욕은 없을 겁니다―그러나 나는 어디로 표류할까요?

이것이 휴일에 쉬는 동안 나의 뇌 속에 있던 생각들이었습니다. "내가 사무실에 제대로 들러붙어 바람처럼 밀린 일들을 다 처리하고 견실하고 빈틈없는 공무원이 되어야 할 모든 이유가 여기에 있지 않습니까?" 이 이틀 동안의 자유로운 날이 아마도 나를 혼란케 한 것이 아닐지, 그래서 급히 서두르다 보니 무슨 일부터 시작해야 할지 몰랐다는 항변만이 남습니다. 그러나 이보다 더 좋은 크리스마스는 없었던 것 같습니다(내일 그대를 위해 옛날 일기책을 참조하겠습니다). 이런 모든 항변을 너무 심각하게 받아들일 필요는 없습니다. 여기서 중요한 것은 '양자 택일'이지요. 내가 무언가를 할 수 있는지 아니면 할 수 없는지. 이번엔 '아니면'으로 머뭅니다. "나를 사랑하나요, 펠리체"라는 질문 뒤에 커다란 "네"가 영원히 따르는 한 모든 것은 극복됩니다.

프란츠

Nr. 109

1912년 12월 24일

어제, 월요일에 그대의 토요일 편지를 받았습니다. 오늘, 화요일엔 아무것도 없습니다. 어떻게 그 일을 감수해야 하나요? 아주 짧은 엽서 인사라도 얼마나 소중할까요! 비난한다고 생각지 말아요. 비난은 없어요. 다만 사랑과 불안에 떠는 사랑의 소리만은 알아차리세요. 내가 쓰는 모든 것은 그것들로 가득 차 있습니다. (어제 저녁 사무실에서 그대로부터 아무것도 받지 못했습니다.)

프란츠

Nr. 110

[1912년 12월 24일로 추정]

드디어 나 자신을 위해 조금이나마 글을 쓸 수 있어 용기가 납니다. 그대의 팔을 잡고(뒤따를 심문에서 나는 그대를 아주 부드럽게 잡고 있습니다) 그대의 사랑스런 눈에 물어봅니다. "펠리체, 지난 석 달 동안 나한테 소식을 듣지 못한 날이 하루라도 있었나요? 없었지요? 그런데 오늘, 화요일, 그대는 아무 소식도 없이 나를 혼자 있게 하는군요. 일요일 네 시 이후론 그대에 관해 아무것도 알지 못합니다. 내일 배달 시간이 되면 무려 예순여섯 시간이나 됩니다. 그 시간들은 내 마음을 여러 가지 좋고 나쁜 가능성들로 번갈아가며 채웁니다. 이러한 잡담에 화내지 말아요. 그러나 예순여섯 시간은 긴 시간입니다. 무엇이 그대를 방해하는지 모두 알고 있습니다. 크리스마스지요, 손님들이 있지요, 우편 배달은 불확실하지요(아마 내 편지도 제시간에 도착하지 않았는지 모릅니다). 그래도 예순여섯 시간이라니요! 그럼에도—잠자러 가기 전에 한 가지 더 말할 것이 있습니다—휴일에 편지가 없는 것은 비교적 잘 견딜 수 있습니다. 그대에게 소식이 없으면 한가하게 그대를 생각하고 설사 그것이 일방적인 연결이라 해도 거의 그대의 방까지 다다를 수 있습니다. 그 힘은 너무도 강하고 필연적이며 절대적입니다. 그러므로 그대여, 내게 소식을 줄 수 없을 때는 그 날이 일요일이거나 그대에 대해 아무것도 알 수 없는 휴일이 되게 해주세요. 그래서 오늘 내가 참을 수 있는 것입니다. 편지의 첫머리에 엄숙한 표현을 써서 혹시 심각하게 생각할지 모르나 그다지 나쁘지는 않습니다. 다만 주중에 고대하던 편지가 오지 않으면 끔찍합니다. 그때는 그대에 대해 생각할 수 없고 사방에서 피곤한 요구들만 하니까요. 그대한테 온 한 통의 편지나 엽서도 나를 편안하게 하기에 그대를 생각할 필요도 없습니다. 단지 주머니에 손을 넣고 그대가 쓴 종이를 만지면 그대가 나를 생각하고 있으며 다행히도 나를 위해 살아 있음을 알 수 있습니다. 그러나 주머니가 비어 있으면 머릿속엔 그대 생각만이 돌아다니고 있는데도 사무실 일만을 준비해야 합니다. 그러면 심각한 대립이 생겨 이겨내기 어렵습니다. 한번은 아주 오래전 편지가 오지 않았을 때 "다른 것을 기대하지 않겠다. 모든 것은 끝이다"고 한 적이 있습니다. 그러나 오늘은 "편지 쓰는 것을 그만둔다 해도 편지 쓰는 것이 불필요할 정도로 우리 사이가 가까워야 한다. 너무 가까워서 말할 필요가 없을 만큼 가까워야 한다"고 말합니다. 이제 생각이 납니다. 오늘은 거룩한 크리스마스 이브입니다. 내게는 거룩하지 못하게 지나갔습니다, 이 작별의 키스만 제외하구요.

프란츠

[가장자리에] 금요일엔 다시 사무실에 나갑니다.

228

Nr. 111

1912년 12월 25일 수요일 오후 3시

이렇게 몇 마디 쓰는 것은 그대에게 편지하기 위해서가 아니라—어쨌든 나중에 좀 더 상세한 편지를 함께 받겠지만—그대와의 연결을 새로이 느끼기 위해서입니다. 이 연결을 위해 무언가 실제적인 것을 하려고 이 글을 쓰는 겁니다. 나는 우체부에게 화를 내고, 내 우편물을 요구하면서 크리스마스 우편물이 든 가방을 마구 흔들어댔습니다. 그러고는 계단으로 올라가 버리려 했습니다. 모든 희망을 다 버리고요. 이미 오후 열두 시 십오 분 이었으니까요. 그런데 드디어, 드디어, 영광스런 우편물이 휴일의 시작에, 편지 두 통과 엽서 하나, 사진 하나 그리고 꽃이. 열렬한 입맞춤을 받을 그대여, 이 나약한 손으로 어떻게 그대에게 감사해야 할지!

자, 이제 전에 얘기한 적이 없는 친구, 벨치와 산책을 가려고 합니다.[109] 지금 막 친척들이 극도로 날카로운 목소리를 내며 도착했으니 나가야만 하겠습니다. 집이 진동을 하거든요. 몰래 현관에 들르지 않고 빠져 나가려고 합니다. 그것이 그대 때문이라면! 그러면 그대를 위해 계단 위에서 속도를 늦출 텐데요. 나는 계단을 올라오는 모든 사람이 두려워할 만큼 계단을 달려 내려가는 버릇이 있습니다—그것이 내가 스스로 고안해낸, 유일한 스포츠입니다.[110] 바깥 날씨는 아름답습니다. 잘 쉬기를 바랍니다. 그대가 휴식으로 회복된다면 이 크리스마스 휴가의 매 순간을 두 배나 더 즐길 텐데요. 편지하지는 말아요. 그러나 할 수 있다면 전보는 치세요. 그대의 어머니가 매일 밤 불을 끄는 것이 아주 맘에 듭니다. 만일 어머니가 이것을 안다면 아마 불을 켠 채 놔두시겠죠. 그러나 나는 그것도 좋아할 겁니다.

프란츠

아파트로 보낸 편지 두 통을 받았는지요? 그 편지들은 다른 사람들이 읽기엔 별로 적당치 않습니다.

1912년 12월 25일에서 26일

소설이 약간 진척되었습니다. 그 이야기가 나를 거부했기 때문에 그것을 붙잡고 있습니다. 그 이야기의 시작부터 너무 많은 것을 나 자신에게 요구했습니다. 이 이야기는 처음부터 네 사람이 이야기를 하면서 모든 일에 거리낌없이 관여하도록 되어 있습니다. 그러나 그렇게 많은 인물들은 이야기의 물결 속에서 두드러지고 발전해 나가는 동안에만 완전히 마음속에 그릴 수 있습니다. 처음에는 유감스럽게도 단지 두 사람만 가능했습니다. 그러나 네 사람이 몰려들어 등장하려고 하고, 작가는 두 사람에게만 시선을 보내기 때문에 슬픈, 사회적인 당황이 일어납니다. 그 두 사람은 정체를 드러내려 하면서도 정체를 드러내지 않으려고 합니다. 그러나 나의 시선이 헤매고 있기 때문에 이 두 사람의 그림자만 붙잡게 되고 두 사람의 견고한 인물들은 잠시 버림받은 상태에서 불확실해지다 결국은 모두 붕괴됩니다. 애석합니다!

지금 너무 피곤합니다. 갖가지 방해 때문에 낮에 조금도 자지 못했습니다. 일하는 날 오히려 더 많이 자지요. 그대에게 할 말은 많은데 피로감이 수도꼭지를 돌려 잠궈버립니다. 내가 간절히 원했듯이 소설을 쓰는 대신 그대한테 편지를 썼더라면! 종이에다 온통 입맞춤을 하면서—그것이 당신 손에 들어갈 테니까요—그대한테 편지를 쓰고 그리고 글 쓸 준비를 하고 싶었습니다. 그러나 지금은 너무 피곤하고 기운이 없어 입맞춤보다는 오늘 사진에서 본 그대의 활기 있는 눈이 필요합니다. 그 사진에서 내가 비난해야 할 것만 오늘 이야기하겠습니다. 그대의 눈은 나의 눈과 마주치기를 꺼려합니다. 그 눈은 언제나 나를 무시합니다. 나는 사진을 사방으로 돌려보지만 그대는 언제나 조용히 마치 의도적으로 나를 피하려는 듯 한눈팔 기회만 찾습니다. 그러나 입을 맞추며 얼굴 전체를 내게로 잡아당길 수는 있습니다. 지금 그렇게 합니다. 잠자러 가기 전에 다시 한번 그렇게 하고, 또 다시 그렇게 하면서 일어날 것입니다. 언급할 가치가 있다면 나의 입술은 전적으로 당신의 것입니다. 나는 다른 누구에게도, 부모님에게도, 여동생들에게도 입을 맞추지 않습니다. 무자비한 이모들에겐 내키지는 않지만 뺨을 허락하지요.

Nr. 113

1912년 12월 26일, 목요일 아침

마침내 그대 사진을 갖게 되었습니다. 그대를 보았을 때처럼, 물론 처음 그대를 보았을 때와 같지는 않지만(재킷도 안 입고 있고, 모자도 쓰지 않은 채 맨 머리로), 호텔의 출입구에서 그대와 이별했을 때처럼, 또 그대와 아무런 관계도 아니어서 아주 가까운 관계가 되길 바라며 그대 옆에서 그라벤 거리를 걸어가고 있었을 때의 그 모습 그대로입니다. 지금 막 떠올랐는데 그대는 자주 머리를 쓸어올리는 버릇이 있지 않나요? 이를테면 특히 손에 사진을 들고 내려다볼 때 말입니다. 잘못된 기억인가요? 당신이 여러 번 그러는 것을 보았거든요. 모자도 쓰고 있었는데 눈썰미가 없는 나는 그 아래쪽을 흰색으로 여겼지요. 블라우스는 분명 다른 것일 겁니다. 프라하에서는 흰색이었거든요. 지금 막 입맞춤을 했는데 그대의 미소가 이전보다 좀 더 상냥해진 것 같습니다. 그대여, 사랑스런 아이여, 사진에서의 그대 행동에 대해

뭐라고 할 건가요? 적어도 다음 몇 일 동안은 작은 주머니와 사진을
호주머니 안에 넣지 않고 버팀목으로, 보호자로, 힘을 북돋는 것으로
손에 쥐고 다니겠습니다. 그런 사진을 갖고도 모든 것을 꿋꿋이 견디
어내지 않는다면 이상하겠지요. 그대여, 이제 조금 원기를 되찾았나
요? 친척들이 그대를 너무 많이 이리저리 몰아대지는 않았나요? 베
를린으로 갔더라도 나를 위한 시간은 없었을 테지요. 내가 뭐라고 하
겠습니까? 이것으로 자기 비난을 끝맺을까요? 어쨌든 베를린에 가
지 않은 것은 옳았지요? 그러나 언제쯤에야 그대를 보게 될까요? 이
번 여름에? 크리스마스에 보지 못했다면 왜 이번 여름이죠? 지금은
아주 햇살이 밝은 아침입니다. 푹 잤지만 깊은 밤보다 더 불안합니
다. 그대의 어머니에 대해 할 말이 많은데 다음 편지에 하지요. 나에
관해 그대 어머니가 했던 말에 대해 그대가 하는 이야기를, 내가 얼마
나 즐겁게 받아들이는지 이상합니다. 일부는 그러한 적의와 함께(설
사 좋은 의도라 하더라도) 공격을 받는다는 즐거움이고 또 일부는 그렇
게 강력하고 유쾌하게 변호를 받는다는 즐거움이지요. 그렇다고 그
것이 이 즐거움을 다 설명해주지는 않습니다. 그대 가족들이 항상 나
에 대해 이야기하기를 바랍니다. 얼마나 모순된 바람입니까!
벌써 정오가 다 되었습니다. 일어나요, 일어나. 안녕! 사진을 작은 주
머니에 넣고, 편지는 봉투에 넣고 이제 그것을 부치기 위해 역으로
달려가야지요.

프란츠

지난번 요양소¹¹¹에서의 크리스마스 인사장을 하나 동봉합니다. 그대
사진이 올 때 같이 왔습니다. 내가 얼마나 악마 같은 교활함으로 이
이상한 신앙이 나를 치료해주기를 원했는지 보세요. 많은 도움이 되
지는 못했지만요.

232

[동봉한 종이 위에]

다른 급한 일이 막 생각났습니다. 그때 프라하에서 입었던 블라우스를 결국 여동생에게 선물한 것은 아닌가요?

Nr. 114

1912년 12월 26일에서 27일

그대가 보낸 이 작은 주머니는 마법의 주머니입니다. 그것은 나를 다르게, 더 평안하게, 더 좋게 만듭니다. 어디서든 내가 사진을 들여다볼 수 있고 적어도 작은 주머니를 꺼낼 수 있다는 것은 (계속 손에 쥐고 있는 방법은 적합하지 못하다는 것이 입증되었습니다) 그대에게 감사해야 할 새로운 행복입니다. 지금 내 앞에 있는 사진을 볼 때마다 우리가 얼마나 강하게 함께 연결되어 있는지 놀라게 됩니다. 눈에 보이는 이 모든 것 뒤에서—사랑스런 얼굴, 고요한 눈, 미소, 얼른 안아주고 싶은(원래는 좁은) 어깨—어떻게 이 모든 것 뒤에서 그렇게 친밀하고, 내게 없어서는 안 될 힘이 작용을 하는지 그 모든 신비에 대해 놀랍니다. 그 신비를 나와 같은 하찮은 사람은 전혀 바라볼 수 없습니다. 그저 몰입해서 그 안에 잠길 수밖에요.

사진에 너무 마음을 빼앗겨 편지를 계속 쓸 수가 없습니다. 그것까지는 선물할 때 생각지 못했겠지요. 하지만 그것은 모든 일에서 나를 도와줄 것입니다. 나는 내일 그 끔찍한 사무실에서 더 잘해 나갈 수 있을 겁니다. 비록 손가락 끝으로라도 밀린 일들을 서류 더미에서 끄집어내야지요. 또한 결심한 것이 있는데—사소한 것이 아닙니다—어쨌든 열 시 이후엔 글쓰는 작업을 시작하지 않을 것이고 밤 두 시 이후엔(다음 날이 휴일이 아닌 한은) 결코 깨어있지 않을 겁니다. 마지막으로 (그대의 선물에 어울리게) 그대가 크리스마스 휴가 이틀째에 받은 내 편지에 대해 몹시 후회합니다. 내일 내가 받을 편지에 나를 욕하세요. 그 편지를 두려움과 즐거움으로 기다리겠습니다. 그 편지에서 그대가 가진 온 힘을 다해 나를 꾸짖으세요. 사랑하는 사람에게 근거 없는 비난을 하고 어리석은 말로 휴일 날 그녀의 아침 잠을 방해한 자는 욕을 먹는 것이 당연합니다. 이틀 동안 아무 편지도 받지 못하는 것이(아주 괴롭고 거의 참을 수 없는 것이지만) 당연합니다. 그러니 걱정 말아요. 더 이상 그렇게 소심하지 않을 테니까요. 그대한테 끼친 모든 나쁜 일을 용서해주세요. 모두 그대에 대한 사랑, 그 한 원천에서 나온 것입니다. 나도 모르게 그대의 마음을 여러 번 괴롭히면 내 사랑에서 그 이유를 찾으세요. 얽히고설킨 길에서(내가 그러하니까요) 그것을 발견할 수 있을 거예요. 어떻게 내가 하루를 보냈는지 또 말하지 못했군요. 어쨌든 그대의 사진은 다 알고 있습니다. 사진사를 만나면 그가 찍은 사진 중 어떤 사진도 이 사진만큼 많은 입맞춤을 받은 사진은 없다고 말하세요.

프란츠

Nr. 115

1912년 12월 27일 밤에서 28일

그대여, 그대한테 고마워해야 할 이 작은 주머니가 나로 인해 감수해야 할 엄청난 요구를 오래 견디어낸다면 좋겠군요. 그대에 대한 갈망이 나를 어려움에 처하게 합니다. 주머니를 열어젖히면 그대는 상냥하고 사랑스럽게 나의 물릴 줄 모르는 시선에 모습을 보여줍니다. 가로등 불빛 아래서, 조명이 비치는 진열창 가에서, 사무실 책상에서, 복도에서 갑작스럽게 멈출 때, 졸고 있는 타이피스트 옆에서, 거실 창가에서, 친구들과 친척들이 내 뒷방을 가득 메울 때도요. 사랑하는 이여, 사랑하는 이여, 그대를 생각할 때는 이 간단한 말도 할 수가 없습니다. 이를 악물고 그대를 생각해야만 하니까요. 이 작은 사진은 지치질 않아 기쁨이기도 하고 괴로움이기도 합니다. 그것은 사라지지 않습니다. 생물체처럼 소멸되지도 않고 영원히 살아남을 것이며 영원한 위안이 될 것입니다. 나를 완전히 만족시키지는 못하지만 나를 떠나가지도 않을 것입니다.

물론 내 자신에게 즉시 말했지요(이기심에서! 교활함에서! 침착하게!), 사진의 기적 같은 효과가 확실하니 그대도 내 사진을 갖고 있어야만 한다고요. 나는 곧바로 같은 크기의 사진을 찍기 위해 사진사한테 달려갔습니다. 그러나 우리 속성 사진사들은 그대의 사진사보다 느립니다. 일주일 후에나 완성된다더군요. 더욱이 그대의 묘안으로 욕심에 사로잡힌 나는 그런 사진을 매달 교환하자고 제안합니다. 그대는 변해가고, 계절은 바뀌고, 또 그대의 옷도 바뀌고—아니 너무 많은 것을 요구했군요. 지나쳤습니다. 이 사진을 갖고 있는 것만으로도 만족해야 합니다. 모든 편지마다 다시 고맙다고 해도 모자랄 지경인데요.

그대의 목요일 편지는 첫 다섯 마디 다음에 갑자기 중단되었는데 처음엔 아주 무서웠습니다. 무언가 사악하고 강한 손이 그대의 손을 꽉 움켜쥐었거나 더 나쁜 일이 일어났는지도 모른다고 생각했습니다. 글쎄요, 지금은 봉투를 쓰고, 신문 오려낸 것을 동봉하고, 우체통에 넣었을 거라고 나 자신에게 말합니다. 나쁜 일은 일어나지 않았고 내일 다시 편지를 기대할 수 있다고요.

그대의 어머니가 그대한테 너무 독재적이라고 한 것을 이해하지 못하겠습니다. 다른 것은 모두 잘 이해하겠는데요. 그대가 생계를 맡고 있어 집에서 특별한 위치에 있지는 않나요? 특히 그대의 여동생은 내가 알기론 집안일만 돕고 있는데요. 이런 특별한 위치가 존경을 받지는 않나요? 그대의 어머니가 그대의 일을 과소평가하여 부당하게 대하신 것 같습니다. 그러나 다른 일에는 모두 정당하십니다. 특히 해수욕장에서 그대의 옆을 떠나지 않은 것은 옳으셨습니다. (아, 그 젊은 남자는 무엇을 원했지요? 그놈이 꺼져버리길!) 어머니가 내 편지에 화를 내는 것도 옳으십니다(아마 이 편지에도—어머니가 정당하다고 했지만—그러실 것입니다). 단지 꿈에서나 이 편지의 필연성에 대해 어머니를 설득할 수 있을 것 같습니다. 마지막으로 어머니가 옳은 것은—아주 많이—남자와 여자 사이에 결혼 말고는 그 어떤 삶의 방식도 의미가 없다고 여기시는 것입니다. 나 자신도 여러 번 그렇게 말하지 않았던가요?

그대가 베를린 일간 신문의 설문을 아무 설명 없이 동봉한 것은 정말로 잘한 일입니다. 얼마나 어리석은 질문들입니까! 신문은 아주 백치 같은 사람과도 같습니다. 게다가 질문의 어리석음을 분명하게 드러내주지 않는 대답은 나쁜 대답입니다. 질문에 부합하지 않기 때문이죠. 그럼에도 이 질문들은 대답하기가 쉬우니 즉시 둘 다 대답하겠습니다. 곧, '그 남자'는 물론 잘 생겨야만 합니다. 그렇지만 '그 여자'는 그녀의 모습 그대로보다 더하지도 덜하지도 않아야 합니다.[112]

그녀가 그 모습 그대로라면 틀림없이 남자는 한밤중에 그녀와 헤어질 수 없을 겁니다. 그리고 편지를 쓰면 그녀를 아주 생기 있게 만들 수 있다는 어리석은 희망에 계속해서 편지를 쓰고 또 쓸 것입니다. [막스 브로트의] 『감정의 정점』을 이미 받았겠지요. 헌정사에 두 가지 다른 필체가 있는 이유는 이 책이 스무 권의 호화 장정본 중 하나라 그렇습니다. 원래 각 권에 막스의 서명이 있었지만 좀 차가운 느낌을 주는 것 같아 그에게 보충하도록 했습니다.

오늘 뢰비로부터 편지를 받았습니다. 그가 어떤 식으로 글을 쓰는지 볼 수 있도록 그 편지를 동봉합니다. 뢰비의 주소를—그대에겐 알리지 않고—얼마 전 알아냈습니다. 또 그동안 여러 번 그에게 편지를 받았지요. 그 편지들은 모두 단조롭고 불평으로 가득 차 있습니다. 그 가여운 남자를 도울 방법이 없습니다. 그는 언제나 베를린과 라이프치히 사이를 쓸데없이 왔다 갔다 하고 있습니다. 예전 편지들은 아주 달랐습니다. 훨씬 생기 있고 긍정적이었지요. 어쩌면 정말로 그는 한계점에 다다랐는지도 모릅니다. 그대는 그를 체코인이라고 했지만 틀렸습니다. 그는 러시아인입니다.

안녕, 그대여, 무슨 일이 일어나더라도 우리는 계속 서로를 사랑할 것입니다. 그렇지 않나요? 그대의 입술이 어디 있지요?

프란츠

Nr. 116

1912년 12월 28일에서 29일

사랑스런 당신, 지금 막 나의 소설에서 아주 교훈적인 일이 일어나고 있습니다. 미국 도시에서 지역구 판사 선거 전날 발생한 데모를 본 적이 있나요? 나처럼 그대도 분명 없었으리라 생각합니다. 그런데 나의 소설에서 이 데모가 진행 중입니다.[113]

우선은 몇 마디만 하겠습니다. 거의 두 시입니다. 지난주부터 두 시 이후에 잠자러 가면 머리가 윙윙거립니다. 밤에 깨어 있는 것에 익숙해지는 것이 아니라 점점 더 참을 수 없게 되는 것일까요? 사무실에서 하품을 하는 것은 정말 수치스럽습니다. 부장한테도, 과장한테도, 고객들에게도, 누구든 내 앞에 어물거리는 사람에겐 다 하품을 합니다. 그러나 두 시의 취침 시간이 나의 허약함을 낫게 하리라 희망합니다.

그대여, 내가 얼마나 비참한 인간인지 그대한테 말해야만 할까요?

아니면 그대가 나를 나쁘게 생각하지 않도록 침묵해야만 할까요? 그렇지만 우리는 아주 가까운—시간과 공간이 적이 될 때 가까울 수 있을 만큼 아주 가까운—사이니 이야기해야만 하지 않을까요?

그대의 오늘 두 번째 편지는 정말 질투가 났습니다. 그대는 너무 놀라 혹시 잘못 읽은 것이 아닌가 생각하나요? 아니에요. 질투가 나요. 오늘 편지처럼 수많은 사람의 이름이 언급되면 나는 대책 없이 질투가 납니다. 이제 생각이 나는데, 나를 점점 더 미치게 만들어 끔찍한 편지를 쓰게 하고 그래서 언제나 그대에게 빚을 지게 하는 편지가 이런 편지였습니다. 그대 편지에 나오는 모든 사람들한테 질투가 납니다. 이름이 거론되었든 안 되었든, 남자든 여자든, 사업가든 작가든(말할 필요도 없이 특히 작가에게) 모두 다요. 바르샤바 대리인한테도 질투가 나고(아마도 질투가 난다는 말보다는 부럽다는 말이 더 맞는 표현일 겁니다) 그대에게 더 나은 직장을 제안하는 사람들한테도 질투가 나고 린드너 양(브륄 양과 그로스만 양은 키가 작지요. 그들에겐 그대를 마지못해 허락합니다)한테도 질투가 나고 베르펠, 소포클레스, 리카르다 후흐, 라게를뢰프, 야콥슨한테도 질투가 납니다. 나의 질투심은 그대가 헤르베르트 대신에 오일렌베르크 헤르만이라고 부르는 것에 대해 어린아이처럼 즐거워합니다. 그러나 프란츠는 틀림없이 그대 머리에 새겨졌지요? (『실루엣』이 맘에 들었나요? 간결하고 명쾌하다고 생각하나요?) 그들 가운데 아는 것은 단지 『모차르트』뿐입니다. 오일렌베르크(아니 그는 프라하 출신이 아니고 라인 주 출신입니다)는 여기서 낭독한 적이 있습니다만 산문이 너무 숨가쁘고 불순해 거의 참을 수 없었습니다. 잘 알지는 못하지만 그 대신 그의 드라마는 매력적일 것입니다. 이제 또 기억이 나는데 『판』에서 그의 작품을 하나 읽었는데—여러 면에서 좋았습니다—『아들에게 보내는 아버지의 편지』였던 것 같습니다. 아마도 지금 나의 상태에서는 그를 불공평하게 판단하고 있음에 틀림없습니다. 그러나 그대는 『실루엣』을 읽어서는 안 됩니다. 나는 그대가 그에 대해 '아주 열광적'이라고 생각합니다(들어봐요. 펠리체가 그에게 열광적이라, 너무 열광적이라, 나는 한밤중에 그에게 분노하고 있다고요[114]). 게다가 그대 편지엔 다른 사람들도 있는데 그들 모두와 싸움을 하고 싶습니다. 무슨 해를 끼치기 위해서가 아니고 그들을 그대로부터 쫓아버리기 위해서, 그대를 그들로부터 벗어나도록 하기 위해서, 단지 그대와 당신의 가족과 그 두 키 작은 여성들에 관해서만 언급합니다. 물론 나에 관한 언급도 있는 편지를 읽기 위해서입니다. 그러나 그대여 나는 미치지 않았습니다. 나는 모든 것을 듣고 싶습니다. 계속 밀어닥치는 사랑 때문에 그대 안으로 너무 깊숙이 들어갔나 봅니다. 근본적으로 정말로 그대를 질투하지는 않습니다(만일 그가 『실루엣』을 읽는다면 우리는 결국 내 쪽에서의 혐오와 그대 쪽에서의 열광을 함께 공유할 것입니다. 그러나 그대가 손에 쥐는 책은 나를 열광시킬 것이라고 확신합니다. 그뿐입니다). 다만 그대가 나를 완전히 이해할 수 있도록 그대의 편지가 오늘 오후, 곧 내가 침체되어 있을 때 주었던 인상을 서술하고자 했을 따름입니다.

사실 그 편지를 사무실에서 돌아와서야 받았습니다만, 실제로는 열한 시 우편 배달 때 왔습니다. 이것은 오스트리아 우편 배달의 공로인 듯합니다. 그러나 우리 우편 서비스는 아주 변덕스럽습니다. 아파트로 오지 않고 아파트에서 일 킬로미터 떨어진 부모님 가게로 오는 경우를 생각해보세요. 그 자체는 아무 문제가 되지 않습니다. 부모님이 우편물을 자세히 검사하지는 않으니까요. 편지는 곧바로 가게에서 집으로 날라지지요. 그러나 그와 같은 변덕스런 우편 배달 덕분에 그대를 자주 뒤흔들어놓는 나의 무분별한 불안감에 대해 변명할 수 있다는 것을 그대도 모르진 않겠죠.

오후의 침체에 또 기여한 것은 바로 이렇게 생각한 나 자신입니다!

"오늘 나는 편지를 두 통 받았는데 정말 좋다. 그러나 누가 알아. 내일, 일요일에 또 한 통 받을지. 하지만 펠리체는 이 편지가 일요일에야 도착할 거라고 생각한 것 같다. 그런데 벌써 도착했으니 내일은 필경 아무 소식도 없을 것이다. 그러면 나는 가만히 앉아 있거나 침대에 웅크리고 있을 것이다." 그렇게 되지 않기를 바랍니다!

그러다가 "이제 긴 편지를 쓰는 데는 당신을 훨씬 능가했습니다"라는 문장을 접하고는 최후의 일격을 받았습니다. 다시 한번 말하는데 나는 미치지 않았습니다. 그러나 바보라도 그 말이 별로 중요하지 않다는 것을 알았을 것입니다. 그저 우연히 쓴 말이라는 사실도요. 그렇지만 나는 그 순간 그 말이 작별을 의미한다고 (분명 그것을 무아경 상태에서 읽었을 것입니다) 생각했습니다. 정말입니다. 내가 편지를 충분히 쓰지 않았기 때문에 끝이라고요. 그러나 지금 그 어느 때보다도 더 그대를 꽉 안아봅니다. 그러면 나를 때때로 괴롭히는 병적인 예민성을 뒤로하고 그대를 다시 온전히 확인할 수 있습니다. 분명 멀리 떨어져 있기 때문이겠지만, 어쩌면 나의 체질적 결함 때문인지 이런 기분은 그것으로 끝나지 않고 오후에 꾸었던 꿈에서 집약되었습니다. 그것은 내일 이야기하지요(아마도 많이 잊어버리겠지만요). 지금은 잘 자요, 그대여, 길고 편안한 믿음의 입맞춤을.

프란츠

Nr. 117

[1912년 12월 29일로 추정]

나의 은인이여, 결국 편지 한 통이 더 왔군요. 측량할 수 없을 만큼 멋진 편지가요. 열 시 반에 벨이 울렸을 때—집배원 말고 다른 사람일리가 없지요—나는 내 방 유리문 뒤에 서서 미리 내 자신을 위로했습니다. "편지가 올 리 없어. 어떻게 오늘 또 오겠어. 펠리체가 병이 날 정도로 편지를 쓸 리 없지. 내일까지는 참아야만 해"하면서요. 그러고는 고뇌 속에서 몸을 떨었습니다.

이 편지는 조용한 즐거움으로 나를 흥분시킵니다. 거기엔 그 많던 친구나 작가도 없으며, 거기엔—

거기서 중단되었습니다. 오늘 오후였지요. 지금은 너무 늦어 감히 쳐다보지도 못하겠습니다. 문이 잠긴 집에서 기어 나와 역으로 가겠습니다(아, 나의 부모님과 친척들이 이것을 아신다면. 그들을 아침부터 보지 못했습니다). 그리고 이 종잇조각을 부쳐야지요. 나 자신의 평화를 위해 그대가 월요일에 일요일 소식을 못 들은 채 있도록 하지는 않겠습니다. 나는 아주 잘 지냅니다. 사람들이 시간을 빼앗아가는 것만 제외하면요. 그대가 나를 사랑하는 한 내가 어떻게 잘 지내지 않을 수 있겠습니까? 이제 달려가야겠습니다.

프란츠

Nr. 118
1912년 12월 29일에서 30일

그대여, 좋지 못한 일요일이었습니다. 불안을 예감한 듯이 오늘 아침 오랫동안 침대에 누워 있었습니다. 내게 걱정과 양심의 가책을 주는 공장 일 때문에(세상의 다른 이들은 모르지만요) 어딘가 가야만 하는데도 말이에요. 침대에 비생산적으로 누워 있었더니 (그대의 편지는 열한 시에 왔습니다) 모든 일이 지체되었습니다. 두 시 반경에야 식사를 한 뒤 그대에게 편지를 쓰기 시작했지요. 그대 옆에 머물 수 있어 조금은 행복했고, 아파트에서는 다들 보통 낮잠을 자기 때문에 조용하고 편안했습니다. 그때 단지 피상적인 친구가 아니고 진정한 친구인 벨치 박사가 전화를 했습니다. 그의 이름은 펠릭스Felix인데 이 친구와 오랫동안 우정을 맺어온 것이 기쁩니다. 물론 이 이름은 그 마지막 철자가 없어지면 놀라운 의미를 갖게 됩니다. 펠리체Felice한테 편지를 하고 있는 동안 이 펠릭스가 전화를 해서 그와 그의 여동생, 여자 친구(물론 여동생의)와 함께 산책 가기로 한 약속을 상기시켜 주었습니다. 지난 목요일에도 같이 산책을 했는데 사실 별로 즐겁지 않았고(나는 때때로, 아니 언제나 여자에 대해 두려움을 갖고 있습니다), 나를 붙들고 놓지 않는 편지를 쓰고 있었음에도, 또한 막스와 약속도 했지만, 산책하고 난 뒤엔 잠잘 시간이 충분치 않다는 것을 걱정하면서도 나는 즉시 그리고 열렬히 좋다고 했습니다. 왜냐하면 전화 앞에서는 비록 집 전화라 해도 어찌할 바를 모르기 때문입니다. 더구나 여자들을 기다리게 하고 싶지는 않았습니다. 그러나 불안감으로 초조한 채 아래층에 내려왔을 때 무서운 전화를 마주하는 대신에 사람들을 마주하게 되었습니다. 더구나 세 사람 외에도 여자 한 명과 젊은 남자 한 명이 더 있었습니다. 나는 재빨리 결심을 하고는 다리까지만 그들과 동행하고 작별을 고했습니다. 그러다 나는 교량 통행료 징수소 근처에서 교통을 방해하게 되었고 내 뒤의 어떤 여자 발을 밟기도 했습니다.[115] 그러고는 해방된 마음으로 막스네 집으로 서둘러 갔지요. 그러나 이번 일요일에 대해 더는 이야기하지 않겠습니다. 벌써 열한 시가 넘어 더 이상 쓸 수 없다는 슬픈 결론에 다다랐으니까요. 일주일 전부터 머릿속에서 긴장감과 경련들을 경험하고 있습니다. 쓸 수는 없으나 쓰고 싶은 욕망, 글쓰기에 대한 숨길 수 없는 욕망이 만만치 않습니다! 왜 어제 편지가 나를 그렇게 질투나게 만들었는지 이제 더 정확히 알겠습니다. 그대는 내 사진을 좋아하지 않듯이 내 책[『관찰』]도 좋아하지 않습니다. 그것은 그리 불쾌하지 않습니다. 거기 쓰어진 것은 대부분 옛일이니까요. 그대에겐 여전히 알려지

242

지 않은 나의 일부분이긴 하지만 전혀 문제 되지 않습니다. 다른 모든 것에서 그대를 아주 가깝게 느끼므로 만일 그대가 내 곁에 있다면 그 책을 맨 먼저 내 발로 옆으로 차버릴 준비가 되어 있습니다. 그대가 현재 나를 사랑한다면 과거는 어디든 원하는 곳에 머물 수 있습니다. 미래에 대한 두려움처럼 가능하면 멀리요. 그런데 왜 그대는 내게 말하지 않는지, 그것이 맘에 들지 않는다고 왜 한마디로 말하지 않는지—사실 좋아하지 않는다고 말할 필요가 없을 것입니다(어쩌면 사실이 아닌지도 모르지요). 단지 그대는 그 이야기에 익숙지가 않은 것뿐이니까요. 그 책은 정말 터무니없는 혼란, 아니 그 이상입니다. 그것은 끝없는 혼돈을 들여다보는 것입니다. 무언가 보기 위해선 바짝 다가가야만 합니다. 그러니 그대가 그 책으로 어찌할 바를 몰랐다면 이해할 만합니다. 그러나 어느 유리한 순간, 또 나약한 순간에 그대를 유혹할지 모른다는 희망은 있습니다. 어쨌든 아무도 그 책에 대해서는 어찌할 바를 모릅니다. 그것을 나는 아주 잘 알고 있습니다. 씀씀이가 큰 발행인이 나를 위해 희생했지만 완전히 허비된 수고와 돈이 나를 괴롭힙니다. 그것은 아주 우연한 출판이었지요. 아마 언젠가 기회가 되면 그대에게 이야기할 것입니다. 의도적으로 생각해낸 것은 아닙니다. 모두 단지 그 책에 대한 그대의 불확실한 평가가 너무나 당연하다는 것을 설명하기 위해서입니다. 그런데 그대는 아무 말도 하지 않았습니다. 무어라 말하겠다고 언젠가 통고하고는 아무 말도 하지 않았습니다. 네블레에 대해서도 마찬가지입니다. 그에 대해 오랫동안 아무것도 듣지 못했으니까요. 그대여, 나는 그대가 모든 정보를 다 내게 주기를 바랍니다. 아무것도, 아주 가벼운 일이라도 유보되어서는 안 됩니다. 왜냐하면 우리는 서로에게—나는 그렇게 생각합니다—속하니까요. 어쩌면 나는 그대가 제일 좋아하는 블라우스를 좋아하지 않을지는 몰라도 그대가 입고 있다는 이유만으로 좋아할 것입니다. 그대가 내 책을 좋아하지 않더라도 내가 쓴 이상 당신은 '그것'을 좋아할 것입니다—자 그렇다면, '그것'이라고 말하면서 사실은 '둘 다'라고 말하고 있군요.

그대여, 이 긴 인사말에 화내지 않겠지요. 그대는 우리 두 사람 가운데에서 명쾌함 그 자체이니까요. 내가 가지고 있는 명쾌함은 그 팔월의 당신 눈에서 배운 것 같습니다. 그러나 아주 많이 배운 것은 아니라는 것을 내가 어제 꾼 꿈에서 알 수가 있습니다.

지금 그것을 설명하지는 않겠습니다. 막 떠올랐는데, 그대는 괴로워하고 있었지요, 적어도 금요일 저녁에요. 그대가 집에서 걱정하고 있는 일이 그것인가요? 지금까지 몰랐습니다. 나의 이해가 더딘 탓입니다. 가여운 그대여, 그대가 그런 일에 말려들다니 끔찍합니다. 우리 집에선 그렇지 않습니다. 우리 어머니는 아버지의 사랑스런 노예시고 아버지는 어머니의 사랑하는 독재자시죠. 그래서 근본적으로 완전할 정도로 화목합니다. 우리가 특히 지난 몇 년 동안 함께 겪은 슬픔은 전적으로 아버지의 좋지 않은 건강 상태 때문입니다. 동맥경화를 앓고 계시죠. 그러나 화목 덕분에 이것이 가족들의 마음속까지 스며들진 못했습니다.

지금 막 옆방에서 아버님이 침대 속에서 한바탕 몸을 뒤척이셨습니다. 키가 크고, 건장한 분이시지요. 병은 언제나 위협적이지만 다행히 최근에 조금 나아지셨습니다. 가족의 화목은 오로지 나 때문에 어지럽혀지지요. 해가 갈수록 더합니다. 나는 어찌해야 할지 모를 때가 아주 많습니다. 그래서 부모님에 대해 그리고 모두에 대해 큰 죄의식을 느낍니다. 멀리 있는 사랑스런 사람이여, 그래서 나도 가족 안에서, 가족으로 인해서 괴롭습니다. 다만 그대와 다른 것은 나는 그래도 마땅하다는 것입니다. 예전에는 여러 번 밤에 창가에 서서 손잡이를 만지작거리곤 했습니다. 창을 열고 창밖으로 몸을 던지는 것이 의

무인 듯 생각되었지요. 그러나 오래전에 다 지나간 일이며 이제 그대의 사랑에 대해 확신하니 그 어느 때보다도 더 자신감이 넘칩니다. 잘 자요, 그대여. 슬픈 입맞춤도 위로가 됩니다. 슬픔이 입술로 하여금 다른 사람의 입술에 한없이 오래 머물도록 만듭니다. 떨어지고 싶지 않습니다.

프란츠

그대여, 다시 한번 더. 규칙적으로 하루에 한 번만 편지하겠습니다. 낮에 쓰는 산만한 편지가 나를 불행하게 합니다. 그리고 그대가 열 시에 헛되이 편지를 기다릴지 모른다는 생각이 나를 화나게 합니다. 그러니 편지를 기대하지 마세요. 브륄 양의 애처로운 눈길은 무시하세요. 어쨌든 그녀한테 감사를 해야 할 텐데 어떻게 해야 할지 모르겠습니다.
새해 첫날 사무실에 있습니까? 부탁인데 집으로 편지하세요. 나도 집으로 편지하겠습니다.

[가장자리에] 베를린 일간지에 대한 농담은 무슨 뜻입니까? 무엇에 대해 나를 용서한다고 했습니까? 정확히 답변해주세요!

Nr. 119
1912년 12월 30일 밤에서 31일

그대여, 드디어 그대의 산책에 대해 들어 기쁩니다. 몇 달 만에 야외에서 가진 첫 시간이 아닌가요? 이 지리멸렬한 삶을 정말 잘 이끌고 있습니까? 나는 지금 이상하게 편안합니다. 결코 피로감 때문만은 아닌 듯합니다. 오늘 아침, 그대의 두 번째 편지가 오기 전에 나는 혼란스러웠습니다. 명확한 이유도 없이요. 단지 그뿐이었습니다. 지금 편지를 쓰고 있습니다. 그래서 잠시 함께 있는 듯 느낍니다. 그러나 그대를 꼭 붙들고 있는 것 같지만 사실은 허공만 만지고 있을 따름이죠. 따라서 나는 때때로 쓰러질 수밖에 없습니다. 하지만 그대여, 우리는 서로를 떠나지 않을 거지요, 그렇지요? 만일 한 사람이 넘어지면 다른 사람이 일으켜 세울 겁니다. 그대 편지에서 린드너 양은 마치 나의 재판관 같습니다. 아직 그녀 편지를 받은 적은 없지만 그녀의 질책을 아주 강하게 느끼고 있습니다. 그대여, 지금까지는 긴 편지를 통해 그대의 사랑을 보여주었습니다. 이제는 짧은 편지로 하세요. 전깃불이 꺼졌을 때 제발 촛불 아래서 쓰지 마세요. 그 생각을 하면 걱정으로 숨조차 쉴 수 없습니다. 이제 그대는 집안일도 돕고 있군요. 부모님 때문에 괴로워하고 부다페스트에 있는 여동생 때문에 눈물을 흘리면서요. 그대와 함께 있을 수만 있다면 그래서 이런 걱정을 함께할 수만 있다면 정말 행복하겠습니다. 그런데 정작 나는 여기 혼자 앉아(시계가 코트 주머니에서 아직도 크게 째깍거리고 있습니다. 그 큰 소리 때문에 그곳에 숨겼습니다) 그대와 나를 도울 수 있는 방책만 고민하고 있군요.

여동생으로부터 온 편지가 왜 그대를 울렸나요? 여동생에게 무슨 일이 생겼나요? 향수병에 걸렸나요? 그래도 남편과 아이가 있잖아요. 게다가 부다페스트는 독일어를 정확히 말할 수 있는 사람이 십만이나 있습니다. 그녀도 이 년 동안 헝가리어를 조금이라도 배웠을 텐데요. 남편이 함께 있지 않나요? 혹시 남편이 자주 출장을 가나요? 여동생이 행복하지 않은 주된 이유가 뭔가요? 또 그대가 동정하는 이유는요? 어쩌면 그녀가 부다페스트에 있은 지 이 년도 넘었다는 생각이 드는데 아직 익숙해지지 않았나요? 더구나 아이가 있는데도 동정할 게 있나요?

그대는 이 말을 타자실에서 그 특이한 여자들한테 직접 했지요. 나도—그럼으로서 나 스스로를 책망한다는 것을 분명히 알고 있으면서—오직 그렇게 표현했을 겁니다. 이 단어들은 언제나 혀끝에서 뱅뱅 돕니다. 그래서 그 말을 나한테 어울리지 않게 자주 반복하지요. 바로 일요일 오후, 막스는 비슷한 경우에 내게 "자네는 여자처럼 이야기하네"하더군요. 그러나 정확한 말은 아닙니다. 얼마 전부터 틈날 때마다 들여다보는 나폴레옹의 격언 모음집[116]에 이런 말이 있습니다. "아이도 없이 죽는 것은 끔찍하다." 그는 결코 엄살을 부린 것이 아니었습니다. 예를 들어 친구는, 선택적이든 필연적이든, 그에게 없어도 되는 것이었습니다. 한번은 이런 말을 했지요. "나는 다루 이외엔 친구가 하나도 없다. 그는 냉혹하고 차갑지만 나와 잘 맞는다." 이 남자가 다다른 진정한 심오함은 이런 말에서 알 수 있습니다. "자신이 어디로 가는지 처음부터 아는 자는 멀리 가려고 하지 않는다." 그러므로 아이 없는 두려움에 대해 그가 하는 말을 믿어도 됩니다. 이것을 내게 적용하기 위해 나는 각오를 해야만 합니다. 무엇보다도 아버지가 되는 모험에 내 자신을 결코 내맡길 수 없기 때문입니다.

모르겠습니다. 왜 며칠 전부터 내 모든 편지가 슬픔으로 끝나는지요. 이런 순간은 오기도 하고 가기도 합니다. 무릎을 꿇고 부탁하는데 그 일로 화내지 말아요. 너무 늦게야 생각이 났는데 이 편지는 새해 아침에 도착할 겁니다. 그리하여 온전히 우리 것이 되어야 할 새해 벽두를 장식할 것입니다. 이를 위해 우리를 묶어줄 새로운 것을 찾아냈습니다. 매일 아름다운 사진이 들어 있는 일력을 하나 사려고 합니다. 그리고 매일 아침 내 편지에다 편지가 도착하는 날짜의 그림을 동봉하고 그것이 그대 책상에 놓이게 하겠습니다. 물론 그 결과 나는 시간보다 조금 앞서게 되고 달력을 통해서 그대가 체험해야 할 날을 미리 체험하게 될 것입니다. 그렇지만 우리는 같은 달력 종이를 마주하면서 살아갈 것입니다. 그러면 삶이 내게 더 달콤해지겠지요.

섣달 그믐엔 어디에 있을 건가요? 춤추러? 샴페인을 마실 건가요?(오후에 그대는 그루네발트 포도주를 마셨지요, 그렇지요?) 나는 책상에 눌러앉아 계속 소설을 쓰려고 했지만(어제의 중단 때문에 오늘 시달리고 있습니다) 내가 아주 좋아하는 사람들한테서 초대를 받아(벨치 박사의 숙부 가족) 어떻게 해야 할지 갈피를 못 잡고 있습니다. 내 생각에 결국 집에 남을 것 같습니다. 비록 그대의 작은 사진 주머니를(손은 호주머니에, 작은 사진 주머니는 손 안에) 받은 다음부턴 사교 모임에 나갈 수 있게 되었지만 말입니다. 할 일을 소홀히 하면 기분이 아주 좋지 않을 겁니다. 곧 후회하겠지요. 더구나 익숙지 않은 머릿속의 경련과 근육의 뒤틀림이 밤에 너무 오랫동안 깨어 있는 것을 경고하고 있습니다.

자, 그대여, 안녕. 사랑스런 나의 여인이여, 즐거운 새해를! 새해는 틀림없이 다른 해가 될 겁니다. 지난해가 우리를 떨어져 있게 했다면 새해는 기적과 함께 기필코 우리를 한 군데로 몰아넣을지도 모릅니다. 몰아라, 몰아라, 새해여!

프란츠

Nr. 120

1912년 12월 31일에서 1913년 1월 1일

오늘 저녁 여덟 시경 여전히 침대에 누워 있었습니다. 피곤한 것도 아니고 기운이 없는 것도 아닌데 사방에서 시작되는 섣달 그믐 축제로 우울해 일어날 수 없었습니다. 길 잃은 개처럼 애처롭게 누워 있는 동안 좋은 친구들과 저녁을 보낼 수 있었던 두 가지 가능성(지금 막 자정을 알리는 대포 소리, 실제 사람들은 볼 수 없지만 거리와 다리 위의 고함 소리, 종 치는 소리, 시계 치는 소리가 났습니다) 이 나를 더욱 암담하게 하고 숨어들게 했습니다. 내 시선의 참된 임무는 내 방 천장을 왔다 갔다 하는 것이라고 여겼습니다. 그대와 함께 있을 수 없는 불행을 사실 기뻐해야 한다는 생각이 들었습니다. 그대를 보는 행복, 첫 대화의 즐거움, 그대 무릎에 얼굴을 묻는 기쁨, 이 모든 것에 나는 값비싼 대가를 치러야만 할 것입니다. 그대는 내게서 도망갈 것입니다. 착한 여자라 분명 울면서 가버리겠지요. 그것이 내가 치러야 할 대가입니다. 울음이 무슨 소용 있습니까. 그대 뒤를 좇아갈 수 있나요? 누구보다도 그대에게 헌신적인 나지만 그렇게 해도 되나요? (대로에서 멀리 떨어진 이곳에서 사람들은 어쩌면 저리 큰 소리로 울부짖지요?) 그 모든 것에 나 스스로는 대답할 수 없습니다. 그대여, 그대가 대답하세요. 그러나 아무 의심도 남지 않도록 신중히 생각하고 난 뒤에 하세요. 사소한 질문으로 시작하나 시간이 가면 정도가 더해질 것입니다. 어떤 행운으로 우리가 같은 도시에서, 혹시 프랑크푸르트에서 며칠을 같이 지낼 수 있다고 해봅시다. 두 번째 밤에 극장에 가기로 약속을 했습니다. 나는 전람회에서 그대를 데리러 가야 하지요. 그대는 중요한 용건을 제시간에 끝내려 재빨리 애를 써서 처리하고 나를 기다리나 헛일입니다. 나는 오지 않습니다. 단순히 우연한 지각은 더 이상 생각할 수도 없고 가장 친절한 사람한테 허용될 수 있는 제한시간도 지나갔습니다. 이렇다 할 소식도 오지 않습니다. 그동안이라면 그대는 직무상의 일을 아주 철저하게 처리 할 수도 있었습니다. 여유롭게 옷을 갈아입을 수도 있었구요. 어쨌든 극장에 가기엔 너무 늦었습니다. 당신은 내가 단순히 늦는다고 생각지 않습니다. 어쩌면 내게 무슨 일이 일어나지 않았나 조금 걱정합니다. 곧 결심을 하고는—그대가 마부에게 지시하는 소리를 들을 수 있습니다—호텔로 와서 나의 방으로 향합니다. 거기서 그대는 무엇을 보게 될까요? 나는 여덟 시에도 여전히 침대에 누워(이제 첫 번째 편지지를 베끼고 있습니다) 피곤하지도 않고 기운이 없는 것도 아닌데 침대에서 일어날 수 없었다고 주장하고 있습니다. 모든 것에 대해 불평을 하고 더 심한 불평을 예상케 합니다. 그대의 손을 쓰다듬으면서, 어둠 속에서 배회하고 있는 그대의 눈을 찾으면서 자신의 끔찍한 실수를 만회하려고 하지요. 그러나 같은 잘못을 당장이라도 다시 저지를 수 있다는 것을 내 모든 태도에서 알 수 있습니다. 굳이 변명할 말도 없습니다만 나는 우리의 대조되는 처지를 세세히 잘 알고 있습니다. 내가 만일 그대의 처지가 되어 내 침대 앞에 서 있다면 분노와 절망감에서 조금도 망설이지 않고 우산을 위로 치켜들어 부수어버릴 것입니다.

잊지 말아요, 그대여. 지금 내가 서술한 것은 현실에선 절대로 불가능합니다. 예를 들어 프랑크푸르트에서 전시장 안으로 들어가려고 하는 것을 사람들이 허용하지 않는다면 나는 하루 종일 전 시장 앞에서 웅크리고 있을 겁니다. 극장을 같이 갈 때도 비슷하게 행동할 거예요. 다시 말해 태만하기보다는 집요할 거란 얘기지요. 그러나 내 질문에 좀 더 분명한 대답을 원합니다. 곧 모든 관점에서, 현실에서도 절대로 좌지우지되지 않는 그런 대답을요. 그래서 나의 질문을 분명하게 제기한 것입니다. 사랑스런 학생, 선생님에게 대답해줘요. 그는 무한한 사랑과 불행 속에서 자주 비현실 속으로 사라지고 싶어 합니다.

지난번 그대 편지에 그전에도 한 번 쓴 적이 있는 문장이 있더군요. 나도 그 말을 썼었구요. "우리는 무조건 서로에게 속합니다" 라고요. 그 말은 천 배로 진실합니다. 이 새해의 첫 시간에 내가 바라는 것은 그대의 왼쪽 손목과 나의 오른쪽 손목이 뗄 수 없도록 한데 묶이는 것입니다. 그보다 더 큰 바람도 더 어리석은 바람도 없습니다. 왜 그런 생각이 드는지 잘 모르겠습니다. 어쩌면 내 앞에 프랑스 혁명에 관한 책이 동시대 사람들의 보고와 함께 놓여 있기 때문인지도 모르지요. 읽은 적도 들어본 적도 없지만 언젠가 그렇게 함께 묶인 한 쌍의 연인이 처형대로 끌려갔을지도 모르지요.—그런데 오늘 가련한 나의 소설을 위해선 꽉 닫혀 있는 이 머릿속을 질주하고 있는 것이 무엇일까요? 바로 새해의 햇수를 가리키는 십삼입니다. 그러나 그 아름다운 십삼은 그대를 내게로 가까이, 더 가까이, 더 가까이 끌어당기는 것을 막지 않을 것입니다. 지금 이 순간 당신은 어디 있습니까? 어떤 모임에서 그대를 내가 끄집어내야 합니까?

프란츠

Nr. 121

1912년 12월 1일 [실제로는 1913년 1월 1일로 추정]
그대여, 새해 오후에 몇 마디만. 이 순간 가장 큰 걱정이 무엇인지 아십니까? 어제, 화요일에 받을 예정이었던 그대의 긴, 멋진 편지를 오늘 수요일에, 두 번째 우편 배달 때 받았습니다. 편지에서 그대는 "일요일 아침에 분명 또 하나의 편지를 받을 것입니다"라고 썼는데 그대가 말한 일요일은 분명 오늘 새해 첫날이지요. 좋아요, 그런데 이 두 번째 편지를 받지 못했습니다. 사무실에도 없었습니다. 그렇다면 분명 내일 내가 사무실에 있을 때 집으로 오겠지요. 곧바로 사무실로 가지고 오도록 얘기하겠지만, 사람들이 잊어버리지는 않을까요? 제 시간에 가지고 올까요? 아니면 또 다른 편지가 사무실로 오지 않을까요? 그대여 이것이 나의 걱정입니다. 망할 놈의 우편 배달! 망할 놈의 거리! 오늘 편지에서 그대는 얼마나 나를 잘 대해주고 있는지요! 나를 용서해주다니 그리고 나를 이해할 수 있다니요! 기다려요, 오늘 밤 다시 힘 닿는 대로 감사를 하겠습니다. 안녕, 그대여, 나는 오늘 왼쪽 눈

위로 약간 경련이 일며, 오후의 머리가 무겁고 아주 멍합니다. 그런 상태로 사람들을 만나야 합니다. 못할 이유가 없습니다. 그들에게 아직은 충분히 잘할 수 있습니다. 비교적 최상의 상태에 있다 해도 나는 그들에게 속하지 않으니까요.

오일렌베르크의 승리는 나를 무한히 기쁘게 합니다. 그 사람은 그것은 알지 못한 채 실러 상[17]과 만이천 마르크에 대해서만 기뻐합니다. 베르펠의 얘기에 따르면 그는 매년 로볼트에게 그만큼씩 받는답니다. 그것은 부럽지 않습니다.

나는 펠리체, 그대를 나한테로 끌어왔으니까요. 그러니 여기에 머물러야만 합니다!

프란츠

1913년

Nr. 122

1913년 1월 2일

그대여, 이해할 수가 없습니다. 막 침대로 가려는데 그대 전보가 왔습니다. 베를린 우체국은 무엇을 합니까? 새해 첫날 그대는 집에서 편지 한 통을 받았지요, 그렇지 않나요? 섣달 그믐에 그대한테 기나긴 편지를 써서 새해 첫날 아침에 부쳤습니다. 그것을 그대는 오늘 2일 아홉 시에 받았어야 합니다. 그대 편지를 받고 기뻐서 그날 오후에 편지를 또 한 통 써서 곧바로 부쳤는데, 틀림없이 오늘 열 시에 받아보았어야 합니다. 끝으로 오늘 밤 또 다시 편지를 쓸 텐데, 그대는 내일 3일 아홉 시에 받을 겁니다. 내 잘못이 아닌 것을 그대도 알지요. 우리 우편 배달도 제정신이 아닙니다. 30일과 31일의 그대 편지를 오늘 2일에야 받았습니다. 섣달 그믐에 보낸 엽서는 제시간에 사무실로 왔지만요. 왜 그들은 그런 식으로 우리를 박해하지요? 그 점만 아니라면 우리는 너무나 행복하지 않나요? 이제 이 편지를 속달로 부치려 서두릅니다.

프란츠

Nr. 123

1913년 1월 2일에서 3일

아주 늦은 시간입니다, 가엽게 고통받는 나의 여인이여. 그리 나쁘진 않았으나 너무 짧았던 작업을 마치고 다시 오래도록 의자에 기대 앉아 있었습니다. 그래서 시간이 너무 늦어버렸습니다.

그대의 전보는 여기 있는데 내 편지들이 도착하지 않은 것은 그다지 심각하게 받아들이지 않으니 나도 잘 모르겠습니다. 나의 가장 긴 걸음으로 베를린으로 달려가 그 일을 빨리 입으로 설명하고 싶습니다. 그러나 편지들은 오후에 분명히 도착했을 겁니다. 편지 두 통이—틀림없이 정확하게 주소를 썼고 더구나 발신인의 이름과 주소까지 썼는데—같은 날, 비록 다른 우편 배낭으로 운송되었다 해도 분실될 수가 있겠습니까? 그렇게는 생각할 수 없습니다. 정말로 그런 일이 일어난다면 안심할 일이 하나도 없습니다. 그러면 다시 편지를 잃어버리기 시작할 겁니다. 이 편지를 포함해서요. 오직 전보만 제 길을 찾을 것입니다. 유일한 타개책은 펜을 던져버리고 서로에게 달려가는 것이지요.

그대여, 두 손 모아 부탁합니다. 내 소설에 질투하지 마세요. 소설에 나오는 인물들이 그대가 질투한다는 것을 알아차리면 달아나버리고 말 겁니다. 어쨌든 나는 그들의 소매 끝만 붙잡고 있습니다. 그들이 달아난다고 상상해보세요. 나는 그들을 뒤쫓아 달려가야 합니다. 지하 세계까지라도요. 사실 그들에게는 그곳이 편안합니다. 소설은 나 자신이고 나의 이야기는 나 자신입니다. 질투할 것이 어디 조금이라도 있습니까? 모든 것이 다 잘되어가면 나의 모든 인물들은 서로 팔을 끼고 그대한테만 궁극적으로 봉사하기 위해 그대한테로 달려갑니다. 그대가 있다 해도 나는 내 소설에서 벗어나지 않을 것입니다. 설사 그런다 해도 좋지 않을 겁니다. 왜냐하면 글쓰기를 통해 나는 삶을 붙들고 있고 그대가 서 있는 배를 붙들고 있으니까요.¹ 내가 뛰어 올라갈 수 없어 슬픕니다. 그러나 그대여, 내가 글쓰기를 잃어버린다면 그대와 모든 것을 잃어버린다는 것을 이해하세요.

나의 책 『관찰』때문에 걱정하지 마세요. 지난번의 모든 말은 슬픈 밤의 슬픈 기분에서 나온 것이었어요.² 그때는 내 책을 맘에 들어 하도록 하는 최선의 방법이 그대에 대해 좀 어리석은 비난을 하는 것이라 생각했습니다. 그냥 기회가 되면 편안하게 읽으세요. 어쨌든 그대에게 그 책은 낯선 채 남아 있을 테니까요. 설사 그대가 뒷걸음친다 해도 그 책이 나의 특명 대사라면 그대를 잡아당길 것입니다.

프란츠

[가장자리에]

어떤 편지가 분실되었는지 전혀 모르겠습니다. 나폴레옹과 아이들에 대한 것 아니면 프랑크푸르트에 대한 것?

그대가 밤에 편지 쓰려고 일어나야 하니 안쓰럽습니다. 안쓰러워요!

30일 날 어떤 동료와 집에 서둘러 갔나요?

질투의 질문입니다. 브로트의 '아놀드 베어'에 대해 그대 아버지는 무어라 하셨나요?

Nr. 124

1913년 1월 3일에서 4일

그대여, 글 쓰는 것을 벌써 중단하지 말았어야 했습니다. 너무 빨리 중단했습니다. 겨우 한 시가 지났는데 쓰고 싶은 마음보다는 거부감이 조금 더 크더군요. 쓰고 싶은 마음이 아무리 컸어도 또 거부감이 아니라 나약함이었다 해도 말입니다. 그래서 그만두었습니다. 그대여, 내가 잘했다는 표시로 머리를 끄덕이세요. 그러면 그것은 옳은 일이 될 것입니다.

우리가 서로 불안감을 교환하는 것 같군요. 오늘은 내가 불안했습니다. 그대가 마침내 내 편지를 받아 보았는지 알고 싶습니다. 오늘 그 어떤 시점에, 만일 다음 순간이 그대를 내게로 데려다주지 않는다면 도저히 견딜 수 없을 것 같은 그런 순간이 있었습니다. 어젯밤 늦게 편지를 써서 봉하고 난 뒤 침대에서 떠올랐는데, 내 편지가 배달되지 않았던 이유는 그대 사무실의 키 작은 여자들 가운데 누군가가 호기심과 탐내는 마음에 그 편지를 숨겨두었다가 저녁에야 전해주었기 때문이 아닐까요. 달리 설명할 방법이 없다는 생각이 들었습니다. 내가 옳게 추측을 했는지 모르겠습니다.

그대가 샴페인 병을 걸고 내기한 것을 알고 놀랐습니다. 비록 몇 년 전이긴 하지만 나도―기억하기론 십 년이라는 기간을 두고―나의 결혼에 관해서 친구와 비슷한 내기를 했습니다. 더구나 글로 쓴 약속 증서를 주기까지 했습니다. 그것을 그는 아직도 가지고 있습니다. 그 친구가 아주 최근에―몇 년 동안 언급하지 않았는데―그 일을 우연히 상기시키지 않았다면 생각도 못했을 겁니다. 그때도 샴페인을 걸었는데, 내가 틀리지 않는다면 가장 좋은 것으로 열 병을 받기로 했습니다. 아마도 나는 그 당시 십 년 후에 즐거운 독신의 밤을 마련하여 해가 지날 때마다 샴페인을 즐기기를 바랐나 봅니다. 아직까지 그렇게 되진 않았지만요. 그대도 추측했겠지만 그 내기는 오래전 이른바 무위도식하던 때, 밤마다 술은 마시지도 않으면서 술집에 앉아 시간을 보내던 그때 했던 것입니다. 이름으로 판단하건대 아주 멋진 장소들이었습니다. 트로카데로, 엘도라도 등등. 그런데 지금은? 밤마다 한 미국식 도시의 거리에서 마치 나무통 속에 술을 쏟아붓듯이 내 입 속으로 이름 모를 음료수를 붓고 있습니다.'

아직도 옛날 꿈에 대해 듣고 싶으세요? 거의 매일 밤 그대에 대해 꿈을 꾸는데 왜 하필 옛날 꿈이지요? 지난밤 그대와 약혼식을 거행했다는 것을 한번 상상해보세요. 끔찍이, 끔찍이도 황당했습니다. 그래서 더 이상 기억할 수 없습니다. 하객들은 모두 어두운 방에서 긴 나무탁자에 앉아 있었습니다. 그 검은 널빤지는 천으로 덮여 있지도 않았습니다. 나는 탁자 끝에 모르는 사람들 사이에 앉아 있었고 그대는 멀리 떨어진 채, 맞은편 대각선 쪽에 똑바로 서 있었습니다. 그대에 대한 열망으로 나는 머리를 탁자 위에 괴고 그대 쪽을 살피고 있었습니다. 나를 향한 그대의 눈은 어두웠습니다. 다만 두 눈 가운데에서 점 하나가 불과 금처럼 빛나고 있었습니다. 그러고 나서 꿈이 산만해졌습니다. 손님들 뒤에서 시중들던 하녀가 밤색 접시에 담긴 진득진득한 음식을 내오기 전에 맛을 보고 숟가락을 다시 접시에다 꽂아 넣는 것을 보았습니다. 나는 너무 격분해 그 하녀를—모든 장면은 호텔에서 일어나고 있음이 이제 판명되었습니다. 그 소녀는 호텔 종업원 가운데 한 명이었습니다—호텔의 거대한 사무실로 데리고 가 권위 있는 인물한테 그 소녀의 행동에 대해 불평했습니다. 그러나 별 성과가 없었습니다. 그러자 꿈은 끝없는 여행 속으로, 엄청나게 신속히 흘러가 버렸습니다. 그것에 대해 무어라 하겠습니까? 옛날의 꿈은 이것보다는 더 선명하게 머리에 남아 있지만 오늘은 더 이야기하지 않겠습니다.

그대의 일요일을 망칠지도 모르는 위험을 무릅쓰고 나의 최근 사진을 보냅니다. 석 장을 보내는 것은 많은 양을 보내면 그 끔찍함이 경감되리라 생각해서입니다. 어찌할 바를 모르겠습니다. 카메라 플래시는 언제나 나를 미친 사람처럼 보이게 합니다. 얼굴은 일그러지고 눈은 사시처럼 한곳을 응시하고 있습니다. 겁먹지 말아요, 그대여. 실제로 그렇지는 않습니다. 이 사진은 중요하지 않습니다. 당신이 가지고 다닐 사진은 아닙니다. 곧 더 나은 사진을 보내겠습니다. 실제로는 사진에서보다 적어도 두 배는 더 잘 생겼습니다. 그것으로도 충분하지 않다면 정말 심각합니다. 그러면 어떡해야 하지요? 그러나 당신은 있는 그대로의 내 모습을 간직하고 있지요? 나의 작은 책[『관찰』]에서 보이는 내 모습이 진짜 내 모습입니다. 겨우 얼마 전의 내 모습이지요. 그대가 원치 않든 원하든 나는 당신의 것입니다.

프란츠

Nr. 125

1913년 1월 5일에서 6일 [실제로는 1월 4일 밤에서 5일로 추정]
다시 또 서투르게, 아주 서투르게 작업을 했습니다. 그 일이 지속적으로 유지되지 않고 마치 살아 있는 것처럼 손 밑에서 허우적거립니다! 이제는 속달 편지도 믿을 수 없다고 한번 생각해보세요. 그대의 속달 편지가 어제 저녁에야 사무실로 도착해서 오늘 아침에 받아 보았습니다. 그런 편지를 받으면 계단을 재빨리 올라갑니다. 올라와서는 편지를 들고 창가에 몸을 기대 섭니다(여덟 시 십오 분인데도 어둡습니다). 편지를 읽는 것을 일종의 신호로 생각하고 질문을 해대는 사람들에게 나는 가장 불확실한 문제에 대하여조차, 모든 근심에서 해방된 채, 동의하며 고개를 끄덕입니다.
그러고는 두 번째 편지가 왔습니다. 우리는 함께 프랑크푸르트에 있었습니다. 지금까지는 방의 공허함 대신에 서로를 포옹했지요. 그러나 그대여, 그대는 나의 못된 질문의 뾰족한 끝을 조금 무디게 만들었더군요. 장난을 하려면 끝까지 해야 합니다. 그대는 나의 나쁜 점과 좋은 점을 알아야 합니다. 그게 덜 부담스럽습니다. 변함없이 사랑스럽고 친절한 그대여!

사실을 말하자면 지금 이 순간 나는 견디기 어려운 상태입니다. 내 유일한 장점은 나 자신에 대해 화를 낸다는 것입니다. 하지만 글을 아주 나쁘게 쓸 경우에는 무감각해집니다. 피곤하지도 졸리지도 않고, 슬프지도 않고, 즐겁지도 않으며, 그대를 나의 소망과 함께 불러올 힘도 없습니다. 내 오른쪽에 때마침 빈 의자가 마치 그대를 위해 있는데도 말입니다. 무언가 나를 움켜쥐고 있어 빠져 나올 수가 없습니다.

바로 이것이 예를 들어 우리의 프랑크푸르트 이야기에서 있었던 일입니다. 그대가 추측하듯이 내게 아무 일도 일어나지 않았을 것입니다. 절대적으로 아무 일도요. 침대 옆에 있는 의자 위의 시계에 의하면 그대와의 약속 시간이 다가오고 있고, 그 시간이 지났는데도 그저 조용히 침대에 누워 있었을 것입니다. 나는 사과도 하지 않고 아무런 설명도 하지 않은 채 단지 죄의식만 느끼고 있었을 것입니다. 이런 상태에서 그대가 받을 인상은 나의 편지들이 주는 인상과 비슷할 것입니다. 그 대답으로 그대는 이렇게 물을 겁니다. "프란츠 도대체 그대를 어떻게 해야 하지요?"

나의 집요함이 그대를 괴롭히나요? 그러나 집요함이 아니라면 어떻게 이 집요한 자가, 팔월의 어느 날 밤에 하늘이 내려준, 그 믿기 어려운 행운이 자기 것이라고 확신할 수 있겠습니까?

프란츠

공현절 날 사무실에 가는지 모르겠습니다. 그래서 이 편지를 그대 집으로 보냅니다. 내일 두 번째 편지는 사무실로 보냅니다.

1913년 1월 5일

몇 마디만, 가여운 그대여! 현기증이 날 만큼 늦은 시각입니다. 일요일에도 안부를 전하려면 바람처럼 빠르게 해야만 합니다. 중요한 것은 오직 그대를 품에 안고 싶다는 것입니다. 단지 나 자신을 위해서가 아니고 그대도 함께 경험하도록 하기 위해서입니다. 막 떠오른 생각인데 우리가 함께 만날 수 없는 것은 아마도 그대에게 당장에라도 입맞추고 싶어 하는 거대한 욕망 때문인 것 같습니다. 지극히 높은 분 앞에서 선서하건대, 단지 그대 손을 쓰다듬는 것으로 만족하겠습니다.

프란츠

1913년 1월 5일에서 6일

가여운 그대여, 이 비참한 소설을 억지로 읽지 않기를 바랍니다. 계속 형편없이 써났습니다. 그 외관이 어떻게 달라질지 끔찍합니다. 무거운 짐이(얼마나 열정적으로 글을 쓰는지! 잉크의 얼룩이 얼마나 날리는지!) 마차 위에 있으면 나는 괜찮습니다. 채찍으로 때리면서 황홀해합니다. 그러고는 위대한 남자가 되지요. 그러나 어제와 오늘처럼 그 짐이 마차에서 떨어지면(예견할 수도 없고, 막을 수도 없으며, 숨길 수도 없습니다) 그것은 내 비참한 어깨 위에서 너무나도 무겁게 여겨집니다. 그러면 모든 것을 그만두고 곧바로 무덤이라도 파고 싶습니다. 허나 결국 자신의 소설보다 더 아름다운 죽음의 장소도, 완전한 절망에 어울리는 장소도 없습니다. 지금 이 순간 어제부터 시원찮게 되어버린 두 사람이 밤 세 시에 서로 인접한 팔 층 발코니에서 대화를 나누고 있습니다.' 내가 거리에서 "잘 있어"하고 인사한 뒤 그들을 완전히 떠나버린다면 어떨까요? 그들은 발코니에 주저앉아 넋 나간 표정으로 난간을 사이에 둔 채 서로를 바라보겠지요. 그러나 그대여, 나는 단지 위협만 할 뿐 그렇게 하지는 않습니다. 만약―만약이 아닙니다, 다시 한번 내가 길을 잃는다면!

오늘 오후에 정말로 잠을 자보려고 했는데 잘 되지 않았습니다. 옆방에서―그것을 예상하지 못했습니다―다음 일요일에 있을 누이동생의 결혼식에 육칠백 명의 손님을 초대할 준비를 하고 있었습니다. 장차 매부가 될 사람이 이 일을 지휘하고 있지요. 매력적인 점은 다 제쳐두고, 사실 그는 목소리가 너무 크고 그 목소리를 너무 서슴없이 사용합니다. 그래서 옆방에서 잠자려는 사람은 모두 마치 그의 목 속에 톱이 있는 것 같은 느낌을 갖습니다. 그러니 푹 잘 수가 없지요. 계속 깜짝 놀라다가 다시 잠 속으로 돌아가곤 했습니다. 잠을 자기 위해 멋진 산책도 포기했지요. 그러나 결국 충분히 잤으니 나의 형편없는 글쓰기에 대한 변명은 될 수가 없습니다.

그대의 부모님은 나에 대해 어떻게 말씀하시던가요? 말 하나하나 표정 하나하나 모두 알고 싶습니다. 자, 오랫동안 그대는 그 일에 대해 침묵하고 있습니다. 그런 말을 들을 때면 그대가 가까이 있는 느낌이 듭니다. 그러한 느낌은, 즐겁든 슬프든, 그대와 신체적 접촉이 완전히 불가능한 내게는 너무나도 강렬하고 너무나도 멋져 아무것도 읽지 않고 아무것도 생각하지 않고 그대 외에는 아무것도 느끼지 않은 채 그것만을 향유하며 그 소식을 몇 년이라도 응시할 수 있습니다. 그러면 그대 가까이 있는 듯하지요. 그대 부모님이 그대에게 말을 거는 것은 내게 말을 거는 것이 됩니다. 그리고 그대 생명의 근원이 되는 피처럼 그대 몸의 한 부분이 될 수도 있습니다. 아마 그보다 더 큰 가까움은 없을 것입니다. 바로 다음 단계는 골고루 스며드는 것입니다.

그 '잘생긴' 소아과 의사에 대해서도 아직 이야기가 끝나지 않았습니다. 조금 더 그에게 매달리려고 합니다. 그 의사는 프랑크푸르트 사건에 비하면 하나의 사소한 사건입니다. 그런데도 실제로는 근본적으로, 고의는 비록 아니지만, 내게 하나의 의문입니다. 나는 그 의문을 풀어야만 합니다. 내가 질투를 하는 것이라면, 오로지 질투를 하는 것이라면 그대의 이야기를 듣고 난 뒤엔 더 질투를 하겠습니다. 이 소아과 의사가 너무 소중한 사람이라 그로부터 당신을 지키기 위해 진실을 이야기하지 않았다면, 그렇다면ㅡ. 그러나 그대여, 그것은 질투하는 자의 생각이지 나의 생각은 아닙니다. 한번 품어볼 수는 있지만요. 나의 추론은 이렇습니다. 그대는 의사와 즐겁게 환담을 하고 유쾌한 밤을 보냈습니다. 의사는 그대나 그대 어머니가 불쾌해하지 않는 그런 관계를 맺으려고ㅡ적어도 짧은 아침 환담을 나눌 정도까지만ㅡ애썼습니다. 그런데 그대가 거절했기 때문에 계속적인 관계는 불가능하고 적어도 일어날 것 같지 않습니다. 그대의 이야기에 따르면 내게 그 책임이 있습니다. 너무나 당연한 책임이지요. 어떻게 이 책임을 져야 합니까? 자긍심을 가지고 혹은 만족감을 가지고? 아니면 계속적인 책임을 지고 싶어서? 아니, 나는 불평을 합니다. 사실은 신음합니다. 나는 그 의사가 그대와 그대 부모님을 보러 온 섣달 그믐의 그 말쑥한 남자라는 것을 계속 증명할 수 있기를 바랍니다. 그가 즐거워하고 즐겁게 대접을 받았더라면 좋았을 것입니다. 내가 뭐라고 감히 그를 방해한단 말입니까? 그대를 영원히 사랑하지만 세상에 드러낼 수 없는 어두움입니다. 나를 경멸합니다! 이제는 소용돌이를 반대쪽으로 돌아가게 할 시간입니다. 그 의사가 정말로, 내가 이전 편지지에서 간절히 바랐던 것처럼, 모든 것에 성공했다는 말을 멀리서나마 들었다면 나는 질투심으로 갈기갈기 찢겼을 것입니다. 당신이 그에게 한 거짓말은 그대의 순수한 내면에서 나온 것이 아니라 내게서 나온 것입니다. 그때 그대의 목에서 내 목소리가 났다고 믿고 싶습니다.―그런데 이 생각이 조금 전의 생각과 어떻게 일치가 되지요? (그래서 나의 대답은 다시 또 그대에 대한 질문으로 이어지는군요.) 단지 소용돌이뿐. 이 소용돌이에서 빠져 나올 수 있을까요? 믿을 수 없습니다.

게다가 나는 나의 자연 치료법을 통해 모든 위험은 약에서 온다는 것을 알고 있습니다. 안과 의사인지, 치과 의사인지, 소아과 의사인지는 문제가 되지 않습니다. 바보 같은 펜! 뭔가 이성적인 것, 곧 '그대여' '사랑하는 그대여' 다시 한번 '사랑하는 그대여'만을 써야 할 이 펜은 어리석은 것만 내려쓰고 있습니다.

그대에 대한 생각은 그대에 대한 나의 글보다 더 이성적입니다. 어젯밤에 오래도록 잘 수 없었고 자고 싶지도 않았습니다. 두 시간 동안이나 깬 채로 누워 있었습니다. 그리고 그대와 친밀한 대화를 끊임없이 나눴습니다. 특별한 것을 의논하거나 설명한 것은 아니었습니다. 단지 아주 친밀한 대화 형식이었고, 가까움과 헌신의 느낌이었습니다.

프란츠

Nr. 128
1913년 1월 6일에서 7일

그대여, 웃지 말아요. 웃지 말아요. 지금 이 순간 나는 내 소망으로 아주 심각합니다. 그대가 여기 있을 수 있다면! 이따금 일종의 게임으로 몇 시간이면―가장 빠르고 가장 유리한 환경에서―그대한테 갈 수 있는지, 몇 시간이면 그대가 나한테 올 수 있는지 계산해봅니다. 너무 오래, 너무 오래, 절망적으로 오래 걸려서, 설사 아무 장애가 없다 해도 걸리는 그 시간 때문에 시도해볼 엄두가 나지 않습니다. 오늘 저녁에는 집에서 곧장 그대의 대리점 사무실이 있는 페르디난트 대로의 집으로 날아갔습니다. 마치 그 곳에서 그대와 랑데부를 하는 듯했지요. 그러나 혼자서 집 주위를 돌아다니다가 다시 혼자 그 집을 떠나왔습니다. 회사 간판들 중에 린드슈트룀 회사에 관한 것은 발견할 수 없었습니다. 그 남자는 스스로를 축음기 회사의 총대리인이라고 불렀습니다. 왜죠? 내가 알기엔 그대와 연관이 있는 장소가 프라하에는 너무 적어서 종종 불평하곤 합니다. 브로트의 아파트, 샬렌 거리, 콜흘렌 시장, 페를 거리, 오스트 거리, 그라벤 등등. 그리고 레프래젠 타치온스하우스에 카페가 있고 '블라우엔 슈테른'의 아침 식사실, 그리고 호텔 입구 현관문이 있습니다. 너무 적습니다. 그러나 이 몇 안 되는 장소들이 지도에서는 얼마나 내게 두드러져 보이는지요. 오늘 그대가 보낸 편지 두 통에 대해 할 말이 너무 많습니다. 만일 그대 어머니가 보신다면 의아해하실 겁니다. 곧 할 말이 너무 많지만 펜은 표현한 많은 말들 속에서 오직 불확실하고 두서없는 자취만 그릴 수 있다는 것을 알면서도 도대체 어떻게 쓸 수가 있을까 하고요. 내 사진을 그대의 작은 가슴에 간직하고 있지요?(가슴이 아닙니다. 지나치게 요구하는 나여!) 즉 하트 모양의 펜던트 속에, 그대의 어린 조카 옆에 불편한 이웃으로 말입니다. 그리고 내가 틀리지 않는다면 그대는 그것을 밤이고 낮이고 매려 하지요? 그 안 좋은 사진을 던져버리고 싶지는 않나요? 사진에서 내가 그대를 노려보고 있지는 않나요? 그 사진이 그대가 주는 영광을 받을 만한가요? 나의 사진이 그대의 펜던트 안에 있는데 나는 여기 이 추운 방에 혼자 앉아 있다는 것을 생각하면!(이 방에서 아주 부끄럽게도 최근에 감기에 든 것 같습니다.) 나쁜 사진아, 기다려라, 내가 도착해 너를 내 손으로 펜던트에서 끄집어낼 수 있는 축복받은 순간이 올 것이다! 그러나 펠리체가 네게 쏟은 오직 그 시선 때문에 너를 던져버리지는 않겠다.

그만 쓰겠습니다. 너무 늦었군요. 끝이 없겠습니다. 더구나 내 손이 단지 그대를 안기 위해서만 만들어졌고 그들이 원하는 것이 오직 그대를 안는 것이라면 편지를 쓰는 것이 손들에게 무슨 소용이 있겠습니까.

프란츠

Nr. 129

1913년 1월 7일

사랑하는 펠리체여, 오늘은 오후에 편지를 합니다. 밤에 침대에서 나올 수 있을지 모르겠거든요. 어쩌면 내내 자는 것이 최선일지 모릅니다. 감기에 걸린 게 틀림없습니다. 그것도 지독하게. 믿을 수 없지만 그렇습니다. 만일 감기가 아니라면 감기 비슷한 지독한 것입니다. 뜨거운 레몬수를 마시고 뜨거운 수건을 몸에 두르고는 세상에서 물러나 펠리체에 대한 꿈을 꾸려 합니다. 모든 오한과 모든 유령들은 열 때문에 나한테 또 나의 방에서 물러날 것 입니다. 그래서 사랑스런 나의 아이, 그대를 생각하는 나의 마음을 위해 깨끗한 거처를 마련해 줄 것입니다.

우편물에 대해선 더는 말하지 말까요? 그냥 들으세요. 그대의 일요일 저녁 편지를 월요일 아침에 받았습니다. 한편 일요일 아침 편지는 오늘 아침인 화요일에야 받았구요(편지는 사무실에 좀 더 빨리 배달됩니다. 우리 아파트는 너무 멉니다). 우체국이 배달하길 꺼리는 것은 그대의 사진 때문일 것입니다. 얼마나 예쁜 사진입니까! 단순히 이목구비 하나하나가 아니라 눈길이, 미소가, 그리고 자세가 그러합니다. 무언가 쓸데없는 것이 내 머리를 관통하지만 그대 사진을 들여다

볼 때면 잠시 멈춥니다. 그대를 처음 보았을 때처럼 바라봅니다. 그
대 손의 자세는 기억 속에 없지만 이제 다시 기억 속에서 소생합니
다. 그대의 다정한 눈길은 온 세상을 의미합니다(나의 응시하는 눈도
세계를 의미하지요). 나는 그 눈길이 나를 위한 것이라 믿으며 행복해
합니다.

제발, 그대여, 감기 때문에 걱정하지 말아요. 그대한테 사소한 것이
라도 얘기하고 싶어 말한 것뿐입니다. 그대의 얼굴이 현실에서 아주
가깝게 있어야만 하는데 단지 꿈에서만 가능할 때 그런 마음은 자연
스럽게 생겨나지요. 어쨌든 어렸을 때부터 그냥 대수롭지않게 나가
는 병은 일종의 즐거움이라고 늘 갈망하기는 했지만 잘 이루어지지
않았습니다. 그것은 무자비한 시간의 진행을 중단시킵니다. 또 이 지
치고 질질 끌려다니는 나를 도와, 현재 내가 정말 탐내고 있듯이, 작
은 재생을 얻어줍니다. 그러면 그대 펠리체는 좀 더 사랑스런 편지
발신인을 갖게 될 것이고, 그는 마침내 불평으로 시달리게 하기에는
그대가 너무나 소중하다는 것을 인식할 것입니다.

프란츠

[가장자리에] 오전 일곱 시 사십오 분. 치료가 끝나 사무실로 갑니다.

Nr. 130

1912년 [실제로는 1913년으로 추정] 1월 8일에서 9일
오늘 이런저런 이유로 글을 쓰는 대신에 벨치 박사와 산책을 했습니
다. 그전에 한 시간 반 동안 박사의 가족들과 시간을 보냈고 아주 지
적이고 해박한 그의 아버지가 하시는 말씀을 들었으며—그는 조그
맣게 양복 장사를 하고 있습니다—역시 크게 양복 장사를 하시던 그

의 할아버지 시대의 프라하 유대인 거리에 대해 여러 아름다운 이야기를 들었습니다. 낯선 사람들과 있어야 할 필요를 느꼈지만 그들 안에서 편안함을 느끼지는 못했습니다. 이런 모순 속에서 나한테 이야기하는 사람을 똑바로 쳐다볼 수 없었습니다. 시선은 그냥 내버려 두면 낯선 얼굴에서 벗어나 버리고, 그것에 저항하면 시선이 평안하지 못하고 경직되어버립니다. 그날 밤에 대해 모조리 이야기하려고 한다구요? 아닙니다. 그러나 말하려는 것들이 무한히 얽히면서 조금은 멍한 마음에 임의적인 것과 부수적인 것만 생겨납니다. 사실 지난 며칠은 그대에게 아주 조금 이야기한 것 같습니다. 아주 긴급한 문제에도 너무 짧게 대답한 것 같아 때때로 혹시 그대가 내 말에 귀 기울이는 것을 그만두지 않을까 하는 느낌마저 듭니다. 펠리체, 그래서는 안 됩니다. 특정한 질문에 대답하지 못한다고 나쁘게 생각하지 말아요. 나한테 불리하게 해석하지 말아요. 나를 나르는 물결은 어둡고 우울하고 무겁습니다. 나는 천천히 앞으로 움직이고, 때때로 정체해 있기도 합니다. 그러다 다시 앞으로 밀려가고 다시 잘 흘러가기도 하지요. 그대도 지난 삼 개월 동안 이미 깨달았을 겁니다.

나는 또한 웃을 수 있습니다. 그것을 의심하지 않습니다. 나는 잘 웃는 사람으로 알려져 있지요. 비록 이 점에서 지금보다 더 바보같이 처신하긴 했지만 말입니다. 한번은 우리 사장과의 근엄한 회의에서—이 년 전 일이지만 이 일은 회사에서 하나의 전설이 되어 나보다 더 오래 살아 남을 것입니다—웃은 일도 있었습니다. 이 남자의 지위를 그대에게 설명하는 일은 너무 번잡할 것입니다. 그러나 그 세력은 아주 큽니다. 대개의 고용인들은 그를 이 땅 위가 아니고 구름 위에 있는 것으로 상상합니다. 그리고 일반적으로 황제와 말할 기회가 거의 없기에 이 남자는 평범한 고용인들에게—큰 기업체에선 대체로 비슷합니다—황제와 만나는 것 같은 감정을 대신해줍니다. 물론 그의 지위가 자신의 공적과 잘 일치하지 않는 사람들이 명확하고 일반적인 관찰에 노출될 때 그렇듯이 이 남자도 조금 우스꽝스럽게 보입니다. 그러나 그것이 아무리 당연하고, 또 자연스러운 현상이라 해도 그 위대한 남자가 있는 데서 웃음을 터뜨리는 것은 정신 나간 짓입니다. 우리는—나와 두 사람의 동료—그 당시 막 승진을 하여 검은 정장을 입고 사장에게 감사 인사를 해야만 했습니다. 더구나 나는 어떤 이유로 그 사장한테 특별히 감사할 것이 있었지요.⁵ 우리 세 사람 중 가장 위엄 있는—나는 가장 젊었습니다—사람이 감사의 인사를 그의 성격에 맞게 짧고 분별 있게, 그리고 신속하게 했습니다. 사장은 엄숙한 경우에 대개 그렇듯이 격식 차린 태도로 듣고 있었는데 그 모습은 황제의 알현 자세를 상기시켜 사실(별 도리 없이) 아주 우스꽝스러웠습니다. 다리는 약간 엇걸고, 왼손은 주먹을 쥔 채 탁자 모퉁이에다 놓고는 머리를 숙이고 있어 그의 길고 하얀 수염이 가슴 위에서 접혔습니다. 게다가 그리 크지는 않으나 튀어나온 배가 조금씩 흔들렸습니다. 나는 그때 분명 감정을 통제할 수 없는 상태에 있었습니다. 이미 이런 자세를 잘 알고 있었으니까요. 허나 내가 가벼운 웃음의 발작을(간헐적일지라도) 일으킬 필요는 전혀 없었습니다. 그 웃음은 사장이 위를 쳐다보지 않았기 때문에 가벼운 기침쯤으로 간주될 수도 있었습니다. 동료는 앞만 쳐다보고 있었고, 나의 상태를 분명 눈치채긴 했지만 그 영향을 받지 않은 터라 그의 분명한 목소리가 나를 억누르고 있었습니다. 그러나 동료의 인사말 끝에 사장은 머리를 들었고 나는 잠시 웃지도 않은 채 두려움에 사로잡혔습니다. 이제 그는 나의 표정을 볼 수 있었고 유감스럽게도 내 입에서 나오던 소리가 기침이 아닌 것을 쉽게 확인할 수 있었으니까요. 그러나 그가 무거운 흉성으로 연설을—다시 그 통례적이고, 오래전부터 잘 알고 있는, 황제와 같이 틀에 박히고, 아무 의미도 없는 불필요한 연설을—시작했을 때, 그리고 나의 동료가 곁눈질을 하며 막 자제하려던 내게 주의를 주려고 하자 이전의 그 웃음이 주던 즐거움이 생생히 기억나 더 이상 자제할 수가 없었습니다. 그럴 수 있는 희망도 다 사라져버렸습니다. 처음에는 사장이 때때로 가볍게 농담할 때만 웃었습니다. 그런 농담엔 사람들이 정중하게 얼굴을 일그러뜨리게 마련인데 나는 크게 소리내어 웃었습니다. 동료들이 전염될까 겁내면서 놀라는 것을 보자 나 자신보다는 그들에게 동정이 갔습니다. 어쩔 수가 없었습니다. 얼굴을 돌리거나 손으로 가리려고도 않고 쩔쩔매면서 사장 얼굴만 계속 쳐다보았습니다. 얼굴을 돌릴 수 없었던 것은 사태가 더 좋아지기보다는 더 나빠지리라는 직감에서 차라리 아무 변화도 없는 것이 최선일 것이라고 생각해서입니다. 물론 나는 이미 웃음이 발동해 그 당시의 농담이 아니라 지난날의 것과 앞으로의 것, 그 모든 것 때문에 웃었습니다. 더 이상 아무도 내가 무엇 때문에 웃는지 몰랐지요. 모두 당황하기 시작했습니다. 오직 사장만이—여러 면에서 세상에 익숙하고 자신의 면전에서 일어나고 있는 무례함에 대해선 전혀 생각할 수도 없는 훌륭한 사람답게—비교적 무관심한 듯했습니다. 우리가 이 순간 빠져 나왔더라면(사장은 연설을 약간 단축했습니다) 모든 일은 꽤 잘 마무리되었을 것입니다. 나의 태도는 분명히 무례했지만 이 무례함이 공공연한 화제는 되지는 않았을 것이며, 이 일은—때때로 있음직한 불가능한 일이 일어날 수 있듯이—함께 관여했던 우리 네 사람이 암암리에 동의함으로써 해결될 수 있었습니다. 그런데 불행하게도 지금까지 거론되지 않았던 한 동료가(거의 마흔 살쯤 되는데 어린아이 같은 둥근 얼굴을 하고 있지만 수염이 있고 대단한 맥주광입니다) 전혀 생각지도 않았던 짧은 인사말을 하기 시작했습니다. 순간적으로 납득이 가지 않았습니다. 나의 웃음은 그로 하여금 냉정함을 잃게 했고, 그는 웃음을 참으며 볼을 부풀린 채 서 있었습니다. 그런데 지금 진지한 인사말을 하기 시작하다니요. 사실 그것은 가능한 일이기도 합니다. 그는 실속이 없고 성질이 급한 데다 모두가 동의한 의견에 대해 끝없이 열광적으로 옹호하는 짓도 하는 사람이라 그의 인사말의 지루함은—그 우스꽝스럽지만 호감이 가는 정열이 없었다면—참을 수가 없었을 겁니다. 그때 사장이 악의 없이 무언가 말을 했는데 그것이 그 동료의 성미에 맞지 않았습니다. 뿐만 아니라 나의 계속적인 웃음에 영향을 받아서인지 그 동료는 자신이 어디에 있는지 잊은 듯했습니다. 간단히 말해 그는 자신의 특별한 견해를 드러낼 수 있는 좋은 순간이 왔으며(다른 사람의 의견엔 전적으로 무관심한) 사장을 설득할 수 있다고 믿었습니다. 그래서 손을 흔들면서 좀 멍청한 말을(평상시도 그렇지만 특히 여기서) 장황하게 늘어놓기 시작했습니다. 나는 참을 수 없었습니다. 내가 지금까지 보아왔던(적어도 외관상으로만) 세계가 완전히 멈추어버렸습니다. 나는 큰 소리로 아무 생각 없이, 오직 초등학교 학생들만 책상에서 웃을 수 있는 그런 웃음을 터뜨렸습니다. 모두가 침묵했고 나는 웃음으로써 모두의 초점이 되어버렸습니다. 웃고 있는 동안에 나는 물론 두려움으로 무릎이 떨렸습니다. 동료들도 나름대로 흡족히 함께 웃을 수가 있었습니다. 그러나 그들의 웃음은 오랫동안 되풀이되고 행해진 나의 끔찍한 웃음에는 견줄 수 없는 정도라 그다지 눈에 띄지 않았죠. 나는 오른손으로 가슴을 치면서—일부는 나의 죄를 인식해서(속죄절을 기억하며), 일부는 억눌린 웃음을 몰아내기 위해—나의 웃음에 대해 여러 가지 변명을 끄집어내었습니다. 새로이 터져나오는 웃음이 그 변명들을 알아듣지 못하게 하지만 않았다면 꽤 설득력 있는 변명이었을 겁니다. 이제 사장도 갈피를 못 잡게 되었습니다. 그는 일을 무마시키는 데 본능적인 사람들의 전형적인 방식으로 나의 웃음에 대해 그럴듯한 해명이 되는 문구를 찾아내었습니다. 내가 생각하기엔 그가 오래전에 했던 농담에 관련된 것이었습니다. 그리곤 서둘러 우리를 물러가게 했습니다. 크게 웃으며, 비록 패배하진 않았지만 더없이 불행한 마음으로 사장실에서 내가 제일 먼저 비비적거리며 나왔습니다. 그 후 즉시 사장에게 편지를 보냈고 내가 잘 알고 있던 사장 아들의 중재로, 또한 시간이 흐른 덕분에 그 일은 대부분 진정이 되었습니다. 물론 완전한 용서는 얻지 못했고 앞으로도 얻지 못할 것입니다. 그러나 대수롭지 않습니다. 아마도 훗날 그대한테 나도 웃을 수 있다는 것을 증명하기 위해 그런 식으로 행동했는지도 모르지요.

자 이제—사장에 대한 지난 죄로 새로이 벌을 받습니다—너무 많이 썼군요. 또한 아무것도 쓰지 못했구요. 잠자러 가기 전에 몇 가지 답변을 얼른 하겠습니다. [브로트의]『감정의 절정』은 물론 그대의 것입니다. 전적으로 그대의 것이지요. '친구로서'라는 헌사는 정확히 그대를 의미합니다. 그대도 그렇게 받아들였지요? (나는 물론 다른 헌사 복사본을 갖고 있습니다.) 만일 헌사에 이중의 의미가 있다면(사실은 그렇지 않지만 지금 부여하는 것입니다) 막스는 또한 나의 친구라는 것입니다. 이 헌사는 그대에게 아주 가까이 다가갈 수 있는 기회를(그대에게 다가가는 데 아주 허무맹랑한 가능성까지 다 이용하고자 합니다) 내게 줍니다. 그것이 나쁜가요?

안 되겠습니다. 계속 쓰기에는 정말 너무 늦었어요. 저녁 산책에서 주운 헬러 동전을 동봉합니다. 무엇인가 불평을 하고 있었는데(내가 불평하지 않는 것은 없지요), 불만에 차 무언가를 세게 걷어찼나 봅니다. 발끝으로 이 헬러 동전을 포장 도로에서 찾아냈습니다. 동전은 행운을 가져다줍니다. 그러나 나는 그대가 갖고 있지 않은 행운은 필요치 않아 그대에게 보냅니다. 내가 발견한 것이 마치 그대가 발견한 것 같지 않습니까?

프란츠

1913년 1월 10일에서 11일 [실제로는 1913년 1월 9일에서 10일로 추정]

그대여, 오늘은 몇 마디만 하겠습니다. 시간도 늦었고 피곤하군요. 오후에는 방해를 받았는데 며칠 동안 계속 그럴 겁니다. 글쓰기를— 그 어떤 방해에도 시달리고 싶지 않은데(내적인 방해로도 충분히 시달립니다)—일주일, 어쩌면 그보다 더 오래 방치할지도 모르겠습니다. 유일한 보상은 잠을 더 자는 것입니다. 그 보상이 내게 충분치는 않지만, 오늘 내가 무엇을 쓰는지는 전혀 중요하지 않습니다. 왜냐면 나는 지금 절대적으로 침대가 필요하기 때문입니다. 그러나 또한 그대도 내게 절대적으로 필요합니다. 그래서 둘 사이에서 동요하고 있습니다.

나의 가여운 애인이 판매 편지를 쓰고 있다니요! 구매자는 아니지

펠리체가 지배인으로 일한 회사 린트슈트룀의 광고

만 나도 한 통 받았습니다. 나는 근본적으로 대화 재생기를 무서워
합니다. 조용히 그러나 진지하게 요구하는 기계는 사람보다 더 크고
더 잔인한 압박을 인간의 노동력 위에 행사합니다. 살아있는 타이피
스트는 얼마나 미미하며, 얼마나 지배하기 쉽습니까! 심부름도 보낼
수 있고, 소리쳐 꼼짝 못 하게 하거나, 욕설하고, 질문하고, 망연히 바
라볼 수 있으니까요! 받아쓰게 하는 자가 상전이지요. 그러나 대화
재생기 앞에선 품위를 잃고 공장 노동자가 되며 뇌는 기계의 시중을
들어야 합니다. 그 불쌍하고 본디 느리게 일하는 이성으로부터 기다
란 끈으로 늘어선 생각들을 얼마나 억지로 빼내야 합니까! 그대여,
기뻐하세요, 그대는 판매 편지에서 이러한 항변에 답할 필요가 없다
는 것을요. 그 항변은 반박할 수 없습니다. 기계의 속도는 쉽게 조절
할 수 있고 받아쓰게 할 마음이 들지 않을 땐 치워버릴 수 있는 것 등
은 그 항변에 대한 반박이 아닙니다. 왜냐면 그 모든 것이 아무 도움
도 못 된다는 것이 그러한 항변을 하는 사람의 특성이니까요. 그대
회사의 취지서에서 주목을 끄는 것은 그것이 큰 자부심을 가지고 작
성되었다는 것입니다. 오스트리아 공장들이 발행하는 취지서에서
처럼 구걸하는 내용은 어디에도 없었습니다. 또한 지나친 찬사도 없
었구요. 그것이 나로 하여금 내가 잘 알지는 못하지만 늘 각별히 좋
아하고 있는 스트린드베르크를 상기시켰다고 한 것은—물론 그 용
어에 의해서도 아니고 그 주제에 의해서도 아니고 그 문체에 의해서
도 아니지만—농담이 아닙니다. 이상한 것은 나의 처음 편지들이 그
대가 『죽음의 댄스』와 『고딕 방』에 감명을 받고 있을 때 갔다는 것입
니다. 기다려요, 다음엔 『스트린드베르크에 대한 회상』에 대해 이야
기하겠습니다. 그것은 최근에 『노이에 룬트샤우』에 발표되었습니
다. 그것이 내게 준 감명은 어느 일요일 아침에 나로 하여금 방 안을
미친 듯이 이리저리 뛰어다니게 만들었지요.⁶ 내일이나 모레 그대는

일력과 플로베르를 받을 것입니다. 지금 막 얻은 일력은 내가 상상했던 만큼 그다지 아름답지 않습니다. 그런데도 매일 한 장씩 뜯어내어, 접어서 그대한테 보낸다면 올바른 일이 아니지요. 그러나 일력이 여기 있고, 다른 사람에겐 주고 싶지 않고, 그대에게 주려고 했던 것을 다른 사람이 보는 것도 원치 않아 결국 보냅니다. 한구석에 걸어놓으세요. 그 추함을 보상해줄 아름다움은 플로베르가 줍니다. 나는 정말로(불필요한 맹세지만) 그것을 내 손으로 그대 손 안에 놓아주고 싶습니다.

이제 부리나케 침대로 갑니다. 나의 말은 그대를 향하고 그대의 생각은 내게로 끌어왔으니 만족합니다.

나한테 편지하느라 자신을 너무 혹사하지 말아요! 그대가 보낸 단한 줄이라도 나한텐 무한한 즐거움을 주기 때문에 다섯 줄이 더 많은 즐거움을 줄 수는 없습니다.

프란츠

Nr. 132

1913년 1월 10일에서 11일

무엇보다, 그대여, 너무 조금 쓴다고 자신을 비난하지 말아요. 그대가 가진 시간에 비하면 너무 많은 것을, 아주 많이 쓰는 것입니다. 최근에 했듯이 매일 편지를 쓰는 아름다운 규칙성을 유지할 수만 있다면 편지에 대해서는 더 이상 바라는 것이 없습니다. 다른 소망들은 지금 또는 영원히 이룰 수 없는 것이기에 최상은 아니더라도 모든 것이 다 좋습니다.

가족들과 밤 인사를 하고 난 후 바로 책상에 앉아 글을 쓰는 대신 그대한테 편지를 하는 것(늘 그러하듯이), 그래서 행복이든 불행이든 나

274

자신을 좀 더 높은 단계에 두는 것이 나를 괴롭히고 있습니다. 그리 오래가지는 않을 겁니다. 월요일에는 다시 글쓰기를 시작해야 합니다. 많은 이야기들이 내 머릿속에서 행진곡을 연주하고 있습니다.

때때로 슬픔으로 몸을 비틀 때도 있습니다. 물론 여러 이유가 있지요. 막스나 누이동생의 약혼 때문만은 아닙니다. 오늘 침대에서 나는 그대에게 이 두 약혼에 대해 길게 불평했습니다. 아마 그대는 이해할 수 있을 겁니다. 이제는 내세울 만한 이유를 더 이상 생각해내지 않겠습니다. 그냥 내버려 두는 것이 낫습니다. 내가 침대에서 그대에게 어떤 인사말을 했는지 그대는 모를 겁니다. 등을 대고 누운 채 발은 침대 다리에 걸치고 사랑하는 경청자를 위해 얼마나 조용히 나에게 끊임없이 재잘댔는지요! 우리는 재능이 다릅니다. 침대에서 나는 위대한 웅변가입니다. 그대는 어떤가요? 어떻게 침대에서 편지를 쓰는지 아직 알려주지 않았습니다.

내심 이 약혼들이 만족스럽지 못합니다. 그러나 막스에게 약혼을 강력하게 권했고 조금은 설득하기도 했습니다. 누이동생의 약혼도 결코 못 하도록 충고하진 않았지요. 그러나 이미 결혼한 내 누이동생 [엘리]의 결혼이 보여주듯이 나는 앞일을 잘 예견하지 못하고 사람의 성격도 잘 파악하지 못합니다.

그 애의 약혼식에서도 똑같은 암담함을 느꼈지요. 그러나 그 애는 전에는 서투르고, 결코 만족할 줄 모르며, 성미가 까다롭고, 계속 조급해하는 성격이었는데 결혼을 하더니 두 아이와의 행복 한가운데로 자신의 존재를 더 넓혀가더군요.[7] 그렇다 해도 사람의 본질에 대한 나의 지식을 불신할 수는 없습니다. 진실이 그것을 반증하지는 않았다고 느끼니까요. 분명 더 심오한 정당성을 갖고 있을 것입니다. 설사 이른바 나의 인간에 대한 지식이 어리석음 속에 뿌리 깊이 자리 잡고 있다 해도요.

그런데─왜 이 약혼들에 대해 이렇게 이상하게, 마치 당장이라도 불행이 닥칠 것처럼 괴로워하느냐구요? 더구나 모든 예감은 단지 미래의 일이고 당사자들은 의외로(아마도 이 의외성이 나를 화나게 할까요?) 행복해하는데요. 또 개인적으로는 이 약혼이나 결혼에 직접 관여되어 있지 않는데도요(어제 저녁에 나의 장래 매부가 악의 없이, 나의 엄청난 무관심과는 아무 상관없이 단순히 농담으로 "안녕하십니까! 프란츠, 어떻게 지내십니까? 집에서 무슨 편지가 왔습니까?"하더군요. 이런 상투어도, 말하자면, 좋은 의미겠지요).

그런데, 사실은 나도 관련이 있습니다. 그 두 낯선 가족이 나를 압박하는 것 같은 느낌입니다. 심지어 내 매부의 가족이 내 가족 안으로 몰려들어 왔습니다.

오늘은 그만 쓰겠습니다. 지금은 별로 설득력이 없는 것 같군요. 어쩌면 그대는 내가 의미하는 것을 전체적으로 이해하는지도 모르지요. 그러나 멀리서는 세세히 이해할 수가 없습니다. 그것이 내겐 가장 중요한 문제입니다.

그대가 이 편지를 읽고 있는 바로 그 시간에 나는 어쩌면 오래된 예복을 입고, 찢어진 에나멜 가죽 구두를 신고, 이제는 너무 작아진 실크 해트를 쓰고, 아주 창백한 얼굴로(요즈음은 잠드는 데 시간이 오래 걸리거든요), 유쾌하고 잘생기고 우아하며 무엇보다 아주 사려 깊고 겸손한 사촌 옆에서 신랑 들러리 역할을 하러 교회당으로 가고 있을 겁니다.

그곳에서는 아주 장엄하게 결혼식이 거행되는데, 그 장엄함은 언제나 나를 괴롭히지요. 그 이유는 일반적으로 유대인 국민은, 적어도 우리들 집안에선, 종교 의식을 결혼식과 장례식에 제한하기 때문에 이 두 행사가 가차없이 서로 비슷해졌기 때문입니다. 그래서 사람들은 사라져가는 믿음의 나무라는 눈초리를 정식으로 볼 수 있습니다.

잘 자요, 나의 사랑. 적어도 그대의 일요일이 나의 일요일보다는 더 편안했다니 기쁩니다. 어떤 말을 하면서 그대의 어머니가 이 편지를 건네주실지 궁금합니다.

프란츠

그대의 편지를 다시 읽어보니 여러 가지 호기심이 생겨 다음과 같은 질문을 합니다.

1. "나는 아직 펜던트를 벗지 않았다"는 것은 무슨 말입니까?
2. 어느 친구의 집에 있었나요? 왜 그러는지 신은 아실 것입니다. 이름은 모든 것을 설명해주지요.
3. 남녀 공용 수영장에서는 어땠지요? 유감스럽지만 여기서는 말을 자제해야겠습니다(수영장에서의 나의 외모, 나의 마른 모습에 관한 것입니다). 수영장에 있는 나는 마치 고아처럼 보입니다. 이미 오래전 일이지만 한번은 우리 가족이 엘베 강가에서 여름 휴가를 보내고 있었습니다. 무더운 여름날이었습니다. 강에서 헤엄치는 것은 아주 즐거운 일이었지요. 그러나 수영장 시설이 너무 작아 남녀가 함께 수영을 했는데, 탈의실이 두 개였는지는 잘 모르겠습니다. 어쨌든 휴양지에서 사람들은 모두 즐겁고 유쾌했습니다. 나만 빼구요. 이따금 나는 여자들 사이로 과감히 나아갔습니다. 그러나 아주 드물게요. 대개는—수영하고 싶은 마음은 물론 지속적이고 무한했지만—혼자서 마치 길 잃은 개처럼 강둑에서 좁디좁은 길을 방황했습니다. 그러면서 혹시 작은 수영장 시설이 드디어 비어 나 홀로 들어갈 수 있지 않을까 하며 그곳을 바라보았습니다. 그러다 뒤늦게 온 사람들이 그렇지 않으면 비었을 수영장을 다시 갑자기 채우자 그들을 얼마나 저주했는지요. 이례적인 더위 속에서 많은 사람들이 수영을 즐기는 동안 뇌우가 닥쳐와 수영에 대한 모든 희망을 앗아갔을 때 얼마나 비참했

는지요! 대체로 나는 저녁에야 수영을 할 수 있었습니다. 공기가 이미 시원해진 뒤라 별로 만족스럽지는 않았습니다. 때때로 일종의 일사병이 나를 앞뒤 생각 없게 만들어 사람들로 가득 찬 수영장 안으로 돌진하기도 했습니다. 물론 나는 조용히 수영도 하고 다른 사람들과 어울려 놀 수도 있었습니다. 어느 누구도 작은 소년에게 주의를 기울이지 않았지만 나는 그것을 믿으려 하지 않았지요.

4. 그대의 아버지에 관해 기회가 되면 더 듣고 싶습니다.

그러나 지금은 다시 시간이 너무 늦었군요. 이 결혼 피로연을 위해 아직 아무런 오락 거리도 준비하지 못했습니다. 설상가상으로 나는 이것을 할 수도 없지만 할 생각도 없습니다.

프란츠

Nr. 133 [그림엽서 소인: 프라하]
1913년 1월 11일

결혼!
결혼!
오직 이 인사만.

F. K.

[가장자리에] 결국 여기에 언급합니다. 그대는 식은땀을 흘리며 깨지는 않았나요?

1913년 1월 11일에서 12일

그대여, 결혼식에 올 손님들에게 할 인사말을 적어도 세 문장 정도는 생각해내야 하기 때문에 별 수 없이 머리를 고문하고 있습니다. 드디어 생각해내긴 했지만 삭막합니다. 손님들의 기분을 상하게 할지도 모른다면 그런 말은 준비하지 말아야 합니다. 그 말은 거침없이 흘러나갈 것이고 나는 감히 대부분의 손님들에게 비방이 아닌 나의 진실되고 경악스러운 감정을 표명함으로써 그들을 홀 밖으로 내몰 것입니다. 그런 이유로 내 자신을 몰아내야 하는 형벌에 처해 있습니다. 나는 그곳 책상에 앉아 있다가 서투른 문장 세 마디를 말한 뒤 유리잔을 드는 그런 사람은 되지 않으려 합니다. 그런 것은 단지 나의 슬픈 껍데기가 수행할 테니까요.

그 말을 하려던 것은 아니었습니다. 사실은 겁이 나서 편지를 쓰고 있습니다. 지난번 편지에 그대를 화나게 했거나 감정을 상하게 했거나 혹은 모욕이 될 만한 것은 없었나요? 그런 생각이 내 목을 조릅니다. 그러나 확실히는 모르겠습니다. 지금은 나를 위해 글을 쓰고 있지 않아 마치 그런 일을 가늠하는 것조차 포기한 것 같으니까요. 어쩌면 편지에 그대를 기분 나쁘게 하는 말은 없었는지도 모르지요. 그러나 적어도 편지를 쓸 때 좋은 기분은 아니었습니다. 그래서 지금 그 편지가 거칠고 차갑고, 무분별하고, 뻔뻔하게 여겨집니다. 어쨌든 그대여, 내 마음의 평화를 위해 그 편지를 도로 보내주세요. 아니, 돌려보내지 말아요. 아, 도대체 뭘 원하는지도 모르겠습니다. 이런 상태에 빠지다니요! 다시 빠져 나오려면 오래도록 기어 올라와야 할 것입니다. 그대가 일요일에 받은 그 편지에 대한 답장을 받을 수만 있다면! 어쩌면 그 편지의 한 구절에서 그대는 나에게 너무 화가 나 침대에서 벌떡 일어났는지도 모르지요. 내게 화가 난다면 용서해주십시오. 지금의 나로서는 동정심을 구하는 것이 부끄러운 것이 아닙니다. 나의 상태가 부끄러울 뿐입니다. 그대가 이미 용서했다면 이 편지를 뒤늦은 사과로 받아주십시오. 아무 잘못도 발견하지 못했다면 나를 놀려대구요. 그것보다 더 나은 것은 없습니다.

프란츠

막내 누이동생이 매력적인 말을 하더군요. 그대도 잘 알고 있듯이 그 애는 나를 아주 사랑합니다. 내가 말하고 행동하고 생각하는 모든 것을 맹목적으로 좋아합니다. 그러나 그 애의 재치 있는 판단력은 나는 물론 자기 자신(언제나 내 편이니까요)도 조금은 비웃을 수 있답니다. 내가 이 결혼 때문에 마음이 우울한 것은 의심할 바 없습니다. 누이동생도, 나에 대한 태도로 보아, 내가 슬퍼하는 것을 당연하게 생각하는 것 같습니다. 물론 나의 감정의 단지 일부만 동감하겠지만요. 오늘 저녁 하녀가 발리(신부)의 물건들을 싸는 동안 울어서 발리도 울게 만들었습니다. 발리가 눈물을 가득 담은 눈으로 거실로 들어오자 오틀라(막내 누이동생)가 그녀의 눈을 보자마자 소리쳤습니다. "영리하기도 해라, 언니도 울고 있어!" 이 말은 진담 반 농담 반으로 한 말이었습니다. 그녀의 울음은 당연하다는 것을 의미하는지도 모릅니다. 왜냐하면 나의 감정과 일치하니까요. 내 감정과 똑같이 자신의 감정을 표현하는 것을 보면 발리는 분명히 영리합니다.
이제 자러 가야겠습니다. 무엇보다 내일 졸려서는 안 됩니다. 카이로에서 온 그 남자에 대해 처음엔 거의 경악했습니다. 그는 분명 좋은 독일인입니다. 그러나 나는 그를 빈 사무실에서 아마포를 휘날리며 그대 뒤를 좇는 아랍인으로 보았습니다. 그대 책상 옆에 있는 나의 자리가 무슨 소용입니까! 나처럼 멀리 있는 애인보다는 그대 회사의 야간 순찰자가 더 낫겠습니다.

1913년 1월 12일에서 13일

사랑하는 그대여, 이제 끝났습니다. 더 좋은 날에 대한 희망이 생기는군요. 꽤 만족스럽습니다. 여러 번 나는, 이 낯선 사람들을 사라지게 할 수 있다면, 어떠한 희생도, 누이동생의 희생조차도 결코 크지 않다고 느꼈습니다. 물론 그대는 이러한 감정이 그 어떤 실제적인 일과 일치한다고 생각해서는 안 됩니다. 그렇게 생각하지도 않겠지만요. 그러나 그 감정 자체는 몰아낼 수 없습니다.

그대 편지와 엽서 그리고 사진을 결혼식 파티 중에 받았습니다. 그때 우리는 줄을 서 있었는데 마치 그대가 내 손을 꽉 쥐는 것 같았습니다.

아, 그대여, 이 사진들이 얼마나 그렇게 하는지요. 모든 사진들이 다 그대를 의미합니다. 하나하나 다 다르지만. 모든 사진이 나를 강한 힘으로 사로잡습니다. 이 사진들에서 그대는 다시, 내게 맨 처음 보내주었던 사진의 어린 소녀처럼 보입니다. 그대는 그곳에 조용히 앉아 있습니다. 왼손은 한가롭지만 잡힐 것 같지 않습니다. 무언가 심사숙고한 것을 쓰려는 것 같습니다. 마치 누군가 입맞춤을 하려고 노리는 경우를 대비한 듯한 교묘한 사진입니다. 사무실에서 찍은 것인가요? 여러 악기들의 마우스피스들은 서로 어떻게 다르지요? 혹시 그 사진이 광고 목적으로 사용될 건가요? 아니면 그림 엽서로? 그게 아닌가요?

그대여, 만일 그대가 오늘 나를 결혼식장에서 보았다면 뭐라고 했을까요? 모든 것이 그럭저럭 내가 생각했던 대로 흘러갔습니다. 오직 놀라운 것은 그것이 정말로 끝났다는 것입니다. 그러나 내가 다시 이 고갈되고 의기소침한 상태에 있으리라고는 예기치 못했습니다. 나는 가장 비참한 손님보다도 더 나쁜 상태입니다. 그러한 상태는 내 뒤의 전설이 되어버린 시간 안에 영원히 놓여 있다고 생각했습니다. 그런데 다시 여기 있습니다. 끝없는 날들의 기나긴 행렬에서 첫날처럼 생생하게요. 그 후 잠시 동안 혼자 카페에 있으면서 다우미어의 네 가지 사진(푸줏간 주인, 음악회, 비평가, 수집가)을 보았을 때야 비로소 나 자신을 추스를 수 있었습니다.

프란츠

Nr. 136
1913년 1월 13일에서 14일

일요일 편지 때문에 화나지 않았군요, 사랑하는 펠리체여. 게다가 나보다 열 배나 더 피곤한 당신이 간절히 필요로 하는 오후 낮잠도 나를 위해 희생했군요. 조금이나마 푹 잤나요? 그런데 스케이트를 타러 가지도 않고 산책도 가지 않았지요? 더구나 책 읽을 시간도 없었구요. 그대의 편지도, 그대의 편지에 의지해 살아가는 나를 만나기 전에는 아주 다르고 훨씬 더 좋게 시간을 분배할 수 있었겠지요. 그 일에 대해 말해봐요, 그대여. 그러나 진실을! 그대가 보낸 첫 번째 편지를 보면 그대는 잡지들을 많이 받아 보고 있었는데 그에 대한 설명을 아직 듣지 못했습니다.

결혼식에 대해선 상세히 말하지 않겠습니다. 새 가족들과 그 친구들에 대해 말해야만 하는데 그것은 이미 극복한 시간을 다시 생각나게 할 테니까요. 마르타라는 사촌은 몇 가지 면에서 성격이 좋다고 할 수 있습니다. 그중 겸손해 하는 태도에 마음이 갑니다. 부모님은(여기서 '나의 불쌍한 부모님'이라고 부르고 싶은 유혹을 느낍니다) 고통스럽게 낭비되는 어처구니없는 비용에도 불구하고 축제 행사로 행복해하셨습니다. 아버님은 언제나 식사가 끝나면 안락 의자에 앉아 잠시 낮잠을 주무신 뒤 가게에 나가십니다(심장병 때문에 식사를 하고 나면 누우실 수가 없습니다). 오늘도 안락 의자에 앉아 계셔서 이미 잠들었다고 생각했는데(그때 나는 점심을 먹고 있었지요) 선잠에 들었는지 갑자기 말씀하셨습니다. "어제 누군가가 신부 면사포를 쓴 발리가 공주처럼 보인다고 했어"라고요. 그것도 체코어로 했지요. 허나 애정과 찬양, 그리고 부드러움이 'Knežna(면사포)'에선 하나로 어우러지나 '공주'라는 말에선 단지 화려함과 피상적인 느낌만 줄 뿐입니다. 그대여, 나의 매부가 한 말을 그대는 약간 잘못 이해했습니다. 만일 그가 그대 편지를 조금이라도 염두에 두었다면 그 말에 들어있는 음흉함을 부정할 수 없을 것입니다. 그러나 그는 그대 편지에 대해선 아무것도 모릅니다. 따라서 그런 연관성은 배제됩니다. 그가 유일하게 암시하고자 했던 것은(사실 없었지만) 내가 우리 가족에게 조금도 신경 쓰지 않고 마치 외국에 있는 사람처럼 편지로만 연락을 한다는 것이었을 겁니다. 나의 참된 고향에 대해선 그는 아무것도 모릅니다.°

프란츠

Nr. 137
1913년 1월 14일에서 15일

그대여, 글을 쓰다 보니 다시 아주 늦은 시각입니다. 밤 두 시면 늘 중국 학자가 한 말이 생각납니다.° 유감스럽게도 나를 깨우는 것은 여자 친구가 아니라 그녀에게 쓰고자 하는 편지뿐입니다. 언젠가 그대는 내가 글을 쓰는 동안 내 옆에 앉아 있고 싶다고 한 적이 있지요. 들어봐요, 그러면 난 쓸 수가 없습니다(어쨌든 많이 쓸 수도 없지만요). 하나도 쓸 수가 없을 겁니다. 글을 쓴다는 것은 자신을 과도하게 열어놓는 것을 뜻합니다. 인간적인 교제에서 마음을 극도로 열어놓거나 헌신을 할 때는 자신이 그 안에서 길을 잃어버린다고 느끼게 됩니다. 제정신이 들어서야 그것에서 물러서려고—그가 살아 있는 한 살기를 원하니까요—하지요. 이렇게 자기를 드러내는 것과 헌신도 글쓰기엔 전적으로 충분치 않습니다. 표면에서 받아들이는 글쓰기는—그 외 다른 방도가 없고 더 깊은 샘은 침묵할 때—하찮은 것입니다. 진정한 감정이 이 표면적인 것을 흔들기라도 하면 한순간에 무너지고 맙니다. 때문에 글을 쓸 때 혼자 있는 것은 당연합니다. 글을 쓸 때 주위가 조용해야 하는 것도 마찬가지지요. 밤도 너무 짧아. 맘껏 쓸 수 있는 시간이 충분치 않습니다. 갈 길은 먼데 쉽게 길을 잃어버리기 때문에 더욱 두려움을—어떤 강요나 꾐이 없어도—느끼며 뒤로 돌아가고 싶은 마음(그런 마음은 나중에 심하게 벌을 받습니다)이 들지요. 가장 사랑하는 사람에게 갑자기 입맞춤을 받는다면 얼마나 더 그렇겠습니까! 자주 생각해보았는데 내게 가장 좋은 삶의 방식은 글쓰는 도구와 램프를 갖고 밀폐된 넓은 지하실의 가장 깊숙한 곳에 앉아 있는 것입니다. 사람들이 음식을 갖다주는데, 내 방에서 멀리 떨어진 곳, 지하실 밖 가장 먼 방에다 내려놓습니다. 잠옷을 입고 음식 있는 데로 가는, 아치형의 천장이 있는 복도가 유일한 산책길이지요. 그러고는 천천히 책상으로 돌아와, 찬찬히 먹고 나서 곧 다시 쓰기 시작합니다. 무엇을 써야 하지요! 얼마나 깊은 곳에서부터 밖으로 낚아챌까요. 힘들이지 않고! 극도로 집중하면 힘이 든다는 것도 잊어버리지요. 문제는 내가 그것을 오래 계속할 수 있을까 하는 것입니다. 그러한 상황에서 불가피하게 실수라도 한 번 일어난다면 나는 대단한 광기를 부릴 것입니다. 그대여, 무엇을 생각하나요? 그대의 지하실거주자 앞에서 과묵하지 마세요.

Nr. 138

1913년 1월 15일에서 16일

오늘은 시간이 제법 빨리 지나갑니다. 하지만 빨리 잠자리에 들고 싶
군요. 어제 잠시나마 잘 진행된 글쓰기의 대가로 하루 종일 두통으로
(이 두통은 1913년부터가 아니라 지난 두 달 동안에 새로 생긴 것입니다) 고
생했고 꿈을 꾸다 자주 깨는 바람에 잠을 설쳤기 때문입니다. 이틀
밤 연속으로 글이 잘 써지기는 정말 오랜만입니다. 이 소설은 얼마나
산만하고 불규칙적으로 씌어졌는지 모릅니다. 일단 초고가 완성된
뒤에, 죽은 부분에다가 어중간한 생명을 불어넣는다는 것은 얼마나
어려운 일입니까! 거의 불가능한 일이지요. 또한 심연에서 아무런
도움도 받을 수 없으니 얼마나 부정확한 것이 많겠습니까!

어제 마음에 걸린 것이 많았는데도 질문한다는 것을 깜빡 잊었습니
다. 그대가 일요일 저녁에 편지를 썼다는 것은 무엇을 의미합니까?
그대는 낮 동안 등에 통증을 느끼는 등 몸이 좋지 않다고 했습니다.
쉴 수 있는 일요일조차도 건강이 좋지 않았나요? 그러고도 건강한
처녀라고 할 수 있습니까? 일요일 내내 (그대의 편지에 의하면) 상쾌한
겨울 공기도 쐬지 않은 채 집 안과 숙모 집에서 보내고도 이성적인
처녀라고 할 수 있습니까? 진실만을 적어 보내주십시오. 내게는 "그
럼 넌 파멸이야!"하는 그대 어머니의 저주가 계속해서 들리는 듯합
니다. 그러나 그것이 편지 쓰기를 두고 한 말이라면—전후 맥락으로
볼 때 아마도 편지 쓰기만을 가리켜 한 말인 것 같습니다—그녀는 옳
지 않습니다. 내게는 그대가 쓴 다섯 줄의 편지만으로도 충분합니다.
어머니가 낮잠을 주무실 때 귀에 대고 이 말을 해주고 안심시키십시
오. 다섯 줄이 대단한 요구이기는 하지만 누구를 파멸시킬 정도는 아
닙니다. 물론 그대가 오랫동안 편지를 쓴다면 이야기가 달라집니다.
그러나 어머니, 이것은 제 책임이 아닙니다. 저의 마음속에서도 이러

한 이유로 질책하고 있지만요. 하지만 아마도 그대 어머니께서 편지 쓰기를 두고 한 말은 아니겠지요. 만일 진짜 그렇다면 물론 대답할 말이 없습니다.

언젠가 그대는 어째서 교수를 돕는 일을 그만두거나 최소한 줄일 수도 없는지 말해주겠다고 약속한 적이 있습니다. 그대는 어떻게 그 교수에게 가게 되었습니까?

매부와 막스, 뢰비 등에 대해 그대에게 편지를 보내겠습니다. 무엇에 관해 쓰든지 결국에는 상관없습니다. 다만 내 자신이 각각의 단어로 사랑하는 그대를 감동시킨다고 믿는 것만이 가치가 있습니다. 〈은밀한 사랑〉은 여기에서 연주되지 않습니다. 그러나 우리들의 새로운 카나리아가 몸을 덮어 씌워놓았는데도 지금 이 밤에 비가를 부르기 시작했습니다.

프란츠

Nr. 139

1913년 1월 16일, 목요일 오후

지금 벌써 편지를 쓰고 있습니다. 저녁에 얼마나 늦게, 그리고 얼마나 산만한 상태로 귀가할지 모르기 때문입니다. 오늘 저녁에는—벌써 한 달 전부터 이날을 예견해왔지요—내가 집에 없다고만 생각하세요. 이미 후회하고 있습니다. 오늘 저녁에 제가 십오 분 간만이라도 후회하지 않는다면 만족하겠습니다. 부버가 유대인의 신화[10]에 대하여 강연하기로 했습니다. 이것은 부버가 나를 방에서 나오게 하는 것보다 더 오랜 시간이 걸릴 것입니다. 전에 그의 강연을 들은 적이 있는데, 좀 지루했습니다. 그가 무엇을 말 하든지 거기에는 항상 무언가가 결여되어 있습니다. (물론 그가 많은 것을 안다는 것에는 의

286

심의 여지가 없습니다. 중국에 관한 이야기도 그렇구요.

(손이 닿는 곳에 압지가 보이지 않았습니다. 종이가 마를 때까지 기다리는 동안 곁에 있던 『[감정] 교육』을 육백 쪽에서 육백이 쪽까지 읽어보았습니다. 이런 세상에! 다음 내용을 읽어보세요. "그녀는 그와 팔짱을 끼고 거리를 산책하고 싶다고 고백했다." 무슨 이런 문장이 다 있습니까! 이 무슨 희한한 형상입니까! 수많은 생각이 교차하는 페이지들이 창조력이 부족한 밤을 의미하지는 않습니다. 이런 페이지들이야말로 완전히 자기 자신 속으로 침잠한 작가의 무아의 경지에서 나온 것들입니다. 그대가 책의 부록에서 볼 수 있듯이 그는 세 번째로 이 책을 집필할 때에도 이처럼 끝없는 행복을 체험했습니다.)

덧붙여 말하자면 부버는 『중국의 유령 및 사랑 이야기들』[11]이라는 책을 출간했습니다. 내가 아는 한 이것은 훌륭한 책입니다.) 부버에 뒤이어 아이졸트가 강연하는데, 그 때문에 강연회에 갑니다. 아이졸트에 대해 들어본 적이 있나요? 아이졸트가 오펠리아 역을 맡은 공연과 「모든 사람」[12]에서 페이스 역을 맡은 공연을 본 적이 있습니다. 기질과 목소리가 완전히 나를 압도했지요.[13] 부버의 강연이 끝난 뒤에야 안으로 들어갈 생각입니다.

그대여, 이제는 일요일에 보낸 내 편지에 대해 말할 차례군요. 아무 소용 없는 일이지만 그래도 다시 한번 해야겠습니다. 정말 형편없는 편지였습니다. 그렇지 않던가요? 아닙니다. 그대는 전혀 특별한 반응을 보이지 않았습니다. 누군가에게 그런 일이 어떻게 일어날 수 있는지 말해주세요. 그대에게 한 번 더 간청합니다. 용서하세요. 모든 것을 말해주세요. 나에 대한 쓸쓸한 감정을 숨기지 마세요. 나를 용서했다고 한 번 더 분명히 말해주세요. 다 지나간 일일 뿐이라는 말을 잉크로 써 보내주세요. 그래야만 안도의 한숨을 내쉴 것입니다. 그때 무슨 조화로 그런 글을 썼는지 모르겠습니다.

세 시가 지났습니다. 펠리체, 생각해봐요. 많은 것을 보고 몇 가지 일에 대해 들었지만 즐겁게 잠이 들 만큼 가치 있는 것은 아무것도 없었습니다. 잘 자요, 사랑하는 그대여. 그대가 조용히 잠자는 동안 그대의 일부인 나는 멀리서 방황하고 있습니다. 동봉한 카드들은 마음에 드나요? 사진에서 옷을 벗은 채 구석에 있는 사람이 오틀라입니다.

프란츠

[가장자리에] 그 사진은 돌려줘야 합니다. 오틀라에게서 훔쳐왔거든요.

Nr. 140
1913년 1월 17일에서 18일

오랜만에 책을 읽으면서 즐거운 시간을 보냈습니다. 무엇을 읽었고 그 기쁨이 어떠했는지 그대는 결코 알아맞힐 수 없을 겁니다. 1863년에 나온 잡지 『원두막』의 일 년 분량이었습니다. 특정한 부분이 아니라 이백 쪽을 천천히 넘기면서 (당시만 해도 비싼 인쇄비 때문에 보기 드문) 그림들을 감상하고 이따금씩 여기저기서 특히 흥미로운 내용들을 발견하면서 읽었지요. 그러면서 거듭 과거 속으로 끌려들어 갔습니다. 그 안에는 이미 시효가 지났어도 아직은 이해할 수 있고(맙소사, 1863년은 겨우 오십 년 전의 일입니다), 세세한 사항들을 본능적으로 직감할 수는 없지만 각자의 성향과 기분에 따라 상념에 잠기며 접해야 하는 여러 가지 인간 상황과 사고 방식들을 경험하는 즐거움이 있습니다. 이와 같은 모순투성이의 즐거움이 더할 나위 없는 기쁨을 안겨주기에 옛날 신문과 잡지들을 즐겨 읽지요. 그런 와중에 가슴에 와 닿는 지난 세기 중반의 독일을 접하게 되었습니다. 여기에서는 발행인이 정기 구독자에게, 작가가 독자에게, 독자가 그 시대의 위대한 작가들(울란트, 장 파울, 조이메, '독일의 인텔리 음유 시인' 뤼케르트)에게 갖는 친밀감을 느낄 수가 있습니다.

오늘은 아무것도 쓰지 못했습니다. 책을 내려놓자마자 아무것도 쓰지 못한 것에 대해 악령처럼 뒤따르는 불안이 어김없이 저를 엄습합니다. 하지만 착한 유령이 악령을 몰아낼 수 있을 거예요. 그는 제 곁에 가까이 머무르며 진중한 말을 담보로 다음과 같은 확실한 약속을 해야 합니다. 아무것도(따라서 형편없는 글도) 쓰지 못한 하루 저녁은 전혀 보충 불가능한 것이 아니며(그 유령이 실제로 존재한다면 이 글귀를 보고 미소를 지을 테지만, 그의 말을 전적으로 믿습니다) 혼자 (성실한 하녀 덕분에 따뜻한 거실의) 책상 앞에 앉아 심각하게 걱정했듯이 의심스러운 창작 능력이 하루 저녁 써먹지 않았다고 해서 상실되지는 않는다고요. 글을 쓰기에는 너무 피곤 했습니다(사실 그렇게 피곤한 것은 아니었지만 심한 피로감이 몰려올 것 같아 두려웠습니다. 벌써 한 시입니다). 어제는 세 시가 되어서야 집으로 돌아왔고, 그러고서도 오랫동안 잠을 이루지 못했습니다. 엄청나게 민감해진 귀로 다섯 시를 알리는 시계 종소리가 무시무시하게 울려 퍼졌습니다.

게다가 아침에는 새롭지만 벌써 오래전에 예견된 불쾌감이 찾아옵니다. 내일 저녁에는—이것은 사실입니다—극장에 가려고 합니다. 여러 가지 재미있는 공연이 이어지겠지만, 이후로 오랫동안 이러한 즐거움을 맛보지 못할 겁니다. 이번이 일 년 만의 공연 관람이며, 이후 일 년 동안은 또 극장에 가지 않을 겁니다. 그러나 내일은 러시아 발레를 볼 수 있습니다. 이 년 전에도 그 공연을 보았는데 몇 달 동안,

특히 격렬한 여자 무용수 에두아르도바[14]의 꿈을 꿀 정도였습니다. 예전에는 하찮은 숙녀 역으로 나왔지만, 이번에는 출연하지 않습니다. 유명한 카르사비나도 출연하지 않습니다. 애석하게도 병이 났습니다. 하지만 볼거리는 여전히 많습니다. 언젠가 편지에서 그대는 러시아 발레에 관해 사무실에서 논쟁이 벌어졌다고 말한 적이 있지요. 결과는 어땠습니까? 그대가 추는 탱고는 어떻습니까? 이 명칭이 맞나요? 멕시코풍의 춤인가요? 그 춤에 관한 사진은 왜 없습니까? 때때로 달크로체에서 러시아 무용수들이 추는 춤이나 개별적인 무용수들의 독무보다 더 아름다운 춤을 보았습니다.[15] 베를린에서 그 극단의 무용을 본 적이 있나요? 그곳에서 그들의 공연이 자주 열리는 것 같은데.

차라리 자러 가거나 그전에 그대가 생각하는 것보다 그대를 더 많이 필요로 하는 내 가슴에 그대의 머리를 갖다 대는 대신에 왜 무용수 이야기가 튀어나왔는지 모르겠습니다. 아직 그대에게 말하고 싶은 것도 많고 대답해야 할 말도 많습니다. 하지만 말해야만 하는 수많은 것들이 우리들 사이의 실제 거리보다 더 크고 복잡합니다. 그리고 그것은 둘 다 극복하기 어려워 보입니다.

방금 떠올랐는데, 그대 어머니가 이 편지를 전해주면서 뜻밖에도 친절한 말을 건넨다면 어떻게 될까요? 아마도 그런 일은 불가능하겠지요. 이 편지는 친절하게 대할 가치가 없습니다. 이것은 그대에게 아무런 이득도 주지 못합니다. 지상의 그 무엇도 그대에게 무언가 좋은 것을 가져다 주지 못하기는 마찬가지일 테지만 말입니다. 그러므로 이 편지가 그대의 손에 들어갈 수 있다는 사실만으로도 기뻐해야 합니다.

프란츠

편지 주소란에 그대 집의 번지수 대신 우리 집의 번지수를 써넣는 실수를 했습니다. 그리고 제 주위를 둥그렇게 둘러싼 일곱 개의 빈 의자가 이 광경을 지켜보고 있었습니다.

어떻게 이해해야 할까요? 그대 어머니가 저녁에 거실에 있는 동안 그대의 아버지는 침실에서 책을 읽습니까? 그대 어머니는 혼자 거실에서 무얼 하시나요?

덧붙일 말이 있습니다. 그대의 사무실 근무 시간은 여름과 겨울이 다른 모양입니다. 그대가 여름날 금요일 오후에는 예배당에 간다고 하니까 말입니다(나는 지난 몇 년 동안 두 번―누이동생들이 결혼할 때―예배당에 갔습니다). 쥐에 관한 그대의 이야기를 농담으로 생각했습니다. 정말 쥐가 있습니까? 불쌍한 그대!

Nr. 141 [그림엽서 소인: 프라하]

1913년 1월 19일

세 시 반에 집으로 돌아왔습니다. 여기저기서 아침 인사를 합니다.

F. K.

Nr. 142

1913년 1월 19일, 일요일 오후 기분이 언짢은 시간

그대여, 지지난번과 같은 편지를 써서는 안 돼요. 오늘 편지에서 그대가 그것을 줄로 그어 모두 지웠다는 것을 알아요. 그러나 그것은 여전히 종이 위에 남아 있습니다. 그 편지를 스물네 시간 동안이나 가슴에 품고 다녔습니다. 내가 그것을 어떻게 읽을지 모른단 말인가요? 내가 얼마나 허약하고 궁색하며 한순간에 좌우되는지 모른단 말

인가요? 오늘처럼 나흘째 작품을 전혀 쓰지 못할 경우에는 더욱 그러합니다. 다른 때 같으면 그대에게 그렇게까지 친밀감을 느끼지 않는 것을 그대는 분명히 눈치채고 있습니다. 어쨌든 그것을 특별히 적어두었습니다. 어제 편지를 읽으면서 스스로 이렇게 말했지요. "일이 그렇게 되었군. 다른 사람들 보다 너를 특별히 좋아하지 않는 펠리체에게 너는 끈기와 자기 확신을 충분히 보여주지 못했어. 펠리체도 만족시키지 못하면서 다른 그 누구를 만족시킬 수 있단 말이지? 하지만 그때 네가 쓴 편지와 펠리체의 답장은 진심에서 우러나온 것이었어. 오늘은 정말 지하실도 도움이 될 것 같지 않지만, 그래도 네겐 그 지하실이 필요해.[16] 펠리체는 이 사실을 인식하지 못하는 것일까? 네가 어떤 것을 감당할 능력이 없는지 모르는 걸까? 네가 지하실에서 산다면 그것마저도 무조건 그녀 소유라는 것을 모르는 걸까? (하지만 지하실이 단지 지하실에 불과하다면 그것은 애처로운 소유물에 불과하다는 것을 인정해야 한다.)" 그대여, 그대는 정말 이 모든 것을 알지 못한단 말인가요? 만일 그렇다면 이 모든 것이 어떤 꿈에서는 순조롭게 보인다 할지라도 나는 그대에게 얼마나 많은 괴로움을 안겨주는 것일까요? 그것이 순조로우면 순조로울수록 나의 괴로움은 더 커집니다. 그래도 될까요? 그것이 내게 본능적인 자기방어를 요구한다 할지라도 말입니다. 가끔 불가능성이 파도처럼 가능성을 덮칩니다. 예전에 말한 그 중국 여인의 단호함을 과소평가하지 마세요!" 이른 아침까지―시간을 알려주었는지는 모르겠지만―그녀는 깬 채로 침대에 있었습니다. 독서용 전등의 불빛이 잠을 방해했기 때문이지요. 그녀는 조용히 있으면서 눈으로만 학자의 관심을 책에서 돌리려고 애썼습니다. 하지만 헌신적인 남편이었는데도 그는 알아차리지 못했지요. 그가 얼마나 많은 슬픈 이유들로 그것을 알아차리지 못했는지는 아무도 모릅니다. 그 이유들은 그의 통제에서 벗어나 있었고,

좀 더 고차원적인 의미에서는 그녀에게만 종속된 것이었습니다. 마침내 그녀는 견딜 수 없어졌고 남편을 위해 전등을 치우고 말았습니다. 궁극적으로 볼 때 분명히 옳았습니다. 그녀의 행동은 남편의 건강을 위한 것이었지 학문 연구에 지장을 주기 위한 것이 아니었고, 사랑을 전달하기 위해서였으며, 그에게 아름다운 시를 쓰도록 영감을 불어넣어 주고자 한 것이었지요. 하지만 이 모든 것을 고려한다 할지라도 이 모든 배려는 그 여자의 자기 기만에 불과했습니다.

나를 받아들이고 붙잡아주세요. 그리고 흔들리지 마세요. 나는 하릴없이 하루하루를 보내고 있습니다. 그대는 내게서 진정한 기쁨이 아니라 상상할 수 없을 정도의 괴로움만을 얻으리라는 것을 알아야 합니다. 그렇지만 나를 저버리지 마세요. 그대와 나를 연결하는 것은 사랑만이 아닙니다. 사랑은 그리 대단한 것이 아닙니다. 사랑은 시작되었다가, 왔다가 떠나가고, 또다시 오는 것입니다. 그러나 내가 그대의 존재에 닻을 내려야 한다는 필연성에는 변화가 있을 수 없습니다. 그러니 그대여, 내게 머물러줘요. 지지난번과 같은 편지는 더 이상 쓰지 말아줘요.

목요일 저녁부터 소설에 큰 진전이 없었습니다. 오늘도 아무런 변화가 없을 것 같군요. 오후에는 막스와 함께 있어야 합니다. 벌써 내일 다시 라이프치히로 떠나는 베르펠하고도 자리를 같이해야 합니다. 날이 갈수록 그 젊은 친구가 마음에 드는군요. 어제는 부버와도 이야기를 나누었지요. 개인적으로 볼 때 활기 차고 꾸밈없고 비범한 부버는 미온적인 작품과는 아무 관계도 없는 듯합니다. 지난밤 러시아인들의 공연은 훌륭했습니다. 니진스키와 키아스트는 그들 예술의 가장 내적인 면에서 흠잡을 데 없는 인물들입니다. 그러한 모든 사람들이 그렇듯이 그들 역시 최고의 경지에 도달해 있습니다.

그러나 어쨌든 내일 저녁부터 다시 한동안은 집 바깥일에 신경 쓰지 않으렵니다. 아마도 이러한 빈둥거림이 그대를 불안하게 만들었나 봅니다. 문제가 된 편지를 쓸 무렵 나는 사람들과 어울려 다녔습니다. 부버와 아이졸트가 강연한 날 이후로 잘못된 쾌락을 즐기면서 괜히 남의 시선을 끌며 나돌아다녔지요. 다시 자리에 앉아 내 이야기[18]에만 신경 쓰면 좋으련만! 그대가 다시 평온을 되찾고 한순간 나로 인해 야기된 불행을 다시 한번 극복할 수만 있다면!

프란츠

그대 어머니는 이 편지를 건네주면서 뭐라고 하시던가요? 아버지는 무엇을 쓰고 계시지요? 그대 가족들은 언제 이사합니까?『관찰』에 관한 그대의 질문에 대해서는 빨리 답해드리겠습니다. 글쓰기가 잘 진행된 기간은 이틀이 아니라 단 하루였습니다. 일주일 중 단 하루 말입니다! 이때 그대는 내가 지하실로 내려가지 못하도록 막아섭니다.

Nr. 143
1913년 1월 19일

가련한 연인이(기분이 안 좋을 때 나는 '가련한 연인'이라는 말을 합니다. 내 모든 불행과 함께 그대의 가슴에 안기고 싶은 심정이니 그대는 진정코 가련한 연인입니다), 지금 파김치가 되어 집으로 돌아왔습니다. 졸음이 쏟아집니다. 옆방에는 또 사람들이 모여 있습니다. 조용해진 한밤중에 일어나 식사를 하고, 그대에게 무언가에 대해 용서와 화해를 구하기 위한 편지를 쓰기 위해 잠자리에 드는 대신에(그대에게 용서를 구해야만 하나요? 왜 그런지는 모르지만 그래야만 할 것 같습니다), 화해하기 위한 말을 편지로 전하는 대신에 별 수 없이 소음을 반찬 삼아 저녁 식사나 해야겠습니다. 그다음 되도록 열 시 전에 잠자리에 들겠습니다.
니다.

—

다시금 그대에게 피난왔습니다. 옆방에서는 여전히 누이동생과 사촌 누이가 아이들에 대해 이야기하고 있고, 거기에 어머니와 오틀라가 간간이 끼여듭니다. 아버지, 매제, 사촌 누이의 남편들은 카드 놀이를 하고 있습니다. 웃음 소리, 야유 소리, 외침 소리, 카드 패를 내리치는 소리 등이 이따금 손자를 흉내내는 아버지로 인해 잠깐씩 멎습니다. 여기에다가 어린 카나리아가 울어댑니다. 원래는 발리의 것이지만 당분간 우리 집에서 맡아 기르고 있는 이 새는 밤과 낮을 구별하지 못합니다.
일요일을 잘 보내지 못해 불만스럽습니다. 옆방에서 들리는 소음들이 내 일요일의 마지막을 장식합니다. 내일은 다시 사무실에 나가야 합니다. 일상적으로 늘 일어나는 일들이긴 하지만 특히 지난 토요일에 있었던 언짢은 일들이 내일 사무실에 들어서자마자 또 시작될 겁니다. 내일 저녁이 되려면 아직 멀었구요. 그대가 사무실에서 겪는 일들을 하나하나 알고 싶습니다. (왜 저는 광고 편지 하나 받아 보지 못하나요? 그 편지들의 결과는 어땠습니까?) 이를테면 그대를 공장 부서로 데려온 담당자는 그대가 무얼 하길 바라나요? 사람들은 무슨 일로 그대에게 전화를 걸지요? 고객들은 무엇을 물어보나요? 그대는 어떤 업무를 담당하고 있나요? 하르트슈타인 씨는 어떤 사람인가요? 프리드리히 거리에 축음기 살롱이 있나요? 만약에 없다면 언제 그것을 설치할 생각인가요? 그대를 위해 사업상의 구상을 말해볼까 합니다. 호텔에 손님들을 위해 전화뿐 아니라 대화 재생기도 마련해놓아야 합니다. 믿어지지 않나요? 한번 도입해보세요. 만약 그 일이 성사 된다면 나는 매우 자랑스러울 겁니다. 그렇게 된다면 또 다른 구상을 천 개라도 더 할 수 있을 거예요. 하지만 내가 그대의 사무실에 앉아 있는 것이 허용되는 때부터 진짜로 그래야만 하는 게 아닐까요? 하 루 종일 그대 어깨에 머리를 기대고 있다가 저녁에 우스꽝스럽거나 이미 실용화된 사업 구상을 내놓게 된다면 큰일이겠지요?

프란츠

Nr. 144
1913년 1월 20일에서 21일

낮에는 프라하와 베를린 사이의 거리가 실제와 똑같습니다. 그러나 그 거리는 대략 저녁 아홉 시부터 늘어나기 시작해서 점점 믿을 수 없을 정도로 확장되지요. 하지만 그대가 무엇을 하고 있는지 가장 잘 짐작할 수 있는 시간은 바로 저녁 시간입니다. 그대는 저녁을 먹 고, 차를 마시고, 어머니와 대화를 나눈 뒤, 침대에서 순교자 같은 자 세로 내게 편지를 씁니다. 그리고 나서 바라건대 평화롭게 잠이 들지 요. 차가 건강에 좋은가요? 너무 자극적이지 않던가요? 매일 저녁 그 자극적인 음료를 마시다니! 전혀 입에 대지 않거나 어쩔 수 없는 상 황에서만 먹고 마시는 음식과 음료에 대해 가지는 나의 태도는 사람 들이 예상하는 것과는 다릅니다. 그러한 것들을 먹을 바에야 차라리 아무것도 먹지 않지요. 그런데 모두 블랙 커피를 마시는 열 명의 친 구들과 한 식탁에 모여앉아 있으면 저는 일종의 행복감마저 느낍니 다. 고기에서는 모락모락 김이 나는 듯하고, 맥주잔은 단번에 비워집 니다. 주위에 빙 둘러앉은 친척들은 물기가 많은 유대식 소시지(적어 도 프라하에 사는 유대인들에게는 널리 알려진 음식입니다. 물쥐처럼 둥글게 생겼습니다)를 자르지요(팽팽한 소시지 껍질을 칼로 자르면 어린 시절부터 들었던 귀에 익은 소리가 납니다). 이 모든 것과 이보다 더 심한 것도 내게는 거부감이 아니라 편안함을 가져다줍니다. 결코 악의적인 즐거움은 아닙니다(나는 유해한 음식의 절대적인 유해성을 믿지 않습니다. 소시지의 유혹을 받으면서도 그 유혹에 굴복하지 않는 사람들은 바보입니다). 오히려 낯선 쾌락을 바라볼 때 생기는 사심 없는 편안함이며 가까운 친척이나 지기들에게는 일상적이지만 내게는 환상적으로 느껴지는 맛에 대한 경탄입니다. 그러나 이 모든 것은 발송장 담당인의 병가로 낮에 일을 많이 해야 하는 그대에게 차가 해로울 수 있다는 걱정과는 아무 상관이 없습니다. 차는 그대에게 필요한 최소한의 수면을 방해합니다. 그렇지 않다면 나도 차를 좋아하겠어요. 마지막으로 나는 그대가 언니가 저녁 식사하는 모습을 묘사한 부분에 전적으로 매료되었습니다.

내 기억이 정확하다면 언젠가 그대가 부모님에게 약속한 것처럼 차 대신에 우유를 마시는 게 어떨까요? 사무실에서 먹는 식사도 그대가 말한 것만큼의 가치는 없습니다. 그리고 오전과 오후에는 아무것도 먹지 않나요?

그대가 부버의 책[19]을 샀다니 정말 이상하군요. 책을 정기적으로 사나요, 아니면 기분에 따라 사나요? 비싼 책도 사나요? 나는 그 책에 대해서는 여러 부분을 인용한 상세한 비평을 통해서만 알고 있을 뿐입니다. 그 책이 어딘지 모르게 카사노바를 연상시킨다는 말에는 동의할 수 없군요. '그 책'의 성격에 대해 썼는데, 그가 번역한 이야기들인가요? 아니면 부버가 뜯어고쳐 편집한 건가요? 그가 개작한 전설집들은 내게는 역겨울 지경입니다.[20]

베르펠은 한 달 동안 여기에서 지냈습니다. 건달 기질이 있는 그는 한 달 예정으로 라이프치히에서 프라하로 놀러 왔습니다. 여기에서 공개 강연을 하기도 했지요. 그러나 이때는 결혼을 눈앞에 둔 시기였습니다. 당시에 나는 집 밖에 나가기보다는 집 안에 틀어박혀 아무일도 하고 싶지 않은 기분이었습니다.

오틀라가 마음에 들었다니 기쁩니다. 그대 말이 맞습니다. 엄청나게 키가 큰 오틀라는 건장한 사람들이 많은 아버지 쪽 식구들을 더 많이 닮았습니다. 옷을 벗고 있는 또 다른 여자는 발리인데, 아마도 그대는 알아보지 못했을 겁니다.

잘 자요. 늦은 시각이군요. 뒤에 있는 카나리아가 끊임없이 슬프게 울어댑니다.

프란츠

Nr. 145 [노동자재해보험공사의 편지지]
[1913년 1월 21일 오후 두 시 반으로 추정]
그대 편지에 몇 번이고 감사를 드립니다. 그동안 별다른 이유도 없이 슬펐거든요. 내가 아는 사람들 중에서 가장 줏대가 없는 사람이 바로 납니다. 내가 언제나 그대를 사랑했던 것은 아니지만 그대를 사랑한 이유는 그대가 나의 이러한 의지박약함을 두려워하지 않기 때문입니다. 그대의 숙모 클라라가 좋은 예지요. 나도 이에 버금갑니다. 다만 숙모처럼 사람들이 좋아하지 않을 뿐입니다. 새벽에 잠을 설치고 일어난 오늘 아침에는 너무 슬퍼서 단순히 창밖으로 몸을 던지는(내 슬픔에 비하면 너무 쾌활한 행동이지요) 정도가 아니라 아예 내 자신을 창문 밖으로 쏟아버리고 싶은 심정이었습니다.

하지만 지금 그대 편지를 가지고 있습니다. 더는 아무것도 나쁘게 받아들이지 말 것을 그대에게 긴급히 제안합니다. 우리 두 사람의 책임은 아니니까요. 우리 사이의 거리는 너무 멀어서 그것을 영원히 극복하는 데는 괴로움이 뒤따르지요. 가끔 약해지기도 하고, 어떤 순간에는 스스로를 제어하지 못하기도 합니다. 게다가 나의 비참한 본성은 폭발과 의기소침, 한탄, 이 세 가지밖에 모르고, 나의 삶은 이러한 세 성향이 번갈아가며 교차하는 것으로 이루어져 있습니다. 존경할 만한 내 가련한 연인은 이러한 저의 혼란스러운 성향에 희생당하고 있구요. 나는 전적으로 그대의 것입니다. 이제까지 살아온 삼십 년 세월을 걸고 자신 있게 말할 수 있습니다.

프란츠

Nr. 146
1913년 1월 21일에서 22일

가련한 연인이여, 그 중국 시[21]가 우리에게 그렇게 중요한 의미를 지닌다면 그대에게 물어볼 말이 있습니다. 그 시가 학자의 부인이 아닌 애인을 노래하고 있다는 점이 눈에 띄지 않았나요? 학자의 학식이나 나이가 애인과의 밀회 따위에는 걸맞지 않는데도 말입니다. 분별 없이 파국을 향해 치닫는 시인은 그러나 이러한 비현실성을 뛰어넘었습니다. 불가능성보다 비현실성을 더 선호했기 때문일까요? 그렇지 않다면 혹시 학자와 부인 사이의 대립이 시의 모든 흥겨움을 앗아가고 독자에게 부인의 비통함에 대한 동정만을 전달하게 될까 봐 두려워한 것이 아닐까요? 시에서 애인은 그 점에서 그렇게 곤경에 처해 있지 않습니다. 등잔불이 정말로 꺼졌지만, 고통은 그리 대단한 것이 아니었고, 그녀의 마음 속에는 여전히 즐거움이 넘칩니다. 그러나 그것이 아내의 경우라면, 그리고 우연한 밤이 아니라 함께하는 삶의 모든 밤들이 등잔불과의 투쟁이라면 어떻게 될까요. 그 어떤 독자가 미소를 지을 수 있을까요? 시에서 애인이 정당하지 못한 이유는 그녀가 그 단 한 순간 승리했을 뿐이며, 또 그 단 한 번의 승리만을 원했기 때문입니다. 하지만 그녀는 아름다웠고, 단 한 번의 승리밖에 원하지 않았으며, 학자 또한 단 한 번의 시도에도 넘어간 적이 없으므로 제아무리 엄격한 독자라도 그녀를 용서하고 맙니다. 반대로 아내는 항상 옳다고 할 수 있지요. 아내가 요구하는 것은 승리가 아니라 실존입니다. 그리고 비록 오로지 책만 보는 것 같지만, 밤낮으로 그 누구보다도 사랑하는 아내밖에 모르는 그 남자는 아내에게 자신의 내재적인 무능함과 더불어 사랑밖에 줄 수가 없습니다. 애인은 이 점에서 아내보다 더 예리한 시각을 가지고 있습니다. 애인은 이 상황에 완전히 빠져들지 않고 용기를 잃지 않습니다. 그러나 원래 가련하고 불행한 아내는 맹목적으로 투쟁합니다. 그녀는 눈앞의 것도 보지 못합니다. 앞에 벽이 서 있으면 그녀는 기어올라갈 수 있는 밧줄이 늘어뜨려져 있을 것이라고 은근히 믿습니다. 최소한 제 부모님의 결혼 생활도 중국 시와는 전혀 다른 원인이 작용하고 있는데도 이와 비슷합니다.

내가 수집한 모든 중국 시들이 이 시처럼 학자에게 유리한 것만은 아닙니다. 자신에게 우호적인 시들에서만 그는 '학자'이며, 그 밖의 시들에서는 '방 안에 죽치고 있는 사람(책벌레)'입니다. 후자인 경우에 그와 대립되는 인물은 '용감한 여행자'로서 위험한 산악 민족들과의 투쟁을 견뎌낸 전쟁 영웅입니다. 불안에 떨며 남편을 기다리던 아내는 그가 나타나자 행복해합니다. 그들은 서로 사랑하고 또 그럴 수 있는 충실한 사람들처럼 서로의 눈을 바라봅니다.

여기에는 애인의 호의와 심적 강요에 의해 학자를 관찰하는 삐뚤어진 시선은 존재하지 않습니다. 여기에서는 아이들이 아버지를 늦게까지 기다렸다가 그의 주위를 깡충깡충 뛰어 돌아다니는 반면 '방 안에 죽치고 있는 사람'의 집은 텅 비어 있으며 아이들도 없습니다.

그대여, 그것이 얼마나 충격적인 시인지 깨닫지 못할 뻔했습니다. 사람들은 그것을 수용할 수도 있지만 짓밟고 외면할 수도 있습니다. 인간의 삶에는 수많은 층위가 있습니다. 눈은 단지 하나의 가능성만을 볼 뿐이지요. 그러나 가슴속에는 모든 가능성들이 축적되어 있습니다. 그대는 어떻게 생각하나요?

프란츠

Nr. 147 [노동자재해보험공사의 편지지]

1913년 1월 22일

다시 편지 두 통을 보냅니다. 무섭지 않은가요? 어느 시기부터 규칙적으로 매일 보내는 두 통의 편지를 보면 우리가 탈진 상태에 있다는 것을 모르진 않겠지요? 물론 전제로 해야 할 것은 우리가 그렇게 심할 정도로 탈진해 있지는 않으며 아무도 우리를 쳐다보지 않는다는 것을 다행으로 여겨야 한다는 점입니다. 그렇지 않다면 우리는 얼마나 부끄러워해야 할까요! 어제 점심 식사는 어떻게 된 건가요? 행간에서 아무리 찾으려 해도 찾을 수가 없었습니다. 그대가 점심 식사를 하지 않았다면 큰일입니다. 새로운 추천 목록을 보내주세요. 당연한 일입니다. 나는 그대가 만든 모든 것에 온 신경을 쏟습니다. 네블레가 목록이 마음에 들지 않는다고 하던가요? 만약 그랬다면 그를 한번 두들겨 패줍시다. 오늘 저녁에(지금은 이미 밤이 깊었습니다) 그대의 일과 관계된 새로운 사업 구상에 대해 편지를 쓰겠습니다. 안녕! 사람들이 점심 식사를 하러 달려가는군요. 그대도 똑같이 해야 합니다.

프란츠

Nr. 148

1913년 1월 22일에서 23일

매우 늦은 시각입니다. 잠을 자러 가긴 하겠지만 소용없는 일일 겁니다. 지금 잠자려는 것이 아니라 꿈을 꾸려 하고 있으니까요. 이를테면 어제는 꿈속에서 다리인지 강변 도로변인지를 달리다가 우연히 난간에 놓여 있던 전화 수화기를 집어 귀에 대고 '폰투스'에 관한 소식을 들으려 했습니다. 그러나 전화기에서는 슬프면서도 위력적인 음악 소리와 바다의 파도 소리밖에 들리지 않았습니다. 인간의 목소리가 이러한 음을 통해서는 전달될 수 없다는 것을 알았지만 포기하지 않았고 자리를 뜨지도 않았습니다.

지난 사흘 동안 거의 소설을 쓰지 못했습니다. 장작 패기, 아니 기껏해야 카드 놀이에나 어울릴 나의 능력 때문입니다.(이것은 자기 비난이 아니라 자기 위안일 뿐입니다) 최근에 창작을 등한시했습니다만 이제 다시 머리를 쥐어짜야 합니다.

울고 있나요? 운다는 것이 무엇을 뜻하는지 알고는 있나요? 그대가 나를 비난하고 있다는 것을 뜻합니다. 정말 그런가요? 제발 그러지 말아요. 그대는 벌써 내가 제자리에서 맴돌고 있다는 것을 경험으로 알고 있습니다. 끊임없이 회귀하는 어떤 한 지점에서 나는 비틀거리며 소리를 지릅니다. 여기로 뛰어들지 말아요. (때늦은 질문이지만 내 필체를 알아볼 수 있겠습니까?) 흔들리지 말아요. 나는 벌써 다시 자세를 바로잡았습니다. 울지 말아요. 그대가 편지에 쓰진 않았지만 그대가 울었다는 것을 압니다. 어제 편지에서만 하더라도 나는 마치 원주민들이 적을 대하듯이 그대를 괴롭혔습니다. 용서를 구합니다. 그대는 아마도 몰래 눈물을 흘렸겠지요. 그대에 대한 내 기분, 곧 그대를 향한 사랑의 감정을 제어했어야만 했습니다. 그러나 제가 그렇게 하지 않았음을, 온 힘을 다해 그러지 않았음을(아마도 우스꽝스럽게 보였을) 그대가 어떻게 안단 말입니까?

이제 잠자러 가기 전에 그대에게 사업 구상을 몇 가지 일러드리겠습니다. 실행되지 않으면 애석할 것입니다. 제가 이 분야에서 얼마나 발전했는지 잘 들어보세요. 저번에는 음악 살롱을 설치하라고 제안했습니다만, 몇 년 전에 베를린에는 이미 두 개의 음악 살롱이 생겼습니다(그러나 다른 대도시에는 음악 살롱이 하나밖에 없다 하더라도 대단한 일은 아닙니다). 호텔과 관련된 제안은 지금에서야 밝혀졌지만 형편없었을 뿐 아니라 시대에 뒤떨어진 것이었습니다. 반년 전에 이미 시도된 것이었지요. 오늘 하려는 제안은 아마도 삼 개월 전에 실행되었을 겁니다. 따라서 차츰 현재에 접근하고 있는 셈입니다.

호텔 문제로 희망을 포기해서는 안 됩니다. 성실한 사업가로 반년을 보낸 후 새로운 시도를 해야 하는 마당에 말입니다. 대화 재생기를 구입한 호텔이 있나요? 몇몇 호텔들에 대화 재생기를 무료로 이용하게 함으로써 다른 호텔들이 이것을 구입하도록 압력을 가한다면 이것은 결코 잘못된 투자라고 할 수 없습니다. 호텔들은 일반적으로 경쟁에 민감하거든요.

새로운 아이디어는 다음과 같습니다.

첫째, 타자기 전용 사무실을 설치합니다. 여기에서 린드슈트룀의 대화 재생기 이용료를 실비 가격으로 받거나 초기에는 실비 가격 이하로 해서 타자기 글로 전환시켜 줍니다. 광고 효과와 경쟁 측면에서 좋은 조건을 제시하는 타자기 업체와 연결만 잘 된다면 전체 비용을 낮출 수 있습니다.

둘째, 동전을 집어 넣으면 받아쓰는 대화 재생기를 직접 고안하여 만듭니다(공장장에게 지시를 내리세요!). 이 대화 재생기를 현재 자동 판매기와 무토스코프[22] 등이 있는 모든 장소에 설치합니다. 또 대화 재생기에 우편함처럼 타자기 글로 전환된 내용을 우체국으로 넘길 시간을 명기합니다. 린드슈트룀 주식 회사의 소형 자동차들이 돌아다니며 대화 재생기의 낡은 롤러를 새 것으로 교체하는 모습이 눈에 선하군요.

셋째, 독일 우체국과 접촉하여 대형 우체국에 대화 재생기를 설치합니다.

넷째, 이 밖에도 사람들이 글을 쓸 시간과 욕구는 있지만 이에 필요한 편안함과 쾌적함을 갖추지 못한 장소, 곧 열차, 배, 체펠린 비행선, (교수를 찾아갈 때 타는) 전차 안에 대화 재생기를 설치합니다. 호텔과 관련된 설문 조사를 할 때 그대는 사업에 불안을 느낀 상인들이 대화 재생기 앞에 몰려드는 여름 휴양 호텔에 대해서 생각해본 적은 없나요?

다섯째, 전화기와 대화 재생기를 연결하는 방안을 고려합니다. 그리 어려운 일이 아닙니다. 그대는 당장 사흘 뒤라도 이것이 성공했다고 알려올지도 모릅니다. 이것은 물론 편집실과 통신사에는 대단히 중요한 일이지요. 그러나 축음기와 전화기를 연결하는 것은 더 어렵습니다. 사람들이 도대체 축음기를 이해하지 못할 뿐 아니라 대화 재생기가 명확한 발음만 인식할 수 있다면 실행하기가 어렵기 때문입니다. 축음기와 전화기를 연결시키는 것도 일반적으로는 별 게 아닙니다. 단지 나처럼 전화기를 무서워하는 사람들에게만 희소식이 될 겁니다. 물론 나 같은 사람들은 축음기도 무서워하지요. 별로 쓸모가 없거든요. 하지만 베를린에 있는 전화 겸용 대화 재생기와 프라하에 있는 축음기를 통해 서로 이야기를 나눌 수 있다는 상상만 해도 즐겁습니다. 어쨌든 대화 재생기와 전화기를 연결하는 방안은 반드시 성사되어야 합니다.

벌써 시간이 많이 지났군요. 밤마다 그대의 사업을 위해 애쓰고 있습니다. 상세하게 답장해주세요. 하지만 모든 것이 한꺼번에 이루어져

서는 안 됩니다. 그렇지 않으면 나는 아이디어에 파묻히고 말 겁니
다. 매일 두 통씩이나 편지하지 말아요! 점심 식사는 꼭 챙겨 먹구요!
편안한 마음을 갖고, 울지 말아요! 절망하지 말구요! 나를 곤경에 빠
져 헤매는 바보라고 여겨도 좋아요! '잘 자요!' 사랑 앞에서 절망한
채 입맞춤을 보냅니다.

프란츠

Nr. 149

1913년 1월 23일에서 24일

하루 종일 아무런 소식도 받지 못했습니다. 열한 시까지 십오 분마다
복도로 달려나가 살펴보았지만 아무것도 없었습니다. 갈피를 못 잡
고 허둥댔습니다. 아마도 우리의 배가 조금 흔들리고 있기 때문이겠
지요. 물론 내 책임입니다. 나는 그대를 철두철미하게 괴롭혔습니다.
그대가 편지를 보내지 않았다는 것은 무얼 뜻하나요? 나쁜 징조인가
요? 마음속 가까이 있다고 느껴지는 그대가 베를린에서 하루 종일
독자적으로 살고 있습니다. 나는 그대에 대해 아무것도 알지 못합니
다. 그날이 언제였던가요? 그대는 화요일 낮에 마지막으로 편지했습
니다. 그날 저녁에 그대는 편지할 수가 없었지요. 수요일 낮에도 불
가능했습니다. 하지만 그대가 수요일 저녁에 편지를 보냈다면 내일
일찍 첫 우편으로 받아 보고 그대가 나를 인간이 아니라(몇몇 편지에
서 믿을 수 있듯이) 병들어 사나워진 원숭이로 여긴다 할지라도 내게
서 떠나기를 원치 않는다는 것을 알게 될 텐데요.

가끔 그대 주위에 있는 보통 사람들, 린드너 양, 어머니, 언니들이 우
리들의 편지 왕래에 대해 지니고 있는 잘못된 상상을 생각해보곤 합
니다. 그들은 프라하에 있는 어떤 용감하고 성실한 젊은이가 펠리체

카프카의 편지　305

에게 날마다 사랑과 좋은 일에 관
해서만 편지하리라고 믿습니다.
펠리체는 그럴 자격이 있고 그것
이 당연하다고 말입니다. 그러나
그가 창문을 조금 열고 펠리체가
도착하기 전에 편지를 창밖으로
던지더라도 그녀에게 훌륭한 봉
사가 되리라는 것에 대해서는 그
누구도 알지 못합니다.

막스 브로트

펠리체, 이것이 우리 두 사람 사이
의 차이입니다. 내가 기분이 안 좋
다면(최근에 이러한 상태가 계속된다는 것이 기쁩니다. 자업자득이지요)
그것은 내 책임입니다. 나는 피해자이면서 동시에 가해자입니다. 펠
리체, 그대에게는 아무런 책임도 없습니다.

오늘 아무것도 쓰지 못하고 막스 집에 가 있었습니다. 그는 편지를
통해 저더러 글을 쓰라고 권하더군요. 또 우리가 서로 낯설어진 것이
내 책임, 곧 내 삶의 방식 때문이라고 비난했습니다. 기껏해야 일주
일에 한 번 그에게 가지만, 그때마다 마치 깊은 잠에서 갑자기 깨어
난 듯합니다. 어떻게 해야 할까요? 시간을 꼭 붙들려고 하지만 그것
은 기어이 빠져 나갑니다. 토요일에 다시 막스한테 가야 합니다. 그
는 남편답고 자립적인 분위기를 풍기지만 슬프고 불안해하면서도
겉으로는 쾌활한 척합니다.―그대여, 그대가 내일 이 끔찍스러운 사
무실에 나타난다면 얼마나 좋을까요!

프란츠

1913년 1월 24일에서 25일

그대를 그렇게 분노케 하고도 클라라 숙모에 대해서는 미처 생각지 못했습니다. 그대는 얼마나 아름다운지요! 내가 그대를 얼마나 사랑하는지요! 클라라 숙모는 확실히 좀 이상하군요. 아마도 그러한 사고 방식에 익숙하기 때문에 자신의 딸을 지방 극단에 내맡기는 것이 참기 어려웠음에 틀림없습니다. 나는 그대의 사촌을 잘 모릅니다. 소피의 결혼식에 참석하지 않은 것은 시간이 없었기 때문이 아니라(당시에 나는 어떤 요구를 받는 순간에만 시간 여유가 없었습니다. 그 밖의 경우에는 불행과 넘치는 시간 앞에서 어쩔 줄을 몰라 했지요) 단지 낯선 사람들에 대한 두려움 때문이었습니다. 그러나 예배당 입구에 서 있었지요. 꽃을 잔뜩 꽂았지만 예쁘기는커녕 이상하게 보이는 모자를 쓰고서 우쭐대며 오토 브로트와 걸어가던 기억밖에 없는 그 처녀가 연극 배우라는 것을 나중에야 알았습니다. 결혼식에 참석하지 않은 것이 유감스럽군요. 아마 그때 그대의 오빠와 이야기를 나눴을 겁니다. 그러다 중요치도 않은 대화 도중에 내가 오늘날 기억할지도 모르고 그때까지만 해도 미지의 누이로만 알았던 그대가 내게 중요한 의미를 갖게 되리라는 것을 눈치챘을 겁니다. 기호는 항상 존재하게 마련이지요. 모든 것은 기호로 채워져 있지만, 우리는 기호와 마주칠 때에만 알아차릴 수 있지요.

그대는 자신이 먹는 음식을 잘도 변호하는군요. (편지를 처음 읽었을 때 그대가 준비한 빵을 빼앗아 먹고 예전처럼 레몬을 곁들인 차를 마시고 싶었습니다.) 그러나 그대여, 그대는 내 마음을 몰라줍니다. 그대에 대한 엄청난 사랑에서, 그리고 그러한 식단 개선이 좋지도 않고 쓸모도 없기 때문에 소시지 등은 기꺼이 허락하겠지만 차는, 그것도 정기적으로 많이 마시는 것은 허락할 수 없습니다. 그대는 중독된 여느 사람들처럼 그것도 변호합니다. 차가 전혀 독하지 않다고 말하지요. 그대의 어머니가 이 편지를 건네주면서 우리들의 편지 왕래를 가리켜 그대의 파멸이라고 말할 때도 그대는 아마 그것도 쉽게 견뎌낼 수 있다고 대답하겠지요. 그대는 차에 대해 잘못 생각하고 있지는 않은가요? (편지 왕래에 대해서 말하는 것이 아닙니다. 이 독이 진짜라 하더라도 나는 그것을 그대에게 흘려 넣어주어야 하니까요. 어쩔 도리가 없습니다.) 차를 좀 덜 마시도록 해요. 벌써 그대 어머니가 "또 무슨 새로운 소식이라도 있니?"하고 묻는 소리가 들리는군요. 더 이상 충고할 엄두가 나지 않습니다. 일요일 잘 보내세요! 그리고 얼마간 휴식을 취하십시오.

프란츠

이제 편지를 끝냈습니다. 시간이 벌써 많이 흘렀군요. 하지만 덧붙일 말이 있습니다.

무엇보다도 그대가 그대 언니를 위한 주문을 내게 맡기지 않았다는 점을 탓하고 싶군요. 자랑스러운 마음으로 그 일과 관련된 편지 구절을 읽기 시작했지만, 읽어 내려갈수록 왜소해지는 느낌이었습니다. 그다음 편지에서 내가 할 일은 아무것도 없고 주문은 이미 끝났다는 것을 알았지요. 나를 이다지도 부끄럽게 만들다니요! 그대를 위해 무언가를 할 수 있다는 생각이 나를 총명하게 만들어 그 주문을 빈틈없이 처리하리라는 것을 몰랐나요? 그대에게 호의를 베푼다는 기쁨이 그 모든 수고보다 백 배는 컸을 텐데요.

물론 아이들의 사진을 보고 싶습니다. 하지만 내가 펜던트 속에서 누구와 함께 살아야 하는지와 그대의 입맞춤을 받을 권리를 가진 사람이 어떤 인물인지 알고 싶습니다.

우편 배달이 다시 장난을 쳤군요. 그대가 치과에 갔을 때 쓴 수요일 편지는 목요일이 되어서야 사무실에 도착했습니다. 내가 그 편지를 금요일 아침에 받았을 때는 희비가 엇갈렸습니다.

작별하기 전에 또 할 말이 있습니다. 그대는 일기를 쓰나요? 쓸데없는 질문이군요. 그대는 그럴 시간이 없지요. 일기를 쓴 적은 있나요? 얼마 동안이었지요? 언젠가 그대는 열다섯 살 때 경험한 엄청난 사랑을 이야기하면서 일기를 언급한 적이 있습니다. 그러나 그 후로는 더 이상 얘기한 적이 없습니다.

이제는 정말로 작별을 해야 합니다. 대화와 마찬가지로 편지를 끝내면서 상대방의 눈을 지그시 바라보고 싶다는 욕구만 없다면 편지 왕래도 참 좋은 것입니다.

지금 아는 사람에게 보낼 또 한 통의 편지를 써야 합니다. 아무도 그 편지를 알아볼 수 없을 정도로 갈겨쓰고 싶습니다.

최종적으로 말하자면 그 편지를 쓰지 않고 잠자리에 듭니다.

프란츠

그대가 약간의 신문 기사를 보내주면 좋은 내용의 신문 기사로 보답하겠습니다. 혹시 스물두 명의 우간다 젊은이들의 시복식에 관한 신문 기사를 잃어버린 건 아닌가요?[23]

Nr. 151
1913년 1월 26일

토요일 한 시에 귀가했습니다.

마치 신이 그대를 내게 맡긴다고 아주 명확하게 말할 때와 같은 사랑과 걱정을 지닌 채 내가 그대를 생각하고 있다는 사실을 그대는 알고 있습니다.

프란츠

Nr. 152

1913년 1월 26일, 일요일

그대여, 무슨 일이 있나요? 무엇이 그대를 막다른 골목으로 내몰지요? 너무 많이도 적게도 웃지 않아서 사람들이 곤궁에 처할 때마다 평정을 찾기 위해 바라보는 사진 속의 그대와 현재 모습이 같다고 할 수 있나요. 그대가 운다고요? 그대는 내가 그대로 인해 방해받고 있다고 주장합니다. 하지만 그대가 이제까지 경험했고 앞으로도 충분히 경험할 내 무능력만큼 내 마음을 후벼 파는 것도 없습니다. 나를 알게 된 이후로 그대의 삶이 어떻게 변했는지 솔직하게 말해주세요. 내 편지로 인해 그대가 눈물을 흘리기 전에 언제 마지막으로 울었는지 바로 다음 편지에 적어 보내주세요. 멍청한 숙모들과 때려주고 싶은 여행객들에 대한 분노 같은 개별적인 경우들은 물론 제외하고 말입니다. 금요일에 무슨 일이 있었나요? 도대체 무슨 일인가요? 내 편지에 나도 모르는 괴로움이 숨겨져 있었나요? 아니면 그 이전의 편지가 지금에서야 나쁜 영향을 끼치고 있는 건가요? 혹시 내가 그 원인이 아닌가요? 그렇다면 무엇 때문이지요? 과로 때문인가요? 그대는 순간적으로 영향을 끼치는 특정한 이유 없이는 방황할 사람이 아닙니다. 그대여, 내게 말해요! 그대 스스로에게 말해보아요!

소설의 꼴이라니! 그저께 저녁에 완전히 두 손 들고 말았습니다. 내게서 달아나는 소설을 더 이상 붙잡을 수가 없습니다. 내 자신과 연관이 없는 것은 쓰고 싶지 않은데, 최근에 소설 내용이 걷잡을 수 없이 늘어지고 말았습니다. 오류가 한 번 나타나면 사라지려 하지 않습니다. 그대로 작업을 계속한다면 더 위험한 사태가 올 겁니다. 게다가 일주일 전부터 보초 근무자처럼 잠을 자는 바람에 매 순간마다 깜짝깜짝 놀라며 일어납니다. 두통은 일상사가 되어버렸고, 이따금씩 찾아오는 신경과민도 끊이지 않습니다. 간단히 말해 글쓰기를 그만두고 우선 일주일 동안, 실제로는 훨씬 오랫동안 쉬려고 합니다. 어제 저녁에 글을 전혀 쓰지 않았더니 더할 수 없을 만큼 잠을 푹 잤습니다. 그대도 쉬고 있다는 것을 안다면 이 휴식이 훨씬 달콤할 텐데요.

사진에서 그대가 입고 있는 아름답고 수수한 그 옷은 어떤 옷이지요? 사진에 드러나지 않은 옷의 나머지 부분은 어떻게 생겼나요? 사진에서 그대는 서 있습니까, 아니면 앉아 있습니까? 그대의 오른팔은 보이지 않는군요. 번쩍거리는 것은 메달인가요? 그러나 사진이 무슨 소용이란 말입니까? 사진에서 그대는 생기 있어 보이고, 둥근 뺨과 또렷한 눈은 그대 어머니와 내가 원하는 모습입니다. 하지만 실제로는 늦은 저녁에도 자지 않고 침대에서 울고 있습니다.

『나폴레옹의 주변 여인들』[24]에 대해 전에 들어본 적이 있습니다. 그러한 유의 책들은 꼭 읽고 싶은 기분이 들고 또 그럴 시간이 있다 해도 신뢰가 가지 않습니다. 오랫동안 나폴레옹의 모습만 바라보면서 모든 평범한 인간의 인식과 경험 세계로부터 시나브로 벗어나 스스로를 고양시키는 어떤 관찰자가 믿는 것과는 달리 나폴레옹은 여자와 별로 관계가 없었습니다. 언젠가 나폴레옹의 시체에 관한 주목할 만한 해부 소견서를 읽은 적이 있습니다. 거기에는 안면이 있는 여자들에 대한 그의 소극적인 태도가 공공연한 사실로서 건성으로 언급되어 있습니다. 외견상의 모순에도 불구하고 사랑에 괴로워하며 조세핀에게 보낸 편지에 나타난 성격과 성관계에 관한 거친 말투가 그의 소극적인 태도를 말해줍니다.

그대는 어째서 내가 막스와 잘 지내지 못한다고 생각합니까? 서로 알게 된 지 십 년이 넘었지만 우리는 한 번도 상대방에게 화를 낸 적이 없습니다. 물론 모든 인간사와 마찬가지로 그러한 관계도 특히 내가 관련되었을 때는 흔들리게 마련이지요. 따라서 지난 몇 년 동안 그에게 비난받을 짓을 많이 했습니다. 하지만 그에게는 책임이 거의 없습니다. 이 문제에 대해서는 나중에 더 자세하게 편지하겠습니다. 오늘은 안 됩니다. 오늘은 이것을 제대로 표현할 수 없을 것 같습니다.

—

지금 오후 네 시에 그대의 속달 편지가 도착했습니다. 그대여, 쓸데없는 걱정은 말아요. 그것이 내가 글을 쓰는 것보다 열 배는 더 좋습니다. 펜이 손에서 미끄러져 나갈 뿐입니다. 어찌 끔찍스러운 내용을 다시 쓸 수 있겠습니까. 내가 얼마나 위대한 작가인지는 그대만이 알고 있습니다. 사랑스러운 여인을 안심시키려 하면서도 자극하고 있군요. 이것이 나의 비애입니다. 입맞춤을 받을 자격이 없습니다.

프란츠

Nr. 153
1913년 1월 26일에서 27일
헵벨의 편지[25]에 빠져들다 보니 어느덧 시간이 많이 지났습니다. 내면 깊숙이 자리한 감정을 견지한 그는 슬픔을 견디고 진실을 말할 줄 아는 사람이었습니다. 그의 본질에 속하는 그 어느 것도 사라지지 않았을 뿐더러 그는 떨지 않았습니다. 서른 살부터 두 여자 사이에서 살았으며, 두 가정을 거느렸고, 이런저런 죽음을 곁에서 지켜보아야 했던 그는 자신의 행동에 대한 이야기를 "양심의 확고함이 행위의 시험이라면······"이라는 말로 시작했지요. 나는 그런 사람들과 얼마나 동떨어져 있을까요! 만약 내 양심을 시험해본다면 저는 이 양심

312

이 흔들리는 것을 보면서 평생을 보낼 겁니다. 그리고 그러느니 차라리 내 자신을 없애버리겠습니다. 검증에 대해서는 아무것도 알고 싶지 않습니다. 나도 몰래 다가오는 것에 대한 예감이 너무 커지면 조금씩 비틀거리게 됩니다.

물론 이 모든 일에 대한 책임은 내게 있습니다. 막스와의 관계에서도 마찬가집니다. 나는 사랑, 허약함, 비겁함을 비롯하여 부분적으로 이해가 불가능한 수많은 다른 이유들로 인해 그를 진정으로 대하지 못했습니다. 사소한 일에서도 보조를 맞추지 못했지요. 중요한 일은 말할 것도 없습니다.—그러나 그것에 대해 쓴다는 것은 거북한 일입니다. 그대여, 오늘은 안 되겠습니다. 화내지 말고 이해해주세요.

그대가 우리 두 사람의 관계에 대해 걱정할 필요는 없습니다. 어제 저녁 우리 둘이 찻집에 앉아서 웃는 모습을 그대가 보아야만 했습니다. 나에 대한 그의 우정과 그에 대한 나의 우정은 변함이 없습니다. 다만 이 우정의 중심은 내게 있지요. 따라서 우정이 흔들리면 나 홀로 괴로움을 겪으며 이 사실을 깨닫고 나 혼자만의 책임을 통감합니다. 내가 편지에 적는 바람에 그대에게 걱정을 안겨준 막스의 생각은 별것 아닙니다. 그는 습관적으로 자신과 관계 없는 것에 대해서는 깊이 생각하지 않고 무책임하게 말하지요. 그대는 그를 잘 알지 못할뿐만 아니라 과장되고 무절제한 나의 편지를 제대로 이해하지 못한 탓에 충격을 받은 것입니다. 내가 유발한 충격을 입맞춤으로 해소시킬 수만 있다면!

프란츠

1913년 1월 27일에서 28일

그대여, 지금 그대가 여기에 있어야 합니다(특별한 초대입니다. 벌써 자정이 넘었습니다). 우리는 아름답고 조용한 저녁을 보낼 수 있기를 바랐습니다. 너무 조용해서 그대에게는 으스스한 느낌이 들 정도로 요. 가련한 연인이여, 그렇게 사랑받는 느낌이 어떤지 말해줘요. 나는 다만 그대의 손을 잡고 그대의 체취를 느끼고 싶을 따름입니다. 소박한 소원이라고요? 하지만 그 소원은 밤은 무너뜨릴망정 머나먼 거리를 무너뜨리지는 못합니다.

보내준 추천 목록에 감사드립니다. 이것이 네블레 마음에 들지 않았나요? 그에게 걸맞는 방안은 없나요? 그 책을 아직 전부 읽지는 않았습니다. 그대의 미래 고객들에게는 해당되지 않는 우울증으로 인해 아주 사소한 압력만 받아도 경악하곤 합니다. 대화 재생기와 전화의 연결에 관한 저의 조언이—저는 그것이 며칠 동안이나 자랑스러웠습니다—너무 늦었다는 것을 알게 되었습니다. 그 장비는 이미 시중에 나와 있더군요. 그것을 더 큰 규모로 활용할 수는 없을까요? 은행이나 대리인들 사이에서 이루어지는 중요하면서도 정확성을 요하는 대화들을 일일이 기록하거나, 증인이 필요할 경우에 대화 재생기는 필수적입니다. 수화기 중 하나는 직원이 들고 있고, 또 다른 하나는 대화 재생기와 연결되기 때문에 이야기하는 사람의 목소리가 반박할 수 없는 증거로 남게 되지요. 종이 한 장만 있으면 일목요연한 목록의 효력을 기대할 수 있습니다. 고객은 사업의 성격에 따라 분류되고, 동시에 대화 재생기가 기록한 고객의 진술에 대한 간단한 개요가 나타나게 됩니다.—전체적으로 볼 때 너무나 훌륭합니다. 너무 자랑스러운 나머지 그대에게 입맞춤을 퍼붓고 싶은 마음이 굴뚝같았지만, 실제로는 이 목록을 만든 그대에게 괴로움을 안겨주었군요. 그러나 물론 아무도 그것을 예견할 수는 없었습니다. 회사의 간부진은 말할 것도 없구요.

벌써 어제 그대가 소피에게 편지한 것이 얼마나 기뻤는지를 그대에게 적어 보내려고 했습니다. 그대에 관한 이야기를 해달라고 조르면서 그녀를 한없이 괴롭힐 작정입니다. 물론 지능적인 대화 훈련처럼 부드럽고 영리하게 말입니다. 다른 경우라 할지라도 내가 그대를 사랑한다는 것이 나쁘지는 않지요? 질문이 그다지 대범하지 못했습니다.

프란츠

Nr. 155
1913년 1월 28일에서 29일

다시 헵벨의 편지에 빠져 있다가 그대에게 다가갑니다. 서민적인 직업을 갖고 서민적인 근심이 많은 사람들이 어떻게 그런 편지들을 읽는지 모르겠습니다. 거기에서는 창작 작업을 통해 자극되고, 무기력 속에서조차 변함 없는 내면을 지닌 어떤 사람이 과격하기 이를 데 없는 자기 고백을 통해 스스로를 고양시키고 있습니다. 나는 그가 실제로 (침착하게 계산해볼 때 제일 작은 땅과 태양사이의 거리만큼이나 그와 동떨어져 있음에도) 내 곁에 있는 듯한 느낌을 받습니다. 그가 내 목에 매달려 비통해하고, 내 허약함을 손가락으로 어루만지는 것 같습니다. 또 드물기는 하지만 이따금 친구라도 되는 듯이 내 마음을 사로잡습니다.

그에게 받은 영향들을 일일이 기술할 수는 없습니다. 첫 번째에서 두 번째로 나아갈 수도 없습니다. 이처럼 엷은 대기 속에서 삶은 내게 너무 무거운지라 실질적인 투쟁에서 벗어나 전체를 관망하면서 조용히 지냅니다. 게다가 사고력은 믿을 수 없을 정도로 빈약해 다만 결과에서 발전을 느낄 수 있을 따름입니다. 발전을 통해 결과에 이르 거나 결과에서 차근차근 밑으로 내려오는 일은 내게 불가능합니다. 마치 사물 위로 떨어지는 듯 추락의 혼돈 속에서만 그것을 응시할 수 있지요.

헵벨은 사람들이 절망과 함께 구원의 수단으로 삼으려고 꾸며내는 책략과는 무관하게 사고합니다. 어린 시절부터 내재한 힘을 (그가 받은 교육은 전적으로 우연과 고통의 합작품이었습니다) 통해서뿐 아니라 천성적인 단순성에서 나온 방법에 따라 사고하지요. 하지만 그것을 정확히 상상해보려 하면 그의 편지들이 내게 끼친 좋은 인간적 영향은 금방 사라져버립니다. 그다음에는 나를 간단히 짓밟아버리지요. 그대의 오늘 편지에 특별히 감사드립니다. 그대가 이 편지를 쓰기 위해 얼마나 애를 썼는지는 아무도 모를 것입니다. 어쨌든 그대는 편지를 썼습니다. 사무실에서 나올 때 그대가 하루 전에 쓴 편지를 주머니에 집어 넣었습니다. 편지를 만지고 쓰다듬고 사랑할 수 있도록 말입니다. 심지어 초콜릿도 먹었습니다. 물론 천천히 우물거리며 조심스럽게 먹었지요. 그대의 존재와 욕구에 가능한 한 많이 동참하려는 유혹이 너무 컸거든요. 그렇지만 내게 전혀 해롭지 않았습니다. 그대에게서 나온(이 점에서 그대는 나와 다릅니다) 모든 것은 사랑스럽고 훌륭하며 해롭지 않으니까요.

프란츠

Nr. 156
1913년 1월 29일에서 30일
내가 다른 사람들처럼 감기에 민감해진 것은 지난 여름 이래의 새로운 경험들 가운데 하나입니다. 피부를 단련하려고 천 번이나 마사지를 했는데도 별다른 이유도 없이 감기에 걸립니다. (물론 이 감기에 대한 척도가 될 수는 없지만) 그대가 즐기는 뜨거운 차를 마시지 않은 탓일까요? 그대는 모르겠지만 한때 감기에 걸릴 가능성이 없는 것을 급작스러운 파멸을 예고하는 중대한 징조로 믿었습니다. 그리고 이러한 급작스러운 파멸을 항상 확신했지요. 그런 식으로 (감기에 걸리지 않는 것은 수많은 징조들 가운데 하나에 불과합니다) 점점 인간 공동체에서 사라진다고 생각해왔습니다. 이에 대한 증거로 생각할 수 있는 모든 것에 주의를 기울였지요. 단지 사소한 것들이 앞뒤가 맞지 않았고 모든 두려움이 증명된 것은 아니었지만, 모든 희망은 잘못된 것이었습니다. 중요하지도 않은 주제에 대해 이야기를 나누던 누군가가 잠시 옆을 쳐다보면 벌써 배척받은 듯한 느낌이 들고 상대방의 얼굴을 내 쪽으로 돌릴 엄두가 나지 않았습니다. 언젠가 그러한 상황과는 전혀 무관한 막스에게 그것이 나를 화나게 만들며, 나를 사랑하는 것과는 상관없이 그 누구도 내 곁에 앉지 않고, 내 눈을 쳐다보며 용기를 북돋아 주려고도 하지 않으며, 나를 껴안지도 않고(사랑 때문이라기보다는 절망 때문에), 어떤 식으로든 나를 구원해주려 하지 않는다는 것을 확인시켜줄 수 있었습니다. 그 당시 우리 두 사람은 프라하 근교의 아름다운 지역인 도브리코비크로 소풍을 가서 하룻밤 묵었습니다. 오후 내내 비가 내려서 막스의 방에 있는 소파에 누워(우리는 방 두 개를 빌렸습니다. 저는 방을 따로 써야 하기 때문입니다. 그대는 이것을 용기라고 여기겠지만 소심함에 불과합니다. 바닥에서 자는 사람은 밑으로 떨어질 수 없듯이 혼자 자는 사람에게는 아무 일도 일어나지 않습니다) 멍한 상태로 있었습니다. 잠이 오지 않았지만 막스를 방해하지 않기 위해 눈을 뜨고 싶지도 않았지요. 그는 책상 앞에 앉아 노벨레「체코 여인」을(이 작품을 그대는 아마도 나중에 『베를리너 타게스블라트』에서 읽었을 것입니다) 처음부터 끝까지 읽었습니다. 나는 두 눈을 감고 하릴없이 나무 지붕과 베란다에 요란하게 떨어지는 빗소리를 듣고 있었지요. 마침내 막스는 독서를 끝냈고(덧붙이자면 그는 펜이 종이 위에서 저절로 움직일 정도로 글도 빨리 썼습니다) 나는 일어나 몸을 약간 폈습니다. 다시 긴 의자에 누워 멍한 상태로 있기 위한 준비 운동에 지나지 않았지만요. 몇 년을, 아니 더 정확히 회상해보면 끝없이 많은 날들을 그런 식으로 살았습니다. 그대여, 이와는 정반대로 아름다운 나날들이 끝없이 이어질 수 있도록 그대의 손을 내밀어주세요. 아름답고 사랑스러운 그대의 손을 잡을 엄두가 나지 않지만.

프란츠

Nr. 157
1913년 1월 30일에서 31일

그대여, 시간이 허락하지 않는데도 더 자세하게 편지를 쓰려고 스스로를 괴롭히지 말아요. 나는 그대를 괴롭히는 정령이 아니라 그대의 착한 정령이 되고 싶습니다. 이런 시기에는 한마디의 인사와 그대가 나를 위해 거기에 있다는 확언만으로도 대만족입니다. 사무실에서 그대에게 과중한 부담을 지우지는 않나요? 발송장 담당인과 그로스만 양 이외에도 또 다른 여사무원이 병가를 낸다면 그 업무를 그대가 떠맡아야 하나요? 그것이 무리라는 것을 간부진도 이해할 수 있을 텐데요.

나는 그대보다 사정이 훨씬 좋습니다. 아니, 그렇게 만들 수 있습니다! 나처럼 하릴없이 보내는 시간이 많다면 그대는 누구나 기뻐할 훌륭하고 유용한 삶을 영위하게 될 것입니다. 그대의 삶은 점심 시간도 없이 저녁 일곱 시 사십오 분까지 사무실에 얽매여 있는데도 이전과 하나도 다르지 않군요. 나는 실제로는 아무 일도 하지 않습니다. 하지만 업무를 처리할 때 간섭하는 사람은 어느 사무실에서도 용서받지 못하지요. 그대는 이를테면 내가 오늘 사무실에서 일한 것을 보면 고개를 가로 저을 겁니다. 갖가지 묵은 일거리들을—얼마 전에 비해서는 그리 많은 양이 아니었습니다. 지난 일주일 동안 업무를 많이 처리했거든요—책상 위에 올려놓았습니다. 오늘은 무엇보다도 어제 시작한, 행정 부처에 보낼 그렇고 그런 보고서를 완성해야만 했지요. 그러나 할 수 없었습니다. 아무런 착상도 떠오르지 않았거든요. 오늘따라 사무실에는 직무상 협조할 업무가 많아서 내 밑에서 일하는 타자수를 내놓아야 했습니다. 그래서 직접 타자기 앞에 앉았지만 두 손을 무릎 위에 올려놓는 것 말고는 아무 일도 할 수 없음을 느꼈지요. 이때는 타자기조차도 원래의 능력을 상실하고 맙니다. 타자기를 바라보고 있노라니 이미 오래되고 낡아빠진 고철로 된 발명품 같다는 생각이 들더군요. 겨우 여덟 쪽 가량을 썼는데, 내일 쓸모없는 이것을 찢어버리고 대략 스무 쪽 분량의 보고서를 다시 시작할 게 뻔합니다. 호메로스의 주인공들이 말하는 것과 같은 구술은 매우 드문 경우지요. 이 드문 경우마저도 갑자기 영원히 없어질지도 모릅니다. 물론 세상은 이래저래 굴러가게 마련입니다. 하지만 사무실 일마저도 버거워하며, 공장에 무관심한 탓에 아버지에게 말을 걸어보기는커녕 똑바로 쳐다보지도 못한다는 것을 생각해보아요. 그대여, 나의 이 멋진 생활 방식을 조금만이라도 칭찬해주세요.

프란츠

1913년 [1월로 추정] 31일에서 2월 1일

아무 소식도 없군요, 그대여. 오후에라도 어떤 소식이 오면 전해 달라고 사무실 직원에게 부탁했지만, 아무 소식도 오지 않았습니다. 어제는 편지를 두 통 받았지요. 차라리 나누어 보냈으면 좋았을 것을! 하지만 불안하지 않습니다. 요즘 심정이 괴롭다면 하루쯤 편지를 건너뛰어도 됩니다. 내 속에 있는 그대에게 소식을 들으면 되니까요.

여전히 감기에 걸려 있습니다. 그게 아니면 등에 느껴지는 으스스한 오한은 우울증에서 비롯된 거겠죠. 마치 차가운 물이 담긴 주사기가 계속 따라다니며 찌르는 듯합니다. 지금 따뜻한 방에서 편지를 쓰고 있는 동안에도요. 마치 악마 같습니다.

몸과 마음이 그런 상태에서 오늘 슈퇴슬한테 받은 편지만큼[26] 우스꽝스러운 기분이 들게 하는 것도 없습니다. 그는 내 책[『관찰』]에 대해서도 언급하고 있더군요. 그러나 그는 내가 한순간 내 책이 정말 훌륭하다고 믿을 정도로 완전히 오해했습니다. 그 책이 슈퇴슬처럼 통찰력을 갖추고 문학적으로 많은 수련을 거친 사람을 그렇게까지 오해하게 만든 겁니다. 그러한 오해는 책이 아니라, 살아 있기 때문에 여러 의미로 해석될 수 있는 사람들에 의해서만 가능합니다. 이에 대한 유일한 설명은 그가 건성으로 읽었거나, 아니면 부분적으로 읽었거나, 그것도 아니면 (그의 표현에 나타난 충실함을 생각할 때 믿어지지는 않지만) 전혀 읽지 않았다는 것입니다. 그대를 위해 여기에 문제가 된 부분을 적습니다. 슈퇴슬의 글은 도무지 이해하기 힘듭니다. 그대가 애를 쓴 끝에 그의 글을 이해한다 할지라도 그 의미를 잘못 해석할 수밖에 없을 겁니다. 그는 이렇게 쓰고 있습니다. "나는 외적으로나 내적으로나 잘 만들어진 당신의 책을 즉시, 그리고 단숨에 읽었습니다. 독특한 성격의 신중함과 크고 작은 순간들의 소박한 기념비들에 담긴 가볍고도 가장 내면적인 쾌활함을 보고 정말 기뻤습니다. 여기에는 특별히 예의 바른, 말하자면 내면으로 향한 유머가 담겨 있습니다. 이것은 밤새 잠을 푹 자고 나서 상쾌한 기분으로 목욕을 하고 옷을 산뜻하게 차려입은 다음 즐거운 기대와 이해할 수 없는 활력을 지니고 햇볕이 비치는 날을 맞이하는 것과 다르지 않습니다. 이것은 자기 자신의 좋은 컨디션에 대한 유머입니다. 작가가 생각하는 최초의 문제들에 관한 정취를 담은 이 내용이야말로 작가에게는 더할 나위 없는 조건이자 멋들어진 보증입니다." 앞에서 잊어버렸지만 이러한 판단을 설명할 수 있는 것이 하나 더 있습니다. 이 책이 그의 마음에 들지 않는다는 점입니다. 이것은 그의 본질을 고려해보면 쉽게 생각할 수 있습니다. 게다가 그 편지는 이 책에서 슬픔만을 끄집어내거나 과장된 칭찬을 늘어놓은 최근의 서평[27]과 완전히 어울립니다.

오늘 저녁에 소피[프리드만]가 왔습니다. 등에 오한이 나지도 않고 '자신의 좋은 컨디션에 대한 유머'를 가지고 있지 않았더라면 기꺼이 기차역으로 그녀를 마중 나갔을 겁니다. 그리고 그대한테 아무 소식도 받지 못했지만, 그대를 몇 주 동안 바라보았던 그녀의 두 눈을 마주하고 그대 이름을 불러보았을 겁니다. 비록 전차를 타고 가는 짧은 시간 동안에 이루어진다 할지라도 마냥 좋았을 겁니다. 다음 주에는 그녀를 가만 놔두지 않을 작정입니다. 약속을 했는데도 그대한테는 브레슬라우에서 지낸 이야기를 전혀 듣지 못했으니 그녀에게 말을 시킬 작정입니다. 그대여, 그녀가 그대를 대신하게 되는군요! 그대 대신에 소문, 강연, 말, 기억 등을 품에 안고 있겠습니다.

그대 혼자 소송 일에 매달리지 않도록 하기 위해서 나는 월요일에 다시 라이트메리츠에 있는 법정으로 갑니다. 성가신 일이기는 하지만 이번에는 그 어떤 이야기도 나를 방해하지 못합니다. 다만 좀 돌아가기는 하지만 차라리 베를린을 거쳐 따뜻한 남쪽 지방으로 가려고 합니다. 막스는 부인과 함께 일요일 오후에 그곳으로 떠납니다. 그러나 그것을 어떻게 시작하면 좋을까요?

프란츠

어머니, 오늘은 좋은 소식입니다!²⁸

Nr. 159

1913년 2월 1일에서 2일

오후 편지²⁹를 쓴 후 처음으로 책상에 앉아봅니다. 지금은 몇 시입니까? (분책한 그 소설들을 보고 얼마나 깜짝 놀랐는지는 다음에 쓰겠습니다.) 오후 내내 베르펠과 함께 지냈고, 저녁은 막스와 함께 보냈습니다. 머리끝까지 차오른 피곤과 긴장으로 녹초가 되어 여덟 시가 지난 시각에 잠을 청했습니다. 물론 옆방에서는 늘 그렇듯이 잡담을 나누는 소리가 들려왔습니다. 피곤에 지쳐 막 잠에 빠져들려고 하면 더욱 커지는 이 소음이 다시 나를 흔들어 깨웠습니다. 결국 이제까지 침대에서 비몽사몽 헤매다가 지금 막 일어났습니다. 그대에게 편지를 쓰고, 소설과 관련하여 침대에서 언뜻 떠오른 착상을 기록하려고요. 소설에서 앞으로 일어날 사건에 대해 조명을 요구한다기보다는 두려워하면서도 말입니다. 저녁 식사가 예외적으로 나무랄 데 없이(식사의 복잡함을 고려할 때 이것은 결코 쉬운 일이 아닙니다) 식탁 위에 차려져 있는 것을 보았지만 입에 대지도 않고 치워버렸습니다. 위장이 몸과 마음 전체와 마찬가지로 며칠 전부터 정상이 아닙니다. 단식으로 이 문제를 해결하려 합니다. 예를 들어 오늘은 하루 종일 점심 한 끼만을 먹었을 뿐입니다. 이런 말을 하는 이유는 사소한 일이라도 이루고자 하는 것을 모두 그대 눈앞에 펼쳐 보이고 싶기 때문입니다.

베르펠은 분명 거대한 자연을 노래한 새로운 시들을 읽어주었습니다. 시작 부분에 이미 자신만의 고유한 결말을 담고 있는 그의 시는 끊임없이 내적으로 흐르는 발전을 통해 고양됩니다. 이때 소파에 웅크리고 앉은 나는 눈을 크게 뜨지 않을 수 없습니다. 이 젊은이는 멋진 태도로 거칠게(물론 그 단조로움에는 이의를 제기하고 싶습니다) 읽어 나갑니다. 마치 자신이 쓴 모든 것을 외워 낭독하면서 스스로를 산산조각내려고 하는 것 같습니다. 그래서 그 육중한 몸과 커다란 가슴, 둥근 뺨 등이 불길에 타오릅니다. 2월에 베를린에서 베르펠의 시 낭독이 있을 예정이니 꼭 가보세요. 물론 그대에 대해서도(이름을 거명하지는 않았지만) 말이 나왔습니다. 그대를 빼놓고 어떻게 오후 시간을 보낼 수 있겠습니까! 그는 내게 줄 시집 『세계의 친구』[30]에 '미지의 여인'을 위한 약간의 헌사를 적어 넣었습니다. 그 바람에 린드너양이 조금 화를 냈지요. 포장 및 발송 방식 등등의 일이 걱정되지만 않는다면 다음번에 그 책을 그대에게 보내겠습니다. 그런 까닭에 '감정의 정점'에 오래 머물러 있습니다. 물론 그 책은 그대의 것입니다. 이미 그대에게 약속했듯이. 마찬가지로 그대에게 줄 프랑스 작가 플로베르의 책이 몇 주일 동안이나 책상 위에서 굴러다닙니다. 어떻게 포장하여 부칠지 궁리하느라 여념이 없습니다.

일요일에 맞춰 보낸 뢰비의 편지를 읽어보았나요? 그는 일요일에 베를린에서 공연했습니다. 적어도 그 편지를 보고 눈치챌 수 있었지요. 그래서 기지를 발휘하여 그 부분을 지워버렸습니다. 나중에 그 때문에 내 자신을 책망했지만, 지금은 그대가 지워진 부분을 알아차리지 못했거나 아무튼지 간에 극장에 가지 않은 것이 기쁩니다. 그대의 짧은 여가 시간을 나를 위해 희생하는 것만으로도 충분합니다. 뢰비와도 어울렸던 베르펠이 저에게 이야기해준 바에 따르면 그 극단은 『베를리너 타게블라트』의 라이프치히 특파원 핀투스 박사[31] 마음에 들었다더군요. 개인적으로 나도 알고 있는 핀투스 박사는(답답한 성격을 지닌 그에게서 많은 것을 기대할 수 없습니다) 『베를리너 타게블라트』의 문예란에 그 극단에 관한 기사를 쓸 예정이지요.[32] 그 기사를 보면 내게 보내주세요. 여전히 기꺼운 마음으로 배우들을 생각하고 있습니다.

그대여, 새로운 시간 배분에 관한 그대의 제안을 따를 수 없습니다. 현재의 상태가 유일하게 가능한 것입니다. 내가 그것조차 견디지 못한다면 더욱 화나는 일이지요. 견뎌낼 겁니다. 창작에 한두 시간을 할애하는 것은 충분치 못합니다(그대가 자신을 위한 글을 쓸 시간을 낼 수 없다는 것은 제외하고 말입니다). 열 시간은 되어야 합니다. 그러나 그러지 못하면 최소한 그것에 근접하려고 노력해야 하므로 몸을 돌볼 여유가 없습니다. 어쨌든 지난 며칠 동안 창작을 등한시했습니다. 이래서는 안 된다는 생각이 마음을 후벼 팝니다. 오늘도 다시 아무것도 쓰지 못했습니다. 저녁에 침대에 누우면 피곤함과 시간이 너무 짧은 것에 절망합니다. 잠이 반쯤 든 상태에서 세계의 현상태를 아무 생각 없이 내 마음대로 뒤흔들 수 있었으면 하고 기도했습니다. 맙소사! 아, 그대여!

프란츠

Nr. 160
1913년 2월 2일

그대여, 무감각하고 감기에도 걸리지 않는 쇳덩어리 바보에 지나지 않는 내가 어디에서 이 편지를 쓰고 있는지 아시나요? 겨울밤의 야외는 아니지만 치욕스럽게도 따뜻한 부엌입니다. 지금은 거실에만 난방이 됩니다. 폭풍우가 몰아칠 때면 지대가 높은 우리 집은 다

막스 브로트가 결혼 후 살던 집 (1913)

른 도리가 없습니다. 오후에 라이트메리츠로 간다는 이유로 내 방에 는 난방을 해놓지 않았습니다(하지만 아마 내일이 되어서야 떠날 것입니다). 가족들은 거실에서 칼잠을 잡니다. 부엌은 텅 비고 조용해서 차가운 타일 바닥과 성가신 시계 소리만 없다면 서재로 쓰기에 안성맞춤입니다.

막스의 결혼식이 끝났습니다. 그는 벌써 남쪽으로 여행 중입니다. 그대가 추측하는 것과 같은 특별한 결혼 피로연은 없었습니다. 호텔에서 결혼식이 거행되었을 뿐 결혼식 전날 밤의 떠들썩한 모임이나 결혼 만찬은 없었지요. 따라서 나의 대인 공포증은 시련을 겪지 않았습니다. 오히려 이 결혼식이 내게 특별한 기쁨을 가져다주었습니다. 몇 마디 대화를 나누었던 소피가 이야기할 것이 있다고 했기 때문이지요. 마침 나도 여러 가지 이야기를 듣고 싶었던 터라 잘된 일입니다. 오늘과 내일은 막스 집에 가지 않지만 화요일에는 그곳으로 달려갈까 합니다. 딱히 어떤 것에 대해 듣고자 하는 것이 아닙니다. 다만 소피 근처에 있고 싶을 따름입니다. 그대가 그녀 근처에 있었으니까요. 그대여, 그러나 그것은 아무런 도움도 되지 않습니다. 마치 나의 육체를 그대로부터 찢어놓는 듯하지만 그래도 단념해야 합니다. 화요일에는 엽서만을 받게 될 겁니다. 그대여, 아마도 나름대로의 의미와 경고를 지녔다 할지라도 나쁜 꿈은 꾸지 마세요.

프란츠

Nr. 161 [그림엽서 소인: 라이트메리츠]
1913년 2월 3일

마음에서 우러나오는 인사를 보냅니다. 출발 직전에 일을 끝마쳤습니다. 함께 여행 중인 누이동생이 밑에 자필 서명으로 인사를 대신합니다.

F. K.
오틀라 카프카

Nr. 162
1913년 2월 3일

라이트메리츠에서 프라하로 돌아오는 중에 열차 안이 어두워서 길게 쓸 수가 없습니다. 게다가 피곤하기도 하구요. 주위의 모든 것이 잠들어 있습니다. 누이동생은 복도에서 창밖을 내다보다가 바로 이 순간에 나를 돌아봅니다. 비가 추적추적 내리고 있습니다. 그대의 편지와 잠과 창작의 가능성으로 되돌아간다고 생각하니 기쁩니다.
안녕, 그대여, 안녕.

프란츠

Nr. 163
1913년 2월 3일에서 4일

그대여, 이렇게 제자리로 돌아와 그대를 맞습니다. 여행으로 피곤하고, 나 자신으로 인해 지친 상태에서 오늘 저녁 막스 집에 가 있었습니다. 그곳에서 내가 노린 것은 무얼까요? 꽤 괜찮은 일이었지요. 두 시간 동안이나 그대가 그랬던 것처럼 소피 옆에 앉아있었습니다. 팔월 당시와 똑같은 자리였습니다. 그대 이름이 두 번 거론되었습니다. 그러나 그대의 이름이 거론될 때 내가 한 일은 아주 작은 것이었습니다. 오히려 그대의 이름이 더 자주 거론되지 않도록 했습니다. 그대의 이름은 엉뚱한 대화가 진행되는 도중에 처음으로 거론되었지요. 그대가 "브로트 부인부터 카프카 박사에 이르기까지" 두루 안부를 전하더라고 소피가 말했습니다. 인사의 순서가 올바르다는 생각이 들었습니다. 그대가 모든 이들에게 안부를 전한 다음에는 나만을 위해 남아 있을 것이니까요. 그러면 그대를 붙잡고 더 이상 내놓지 않을 것입니다. 낯선 사람들이 그대 이름을 거명했지만 그 모든 이들보다 그대와 더 친근한 내가 우월하다는 생각에 가슴이 벅찼습니다. 매우 만족스러웠습니다. 그러나 이런 식으로 그대 이름이 거론되는 상태는 내가 다른 사람의 눈에 띄지 않고, 인상을 쓰지도 않으며, 모든 이들이 그대와 관계를 맺는 것에 대해 불행해하지도 않으면서 참아낼 수 있는 최악의 경우입니다. 그래서 그대가 사람들의 뇌리에서 사라지도록 애썼습니다. 주위에서 그대에 대해 침묵할 때에야 비로소 그대는 다시 나의 내면에서 소리를 냈습니다.

그대여, 얼마나 피곤합니까! 베를린에서는 다른 도리가 없습니다. 모든 사람들이 그런 식으로 살아가지요. 그대는 잠을 푹 자지 못한 상태에서도 어떻게 사무실 업무를 감내할 수 있습니까? 과로에 시달리고 건강을 해치지 않고서는 틀림없이 불가능합니다.

멀리서 그런 생각에 잠긴다는 것은 슬픈 일입니다. 그대는 내가 이 모든 것의 불가피성을 인정한다고 믿어서는 안 됩니다. 베를린에서는 여기에서보다 모든 일이 근본적으로 더 시끄럽고 활발하게 돌아간다는 것을(이곳의 소음과 쾌활함조차도 내게는 접근 금지입니다) 압니다. 똑같은 상황에서라면 나의 영향을(나는 무관심과 무형식을 신봉합니다) 안 받았다고 할 수 없는 막스처럼 베를린에서 아는 사람들만 모아놓고 결혼식을 올린다는 것은 불가능할 것입니다. 월요일에 그대는 어떤 상태였던가요! 누군가와 잠시도 잡담을 나눌 태세가 되어 있지 않은 내가 어떻게 그것을 판단할 수 있겠습니까! 나는 그 어떤 대화도 길게 끌고 갈 수 없습니다. 아는 사람의 얼굴을 쳐다보는 것만으로도 곧 궤도에서 이탈하고 맙니다.

프란츠

Nr. 164
1913년 2월 4일에서 5일

내게 행복을 가져다주는 그대여, 그대가 그렇게 많은 경품에 당첨되었다는 것은 물론 대단하고 기쁜 일입니다. 그러나 내게 보낼 편지를 만년필로 쓸 필요는 없습니다. 이제까지 해왔던 방식이 좋습니다. 사람들이 복권으로 그대를 심란하게 만들고 이리저리 끌고 다녔겠군요. 나는 그대를 감싸 안고 그 누구에게도 내맡기지 않을 처지가 못 됩니다!

그대 어머니의 서명이 담긴 엽서를 오늘 오후에 받았습니다. 어머니의 성함이 무언가요? 안나인가요? '인사'와 '여자'를 비롯하여 모든 표현이 매우 엄격해 보인다는 사실을 그대도 알고 있나요? 그러나 이것은 내게 특별한 선물입니다. 어째서 블라우스에 그렇게 멋을 냈나요? 무슨 축제였나요? 사람들은 커다란 연회석에 앉아 있었나요? 그대와 어머니의 자리는 어디였나요?

오늘 오토 피크[33]라는 사람이 (이 이름을 들어본 적이 있나요? 오토피크는 『우호적인 체험』이라는 훌륭한 시집을 냈습니다. 아마도 『시대 정신』에서 베르펠에 관한 피크의 논문을 읽어보았을 겁니다) 내게 편지를 보내왔습니다. 그 편지에는 이런 내용이 담겨 있습니다. "대화 재생기에 관심이 있습니다. (가능하면 가격과 함께) 더 자세한 자료를 보내주시기 바랍니다." 그대에게 추천 목록을 받은 바로 그날 우연히 만난 그를 곧바로 공략해서(내 생각에 그는 사업 수완이 좋고 이 밖에도 목록에는 나와 있지 않지만 대화 재생기를 도입할 가능성이 높은 편집실이나 은행과 사이가 좋기 때문입니다), 저녁에 목록을 가져다준 다음 그를 상점으로 보냈습니다. 그는 지금 내게 그 일에 관한 편지를 보낸 것입니다. 그런데 이 장비를 어떻게 설명해야 하지요? 혹시 대리인을 구할 수 있을지 모르겠군요. 내게 조금만 시간을 주세요. 프라하에서 누가 대화 재생기를 갖고 있지요? 뢰비와 빈터베르크는 내가 아는 한 뵈멘에서 세 번째로 큰 목재상입니다. 나도 그 목재상과 사업상의 관계를 맺고 있지요. 그 목재상이 대화 재생기를 구입하도록 사랑스러운 사업가인 그대가 끈질기게 매달려보세요. 내 자신은 대화 재생기 자체에 대해서는 추천할 말이 없습니다. 그러나 그대가 가장 훌륭하고 사랑스러운 처녀라는 것과 그대가 판매한 이상 비실용적인 기계도 그만한 가치가 있다는 것을 증명해줄 증인이 필요한 사람은 내게 물어보라고 하세요.

프란츠

Nr. 165
1913년 2월 5일에서 6일

그대여, 그대에게 온 편지를 집에서 발견한다는 것은 믿을 수 없을 만큼 커다란 즐거움을 줍니다. 다만 그대의 과다한 산책 시간이 마음에 걸립니다. 더 나아가 하루에 두 번의 편지가 허용된다면 우리가 서로에게 잇달아 편지를 쓰고 더 가까운 사이가 되어 마침내는 상대방의 팔에 안기지 않을 아무런 이유가 없다는 생각으로 편지가 기분을 쓸쓸하게 만들지나 않았으면 좋겠군요. 그러나 이런 일은 일어나지 않습니다. 그래서 더욱 마음을 어지럽히지요. 그리고 마침내는 최소한 그다음 날 이른 시간에는 아마도 편지가 오지 않으리라는 걱정이 앞섭니다. 마음을 괴롭히는 기다림이 필요 없는 아침에 책상 위에 놓여 있는 이 편지야말로 커다란 위안입니다.

그대가 월요일에 편지를 쓰고 있었을 때 나는 기차 안이 아니라 막스 집에 있었습니다. 바로 그때 아마도 그대의 이름이 거론되었고 나는 침묵 속에서 그대에 대한 생각에 빠져 있었을 겁니다.

여행은 고통스럽게 끝났습니다. 먼저 지난번과 똑같은 방식으로 네 시 반에 기상하여 습기와 추위 속에서, 그리고 절망에 빠진 채 기차와 자동차를 번갈아 타고 친척 집을 들러 법정으로 간 다음 다시 둔중한 열차를 이용해 집으로 돌아오는 일이 지긋지긋해서 저녁에 출발하여 라이트메리츠에서 묵을 결심을 했습니다. 그럼으로써 지금은 완전히 나은 감기에도 신경을 쓸 수 있었지요. 호텔에서 잠을 자고, 일요일 저녁에 손님들이 넘치는 낯선 레스토랑에 앉아 있는 것도 그리 나쁘지 않습니다. 그곳에서 나는 기꺼이 침묵합니다. 그런데 그날 저녁에 벨치 가족³⁴이 갑자기 극장으로 끌어냈습니다. 「요제테 양—나의 여인」이 공연되던 무대에는 모두가 아는 여자가 출연했습니다. 물론 단역 배우였지요. 제1장에서 그녀는 갑자기 웃음을 터뜨리고 열광하며 팔을 비틀었습니다. 등을 관객 쪽으로 돌리고 실내 벽면에 바짝 붙어서서 과장된 몸짓으로 연기했습니다. 하지만 평소에는 내가 두려워할 정도로 의기양양하고 심술궂으며 뻔뻔스럽고 똑똑한 척했지요. 첫 무대에 출연한 그녀에게 그러한 역할을 맡긴 것은 약간 분별 없는 조치였습니다.

연극의 제2막이 끝난 후에—이 연극은 최악이었지만 물론 감동적인 부분들도 있었습니다. 다른 날에는 이 연극을 끝까지 보고 싶습니다—설득을 해보았지만 아무 소용이 없어서 작별 인사도 하지 않고 먼저 숙소로 돌아왔습니다. 요제테의 한두 막과 즉흥 익살극 「사복」을 포기한 대신에 더 일찍 바깥바람을 쐬고 잠자리에 들었습니다. 숙소에서 누이동생을 말동무 삼아 이 여행을 저주했습니다. 그 애가 함께 여행하기를 무척 원했기 때문에(그뿐 아니라 이를 통해 이 여행이 그렇게 끔찍하지는 않으리라는 것을 나 자신에게 다짐하기 위해서) 기꺼이 허락했지요. 이러한 결심이 밤 열 시 반에 이루어졌는데도 아버지는 뜻밖에도 반대하지 않았습니다. 여기에는 라이트메리츠에 사는 친척들과의 관계를 중시한 아버지가 그 목적을 위해서는 나보다 누이동생이 더 적합하리라고 생각한 것이 크게 작용했습니다. 이렇게 해서 우리는 아침에 함께 출발했습니다. 그때만 해도 날씨는 좋았습니다. 그러나 자동차를 타고 가는 동안 빗방울이 얼굴에 떨어지더니 그칠 줄 몰랐습니다. 나는 두 시까지 법원 일에 매달렸고(법원에서는 아무런 결정도 내리지 않았습니다. 사건 심리는 또다시 연기되었습니다. 그러나 법원을 떠나기 전에 죽이 되든 밥이 되든 끝장을 보고 싶었습니다), 그동안 누이동생은 친척 집에 머물렀습니다. 그 애는 편지 쓰는 일에는 (근본적으로는 나와 다르지 않지만) 약간 답답할 정도로 느립니다. 그런 까닭에 자신의 이름만 썼던 것입니다. 그러나 그 애는 그대가 믿는 것처럼 그렇게 게으르지는 않습니다. 게으름뱅이는 다른 두 누이동생, 그중에서도 바로 밑의 누이동생이지요. 그 애는 틈만 나면 소파에 누워 있습니다. 그러나 오틀라는 우리 가게에서 일합니다. 아침 일곱 시 십오 분에 가게 문을 열 때면 벌써 거기에 가 있고(아버지는 여덟 시 반이 돼서야 가게로 나갑니다), 정오가 넘을 때까지 일합니다. 그리고 누군가가 점심을 날라다 주면, 오후 네 시나 다섯 시가 넘어야 집으로 돌아오지요. 성수기에는 가게 문을 닫을 때까지 일합니다. 그러나 일은 그다지 힘들지 않습니다. 아무리 봐도 내가 아는 한 그대만큼 일 때문에 고통을 받는 사람도 없습니다. 그대만큼 고통을 덜어주고 싶은 사람도 없구요. 그러나 내 처지를 봐요! 멀리서 입맞춤을 보내는 것이 고작입니다! 그대여, 린드너 양이 일반적인 질문 대신에 이렇게 질문할 경우에 어떻게 대답할 것인지 다음 편지에서 말해주세요. "그 사람이 지난 반년 동안 베를린에 한 번밖에 오지 않았다고요? 그래요? 왜지요? 토요일 낮, 사정이 여의치 않으면 저녁에 프라하를 떠나 일요일에 베를린에서 지내고 저녁에 다시 프라하로 돌아가면 되는데요. 좀 힘들기는 하지만 전체적으로 볼 때 대수롭지 않은 일이잖아요. 어째서 그는 그렇게 하지 않나요?" 가련한 그대는 어떻게 대답하겠습니까?

프란츠

Nr. 166

1913년 2월 6일에서 7일

그대여, 이 늦은 시간에도 피곤하군요. 오후에 사무실에서 잠도 자지
못하고 사고 통계를 내는(그대에게 사소한 일까지 일일이 알려줍니다. 그
대의 숨결이 욕망을 불러일으킵니다) 멍청한 일을 했습니다. 그 이후의
시간도 잘 보내지 못했습니다(피곤해서 뺨이 벌겋게 되었지요). 꽤 상
쾌한 마음으로 사무실을 나와 산책하다가 벨치의 집 앞을 지나게 되
었습니다. 방에 불이 켜져 있는 것을 보고 그가 일을 하고 있다는 것
을 알았지요. 이때가 그를 방해하기에 적당한 기회라고 생각했습니
다. 그와 오랫동안 이야기를 나누지 못했거든요. (그대는 그가 어떤 인
물인지 모를 겁니다. 법학 박사에다 철학 박사이며, 그 자신은 전혀 할 일이
없는 대학 도서관의 직원입니다. 그리고 막스와 함께 아마도 이달에 출판될
철학 서적『직관과 개념』[35]의 공동 발행인이기도 합니다.) 그래서 곧바로
위로 올라가, 언제나처럼 메마르고 더운 공기로 가득 찬 방에서 그를
만났습니다. 그는 폐와 후두에 심기증을 앓고 있습니다. 무척 어려운
코헨의 책—제 생각이 틀리지 않다면『순수 인식의 논리학』—을 읽
고 있다가 방해받은 것이 행복한 듯했습니다. 그러나 당장 숨쉬기조
차 어려운 방에서 그를 끌어내 산책에 데리고 갈 엄두가 나지 않았습
니다. 일반적인 화제에 대해 이야기했더라면 그것은 벌써 성공했을
겁니다. 그러나 그는 기회 있을 때마다 예전의 것과 새로운 것을 막
론하고 은밀한 편지들을 읽어주면서 이해할 수 없는 만족을 느끼곤
했습니다. 오늘도 그러한 기회로 여겼구요. 그는 작은 상자들이 질서
정연하게 담겨 있는 비밀 서랍을 열었습니다. 여기에는 그가 받은 편
지들, 그가 보낸 모든 편지들의 속기록들, 속기로 기록한 대화들, 과
거 및 최근의 모든 것에 대한 속기 형태의 고찰 등 가장 개인적인 사
건들에 관한 모든 것이 글로 보존되어 있습니다. 막스와 나를 제외하

고는 이것에 대해 아는 사람이 거의 없습니다. 그대가 벨치 박사를 수다쟁이로 생각해서는 안 되는 이유가 여기에 있습니다. 오히려 정반대의 사람이지요. 그러나 오늘 그는 이야기를 늘어놓고 싶어 했습니다. 이를 통해 그가 얻는 만족과 안락함이 이해되지 않을수록 그러한 낭독과 이야기를 참아내는 나의 인내는 더욱 한계에 부딪히게 되지요. 하지만 그가 나를 생각해서 차가운 옆방의 문을 여는 용기를 냈을 때는 어쩔 수 없이 외투를 입은 채로 소파에 누워 경청해야만 했습니다. 그를 좋아합니다만 그런 시간에는 마음이 달라집니다. 이만 줄이지요. 피곤함에도 지칠 줄 모르는 피곤한 입맞춤을 보냅니다.

프란츠

Nr. 167

1913년 2월 9일에서 10일 [실제로는 1913년 7월 밤에서 8일로 추정]
좀 혼란스러운 상태에서 펜을 듭니다. 이것저것 되는 대로 읽었더니 뒤죽박죽입니다. 그러한 독서에서 빠져 나갈 길을 찾는다는 것은 자기 기만입니다. 벽에 부딪쳐 더 나아갈 수 없지요. 그대의 삶은 완전히 다릅니다. 그대는 주변 사람들과의 관계가 문제 되는 경우를 제외하고 불안을 인식하거나 느껴본 적이 있나요? 다른 사람들과는 상관없이 그대 자신에게만 여러 가지 가능성이 제시되거나, 혹은 그대만을 겨냥한 금지령이 내려진 적이 있나요? 다른 사람들을 전혀 고려하지 않은 상태에서도 그대 자신에 대해서 절망한 적이 있나요? 세계의 모든 법정에 절망한 나머지 스스로를 내팽개치고 싶을 만큼 무기력해진 적이 있나요? 그대의 신앙심은 어떤가요? 그대는 평소와는 달리 최근에는 사원에 가지 않았더군요. 유대교와 신에 대한 그대의 생각은 어떤가요? 그대는 —본론을 말하자면— 멀고도 끝없는 하늘이나 심연과 그대 사이의 영원한 관계를 느끼나요? 이것을 느끼는 사람은 길 잃은 개처럼 방황하거나 간청하는 눈빛으로 말없이 두리번거려서는 안 되지요. 또 삶이 차가운 겨울밤이라 할지라도 마치 따뜻한 침낭이라도 되는 것처럼 무덤 속으로 기어들려고 해서는 안 됩니다. 사무실 계단을 올라갈 때도 마찬가집니다. 위에서 번쩍거리는 불안한 빛을 보고 조급한 마음에 머리를 흔들면서 급히 몸을 돌리다가 밑으로 굴러떨어지리라고 믿어서는 안 됩니다.

그대여, 가끔 나는 사람들과의 교류에 실패했다고 믿습니다. 하지만 누이동생은 좋아합니다. 그 애가 나와 함께 라이트메리츠로 가고 싶다고 했을 때 순간적으로 기뻤습니다. 그 애와 함께 여행을 즐기고 그 애를 정식으로 보살필 수 있다는 점이 기뻤습니다. 누군가를 보살필 수 있다는 것은 내 주위의 그 누구도 모르는 나만의 소원이지요. 그러나 서너 시간 동안 함께 차를 타고 여행하고 아침 식사를 한 다음 라이트메리츠에서 그 애와 헤어져 법원으로 갔을 때 나는 행복감에 젖어 심호흡을 했습니다. 누이동생과 함께 있을 때와는 달리 혼자 있을 때가 편안했습니다. 그대여, 왜 그럴까요? 그대도 사랑하는 어떤 사람과 함께 있을 때 이와 비슷한 일을 경험한 적이 있나요? 내겐 일상적인 일입니다. 우리는 다정한 분위기 속에서 헤어졌다가, 여섯 시간 뒤에 다시 다정하게 만났습니다. 그것은 일회적인 사건이 아니었지요. 내일이나 모레 언제라도 똑같은 일이 반복될 겁니다. 그대여, 그대 발치에 누워 조용히 있을 수만 있다면 더 바랄 것이 없겠습니다.

프란츠

1913년 2월 9일, 일요일 오후 여섯 시 기차에서

어젯밤에는 아무것도 쓰지 못하고 말았습니다. 게다가 지금처럼 사람들이 많은 칸막이 객실 안에서는 아무 일도 되지 않습니다. 하루 종일 마치 내 삶에 필요한 그대와의 관계를 깨뜨린 것처럼 불안과 불만에 시달렸습니다. 어째서 산책의 유혹에 이끌렸는지 모르겠습니다. 하지만 내 자신은 그림자처럼 이끌려 가리라는 것을 알았지요. 화창한 날에 절망에 빠진 상태에서 그들과 함께 바람을 쐬는 편이 아마도 그대에게도 더 좋으리라고 생각했나 봅니다. 그리고 일행 중의 누군가가 만년필을 가지고 있는 것을 보고는(그 만년필로 지금 편지를 쓰고 있습니다) 그대에게 편지를 쓸 기회와 여유를 가질 수 있으리라고 생각했습니다. 그러나 틀린 생각이었습니다. 이따금 베를린에 대해서 이야기할 수 있을 뿐이었습니다. 한번은 대화 재생기에 대해서도 이야기했는데, 그것이 전부였습니다. 그대와의 친밀한 관계를 필요로 하면서도 나 스스로 그런 기회를 깨뜨립니다. 그 대가로 여기 네 명의 처녀들 앞에서 내 자신을 때려주고 싶은 심정입니다. 그러나 기다리세요(내 자신에게도 '기다리라'고 말합니다). 저녁에 우리는 다시 편지로 하나가 될 것입니다. 적어도 도시에서, 기차 안에서, 시골길에서, 낯선 조부모 집에서, 숲속에서, 종착지인 비탈에서 내가 그대의 것이라는 사실을 다시 한번 경험했습니다. 이 일요일 편지는 여기서 줄입니다. 일행에게 돌아가면서도 몰래 그대의 손을 붙잡고 있습니다.

프란츠

Nr. 169
1913년 2월 9일에서 10일

그대여, 벌써 다시 늦은 시각입니다. 사실(재빠르기도 하지요! 한참 만에야 나의 펠리체에게 가까이 다가가게 된 것은) 내 책임이었습니다. 그러나 다른 도리가 없었습니다. 엉망이 되어 산책에서 돌아 왔거든요. 온몸에 힘이 하나도 없어 누가 조금만 흔들어도 무너져내릴 지경이었습니다. 누이동생에게 (부모님은 오늘 콜린에 있는 친척 집에 갔다가 방금 돌아왔습니다. 인사를 하느라 또 시간을 잡아먹었군요) 좋은 시절에 쓴 글을 읽어주었습니다.[36] 아마도 나의 가장 훌륭한 작품일 것입니다. 그 애는 몰랐겠지만요. 이것은 제가 그대의 두 번째 편지를 기다릴 무렵에 쓴 것인데, 이것을 읽어주느라고 몸에 열이 났습니다. 오후에 시골길을 헤매고 돌아다니지 않았더라면 책상에 앉아 심연에 가라앉은 나의 의식을 단숨에 정점으로 솟아오르게 할 만한 글을 썼을지 누가 알겠습니까. 그러나 평소대로 잠자리에 들 것입니다. 아마도 오랫동안 아무것도 쓰지 않아 내 자신과 그대에게, 그리고 세계에 짐이 될 것입니다. 어제 저녁에는 그대에게 아무것도 쓰지 못했습니다. 「미하엘 콜하스」를 읽느라 시간을 많이 보냈거든요(그 소설을 알고 있습니까? 그렇지 않다면 읽지 마세요! 내가 그대에게 읽어주겠습니다!). 그저께 읽었던 얼마 안 되는 부분을 포함하여 단숨에 읽어 내려갔습니다. 벌써 열 번째입니다.[37] 이것은 제가 진정 경외심을 가지고 읽는 소설입니다. 놀라움이 온전히 나를 사로잡습니다. 비교적 빈약하고, 부분적으로 대충 써 내려간 결말 부분을 빼놓으면 이 소설은 유래를 찾아볼 수 없을 정도로 완벽합니다(곧, 아무리 훌륭한 문학 작품도 조금은 인간적인 약점을 지니고 있다는 뜻입니다. 그것은 마음만 먹으면 쉽게 촐싹대면서 전체의 장엄함과 숭고함을 깨뜨립니다).

그대여, 불행할 뿐 아니라 자신의 불행을 지속적으로 전염시키는 젊은이를 왜 사랑하는 건가요? 오늘 한 이성적인 아가씨와 함께 산책을 했습니다. 씩씩하고 내가 원래부터 좋아할 수 있는 그런 여자지요. 하지만 그녀가(삼 개월에 한 번씩 그녀를 만납니다) 자신의 처지에 대해 한탄했을 때 기분이 썩 좋지 않았습니다. 그러나 우리가 식탁에 앉아 있을 때 어떤 쾌활한 젊은이가 놀려대자 그녀는 상상할 수 없을 만큼 단호한 태도로 그를 물리치더군요. 나는 불행의 영향권 안에 머물러야 합니다. 그러나 그대여, 두려워하지 말고 내 곁에 있어줘요! 내 곁에 바짝!

프란츠

Nr. 170
1913년 2월 10일에서 11일

오늘 저녁에 다시 막스 집에 가 있었습니다. 집으로 돌아가 무언가 이성적인 일을 하거나 이성적인 일을 하는 시늉을 하는 대신에 그곳에 오래 머무르는 것이 잘못이라고 할지라도 거기서 커다란 행복감을 느꼈습니다. 따라서 다른 사람의 집에서는 이런 행복감을 별로 느껴보지 못한 나로서는 소파에서 일어나 작별을 고할 결심을 쉽게 할 수 없었지요. 벨치도 거기에 있었습니다. 우리는 참 많이 웃었습니다. 두 시간이 지난 지금은 내가 웃었다는 것이 이해되지 않습니다. 이리저리 생각해보았지만 웃음의 동기를 찾을 수 없더군요. 그곳에서 무엇을 기뻐했던 걸까요?

원래부터 나쁜 의도는 아니지만 대화 중에 내 손을 쓰다듬고 만지는 바람에 당황하게 만들곤 하던 소피가 오늘은 그대 이야기를 전혀 하지 않았습니다. 단지 남편과 전보, 속달 편지, 전화 통화 등에 대해서만 말했습니다. 눈으로 "펠리체는요?"하고 물었지만 그녀는 내 눈빛을 이해하지 못하더군요. 한번은 내가 먼저 그대에 관해 말을 꺼냈지만 물론 아무도 눈치채지 못했습니다. 다른 화제로 이야기가 진행되는 도중에 소피에게 "당신에게 뭘 물어봐야 할까요?"하고 말했습니다. 좀 엉뚱하게 보였지만 그 말을 몇 번이나 반복했습니다. 그러면서 정말로 질문할 내용을 기억하지 못하는 듯한 태도를 취했지요. 내가 어떤 행동을 취해야 했을까요? 물론 "이제 그만 해요! 지금 나는 펠리체에 관한 이야기만 듣고 싶단 말이에요, 다른 것은 필요 없어요!"하고 갑자기 소리칠 수는 없었을 겁니다. 그러나 생각은 그랬다고 믿습니다. 오늘 그대의 위대한 편지를 받고(편지를 읽으면서 기쁨과 편안함에 가슴이 뛰는 동안 그대의 밖으로 보이는 화창한 날씨와 방 안에서 편지지 위로 몸을 굽히고 있는 그대를 보았습니다) 나 또한 위대한 남자가 되었습니다. 그러나 위대한 남자일수록 만족할 줄 모릅니다.

그대여, 그대는 위대한 질문을 회피했습니다. 그대와 함께 보낼 시간에 대한 행복을 그 어떤 생각으로도 건드리고 싶지 않습니다. 이 모든 것이 최상의 상태에서 그대에 대한 감정에서 나온 것이라고 한다면, 우리가 함께 지낼 베를린은 베를린이 아니라 구름 속에 있을 것입니다. 그러나 린드너 양이 그것에 대해 질문해서는 안 됩니다. 그녀는 다만 편지를 통해 그대를 향해 돌진하는 내가 어째서 직접 행동하지는 않는지 물어볼 수 있을 뿐입니다. 그대는 그녀에게 부분적으로 대답하고 나머지 부분은 침묵해야 합니다. 그녀의 질문은 쉽게 짐작할 수 있습니다. 그러면 그대는 "제가 몰랐던가요?"하고만 말하면 됩니다.

그대가 편지에서 묘사한 형제 토니는 사진에서 본 것과 그 밖에 그녀에 대해서 들었던 것과는 전혀 딴판이었습니다. 게으르고 둔하며 우울한 듯한 인상을 받았는데 이제 보니 정반대입니다. 단호하고, 따라서 내 자신이 경탄해 마지않으면서도 물러서게 만드는 특성을 지니고 있습니다. 그대의 언니 에르나의 어릴 적 이야기에 대해서는 조금 알고 있습니다—그대여, 그대의 독서 목록을 하루만 빌려줄 수 있습니까? 그대의 방이 어떻게 생겼는지 이제 대강 알겠습니다. 그대의 방으로 기어들고 싶습니다.

프란츠

[가장자리에] 오늘 편지에 주소를 불명확하게 썼습니다. 뒤늦게 두려운 마음이 듭니다.

Nr. 171
1913년 2월 11일에서 12일

그대여, 벌써 다시 늦은 시각입니다. 아무것도 할 수 없으면서 습관처럼 깨어 있습니다. 마치 가뭄 속에서 비를 기다리는 것 같습니다. 그대가 베를린에서 우리들의 만남에 대해 썼을 때 이미 그것에 대한 꿈을 꾸었지요. 그런데 그 꿈이 뚜렷이 기억나지 않습니다. 다만 슬픔과 행복이 엇갈린 듯한 느낌이 남아 있을 뿐입니다. 꿈에서 우리는 골목길을 산책했습니다. 그곳은 프라하 환상 도로 안의 구시가지와 이상할 정도로 비슷했습니다. 저녁 여섯 시가 넘은 시각이었습니다 (아마도 꿈을 꾼 것도 이 시간일 겁니다). 우리는 팔짱을 끼지는 않았지만 마치 팔짱을 낀 것처럼 서로에게 가까이 다가갔습니다. 맙소사! 팔짱을 끼지는 않고 눈에 띄지 않게 그대 옆에 바짝 붙어서 걸어가는 모습을 종이에 묘사하기가 여간 어렵지 않습니다. 우리가 도랑을 넘어갈 때 그대에게 그것을 보여줄 수 있었을 것입니다. 당시에는 그것에 대해 생각하지 않았을 뿐입니다. 그대는 곧장 호텔로 서둘러 갔습니다. 나는 보도 가장자리에서 그대로부터 두 걸음 떨어져 비틀거리며 앞장섰습니다. 우리가 꿈속에서 걸어가던 모습을 어떻게 묘사할 수 있을까요! 정상적으로 팔짱을 끼면 팔이 두 군데에서 맞닿고 각자 자신의 팔을 자유자재로 움직일 수 있지만, 우리의 경우에는 어깨가 맞닿고 팔은 평행으로 놓였습니다. 잠깐만요! 그것을 그려보겠습니다.

정상적으로 팔짱을 낀 상태는   그러나 우리는

상태에서 걸어갔습니다. 제 그림이 어떤가요? 그대여, 한때 나는 위대한 도안가였습니다. 다만 형편없는 여선생한테 도안을 배운 탓에 재능을 망치고 말았습니다. 그대를 즐겁게 해주기 위해 다음 기회에 오래된 그림 몇 장을 보내드리겠습니다. 몇 년 전에 그린 그 그림들은 당시에는 그 무엇보다도 나를 더 만족시켰지요.

그대여, 내 사업적인 성실함에 신뢰가 가지 않나요? 대화 재생기와 관련해 내게서 아무런 이득도 얻을 수 없다고 생각하나요? 내가 써보낸 그 어떤 것에 대해서도 그대는 아직 아무 반응을 보이지 않았습니다. 그럼으로써 그대가 무안을 준다고는 생각지 않나요? 이것은 마치 그대가 일자리를 마련해준 그대의 사무실에서 다시 쫓아내는 것과 같습니다. 피크는 오늘도 다시 편지를 보내왔습니다. 그가 나를 얼마나 재촉하고 그대가 얼마나 내게 신경을 쓰지 않는지 알려주기 위해 여기에 그의 편지를 동봉합니다. 내가 그것에 관해 지금까지 말한 모든 것이 농담이라 할지라도(그것이 종이에 씌어졌을 때는 정말 심각하게 보입니다) 피크에게는 어떤 대답을 할 수 있어야 합니다. 많은 돈을 벌지도 모른다는 꿈에 부푼 피크는 열심히 노력해 결국에는 몇 대라도 판매할 겁니다. 그대여, 사업 생각 좀 합시다! 그대가 나를 향해 움직이도록 하는 것은 내게 아주 유익합니다. 그대를 감싸 안을 수 있으니까요.

프란츠

동봉한 편지 [소인: 프라하]
1913년 2월 10일

프란츠 카프카에게 보내는 오토 피크의 편지

박사님께,

『관찰』에 관한 서평은 완벽을 기한 다음에야 인쇄에 넘기려고 합니다. 아시다시피 『페스터 를로이드』에 실린 서평에는 빈틈이 엿보입니다.[38] 그 때문에 화를 내지 않기를 바랍니다.

[대화 재생기] 일은 어떻게 되어가고 있습니까? 한 번 만났으면 합니다. 가능하면 설명서를 가져오시기 바랍니다. 나는 보헤미아-키슈[39]도 이 일에 관심을 갖도록 만들었습니다. 그러나 은행 사람들은 거래를 시작하기 전에 대화 재생기가 작동되는 것을 보고 싶어 합니다.

21일에 나는 L. 쉴러에 대해 강연합니다. 달만은 오지 않습니다. 그날 저녁에 다른 일로 바쁘답니다. 꼭 참석해주시기 바랍니다. 그전에도 한 번 만나야겠지요.

정중한 인사를 드리며

오토 피크

1913년 12일에서 13일

오늘처럼 그대의 편지가 일찍 도착하는 게 가장 좋습니다. 그러면 하루 전체가 처음부터 그대의 것이 됩니다. 그대의 편지가 늦어지거나 집으로 오면 반나절은 내가 누구의 소유인지도 모르고 불안한 나머지 두통까지 느낄 정도지요. 물론 두통에는 또 다른 원인들이 있습니다. 거의 언제나 두통을 느끼거든요. 사실 산책도 별로 하지 않고 잠도 너무 부족합니다. 그런 상태에서 마치 모든 괴로움의 치유와 행복을 약속하는 좋은 글이라도 쓰는 것처럼 살아가고 있습니다. 그러나 아무것도 쓰지 않고, 마치 우리에 갇힌 늙은 말처럼 지내고 있지요.

우리는 다시 밤에 대해서 서로에게 대답하거나 동시에 다른 질문을 예감합니다. 금요일 저녁에 무심코 금요일이 그대의 기도와 어떤 관계가 있는지 물었습니다. 금요일인 그때 그대는 사원에 가야만 했습니다. 어제는 언제쯤에야 설명서를 받아 볼 수 있는지 물었습니다. 오늘 물론 만족스럽지 못한 대답을 받았구요. (무조건 사업을 성사시키려면 피크는 어떻게 해야 할까요? 독수리와 접촉해야 할까요? 어떻게 말입니까?) 어제 편지에는 마침내 라스커—쉴러에 관한 언급이 있었습니다. 그리고 오늘 그대는 그녀에 대해서 물어보고 있군요.

한마디로 쉴러의 시를 좋아하지 않습니다. 인위적인 사치로 인한 공허함과 거부감을 지겹도록 느낄 뿐입니다. 그녀의 산문 또한 똑같은 이유에서 좋아하지 않습니다. 거기에는 지나치게 흥분한 대도시 여인의 좌충우돌식 생각이 담겨 있습니다. 어쩌면 내가 잘못 생각하고 있는지도 모르지요. 그녀를 좋아하는 사람들도 많습니다. 이를테면 베르펠은 쉴러에 대해 말할 때마다 찬사를 보냅니다. 개인적인 형편은 썩 좋지 않습니다. 내가 아는 한 그녀는 두 번째 남편한테도 버림을 받았습니다. 우리는 그녀를 위해 돈을 모았는데, 별로 동정을 느끼지 않았지만 오 크로네를 내야 했습니다. 별다른 근거도 없으면서 그녀가 밤에 찻집을 전전하며 술이나 마시는 여자라는 생각이 가시질 않는군요. 피크의 편지를 통해 알게 되겠지만 그는 그녀에 대해, 그리고 그녀를 위해 강연합니다.

그대에게 보내는 편지에서 낯설고, 특히 마음에 안 드는 인물들에 대해 말하기를 꺼린다는 사실을 알아주세요. 그들은 조용히 자신들에 대해 기술하도록 한 다음, 더 이상 멀어지지 않게 되었을 때 마치 나의 판단에 복수라도 하려는 듯이 갑자기 세력을 확장하고, 혐오스럽거나 무덤덤한 모습으로 내게서 그대를 숨기려고 합니다.

라스커-쉴러 따위는 잊어버리고 내 생각을 하세요. 우리 사이와 우리 주위에 그 누구도 있어서는 안 됩니다. 그대 말이 맞습니다. 그대의 누이동생은 누구의 소유도 아닙니다. 누군가 그녀에게 넌더리를 낼 수도 있지요. 그러나 어떤 사람의 마음을 얻을 만한 힘이 부족한 경우에는 어떻게 하지요?

프란츠

[가장자리에] 그대가 누이동생 에르나와 관련된 제안을 했을 때 교수는 뭐라고 하던가요?

Nr. 173
1913년 2월 13일

오랫동안 발코니 문 옆에 서서 밖을 내다보며 나의 드레스덴 여행에 관한 답장을 기다렸습니다. 물론 그대가 드레스덴에서 무엇을 할지, 어머니와 함께 가는지, 특별한 업무 때문에 가는 것은 아닌지(여행의 갑작스러움과 그대가 드레스덴에서 묵으려는 듯한 인상이 그것을 암시합니

다) 알지 못합니다. 또 비록 호텔 앞에서 그대를 기다리고 점심을 먹는 그대의 모습이 잘 보이는 자리를 잡으려고 애쓰는 것이 고작이라 할지라도 내가 그대에게 방해가 되지나 않을지 모르겠군요. 사실 그러한 사정이 나의 여행을 막지는 못할 것입니다. 그러나 집에서도 밝은 거실보다는 어두운 내 방을 선호하는 처지에서 그러한 여행 자체는 엄청난 계획입니다. 또 그대가 이 여행의 목적이기 때문에 위험한 계획이기도 합니다. 그대는 뭐라고 할 건가요? 나를 처음으로 보는 그대의 누이동생은 뭐라고 할까요? 안 되겠습니다. 그냥 여기에 있겠습니다. 평소보다 조금 더 슬프고 불안하겠지요. 그대가 평소보다 더 가까이 있음에도 만날 수 없으니까요. 나이 든 사람들이나 어머니들은 말 한마디 하지 않고서도 단거리 여행을 쉽게 결정하겠지만 나는 그럴 수 없습니다.

잘 있어요, 그대여. 두세 시간만이라도 휴식을 취하세요. 그리고 그대가 드레스덴에 머물 때도 편지로 그대를 찾아가 괴롭히는 것을 용서하세요. 일요일 편지는 베를린으로 배달될 것입니다. 거기에는 새로운 내용은 전혀 없고 지난주의 끊임없는 푸념만 담겨 있습니다.

프란츠

Nr. 174
1913년 2월 13일에서 14일

그대의 오늘 편지는 두 번째 우편 배달 때 왔습니다. 이것은 그대가 아침에 눈에 염증이 생겨 사무실에 나가지 않았다는 뜻인가요? 만약에 그렇다면 그대는 간단한 추신에서라도 그것을 내게 말하지 않았을까요? 눈에 들어간 것이 정말 먼지나 작은 머리카락인가요? 그것은 신경에 거슬리기는 하겠지만 눈에 염증을 일으킬 정도는 아니지 않은가요? 눈을 씻을 수 있도록 눈꺼풀을 위로 젖혀줄 사람도 없나요? 예전에는 피를 보는 대수술에도 별로 신경을 쓰지 않았는데, 이제는 몸에 손을 대지 못할 뿐 아니라 쳐다보지도 못합니다. 사람의 구조가 끔찍스러울 정도로 원시적이며 유기체 내부에 그만큼의 기계적인 요소를 지니고 있다는 것을 연상시키기 때문입니다. 혹은 그러한 의식을 갖게 만들거나 그러한 믿음을 주기 때문이지요. 그대도 누군가가 그대의 눈꺼풀을 위로 젖히는 것을 두려워하나요? 누군가가—물론 아무 죄도 없이—그대의 몸에 손을 댄다는 생각만 해도 몸서리가 쳐집니다.

그대여, 오늘은 그대가 다음과 같은 약속을 할 좋은 기회입니다. 그대는 그럴 의무가 있으며 이 의무를 다할 것을 약속해야 합니다. 곧 그대는 건강이 조금만 좋지 않아도—멀리서 걱정을 해봐야 이것을 막을 수는 없습니다—그것에 대해 명확하고 진실되게 내게 써 보냄으로써 실제로 일어난 것보다 더 나쁜 해석을 하지 않도록 해야 합니다. 그대가 나쁜 쪽으로 과장하도록 요구하는 것이 아닙니다. 나는—물론 그대를 생각해서라기보다는 내 처지로 인해—규칙적으로 과장을 하곤 하지만 그대에게 훤히 드러나고 맙니다.

어제 작은 이야기[「선고」]의 교정본을 받았습니다. 제목에 우리들의 이름이 나란히 놓여 있으면 얼마나 좋을까요! 그대가 이 이야기를 읽기도 전에 그대의 이름을(물론 펠리체 B.라고만 썼습니다) 허락한 것에 대해 유감스러워하지 않았으면 합니다. 왜냐하면 이 이야기는 그대가 원하는 모든 사람에게 보여주더라도 그 누구의 마음에도 들지 않을 테니까요. 그대가 설사 막았다 할지라도 내가 그대의 이름을 적었을 거라는 점이 그대에게 위안이 될 것입니다. 그 헌사는 사소하고 다소 모호하기도 하지만 그대에 대한 내 사랑의 명백한 표시이기 때문입니다. 이 사랑은 허락이 아니라 강요를 필요로 합니다. 그러나

이의를 제기할 시간은 아직 있습니다. 출판이 연기되었거든요. 책이 나오려면 아직도 몇 달이 걸릴 겁니다.

그대여, 아무것도 쓰지 않고 보내는 시간에—그것은 끝이 없어 보입니다—내가 얼마나 뒤척이는지 아십니까! 저녁 내내 그대에게 편지를 쓰면서 기뻤습니다. 그래서 피곤합니다. 그런 척합니다. 눈이 흐리멍덩한 상태에서 입술을 내밀며 편지를 봉합니다.

프란츠

Nr. 175

1913년 2월 14일에서 15일

연극 〈히달라〉⁴⁰를 오늘 관람하기로(당연히 베데킨트와 그의 부인이 공연합니다) 며칠 전부터 마음먹지 않았다 할지라도 그대에게 두 번째 편지를 쓴 다음에는 극장에 갔을 겁니다. 서로 멀리 떨어져 있고 눈치채거나 믿는 사람도 거의 없지만 튼튼한 끈이 우리를 연결하고 있지요. 신이 좋아하지 않는다 해도 그 끈은 우리를 둘러싸는 사슬이 됩니다. 그대가 '베른하르디 교수'에게로 가면 틀림없이 나 또한 끈에 묶여 딸려갈 겁니다. 그러면 우리는 슈니츨러가 상당 부분을 할애하여 나를 묘사한 듯한 형편없는 문학과 마찬가지로 몰락할 위험에 처하게 됩니다. 그것을 방지하려면 끈이 잡아당기는 대로 끌려가는 것이 아니라 히달라를 관람해야 할 의무가 있습니다. 그대가 그 '교수'한테서 조금이나마 벗어나게 하고, 베데킨트의 잘 다듬어진 말을 '베른하르디 교수'가 두근거리는 그대의 가슴에 와 닿도록 만들며, 그대로부터 나온 것이기에 내가 오늘 저녁 탐욕스럽게 받아들인 슈니츨러의 인상을 영혼의 손상 없이 참아내기 위해서입니다. 왜냐하면 슈니츨러를 전혀 좋아하지도 존경하지도 않으니까요. 그는 확실히 능력은 좀 있습니다. 그러나 그의 희곡과 산문들은 내가 보기에 역겨운 글 나부랭이로 채워져 있습니다. 비난받아 마땅합니다. 내가 본 그의 연극들은(막간 연극, 삶의 부르짖음, 메다르두스) 눈길이 가기도 전에 마음에서 멀어졌습니다. 듣는 동시에 잊어버렸지요. 다만 그의 형상과 잘못된 몽상, 손가락 끝도 대고 싶지 않은 애절함 등은 그가 부분적으로 훌륭한 초기 작업(아나톨, 노래를 동반한 원무, 구스틀 소위)에서 어떻게 스스로를 발전시켰는지 이해할 수 있게 해줍니다. 같은 편지에서 베데킨트에 대해 말하고 싶지는 않습니다.

저번의 라스커—쉴러의 경우처럼 나는 우리 사이에 끼어들려는 슈니츨러를 몰아내려 할 뿐입니다. 그대는 혼자 극장에 갔나요? 왜 그렇게 갑자기? 눈은 괜찮은가요? 저녁 식사 뒤에 석간 신문에서 의젓한 신랑 신부의 사진을 보았습니다. 두 사람은 카를스루에 공원을 산책하면서 팔짱을 꼈지만 그것만으로는 부족한 듯 손가락을 감아쥐고 있습니다. 이 감아쥔 손가락을 시간 가는 줄 모르고 쳐다보았습니다. 오늘 낮에 쥐구멍이라도 있으면 들어가고 싶었습니다. 『메르츠』신 간호에서 내 책에 대한 막스의 서평을 읽었거든요." 그 서평이 나온다는 사실은 알고 있었지만 그 내용은 몰랐습니다. 물론 제가 아는 사람들이 쓴 몇몇 서평들이 이미 나와 있습니다. 거기에 담긴 과분한 칭찬과 주석들은 쓸데없는 것들이며, 다만 오도된 우정과 인쇄된 글에 대한 과대평가, 문학과 보편성의 관계에 대한 몰이해 등을 나타낼 뿐입니다. 이 서평들의 공통점은 최대한의 비판을 곁들이고 있다는 데 있습니다. 이것들이 허영심을 찌르는 슬픈 가시로서 곧 힘이 다 빠지지만 않는다면 조용히 내버려 둘 수도 있겠지요. 하지만 막스의 서평은 도가 지나칩니다. 나에 대한 그의 우정이 문학의 시작보다 훨씬 깊은 가장 인간적인 면에 뿌리를 두고 있고, 따라서 문학이 태어나기도 전에 이미 굳건한 상태에 있기 때문에 그는 나를 창피하게 만들고 허영과 자만에 들뜨게 할 정도로 과대평가했습니다. 물론 그는 자신의 예술 경험과 고유한 능력에 의한 진정한 판단 그 자체를 보여 주었습니다. 그런데도 그는 그런 식으로 쓰고 있습니다. 내 자신이 작업을 하고 작업의 흐름에 몸을 내맡기게 된다면 서평에 대해서는 더 이상 아무 생각도 하지 말아야 할 것입니다. 막스의 사랑을 생각하며 애정을 보일 수는 있지만 서평 자체가 나를 감동시키지는 못할 테니까요. 막스의 작업에 대한 나의 견해가 내 작업에 대한 그의 견해와 다르지 않다고 말할 수밖에 없다는 점이 충격적입니다. 다만 나는 이것을 의식하고 있는 반면에 그는 전혀 그렇지 않습니다.

나의 멍청한 머릿속에 일요일의 그대에게 우호적인 생각이 과연 들어 있지 않다는 말입니까! 내게서 나와 그대에게로 향하는 모든 나쁜 것이 그대 앞에 가서는 좋은 것으로 바뀌어야만 한다는 점을 알지 못한다면 그대에게 그러한 내용을 절대 적어 보내지 않을 겁니다.

그대가 임의로 판단할 수 있도록 마드리드에 사는 외삼촌[알프레드 뢰비]의 편지를 동봉합니다. 기회가 닿는 대로 그대의 친척, 이를테면 부다페스트나 드레스덴에 사는 누이동생의 편지를 읽어 볼 수 있을까요? 그럼으로써 내가 몰래 숨어 들어간 그대의 영역을 이해할 수 있으니까요. 아직 그대의 도서 목록을 받지 못했습니다. 사랑하는 사람에게 너무 많은 것을 요구하는 건가요? 그렇다면 말해주세요. 제가 그대에 대해서 아는 대가로 그대의 가슴속에 조금이라도 거부감이 생긴다면 별로 좋지 못한 교환이 될 것 같군요.

프란츠

Nr. 176

1913년 2월 16일

첫 번째 우편에 부치려고 급히 몇 자 적습니다. 그대가 어제 받아 본 역겨운 편지에 담긴 대부분의 내용은 제발 잊어주세요. 밤늦은 시간이 아니거나 또 다른 편지를 쓸 마음의 여유가 있었다면 그 편지를 보내지 않았을 겁니다.

그러나 우리들의 규칙적인 편지 왕래를 우선시하다 보니 다른 생각은 하지 못했습니다. 아마도―교활한 변명이기는 하지만―일요일의 내 편지에 그대가 느꼈던 저항감을 감지했던 것 같습니다. 늘 그렇듯이 그 편지와 그 밖의 수많은 편지들에 대해서 오늘 밤에 충분히 대가를 치렀습니다.

나는 잠이 쏟아지는데도 오른쪽 어깨를 찌르는 듯한 고통스러운 통증 때문에 심지어 기도를 하며 뜬눈으로 밤을 지새웠습니다. 지금은 상태가 호전되었습니다만 죄의 대가를 달게 받겠습니다. 또다시 멍청한 말을 하면서 새로운 속죄를 위한 자료를 마련하고 있군요.

정말 불행한 사람입니다. 그대는 분명 이 모든 불행의 반대 급부를 제공해야만 합니다.

프란츠

Nr. 177

1913년 2월 16일

다시 급히 몇 자 적습니다. 잠을 좀 잔 뒤 꽤 오랫동안 깨어 있다 보니 벌써 시간이 많이 지났습니다. 일요일에 그대가 나보다 더 잘 지냈기를 바랍니다. 지금 앞에는 막스와 엘자[브로트] 부부가 리비에라 부근의 성 라파엘에서 보낸 편지가 놓여 있습니다. 그들에게 가을에 나와 함께 지낼 장소를 물색해보라고 청했습니다. 날씨가 따뜻하고 채식이 가능하고 항상 건강하게 지낼 수 있으며, 혼자 있거나 그 누구와 이야기하지 않더라도 외로움을 느끼지 않을 수 있고(그러나 홀로 지내서는 안 됩니다), 이탈리아어가 쉽게 먹혀 들어가는 곳이어야 합니다. 간단히 말해서 아름답지만 찾기가 불가능한 장소[42]지요. 막스는 성 라파엘이 바로 그곳이라고 말합니다. 그대는 어떻게 생각합니까?

이제 그대를 향해 잠시 달려가겠습니다. 물론 기차역까지만.

프란츠

Nr. 178

1913년 2월 16일에서 17일

추위 속에서(다시 감기에 걸린 걸까요? 등에서 정말인지 상상인지 모를 오한이 납니다) 시내를 배회하다 라친과 돔 주위를 거쳐 벨베데레를 지나는 긴 산책을 하면서 상상 속에서 그대에게 수없이 많은 편지를 썼습니다. 그대가 비록 세세한 내용을 알 수 없다 할지라도 그 편지들은 그대와 관계된 것이 분명합니다―만약에 그렇지 않다면 어찌할 바를 모르겠습니다. 그대에게 보내는 편지와 내 존재의 일부인 변덕과 허약함 속에는 거북스럽고 인위적이며 피상적이고 아양을 떨고 잘못되고 악의에 차 있으며 지리멸렬한 외양을 지닌 것이 존재합니다. 또는 단지 그렇게 보일 뿐만 아니라 실제로 부정할 수 없는 것이 존재합니다. 그럼에도 근본적으로는 내 행동과 편지에 담긴 모든 오점을 인식하고 올바로 평가하며 무력감에 눈물짓습니다. 펠리체, 그대가 나를 좋아한다는 것은 나의 행복입니다. 그러나 확실한 것은 아닙니다. 왜냐하면 그대가 스스로를 기만할 수도 있기 때문입니다. 혹시 나는 글 속에서 그대를 속이는 기술을 부리고 있는지도 모릅니다. 그대는 나를 거의 본 적도, 내가 말하는 것을 들은 적도, 내 침묵에 괴로워한 적도 없습니다. 또 나를 그대에게 가까이 다가가게 만든 것과는 다른 우연적이며 어쩔 수 없는 추악함에 대해서는 아무것도 알지 못합니다. 확실한 것은 오히려 내가 그대를 사랑하고 그 짧은 저녁 시간 동안에 그대를 알게 되었으며 그대에게 사로잡힌 듯한 느낌을 가졌다는 점입니다. 또 내가 이 사랑보다 약한 것이 아니라 그 시험을 무사히 통과했으며 이 사랑이 마치 나와 함께 세상에 태어나 지금에서야 비로소 파악된 것처럼 내 본성에 편입되었다는 점입니다.

그대의 어머니가 내 편지를 읽었다는 소식을 들었을 때의 놀라움에 대해서 자신을 속이지 마세요. (그대의 아버지는 정말 주목할 만한 사람입니다. 굼뜨고 심각해 보이지만 유쾌한 삶을 사랑하고 소설을 읽고 우는가 하면, 외견상 의심이 가는 문제에 대해서는 그대를 어머니로부터 보호해줍니다.) 그것은 원래 어머니에 대한 경악이 아니었습니다. 애당초 놀랄 만한 일이 아니었는지도 모르겠습니다. 한번 곰곰이 생각해보세요. 그대는 가족 내에서 충분히 자립적인 위치에 있습니다. 어머니는 이전에도 편지를 읽은 적이 있었지만 제가 아는 한 별다른 탈은 없었습니다. 그 소식의 본질적인 영향은 오히려 그대가 내게 다가온 작은(실제로는 엄청나게 큰) 공간 속으로 지금은 어머니의 낯설고 냉담한 시선이 뚫고 들어와 그대를 얼어붙게 만들고, 그대가 지금까지 아주 가까운 거리에서 바라보던 것을 멀리서 바라보도록 만든 점에 있습니다. 우리가 다시 혼자가 되어 아무런 방해도 받지 않으면 좋으련만!

프란츠

Nr. 179

1913년 2월 17일에서 18일

그대여, 나의 불행과 분노, 불안, 근심, 사랑에 대해 생각해보세요. 저
녁에 브로트의 새집에 들렀다가(소피는 이미 여행을 떠났고 막스는 목요
일에 돌아옵니다) 조용히 산책했습니다. 평온함 속에서 그대에게 편지
를 쓴 다음 숙면을 취함으로써 피곤함과 감기에서 벗어날 생각에 기
뻤습니다. 그때 피크를 만났습니다. 그가 이끄는 통에(회사의 담당자
로서가 아니고서는 사람들과 자리를 함께한 적이 없기 때문에 그 누구의 요
구라도 들어주어야 한다고 생각합니다) 비록 지루하지는 않았지만 텅 비
고 난방이 안 된 찻집에서 그와 함께 밤을 보냈습니다. 새벽 두 시 반
인 지금 방에 앉아 있습니다. 방 안의 온기에도 불구하고 어디에서 오
는지 알 수 없는 차가운 공기가 등을 스쳐갑니다. 그대에게 할 말이
있습니다. 그대는 일요일의 편지⁴³를 건성으로 읽었음이 분명합니다.
그 편지에는 읽기 거북한 내용이 많이 들어 있습니다(기회가 있으면 그
대에게 설명 해드리겠습니다). 나로서는 그대가 건성으로 읽은 것이 기
쁘기만 합니다. 그 편지를 다시 읽지 않기를 바랍니다. 그러나 거기에
는 우리 사이에 존재하는, 아마도 끊어지고 있는 상태의 끈에 대해서
는 한마디도 적혀 있지 않습니다. 그대의 목걸이에 있는 내 사진보다
더 많이 그대에게 속한 나 자신에 대한 판단을 말하거나 벽에다 그릴
만큼 머리가 돌지 않았습니다. 그런데 그대가 어찌 그런 것을 내 편지
에서 읽을 수 있었겠습니까? 그대는 어떤 눈으로 그것을 읽었나요?
그대는 무슨 연유로 내가 그대를 완전히 얻었다고 편지에 적었나요?
그대는 멀리서 한순간에 그것을 믿습니다. 하지만 가까이서 지속적
으로 그대를 얻기 위해서는 펜을 앞으로 나아가게 만드는 근육의 움
직임과는 다른 힘이 필요합니다. 그것을 곰곰이 생각해 보고서도 믿
지 않겠습니까? 거의 언제나 현실이 되기를 열망하는 이 편지 왕래

가 나의 비참함(항상 비참하게 여기지는 않는 나의 비참함)에 어울리는 유일한 교류이며 내게 정해진 이 경계를 넘어서는 것은 우리 모두에게 불행을 가져오리라는 생각이 가끔 듭니다. 내가 나를 생각한다면 그대 옆에 머물러야 하고 그대에게 달라붙어 절대로 놓아주지 말아야 합니다. 그러니 그대를 생각한다면(우리는 서로를 혼동하는 듯하지만 내 머릿속에서는 차이가 없습니다. 그것이 나쁜 점입니다) 나는 온 힘을 다해 그대로부터 멀어져야 합니다. 맙소사, 그것이 어떤 결과를 낳을지!―사랑하는 펠리체여, 이제 이 놀라운 편지를 보내야만 합니다. 밤 세 시가 지나고 보니 더 쓰기도 힘듭니다. 다만 저번 편지 중 그대의 마음에 들지 않는 내용은 진실이 아닐뿐더러 본래의 뜻과는 다르다는 것을 말하고 싶었습니다. 그것이 오로지 진실이며 본래의 뜻이기도 하지만 그대를 사랑하기에 그대가 원하면 거짓을 말하고―더 나아가―그것을 믿습니다. 펠리체, 가끔 그대가 나를 자기 자신을 잘 아는 사람으로 변신시키는 힘을 가지고 있다는 생각이 듭니다.

프란츠

Nr. 180 [노동자재해보험공사의 편지지]

1913년 2월 18일

어제의 편지로 그대를 상심케 했습니다. 우편함을 열기 전만 해도 그 편지를 보내지 않으려 했습니다. 그러나 어제처럼 깊은 밤 중에 그러한 순간이 엄습할 때 내가 어떻게 행동해야 되는지 말해주세요. 쓰지 말아야 할까요, 아니면 그냥 간직하고 있어야만 할까요? 지난 며칠 동안 무언가가 뒤숭숭한 기분입니다. 내가 원하지도 않았고 외부에서 온 듯하면서도 그 근원은 은폐된 내면에 있음에 분명한 문장들이 내 편지 속으로 밀려 들어옵니다. 제발 피하지 말고 조용히 참아내기 바랍니다. 아니면 나를 비난하세요. 다만 내 곁을 떠나지만 말아주세요. 슬퍼하지도 울지도 말며 나를 그대 곁에 두기 바랍니다.

프란츠

Nr. 181
1913년 2월 18일에서 19일

도와주세요. 내가 지난 며칠 동안 저지른 것을 다시 원상태로 돌려놓아 주세요. 별다른 일은 일어나지 않았습니다. 내 외침을 듣지 못한 그대는 아무것도 알아차리지 못했을 겁니다. 그러나 의식 속에 자리 잡은 이 불안이 나를 헤매게 합니다. 저는 무책임한 것을 쓰거나 아니면 언젠가 그러지 않을까 두려워하고 있습니다. 잘못된 문장들이 펜 주위에 숨어 있다가 그 끝을 휘감아 편지 속으로 이끌려 들어옵니다. 말하거나 쓰고 싶은 것을 그대로 표현할 힘이 없다는 뜻은 아닙니다. 언어의 허약함에 대해 암시한다거나 말의 한계와 감정의 무한성을 비교하는 작업이 완전히 결여되어 있었습니다. 무한한 감정은 가슴속에 있을 때와 마찬가지로 말에서도 무한합니다. 내면에서 명확한 것은 말에서도 거부하기 힘듭니다. 때문에 결코 언어를 걱정해서는 안 됩니다. 그러나 말을 마주하고 보면 자주 걱정이 앞섭니다.⁴⁴ 말이 어떤 방식으로 튀어나올지는 아무도 모르지요. 이처럼 격정적이고 이리저리 뒤얽히고 무감각한 내면이 바로 우리 자신입니다. 하지만 말이 우리 내면에서 솟아 나올 때의 비밀스러운 과정에서 자기 인식이 빛을 보게 됩니다. 자기 인식이 여전히 숨겨져 있다 할지라도 우리 앞에 놓여 있으며 그것은 멋지고도 놀라운 광경입니다.

내가 지난 시절 내뱉었던 혐오스러운 말에서 나를 지켜주세요. 그대가 모든 것을 통찰하고 있으며 어쨌든 나를 좋아한다고 말해주세요.

지난번에 라스커-쉴러와 슈니츨러를 모욕하는 글을 적었습니다. 내가 얼마나 옳았던가요! 그러나 이 두 사람은 내가 바닥에 누워 있는 심연 위를 천사가 되어 날아다닙니다. 막스가 칭찬하더군요! 그가 원래부터 내 책을 칭찬한 것은 아닙니다. 이 책은 내 앞에 놓여 있습니다. 그 판단은 누군가가 그럴 마음이 있다면 검증해보아야겠지요. 막스는 누구보다도 나를 칭찬합니다. 그것이야말로 가장 우스꽝스러운 것입니다. 나는 도대체 어디에 있는 걸까요? 누가 나를 검증할 수 있겠습니까? 내 자신을 의미하는 지리멸렬한 상태의 구조 속으로 들어가기 위해 강력한 손을 원한 적이 있었습니다. 내가 그때 말하는 것은 정확한 의견도 아닐뿐더러 순간적인 의견도 아닙니다. 내 자신을 들여다보면 수많은 불명확한 것들이 뒤엉켜 있는 것을 보게 됩니다. 따라서 나는 내 자신에 대한 거부감을 정확히 규명할 수도 없고, 완전히 받아들일 수도 없습니다.

그대여, 만일 그대가 이러한 혼란을 겪는다면 어떤 말을 하겠습니까? 그것은 직접 체험하는 사람보다 구경꾼에게 더 슬프고 거북한 일이 아닐까요? 비교할 수 없을 정도로 더 슬프고 거북합니다. 그런 상황에서 도망치지 않으려면 얼마나 많은 힘이 필요한지 상상할 수 없을 지경입니다. 고백하건대, 내가 이 모든 것을 조용히 적고 있는 동안 말입니다.

프란츠

Nr. 182
1913년 2월 19일에서 20일
상상의 유희에 익숙해진 까닭에 이 습관을 현실에서도 버릴 수가 없습니다. 심장의 박동이 위협을 가하며 중요한 것은 현실이라고 경고

한다 할지라도 마찬가지입니다. 남쪽으로 떠나는 나의 여행에 대한 그대의 논평을 보고 몹시 슬퍼졌습니다. 그대가 생각한대로 그대의 순수한 판단은 염두에 두지 않았습니다(왜냐하면 내게, 행선지는 상관 없으니까요. 돌발적인 순간을 제외하고는 그 어느 곳에서도 편하지 않을 겁니다). 결국에는 그 판단을 나의 여행에 대한 축복으로 받아들이고 싶어 하는 것을 알았다 할지라도, 내게는 첫 번째와 두 번째 판단 사이에서 나의 상상을 진정시킬 만한 중간 고리가 없습니다. 뿌리 뽑을 수도 없고 회의할 줄도 모르는 이 상상 속에서 그대를 함께 데리고 가려 하기 때문입니다.

이제 언짢은 날은 지나갔지만, 그대는 더 괴로워하지 않나요? 그대는 엄청난 동정심을 발휘할 수 있습니다. 그리고 그 동정이 그대를 뒤흔듭니다. 나라면 똑같은, 아니 더 열악한 상황에서도 무미건조한 반응을 보일 겁니다. 물론 여자의 고통을 불러일으킬 수도 없을 뿐더러 그대가 그랬던 것처럼 가까이 다가감으로써 진정시킬 수도 없습니다—그대의 침묵에도 나는 그것을 내 가슴속에서 느낍니다. 그대의 내면에 깃든 힘은 대단합니다. 그 힘이 그대를 뒤엎는다는 것은 그것이 위대하다는 증거지요. 이것을 아무에게도 말할 수 없습니다. 그것을 표현할 말이 내게 결여되어 있으니까요. 말은 변덕스럽지 않습니다. 말의 변덕 때문에 문제 되는 것은 아닙니다. 과거에는 내 자신에 대해 별로 조망해보지 못한 채 한순간도 세계에서 눈을 떼서는 안 된다고 믿었습니다. 거기에는 위험이 도사리고 있고, 자아는 아무런 수고나 망설임도 없이 내가 세계에 대해 행한 관찰에 따라 저절로 정립되리라고 순진하게 받아들였지요. 과거에—원래는 당시에도 아니지만—오히려 나는 나의 내면 속으로 수축해 들어갔습니다. 당시와 오늘날은 아무런 차이가 없습니다. 다만 오늘날에는(당시의 잘못된 가정들에 대한 대체물인) 시간들이 존재하며, 그 안에서 나는 아마도 언젠가 내게 주어질 어떤 산 밑의 어두움을 배경으로 그러한 것들을 적고, 산을 날아 올라간다고 믿습니다.

얼마 전부터 더 이상 그 어떤 질문에도 대답하지 않을 뿐만 아니라 현실적인 것에 대해서는 쓰지 않습니다. 이러한 비현실이 가장 아름다운 현실을 감추려 하기에 글쓰기를 통해 그것을 몰아내야 하는 것입니다. 인내심을 가지세요(새벽 두 시가 가까운 이 시각에 대포 소리가 여러 번 들립니다. 어찌된 영문인지 알 수가 없습니다. 마치 그대와 나를 맞히기라도 하려는 것처럼 몸이 떨리고 뺨이 얼얼합니다). 주위는 이제 조용해졌습니다. 참고 기다리세요. 나는 그 이상의 것은 요구할 수 없습니다. 하지만 그것 자체가 이미 엄청난 일입니다.

프란츠

Nr. 183

1913년 2월 20일에서 21일

늦은 시각입니다. 여러 사람들과 함께 저녁을 보낸 것은 불필요한 일이었습니다. 숨돌릴 여유도 없이—베를린에 있는 그대에게 편지 쓸 시간도 없었습니다—사람들이 원하는 대로 끌려다녔지요. 한 젊은 부인이 어린 개구쟁이 아들에 대해 이야기했는데, 그래도 이것이 가장 좋았던 일이었습니다. 하지만 그나마도 계속해서 참고 견딜 수가 없어서 그 부인에게—그녀가 마음에 들었는데도—공허한 눈길을 보냈습니다. 이러한 우울한 눈길이 분명 그녀를 당황하게 만들었을 겁니다. 이를 견디어내려고 입술을 깨물었습니다. 그러나 이 모든 노력에도 허공에 떠 있는 기분이었지요. 이 두 시간 동안 나는 존재하지 않았던 걸까요? 그랬음에 틀림없습니다. 거기에 놓여 있는 안락의자에서 잠을 잤다고 할지라도 내 존재가 더 확실하게 느껴졌을 테니까 말입니다.

그에 비하면 오전은 괜찮았습니다. 아침 일찍 사무실에 가려고 나섰을 때 모든 것이 불쾌하고 지루하게 느껴졌지요. 그래서 출근 시간에 별로 늦지 않았는데도 갑자기 한 구간을 달리기 시작했습니다. 다름 아니라 세계에 대한 불쾌감을 뒤흔들어서 더 참아낼 수 있게 만들기 위해서였습니다. 그러나 그대의 편지를 받고 지난 밤에 내가 바랐던 대로 그대가 라파엘에 함께 가고 싶어 하거나 최소한 그것에 대해 생각하고 있다는 내용을 읽었을 때 그러한 가능성을 지닌 세계는 지난 몇 주와는 전혀 다른 모습이 었습니다. 그대가 함께 가리라 믿습니다. 우리는 그곳에서 함께 지내며 바닷가에 나란히 서 있거나 야자수 밑의 벤치에 나란히 앉아 있을 겁니다. 그곳에서의 모든 일은 '나란히'라는 말로 설명될 수 있을 겁니다. 무엇보다도 그리고 영원히 거기에 머물기를 원했던 이 가슴은 마구 뛸 것입니다. 그러나 지금은 얼굴에 전율을 느낍니다. 불가능한 상상이기 때문입니다. 그대가 적어놓은 글이 도저히 믿어지지 않습니다. "아름다운 곳을 그대에게 찾아준 다음 그대 혼자 지내게 하렵니다." 좀 전의 비현실성이 이 글의 어조와도 일치합니다. 왜냐하면 함께 여행을 하려면 전제 조건으로서 필요한 기적들이 차례로 일어나야 하니까요. 게다가 우리가 제노바행 열차 앞에 서 있다 할지라도 나는 뒤로 물러나야 합니다. 이것은 나의 당연한 의무입니다. 이를테면 현재 상태에서나 또는 그러한 상태가 가능한 미래에도 그대의 여행 동반자가 되려고 해서는 결코 안 될 것입니다. 칸막이가 된 객차의 구석이 나 홀로 있어야 할 자리입니다. 나는 그곳에 머물러야 합니다. 내 마지막 힘까지 다하여 지키려고 하는 그대와의 결속을 그러한 동반 여행으로 위험에 빠뜨릴 수는 없는 노릇입니다.

프란츠

Nr. 184

1913년 2월 21일에서 22일

오늘 그대에게는 스쳐 지나가는 것이었지만 우리가 실제로 만난 시간을 제외하고는 지난주의 편지들 외에 서로를 맺어줄 아무런 자료도 없다고 가정할 경우 내가 그대라면 나에 대해 어떤 상상을 할지 생각해보았습니다. 이 편지들은 그전의 편지들에 담긴, 삶에 유용한 내용을 반박하고 망각하게 만들기에 충분했습니다. 나는 편지를 쓰면서 이러한 방향으로 더욱 나아가게 만들었습니다. 게다가 실제로 그것을 읽을 때마다 극도의 권태를 느낀 이유는 무엇보다도—규명 가능한 다른 이유들은 빼놓더라도—그 편지로 인해 깊이 상처받지 않았기 때문이지요. 그러한 편지들이 나에 대해 상상할 수 없도록 만드나요? 그대 앞에 증거가 놓여있지 않다면, 나처럼 쓸모없이 살아가고 있지만 그래도 살아서 거대한 구멍 주위를 빙빙 돌며 지키는 능력밖에 없는 사람을 그대의 다른 경험에 비추어 생각할 수 있나요? 인간이 아니라 어떤 엉터리 유령이 그대에게 편지를 쓴다고 믿고 있지는 않나요?

하지만 한 사람이 그대에게 편지를 쓰고 있습니다(물론 이러한 주장을 펴고 나서 인간적 존재의 결말을 기술하기는 어렵습니다. 이미 너무 높은 곳으로 달아나버립니다). 그리고 그대에게 다가가려고 노력하며 이를 위해 자신의 빈약한 힘들을 모으고 베를린까지의 거리가 자신과 그대를 갈라놓은 높이만큼은 되지 않는다고 느낍니다. 이 모든 훌륭한 의지에도 그는 그대가 오늘 편지에서 적었듯이 그대를 '수시로 새로이 실망시키는' 일밖에 하지 못합니다(물론 또 다른 관계를 염두에 두고 한 말입니다. 그러나 내게 그러한 소견은 그대의 의도와는 상관없이 작용합니다). 그는 달리 어쩔 수가 없습니다. 왜냐하면 우리는 세계를 겨우 꾸려갈 만한 힘밖에 지니고 있지 않고, 설사 우리의 목숨이 문제 된다

해도 어떤 숨겨진 저장고에서 새로운 힘을 가져올 수는 없기 때문입니다.

그대는 사무실이나 전차 안에서 내게 편지를 쓸 수 없습니다. 내가 설명해볼까요? 그대는 누구에게 편지를 써야 하는지 모르는 겁니다. 편지의 목적지는 내가 아닙니다. 만약에 내가 나의 비참한 상태를 펼치며 그대 앞으로 다가서면 그대는 깜짝 놀라 뒤로 물러설 것입니다. 나는—물론 의도한 바는 아니지만—다람쥐가 정신없이 쳇바퀴를 돌 듯이, 그대를 새장 앞에 붙들어두고 그대를 볼 수 없다 할지라도 그대가 곁에 있다는 것을 확인하기 위해 달려갑니다. 언제 그대는 이것을 꿰뚫어 보게 될까요? 그것을 꿰뚫어 보려면 그대는 앞으로 얼마나 오랫동안 그 자리에 있어야 하나요?

프란츠

[이 편지에 동봉된 내용으로 추정]

잠들지 못하고 침대에 누워 있을 때면 이런 상상 또는 소망을 떠올립니다.

거친 나무 막대기 하나가 여자 요리사의 몸을 지탱하고 있습니다. 그녀는 불을 피우기 위해 칼을 두 손에 들고 있는 힘을 다해 이 뻣뻣한 나무토막(즉 내 엉덩이 부분)의 측면을 내리쳐 두 동강냅니다.

Nr. 185

1913년 2월 23일

밤늦은 시각이라 몇 자만 적습니다. 좀 바람을 쐰 다음 막스한테 가려고 합니다. 당연히(잠자리에 들지 않으면 드레스덴에 마음이 가 있기 때문입니다) 낮 시간의 대부분을 침대에서 보냈습니다. 나의 유일하면서도 끔찍스러운 모험은, 아버지가 격렬하고 단조로우며 끊임없이 새로운 힘을 얻는 고함 소리와 노래를 통해서뿐만 아니라 큰조카를 어르기 위한 손뼉치기 등을 통해 오전 잠을 자는 나를 기어이 깨워 절망적인 세계로 무조건 내모는 것입니다. 오후에도 아버지는 손자와 어울려 놀기 위해 똑같은 행동을 합니다. 전혀 이해할 수 없는 것은 아니지만(그것은 아버지의 유일한 기쁨입니다) 가장 깊은 내면에서는 결코 이해할 수 없습니다(내게는 흑인들의 춤이 더 이해가 됩니다). 그러나 저주를 보내지 않고 그러한 야단법석을 감내하는 것이 자식 된 도리겠지요. 그런 소동은 마치 북을 두드려대는 것 같습니다. 특히 오후에 듣는 고함 소리는 눈을 주먹으로 치는 듯한 느낌입니다. 오래전에는 나도 지금의 조카와 똑같은 방식으로 아버지와 놀았습니다. 물론 그때는 옆방에 아무도 없었고 그로 인해 괴로움을 당한 사람도 없었습니다. 결코 내게 고함을 치는 것은 아닙니다. 이 고함 소리는 집 안에서 아이들을 다루는 힘이지요. 나는 그럴 수 없습니다. 나는 나를 망각할 수 없습니다. 내 피는 더 이상 흐르지 않고 막혀버립니다. 그리고 피의 이러한 요구는 자식들에 대한 사랑으로 치장됩니다. 자라면서 점점 더 큰 소리를 지르는 조카와 조카딸 때문에 어딘가 다른 곳에 방을 얻어 집을 떠나야 하지 않을까 곰곰이 생각해봅니다. 몇 년 전에도 다른 이유에서 그런 생각을 한 적이 있지만 결국에는 눌러앉고 말았지요.

그대여, 오늘은 어디에 있었나요? 시야에서 그대를 놓쳐버렸습니다. 드레스덴에 있나요, 아니면 저녁에 벌써 돌아왔나요? 오늘은 날씨가 좋았습니다. 이따금 반수면 상태에서 드레스덴을 돌아다녔습니다. 그러나 잠에서 깨어난 뒤 찰나적이지만 실제적인 상상 속의 괴로움들을(상상이 충분한 힘을 발휘할 경우 그 효과는 현실과 차이가 없습니다) 세어보았습니다. 여섯까지 세었을 때 싫증이 났고 머리가 지끈거렸습니다. 다른 편에 있는 그대는 이러한 복합적인 괴로움을 견뎌낼 수 없을 것입니다. 끝없는 입맞춤 세례가 그것에 대한 보답이자 동시에 형벌이 될 수 있을 것입니다.

프란츠

Nr. 186

1913년 2월 23일에서 24일

먼저 더 늦어지기 전에(아마도 그대는 벌써 걱정하고 있었겠지만) 그대 조카의 사진을 돌려보냅니다. 아이가 귀염받게 생겼습니다. 그곳 촬영장에서 세상의 모든 공포를 보여주는 듯 겁먹은 눈빛을 하고 있지만, 두 손을 의자 손잡이와 엉덩이에 갖다 대고 몰아지경에 빠진 아이의 모습이 마치 다 큰 숙녀 같습니다. 심지어 오후에 보낸 편지 내용과는 달리 의자 위에 앉아 있는 이 어린 빌마가 사랑스럽다고 말하고 싶은 심정입니다(그대 때문이 아니라고 누가 말할 수 있겠습니까?). 그대의 펜던트에 다른 사진은 들어 있지 않나요? 만약에 있다면 그것도 볼 수 있을까요?

그대 언니의 편지는 매우 흥미로웠습니다. 그 편지에—나를 올바로 이해해주기 바랍니다—충격을 주었다고 할 수 있을 정도입니다. 언니가 아이에게 매달려 있기 때문이 아닙니다. 그녀는 유별나게 그런 적이 없습니다. 형제 자매에 대한 생각, 선물, 세관 비용 등, 이런저런 사실들을 시시콜콜 늘어놓는 수다 속에서 그녀의 개방적인 본성이 드러나기 때문입니다. 제발 나를 올바로 이해해주기 바랍니다. 내가 그렇게 생각한 것은 그대 언니에 대한 자연스러운 관심이나 예의와는 아무런 상관도 없습니다. 언제나 나를 사로잡는 것은 표면적이거나 규범적이 아닌 것입니다. 내 자신의 불행에 무척 괴로워하던 그저께 저녁 바로 집 대문 앞에서 마주친 어떤 사람이 생각납니다. 유대인 서점 주인, 아니 그 주인의 아들입니다. 마흔 살쯤 된 그는 몇 년전에 키가 크고 억센 처녀와 약혼했습니다. 하지만 지참금을 넉넉히받지 못해 그 약혼은 깨지고 말았지요. 그 후 부드럽고 활동적인 여자와 결혼했습니다. 내 기억에 따르면 그녀는 예전의 우리 집에 놀러와서 이야기를 나눌 때 이상할 정도로 지쳐 보였습니다. 또 밝은 날에도 질질 끌리는 긴 옷을 입고, 그 긴 옷자락을 자꾸 발로 차서 옆으로 밀어놓곤 했던 기억이 납니다. 아니나 다를까 이 여인은 몇 주 후에 머리가 돌아서—사람들의 말로는 그녀가 그렇게 된 데는 남편, 아니 오히려 시부모의 책임이 크다고 했습니다—정신 병원에 입원했습니다. 결혼 생활은 파탄이 났고 남편은(그 가정에서 일어난 사건을 바라보며 고소해하던 아버지가 만족스러워했듯이) 마지못해 결혼 지참금을 다시 내놓아야 했습니다. 이 남자는 다시 홀로 되었지만 더 이상 결혼하지 않았습니다. 부모도 자신들의 말이라면 무조건 따르던 아들에게 더는 결혼을 요구하지 않았지요. 자립과는 거리가 멀었던 그는 학교를 졸업한 후 한 사람의 노동력이면 충분한 보잘것없는 가게에 곁다리로 눌러앉았습니다. 사환의 도움을 얻어 진열된 기도서의 먼지를 털기도 했고, 따뜻한 날에는 가게 문 앞에 서 있었지요(지금은 병든 그의 부모가 예전에는 그와 교대하기도 했습니다). 또 날씨가 추워지면 책들로 가려진 문 뒤에 서서는 거의 손을 대지 않은 책들 사이의 틈새로 골목길을 내다보곤 했지요. 스스로 독일인이라고 여기는 그는 일반 회원이기는 하지만 현지 독일인들 사이에서 최고로 손꼽히는 독일인 카지노 회원입니다. 가게 문을 닫으면 저녁 식사를 한 뒤거의 매일 '독일 하우스'로 갑니다. 그저께 저녁에 우연히 그가 집을 나서는 것을 보았습니다. 내 기억 속에 남아 있는 젊은이의 모습으로 내 앞을 지나갔습니다. 그는 등이 눈에 띌 정도로 넓은데, 몸을 너무

꼿꼿이 세우고 걷기 때문에 어떤 때는 몸이 기형일지도 모른다는 생각이 들 정도입니다. 어쨌든 그는 골격이 크고 위압적인 아래턱을 지니고 있습니다. 왜 내가 이 남자를 첼트너 거리까지 기꺼이 따라가서 도랑 쪽으로 길을 꺾은 뒤, 그가 '독일 하우스' 정문으로 사라지는 것을 대단히 유쾌한 심정으로 바라보았는지 그대는 이해할 수 있겠습니까?

늦었군요. 펠리체, 그대에게는 아무 필요 없는 관용구를 내게 넘겨글로 쓰도록 허락해주세요. "나를 사랑해주오!"

프란츠

1913년 2월 24일에서 25일

언니라고요? 내 자신의 불행에 부대끼고 있는 나로서는 아무것도 몰랐습니다. 드레스덴의 그대에게 보내는 이 편지에서나마 가련한 마음의 그대가 '조용한 시간'을 보내기를 기원합니다. 오늘처럼 대충이라도 드레스덴 여행의 목적을 알았더라면 내 상황과는 상관없이 드레스덴으로 갔을 것입니다. 그대가 그곳에서 혼자 감당할 불행을 안다는 것은 우둔한 나에게도 참을 수 없는 일이기 때문입니다. 그대 언니가 갑자기 드레스덴의 좋은 일자리를 내놓게 돼 그대가 베를린에서 교수들을 통해 그녀에게 맞는 일자리를 찾아보려고 한다는 점이 지난번에도 조금은 이상하게 생각되었습니다. 그러나 무심코 흘려버렸습니다. 그대가 무슨 문제가 있는지 말하기를 꺼린다면 구태여 알려고 하지 않겠습니다. 내가 조언이나 도움을 줄 가능성이 조금이라도 있다면 언제라도 꼭 말해주세요(그대를 위해서이며 내게도 힘과 능숙함을 가져다줄 것입니다). 하지만 한시바삐 지금 그대가 어떤 상태인지 알아야겠습니다. 이번 가을과 겨울에는 나를 필두로 하여 그대를 괴롭히는 일들이 많았습니다. 드레스덴 여행의 결과와 귀향길의 그대 상태에 대해 아무것도 알지 못한다는 사실을 결코 좋은 의미로 받아들이기 힘듭니다. 무조건 드레스덴으로 갈 걸 그랬습니다. 무언가 도움이 될 만한 일이 있었을 텐데요. 곤경에 빠진 그대 모습을 보는 것만으로도 내가 많은 일을 해냈을지도 모릅니다.

더 쓸 엄두가 나지 않습니다. 그대가 무얼 하고 있는지 모르니까요. 토요일과 일요일 저녁, 즉 그대가 온갖 생각에 골몰한 채 여행을 하고 있을 동안 나는 다른 때보다는 훨씬 덜 불행한 마음으로 막스의 새집에 앉아 있었습니다. 이때 그대는 마치 다른 별에 있는 듯했고, 내 발밑의 땅바닥은 엄청난 불안에 휩싸여 걷고 있던 그대 발밑의 땅바닥과 아무런 연관도 없는 듯했습니다. 내가 냉정하게 이런저런 말을 하고 있는 동안 그대가 지금 어떤 상태인지 누가 알겠습니까. 이것이야말로 비참한 삶입니다. 채찍으로 내리쳐본 사람만이 그것을 이해할 겁니다. 그러한 쓸데없는 흥분에 자신을 내맡기지 말라고 경고하고 싶지도 않습니다. 똑같은 것을 행할 수밖에 없는 내가 어떻게 그러지 말라고 할 수 있겠습니까. 베를린에서는 좀 더 사려 깊게 생각하고 그대 자신을 좀 돌보도록 해요. 어머니의 회합이나 언니의 무도회, 뜨개질, 숙모 등등은 잠시 내버려 두고 잠을 자도록 해요. 사람은 잠을 잠으로써 좋은 영혼을 지니게 됩니다. 깨어 있는 시간이 많을수록 그대는 더 번민하게 됩니다.

프란츠

1913년 2월 25일에서 26일

지금 정말 어찌할 바를 모르겠습니다. 불행에 빠진 그대가 빤히 보이는데 무슨 일이 일어나고 있는지 알지도 못합니다. 그대는 다시 울고 나는 아무 할 말이 없습니다. 그대는 조언이 필요하다고 말하지만 나는 그 어떤 조언도 해줄 수 없습니다. 지난 시절 나를 둘러싼 불행이 불어난 것과 마찬가지로 그대는 이제 내가 알 수 없는 불행 속으로 빠져 들어갈 것입니다. 정말 그대와 함께 이곳을 떠나고 싶었습니다. 인간이 하늘에서 가시투성이인 암흑의 땅으로 내던져진 것을 어째서 받아들여야 한단 말입니까? 어린 시절 화랑의 진열대에 걸려 있던 조잡한 컬러 그림을 넋을 잃고 바라본 적이 있습니다. 두 연인의 자살을 표현한 그림이었지요. 배경은 겨울밤이었고 이 마지막 순간에 달이 커다란 구름 사이로 내비쳤습니다. 두 사람은 나무로 만든 작은 선창가에 서서 마지막 발걸음을 내딛고 있었습니다. 여자와 남자의 발이 동시에 심연을 향해 나아갔습니다. 두 사람이 이미 중력에 몸을 내맡기고 있는 듯한 느낌이 들었습니다. 여자가 머리에 가볍게 펄럭이는 푸른빛의 베일을 두르고 있던 기억이 납니다. 반면에 남자의 검은 외투는 바람 때문에 팽팽하게 부풀어 오른 상태였습니다. 그들은 서로를 껴안고 있었는데 여자가 끌어당기는지 혹은 남자가 밀쳐내는지 정확히 알 수 없었습니다. 그들은 보조를 맞춰 어쩔 수 없이 앞으로 나아갔습니다. 당시 나는 이미 어렴풋하게나마 사랑에는 거기에 표현된 것 이외의 다른 출구가 없다는 것을 인식했을 겁니다. 그러나 그때는 아직 아이였고, 그 옆에 걸려 있던 멧돼지 그림에 더 많은 흥미를 느꼈습니다. 멧돼지가 숲속 사냥꾼들의 아침 식탁으로 갑자기 뛰어드는 바람에 사냥꾼들이 나무 뒤로 몸을 숨기고 접시와 음식들이 이리저리 나뒹구는 그림이었지요.

그대가 다시 정신을 수습할 때까지 기다리는 수밖에 없군요. 그대 아버지는 다시 여행 중인가요? 그대가 모든 일에 대해 아버지와는 이야기를 나눌 수 있으리라 여겨집니다. 어머니만큼 관심이 크지는 않겠지만 그럴수록 아버지에게 조언이나 위안을 구할 수 있습니다. 그대 아버지는 분명 집에 계실 겁니다. 그대가 부모님을 속여야겠다고 편지에 썼으니까요. 그대와 마찬가지로 내가 염려한 대로 드레스덴에 갈 수밖에 없다면 기꺼이 함께 가겠습니다. 두 번째로 집을 떠나는 일이 그대에게는 더 힘들 테니까요. 그러한 질문들이 그대를 안정시키기는커녕 더욱더 괴롭게 만드는지도 모르겠습니다. 그러나 달리 어찌할 도리가 없습니다. 점점 모든 사람들이 시야에서 사라져버리고 그대만 보입니다. 그런데 그대는 그렇게 괴로워하는군요.

프란츠

Nr. 189
1913년 2월 26일에서 27일

근심이 정말로 사라져버렸나요? 아침 편지를 보니 그런 것 같군요. 아니면 단지 내게만 그대 스스로를 자제하고 있나요? 전보를 뜯어보지도 않은 채 한동안 손에 잡고 빙글빙글 돌렸습니다. 무슨 내용이 들어 있을까? 그대의 선량함을 아는 나로서는 그 호의를 악용했습니다(현재 나의 존재는 아무런 의미가 없고 단지 시간만 허비하고 있을 뿐입니다). 이 전보로 그대가 나의 걱정을 덜어주려 한다는 것을 염두에 두지 말아야 한다고 믿었지요. 그러고는 한순간 전보에 "기차역으로 달려오세요. 저는 십오 분 뒤에 도착합니다"하는 내용이 담겨 있을지도 모른다고 생각했습니다. (한순간이지만 실제로 그랬습니다) 깊은 밤중에 갑자기 잠자리에서 쫓겨날 때와 같은 공포만을 느꼈습니다.

나의 우유부단함이 그것을 사주했을지도 모릅니다. 이 역겨운 우유부단함으로 인해 내가 가진 것은 집 전체, 아니 도시 전체에 침대 하나뿐입니다. 전보에 그러한 내용은 없었습니다. 나는 예전처럼 혼자입니다. 글을 쓰다가 가끔 편지지에 비친 내 얼굴을 마주볼 때면 펜을 내려놓고 싶은 심정이 됩니다. 그대에게 계속 매달리고 그대를 굴복시키기 위해서가 아니라 스스로 느끼듯이 내면에서 천천히 요동치는 물결에 내 자신을 내맡기기 위해서입니다.

전보에 대한 나의 두 번째 생각은 물론 첫 번째와 정반대의 것입니다. "내일은 편지를 받지 않겠습니다." 나는 아직도 이 두려움에서 완전히 벗어나지 못하고 있습니다. 그대 언니에 대해 말한 것을 그대가 약간 오해하고 있지는 않은지요? 그녀는 매우 독특해 보입니다만, 아이에 대한 사랑은 좀 단조롭고, 올바르지 못한 교육 방법이라는 인상을 줍니다. 이 밖에도 그전 편지와 상당한 간격을 둔 그 편지에 어째서 형부에 대한 말이 전혀 없는지 이해할 수 없었습니다.

오늘 두 번째 편지마저 중간에서 내용이 끊겼습니다. 그다음 내용을 전하는 것을 잊지 말아요. 첫 번째 편지는 삼학년 때 그대의 그림 그리기에 특별한 영향을 끼쳤던 돌발적인 사건에 관해 이야기하다가 중단되었습니다. 그리고 이 두 번째 편지는 그대 아버지가 언니의 숙제를 해주던 슐레지엔 시절에서 중단되었습니다.

이를테면 서점 주인 아들이 내게 가져다준 즐거움을 그대가 어떻게 판단하고 이해하는지 알고 싶습니다. 그러한 질문에 어떤 대답을 하든지 나는 그대의 내면으로 더 깊이 파고 들어감을 느낍니다. 그리고 그대의 내면에서 살아도 좋다는 새로운 허락을 얻으며 한순간이나마 가상의 삶을 뜨거운 현실과 맞바꿉니다.

프란츠

Nr. 190
1913년 2월 27일에서 28일

오늘 저녁 정말 창피함을 느꼈습니다. 벨치와 산책을 나갔었지요 (벨치의 책 『직관과 개념』은 이미 출판되었습니다. 그 책이 그대에게 흥미가 있을까요? 그렇지 않으리라 믿습니다. 그 책은 꽤 철학적입니다. 지금 그 책을 읽고 이해하는 데 애를 먹고 있지요. 관심이 없는 대목에서는 주의력이 산만해집니다). 함께 산책하는 중에 그는—순간적인 기분에 의해 이뤄진 산책은 오래 지속되지 않았습니다—은근히 나의 우울함에 대해 이야기하기 시작했습니다. 그가 내게 주의를 주려 했다고 해서 창피함을 느낀 것은 아닙니다. 그런 이야기라면 기꺼이 듣습니다. 그런 것들이 텅 빈 머릿속을 통과하는 것도 기분 좋은 일이지요. 더구나 벨치는 오늘 대단히 사려 깊게 말했습니다. 내가 창피했던 것은 오히려 그가 이 경고를 불가피한 것으로 여겼다는 데 있었습니다. 내가 아무런 이의도 제기하지 않고 그에게 직접 그렇게 하라고 했고 그도 자기 일로 바빴는데도 말입니다. 그러나 가장 창피했던 것은 그가—의식적이냐 무의식적이냐는 중요하지 않습니다. 나는 내가 창피했던 것에 대해 이야기하고 있을 뿐입니다—나의 주의를 환기시키면서도 내가 눈치채지 못하도록 애를 썼다는 것입니다. 그는 내 감정에 재빨리 수용될 수 있는 일반적인 이야기와 함께 자기가 애용하는 짧은 반대 명제를 늘어놓았습니다.

이 창피함이 무슨 소용이 있겠습니까! 안개 긴 날씨를 걱정하는 그를 집까지 바래다준 다음 찻집으로 가려했습니다(그곳에 가면 베르펠을 비롯하여 다른 사람들을 만날 수 있었을 겁니다). 그러나 다시 두려운 생각이 들었고, 몇 번을 망설이다 집으로 가기로 했지요. 그때 안면이 있는 시온주의자 학생을 만났습니다. 매우 이성적이고 근면할 뿐만 아니라 활동적이고 상냥하며 내가 당황할 정도로 침착한 사람이지요. 그는 나를 붙잡더니 매우 중요한 저녁 회합에 초대했습니다(그런 초대를 할 때면 과거에도 곧잘 그랬듯이 그는 내게 많은 시간을 투자했습니다). 그의 인격이나 시온주의에 대한 나의 무관심은 그 순간에 너무나 커서 표현할 수 없을 정도였습니다. 그러나 나는—믿어주십시오—말없이 악수만 나누는 것으로 충분했는데도 헤어질 명분을 찾지 못했습니다. 단지 그래서 그에게 동행하겠다고 제안했고 실제로 내 자신이 얼마 전까지만 해도 가려고 했던 찻집 문 앞까지 그를 따라갔습니다. 그러나 안으로는 들어가지 않았고 뜬금없이 그와 가볍게 악수를 나누고는 그곳을 떠났습니다.

밤이 깊었습니다. 오늘 저녁 나의 고독에 대해 할 말이 무척 많았지만 거의 아무것도 이야기하지 못했습니다.

프란츠

Nr. 191

1913년 2월 28일에서 3월 1일

밤늦은 시각입니다. 사무실 일을 하다 보니 편지가 늦어지고 말았습니다. 몸에 한기를 느낍니다. 다시 감기에 걸린 걸까요? 정말 싫습니다. 몸 왼쪽으로 찬바람이 붑니다.

편지를 한 번 못 받았다고 그대에게 화를 내다니 당치도 않은 말입니다. 나는 그대가 내게 준 모든 것에 감사해야 하며 그대가 나에게 건넨 따뜻한 말 한마디가 내 편지 전체보다 더 높은 가치를 지닌 판사의 말과 같다는 것을 명심하세요. 그러니 마음속에서 억지로 편지를 쓰려고 하지 말고, 편지 때문에 잠을 잘 수 없다면 하루쯤 그냥 지내도 돼요. 그리고 그대가 아무리 많은 편지를 빼먹는다 해도 나는 여기서 변함없이 다음 편지를 기다린다는 점을 알아주세요. 주위의 모든 것이 없어지고 바뀐다 할지라도 이것만은 변함이 없습니다.

오늘 저녁과 낮은 다른 때보다 더 조용하고 안정된 상태였습니다. 하지만 지금은 다시 모든 것이 끝나버렸습니다. 그리고 이 밖에도 나는 아무런 심려도 끼치지 않는 상태에서 내 삶의 방식, 무엇보다도 저녁의 고독한 산책을 참아줄 사람이 보고 싶습니다. 집에서는 그 누구와도 거의 대화를 나누지 않습니다. 주로 나의 글쓰기와 연관된 누이동생과의 결속도 이제는 느슨해졌습니다. 그대와 나는 전혀 상반된 처지에서 살아갑니다. 그대 주위에는 사람들이 많지만 나는 전혀 그렇지 않습니다. 며칠 전부터 잠도 더 많이 자고 일도 별로 힘들지 않은 지금, 사무실 사람들은 거론할 필요조차 없습니다. 더욱이 며칠 뒤면 부서기가 됩니다. 잘된 일입니다.[45]

지난번에 아이젠 거리를 지나가고 있을 때 누군가가 옆에서 "카알은 뭘 하고 있지?"하고 말했습니다. 뒤돌아보니 내게는 신경도 쓰지 않은 채 한 남자가 혼잣말을 하며 걸어가고 있었습니다. 그 질문도 혼잣말이었습니다. 카알은 내 소설에 등장하는 불행한 주인공입니다. 악의 없이 내 곁을 지나가던 그 남자는 무의식적으로 그 과제를 제기함으로써 나를 비웃은 셈입니다. 그의 말을 격려로 여길 수는 없으니까요.

지난번에 그대는 내 외삼촌의 편지와 관련하여 앞으로의 계획과 전망에 대해 물었습니다. 나로서는 그 질문이 놀라웠습니다. 낯선 그 남자의 질문을 들었을 때 그대의 질문이 다시 생각났습니다. 물론 나는 아무런 계획도 전망도 없습니다. 미래로 나아가는 것이 아니라 미래로 추락하거나 떠돌거나 비틀거릴 뿐입니다. 자리에 누워지낼 수만 있다면 최선이겠지요. 계획이나 전망은 전혀 없습니다. 잘 지내고 있습니다. 현재는 충만한 상태입니다. 아니, 잘 지내지 못합니다. 미래와 마찬가지로 현재를 저주합니다.

프란츠

Nr. 192

1913년 3월 1일 토요일 밤 2시

몇 자 적습니다. 막스 집에서 즐거운 저녁을 보냈습니다. 그에게 내 소설 중에서 광기 어린 부분[46]을 읽어주었습니다. 우리는 읽다가 많이 웃었습니다. 이 세계로 향한 문과 창문들을 폐쇄한다면 여기저기에 아름다운 현존재가 지닌 실재가 빛을 발할 것입니다. 어제 자그마한 이야기[47]를 하나 시작했습니다. 아직은 시작 단계라서 진전이 별로 없으며 아무것도 드러나지 않습니다. 게다가 손볼 게 너무 많아 굳은 결심과는 반대로 오늘 그것을 내버려 둔 채 막스한테 갔습니다. 그것이 만약 어떤 가치가 있다면 아마도 내일까지는 기다려줄 수 있을 것입니다.

Nr. 193

1913년 3월 2일

일요일 오후입니다. 기분이 산만합니다. 출판사 일 때문에 며칠 동안 베를린에 묵었던 바움을 찾아가 이런저런 새로운 소식들을 들었습니다. 나는 평소에 매우 좋아하던 바움 부인에게 거칠게 소리를 질러 방에서 쫓아냈습니다. 베를린에서의 성공에 도취되어 오스카의 말에 자꾸 끼어들었기 때문입니다. 그때 이미 두통을 느꼈는데 지금도 그 통증에 시달리며 앉아 있습니다. 오스카는 4월 1일 클린트보르트 홀에서 낭독하기로 되어 있습니다. 그와 함께 나도 베를린으로 갈까요?

두통은 밤에 시작됩니다. 어제 저녁 홍분을 억제할 수 없었지요. 나를 혼란시키며 수시로 찾아온 두통에 잠들지 못하고 이리저리 뒤척였습니다. 평소대로라면 침대에서 일어나 조용한 밤을 이용해 글을 써야 할 것입니다. 하지만 무언가가 그것을 방해합니다.

예고한 편지는 오지 않았습니다. 내가 받지 못할 편지라면 예고하지 마세요. 그대의 마음에서 우러나온 말 한마디면 만족하며 그것으로 충분합니다. 받아 보지 못할 것이라면 예고하지 마세요.

그대 언니[48]의 주소는 아직 받지 못했습니다. 시간이 많지 않습니다. 결국에는 소포가 제때에 도착하지 않을지도 모르구요. 그대는 내 책임이라고 여길 것이고 저에 대한 신뢰를 잃겠지요. 허나 그런 일을 맡겨준다는 것 자체가 내게는 무한한 기쁨입니다. 그것이 자랑스럽습니다.

이 밖에도 저는 그대가 발신인이라는 사실을 그대 언니에게 밝힐 방도를 모르겠습니다. 그대가 언니에게 직접 알려야만 할 것 같습니다. 추운 방에서 편지를 쓰다 보니 서두른 감이 없지 않군요. 잘 있어요. 내 곁에 있어줘요.

프란츠

Nr. 194
1913년 3월 2일에서 3일

누이동생 부부들이 다녀갔습니다. 벌써 열 시 반입니다. 그런데도 아버지는 아직도 자리를 차고앉아 어머니에게 카드 놀이를 하자고 명령조로 말했습니다. 최근의 가벼운 감기 기운으로 인해 거실에서 지내고 있기 때문에 카드 놀이하는 소리를 들으면서 편지를 쓰고 있습니다. 내 맞은편에 어머니가 앉아 있고 아버지는 내 오른쪽의 책상 머리맡에 앉아 있습니다. 아버지가 물병을 발코니 문 앞에 갖다 두려고 나갔을 때 편지 쓰는 일을 멈추지 않은 채 어머니에게 "이제 그만 주무세요"하고 말했습니다. 어머니는 진정으로 그러고 싶어 하지만 어려운 일입니다.

"마지막으로 두 번만 더 하지"하고 아버지가 말했습니다. 최소 한두 게임을 해야 한다는 뜻이지만 경우에 따라서는 아주 오래 걸릴 수도 있습니다.

누이동생과 다시 한번 산책을 했습니다. 우리가 서로 다른 일에 대해 말하는 동안 사회에서 자주 느꼈던 고독감이 반복되는 듯했습니다(물론 다른 사람들과 있을 때도 흔히 그랬습니다). 그리고 그대가(내게 그대 말고는 아무도 없습니다) 예전처럼 아직도 나를 좋아할 수 있을까 하는 생각이 머리에 떠올랐습니다. 그대의 편지는 나에 대한 그대의 생각이 그다지 바뀌지 않았다는 것은커녕 아무것도 말해주지 않습니다.

(한 시가 지났습니다. 그사이에 내 이야기[리만에 관한 미완성 작품]가 나를 완전히 내동댕이쳤습니다. 오늘이 결정적인 날이었는데 뜻대로 되지 않았습니다. 그대가 나를 원한다면 기어서라도 그대에게 돌아가겠습니다). 그대 생각의 변화를 나는 주로 최근의 나의 태도에서 끄집어냅니다. 그리고 예전처럼 그대에게 매달린다는 것은 불가능하다고 내 자신에게 타이릅니다. 최근에 나를 사로잡았던 것은 결코 비상 사태가 아닙니다. 나는 그것을 십오 년 동안이나 알고 지내왔고, 글쓰기의 힘을 빌어 거기에서 빠져 나왔습니다. 이러한 '탈출'이 임시방편에 지나지 않는다는 것을 모르는 상태에서 그대에게 마음을 전하려는 용기를 냈습니다. 그리고 표면상의 재탄생을 주장하며 저의 인생에서 가장 사랑하는 그대를 내게 끌어당기기 위해서라면 그 누구 앞에서라도 모든 책임을 질 수 있다고 믿었습니다. 하지만 지난 몇 주 동안 내가 그대에게 어떤 모습을 보여주었습니까? 그대가 건전한 이성을 지니고 있다면 내 곁에 머무를 수 있겠습니까? 정상적인 상황 아래서라면, 그대가 설사 변화의 느낌을 준다 할지라도 진정한 의견을 말

할 용기를 지녔으리라는 점을 의심치 않습니다. 그러나 그대의 정직함은 호의만큼 크지 않습니다. 설사 내가 그대에게 혐오스럽게 보일지라도—그대는 결국 처녀로서 남자를 원하는 것이지, 땅 위를 기어다니는 연약한 벌레를 원하는 것은 아닙니다—그대의 호의를 거절하지 못할까 봐 두렵습니다. 그대는 내가 그대의 소유라는 것을 압니다. 그렇지만 자기 자신에 대해 이성적으로 생각하지 않을 수 없는 상황일지라도 자신의 소유물을 가차없이 내던질 사람이 있을까요? 그 누구보다도 그대는 그럴 수 있나요? 동정을 극복할 수 있나요? 주변 사람의 불행에 충격을 받지 않을까요? 그러나 나는 정반대 편에 있습니다. 내가 다른 사람의 동정 덕분에 산다는 것을 내 자신은 얼마든지 참아낼 수 있으리라는 점을 부인하지 않겠습니다. 하지만 그대를 파멸시킬 수밖에 없는 동정의 열매를 나 스스로 즐기는 것까지 참아내지는 못할 것입니다. 잘 생각해보세요. 굳이 비교하자면 나는 이 밖의 모든 것을 더 잘 견딜 수 있을 것입니다. 감정의 종류와는 상관없이 그 어떤 말이라도 동정보다는 더 좋습니다. 나의 안녕을 생각한 이 동정은 결국 내게 해를 입힐 것입니다. 그대는 멀리 있고 나는 그대를 보지 못합니다. 그러나 그대가 동정으로 인해 지치게 된다면 나는 알아야겠습니다. 오늘—아직 시간이 그다지 늦지 않았기에—질문을 피하지 말고 확실하게 대답해주십시오. 어느 정도 곤란한 점이 있기는 하지만 내가 그대에게 없어도 괜찮은 존재라는 것을 단도직입적으로 말할 수 있나요? 내가 그대의 인생 계획에(어째서 이것에 대해 아무 말도 들을 수 없는 거지요?) 방해가 된다고 생각하나요? 친절하고 활동적이며 생기와 자신감을 지닌 그대와 나는 합쳐질 수 없을 뿐더러 만약에 그렇게 된다 할지라도 나의 삶에 나타난 혼란 내지는 변함없는 모호함이 그대에게 해가 될 뿐이라고 생각하지 않나요? 그대는(아무렇게나 대답하지 말고 책임 있는 답변을 부탁드립니다) 동정을 버리지 않은 상태에서 내게 솔직하게 말할 수 있나요? 덧붙이자면 문제는 진실된 사랑이 아니라 호의입니다. 질문의 전제 조건을 부인하는 대답은 그대에 대한 나의 근심을 달래줄 수 있는 대답이 아닙니다. 오히려 그것은 충분한 대답, 즉 극복 불가능한 동정의 고백이 될 것입니다. 그러나 나는 왜 질문을 하여 그대를 괴롭히는 것일까요! 그 대답은 내가 알고 있습니다.

좋은 밤이 되기를 바랍니다. 이 편지에서 손을 떼고 일어나 잠자리에 들려고 합니다. 피곤해서가 아니라 산만함과 절망감 때문에요.

프란츠

Nr. 195
1913년 3월 3일에서 4일

오늘 그대에게 편지를 받지 못했습니다. 그대의 언니가 어제 베를린에 있었다는 것만큼은 쉽게 짐작할 수 있습니다. 그래서 시간이 없었겠지요. 나는 아직 부다페스트 주소를 받지 못한 데다 내일도 불가능합니다. 따라서 생일을 놓칠 가능성도 있습니다.

그대에게 할 말이 많습니다. 나의 존재는 가능한 한 내가 그대에게 털어놓고 싶어 했던 것 그 이상도 이하도 아닙니다. 지금 잠시 조용한 가운데 펜을 들고 앉아 있습니다. 어제 편지는 결국 내가 대답해야 할 성질의 질문이기도 합니다. 오늘 아무런 소식도 받지 못했습니다. 그대가 내일이 되어서야 받아볼 나의 어제 편지에 답장이 없다는 생각이 허무맹랑해 보입니다. 마치 그 안에 그대가 살고 있지만 한 번도 열린 적이 없는 폐쇄된 문 앞에 서 있는 느낌입니다. 문을 두드리는 행위를 통해서만 의사 소통이 가능하지요. 이제 문 뒤는 조용해졌습니다. 내가 할 수 있는 일은 오직 한 가지입니다(신경이 곤두섭니다. 잉크가 별로 남아 있지 않아서 잉크병을 성냥갑에 기대놓아야만 했습니다. 펜에 성급하게 잉크를 묻히려다가 잉크병이 성냥갑에서 미끄러지는 바람에 머리끝에서 발끝까지 오싹해졌습니다. 마치 누군가에게 은총을 구하는 것처럼 두 손을 높이 들어 올렸습니다). 내가 할 수 있는 유일한 일은 기다림입니다. 그러나 위의 괄호 안에서 말한 신경과민은 기다림과 모순되는 듯합니다. 조급함은 내게 기다림을 위한 소일거리입니다. 이것이 기다림의 힘을 공격하지는 않습니다. 기다림은 물론 힘이 아니라 아주 사소한 명령에도 이완되고 마는 미미한 활동력입니다. 이러한 나의 특성은, 어제 편지에 덧붙여 말하자면 그대를 매우 위험한 지경으로 몰고 갑니다. 왜냐하면 나 스스로는 그대를 절대 떠나지 않을 테니까요. 내 운이 다한다 할지라도—그것이 최악은 아닙니다—나는 그대에 대해서 이를테면 외면적인 진행에 상응하는 내면적인 관계를 맺을 겁니다.

그대가 정문을 드나드는 동안 나는 옆집 문 앞에서 영원히 그대를 기다릴 수밖에 없습니다. 그렇다고 나에 대한 판단을 그르치지 마세요. 내가 그대 품에서 벗어나지 못한다 하더라도 나에 대한 그대의 진정한 의견을 말해주어야만 합니다. 계산은 간단합니다. 그대는 내게 충격적인 말은 하지 않을 테니까요.

지금의 나는 우리가 편지 왕래를 했던 첫 두 달 동안과는 전혀 다릅니다. 이것은 새로운 변신이 아니라 과거로 되돌아가려는 지속적인 변신입니다. 그대가 과거의 내게 이끌렸다면 오늘날의 나를 혐오스러워해야 합니다. 만일 그대가 아무 말도 하지 않는다면 그것은 동정 내지는 판단을 흐리게 하는 기억 때문입니다. 오늘날 모든 면에서 변한 내가 변함없이, 그리고 알다시피 예전보다 더 심하게 매달린다는 사실은 그대 처지에서 보면 훨씬 더 역겨울 겁니다.

프란츠

Nr. 196

1913년 3월 4일에서 5일

최근에 그대는 분명히 많이 참고 있습니다. 그대는 내가 이해할 수는 없지만 추측할 수 있는 맹목적인 방식으로 감내합니다. 그대 편지의 이면에서 그대가 탄식하거나 피곤한지, 울고 있는지를 살펴봅니다. 그것은 너무 강렬하고 생생해서 나 자신에 대한 부끄러움과 우리의 동떨어짐에—나는 여기에, 그대는 저기에—대한 슬픔 때문에 어디에라도 숨고 싶은 심정입니다. 정신적으로 안정을 취하지 못하고 있습니다. 나는 언제나 '아무것'도 아닙니다. 언젠가 '어떤 것'이었다면 몇 달 동안의 '무존재'로 그것에 대한 대가를 치릅니다. 내가 제때에 인식하지 못한다 하더라도 사람과 세계에 대한 나의 판단으로 인해 낭패를 당합니다. 대부분의 절망적인 세계 인식은 이처럼 삐뚤어진 판단에 근거합니다. 이 판단은 심사숙고함으로써 기계적으로 똑바로 놓이기는 하지만 쓸모없는 한순간을 위해서일 뿐입니다. 그대에게 한 예를 들어보지요. 어제 저녁 막스 부부, 벨치와 함께 간 영화관의 대기실에는(벌써 두 시가 가까워옵니다) 영화 〈타인〉⁴⁹의 사진들이 여럿 걸려 있었습니다. 그대도 이 영화에 관한 기사를 읽었을 겁니다. 바서만이 출연한 그 영화는 다음 주에 여기에서도 상연될 예정입니다. 바서만 혼자 등받이 의자에 앉아 있는 사진이 담긴 플래카드가 베를린⁵⁰에서와 마찬가지로 나를 사로잡았습니다. 기회가 닿을 때마다 막스나 그의 부인, 그리고 벨치를 이 플래카드 앞으로 끌고 가는 바람에 그들이 넌더리를 낼 정도였지요. 하지만 사진 앞에 서면서 이미 나의 기쁨은 희석되었습니다. 바서만이 출연한 작품은 보잘것없었습니다. 영화 속의 장면들에 쓰인 것은 낡은 기법이었습니다. 뛰어오르는 말에 대한 순간 묘사는 아름다웠습니다. 반면에 범죄자가 얼굴을 찡그리는 순간의 묘사는, 그것이 비록 바서만의 찡그린 표정이라 할지라도 아무런 내용도 담아내지 못했습니다. 내 생각에 바서만은 이 작품에서 자신의 명성에 어울리지 않는 배역을 맡았습니다. 그러나 그는 작품을 몸소 체험했으며 줄거리가 주는 자극을 처음부터 끝까지 마음속에 간직했습니다. 그런 사람이 체험한 것은 무조건 사랑받을 가치가 있습니다. 비록 나와는 동떨어진 것이기는 하지만 내 판단은 옳습니다. 그러나 극장 문이 열리기를 기다리면서 어둠 속을 두리번거릴 때 앞서 말한 사진에 대한 기억이 떠오르면서 바서만이 마치 가장 불행한 사람처럼 느껴졌습니다. 영화가 끝나면 바서만은 자신에 대한 모든 영향에서 벗어나리라는 생각이 들자 자위적인 유희는 사라져버렸습니다. 그는 자신이 부당하게 이용당한 사실을 직시하지 못하고 있음에 분명합니다. 하지만 영화를 보면 그의 모든 위대한 힘들을 소모시키는 식의 극도의 무용성을 그가 의식할 수도 있습니다. 동정의 감정을 결코 과장하는 것이 아닙니다. 그는 나이가 들면서 약해지고 등받이 의자에 앉은 채 옆으로 밀려난 후 암담한 시기에 어디에선가 죽음을 맞이할 것입니다. 이 얼마나 잘못된 판단입니까! 여기에 내 판단의 오류가 숨겨져 있습니다. 영화가 끝난 뒤에도 바서만은 여전히 바서만으로서 집으로 돌아갑니다. 그가 몸을 일으키면 실제로 그렇게 될 것이고 더 이상 거기에 존재하지 않게 되겠지요. 하지만 나처럼 엉뚱하게 날조하는 방식과는 다르게 어떤 저주에 의해, 둥지에서 쫓겨난 채 주위를 날아다니면서 텅 빈 둥지에서 눈을 떼지 않는 새처럼 제 주위를 날아다닐지도 모릅니다.
잘 자요. 그대에게 입맞춤해도 될까요? 그대의 몸을 실제로 껴안아도 될까요?

프란츠

1913년 3월 5일에서 6일

열 시가 지났습니다. 그대가 그저께 그랬던 만큼 피곤합니다. 이제 차가운 내 방으로 건너왔습니다. 따뜻한 방에서(옆방에서 공장에 대해 말하는 아버지의 목소리가 들립니다) 벌써 지쳐버렸습니다. 오늘부터 한동안 삶의 방식을 바꾸려고 합니다. 여태까지 참을 수 없는 상태가 지속되었다면 방법을 바꾸어야겠지요. 왼쪽으로 누워 잠을 잘 수 없으면 오른쪽으로 몸을 돌립니다(이것마저도 후회하게 되면 뒤척임은 끝이 없습니다). 이제부터는 침대 위에서와 같은 삶을 영위하겠습니다. (옆방에서는 여전히 공장에 관한 이야기 소리가 들려옵니다. 그것이 나를 엄습합니다. 정말 집 밖으로 나갈 적절한 순간을 놓쳐버린 것 같습니다.) 삶의 방식의 변화는 내가—

잠시 편지 쓰기를 중단했습니다. 옆방은 이제 비었습니다. 부모님께 "안녕히 주무세요"하고 말하자, 아버지는 의자 위에 서서 벽시계의 태엽을 감았습니다. 다시 거실로 갔지만 편지를 계속 써야 할지 결정을 내릴 수 없었습니다.

막스와 벨치의 책[『직관과 개념』]을 꺼내서 서론 부분을 다시 한번 읽었습니다. 그중 몇 군데는 저명한 제삼의 인물이 쓴 것처럼 훌륭했습니다. 편지는 그대로 내버려 두었습니다. 항상 나에 대해서만, 그리고 결국에는 늘 똑같은 내용을 쓰는 것 같아서 그랬습니다. 그리고 그대가 혐오감과 조급함 그리고 지루함으로 인하여 내적으로 전율하는지도 모르고 그대 앞에서 내 자신을 펼쳐 보인다는 것이 역겹다는 생각이 갑자기 들었기 때문입니다. 그렇다고 그대에 대한 회의가 드는 것은 전혀 아닙니다. 연인끼리는 대화를 나눌 수 있습니다. 그대가 오늘 보낸 편지의 서두에도 이렇게 씌어 있습니다. 그 편지는 완전치 못하고 여기저기 지나칠 정도로 피상적인 부분이 있음에도 내게 많은 즐거움을 가져다주었습니다. 편지 때문에 그러한 비난을 하더라도 이해하고 화내지 마세요. 우리가 함께 지내고 그대가 내 옆의 안락 의자에 앉아 있다면(왼손으로 그 의자를 약간 끌어당길 겁니다) 그러한 가능성을 전혀 염두에 두지 않을 것입니다. 하지만 내가 나 자신에 대해 편지에서 쓴 것보다 더 심한 말을 할 수밖에 없는 경우에도 마찬가지 입니다(펠리체, 이것은 앞으로의 만남을 위한 작은 유혹이 아닐까요?). 믿을 만한 일입니다. 그래요, 내일 당장 언짢은 편지를 보내 나를 위협할지도 모르는 그대는 이 안락 의자에 앉아 있어야 합니다. 탁자는 치워놓아야겠지요. 손을 맞잡아야 하니까요. 이러한 생각에 몰두하다 보니 부다페스트 건을 잊어버릴 뻔했습니다. 물론 잘 처리되었습니다.

프란츠

Nr. 198
1913년 3월 6일에서 7일

아닙니다. 그것만으로는 충분치 못합니다. 나는 나에 대한 그대의 감정이 동정이 아니냐고 물었습니다. 그리고 이 질문의 근거를 댔습니다. 그대는 오로지 아니라고 말합니다. 그대에게 첫 편지를 쓸 당시만 해도 나는 전혀 다른 사람이었습니다. 며칠 전에 책상을 건성으로 정리하다가(책상은 겉보기와는 달리 정리되어 있지않습니다) 그 편지의 복사본을 발견했습니다(내가 가지고 있는 유일한 편지 복사본입니다). 나는 지금과는 다른 사람이었습니다. 그대도 부정하지 못할 것입니다. 이따금 절망에 빠졌을 때에도 나는 쉽게 자신을 되찾았습니다. 내가 그대를 슬픈 이 시점에 이르기까지 헤매게 만들었나요? 두 가지 가능성이 있습니다. 그중 하나는 그대가 나를 동정한다는 것입니다. 그래서 나는 그대의 사랑 속으로 파고들고 그대의 길을 막고서 매일 편지를 보내고 나를 생각하라고 강요합니다. 또한 무력한 사람의 무력한 사랑으로 그대를 학대합니다. 더 나아가 그대를 보살피면서 나로부터 해방시켜줄 가능성을 찾는 것이 아니라, 그대에게 동정을 받고 있다는 의식을 홀로 조용히 즐기며 최소한 그대의 동정을 받을 만한 가치가 있다는 생각에 젖어 있습니다. 또 다른 가능성은 그대가 나를 전적으로 동정하는 것이 아니라 지난 반년 동안 속아왔다는 것입니다. 그대는 나라는 비참한 존재를 올바로 직시하지 못했고 나의 고백을 흘려들었으며 무의식적으로 그것을 믿으려 하지 않았습니다. 본능적으로 그렇게 하지 않을 수 없었지요. 그런데 어째서 나는 내가 가진 것을 총동원하여 그대에게 사태를 명확히 인식시키지 않았을까요? 어째서 간과할 수도, 오해할 수도, 그리고 잊어버릴 수도 없는 간단 명료한 말을 선택하지 않았을까요? 혹시 어떤 희망을 품고 있거나 그대가 내 곁에 머무를 수도 있다는 희망 속에서 장난치고 있는 것은 아닐까요? 그것이 사실이라면 용기를 내어 내 자신에 맞서서 그대를 무조건 변호하는 것이 나의 의무일 것입니다.

세 번째 가능성도 있습니다. 아마도 그대는 나를 전적으로 동정하는 것이 아니라 나의 현재 상태를 올바르게 이해하면서 내가 일관되고 편안하며 생기 있는 교류가 가능할 만큼 쓸모 있는 사람이 될 수 있으리라 믿는지도 모릅니다. 그렇다면 스스로를 엄청나게 기만하는 일입니다. 이미 말했듯이 나의 현재 상태는(오늘은 비교적 안락합니다) 결코 비상 사태가 아닙니다. 펠리체, 그런 기만에 놀아나지 말아요. 그대는 단 이틀도 내 곁에서 살지 못합니다. 오늘 바움의 집에서 두세 번 본 적이 있는 열여덟 살 난 김나지움 학생이 보낸 편지를 받았습니다. 편지 말미에 그는 자신이 나의 '대단한 추종자'라고 적었더군요. 그것을 생각하면 욕지기가 납니다. 얼마나 잘못된 생각인가요! 모든 것을 보여주고 경고하기 위해서라면 가슴을 쥐어뜯어도 모자랄 지경입니다. 설령 내가 영웅이라 할지라도 그 김나지움 학생에게 경고를 하고 싶다는 말은 꼭 해야겠습니다. 그가 마음에 들지 않기 때문(아마도 그의 젊음 때문에)입니다. 하지만 사랑하는 그대는 내가 의도한 대로 나약한 단계로까지 끌어내리고 싶군요.

프란츠

Nr. 199

1913년 3월 7일에서 8일

피곤한 몸을 이끌고 간 카바레 공연장에 앉아 휴식 시간에 그대에게 편지를 쓰고 있습니다. 음악이 방해합니다. 그리고 연기가 얼굴에 와 닿습니다. 마도로스 춤을(위로 뛰어오르고 발을 세차게 구르며 몸을 길게 늘어뜨립니다. 새로 한 바퀴 돌 때에는 고개를 가볍게 숙입니다) 추었던 여자 무용수는(그 춤을 어떻게 이해해야 할지 모르겠습니다) 극장 입석 주위를 돌아다니며 은근히 주목받기를 바랍니다. 어쨌든 그대에게 보낼 이 종이를 붙잡고 있다는 것이 기쁩니다. 여기에서 편지를 쓴다는 것이 이상하게 보일 텐데도 사람들 사이에 섞여 있는 탓에 아무도 알지 못합니다.

1일에 베를린으로 가야 하느냐는 질문은 별로 우스울 것도 없지만 물론 농담이었습니다. 그런데 광고 전시회 표도 일종의 질문이었나요? 그대가 오늘 보낸 것과 같은 편지들은 그대에게 나를 명확히 인식시키고 나와의 인간적인 교류가 불가능하다는 것을 확신시키려는 나의 노력을 수포로 돌아가게 하는 데는 더없이 적합합니다. 오늘도—헛되이 보낸 나날들이 나를 비난하는 듯합니다—집을 떠나기 전 서둘러 한 번 읽고 양복 속주머니에 넣어둔 그대 편지의 영향하에서—
종이 울리더니 주위가 어두워집니다.

너무 지체했습니다. 공연이 끝나려면 아직 멀었지만 밖으로 나갔습
니다. 끝없는 피곤 때문이기도 하지만—오늘 하루 종일 두 눈이 저절
로 감길 정도로 머리가 어지럽습니다—관객들이 한꺼번에 몰려나
오기 전에 미리 빠져 나오고 싶었습니다. 이해할 수 있나요?

나를 받아주세요. 그리고 제때에 쫓아버리는 것 또한 잊지 마세요.

프란츠

Nr. 200
1913년 3월 9일, 일요일 식사 전

사랑하는 펠리체, 어째서 그대 편지는 나를 약하게 만들고, 끊임없이
나에 대한 진실, 즉 슬픈 진상을 적으려는 펜을 붙잡고 놓지않는 것
입니까?

그대도 인정하듯이 처음에 나는 달랐습니다. 그다지 나쁜 일은 아닙
니다. 다만 내가 이렇게 변한 것이 인간적인 발전은 아니라는 것이지
요. 예전의 궤도로 옮겨갔을 뿐입니다. 이 두 길 사이에는 직선이나
지그재그 형태의 연결점은 없고 슬픈 허공 내지는 유령의 길이 있을
뿐입니다. (지금 식사를 끝마쳤습니다. 어린 펠릭스가 하녀의 팔에 안겨 내
방을 지나 침실로 갔습니다. 그 뒤를 아버지, 매부, 누이동생이 차례로 따라
갑니다. 이제 펠릭스는 어머니 침대에 뉘어졌습니다. 내 방에 있던 아버지는
침실 문 옆에서 혹시 펠릭스가 자신을 부르지나 않을까 귀를 기울입니다. 아
이가 할아버지를 가장 좋아하거든요. 실제로 아이가 할아버지를 가리키는
말인 '데데'를 외칩니다. 아버지는 기쁨에 겨워 몸을 떨면서 문을 여는가 하
면 몇 번씩이나 침실 안으로 머리를 들이밀면서 아이로부터 '데데'라는 말을

이끌어냅니다.)

펠리체, 그대의 변화는 존재의 언저리에 위치한 사소한 것에 지나지 않았습니다. 변하지 않는 고귀한 고갱이에서 나온 이것이 지난 몇 달 동안 내 눈앞에 펼쳐졌을 뿐입니다.

내 탄식에 대해서 그대는 "저는 그것을 믿지 않으며 그대도 믿지 않습니다"라고 편지에 적었습니다. 이러한 생각은 불행이며, 여기에는 내 책임도 없지 않습니다. 내가 부정할 수 없듯이(유감스럽게도 충분한 근거가 있습니다) 탄식도 연습이 되어서 진심에서 우러나오지 않는 탄식조차도 마치 거리의 걸인들이 그런 것처럼 능수능란해집니다. 그러나 나는 매 순간마다 그대를 확신시켜야 한다는 의무를 인식합니다. 그래서 텅 빈 머리로 기계적으로 탄식하며 당연히 정반대의 결과를 얻습니다. "그대는 그것을 믿지 않으며" 그러한 불신은 진정한 탄식으로 옮아갑니다.

그대는 그것에서 벗어나야 합니다. 적어도 편지 말미에서는 그래야 합니다. 어제 저녁 이런저런 이유로 특히 외로움을 느꼈습니다. 원래는 이 상태가 가장 좋습니다. 아무도(많은 친척들과 함께 있다 할지라도) 방해하지 않거든요. 주위가 텅 비어버린 상태에서 그대가 올 수 있는 조심스러운 분위기가 마련됩니다. 그대가 실제로 온다면 마치 홀로 있는 듯한 내 곁에 있을 수 있지요. 혼자인 내 모습이 거의 우스꽝스럽게 비칠지라도 말입니다.

프란츠

비이성적이고 맥없는 삶을 살아가는 듯합니다! 그것에 대해서는 말하고 싶지 않습니다. 일요일인 오늘 내가 한 것이라고는 불행하지도 않으면서 의기소침해 있는가 하면 별로 지루한 줄도 모르고 빈둥거리며 앉아 있다가 펠릭스와 산책하고 난 다음에는 (안도의 한숨을 내쉬며) 다시 혼자 앉아서 시간을 보냈지만 심한 압박감을 느꼈을 뿐입니다!

'그대가 내게서 멀어지리라는 감정'을 어찌 갖지 않을 수 있겠습니까. 내가 내 자신의 권리를 부인하는데도요('권리'나 '부인한다'는 말은 너무 약합니다!). 나는 그대를 붙잡을 권리를 부인하고 있습니다. 속지 마세요. 이 멀어짐에 대해서 불쾌한 기분이 들 이유가 없습니다. 오히려 정반대지요. 바로 이 멀어짐 속에서 적어도 그대에 대한 권리의 빛이 내게 주어집니다. 불안한 손으로 불안한 것을 붙잡듯이 나는 그 빛을 꼭 붙잡습니다.

어제 저녁에 무언가를 발견했습니다. 충격적이기는 하지만 마음이 홀가분해졌습니다. 바움 집에서 늦게 집으로 돌아왔습니다. 앞으로 그대에게 보낼 편지를 위해 세세한 내용을 남겨두기에는 마음이 적잖이 흔들렸음에도 더는 편지를 쓰고 싶지 않았습니다. 아마도 그대에게 편지를 쓰면서 유쾌함을 맛볼 수도 있었을 겁니다. 하지만 편지를 쓰지 않았습니다. 잠자리에 들 생각도 없었지요. 그러기에는 막스 부부 및 펠릭스와 찻집에서 일찍 헤어진 후 마중 나갔던 친척들과 함께한 잠시 동안의 산책이 너무나 불쾌했기 때문입니다. 소설이 씌어 있는 공책들이 앞에 놓여 있기에(오랫동안 쓰지 않던 공책들이 어떤 우연에 의해서 위로 올라와 있었습니다) 그것들을 들고서 무덤덤하게 읽어 나갔습니다. 마치 기억을 통해 좋은 것, 반쯤 좋은 것, 나쁜 것이 순서대로 씌어 있는 것을 정확히 알고 있는 듯했습니다. 그러나 점점 더 놀라운 사실을 발견해 나가다가 마침내는 전체 내용 가운데 제1장만이 내적인 진실에서 나온 것이라는 거역할 수 없는 확신에 도달했습니다. 반면에 사소한 몇 군데를 제외한 나머지 부분은 고상하지만 현실감이 없는 감정에 대한 기억을 더듬어 씌어진 것으로서 비난받을 만했습니다. 다시 말해서 사백 쪽 가운데 오십육 쪽만이 쓸 만했습니다. 이 삼백오십 쪽에다가 지난 겨울과 봄에 쓴 이백 쪽 정도의 전혀 쓸모없는 분량을 더하면, 무용지물인 소설을 오백오십 쪽이나 쓴 셈입니다.

이제 잘 자요, 나의 가련한 연인이여. 그대가 지닌 것보다 더 아름다운 꿈을 꾸기 바랍니다.

프란츠

Nr. 202

[1913년으로 추정] 3월 10일에서 11일

사랑스러운 꽃이 담긴 상자를 받을 자격이 과연 내게 있기나 하겠습니까(오늘 아무런 소식도 받지 못했기에 하는 소리입니다)? 내게 그럴 자격이 없다는 것을 잘 알고 있습니다. 상자 안에 악마가 숨어 있다가 코를 붙들고 늘어지는 바람에 떼어내지도 못하고 달고 다녀야 한다면, 차라리 그것이 내게 더 어울릴 것입니다. 내가 꽃에 대해서 무지하다는 것을 알고 있나요? 물론 그대에게서 온 꽃이라면 지금이라도 그것의 진가를 인정할 수 있습니다. 꽃에 대한 그대의 사랑에 다가감으로써 말입니다. 어릴 때부터 꽃에 대한 몰이해로 불행했던 시절들이 종종 있었습니다. 이러한 몰이해는 부분적으로는 음악에 대한 몰이해와도 일치합니다. 적어도 나는 자주 그렇게 느꼈습니

다. 나는 꽃의 아름다움을 거의 알아보지 못합니다. 한 송이의 장미
는 차가운 사물에 불과하며 두 송이는 단조롭게 느껴질 뿐입니다.
꽃다발은 그저 작위적으로 보일 뿐 아무런 효과도 발휘하지 못합
니다. 항상 그렇지만 무능력은 다른 사람들에게 마치 내가 꽃에 대
한 특별한 재능을 가진 것처럼 보이도록 애쓰게 만듭니다. 모든 의
식적인 무능력과 마찬가지로 나는 평상시에는 꽃에 대해 별 애착을
보이지는 않는 사람들을 속일 수 있었지요. 이를테면 어머니는 내
가 꽃을 좋아하는 줄 압니다. 내가 기꺼이 꽃을 선물하고 철사로 묶
인 꽃을 보면 끔찍해 하기 때문이지요. 꽃을 묶어놓은 철사가 내 마
음을 어지럽히는 것은 아닙니다. 나는 내 자신에 대해 생각할 뿐입
니다. 살아 있는 것을 묶는 이 철사 토막은 그래서 혐오스럽습니다.
만일 김나지움을 졸업할 무렵과 대학 시절에 좋은 친구를(그의 이름
은 에발트[프리브람]입니다. 마치 꽃 이름 같지 않나요?) 알지 못했다면
꽃에 대해 문외한이라는 사실에 별로 신경 쓰지 않았을지도 모릅니
다. 그는 더 민감한 것에도 특별한 반응을 보이지 않고 음악적 감수
성조차 없었는데도 꽃에 대한 애정은 대단했습니다. 꽃을 보기만
하면 꺾어(그는 아름다운 정원을 가지고 있었습니다) 물을 뿌리고 꽃병
에 꽂는가 하면 손에 들고 다니거나 내게 선물했지요(나는 그 꽃을 어
디에 쓰겠느냐고 자주 속으로 묻곤 했지만 굳이 드러내 말하고 싶지는 않았
습니다. 물론 이따금 일반화시켜 말하기는 했지만, 그 역시 실망하지는 않
았습니다). 꽃에 대한 사랑은 그를 변화시켰습니다. 그는 자신이 지
닌 작은 언어 장애에도 불구하고 예전보다 더 울리는 목소리로 말했
지요. 우리는 자주 꽃밭에 서 있었습니다. 그가 꽃을 바라보는 동안
나는 지루함에 못 이겨 딴 곳을 쳐다보았습니다. 내가 꽃을 조심스
럽게 상자 위로 들어 올려 얼굴에 갖다대고 오랫동안 바라본다면 그
는 과연 뭐라고 할까요? 그대의 사랑과 호의에 어떻게 감사해야 할

까요, 펠리체?

프란츠

그대 이름 바로 밑에 적었습니다.

[1913년으로 추정] 3월 11일에서 12일

펠리체, 그대의 한탄을 맹아처럼 듣기만 하며 사지를 움직일 수 없다는 것이 슬픕니다. 그러면서도 부당하게, 아니 적어도 부당하게 행동했다는 점이 몹시 신경에 거슬립니다. 그대가 이 일에 대해서는 더이상 적어 보내지 않고 말을 피하기 때문입니다. 그대와 그대 언니의 여행을 통하여 모든 일이 잘 풀렸거나 적어도 상태가 악화되지는 않았으리라 생각했습니다. 이런 생각에서 저번에 편지를 보냈고 별다른 악의 없이 내 일에 관심을 가져달라고 요구했던 것입니다. 하지만 그대는 여전히—물론 내색은 하지 않았지만—과거의 고통에 시달리고 있습니다. 그대여, 그것을 알고 싶지는 않습니다. 그대의 비밀이 아니라 그대 언니의 비밀이니까요. 그대가 '기력의 한계'를 느낀다면, 그대와 같은 존재를 대할 때 천성적인 또는 그대의 처지에 대한 무지에서 오는 조야함을 드러내는 실수를 범하지 않기 위해서라도 일의 내막을 알고 싶습니다. 그대가 누구 때문에 노심초사하는지 알 수 있도록 그대 언니의 사진을 이틀 동안만 빌려줄 수 있나요? 그대만이 그 불행을 알고 있나요? 예를 들어 토니는 아무것도 모르고 있나요?

참으로 슬픈 일입니다! 무력하기 짝이 없습니다! 직접 베를린으로 가서 그대를 품에 안고 여기로 데려오는 것이 가장 좋은 방법이겠지요. 그것이 가능한 일이라면 진작에 그랬을 것입니다. 얼마 전부터 그대를 '페Fe'라고 부를까 생각 중입니다. 예전에 그대도 가끔 그런 식으로 서명한 적이 있지요. 게다가 '페Fee'(요정이라는 뜻: 역주)와 아름다운 중국을 연상시킵니다. 듣기에도 좋고요. 그렇죠? 페? 그대 마음에 든다면 그렇게 부르겠습니다. 내게는 그 어떤 이름보다도 그 이름이 마음에 듭니다.

오늘 그대에게 받은 편지에는 이전에 볼 수 없었던 특별한 자기 인식에 관한 내용이 들어 있었습니다. 조용한 시간에조차도 자신을 어찌할 바 모른다면 그대는 허약한 사람일 것입니다. 그대 자신을 위장하거나 나를 놀래키려는 건 아닌가요? 그대가 지닌 생각의 근원이 무엇인지, 토요일 밤이 지나면서 그것이 어떻게 발전되어갔는지 기꺼이 알고 싶습니다. 그대는 최소한 당분간만이라도 '자신을 어찌할 바 모르는' 상태에서 벗어나야 합니다. 그런 일에 경험이 있는 나를 믿으세요. 벗어난 사람들은 그대와는 다르게 보며 세상을 보는 시각도 다릅니다. 현재 그대가 그런 상태에 처한 원인은 단지 자신의 고통보다는 다른 사람의 고통을 더 무겁게 느끼며, 외부에서 일어난 혼란에 빠진 데 있습니다. 그러나 내부에서는 어림도 없는 일이지요.

프란츠

Nr. 204
1913년 3월 12일에서 13일

그대여, 간단히 몇 자 적습니다. 그것이 더 좋겠습니다. 이미 밤이 늦었거든요. 막스 집에 있다가 찻집에 갔습니다. 그러고는 내 내면에 담긴 모든 가능성을 읽어냈습니다. 나는 혼자였습니다. 아마도 더 일찍 집으로 가야 했을 겁니다.

그러나 찻집에 들어설 때만 해도 주저했지만 끝내 돌아서지 못했습

프라하의 젊은 작가들이 자주 모이던 카페 〈아르코〉의 실내

니다. 집에 가서 저녁 식사를 하기에는 너무 늦은 시간이었고, 잡지를 보고 싶은 마음이 굴뚝 같았습니다.

안락 의자에 앉으려고 할 때까지만 해도 거기에 더 머물러야 할지 고민했지요. 이제 밤이 깊어갑니다. 오직 손가락 끝으로 그대를 만집니다. 잘 자요!

프란츠

Nr. 205

1913년 3월 13일에서 14일

이제 마음이 더 편해졌나요? 고통이 물러갔나요? 오늘 받은 편지를 보면 믿을 수 있을 것도 같습니다. 그러나 기분은 이미 그렇지만 신뢰가 가지 않습니다. 그대는 글을 읽지도 못한단 말인가요? 그것은 결코 기적이 아닙니다. 그대는 도대체 언제 그럴 시간이 있었나요?

어떻게 우리엘 아코스타[5]를 보러 갈 수 있단 말입니까? 나도 물론 그 연극을 모릅니다. 저도 그것을 읽을 수 없으리라 생각합니다. 그럼에도 그대가 그대의 뇌에 대해 장난삼아 말한 것이 내게는 진정으로 느껴집니다. 아마도 그러한 뇌는 불꽃이 튈 정도로 메마르고 딱딱할 것입니다.—거실에 혼자 앉아 쓰고 싶었는데 마침 누이동생이 문을 두드렸습니다. 활동 사진관에서 돌아오는 길이었지요. 그래서 문을 열어주러 나가야만 했습니다. 방해를 받자 편지 쓰기를 그만두었습니다. 누이동생은 연출에 대해 이야기했습니다. 아니 오히려 내가 그것에 관해 물어보았습니다. 활동 사진관에 가는 일이 매우 드물기는 해도 거의 모든 활동 사진의 주중 프로그램을 외우고 있기 때문입니다. 플래카드를 보고 있노라면 기분 전환이나 오락에 대한 욕구가 가장 내밀한 곳에 잠재되어 있는 익숙한 불쾌감으로 채워집니다. 영원히 임시 방편일 뿐인 이런 감정에 의해 나는 플래카드 앞에서 마음을 가라앉힙니다. 결국에는 불만족스럽게 끝나고 마는 여름의 산책에서 도시로 돌아올 때마다 플래카드를 보고 싶은 마음이 간절해집니다. 또 귀갓길의 전차에서 빠르게 스쳐 지나가는 플래카드를 조금이나마 읽어내려고 애씁니다.—왜 그런지는 모르겠지만 그대에게 말할 것들이 한꺼번에 특히 강렬하게 떠오를 때가 가끔 있습니다. 마치 동시에 좁은 문 안으로 밀고 들어오려는 군중과도 같습니다. 그러면 그대에게 아무 말도 못하지요. 그대에게 써 보낸 것들은 물론 전부는 아닐지라도 거짓들입니다. 근본적으로는 모든 것이 옳습니다. 그러나 그 누가 표면상의 혼란과 잘못을 뛰어넘어 안을 들여다볼 수 있겠습니까? 그대는 그럴 수 있나요? 아니오. 그렇지 않습니다. 하지만 그만두지요. 벌써 밤이 늦었습니다. 누이동생이 나를 붙잡아두고 있습니다. 『남자의 마음을 사로잡는 여자』가 상영되었다는군요. 학문 서적을 너무 오랫동안 읽었습니다. 그대여, 편지 대신에 일기를 보내면 어떨까요? 나는 일기장[52]이 없어도 괜찮습니다. 그것은 사소한 일에 지나지 않지요. 모든 것을 아무렇지도 않게 받아들일 용의가 있습니다. 그대가 모르는 일기는 내게 무용지물입니다. 그러나 그대에게 보낼 일기의 내용을 바꾸고 생략하는 것은 내게 유익하고 교훈적입니다. 동의하나요? 편지와 다른 점은 일기가 내용은 더 풍부할지 모르지만 지루하고 조야하다는 데 있습니다. 너무 두려워하지 마세요. 그대에 대한 사랑은 충분합니다. 그대는 무엇을 읽을 건가요? 나는 그대가 무엇을 알고 있는지를 모릅니다. 몇 번이나 부탁한 도서 목록도 아직 받지 못했습니다. 그저 맹목적으로 『베르테르의 슬픔』을 읽으라고 말합니다. 최근에는 이상하게도 그대 아버지에 대해 자주 생각했습니다. 그가 [슈퇴슬의] 『여명』을 읽어보았는지 물어보고 싶었습니다. 펠리체, 그대는 나에 대해 충분히 생각하고 있지 않습니다. 어제 저는 『베를리너 타게블라트』에 슈퇴슬의 『감정의 높이』에 관한 서평이 실린 사실을 알았습니다. 그대는 그것을 내게 보내주지 않았습니다. 우연히 손에 들어온 오늘 발행된 신문에서 오려낸 두 편의 작품을 동봉합니다. 오스카[바움]의 단편소설은 펠릭스[벨치]의 논문만큼이나 작가의 특징을 드러내지 못하고 있습니다. 두 사람 모두 훨씬 좋아질 수 있습니다. 그대는 오스카의 진면목을 보면 놀라겠지만 펠릭스의 진면목은 이해하기 어려울 겁니다(내게도 마찬가지입니다).[53] 곤궁에 빠져 있던 일요일에도 그대는 식욕을 돋우는 요리를 했군요. 오늘 오전 내가 정한 원칙에 따라 아무것도 먹을 수 없는 것이 유감입니다. 그런데 그대가 일일이 열거하는 바람에 식욕이 생겼습니다. 그것은 물론 사람들이 먹는 모습을 볼 때 생기는 이론적인 욕구일 뿐입니다.

아듀, 펠리체. 오늘의 긴 편지에 대해 특별한 감사의 말을 전합니다.

프란츠

Nr. 206

[1913년으로 추정] 3월 14일에서 15일

모든 것은 하나의 얼룩에서 시작되었습니다. 종이를 바꾸지는 않았
습니다. 혹시 점점 비현실적으로 되어가는(그대는 이것을 눈치채지 못
한단 말인가요?), 허공을 붙잡는 듯한 나의 글쓰기가 이로 인해 약간
의 현실성을 획득할지도 모르는 일이니까요. 간단히 몇 자 적습니
다. 이미 밤늦은 시각입니다. 펠릭스와 함께 〈타인〉이라는 활동 사진
을 본 다음 산책을 나갔습니다. 그러니 오늘 오전과 같은 상황이 내
일 반복되지 않도록 더 길게 쓰지는 않으렵니다. 사무실 책임자의 무
조건적인 단호함이 내게 힘을 준다는 사실을 그대는 알고 있나요?
그를 좇아갈 수는 없지만 어느 정도까지는 의식적으로, 그다음의 어
느 정도까지는 무의식적으로 그를 모방하고, 더 나아가서는 최소한
그를 엿본다거나 내 자신을 꿰어맞출 수는 있습니다. 오늘 그는 병이
났습니다. 그가 사무실에 없었던 아침과 낮에 그의 책상 옆에서 일
반 우편물을 분류했습니다. 등받이 의자에 편히 앉아 오가는 사람들
을 쳐다보지도, 그들의 말을 듣지도 않았습니다. 중요하지도 않은 편
지들을 뚫어지게 바라보았습니다. 집으로 가서 침대에 눕고 싶었습
니다. 물론 침대에 조용히 누워 있다고 해서 회복이 되리라고 기대하
지는 않았습니다. 어느 정도는 간단히 설명할 수 있습니다. 분명 나
는 잠을 제대로 자지 못하고 뒤척일 겁니다. 그렇다고 밖으로 돌아다
니지도 않을 거고요. 처음부터 내 자신에게 불만을 품은 상태에서 나
는 등받이 의자에 몸을 깊숙이 파묻었습니다. 오늘 그대의 편지가 왜
도착하지 않았는지 이해할 수 없었습니다. 불행하다고 느끼거나 불
안해하기에는 너무 약해져 있었습니다(다시 한번 말하지만 편지 쓸 시
간이 없다는 것은 이유가 되지 못합니다). 다만 이해할 수 없다는 그 이유
하나만으로요. 특별히 그것에 대해 생각하지 않는 것도 하릴없이 앉

아 있었던 이유가 될 것입니다. 오전 내내 상태는 호전되지 않았습니다. 병자 같은 모습으로 귀가하면서 앞으로 얼마나 더 가야 하는지에 대한 생각이 눈앞에 어른거렸습니다. 그러나 아프지는 않습니다. 그 누구도 내게서 병색을 발견하지 못할 것입니다. 다만 코 위에는 주름이 있고 하얀 머리카락이 눈이 띌 정도로 늘어갈 뿐입니다.

잠을 조금 잤지만 바서만으로 인해 어느 정도 기분 전환이 된 오늘 저녁에는 몸 상태가 썩 좋아졌습니다. 우리―나와 펠릭스―는 오늘 서로 죽이 잘 맞았습니다. 바서만에 대해서는 그대에게 할 말이 많습니다. 참으로 비참했습니다. 그 연극에서 바서만은 악용당할 뿐만 아니라 스스로를 악용합니다. 그대여, 잘 자요. 좋은 일요일이 되기를 바랍니다. 그대 아버지에 대한 인사를 그대의 두 눈에 보냅니다.

프란츠

Nr. 207

1913년 3월 16일

일요일에 아무런 소식도 받지 못했습니다. 매우 슬픈 일입니다. 그대는 아마도 이틀마다 편지를 쓰고 싶은 모양입니다. 그것이 더 좋을지도 모릅니다―그 어떤 것이라도 지금보다는 더 좋겠지요. 그렇다면 그렇게 규칙을 정하기로 하지요. 나는 지금처럼 매일 편지를 쓰겠습니다. 사랑하는 펠리체, 그대여! 어제 저녁 내가 그대에게 한 맹세는 무엇이란 말입니까! 내가 그대를 얻었다면(그것에 대해 그대는 판단할 수 없습니다) 그대를 어떻게 필요로 할 수 있단 말인가요(가끔은 그대도 그것을 눈치채고 있음이 분명합니다)! 그러나 무언가를 얻는 것과 그 필연성은 꿈과 깨어 있는 상태와 같습니다. 그 사이의 결합은 왜곡되어 있습니다.

다시 페가 펠리체만큼 마음에 들지 않게 되었습니다. 그 이름은 너무 짧아서 호흡이 잘 되지 않습니다. 펠리체, 한 번—한 번은 곧 영원입니다—그대 옆에 있음으로 해서 말하기와 듣기가 하나가 될 수는 없을까요. 그것은 곧 침묵입니다.—훔친 소시지를 놓고 사람들이 부엌에서 싸우는 통에 방해가 됩니다. 그들이 나를 방해하자 나의 내면에서는 방해하는 힘들이 환호성을 지릅니다. 그러나 그대여, 어째서 그대는 자동차 사고가 근심에서 벗어날 수 있는 최선의 해결책이 될 정도로 내 영향을 받는단 말입니까. 그래서는 안 됩니다, 그대여! 그 자동차 안에서 나는 그대 옆에 앉아 있습니다. 그대는 그러한 위험의 가능성 속에 살고 있고, 나는 마치 아무도 아닌 것처럼 내 자신을 그림자로 가리고 있습니다. 이해하기는 힘들겠지만, 더 좋은 방법을 모르겠군요. 그런 소식을 읽을 때 느끼는 욕망은 내 육체와 함께 위험에 빠진 그대의 자동차를 세우고 싶지 않을 정도로 너무 큽니다. 이것이야말로 내 능력이 미치는 범위 내에서의 극단적인 결합입니다. 그대의 언니[에르나]와 그대는 좀 닮았습니다. 그러나 그대와 비슷하지도 않고 단지 그대의 언니에 불과하다 할지라도 그녀를 좋아해야만 할 것입니다. 그녀는 눈의 표정뿐만 아니라 눈과 코의 이음새가 영락없이 유대인 처녀의 전형적인 모습입니다. 특히 입 주위에는 부드러움을 간직하고 있습니다. 그러나 전체적으로 힘이 있어 보여 불행에 쉽게 무너질 것 같지는 않군요. 베를린으로 와서 그녀 자신을 돌봐줄, 올 만한 친구가 그녀에게 있나요? 헤어스타일은 너무 부풀려진 듯 합니다. 아마도 파마를 하지 않고서는 외출할 수 없었던 시절에 찍은 사진인 듯합니다.

부활절에 무엇을 할 예정인가요? 베를린에 머무를 생각인가요? 그대가 베를린에 머문다면 사람들이 그대에게 많은 요구를 하지 않을까요? 어째서 그대 아버지는 그렇게 오랫동안 베를린에 머물러 계신

단 말입니까? 언니는 부활절에 집으로 오나요? 부다페스트에서는 아직 아무런 소식도 없구요? 식료품 상인이 소포를 전달하지 않은 것은 아닐까요? 바움은 4월 14일에 틀림없이 낭독회를 갖습니다.[54] 그때는 그대가 더 이상 베를린에 없겠지요. 매우 아쉽습니다.

프란츠

Nr. 208

1913년 3월 16일에서 17일

터놓고 묻겠습니다, 펠리체. 그대가 부활절, 즉 일요일이나 월요일에 나를 위해 한 시간쯤 내줄 수 있다면 가도 되겠습니까? 다시 말하지만 한 시간이면 족합니다. 베를린에서 그 시간을 기다리는 것 말고는 아무 일도 하지 않을 생각입니다(베를린에 아는 사람도 별로 없고, 몇 안 되는 지인들조차도 보고 싶지 않습니다. 무엇보다도 그들은 많은 문필가들과 더불어 나를 망가뜨릴 것이며, 내 근심들은 내가 감내할 수 있는 정도를 넘어 뒤죽박죽이 될 것이니까요). 한꺼번에 한 시간을 내기가 어렵다면 십오 분씩 네 번이라도 좋습니다. 그 기회나마 놓치고 싶지 않군요. 전화기 옆에서 떠나지 않겠습니다. 중요한 것은 그대가 괜찮다고 여기느냐입니다. 어떤 사람이 방문하는지 꼭 기억해두세요. 하지만 그대의 친척을 만나고 싶지는 않습니다. 지금도 그럴 처지가 못 되지만 베를린에서는 더욱 그럴 것입니다. 그대 앞에 입고 나갈 만한 옷이 거의 없다는 생각은 미처 하지 못했습니다. 그러나 그것은 부차적인 문제입니다. 그대가 보고 들어야 할 중요한 문제를 제쳐두고 부차적인 문제로 도망치려는 유혹을 받습니다. 이 문제를 잘 생각해보세요, 펠리체! 혹시 그대가 시간을 낼 수 없다면 생각할 필요도 없습니다. 부활절에는 아버지, 오빠, 드레스덴의 언니를 비롯하여 모든 가족들이 모일 것입니다. 이사를 얼마 앞두고 그대는 할 일이 많겠지요. 프랑크푸르트로 여행 준비도 해야 하구요. 그대가 시간이 없다 할지라도 충분히 이해할 수 있습니다. 우유부단함 때문에 이렇게 말하는 것이 아닙니다. 그대만 괜찮다면 오히려 4월에 프랑크푸르트로 가도록 해보겠습니다. 곧 답장을 주세요.

프란츠

Nr. 209
1913년 3월 17일

간단히 몇 자 적습니다. 먼저 그대의 편지에 깊은 감사를 드립니다. 그 편지는 마음이 벌써 베를린에 가 있던 어떤 사람을 제자리에 돌아오도록 만들어주었습니다. 유쾌하지 않은 내용도 없지 않았으나 그것이야말로 내게 어울리는 일이지요. 떠날 수 있을지 모르겠습니다. 오늘은 불확실하지만 내일이면 확실해지겠지요. 결정하기 전에는 그 이유에 대해서 말하고 싶지 않습니다. 수요일 열 시에는 알 수 있을 것입니다. 그다지 나쁜 일은 아닙니다. 곧 만나게 될 것입니다. 이처럼 우왕좌왕하지만 그럼에도 나를 사랑해주십시오.

프란츠

Nr. 210
1913년 3월 17일에서 18일

그대의 말이 맞습니다, 펠리체. 최근에 더 자주 억지로 편지를 쓰고 있습니다. 그러나 그대에게 보내는 편지와 내 삶은 밀접하게 연관되어 있습니다. 나는 내 삶에 대해서도 억지를 부립니다. 그러지 말아

카프카의 편지 399

야 할까요?

근원에 대한 말이 떠오르지 않습니다. 그러나 그것은 커다란 환경에 둘러싸인 어딘가에 있을 것입니다. 글쓰기와 삶에 충만해 있던 시절, 모든 진실한 감정은 이에 적당한 말을 찾으려 하지 않고 오히려 그것과 충돌하거나 심지어는 그것에 의해 밀려난다는 내용의 편지를 그대에게 보낸 적이 있습니다.[55] 아마도 전적으로 맞지는 않을 겁니다. 확고한 손을 가지고 있다 할지라도 그대에게 편지를 쓰면서 어떻게 내가 얻고자 하는 모든 것을 얻을 수 있겠습니까. "나를 사랑해주십시오"와 "나를 증오하십시오"라는 두 가지 부탁을 동시에 할 때의 심각함을 어떻게 그대에게 납득시킬 수 있겠습니까.

그러나 그대가 나에 대해 충분히 생각하지 않는다는 말은 진심입니다. 정말 그렇다면 그대가 내게 흰 머리카락을 보냈을 것입니다—그대가 누군가를 대머리라는 이유로 좋아할 수 없다면 나의 머리카락은 관자놀이 주변뿐만 아니라 전체적으로 더욱 희어질 것입니다.

부다페스트에 있는 그대 언니는 사진에서 좀 피곤하고 슬퍼보입니다. 그렇지 않나요? 그때 이미 결혼했었나요? 그녀는 그대보다 드레스덴에 있는 언니와 더 많이 닮았습니다.

일기를 쓸 용기가 나지 않습니다, 펠리체('페'라는 말이 다시 쑥 들어가 버립니다. 그것은 스쳐 지나가는 동료 여학생을 부를 때나 어울리는 말입니다. 펠리체는 그 이상이지요. 곧 정식의 포옹과도 같습니다. 원래부터 말을 중시하는 내가 그런 기회를 놓칠 수는 없습니다). 그 안에는 견디기 어렵고 불가능한 것들이 담겨 있을 것입니다. 그대는 편지가 아닌 일기를 읽을 준비가 되어 있나요? 먼저 확답을 듣고 싶습니다.

오늘 오후에 마치 베를린 여행이 내게 달려 있다는 투로 편지를 썼습니다. 편지를 급히 쓰다 보니 그렇게 되었습니다. 물론 그 여행은 그대의 의사에 달려 있습니다.

안녕, 펠리체. 내 여행을 방해하는 것이 무언지에 대해서는 내일 낮에 다시 편지하겠습니다.

프란츠

펠릭스와 오스카의 글을 읽었나요?[56] 몬테 카를로는 모릅니다. 막스는 그것을 내게 보여주고 싶어 하지 않습니다. 편집부에서 내용을 많이 고쳤기 때문이지요. 부활절 특별호에는 막스의 「오스트리아 가정」이 실릴 것입니다.[57]

Nr. 211
1913년 3월 18일

내 여행에 대한 방해는 그 자체로 여전합니다. 앞으로도 계속될까 봐 두렵습니다. 방해라는 말은 이미 그 의미를 상실했습니다. 이것을 인식하는 한 나는 갈 수 있을 것입니다. 이 말을 그대에게 급히 해주고 싶었습니다. 편지가 아닙니다(그대가 이것을 간청으로 여길까 봐 말하는데, 이것은 단지 탄식에 불과합니다).

프란츠

Nr. 212
1913년 3월 19일

모르겠습니다, 그대여. 일이 엄청나게 많습니다. 내 앞의 책상에는 일거리가 산더미처럼 쌓여 있습니다. 그러나 아무것도 해낼 수가 없습니다. 베를린 여행을 더 일찍 결심하지 못했다는 말은 맞습니다. 그대의 편지를 읽을 때와 그 후에도 잠깐 동안 숨이 멎는 듯했습니다. 기회가 있을 때마다 나의 모든 존재에 퍼져나가는 것은 물론 나의 허약함일 뿐입니다. 그러나 이번 기회는 실제로 너무 큽니다. 며칠을 어떻게 보내야 할지 모르겠습니다. 이미 어제 저녁에도—그때만 해도 그대의 답장을 받지 못했습니다—아무것도 쓰지 못했습니다. 또한 아무 말도 할 수가 없습니다. 부활절에 관한 이야기를 들을 수 있을 뿐입니다.

모든 기쁨과 기대를 억누르기 위한 좋은 수단이 있을 것입니다. 내가 왜 가야 하는지를 내 자신에게 설명하기만 하면 됩니다. 나는 내 자신에게나 그대에게 그 어떤 비밀도 만들지 않았다고 믿습니다. 다만 스스로도 똑똑히 알고 있다시피 끝까지 깊이 생각할 수 없습니다. 이러한 무능력이 원래는 내게 행복을 가져다주지요. 베를린으로 가는 유일한 목적은 편지로 인해 오해가 생긴 그대에게 내가 정말 어떤 사람인지 말하고 보여주려는 데 있습니다. 글보다는 얼굴을 직접 보는 것이 이것을 더 명확하게 해줄 수 있을까요? 글을 통해서는 실패했습니다. 의식적으로 또는 무의식적으로 내 자신과 어긋나는 방향으로 나아갔기 때문입니다. 그러나 실제로 대면하면 설사 내가 노력한다 할지라도 내 자신을 거의 숨길 수 없을 것입니다. 면전에서는 달아날 도리가 없습니다.

일요일 오전 어디에서 만나면 좋을까요? 출발에 문제가 생길 경우에는 늦어도 토요일에 전보를 치겠습니다. 토요일에 하루 종일 사무실에 있나요?

편지를 시작할 때만 해도 행복했습니다만 두 번째 단락부터는 어쩔 수 없이 어긋나는 바람에 난감해졌습니다.

프란츠

엘리자베스 바렛과 로버트 브라우닝 사이의 편지 왕래에 대해 알고 있나요?

Nr. 213 [노동자재해보험공사의 편지지]

[1913년 3월 20일로 추정]

기다리던 답장이 오지 않았습니다. 소박한 여행을 방해할 수도 있는 요소들이 새로이 등장했습니다. 부활절에는 일반적으로—미처 생각지 못했습니다—모든 단체에서 회의가 열립니다. 재해보험에 관해 논의하는 그 자리에 보험 공사 대표자들은 이런저런 강연을 하거나 최소한 토론에 참석해야 합니다. 실제로 오늘 초청장을 두 개나 받았습니다. 체코 제분업자협회는 월요일에 프라하에서, 주데텐 지방의 건축기술자협회는 화요일에 브륀에서 각각 모임을 갖습니다. 다행인 것은 그 모임들의 구성원이 체코 사람들이며, 내 체코어 실력이 형편없다는 점입니다. 그러나 이미 심각한 부담을 느끼고 있습니다. 업무를 분담하다 보면 내게도 할 일이 생길 것입니다. 그러한 모임에 파견되는 직원들에게는 선택의 여지가 별로 없습니다. 그러나 나는 그대를 만나야 합니다. 그대를 위해서나 나를 위해서(각자의 동기는 서로 다르다 할지라도). 어제 저녁에 그대를 얼마나 그리워했는지 아시나요! 계단을 오를수록 힘이 들었습니다. 계단을 오르는 일이 베를린 여행과 아무 관계도 없었기 때문입니다.

프란츠

Nr. 214

1913년 3월 21일

그대는 편지하지 않을 작정인가요? 사무실로는 편지가 오지 않았습니다(우리 사무실은 쉬는 날이 없습니다. 그래서 내 편지도 그대 사무실로 보냅니다). 그리고 집으로도 오지 않았습니다. 펠리체! 내가 갈 수 있을지 아직 확실하지 않습니다. 내일 오전이 되어야 결과를 알 수 있습니다. 제분업자들의 모임이 문제입니다. 내일까지 편지를 받지 못한다면 내가 어디에서 그대를 만나야 할지 알 수 없습니다. 만약에 간다면 쾨니히그래처 거리에 있는 아스카니셔 호프에 묵을 겁니다. 어제 피크가 같은 시간에 베를린으로 간다는 사실을 알았습니다. 물론 내 여행 목적과는 무관합니다. 피크와 함께 가면 편할 겁니다. 베를린에서 그곳 문학가의 절반을 안다는 핑계로 나를 방해해서는 안 되겠지요. 펠리체, 그대를 언제 어디에서 만날 수 있지요? 일요일 오전이면 괜찮은가요? 그대 앞에 나타나기 전에 나는 잠을 충분히 자야 합니다.

이번 주에도 잠을 별로 자지 못했습니다. 대부분의 원인이 신경쇠약에 있으며, 흰 머리카락이 많아진 것도 잠을 충분히 자지 못한 탓입니다. 잠을 충분히 잔 뒤 그대와 만날 수 있다면 얼마나 좋겠습니까! 현재의 상태에서 그대를 만났을 때 다리가 후들후들 떨리지 않기를 바랄 뿐입니다!—앞으로 생길지도 모르는 마음의 평정을 그러한 혼잣말로 미리 포기하는 것은 바보짓입니다. 펠리체, 편지 발신인들은 당분간 헤어져야 합니다. 반년 전에 만났던 두 사람은 서로의 모습을 다시 보게 될 것입니다. 그대가 편지 발신인을 인정했던 것처럼 실제 인물도 인정해주세요. 더 이상은 바라지 않습니다!(그대를 매우 사랑하는 사람이 그대에게 조언하는 것입니다.)

프란츠

내가 베를린에 있을지의 여부를 알리는 편지를 일요일에 그대나 그대의 어머니가 받게 될 것입니다. 이 편지를 다 쓰고 난 지금 그것이 마치 추악한 사기 같은 기분이 듭니다. 그러나 당사자의 상상은 이제 시작됩니다.

Nr. 215 [편지봉투 소인: 프라하]
1913년 3월 22일

여전히 결정되지 않았습니다.

프란츠

Nr. 216 [호텔 아스카니셔 호프의 편지지 소인: 베를린]
1913년 3월 23일

도대체 무슨 일인가요, 펠리체? 그대는 금요일에 내가 보낸 속달 편지를 받아 보았을 것입니다. 그 편지에 내가 토요일 밤에 도착한다

베를린 역. 오른쪽 위의 건물이 카프카가 1913년 3월
펠리체 바우어를 처음으로 찾아갔을 때 묵은 호텔 〈아스카니셔 호프〉이다.

고 썼습니다. 이 편지가 중간에서 없어졌을 리 만무합니다. 지금 베를린에 있습니다. 오후 네 시나 다섯 시에는 다시 떠나야 합니다. 시간은 흘러가고 그대에게는 아무런 소식도 없습니다. 심부름꾼 편에 답장을 보내주기 바랍니다.[58] 만약의 경우에 대비해 괜찮다면 내게 전화를 걸어도 좋습니다. 아스카니셔 호프에서 앉아 기다리고 있습니다.

프란츠

Nr. 217 [그림엽서 소인: 라이프치히]
1913년 3월 25일

라이프치히에서 출발하기 직전입니다. 잘 있어요.

프란츠

[그다음 부분에 프란츠 베르펠, 이샤크 뢰비, 오토 피크, 프란티제크 콜[59]의 서명이 들어 있다]

Nr. 218 [그림 엽서 소인: 드레스덴]
1913년 3월 25일

드레스덴 역입니다. 잘 있어요. 여기가 어디인지 모르겠습니까?

F.

Nr. 219

1913년 3월 26일

그대여, 정말, 정말 감사합니다. 실제로 그대의 사랑스럽고 초인적으로 선한 마음에서 우러나오는 위안이 필요합니다. 오늘은 몇 자만 적겠습니다. 수면 부족과 피곤, 그리고 불안 때문에 정신을 잃을 지경입니다. 내일 아우시히에서 있을 협상에 대비한 엄청난 분량의 서류를 처리해야 합니다. 그리고 무조건 잠을 자야 합니다. 내일 다시 새벽 네 시 반에 일어나야 하거든요. 내일 용기와 안정이 필요한 고백을 시작하지 못한다 할지라도 모레는 시작할 수 있을 것입니다.

여행에서 돌아온 지금 그대가 내게는 그 어느 때보다도 더 이해할 수 없는 기적이라는 사실을 알고 있나요?

프란츠

Nr. 220 [그림 엽서 소인: 아우시히]

1913년 3월 27일

아우시히에서의 하루를 기분 좋게 시작하고 업무가 잘 진행되기를 바라는 마음에서 아침 인사를 보냅니다. 안녕하세요. 고맙습니다. 언제나 고맙다는 말만 할 수 있을 뿐입니다.

F.

Nr. 221 [그림 엽서]

1913년 3월 27일

모든 일이 잘 끝났습니다. 다만 피곤하고 머리가 지끈거립니다. 괴테가 임종하던 날(그는 1832년 3월 22일 오전 열한 시 반에 사망했습니다) 열

아우시히의 광장
(1913년 3월 27일 펠리체에게 보낸 그림 엽서)

시경에 열에 들떠 한 말을 방금 읽었습니다. "그대들의 눈에는 곱슬머리로 화려하게 치장한 아름다운 부인의 머리가 보입니까?"[60]

[그림이 있는 면 위쪽 부분] 이 엽서를 베를린으로 부치기 전에 수면 부족과 심사숙고의 여파로 엽서의 그림을 오랫동안 바라보았습니다. 베를린에서 여기까지는 보통 때와 같은 여덟 시간이 아니라 여섯 시간밖에 걸리지 않습니다.

F

Nr. 222 [노동자재해보험공사의 편지지]
1913년 3월 28일

사랑하는 펠리체, 편지가 몇 쪽밖에 되지 않는다고 화내지 말아요. 이것이 그대를 위해 시간을 별로 할애하지 않는다는 뜻은 아닙니다. 오히려 베를린에서 돌아온 지금처럼 내 모든 것이 그대에게 속해 있다는 느낌이 든 적도 많지 않습니다. 어제 하루 종일 아우시히에서 보내고, 저녁 늦게 집으로 돌아왔습니다. 지칠 대로 지쳐 마치 자동인형처럼 책상 앞에 앉았습니다. 끔찍할 정도로 피곤한 상태를 이겨내야 했지요. 내 목 위에 달려 있는 것은 더 이상 인간의 머리라고 할 수 없습니다. 아우시히로 여행을 떠나기 전날인 수요일 밤에 서류를 검토하느라 열한 시 반에야 잠자리에 들었습니다. 하지만 너무 피곤해서 금방 잠이 들 수 없었습니다. 새벽 한 시를 알리는 시계 종소리를 들었고 네 시 반에 다시 일어나야 했습니다. 창문이 열려 있었습니다. 사십오 분 동안 끊임없이 어지러운 생각에 시달리다가 창문 밖으로 뛰어내렸습니다. 그다음에 열차들이 차례차례로 와서는 철길에 누워 있는 내 몸 위로 지나갔고 목과 다리를 두 동강 냈습니다. 어째서 이런 내용을 편지에 적는 것일까요? 내 고백이 모든 것을 파괴하기 전에 그대에게 다시 한번 동정을 이끌어내고 그 행복을 즐기기 위해서입니다.

베를린 여행을 통해 내가 얼마나 그대와 가까이 있음을 느꼈는지 아시나요! 그러나 나는 단지 그대의 내면에서 숨을 쉬고 있을 뿐입니다. 그대는 나를 충분히 알지 못합니다. 내게는 이해가 되지 않는다 할지라도 그대는 그대 옆을 스쳐 지나가는 사물들을 무시할 수 있습니다. 단지 호의에서인가요? 그것이 가능하다면 다른 모든 것도 가능하지 않을까요? 이 모든 것에 대해서는 다음에 자세히 쓰겠습니다.

프란츠

오늘 편지를 받지 못했습니다. 아마도 집에 와 있겠지요. 편지를 여기에서 끝내는 이유는 그것을 알고 싶은 조급함 때문입니다.

펠리체, 나라는 존재와 편지가 그대에게 주는 인상이 어떤지 편지에 적어 보내줄 수 있나요?

Nr. 223
1913년 3월 28일

더 이상 한탄하지 않겠습니다. 칠 주는—또는 육 주입니다. 주위에 달력이 없습니다—너무 짧기도 하고 길기도 합니다. 그 기간은 모든 것을 말하고, 그대가 나에 대한 생각을 바꾸지 않았다는 (그대는 내가 고백하려는 내용에 대해서 곧바로 답장하고 싶지 않을 것입니다) 믿음을 완전히 갖기에는 너무 짧습니다. 그러나 그것을 참고 견디기에는 또 너무 깁니다. 나는 도처에서 그대를 찾을 것입니다. 골목길에서 만나는 다양한 사람들의 사소한 행동도 그대와 비슷하거나 또는 다르다는 이유에서 그대를 떠올리게 만들겠지요. 그러나 나를 내적으로 충만시키는 그것을 입 밖에 낼 수 없습니다. 그것은 나를 내적으로 충만시키고 말할 힘을 남겨두지 않았습니다.

그대를 현실에서 너무나 오랫동안 보아왔기에(최소한 이것을 위해서는 시간을 충분히 할애했습니다) 그대의 사진은 별다른 쓸모가 없습니다. 사실 그 사진은 보고 싶지 않습니다. 사진에서 그대는 원만하고 평범해 보입니다. 그러나 나는 그대에게서 진실되고 인간적이며 어쩔 수 없이 결점을 지닌 얼굴을 보았으며 그러한 인상에 몰두했습니다. 어떻게 내가 다시 그 인상에서 벗어나 사진을 대할 수 있겠습니까!

소식이 없을 때면 예전의 민감한 감정에 사로잡힙니다. 내게는 신뢰가 부족합니다. 편지를 쓰는 행복한 시간에만 신뢰를 회복합니다. 그 밖의 경우에는 온 세계가 저에게 적대감을 보입니다. 저는 항상 그대의 편지가 오지 않는 모든 가능성에 대해 곰곰이 생각해봅니다. 마치 절망적인 기분에서 어떤 물건을 찾기 위해 똑같은 장소를 백 번이나 뒤지는 것처럼 수없이 많은 생각이 교차하지요. 그대에게 실제로 어떤 심각한 일이 일어났고, 이로 인해 여기서 헤매고 있는 내게도 끔찍한 일이 발생하지 않을까 하는 생각도 해봅니다. 하루 종일 이런 생각에서 벗어나지 못하지요. 그대여, 내가 내일부터 일기 비슷한 내용을 보내더라도 그것을 코미디로 여기지 마세요. 거기에는 사랑스러운 그대가 옆에 조용히 있더라도 내 자신에게만 말할 수밖에 없는 내용이 담겨 있습니다. 물론 편지를 쓰는 순간에는 그대를 떠올립니다. 그러나 다른 때도 그대를 잊을 수 없기 때문에 그대 이름을 부름으로써 편지를 쓰는 동안의 도취에서 깨어나고 싶지 않습니다. 펠리체, 그대가 듣게 될 모든 내용을 참고 견디세요. 지금은 더 이상 편지를 쓸 수 없군요. 나는 모든 것을 끄집어내야 할 것입니다. 며칠 전의 편지에서 그대는 모든 책임이 그대 자신에게 있다고 했습니다. 그것은 모든 것을 참고 듣는 것보다 훨씬 더한 일일 것입니다. 내 자신에게 이야기하는 것조차 부끄러운 부분까지 모두 써 보내겠습니다. 잘 있어요. 신의 가호가 있기를! 이제 베를린을 대충 압니다. 그대가 머물렀던 모든 골목길과 장소의 이름을 적어 보내주세요.

그대의 사람

Nr. 224
1913년 3월 30일

아직 시작을 못하고 있습니다. 너무 불안합니다. 그대를 무척 사랑합니다. 그대는 내가 그대에게 꼭 필요한 존재가 되었다고 말하려는 건가요? 신이 있다면 소리를 지를 것입니다. 이 외침을 손으로 막아야 할까요?

간밤의 잠은 모두 오늘 편지를 받지 못하리라는 여러 갈래의 생각으로 채워졌습니다. 실제로 편지는 오지 않았습니다. 하녀의 말을 알아듣기도 전에 그것을 느꼈지요. 편지 쓰는 일을 그대에게서 면제시켜 줘야 할까요? 그대여, 그것은 사소한 일이지만 내게서 그대를 해방시키는 것은 중요한 문제입니다. 결코 편지를 포기할 수는 없습니다. 그대에게서 소식이 오기를 열망하고 있습니다. 그대의 편지를 통해서만 나는 가장 부차적인 삶이라 할지라도 그것을 표현할 능력을 얻습니다. 새끼손가락을 올바르게 움직이는 일에도 그대의 편지가 필요합니다.

상태가 좋지 않고, 여전히 기침을 하며, 그대가 자기 자신이 망가졌다고 여기는 마당에 내가 어떻게 소식을 포기할 수 있겠습니까? 모든 것이 나의 내면에서 해결되고 내가 올바르게 편지를 쓸 수 있었던 시절로 되돌아갈 수만 있다면! 당시에 편지를 쓸 때면 그 어느 때보다도 그대와 가까워짐을 느꼈습니다. 지금도 가능하다면 이처럼 함께 있는 순간을 잃지 않기 위해서 책상을 떠나려고 하지 않지요.

가끔 어쩔 수 없는 절망 속에서 그러한 근거 없는 희망으로 스스로를 위안합니다. 예를 들어 사무실에서 두 번째 우편물 속에서도 그대의 편지를 발견하지 못한 상태에서 무엇을 해야 할지도 모르고, 사소한 구술조차도 시킬 엄두가 안 나고, 머릿속에서 맴돌던 재해 보험 업무에서 멀어지고, 임시직 관리조차도 나보다 더 많이 알고 제 몫을 다할 때는 스스로에게 이렇게 말합니다. "슬퍼하지 마. 너는 오후에 더 오랫동안 그녀에게 편지를 쓰고 더 오랫동안 그녀와의 결속을 느끼게 될 거야. 그것은 손에 달려 있어." 그러나 이것은 유감스럽게도 완전히 틀린 말입니다. 그대에게 편지를 쓰지 않을 때 오히려 그대와 더 가까이 있습니다. 골목길을 다니면서 끊임없이 그대를 기억하고, 혼자, 또는 사람들과 함께 있을 때 그대의 편지를 얼굴에 갖다 대고 그대 목에서 나는 듯한 냄새를 맡으면 그 어느 때보다도 그대를 마음속에서 느낍니다. 맙소사, 이것은 사악하고 밑바닥까지 다다르는 내 불행의 손입니다. '아스카니셔 호프'의 전화기 옆에서 나는 그대와 더 가까이 있었으며, 이전에 그루네발트의 나무 줄기 위에서보다 더 많은 결속의 희열을 느꼈습니다.

그대여! 그대여! 그대여! 그대의 맞은편에서 침몰하는

이름 프란츠!

1913년 3월 31일

벌써 밤이 깊었습니다. 이제 잠자리에 들려고 합니다. 단지 그대에게 인사를 하고 몇 자 끄적거리고 싶었습니다. 이해할 수 없는 연인인 그대여.—몇 년 전부터 별로 잠을 자지 못했습니다. 머릿속의 영원한 상처는 잠을 통해서만 회복될 수 있을 것입니다. 어제 받은 그대의 편지를 지닌 채 혼자 오랫동안 산책했습니다. 두 번이나 사람들과 함께 산책할 기회가 있었지만 혼자 있고 싶었지요. 예전에는 멋있게 보이기 위해, 또는 어리석음과 게으름 때문에 혼자 있고 싶어 했으며, 생기 있고 건강한 젊은이로서 지루함에 못 이겨 돌아다녔습니다. 오늘날에는 필연적으로, 그리고 그대에 대한 그리움 때문에 혼자 있습니다. 도심에서 멀리 떨어진 곳까지 나가 태양이 비치는 어느 언덕에서 꾸벅꾸벅 졸기도 했습니다. 몰다우 강을 두 번이나 건넜고, 그대의 편지를 여러 번 읽었습니다. 높은 곳에 올라가 돌을 밑으로 던졌는가 하면 처음으로 봄날의 전경을 바라보기도 했습니다. 또한 한 쌍의 연인을 방해했습니다(남자는 풀밭에 누워 있었고, 여자는 남자 주위를 돌아다녔습니다). 이 모든 것은 아무런 의미도 없었습니다. 내게서 살아 있는 유일한 것은 주머니 속의 그대 편지뿐이었습니다.

그대가 건강하기만을 바랍니다. 편지 쓰는 일을 면제시켜달라는 부탁은 그대가 사무실에 나가지 않는지도 모른다는 의심을 불러 일으킵니다. 정말 그런가요? 그대여, 제발 건강해요. 그대가 건강하기만 하다면 더 이상 한탄하지 않겠습니다. 너무 늦게 잠자리에 들지 말구요. 훌륭한 외모를 지닌 그대의 발그레한 두 볼은 생기 있어 보였습니다. 하지만 그대는 잠을 별로 자지 않는다는 인상을 주었습니다. 성령강림절까지는 항상 아홉 시에 잠자리에 들 것을 서로에게 약속합시다. 지금은 아홉 시 반입니다. 그렇게 늦은 시각은 아니며, 나는 이 편지를 쓰면서 기운을 회복했습니다. 그대여, 잘 자요. 우리는 항상 아홉 시에 잠자리에 들 것을 서로에게 약속했습니다.

프란츠

Nr. 226
1913년 4월 1일

내 근원적인 두려움은—이보다 더 나쁜 것을 말하거나 들을 수는 없습니다—내가 그대를 결코 소유할 수 없으리라는 점에 있습니다. 가장 유리한 경우에도 나는 마치 무작정 충직한 개처럼 그대가 내게 내민 손에 입맞춤을 할 수 있을 뿐입니다. 이것은 사랑의 표시가 아니라 침묵과 영원한 이탈을 선고받은 동물의 절망의 표시입니다. 벌써 한 번 그런 일이 일어났듯이 나는 그대 옆에 앉아서 그대 육체의 숨소리와 생기를 느끼게 되겠지만 근본적으로는 지금 내 방에 있을 때보다 더 그대에게 멀어질 것입니다. 결코 그대의 시선을 유도할 수 없을 것이며, 그대가 창밖을 내다보거나 손으로 얼굴을 감쌀 때 그대의 시선은 실제로 내게서 떠나가고 말 것입니다. 내가 그대와 함께 손을 맞잡고 세상을 헤쳐나갈 것 같지만 그 어떤 것도 진실이 아닙니다. 간단히 말해서 나는 그대로부터 영원히 배제될 것입니다. 그대가 나를 향해 몸을 굽힌다면 그것은 그대를 위험에 빠뜨리는 일입니다.[61]

펠리체, 이것이 사실이라면—내게는 의심할 여지가 없어 보입니다—벌써 반년 전에 억지로라도 그대와 헤어질 충분한 이유가 있었던 셈입니다. 또한 그대와의 모든 외적인 결속을 두려워할 만한 충분한 이유가 있었습니다. 그러한 결속의 결과로 그대를 향한 열망이, 이 지상에서는 무능력자인 나를 오늘날까지 지탱해준 모든 허약한 힘들로부터 풀려날 것이기 때문입니다.

펠리체, 그만 줄입니다. 오늘은 쓸 만큼 썼습니다.

프란츠

옷을 막 벗으려고 할 때 어머니가 사소한 문제 때문에 방으로 들어왔습니다. 어머니는 나가면서 취침 전 인사로 입맞춤을 해주었습니다. 몇 년 전부터 좀처럼 없었던 일입니다. "기분이 좋은데요"하고 내가 말했습니다. 그러자 어머니는 "여태껏 이렇게 해 본 적이 없구나. 네가 입맞춤을 좋아하지 않는다고 생각했단다. 너만 좋다면 기꺼이 해주마"라고 말했습니다.

Nr. 227 [노동자재해보험공사의 편지지]
[1913년 4월 2일로 추정]

그대여, 나는 그대와 사이가 멀어져야 하나요? 책상 옆에 앉아 그대에 대한 열망을 품고 사라져야 하나요? 오늘 바깥 어두운 복도에서 손을 씻었습니다. 그때 그대에 대한 생각이 너무 강해서 창가로 걸어가 회색빛 하늘에서나마 위안을 찾지 않을 수 없었습니다. 나는 이렇게 살아갑니다.

프란츠

Nr. 228

1913년 4월 4일 [실제로는 1913년 4월 3일에서 4일로 가는 밤으로 추정]

펠리체, 오늘 그대에게 아무런 소식도 받지 못한 것은 아마도 우연일 테지요. 그대는 어제 이사했고[62] 한순간도 짬을 낼 수 없었을 테니까

카프카의 편지 415

요. 그러나 다른 한편으로 오늘은 그것이 우연이 아니라 필연이라는 생각이 듭니다. 아마도 나는 더 이상 편지를 받지 못할 것입니다. 그러나 나는 내 존재의 중심에 뿌리박힌 욕구, 즉 그대에게 편지 쓰는 일을 계속할 것입니다. 내 편지가 개봉도 되지 않은 채 되돌아올 때까지 말입니다. 그대는 그대에게 편지를 쓰면서 머리를 쥐어뜯는 사람을 보지 못한단 말입니까!

프란츠

Nr. 229
1913년 4월 4일

한두 달 전부터 이웃집에 어떤 체코 작가가 살고 있습니다. 그는 교사이며 연정 소설들을 씁니다. 적어도 그의 최신작에는 그런 부제가 붙어 있지요. 그 책의 표지에는 타는 듯한 가슴으로 교태를 부리는 여자 사진이 실려 있습니다. 제목도 '타는 듯한 가슴'인 것 같습니다. 내가 왜 별로 신경 쓰지도 않았던 그를 키가 작은 비열한 흑인으로 상상했는지 모르겠습니다. 물론 최근에 또 다른 체코 작가에게 들은 그 이웃에 대한 이야기는 나의 상상과 크게 어긋나지 않았습니다. 그는 이 교사처럼 세상 경험이 없는 사람이 좁은 시야에서 메마른 방식으로 글을 쓰면 우스꽝스러운 연정 소설밖에 만들어낼 수 없다고 말했습니다. 조금 전에 승강기에서 처음으로 그와 마주쳤습니다. 그는 얼마나 화려하고 부러워할 만한 사람인지 모릅니다. 체코인들은 프랑스식 삶을 동경하지요. 하지만 대개 시대적으로 뒤떨어진 것만이 낯선 이국 땅에 흘러 들어오기에 그러한 동경은 결국 꽁무니를 뒤좇아가며 사랑하는 나라의 낡은 유행을 받아들이게 할 뿐입니다. 그럼에도 프랑스적인 것을 모방하는 사람들에게 그것은 별로 상처가 되

416

지 않습니다. 프랑스는 전통으로 이루어져 있고 모든 진보는 점차로 온갖 것을 포용하는 강물 속에서 일어납니다. 따라서 모방자는 별다른 무리 없이 거의 똑같은 보조를 맞출 수 있고 최소한 변함없이 매력을 풍길 수 있지요. 내가 만난 그 사람은 프랑스식의 부드러운 느낌을 주는 뾰족한 턱수염을 기르고 몽마르트르에서 가져온 테가 넓은 중절모를 쓰고 팔에는 날아갈 듯한 겉옷을 걸치고 있었습니다. 동작은 우아하면서도 친근감이 느껴졌으며 눈은 생기가 넘쳤습니다. 그를 바라보면 재미있습니다.[63]

거기에 정신이 팔려 있다 다시 내 자신에게로 돌아옵니다. 사랑하는 펠리체, 그런 이야기들을 통해 나 자신을 추스르려고 합니다. 그대의 전보를 받았습니다. 처음에 그것은 암호문 같았습니다. 그대는 목요일에 편지를 받고서 훌륭하고 침착하게 전보를 쳤습니다. 나는 그 내용을 믿을 수도 없었을뿐더러 내 자신의 안정을 위해 온 힘을 다해 스스로를 자제해야만 했습니다. 특히 오늘 저녁에는 막스도 또 다른 견해에서 나를 진정시키려고 노력했고 한동안 진정시키기도 했습니다. 그대여, 그대가 목요일에 받은 편지는 구구절절이 맞습니다. 지금 너무 불안하여 그 내용이 의심스러울 정도이고 농담처럼 여겨지기도 합니다. 아닙니다, 그대여. 그 내용은 맞습니다. 그것은 상상이 아니라 사실을 담고 있습니다. 사실이 그렇습니다.

프란츠

[하단부 여백에] 새집에 행운이 깃들기를 바란다는 인사를 빠뜨렸습니다.

1913년 4월 4일 [실제로는 1913년 4월 4일에서 5일로 가는 밤으로 추정]
이삼일 전 밤에는 치아에 관한 꿈을 계속 꾸었습니다. 그 치아는 음
식물을 씹기 위한 것이 아니라 특별한 인내력과 집중력을 요구하는
아이들의 놀이에서처럼 조립된 덩어리로서 내 턱에서 자유자재로
움직였습니다. 나는 무엇보다도 다른 사람의 마음속에 들어 있는 것
을 표현하기 위해 온 힘을 기울였습니다. 치아의 움직임, 사이사이의
틈, 삐걱거림, 조종할 때의 느낌 등은 끊임없이 씹는 방법을 통해 어
떤 생각이나 결심, 희망, 가능성을 붙잡아 실현시키려는 것과 직결되
었습니다. 그러한 노력을 아끼지 않았고, 때로는 그것이 가능해 보였
습니다. 성공한 것 같은 느낌이 들기도 했지요. 새벽에 깨어나 눈을
반쯤 떴을 때는 모든 것이 성공한 것처럼 보였고 간밤의 작업이 헛되
지 않았다는 기분이 들었습니다. 이들이 변함없이 제자리에 있다는
것은 의심할 여지없이 성공을 의미하는 것 같았습니다. 간밤에 그것
을 알아차리지 못하고 절망적인 상태에서 생생한 꿈이 수면에 해롭
다는 생각을 했다는 것이 이해할 수 없을 정도였습니다. 그다음에 잠
에서 완전히 깨어났습니다(그때 하녀가[64] 탄식과 비난의 목소리로 지금
이 몇 시인지 아느냐고 소리쳤습니다). 변한 것은 아무것도 없었습니다.
사무실에서의 불행한 시간이 다시 시작되었고, 물론 당시에는 몰랐
지만 그대는 그 밤 내내 치통으로 고생했습니다.

그대와 나와의 관계를 의미하는 이러한 행복과 불행의 혼합물(행
복—그대가 나를 저버리지 않았고, 설사 저버릴 수밖에 없다 해도 그대는 내
게 한때 좋은 사람이었기 때문입니다. 불행—그대와 연관된 나의 가치에 대
한 시험을 내가 궁색하게 통과했기 때문입니다)이 내 주위를 맴돌며 쫓아
다닙니다. 그러면 마치 내가 이 세상에서 가장 불필요한 존재처럼 생
각됩니다. 이제까지(모두 쉽사리 시험들을 통과했지만 나는 그렇지 못했

습니다. 이것처럼 엄청나고 결정적인 것도 없었습니다) 나를 가로막았던 모든 장애들이 해소된 듯합니다. 나는 어리석은 절망과 분노 속에서 방황합니다. 그 절망과 분노는 주변 환경과 결정이나 우리들의 문제에 대한 것이 아니라 오로지 내 자신에 대한 것입니다. 사무실의 경우가 최악이지요. 책상에서 이루어지는 끔찍한 업무는 나의 한계를 넘어섭니다. 그러고는 아무것도 끝내지 못하지요. 가끔 국장 앞에 무릎을 꿇고 인정상 쫓아내지는 말아 달라고 빌고 싶은 기분이 들 때도 있습니다. 물론 이 모든 것을 눈치채는 사람은 별로 없습니다. 아마도 모레부터는 모든 것이 더 좋아지겠지요. 오후에 어떤 정원사 집에서 일할 예정입니다. 그것에 대해서는 다음에 써 보내겠습니다.

프란츠

Nr. 231
1913년 4월 5일

펠리체, 어제 그대 편지를 받고 깜짝 놀랐습니다. 저녁 아홉 시에 집으로 돌아왔을 때 밑에서 집주인이 그 편지를 건네주었습니다. 게으른 우체부가 오 층까지 올라오지 않은 겁니다. 그대의 글은 참으로 평화스럽고 유쾌합니다. 이러한 극단적인 단계에 이를 때까지 마치 천사가 나와 함께하는 것 같았습니다. 모든 것은 아니더라도 대부분은 말해야겠다는 결심을 했던 나는 가시적이고 불명확한 단어들을 사용했으면서도 그것이 이해 가능하다고 여겼습니다. 이제 더 이상 물러설 수 없습니다. 이 마지막 단계가 진심에서 우러나왔으며 무조건 필연적이었다면 어설프게 행동할 수 없습니다. 또한 그대가 어제 두 번째 우편으로 받았고 오늘도 받게 될 편지에서 너무 많이 말했습니다. 오늘 그대에게 아무런 소식을 받지 못하는 것은 그 때문입니다.

[줄 사이의 기록] 아닙니다. 금방 그대의 속달 편지가 도착했습니다. 그대여, 모든 편지를 이해하지도 못했고 이해할 수도 없는 그대에게 나의 걱정은 우둔하게 보일 게 분명합니다. 그러나 그것은 섬뜩할 정도로 이유가 있는 걱정입니다.

아닙니다, 펠리체. 겉모습이 나의 최악의 특성은 아닙니다. "빨리 성령 강림제가 시작되었으면!" 이 소원보다 더 어리석은 소원은 없을 것 같은 지금 그것이 무작정 나의 내면에서 솟아나옵니다. 그저께 국영 철도역의 대합실을 지나갔습니다. 특별히 좋은 것도, 나쁜 것도 생각하지 않았습니다. 그곳에 서 있던 몇몇 직원들에게도 별로 관심을 두지 않았지요. 프라하에서 이러한 직업에 종사하는 사람들이 흔히 그렇듯이 그들은 누추한 옷을 입은 가장들로서 눈을 비비거나 하품을 하는가 하면 주위에 침을 뱉기도 했습니다. 하지만 그들이 부러웠습니다(그것 자체로는 별다른 의미가 없습니다. 나는 모든 사람들을 부러워하고 그러한 처지에서 나를 생각하기 때문입니다). 나중에야 이러한 부러움 속에는 그대를 생각하는 마음이 담겨 있다는 것을 알아차렸습니다. 아마도 그대가 처음으로 정거장 출구에서 보도로 발걸음을 옮겨놓을 때도 이 직원들은 그 자리에 서서 그대가 마차를 부르고 짐꾼에게 돈을 치른 다음에 마차에 올라타고 사라지는 모습을 지켜보았겠지요. 어디선가 교통이 혼잡해 앞으로 나아가지 못하는 그대의 마차를 좇아가면서 시야에서 벗어나지 않도록 하고 그 어떤 방해에도 굴하지 않는 것이 내가 감당해야 할 과제일 것입니다. 그렇지 못한 경우에는 어떻게 해야 할까요?

프란츠

동봉한 편지에서 그대는 내가 얼마나 고귀한 출판업자와 교분을 나누는지 알게 될 것입니다. 스물다섯 살쯤 된 그는 수려한 청년으로서 신으로부터 아름다운 부인과 몇 백만 마르크의 돈, 출판업에 대한 즐거움, 출판업자의 감각과는 동떨어진 교양 등을 선사받았습니다.

[첨부] [쿠르트 볼프 출판사의 편지지 소인: 프라하, 니콜라스거리 36]
1913년 4월 2일

프란츠 카프카에게 보낸 쿠르트 볼프의 편지

프란츠 카프카 박사 귀하

존경하는 카프카 박사께!
당신과 브로트 박사께서 개별적으로 출판하기를 원하시는 당신 소설의 첫 장을 읽어볼 수 있도록 되도록 빨리 보내주시기를 정중히 요청합니다. 아울러 벌레 이야기의 복사본이나 필사본을 보내 주시면 감사하겠습니다. 저는 일요일에 몇 주 예정으로 외국 여행을 떠납니다. 따라서 그전에 두 작품을 읽어보았으면 합니다.
당신이 저의 소망을 들어주신다면 특별한 호의로 알겠습니다.
지난번 라이프치히에서 만났을 때보다 더 편안한 마음으로 곧 만나 뵙기를 바랍니다.

쿠르트 볼프 드림[65]

Nr. 232
1913년 4월 7일

펠리체, 그대여, 마침내 편지와 마주하고 있습니다. 별로 쾌적한 방문은 아니었습니다. 벌써 한 시간 반 전에 내 방으로 달려왔습니다. 마치 그대가 이곳에 있는 것처럼 말입니다. 내 글에서 내가 오늘 중

노동을 했으며 펜대가 내게는 너무 가벼운 물건이라는 것을 알아차
리지 못하겠나요? 저는 오늘 처음으로 교외의 누슬레에 있는 정원
사 집에서 일했습니다. 차가운 비가 내리는 가운데 내의와 바지만
입고 일했지요. 유익한 작업이었습니다. 자리를 구하는 일도 쉽지
않았지요. 그 지역의 수많은 채소밭은 울타리도 없이 집들 사이에
널려 있습니다. 내가 그곳에서 일하고 싶은 시간인 저녁 퇴근 무렵
에는 교통도 복잡하고 미국식의 그네와 회전목마, 음악 등으로 요란
합니다. 다른 때 같으면 그렇지 않겠지만 작업 장소는 그다지 마음
에 들지 않았습니다. 대부분 소규모인 데다가 가난한 사람들의 소유
인 이 채소밭의 경작은 너무 단순해서 배울 것도 없었으니까요. 사
실 뭘 배우고 싶은 건 아니었습니다. 원래 주된 목적은 몇 시간 동안
나를 자기 학대에서 해방시키고, 아무리 노력해도 손에 잡히지 않는
끔찍한 업무와는—사무실은 정말이지 지옥과 다름없습니다—정반
대로 우직하고 성실하며 유용하고 말이 필요 없으며 고독하고 건강
하며 힘이 드는 작업을 해보려는 데 있었지요. 이러한 근거가 그렇
게 솔직한 것은 아닙니다. 내가 항상 실행에 옮기는 자기 학대를 과
도한 것이 아니라 꼭 필요한 것으로 여기고 있으니까요. 그대와의
관계에서 이러한 고통이 그대의 행복 속으로 파고들어야지요. 나는
두 시간 동안 이 고통에서 벗어나 은근한 행복감 속에서 그대를 생각
하고 밤에 약간의 숙면을 취할 수 있는 계기로 삼고 싶었습니다. 하
지만 그러한 설명은 사람들을 어리둥절하게 만들었을 것이고 아무
도 나를 받아들이지 않았을 것입니다. 그래서 가까운 장래에 내 자
신의 정원을 갖고 싶고 그때에 대비해 조금이나마 정원 일을 배우고
싶다고 했던 것입니다.

또 밤이 깊었군요. 펠리체, 내일 계속 이야기하겠습니다. 오늘 그대
는 가련하게도 여행에 들떠 잠을 설치겠지요. 모든 것이 좋아질 겁니

다. 여기에 있는 이 사람의 머릿속에는 그대에 대한 소망으로 가득합니다.

프란츠

Nr. 233
1913년 4월 8일

그대는 이 하나를 뽑자 통증이 다시 찾아왔다고 했습니다. 계속해서 말할 수 없는 고통을 당하고 피곤에서 헤어나지를 못하고 있군요. 푹 쉬어야만 원기를 회복할 수 있습니다. 어리석은 말인 줄 알지만, 치통의 경우에서 보듯이 그대가 당하는 모든 고통이 나와 관계가 있으며 나를 비난하는 듯한 기분이 듭니다. 그대는 지금 프랑크푸르트에서 쉴 건가요? 블루엔 부부도 함께 갔습니까? 브륄 양은 어떻게 됐습니까? 그대는 정말로 휴식을 취하려고 합니까? 프라하에서처럼 잠자리에 누워서 오랫동안 책을 읽지 마세요! 잠을 방해하는 소설보다는 시를 읽는 것이 좋습니다. 내일 그대에게 베르펠의 시를 보내겠습니다. 그것을 보냄으로써 나는 베르펠에게 보답하는 셈입니다. 그는 그럴 만한 자격이 있지요. 오늘 그에게서 엽서 한 장을 받았습니다. 나태하고 게으르기로 유명하지만 그는 내가 보낸 편지를 받자마자 답장을 보냈습니다. 거기에서 내게, 편지를 쓴 또 다른 두 명의 사람과 함께 뢰비를 위해 최선을 다해 달라고 부탁했습니다. 뢰비는 다시 상태가 나빠져 병원에 누워 있습니다. 그의 엄청난 두통은 예전에 받은 코 수술의 부작용으로 삼 개월마다 재발됩니다. 이미 예전의 극단에서 떨어져 나왔지만, 나의 만류에도 뜻한 바가 있어 새로운 극단을 만들었습니다. 이 극단은 예전 극단보다 더 나은 작품을 공연하려고 했지만—우연히 급히 모인 사람들에게는 자명한 일입니다—예전

이샤크 뢰비(1887~1942)의 공연 모습

보다 훨씬 형편없었으며, 뢰비의 순진한 경영으로—그는 거의 한숨도 자지 못한 채 극단을 이끌고 라이프치히와 베를린을 전전했습니다—별다른 성과를 거두지 못했습니다. 극단은 붕괴 직전의 처지에 있었습니다. 기존의 더 좋은 극단과의 경쟁에서 손해를 많이 본 데다 미래에 대한 아무런 전망도 없었습니다. 뢰비가 극단을 위해 자기 이름으로 끌어들인 부채는 엄청나게 많았습니다(부질없는 짓이었지요!). 그때도 뢰비는 병을 앓고 있었습니다(그는 내게 보낸 편지에서 "신은 베풀 때 위대하네. 그래서 신은 사방으로 베푼다네"라고 썼습니다). 극단이 급속하게 몰락한 것은 당연한 일이었습니다. 뢰비는 완전한 실패 뒤에도 아무런 수단도, 전망도 없이 많은 빚만 진 채 병마와 싸워야 했습니다. 벌써 오래된 이야기군요. 어째서 그대에게 이 이야기를 하지 않았는지 모르겠습니다. 그에게서 수많은 편지를 받았습니다. 아마도 그는 지금이라면 내가 권한 대로 팔레스티나로 갈 것입니다.

그대여, 이만 줄여야겠습니다. 그대와 제대로 이야기를 나누지도 못했군요. 오늘 오전에 그대의 여행 길을 상상 속에 그려보면서 그대와 함께했습니다. 걱정하지 말아요. 오후에는 두 번째로 프랑크푸르트로 갔습니다.

프란츠

Nr. 234

1913년 4월 8일

프랑크푸르트에 있군요. 수많은 업무로 바쁜 와중에도 편지를 보내
다니 대단합니다. 감사의 표시로 손에 입맞춤이라도 하고 싶지만 내
입술이 그대 손에 닿지 않습니다. 그대가 탄 기차가 움직임에 따라
내 존재 전체도 점차로 베를린에서 프랑크푸르트로 옮아가는 듯합
니다. 지난번 오스카의 베를린 여행에 매우 관심이 많았듯이, 그대
가 베를린에 있기에 그의 다음 여행도 내 마음을 사로잡았습니다. 그
가 여행하는 시기에 그대가 베를린에 없다는 것을 알더라도 마찬가
지입니다. 어쨌든 그대는 베를린에 있었으니까요. 따라서 베를린에
대해 이야기한다는 것이 즐거웠습니다. 어제 오스카 집에 갔을 때—
그는 베를린에서의 반응을 예측하기 위해 몇몇 작품을 읽어주었습
니다—모든 작업을 부분적이나마 탁월하다고 인정했습니다. 그러
나 베를린에서의 낭독 자체는 아무래도 좋았기에 곧 피곤해지더군
요. 그대여, 어머니에 대해서는 다음에 이야기하겠습니다. 지금은
급히 편지를 쓰고 있습니다. 어머니에게 베를린에 대해 약간(그것
이 얼마나 적은 양인지 알면 그대는 깜짝 놀랄 것입니다) 이야기해야 합니
다. 그룬네발트에서 입을 막았던 장애물이 프라하에서도 입을 막았
습니다.

잘 있어요. 전시회가 잘 되기를 바랍니다. 호텔 방에서도 마음을 편
히 가지세요.

프란츠

Nr. 235 [편지 봉투]
1913년 4월 10일

잠자리에 들기 전입니다. 밤이 늦었고, 피곤이 몰려옵니다. 나는 다시 혼란에 빠졌습니다. 그대여, 오늘은 나에 대해서 더 이상 듣고 싶지 않겠지요. 하지만 프랑크푸르트에서는 행복하겠지요? 맙소사, 나는 그대 혼자 세상을 여행하도록 내버려 두었습니다.

프란츠

Nr. 236
1913년 4월 10일

마침내 그대가 어디에 있는지 알았습니다, 펠리체. 불과 하루 동안 편지를 받아 보지 못했음에도 감히 '마침내'라고 말합니다. 어째서 나는 이 모든 것을 반복한단 말입니까! 그대는 나의 강요를 나쁘게 해석하지 않습니다. 끊임없는 편지를 통해 그대와의 결합을 요구하는 내 마음의 근거가 원래 사랑에 있지 않다는 것을 그대는 최소한 예감하고 있기 때문입니다. 따라서 사랑은 최근의 고통스러운 피곤에 지쳐 있는 그대가 아니라 나의 불행한 심신 상태 때문에 시달리고 있는 그대를 보호해야 합니다.

펠리체, 내 편지에 대한 대답을 듣고 싶지 않습니다. 오직 그대에 대해서만 듣고 싶습니다. 마치 내가 존재하지 않거나 지금과는 전혀 다른 사람일 때처럼 평화스러운 상태에 있는 그대를 보고 싶습니다. 내 편지들에 대한 답장을 받는다는 생각만 해도 몸이 떨립니다. 그러나 결정이 어떻게 이루어졌는지 명확히 알 수 있도록 한 가지에 대해서만은 말해주세요. 늘 그렇지만 그대가 지난 목요일에 받은 왜곡되고 가식적이며 구제 불능의 우둔한 편지의 핵심이 무엇인지 알아냈나요? 원래는 다만 휴식을 즐기고 그대를 바라보며 자신을 잊는 것이 좋기는 하지만 무책임한 일이라고 말하려고 했습니다.

그대가 하노버에 있으리라고는 생각조차 못했습니다. 그저 그대가 프랑크푸르트에서 떠났다고만 믿었지요. 내 기억이 맞다면 그대 또한 그런 내용의 편지를 보낸 적이 있습니다. 언니가 하노버에 있나요? 갑자기? 모든 불행은 이제 끝난 건가요? 그대가 그것에 관한 결정에 필요하다고 여긴 오류 주의 시간은 벌써 지나갔습니다. 하노버에서 호텔이 아니라 언니 집에 묵고 있나요?

정원 일에서는 너무 좋은 결과를 기대하지 마세요. 오늘까지 나흘째 일했습니다. 당연히 근육이 약간 팽팽해졌고 몸 전체가 더 무겁고 뻣뻣한 느낌이 듭니다. 자신감도 좀 생겼습니다. 타고난 재능도 별로 없는 상태에서 책상과 소파에 붙들려 앉아 시달리던 육체가 삽을 잡고 작업하는 것은 물론 무의미하지는 않습니다. 그러나 그러한 효과의 한계가 벌써 눈에 들어옵니다. 그것에 대해서는 다음에 쓰겠습니다. 오늘은 벌써 시간이 늦었습니다. 저녁에 막스 집에 가서 평화로워 보이는 그 부부와 이야기를 나누며 오랫동안 머물렀습니다. 처음에는 이 결혼을 나쁘게 생각했습니다. 그렇게 착각한 이유는 뻔합니다.

프란츠

Nr. 237
1913년 4월 11일

현재 우리는 멀리 떨어져 있습니다. 펠리체, 그대가 수요일 저녁에 부친 듯한 그림 엽서를 오늘 금요일에야 받았습니다. 그대와의 거리가 멀게만 느껴집니다(지금 그렇다는 뜻은 아닙니다. 지금은 『노이에 룬

카프카의 편지 427

트샤우』에서 읽은 프리드리히 후흐의 형편없는 이야기[66]로 인해 멍해 있습니다. 그러한 거리감은 이를테면 그대의 엽서가 책상 위에 놓여 있는 것을 보았을 때 생기더군요). 아닙니다, 더 이상 언급하지 않겠습니다. 그대도 알다시피 모든 것이 무너져내릴 때가 가끔 있지요. 원래는 최근에 우연히 떠오른 생각만을 이야기하고 싶었습니다. 즉 내가 빈에 살고 있었다면 그대와의 거리가 엄청나게 멀게 느껴질지도 모릅니다. 프라하에서 느끼는 거리감은 가까스로 참을 수 있습니다. 반년 전만 해도 베를린보다는 프라하에 더 가까웠던 빈은 잃어버린 땅이 되고 말았으니까요.

엽서는 네 시에 씌어졌군요. 그대가 식당차에 앉아 있는 모습이 눈에 선합니다. 그대가 어디에 앉아 있었는지 알아맞힐 수 있습니다. 기차가←방향으로 진행하고 있었다면 내 생각에 그대는 기차의 진행 방향에서 볼 때 맨 끝이나 끝에서 두 번째 식탁 오른쪽 창가에 앉아 시선을 진행 방향으로 향하고 있었습니다. 그림으로 나타낼 수도 있었지만, 그러면 그대 자리를 비워놓아야 할 것입니다. 그러나 그러고 싶지 않았습니다. 그대가 다른 곳에 앉아 있었다고 주장하더라도 믿지 않으렵니다. 지금은 내가 분명히 착각했다는 생각이 듭니다. 상상 속에서는 그대를 제외하면 식당 칸 전체가 텅 비어 있었기 때문입니다. 그대에게 그림 엽서를 갖다 준 종업원은 반드시 등장해야 하는데도요.

최근에 그대와 막스 부부에 관한 혼란스러운 꿈을 꾸었습니다. 우리는 베를린에 있었고, 그대가 내게 실제로 보여줄 수 없었던 모든 그루네발트 호수들을 도시 한복판에서 차례차례로 발견했습니다. 이것을 발견할 때는 아마도 혼자였습니다. 그대에게 가고 싶었지만 길을 잃고 말았습니다. 거무스름하게 흐릿한 방파제의 모습이 눈에 띄어 지나가는 사람에게 물어보고는 그것이 그루네발트 호수이며 내가 도시 한복판에 있지만 그대에게서는 멀리 떨어져 있다는 사실을 알았습니다. 그다음에 우리는 반제에도 갔지만 그대에게는 그곳이 마음에 들지 않았습니다(이러한 설명은 꿈을 꾸는 동안 줄곧 내 귀에 들려왔습니다). 우리는 마치 공원이나 묘지에 들어갈 때처럼 창살 문을 열고 들어가 많은 것을 경험했습니다. 그것에 관해 이야기하기에는 시간이 너무 늦었습니다. 또한 그것을 기억하기 위해서는 마음 고생을 해야 합니다.

잘 자요. 나보다는 더 좋은 꿈을 꾸기 바랍니다.

프란츠

Nr. 238

1913년 4월 13일

펠리체, 수요일 오후부터 그대가 프랑크푸르트에 있다는 사실을 오늘 일요일에야 그대 엽서를 통해 알았습니다. 펠리체, 그것이 비난이 아니라는 점을 분명히 해둡니다. 그대와 나의 관계에는 비난이 끼여들 여지가 없습니다. 가끔 그대가 내 편지를 처음 받았던 환경을 떠나 프랑크푸르트로 여행함으로써 나에 대해 더 잘 생각해볼 수 있는 기회를 가질 수 있으리라 생각해봅니다. 또 프랑크푸르트에서 내 편지를 읽어봄으로써 나에 대해 더 올바른 인식을 할 수 있으리라고요. 만약에 그렇다면 프랑크푸르트 여행을 축복할 만한 충분한 근거가 됩니다. 건강이 좋지 못합니다. 아마도 육체적, 정신적 삶을 유지하는 데 필요한 정력으로 피라미드도 건축할 수 있을 겁니다.

프란츠

Nr. 239

1913년 4월 14일 [1913년 4월 13일에서 14일로 가는 밤으로 추정]
펠리체, 닷새 전부터 그대에게 아무런 소식도 받지 못하고 있습니다.
그 마음을 어떻게 표현해야 할지 모르겠습니다. 인사말이라도 전하
고, 배반당하지 않았다는 생각 속에서 그대의 사랑스러운 손을 잡을
수 있도록 해주세요. 일요일에 대부분의 시간을 잠자리에서 보냈지
만 거의 잠을 이루지 못했습니다. 이것은 기껏해야 세상에 대해 항의
하려는 열일곱 살 소년에게나 어울릴 만한 행동입니다. 이렇게 누워
있을 때면 뇌의 숨구멍마다 혐오가 스며듭니다.

프란츠

Nr. 240 [전보 소인: 프라하]

1913년 4월 14일

펠리체 바우어, 프랑크푸르트 암 마인, 모노폴 메트로폴레 호텔. 다
시 아무런 소식도 없습니다. 제발 한마디만이라도 해주세요.

Nr. 241

1913년 4월 14일 저녁 9시 15분

카드 놀이를 하는 부모님 옆에서 써야 합니다. 펠리체, 일상적인 일
과 비일상적인 일 때문에 좀 지쳐 있지만 그래도 행복합니다. "모든
것은 예전과 같습니다"는 말은 "제발 불필요한 걱정은 하지 마세요"
라는 말에 담긴 긴장을 뛰어넘는 경이로운 울림을 지니고 있습니다.
기력이 거의 다한 상태였고, 그 상태가 최근에도 거의 변함이 없었지
만 지금은 벌써 조금 좋아졌습니다. 할 말이 태산 같습니다. 정말 모

든 것이 예전과 같습니까, 펠리체, 정말 모든 것이 예전과 같나요?

그대는 분명히 놀라겠지만, 내 편지의 영원한 과제는 그대를 나로부터 해방시키는 것입니다. 그것이 이루어진다면 나는 미쳐버리겠지요. 그대가 프랑크푸르트에 머문 일주일 동안 왜 한 장의 엽서밖에 받지 못했는지 이해하지 못했습니다. 그대가 그렇게까지 시간이 없었다는 것을 이해하지 못했습니다. 그대가 이전에 우리가 프랑크푸르트에서 만날 가능성과 많은 여가 시간, 그리고 타우누스로의 여행에 대해 적어 보낸 적이 있다는 것을 기억에 떠올리면 더욱 그러했지요. 그럼에도 편지를 쓰지 않는 상태를 받아들였습니다. 그런 식으로 끝장이 나리라고 생각했습니다. 어제 막스 집에 갔다가 나오면서 다른 사람과 이런저런 잡담을 나누다 어떤 우연한 화제를 계기로 이런 생각이 떠올랐습니다. 그대는 전보 발신지인 프랑크푸르트의 연회장에서 예전부터 알거나 또는 새로 안 사람을 만나 붙잡혀 있습니다. 그곳에는 모든 회사의 대표자들이 모여듭니다. 만일 품위를 갖추고 좋은 옷을 입고 활기차며 건강하고 쾌활한 그 젊은이들과 비교하기 위해 나를 그 옆에 세워놓는다면 나는 내 몸을 칼로 찌르고 자살이라도 해야 할 것입니다. 그대가 그들 중에서 마음에 드는 어떤 사람을 발견하는 것보다 더 자연스러운 일이 어디에 있겠습니까! 그럼으로써 그대는 수많은 내 편지에 담긴 부탁을 들어주는 셈이고, 모든 것이 해결됩니다. 겉으로만 원했을 뿐, 어쩔 수 없이 그곳에 있던 나는 결국 그대 주위에서 쫓겨납니다. 내가 연인에게 하듯이 그대의 손을 붙잡고 있었던 것이 아니라 그대의 발에 달라붙어 보행을 방해했기 때문에 그것은 당연한 일이었습니다. 어째서 나는 만족하지 못하고, 불면증에 시달려 머리가 멍한 상태에서 일어나 전보를 보낸 다음에야 처음으로 안도의 한숨을 내쉬었을까요?

프란츠

Nr. 242

1913년 4월 17일

어제 저녁에는 그대에게 편지를 쓸 수 없었습니다. 그대의 편지를 오늘 아침 사무실에서 받았습니다. 그대의 엽서는 지금 집에 있습니다. 그대는 피곤하고 감기에 걸려 목이 쉬었다고 했지요. 우리 사이의 관계를 언젠가 결산하게 되면 나는 과연 어떤 모습일까요. 어린 조카가 이웃집 여자의 무서운 외모에 놀라 십오 분 동안이나 울어댔습니다. 조카의 경우처럼 맺힌 것이 많이 풀리지는 않겠지만, 며칠이 지나면 나도 그렇게 되겠지요. 편지로 하지 못한 것은 말로도 달성하지 못할 것입니다. 그것은 좋지 못합니다―매일 엽서를 쓰겠다고요? 가련한 펠리체!―호텔의 어느 창문이 그대 방에 딸린 건가요?―그대의 편지를 읽었을 때(마지막에 가서 호흡을 가다듬은 다음에야 다시 처음부터 읽을 수 있었습니다) 나는 그대 옆에서만 모든 것이 치유될 수 있다고 믿었습니다.

프란츠

Nr. 243

1913년 4월 18일

내 편지가 그대를 방해하지는 않나요, 펠리체? 그대를 방해할 수 밖에 없습니다. 다른 도리가 없습니다. 그대는 불가피하게 업무에 빠져 있습니다. 전시회는 일 년 동안의 그대 사업에 결정적인 역할을 하지요.

하지만 나는 그것과 상관없는 낯선 일들을 비롯하여 주로 나의 비애에 매달려 있습니다. 물론 지금 내가 아는 한, 전시회는 끝나가고 있습니다. 아마 20일에 막을 내리지요. 그 생각이 갑자기 밀어닥치는 바람에 무너지고 말았습니다. 스스로를 더 잘 방어했어야만 했는데요.

이를테면 지금 나는 모범적일 정도로 안정되어 있습니다. 물론 그래도 좋지 못합니다. 펠리체, 글을 쓸 수만 있다면 좋겠습니다. 그대는 내게서 기쁨을 누려야 합니다. 그러나 나는 열한 시가 되어서도 잠자리에 들 용기가 나지 않습니다. 늦어도 열 시에는 잠자리에 들어야 더 이상의 여력이 없는 신경이 임시적이나마 안정을 찾습니다. 내가 글을 쓸 수 있을까요?

다시 그대와 관계없는 일들을 가지고 그대의 사업 속으로 들어갑니다. 이만 줄입니다.

프란츠

그대는 어떻게 베를린으로 돌아갈 생각인가요? 22일인 화요일에 달갑지는 않지만 다시 아우시히로 가야 합니다. 어디선가 우리가 서로에게 손을 내밀거나 또는 최소한 멀리 떨어지지 않은 거리에서 서로를 향해 다가갈 수는 없을까요? 그것은 내게 머리끝에서 발끝까지 좋은 일이 될 것입니다.

Nr. 244
1913년 4월 20일

짜증나는 생각뿐만 아니라 화요일 아우시히에서의 협상을 준비할 수밖에 없는 상황에 대한 혐오감에서 오랫동안 침대에 누워있었습니다. 아우시히에 대해 쓴 지난번 편지를 그대가 이미 받았는지 모르겠습니다. 우리는 화요일에 결코 만나지 못합니다. 그러나 펠리체, 그대가 그 끔찍한 프랑크푸르트에서 벗어나기만 한다면, 아무래도 괜찮습니다. 그 도시는 그대와 나를 차단시켰습니다. 내게는 그대가 자신을 충분히 방어하지 못한 듯이 보였다가 그다음에는 다시 너무 방어하는 듯이 보였습니다. 그대는 분명 지금 베를린으로 돌아가는 중이겠지요. 지금은 여섯 시 반입니다. 그대도 알다시피 전보를 치는 것은 쉬운 일인 동시에 예외없이 언제나 훌륭한 생각입니다. 손을 침대 밖으로 뻗어 읽을 서류를 잡고 잠시 동안 구역질 나는 생각에서 억지로 빠져 나옵니다. 내가 글을 쓸 수 있을지 모르겠습니다, 펠리체. 그것에 대한 열망이 불타오릅니다. 무엇보다도 그것을 위해 충분히 자유롭고 건강했으면 좋겠습니다. 글쓰기는 나의 내면적 존재의 유일한 가능성이라는 것을 그대가 충분히 이해하지 못했다는 생각이 듭니다. 그렇다고 해도 놀랄 일은 아닙니다. 나는 늘 제대로 표현하지 못하니까요. 나는 내적인 형상들 사이에서나 깨어 있을 것입니다. 그럼에도 내 태도에 대해서는 자신 있게 쓸 수도 말할 수도 없습니다. 다른 모든 것을 가지고 있다 할지라도 그것은 내게 필요치 않습니다.

성령강림절까지는 아직 삼 주가 남아 있습니다. 누가 기뻐할 수 있겠습니까? 그대는 모든 것이 좋아지리라고 말합니다. 이제는 나도 아쉬움이 남지 않도록 주의를 기울이겠습니다.

프란츠

Nr. 245
1913년 4월 20일

토요일 저녁인 지금 잠자리에 들 시간인데도 아우시히의 협상에 관해서는 아무런 준비도 되어 있지 않습니다. 내일은 그럴 시간이 거의 없고, 성공을 조금이라도 기대하거나 최소한 웃음거리가 되지는 않겠다는 확신을 가지고 떠나려면 복잡한 협상에 관한 수많은 사항들을 머릿속에 정리해놓고 있어야 하는데도 말입니다. 그러나 그렇게 할 수 없었습니다. 단지 서류를 검토하는 작업에 들어가려고만 해도 바윗돌 같은 거부감이 막아섭니다. 할 수 없습니다. 펠리체, 내가 편지에서 그대를 사랑하지 않는 것처럼 보일지라도 나는 오직 그대만을 생각하고 편지를 보냅니다. 또한 그대에게 애원하고, 아무리 무의미한 일일지라도 그대의 도움과 축복을 기대합니다. 하지만 예를 들어 아우시히로의 여행에 관해 편지한다는 것이 무슨 소용이 있겠습니까.

오늘 오후에 보낸 편지는 찢겨져 있을 것입니다. 기차역으로 가는 도중에 나는 그 편지를 찢었습니다. 그대에게 올바르고 명확하게 쓸 수도 없고, 편지에서 한 번도 그대를 사로잡거나 내 심장의 박동을 전해주지도 못하며, 편지 쓰는 일 말고는 아무것도 기대할 수 없다는 것 등에 대한 분노가 치솟았기 때문입니다. 오후에 내가 내적인 형상들 사이에서만 깨어 있을 것이라고 썼습니다. 물론 그것은 잘못되고 과장된 것임에도 불구하고 유일한 진실입니다. 그러나 그대에게 명확하게 설명할 수는 없습니다. 오히려 내게 거부감을 줍니다. 펜을 놓으면 가장 좋겠지만 그렇게 할 수도 없습니다. 계속 시도해야만 합니다. 그러나 계속 실패하고 나는 내 자신에게로 돌아오고 맙니다. 그래서 그 편지를 찢었습니다. 완전히 찢어버리지 못한 이유는 모든 편지를 찢어야 하기 때문입니다. 그대가 찢어진 편지 조각만 받는 것이 훨씬 더 좋을지도 모르겠군요.

그대는 이제 베를린에 있습니다. 나의 상상 속에서 그 도시는 다시 충족되고, 반년 전 이래의 위엄 있고 장엄한 위치를 차지합니다.

프란츠

[첫 장 왼쪽 여백에] 수요일의 『베를리너 타게블라트』에 『관찰』에 관한 호의적인 기사가 실렸다고 합니다. 아직 읽지 못했습니다. 오늘에야 그 사실을 알았으니까요.[67]

Nr. 246 [그림엽서 소인: 아우시히]
1913년 4월 22일

오늘 협상에서 우리 측의 증인인 어떤 기술자가 고소인에 해당하는 나의 맞은편에 앉아서 여러 가지 일들에 대해 서둘러 의논하려고 했습니다. 하지만 나는 먼저 엽서를 쓰지 않으면 일의 결과가 좋지 않을 거라고 말했습니다.

마음에서 우러나오는 인사를 전하며, 프란츠

아우시히 근처의 엘베 계곡(1913년 4월 22일 펠리체에게 보낸 그림 엽서)

Nr. 247 [그림엽서 소인: 아우시히]
1913년 4월 22일

아직 일이 완전히 끝난 것은 아니지만 신통치 않습니다. 어찌해야 좋을지 모르겠습니다. 내 책임은 아닙니다. 따라서 화를 낼 필요는 없습니다. 이 일에 크게 신경 쓰지는 않습니다. 프라하에 편지 한 통이 와 있을 것이니까요. 그것이 내 주된 관심사입니다.

FK

Nr. 248

1913년 4월 26일

펠리체, 내가 그대에게 편지 쓸 시간이 없다고요? 아니, 그렇지 않습니다. 건강도 평소보다 더 나쁘지 않습니다. 일부러 그대를 불안하게 만들거나 편지를 주고받는 일마저 포기하고 싶지는 않습니다. 그러나―조용히 귀를 기울여보세요―그대에게 나와의 관계를 명확히 할 시간을 주고 싶었습니다. 부활절 이래로 그대에게 받은 소식에 따르면(맨 처음의 편지 두 통은 제외하고) 나는(펠리체, 제발 한순간만이라도 내 처지가 되어 나를 이해해주세요) 계속 편지를 보내지만 그대의 생각을 이끌어내지 못했습니다. 게다가 그대로 하여금 급한 김에 이미 의미가 퇴색한 예전의 말을 써먹게 만드는 등 인위적인 방법으로 그대의 마음을 붙잡으려고 했다고 믿을 수밖에 없었습니다. 지금 최종적인 것을 말하려는 게 아닙니다. 확신을 가지고 있는 상태에서도 나는 그대에게 새로운 편지를 받을 때마다 혼란에 빠지니까요. 만일 정말로 그렇다면 그것은 그대가 나를 실망시킨 유일한 경우입니다. 가장 열악한 상황에서도 나는 그대에게 솔직함을 기대했기 때문입니다. 그대와 내가 헤어졌다 할지라도 나는 놀라지 않았을 겁니다. 그대는 나를 인식할 수 없었으니까요. 아니, 불가능했습니다. 나는 옆에서 그대에게 다가갔지만, 우리가 서로에게 얼굴을 돌리기까지는 어느 정도의 시간이 필요했습니다. 지금 나는 그대의 최종적인 결심을 알지 못합니다. 다만 그대의 지난번 편지에서 예감할 수 있을 뿐입니다. 펠리체, 그대 자신이 주변 상황에 대해 알고 싶어 하지 않는다는 것이 이해되지 않습니다. 그대는 내가 말한 모든 것이 그대가 드물게 보내는 짧은 내용의 편지와 관련이 있다고 믿어서는 안 됩니다. 그대는 예전에도 때때로 짧은 내용의 편지를 보냈지만 나는 행복과 만족을 느꼈습니다. 그러나 최근에 보낸 그대의 편지들은 다릅니다. 나에 관한 일들은 그대에게 더 이상 중요하지 않습니다. 더욱 화나는 것은 그대가 자신에 대해서만 써 보낸다는 점입니다. 나는 어떻게 해야 하나요? 최근의 편지들에 더 이상 답장을 보낼 수 없었습니다. 목요일에는 그대가 오전에 사무실에서 마침내 편지가 오지 않는 것을 확인하고 안도의 한숨을 내쉬는 상상을 해보았습니다.

프란츠

Nr. 249 [노동자재해보험공사의 편지지]
1913년 4월 28일

편지 쓰기를 기다린다는 것은 불가능합니다. 책과 서류에 파묻혀 있다가도 틈틈이 그대에게 답장을 써야 합니다. 그 사이에 또한 머리가 텅 빈 상태에서 '재해 방지를 위한 조직'에 관한 강연을 해야 합니다. 펠리체, 내가 그대에게 상처를 주려 했을까요? 상처를 준다? 그대에게? 나의 과제는 나의 책임과는 무관하게 내게서 그대에게로 옮아가는 모든 역겨움을 가능한 한 약화시키는 데 있습니다. 그대의 편지 내용으로 볼 때 그대는 지금 피곤하고 슬픕니다. 어떻게 지내나요? 어디가 아픈가요, 가련한 그대여, 나는 한계를 모르는 바보일까요? 그대는 내가 어떤 두려움을 처음으로 예감한 상태에서 편지를 썼다고 믿나요? 나는 수많은 증거를 가지고 있다고 믿지만 일일이 열거하고 싶지는 않습니다. 지금은 그럴 시간이 아닙니다. 그대 편지를 읽었을 때 마치 오랫동안 바깥에 있다가 다시 세계 안으로 들어온 것 같은 충격을 느꼈습니다.

편지가 오지 않은 어제 이미 모든 것에 대한 마음의 준비를 하고 있었습니다. 그것이 또 다른 의미에서 그대가 느끼는 절망이라는 것을 주저 없이 말하고 싶습니다.

집에서

펠리체, 별일이 아니라고 말해요. 그대는 괴로워하고 있고 나는 거기에서 배제되어 있습니다. 그대를 사로잡고 있는 괴로움에 질투를 느끼지 말아야 할까요? 그러나 그대는 최근에 이 괴로움에 대해 더 이상 언급하지 않았습니다. 게다가 나는 그것에 대해 거의 잊어버리고 있었습니다. 그대 편지에는 '급히'와 '다시 급히' 라는 말밖에는 아무것도 없었습니다. 그 내용을 읽을 때면 벌써 눈이 시려왔습니다.

그대에게 편지를 받지 못할뿐더러 그대에게 편지를 쓰지도 못한 상태에서 돌아다녔습니다. 그것을 참아냈습니다. 나의 내면에는 아직도 그런 에너지가 남아 있음이 분명합니다. 그러나 나는 내 자신을 감독했습니다. 스스로 표현하지는 않았지만 평소보다 일을 더 많이 했습니다. 아마도 일을 그만두거나 포기했다면 좋지 않았을 겁니다. 여러 가지 생각을 많이 했지만 별로 말하고 싶지 않습니다. 다만 편지가 오지 않으면 그대에게 편지를 보내, 인간 관계에는 끝없이 많은 가능성이 있으며 그대의 무관심이(물론 최상의 경우에) 나를 떠나려는 이유가 되지 않는다는 점을 설명하려고 결심했다는 것만은 말할 수 있습니다. 우리가 다시 서로에게 존칭을 쓸 수도 있다고 그대에게 제안하고 싶었습니다. 그대가 내 편지들을 간직한다는 조건 하에서 그대의 편지들을 되돌려주고 싶었습니다. 그러나 그 때문에 나를 떠나지는 말아요. 또한 그대는 내가 성령강림절에 베를린에 가서 그대를 보는 것을 허락해 주어야 합니다. 이 여행은 굳은 결심에서 나온 것이라 그것을 바꾸면 내 인생 전체가 꼬이게 될지도 모릅니다. 그대의 미래의 올케를 접견하는 이날을 그대는 최근의 편지에서 우리들의 만남에 대한 장애물로 지적했지만, 마음만 먹는다면 삼십 분 정도는 시간을 낼 수 있을 것입니다. 아울러 내게는 이 접견일이 이해되지 않습니다.

물론 내 결심이 확고하지는 않았습니다. 그래서 이를테면 어제 그대에게 전화를 걸고 싶었지만 그 결과가 어떨지는 알 수 없었습니다. 게다가 그대가 편지로 대답하기를 원치 않았다면 전화로는 더욱 대답하고 싶지 않으리라는 생각이 들었지요. 그럼에도 전화를 걸고 싶었습니다. 어느 날 오후에 우연히 그대의 목소리를 듣고 싶었던 것입니다! 그러나 내 기억에 그대가 전화번호를 적어놓은 편지를 찾을 수 없었습니다. 아마도 편지 봉투에 적혀 있을 것입니다. 업무용 전화번호들 중에서도 어느 것을 선택해야 할지 몰랐습니다. 아마도 그대 회사 사장의 전화번호를 찾아냈을 겁니다.

결국 또 다른 결심을 하고서 전화 걸기를 포기했습니다. 저녁에 막스에게로 가서 그대에게 편지를 써달라고 부탁하려고 했습니다. 그에게 그대가 보낸 최근의 편지 세 통을 보여주며 내가 그대에게 편지로 써 보낸 내용을 이야기해주고 싶었습니다. 그리고 그대의 태도와 관련해 내 스스로 만들어낸 매우 명청한 이론을 설명해주고 그대에게 물어봐달라고 부탁하고 싶었지요. 나는 그대가 그에게는 진실을 말하리라 생각했습니다. 아무것도 그대를 방해하지 않으리라고요. 그리고 그가 곧바로 쓴 편지를 저는 저녁 열차 편에 부칠 작정이었습니다. 여덟 시 반에 막스 집으로 갔습니다. 그러나 집에는 아무도 없었습니다. 사십오 분 동안이나 기다렸지만 아무도 오지 않았습니다. 그

후에 그들이 온다 해도 내 부탁을 들어주기에는 이미 늦은 시간이었습니다. 그래서 집으로 돌아왔습니다. 어제 저녁에는 좌절감 때문에 슬펐지만, 지금은 그대가 오늘 오전에 받을 막스의 편지를 부치지 않아 기뻐하고 있습니다.

그대여, 그대는 나를 다시 받아들이렵니까? 벌써 몇 번째인가요? 그대의 오늘 편지를 손에 들고 이번 달도 겨우 넘기려 한다고 고백하고 있으면서도 말입니다. 게다가 방해받지 않는 결속 내에서 이러한 불신은 서로에게 행할 수 있는 최악의 경우임을 알고 있으면서도 말입니다. 그대가 몇 달 전에 불신과 관련된 내용을 써 보냈을 때 나는 이미 그것을 알았습니다. 물론 단 한 번에 불과했습니다. 그러나 나는 그것을 잊지 못합니다. 펠리체! 성령강림절? 그대에게 더 이상 입맞춤할 엄두가 나지 않을뿐더러 입맞춤하지도 않을 것입니다. 나는 그럴 만한 가치가 없는 사람입니다.

프란츠

[첫 장 상단부에] 목요일에 그대에게 친절한 말 한마디를 들을 수 있을까요? 그렇다면 그대는 편지를 속달 우편으로 보내야 합니다. 오늘은 공휴일이라 우편물이 한 번만 배달됩니다. 그리고 열두 시까지 사무실에 있을 겁니다.

Nr. 250
1913년 4월 29일에서 30일

이미 밤이 깊었습니다. 막스 부부 및 벨치와 함께 속어 전시장에 갔었습니다. 그러나 그대에게 몇 줄 쓰기 위해 먼저 나왔습니다. 그럴 수 있다는 것이 어떤 감정인지 모르겠군요. 이 무시무시한 세계에서 그대 옆에 서 있다는 것이 어떤 감정인지 모르겠습니다. 편지를 쓰는 밤에만 그러한 감정을 받아들일 용기를 냅니다. 오늘은 이런 이중 감정 속에서 살고 있다면, 사랑하는 누군가가 이것을 좋게 생각하더라도 본인은 싫증이 나서 매 순간 세상을 하직하고 싶어 하는 것을 비난해서는 안 된다고 생각했습니다. 그대여, 그대는 성령강림절 날 방문하는 것을 어떻게 생각합니까? 최근에 잠자리에 들기 전 멋진 생각을 해보았습니다. 그러나 잠들기 전에만 멋질 뿐이고 밝은 대낮에만 실행에 옮길 수 있는 것이었습니다. 그대가 질문에 대답해준다면 그것을 알려주겠습니다. 성령강림절 날 그대 가족을 방문해도 좋습니까? 그대는 어떻게 생각하나요?

그대에게 이러한 어려움을 안겨준 채 상당히 편안한 마음으로 잠자리에 듭니다. 이것이 그대를 항상 억누르는 것처럼 보이는 괴로움의 원인이 아니기를 바랍니다.

그대의 연인

Nr. 251
4월 30일, 오후

아침에 급히 서두르다 보니(이 말은 내게만 해당될 뿐 그대와는 상관없습니다) 엉뚱한 편지를 들고 나왔습니다. 그래서 지금에야 이 편지를 속달로 부칩니다. 비록 어제 나를 위해 펜을 들지는 않았지만 사랑스러운 손에 입맞춤을 보냅니다.

1913년 5월 1일

편지가 없습니다. 그렇게 자주 읽고 밤에는 깔개 밑에 두었던 전보를 잘못 이해했던 것일까요. 그대여, 그대에게 비난만을 적어 보낸 것과 내가 혐오스럽고 고마움을 모르는 사람이라는 것을 잊어버리세요. 그러나 사무실에 있으면서 집에 도착해 있을 편지 생각을 하면 가슴이 뛴다는 것만은 알아주세요. 집으로 달려가 보지만 아무것도 없고 최소한 하루 낮과 밤을 다시 기다려야 한다는 판결을 받습니다. 나는 그대를 괴롭히고 싶지는 않습니다. 여름이므로 그대는 편지를 많이 보내서는 안 되며, 편지를 전혀 쓰지 않았다 할지라도 불안해할 필요가 없습니다. 좋습니다. 그대가 이사를 하거나 전시회가 열리거나, 아니면 나의 의미에서 어떤 불행이 닥치든지 간에 상관없이 일주일에 한 번, 즉 일요일마다 내가 그대에게 한 통의 편지를 받는 것으로 정합시다. 그대는 시간이 나고 기분이 내킬 때 쓴 편지를 매주 토요일 아침에 우체통에 집어 넣기만 하면 됩니다. 그대는 내가 더 이상 기다릴 수 없고 시간이 멈칫거리며 가지 않을 지경이 될 때까지 사랑받기를 원하나요? 여기에 있는 시계는 그대에게 편지가 올 때만 종을 울립니다. 내 머리 상태도 더 좋아질 것입니다. 마치 내 부탁을 뒷받침하기 위해 두통을 꾸며낸 듯 보이지만 실제로 두통을 앓고 있습니다. 차라리 그것은 두통이 아니라 말로 표현할 수 없는 긴장입니다. 내 가장 깊은 내면에 있는 의사는 내가 글을 써야 한다고 말합니다. 머리가 불안정하고 바로 얼마 전에 이 글쓰기의 부족함을 인식할 기회를 가졌음에도 불구하고 말입니다. 다음 달에 나의 작은 책(47쪽 분량)이 출판되어 나온다는 점에 대해서는 아직 그대에게 알리지 않았습니다. 지금 두 번째 교정을 보고 있습니다. 그 책은 불행한 장편소설의 첫 장으로서 제목은 '화부. 미완성 작품'입니다. 좀 우스꽝스러운 '최후의 심판'이라는 이름으로 볼프가 간행한 보급판의 하나로 권당 가격은 팔십 페니히입니다. 전체적으로는 마음에 들지 않습니다. 있지도 않은 통일성을 인위적으로 만들어내는 것은 언제나 쓸모없는 짓입니다. 그러나 첫째, 나는 볼프와 출판 계약을 맺었습니다. 둘째, 그가 내게 이 작품을 출판하자고 약간 꼬드겼습니다. 셋째, 그가 고맙게도 「화부」를 그대에 관한 이야기 등과 함께 나중에 더 큰 책으로 묶어 출판해주겠다고 약속했습니다.[68]—그대에 대한 것과 마찬가지로 다른 것에 대해 말하기가 무섭게 상실감을 느낍니다.

프란츠

Nr. 253

1913년 5월 2일

펠리체, 그대는 이처럼 사소한 문제에서도 나를 여전히 잘못 판단하고 있습니다. 그대가 친절한 엽서를 보낸다면 내가 어떻게 그대에게 화를 낼 수 있겠습니까. 특히 프랑크푸르트에서 온, 어떤 전갈이나 설명, 또는 인사가 아닌 급하다는 말만 적혀 있고 괴로움의 한숨으로 시작해서 안도의 한숨으로 끝난 것처럼 보이는—그렇게 보이는! 그렇게 보이는!—(그대는 나의 연인이기 때문에 나는 그대를 포함한 모든 것에 대해서도 그대에게 하소연해야 합니다) 짧은 내용의 편지조차도 나를 흥분시켰습니다. 그런데 지금은 그대 오빠의 약혼이—그대에게 축하 인사를 전하지 않았습니다. 그대는 아마도 올케를 질투하고 있습니다. 그렇다면 축하할 일은 없습니다—그대를 바쁘게 만드는 듯합니다. 이틀에 불과한 성령강림절을 생각하면 슬픈 일입니다. 우리는 이 이틀 동안 무엇을 하게 될까요? 나는 그 이틀보다는 오히려 커다란 기적이 일어나지 않으면 그대를 오랫동안 보지 못하게 될 그다음

의 끔찍한 시간을 생각합니다. 그대가 나와 함께 이탈리아, 또는 최
소한 가르다 호숫가나 외삼촌[69]이 있는 스페인으로 여행을 떠난다면
또 모르겠습니다. 펠리체, 그대가 빨리 그리고 깊이 생각하기를 바
랍니다. 애초에 그대 부모님을 방문하고 싶다고 하지는 않았습니다.
두 달 전과 마찬가지로 모습을 나타내기에는 제 모습이 너무 초라합
니다. 그리고 무엇보다도 한순간이나마 그대와 함께 베를린에 있으
면서 다섯 시간 동안 소파에 누워 불안한 마음으로 전화를 기다려야
한다는 것이 이전보다 더 두렵습니다. 게다가 조금 안면이 있는 그대
의 오빠를 마주하게 될 것입니다. 그대는 당시에 그에게 제가 누구라
는 것을 말했나요? 우리의 만남을 그에게 어떻게 설명했습니까? 그
대가 너무 멀리 떨어진 곳에 살지 않는다는 점이 조금은 마음에 듭니
다.[70] 그러나 깊이 생각하세요! 내 머리로는 도저히 안 됩니다.

프란츠

Nr. 254
1913년 5월 3일

그대에게 편지를 쓰기 위해 자리에 앉으면서 '그대여'라고 혼자 말
한 것을 나중에야 알아차렸습니다. 그대가 내게 어떤 의미인지 그대
에게 명확히 알려줄 수만 있다면! 그것은 가까이에서보다는 멀리 떨
어져 있는 상태에서 가능합니다.
오후에 혼자서 산책했습니다. 두 손을 호주머니에 집어 넣은 채 강을
따라서 멀리까지 나갔습니다. 몸 상태가 좋지 않았습니다. 수시로 건
강이 항상 똑같은 방식으로 나빠지고 업무를 볼 때면 항상 똑같은 유
령이 나타나지만, 내 저항력은 과거에 비해 훨씬 떨어지고 곧 형식적
으로 되고 말 것이며 그것마저도 없어지게 되리라고 스스로에게 고

백해야만 했습니다. 사실입니다. 나는 항상 언뜻 보기에 이해할 수 없는 모든 것을 떨쳐버렸던 내 머리의 확고함에 대해 놀라워했습니다. 그러나 그것은 몰이해가 아니라 이미 사라진 확고함이었습니다. 고독에서 벗어나 조금이나마 스스로를 추스르기 위해 일부러 한 시간 동안 가족과 함께 앉아 있었지만 성공하지 못했습니다.

산책의 종착점은 몇 년 동안 가보지 않았던 지역에 있는 강가의 어느 허름한 오두막이었습니다. 지붕은 어찌나 낡았는지 되는 대로 얹어 놓은 듯했습니다. 하지만 자그마한 정원은 비교적 잘 가꾸어져 있고, 축축한 땅은 좋아 보였습니다. 지금 기억해보니 이상하게도 어두웠다는 느낌이 듭니다. 물론 그 집은 좀 움푹한 곳에 위치해 있고, 그 안을 들여다보았을 때는 이미 어두웠습니다. 그때 비바람이 몰아치기 시작했거든요. 전체적인 모습은 마음을 끌지 못했습니다. 그럼에도 나는 계획을 세워보았습니다. 그 집은 전혀 비쌀 리가 없습니다.

그러니 전체를 사서 아담한 집을 짓고 정원을 더 잘 가꾸고 강 쪽으로 계단을 낼 수 있을 것입니다. 그 부분에서 강은 폭이 매우 넓어져 반대쪽 기슭까지의 거리는 아득해 보였습니다. 강 옆에는 보트를 매어놓을 수도 있겠지요. 모든 상황을 살펴볼 때 아마도 전차로 잘 연결된 도시에서보다 훨씬 조용하고 평화스럽게 살 수 있을 것입니다 (단지 많은 연기를 뿜어내는 근처의 시멘트 공장이 우려를 자아냅니다). 이러한 생각이 긴 산책을 위로하듯이 중단시킨 유일한 것이었습니다.

프란츠

1913년 5월 4일

그대에게 쓰는 편지는 어째서 내게 더 강력하게 영향을 미치지 않을까요? 어째서 그러한 편지는 그대가 멀리 떨어져 있다는 생각에서 가끔 갖게 되는, 베를린 여행을 앞둔 지금 평소보다 더 참을 수 없는, 절망감을 누그러뜨리지 못할까요? 성령강림절이 지나면 어떤 일이 일어날까요?

내가 그대의 집을 방문해야 할까요? 만일 그렇다면 지금이라도 질문에 대답해주세요. 그대의 전화번호는 어떻게 되지요? 전화번호부에 아직 올라 있지 않나요? 검은색 양복을 입어야 할까요? 아니면 우연한 방문객처럼 여름용 평상복을 입고 가도 될까요? 내게는 후자의 경우가 훨씬 좋습니다. 검은색 양복을 입는다는 것은 거의 불가능합니다. 그대 어머니에게 꽃을 선물해야 할까요? 어떤 꽃이 좋을까요? 이번에도 아스카니셔 호프에 묵을 예정입니다. 아마도 이전과 마찬가지로[저녁] 열한 시에 도착할 것입니다. 그러나 그것이 불확실하다는 점은(사무실에서 할 일이 많을뿐더러 다른 사람이라면 손쉽게 처리할 수 있는 일도 힘겨워하고 있습니다) 차치하고라도 나를 마중 나올 생각은 하지도 마세요. 나는 언제나 끔찍한 상태로 도착합니다. 그대도 내가 역 한가운데에서 불안, 산만함, 피곤, 절망, 사랑이 교차하는 상태로 그대 팔에 안기는 것을 원치는 않을 겁니다. 아무튼 마중 나올 생각은 꿈에도 하지 말아요!

그대 편지에 따르면 성령강림절인 월요일 오전 내내 접견을 하게 됩니다.") 그것은 좋지 않습니다. 월요일 저녁에 나는 다시 떠나야 합니다. 더 오래는 머무를 수 없습니다.

나의 '훌륭한' 생각은 간단히 말해서 이렇습니다. 그대가 동의하면, 첫째 지금까지 그대에게 표현할 수 없었던 것과, 둘째 직접 말했거나 편지에 썼지만 그대가 심각하게 받아들이지 않았던 모든 것을 그대 아버지에게 전하려고 합니다. 이것이 나의 계획입니다. 그대가 자기 자신과 아버지, 그리고 나를 아는 한도 내에서 이 계획은 실행 가능합니까? 어제 우연한 기회에 펠릭스는 내가 후견인이 필요할 것이라고 말했습니다. 나쁘지 않은 생각입니다. 아직 너무 늦지 않았다면, 나는 일상적이고 대단한 의미에서 후견인을 필요로 하게 될 것입니다.

프란츠

[편지의 첫 번째 장과 네 번째 장의 여백에] 모든 질문에 대답해주세요! 금요일에 쓴 편지 두 통도 받았나요? 그대는 내 제안에 답장하지 않았습니다.
지난번 편지처럼 복사용 연필을 입술에 갖다 대지 말아요!

Nr. 256
1913년 5월 7일
그대 펠리체는 아무런 보람도 없이 고통과 괴로움에 빠져 있습니다. 그대는 그것에 대한 나의 탄식을 알고 있습니다. 이제는 더 이상 반복하지 않겠습니다.
펠리체, 그대를 일요일 오전에 만날 수는 없을까요? 그대의 목소리만이라도 들을 수는 없을까요? 물론 오전 내내 맛보게 될 기쁨을 두 번 이상은 갖고 싶습니다. 접견일에 간다는 것이 조금은 너무 환상적이라고 생각하지는 않나요? 나는 이방인으로서 그대 가족뿐만 아니라 축하객들도 알지 못하는 상태에서 처음으로 대하는 두 사람의 약혼을 축하하게 될 것입니다. 그러나 기본적으로는 그것에 반대하지

448

않습니다. 괜찮은 상황에서도 더 낫게 행동하지는 못하니까요. 오히려 정반대입니다. 따라서 그것이 여러 사람에게 가능한 것이라면 내 처지에서도 가능합니다. 나는 그대를 좀 더 오래 바라볼 수 있고, 이것은 그 근거가 되기에 충분하기 때문입니다. 그러나 내가 그대를 볼수 없다거나, 예상 가능한 일이지만 그대가 많은 사람들에 둘러싸여 있게 된다면 기꺼이 포기하겠습니다. 특히 그러한 상황이 그대에게 조금도 불편하지 않다고는 생각할 수 없기 때문입니다. 어쨌든 그대가 이런 식의 방문 가능성을 언급했기에—아닙니다. 그대는 충분히 깊이 생각하지 않았으며, 호수를 건너와 그대 책상 위에 놓인 편지가 그대를 혼란스럽게 만들었습니다. 언젠가 그대는 내가 그대와 동행하여 하일보른 씨 가족(네 명이든가요?)에게 가도 좋다고 쓴 적이 있습니다. 그것이야말로 내가 가장 바라던 일입니다.

당연히 그대가 원할 때면 언제라도 내게 전화할 수 있습니다. 그대는 아홉 시 전에는 가능하지 않겠지요. 그러면 아홉 시부터 마음의 준비를 하고 있겠습니다. 그러나 예를 들어 아침 일곱 시에 전화하고 싶으면 미리 편지로 알려주세요. 그러면 일곱 시에 마치 초소 안에 있는 병사처럼 전화실 안에 서 있겠습니다. 그건 그렇고 그대의 전화번호를 알고 싶습니다.

물론 그대 아버지에게 내 이야기는 하나의 공상에 불과했습니다. 이루어질 수 없는 꿈이었지요.

그대 부모님을 찾아뵌 결과로 그대만을 만났을 때보다 그대와의 사이가 더 벌어질까 봐 걱정입니다.

프란츠

[두 번째 장의 하단부 여백에] 그대가 아마도 토요일에 쓸 편지는 사무실로 보내주세요. 오전 내내 사무실에 있을 겁니다. 편지를 집으로

부치면 일요일이 되어서야 받아 보게 될 것입니다.

Nr. 257
1913년 5월 8일

펠리체, 그대에게 쓰는 편지는 내게 모든 면에서 쓸모가 있어야 합니다. 이 편지를 쓰는 동안, 이를테면 방금 멋진 면도용 거울을 깨뜨린 것에 대한 분노가 사라져야 합니다.

그대를 벌할 생각은 없었습니다. 내가 편지를 쓰지 않는 것이 그대에게 형벌이 될 수 있으리라고는 상상조차 할 수 없습니다. 또 그대에게 기쁨을 가져다주는 편지를 많이 쓰지는 않았습니다. 그러나 어떤 편지가 기쁨과는 거리가 멀다 해도, 그것이 형벌은 아닙니다. 오히려 편지를 쓰고 나서 헛되이 답장을 기다릴 때의 참을 수 없는 심정의 일부가 어떤 단절이 생긴 듯한 느낌에 기인한다는 것을 알았기 때문에 편지를 쓰지 않은 것뿐입니다. 답장 대신에 "그만둬! 그만둬!" 하는 말이 허공을 타고 들려오는 듯합니다. 다만 내가 편지를 쓰지 않으면 예전의 좋고 아름다운 균형은 여전히 유지되는 반면에 슬프게도 아무런 소식을 듣지 못할 뿐입니다. 지금 매우 예민하고 유약한 상태에 있습니다. 자제력이 너무 부족한 듯 머리의 긴장이 풀리지 않기 때문에 내 자신을 돌보느라 편지를 쓰지 않았습니다. 그러나 그것은 올바른 일이 아니었으며 별로 도움이 되지도 않았습니다.

가게에서는 왜 그렇게 할 일이 많은가요? 라이프치히와 프랑크푸르트에 있는 고객들이 구술용 녹음기에 만족을 표하지 않았나요? 오늘 사무실에서 집으로 돌아올 때(상냥하고 희극적인 동료와 동행했습니다. 그는 외투를 걸치고 있었습니다. 저는 빠른 걸음으로 그의 느슨한 소매를 붙잡고 도랑[72] 너머로 끌어당겼습니다), 개방적이고 친근하며 생기 있는 얼굴을 지닌 처녀가 대화를 나누면서 웃는 모습을 보았습니다. 그대의 웃음과 너무나 흡사해서 마치 그대에게 인사를 받은 듯한 느낌이었습니다. 이 세상에는 비슷한 것들이 많습니다. 그 속에는 마음을 안정시키는 것도 있지만 흥분을 자아내는 것도 있습니다. 그래서 사람들은 그것들을 찾으려고 하나 봅니다.

펠리체, 그대는 우리 가족에 대해 혼동하고 있습니다! 우리 가족은 그대 가족과 다른 카드 놀이를 합니다. 일반적으로 그것은 가장 사소한 고통에 속하지요. 하지만 전체적으로 보면 내가 부모님을 인정하는 것보다 부모님이 나를 더 많이 인정합니다. 물론 그들은 더 많이 인내할 줄 압니다.

이를테면 베를린으로 가는 문제와 관련해 더 좋은 방법이 떠오르지 않은 오늘 같은 날은 기분이 다시 비참해집니다! 그대는 인정해야 합니다. 내가 스스로를 현혹시키고 있다는 것을 말입니다.

프란츠

Nr. 258
[1913년 5월 10일로 추정]

아름다운 일요일 아침입니다, 펠리체! 프라하를 떠나 베를린에 머문다면 힘이 날 것입니다.

프란츠

나는 그대만을 보게 될까요? 차라리 아무도 그 사실을 몰랐으면 좋겠습니다.

Nr. 259

1913년 5월 12일에서 13일

방금 도착했습니다, 펠리체. 이미 밤이 깊었지만 그대에게 편지를 쓸 수밖에 없습니다. 나는 그대 생각뿐입니다. 여행 중에 본 모든 것은 그대와 연관되어 있었습니다. 모든 인상은 이러한 연관성의 정도에 따라 결정됩니다. 우리가 함께 나누어야 할 이야기가 많습니다, 펠리체! 머리에서 윙윙 소리가 납니다. 그것은 단지 여행을 확인시켜줄 뿐입니다. 달리 현존을 통해서는 인식할 수 없습니다. 실제로 지금은 매우 낙관적입니다. 끔찍스러운 몇 가지 사항에 대해 이야기를 나누다 보면 우리는 야외에 나가 있을지도 모릅니다. 그러나 근처에 아름다운 호수가 있다 할지라도 나는 항상 그대를 추악한 길로 인도합니다. 이 모든 것이 단지 늦은 밤 시간 때문일까요? 베를린에서 짐을 꾸릴 때 내 머릿속에는 "그녀 없이는 살 수 없지만 그녀와 함께도 살 수 없다"는 또 다른 명제가 떠올랐습니다. 이런 생각을 하면서 물건들

베를린의 택시

을 하나씩 가방 속에 던져 넣었습니다. 가슴이 터질 듯했습니다. 지금은 더 이상 그것을 해소할 수 없습니다. 이제 막 새벽 한 시가 지났습니다. 마음속에서 사랑스러운 손을 창조해냅니다. 엘리베이터를 타고 위로 올라가면서 선서할 때처럼 두 손가락을 들어 올리지 않았던가요?

프란츠

[마지막 두 장의 하단부 여백에] 부탁이 하나 있습니다. 불안을 참지 못하는 가련한 사람의 부탁입니다. 일주일에 두 번, 이를테면 수요일과 일요일에 편지해줄 수 있나요?

Nr. 260
1913년 5월 13일

내가 내일이라도 편지를 받을지 누가 알겠습니까. 사랑하는 펠리체, 그대가 지난 이틀 동안 내가 베를린에서 보여준 바보스러움을 받아들였듯이 말입니다. 펠리체, 이 세상에서 유일한 목표인 그대에게 가까이 있는 듯한 느낌에도 불구하고 무엇이 나를 붙잡고 가장 불행한 인간으로 만드는지 모르겠습니다. 아, 그대가 이 세상이 아니라 나의 내면에 존재하기를 원했습니다. 사실은 내가 이 세상이 아니라 그대의 내면에 존재하기를 더 바랐습니다. 우리 중 한 사람은 이 세상에 너무 과분하다는 느낌이 듭니다. 두 사람으로 나뉘는 것은 참을 수 없습니다. 펠리체, 왜 나는 그대를 최소한 공간이 허락하는 한도 내에서라도 곁에 두려고 하지 않을까요? 그 대신에 왜 나는 그대가 두려워하는 동물처럼 숲 바닥에 웅크리고 있을까요? 이유가 없지는 않겠지요? 그러나 나는 마법에 걸린 왕자가 아닙니다. 물론 마법에 걸려 나처럼 흉측스럽게 된 왕자는 몸을 숨기려 할 것입니다. 마법에 걸렸더라도 그 몰골이 어지간만 하다면 더할 나위 없이 좋겠습니다. 그대도 만족하지 않을까요?

그러나 내 처지에서는 인간의 말로 번역하기 어려운 사물들과 투쟁해야 할 때―그리고 몇 주 전부터는 다른 것에 쏟을 여력이 없습니다―그대를 확신할 수 없고 그대가 나를 혼란시킨다면 어떻게 해야 할까요? 그대가 한숨을 내쉬며 포기한다면 얼마든지 이해할 수 있습니다. 내가 그대라면 세상의 다른 쪽 끝으로 도망칠 테니까요. 그러나 그대는 내가 아닙니다. 그대의 본질은 행동에 있습니다. 그대는 활동적이고, 빨리 생각하며, 모든 것을 알아차립니다. 집에서 그대의 (얘기를 하면서 머리를 들어 올리는) 모습을 보았습니다. 프라하에서 낮선 사람들 사이에 섞여 있는 그대를 보았습니다. 항상 그대는 적극적이었으며 안정되어 있었습니다. 그러나 나에 대해서 그대는 무기력하고 먼 산이나 들판을 쳐다봅니다. 그대는 내 어리석은 말과 이유가 충분한 침묵을 내버려 두고 나에 대해서는 아무것도 알려고 하지 않으며 다만 괴로워하고 있습니다. 펠리체, 내가 그대와 헤어지면 어떻게 될까요? 내가 그대와 함께 느끼지 않는다고 믿나요? 내 인생에 다른 일이 생기리라고 믿습니까?

막스가 베를린에 있을 당시에 전화로 그대와 이야기를 나누었을 때,[73] 충분히 상상할 수 있는 바지만 그대는 매우 활달하고 믿음직스러웠으며 많이 웃었다고 합니다. 그렇지만 그대는 이런 말도 했습니다. "어째서 일이 이렇게 되었는지 모르겠어요. 그는 저에게 많은 편지를 쓰기는 해요. 하지만 그 편지들은 아무런 의미도 담고 있지 않아요. 무슨 내용인지 모르겠어요. 우리는 서로 가까워지지가 않아요. 당분간은 아무런 전망도 없어요." 그러나 그때는 초창기였습니다. 이 시기에는 사람과 사람 사이의 거리가 멀기 때문에 성큼 다가갈 수 있습니다. 그럼에도 그대는 그런 식으로 생각했지요. 반면에 나는 그 당시 사모하던 사람에게 몇 단계를 건너뛰어 다가간 것에 대해 남몰래 한없이 기뻐했습니다. 그대는 지금도 그때 말한 것처럼 생각하고 있나요? 그대의 시선, 말, 침묵이 그것을 증명하는 듯합니다. 거의 모든 다른 것은 그것과 배치되지만 전자가 더 명확합니다. 어떻게 하면 좋을까요? 이러한 좌절 속에서 나는 그대의 손가락 끝이라도 건드릴 수 있을까요?

그대의 연인(이름 없이 사라진다 해도 그대의 연인)

Nr. 261

1913년 5월 15일

에버스발데는 어디에 있나요? 베를린에서 먼가요? 엽서를 쓸 당시 그대는 이미 내 등기 우편을 받았나요? (물론 모든 엽서를 다 가지고 있습니다. 역에서 사무실로 가면서 그것을 들여다보았습니다. 새벽 다섯 시에 집을 나서는 순간부터 그 일에 몰두했습니다. 어쨌든 두 장의 엽서를 보내준 데 대해 감사합니다. 더 이상의 감사의 말은 우리 사이에 필요치 않다고 믿습니다.) 물론 엽서가 내 편지에 대한 답장이 될 수는 없습니다. 펠리체, 답장을 받게 되겠지요? 다시 한번 부탁드립니다. 편지에 대한 답장을 받는 것이 중요합니다. 그대는 그것을 직시해야 합니다, 그대여! 그렇지 않으면 그대에 대한 나의 상상은 깨지고 맙니다. 그대는 내게 답장을 할 것입니다. 그것에 대해서는 더 이상 말하지 않겠습니다. 그대 가족들은 잘 지내고 있는지요? 그들에게서 내가 받은 인상은 복잡합니다. 그 이유는 아마도 가족들이 나와 관련해 완전히 체념한 모습을 보여주었다는 데 있습니다. 나는 왜소함을 느낀 반면에 모든 사람들은 숙명적인 표정으로 내 주위에 거인처럼 서있었습니다(친근하게 느껴졌던 그대 언니 에르나까지도 말입니다). 이 모든 것은 상황에 부합했습니다. 그들은 그대를 소유하고 있었기에 거대했고, 나는 그대를 소유하지 않았기에 왜소했습니다. 그러나 나는 그것을 단순히 바라보기만 했지만 그들은 그러지 않았습니다. 그들은 평소의 호의와 친절에도 불구하고 어떻게 그런 태도를 취했을까요? 그들은 내게 매우 추악한 인상을 받았음에 분명합니다. 그것에 대해서는 더 이상 알고 싶지 않습니다. 하지만 비록 비판적이거나 악의적이라 할지라도 그대 언니 에르나가 말했던 것만은 알고 싶습니다. 그대가 내게 말해주겠어요?

프란츠

[하단부 여백에] 막스가 오래전에 쓴 서평[74] 간직하고 있습니다. 탄식과 함께 그대에게 보냅니다. 비교해보세요!

Nr. 262
[1913년 5월 16일로 추정]

그대여, 들어보세요! 내게 다가오는 길에서 벗어나지 말아요! 그래야만 한다면 돌아가요! 내가 그대를 얼마나 사랑하는지 느끼고 있나요? 지금—멀리에서보다 베를린에서 더 많이—그대로부터 나를 차단하는 모든 것에도 불구하고 그것을 느끼나요? 목구멍에서 나오는 말이 나를 질식시키고 내가 쓰고자 하는 철자들은 쓸데없이 넘쳐흐릅니다.

프란츠

아무런 편지도 받지 못한 것은 아마도 공휴일이기 때문이겠지요. 금요일[목요일] 저녁입니다. 여기에서 그대와 떨어져 보내는 나날들은 혼란스럽기 짝이 없습니다. 그것들은 내게 아무런 의미도 없습니다. 마치 세상 전체가 그대 속으로 무너져내린 듯합니다. 내게 조금만 애정을 가져주세요, 펠리체! 그대가 내게 준 사랑은 피가 되어 심장에 흐릅니다. 다른 것은 가지고 있지 않습니다.

그대 아버지는 언제 돌아오시나요? 나는 편지 내용에 대해 많이 생각하고 있습니다. 내가 생각을 통해 얻고자 하는 결과가 늘 그렇듯이 그 편지는 형편없는 것이 될 겁니다. 그것은 곧 명확함과 불명확함의 좋지 못한 혼합을 의미합니다. 그럼에도 나에게 이것보다 더 중요한 것은 없습니다. 나는 그대가 그 편지를 읽어볼 수 있도록 하겠습니다. 그대 평가를 구하기 위해 먼저 그대에게 편지를 보내겠습니다. 그대의 아버지는 언제 돌아오세요? 언제가 가장 적당한가요?

그러나 이것도 내가 내일 아침 사무실에서 발견하기를 바라는 편지에 비하면 중요치 않습니다.

그대의 F.

Nr. 263

1913년 5월 18일

그대 펠리체여, 불명확함 속에 무의미하고 곧 사라지고 말지만 일말의 위안이 담겨 있다는 이유만으로 그 괴로움을 계속 견딘다는 것이 (내 처지에서 말하자면) 어떤 의미가 있을까요? 그대 아버지가 돌아오실 때까지 기다리지 않겠습니다. 오늘 저녁에라도 편지를 써서 내일 그대에게 보내 검토를 받은 다음 베를린이나 그대 아버지가 머무시는 곳으로 부치려 합니다. 그것은 편지가 아니어서 답장은 기분에 좌우될 것이고, 어디에서 씌어지든 다른 결과를 가져올 것입니다. 따라서 기다리는 것은 아무런 의미도 없습니다.

어쩌면 의미가 있을지도 모르지요. 그러나 알고 싶지 않습니다. 그대여, 나는 그대를 '맹목적으로 신뢰'해야 하고 또 그럴 수 있습니다. 그러나 그대는 자신을 신뢰할 수 있는지 알고 있나요? 그대는 자신이 기대하는 모든 면에서 스스로를 신뢰할 수 있다고 믿나요? 최소한 그것을 예감하는 데서 그대는 자유롭지 못합니다. 그대는 무엇이 나를 그대에게 결속시키고 있는지 모릅니다. 그렇다고 그대가 '멍청한 아이'는 아닙니다(나는 그 누구보다도 그대와 가까이 있을 때 열등감을 느낍니다). 자연 자체가 그대를 받치고 있습니다. 그리고 실제로 나는 그대가 머리를 조금만 흔들어도 납득할 준비가 되어 있습니다.

미래의 행복을 꿈꾸는 몇 가지 상상에 대한 엄청난 반증이 있습니다. 그러한 상상은 생각할 수도 없습니다. 하지만 인간이 만들어 낸 신의 개념에서 나온 신의 현존을 증명할 수 있다고 믿듯이 개념의 부실함으로 인해 그것을 반박할 수도 있습니다. 그대를(과거는 안전할 뿐만 아니라 흘러가 버렸습니다) 팔 년이나 십 년 전에 알았더라면 우리들은 오늘날 가련한 핑계, 한숨, 절망적인 침묵을 가질 필요도 없이 행복할 수 있었을 테지요. 그 대신에 나는—벌써 오래전의 일이지만—처녀들과 쉽게 사랑에 빠져 희희낙락했습니다. 그녀들과 헤어지는 것은 더 쉬웠고, 헤어지고 나서도 아무런 고통도 느끼지 못했습니다(그 숫자는 대단히 많아 보입니다. 그녀들의 이름을 일일이 기억할 수도 없지만, 모든 것은 벌써 오래전의 일이니까요). 아마도 나는 내 가장 깊은 내면에서 나를 뒤흔들어놓은 한 여자만을 사랑했습니다. 그것은 칠팔 년 전의 일입니다.[75] 그때부터 그 어떤 관계도 맺지 않았고 거의 완전히 모든 것에서 벗어나 점점 내 자신의 주위에 울타리를 쳤습니다. 내 자신의—뭐라고 표현해야 할까요?—해체에 앞장서거나 그 결과인 비참한 육체적 상태가 내 자신에게로 침잠하는 데 도움을 주었지요. 그리고 거의 종말에 와 있는 지금 나는 그대를 만났습니다.

프란츠

Nr. 264
1913년 5월 18일

동봉한 편지

오늘, 더 행복했고 불행했던 시절에 그대에게 썼던 편지를 발견했습니다.[76] 이것에 대해 그대는 뭐라고 말할 건가요? 그 당시라고 생각하고 답장해주세요.

Nr. 265
[1912년 9월 말에서 10월 초로 추정]

아가씨, 밤 열두 시 반에 편지를 쓰다가 잠시 동안 그대에게 매달립니다. 잠시 동안 휴식이 필요했기 때문은 아닙니다. 나는 지금 원기가 넘칩니다. 그렇지 않다면 편지 쓰기를 중단할 수 없었을 것입니다. 다만 그대가 기억할지 모르겠지만 활동 사진이 나온 초기에 빛이 은막을 떨리게 하듯이 몸이 떨릴 뿐입니다. 벌써 일주일 전부터 너무 행복하고 괴롭습니다. 며칠 밤의 절반은 글을 쓰는 데 보냈지만 나머지 절반은 헛되이 보냈습니다. 낮에 사무실에서 근무할 때는 모든 것이 가능해 보이지만 내 존재는 허약하고 비참합니다. 그대의 평온 이외에 그 누구를 향해 한탄해야 내게 더 건강한 일이 될까요?

그대의 프란츠 K

사람들은 이런 밤에 미신적이 되고 일단 적어놓은 글의 위력을 과대

평가하며 그러한 오류가 계속 쌓이는 것을 바라봅니다. 따라서 나는 제발 나의 행복은 비참함을 축소시키는 것이라고만 말하겠습니다. 다른 도리가 없다면 있는 그대로 두겠습니다. 멀리서 바라보는 그대의 시선이 내게 미치는 영향은 대단합니다.

Nr. 266

1913년 5월 23일

그대 펠리체여, 그대 편지에 곧바로 답장하지 못했습니다. 그대는 이것을 정말로 믿나요? 이것이 과연 가능할까요? 아닙니다. 가능하지 않습니다. 그대로부터 받은 편지에 대한 기쁨이 너무 커서 설사 내 기분이 좋지 않고 이성적인 근거에서 보면 답장을 하지 않는 것이 더 낫다고 할지라도 답장을 하지 않고는 못 배기니까요. 하지만 그대가 일요일 저녁에 부친 이 편지가 오늘 금요일이 되어서야 내 손에 들어왔다는 사실을 생각해보세요. 소인을 보면 이 편지는 빈에 가 있었습니다. 내가 여기에서 괴로워하고 있는 동안 이 편지는 관리 미숙으로 빈에서 떠돌아다니다가 천천히 되돌아왔습니다. 기나긴 몇 날 동안 이런 생각을 했습니다. 펠리체는 나의 원칙적인 편지에 답장을 하지 않을뿐더러 아버지에게 보낼 편지에 관한 질문에도 대답하지 않는구나. 일요일, 월요일, 화요일에도 편지를 하지 않고 하노버로 가는구나. 나는 이 여행의 목적도 알지 못하는데 하노버의 주소조차 가르쳐주지 않는구나. 또 여행 중에 나에 대해서는 아무것도 듣고 싶어 하지 않고, 여행에 대해서는 한마디도 하지 않는구나. 그래서 나도 편지를 할 수 없었습니다. 오늘에야 가장 나쁜 가설을 행복으로 바꾼 편지를 받았습니다. 지난 며칠은 결코 아름답지 않았습니다. 수시로 그대가 고의는 아니지만 내게 잔인하게 대한다고 생각할 수밖에 없

었습니다. 비의도적인 잔인함은 그러한 연장선상에서는 가장 절망
적인 것입니다.

이제는 그렇지 않습니다, 펠리체. 모든 것이 잘 될 것입니다. 그대 아
버지에게 보낼 편지는 아직 완성되지 않았습니다. 아니 벌써 몇 번
씩이나 완성되었지만 무용지물이었습니다. 그 편지는 간결하고 명
확해야 합니다. 쉽지 않겠지요. 나는 그대의 아버지 뒤에 숨기를 원
치 않습니다. 그대는 그 편지를 미리 읽어야 합니다. 그리고 그 편지
는 이런 근거에서 씌어져야 합니다. 내게는 그대가 대충 알고 있지
만 심각하게 받아들이지 않을 뿐만 아니라 그대가 완전히 안다 할지
라도 심각하게 받아들이려고 하지 않는 장애가 존재합니다. 내 주위
의 그 누구도 그것을 심각하게 받아들이지 않고, 또는 혹은 그럼으로
써 내게 애정을 표현합니다. 자주 반복되는 일이지요. 한 십 년 전부
터 나는 점점 건강하지 못하다고 느껴왔습니다. 건강함의 쾌감, 모
든 면에서 순종적이며, 지속적인 주의와 걱정 없이도 작동하는 육체
의 쾌감, 즉 지속적인 쾌활함과 무엇보다도 대부분의 사람들로부터
자유로울 때 생기는 이러한 쾌감이 내게는 없습니다. 그것은 내 모든
삶의 표현에서 결여되어 있지요. 그러한 결함은 내가 언젠가 가졌을
지도 모르는 어떤 특별한 질병에 원인이 있는 것이 아니라 오히려 정
반대입니다. 유아기 때 전염병을 앓은 이후로 침대에 누워 있을 만큼
아파본 적이 없습니다. 적어도 기억에 없습니다. 하지만 이러한 슬픈
상태는 지금 거의 모든 순간에 모습을 드러냅니다. 멀리서는 견딜 만
하지요. 때때로 친구들과 함께 있을 때는 그냥 넘겨버리기도 합니다.
가족들과 함께 있을 때도 그것은 죽음과 같은 침묵으로 인하여 겉으
로 완전히 드러나지 않습니다. 그러나 이와는 반대로 가장 직접적으
로 접하는 사람들과 함께 있을 때는 어떨까요? 이러한 상태는 자유
롭게 말하고 먹고 잠자는 일을 방해할 뿐만 아니라 그 밖의 모든 자

유로움도 방해합니다. 내가 이런 식으로 두려워하지 않는 것이 무엇인지 모르겠습니다. 경험을 근거로 하는 말입니다. 이것을 충분히 의식하고 있으면서도 내가 가장 사랑하는 사람에게 어떤 부담을 주어도 좋은지 말해보세요. 이러한 부담은 비록 시간적으로나 내면적으로 제한된 만남이라 할지라도, 또 아무래도 좋은 사람들에게조차도 피하고 싶은 것입니다. 그러나 이 모든 것은 한이 없습니다. 너무 오랫동안 침묵하고 있었기에 애가 타는 어떤 말을 하게 해달라고 그대에게 부탁해도 될까요? 그럴 수 있을까요? 단지 그대에게 부탁하는 것으로 만족할 수 있을까요? 저는 그대가 나와 함께 있을 때 얼마나 변했는지(이러한 변화는 나에 대한 호의가 아니라 치욕으로 해석될 수 있습니다) 알고 있습니다. 하찮은 무관심이 다른 때 같으면 자신감에 넘치고 두뇌 회전이 빠르고 긍지에 찬 처녀인 그대를 얼마나 사로잡는지 알고 있습니다. 이러한 처지에서 일말의 책임감을 느낀다면 결코 내 운명과 그대의 운명에 대한 결정을 그대에게 요구하거나 받아들일 수 없다는 것을 잘 알고 있습니다. 그루네발트에서 만났을 때 모든 것을 말해도 좋은지 아니면 말해서는 안 되는지 하는 감정의 혼란이 나와 그대를 짓눌렀습니다. 이 모든 것을 살펴볼 때 나는 책임질 수 없다는 결론이 나옵니다. 그 부담이 내게는 너무 크기 때문입니다. 그대 또한 책임질 수 없습니다. 그대는 그것을 거의 알지 못하니까요. 그대가 내게 호의를 갖는다면 그것은 물론 기적입니다. 그대와의 만남에서 생기는 일련의 기적이 나를 치유하지 말란 법이 어디 있겠습니까. 이러한 희망은 책임을 축소시키지 못할 만큼 작지 않습니다. 그렇지만 전체적으로 볼 때 책임이 너무 큽니다.

그 때문에 그대의 아버지에게 편지를 쓰려는 겁니다. 부모님이나 친구들에게는 충분한 조언을 얻을 수 없을 겁니다. 그들은 그대에 대해서는 별로 생각하지도 않고 내 생각처럼 모든 책임을 지라고 조언할 것입니다. 어쩌면 그렇게 조언하지 않을 수도 있고 (내가 듣고자 하는 것도 말하지 않을 때) 그렇게 조언할 수도 있습니다. 그 누구보다도 어머니는 단지 내 처지만을 생각하고 제한된 단견에서 그렇게 할 것입니다. 그녀는 아무것도 모릅니다. 안다고 할지라도 어머니로서의 자부심과 사랑 때문에 이해하지 못합니다. 어머니에게는 그 어떤 조언도 구할 수 없습니다. 그러나 그대 아버지에게는 조언을 받을 수 있지요. 그러한 측면에서 나의 방문은 매우 유용했습니다. 나에 대한 좋은 선입견이 조금도 그의 조언을 혼란스럽게 만들지 않을 것이기 때문입니다. 지금 그대에게 말한 것을 더 뚜렷하게 말했을 때―약간 우습게 들리고 절박한 경우에는 빈약한 보조 수단이 되겠지만―그가 나를 완전히 비난하지만 않는다면 내가 진찰을 받을 만한 신뢰하는 의사를 알려달라고 부탁할 생각입니다.

프란츠

Nr. 267

1913년 5월 23일에서 24일

최근에 발간된 막스의 책 『여자들이나 하는 짓』[7]에 관해 이야기하기에는 너무 늦은 시각입니다. 며칠 내로 그것을 그대에게 보내겠습니다. 단편소설 「바느질 학교」도 그 안에 들어 있습니다. 앞부분만 알고 있던 이 소설을 지금 시간과 불면증에 개의치 않고 끝까지 읽었습니다.

그대여, 이렇게 오랫동안 그대에게 아무런 소식도 듣지 못하고 지내야 하는 이유는 무엇인가요? 그대가 보낸 전보에 담긴 '내적인'이라는 단어가 형식적임에도 불구하고 내가 원하던 모든 것을 포함하고 있다는 것을 그대가 알기라도 했으면 좋겠습니다. 지난번의 편지가 그대에게 상처라도 주었나요? 믿을 수 없군요. 그처럼 일반적인 방식으로 이미 지나간 일들에 대해 이야기하는 것이 멍청하고 부자연스럽다 할지라도 우리는 서로를 잘 알고 있습니다. 따라서 그대는 여러 가지 사연을 정식으로 풀어 헤쳐놓았을 때의 그 어떤 단어도 그대에게 상처를 주지 않으리라는 점을 알아야 합니다.

여행의 결말이 좋지 않았나요? 그러나 나는 엽서조차도 받지 못했습니다. 나만큼 그대를 걱정하는 사람도 없겠지만 집에 도착한 금요일에 그대는 분명히 편지를 썼을 것입니다.

펠리체, 비난은 하지 말아요. 내게 화를 내서도 안 됩니다. 거기에는 그럴 만한 이유가 있고, 또 그것이 허물은 아닙니다. 나는 그대가 원하는 사람이 될 수 있을 겁니다. 그대는 믿지 않겠지만요. 내적으로 나를 이끄는 듯한 그대의 손을 맞잡을 수만 있다면 얼마나 좋겠습니까!

프란츠

그대 어머니와 형제 자매들에게 안부를 전할 수 있을까요? 그대 어머니에게는 여행이 의미와 목적을 가질 수 있지만 여행의 당사자인 인간을 얻을 수는 없다고 말해주세요.

내가 보낸 속달 편지를 받았나요?

[왼쪽 하단부 여백에] "B양으로부터의 전갈"이라는 말은 너무 멋집니다. 사무실에서 자주 그런 것을 보내주세요.

Nr. 268
[1913년으로 추정] 5월 25일
오 하느님, 그대는 왜 내게 편지하지 않는 건가요? 일주일 전부터 단

한 줄의 소식도 없습니다. 생각만 해도 끔찍합니다.

Nr. 269

1913년 5월 27일

펠리체, 이제는 끝장입니다. 이 침묵으로 그대는 나를 저버렸고 이 세상에서 가능한 유일한 행복에 대한 희망을 꺾어버렸습니다. 왜 그대는 한마디의 말도 없는 이 두려운 침묵으로 몇 주 전부터 나와 더불어 그대 자신을 끔찍스럽게 괴롭히는 건가요? 그것은 그대 처지에서 볼 때 더 이상 연민이 아닙니다. 내가 그대에게 가장 낯선 사람이라 할지라도 그대는 내가 가끔 정신을 잃을 정도로 이러한 불안 속에서 괴로워하고 있다는 것을 알기 때문입니다. 그 침묵 속에서 끝나는 것은 연민일 수가 없습니다. 자연은 스스로 길을 갑니다. 거기에는 그 어떤 도움도 없습니다. 그대가 나를 더 많이 알면 알수록 나는 그대를 더욱 사랑합니다. 그대가 나를 더 많이 알면 알수록 저는 그대에게 더욱 참을 수 없는 존재가 되었습니다. 그대는 그것을 꿰뚫어 보고 솔직하게 말했을까요? 그것이 불가능해질 때까지 그렇게 오래 기다리지는 않았을까요? 5일간의 여행에 대해서 내게 한마디의 편지를 쓰고 그대에게 결정을 부탁한 편지에 대해서도 한 줄의 답장을 보냄으로써 그대에게 아무런 소식도 받지 못해 불행에 빠져 있는 나를 위로하는 일이 더 이상 가능하지 않을 때까지 그렇게 기다릴 작정은 아니었나요? 어제까지만 해도 그대를 전화로 불러냈지만 그대 목소리를 듣는다는 행복에 겨워 귓속에서 윙윙거리기만 했지 내용은 별로 이해하지 못했습니다. 그대는 일요일 저녁에 편지를 써서 늦어도 오늘 화요일에는 내가 집에서 편지를 받아 보게 하겠다고 말했습니다. 그러나 아무것도 받지 못했습니다. 그대는 전화에서 말한 것처럼 일요일은커녕 월요일에도 편지를 쓰지 않았습니다. 그대는 편지를 쓸 수 없었습니다. 그러나 편지를 쓸 수 없다고 말할 수도 없었습니다. 어제 나에 대한 관심에서 우러나온 그대의 유일한 말이 건강에 관한 질문이었다는 것을 지금 기억해보면 정말 이성을 잃을 정도입니다. 그런 식으로는 더 이상 살 수 없습니다. 그대에게 더 이상 아무것도 요구할 수 없겠지만 그럼에도 이제 내게 단 한 줄의 편지도 하지 말고 마음 내키는 대로 행동하라고 부탁드리고 싶습니다. 나도 그대에게 편지하지 않겠습니다. 그대는 그 어떤 비난도 듣지 않고 방해받지도 않을 것입니다. 다만 침묵의 시간이 얼마나 계속될지 모르지만 나는 오늘과 마찬가지로 영원히, 아무리 낮은 목소리라 할지라도 그대의 진정한 부름을 듣게 되면 복종하리라는 것을 기억해두기 바랍니다.

프란츠

Nr. 270

1913년 5월 28일

아니에요. 불안하지 않아요, 펠리체. 그 말은 맞지 않습니다. 그대는 나를 원하지 않습니다. 그대가 나를 원하지 않는다는 것만큼 확실한 것도 없습니다. 그대가 나를 원한다 할지라도 그것은 미적지근해서 완전히 드러나지 않습니다. 그대가 열흘 동안 내게 등을 돌린 상태에서 나 혼자 그대 손을 잡은 듯 착각하는 것을 더 이상 견딜 수 없습니다. 아무런 설명을 듣지 않고도 나는 그대가 프랑크푸르트에 머물 때의 침묵을 견뎌냈습니다. 하지만 최근의 침묵은 내게 너무 가혹합니다. 나보다 열 배나 강한 사람에게도 마찬가지일 것입니다. 궁극적으로 그대를 이해하지 못한다고 고백할 수밖에 없다 할지라도 다른 때 같으면 능히 시도할 해석조차도 하고 싶지 않습니다. 나는 그대를 부당하게 대했고, 그대는 실제로 일요일 저녁에 편지를 썼습니다(그 편지를 오늘에야 받았습니다. 우체국 직원들이 나의 불안을 부추겼습니다). 편지 내용은 나의 부당함을 원래대로 되돌려놓습니다. 그대가 월요일에 받은 편지에서 나는 절망에 빠져 아무런 편지도 보내지 말라고 외쳤습니다. 그러나 화요일에도 편지를 받지 못한 나는 그대가 막스의 편지를 받고 오늘 내게 전보를 보냈다는 충분한 근거를 가지고 있습니다. 그대가 편지 행간과 간헐적인 편지 쓰기에서 이미 내비쳤던 작별을 고하는 것 말고는 다른 도리가 없습니다. 펠리체, 다시 한번 말하지만 나는 완전히 그대의 것입니다. 이 정도로 사로잡힌 경우를 그대는 그 어디에서도 찾을 수 없을 겁니다. 그러나 현재와 몇 주 동안 계속된 상황 하에서 나는 더 이상 그대의 것일 수 없습니다. 그러한 관계를 바로잡고자 하는 그대의 참모습과 어긋나기 때문입니다. 그대는 잔인하지 않기 때문에 그런 관계에서 괴로워할 뿐이고 나는 아무런 의미도 없이 배회합니다. 이것을 그대에게 말하지 않을 수 없었습니다.

프란츠

Nr. 271
1913년 6월 1일

그대여, 우리 관계는 앞으로 어떻게 될까요? 뢰비가 여기에 없었다면 나는 그 가련한 사람을 위해 강연을 개최하여(내가 제안하고 피크가 쓴 비망록을 첨부합니다.[78] 그런 식으로 몇 가지 일을 해야 합니다) 입장권을 팔거나 식장에 신경 쓰지도 않았을 테고 결국에는 뢰비의 잔잔한 광채에 영향을 받아 급하게 돌아다니지도 않았을 것입니다. 며칠

이 어떻게 지나갔는지도 모를 지경입니다. 우리는 서로의 것입니다. 그것은 내게 의심할 여지가 없어 보입니다. 그러나 우리 사이의 엄청난 차이점도 마찬가지로 의심할 여지가 없습니다. 그대는 모든 의미에서 건강하고 바로 그렇기 때문에 내면 깊숙이 평온한 상태에 있습니다. 반면에 나는 일반적인 의미에서는 아니지만 가장 나쁜 의미에서 병적이며 바로 그렇기 때문에 불안하고 산만하며 의욕이 없습니다. 그대가 보낸 초기의 편지들과 지난 몇 주 동안의 편지들 사이에는 분명히 차이점이 존재합니다. 하지만 아마도 그것은 내가 생각하는 것만큼 중요하지 않을 뿐만 아니라 또 다른 의미가 있습니다. 나에 대한 그대의 태도는 아마도 내가 인식할 수 있는 것과는 다른 의미거나 아니면 그대 스스로가 말한 그대로의 의미일 겁니다. 그대 자신이 말한 대로 그대는 나로 인해 괴로워하면서도 내게 만족하고 있습니다. 나는 그대로 인해 괴로워하면서도 그대의 현재 모습을 받아들여야 합니다. 이를테면 그대가 동물원에서 내게 보낸 편지를 생각해봐요. 그것은 편지가 아니라 편지의 유령이었습니다. 나는 그 편지를 거의 외우다시피 합니다. 거기에는 "우리는 모두 오후 시간을 동물원에서 보낸 다음 동물원 옆의 레스토랑에 앉아 있습니다"라는 내용이 들어 있습니다. 그대는 어째서 동물원에 앉아 있어야만 했나요? 그대는 노예가 아닙니다. 집에서 여독을 풀고 내게 "지금 책상에서 편지를 쓰면서 여름에 떠날 여행에 관한 계획을 세우고 있습니다"라는 내용이 담긴 다섯 줄의 편지를 쓸 수도 있었습니다. 그대는 팔 일 만에 쓴 이 몇 줄조차도 상상하기 어려운 상황에서 써야만 합니다. 팔 일 만에 그대에게 한마디의 말을 듣고 싶어 한 내게 그 상황은 비난을 의미합니다. 더욱이 그대가 우표도 붙이지 않고 편지를 보내는 바람에 그 편지는 삼 일 후에 도착했습니다. 그다음에 그대는 다시 삼 일 동안은 편지를 쓸 수 없다고 생각했을 겁니다.—그대에게 사랑의 말을 해주고 싶었습니다. 내 마음속에는 그대에 대한 사랑 이외에는 아무것도 없습니다. 그러나 여전히 노여움만이 튀어나옵니다. 차라리 눈물을 흘리더라도 서로를 품에 안을 수만 있다면 얼마나 좋겠습니까!

프란츠

Nr. 272

[1913년 6월 2일로 추정]

내 뒤에 뢰비가 앉아 글을 읽고 있습니다. 아닙니다, 펠리체, 그에게서 격려를 받았다고 해서 그대에게 편지를 쓴 것은 아니었습니다. 그 무엇이 그대에 대한 생각을 앗아갈 만큼 나를 격려할 수 있겠습니까? 다만 그대의 편지를 기다렸습니다. 우리가 아무런 방해도 받지 않고 조용히 서로에게 편지할 수 있기를 정말 바랐습니다. 그러나 그것을 보증할 수는 없습니다. 그대여―물론 의심할 여지가 없는 것은 아니지만―멀리 떨어진 거리가 나를 그렇게 만들며, 가까이 있을 때 훨씬 절망적이고 훨씬 허약하다는 점을 받아들이세요. 나 또한 이 점을 염두에 두고 그대 아버지에게 보낼 편지에 대한 생각에 잠겨 있습니다.

사랑하는 펠리체여, 처음처럼 다시 내게 그대와 사무실, 여자 친구들, 가족, 산책, 책 등에 관해 편지해주세요. 내 삶에 그것이 얼마나 필요한지 그대는 모릅니다.

그대는 「선고」에서 어떤 의미를 발견했나요? 직접적 연관성을 토대로 유추할 수 있는 의미 말입니다. 나는 그러한 의미를 발견하지 못할 뿐만 아니라 설명할 필요도 느끼지 못합니다. 그러나 그 소설에는 눈에 띄는 것이 많습니다. 이름만 보더라도 그렇습니다. 그것은 내가 그대를 알게 되고 그대의 존재로 인해 세상의 가치가 높아졌지만 그대에게 편지를 보내지는 않았던 시기에 씌어졌습니다.[79] 게오르크Georg는 프란츠Franz와 철자 수가 같습니다. '벤데만Bendemann'은 Bende와 Mann으로 이루어져 있으며, Bende는 카프카Kafka와 철자 수뿐만 아니라 두 개의 모음 위치도 같습니다. 'Mann(남자)'은 가련한 'Bende'에 대한 연민에서 그의 투쟁을 강화시키는 역할을 합니다. '프리다Frieda'는 펠리체Felice와 철자 수뿐만 아니라 첫 철자도 같습니다. 그 이름에는 'Friede(평화)'와 'Glück(행복)'의 의미가 담겨있습니다. '브란덴펠트Brandenfeld'는 'feld(들판)'로 인하여 'Bauer(농부)'와 연결될 뿐만 아니라 첫 철자도 같습니다.[80] 그런 몇 가지 사항은 물론 나중에야 발견한 것들입니다. 그 소설 전체는 밤 열한 시에서 새벽 여섯 시 사이에 씌어졌습니다. 글을 쓰기 위해 자리에 앉았을 때 나는 소리를 지르고 싶을 정도로 불행한 일요일을(당시에 우리 집을 처음으로 방문한 매부의 친척들 때문에 오후 내내 말도 없이 집 안을 돌아다녔습니다) 보낸 뒤라 한 젊은이가 창문을 통해 다리 위로 사람들의 무리가 몰려오는 것을 바라보는 식으로 전쟁을 묘사하고 싶었습니다. 그러나 모든 것이 손끝에서 뒤바뀌고 말았습니다—더욱 중요한 것이 있습니다. 끝에서 두 번째 문장의 마지막 단어는 '쓰러지다'가 아니라 '떨어지다'가 되어야 합니다. 이제 다시 모든 것이 좋아졌나요?

프란츠

Nr. 273
1913년 6월 7일 [실제로는 6일부터 쓴 것으로 추정]
펠리체, 그것이 얼마나 슬픈 일인지 알기나 하나요. 목요일에 그대는 지금부터 다시 매일 편지하겠다고 썼습니다. 화요일에 이 편지를 받았고, 그대는 수요일에 답장을 받았습니다. 금요일인 지금 나는 아직 한 줄의 편지도 받지 못했습니다. 그대가 '연민에서가 아니라' 또 다른 이유로 편지하려고 한다는 것을 내가 유감스러워하지 않는다면—왜냐하면 그대는 내게 연민 때문에 편지를 쓰니까요—나는 벌써 편지를 받았을 것입니다. 매번 그대는 지키지도 못할 약속을 합니다. 그래서는 안 됩니다.

프란츠

Nr. 274
[그다음 날, 1913년 6월 7일로 추정]

오늘 아침에 깜박 잊고 편지를 집에 두고 왔습니다(지금 서둘러 나가야 합니다. 부모님들은 프란첸스바트에 계시고 나는 오후와 마찬가지로 아침 일찍 사무실로 가야 하기 때문입니다. 오틀라는 목의 통증으로 침대에 누워 있습니다. 어째서 이런 이야기를 하는 걸까요? 이런 방법으로 그대에게 어떤 영향을 끼치려는 걸까요? 아닙니다. 그러고 싶지 않습니다. 그것이 아무 소용도 없다는 것을 알기 때문에 더욱 그렇습니다). 그 편지를 일찍 부치지 않아 오히려 기뻤습니다. 오늘 무언가가 올지도 모르니까요. 아직은 아무것도 오지 않았습니다. 그대가 그것을 모르는 것처럼 편지를 씁니다. 그러나 그대는 그것을 알고 있고 원하기도 합니다. 나는 더 이상 편지가 중간에서 사라졌다고는 생각하지 않습니다. 씌어진 편지는 사라지지 않습니다. 씌어지지 않은 편지만이 사라집니다. 그러나 왜지요? 그대는 어째서 쓸데없이 내 마음을 괴롭히나요?

1913년 6월 7일

지금 밤 열한 시 반경에 소풍에서 돌아왔습니다. 기다리던, 아니 더 이상 기다리지 않던 그대 편지가 와 있었습니다. 그대의 편지 한 통은 정말 중간에서 사라졌습니다. 사라진 편지 때문에 몇 주 동안이나 괴로워했습니다. 그런데 그 사이에 어떤 유령이 그대에게 나타나 그대의 입을 열게 한 것일까요? 그것에 대해서는 내일 자세히 쓰겠습니다. 다만 오늘 그리고 멀리에서만 입맞춤할 수 있는 그대의 입이 내게 좋은 말을 해주어 행복할 뿐입니다. 잘 자요. 그대의 의문이 거부를 뜻하는 것은 아니겠지요? 그대가 아직은 본질적인 것을 말하지는 않았지만 무의식적으로 속마음을 드러내보인 것이 무척이나 기쁩니다. 일단 말문이 트이면 말은 계속 이어질 것이고 우리는 자유롭게 최선의 결정을 하게 될 것입니다. 이제 자야겠습니다. 아니, 나는 여전히 잠을 잘 수 없을뿐더러 점점 잠자는 시간도 짧아집니다. 아마 오늘도 그럴 것 같습니다.

프란츠

중간에 사라진 편지에는 어떤 내용이 들어 있었나요? 주소를 적을 때 신경을 더 많이 쓰세요!
그대의 언니 에르나에게 인사를 전하고 싶습니다. 그녀의 주소를 알려주면 좋겠습니다.

Nr. 276

1913년 6월 10일

그대는 아픈 몸을 이끌고 돌아다니고 있나요? 아니면 병원에 가지 않고 집에서 안정을 취하고 있나요? 그대여, 그대를 돌봐주고 싶었습니다.

우리 두 사람 모두 안정이 필요합니다. 똑같은 욕구를 지닌 우리 두 사람이 같은 장소에 가는 것만큼 더 자연스러운 일은 없을 겁니다.

내가 그대를 사랑하는지에 대해서 그대는 묻지 말아야 합니다. 그러면 이따금 모든 것이 텅 비어버리고 그대 혼자서 베를린의 폐허에 앉아 있는 듯한 기분이 듭니다.

금요일에 보낸 그대의 편지에 물론 아직 답장하지 않았습니다. 사실은 답장용 논문을 준비하고 있는데 아직 완성되지 않았습니다. 시간이 부족해서가 아니라 복종을 거부하는 뇌의 허약함과 불안함 때문입니다.

우연히 뢰비에 관한 비망록을 손에 넣었습니다.[8] 강연은 거의 실패로 끝났지만 어쨌든 뢰비는 다시 얼마간의 돈을 갖게 되었습니다. 당분간 그를 도울 방법은 없습니다. 그의 이야기를 그대가 들었으면 좋겠군요. 뢰비는 어느 누구보다 낭독이나 연주, 또는 노래를 더 잘할 수 있습니다. 청중은 진실한 그의 열정을 느낄 수 있지요.

「선고」는 설명할 게 없습니다. 그것에 관한 일기 몇 부분을 나중에 그대에게 보여줄지도 모르겠습니다. 그 이야기는 어딘지 모르게 추상성으로 가득 차 있습니다. 작품에 나오는 친구는 실제 인물이 아닙니다. 그는 아마도 아버지와 게오르크의 공통 분모일겁니다. 그 이야기는 아버지와 아들 주위를 맴돌고 있습니다. 친구가 변모하는 형상은 아버지와 아들의 관계에 대한 관점의 변화입니다. 그러나 이것마저도 확신할 수 없습니다.

오늘 그대에게 「화부」를 보냅니다. 거기에 나오는 어린 청년을 호의로 맞아들여 그대 옆에 앉힌 다음 그의 소원대로 그를 칭찬해주세요. 내일 멍청한 말을 한 의사에 대해 정확한 보고를 기다리겠습니다. 그는 대체 누구입니까? 가족 주치의인가요? 이름은 뭔가요? 그러나 이 편지로 인해 그대가 프라하로 오는 것을 방해하고 싶지는 않습니다. 그냥 오기만 하세요! 기다리고 있겠습니다.

프란츠

Nr. 277
1913년 6월 13일

결단을 내리지 못해 편지 쓰는 손이 움직이지 않습니다. 지난 몇 달 전부터 끊임없이 나타났던 것처럼 그대 편지에는 다시 망설임이 엿보입니다. 마찬가지로 몇 달 전부터 내 편지는 소식을 전해 달라는 간청에 다름없었습니다. 그대는 마치 소식을 기다리는 사람의 괴로움을 참작할 수 없는, 완전히 낯선 존재 같습니다. 이러한 망설임은 비록 그대의 책임은 아니라 할지라도 항상 그대의 처지를 대변했습니다. 그대가 암시한 것처럼 정말 병이 났나요? 나는 그것도 더 이상 제대로 파악할 수 없습니다. 초기에 언젠가 집에서 "병이 났나요?" 하고 전보를 쳤다가 괜한 일을 했다는 생각이 들었던 적이 있습니다. 최근에는 초라한 우체국의 초라한 대기실에서 전화가 연결되기를 두 시간 동안이나 기다리면서 그대의 소식을 알아내기 위해 그대 어머니에게 편지를 쓸까도 생각 했습니다. 마침내 전화가 연결되었을 때 그대의 건강하고 밝은 목소리를 들었고 그대는 무심코 "잘 지내세요?" 하고 물었지요. 오늘 아침부터 브륄 양에게 전보를 보낼 생각을 하고 있습니다. 하지만 그렇게 하지 않을 것입니다.

펠리체, 만일 그대가 건강하다면 단 한마디 말이라도 전해주기 바랍니다. 물론 그대가 아프다면―있음직한 일이지만 이제는 내 예감을 믿지 않습니다―나는 다만 걱정과 공포로 전전긍긍할 따름입니다.

행동으로 보여줄 수 없는 상태에서 나의 소망은 부질없으니까요. 그러나 그런 경우에도 아마 그대 언니를 통해 소식을 받을 수는 있을 겁니다. 지금 나는 누구에게 말하고 있단 말입니까? 어쩌면 그대는 편지를 받지 못할지도 모릅니다. 나는 그것을 제 책상 위에 내버려 둘 수도 있습니다.

프란츠

이것은 그대를 위해 준비한 일요일의 편지였습니다. 더 이상 아름답게 쓸 수 없었습니다. 잠자리에 들려던 참에 그대가 수요일에 쓰고 금요일 저녁에 부친 편지를 받았습니다. 거의 만족합니다. 모든 나쁜 일들을 나는 너무 쉽게 잊어버립니다.

소재 수집과 즉흥 시인에 관한 이야기가 가장 눈에 띄었습니다. 충격적이고 이상스럽기도 하지만 완전히 낯선 민족에 관한 이야기 말입니다. 거기에 소개된 관습은 참 별나더군요.

Nr. 278
[1913년 6월 15일로 추정]

사랑하는 펠리체, 오늘은 편지 쓰기가 힘듭니다. 시간이 늦어서가 아닙니다. 내일 올—실제로 오기는 할까요?—편지를 그대에게 강요한 결과입니다. 나는 전보로 그대에게 그것을 강요했습니다. 긴 일요일 동안에 그대의 선량한 정신은 그대로 하여금 편지를 쓰지 못하게 했습니다. 하지만 나는 그대의 선량한 정신을 상대로 투쟁했습니다. 실제로 승리했다 할지라도 그것은 치욕적입니다. 도대체 그대에게 무엇을 원하는 걸까요? 무엇이 나를 그대 뒤로 내몰까요? 어째서 나는 그만두지 못하고 징표에 따르지 않을까요? 내게서 그대를 해방시키고 싶다는 핑계로 나는 그대를 압박합니다. 한계 또는 출구는 어디에 있을까요? 그대를 잃었다고 믿어야만 한다면, 나는 곧 조야한 전망을 가진 미망 속으로 걸어 들어갈 것입니다. 그리고 어딘가에 존재하지만 볼 수도 발견할 수도 없는 작은 출구는 몽환적으로 커다랗고 아름다운 형태가 될 것입니다. 나는 그대 뒤를 급히 뒤좇아가겠지만 다다르지 못하고 다시 멈칫거릴 것입니다. 그러나 나는 내 자신의 괴로움뿐만 아니라 내가 그대에게 가한 괴로움을 더 많이 느낍니다.

프란츠

Nr. 279

1913년 6월 [실제로는 10일부터 쓴 것으로 추정] 16일[82]
사랑하는 펠리체, 방금 침대에 누워 있는 누이동생과 곁에 있던 아가씨와 몇 마디 이야기를 나누었습니다. 누이동생은 씩씩하고 선량하며, 그 아가씨는 매우 순종적인 인물입니다. 하지만 나는 극도로 흥분한 채로 몇 마디의 말을 나누다 나를 붙잡고 질문을 하려던 그들에게 방 밖으로 나가라고 요구했습니다. 누이동생과 아가씨의 처지에서 보면 흥분할 하등의 이유도 없었습니다. 또한 흥분을 겉으로 나타낼 계제도 아니었지요. 그래서 이러한 치욕적인 상태에서 벗어나 그대에게 편지를 쓰면서 마음을 정화시켜야만 했습니다. 그렇지만 그것도 확실치 않습니다. 오늘 그대에게 편지를 받지 못했기 때문입니다. 그대에게 생생한 한마디의 말도 기대할 수 없을 때면 허공에 떠 있는 듯한 기분이 듭니다.
그대 아버지가 다시 그곳에 와 계시군요. 그대는 여전히 편지를 쓰지 않습니다. 하지만 최근에 보낸 편지에서 그대는 오랜만에 처음으로 '솔직하고 진지한' 말을 듣고 싶어 하고 구속과 침묵에서 벗어나려는 태도를 보였습니다.

그대는 이미 내 독특한 처지를 인식하고 있습니다. 그대와 나 사이에는 다른 누구보다도 의사가 개입하고 있습니다. 그가 말하고자 하는 것이 미심쩍습니다. 그러한 판단에서 의학적 진단은 별다른 역할을 하지 못합니다. 그렇다면 그 주장을 받아들일 필요는 없지요. 이미 말했듯이 나는 원래 아프지 않았지만 지금은 사정이 다릅니다. 생활 환경이 바뀌면 건강해질 수 있을지도 모릅니다. 그러나 생활 환경을 바꾼다는 것은 불가능합니다. 의학적인 판단의 경우(무조건 내게만 해당되는 것은 아닌 판단의 경우라고 할 수 있습니다) 낯모르는 의사가 하게 될 것입니다. 이를테면 우리 집 가정의는 우둔할 정도로 책임감이 없어 가장 사소한 장애도 보지 못할 것입니다. 정반대로 더 나은 다른 의사는 아마도 놀란 나머지 말문이 막혀버릴 것입니다.

펠리체, 이러한 불신 때문에 어렵게 하는 말이라고 생각해주세요. 그러나 경청할 필요는 있습니다. 아직 말하기에는 너무 이르지만 나중에 말하면 너무 늦습니다. 그대가 최근 편지에서 말했다시피 그 일에 대해 말할 시간이 더 이상 없습니다. 오래 망설일 시간이 더 이상 없습니다. 최소한 나는 그렇게 느낍니다. 그래서 이런 질문을 하렵니다. 유감스럽게도 제거할 수 없는 위의 전제조건 하에서 내 아내가 되고 싶은지 숙고해보시겠습니까? 그대는 그러기를 원하나요?

며칠 전에 이 부분에서 편지를 중단했고 그 후 계속하지 못했습니다. 내가 왜 그럴 수 없었는지 너무나도 잘 압니다. 내가 그대에게 제기한 질문은 근본적으로 범죄에 해당합니다(그것을 오늘 받은 그대 편지에서 다시 확인합니다). 그러나 힘들이 서로 충돌하는 상태에서는 이러한 질문을 제기하는 힘이 이깁니다.

그대가 말하는 동등함과 동등한 일들은 달리(그대에게는 물론 무의식적으로) 위장될 수 없다 할지라도 환상에 지나지 않습니다. 나는 아

무엇도 아닙니다. 내가 그대보다 "모든 면에서 앞질러 나가고 있나
요?" 인간을 어느 정도 평가함으로써 인간의 마음을 이해할 수 있습
니다. 그러나 나는 지속적이고 평균적인 여기 삶 속에서의 인간적 교
류에(이 밖에 그 무엇이 중요하겠습니까?) 나보다 더 옹색한 인간을 만
난 적이 있었다고는 믿지 않습니다. 나는 배우거나 읽은 것, 체험하
거나 들은 것, 인간과 사건에 관한 그 어떤 기억도 없습니다. 마치 그
어떤 것도 체험하거나 배운 것 같지 않습니다. 실제로 대부분의 사물
에 대해서 어린 학생보다 아는 것이 많지 않습니다. 내가 아는 것은
너무 피상적이어서 나는 벌써 두 번째 질문에서 막혀버립니다. 또 더
이상 사고할 수도 없습니다. 사고하다 보면 곧 한계에 부딪힙니다.
개별적으로 몇몇 사항을 탁월하게 파악할 수는 있지요. 하지만 전체
적인 맥락 하에서 발전적인 사고는 내게 불가능합니다. 원래는 이야
기도 할 수 없을뿐더러 제대로 말할 수도 없습니다. 이야기를 할 때
면, 주로 자신의 욕구에 의해서가 아니라 이미 성장하여 흠잡을 데
없이 걷는 식구들이 원하기 때문에 처음으로 보행 연습을 하는 어린
아이 같은 감정을 갖게 됩니다. 펠리체, 활달하고 생기가 넘치며 자
부심과 건강을 갖춘 그대가 그런 인간에게 동등함을 느끼겠습니까?
내가 가진 유일한 것은 정상적인 상태에서는 인식 불가능한, 심연에
서 문학에 집중하는 어떤 힘입니다. 그러나 현재의 직업적, 육체적
상황에서는 그 힘을 신뢰할 엄두가 나지 않습니다. 이러한 힘의 내적
인 독촉에는 적어도 이와 똑같은 정도의 내적인 경고가 맞서고 있기
때문입니다. 그 힘을 신뢰한다면 물론 그것은 나를 이러한 내적인 비
탄에서 단숨에 구해주리라 믿습니다.
동등함에 관한 질문을 이론적으로 전개함에 있어서—이미 언급했듯
이 그 질문은 최소한 그대가 말한 의미에서 실천적인 차원과는 무관
합니다—이런 말을 덧붙여야겠습니다. 그대가 행복한 결혼을 위해

478

요구하는 듯한 교육이나 지식 및 고도의 노력과 이해력에서 두 사람 사이의 일치는 내가 볼 때 첫째, 거의 불가능하며, 둘째, 부차적이며, 셋째, 바람직하지 않습니다. 결혼이 요구하는 것은 인간적인 일치, 즉 모든 의견들의 근저에서 이루어지는 일치입니다. 이러한 일치는 검증할 수 없고 느낄 수만 있으며, 따라서 인간적인 결합의 필연성입니다. 이것으로 인해 개인의 자유는 조금도 방해받지 않습니다. 개인의 자유는 우리들 삶의 대부분을 차지하는, 필연성이 없는 인간적인 결합에 의해서만 방해 받습니다.

그대는 내가 그대와의 공동 생활을 견딜 수 없으리라고 말합니다. 거의 정곡을 찌르는 말입니다. 다만 그대가 생각하는 것과는 전혀 다른 측면에서 그렇습니다. 나는 실제로 인간적인 교류를 나눌 만한 자격이 없습니다. 예외적으로 끔찍한 시기는 제외하더라도 누군가와의 지속적이고 건설적인 대화는 내 능력 밖의 일입니다. 예를 들어 나는 막스와 알고 나서 수년 동안 며칠씩 함께 시간을 보내고 몇 주 동안 같이 여행도 하는 등 거의 붙어 살다시피 하지만 내 존재 전체를 드러낼 만큼 대단하고 조리 있는 대화를 해본 기억이 없습니다―그런 일이 있었다면 또렷이 기억하겠지요. 각각의 고유하고 변화무쌍한 견해와 경험의 커다란 테두리 안에서 두 사람이 서로 맞붙어 싸우기 때문에 생기는 당연한 결과입니다. 그리고 큰 소리를 내기는커녕 대화 상대자도 없이 침묵으로 일관하는 막스의(그리고 또 다른 많은 사람들의) 독백도 많이 들어보았습니다.

(그대여, 늦은 시각입니다. 편지는 아직 끝나지 않았습니다. 별로 좋지 않지만, 이보다 더 나쁜 것은 편지가 단숨에 씌어지지 않고 문단별로 씌어진다는 점입니다. 그 이유는 근본적으로 시간이 부족해서가 아니라 불안과 자기 학대 때문입니다.) 두세 명의 아는 사람과 함께 친숙한 공간에 있을 때가 그래도 제일 견딜 만합니다. 이때 나는 자유롭습니다. 또한 지속적으

로 주의를 기울이거나 참여를 강요당할 필요가 없습니다. 하지만 마음이 내키면 언제든지 공동 관심사에 끼여들 수 있습니다. 그 누구도 나를 아쉬워하지 않고 나는 그 누구에게도 불편한 존재가 아닙니다. 그 자리에 내 마음을 동요시키는 낯선 사람이라도 있다면 더욱 좋습니다. 아마도 숨어 있던 힘이 솟아날 겁니다. 그러나 낯선 집에서 낯설게 느껴지는 사람들과 함께 있으면 숨이 막히는 듯하고 몸을 움직일 수도 없습니다. 그러면 내 존재는 다른 사람들에게 제압당한 느낌이 들고 위안을 찾을 수 없습니다. 이를테면 그대 집을 방문했던 오후가 그랬습니다.[83] 그저께 저녁 벨치의 아저씨 집에 갔을 때도 마찬가지였지요. 즉 어색한 방법으로 호의를 표하는 사람들과 함께 있을 때 그런 기분이 듭니다. 그 상황은 지금도 뚜렷이 기억납니다. 나는 책상에 기대어 있었고 내 곁에는 그 집 딸이 있었습니다—그 소녀만큼 내가 프라하에서 좋아하는 사람도 없습니다. 그러나 나는 이처럼 호의적인 사람들 앞에서 사리에 맞는 말을 한마디도 꺼내지 못했습니다. 멍하니 쳐다만 보았고 가끔 엉뚱한 말을 했습니다. 누군가가 책상에 묶어놓기라도 한 듯이 나는 더할 나위 없이 괴롭고 엉거주춤한 자세로 서 있을 수밖에 없었습니다. 그것에 관해서는 아직도 할 말이 많지만 다음 기회로 미루겠습니다. 사람들은 내가 고독을 타고 났다고 믿을지도 모릅니다—방에 혼자 있을 때면 모든 것에 절망하기는 해도 비교적 마음이 편안합니다. 적어도 일주일 동안은 좋은 친구인 펠릭스를 보지 않겠다고 결심했습니다. 수치심이 아니라 피로 때문에요—그러나 글을 쓸 때를 제외하고는 내 자신과 좋은 관계를 유지할 수가 없습니다. 나에 대해서 다른 사람들을 대할 때와 같은 태도를 취하려는 순간 나는 이미 허물어져버립니다. 하지만 거기에 근접할 때도 자주 있습니다.

펠리체, 우리의 결혼을 통해서 어떤 변화가 일어나고 각자가 무엇을 잃고 얻을지에 관해서 곰곰이 생각해보세요. 나는 끔찍스러운 고독을 잃고 그 누구보다도 사랑하는 그대를 얻을 것입니다. 반면에 그대는 거의 만족스러웠던 지금까지의 삶을 잃게 되겠지요. 베를린과 즐거웠던 사무실, 친구들, 소박한 오락, 건강하고 활달한 좋은 남자와 결혼해 바라마지않던 예쁘고 건강한 아기를 낳을 전망을 잃을 것입니다. 이처럼 상상하기 힘든 손실 대신에, 그대는 병약하고 비사회적이며 말이 없고 우울하며 경직되어 있을 뿐만 아니라 거의 희망이 없고 유일한 덕목이라고는 그대를 사랑한다는 것밖에 없는 남자를 얻을 것입니다. 그대와 같이 건강한 처녀의 본성에 걸맞게 아이들을 위해 희생하는 대신에, 그대는 가장 나쁜 의미에서 순진하며 그대에게 인간적인 언어를 배울 준비가 전혀 되어 있지 않은 이 남자를 위해 희생해야 할 것입니다. 사소한 모든 것들도 그대는 잃게 될 겁니다. 내 수입은 그대의 수입보다 많지 않습니다. 내 연봉은 정확히 사천오백팔십팔 크로네입니다. 물론 연금을 받을 자격이 있지만, 수입이 공무원의 경우와 비슷하게 늘어날 가망은 별로 없습니다. 부모님에게 기대할 것도 많지 않으며, 문학에 기대할 것은 전혀 없습니다. 그대는 지금보다 훨씬 검소하게 살아야 할 것입니다. 그대는 정말로 위에서 말한 사람 때문에 그것을 행하고 견뎌내겠습니까?

펠리체, 이제는 그대가 말할 차례입니다. 내가 처음부터 편지에서 말한 모든 것을 숙고해보세요. 나에 대한 진술이 그렇게 불확실하다고는 생각지 않습니다. 몇몇 사항은 조금만 언급했지만 과장된 것은 거의 없습니다. 그대는 외적인 평가에 대해서는 말할 필요가 없습니다. 그것은 명확하며, 그대로 하여금 '예'라는 대답을 절대로 하지 못하게 만듭니다. 따라서 내적인 평가에만 신경 쓰기 바랍니다. 그것은 어떤가요? 자세하게 대할 건가요? 아니면 시간이 없으니 자세히 대답하지는 못하지만, 근본적으로 나로 인해 조금은 흐릿해졌음에도 그대의 본성에 걸맞게 명확히 할 건가요?

프란츠

Nr. 280

1913년 6월 17일

사랑하는 펠리체, 심각한 내 편지를 받았나요? 그 편지와 관련하여 나는 매우 경솔했습니다. 나는 저녁 늦게 가게를 나섰습니다 (부모님 들은 다음 주에나 돌아오시고, 오틀라는 이미 건강해졌습니다. 식사는 늘 그 렇듯이 아무래도 좋습니다). 그때만 해도 편지를 부치고 싶었기 때문에 기차역으로 가야만 했습니다. 그때 어떤 아는 사람에게 붙잡혔습니 다(그는 손에 들고 있던 편지를 보더니 뭐냐고 물었습니다. 나는 농담으로 결혼 신청서라고 말했고, 그는 그 말을 믿는 눈치였습니다. 이보다 더한 거짓 말은 없을 것입니다). 편지를 부치려면 플랫폼으로 가야 했습니다. 그 러나 자동 판매기에서 표를 끊으려고 하자 동전이 다시 튀어나왔습 니다. 자동 판매기가 비어 있었던 것입니다. 또 다른 자동 판매기로 가려 하자 어두컴컴하고 텅 빈 일등칸 대합실에서 코밑에 흰 수염을 기른 늙은 남자가 걸어나왔습니다. 아마도 철도 직원은 아니었을 겁 니다. 그를 거의 쳐다보지도 않아 다시 알아볼 수도 없습니다. 그는 편지를 부쳐주겠다고 하고는 내 동의를 기다리지도 않고 편지와 동 전을 집어들었습니다. 나는 늘 그렇듯이 주눅이 들어 그에게 모든 것 을 맡겼습니다. 다만 멍한 상태에서 "당신을 믿어도 될까요?"하고 말했습니다. 그 남자는 편지와 함께 사라졌습니다.

오늘 그대의 편지와 카드를 받고 무척 행복했습니다(집으로는 모든 것이 너무 늦게 배달됩니다. 엽서는 오늘 낮에야 도착했습니다). 그대는 내 가 제때에 편지를 쓰지 않았다고 생각하나요? 혼자서 책임을 지려

하지 않는다고요? 아니, 그렇지 않습니다. 그대에 대해서만큼은 그렇지 않아요. 그러나 아마도 그대는 편지보다 더 나은 이해 수단이 있으리라고 생각할 겁니다. 그렇다면 무조건적이지는 않지만 그대가 옳습니다. 그런데 내 편지들이 이전 같지 않다는 그대의 말은 무슨 뜻인가요? 어떤 면에서 그런가요? 알고 싶습니다. 그대는 내가 나를 위해 편지를 썼고 지금과는 다른 사람이었던 시절을 말하는 것 같습니다.

그대의 휴가 계획을 이해하지 못하겠습니다. 무조건 팔월에 떠나야만 하나요? 나는 구월에야 가능한데요. 그대가 계획한 짧은 여행들은 왜 그렇게 돈이 많이 드나요? 더 싼 비용으로 여행할 수는 없나요? 그대는 가끔 나를 깜짝 놀라게 만듭니다. 이를테면 그대는 프라하에서 얼마나 비싼 집에서 살았습니까! 팔레스티나로 가는 비용은 또 얼마나 비쌉니까! 예를 들어 삼등칸을 이용할 수는 없나요? 내게는 다른 도리가 없습니다. 돈이 많이 들지 않아야 합니다. 여행이 꼭 필요하다면 그럴 수밖에 없습니다. 그래서 그대에게 가르다 호숫가를 추천하고 싶습니다. 이유는 그곳에 가서 설명해드리지요.

프란츠

Nr. 281

1913년 6월 19일

결혼하고 싶지만 너무 박약해서 엽서에 적힌 말 한마디에도 무릎이 떨립니다. 내일 그대가 모든 것을 조목조목 따져본 편지를 받게 될까요? 그대가 철저하게 인식하여 내면의 모든 것을 반박하지는 않지만 (그것은 좋지 않습니다. 완전히 이해하면 반박할 수 없으니까요) 무효로 만들어 극복하거나 혹은 최소한 특정한 사고 과정을 거쳐 그것을 극복할 수 있다는 확신을 담은 편지 말입니다.

프란츠

그대는 언제 내 편지를 받았나요? 베를린에서 지난 월요일에 발행된
『도이체 몬탁스차이퉁』을 구해서 보내주면 고맙겠습니다. 그 신문
에「화부」에 관한 서평이 실렸다고 합니다.[84]

Nr. 282

[1913년 6월 20일로 추정]

사랑하는 펠리체, 전혀 그렇지 않습니다. 그대는 자신의 불행이 될지
도 모르는 일에 빠져들 것이 아니라 별일 없다면 깊이 생각해봐야 합
니다. 이제 내 태도를 자기 고백에서 빼먹었을지도 모르는 악덕으로
간주하세요. 나는 그것에서 벗어날 수가 없습니다. 그대가 내게 한
말은 외면적으로 내 인생을 결정할 수 있는 것입니다. 그러나 나는
그것이 내가 원하는 것인지 외적으로 판단할 수 없습니다. 펠리체,
내가 손을 그대의 입에 갖다 대니 그대는 내 공허한 손에다가 말을
했을 뿐입니다. 그대는 내가 편지에 쓴 내용을 완전히 인정하지는 않
았습니다(제발, 펠리체, 내가 이런 식으로 말한 것을 나쁘게 생각하지 말아
요. 나는 이렇게 할 수밖에 없습니다). 보아하니 그대는 조목조목 따져보
지 않았습니다. 그대는 모든 것을 통틀어서 생각했을 뿐입니다. 그대
가 무엇을 알아차리지 못했는지 누가 말할 수 있겠습니까. 그대는 물
론 불안한 생각이 들겠지요. 분명히 표현되어 있지는 않지만 나는 그
흔적을 봅니다(그대는 엽서와 편지를 쓰기 전에 각각 하루와 이틀을 소모
했기 때문입니다). 의사에 관한 내 말이 그대를 불안하게 만들었나 봅
니다. 그대는 자연스러운 것을 제대로 이해하지 못하고 있습니다. 그

러나 계속해서 자기의 주장을 펴는 대신에 그대는 "이제 그만 해요!" 하고 말합니다. 내 말은 의사의 판단이 유리하게 나오더라도 그것 자체로는 나를 위한 판단이 아니라는 뜻이었습니다. 저는 그 이상은 말하지 않았습니다. 그대는 내 편지에 "내가 소심하여…"라는 식의 불쾌한 내용들이 담겨 있다고 고백합니다. 하지만 그대여, 나는 그대에게 단지 용기를 요구하거나 혹은 용기를 요구하는 어떤 과제를 부과하려는 것이 아닙니다. 신중함이 결여된 용기는 자기 희생에 불과합니다. 그대는 내가 말하는 모든 것을 믿지만 나에 관한 모든 말은 "너무 냉정하다"고 생각합니다. 그래서 편지 내용을 모두 믿지 않습니다. 그 편지는 나에 관한 내용뿐이기 때문입니다. 이때 내가 어떻게 해야 할까요? 어떻게 믿기 어려운 것을 그대가 믿도록 만들 수 있을까요! 그대는 나의 됨됨이를 보고 들었으며 인내했습니다. 그대뿐만 아니라 그대 가족도 그렇습니다. 하지만 그대는 나를 믿지 않습니다. 그대가 잃을 것은 '베를린과 그것에 속하는 것' 이상입니다. 그 문제에 대해서 그대는 대답하지 않지만, 그것은 가장 중요한 것입니다. '훌륭하고 사랑스러운 남자?' 저번 편지에서 나는 다른 형용사를 내게 적용했습니다. 그러나 그대는 그것을 믿지 않습니다. 나를 믿고 모든 것을 신중히 생각한 다음 어떻게 그렇게 생각하게 되었는지 말해주세요. 그대가 일요일인 오늘 조금만 시간을 내서 어느 정도 자세히 편지를 쓰고 싶다면 내가 기술한 남자와 하루하루를 어떻게 보내고 싶은지 말해주세요. 그대를 만나자마자 약혼을 선언한 사람으로서 그대에게 간청합니다.

프란츠

Nr. 283

1913년 6월 22일

그대여, 내가 어떻게 그대 편지에서 내 삶을 빨아들이는지 그대는 상상할 수 없을 겁니다. 그런데 신중히 생각한 결과로서의 의식적인 긍정은 저번 편지에서도 찾아볼 수 없군요. 내일 그대가 보낼 편지, 또는 내일 내가 보낼 편지에 대한 답장에는 특별히 그것이 담겨 있을지도 모르겠습니다. 거의 완성된 내 편지는 너무나 중요해서 오늘 보통 우편으로 부치지 않고 내일 등기로 보내고 싶습니다. 이 편지에 대해서만큼은 자세히 답장해주세요, 펠리체! 그러면 아마도 그 필연성을 그대가 제대로 알고 싶어 하지 않는 이 괴로움도 당분간은 사라질 것입니다. 펠리체, 그대는 내가 그대를 괴롭히기를 좋아하고 그러한 행위의 필연성을 계산하고 있다는 점을 믿지 않습니다. 내일 내가 보낼 편지에 대해 정확하게 답장해주세요!

브륄 양이 가르쳐주지 않았다면 수상학手相學은 아름다운 예술이며, 특히 '결코 부자가 되지 못할 것이다'라는 예언은 유감스럽게도 논란의 여지가 없다고 믿었을 것입니다. 물론 거기에는 현저한 오류가 들어 있습니다. 그러나 대체로 경이로우며 놀랄 만큼 맞지는 않지만 놀랄 만큼 즐겁다고 고백하지 않을 수 없습니다. 그것에 관해 적어 보내주세요.

화요일에 그대는 내 편지를 받을 겁니다. 그대를 영원히 책상 옆에 붙잡아두고 내게 편지 쓰는 일에만 전념하도록 만들고 싶습니다.

프란츠

1913년 6월 21일 [실제로는 22일과 23일로 추정]

그대여, 글쓰기가 나의 좋은 본성이라는 것에 대해 우리가 벌써 많은 이야기를 주고받았음에도 그대는 충분히 고려하지 않았습니다. 내게 좋은 면이 있다면 바로 이것입니다. 자유를 원하는 이 세계를 머릿속에 지니고 있지 않았다면 그대를 얻고 싶다는 생각을 품지도 못했을 것입니다. 그대가 지금 나의 글쓰기에 대해 한 말은 중요치 않습니다. 우리가 함께 지낸다면 그대 의지와 상관없이 나의 글쓰기를 좋아하지 않을 경우 그대는 자신을 붙잡을 만한 그 어떤 것도 갖지 못하리라는 점을 알게 될 테니까요. 그러면 그대는 끔찍할 정도로 고독할 것입니다. 펠리체, 그대는 내가 그대를 얼마나 사랑하는지 눈치채지 못할 겁니다. 나는 언제나처럼 내가 진정 그대의 것임에도 얼마나 그대를 사랑하는지 거의 보여줄 수 없겠지요. 또 사무실과 글쓰기 사이에서 점점 녹초가 될 것입니다(오 개월 동안 아무것도 쓰지 못했지만 이것은 지금도 해당됩니다). 사무실 일에 전념하지 않는다면 물론 모든 것이 달라지겠지만 이러한 경고를 엄격히 지킬 수는 없을 겁니다. 어쨌든 나는 가능한 한 나 자신을 추슬러야 합니다. 사랑하는 펠리체, 그대가 말하는 결혼 생활은 남편이 최소한 일 년에 몇 달 동안은 오후 두 시 반이나 세 시에 사무실에서 돌아와 식사를 한 다음 일곱 시에서 여덟 시까지 잠을 잔 후, 급히 무언가를 먹고 한 시간 동안 산책을 하고 그러고 나서 글을 쓰기 시작해서 밤 한 시나 두 시에 끝내는 것을 의미합니다. 그대는 그것을 견뎌낼 수 있겠습니까? 남편이 자리에 앉아서 글을 쓰는 것 말고는 아무것도 모르고 있지나 않을까요? 그는 이런 식으로 가을과 겨울을 보낼 것입니다. 그대는 봄이 되면 반쯤 죽은 상태의 남편을 서재 문 앞에서 맞고, 봄과 여름에는 그가 가을을 위해 휴식을 취하는 것을 보게 될 것입니다. 이러한 삶이 가능할까요? 아마도 가능하겠지요. 하지만 그대는 마지막 순간까지 잘 생각해 보아야 합니다. 그리고 앞에서 말한 것과 연관된, 그 밖에도 불행한 기질에 근거한 또 다른 특성들을 잊지 말아요. 낯선 사람이나 혹은 친구조차도 내 방에 불러들인다는 것은 애초부터 내게는 고통스럽거나 아니면 적어도 불안한 일입니다. 그러나 그대는 사람들과 모임을 좋아합니다. 친척들이나 친구들을 나의 또는─감히 말하지만─우리들의 집에 맞이하는 일이 내게는 무척 힘들고 고통스러울 것입니다. 프라하에 살면서 친척들을 전혀 보지 않는 편이 내게는 가장 좋습니다. 그들이 가장 정직하고 특히 내게 가장 정직하고 이유 없이 나보다 훨씬 많은 호의를 보여주었음에도 불구하고 말입니다. 나는 먼저 사람들이 자주 드나들지 못하도록 되도록 도시 근교에 위치한 집을 구하려고 할 겁니다. 그리고 장래를 위해서는 저축을 하여 교외에 정원이 딸린 작은 집을 마련하도록 노력할 겁니다. 하지만 생각해봐요, 펠리체. 그러면 그대는 그대가 연민을 느끼는 부다페스트의 언니와 비슷한 처지에 놓일 것입니다. 오히려 그대 처지가 더 열악할 것이고, 언니처럼 또 다른 위안도 기대할 수 없을 것입니다. 이제 그대는 무어라 할 건가요? 이것에 대해 나는 정확한 대답을 들어야만 합니다. 그대가 아는 정확한 대답 말입니다.

펠리체, 이 문제를 빠르고 유리하게 해결할 또 다른 가능성이 있다는 것을 잘 압니다. 즉 그대가 나를 믿지 않거나, 또는 최소한 미래를 믿지 않거나 완전히 믿지는 않을 가능성입니다. 나는 그대가 그렇게 할까 봐 두렵습니다. 물론 그것은 가장 나쁜 경우입니다. 그러면 펠리체, 그대는 자신과 그 여파로 내게도 가장 커다란 죄악을 저지르게 됩니다. 그러면 우리 두 사람은 파멸하게 됩니다. 그대는 내가 한 말을 믿어야 합니다. 그것은 벌써 몇 번이나 정신 착란, 즉 존재의 한계 근처까지 가보았기 때문에 자신과 이 한계의 결과를 조망할 수 있는 서른 살 남자의 자기 경험입니다.

—

6월 22일

이것은 토요일 저녁에 쓰어졌습니다. 지금은 일요일 오후입니다. 베르펠과 또 다른 사람들을 만나기로 했습니다. 다섯 시 반에는 부모님들을 모시러 가야 합니다. 지난 에 잠시 눈을 붙였습니다. 머리가 어지럽습니다. 모든 것을 마음먹은 대로 제대로 써 내려갈 수 있을지 모르겠습니다.

어쨌든 그대는 사무실에서의 내 위치가 확고하지 않다는 점을 염두에 두어야 합니다. 내 삶의 끔찍한 장애물인 업무 때문에 생긴 절망적 상태는 늘 반복되고 갈수록 더 심해집니다. 균형을 잡으려는 힘이 업무의 불가능성으로 인해 점점 사라지기 때문입니다. 벌써 몇 번이나 일을 그만둘 뻔했습니다. 어떤 결심이 영향을 미치지 못하는 것은, 때때로 놀라울 정도로 윗사람에 의해 정확히 관찰되는 업무를 수행할 수 없는 무기력에 영향을 미치는 것 같습니다. 그러나 그다음에는 어떻게 해야 할까요?

그러나 비교적 유리한 경우에 내가 직장에 머문다 할지라도 내 아내와 나는 사천오백팔십팔 크로네를 아껴 써야 하는 가난한 사람들이 될 것입니다. 예를 들어 우리는 어느 정도 재산을 모은 누이동생들보다도 훨씬 가난할 것입니다(부모님들로부터는 적어도 그들이 살아 있는 한 아무것도 받을 수 없습니다). 우리는 막스와 오스카보다도 가난해질 겁니다. 내 아내는 그것을 그리고 그 결과로 나를 부끄러워하지 않을까요? 그녀가 그것을 참아낼 수 있을까요? 질병이나 그 밖의 이유로 돈을 많이 지출하면 금방 빚을 질 것입니다. 그녀가 이것도 참아낼 수 있을까요?

그대는 과거에 집에서 겪고 견뎌낸 괴로움에 대해서 얘기한 적이 몇 번 있었습니다. 그것은 어떤 종류의 괴로움이었나요? 혹시 그것에서 또 다른 괴로움을 견뎌낼 능력을 끄집어낼 수 있을까요?

—

Nr. 286
6월 23일

월요일입니다. 기다렸지만 편지를 받지 못했습니다.—조금 전에 어린 펠릭스가 잠을 깬 옆방에 아버지와 함께 있었습니다. 따라가지 않았더라면 아버지는 매우 상심했을 것입니다. 아버지와 다른 모든 가족들이 아이를 데리고 노는 방식이 내게는 역겹기만 합니다. 부모님이 도착한 후 가족들이 모두 모인 자리에서 아버지를 필두로 남녀 가릴 것 없이 모두가 이 아이와 노는 일에 정신이 팔려 있던 어제 오후, 나는 마치 동물 우리에 갇혀 있는 듯한 불쾌감을 느꼈습니다. 나는 한편으로 이러한 측면에서 내가 극도로 예민하다는 것을 알고 있었습니다. 다른 한편으로 이 모든 것이 도덕적이고 각별하며 멀리서 보면 아름답다는 것도요. 거기에는 물론 아이와 놀 짬이 없고 여섯 번의 출산과 일 때문에 몸이 붓고 굽어 제대로 추스르기도 힘든 어머니도 앉아 계셨습니다. 프란첸스바트에서의 조용한 생활도 괴로움을 덜어주지는 못했는지 아버지의 얼굴은 붉게 그을은 모습이었습니다. 이 년 전까지만 해도 젊은 처녀였던 바로 밑의 누이동생은 두 번의 출산 후 시간이 없다기보다는 방심과 무지 때문에 뚱뚱해졌으며, 이상한 코르셋 바지를 입은 모습이 벌써 어머니의 외모를 닮아가고 있었습니다. 보아하니, 가운데 누이동생마저 그 언니와 닮은꼴이 되어가고 있었습니다. 그대여, 내가 얼마나 그대에게로 도망치고 싶은지 알고나 있나요! 하지만 그대는 어제 나에 대해서 생각하지 않았고 질문에 대답하지도 않았습니다. 그 대답은 내게 절대적으로 필요합니다. 정확한 대답을 들어야겠습니다. 그대가 내게 상처를 주지 않는 것과 마찬가지로, 그대도 나로 인하여 상처를 받는다고 생각해서는 안 됩니다. 뿐만 아니라 그대는 이를테면 반발심에서(베르펠의 책과 관련하여 그대가 그랬듯이) 침묵해서는 안됩니다. 그럴 만한 시간이 없습니다. 마지막으로 그대는 막스가 당시에 베를린에서 그대에게 어떤 말을 전했든지 간에 흐트러져서는 안 됩니다. 펠리체, 그대는 내가 지금 말하는 것만을 듣고 대답해야 합니다. 그러나 질문뿐만 아니라 모든 것에 대해 대답해야 합니다. 어떤 의미에서든지 그대가 그렇게 한다면 그대 부모님에게 짧게나마 편지를 쓰겠다고 약속하겠습니다. 그것은 실제로 우리의 일이므로 그대가 따라줘야 합니다.

프란츠

Nr. 287
1913년 6월 26일

사랑하는 펠리체, 물론 한 번이 아닙니다만 그대 편지를 읽었을 때 우리 처지가 너무 끔찍하게 느껴졌습니다. 그래서 언젠가 그대에게 말한 적이 있는 희극적이고 상냥한 책상 너머의 동료에게 말을 놓자고 제안했습니다. 그는 일시적으로 불행하지만 희극적인 면에서 그에게 어울리는 좋은 결말을 맺게 될 것이 분명한 연애에 빠져 있습니다. 그는 현재 계속해서 비통해하고 있습니다. 나는 그를 위로할 뿐만 아니라 도와주어야 합니다. 그래서 그대의 편지가 의미하는 행복과 불행의 뒤얽힘 속에서 나는 순간적인 절망에 빠져 있는 그에게 신뢰와는 상관없이(그는 말할 수 없이 충실하고 진실한 사람입니다) 말을 놓자며 손을 내밀었습니다. 하지만 그것은 과장된 행동이었고, 나는 곧바로 후회했습니다.

펠리체, 오늘 그대에게 제대로 답장할 마음의 준비가 되어 있지 않습니다. 머리가 지끈거립니다. 할 말이 많지만 한마디로 요약할 수가 없습니다. 그대는 모든 것에 대답하지는 않지만 능력이 미치는 한도 내에서 성실하고 자세하게 대답합니다. 더 이상을 요구할 수는 없습니다. 이 문제에 진전이 있다면 이러한 편지들을 통해 대상이 더 명확해지고 그 경계를 확정 지을 수 있다는 점입니다.

그대에게 이틀 동안 편지하지 않았습니다. 첫 번째 이유는 그대에게 생각할 시간을 주고 싶었고, 두 번째 이유는 월요일의 엽서, 즉 저녁에 편지하겠다고 다짐한 내용이 슬픔을 가져다주었기 때문입니다. 그대가 그렇게 하지 않으리라는 것을 처음부터 알고 있었습니다. 그리고 그대는 실제로 편지하지 않았습니다. 아주 확실한 일만큼은 꼭 실천하겠다는 약속을 자주 했으면서도 말입니다. 오늘 우울한 상태에서 곰곰이 생각해보니 우리들 공동의 행복은 그대 편지에 적혀 있는 몇 안 되는 '혹시'의 실현 여부에 달려 있더군요. 그것을 어떻게 확정 지을 수 있을까요? 더 오래 같이 있다고 해서 그렇게 될지는 불확실합니다. 게다가 오랫동안 같이 지낼 가능성도 없지요. 휴가 시기와 장소도 똑같지 않으며 베를린은 같이 지내기에 부적합합니다. 잠깐 동안 같이 지내는 것 또한 이러한 측면에서 아무 소용도 없습니다. 같이 지내는 기간에 상관없이 그것만으로는 충분치 않습니다. 중요한 것은 그대의 믿음과 용기, 그리고 확신이기 때문입니다. 믿음과 관련해서 말하자면 그대의 가정은 옳지 않습니다. 창작과 사람들에 대한 나의 태도는 변하기 어려운 것이며 그때그때의 상황에 따른 것이 아니라 본성에 기초하고 있습니다. 창작을 위해 나는 '은둔자'가 아니라―그것으로는 부족합니다―죽은 사람의 경우와 같은 정적을 필요로 합니다. 이러한 의미에서 창작은 깊은 잠, 곧 죽음입니다. 죽은 사람을 무덤에서 끌어낼 수 없듯이 그 누구도 나를 밤에 책상에서 끌어낼 수 없습니다. 이것은 사람들에 대한 태도와 직접적인 관계가 없습니다. 나는 이처럼 체계적이고 일사불란하며 엄격한 방식으로만 글을 쓸 수 있고 그 때문에 살아갈 수 있습니다. 그러나 그대에게 그것은 그대가 편지에 쓴 것처럼 '정말 어려운' 일이 될 것입니다. 나는 처음부터 사람들에 대해 두려움을 가지고 있었습니다. 그것은 사람들 자체에 대한 두려움이 아니라 내 허약한 본성에 침입해 들어오는 것에 대한 두려움이었습니다. 아무리 친한 친구라 할지라도 내 방에 들어오는 것 자체가 내게는 충격이었으며 이러한 두려움이 상징하는 것 이상이었습니다. 그러나 그 문제를 차치하고라도 어머니와 아버지 같은 사람들이 편지에 적은 대로 가을이나 겨울에 찾아온다고 할 때 어떻게 나와 그리고 일심동체인 내 아내를 참을 수 없을 정도로 방해하지 않을 수 있겠습니까? '그러나 그대는 자신이 그렇게 사람들과 관계를 끊고 살 수 있을지 알지 못합니다.' '내가 모든 사람들을 대신할 수 있을지 그대는 알지 못합니다.' 이 속에 대답이 들어 있나요, 아니면 질문이 담겨 있나요?

사무실? 내가 그것을 언젠가 포기할 수 있다는 것은 말도 안 됩니다. 그러나 생활을 꾸려 나갈 수 없다는 이유로 그것을 포기해서는 안 된다는 것은 생각해볼 여지가 있습니다. 나의 내적인 불안정과 불안은 이러한 측면에서 엄청납니다. 여기에서도 창작이 유일하면서도 본질적인 이유입니다. 그대와 나에 대한 배려는 삶에 대한 배려이고 삶의 영역에 속합니다. 그래야만 사무실에서의 일과 조화를 이룰 수 있을 겁니다. 하지만 창작과 사무실은 서로 배타적입니다. 창작이 심연에 위치하는 반면에 사무실은 지상의 삶 속에 있기 때문입니다. 그런 식으로 왔다 갔다 한다면 자아 분열을 감수할 수밖에 없습니다.

그대 편지로 볼 때 염두에 두지 않아도 좋을 유일한 것은 돈이 충분하지 않을 때 생기는 회의입니다. 그것만 해도 이미 굉장한 것입니다. 그대는 그것을 제대로 숙고해 보았는지요?

이렇게 질문만 하고 시간이 흘러갑니다. 편지에 "시간이 매우 촉박합니다"라는 말을 적었는지 기억나지는 않지만 내가 말하려는 것은 바로 그것이었습니다.

프란츠

[마지막 장 왼쪽 여백에] 월요일 신문은 어떻게 되었지요? 그 신문에 「화부」에 관한 기사가 실리지 않았다면, 물론 볼 필요가 없습니다.

Nr. 288
1913년 6월 27일

슬프기만 합니다. 묻고 싶은 게 너무 많습니다. 그 어떤 출구도 발견하지 못한 채 비참하고 나약해진 나는 계속 소파에 누워 눈을 뜨고 있는 것과 감고 있는 것의 차이도 느끼지 못할 정도입니다. 먹을 수도 잠을 잘 수도 없습니다. 사무실에서 계속 싫증과 짜증을 내지만 그것은 언제나 내 탓입니다. 우리 사이는 불확실합니다. 아니, 우리 사이가 아니라 우리 앞에 놓인 상황이 불확실합니다. 지금 창밖을 내다보니—사소한 일이기는 하지만 그냥 넘길 수는 없습니다. 분노가 치밀어오르기 때문입니다—건너편 수영 학교 앞에서 한 낯선 젊은

494

이가 내 보트를 타고 돌아다니고 있습니다(물론 잃어버린 연결 고리를 대치할 결심을 할 수 없었던 지난 삼 주 동안 거의 매일 그 광경을 볼 수 있었습니다).

바로 지금 나는 사무실에서 분란을 일으키고 있습니다. 이러한 분란은 사방에서 저를 잘 대해주고 있음에도 순전히 나로 인하여 규칙적으로 반복될 수밖에 없으며, 또 반복됩니다. 정리 정돈을 제대로 할 수 없는 탓에 자주 서류를 분실합니다. 서류를 두 손에 쥐고 있어야 할 판입니다. 유별나게 거부감이 드는 서류는 쳐다보기도 싫습니다. 그러나 그러한 서류로 인한 위압감을 오랫동안 짊어지고 가야 할 것입니다. 그 어떤 것도 숨기고 저지하거나 변명할 수 없으며 마치 지구가 폭풍우를 끌어안듯이 모든 것을 끌어안아야 합니다. (반복해서 말하지만) 바로 지금 현재의 또는 책임이 더 무거운 나중의 내 위치를 충족시킬 수 없는 무능력과 관련하여, 과연 내가 그대를 요구할 권리가 있는지 자문해봅니다. 비록 그대에게 자신을 내게 바칠 용기가 있다 할지라도 말입니다.

과연 그대의 태도가 내게 그런 권리를 주는 걸까요? 나는 단지 내 자신으로부터 그 권리를 이끌어내야 합니다. 나의 행복을 의미하는 그대를 얻을 권리는 육체적·정신적 상태, 내·외면적 안정, 재산 상황, 미래 등에 관한 나의 자체적인 판단에서 이끌어낼 수 있습니다. 이러한 판단이 그 권리를 거부한다면 나는 어디에서 제2의 권리를 얻을 수 있을까요? 그대의 용기나 호의, 또는 그대가 (지난번 편지에서 말한 가능성으로서) 단순히 상상만 하지는 않는 사랑에서 그 권리를 이끌어낼 수는 없습니다. 그러한 권리를—그것은 이미 권리와 의무 사이의 무책임한 경계에 놓여 있습니다—나는 그대가 "모든 것에도 불구하고 다른 도리가 없어요"하고 말할 때에만 얻을 수 있습니다. 그러나 모든 정황으로 볼 때 그대는 그것을 말할 수도 없고 또 그래서도 안 됩니다. 특히 그대가 모든 것을 깊이 생각해보았다면 더욱 그러합니다. 편지를 통해 그것은 더 명확해지겠지만 또한 더 나빠질 것입니다.

프란츠

[첫 장 여백에] 신문을 보내줘서 고맙습니다. 내용이 낯간지럽군요.—일요일에 속달 편지를 보낼 수 있을 것 같습니다.

Nr. 289
1913년 6월 28일

어제 편지를 받지 못했는데 오늘도 마찬가지입니다. 지금에야 그 이유를 알 것 같습니다. 내 글이 그대에게 견디기 힘들게 된 것입니다. 니콜라스 호수에서의 내 말과 침묵처럼 말입니다. 좀처럼 전체를 조망하지 못하고 있습니다. 관자놀이의 지끈거림과 통증에 신경 쓰는 일만 해도 벅찹니다. 다른 모든 것에서 나는 무용지물입니다. 사무실에서는 어제보다 훨씬 짜증스러웠습니다.

어제 오후 여섯 시쯤 긴 의자에 앉아 멍하니 방을 둘러보고 있었습니다. 그때 누이동생이 가게에서 돌아왔습니다. 그러고는 문을 열더니 그 자리에 그대로 서 있었습니다. 그 애는 지난 며칠 동안 나를 연민의 눈으로 바라보았습니다. 내가 거의 아무것도 먹지 않은 것을 알고는 저녁 식사를 하겠느냐고 물어보더군요. 나는 이야기하고 싶지 않아서 그냥 그 애를 바라보았고 그 애도 나를 쳐다보았습니다. 잠시 동안 그렇게 있었습니다. 나는 누이 동생 대신에 아내가 문가에 서서 이 광경을 바라보고 참아내야 한다면 어떻게 될까 하고 생각했습니다.

오늘 낮에 어머니가 이렇게 말씀하셨습니다. "걱정 거리가 있는 모양이구나. 네 비밀을 속속들이 알 생각은 없다. 하지만 네가 행복한지는 알고 싶구나." 그러고는 뜻밖의 말을 불쑥 꺼냈습니다. "아버지가 너를 얼마나 사랑하는지 너는 모를 거다." 나는 이런 말밖에 할 수가 없었습니다. "아무 걱정 거리도 없어요. 사무실에서 불쾌한 일이 있었을 뿐이에요." 이것으로 어머니와 나의 대화는 끝났습니다. 그러나 나는 어머니가 그대와 나에 대해서 되도록 자주 누이와 이야기를 나누기 시작했다는 것을 알고 있습니다. 나에 대한 그대의 절망도 내 자신의 절망보다 그다지 작지 않겠지요.

그럼 이만 줄이겠습니다. 편지를 더 길게 써서 어쩔 수 없이 그대의 일요일을 망치고 싶지는 않습니다. 단지 슬픈 생각만 떠오릅니다. 다만 그것으로 오늘 그대로부터 편지를 받지 못했다는 것을 설명하고 싶습니다. 하지만 그 때문만은 아닙니다. 펠리체, 적어도 (마찬가지로 그대 이름의 첫 철자인 F로 시작하는 펜 속으로 밀고 들어온 듯한) 이 종이를 살갑게 어루만져주세요. 그것을 생각하며 행복을 느끼고 싶습니다.

프란츠

1913년 6월 29일

할 말이 없다구요? 금요일과 토요일에 편지를 받았으면서도 단 한마디의 답장도 보내지 않다니요? 일요일인 오늘 사무실에서 일을 했고 지금(가족들은 시골에 있습니다) 집으로 돌아왔습니다. 문을 여는 동안 기다리던 편지 대신 가장 사랑하는 사람을 실제로 마주치기라도 할 것처럼 가슴이 뛰었습니다. 하지만 아무것도 없었습니다. 여기에

는 어떤 의미가 있다고 스스로에게 말했습니다. 그 의미를 추측하는 것은 어렵지 않습니다.

프란츠

     Nr. 291
1913년 7월 1일

사랑하는 펠리체, 맞습니다. 지금 어머니에게 흥신소 보고서를 넘겨받았습니다. 그것은 우스꽝스러운 날림 글처럼 허풍스럽고 혐오스럽습니다. 웃음이 나올 지경입니다.

어머니가 그것을 가져왔다는 것을 알고 있었습니다. 먼젓번에 그대의 전보가 왔던 날 저녁에 그대 아버지에게 보내려고 준비해놓았던 편지를 어머니가 읽도록 내버려 두었습니다. 어머니는 더 이상 시간을 허비해서는 안 되겠다고 생각했는지 내게 물어보지도 않고 그 보고서를 주문했지요. 물론 그대가 그 사실을 알아서는 안 된다는 전제를 달기는 했지요. 그다음 날 어머니는 내게 그것을 고백했습니다. 나는 별로 중요하게 여기지도 않았고 더 이상 신경 쓰지도 않았지요. 그런데 그것이 지금 여기에 있습니다. 마치 그대와 사랑에 빠진 누군가에 의해 씌어진 것 같습니다. 모든 낱말은 진실과는 거리가 멀고 완전히 도식적입니다. 비록 흥신소에서 진실을 경험할 수 있다 치더라도 결코 진실한 보고서는 받아 볼 수 없을 것입니다. 그럼에도 그 보고서는 나의 말보다도 훨씬 더 부모님을 안심시킵니다. 증인이 뻔뻔스럽게도 그대를 위한답시고 거짓말을 한다고 생각해보세요. '그대에 대해서 소문이 자자한 것'이 뭐라고 생각하세요? '그대가 요리를 잘한다는 소문이 자자합니다' 하는 식입니다. 물론 증인은 그것이 우리 살림에 전혀 쓸모가 없으리라는 것, 또는 그대가 적어도 완전히

498

다른 것을 배워야 하리라는 것을 알지 못합니다. 그러나 잘은 모르겠지만—방해를 받고 있어서 시간적 여유가 별로 없습니다—우리 식단은 채식 위주가 되리라고 믿습니다. 그렇지 않은가요? 사랑하는 요리사 아가씨, 그대의 요리 솜씨에 대해서 '소문이 자자합니다'. 그대여, 비참한 기분입니다. 그대가 거기 남쪽에서 나를 다시 지탱해 주지 않으면 나는 일시에 무너집니다. 부장이 휴가 중이어서 베스터란트로 갈 수 없습니다. 설사 휴가를 받는다 해도 나는 가지 않을 것입니다. 그대를 위해 조금이라도 원기를 회복하는 데 휴가를 전부 쓸 작정이거든요. 앞으로 일이 어떻게 진행될 것 같은가요? 그대 아버지에게 편지를 보내고, 그다음에 내 아버지가 방문하고, 아니면 내 아버지는 제외시킬까요? 그대는 이제 생각할 여유가 있습니다. 그러니 내게서 벗어나 건강한 생활을 하기 바랍니다. 하지만 완전히 벗어나서는 안 됩니다.

프란츠

Nr. 292
1913년 7월 1일

펠리체, 그대는 그럼에도 십자가를 지려는 건가요? 불가능한 것을 시도하려는 건가요? 그대는 그 점에서 나를 오해했습니다. 편지를 통해 모든 것이 더 명확해져야 하지만 더 나빠질 것이라고 말하지 않았습니다. 편지를 통해 모든 것이 더 명확해지고 더 나빠질 것이라고 했지요. 내 말은 그런 의미였습니다. 그러나 그대는 그렇게 생각하지 않고 내가 가기를 원합니다.
나의 반증은 끝이 없습니다. 반증의 대열이 무한하기 때문입니다. 불가능성은 끊임없이 증명됩니다. 그러나 그대 역시 끊임없이 자신을 표현합니다(물론 그대와 같은 사람은 불가능성만큼 자신을 끊임없이 드러내지는 않지만 말입니다). 나는 희망의 감정에 저항할 수 없고 그래서 나의 모든 반증들을 내버려 둡니다(이에 침묵할 수는 없습니다. 그것은 기만이라는 뚜렷한 의식 속에서 발생하니까요). 곰곰 생각해보면 그대의 편지는 나의 반증들을 조금도 건드리지 않습니다. 다만 그대는 감정(호의의 감정이기는 하지만 멀리 떨어져 있는 상태에서만 가능하고, 좋은 의미의 한정된 경험에서 나오는 감정입니다)과, 나를 엄청나게 방해하는 것들 중에서 '미미한' 정말 '미미한' 것들을 끄집어내어 극복할 용기가 자신에게 있다고 믿습니다. 그러면 나는 이를테면 반박을 기대했을까요? 아닙니다. 다음과 같은 세 가지 대답만이 있을 뿐입니다. "그것은 불가능하므로 원치 않습니다." 또는 "그것은 불가능하므로 당분간 원치 않습니다." 또는 "불가능하지만 그래도 나는 원합니다." 나는 그대의 편지를 세 번째 의미로 받아들이고(정확히 일치하지 않는다는 점이 걱정스럽습니다), 그대를 나의 사랑하는 신부로 여깁니다. 그러나 곧바로(기다릴 틈이 없습니다), 아마도 마지막으로 하는 말이지만 우리의 미래와 또한 내 성격과 책임으로 인해 우리의 공동 생활에서 발생하여 그대가 제일 먼저 완전히 당하게 될 불행에 대해 엄청난 불안을 느낍니다. 나는 근본적으로 차갑고 이기적이며 감정이 없는 사람이기 때문입니다. 그것을 완화시키기보다는 숨기려 하는 내 모든 나약함에도 불구하고 말입니다.

펠리체, 우리는 이제 무엇을 해야 할까요? 좋습니다. 그대 부모님에게 편지를 쓰겠습니다. 하지만 그전에 내 부모님에게 말해야 합니다. 내가 통보할 내용이 다섯 문장밖에 되지 않는다 할지라도 어머니와는 몇 달 만에, 아버지와는 거의 몇 년 만에 나누는 가장 긴 대화가 될 것입니다. 이를 통해 내게는 달갑지 않은 축제 분위기가 이루어질 것입니다. 이 편지에 대한 답장을 받으면 이것을 부모님에게 말씀드리겠습니다. 그대가 전해올 말이 어딘지 모르게 여전히 확실하지 않기 때문입니다.

내 편지에 대해서 그대의 부모님은 무슨 말씀을 하실까요? 사진으로 본 그대 어머니를 나는 다르게 상상했었습니다. 그러나 그것은 내가 그대의 어머니를 두려워했다는 것과는 아무런 관계도 없습니다. 무관심과 더불어 두려움은 내가 사람들에게 느끼는 기본적인 감정입니다. 나는 그대 가족 모두에게(언니 에르나만 빼고) 두려움을 가졌습니다. 이렇게 말하는 것이 부끄럽지는 않습니다. 우습지만 진실이니까요. 정확히 말하면 나는 아버지는 말할 것도 없고 내 자신의 부모님에게도 두려움을 갖고 있습니다. 까만 옷을 입은 그대 어머니는 슬프면서도 깐깐하고 나무라는 듯한 독특한 표정을 하고 계시더군요. 상대방을 제어하려는 의지가 강해 보였고, 가족 내에서는 좀 낯선 인상이었습니다. 아마도 그대 어머니에게서 느낀 두려움은 결코 떨쳐버리지 못할 겁니다. 다른 한편으로 그대 가족 가운데 그 누구도 내게 만족하지 않을 것이고, 내가 행하는 그 어떤 것도 그들에게 올바르게 여겨지지 않을 것입니다. 벌써 첫 번째 편지조차 그들의 취향에 맞지 않을까 봐 두렵습니다. 또한 나는 신랑으로서 그들이 신랑에게 요구해도 좋을 만한 것을 결코 행하지 못할 겁니다. 낯선 사람이나 친척들은 눈치채지 못할 정도인, 그대에 대한 나의 사랑이 자신들이 생각하는 사랑이 아니라고 생각할 것이고, 이러한 불만족이(불만족에서 짜증, 경멸, 분노가 생겨납니다) 계속되어 결국에는 나뿐만 아니라 그들과 그대와의 관계에도 옮아가게 될까 봐 두렵습니다. 그대도 이것을 이겨낼 만한 용기가 있나요?

프란츠

펠리체, 편지를 쓰는 순간 머리에 떠오르는 모든 것을 적었습니다. 아니 모든 것은 아닙니다. 그러나 주의를 기울이면 거의 모든 것을 예감할 수 있습니다. 그대는 그것을 감행합니다. 그대가 무모한 행동을 하려는 것이 아니라면 우리를 지배하고 있는 것과 교감하고 있는 셈입니다. 그대가 나를 믿는다는 것에 대해서는 더 이상 의심할 여지가 없습니다. 그대가 오늘 편지에서도 나를 약간 피하고 있지만 말입니다(편지를 통해서는 적나라한 모습을 보여주지 못하기에 상대방을 확실히 붙잡을 수 없습니다). 그대가 나를 믿는다는 것을 의심하지 않습니다. 그렇지 않다면 그대는 내가 사랑하는 사람이 아닐 것이고 나는 모든 것을 의심할 것임에 틀림없습니다. 지금부터 우리 서로를 꼭 붙들고 진정으로 서로의 손을 잡아요. 어린아이나 원숭이 같은 손가락을 지닌 내 길고 뼈만 앙상한 손을 아직 기억하나요? 이제 그 손 위에 그대의 손을 올려놓으세요.

행복하다고 말하지는 않겠습니다. 나는 매우 불안하고 근심이 많습니다. 아마도 인간의 행복을 누릴 자격이 없나 봅니다. 처음 만난 저녁부터 그대와 완전히 결합된 듯한 감정을 느꼈던 사건은 (그대의 전보가 지금 도착했습니다. 마치 모든 사람들 중에서 유일하게 알고 또 그러고 싶은 얼굴이라도 되는 것처럼 그것을 응시하고 있습니다) 내게는 정말 엄청난 일입니다. 그때 나는 기꺼이 그대의 가슴에 안겨 눈을 감고 싶었습니다.

그대는 내게 그런 선물을 주었습니다. 삼십 년을 견뎌내게 했던 힘은 그 선물을 받을 자격이 있을지도 모릅니다. 하지만 그 힘의 결과인 현존재는 그럴 자격이 없습니다. 펠리체, 그대는 그것을 알게 될 것입니다. 오늘은 분명 중요한 생일입니다. 오늘, 삶은 얻은 것을 잃지 않고 그 축을 중심으로 특별한 부분을 맴돌고 있습니다.

점심 식사 때 어머니에게(늘 잠시 동안만 집에 머뭅니다. 내가 돌아올 때면 어머니는 벌써 식사를 끝낸 뒤입니다. 아버지는 아침부터 시골에 가셨습니다) 생일 축하에 대한 대답으로 결혼할 사람이 있다고 말했습니다. 어머니는 별로 놀라는 기색도 없이 이상할 정도로 조용히 듣기만 하셨습니다. 그러고는 별다른 생각은 없지만 다만 한 가지 부탁이 있다면서 아버지와 자신은 처음부터 끝까지 같은 의견이라고 말씀하셨지요. 그 부탁은 그대 가족에 대해 알아보라는 것이었는데 반대하고 싶지 않았습니다. 그 소식이 올 때까지 나는 내 자신의 의지에 따라 행동할 자유가 있으니까요. 그 점에서 부모님은 나를 방해하지 않을 것이고 방해할 수도 없겠지요. 어쨌든 나는 그대 아버지에게 보낼 편지를 지닌 채 그때까지 기다려야 합니다. 나는 우리가 이미 결합되어 있으며 그대 부모님에게 보낼 편지는 별다른 의미가 없다고 말했습니다. 정확한 이유는 모르겠지만 어머니는 자신의 부탁을 고집하셨습니다. 아마도 부모님에 대한 지속적인 죄의식으로 인해 나는 굴복했고 어머니에게 그대 아버지의 이름을 적어드렸습니다. 그대 부모님이 비슷한 일을 바라실 경우 우리들에 대한 좋은 정보만 얻게 되고 그 어떤 흥신소도 나에 대한 진실을 말해줄 수 없으리라고 생각하니 약간 우스꽝스러운 느낌이 들었습니다. 그대 아버지는 「선고」를 알고 계신가요? 만약에 모르신다면 그 책을 읽으시도록 전하세요.

그대가 얼마만 한 용기를 가지고 있는지 생각해봅니다. 낯선 사람이 아님에도 내 편지가 저를 더 낯설게 만들지는 않나요? 저의 친척들이 그대에게 낯설지 않습니까? 그림 엽서의 내 부모님이 다른 낯선 사람들처럼 이해하기 어려워 보이지는 않나요? 단지 유대인이라는 공통점으로 인해서 낯섦이 완화된 것은 아닌가요? 그대는(나는 이 놀라움에서 결코 벗어나지 못할 것입니다) 무엇보다도 자기 자신을 두려워한다는 점에서 더 무서워지는 이 사람이 두렵지 않나요? 그대는 아무것도 무섭지 않나요? 아무런 거리낌도 없어요? 그것은 기적입니다. 그것에 대해서는 인간에게 할 말이 없습니다. 다만 신에게 감사해야지요.

프란츠

펠리체, 우리는 최초의 충돌을 간신히 모면했습니다. 아무도 가서는 안 되는(말보다 더 심각합니다) 그곳으로 그대는 누군가를 초대했나요? 브륄 양은 실제로 예외입니다. 그녀는 초대해도 좋습니다. 그녀만이 유일한 경우입니다. 그녀를 좋아하니까요. 나 대신 그녀의 뺨을 어루만져주세요.

Nr. 294
1913년 7월 6일 [실제로는 1913년 7월 5일로 추정]
편지가 내일 도착하려면 서둘러야 합니다. 지금 시각은 토요일 여섯시 십오 분입니다.
오늘 그대에게 편지, 즉 어제 편지에 대한 답장을 받지 못했습니다. 그대는 그 편지를 내 의도와는 다르게 이해한 건가요? 그대 생각으로는 내가 어머니에게 허락한 것이 잘못한 건가요? 그것을 그대에게 적어 보낸 것이 잘못이었나요? 이미 말했듯이 나는 죄의식뿐만 아니라 더 나아가서는 일반적이기도 한, 특히 어머니 앞에서 심해지는 변증법적인 무능력과 허약함으로 인해 어머니에게 굴복했습니다. 또 어머니가 나를 크게 염려하고 있다는 사실이 결정적인 동기는 아닐지라도 하나의 동기는 되었습니다. 그리고 내가 이미 행한 것을 그대에

게 적어 보내는 일은 내게 당연한 것처럼 보였습니다. 우리는―공동
생활을 하다 보면 그런 기회가 많을 것입니다―공동 관심사에 관한
한 최대한 서로에게 솔직하기를 원하기 때문입니다. 그런 내가 지금
아무리 사소하다 할지라도 이 일에 침묵해야 할까요? 그런 의미에서
이것은 사소한 일입니다. 나는 그대의 가족에 대해 묻지 않습니다. 그
대의 가족은―두려워하면서도 감히 말하지만―그대가 기대하는 것
보다 더 내게서 멀리 떨어져 있고 점점 더 멀어질 것입니다. 그대의 가
족이 어떻게 내 가장 깊은 내면을 염려할 수 있겠습니까? 우리가 함
께 살고자 할 때 중요한 것은 가장 깊은 내면입니다. 그것에 대한 방향
과 판단은 우리들이 각자 자기 안에서 발견해야 합니다. 그대 부모님
과 마찬가지로 내 부모님은 외적인 것에 치중합니다. 그들은 근본적
으로 우리들의 문제에 관한 한 국외자입니다. 그분들은 흥신소를 통
해 들은 것 말고는 아무것도 알지 못합니다. 우리는 그 이상을 알고 있
고, 또는 그렇다고 믿습니다. 어쨌든 우리는 다른 더 중요한 것을 알
고 있습니다. 따라서 흥신소는 우리와 관련이 없습니다. 그것은 부모
님들의 문제입니다. 그분들을 관여시키기 위해 장난을 칠 수도 있습
니다. 하지만 최소한 흥신소가 우리를 건드리지는 않는다고 생각했
습니다. 그런데 나는 그대에게 아무런 답장도 받지 못했습니다.
어제 저녁에 꿈속에서 그대와 함께 살고 싶었던 동네를 돌아다녔습
니다. 그곳은 이미 정비되었지만 한쪽 구석에는 여전히 집시들이 살
고 있었습니다. 오랫동안 동네를 배회하며 모든 것에 평가를 내렸습
니다. 아름다웠습니다. 그리고 멀리 도시가 보일 정도로 꽤 높은 지
역에 위치해 있었습니다. 어제 비가 내린 뒤의 공기는 특히 깨끗했습
니다. 지금과는 달리 어제 그곳에 있을 때는 기분이 좋았습니다. 기
분은 늘 이런 식입니다.

프란츠

Nr. 295

1913년 7월 6일

펠리체, 내게 화가 났나요? 죄책감이 듭니다. 그러나 그것은 내 행동 때문이거나 그것을 그대에게 알렸기 때문이 아니라 아마도 그대의 마음을 아프게 했기 때문입니다. 나는 모든 것에 대해 용서를 빌 수도 있습니다. 그리고 이미 부분적으로는 그렇게 했습니다. 게다가 무엇보다도 최고의 벌을 의미하는 불면증에 시달리고 있습니다(이 불면증이 어떤 결말을 맺을지 나도 모릅니다. 그러나 이런 종류의 지속적이고 참기 어려운 상태는 틀림없이 어떤 결과를 가져옵니다). 펠리체, 제발 용서를 구하는 그 어떤 말도 듣지 말고 그냥 받아들이고, 마치 내가 아무런 죄도 없이 후회하고 있는 것처럼 그냥 용서해주세요.

오늘 편지를 받지 못했습니다. 어제 저녁 절박함 속에서 내 육체는 그대 가까이 있었습니다. 막스와 그의 아내, 처남, 펠릭스 등과 함께 나는 내 아내가 가서는 안 되는 술집에 갔습니다. 보통 그런 일들에 많은 의미를 부여하고, 어떤 알 수 없는 이유에서 그것을 이해한다고 믿으며 두근거리는 마음으로 즐깁니다. 허나 어제는 춤추며 노래하는 흑인 여자 이외에는 거의 모든 것이 내 뜻대로 되지 않았습니다. 펠리체, 다시 한번 말하지만 제발 잘 생각해보세요! 우리가 함께 지내기도 전에 그릇된 길로 빠져서는 안 됩니다.

프란츠

Nr. 296

1913년 6월 7일 [실제로는 1913년 7월 7일로 추정]

펠리체, 보세요. 그대는 이미 나로 인해 고통받고 있습니다. 그것은 이미 시작되었고 어떻게 끝날지는 아무도 모릅니다. 그리고 이 괴로움은 내가 이제까지 그대에게 가한 그 어떤 것보다 더 가깝고 더 나쁘며 더 전방위적임이 뚜렷이 드러나고 있습니다. 내게 책임이 있느냐는 질문은 문제가 되지 않습니다. 심지어 원인조차도 도외시할 수 있습니다. 어쨌든 그대에게는 매우 부당한 일이 일어났으니까요. 앞으로 곰곰이 생각해볼 문제는 내가 그것에 대해 어떻게 처신할 것이며 그것이 어떤 의미를 지니느냐는 점입니다.

내 어머니가 옳은지 그른지는 전혀 중요하지 않습니다. 어쩌면 어머니는 그대가 생각하는 것보다 더 옳습니다. 어머니는 그대가 당시에 보낸 편지에 적힌 내용 이외에는 그대에 대해서 전혀 모릅니다. 게다가 그대와 결혼하고 싶어 한다는 것을 내게서만 들어 알고 있습니다. 그 밖의 것은 아무것도 모릅니다. 내게서는 어떤 말도 끄집어낼 수 없기 때문입니다. 나는 누구와도 이야기할 수 없습니다. 부모님과는 특히 더 그렇지요. 마치 나를 낳아준 부모님의 모습이 내게는 공포를 불러일으키는 것 같습니다. 어제 뜻하지 않은 기회에 저는 부모님과 누이동생들과 함께 어둠 속에서 진흙투성이의 국도를 한 시간가량 걸었습니다. 어머니는 물론 무진 애를 썼음에도 불구하고 걸음이 매우 서툴렀고 장화와 양말, 치마에 진흙을 잔뜩 묻히고 말았습니다. 그러나 예상보다 별로 더러워지지 않았다고 생각했는지 어머니는 집에 돌아와서는 물론 농담으로 나보고 자신의 장화를 살펴보라고 하면서 그것이 거의 더럽혀지지 않았다는 것을 인정해주기를 바랐습니다. 하지만 나는 더러움에 대한 혐오감에서가 아니라 단지 어떤 혐오감에서 밑을 내려다볼 수가 없었습니다. 이와는 반대로 어제 오후 내내 모든 것을 참아낼 준비가 되어 있었던 아버지를 보며 감탄해 마지않았고 더할 수 없는 애착을 느꼈습니다. 그 모든 것에는 어머니, 나, 시골에 있는 누이동생들의 가족, 하계 숙소의 무질서 등이 포함되어 있습니다. 접시 옆에 솜이 놓여 있는가 하면 침대 위에는 온갖 잡동사니들이 뒤엉켜 있었습니다. 목에 가벼운 염증이 생겨 누이동생이 침대에 누워 있는 동안 매제는 옆에 앉아서 농담 반 진담 반으로 자기 아내를 '나의 황금' 혹은 '나의 모든 것'이라고 불렀습니다. 사내아이는 놀다가 달리 어쩔 수 없다는 듯 방의 한가운데 마룻바닥 위에 대변을 보았습니다. 하녀 두 명이 뒤치다꺼리를 하느라 정신이 없었고, 어머니가 모든 사람의 수발을 들었습니다. 거위 간의 기름을 빵에 발라먹다가 손에 묻히는 건 차라리 운이 좋은 경우였습니다. 내가 정보를 주고 있는 건가요? 이때 나는 그것을 참아내지 못하는 무능력을 내 자신 속에서가 아니라 사실에서 찾으려 함으로써 완전히 잘못된 길로 들어섭니다. 그것은 내가 이전의 편지에서 기술했던 것보다 천 배는 덜 짜증스럽지만, 그 모든 것에 대한 내 혐오감은 내가 기술할 수 있는 것보다 천 배나 더 강합니다. 상대방이 친척이어서가 아니라 바로 인간이기 때문에 나는 그들과 함께 방에 있을 때 그것을 견뎌내지 못합니다. 다행스럽게도 그 어떤 강요도 없음에도 나는 그것을 다시 확인해보기 위해 일요일 오후 차를 타고 멀리 나갑니다. 나는 어제 욕지기가 일어나 어둠 속에서처럼 문을 찾아 헤맸고, 집에서 멀리 벗어나 국도에 나갔을 때에야 기분이 더 좋아졌습니다. 얼마나 심했던지 오늘도 기분이 완전히 풀리지는 않았습니다. 나는 사람들과 함께는 살 수 없습니다. 모든 친척들이 무조건 싫습니다. 그들이 내 친척이거나 나쁜 사람들이기 때문에, 또는 최고라는 생각이 들지 않기 때문이 아니라(그것이 그대 생각처럼 '극심한 두려움'을 없애지는 못합니다) 단순히 내 곁에 살고 있는 사람들이기 때문입니다. 나는 사람들과의 공동 생활을 참을 수 없습니다. 또한 공동 생활을 불행으로 느낄 만한 여력도 없습니다. 아무런 관련도 없는 상태에서 바라볼 때 사람들은 내게 기쁨을 줍니다. 그러나 이 기쁨은 그다지 크지 않아서 부모님의 침실과 거실 사이에 있는 여기 내 방에서 사느니 육체적인 조건만 허락된다면 차라리 황야나 숲속 또는 섬에서 더할 나위 없이 행복하게 살고 싶을 정도입니다. 그대에게 고통을 안겨줄 의도는 없었지만 그렇게 되고 말았습니다. 나는 앞으로도 결코 그대에게 고통을 주려는 의도는 갖지 않겠지만 항상 그렇게 될 것입니다. (보고서 건은 당장에는 의미가 없습니다. 어머니는 아버지와 이야기를 더 나누고 싶어 했기 때문에 금요일에 아무 말씀도 하지 않았습니다. 그대로부터의 답장은 오늘도 오지 않았습니다. 그대에 대한 죄의식에서 나는 어머니에게 좀 더 기다려보는 것이 좋겠다고 말했습니다. 하지만 일요일에도 편지가 오지 않았기 때문에 오후에 어머니가 내게서 얻어낸 허락을 다시 취소했습니다.) 펠리체, 삶을 진부하게 여기지 않도록 하세요. 진부함이 단조롭고 단순하며 사소한 것이라면 말입니다. 삶은 끔찍합니다. 나는 그 누구보다도 그렇게 느낍니다. 자주—가장 깊은 내면에서는 아마도 끊임없이—내가 인간이라는 점에 회의를 느낍니다. 내가 그대에게 가한 괴로움은 나로 하여금 그것을 자각하게 만든 우연한 계기일 뿐입니다. 정말 어찌해야 할지 모르겠습니다.

프란츠

Nr. 297

1913년 7월 8일

펠리체, 오늘 그대의 편지를 읽으니 너무 기뻐서 혼란스러울 지경입니다. 그러나 이러한 유쾌함의 근원을 추적해보려고 하자 어제 내가 적어 보낸 내용이 더 강하게 마음에 걸립니다.

그 누구도 우리가 분별없이 서로에게 손을 내밀었다고 말할 수 없습니다. 여기에 작용한 것은 기만이 가능한 친밀감이나 한 순간, 혹은 말이 아니었습니다. 펠리체, 그대는(지난번의 일에 비추어 생각해보세요) 자신이 실제로 무엇을 했고, 무엇을 할 수 있는지, 그리고 과연 그것을 취소할 수 있는지 아직도 모르겠습니까! 그것은 불가능합니다. 절망에 빠진 내가 그쪽으로 손을 뻗는다 할지라도 소용이 없습니다. 그것은 매 순간 갈팡질팡하는 우유부단함이 아니라 한 번도 포기한 적이 없는 확신입니다. 내가 이 확신을 무시했던 이유는 그대를 사랑하기 때문입니다. 그러나 그대를 사랑함에도 불구하고 결국 이 확신을 무시할 수 없는 이유는 그것이 내 본성에서 나온 것이기 때문입니다.

내가 몇 달 동안 마치 독극물이라도 대하듯 그대 앞에서 몸을 뒤틀지 않았나요? 우왕좌왕하고 있지는 않나요? 내 모습을 보면 그대는 비참한 기분이 들지 않을까요? 펠리체, 그대의 불행을 막으려면 내가 나의 내면에 갇혀 있어야 한다는 것을 아직도 모르겠습니까? 나는 사람이 아닙니다. 나는 모든 사람들 중에서 가장 사랑하는 그대를 (내 의미대로라면 내게는 친척도 친구도 없습니다. 나는 그들을 가질 수도 없고 갖고 싶지도 않습니다) 냉혹하게 괴롭히고 그 괴롭힘에 대한 용서를 냉혹하게 받아들일 것입니다. 그러한 상황을 정확히 내다보고 예감하고 확인하고 계속 예감하는 상황에서 내가 그것을 참아낼 수 있을까요? 궁여지책으로 지금처럼 살아도 됩니다. 나는 안으로 분노를 삭이고 단지 편지를 통해서만 괴롭힐 것입니다. 그러나 우리가 함께 살게 되면 나는 곧 화형이라도 시켜야 할 위험스러운 바보가 될 것입니다. 내가 무슨 일을 저지를지 누가 알겠습니까! 나는 어떤 일을 저지르게 될까요? 제가 아무 일도 저지르지 않는다면 저는 파멸하게 될 것입니다. 왜냐하면 그것은 나의 본성에 반하는 것이고, 그러면 나와 함께 있는 사람도 파멸하게 될 것이기 때문입니다. 펠리체, 그대는 사람들의 머릿속에 들어 있는 문학이 어떤 것인지 모릅니다. 그것은 땅 위를 걸어가지 않고 나무 꼭대기 위로 올라가는 원숭이들처럼 끊임없이 뒤쫓아옵니다. 그것은 다름 아닌 파멸입니다.
어떻게 해야 할까요?
편지에서 가족들이 그대 오빠의 결혼식에 대해 무슨 말을 하고, 신부
부모가 사위를 얼마나 떠받들며, 자신들의 딸을 얼마나 헌신적으로
사랑하는지 봅니다. 그대는 내가 인간적인 흥미를 느낀다고 믿나요?
반대로 나는 그대가 내 아버지에 대해서 쓴 것을 읽으며 불안해합니
다. 그대가 마치 내게 맞서 아버지와 연대하기 위해 아버지 편으로
넘어가는 듯한 인상을 받습니다.

프란츠

Nr. 298
1913년 7월 9일

사랑하는 펠리체, 그대가 내게 편지를 쓸 수 없다면, 그렇게 하세요.
그러나 내가 그대에게 매일 편지를 보내고 그대도 잘 알다시피 힘이
닿는 한 그대를 사랑하고, 그대에게 봉사하고 또 살아 있는 동안 그
래야 한다는 것을 허락해주세요.

프란츠

Nr. 299
1913년 [7월로 추정] 10일

그대 곁에 있다면, 그리고 그대에게 모든 것을 분명하게 해주거나 모
든 것을 분명하게 바라볼 능력만이라도 있다면 얼마나 좋겠습니까!
모든 것은 내 책임입니다. 우리가 지금처럼 하나가 된 적은 아직 없
었습니다. 이처럼 양쪽에서 일치된 긍정적인 대답은 엄청난 위력을

갖습니다. 하지만 나를 붙잡는 것은 바로 하늘의 명령인, 진정될 줄 모르는 불안입니다. 예전에 가장 중요하게 여겼고 어느 정도는 정당함을 지녔던 건강, 적은 수입, 애처로운 본질 등은 이 불안 앞에서 사라지고 맙니다. 이 모든 것들은 불안 앞에서 아무것도 아니며, 불안에 의해 단지 유예된 것처럼 보입니다. 솔직히 말해서(순간의 자기 인식의 등급을 따지자면 그대 앞에서 항상 그랬던 것처럼), 그리고 결국에는 그대가 나를 정신병자로 인식하게 되겠지만 이 불안은 가장 사랑하는 사람과의 결합 자체에 대한 것입니다.[85] 눈이 멀까 봐 가리고 싶을 정도로 내게는 명백한 그것을 그대에게 어떻게 설명해야 할까요? 사랑스럽고 신뢰에 가득 찬 그대의 편지를 읽고 있으면 그것은 물론 다시 불분명해집니다. 모든 것이 질서 정연해 보이고, 행복이 우리 두 사람을 기다리고 있는 것 같습니다.

펠리체, 비록 멀리 떨어져 있기는 하지만 그것을 이해하겠습니까? 결혼, 결합, 무가치한 내 현존재의 해체 등을 통해서 파멸하리라고 나는 확실히 느낍니다. 그 파멸은 나뿐만 아니라 아내에게도 해당됩니다. 내가 아내를 사랑하면 할수록 그 파멸은 더 빠르고 끔찍하게 다가옵니다. 이제 우리가 어떻게 해야 할지를 말해주세요. 우리는 서로 가까운 관계여서 두 사람 중 어느 누구도 상대방의 동의 없이 혼자서는 아무 일도 할 수 없기 때문입니다. 말하지 않았던 부분도 곰곰이 생각해보세요! 그대가 질문하면 모든 것에 답하겠습니다. 아, 이제 정말로 긴장을 풀 시간이 된 것 같습니다. 그대처럼 자기를 사랑하는 사람에 의해 괴로움을 당하는 여인도 없을 것입니다.

프란츠

Nr. 300

1913년 7월 13일

발코니에서의 저녁은 아름답습니다. 한참 동안이나 거기에 앉아 있었습니다. 지금은 무척 피곤합니다. 간밤에 훨씬 피곤해진 몸을 오늘 아침 일으켜야 했을 때 주위에 있는 모든 것을 저주했습니다. 특히 내 자신을 저주했지요. 정상적으로 잠을 잘 수 없다면 어떻게 다시 정상적으로 글을 쓸 수 있겠습니까? 글을 쓸 수 없다면 모든 것은 훤히 들여다보이는 꿈에 지나지 않습니다.

내가 세운 새로운 계획은 물론 최상의 것은 아닙니다. 최상의 계획은 아마도 어떤 약삭빠른 방법으로 돈을 모아 그대와 함께 남쪽에 있는 섬이나 호숫가로 가서 영원히 그곳에 머무르는 것일지도 모릅니다. 남쪽에서는 모든 것이 가능할 것입니다. 세상과 격리된 채 풀과 열매를 먹으며 삶을 살아가겠지요. 그러나 나는 내 자신을 깊이 성찰해볼 생각도 없고 남쪽으로 가고 싶지도 않습니다. 밤을 새워가며 글을 쓰는 것만을 원할 따름입니다. 그러면서 파멸해가거나 미쳐버리고 싶습니다. 그것은 오래전부터 예견된 불가피한 결과니까요.

나의 새로운 계획은 이렇습니다. 우리를 위해 내가 고른 집에는 그것을 얻는다는 전제하에 내년 오월에야 들어갈 수 있습니다. 그 집은 내가 조합원으로 있는 주택 건설 조합이 지은 것입니다. 따라서 내가 지금 그대 부모님에게 편지를 하지 않는다면 시간을 낭비하지 않을 것입니다. 이월이나 일월, 아니면 크리스마스까지는 지금처럼 지냈으면 합니다. 그대는 나를 더 잘 알게 될 겁니다. 나의 내면에는 그대가 알지 못하는 끔찍한 구석이 있습니다. 그대는 여름 휴가를 떠날 것이고 그 여행을 통해서나 내 여행에 관한 편지들을 통해서 전체를 더 잘 조망할 수 있을 것입니다. 그러나 무엇보다도 나는 가을에 건강이 허락하면 글쓰기의 유혹에 굴복할 것이고, 나의 내면에 무엇이 있는지 나 스스로 알게 될 것입니다. 내가 이루어놓은 것은 이처럼 보잘것없습니다. 나는 아무것도 아닙니다. 내 몸을 아끼지 않는다면 어쩌면 가을에 무언가를 성취할지도 모르지요. 그러고 나면 그대는 자신이 결합하기를 원하는 사람이 누구인지, 무엇을 고려해야 할지 더 분명히 알게 되겠지요. 물론 나는 오늘과 마찬가지로 그대의 것일 겁니다. 이 계획을 어떻게 생각하나요?

프란츠

Nr. 301 [그림 엽서 소인: 프라하]
1913년 7월 14일

하계 숙소의 테라스에 나와 있습니다.[86] 멀리 바라보이는 풍경이 아름답습니다. 뒤돌아본 방 안의 모습은 아름답지 않습니다. 나의 내면 또한 아름답지 않습니다. 거기에는 나사가 계속 돌고 있습니다. 화요일에 새로운 계획[87]을 담은 편지가 갑니다.

인사를 전하며 F

Nr. 302
1913년 7월 17일

집에서도 쓸 수 있겠지만 조급함이 그것을 허락지 않습니다. 그대는 여전히 편지를 보내지 않는군요. 나를 경멸하나요? 그래서는 안 됩니다. 나는 가장 사랑하는 사람에게조차도 베풀 수 있는 마음을 가지고 있지 못합니다. 또한 내 존재에 대한 전반적이고 인간적인 혐오감으로 사랑하는 사람을 붙잡기를 주저하고 최소한 어떤 유예 기간을 정합니다. 그대여, 그 때문에 나를 경멸하지는 말아요. 경멸할 것은 내게 얼마든지 있습니다. 하지만 이것은 아닙니다.

프란츠

Nr. 303
1913년 7월 19일

일요일 이후로 그대 편지를 받지 못했습니다. 무슨 일이 일어났는지 알 수가 없군요. 내 편지가 그대를 괴롭혔음에 틀림없습니다. 다른 이유는 있을 수 없습니다. 내 편지가 그대를 괴롭혔다면, 믿을 수 없 겠지만 그대는 편지를 잘못 이해한 것입니다. 지난 일 년 동안 그대 는 나를 알아왔습니다. 의식이 있는 상태에서는 그대를 괴롭힐지도 모르는 말을 한마디도 적을 수 없다는 것을 그대는 알아야 합니다. 우리들끼리는 그 어떤 것도 나쁘게 받아 들이지 말자고 그대 자신이 말했습니다. 그대는 이제 어떻게 할 생각인가요? 펠리체, 부탁입니 다. 좋은 말이든 나쁜 말이든 한마디라도 적어 보내주세요. 내게 지 금보다 더 큰 고통은 주지 마세요. 침묵은 생각할 수 있는 가장 혹독 한 형벌입니다.

프란츠

Nr. 304
1913년 7월 27일

또다시 그대가 없는 일요일입니다! 그것은 볼품없는 삶입니다. 그대 가 편지를 쓸 수 없는 이유가 내 속달 편지를 오해했기 때문만은 아 니라는 점도 언짢습니다. 오늘 그대가 받아야 할 편지에 그 점을 명 확히 밝혔습니다. 그러나 도대체 우리 사이에 오해라는 것이 있을 수 있나요? 나는 그대의 것이 아닌가요? 또 그대는 나의 것이 아닌가요? 내가 가족 속에 완전히 파묻혀 있다는 것이 그것에 대한 반증인가요? 오히려 거기에서 빠져 나오는 데 필요한 도약은 그만큼 더 대단할 것입니다. 더구나 나같이 차가운 사람이 삼십 년 동안 이러한 가족의 따스함 속에 안주하지 않았다면 어떻게 되었을지 누가 알겠습니까?

이 모든 것에 심각한 장애물은 없습니다. 우리는 서로의 것이고 앞으로도 함께할 것입니다. 다만 우리는 어떤 식으로든 결혼하고 난 뒤 아버지에게 재산을 한 푼도 받지 않을 것이라는 것을 분명히 해야 합니다. 그런 상상을 해보는 것만으로도 벌써 유쾌해집니다.

물론 그대 부모님이 뭐라고 하실지, 그리고 어떻게 그분들의 말문을 열게 할지 아직도 모릅니다.

사랑하는 펠리체, 제발 매일 편지해주세요. 가능하면 사무실로요. 그렇지 않으면 편지를 받는 시간이 너무 오래 걸립니다. 다시 한번 더 (한 번 더! 그대는 지난 이 주 동안 단 한 번밖에 편지하지 않았습니다) 집으로 편지하는 것을 잊지 마세요.

용기와 믿음을 갖되 오해는 없기를 바랍니다!

프란츠

Nr. 305
1913년 7월 28일

또 편지를 받지 못했습니다. 펠리체, 그대는 나를 너무나 괴롭히고 있군요. 이러한 고통은 내게 아무런 쓸모도 없습니다. 그대의 몇 마디만으로도 나는 즐거워지고 마치 모자를 쓴 것처럼 머리를 감싸고 있는 이 두통도 조금이나마 사라질 것입니다. 아직 결정하지 못했다

거나 편지를 쓸 수 없다거나 아니면 쓰고 싶지 않다라는 내용만이라
도 적어 보내주세요. 세 마디의 말로도 나는 만족할 것입니다. 그러
나 아무런 소식도 없습니다! 아무런 소식도!

Nr. 306
1913년 7월 30일

어제, 아니 이미 그저께 그대에게 편지를 받았어야 했습니다. 편지
는 아니더라도 어제 편지에 대한 답장으로 전보라도 받았어야 했습
니다. 그대는 나를 이런 상태에 내버려 두어서는 안 되었습니다. 적
어도 편지에서 그대에게 버림받은 느낌이 들었을 때 내가 어떻게 할
지 그대는 알고 있었나요? 나는 경이로우면서도 몸서리쳐지는 올해
에 그대를 괴롭혔습니다. 그러나 그것은 항상 내적인 필연성에 의한
것이었습니다. 그대가 프랑크푸르트에서 지금 나를 괴롭히는 것처
럼 외적인 필연성에 의한 것은 아니었습니다. 방문객과 친척들! 나
는 그들 중 그 누구도 차별하지 않을 것입니다. 그들 모두가 나와 적
대 관계가 되리라는 것이 두렵습니다. 그대가 모임에 참석하지 않고
다섯 줄의 편지를 써 보낸 것에 대해 조금 놀라거나 약간 불쾌해하는
사람들의 태도가, 요즘 밤낮없이 두통과 흥분으로 불면에 시달리는
나의 절망보다 그대에게 더 염려스럽게 보일 때 나는 그들을 어떤 식
으로 바라봐야 하나요? 펠리체, 공식적으로 그대의 신랑이 될 때까
지는 내가 그대에게 더 많은 관심을 기울여야 할까요? 일요일의 경
우처럼 그대 편지가 그렇게 필요할 때 사람들이 모여 있다는 이유만
으로 내게 편지하는 것을 막을 권리는 아무에게도 없습니다. 마찬가
지로 오늘도 그럴 권리를 가진 사람은 아무도 없습니다. 누군가가 그
럴 권리를 가지고 있더라도 그대는 인정해서는 안 됩니다. 그대가 편

카프카의 편지 517

지나 전보를 보내지 않았다는 것만으로도 나는 불행합니다. 불행은 그대가 상상할 수 있는 것보다 더 큽니다. 그것은 언짢음이나 오해가 아닙니다. 그것은 또한 그대를 향한 신성불가침의 사랑을 건드리지도 않습니다. 다만 이유 있는 슬픔일 뿐입니다.

프란츠

그대 편지를 다시 한번 읽었습니다. 사랑하는 펠리체, 그대의 내면에서 이 편지를 기분 나쁘게 받아들일 가능성이 털끝만큼이라도 느껴진다면, 최근에 소식이 두절됨으로써 내가 어떤 상태에 있었는지 그대가 전혀 모른다는 사실을 생각하세요.

Nr. 307

1913년 8월 1일

내가 어떤 사람과 함께 돌아다녔는지 모르겠습니다. 그는 위대한 바보이거나 하찮은 예언자입니다. 어쨌든 그가 여기에 끼어들어서는 안 됩니다!

사랑하는 펠리체, 오늘 편지를 신중하게 받아들였나요? 그대가 백발의 남자와 살게 될 것이라는 사실을 이미 알고 있나요? 나는 이제 인생의 내리막길에 서 있습니다! 지금 편지를 쓰고 있는 동안에도 심장이 빠르게 뛰고 있습니다!

그대여, 지금쯤 그대는 또다시 내게서 멀리 떠나 있겠군요. 그대에게는 전혀 애석한 일이 아닙니다. 정반대입니다. 그대의 집은 상수시라고 불립니다. 그대가 편지하는 것을 방해한다면 내 편이 아니라고 언니에게 전해주세요. 내 부모님은 점차 새로운 고민에 익숙해져서 그것을 여러 걱정거리들 중의 하나로 여기기 시작했습니다. 왜 그대가 집에 없는 동안 그대 아버지에게 편지하는 것이 더 좋겠다고 생각하지요? 그대를 향하지 않은 내 편지가 처음으로 그대 집에 도착했을 때 그대가 그 자리에 있는 것이 더 낫지 않을까 생각됩니다.

막스와 무엇을 의논해야 할까요? 우리와 관계되는 일에는 중대한 책임이 뒤따릅니다. 그러나 엄밀히 말해서 그 누구도 책임질 수 없으며, 따라서 조언할 수도 없습니다. 막스의 살림살이를 예로 드는 것은 좋지 않습니다. 막스는 나보다 돈과 수입이 더 많으며 인색하거나 씀씀이가 헤프지 않습니다. 하지만 그 집에서는 돈과 궁핍이 필요 이상으로 거론됩니다. 바로 돈에 대한 그런 이야기가—모든 책임은 아니더라도 어느 정도의 책임은 부인에게 있습니다—돈에 커다란 의미를 부여합니다. 어쨌든 실제로 궁핍에 시달린다면 그러한 의미 부여에서 쉽게 벗어날 수 있을 겁니다. 한번은 내가 거울에 기대어 서 있는데 부인이 그 앞에서 레이스가 달린 망토를 걸쳤습니다(그녀의 복장은 의도적인 것은 아니겠지만 좀 특이하고 어울리지가 않습니다). 무슨 말이라도 해야 될 것 같아 나는 "매우 귀해 보입니다!"하고 말했습니다. 그녀는 가볍게 손을 내저으며 대답했습니다. "그렇지만 다른 모든 물건들처럼 이것도 싸구려예요." 슬프고 공허하고 품위 없는 말입니다. 나는 그것을 배우고 싶지는 않습니다.

프란츠

Nr. 308

1913년 8월 2일

사랑하고 사랑하는 펠리체! 오늘 아무런 편지도 받지 못했습니다. 오늘은 당연한 일인데도, 그대의 편지가 문제 될 때에는 당연함과 특별함을 더 이상 구별할 수 없습니다. 나는 무슨 일이 있어도 편지를 받고 싶고, 받아야 하고, 편지를 통해서 삶을 지탱합니다.

묘안이 하나 있는데 그대의 마음에 들면 좋겠습니다. 지난번 편지에 대한 그대의 답장이 도착하면 나는 그대 아버지에게 편지할 겁니다. 그러고 나서 그대 부모님이 불안해하지 않는다면—따지고 보면 불안해할 하등의 이유가 없습니다. 그대 부모님은 나를 알지 못하니까요. 하지만 그대가 나를 폭로한다면 물론 이야기가 달라집니다—이 주 안에 부모님들 앞에서 약혼식을 올리는 겁니다. 그대가—지금 떠오른 생각이지만—프라하를 거쳐 돌아가는 것은 불가능한 일일까요? 휴가의 일부를 허비해야 한다는 뜻이 아니라 돌아갈 단 몇 시간만이라도 프라하에 머물 수는 없느냐는 뜻입니다. 지난 일요일 아니면 토요일, 아마도 토요일인 것 같은데 그때처럼 내가 베를린까지 그대를 동행할 수도 있습니다. 어떤가요? 괜찮은가요? 그것이 나의 처지만 고려한 것이라면 좋은 생각이 아니겠지요. 내 친척들과 주고받을 그대의 모든 말과 시선이 내게 고통을 안겨줄 것이니까요. 단지 질투심 때문이 아니라 무엇보다도 내가 친척들에게 마음의 문을 닫아걸고 그러한 단절 속에서 행복을 느끼기 때문입니다. 그러나 지금 내 존재의 일부인 그대로 인하여 그들과의 새로운 결합이 이루어지는 것은 아니더라도 그런 암시는 받습니다. 펠리체, 내가 불행해지는 것을 원치 않는다면 그들이나 다른 사람들과 이야기할 때 항상 이것을 명심해야 합니다. 이러한 측면에서 나는 내 자신을 훤히 알고 있습니다. 이를테면 나는 기회가 주어지면 나에 대한 모든 것을 지껄일 수 있습니다. 의도적인 것은 아니지만 결과적으로는 그렇습니다. 그럼에도 모든 것은 결국 다시 내 자신 속으로 되돌아와서 어쩌면 가장 중요한 것을 말했는데도 매우 낯설게 느껴집니다. 그대와 함께 있으면 그런 느낌이 들지 않을 겁니다. 그대는 내게 너무나 소중합니다. 그대가 사람들과 잡담을 나눈다면 나는 그들에게 속한 그대와 더불어 내 자신을 상실할 것입니다. 나에게는 슬픈 일이지만 그대가 한번은 친척들과 인사를 나누어야겠죠. 그럴 마음이 있나요? 현재의 그대의 행복은 나로 하여금 모든 것을 견디게 해줍니다.

프란츠

단치거 양은 어떤 아가씨인가요?

Nr. 309

1913년 8월 3일

사랑하는 펠리체, 내게 그대의 편지가 얼마나 필요한지는 그대로부터 소식이 없는 날에 그것으로 인해 느끼는 불행을 제외하고도 또 다른 특별한 불행을 겪는다는 사실에서도 그대는 이미 알고 있을 것입니다. 그 불행을 막는 일은 그대 손에 달려 있습니다. 오늘 진정으로 슬펐습니다. 또 편지를 받지 못했습니다. 진실을 말하자면 몇 주 전부터 일요일 아침에 꼭 올 것 같은 편지를 가능한 한 빨리 받기 위해 시골에 가지 않고 있었습니다. 그러나 몇 주 동안 이러한 신중함을 통해서 내가 얻은 것은 슬픔 말고는 아무것도 없습니다. 오늘 전보가 한 장 왔습니다. 하지만 그것은 내게 보낸 것이 아닐지도 모릅니다. 거기에는 '카프카' 대신 '카프타', '펠리체' 대신 '플리올'이라고 씌어 있습니다. 어쨌든 기분이 좋고 매우 만족스럽습니다.

펠리체, 제발 그대가 나를 신뢰한다는 것을 보여주세요. 또한 그대의 언질을 받은 뒤에야 말하게 될 내 부탁을 무조건 들어주겠다고 약속해주세요. 불가능하거나 나쁜 것은 아닙니다. 엄숙하게 약속하세요. 왜 그대는 내 아버지가 베를린을 방문하는 것이 우리 둘을 위해 유익하리라고 믿나요? 그대는 이렇게 말했습니다. 대체 무슨 생각을 하고 있는 거지요?

매일 밤 그대 꿈을 꿀 정도로 그대 옆에 있고자 하는 욕구가 강합니다. 하지만 마찬가지로 여러 가지 이유로 그것에 대한 두려움도 큽니다. 우리가 오월에 결혼할지라도 약혼 기간 중에는 베를린에 가지 않을 생각입니다. 그것이 그대와 다른 사람들에게 올바른 행동으로 비칠까요? 그대는 동의할 수 있나요?

프란츠

그대는 어떤 책들을 가지고 있나요?

Nr. 310
1913년 8월 4일

사랑하는 펠리체, 아마도 어제 했을 말들을 모두 철회합니다. 지금 그대에게 가까이 가는 것을 방해하고 그대가 프라하로 왔으면 좋겠다는 내 바람을 포기하게 만드는 두려움은 일리가 있습니다. 그러나 우리가 곧 만나지 않으면 내가 파멸할 것이라는 훨씬 엄청난 두려움은 더 일리가 있습니다. 왜냐하면 우리가 곧 만나지 않을 경우 내 마음속에서 다른 생각을 전혀 허용치 않는 그대에 대한 사랑은 어떤 상상이나 정신, 즉 도달할 수는 없지만 결코 포기할 수 없는 무언가를 향할 것이기 때문입니다. 그것은 물론 나를 이 세상 밖으로 쫓아낼 준비가 되어 있습니다. 나는 이 글을 쓰며 떨고 있습니다. 펠리체, 어떻게든 돌아오는 길에 프라하에 들러주세요.

이 부탁과 아울러 또 하나의 중요한 문제에 대한 진실을 말해야겠습니다. 특히 그대가 오래전부터 그것에 대해 묻지 않았고, 우리의 편지 왕래에서 그 질문이 제외되는 것을 묵인해왔기 때문입니다. 나는 이전에 늘 내 몸 상태가 결혼을 방해한다고 말했습니다. 이 상태는 그 후로도 더 나아지지 않았습니다. 약 한 달 반 전 그대에게 결정적인 편지들 가운데 하나를 쓰기 시작하기 전에 우리 집 주치의에게 갔습니다. 그 의사가 특별히 마음에 드는 것은 아니지만 그렇다고 다른 의사들보다 더 불편하지도 않습니다. 원래 그 의사를 신뢰하지 않습니다만 다른 의사들과 마찬가지로 그에게 마음의 평정을 얻으려 했습니다. 이러한 의미에서 의사들도 자연 치료 요법의 일환으로 활용될 수 있습니다. 나는 당시에 지나칠 정도로 수많은 진찰을 받은 뒤에 (나의 내적인 지식에 대한) 안정을 얻었습니다. 바로 그날 오후 나는 그대에게 편지를 썼습니다. 얼마 전에는 심장이 빠르게 뛰더니 심장 주위에서 찌르는 듯한 통증을 느꼈습니다. 전적으로는 아닐지라도 주된 이유는 틀림없이 그대와의 견딜 수 없는 이별에 있습니다. 또한 부차적인 이유는 최근에 수영을 너무 많이 했고 너무 빨리 걸어 다녔다는 데 있습니다. 물론 이 모든 것은 내 자신을 지치게 함으로써 그대에 대한 욕망을 제어하기 위해서였습니다. 하지만 그것은 아무런 도움이 되지 않았습니다. 오히려 가슴에 통증만 생겼지요. 오늘 다시 의사에게 갔습니다. 의사는 심장 박동이 완전히 정상적이지는 않지만 순환 계통에는 아무런 이상이 없다고 했습니다. 그러나 나는 곧 휴가를 떠날 수 있으면 좋겠습니다(이것은 불가능합니다). 무언가를 복용하고 싶습니다(역시 불가능합니다). 푹 자고 싶습니다(역시 불가능합니다). 남쪽으로 가기도 싫고 수영하고 싶지도 않습니다(역시 불가능합니다). 조용하게 처신하고 싶습니다(진정 불가능합니다).

내가 그대 아버지에게 편지하기 전에 그대는 이 사실을 알아야 합니다.

지금 나는 내일 아니면 분명히 수요일부터는 정기적으로 편지를 받을 생각을 하니 너무나 기쁩니다!

그대의 프란츠

[가장자리에] 편지가 없어지지는 않았나요? 이 편지는 베스터란트로 보내는 네 번째 편지입니다.

Nr. 311
1913년 8월 5일

베스터란트로 보내는 다섯 번째 편지

사랑하는 펠리체, 어제 파렴치하게도 수요일쯤에 편지를 기대한다고 과장해서 썼습니다. 사실은 그 편지를 오늘 기대했는데도요. 편지가 아니더라도 여행지에서 온 엽서, 아니면 전보 정도는 받을 줄 알았습니다. 이러한 구걸은 경멸받을 만합니다. 그러나 나는 그대에게 소식을 기다리는 것 같은 아주 사소한 문제에서도 스스로를 통제할 수 없습니다. 여러 가지 생각들이 줄곧 뒤죽박죽으로 떠오릅니다. 즉 그대가 내게 편지 쓰고 싶어 하지 않고, 나를 생각하지도 않으며, 어쩌면 어떤 단편적인 기억에 의해서만 나를 사랑하고 있다는 등의 생각 말입니다. 가련하고 억제할 수 없는 애걸입니다!

그건 그렇다 치고 방금 전에 전보 한 장이 왔습니다. 물론 그대에게 온 전보라는 생각밖에 없었습니다. 전보를 가져다 준 하녀에게 행복이 넘치는 눈빛을 보냈습니다. 그 전보는 마드리드에서 온 것이었습니다. 거기에 사는 외삼촌[알프레드 뢰비]은 내게 가장 가까운 친척입니다. 어떤 의미에서는 부모님보다 훨씬 더 가깝다고도 할 수 있지요. 근래에 아저씨에게 세 통의 편지를 받았지만 답장할 기분이 나지 않았습니다. 오 일 전(편지가 마드리드에 도착하려면 사 일이 걸립니다. 프라하와 베스터란트 사이의 연결 상태와 비교해보면 긴 시간이 아닙니다) 밤에야 편지를 써서 『아르카디아』와 함께 보냈습니다. 먼저 신세 한탄을 한 다음 화제를 바꿔서 가까운 시일 안에 공식적으로 약혼하

524

게 되었다고 밝혔습니다(외삼촌이 부모님보다 먼저 우리 약혼 소식을 들어야 했습니다). 나중에서야 이 편지와 「선고」가 기이할 정도로 일치한다는 생각이 떠올랐습니다. 분명히 「선고」에는 아저씨에 관한 것도 많이 들어 있습니다 (그는 독신이고 마드리드의 철도 국장이며 러시아를 제외한 전 유럽에 대해 알고 있습니다). 게오르크가 친구에게 보낸 편지와 비슷하게 『아르카디아』[88]에 첨부한 편지에서 외삼촌에게 약혼을 알렸던 것입니다―그런데 외삼촌은 내 편지를 오해했음에 분명합니다. 아저씨는 우리가 벌써 공식적으로 약혼했다고 믿고 있습니다. 내 앞에 있는 전보에는 "신랑 신부를 기쁜 마음으로 축하하네. 외삼촌 알프레드"라고 씌어 있습니다. 이렇게 해서 우리는 마드리드에서 공식적인 영역으로 성큼 올라서게 되었습니다. 반면에 그대 부모님은 아직 편안하게 지내면서 자신들을 위협하는 끔찍한 사위에 대해서는 전혀, 아니면 거의 모르고 있군요.

프란츠

Nr. 312
1913년 8월 6일

마침내 그대의 사랑스런 글을 다시 보게 되는군요. 그대가 함부르크에서 보낸 엽서는 받지 못했습니다. 주소를 정확히 적지 않았던 게 아닐까요? 이를테면 오늘 받은 엽서에는 니클라스 거리 6번지라고 씌어 있습니다.[89] 경우에 따라서는 그러한 실수가 내게 커다란 고통을 안겨줄 수도 있습니다.

내 부모님에 관해서는 더 이상 이야기할 필요가 없습니다. 부모님의 훈계는 들을 만큼 들었습니다. 그대 아버지에게 보낼 편지와 관련해서 그대는 결정적인 조언을 해주지 않고 있습니다. 그대의 세 가지 조언은 오히려 서로 모순될 뿐입니다. 이제 어떠한 충고도 바라지 않습니다. 심장을 소재로 한 나의 새로운 이야기에 대한 그대의 답장을 받는 즉시 그대 아버지에게(물론 편지의 수신인은 아버지입니다. 어머니에 대해서는 편지에 잠깐 언급했을 뿐입니다. 아버지와 어머니를 수신인으로 하는 형식을 취할 수는 없습니다) 편지를 보내겠습니다. 어제 밤을 꼬박 새웠습니다. 거의 매번 시계 종소리를 들었습니다. 그 밖의 경우에는 몽롱한 상태에 있거나, 확실치는 않지만 그대와 관련된 어떤 생각이 재봉틀의 북실처럼 끊임없이 일정하고 아주 빠르게 내 몽롱한 의식을 스쳐 지나갔습니다.

한밤중에 절망감 속에서 본격적인 정신 착란 증세가 나타났습니다. 더 이상 생각을 제어할 수 없었으며 모든 것이 헷갈렸습니다. 그러한 상태는 절박함에서 까만 나폴레옹식 총사령관 모자를 생각해낼 때까지 계속되었습니다. 그 모자는 내 의식을 뒤집어씌우고 강제로 흐트러지지 않게 만들었습니다. 바로 그때 심장이 마구 뛰었습니다. 창문이 활짝 열려 있고 꽤 쌀쌀한 밤이었음에도 나는 이불을 걷어찼습니다. 하지만 사무실에 나가는 것이 불가능하게 보였던 밤과는 달리 아침이 되자 이상하게도 심장과 그 주변의 통증을 제외하면 그다지 나쁘지 않은 상태가 되었습니다. 그리고 사무실에 나가 그대의 엽서와 편지를(월요일 오후에 쓴 편지가 수요일 아침에 도착했습니다) 받아 들었을 때는 훨씬 더 좋아졌습니다.―물론 늘 건강이 좋지 못한 것은 변함이 없지만 매일 전혀 다른 기분에 휩싸이는 엉망진창인 내 모습이 여기에 특징적으로 나타나고 있습니다.

그대의 프라하 방문에 대한 내 생각은 다만 어리석었을 뿐 아무것도 아니었을까요? 오세요, 펠리체. 그러나 이것은 진실이 아닙니다. 물론 그대는 내 부모님에게 초대를 받아야 합니다. 그러나 이러한 전제하에서 그대의 방문은 이 세상에서 가장 간단한 일이 될 것입니다.

게다가 아주 결정적이지요.

휴가에 커다란 문제가 생겼습니다. 우선 이 주일 동안 여행을 한 다음 나머지 이 주는 요양소에 머물려고 했습니다. 하지만 지금은 휴가 내내 요양소에 머무르는 것이 불가피하게 되었습니다. 페글리 지방의 제노바 근처에 있는 요양소를 선택했는데, 그곳에서는(제노바 가까이 있기 때문에) 여행과 요양이 동시에 가능할 것 같았기 때문입니다. 그러나 휴가는 구월에 얻어야 하는 반면에 이 요양소의 시즌은 시월 일일에야 시작된다는 것을 알았습니다. 그래서 가르다 호숫가에 있는 리바의 성 하르퉁엔으로 가게 될 것 같습니다.⁹⁰ 유감입니다! 그대에게 막스의 살림살이에 대해 적어 보내야 합니다. 그렇지 않으면 그대는 아마도 날 오해할 겁니다.

해수욕장에서 사진을 많이 찍었군요. 그대가 해변의 초막이나 모래 언덕 위에 앉아 있는 모습을 보고 싶습니다. 그런 사진을 얻을 수 없을까요?

프란츠

단치거 양에게도 안부 전해주세요. 서로 모르는 사이지만, 단치거 양은 내가 가장 사랑하는 사람 곁에 있는 사람입니다. 그것으로 관계는 충분하지 않을까요? 게다가 그녀의 글은 확고합니다!

Nr. 313
1913년 8월 7일

사랑하는 펠리체! 뭐라고요? 수많은 고통에서 원기를 회복해야 할 그 시간에 두통과 불편한 잠, 이상한 꿈에 시달리고 있다고요? 그것은 아직도 불분명한 우리들의 처지일 뿐 다른 아무것도 아닙니다. 아침에 그대 편지를 받으면 그대 아버지에게 편지를 쓰겠습니다. 그러면 우리 두 사람은 안정과 평안을 찾을 수 있을 테지요. 우리, 특히 그대는 반드시 그래야만 합니다. 어쩌면 그대가 실제와는 다르게 상상하고 있을지도 모르는 자제력 없는 나와 함께하는 삶이 의미하는 커다란 곤경이 앞으로 그대를 기다리고 있기 때문입니다. 가련하고 사랑스러운 펠리체! 나에 관해 알고 있는 그 모든 사실에도 불구하고 나와 함께 살려는 그대의 용기에 보답하려면 나는 일년 내내 그대의 발밑에 엎드려 있어야 할 것입니다. 우리가 함께 살기 전에 그러한 감사를 표할 기회가 분명히 있을 것입니다. 다만 그것이 직접적으로 그대를 향하지 않고 어쩌면 내 마음속에 숨어버릴지라도, 그대가 모든 것에서 이러한 감사함을 헤아려주었으면 좋겠습니다. 간단히 말해서 실망하지 않는 재능을 그대가 가졌으면 합니다.

펠리체, 베스터란트에서의 생활을 좀 더 자세하게 적어 보내주세요. 일반적인 것은 알고 있지만 좀 더 세세한 것에 호기심이 생깁니다. 그대는 사촌에 대해서는 한 번도 상세히 쓴 적이 없습니다. 아마도 처음 며칠 동안에는 따로따로 지냈을 테지요. 그러다가 최소한 다른 사람들과 식사를 같이하면서 서로 사귀게 되었을 겁니다. 그 사람들은 어떤 사람들인가요? 이름은 무엇인가요? 누가 마음에 들고 누가 마음에 들지 않나요? 배에서는 이야기할 만한 일이 전혀 일어나지 않았나요? (지금 옛날에 나온 『로빈슨 크루소』를 읽고 있습니다. 거기에서는 당연한 일이지만 배 여행 중에 사건이 계속해서 일어납니다. "그사이에 폭풍우가 더 거세지자 흔히 볼 수 없는 일을 경험하게 되었다. 즉 선장과 승무원을 비롯하여 몇몇 승객들은 간절하게 기도를 드리며 배가 가라앉을 순간을 기다렸다.") 하루를 어떻게 보내나요? 책도 읽나요? 무슨 책을 읽나요? 수영을 못하는데도 해수욕하는 것이 위험하지 않나요? '뮐러식 체조'를 하겠다는 약속을 지켜주어 정말 고맙습니다.

528

다음 번에 『여성용 교범』을 보내겠습니다.(그대가 약속한대로) 천천히 체계적으로 그리고 신중하고 철저하게 매일 '뮐러식 체조'를 시작하세요. 그것에 대한 이야기를 내게 전해주면 무척이나 기쁘겠습니다.[9])

프란츠

[가장자리에] 그대가 보낸 편지 두 통이 동시에 도착했습니다. 그런 식으로 편지가 규칙적으로 온다면 내 마음도 한결 규칙적이 될 것입니다. 그대 부모님의 편지를 한번 보내주지 않겠습니까? 부모님이 그대에게 어떻게 편지하는지 알 수 있도록 말입니다. 미래의 채식 위주의 식단에 대해서는 침묵을 지킬 건가요? 나는 그대의 환호를 기대했습니다.

Nr. 314
1913년 8월 8일

어제는 고마웠습니다. 오랜만에 처음으로 이틀 연속해서 편지가 왔기 때문입니다. 그러나 오늘 또다시 아무런 소식도 없습니다. 매일 편지를 요구하는 것이 전횡專橫으로 여겨질 수도 있겠지요. 하지만 그것은 전횡이 아닙니다. 오히려 제가 그대에게 중요하지 않다면 그것이 전횡입니다. 특히 지금 그대는 내게 규칙적으로 편지해야 합니다. 그대의 편지를 받지 못할 때 내가 얼마나 괴로워하는지 그대는 익히 알고 있습니다. 지금 내가 어떠한 상황에 처해 있는지, 그리고 그 상태가 그대 편지의 규칙성에 얼마나 좌우되는지 알고 있습니다. 또 불가피한 경우 흘려 쓴 몇 줄의 편지라도 내게는 충분하다는 것을 알고 있습니다. 그대는 베스터란트에서 규칙적으로 편지하겠다고 내게 약속했습니다. 그대의 답장이 내게는 특히 중요하다는 것을 그대는 알고 있습니다. 그대가 한 편지에서 두통과 불면에 대해 쓰고 그다음 날에 아무것도 적어 보내지 않을 때 내가 보통 이상으로 불안해할 수밖에 없다는 것을 잘 알고 있습니다. 이 모든 것에도 불구하고 그대는 내게 편지하지 않습니다. 더구나 내 편지를 매일 받고서도 내게 몇 마디의 말이라도 적어 보내야겠다는 압박감도 갖지 않습니다. 그렇다고 그대가 매일 편지하기를 요구하는 것도 아닙니다. 이미 여러 차례 말했듯이 사정이 여의치 않으면 단지 규칙적으로 편지해주기만을 바랄 뿐입니다. 그러나 그대는 그것에 대해서마저도 침묵하고 있군요. 그대는 내가 금요일에 우편물이 배달될 때마다 몸을 떤다는 것을 알면서도 간단한 그림 엽서 한 장 보내지 않고 수요일을 조용히 보내려고 합니다. 그대가 하루 종일 나를 생각하지 않는다는 증거가 있는데 그대가 나에 대한 꿈을 꾼들 내게 무슨 도움이 됩니까. 그리고 이것은 처음이 아닙니다. 펠리체, 그대가 내적인 또는 외적인 이유로 편지를 쓸 수 없다는 것과는 상관없이 그대의 태도는 부당합니다.

프란츠

Nr. 315 [노동자재해보험공사의 편지지]
1913년 8월 9일

오늘 아침 그대가 수요일에 보낸 편지 두 통을 받았고 그중 한 통은 이미 어제 저녁에 도착했다는 것을 들었을 때, 즉시 전보로 어제 편지에 대해 용서를 구하고 싶었습니다. 그러나 편지 두 통을 모두 읽고 난 후에는 그럴 수가 없었습니다. 그것들은 시간에 쫓겨 억지로 쓴 듯한 편지들이었기 때문입니다. 그 편지들은 내게 절망을 안겨줌니다. 편지를 전혀 받지 못했을 때보다는 덜 불행하다는 것을 고백합니다. 그러나 또 다른 측면에서 불행은 훨씬 더 큽니다. 그대가 그런 기분이라면 엽서만 보내도 좋았을 것을……

이 글을 사무실에서 적었을 때만 해도 너무나 슬펐습니다. 꼼짝도 하지 않은 채 앞에 놓인 그대의 편지를 수없이 읽고 스스로를 속여보려고 했지만 내가 필요로 하는 것은 찾아낼 수 없었습니다. 표현을 좀 바꾸어 말하면 그 편지는 낯선 사람에게 쓴 것이라고 할 수 있습니다. 아니 오히려 그렇다고 말할 수도 없습니다. 만일 그렇다면—내 느낌으로는—덜 피상적이고 감정이 스며들어 있을 것이기 때문입니다.

사랑하는 펠리체, 특히 지금 내가 그대에게 과민해져 있다손 치더라도 머리가 돈 것은 아닙니다. 그대는 내게 그 무엇과도 바꿀 수 없는 가치가 있기 때문에 내가 그대의 편지에서 아무것도 찾아낼 수 없을 수도 있습니다. 그것은 우리가 함께 있을 때 가끔 경험했고(그다음에 그대는 내게 싫증을 냈고 내적인 강요에 의해 무뚝뚝해졌습니다), 그대가 베를린을 떠나 여행을 할 때마다 이상한 방식으로 느꼈던 의구심입니다. 그대가 프랑크푸르트에 있을 때도 그랬고, 괴팅엔이나 함부르크에 있을 때도 마찬가지였습니다. 여행이 그대를 산만하게 만듭니까, 아니면 정신을 차리게 만드는 건가요? 이것은 부정할 수도 없는, 분명 설명할 수 있는 사실들입니다. 펠리체, 내 기억 속에 있는 그대의 첫 번째 편지를 지난번 편지와 비교해보면, 첫 번째 편지가 훨씬 나를 기쁘게 한다고 말하지 않을 수 없습니다. 물론 이것은 하나의 편지에 지나지 않습니다. 지지난번 편지에서 그대는 내게 과분할 정도로 사랑을 증명해 보였습니다. 그러나 어쨌든 이번에 보낸 편지 두 통에서는 아무런 보람도 찾을 수 없습니다. 펠리체, 내 착각을 지적해준다는 의미에서뿐만 아니라 좋은 의미에서 내게 설명할 수 있다면 제발 그렇게 해주세요. 몇 줄밖에 안 되는 이런 식의 편지와 아무런 내용도 없는 일련의 편지들에 대해 설명해주세요. 그대의 편지들 중에서 프랑크푸르트에서 보낸 편지가 제일 낫고, 그다음은 동물원에서 보낸(책상 밑에서 씌어진) 편지, 그리고 수요일 저녁에 쓴 이번 편지 순입니다. 이 마지막 편지는 "에르나가 하루 종일 내게 야단을 칩니다. 내가 바깥바람을 쐬는 대신 방에서 편지를 쓰며 하루를 다 보낸다는군요"하는 내용이 전부입니다. 사랑하는 펠리체, 무슨 뜻인가요? 그대는 무엇을 말하려고 한 거지요? 하지만 지금 집에서 찾아낸 사진을 보면서 나는 그대와 영원히 결합된 듯한 느낌을 고백하지 않을 수 없습니다. 고통스럽게 보낸 오전이 그러한 기억 속에서 내게 무조건 필연적인 위의 내용을 쓰게 하지만 않았다면, 오히려 그대의 사진을 보면서 끊임없이 감사했을지도 모릅니다.

그대의 프란츠

Nr. 316
1913년 8월 10일

펠리체, 전보를 받았습니다. 정말 고맙습니다. 그리고 나의 부당한 비난과 나 때문에 휴가를 망친 것에 대해 용서를 빕니다. 오늘 사무실에서 금요일에 보낸 그대의 엽서를 받았습니다. (그대가 쓴 목요일 편지는 아직 받지 못했습니다. 아마도 집으로 보낸 그 편지는 내일이나 도착할 것입니다.) 그러나 그것은 전혀 중요하지 않습니다. 나는 그대의 편지 쓰기를 감시하는 악마가 아닙니다. 그렇지만 그대의 편지 내용을 보고 놀랐습니다. 그 내용에 따르면 나는 타인을 괴롭히지 않도록 어떻게든지 진정시켜야 할 악마인 것처럼 보입니다. 펠리체, 지난 며칠 동안 그대에게 받은 편지에서 그것은 반복적으로 나타납니다. 지지난번 편지에서 "이제 그대가 불평할 수는 없겠지요"라는 내용과 지난번 편지에서 "에르나가…… 야단을 칩니다" 하는 내용이 바로 그것입니다. 그리고 오늘 엽서에 그대는 "방에만 있는 것은 죄악일 것입니다……"하고 적었습니다. 사랑하는 펠리체! 다른 사람들이 돈에 대해 말하듯이 우리는 편지 쓰기에 대해 적어서는 안 되나요? 돈에 대해 말하는 것이 더 나쁘지 않은가요? 그대가 나 때문에 편지를 쓰는 것이라면 정말 끔찍합니다.

편지를 보내기가 두렵습니다. 어쩌면 나는 판단할 능력이 없는지도 모릅니다. 만일 그렇지 않다면 그것 또한 똑같은 이유에서 나온 것이고, 따라서 정당한 의미를 지닙니다.

이것은 내게서 그대를 몰아낸 엄청난 거리감인가요? 아니면 나로 인해 일시적으로 마비된 그대의 실제 감정인가요? 그대는 변함없이 명확한 통찰력을 지니고 있으며 자신을 제어할 수 있습니다. 그러나 항상 되풀이되는 이러한 단절들은 그만큼 더 화가 나고 의미심장하게 느껴집니다.

그대의 프란츠

Nr. 317
1913년 8월 11일

오늘 캄펜에서 온 엽서를 받았습니다. (목요일의 엽서도 함부르크에서 보낸 엽서처럼 분실되었을까요?) 그러나 진실을 말하자면 이 엽서는 지난번의 편지들보다 더 순수한 기쁨을 가져다줍니다. 엽서에는 그 어떤 나쁜 의미도 담겨 있지 않으며, 자기 기만이기는 하지만 어떤 좋은 일을 예감케 합니다. 그대는 누군가가(그 사람은 누군가요?) '황홀하다'고 여긴 즐거운 소풍을 다녀왔군요. 내 생각을 조금은 했겠지요. 만일 이전에 아무 일도 없었다면 나는 매우 만족했을 것입니다. 그러나 지금 중요한 것은 내가 느끼는 순간적인 기쁨이 아닙니다. 중요한 것은 오히려 이런 것입니다. 펠리체, 그대가 내 아내가 되는 희생을 감수하고자 한다면—사실 그것이 희생이라는 것을 나는 일일이 증명하려고 했습니다—, 그대는 우리 두 사람을 끝없는 불행에 내맡기지 않기 위해서라도 나에 대한 그대의 애착을 경솔하게 판단하거나 혹은 판단을 포기해서는 안 됩니다. 나에 대한 그대의 감정이 완전히 명확한지는 그 누구도 요구할 수 없습니다. 그대는 자신의 감정에 확신을 가져야 합니다. 지난번 편지들을 살펴보거나 이전의 비슷한 시기를 돌이켜보면 그대에게서 이러한 확신을 발견한다는 것은 회의적입니다. 설명할 수는 없지만 어딘가에 분명 착각이 숨어 있습니다. 그 착각은 때때로 작용하지 않기 때문에 그대가 최소한 예감할 수는 있지만 수수께끼 같은 그것을 찾아낼 수는 없습니다. 하지만 그 일은 바로 그대의 의무일 것입니다. 그것은 쉽게 제거할 수 있는 사소한 선입견이나 단순한 나약함일 수도 있습니다. 비록, 현재에는 가끔이지만 미래에는 완전히 그대를 내게서 떼어놓는 것일 수도 있습니다. 그러나 그 어떤 것도 그대를 저로부터 떼어놓지 못합니다. 그대가 예를 들어—유일한 예는 아닙니다—재회에 대한 질문에 이런 세 문장으로 대답한다면 말입니다. "내가 지금 프라하로 가는 것은 도저히 불가능합니다. 그런데 그대는 왜 자신이 먼저 베를린으로 올 수는 없다고 생각하지요? 크리스마스 휴가 때는 어떨까요?" 지금은 팔월입니다. 펠리체, 여기에서 내가 겉으로 보기에 끔찍한 어떤 일을 하고 있다는 것을 잘 압니다. 그것은 아마도 내가 그대에게 행한 가장 나쁜 일인 동시에 가장 불가피한 일 이기도 합니다. 그대는 자신의 말 속에 담긴 목소리를—그 예에 집착하지 마세요—들으려고 하지 않습니다. 그래서 나는 그대를 위해 그것을 다시 한번 큰소

534

리로 반복합니다.

프란츠

Nr. 318
1913년 8월 12일

펠리체, 그대가 잠을 푹 자고 나서 상쾌한 아침에 즐거운 하루를 기대하며 식사를 하는데 매일 내 저주스러운 편지가 지옥에서 온 소식처럼 그대에게 건네어진다고 생각하면 혐오감이 밀려옵니다. 펠리체, 나는 어떻게 해야 할까요? 지난번에 보낸 그대의 편지와 엽서에서 그대의 친밀함이나 도움, 확신에 찬 결심을 느끼지 못하겠습니다. 그것에 대한 확신이 없이는 나와 그대 부모님 사이에 최소한의 접촉도 이루어질 수 없습니다. 왜냐하면 그대만이 나를 그들과 연결시켜주는 유일한 매개체이며 미래에도 그럴 것이기 때문입니다. 따라서 나는 어제 편지에 대한 답장을 기다릴 수밖에 없습니다. 펠리체, 그대는 나의 상황을 이해하지 못하는 건가요? 나는 내가 주는 것보다 더 많은 고통을 받고 있습니다. 그것은 물론 많은 의미가 있음에도 조금도 내 자신을 정당화시키지 못합니다.

그대의 프란츠

Nr. 319
[1913년 8월 14일로 추정]

사랑하는 펠리체! 지난번 편지에서 비로소 그대를 재인식하게 되었습니다. 월요일의 편지와(아마도 우표를 충분히 붙이지 않은 탓에 목요일인 오늘에야 도착했습니다) 첫 번째 화요일 편지만 하더라도 그대는

카프카의 편지 535

마치 구름 뒤에 가려져 있는 듯했습니다. 이 모든 편지들이 내게 충분치 않았다는 것에 대해 원망의 시선을 보내지는 않았는지 자문해 보았습니다. 거기에서는 줄곧 울슈타인할레의 결함에 대해 말하고 있었습니다. 편지가 제대로 씌어지지 않는다는 사실을 누가 의심이라도 했나요? 아니면 그대가 편지를 써야 한다고 누가 요구라도 했나요? 울슈타인할레의 사진이 이미 내 눈을 아프게 했습니다. 그대는 어차피 연필로 편지를 썼습니다. 따라서 아침 식사 때나 해변가에서 내게 몇 줄 적어 보내줄 수는 없었는지요? 또한 여러 가지 징후로 미루어 볼 때 그대가 내 편지를 건성으로 읽는다는 것을 알았습니다. 예를 하나 들자면 마드리드의 외삼촌에 대해 적어 보낸 적이 있는데 그대는 마드리드를 밀라노로 착각했습니다. 이것은 별로 중요하지 않습니다. 그러나 마찬가지로 나의 가장 중요한 생각을 엉뚱하게 이해했으면서도 그대가 말하지 않은 탓에 내가 깨닫지 못했을 수도 있습니다.

그대가 보낸 화요일의 두 번째 편지가 비로소 나를 좀 진정시켰습니다. 다시 나의 펠리체를 찾은 듯합니다. 마침내 그녀가 다시 나타났습니다. 펠리체, 어쩌면 그대는 단지 피곤할 뿐인지도 모릅니다. 그렇지 않다면 그것은 기적이겠지요. 이제 예전의 그 어떤 가능성에 대해서도 생각하지 않습니다. 그리고 이 편지와 동시에 그대 부모님에게도 편지를 보낼 것입니다. 두 편지는 베를린까지 함께 갑니다.

그대가 묵는 여관에 있는 그 남자는 필적 감정을 그만두어야 합니다. 결코 (그대가 경험했다시피) '내 방식이 분명하지는' 않습니다. 더 나아가 나는 '지나치게 감각적이지도' 않으며 천성적으로 매우 금욕적입니다. 또 마음씨가 좋지도 않으며 절약을 하기는 하지만 '강요를 받으면' 쉽게 굴복합니다. 더구나 너그러운 사람은 더더욱 아닙니다. 이 밖에도 그 남자가 말했지만 그대가 깨닫지 못한 것도 위에서 말한 것과 비슷할 것입니다. '예술적인 관심' 또한 결코 옳다고 할 수는 없습니다. 그것은 모든 오류들 중에 가장 잘못된 진술입니다. 나는 문학에 관심이 있는 것이 아니라 문학으로 이루어져 있습니다. 나는 다른 그 어떤 것도 아니며 그럴 수도 없습니다. 최근에 『사탄의 종교사』에서 이런 이야기를 읽었습니다. "한 성직자의 목소리가 너무나 아름답고 달콤하여 누구나 그 소리를 듣고 싶어 했습니다. 어느 날 이 사랑스런 목소리를 들은 다른 한 성직자는 이것은 사람의 소리가 아니라 사탄의 소리라고 했습니다. 그러고는 모든 숭배자들 앞에서 사탄을 불러냈습니다. 그러자 성직자의 몸에서 사탄이 빠져 나왔으며, 그 몸은 심한 악취를 풍기는 시체로 변했습니다(사탄의 영혼을 대신하여 인간의 육체가 살아 숨 쉬었던 것입니다)."[9] 나와 문학의 관계도 이와 매우 유사합니다. 다만 나의 문학은 성직자의 목소리처럼 그렇게 달콤하지는 않습니다.―물론 내 글에서 그것을 끄집어내기 위해서 사람들은 노련한 필적 감정사가 되어야 합니다.

그대의 필적 감정사에 어울릴 만한 비평가가 있습니다. 최근에 『관찰』에 대한 서평이 『문학의 메아리』에 실렸습니다.[10] 그 서평은 매우 호감이 가지만 그 자체로는 특별할 것이 없습니다. 다만 서평 중에 "카프카의 독신자 예술……"이라는 부분이 눈에 띕니다. 이것에 대해 그대는 무어라고 말하겠습니까, 펠리체?

또 다른 사안들에 대해서 간단히 적겠습니다. 나는 뮐러식 체조를 고수하겠습니다. 책은 오늘 발송됩니다. 그 책이 지루하다면 그대는 제대로 소화하지 못한 것입니다. 그 책을 꼼꼼히(물론 조심스럽게 앞으로 나아가며!) 살펴보도록 하세요. 그 영향을 느끼게 되면 그 책이 그대를 지루하게 하지는 않을 겁니다. 뼈 때문에 걱정할 건 없습니다. 사촌이 자면서 잠꼬대를 하면 수건을 얼굴 위에 살며시 올려놓으세요.

프란츠

1913년 8월 15일

다시 한번 더 펠리체, 안정을 취하세요. 지금은 여름 휴가철입니다. 방 안에서나 바깥에서나 불안에 빠져 있을 이유가 없습니다. 나는 그대 부모님에게 꼭 필요한 말을 했습니다. 그대의 부모님이 알아듣고 이해할 수 있도록 필연적인 것과 사실적인 것을 합치시키는 일은 쉽지 않았습니다. 그러나 그것이 절반의 성공이라 할지라도 내게는 무방합니다. 어쨌든 우리 사이에는 걱정과 근심에 대해서 더 이상 할 말이 남아 있지 않습니다. 남은 것이 있다면 고통을 참아내는 일뿐입니다. 내가 최근의 편지들에서 한 비난은 대부분 옳지 못했습니다. 그것에 대해서는 자세히 말하고 싶지 않습니다. 그 비난들은 각각의 편지 중 일부분에 대한 상심에서 나온 것이 아니라 더 깊은 내면의 불안에서 나온 것이었습니다. 이제 그만둡시다! 그런 일로 그대를 더 이상 괴롭히지 않을 방법을 찾아냈습니다. 즉 불가피한 것을 편지에 적되, 그 편지를 보내지 않는 방법입니다. 언젠가 평화스러운 날이 오면 우리는 함께 그것을 조용히 읽고 나서 편안한 시선을 교환하며 손을 맞잡고 아마도 베스터란트에서 천천히 다가오고 있는 편지보다 모든 것을 더 손쉽고 빠르게 제거할 수 있을 것입니다. 펠리체, 내가 그대에게 안겨준 최근의 괴로움을 나와의 결합이 의미하는 희생의 한 부분으로서 받아들이세요. 달리는 말할 수 없습니다. 그대 부모님이 내 편지에 대해 그대에게 질문할 경우 그것을 잘 생각해서 대답하세요.

이제는 내게 편지를 많이 보내지 마세요. 편지 왕래가 잦다는 것은 무언가가 제대로 돌아가지 않는다는 표시입니다. 평화시에는 편지가 필요 없습니다. 내가 그대의 신랑이 된다고 해서 이 세상에서 변할 것은 아무것도 없습니다. 어쨌든 그것은 회의와 불안이 외부에 미치는 영향의 종결을 뜻합니다. 따라서 편지를 많이 보내는 일은 더 이상 필요하지 않습니다. 다만 자로 잰 듯한 규칙적인 편지 왕래가 필요할 뿐입니다. 내가 신랑이 되면 편지 쓰는 일을 비록 거르지는 않는다 할지라도 얼마나 힘겨워하는지를 보고 그대는 깜짝 놀랄 것입니다. 우리들 사이의 결속은 상대적으로 편지가 가소로울 정도로 점점 강해집니다.

프란츠

Nr. 321
1913년 8월 18일

사랑하는 펠리체, 그대는 내게 아픈 기색을 보이지 않는군요. 건강이 그다지 좋지 않은 건가요? 그것은 무슨 뜻이지요? 어째서 자세히 설명하지 않는 건가요? 그대에게 고통을 주어서 병이 나게 만들었다는 비난을 나 혼자 뒤집어써야 하는 건가요? 또 다른 책임은 없나요? 있다면 어떤 책임인가요? 그대는 여전히 잠을 잘 자지 못하는 건가요? 두 사람 중 나 혼자만의 불면증으로도 충분합니다. 그대는 충분한 휴식을 취하고 있나요? 식사는 괜찮은 편인가요? 건강이 그다지 좋지 않다는 것은 무슨 뜻인가요? 펠리체, 더 이상 편지 쓸 생각은 말고 엽서에 왜 건강이 좋지 않은지 간단한 설명과 함께 희망의 글을 적어 보내주세요. 그대가 건강이 그다지 좋지 않다는 내용만이라도 적은 편지를 보내준다면, 나는 어떤 설명이나 또는 최소한 그럴듯한 설명을 끄집어내지 않고서도 몇 시간 동안이나 그것을 응시할 수 있습니다. 만일 가능하다면 그러한 인상을 주는 엽서가 아니라 우리가 어디에서 어떻게 살지 상상할 수 있는 그림 엽서를 보내주세요. 그것이 내게는 가장 중요하기 때문입니다.

우체국이 다시 우리에게 장난을 치고 있습니다. 그대가 금요일에 보낸 편지를 지금 월요일에야 받았습니다. 지난 월요일에 그대에게 도착했어야 할 플로베르 소설도 이제야 배달된 것 같군요. 그 책에는 삶이 들어 있습니다! 그것을 꽉 붙잡고 있으면 전이됩니다. 어제 막스가 여행에서 돌아왔습니다. 집으로 찾아가니 그의 부모님들도 와 계셨습니다. 거기에서 브로트 부인이 어딘가에서 누군가로부터— 아무도 내게 그 이름을 알려주지 않더군요—축하 인사를 받았다는 엄청난 소식을 알게 되었습니다. 내게는 아무것도 들리지 않았고 이해되지도 않았습니다. 잠을 못 자서 두통이 난 나머지 멍하니 쳐다보기만 했습니다. 그것은 비참한 상태의 표현인 동시에 낯선 사람들이 내 일에 끼어들거나 그러기를 원한다는 슬픔의 표현이었습니다. 그러나 그들의 우정, 관심, 호의, 애정 등을 면밀히 관찰해보면 나는 그들에게 그런 권리를 인정해줄 수 없습니다.

사진요, 펠리체! 사진을 보내주세요! 사람들이 기다려요!

내가 얼마나 아름다운 시를 선사 받았는지 아시나요! 그것은 『메르츠』에 실려 있습니다.[94] 그것을 내게 다시 보내주세요. 우리가 이 년 전에 머문, 루가노 근처에 있던 마을 이름이 생각나지 않습니다.—그대의 건강을 보살피세요. 그대의 사촌과 친구는 그대를 보살피고 돌보는 데 전념해야 합니다. 나도 거기에서 어떤 일을 할 수 있으면 좋으련만.

프란츠

Nr. 322

1913년 8월 20일

펠리체, 그대가 나에 대해 충분히 생각하지 않는다는 비난이 얼마나 옳은지 아시겠지요. 아니면 그대는 위험을 무릅쓰고 나를 생각했나요? 아닙니다. 나는 그대의 생각 속에 존재하지 않았습니다. 이제는 건강이 좋아진 건가요? 계속 가슴이 두근거립니다. 아닙니다, 펠리체, 거기에 내 자신을 끼워 맞추고 싶지 않습니다. 내 가슴은 신경이 시키는 대로 내버려 두겠습니다. 하지만 그대의 가슴은 타고난 천성대로 조용히 뛰게 하십시오. 목의 염증이 어떻게 공포의 결과라고 할 수 있단 말인가요? 그것은 명확하지 않습니다. 의사가 왕진을 왔었나요? 펠리체, 그대는 나를 알기 전에도 저항력이 없었나요? 이 모든 파문보다 더 많은 책임이 내게 있는 것은 아닌가요? 내가 그대를 괴롭힌 것은 내 자신을 괴롭힌 것의 절반도 되지 않습니다. 그 결과 앞으로 나 자신이 아니라 그대가 놀라게 되겠지만 흰 머리카락이 점점 많아지고 있습니다. 언젠가 그대는 대머리 구혼자 때문에 혼이 난 적이 있다고 편지에 쓴 적이 있습니다. 지금 거의 백발의 남자가 그대에게 청혼하고 있는 중입니다.

오늘 그대의 편지에서 눈에 띈 것은 우리가 적어도 한 가지 면에서는 완전히 대립한다는 점입니다. 그대는 입으로 하는 말을 필요로 하고 그것이 그대를 기쁘게 만듭니다. 직접적인 교류가 그대에게는 좋습니다. 글은 그대를 혼란스럽게 하지요. 글은 그대에게 불완전한 대용물일 뿐이며 대부분의 경우 대용물조차도 될 수 없습니다. 수많은 내 편지에 그대는 답장하지 않았습니다. 그대는 의심할 여지없이 호의와 용의를 가지고 있지만 다만 편지 쓰는 일이 마음에 거슬렸기 때문입니다. 그대는 이를테면 이런저런 문제에 대해 말로 의사를 표현하고 싶어 합니다.

나는 정반대입니다. 나는 말로 의사를 표현하는 것이 아주 거슬립니다. 그런 의미에서 지금 내가 말하는 것도 틀린 것입니다. 말은 그 내용의 진지함과 중요성을 빼앗아갑니다. 내게는 다른 도리가 없어 보입니다. 수많은 외적 요소와 외적인 강요가 말에 영향을 미치기 때문입니다. 그런 까닭에 나는 궁지에 처해 있기 때문이기도 하지만 확신에 의거하여 침묵합니다. 글만이 내게 어울리는 표현 형식입니다. 우리가 함께 지낸다 해도 그 상태는 변하지 않을 것입니다. 하지만 내본질적이고 유일한(단지 그대를 향한 것이기는 하지만) 전갈로서 편지를 재촉하는 일이 천성적으로 말하기와 듣기를 좋아하는 그대에게 충분하다고 할 수 있을까요?

프란츠

Nr. 323
1913년 8월 21일

사랑하는 펠리체, 어제 너무 늦게 귀가하는 바람에 그대가 보낸 전보에 대한 답장으로 전보를 칠 수 없었습니다. 그대도 분명 어제 저녁에 내 편지를 받았겠지요.

일요일에 편지를 쓰려고 했지만 사정이 생겨 그러지 못했습니다. 일요일에 혼자 골목길을 돌아다니던 중 우리가 가장 중요한 일 또는 적어도(오늘 내 손이 얼마나 불안한지 모르겠습니다. 그렇지 않나요? 조용히 편지를 쓸 수는 있습니다. 지켜봐 주세요) 가장 중요한 것과 직결된 일에 대해서 기껏해야 암시적으로만 말하거나 편지에 적었다는 생각이 들었습니다. 서둘러 집으로 가서 모든 가능성을 글로 적어 그대에게 보여주는 것보다 더 자연스러운 일은 없었습니다. 저녁 시간이라 글을 쓰기에도 좋았지요. 잠은 문제가 되지 않았습니다. 그런데 그때 아는 사람을 만났습니다. 우리는 조용히 별 의미도 없는 대화를 나누었습니다. 그와 헤어진 나는 더 인간적으로 생각했고, 내가 그동안 그대에게 가한 고통에 대해 생각했으며, 가장 중요한 일에 관한 편지는 당분간 쓰지 않기로 했습니다. 편지를 쓰지 않는 것이 죄를 저지른 것이 되었다면—사실이 그렇지만—그것은 좋은 의미에서의 죄악이었습니다. 그대가 월요일에 침대에 누워 있었고 보살핌을 필요로 했다는 사실을 편지에서 읽었을 때 나는 그 지인에게 감사했습니다.

그대가 어머니에게 편지를 쓰겠다고요? 먼저 그대의 아버지가 내게 답장을 해야 합니다. 그다음에 사정이 허락하면 어머니에게 편지를 쓰든지, 아니면 어머니의 편지를 기다리든지 마음대로 하세요. 그것에 대해 나는 아무런 느낌도 없습니다. 그대가 어머니가 먼저 편지 쓰기를 원한다면 어머니는 그렇게 할 것입니다.

펠리체, 휴가 전에는 베를린에 가기가 어렵습니다. 첫째, 그대는 내 현재 상태를 기꺼워하지 않습니다(나중의 인상을 흐리게 하고 싶지는 않습니다). 둘째, 우리 두 사람은 약혼 기간을 못마땅하게 생각하고 있습니다. 결혼식에 가서야 신랑이 신부 얼굴을 보게 되는 동양의 결혼 풍습은 일리가 있습니다. 신랑은 면사포를 들어 올리고 "이 사람이 펠리체구나!"하면서 발밑에 무릎을 꿇습니다. 그러나 신부는 뒤로 물러서며 머리가 하얗게 센 신랑을 보고 깜짝 놀랍니다. 셋째, 휴가를 한데 모으고 싶습니다. 일요일 하루도 여유가 없습니다. 이것이 일반적인 이유들입니다. 받아들일 수 있겠습니까?

프란츠

[가장자리에] 사진을 보내주세요! 그리고 언니의 편지도!

Nr. 324

1913년 8월 22일

말하지 않은 것은 아무것도 없습니다, 펠리체. 걱정하지 마세요. 가장 중요한 일은 아마도 그대로부터 이해받지 못한 듯합니다. 이것은 비난이 아니며 비난의 흔적도 아닙니다. 그대는 인간이 할 수 있는 일을 했습니다. 그리고 자신이 지니고 있지 않은 것은 이해할 수 없습니다. 어느 누구나 마찬가지지요. 나 혼자만이 모든 걱정과 근심을 뱀처럼 생생하게 지닌 채 끊임없이 그 내부를 들여다봅니다. 나 혼자만이 사태가 어떻게 돌아가는지 압니다. 그대는 다만 나를 통해서, 즉 편지를 통해서 알 뿐입니다. 이를 통해 그대에게 전달되는 것은 현실에 대한 공포나 고집스러움, 크기, 끈기 면에서 씌어진 내용과 다릅니다. 이것은 이미 포괄적으로 말할 수 없는 불균형입니다. 그대의 기대감에 충만한 어제 편지를 읽어보면 명확히 알 수 있습니다. 이 편지를 쓸 때 그대는 베를린에서의 나에 대한 기억을 잊어버렸음이 분명합니다. 그대를 기다리고 있는 것은 그대가 베스터란트에서 맛본 행복한 삶, 즉 서로 팔짱을 끼고 유쾌하게 떠들던 모습이 아닙니다. 삭막하고 슬프며 말이 없고 만족을 모르는, 병약한 사람을 곁에 둔 수도원 같은 삶입니다. 그대에게는 미친 것처럼 보이겠지만 그는 보이지 않는 문학에 보이지 않는 사슬로 얽매어 있습니다. 그리고 사람들이 가까이 다가오면 이 사슬을 건드린다는 이유로 소리를 지릅니다.

그대 아버지는 내게 답장하는 것을 망설이고 계십니다. 당연한 일이지요. 하지만 질문마저도 망설인다는 것은 전반적으로 회의를 품고 있다는 것을 증명하는 듯이 보입니다. 이러한 회의는 질문에 대한 대답을 통해—완전히 가식적인 방식으로—충분히 제거될 수 있습니다.

그러나 그대 아버지는 나를 드러낼 수도 있는 편지의 일부분을 자신의 경험 밖이라는 이유로 무심결에 지나쳐버렸습니다. 오늘밤 내내 그래서는 안 되겠다고 생각하고는 그대 아버지에게 명확하게 설명하기 위해 편지의 초안을 잡았습니다.[95] 그 편지는 완성되지 않았고 아마도 그것을 보내지도 않을 것입니다. 그것은 단지 내 부담을 조금도 덜어주지 못했습니다.

프란츠

Nr. 325
1913년 8월 24일

사랑하는 펠리체! 꾸벅꾸벅 졸고 있던 나를 하녀가 깨우더니 그대 편지를 건네주었습니다. 그 편지는 밤마다 비몽사몽 간에 머릿속을 맴도는 날카로운 상상들을 보완하는 역할을 했습니다. 그러나 하녀가 한밤중에 그대 편지를 가져왔더라면 그것은 그대와 우리의 미래만이 중요한 내 사고 속에 당연한 것으로 받아들여졌을 것입니다.

사랑하는 나의 가련한 펠리체! 내가 그대와 함께 고통을 겪는 동시에 그 누구보다도 그대를 괴롭히고 있는 상태는 끔찍하지만 일리가 있습니다. 나는 말 그대로 갈라지고 있습니다. 나는 내 자신의 타격에 굴복하고 그것을 실행하기 위해 온 힘을 다하고 있습니다. 그것이 우리에게 나타날 수 있는 가장 나쁜 징후가 아니라면 말입니다.

사랑하는 펠리체, 나는 글쓰기에 소질이 전혀 없습니다. 아무런 소질도 없습니다. 내 자신만이 있을 뿐입니다. 소질은 뿌리째 뽑아내거나 억누를 수 있습니다. 문제가 되는 것은 내 자신입니다. 내 자신조차 뿌리째 뽑아내거나 억누를 수 있습니다. 그대는 어떤가요? 그대는 멀리 떨어져 있으면서도 내 옆에서 살고 있습니다. 나는 아무런 소질도 없습니다. 저의 가장 사소한 삶의 표현조차도 그것에 의해 결정되고 반전됩니다. 그대가 혹시 참을 수 없는 고통에 대해 편지를 쓴다면 그것에도 익숙해질 것입니다. 그대는 내가 이미 편지에 썼듯이, 적어도 가을과 겨울에 매일 한 시간밖에 함께 지내지 못하고 아내로서 지금 처녀 때의 주변 환경에서 생각할 수 있는 것보다 훨씬 힘들게 고독을 감수해야 하는 삶을 그려볼 수 있나요? 그대는 수도원 앞에서 웃으면서 뒤로 물러서겠지만 타고난 노력으로(부수적으로는 그의 상황으로 인해) 수도원의 삶을 요구하는 사람과 함께 살게 될 것입니다. 침착합시다! 펠리체, 침착합시다! 나는 오늘 그대 아버지로부터 느긋하고 사려 깊은 편지를 받았습니다. 그 느긋함에 비하면 마치바보 같은 내 상태는 먼 나라 이야기인 듯했습니다. 하지만 그대 아버지의 편지가 느긋한 것은 단지 내가 그분을 속였기 때문입니다. 그대 아버지의 편지는 우호적이고 개방적입니다. 반면에 내 편지는 수시로 그대를 공격하고, 내 자신이 그런 저주를 받은 가장 불행 한 속마음을 위장한 것에 지나지 않았습니다. 그대 아버지는 물론 결론을내리는 대신에 그대와 그대 어머니와의 의논 내용을 앞세우고 있습니다. 펠리체, 나는 그러지 못했더라도 그대는 아버지에게 솔직하게대하세요. 아버지께 내가 어떤 사람인지 말하고 편지들을 보여주세요. 그리고 아버지의 도움을 받아 내가 사랑에 눈이 멀어 편지, 간청, 맹세 등을 통해 그대를 몰아넣은 저주받은 영역에서 벗어나세요.

프란츠

Nr. 326
1913년 8월 24일
어떻게 지냈느냐고요? 그대의 전보를 받은 나흘 전부터 그대 아버지에게 보내는 편지를 완성해서 서랍 속에 간직하고 있습니다. 그대의 편지를 읽고 난 후 부모님들이 점심 식사를 마치고 카드놀이를 하고 있던 옆방으로 가서 "아버지, 저의 결혼에 대해 뭐라고 하시겠어요?" 하고 물었습니다. 이것은 내가 그대에 대해 아버지와 이야기한 첫 번째 말이었습니다. 아버지는 물론 어머니가 알고 있는 모든 것을 어머니한테 들어서 알고 계십니다. 내가 아버지를 경탄해 마지않는다고 그대에게 말한 적이 있었던가요? 마치 본성에 의해 결정된 것처럼 아버지가 나의 적이고 나는 아버지의 적이라는 사실을 그대도 알고 있습니다. 그러나 아버지의 인품에 대한 내 경탄은 두려움에 버금갑니다. 궁지에 몰릴 경우 나는 아버지를 비켜갈 수는 있어도 넘어설 수는 없습니다. 아버지와 나의 다른 대화와 마찬가지로(그것은 우리가 대화라고 부를 수 있는 것이 아니라 내가 쓸데없는 주석을 달고 아버지가 힘차게 말하는 형태였습니다) 이 대화 또한 아버지가 홍분하여 주석을 달고 내가 이러한 홍분에 맞장구를 치면서 시작되었습니다. 지금 대화를 통하여 특별히 야단맞은 것은 아니지만 이 모든 것을 기술하기에는 너무 힘이 없고 제정신이 아닙니다. 아버지에 대한 내 무력감은 이미 잘 알고 있고 명백하며 나보다는 아버지를 훨씬 더 많이 괴롭힙니다. 아버지가 내게 말하고자 했던 바의 핵심은 내 수입으로 볼 때 결혼하면 곤궁에 빠질 것이며, 결과에 책임을 지지 않는 성격 때문에(여기에서 내가 망해가는 석면 공장 운영에 참여하도록 아버지를 유혹했으면서 이제 와서는 그 공장에 신경조차 쓰지 않는다는 험악한 비난이 쏟아졌습니다) 이 곤궁을 감내하거나 해소할 수 없다는 것이었습니다. 내 문제와의 관련성이 명확하지는 않지만 어쨌든 당시에 제기한 부차적인 논거는 둘째 여동생의 결혼에 관련한 것이었습니다. 아버지는 허공에 대고 비난하다가 나중에는 어머니와 나에 대해서도 비난했습니다. 아버지는 재정적인 측면에서 (정당한 방식으로) 이 결혼에 만족하지 못하고 계십니다. 그런 식으로 삼십 분이 흘러갔습니다. 그러한 장면들의 결론 부분에서 대부분 그렇듯이, 아버지는 자기 자신에게는 아니지만 결국 비교적 부드러워져서 상대방이 어찌할 바를 모르게 만듭니다. 특히 아버지에게 자연스러운 말을 할 줄 모르는 나는 더욱 그렇습니다. (아버지와 나의 관계에서 가장 특이한 점은 그럼에도 내 자신이 아버지의 곁이 아니라 내면 속에서 느끼고 괴로워한다는 것을 내가 너무나도 잘 안다는 점입니다.) 결론적으로(그 사이의 과정은 설명에서 뺐습니다) 아버지는 내가 원한다면 베를린으로 가서 반박하기 어려운 이의를 제기할 것이 분명한 그대의 가족을 만날 용의가 있다고 하셨습니다. 또한 사람들이 이러한 이의 제기에도 결혼에 동의한다면 더 이상 반대하지 않겠다고 하셨습니다.

펠리체, 아버지와 나 사이의 이야기에 끼어들어 주세요. 그대가 나를 도와주어야 합니다. 그대에게 내 아버지는 낯선 남자입니다. 아버지가 베를린으로 가시는 것이 시작으로서 좋을까요? 일을 어떻게 진행시켜야 할까요? 여기에는 뱀처럼 영리하고 빠른 대답이 필요합니다.

프란츠

Nr. 327

1913년 8월 25일 [24일 밤부터 썼을 것으로 추정]
사랑하는 펠리체, 낮에 내 본래 뜻을 제대로 전달하지 못한 것 같습니다. 나는 순간과 순간의 힘에 좌우됩니다. 따라서 나를 올바로 이해해주세요! 아버지가 말씀하신 것은 내가 원하는 것에 대해 동의할 수 있는 한도 내에서 나름대로 동의하신 것을 뜻합니다. 아버지는 진심으로 자식들의 행복을 말씀하십니다. 진정한 의미에서 거의 거짓말을 하지 않습니다. 그러기에는 아버지의 기질이 너무 강합니다. 그러나 그 이면에는 다른 어떤 두려움이 자리잡고 있지요. 도처에서 붕괴를 예감한다는 점에서 아버지는 그대의 어머니와도 좀 비슷합니다. 아버지가 스스로를 완전히 신뢰하고 건강하던 과거에는 특히 자신이 시작해서 이끌어간 일이 문제 될 경우 이러한 두려움은 그다지 심하지 않았습니다. 하지만 오늘날에는 모든 것을 두려워하십니다. 그리고 이러한 두려움은 적어도 중요한 문제에서 소름이 끼칠 정도로 항상 현실로 나타납니다. 두려움에서 나온 경고들이 말하려는 것은 결국 행복은 좀처럼 드물고 틀림없이 쇠락한다는 것뿐입니다. 물론 맞는 말입니다. 아버지는 평생 힘들게 일하며 무에서 유를 창조하셨습니다. 그렇지만 이러한 발전은 딸들이 성장한 수년 전부터 멈췄으며 딸들의 결혼으로 인해 끊임없는 퇴보로 변해버렸습니다. 아버지의 감정에 따르면 나를 제외한 자식들과 사위들은 끊임없이 아버지의 목에 매달립니다. 이 감정은 유감스럽게도 전적으로 정당하며 동맥 경화의 고통으로 인해 한없이 증폭되고 있습니다. 이제 아버지는 지금까지 부분적으로 걱정할 필요가 없었던 내가 결혼을 하면 금방은 아닐지라도 이 년 뒤에는 곤궁에 빠질 것이라고 생각합니다. 또 나는 지금도 그러지 않을 것이라고 부정할 수 있지만, 결국 돌봐줄 형편이 안 되는 아버지 자신에게 도움을 청하거나 아니면 도움을 받을 방법을 모색하게 되리라고 생각합니다. 그러면 자신의 파멸과 당신 생각에 자기만을 바라보고 사는 많은 사람들의 파멸이 더욱 가속화하리라는 것이 아버지의 생각입니다. 따라서 펠리체, 그대는 아버지를 이해해야 합니다. 그리고 내가 오랫동안 생각할 엄두를 내지 못했음에도 불구하고 오래 그리고 가능한 한 조용히 내 입맞춤을 받아야 합니다.

그대의 프란츠

적어도 이런 점에 있어서 아버지를 어떤 식으로든 위로할 수만 있다면 얼마나 좋겠습니까! 나는 돈과(사소한 데에서조차 아버지에게 인색함을 물려받았지만 유감스럽게도 돈을 벌려는 욕망은 물려받지 못했습니다) 생필품에 대한 판단을 제대로 하지 못합니다. 우리가 곤궁에 빠질 거라고 아버지가 말씀하신다면 나는 그 말을 믿습니다. 그러나 우리가 곤궁에 빠지지 않을 거라고 그대가 말한다면 그 말을 더 믿겠습니다. 어쨌든 이 일에서도 아버지와 논쟁할 수는 없습니다. 그러려면 말을 더 잘하는 사람이 필요합니다.

—

펠리체, 어려운 시기인 만큼 정기적으로 편지를 보내주세요!

—

브륄은 종잡을 수 없는 사람입니다. 횡령을 하는가 하면 연애 관계를 맺기도 합니다. 이 두 가지가 서로 연관이 있을까요? 그 아이들은 대부분 어느 정도의 돈을 벌기는 하나요?

Nr. 328
1913년 8월 27일

그대가 수호 천사라면—나는 매일 그대가 그렇다고 생각합니다—나는 오랫동안 수호 천사 없이 지내고 있습니다. 그대의 내일 편지에 대해 많은 대답을 하게 되리라 믿습니다. 그러려면 먼저 그 편지에 무엇이 담겨 있는지 봐야 합니다.

프란츠

Nr. 329 [노동자재해보험공사의 편지지]

[1913년 8월 28일로 추정]

펠리체, 오늘 편지와 엽서 그리고 그대 아버지의 편지를 받았습니다. 그대는 일요일과 월요일에 내 편지를 받았습니다. 그대의 편지 내용을 보더라도 그 편지는 도착한 듯합니다. 하지만 그대는 그 편지에 대한 답장을 하지 않고 있습니다. 그대 아버지의 편지에도 결혼이라는 모험에 대해 그대와 대화를 나눴다는 말은 조금도 없습니다. 그대 아버지도 그것을 간접적으로뿐만 아니라 직접적으로 알아야 합니다. 베를린에 갈 수만 있다면 내가 그것을 말할 수도 있을 테지요. 그러나 나는 그럴 수 없기에 편지를 써야 합니다. 동봉한 편지에 그대 아버지에게 꼭 해야 할 말을 짧고 피상적으로 적었습니다. 사랑하는 펠리체, 그 편지를 아버지에게 드리세요! 그래야만 합니다.[96]

프란츠

어머니 말인가요? 어머니는 내 근심을 눈치챈 삼 일 전부터 애걸하고 계십니다. 그러나 나는 어떤 경우에라도 결혼하고 싶습니다. 어머니는 그대에게 편지를 쓰고 나와 함께 베를린으로 가고 싶어 합니다. 어떻게 하겠다는 뜻인지 모르겠습니다. 어머니는 내게 필요한 것이 무엇인지 전혀 알지 못합니다.

Nr. 330

[1913년 8월 28일로 추정]

프란츠 카프카가 펠리체의 아버지 카를 바우어 씨에게 보내는 편지

존경하는 바우어 씨에게!

두 번이나 호의적인 편지를 구걸한 마당에 어르신께서 다음과 같은

일들에 대해 말을 들어줄 인내와 의지가 있는지 모르겠습니다. 하지만 저는 무조건 말해야 한다는 것을 알고 있습니다. 비록 그간의 편지들이 제가 어르신께 갖고 있는 신뢰를 환기시키지 못했다 할지라도 저는 말해야만 합니다.

첫 번째 편지에서 제가 따님과 저의 관계에 대해 썼던 내용은 사실이며 앞으로도 그럴 것입니다. 그러나 그 편지에는 어르신이 아마도 알아차리지 못한 어떤 암시, 즉 결정적인 어떤 것이 빠져 있습니다. 아마도 그것에 관심을 보일 필요가 없다고 생각하신 모양입니다. 제 성격 때문에 생겨난 다툼이 전적으로 따님의 문제고 또한 완전히 해결되었다고 믿으셨기 때문이겠지요. 그러나 사실은 그렇지 않습니다. 언제나 저는 그렇게 믿어왔습니다. 다툼은 생기지도 않았고 생길 수도 없었다는 것이 수시로 밝혀졌습니다. 저는 편지로 따님을 현혹했고 대부분의 경우 기만하려고 했으며(가끔은 제가 그녀를 사랑했고 사랑하고 있으며 헤어지는 것이 제게는 끔찍했기 때문에 기만하려고 했습니다) 아마도 그럼으로써 그녀의 두 눈을 가렸습니다. 잘 모르겠습니다.

어르신께선 따님을 잘 아십니다. 그녀는 쾌활하고 건강하며 자신감에 넘치는 처녀이며, 주변에 쾌활하고 건강하며 활력적인 사람들을 필요로 합니다. 어르신은 저의 방문을 통해서만 저를 알고 계십니다(그것으로 충분할지도 모릅니다). 저는 또한 따님에게 보낸 오백여 통의 편지에서 저에 관해 말한 것을 되풀이할 수도 없습니다. 따라서 가장 중요한 것만 고려하십시오. 즉 저의 전 존재는 문학을 향해 있습니다. 저는 지난 삼십 년 동안 이 방향을 고수했습니다. 문학에서 떠난다면 저는 더 이상 살 수 없습니다. 현재 저의 참모습과 가식적인 모습은 그것에서 연유합니다. 저는 말이 없고 비사교적이며 짜증을 잘 내고 이기적이며 우울증 증상을 보이고 실제로 병약합니다. 근본적으로 이 모든 것에 불평하지는 않습니다. 그것은 고차원적인 필연성의 세속적인 반영입니다(제가 실제로 할 수 있는 것은 물론 여기에서는 논외이며 이것과 아무런 연관성도 없습니다). 저는 가장 훌륭하고 사랑스러운 사람들인 가족 내에서 그 어떤 이방인보다도 낯설게 살아갑니다. 지난 몇 년 동안 저는 어머니와 하루에 평균 스무 마디의 말도 나누지 않았습니다. 아버지와는 인사를 나누는 정도의 말밖에 하지 않았습니다. 결혼한 누이동생들이나 매제들과 사이가 나쁘지 않은데도 전혀 대화를 나누지 않습니다. 제게는 가족들과 함께 살고 있다는 의미가 결여되어 있습니다.

따님은 그런 사람 곁에서 살아야 합니다. 건강한 처녀로서의 그녀 본성이 그것을 실제적인 결혼의 행복으로 예정한 걸까요? 그녀는 다른 누구보다도 자기를 사랑하면서도 돌이킬 수 없는 결심으로 인해, 대부분의 시간을 방에서 보내거나 혼자서 돌아다니는 남자 곁에서 수도원 같은 삶을 견뎌내야 할까요? 그녀는 자신의 부모님과 친척뿐만 아니라 거의 모든 왕래에서 차단된 채 살아가야 합니다.

가장 친한 친구들에게조차도 문을 닫아걸려고 하고 부부간의 공동생활에 대해서도 전혀 생각하지 않는 제게는 다른 도리가 없기 때문입니다. 그녀는 이것을 감내하게 될까요? 무엇을 위해서? 가령 그녀뿐만 아니라 제 자신이 보기에도 극히 의심스러운 제 문학을 위해서요? 그것을 위해 따님은 실제적인 결혼이라기 보다는 사랑과 우정이라고 해야 할 결혼을 하고서 낯선 도시에서 혼자 살아가야 합니다.

제가 말하고자 했던 것 중에서 가장 중요한 말만 했습니다. 무엇보다도 저는 그 어떤 것에 대해서도 사과는 드리고 싶지 않습니다. 따님과 저 사이에서는 그 어떤 해결책도 불가능합니다. 해결책을 찾기에는 제가 그녀를 너무 사랑하고, 그녀는 별로 책임을 물으려고 하지 않을뿐더러 마땅히 거부해야 할 불가능한 일을 아마도 연민의 감정

때문에 원하고 있습니다. 이제 우리는 제삼자에게 왔습니다. 판결을
내려주십시오!

정중한 인사를 드리며 F. 카프카 박사

Nr. 331
1913년 8월 30일

사랑하는 펠리체, 그대는 나를 알지 못합니다. 내 저열한 존재를 알
지 못합니다. 내 저열한 존재는 그대가 문학이나 또는 아무 이름으로
부를 수 있는 저 핵심으로 돌아갑니다. 내가 얼마나 비참한 글쟁이고
내 자신에게 얼마나 화를 내고 있는지 그대에게 확신시켜줄 수가 없
었습니다(예전에도 그랬지만 지금도 손을 왼쪽 관자놀이에 갖다 대고 있습
니다. 다른 도리가 없습니다).

나를 방해하는 것은 실제적인 사실이 아니라 극복할 수 없는 두려움,
즉 행복에 대한 두려움이며 더 높은 목적을 위해 나를 괴롭히는 욕망
과 명령입니다. 그대가 나와 함께 단지 나만을 위한 마차의 수레바퀴
밑으로 들어와야 한다는 것은 끔찍합니다. 내면의 목소리가 나를 어
둠 속으로 이끌지만 실제로는 그대에게로 이끕니다. 이것은 서로 결
합될 수 있는 것이 아닙니다. 그럼에도 우리가 시도한다면 그대와 나
는 동시에 타격을 입을 것입니다.

그대여, 나는 그대의 현재 모습을 갖고 싶습니다. 허공 속의 형상이
아닌 그대를 사랑합니다. 그러나 그다음에는 내가 나의 현 존재로 인
해 그대에게 가할 수밖에 없는 전횡이 다가옵니다. 이러한 모순이 내
마음을 잡아뜯습니다. 그리고 불가능함을 보여줍니다.

그대가 여기 있다면 나는 그대가 괴로워하는 것을 보게 될 것입니다
(그것뿐만이 아닙니다. 멀리 떨어진 상태에서 그대의 괴로움은 나를 화나게

만듭니다). 내가 도울 가능성이 있다면 우리는 곧 아무 생각 없이 결혼할 수 있을 것입니다. 물론 나도 모든 것을 내버려 두고 불행마저도 상관하지 않겠습니다. 그러나 현재 이런 출구는 발견할 수 없습니다. 오늘 그대의 사랑스러우면서도 자포자기에 가까운 편지에 시선을 주고 있노라니, 모든 것을 그대 뜻대로 하고 그대를 더 이상 괴롭히지 않겠다고 약속할 수 있을 것 같습니다. 하지만 나는 이것을 얼마나 자주 약속했습니까! 나는 내 자신을 책임질 수 없습니다. 그대의 다음 편지에서나 또는 오늘 밤에라도 이런 불안이 다시 찾아오면, 나는 그것에서 벗어나지 못할 겁니다. 결혼할 때까지 남은 시간은 견뎌내기 어렵습니다. 이제까지 매달 반복되던 것이 이제는 매주 반복될 것입니다. 두 번에 한 번 꼴로 편지에서 나는 이런 불안을 가중시키는 연결 고리를 발견할 것입니다. 그리고 나의 내면에서 일어나는 이처럼 끔찍한 순환은 다시 작동할 것입니다. 이제까지 그랬던 것처럼 그대의 책임이 아닙니다. 펠리체, 그것은 총체적인 불가능성의 책임입니다. 그대의 지난번 편지를 읽었습니다. 그대는 자신이 얼마나 불안으로 가득 찬 생각을 하고 있었는지 상상도 할 수 없을 겁니다. 거기에는 그대 부모님으로 하여금 동의하게 만든 생각이 담겨 있었습니다. 이런 생각이 내게 무슨 도움이 된단 말입니까. 나는 이런 생각을 증오했습니다. 그대는 그대 어머니가 나를 사랑할지도 모른다는 가능성에 대해 얘기했습니다. 그런 사랑으로 내가 무엇을 시작할 수 있단 말입니까. 나는 그대 어머니에게 응답하거나, 그런 사랑에 맞대응할 수도 없고, 하고 싶지도 않습니다. 그대 부모님과의 세세한 협의에 대해서조차 나는 경악했습니다. 약혼과 휴일을 연결시키자는 말에 대해서조차 경악했습니다. 이것은 정신 나간 짓입니다. 나는 그것을 잘 알고 있습니다. 그러나 동시에 근절될 수 없다는 것도 알고 있습니다.

그리고 이 모든 것은 그대 앞에서 항상 흔들리는 내 존재의 표시일 뿐입니다. 펠리체, 이 점을 분명히 알아두세요. 나는 그대 앞바닥에 누워 있습니다. 제발 나를 발로 차 쫓아버리세요. 다른 모든 가능성은 우리 두 사람의 파멸을 의미할 뿐입니다. 이것은 내가 1월에 적어 보냈던 말이 다시 뚫고 나온 것입니다. 물릴 수 없습니다. 내가 그대 앞에서 내 자신을 열어 보일 수만 있다면, 그대 스스로도 이렇게 말할 것입니다.

프란츠

Nr. 332
1913년 9월 2일

안정을 되찾았습니다, 펠리체. 일요일에 두통이 나 숲속에 누워있었는데도 고통스러워 고개를 풀 쪽으로 돌렸습니다. 오늘은 물론 상태가 좋아졌습니다. 그러나 예전보다 더 내 자신을 제어할 수 없군요. 나는 내게 무력합니다. 생각 속에서 나는 내 자신을 분리시킬 수 있습니다. 조용하고 평화롭게 그대 옆에 서서 이 순간에는 무의미한 나 자신의 자기 학대를 지켜볼 수 있습니다. 생각 속에서는 우리 두 사람 위에 서서, 가장 훌륭한 처녀인 그대에게 내가 가한 괴로움을 바라보면서 나를 고문해달라고 기도할 수 있습니다. 언젠가 이런 소원을 글로 적어본 적이 있습니다. "일 층 창문 옆을 지나가다가 목에 걸린 밧줄에 끌려 들어갔다. 그러고는 누군가에 의해 사정없이 방바닥이나 가구, 벽, 천장에 부딪히며 피를 흘리고 몸이 갈가리 찢겨졌다. 지붕으로 끌어올려졌을 때는 빈 올가미만 보였고, 나의 나머지 몸뚱어리는 지붕 벽돌이 무너지면서 사라져버렸다."[97]
그러나 실제로는 아무것도 할 수 없습니다. 내면에 갇힌 나는 그대의

556

사랑스러운 목소리를 멀리서 듣습니다. 이처럼 영원하고 똑같은 형태로 반복되는 근심이 어디에서 연유하는지 아무도 모릅니다. 나는 그 근원에 다가갈 수 없습니다. 나 또한 (그대와 마찬가지로) 그대 아버지에게 편지를 쓰고 나면 더 안정을 찾으리라고 생각했습니다. 그러나 정반대의 일이 생겼습니다. 전보다 강화된 공격심이 이러한 근심과 불안을 한없이 증폭시킵니다. 또한 그것은 모든 병약한 자들을 지배하는 극도의 참회와 극단주의를 강요합니다. 창작을 위해 가장 큰 인간적인 행복을 포기하려는 욕망이 끊임없이 내 모든 근육들을 도려냅니다. 나는 스스로를 해방시킬 수 없습니다. 포기하지 않을 경우에 갖게 되는 두려움이 내 모든 것을 어둡게 만듭니다.

그대여, 그대가 내게 말한 것을 나는 거의 끊임없이 말하고 있습니다. 그대에게서 조금만 벗어나도 애가 탑니다. 우리 두 사람 사이에 일어나는 일은 나의 내면에서 짜증스럽게 반복됩니다. 그대의 편지와 사진 앞에서 나는 쓰러지고 맙니다. 나의 진정한 혈족처럼(그 힘과 포괄성에서는 그들에게 가까이 다가가지 못하고) 느껴지는 그릴파르처, 도스토예프스키, 클라이스트, 플로베르, 이 네 사람 중에서 도스토예프스키만이 결혼했으며, 내외적인 압박에 못 이겨 반제에서 권총 자살한 클라이스트만이 올바른 출구를 발견했습니다.[98] 이 모든 것 자체는 우리에게 아무런 의미도 없습니다. 각자는 새로운 삶을 살아갑니다. 내 자신도 우리 시대에 드리운 그림자의 한가운데 서 있을지도 모르지요. 그러나 이것은 삶과 믿음에 대한 근본적인 질문입니다. 여기서부터 그들의 태도에 대한 해석은 훨씬 많은 의미를 지닙니다.

그러나 그대여, 모든 것은 내가 그대에게 가한 괴로움과 그대와 관련하여 미래에도 두려워할 괴로움과의 관계에서 의미를 상실합니다. 그대는 정말 사랑스럽습니다. 일단 그대 앞에 무릎을 꿇으면 더 이상 어찌할 바를 모릅니다. 그대 부모님과 관련하여 그대의 지지난번 편지에 대해 내가 쓴 내용을 그대는 마치 천사처럼 지나쳐버렸습니다 (방금 그대의 전보가 도착했습니다. 그대여, 자신을 더 이상 괴롭히지 마세요! 나는 그대의 편지를 오늘 낮에야 받았습니다. 편지들이 집으로는 늦게 배달된다는 것을 그대도 알고 있지 않나요. 벌써 다섯 시 반입니다. 이제는 전보를 칠 수 없습니다).

저번 편지를 그대 아버지에게 드리라고 요구하지는 않겠습니다. 흥분한 상태였고 꼭 써야 했기에 그 편지를 썼을 뿐입니다. 최종적인 결정은 그대 아버지나 내가 아니라 그대에게 있습니다. 그대 아버지가 결정한다는 것은 아마도 어울리지 않습니다. 그리고 나는 모순들 사이에 얽매인 채 꼼짝도 할 수 없습니다. 애초부터 이러한 모순들 속에 머물러 있었지요.

그대가 원하지 않으면 그 편지를 아버지에게 드리지 마십시오. 내가 그대 아버지에게 또 다른 편지를 쓸 수는 없습니다. 말 그대로 손이 자유롭지 못합니다. 나에 대해 해명해야 할 어떤 것이 그대를 동요시켰으며 내가 당신께 편지 쓰는 것을 그대가 원하지 않는다고 아버지에게 말씀드리세요. 이 두 가지는 맞는 말입니다. 그대는 동요되지 않은 상태에 머물 수 없고 그러한 상태에서 편지할 수도 없습니다. 내가 지금 그래야만 하듯이 그대는 나를 내버려 두지 않습니다. 아버지에게 이것을 말씀드리세요. 원하던 바가 아니던가요?

우리 두 사람은 드레스덴이나 베를린에서 만나는 것이 가장 좋을 것입니다. 어떤 의미에서 그렇습니다. 할 말이 전혀 없고 단지 내 모습만을 보이게 될지라도 말입니다. 그것이 지금의 내 모습과 같이 더 높은 의미에서는 내게 좋지 않으리라는 것도 아무 상관이 없습니다. 나는 토요일에 여행을 떠납니다. 그대에게 구호 체제와 위생에 관한 국제 회의에 대해 이야기했던가요? 어제 마지막 순간에 여행이 결정되었습니다.[99] 이로 인해 휴가 중의 며칠을 잃어버리겠지만 몇 가지 좋은 점도 있습니다. 토요일에 빈으로 가서 다음 주 토요일까지 머문 다음 리바의 요양소로 갈 것입니다. 그곳에 머물다 마지막 며칠 동안은 북부 이탈리아로 여행할 예정입니다. 리바의 날씨가 너무 서늘하면 더 남쪽으로 갈 겁니다.

펠리체, 이 기간은 안정을 취하는 데 사용하세요. 안정을 취하면 나에 대한 생각이 명확해질 것입니다. 나는 마치 도깨비불처럼 그대의 침착한 눈앞에서 돌아다녔습니다. 그대가 혼란스러운 상태에서 급하게 바라보았던 것이 지속적으로 결정적인 어떤 것을 의미할 수 있는지 생각해보세요. 그대의 안정을 대가로 나는 편지를 포기하겠습니다. 이 기간 동안에는 최악의 경우에만 편지하세요. 나도 그대에게 원칙적으로는 편지하지 않겠습니다. 하지만 여행을 하는 동안 메모장에 보고 느낀 것을 기록하고 그것을 모아서 일주일에 두세 번 그대에게 보내겠습니다. 이로써 우리는 내 책임으로 인해 그대를 지치게 만드는 개인적인 결속은 없지만 결속이 전혀 없는 것도 아닌 상태에서 지내게 될 것입니다.

내가 돌아오면 그대가 원하는 곳에서 만나 한참 만에 다시 조용히 서로의 얼굴을 쳐다보도록 해요. 그대가 그것을 받아들인다면 말입니다.

그대의 프란츠

Nr. 333 [그림엽서 소인: 빈]

1913년 9월 7일

인사를 전합니다. 그릴파르처가 점심 식사를 한 호텔 마차커호프에 묵고 있습니다. 이곳은 그의 전기 작가 라우베가 말했듯이 "그냥 좋습니다".[100] 그럼에도 내일 숙소를 옮겨야 합니다. 따라서 주소는 중앙 우체국으로 하세요. 무자비한 불면증에 시달리고 있습니다.

프란츠

Nr. 334 [그림엽서 소인: 빈]
1913년 9월 9일

오늘 아침에 시온주의자 회의에 참석했습니다. 내게 올바른 접합점은 없습니다. 개별적으로나 전체적으로는 접합점이 있지만 본질적인 면에서는 그렇지 않습니다.

아직은 일기를 쓸 시간이 전혀 없습니다.

프란츠

Nr. 335 [호텔마차커호프의 편지지 소인: 빈]
1913년 9월 9일

일기 쓰는 일은 당분간 불가능합니다. 국장에게 빈으로 데려와준 것에 대해 감사하는 대신에 애초에 데려다주지 말아 달라고 무릎을 꿇고 빌걸 그랬습니다. 불면증, 불면증! 이런 여행은 처음입니다. 밤에는 머리에 냉찜질을 하고 하릴없이 돌아다닙니다. 몇 층 아래 지하에 누워 있고 싶은 심정입니다. 나만의 장소를 거부하고 끔찍스러울 정도로 많은 사람들과 함께 있지만 나는 마치 유령처럼 책상 옆에 앉아 있습니다.

프란츠

Nr. 336 [의원 회관의 편지지 소인: 빈으로 추정]

1913년 9월 13일 저녁 9시

빈에서의 일기는 진전이 없습니다. 빈에서의 나날들을 아무 일도 하지 않고 보낼 수만 있다면—근본적으로—가장 좋을 것입니다. 아침 여덟 시 사십오 분에 트리스트로 떠나서 저녁 아홉 시 십 분에 도착합니다. 월요일에는 베네치아로 갑니다. 수면 상태는 많이 좋아졌지만 내적으로는 모든 면에서 불안합니다. 그건 그렇고 혼자 여행을 떠나면서 동행자가 있는 여행에 대한 거부감이 독자적인 행동과 낯선 언어, 행복한 우연 등에 대한 내 무능력보다 더 큰지 알아볼 수 있을 것입니다. 전보를 받았습니다. 내 주소는 베네치아 우체국입니다. 그곳에 오래 머물지 않더라도 모든 것은 저에게 전달됩니다.

프란츠

Nr. 337

1913년 9월 10일

1913년 9월 6, 7, 8일에 양면 비망록 네 쪽에 적은 기록. 첫 번째 장의 상단부

의회 현관의 기둥들 사이에서 국장을 기다리고 있습니다. 비가 많이 내립니다. 내 앞에는 황금 투구를 쓴 아테네 파르테노스가 서 있습니다.

9월 6일. 빈으로 떠남. 문학에 관해 피크와 멍청한 잡담함. 상당한 거부감. (피크와 같은) 사람들은 손톱을 후벼 팔 만큼 문학이라는 탄환에 집착하고 있기에 벗어날 수 없습니다. 그러나 일반적으로 사람들은 자유인이기에 다리를 버둥거리며 자비를 구하지요. 허풍에 불과한 그의 예술 작품. 그는 내가 그를 학대한다고 주장함으로써 나를 학대합니다.—구석에 있는 관찰자.—하일리겐슈타트 역은 기차와

함께 텅 비어 있습니다. 멀리서 어떤 남자가 포스터 형태의 열차 시간표를 찾고 있습니다. (지금 테오필한젠의 주상 계단에 앉아 있습니다.) 외투를 입고도 몸을 웅크린 채 얼굴은 노란색 포스터 쪽을 향하고 있습니다. 작은 테라스 식당 옆을 지나갑니다. 어떤 손님이 팔을 들어 올립니다. 빈. 멍청한 불안을 나는 결국 존중합니다. 호텔 마차커호프. 출입구가 딸린 두 개의 방. 나는 앞쪽 방을 선택합니다. 형편없는 웨이터. P와 함께 골목길을 가야 합니다. 너무 빠르고 힘차게 달립니다. 잊어버린 모든 것을 다시 인식합니다. 선잠. 근심으로 가득한 마음. 기분 나쁜 꿈.(일기에 관한 문제는 전체에 관한 문제이며 모든 불가능성을 담고 있습니다. 열차에서 P와 대화하면서 그 점에 대해 생각해보았습니다. 모든 것을 말하는 것은 불가능하며 모든 것을 말하지 않는 것도 불가능합니다. 자유를 보존하는 것은 불가능하며 그것을 보존하지 않는 것도 불가능합니다. 유일하게 가능한 삶을 영위하는 것, 즉 함께 사는 것은 불가능합니다. 각자가 자유로이 스스로를 위하며, 외적으로나 실제로 결혼하지 않은 상태에서 함께 지내기만 하면서, 남자들의 우정을 초월해 내게 설정된 한계의 바로 앞까지 근접하는 것도 불가능합니다. 이것은 지난주 어느 날 오전에 떠오른 타개책이었습니다. 그것을 오후에 글로 적어보고 싶었습니다. 오후에 나는 그릴파르처의 전기를 손에 넣었습니다.[101] 그는 이것을 실천했지요. (어떤 신사가 테오필 한젠을 관찰하고 있습니다. 나는 마치 클리오처럼 앉아 있습니다.) 하지만 이러한 삶은 얼마나 참을 수 없고 죄스러우며 구역질 나는 것인가요? 그럼에도 나는 몇 가지 면에서 훨씬 허약하기 때문에 그보다 더 커다란 고통을 겪으면서도 그것을 성취해야 합니다. 이와 관련해서는 나중에 다시 거론하겠습니다.) 저녁에는 리제 벨치[102]를 만났습니다.

9월 7일. P에 대한 거부감. 그는 전반적으로 매우 씩씩한 사람입니다. 그러나 그의 본질에는 항상 불쾌한 자그마한 틈이 엿보입니다. 지속적으로 관찰해 보면 그는 바로 이 틈새로 기어 나옵니다. 아침에는 의회로 갔습니다. 그전에 커피를 마시다가 리제 벨치로부터 시온 주의자 회의 입장권을 받았습니다. 에렌슈타인에게로 갔습니다. 오타크링. 그의 시에 관해서는 할 말이 많지 않습니다.[103] (매우 불안한 나머지 조금은 진실되지 못합니다. 나 혼자만을 위해서 이것을 쓰는 것은 아니기 때문입니다.) 두 사람과 함께 탈리지아[104]에 들렀습니다. 그들 및 리제 벨치와 함께 빈의 공원 프라터로 갔습니다. 연민과 지루함. 그녀는 베를린에 있는 시온주의자의 사무실로 오게 됩니다. 가족의 감상성에 대해 불평할 때면 그녀는 못질을 당한 뱀처럼 몸을 꿈틀거립니다. 그녀를 도와줄 방도가 없습니다. 그런 처녀에 대한 동질감은 (나를 통해 우회하여) 아마도 내게는 가장 강력한 사회적 감정일 겁니다. 사진 촬영, 사격, '원시림에서의 하루'라는 이름의 회전목마(그녀는 말 위에 절망적인 표정으로 앉아 있습니다. 주름을 잡아 불룩한 옷은 잘 만들어진 것이지만 궁색하게 그녀 몸에 걸쳐져 있습니다). 그녀의 아버지와 함께 프라터의 찻집에 갔습니다. 곤돌라 연못. 끊임없는 두통. 벨치 가족은 모나 바나로 갑니다. 열 시간 동안 잠자리에 누워 있지만 다섯 시간 동안만 잠을 잡니다. 극장표 포기.

[9월] 8일. 시온주의자 회의. 작고 둥근 머리와 홀쭉한 뺨의 전형. 팔레스티나에서 온 노동자 대표는 끝없이 소리를 지릅니다. 헤르츨의 딸. 야파에서 온 전직 김나지움 교장. 계단에서 똑바른 자세를 취함, 흔적이 희미한 수염, 활동적인 웃옷. 결론이 없는 독일어 연설, 히브리어를 많이 사용함, 분임 회의에서의 주 논문. 리제 벨치는 참여할 마음이 없는 상태에서 전체에 이끌려갑니다. 그녀는 절망적인 기분에서 종이 탄환을 회의장 안으로 던집니다.

타인 부인.

Nr. 338 [그림 엽서 소인: 베네치아]

1913년 9월 15일

마침내 베네치아. 지금 다시 안으로 들어가야 합니다. 비가 쏟아지고 (빈에서 보낸 나날들을 씻어낼 수 있어서 더욱 좋습니다) 물론 비바람이 몰아치기는 하지만 우스울 정도로 짧은[트리스트—베네치아] 항해 도중에 생긴 뱃멀미 때문에 머리가 지끈거립니다.

프란츠

Nr. 339 [호텔잔트비르트의 편지지 소인: 베네치아]

[1913년 9월 16일으로 추정]

펠리체, 그대의 편지는 최근의 편지들에 대한 답장도 아니며 우리들의 약속에 어울리지도 않습니다. 그렇다고 그대를 비난하려는 것은 아닙니다. 그것은 내 편지에도 똑같이 적용됩니다. 내가 돌아가면 우리는 어딘가에서 만나 서로가 비참한 처지에 있기는 하지만 상대방에게서 힘을 얻어야 합니다. 내 주변 상황이 어떤지 아직 확실히 모르겠나요, 펠리체? 이처럼 불행한 상태에 있는 내가 어떻게 그대 아

버지에게 편지를 쓸 수 있겠습니까? 그대도 알고 있는 심리적 억압에 갇혀 나는 꼼짝도 할 수 없습니다. 내적인 장애를 억누를 만한 처지가 아닙니다. 내가 할 수 있는 유일한 것은 그것에 대해 끊임없이 불행해하는 것뿐입니다. 아마도 그대와 완전히 합의하고 진심에서 우러나오는 마음으로 그대 아버지에게 편지를 쓸 수는 있겠지요. 하지만 가장 사소한 현실에 조금만 접근해도 나는 무조건 자제력을 잃을 것입니다. 그리고 거역할 수 없을 정도로 강요를 받는다 할지라도 아무런 분별도 없이 고독을 찾아 헤맬 것입니다. 이것은 우리가 현재 처한 상황보다 더 깊은 불행으로 이어질 게 뻔합니다. 펠리체. 나는 여기에서 혼자 지내며 호텔 직원 말고는 그 누구와도 이야기를 나누지 않습니다. 너무 슬퍼서 소름이 끼칠 정도이기는 하지만 나는 내게 어울리고 초지상적인 정의에 의해 부과된, 내가 결코 건너뛰지 못하고 인생의 마지막까지 짊어지고 가야 할 상태에 처해 있습니다. 내가 "나에 관한 많은 것을 포기해야 한다"는 것이 비록 어떤 제한된 의미에서는 옳다 할지라도 나를 방해하는 것은 아닙니다. 오히려 나는 사람들이(나를 포함하여) 설득이나 확신을 통해서는 결코 가까이 다가

제11차 시온주의자 회의를 끝낸 후 혼자 떠난 휴가길에 들른 트리스트 항구

갈 수 없는 동물처럼 바닥에 누워 있습니다. 비록 내가 이 두 가지, 특히 후자의 경우에서 완전히 벗어날 수는 없다 할지라도 말입니다. 다시 한번 말하자면 나는 앞으로 나아갈 수 없습니다. 마치 무엇에 홀린 것 같습니다. 앞으로 뚫고 나아가려고 하면 더 강력하게 뒤로 잡아 젖혀집니다. 이것이 오늘날 내게서 얻을 수 있는 유일한 명확함과 솔직함입니다. 오늘 아침 침대에서 청명한 베네치아의 하늘을 보면서 이런 생각이 떠올랐을 때 내 자신이 무척 부끄럽고 불행했습니다. 자 펠리체, 내가 어떻게 해야 할까요? 우리는 헤어져야 합니다.

프란츠

Nr. 340 [그림엽서 소인: 베로나]

1913년 9월 20일

지금 피곤하여 베로나의 성 아나스타시아 교회의 의자에 앉아 있습니다. 맞은편에는 행복한 얼굴로 성수 그릇을 들고 있는 실물 크기의 대리석 난쟁이가 보입니다.[105] 나는 우편물에서 완전히 차단되어 있습니다. 글피가 되어서야 리바에서 우편물을 받게 될 것입니다. 우편물을 받지 못한 나는 마치 딴 세상에 있는 듯합니다. 여기에서는 비참할 뿐입니다.

F.

Nr. 341 [소인: 프라하]

1913년 10월 29일

펠리체, 그대를 위해서뿐만 아니라 나를 위해서도 생각 가능한 명확함의 한계에까지 가보려고 합니다.

베네치아에서 그대에게 편지를 썼을 때 그것이 그때까지 끊임없이 이어지던 편지의 마지막이 되리라고는 확실히 몰랐습니다. 나중에 일이 그렇게 되었을 때(베로나에서 보낸 것은 무기력이지 엽서가 아니었습니다) 오랜만에 나는 가장 옳은 일을 했다고 믿었습니다. 그대에게 아무 소식도 듣지 못한 것이 일을 더 쉽게 만들었지요. 그대의 마지막 소식은 베네치아로 보낸 전보였고, 이 전보에서 그대는 편지를 예고했지만 그것은 도착하지 않았습니다. 그대가 나중에 베네치아로 편지를 보냈는데도 내 손에 들어오지 않았다는 것을 불가능하다고 여기지는 않았습니다. 이탈리아의 우체국 직원이 구석에 처박아 놓는 바람에 내 리바 주소를 적은 종이 쪽지가 온데간데없이 사라져버렸기 때문이니까요. 그럼에도 나는 편지하지 않았습니다. 아니, 저는 베로나에서 엽서를 보낸 바로 그날에 편지 한 통을 썼습니다. 그때 데젠차노에서 풀밭에 누워 가르도네로 가는 기선을 기다리는 동안 그대에게 편지를 썼습니다. 그러나 부치지는 않았지요. 아마도 그것은 아직도 어딘가에 있겠지만 보고 싶지 않습니다. 그 편지는 억지로 꿰어맞춘 것입니다. 거기에서 나는 접속사를 꾸며내야 했습니다. 그것이 마음에 거슬렸습니다. 데젠차노에서는 실제로 파멸 직전이었습니다.[106]

그러나 펠리체, 그대는 빈에서 보낸 쪽지와 베네치아에서 보낸 편지를 보았을 때 그것이 옳은 것, 유일하게 옳은 것이라고 생각하지 않았나요? 즉 그대가 나를 차버리지 않는다면 나라도 나 자신을 쫓아내야 한다는 것이 옳다고 여기지 않았나요? 지금도 그렇게 생각하는 건 아닌가요? 그대는 이런 불가능한 일들을 어떻게 연결할 건가요? 가족 내에서도 느슨하게 풀어져 있어서 누군가와의 모든 접촉을 꺼리는 내가 어떻게 새로운 가족 안으로 편입되어 하나의 가정을 꾸릴 수 있겠습니까? 나는 아무리 노력해도 함께 즐길 수는 있어도 함께 살 수는 없습니다. 지속적인 공동 생활에서 진실을 지킬 수 없을 뿐만 아니라 진실이 없는 공동 생활은 견뎌낼 수 없습니다. 알다시피 나는 일기를 보여줄 수 없었습니다. 그대에게 보낸 편지 이외에는 더 이상 한마디의 글도 쓰지 못했습니다. 내게 지속적인 공동 생활은 허위가 없이는 불가능하듯이 진실이 없이는 불가능합니다. 내가 그대 부모님을 바라본 첫 번째 시선은 허위일 것입니다.

하지만 이것만이 전부는 아닙니다. 그대를 향한 내 욕망은 흘릴 수 없는 눈물처럼 내 마음속에 담겨 있습니다. (두통이나 가슴의 두근거림이 아니라 중간 수준 정도의 불면증이 오늘부터 다시 시작됩니다.) 어제 세미나에서 한 처녀를 한 시간 동안이나 쳐다보았습니다. 그녀가 그대와 조금 닮았기 때문이었습니다.[107] 몇 주 전부터 마지막 순간에 행복 전체를 끌어모을 수 있도록 크리스마스 계획을 짜고 있습니다. 아니, 그것은 모든 현실이 내 생각과 어긋나는 바람에 다시 제정신으로 돌아오게 만드는 경우를 염두에 둔 것입니다. 정반대의 확신을 가지고 있음에도 왜 그러한 계획에 대해 말하느냐고 그대가 묻는다면 나는 이렇게 대답할 수 있을 뿐입니다. "그것은 파렴치한 짓입니다. 나는 그렇게 깊지는 않은 어떤 특정한 심연에서 그대에게 매료당하고 싶은 마음밖에 없습니다. 그것을 말하는 것 또한 파렴치한 짓입니다." 우리가 그러한 불행에 빠져 있는 것에 대해 펠리체 그대는 아무 책임도 없습니다. 그것은 전적으로 내 책임입니다. 내 책임이 얼마나 큰지 그대는 알지 못합니다.

지난 몇 달 동안 그대의 편지는 근본적으로 나 같은 사람의 가능성에 대한 경탄 이외에는 아무것도(괴로움은 제외하고) 아니었습니다. 그대는 그것에 대해 생각할 수 없었습니다. 그대는 그것을 부인할 수 없습니다. 만약에 그렇지 않다면 그대는 예를 들어 그대의 어머니가 그대에 대한 사랑을 저에게도 나눠주게 되리라고 편지에 적을 수는 없었을 것입니다. 그대는 "한쪽으로 기우는 결혼이 되고 말았습니다"하는 결론과 함께 그대 부모님의 성찰을 편지에 적을 수는 없었을 것입니다. 그대는 우리들의 약혼과 휴일을 연계시킬 수는 없었을 것입니다. 이것이 제 생각입니다. 그대는 그것을 믿어야 합니다.

프란츠

Nr. 347

1913년 12월 29일 오후 [실제로는 1914년 1월 2일로 추정]

펠리체, 지난 열흘 동안 그대가 편지하겠다고 약속한 적이 네 번이나 됩니다. 한 번은 바이스 박사를 통해 서면으로 약속했고, 한 번은 전화로, 두 번은 전보로 약속했지요. 지난번 전보에 따르면 그대는 내게 보낼 편지를 벌써 썼고 전보를 친 당일, 그러니까 지난 일요일에 부쳤다고 했습니다. 이 편지들 중에서 그 어느 것도 받지 못했습니다. 그대는 네 번이나 거짓말을 한 셈입니다.[108]

겉보기에 이것은 완전히 무의미해 보입니다. 그대는 약속한 편지와 조금이라도 비교될 만큼 중요한 것은 내 주위에 아무것도 없다는 것을 잘 알고 있습니다. 특히 그대는 가끔 분명하게 약속했으면서도 편지를 보내지 않음으로 해서 내게 시시각각 괴로움을 안겨준다는 점도 알고 있습니다. 또한 내가 적어도 지금은 아무 죄가 없으며 (노파심에서 하는 말이지만 중요하지도 않고 우스꽝스럽기까지 합니다) 그대에 관한 그 어떤 말도 즉시 그대 부모님께 편지로 전하지 않으리라는 것도 잘 알고 있습니다. 그대는 심지어 내게 화가 난 사실조차도 부인합니다. 그대는 모든 것을 약속하는 가운데 약속 자체는 차치하고라도 내게 여전히 작은 희망을 심어주었습니다. 다시 한번 말하지만 겉보기에 이것은 일단 비인간적으로 보입니다.

하지만 그 어떤 상황에서도 내 의지로는 그대를 놓아줄 수 없는 나는 이것을 나름대로 설명해보고자 합니다. 그대를 매우 진실한 처녀로 여기지만 그대가 거짓말을 한 데는 그만큼 거역하기 힘든 사정이 있다고 생각합니다. 그대는 나를 기꺼이 위로하고 싶어 합니다. 그래서 나에게 편지하겠다고 늘 약속하는 것이지요. 그대는 실제로 그렇게 하려고도 합니다. 그러나 그대는 내·외적인 이유들로 인해 그렇게 할 수 없습니다. 물론 그대는 자립적인 처녀이기에 그 이유들은 아마도 내적인 것들이겠지요. 이것이 내게는 더 나쁜 일입니다.

나는 이런 식으로 그대의 처지에서 대답해봅니다. 이러한 자기 답변이 옳은지 그른지에 대해서만이라도 편지해주세요. 전보를 치지 말고 반드시 편지로 답해야 합니다. 그대가 직접 쓴 글을 보아야만 실제로 믿고 올바로 이해할 수 있을 것 같군요. 그 대신 그 편지를 새해 첫날 아침에 받아볼 수 있도록 속달 우편을 이용하여 집으로 부쳐주세요. 그 편지를 그다지 빨리 받아 보지는 못할 것 같군요. 그대가 '예' 또는 '아니오'라는 말 이외에 설명을 위해 몇 마디 덧붙이기를 원한다면 나에게 은총일 따름입니다. 그러나 그런 설명이 조금이라도 어려움을 야기하거나 편지를 지체하게 만든다면 아무것도 설명하지 말아요. 그대는 내가 단지 힘도 안 들며 구속력도 없는 짧은 편지를 원한다는 것을 잘 알 겁니다. 실제로는 그렇지 않다 할지라도 사랑한다는 말도 필요 없고 진심에서 우러나오는 인사도 보내지 말아요. 아주 짧은 편지면 충분합니다. 결코 무리한 부탁이 아닙니다. 그 대신 그런 편지를 받으면 조용히 있으면서 그대를 어떤 방식으로도 방해하지 않고 비록 절망적이라 할지라도 단지 그대를 기다리기만 하겠다고 약속합니다.

프란츠

1913년 12월 29일 저녁

편지를 동봉한 다음 잠시 침대에 누워 (밤에 거의 자지 못했습니다. 이것
은 비난이 아닙니다. 보통 잠을 설칩니다) 잠시 눈을 붙인 다음 사무실로
가려고 했습니다. 사무실에는 할 일이 많거든요. 저녁에는 바이스 박
사에게 가려고 마음먹었습니다. 현재 프라하에 머물고 있는 그가 교
외 극장에 함께 가고 싶어 했거든요. 그러나 우리는 이제 극장에 가
지 못할 겁니다. 지금 벌써 일곱 시인데 나는 여기에 앉아 편지를 쓰
고 있으니까요.

다섯 시쯤에 그대 편지가 도착했습니다. 그때 아직 잠이 든 것은 아
니었습니다. 잠자리에 들지만 않았더라면 곧바로 답장을 했을 겁니
다. 하지만 지금은 답장을 쓰는 대신 몇 시간 동안 침대에 누워 나에
대해서가 아니라—나에 대해서는 두 손 들었기 때문입니다—그대
에 대해서 곰곰이 생각해보았다는 사실에 기뻐하고 있습니다.

그대의 편지를 보니 내가 편지를 간청한 일이 그대에게 많은 괴로움
을 안겨주었다는 것을 알 수 있었습니다. 그대가 편지를 보내지 않
아서 내가 받은 괴로움보다 크지는 않겠지만 어쨌든 그대의 괴로움
이 큰 것만은 사실입니다. 아마 그대는 다음과 같은 구절이 튀어 나
오지 않는 편지를 쓰려고 애쓰느라 편지할 수 없었던 거겠지요. "우
리 두 사람은 결혼으로 많은 것을 포기해야 할 것입니다. 어디에 초
과 중량이 발생할지 서로 신중하게 따져보고 싶지는 않습니다. 그것
은 우리 둘 모두에게 힘겨운 일입니다." 그러나 그대는 이런 편지를
쓰지 못했습니다. 물론 이 구절은 끔찍하고 내용 그대로 그토록 계
산적이라면 거의 참아내기 힘들 정도입니다. 그럼에도 그런 내용이
씌어진다는 것은 좋은 일이라고 생각됩니다. 심지어 우리들의 합의
를 위해서도 좋은 일입니다. 비록 이 구절에는 합의에 이르는 길이

없어 보이는데도 말입니다. 왜냐하면 계산을 하면 그 일을 성사시
킬 수 없으니까요. 그러나 그것은 최초의 의견에 불과합니다. 오히
려 계산을 해야 합니다. 그대가 전적으로 옳습니다. 계산하는 것은
그른 일이 아니라 무의미하고 불가능할 듯합니다. 이것이 내 마지막
의견입니다.

그대가 만약에 내가 독신 생활을 끝냄으로 해서 포기해야 하는 것보
다 그대에게 얻는 것이 더 적다는 생각 때문에 결혼을 기피한다고 믿
는다면 오해입니다. 그대가 그것을 말로 표현했고 나 또한 그것을 반
박했다는 것을 알지만 지금 생각해보니 충분치 못했습니다. 내게는
무언가를 포기하는 것이 문제 되지 않습니다. 나는 결혼 후에도 지금
의 나로 남아 있을 겁니다. 이것이야말로 그대가 결혼을 원할 경우
그대를 기다리는 안 좋은 일입니다. 나를 방해한 것은 완전한 독신
생활 속에 나 자신을 위한 더 높은 의무, 다시 말해서 가령 이득이나
욕망(적어도 그대의 의견은 아닙니다만)이 아니라 의무와 괴로움이 담
겨 있다는 괜한 감정이었습니다. 이제 그것을 믿지 않습니다. 그것은

공허한 가설 이외에 아무것도 아니었습니다(아마도 이러한 인식이 내게 도움이 됩니다). 그 가설은 내가 그대 없이는 살 수 없다는 사실만으로도 반박하기에 충분합니다. 나는 편지에 쓴 이 끔찍스러운 구절을 포함하여 현재의 그대를 원합니다. 내 위안이나 욕망을 위해서가 아니라 그대가 자립적인 인간으로서 나와 함께 살 수 있도록 말입니다. 그대 부모님에게 편지를 쓸 때만 해도 그 정도는 아니었습니다. 한 해 동안 누적된 수많은 공허한 가설들이 귀가 멍멍할 정도로 머릿속을 헤집고 다녔습니다. 그러고는 베네치아에서 끝장을 보았습니다. 머릿속의 소음은 정말로 견딜 수 없었습니다.

지금 이 자리에서 진실한 마음으로 지금까지 아무에게도 말하지 않았던 무언가를 그대에게 말해야 한다고 믿습니다. 요양소에서 한 처녀와 사랑에 빠졌습니다. 열여덟 살의 그녀는 국적은 스위스지만 이탈리아의 제노바 근처에 살고 있습니다. 그녀는 기질적으로 나와는 딴판이며 아주 미숙하지만 눈길을 끌고 병치레에도 진중하고 속이 깊었습니다.[109] 어쩌면 당시 공허하고 절망적인 상태의 나를 사로잡은 만큼 훨씬 더 보잘것없는 처녀였는지도 모르지요. 데젠차노에서 보낸 내 쪽지를 그대는 갖고 있을 겁니다. 그것은 대략 이보다 열흘 전에 씌어졌습니다. 그녀와 나는 우리가 서로에게 전혀 속하지 않고 함께 보낸 열흘 뒤에는 모든 것이 끝나고 단 한 줄의 편지도 쓸 마음이 생기지 않을 것임이 분명했습니다. 어쨌든 우리는 서로에게 많은 것을 의미했습니다. 그녀가 헤어질 때 사람들 앞에서 훌쩍이지 않도록 나는 공연히 너스레를 떨어야 했지요. 마음이 그다지 좋지는 않았습니다. 여행길에 오르면서 모든 것은 끝이 났습니다.

겉보기에 몰상식에 가까운 그 일조차도 그대에 대한 내 마음이 더 명확해지는 데 기여했습니다. 그 이탈리아 여자도 그대에 대해서뿐만 아니라 내가 근본적으로 그대와 결혼하는 일에만 온 신경을 쓰고 있다는 것을 알고 있었습니다. 그러고 나서 나는 프라하로 왔고 그대와의 연락이 두절된 상태로 지냈습니다. 나는 점점 더 용기를 잃었지만 크리스마스에 혹시라도 베를린에 가면 모든 일을 결정지어야겠다는 생각을 했습니다.

1914년

Nr. 349

1914년 1월 1일

먼저 새해 복 많이 받으세요, 펠리체. 그대가 원한다면 우리 두 사람 모두 그러기를 바랍니다. 그대의 편지에 답장하는 일은 처음에 생각한 것만큼 쉽지 않습니다. 한 구절이 떠오르면 새로운 빛이 비치면서 그것을 완전히 없애버리는 것이 거의 불가능해집니다. 그 때문에 시간이 나고 안정을 찾을 때만 편지를 쓰려고 했지요. 하지만 어제는 그럴 여유가 없었고 오늘도 마찬가지입니다. 피곤한 데다 십오 분 뒤에는 펠릭스와 오스카가 나를 데리러 오기로 되어 있거든요. 그럼에도 그대와의 접촉을 유지하기 위해 짧게나마 글을 쓰고 있습니다. 그러면 마음이 편해지니까요. 설사 오후 세 시 십오 분인 지금 어디에 있는지도 모르는 그대가 나와는 아무런 상관이 없을 뿐만 아니라 그럴 가능성조차 없는 것을 생각하고 있는지도 모르지만, 순간적으로 나는 거의 행복해집니다. 내 답장이 늦게 도착하더라도 걱정이 되지는 않습니다. 왜냐하면 그대가 내 편지를 기다리는 것과 내가 그대의 편지를 기다리는 것은 서로 비교할 수 없기 때문입니다. 내 편지가 늦어진다면 그것은 아마도 내가 그대에게 베푼 호의일 테지요.

그대가 (반드시 강조해야겠지만) 이를테면 베를린과의 작별이 아니라 나와의 결혼이 그대에게 안겨줄 손실에 대해 말한 것은 (그대가 잘 아는 사실이기에 내가 먼저 말해서는 안 됩니다만) 이번이 처음입니다. 더 나아가 그러한 손실의 가능성뿐만 아니라 명백함에 대해서도 말하고 있습니다. 또한 마침내 그대의 표현에도 '초과 중량'이라는 말이 들어 있더군요. 이것은 어떤 방식으로 언급하느냐에 따라 그대에게 불리하게 해석될 수도 있습니다.'

이것은 결국 내가 일 년 동안 그대를 설득시키려고 했던 것에 다름 아닙니다. 이것이 그 시도의 성공을 의미한다면 만족할 수도 있을 겁니다. 그러나 이 경우에 성공은 갑자기가 아니라 점진적으로 찾아와야만 했습니다. 아마도 이것은 편지를 쓰지 않던 시기에 찾아왔고, 따라서 점진적이었습니다. 다만 내가 그런 진전을 눈치채지 못했을 뿐이지요. 이것은 그대가 지난번 베를린에서의 일요일에[1913년 11월 9일] 말한 것과 모순됩니다. 또한 그대가─나와 내 삶이 그대에게 좋은 무언가를 의미할 수 있을지도 모른다는 것과는 상관없이─자신에게 깊고 결정적이며 필수 불가결한 의미를 지닌 그 어떤 것도 베를린에 남겨두지 않겠다던 지금까지의 견해와도 모순됩니다. 아마도 그대는 지금까지 이것에 대해 스스로를 속여왔지만 그사이에 그대의 소유물이 더 명확해졌던 것입니다. 아마도 나 또한 말을 통해서가 아니라 내 현 존재로 인하여 그것에 일조했습니다. 그럴 법한 일입니다. 가끔 그대가 자신에게 필수 불가결한 어떤 것을 베를린에 소유하고 있다는 인상을 받거든요. 나에 대한 그대의 태도 중에서 사소한 것들도 더 자세히 살펴보면 이것에 대한 증거로 간주될 수 있을 겁니다. 아직도 내 귓전에 맴돕니다. 그대가!

Nr. 350
1914년 1월 1일 자정

베를린에서 막스 부인에게 이야기했던 것, 즉 사무실과 그곳에서의 삶이 그대에게 매우 중요하며 사장이 심사숙고해보지도 않고 베를린을 떠나는 것에 대해 그대에게 경고했다는 것 말입니다(그대가 불과 몇 시간 전에 만난 낯선 여자에게 이런 말을 했다는 사실이 근본적으로 내게는 마치 그대가 사장의 말에 동의를 표하기라도 한 것처럼 언짢습니다). 펠리체, 그러나 그대가 옳다는 것을 인정해야 합니다. 전체적으로 냉정하게 살펴보면 그대는 손해를 볼 게 분명합니다. 베를린, 사무실, 그대를 기쁘게 하는 일, 근심이 거의 없는 삶, 특별한 종류의 자립심, 그대에게 어울리는 사람들과의 교제, 그대 가족과의 삶 등을 잃을 것입니다. 이것들은 단지 내가 알고 있는 손실의 예들에 불과합니다. 그 대신 그대는 낯선 언어를 쓰는 지방 도시인 프라하로 와서 결코 완전한 가치를 지니지 못한 공무원의 어쩔 수 없는 소시민적인 가정으로 들어오게 될 겁니다. 근심은 끊이질 않겠지요. 그대는 여전히 자립적이겠지만 방해가 없지도 않을 것입니다. 사교적인 모임과 자신의 가족 대신 그대는 대부분의 경우(적어도 지금처럼) 우울하고 말이 없으며, 그대에게는 낯설 수밖에 없는 작업에서 매우 드문 개인적인 행복을 찾는 한 남자를 얻겠지요. 이러한 요소들은 물론 아마도 사랑만이(이 자리에서 이런 말을 해도 될지 모르겠지만) 물리칠 수 있는 것들입니다.

이미 말했듯이 초과 중량에 대한 그대의 이론 속에는 분명히 하나의 오류가 있습니다. 내 처지에서는 '손실'이 아니라 '방해'가 문제였습니다. 이러한 방해도 더 이상 존재하지 않습니다. 감히 말하지만 나는 그대가 나에 대해 불확실하고 완전히 미온적인 태도를 지니고 있다고 말할지라도 그대와 결혼하고 싶을 정도로 그대를 사랑합니다. 그대의 연민을 이런 식으로 이용해먹는 것은 교활한 짓인지도 모릅니다. 그러나 내게는 다른 방법이 없습니다. 그 대신 나는 그대의 편지에서 추정할 수 있듯이 그대가 손실들을 아주 명확하게 인식하고 예견하는 한, 결혼이 불가능하다는 것을 인정합니다. 손실을 뚜렷이 의식하면서 결혼 생활을 시작한다는 것은 불가능합니다. 그대가 이것을 원한다 할지라도 내가 허락하지 않을 작정입니다. 내가 유일하게 바라는 결혼 생활에서는 아내와 남편이 인간적인 본질에서 서로 동등해야 통일성 속에서 자립적이 될 수 있습니다. 따라서 그 때문에라도 결혼은 불가능합니다.

Nr. 351
1914년 1월 2일

펠리체, 그대의 생각은 정말 진심인가요? 정말로 손실을 두려워해요? 그대는 정말로 그렇게 조심스럽나요? 아니, 그대는 그렇지 않습니다. 분명히 해두기 위해서 하는 말이지만 여기에는 오히려 두 가지 가능성이 있습니다. 즉 그대는 나에 대해서 아무것도 알려고 하지 않음으로써 나를 그대에게서 밀어내거나 또는 나에 대한 신뢰가 확실치 않게 된 까닭에 궁리를 해보는 것입니다. 첫 번째 경우에 나는 아무것도 막을 수 없고 할 말도 없습니다. 그러면 끝장입니다. 나는 그대를 잃은 것이나 진배없습니다. 그러면 앞으로 어떻게 견뎌낼 수 있을지 생각해보아야겠지요. 물론 그것을 결코 이겨낼 수 없으리라는 것도 잘 알고 있습니다. 이와는 달리 두 번째 경우에는 잃을 게 전혀 없습니다. 그것은 우리에게 좋은 일임에 틀림없습니다. 내가 개별적인 순간에는 비록 허약하다 할지라도 신뢰에 대한 그대의 모든 시험을 견뎌낼 수 있다는 것을 잘 아니까요.

말하자면 지금의 상황은 그대 펠리체에게 달려 있습니다. 첫 번째 경우라면 우리는 헤어져야 합니다. 두 번째 경우라면 나를 시험해 보세요. 그대가 정말로 더 깊은 관계를 고려하지 않고 손실만을 따진다는 식의 세 번째 가능성은 믿을 수 없습니다.

우리는 물론 결혼에 대해서는 더 이상 생각하지 말고 이전처럼 서로에게 편지만 하기로 합의했습니다. 그대가 그러한 제안을 했고 나는 더 좋은 방도가 없었기에 동의했습니다. 그렇지만 이제는 깨달은 바가 있습니다. 더 좋은 방도를 찾아봐요. 결혼은 내가 원하는 우리 사이의 관계를 유지할 수 있는 유일한 형식입니다. 또한 나는 우리가 같은 도시에서 살지 않아도 좋다고 생각합니다. 단지 우리가 결혼하더라도 나중의 일이겠고 현재는 서로 떨어져 있기 때문입니다. 그러나 이 경우에 회의가 생겨날 것이고 주저할지도 모르며 슬픈 시간들이 헛되이 지나갈 것입니다. 그런 시간들은 지금도 넘칠 정도로 많습니다.

게다가 지속적인 편지 교환은 그대에게 완전히 마음에 내키는 일이 아닙니다. 그 결과는 무엇일까요? 기다림의 고통과 그 괴로움을 적는 일이 전부겠지요. 그래서 사태는 천천히 파멸로 향할 것이며, 궁극적인 아픔은 훨씬 더 크고 순수하지 못할 것입니다. 우리는 그렇게 행동하지 말아야 되겠지요. 그것은 우리들의 능력을 넘어서는 일이며 아무에게도 도움이 되지 않을 겁니다. 단순히 글을 통한 결합인 경우에 시간이 어떻게 작용하는지 살펴보세요. 그대가 내게 마지막으로 편지한 지 두 달이 채 지나지 않았지만, 그대 자신은 모른다 할지라도 사소한 부분에서 거의 적대적인 분위기가 그대의 편지 속으로 스며들고 있습니다. 우리는 그런 식으로 계속 살아갈 수는 없습니다.

내게 인간적으로 좋거나 가치 있는 모든 것을 다 바쳐서라도 펠리체, 그대를 사랑합니다. 그 결과 내가 생명체들 사이에서 헤매고 다녀도 좋습니다. 그것이 별개 아니라면 내 자신도 별개 아닙니다. 지금의 그대 모습처럼 내게 좋게 보이는 것과 좋지 않게 보이는 것 모두를 포함하여 그대를 사랑합니다. 그러나 그대는 내게 만족하지 못하고 있습니다. 그대는 여러 가지 면에서 트집을 잡고 지금의 나와는 다른 모습을 원합니다. 그대는 내가 "현실 안에서 더 많이" 살아야 하고 "주어진 것에 따라야" 한다는 등등의 말을 합니다. 그대가 현실적인 필요성에서 그런 것을 원할 경우 더 이상 나를 향해서가 아니라 나를 비껴 가기를 원하는 것이라는 점을 깨닫지 못하는 건가요? 왜 인간이 변하기를 원하지요, 펠리체? 인간은 그 현재 모습을 받아들이거나 현재의 모습대로 내버려 두어야 합니다. 인간을 변하게 할 수는 없습니다. 기껏해야 본질을 방해할 뿐이지요. 인간은 무언가를 끄집어내고 다른 것으로 대체할 수 있을 만큼 개별적인 것들로 이루어져 있지 않습니다. 오히려 모든 것은 하나의 전체입니다. 그대가 한쪽 끝을 잡아당기면 그대의 의지와는 달리 다른 쪽 끝도 움찔하고 움직입니다. 그럼에도 펠리체, 심지어 나는 그대가 여러 가지 면에서 나에 대해 트집을 잡고 변화시키기를 원하는 것도 사랑합니다. 다만 그대도 그것을 알아주기를 바랄 뿐입니다.

이제 결정하세요, 펠리체! 그대는 저번 편지에서 그 어떤 결정도 내리지 못했습니다. 거기에는 아직도 물음표들이 담겨 있습니다. 그대는 내가 나 자신에 대해 아는 것보다 자기 자신에 대해 더욱 명확히 알게 되었습니다. 그대는 이제 그 점에서 나보다 뒤져서는 안 됩니다.

지금 편지를 떨어뜨릴 손에 입맞춤을 합니다.

프란츠

1914년 2월 9일

펠리체, 모든 것에도 불구하고(이 '모든 것'은 엄청나게 많습니다)—오늘 그대의 엽서를 받았을 때는 마치 첫날과 같은 기분이었습니다. 하인이 별것 아닌 것처럼 건네준 엽서에는 그대가 나를 향해 쓴 말이 들어 있습니다. 나쁜 방향으로 해석할 수 있더라도 그것은 좋은 말입니다. 어쨌든 그대가 내게 쓴 말이니까요. 그대는 적어도 자신을 내게 보여주고 있으며 어떤 동기에서든 나와 관련 맺기를 원하고 있습니다. 그것을 읽었을 때 나는 행복에 겨워 어쩔 줄 몰랐습니다. 막 먹으려던 사과가 엉겁결에 손에서 떨어지고 말았지요. 한참 지나서야 구술 작업을 위해 자리에 앉아 일에 정신을 쏟으려는 순간 다음과 같은 질문이 머리에 떠올랐습니다. "대체 무슨 일이지? 어째서 너는 완전히 달라졌지?" 곧 나는 왜 내가 완전히 달라졌는지 알게 되었습니다.

아무 일도 일어나지 않았습니다. 다만 그대가 내게 편지했을 따름이지요. 그러나 그것이 무엇을 의미하는지 누가 알겠습니까. 그대는 최근의 편지들을 겨우 쓸 수 있었던 반면 이 엽서는 의무적으로 쓴 게 아닌가요? 그런가요? 아닙니다. 그렇지 않습니다. 그럴 리가 없습니다. 펠리체, 설사 그렇다 할지라도 그대가 조금이나마 내게 내민 손을 거두지 마세요. 그대가 이미 내게 손을 내민 이상 그 손을 내게 맡기세요.

지금 다시 그대의 지난번 편지와 함께 '초과 중량'이라는 말이 머리에 떠오릅니다. 그래서 간청하건대, 그대에게는 안락한, 물론 비교적 안락한—삶으로부터(이것에 대해서는 내가 그대에게서 또 다른 확신을 빼앗지 않았다면 마침내 그대를 확신시킨 듯이 보입니다) 그대를 내게로 이끌어도 될까요. 하지만 지금은 이에 관해서 말할 때가 아니군요.

펠리체, 지금은 다시 그렇게 침묵하지 말라고 그대에게 간청할 때입니다. 그대가 침묵하면 여기 프라하에 있는 사람은(내게 베를린은 마치 하늘이 땅 위에 걸려 있듯이 프라하 위에 걸려 있습니다) 어찌할 바 모르는 곤혹스러움에 절망하여 이리저리 헤매고 다니면서 아무것도 보지 못하고 아무것도 듣지 못하며 늘 똑같은 생각에서 맴돕니다. 그러나 지금은 이것에 대해서도 말할 때가 아닙니다. 단지 침묵하지 말라고 그대에게 간청해야지요. 그대가 무슨 생각을 하는지 솔직하게 말해주세요. 나도 그대에게 답하겠습니다. 내가 무슨 생각을 하는지는 그대에게 말할 필요가 없습니다. 그것은 그대가 가장 잘 알고 있으니까요.

프란츠

Nr. 353
1914년 3월 13일

펠리체, 그대는 불행하고 나는 그대를 방해하고 있습니다. 이것이 나의 불행입니다. 아주 작더라도 내가 그대에게 위안이 된다면 그것은 나의 행복입니다. 그러나 나는 그러지 못합니다. 그대는 나와 그대 사이의 관계와 그대 가족 내에서의 불행을 따로 나누어 생각하고 있습니다. 마치 이 두 가지가 완전히 별개고 첫 번째 것은 부차적이라는 듯이 말입니다. 그대가 그런 식으로 생각한다면 적어도 겉으로 보기에는 그럴지도 모릅니다. 왜냐하면 나는 그것이 그대의 문제라고 단호하게 말하고 싶지 않으니까요, F.

그대가 보낸 편지 두 통을 얼마나 자주 읽었는지 모릅니다. 거기에는 분명히 좋은 것도 있지만 슬픈 것도 많고, 대부분은 좋지도 슬프지도 않은 어중간한 것들입니다. 오늘 받은 그대의 전보는 내 자신이 빠져 나올 수 없는 말이기도 하지만 모든 것을 좀 더 어둡게, 그대의 표현대로 더 비참하게 만들었습니다. 불행을 당한지 며칠 안 되는 지금 부모 곁에 있어야 하는 그대에게 내일 드레스덴으로 오라고 간청한 나는 특히 현명하지 못했고 세심하게 마음을 쓰지도 못한 듯합니다. 그것이 잘못이었다면 그대의 전보에 담긴 일곱 단어는 족히 형벌입니다.[2] 그러나 그것은 잘못이라기보다는 오히려 그대처럼 그대 가족의 불행과 나 사이를 분리하지 못하는 무능력 때문이었습니다.

이것은 내버려 두기로 하지요, F. 하지만 이제는 어떻게 해야 할까요? F., 어제의 편지를 통해 적어도 한 걸음 빠져 나온 불안정 속으로 나를 결코 다시 내던져서는 안 됩니다. 결코 그렇게 해서는 안 됩니다. 나는 더 이상 그 상태로 돌아갈 수 없습니다. 차라리 나의 가장 좋은 것을 희생시키고 그 나머지와 함께 어딘가로 달아나겠습니다. 그러니 우리가 앞으로 나아가기를 원한다면 함께 이야기해야 합니다. 이것은 그대의 의견이기도 합니다. F., 안 그런가요? 우리끼리의 대화가 드레스덴에서 가장 좋고, 가장 쉬우며, 가장 방해를 받지 않고, 가장 자세히 이루어질 것임은 의심의 여지가 없습니다. 지난번에 베를린에서도 그랬듯이 그대 자신이 과거에 자주 이에 대해 언급했지요. 이에 대한 심각한 장애는 없습니다. 다음 주 토요일은 어떤가요? 그대는 최근에 편지를 쓸 수 없었습니다. 그리고 그러한 상황이 지금도 그대에게 괴로움을 안겨주지요. 부분적이나마 그 사정을 알고 있습니다. 이것이 우리가 만나야 하는 또 다른 이유입니다. 펠리체, 제발 우리들의 만남을 다음 주 토요일 이후로는 미루지 마세요. 나는 그대를 프라하에서 겨우 한 번 만났고, 그것이 그대에게는 사소한 일이지만 나에게는 없어서는 안 될 호의라며 간청하는, 이 이방인을 생각해주세요. 그대는 그런 사람에 대한 호의를 거부하지 않을 겁니다. 이 무슨 멍청한 말입니까! 그대는 호의가 없더라도 만남의 필요성을 통찰할 수 있을 것입니다. 그대가 그것을 통찰하지 못하고 나름대로 더 좋은 방도를 알고 있다면 말해주세요. 그 말에 따르겠습니다. 다만 이 상태에서 벗어나야 합니다. 그럴 수만 있다면 무엇이든 다 좋습니다. 내가 베를린으로 갈 수도 있지만 드레스덴에서만큼은 좋지 못할 겁니다. 우리 사이의 관계가 명백하지 않는 한 베를린으로 가는 것이 두렵습니다. 맨 처음 눈에 들어오는 교외의 광경도 두렵고 고개를 돌려야 하던 플랫폼도 두렵습니다. 막 출발하려는 자동차를 보아야 하는 정거장 입구도 두렵습니다. 모든 게 두려울 뿐입니다. 지금은 안 되겠습니다. 드레스덴으로 오세요. 나의 괴로움 속에서 혼자 괴로워하는 대신 그대의 괴로움 속에서 괴로워하는 행복을 누리게 해주세요.

프란츠

어머니가 그대의 편지에 대해 행복해했다는 말을 전하는 것을 잊어버렸습니다. 그대를 칭찬하는 말은 전혀 필요치 않았습니다. 어머니의 인사를 대신 전합니다. 어머니는 그대에게 곧 답장하고 싶어 했지만 제가 당분간은 하지 말라고 부탁드렸습니다. 지금 가장 중요한 것은 우리가, 아니 그대가 우선 명확한 입장을 갖는 일입니다. 그런 측면에서 어머니가 그대를 방해만 했는지도 모릅니다. 어머니의 첫 편지가 그러지 않았기를 바랍니다.

프란츠

Nr. 354
1914년 3월 17일
안 됩니다, 펠리체. 그대는 지금 답장을 미루어서는 안 됩니다. 이전보다 지금 더 그렇습니다. 두 통의 편지에 대한 답장이 아직 없습니다. 답장의 내용은 자명합니다. 최소한 우리가 함께 만나서 솔직하게 이야기를 해야 한다는 내용이지요. 그리고 신뢰가 필요하다는 내용 말입니다. 그대를 항상 신뢰했지만 그대가 나를 신뢰한 경우는 드뭅니다. 답장하지 않은 이유가 있겠지요. 아무 이유도 없이 그대가 나와—그대가 편지에는 거의 쓰지 않았지만—자기 자신을 그토록 괴롭히지는 않을 겁니다. 하지만 그 어떤 이유도 끝까지 고집할 수는 없습니다. 그것은 가짜 이유들입니다. 유령이지요. F., 말해보세요. 나를 이 유령에 가까이 가게 해주세요. 그대가 동물원에서 나에 대한 애정이 부족하다는 식으로 말한 것은 진실이었는지도 모릅니다. 그러나 다른 것은 진실이 아니었습니다. 지금 드러났듯이 최소한 그대의 침묵은 진실이 아니었습니다. F., 제발 내가 누구며 그대에 대한 사랑을 통해 어떻게 변했는지를 알아주세요.

프란츠

Nr. 355

1914년 3월 18일

지금은 밤 아홉 시입니다. 오늘 보낸 전보에 그대가 오후에 전신으로 답장을 보냈다면 보통의 경우 벌써 도착했어야 합니다. 나는 그대가 사무실에 있는지 아니면 집에 있는지도 모릅니다. 그대는 나를 일고의 가치도 없다고 여기고 있습니다. 집으로 전보를 보내 그대의 부모님을 놀라게 하고 싶지는 않았습니다. 허나 다른 방도가 없었습니다. 나는 그대를 도처에서 찾아야 하니까요. 그런 일은 나와 그리고 아마도 그대에 대한 의무입니다. 그대도 내 진심을 알게 될 테지요. F., 이것만이라도 알아주었으면 좋겠군요. 오늘 이런 내용의 전보를 보냈습니다. "그대가 드레스덴으로 올 수 없다면 내가 토요일에 베를린으로 가겠습니다. 괜찮겠지요? 역으로 마중 나오겠습니까?"
이것이 전보 내용이었지요. 여기에서 이 내용을 반복했지만 앞으로도 이런저런 형태로 계속 반복할 겁니다.

프란츠

Nr. 356
1914년 3월 21일
외부적인 우연들이 개입하여 우리들의 처지를 괜히 혼란스럽게 만듭니다. 내가 보낸 전보는 그대가 사무실에 없는 오후에 도착하는가 하면 그대의 전보는 주소가 잘못 씌어져 있습니다. 지금 안 사실이지만 그대 부모님에게 보낸 내 편지는 하루 늦게 도착했습니다(그 편지는 이미 목요일에 접수되었습니다. 동봉한 증명서에서 이런 사실을 알 수 있을 것입니다). 이 모든 것은 좋지 못한 일입니다. 그러나 지금 우리 관계는 가장 나쁜 우연도 사태를 더 이상 악화시킬 수 없을 정도로 좋지 못합니다.
오늘 전화로 이야기를 나누고 싶다는 그대의 전갈을 받았을 때 사무실을 금방 빠져 나올 수 없었습니다. 다만 그대가 원하는 것을 가능한 한 빨리 알고 싶은 마음에 안절부절못했지요. 그러고는 헛된 바람이지만 그대가 그대의 속달 편지에 담긴 신랄한 내용을 전화로 무마하려 하는 거라고 생각했습니다. 그래서 회사에서 전화를 연결시켰지요. 주변 여건은 좋지 않았습니다. 전화기가 있는 회의실에는 칸막이도 없고 주변에는 언제나 많은 사람들이 있습니다. 혐오감을 불러일으키는 한 부서장이 우연히 내 뒤에 서서는 농담을 하더군요. 그를 거의 발로 걷어차 버릴 뻔했습니다. 그런 까닭에 그대의 말을 제대로 알아듣지 못했습니다. 무엇보다도 한동안 그대 말의 의미를 전혀 이해하지 못했습니다. 따라서 그대 부모님에게 보낸 편지가 이미 어제 도착했고, 그대는 내게 편지하기 전은 물론이고 전보를 치기 전에도 이에 대해 알고 있었다고 가정할 수밖에 없었지요. 전화 통화를 하면서 제대로 알아듣지 못한 것은 차치하고라도 그대가 진심으로 바라는 것이 무엇이며 왜 나를 전화로 불러냈는지에 대해 곰곰이 생각해야 했습니다. 게다가 그대 목소리를 들었을 때—그래서 전화하는 것이 두렵습니다—그대를 보고 싶은 병이 다시 도졌습니다. 그대에게 달려가서 모든 것을 밝히고 해명하는 것이 가장 간단한 방법이었지요. 그래서 베를린으로 가겠다고 한 겁니다. 그러고는 이것을 반대하는 그대의 말을 억지로 흘려들었습니다. 그대가 대답할 때의 머뭇거림, 언짢음, 역으로 나오겠다는 그대의 승낙에 담긴 불확실성, 이 모든 것을 모른 체했지요. 오늘 받은 그대의 편지에 대해 대답하는 것도 깡그리 잊은 채 오로지 가겠다고 말했습니다. 그러고는 사무실을 뛰쳐나와 빗속을 이리저리 돌아다니며 생각에 잠겼습니다. 모든 것이 절망적으로 보였습니다. 가는 길은 기꺼이 받아들이겠지만 돌아올 일을 생각하니 걱정이 태산 같았습니다. 내가 정말 갈지도 더 이상 확실하지 않습니다. 집에서 그대 아버지의 전보를 보았습니다. 거기에 "펠리체는 잘 지내고 있네. 자네 편지는 금방 받았네. 펠리체는 어제 편지를 썼다고 하는구먼"하고 씌어 있더군요. 나는 곧 가지 않겠다고 결심했습니다. 그대의 부모님이 내 편지를 오늘에서야 받았음을 알았고, 그대가 왜 내게 전화했는지도 이해했습니다. 그리고 그대가 말했는데도 내가 듣지 않았던 모든 것은 내가 그대 부모님에게 편지한 것에 대한 일종의 비난이었음을 알았습니다. 동물원에서 내가 그대의 끊임없는 침묵에 맞서 그대의 아버지에게 가서 확답을 받겠다고 했을 때 그대의 화난 말투도 기억났습니다. 나는 가지 않았습니다. 그러고는 그대 아버지에게 전보로 감사를 표했다고 그대의 사무실로 전보를 쳤습니다.

펠리체, 다음에 말할 모든 것과 관련하여 나는 그대의 가정에서 내게는 물론 명확하지 않은 어떤 불행이 그대에게 닥쳤다는 것을 염두에 두고 있습니다. 그 불행이 그대의 마음을 혼란스럽게 하고 있음을 압니다. 그대의 내면에서 사랑하고 있는 처녀가 겪는 만큼 그대도 불행하다는 점 또한 나는 알고 있습니다. 이제 말하려는 모든 것과 관련하여 나는 이것을 염두에 두고 있습니다.

오늘 그대의 속달 편지를 한 번, 열 번, 아니 더 자주 읽었을 때 그대가 나의 지난번 편지를 전혀 읽지 않은 것 같은 느낌이 들었습니다. 토요일 이후에 보낸 편지 네다섯 통을 그대는 정말로 읽지 않았는지도 모릅니다. 그렇지 않다면 어떻게 그대가 한 마디의 답장도 하지 않을 수 있겠습니까. 또한 내가 보낸 많은 편지와 전보 한 통에 대해 아무런 답장도 받지 못한 상태에서 끊임없이 그대가 걱정이 된 나머지 그대의 안부를 묻기 위해 부모님에게 (그대는 저에게 언니의 주소를 알려주지 않았습니다) 편지한 것을 어떻게 비난할 수 있겠습니까. (더욱이 지지난번 그대가 침묵했을 때에도 그대 아버지에게 물어보겠다고 그대에게 편지했었지요. 지금 생각해 보니 이번 침묵은 예전의 그 어떤 침묵보다 훨씬 더 근거가 없습니다. 전혀 이해할 수가 없었습니다. 그리고 그대는 그것을 설명하려고도 하지 않지요. 또한 나는 그대가 내 상태를 훨씬 명확하게 알 수 있는 편지 네다섯 통을 외면한 채 왜 전보에 답장하고 싶어 했고, 또 실제로 답장했는지 도저히 이해할 수 없습니다.) 그러나 나는 지금 단지 이 편지들에 대해 말하고 있는 것은 아닙니다. 내가 베를린에서 돌아온 직후에 보낸 편지, 즉 내 어머니의 편지를 예고한 편지도 그대는 읽지 않았을 수 있습니다. 펠리체, 나는 어머니에게 편지하지 말라고 했습니다. 어머니가 나를 위해 내 아내를 정복할 수 있도록 말입니다. (내 머릿속에 들어 있는 지옥의 한 구석에 그러한 희망의 예감이 들어 있었더라도 그것은 내 책임이 아닙니다.) 하지만 다시 어머니에게 편지하라고 했습니다. 그대가 동물원에서 내게 했던 말의 진위를 그대에게 직접 알아보라고 말입니다. 내가 왜 그것을 어머니에게 허락했는지에 대해서는 이 편지에서 말할 기회가 있을 것입니다.

그대는 오늘 편지에서 이렇게 쓰고 있더군요. "동물원에서의 대화는 덮어두기로 해요." 좋은 말입니다. 이보다 더 좋은 말은 없을 정도입니다. 그러나 다음 장에서 그대는 이렇게 말하고 있습니다. "당신은 내가 당신에게 느끼는 사랑만으로도 충분하다고 내게 말했어요." 그 어떤 말도 이보다 더 끔찍하게 선을 그을 수는 없을 것입니다. 펠리체, 내가 절망으로 인해 그런 종류의 말을 할 수는 있지만 궁극적으로는 결코 받아들일 수 없다는 사실을 그대는 모른단 말인가요? 그대의 말은 간단히 말해서 '내가 그대를 가져야만 한다'는 것을 알기 때문에 자신을 희생하고 싶다는 뜻 이외에 아무것도 아닙니다. 내가 희생, 그것도 가장 사랑하는 사람의 희생을 받아들일 것 같나요? 내가 그렇게 하면 그대는 나를 증오할 겁니다. 그뿐만이 아닙니다. 그대의 편지에 쓰여 있듯이 그것이 사실이라면 그대는 지금 이미 나를 증오하고 있습니다. 그러나 그대가 자진해서 함께 살 수 있을 만큼 충분히 사랑하지는 않지만 어떤 수단을 (이 수단은 다름 아닌 그대에 대한 사랑입니다) 통해 그대에게 이러한 공동 생활을 강요하는 사람은 증오를 받아 마땅합니다. 그대의 지지난번 편지는 호의적이었습니다. 그대는 불행에 깊이 빠져 있었지요. 그대가 동물원에서 했던 말은 이 불행 속에서 나온 듯이 보였습니다. 그대의 말 속에는 괴로움에 대한 생각밖에 없었지요. 그러나 편지에서 그대는 내게 불확실하지만 그래서 더욱 좋게 상상할 수 있는 희망을 심어주었습니다. 이번 편지에는 확실한 희망이 담겨 있습니다. 그러나 그전에 머리를 내려칩니다.

그대의 지난번 편지에서는 두 가지의 불확실함을 발견할 수 있습니다. 이것들은 거의 영원한 희망을 갖기 위한 최후의 가장 작은 가능성입니다. 그대는 여전히 불행하여 곰곰이 생각할 여유가 없습니다. 게다가 그대는 (이에 대해서는 물론 그 어떤 고백도 필요 없습니다) 자신이 동물원에서 모든 것을 다 말하지는 않았다는 것을 알고 있지요. 나머지 편지가 명확하지 않다면 그 이유는 이 두 가지 불확실함에서 찾을 수 있을 것입니다. 펠리체, 그대는 왜 자신을 강요하지요? 왜 자신을 강요하고 싶어 하지요? 동물원에서 산책한 이래로 무엇이 변했나요? 아무것도 없습니다. 그대는 그렇다고 말합니다. 하지만 우리가 좋은 나날을 보낸 이래로 그대에게는 무엇이 변했나요? 전부입니다. 그대도 그렇다고 합니다. 그런데 왜 그대는 자신을 희생하고 싶어 하지요? 왜? 내가 그대를 원하는지의 여부에 대해서는 늘 묻지는 말아요. 이러한 질문들을 되새기는 일은 죽고 싶을 정도로 나를 슬프게 합니다. 그러한 질문들은 그대의 편지에 담겨 있습니다. 그러나 그대 자신에 대한 말이나 그대가 자신을 위해 기대하는 것에 대한 말, 또는 결혼이 그대에게 어떤 의미를 지니는가에 대한 말은 한 마디도 없지요. 모든 것이 맞아떨어집니다. 결혼이 그대에게는 희생을 의미하기 때문에 더 이상 할 말이 없는 것입니다.

지금 편지에 쓰고 있는 내용을 그대의 면전에서 말할 수 있을 것 같지는 않군요. 차라리 그대 앞에 몸을 던져 그대를 영원히 붙잡고 있을 것만 같습니다. 따라서 내가 가지 않은 것은 잘한 일입니다. 그대는 내 계획에 대해 묻고 있습니다. 나는 그대가 어떤 의미로 그러는지 정확히는 모릅니다. 하지만 지금 솔직하게 말할 수 있습니다. 리바에서 돌아온 후 여러 가지 이유에서 직장을 그만두기로 결심했습니다. 일 년 전부터 그 생각을 하고 있었지만, 그보다 훨씬 전에도 직장은 내게 그대와 결혼할 경우에만 좋은 의미를 가진다고 생각해왔습니다(그대를 알게 된 이후로 내게는 다른 그 누구도 고려의 대상이 아니며 앞으로도 그럴 것입니다). 그 경우에만 직장은 좋은 의미를 가지며 거의 사랑할 만한 가치가 있습니다. (바이스 박사에게도 이와 비슷한 이야기를 했지요. 지금 그는 그대가 찻집에서 들었던 것처럼 무조건 직장을 그만두라고 주장합니다.) 그대와 결혼하지 못한다면 평소 같으면(예외적인 시간은 제외하고) 나를 쉽게 붙잡을 직장이 일종의 혐오감을 불러일으킬 겁니다. 왜냐하면 필요 이상으로 돈을 버니까요. 이것은 무의미합니다. 게다가 이야기하고 싶지 않은 이유도 몇 가지 더 있습니다. 그러나 베를린에서 돌아온 후 이 모든 것을 어머니에게 처음으로 말했습니다. 어머니는 꽤 잘 이해해주셨지만 먼저 그대에게 편지하라고 간청하셨지요. 아마도 어머니는 내가 그대에 대해 말한 것을 믿지 못한 상태에서 당신께서 그대에게 보낸 편지에 커다란 희망을 걸고 있었기 때문에 이해했을 뿐입니다. 지금은 그대도 왜 내가 어머니에게 편지하라고 했는지 알 겁니다.

이제 어떻게 할 건가요, 펠리체? 마치 역의 플랫폼에 서 있는 듯합니다. 그대가 뜻밖에 찾아오고 나는 그대와 얼굴을 맞댄 채 영원히 헤어져야 할 것 같은 느낌이 듭니다. 월요일에 속달 편지를 받는 기적을 기대해봅니다. 내가 대체 무엇을 기대하고 있는 걸까요. 화요일부터는 더 이상 아무것도 기대하지 않겠습니다.

프란츠

Nr. 357
1914년 3월 25일
사랑하는 펠리체, 그대의 지난번 편지에는(지금 얼마나 오랫동안 이 단어 옆에 조용히 앉아 그대를 불러내려고 했는지 모릅니다!) 모든 면에서 꽤 명확한 문장 하나가 나옵니다. 그런 명확함은 벌써 오래전부터 존재하지 않았지요. 그 문장은 바로 그대가 나와의 공동 생활 때문에 갖는 두려움에 관한 것입니다. 다만 그대는 믿지 않거나 아니면 회의를 느끼거나, 아니면 내가 그대에게 무조건 필요한 버팀목이 될 수 있을 것인가에 대한 나의 의견을 듣고 싶어 할 뿐입니다. 그렇지만 이에 대해 곧바로 대답할 수가 없군요. 아마도 순간적으로 너무 피곤한 듯합니다 (그대의 전보를 오후 다섯 시까지 기다려야 했습니다. 왜죠? 그리고 심지어는 그대가 보내겠다고 약속한 편지를 스물네 시간이나 기다려야 했습니다. 왜죠?). 어쨌든 피곤한 가운데서도 그대의 편지로 인해 너무나 행복합니다.

—

지금은 늦은 밤입니다. 오늘 아무리 중요한 내용이라도 더는 쓸 수가 없습니다. 사랑하는 펠리체, 그대가 아무리 원하더라도 나에 관한 정확한 소식은 오늘 그대에게 전할 수가 없습니다. 내가 동물원에서 그대를 뒤쫓아가다가 바쁜 걸음으로 달아나려는 그대에게 몸을 던질 때나 가능합니다. 그 어떤 개도 견디지 못할 이러한 굴종 속에서만 가능한 일입니다. 그대가 내게 그 질문을 한다면 나는 다만 능력의 한계에 이를 때까지 그대를 사랑한다고 말할 수 있을 뿐입니다. 그 점에서 그대는 나를 완전히 신뢰해도 좋습니다. 펠리체, 하지만 나는 내 자신을 완전히 알지는 못합니다. 내게는 의외의 일들과 실망들이 끊임없이 이어집니다. 더구나 이러한 의외의 일들과 실망들은 내게만 해당됩니다. 나는 내 본성에서 나온 훌륭한, 아니 가장 훌륭한 의외의 일들만 그대와 관련을 맺도록 온 힘을 다하겠습니다. 이에 대해서는 보증할 수 있습니다. 그러나 항상 성공하리라고는 보증할 수가 없습니다. 그대가 오랫동안 내게서 받은 편지들의 혼란스러움을 생각하면 어떻게 이것을 보증할 수 있겠습니까? 우리는 사실 함께 지낸 적이 별로 없습니다. 그러나 함께 지낸 시간이 많았다 할지라도 나는 (물론 자세히 설명할 수 있는 것은 아니지만) 직접적인 경험 대신 내 편지들에 의거해서 나에 대해 판단하라고 그대에게 부탁했을 겁니다. 좋은 것이든 나쁜 것이든 편지들과 내 내면에 숨겨진 가능성들을 말입니다. 직접적인 경험은 전체적인 조망을 방해합니다. 이것은 나에 관한 한 불리하게 작용합니다. 내가 적어도 이를 통해 그대의 마음을 사로잡을 생각이 없다는 것은 내 편지들을 기억한다면 그대도 인정할 겁니다.

더군다나 행복하기도 하고 불행하기도 한 내 본성의 동요로 인한 미완성 부분이 나와 함께할 그대의 미래의 행복을 결정해서는 안 된다고 믿습니다. 그대는 이러한 영향에 곧바로 노출되어서는 안 됩니다. 펠리체, 그대는 비자립적이지 않지만 아마도, 아니 분명히 비자립적이 되고 싶은 욕구를 지니고 있습니다. 그러나 이러한 욕구에 아마도 굴복하지 않을 겁니다. 그럴 수 없을 겁니다.

마치 아무 일도 없었던 것처럼 내가 그대를 받아들이는 일이 가능하냐는 그대의 마지막 질문에 나는 가능하지 않다고 말할 수 있을 뿐입니다. 하지만 과거의 모든 것과 함께 그대를 받아들이고 무의미해질 때까지 붙잡고 있는 일은, 가능하다는 차원을 넘어서 내게는 필수 불가결합니다.

[동봉한 편지]
그대는 이 점에 유의해야 합니다. 펠리체, 나는 그대와 전혀 다른 처지에 있습니다. 우리가 헤어진다면—지금은 아마도 '우리가 헤어지기라도 했다면'이라고 말할 수 있겠지요—그대는 현재의 삶을 당분간 지속할 수 있을 겁니다. 그렇게 해야만 하고, 어쨌든 그렇게 할 겁

니다. 내 생활 방식으로 볼 때 나는 그럴 수 없습니다. 의심할 여지 없이 나는 막다른 지점에 와 있지요. 그대를 통해 이것을 인식했다는 사실을 결코 잊지 못할 겁니다.[3] 어떤 결정의 필요성에 대해 이처럼 의심할 여지 없는 징표는 내 생애에서 가져본 적이 없습니다. 나는 그대와 결혼을 하든지 직장을 그만두는 방식으로 현재의 삶에서 벗어나야 합니다. 월요일에 그대의 전보를 받지 못했다면 아마 화요일 아니면 어쨌든 수요일에는 이미 완성된 편지를 부쳤을 겁니다. 이 편지는 내가 바라던 것처럼 베를린에서 재정적으로 얼마간 도움이 되는 작은 일자리를 마련해주었을지도 모릅니다. 게다가 나는 이런 식으로 아무런 명예욕도 없이 저급한 저널리즘에 매달리려고 했을 겁니다.[4] 그런 시도가 성공했을 것이라는 점은 의심할 여지가 없습니다. 그러나 그대를 잊거나 그대와 결혼하는 헛된 가능성을 (이 가능성은 모르긴 몰라도 적어도 몇 년 간은 기대할 수 없을 겁니다) 잊는 데 성공하리라고는 믿지 않습니다.

이제 편지를 끝내야 합니다. 그렇지 않으면 편지를 부칠 수가 없거든요. 그대가 편지를 기다리게 할 수는 없습니다. 왜냐하면 나는 늘 그대가 책상 옆에 앉아서 기다리는 (물론 완전히 잘못된 것이지만) 상상을 하니까요. 그래도 그대의 지난번 편지에 대해 대답은 해야겠습니다. "제발 단 몇 줄이라도 편지를 써주세요. 나를 기다리게 하지 말고요." 펠리체, 그대가 나와 결혼하고 싶다면 우편물이 도착하는 시간과 그 후에도 오랫동안 미래의 남편 심장이 경련을 일으키는 것을 허용해서는 안 됩니다.

그대는 날더러 베를린으로 오라고 합니다. 그러나 그대는 내가 그대 부모님을 만나기 전에 그대와 먼저 이야기를 해야 한다는 것을 알고 있습니다. 이것은 무조건 필요한 일이지요. 그렇다면 이번 일요일에 드레스덴에서 만나는 일이 정말 불가능할까요? 이에 반대하는 그대의 말도 옳지만, 이에 찬성하는 내 말도 마찬가지입니다. 이전에는 그대 스스로 자주, 그리고 심지어 지난번에는 베를린에서 드레스덴에서의 만남을 자발적으로 제안했지요. 그때는 적절한 조정의 가능성들이 그대 눈앞에 아른거렸음이 분명합니다. 펠리체, 그런 시도를 해보세요. 어쨌든 곧 편지하기를 바랍니다.

프란츠

월요일에 "좋은 날이 되기를, 무치 브라운이 인사드립니다"[5]는 카드를 받았습니다. 그 바람이 완전히 맞지는 않았습니다. 그대의 전보가 저녁에야 도착했거든요.

Nr. 358
1914년 4월 3일

펠리체, 그대는 내 전보 내용을 이해하지 못한 건가요? 전보가 알기 보기 힘들 정도로 훼손되지는 않았다고 믿습니다. 이런 내용이었지요. "지난번 편지에 답장할 수 없었습니다. 그대는 어떤 다른 감정 없이 다만 나를 굴종시키기를 원한다고 나 스스로에게 말할 수밖에 없었습니다. 그렇지 않다면 지난번 편지가 무엇을 의미하겠습니까. 또 그렇지 않다면 아무런 이유도 없고 한 번도 설명하지 않은 채 그대가 띄엄띄엄 편지를 보내는 것이 무엇을 의미하겠습니까."

(그대의 어제 전보는 정오에 접수된 듯한데도 이상하게 매우 늦게 받았습니다. 저녁 여덟 시에 집에 있었지만 전보는 도착하지 않았습니다. 그다음에 외출했다가 새벽 한 시 반이 되어서야 돌아와 보니 전보가 와 있더군요.)

다시 한번 말하지만 그대는 그 전보를 이해하지 못하는 건가요? 펠리체, 지난번 우리의 만남을 기억해보세요. 그 어떤 사람도 당시에 내가 그대에게서 경험한 것보다 더 심한 굴욕을 경험할 수는 없습니다. 물론 아무도 내가 당시에 경험한 것보다 더 심한 굴욕을 요구할 수도 없지요. 굴욕적인 것은 이를테면 그대의 거부 때문이 아닙니다. 이것은 그대의 당연한 권리지요. 굴욕적인 것은 그대가 내게 전혀 대답하지 않거나 몇 마디 안 되는 대답마저도 불분명하게 하고 막연한 증오와 혐오감을 보여준 데 있습니다. 이러한 증오와 혐오감은 끔찍할 정도로 분명해서 내 내면에서는 우리들의 좋은 시절에 대한 기억조차도 그 영향을 받았습니다. 또한 나와 관련해서 그대의 현재 상황에서 쉽게 해석될 수 있는 몇 가지가 기억에 떠올랐지요. 그대는 별로 말이 없었습니다. 하지만 몇 마디 안 되는 말과 그 억양을 정확히 머리에 담아두고 있습니다. 그대는 이전의 그 누군가에 대한 사랑의 가능성(가능성!)에 대해 이야기했습니다. 그 사람에 대해서는 말하고 싶어 하지 않았지요. 그대는 이러지도 저러지도 못할 바에야 결혼하지 않는 편이 (이 말에는 이의를 제기합니다. 그대는 내가 그대에게 완전히 낯설지는 않다고 주장했는데, 이것 역시 어정쩡한 것입니다) 더 낫다고 말했습니다. 또한 그대는 내 성격을 참을 수 없을 것이고 결국에는 내가 불가능한 것을 간청하는 일을 그만둘 것이며 서신 왕래도 내 임의대로 중단할지도 모른다고 했습니다. 반면에 그대는 서신 왕래를 계속할 마음이 있다고 했지요(이 경우 그대와 마찬가지로 나 또한 그대가 지금까지 그랬던 것처럼 답장을 하지 않으리라는 것을 알고 있었습니다). 이런 종류의 말은 한두 가지가 아니었습니다. 그중에서 무언가를 잊어버렸다 하더라도 내 대답에서 그것을 끄집어낼 수 있습니다. 물론 이 대답들은 내가 얼마나 비열한지를 증명하고 있지요. 나는 내 자신을 부정했습니다. 나의 채식주의가 그대를 방해하지는 않을지, 또는 그대가 사랑 없이도 나와 결혼할 수 있을지 자문해보았습니다. 그리고 결국에는 공장을 언급한 일이 부끄럽지 않았습니다.

이 모든 것을 다시 반복해서 말하는 것은 아무런 의미도 없을지도 모릅니다. 특히 그대는 나로서는 물론 아직도 믿어지지 않는 일이지만 당시에 비정상적인 처지에 있었으니까요. 그러나 그대는 전보 내용을 이해하지 못하겠다고 말합니다.—첫 편지에서 (베를린에 다녀온 후로) 나는 일반적으로 누구나 자신의 말을 부정할 수 있다는 차원에서 내가 말했던 것의 대부분을 부정했습니다. 그래도 굴욕감은 없어지지 않았습니다. 그대가 동물원에서 입으로 침묵했다면 지금은 글로 침묵하고 있습니다. 그대는 내 어머니에게 한 번도 곧바로 답장하지 않았습니다. 그것은 해명이 되었습니다. 그대는 많은 괴로움을 안고 있었지요. 하지만 최악의 상태가 지나갔음에도 그대는 몇 주일 간이나 침묵하며 다섯 통의 편지에 답장하지 않았습니다. 그것은 경멸의 표시가 아니었을까요? 그대는 내가 괴로워하는 줄을 알고 있으면서도 이러한 침묵을 설명하는 말을 한 마디도 하지 않았습니다. 이것은 동물원에서보다 더 악화된 상태를 의미하는 게 아닐까요. 언젠가 그대는 "내 사랑이 당신에게 충분하다면 그것으로 됐어요"라고 썼지요. 그대는 그런 말을 동물원에서는 한 번도 하지 않았습니다. 또 언젠가 그대는 "베를린에서 말한 모든 것은 사실이었어요. 그것이 아마 모든 것은 아닐지라도 그 자체는 사실이었어요"라고 썼습니다. 그러나 나는 이 "모든 것"을 경험한 적이 없었습니다.

이런 말을 하는 것 역시 아무런 의미도 없을지 모릅니다. 왜냐하면 지지난번의 편지는 모든 것을 보상하는 것처럼 보였기 때문입니다. 모든 것이 좋아 보였고, 더 나은 시절을 위한 궁극적인 시작이 찾아온 것 같았습니다. 나는 행복감에 젖어 답장을 썼습니다. 거기에서 답장을 기다리게 하지 말아 달라고 전에 없이 다급하게 간청했지요. 또한 그대의 답장을 받지 못한 상태에서 우편물이 배달되는 시간을 쓰라린 마음으로 이겨내고 있다고 적었습니다. 사정이 여의치 않으면 그다음 날 단 몇 줄의 편지라도 보내달라고 말입니다. 그리고 나흘을 기다렸습니다. 그다음에 무엇이 왔지요? 그대의 지난번 편지였습니다. 레스토랑에서 식사를 마친 뒤 몇 줄 적은 것이었지요. 그 편지에서 답장을 보내지 않은 이유도 설명하지 않은 채 드레스덴으로의 여행을 (그대가 이전에 자주 그런 여행을 원했던 것에 대해서는 일언반구도 없이) 간단히 거부해버렸습니다. 게다가 용건만 간단히 (더 간단히! 더 간단히!) 말하라는 그대 언니의 충고도 들어 있었지요. 그것이 전부였습니다. 그대는 나흘이 지나도록 식사 후의 한순간 동안만 나를 위해 시간을 냈습니다. 내 편지 내용에 대해서는 전혀 대답하지 않은 채 그 기회를 마지못해 그리고 부차적으로 그대의 평상시의 삶에 함몰시켜 버렸습니다. 그 상태에서 내가 어떻게 답장이나 그 이상의 것을 생각할 수 있었겠습니까. 이와 함께 동물원에서의 첫 걸음부터 시작하여 모든 것이 다시 생생히 되살아난 것은 아닐까요? 내가 이에 대해서 대답할 수 있었을까요? 내가 그럴 수 없었다는 것을 지금은 이해하나요?

펠리체, 그대가 나뿐만 아니라 그대에 대해서도 해명하고 있는 이 설명을 듣고 내가 가야 한다고 믿는다면 물론 나는 즉시 가겠습니다. 토요일인 내일 저녁 열한 시 반에 가서 오후 네 시 반에는 돌아와야겠지요. 지금과 마찬가지로 월요일에는 힘들고 짜증나는 일을 해야 하니까요. 내가 가기를 원하고 또 역으로 마중 나오고 싶다면 (나는 단지 그대를 집에 데려다 주려고 합니다. 그대는 열두 시 반에는 집에 도착할 수 있을 것입니다) 즉시 전보를 치세요. 전보가 낮 열두 시까지 도착해서 내가 곧바로 역으로 달려갈 수 있도록 말입니다.

프란츠

1914년 3월 7일 [실제로는 1914년 4월 7일로 추정]

펠리체, 진실을 말하자면 어제 아무런 보람도 없이 흥분된 마음으로 그대의 편지를 기다리면서 (아무런 보람도 없이 기다린 게 몇 번째인 줄 아나요, 펠리체?) 오늘 편지가 오더라도 열어보지 않기로 결심했습니다. 편지는 일요일에 벌써 도착했을 수도 있었습니다. 지난번 편지에 대한 답장은 물론 내게는 다급한 것이었습니다. 그래서 일요일 내내 기다렸지요. 더군다나 편지가 오늘 오리라는 보장도 없었습니다. 왜 하필이면 오늘인가요? 오늘 받은 편지를 열어보지 않은 채 잠시 주머니 속에 가지고 있었습니다. 이 편지는 그럼에도 나를 (이해할 수가 없습니다. 편지 내용으로 보더라도 이것은 정말 이해할 수가 없습니다) 행복하게 만듭니다. 이 편지는 그대가 어떻게 행동하느냐에 따라 내일이나 모레 오거나 아니면 아예 오지 않을 수도 있었습니다. 편지 스스로는 긴박함을 모르니까요.

펠리체, 내가 보낸 전보에 악의는 없었습니다. 전보 양식이 그렇게 보였는지도 모르겠습니다. 이상한 것은 지난번 편지가 내 자신에게는 악의적으로 보였다는 점입니다. 그대는 느끼지 못했겠지요. 그 편지는 아마도 실제로는 아니지만 나한테만 그렇게 보였던 것 같습니다. 전보에서 나는 대답하는 일이 가능하지 않았다고만 말했습니다. 편지에서 그 이유를 말했지요. 내용을 요약할 때 우리 사이에 가로놓여 있는 수많은 불명확한 것들이 느껴지더군요. 물론 많은 양이었습니다. 아마도 그대는 내게 할 말이 있을 것입니다. 그 말을 한다면 불명확한 것이 많지 않거나 전혀 없게 될지도 모릅니다.

스스로를 속이지 말아요, 펠리체! 스스로를 속여서는 안 됩니다. 최근 그대의 편지들에서 그대 가족들이 행한 역할은 일종의 속임수를 암시합니다. 스스로를 속이지 말아요! 펠리체, 그대는 나의 굴종을 원했다거나 원하지 않았다고 말해서는 안 됩니다. 단지 내가 지난번 편지에서 거론한 모든 것을 설명하면 됩니다. 그 나머지 것은 저절로 명백해질 테니까요. 그러나 그대는 이 간단한 일을 하지 않습니다(만나서 이야기할 때까지 설명을 미루는 것은 아무 도움도 되지 않습니다. 그대는 내가 그대 곁에 있으면 모든 것에 만족하고 또 만족해야 한다는 것을 잘 알고 있습니다). 또한 행할 수가 없습니다. 그렇다면 그대는 내게 설명의 기회를 넘겨야 합니다. 그대가 나를 굴종시키기를 원했다 할지라도 그것이 최악의 경우는 아닐 것입니다. 나는 그것이 내게는 (진심에서 하는 말입니다) 가장 유리한 경우로 받아들였습니다. 이런 생각이 틀렸고 따라서 그대가 나를 굴종시키기를 원치 않았다면 과연 남은 것이 무엇이냐에 대해서는 차라리 말하고 싶지도 않군요. 부활절에, 하지만 토요일 낮이 아니라 토요일 저녁—내 판단이 틀리지 않는다면—여섯 시 오십일 분에 갈 예정입니다. 그대가 역으로 마중 나온다면 물론 내게는 가장 좋은 일입니다. 그러나 어제 알게 된 것처럼 막스와 그의 부인, 그리고 오토 피크가 (모두 문학과 관련된 일 때문에) 동행할 가능성도 배제할 수 없습니다. 역에서 그들 모두와 만나는 일이 그대에게는 아마 거북할 테지요. 그렇다면 우리는 (가능한 한 빨리, 다시 말해서 여덟 시 반에. 나는 이번에도 아스카니셔 호프에 머무르려고 합니다) 그대가 정한 장소에서 만나야 할 것입니다.

펠리체, 그대는 편지를 매일 받기를 원하나요? 원래는 그대가 그 말을 해서는 안 되지만 편지는 받게 될 것입니다. 그러나 그대의 요청은 내가 최근에 자주 비몽사몽 간에 하는 상상과 어떻게 어울릴까요. 그 공상 속에서 그대는 내 편지들에 답장하기는커녕 읽지도 않고 차곡차곡 쌓아놓거나 차례로 던져버립니다. 비몽사몽 간이라도 그대는 그런 일을 저질러서는 안 됩니다.

프란츠

1914년 4월 9일

펠리체, 앞으로는 좋아지겠지요. 오늘 그대의 답장을 네 시간 동안이나 기다렸습니다. 어쨌든 아직 네 시간이 남아 있습니다. 각자 자신의 장점을 찾는 것은 자연스러운 일입니다. 나는 편지를 통한 대답을 원하지만 그대는 구두로만 대답하기를 원합니다. 왜냐하면 그대는 구두로는 대답하지 않을 것이 분명하니까요. 그대는 이것도 정말 그대의 장점인지 깊이 생각해보았나요? 그대는 내게 말해야 할 것을 자기 자신에게도 말해야 합니다. 내게 말하지 않으려는 것은—내가 최소한 바라는 바지만—그대 자신에게도 말하지 않아야 합니다. 그러나 그래서는 안 됩니다. 우리 두 사람을 위해서 그대는 그렇게 해서는 안 됩니다.

내가 그대를 너무 엄격하게 대한다고 말하지 마세요. 나의 내면에서 사랑의 능력을 지닌 것은 그대에게만 봉사합니다. 그러나 보세요. 우리는 일 년 반 이상을 서로를 향해 달려가고 있습니다. 첫 한 달이 지난 뒤에 우리는 벌써 가슴을 맞댈 수 있을 듯했지요. 그러나 오랜 시간이 지난 지금 우리는 여전히 멀리 떨어져 천천히 달리고 있습니다. 펠리체, 그대는 되도록 자기 자신에게 분명하게 대할 무조건적인 의무를 갖고 있습니다. 우리가 마침내 만날 경우 서로를 허물어뜨리려고 해서는 안 됩니다. 그것은 우리에게 해로울 뿐입니다.

여기에서는 당시 동물원에서와는 다르게 말하려 합니다. 그대의 호의가 내게 우리들에 대해 곰곰이 생각해볼 가능성을 준다는 것을 시인합니다. 그대의 호의는 또한 내가 그렇게 할 수밖에 없는 필연성을 제공합니다. 시인하고 싶지는 않지만 다음과 같은 점은 너무나 분명합니다. 즉 그대가 내게서 멀어지면 나는 우리에 대해 곰곰이 생각해볼 능력을 상실합니다. 또 그대가 내게서 멀어지는 동안에는 아무런 위험도 없습니다.

그대가 옳습니다. 막스 부부와 함
께 가는 것이 왜 그대에게 거북한
일인지 모르겠습니다. 지금 깨달
은 바지만 내가 그렇게 생각한 이
유는 다만 그것이 내게 거북할 수
도 있기 때문이었습니다. 이러한
위험은 이제 없습니다. 착각한 거
였지요. 즉 막스만 가기로 되어 있
었습니다. 하지만 막스가 오늘 내
게 말했듯이 막스도 오지 않는군

펠리체의 친구 그레테 블로흐

요. 따라서 남은 사람은 피크 뿐입니다. 그대는 여덟 시 반경에 아스
카니셔 호프로 오는 게 더 좋겠습니다. 그러나 시간을 지켜주기를 부
탁드립니다.

그래요, 블로흐 양은 오지 않는군요. 나는 그녀를 매우 좋아합니다.

프란츠

Nr. 361
1914년 4월 14일

펠리체, 우리의 약혼처럼 일을 확실하게 처리해야 하는 경우에서 지
금과 같이 훌륭하고 필연적인 어떤 것을 해냈다는 감정을 가져본 적
이 한 번도 없었습니다. 이러한 명백함은 처음입니다. 그대는요? 그
대는 어떤가요? 그대도 그런가요? 다음에 편지를 쓸 때는 이에 대한
대답부터 해주세요.

이틀 동안 내가 보여준 너무 피곤하고, 산만하고, 부주의하고, 침착

하지 못하고, 무관심하기까지 한 태도를 나쁘게 생각하지 말아주세요. 다만 제정신이 아니었고, 그대가 아마 원하지도 않고 참아내거나 느끼지도 못했겠지만 그대에게 정신이 팔려 있었을 뿐입니다.

덧붙이자면 그날이 좋았다거나 더 좋아질 가능성은 없었는지도 모른다고 말하려는 것이 아닙니다. 우리 사이에서 첫날 저녁은 예상했던 대로 피상적으로 지나갔습니다. 물론 그 시간은 마음속에서는 진심 어린 것이었습니다. 그다음 날 곧바로 그대 아버지와 대화하게 되리라는 것도 이미 알고는 있었지만 전날 저녁의 대화를 그것과 연계시키지는 않았습니다. 또한 나중에 조용히 한 번 더 대화를 나누고 싶은 희망을 그것과 연계시키지도 않았습니다. 펠리체, 나는 그대를 전적으로 신뢰하고 있습니다. 할 수 있는 한 그것을 받아들이세요. 지금까지의 질문과 앞으로도 다시 하게 될 질문은 마음의 욕구라기보다는 내게는 더 낯선 논리적인 욕구에 기인합니다. 날카로운 질문은 물론 올바르지 못합니다. 또한 단지 부수적이지만, 그러한 논리 뒤에는 몇몇 괴로움의 근원이 있습니다. (금방 받은 전보에서 블로흐 양이 "흡족한 기분의 그레테 블로흐가 진심에서 우러나오는 축하 인사를 보냅니다"라고 한 것은 무슨 의미일까요?)

그러나 가장 싫고 삭막했던 것은 우리가 골목길에 단 둘이 있었던 적이 한 번도 없거나 잠깐 동안뿐이었으며 내가 그대에게서 평온을 얻을 수 있는 입맞춤을 한 번도 하지 못했다는 점입니다. 그대는 기회를 줄 수도 있었을 텐데 그렇게 하지 않았지요. 나는 그런 기회를 억지로 만들어내기에는 너무 주의가 산만했습니다. 약혼했다는 사실에 근거한 풍습이 부여하는 모든 권리가 내게는 혐오스럽고 전혀 쓸모없습니다. 약혼은 지금 결혼하지 않은 상태에서 다른 사람들이 즐겁도록 결혼 코미디를 공연하는 것 이외에 아무것도 아닙니다. 나는 그렇게 할 수 없습니다. 그 대신 미친듯이 괴로워할 수는 있겠지요.

지금까지 우리가 줄곧 같은 도시에 있지 않은 것에 대해 신에게 감사하고 싶을 때가 가끔 있었습니다. 하지만 다시는 그것에 대해 감사하고 싶지 않습니다. 왜냐하면 우리가 같은 도시에 있다면 근속 기념식⁶을 고려하지 않고 더 일찍 결혼할 테니까요. 어쨌든 그 시간은 곧 다가오겠지요. 아마 그대 어머니는 그대가 내 어머니에게 쓴 편지에 몇 줄 덧붙인 모양입니다. 물론 그대 어머니는 진심으로 초대받으실 겁니다. 그대는 벌써 사무실에 약혼 이야기를 하고 되도록 빠른 기간 내에 직장을 그만두는 일에 대해서 총무부와 합의했나요? 여의사에게 퇴직 통지는 했나요? 평론 잡지와 관련된 일도 그만두었나요? 그대가 내 수많은 부탁 중에서 한 가지만 들어주고 싶다면 그것은 다음과 같습니다. 즉 너무 많이 일하지 말고 산책과 운동을 하세요. 그대가 원하는 것을 하세요. 다만 사무실 밖에서는 일하지 마세요. 사무실 밖의 시간을 나를 위해 봉사하도록 그대를 고용하겠으며, 이에 대해서는 액수나 횟수에 상관없이 그대가 원하는 대로 급료를 보내겠습니다. 이것을 서명으로서 증명합니다.

프란츠

[가장자리에] 그대 어머니와 형제들에게 인사를 전합니다.

Nr. 362
1914년 4월 17일

사랑하는 펠리체, 지금 십 분밖에 시간이 없군요. 게다가 그것도 다 쓸 수 있는 것이 아닙니다. 이처럼 촉박한 마당에 내가 무슨 일을 하고 무엇을 쓸 수 있겠습니까? 먼저 그대가 팔월을 퇴직 시기로 잡은 것에 감사드립니다. 꼭 그래야 합니다. 나는 "끔찍할 정도로 비참하게" 보입니다. 원래 그런 종류의 사람이기도 하지요. 지난 반년 동안 이나 이런 모습과 싸워왔습니다. 나를 돌보는 것은 여기에 도움이 되지 않습니다. 시간의 경과만이 도움이 되겠지요. 그대가 정한 기한이 하루하루 가까워질수록 도움이 됩니다. 내게 보여주는 그대의 모든 신뢰와 인내심이 도움이 됩니다. 그대의 인내심이야말로 가장 많이 도움이 됩니다. 우리는 (촉박함 속에서 첨예화된 의견을 밝히는 것은 위험한 일입니다) 외적으로 상반된 견해를 지닌 사람들이지만 서로에게 인내심을 가져야 합니다. 상대방의 필연성, 진실, 소속감에 대해 거의 신성할 뿐만 아니라 고양된 인간적 감정에만 주어지는 시선을 가져야 합니다. 펠리체, 나는 이러한 시선을 가지고 있습니다. 그런 까닭에 우리들의 미래에 대한 나의 신뢰는 확고합니다. 그대의 두 눈에서 나온 그러한 시선의 가장 가벼운 빛이 나를 한 번 스치기만 해도 나는 행복에 겨워 어쩔 줄 모릅니다.

프란츠

몇 마디라도 좋으니까 곧 편지해주세요.
브륄 양을 기쁘게 해줄 방법이 없을까요. 나는 처녀들의 울음소리를 감당할 수 없습니다.

Nr. 363
1914년 4월 19일

그대여, 한번쯤 편지로 인해 자신이 옳지 않은 것 같은 인상을 주는 것도 기꺼운 일입니다. 분명히 그대 어머니에게 벌써 편지를 보냈어야 했는데 오늘에서야 그렇게 했습니다. 또한 그대 아버지에게 그 책을 화요일에 보냈어야 했는데 금요일에야 보냈지요. 무엇보다도 제

때에 편지를 쓰지 못합니다(그대에게 보내는 편지는 편지가 아니라 위협 조로 이를 드러내 보이는 것입니다). 손이 무겁기만 합니다. 게다가 최근처럼 그대에게 소식이 오지 않으면 이 손은 완전히 마비되어 그대 아버지에게 보낼 책을 포장하지도 못합니다.

내가 그대에게 속한다는 것을 내 자신이 의식하고 있냐고요? 일 년 반 전에 안 바에 따르면 의식하지 않고 있었음이 분명합니다. 이 점에서 약혼은 아무것도 변화시키지 않았습니다. 이러한 의식은 더 이상 확고할 수 없었지요. 오히려 나는 내가 얼마나 그리고 어떤 특별한 방식으로 그대에게 속하는지에 대해 F., 그대가 항상 명확하게 알고 있는 것은 아니라는 생각을 가끔 합니다. 그러나 인내심을 가지세요, 모든 것은 명확해질 거예요, F. 결혼을 하면 모든 것이 명백해질 것이며, 우리는 가장 의견이 일치하는 부부가 될 겁니다. 사랑하는 F., 우리는 이미 준비가 되어 있다고 믿습니다. 베를린에서 보낸 몇몇 일요일과 프라하에서 보낸 며칠 동안 이루어진 순간적인 관계가 모든 것을 해결할 수는 없습니다. 아마도 내가 그대의 눈을 처음 쳐다본 이래로 본질적으로는 모든 것이 이미 해결되었다 할지라도 말입니다.

우리는 서로 다른 어떤 것을 믿었습니다. 나는 그대가 어머니에게 답장하리라고 믿었습니다. 그러면서도 내가 그대 어머니에게 편지 쓰는 일은 잊어버렸지요. 그대는 편지에 자기가 스스로를 초대해야 할 판이라고 썼더군요. 대체 어찌된 일이지요? 지난 월요일에 보낸 어머니의 편지를 받지 못했나요? 그 편지에서 어머니는 그대를 진심으로 초대했습니다.

—

마드리드에 사는 삼촌[알프레드 뢰비]의 친구가 여기에 와 있었습니다. 그는 마드리드 주재 오스트리아 대사관에 근무하고 있지요. 그와 함께 잠깐 동안 산책을 했습니다. 이상한 게 있습니다. 지금은 밤이 깊었습니다. 우리는 많이 돌아다녔지요. 오틀라와 여사촌 한 명도 동행했고, 도중에 다른 사람들도 만났습니다. 내게는 비정상적인 산책을 끝내고 자리에 앉아 있는 지금(지난 몇 년 간 낮에는 혼자 또는 조카와 이름이 같은 펠릭스하고만 산책했습니다), 즉 그대에게 편지를 쓰기 위해 앉아 있는 지금도 생각이 전혀 바뀌지 않았습니다. 산책하는 동안 줄곧, 즉 전차를 타거나 과수원과 저수지에 들를 때, 음악을 듣거나 버터 빵을 먹을 때(심지어 오후에 버터 빵을 간식으로 먹었습니다. 몇 가지 다른 일과 함께 터무니없는 일이었습니다), 집으로 돌아올 때 항상 그대만을 머릿속에 담아두고 있었지요. 정신적으로 나는 그대와 떼어놓기 힘들 정도로 하나가 되어 있습니다. 이런 상태는 그 어떤 유태교 율법 학자의 축복 기도로도 이루어내지 못할 정도입니다.

내일에야 화요일 신문에 광고를 내려고 합니다. 사장은 내일 여행에서 돌아옵니다. 그에게 개인적으로 말하기 전에 신문에 광고가 실리게 하고 싶지는 않았습니다. 그대는 수요일에 그 신문을 받아보게 될 겁니다. 물론 그 내용에 관해서는 이미 거의 모두가 알고 있습니다. 그대 친구들과 지기들은 무슨 말을 하던가요? 많은 사람들이 미용사의 말을 따라했나요? 이 밖에도―모든 편지는 이런 식으로 끝맺을 겁니다―나는 그대가 얼른 와야 된다고 믿습니다. 도대체 언제, F., 도대체 언제?

그대의 프란츠

두통에 대해서 곧바로 편지해주기 바랍니다!

1914년 4월 20일

사랑하는 그대여, 저녁인 지금에야 집에 돌아왔습니다. 하릴없이 정구장, 골목길, 사무실(혹시 그곳에 그대에게 온 소식이 있을지 몰라서) 등을 배회하다가 이제야 그대의 편지를 받아봅니다. 그대에게 소식을 받지 못하면 무언가를 행할 능력이 없어집니다. 나는 정말 무능력했습니다. 오늘 사장에게 말했기 때문에 신문에 작은 광고를 충분히 낼 수 있었음에도 그렇게 하지 못했습니다. 하지만 어쩔 수가 없었습니다. 더군다나 그 신문은 『베를리너 타게블라트』도 아니었습니다.

최근에 무슨 일로 그렇게 바빴는지 모르겠습니다. 특별히 중요한 것은 아무것도 없었습니다. 그리고 중요치 않은 것은 오늘처럼 늦어지고 말았지요. 그대가 없는 삶은 얼마나 헛된가요!

물론 나는 심지어 매일 막스와 함께 다닙니다. 그러나 면밀히 살펴보면, 우리는 물론 일시적이기는 했지만 예전만큼 서로 가깝게 지내지는 않습니다(우리가 함께 여행했을 때만큼 서로 가까운 적은 없었습니다. 조금만 기다리세요. 다음에 우리들의 여행에 관한 조그마한 출판물 두 권을 보내드리겠습니다. 내가 쓴 한 권은 봐줄 만하지만 두 사람이 공동으로 쓴 다른 한 권은 형편없습니다.[7] 나는 그대가 어머니에게 편지 쓰기, 사장에게 알리기, 베를리너 타게블라트와 연관된 일, 여의사에게 사표 내기 등에서 보여준 것과 같은 지키지도 못할 약속은 하지 않습니다. 물론 나도 지키지 못할 약속을 합니다. 하지만 그것에 한계가 없지는 않습니다.) 우리는(오해의 소지를 없애기 위해 구체적으로 말하자면 막스와 나는) 내 잘못으로 인하여 이제 더 이상 그렇게 가깝게 지내지 않습니다. 아무 잘못이 없는 그는 이것을 그다지 느끼지 못하는지 예를 들어 자신의 가장 개인적인 내용이 담긴 책들 가운데 하나로서 스스로를 괴롭히는 곤혹스러운 이야기인 새 소설 『하느님을 향한 티코 브라헤의 여정』을 내게 헌정했습니다.[8] 내 잘못 또한 원래는 잘못이 아니거나 지엽적인 문제일 뿐입니다. 나는 막스에게 불분명한 존재지요. 반면에 내가 그를 분명하게 이해한 부분에서는 그가 착각을 일으킵니다. 최근에 나와 관련하여 수다를 많이 떨었음에도(이런 나쁜 습관을 그대는 아직 모릅니다. 그대는 이러한 나쁜 습관을 지니고 있지도 않지요. 이것이 내가 그대를 사랑하는 이유이기도 합니다) 점점 더 폐쇄적이고 수줍음을 많이 타게 되었습니다. 수다를 떨고 싶은 마음이 굴뚝같고 의사를 전달하고 싶은 정당한 욕구가 있음에도 불구하고 나는 나의 내면에서 나올 수가 없습니다. 그것은 내 수줍음 때문이 아니라 다른 사람들과 가까이 지낼 때의 불편한 감정 내지는 완벽하고 빈틈없는 관계를 설정하지 못하는 무능력 때문이지요. 나는 거의 언제나 다른 사람들에게 낯선 시선을 보냅니다. 궁극적으로는 대화를 중단하는 일 없이 어정쩡한 관계를 유지하면서 침묵하는 내 능력을 따라올 사람은 거의 없을 거라고 나 스스로 주장할 수 있을 정도 입니다. 외삼촌 둘이 옵니다. 한 사람은 메렌 지방의 트리슈에서 오고, 다른 한 사람은 프라하 사람입니다.[9] 두 사람이 한꺼번에 오다니 이상한 일이지요. 이제 그만 펜을 놓아야 합니다. 그대가 서두의 문장 때문에 공연한 걱정을 할까 봐 하는 말인데, 나는 우리가 서로를 신뢰한다고 믿습니다. 안 그런가요? 그대가 걱정하지 않도록 마지막으로 한 문장을 덧붙입니다. 나 자신도 깜짝 놀랄 만한 힘으로 사람을 완전히 붙잡도록 하겠습니다. 나는 그렇게 할 수 있습니다. 이런 능력은 내가 글을 쓰지 않을 때는 물론 위험한 일이지요. 하지만 단지 내가 그대를 소유하고 있기 때문에 내게는 위험이 없습니다. 그대에게도 위험이 없어야 합니다.

프란츠

두통이 없어야 합니다. 무조건 없어야 합니다!

여의사에게 사표를 내십시오! 빨리 오세요!
채비를 갖추세요!

Nr. 365

[1914년 4월 21일로 추정]

바보스럽고 병적인 일입니다만, F., 그대에게 편지나 소식을 받지 못하면 아무것도 할 수 없습니다. 신문에 광고를 낼 수도 없습니다. 이를테면 내가 이전과 같은 식으로 흥분하지 않더라도 우리는 한 몸이 되어 있습니다(B. T.[베를리너 타게블라트]는 큰 소리로 이렇게 말하는 반면, 내 가슴은 더 낮은 목소리지만 더 확실하게 말합니다). 그러나 그것은 소식이 없을 경우 아무것도 아닙니다. 그대가 수많은 업무를 처리하는 와중에 얻은 잠깐 동안의 휴식을 편지 쓰는 일 대신에 진정한 휴식을 위해 사용하기라도 한다면 오히려 좋겠습니다. 어쨌든—내일에야 광고를 실을 것이고, 그대는 금요일에 받아보게 될 겁니다. 그러나 F., 신문이 우리들의 일과는 별로 상관이 없는 듯한 내 느낌은 의견 일치가 결여된 것을 뜻하지는 않습니다. 베를리너 타게블라트에 내는 광고는 심지어 약간 스산한 느낌을 줍니다. 신문을 받아보는 날짜의 광고는 마치 F. K.가 성령강림절에 버라이어티 쇼에서 급회전 돌기를 공연한다는 내용을 담고 있는 듯합니다. 두 이름은 그러나 화기애애하게 잘 어울립니다. 그것은 좋은 일이며 또 그래야 합니다. 밤이 깊었습니다. 속달 우편을 지금 아홉 시에야 비로소 받았습니다. 아마도 그 편지는 두 시가 넘어 사무실에 도착했을 겁니다. 잘 있어요. 입맞춤을 해준 것에 감사드립니다. 그러나 답례를 할 수가 없군요. 멀리 떨어져서 입을 맞추면 호의가 담긴 입맞춤이 상대방의 사랑스러운 입에 닿는 대신 어둠과 무의미 속으로 추락합니다.

프란츠

Nr. 366
1914년 4월 22일

사랑하는 F., 모든 편지지를 다 써버리고 그대의 편지에서 떼어낸 이 조각만 겨우 남아 있을 뿐입니다. 약혼을 통해 그대에게 더 많은 여가 시간을 준다고 생각했는데 훨씬 더 많은 일만 안겨주고 말았군요. 정말 안타깝습니다! 지금 그대 아버지에게 매우 호의적인 편지를 받았습니다. 어머니는 그대가 아버지에게 보낸 편지의 몇 구절 때문에 조금 걱정하고 계십니다. 괜한 일이지요. 빨리 오세요. 결혼합시다. 이제는 결말을 지읍시다. 내가 말한 아름다운 집은 이월이 되어야 빕니다. 그것조차도 불확실하지만요. 단점들만큼이나 바꿀 수 없는 장점들을 지닌 아름답고 전망이 좋은 상당한 가격의 또 다른 집은 오월 이일 저녁까지 예약해놓았습니다. 그것은 그대가 늦어도 오월 일일에는 프라하에 있어야 한다는 것을 의미합니다.
그레테 양이 방문하는 일은 어떻게 돼가나요?

프란츠

Nr. 367
1914년 4월 24일

오늘 세 번째 편지를 받았습니다. 오늘 그대에게 편지를 쓰면서 그대와 교분이 있는 브레슬라우 출신의 남자가 수시로 마음에 걸립니다. 그 남자의 이름은 가령 거부감 때문이기도 하지만 어떤 피치 못할 사정 때문에 기억에 남아 있지 않습니다. 그의 사진이 그대의 방에 커다랗게 걸려 있는 것을 보았는데도 그의 생김새도 기억나지 않습니다. 한편으로 그러면서도 그를 잊을 수가 없군요. 이것은 부분적으로 그대 책임입니다. 그대는 그에 대해서 명확히 얘기한 것은 별로 없고 주로 암시적으로만 말했습니다.

오늘은 그대에게 한 마디의 소식도 받지 못했습니다. 그것은 그리 나쁘지 않을지도 모릅니다. 더 나쁜 것은 안정된 상태에서 쓴 그대의 편지를 구 개월 전부터 한 번도 받아보지 못했다는 점입니다.

부모님에게 편지를 쓴 것에 대해 감사드립니다. 그 편지는 두 사람을 완전히 만족시켰습니다. 그 편지를 보면서 그대들의 언어가 특이하다는 점이 다시 한번 눈이 띄었습니다. 그대들은 "두려운, 거대한, 무시무시한, 유명한" 등과 같은 단어들을 추구합니다. 반면에 명확하게 특징을 표현하는 "매우" 같은 단어를 오히려 피하려고 하며 판단을 유보하는 막연한 표현인 "상당히"로 대체합니다.

F., 일요일에 그대는 아무 편지도 받지 못할 것입니다. 그 때문에 너무 화내지는 마세요. 편지를 집으로 보내는 일이 마음에 들지 않습니다. 가족과의 관계에서 이방인으로서 편지를 쓸 수 있었습니다. 만약에 이것을 재미있어했다면 좋은 의미는 아니겠지요. 하지만 오늘은 호의적인 의미에서만 이것을 재미있어할 수도 있을 것입니다. 그런 재미가 내게는 고통인지도 모릅니다.

부모님에게 보낸 그대의 편지는 무엇보다도 방문 일자 때문에 나를 실망시켰습니다. 어찌된 일인가요? 오일이 되어서야 오겠다고요? 왜 오일입니까? 그대 회사의 사장은 이미 뒤로 물러선 상태입니다. 그리고 힘들게 두 번째로 예약한 그 집은 어쩌지요?

오늘 그대에게 얼마나 우울한 소식을 전하는지 모르겠군요. 내 얼굴을 가릴 수 있도록 최소한 그대의 손에 입을 맞추게 해주세요.

F.

1914년 4월 25일 [실제로는 1914년 4월 26일로 추정]

사랑하는 F., 그대의 편지에는 두 가지 문제에 대한 언급이 없습니다. 내가 바로 그대 때문에(지금은 나를 배제해주세요!) 이것에 신경을 쓰고 있다는 것을 그대가 알고 있음에도 말입니다. 한 가지 문제에 대해서 나는 지금까지 전혀 물어보지 않았습니다. 그대의 오빠에 관한 것이지요. 언젠가 그대는 내가 베를린에서 그에 대한 상세한 이야기를 들을 수 있으리라고 편지에 썼습니다. 하지만 아무것도 듣지 못했습니다. 다만 한 편지를 읽고 다음과 같이 결론지을(편지 내용에서 결론을 이끌어냈다는 말입니다) 수 있었지요. 즉 그대는 그대와 관련된, 다시 말하지만 그대에게만 관련된 이 문제에 대해 내게 침묵으로 일관해왔습니다. 그리고 지금도 계속 침묵하고 있지요.

두 번째 문제는 그대와 교분이 있는 사람인 브레슬라우 출신의 남자에 관한 것입니다. 이것에 대해 솔직하게 물어보는 것이 부끄럽지 않습니다. 왜냐하면 그것이 여전히 효과를 발휘하는 유령이라면 부르지 않아도 자신의 존재를 알릴 것이고, 더 이상 효과를 발휘하지 않는다면 내가 불러도 깨어나지 않을 것이기 때문입니다. 내게 구두로 말하겠다고 하지는 말아요. 그대는 이전에도 그러한 종류의 약속을 지킬 수 없었으니까요. 왜 그대가 이야기할 수 없는지 솔직히 말하세요. 자기 자신의 부실함이나 듣는 상대방의 부실함 때문에 명확하게 말할 수 없는 것이 많이 있습니다. 그러나 그러면 그럴수록 명확한 설명이 가능한 부분에서는 명확한 태도를 보일 의무가 있습니다. 그 사진은 그대의 방에 조용히 걸려 있는지도 모릅니다. 하지만 나도 내 방에서 조용히 지낼 수 있어야 합니다.

F.

힘을 표현하는 문제에 관한 한 그대는 나를 조금은 오해했습니다. 이런 표현 자체가 기이한 것은 아닙니다. 기이한 것은 그대들이 한편으로 진정한 거대함 앞에서는 공허하기 짝이 없는 단어들을 선택하면서(그것들은 그 처녀들이 숨을 헐떡일 때 마치 커다란 쥐들이 작은 입에서 나오는 듯이 보입니다), 다른 한편으로는 신통치도 않으며 별다른 의미도 없는 단어들을 선호하고 일종의 거인 같은 속도로 제대로 표현하는 것이 아니라 올바른 표현을 피해 돌아간다는 점입니다.

서로 방문하는 일은 그대에게 많은 괴로움을 안겨줄 수도 있습니다. 그러나 즐거움도 있지 않을까요? 각자에게는 자신의 몫이 있습니다. 그대는 손님들을 접대하는 반면 나는 유령들을 접대합니다.

나는 그대만큼은 아니지만 꽤 많은 축하 편지들을 받고 있습니다. 처음에 온 편지들은 열어 보았으나 나중의 것들은 그렇게 하지 않았습니다. 그들과 우리에게 모든 것이 확실하기만 하다면 그 편지들은 읽어보지 않아도 효과를 본 셈입니다. 동봉한 카드는 그대의 숙모에게 보내는 것입니다. 그녀를 안다고 주장하는 어떤 남자가 보낸 카드지요.

그러니까 그대는 금요일에 오는군요. 이것은 확실하겠지요. 그대가 집을 보기를 원한다면 이번이 마지막 기회입니다. 그 집은 매우 아름답습니다. 집을 둘러볼 때 오늘처럼 날씨가 좋다면 그대는 그 집을 반드시 얻고자 할 겁니다. 반면에 날씨가 안 좋으면 주저하게 될 테지요. 그 집은 꽤 멀리 떨어진 교외의 녹지 한가운데에 위치해 있습니다. 방이 세 개, 발코니 두 개, 테라스 하나인 그 집의 집세는 천이백 크로네입니다. 이것은 사실 우리가 지불 할 수 있는 능력을 넘어서는 많은 돈입니다. 내가 마치 우리의 지불 능력에 대해 전체적인 윤곽을 파악하고 있는 듯이 말하고 있군요.

그대는 하루 동안 그뮌트에 갈 마음이 없나요? 나는 그렇게 하고 싶습니다.

그대 언니 엘자의 주소를 보내주세요. 그대 어머니는 내 편지에 만족하셨나요? 그대는[브로트의] 『여성 경제』와 베르펠의 책을 받았나요?

프란츠

Nr. 369

1914년 4월 29일

F., 그대는 나를 오해하고 있습니다. 그대가 브레슬라우의 남자에 관해 편지에 쓴 내용은 내 관심을 끌지 못합니다. 그의 이름이 무엇이며, 그가 결혼했는지에 대해 나는 전혀 관심이 없습니다. 사람 자체는 내 관심 밖입니다.

그대 오빠와 관련해 그대는 간접적이나마 만족스러운 소식을 받은 듯합니다. 이것이야말로 우리 모두를 위한 생각으로 나를 기쁘게 합니다.

그대가 여기에 도착하는 구체적인 날짜를 이야기할 수 있으리라 기대했습니다. 그대가 금요일에 오지 않으면 전에 말한 집은 포기해야 합니다. 그대가 없는 상태에서 그 집을 얻는 일을 책임지고 싶지는 않군요. 시내중심에서 꽤 멀리 떨어진 관계로 그대가 온통 체코 사람들뿐인 그곳에서 지내야 하는 등등의 단점들을 상쇄하려면, 그 집이 그대 마음에 들어야 합니다. 그러니까 되도록 빨리 오도록 해보세요. 내일은 좀 더 쾌적한 지역에 위치한 몇몇 집들을 둘러보려고 합니다. 그대가 별로 힘들이지 않고 가장 좋은 집을 선택할 수 있도록 말입니다. 어제는 방이 세 개 딸린 집을 보았습니다. 집세가 겨우 칠백 크로네로 시내 중심가에 있는데, 벤첼스 광장이 끝나는 지점에 있는 박물

관 바로 뒤편입니다. 이 집은 사람들의 악몽 속에 가끔 나타나는 집과 흡사합니다. 벌써 계단에만 올라서도 갖가지 냄새가 코를 찌릅니다. 어두컴컴한 부엌을 통해 안으로 들어가면 한 귀퉁이에는 한 무더기의 아이들이 울고 있습니다. 창살이 달린 창문에는 납 유리와 투명 유리가 끼워져 있고, 이곳저곳 구멍을 파놓은 해충은 밤을 기다립니다. 그런 집에서의 생활은 저주가 작용한 것이라고밖에 이해할 수 없습니다. 여기서는 일을 할 수 없습니다. 일은 다른 곳에서 해야만 하지요. 여기서는 죄를 범할 수 없습니다. 죄를 범하는 행위는 다른 곳에서 해야만 하지요. 여기서는 다만 살기를 원하지만 거의 그럴 수도 없습니다. 펠리체, 우리는 원할 만한 가치가 있는 집들뿐만 아니라 이런 집도 한 번쯤 둘러보아야 합니다.

F.

Nr. 370

1914년 5월 19일

오늘도 날씨가 좋습니다. 유감스럽게도 사람들이 날씨를 잘 활용하지 못할 뿐입니다. 이런 날에는 원래 숲속에 자리를 깔고 누워있기라도 해야겠지만 사람들은 그렇게 하지 않습니다. 그러나 또한 좋은 날씨를 그렇게 나쁘게 활용하는 것도 아니어서 귀중한 일요일 오후에 에밀리에 숙모와 함께 방 안에서 살림살이 장만에 관해 의논하고 있습니다. 이를 통해 살림살이 장만에 가속도가 붙고 그것을 이용할 기회가 더 가까이 다가온다면 물론 그 어떤 일요일 오후도 이보다 귀중하지는 않을 겁니다. 그러나 사실은 그렇지 않기 때문에—

이런 날씨는 내가 물론 최종적으로, 특히 의도적으로 얻은 우리 집의 단점들도 드러냅니다. 내년 여름에 이사해야 할 필요성은 거의 부정하기 힘듭니다. 겨울에는 그 집이 좋을 수도 있습니다. 집들 사이에 갇혀 있는 상태의 그 집은 따뜻할 뿐만 아니라 채광과 통풍도 잘 됩니다. 그러나 다른 계절에는 좀 안 좋습니다. 창문 앞에는 녹지 대신 매우 시끄럽고 황량한 골목길이 있을 뿐입니다. 게다가 그 집은 골목길이 광장 형태로 넓어지는 곳에 위치해 있어서 맞은편 건물에 입주한 세대들이 빤히 보입니다. 따라서

카프카와 여동생 오틀라(1914)

적어도 골목길이 내다보이는 방 두 개에는 다른 때 같으면 필요 없을 가구를 들여놓아야 합니다. 어떤 가구(날카로운 통찰력을 시험해 보기 위한 연습 문제)?

내가 그린 지난번 도면이 완전히 신뢰할 만하다면 계획을 밀고 나가려고 합니다. 그대는 외부 형식에 구애받지 말고 계획을 검토하고 익숙해지도록 노력해야 합니다. 도면에 있는 방들을 돌아다니고 창문에 기대 밖을 내다보는 등등의 상상을 해보세요. 그러면 집에 대한 전체적인 윤곽을 파악할 수 있을 겁니다. 그대의 상상은 물론 그대가 그 집을 직접 보기 위해 프라하로 소풍 삼아 온다면 더 정확해질 테지요.[10] 내 손가락 상태에 대해서는 아무 말도 하지 않겠습니다.[11] 그것에 대해서는 내 필체에서 유추해보세요. 어쨌든 그대 어머니에게 편지할 수는 있습니다. 그런데도 어리석게도 편지 쓰기를 망설이고 있습니다.

(내 친척들뿐만 아니라 그대의 친척들을) 신뢰한다는 전제 하에 한 가지 물어보겠습니다. 다른 사람들과 마찬가지로 내 계획을 전혀 모르는 오틀라를 좀 더 일찍, 이를테면 일요일에 베를린으로 보내고 싶습니다. 그 애의 여행은 즐거워야 합니다. 하지만 그 애가 목요일에야 출발해서 늦어도 월요일에 돌아와 유월 내내 하루 종일 부모님을 대신해 상점을 지켜야 한다면 여행이 즐거울 리가 없습니다(그렇게 되면 오틀라는 결혼식에 참석할 수도 없습니다). 혹시 내 제안이 가능할까요? 무엇보다도 사무실에 안 나가는 동년배의 친척이나 아는 사람들 중에서 하루에 몇 시간씩 그 애와 함께 지내거나, 어떻게 하면 그 애 혼자서 하루를 유용하고 즐겁게 보낼 수 있는지 조언해줄 만한 사람이 있을까요? 호텔에서 묵는 일이나 그 밖의 모든 일에서 그다지 어려움은 없을 겁니다. 그녀의 자립심을 요구하는 것들은 대단치 않고 상식적인 수준일 거예요. 중요한 것은 그대가 이에 대해 자유롭게 판단해야 한다는 점입니다. 이러한 판단은, 그대가 어려운 일들이 너무 많다고 여겨 이 계획을 실행하지 않는다고 해서 누군가를(당장에는 나를 제외하고) 실망시키는 것이 아니며 아무도 그 계획을 모른다는 점을 감안하면 더욱 쉽게 내릴 수 있을 겁니다. 어쨌든 곧 답장을 주세요.

안녕히, 프란츠

이 일이 실행 가능하다고 여긴다면 편지를 속달로 보내야 합니다. 왜냐하면 목요일이 여기서는 금요일이니까요.

[가장자리에] 그대는 B. Z.[『베를리너차이퉁』]를 언급하는 일을 잊어버렸습니다.[12]

618

Nr. 371

1914년 5월 22일

아침에 이 편지를 그대에게 보내려고 할 때 주저했습니다. 아침에 그대에게 받을 편지의 내용과는 상관없이 말입니다. 아무런 편지도 못 받을 경우 물론 이 편지를 보내지 않겠습니다.

내가 말하고자 하는 내용은 누이동생의 여행에 관한 그대의 침묵이나 그 밖의 일들에 대한 그대의 일시적인 침묵, 또는 그대의 최근 편지들에 담긴 몇 가지 사안들이 계기가 되었을지언정 근본적인 원인을 제공한 것은 아닙니다. 특히 누이동생의 여행은 그대 처지에서 보면 간단하고 즉각적인 거부 의사를 표명함으로써 쉽사리 마무리지을 수 있는 사소한 문제입니다. 내가 말하고자 하는 내용은 무엇보다도 이 모든 것과 무관합니다. 이것은 모든 것을 넘어서서 우리에게 일반적으로 적용될 수 있으니까요.

여기 책상에 혼자 앉아 있을 때면 물론 그대 곁에 있을 때보다 그대로부터 더 독립적인 상태가 됩니다. 내가 여기에서 말하고자 하는 바가 이를테면 더 자유롭고 진실에 가깝다고 할 수는 없습니다. 하지만 최소한 내가 종속적인 상태에서 말하는 것과 똑같은 타당성을 갖습니다. 내 능력 내에서는 두 가지 모두 진실입니다. 그대에게 중요한 것이—그럴 수밖에 없지만—내가 심신이 자립적인 상태에서 그대와 관련해 사고하는 과정을 명백히 아는 것이라면, 내가 지지난번 베를린 여행에서 돌아온 직후 그대에게 보냈다고 기억하는 편지에서 이러한 명백함을 이끌어내는 편이 가장 좋습니다.[13] 아마 그대는 그 편지를 갖고 있을 겁니다. 그 편지 내용을 반복해서 말하고 싶지 않을뿐더러 그럴 수도 없습니다. 어쨌든 그 편지 내용은 우리들의 관계에서 그 어느 쪽에서도 반박할 수 없는 최종적인 근거를 형성하고 있습니다.

우리들의 관계가 확고하지 않다는 것은 알고 있습니다. 우리들의 관계를 그대는 적어도 분명히 인정하고 있지는 않습니다. 이것이 내 걱정거리입니다. 이제는 우리가 서로의 손을 꼭 잡았으면 좋겠습니다. 그러나 우리가 서 있는 바닥은 단단하지 않으며, 또 끊임없이 멋대로 밀려납니다. 서로가 굳건히 손을 꼭 잡고 있는 상태가 이것을 상쇄시킬 수 있을지는 나도 모를 때가 있습니다. 어쨌든 나는 그럴 용의가 있습니다.

F.

Nr. 372
1914년 5월 24일

사랑하는 펠리체, 나는 내 자신에게 한 약속을 지킵니다. 그리고 그대의 지난번 편지에도 불구하고 동봉한 편지를 부칩니다. 그것은 올바른 일이기도 합니다. 왜냐하면 그 편지가 순간적인 계기에서 출발하고 있다 할지라도 그 계기가 없어진다고 해서 편지마저 없어지는 것은 아니니까요. 더구나 그 계기도 완전히 없어진 것이 아닙니다. 또한 그 편지에는 내가 부끄러워할 만한 내용은 한 마디도 없으며 주로 그대에 대한 걱정이 담겨 있습니다.

누이동생과 관련된 내 계획은 중지되고 말았습니다. 나는 신뢰가 요구되는 상황에서는 계획을 실현하기가 어렵다는 인식 하에 그대에게 질문을 했습니다. 그대는 그 계획이 어렵지만 실현 가능하다고 여기고 이에 대해서 그대 어머니와 이야기를 나누었음이 분명합니다. 그것은 올바른 처신이었습니다. 내가 그대의 지난번 편지에서 완전한 동의를 읽어내지 못하고 이런저런 측면에서 더 확실한 대답을(불발로 끝났지만 내게 다시 한번 편지하겠다는 그대의 약속에 따라) 기대했던 것도 올바른 처신이었습니다. 어쨌든 지난번 편지만 믿고 누이동생을 보내지는 않았을 겁니다. 이 모든 것이 옳았습니다. 하지만 그대 어머니는 내 어머니에게 편지를 보내(매우 애정 어린 편지지만 내가 아직 편지를 안 한 기억을 떠올리게 해서 고통스럽기도 합니다)—지금 정확한 내용은 알 수 없습니다—오틀라가 더 일찍 왔더라면 기꺼이 환영했겠지만 감히 그 애를 초대할 엄두는 내지 못했다는 등등의 말을 하고 있습니다. 즉, 실패로 끝났더라도 단지 나와 그대에게만 관련된 사소한 일이 가족의 관심사가 되어버린 겁니다. 이것은 올바르지 못합니다. 나 혼자 부탁했고, 나 혼자 거부당하면 그만이었습니다. 이것만큼은 분명합니다.

이제는 오틀라도 화가 나 있습니다. 그 애는 내 동의가 없는 것도 아닌데 아예 가지 않으려고 합니다. 내 생각에 이것도 나쁘지는 않습니다. 그 애가 내 약혼을 기회로 며칠간 베를린에 머무르는 즐거움을 갖지 못한다면 최소한 반항의 즐거움이라도 가져야 합니다. 물론 반항의 주된 대상은 그대 가족이 아니라 아버지입니다. 하지만 이것은 벌써 아무도 환히 알지 못하는 가족사의 어둠 속으로 이끌려 들어갑니다.

그대가 편지에서 극장과 연극 관람에 대해 언급했기에 연극 프로그램을 살펴보았습니다. 내게 기쁨을 선사할 공연은 두 개밖에 없더군요. 나머지는 거론할 가치조차 없습니다. 이 두 공연도 우리에게는 없는 것이나 마찬가지입니다. 〈리어 왕〉은 토요일에 공연됩니다. 따라서 아마도 나는 일곱 시에 가겠지만, 우리가 첫날 저녁에 극장에 갈 여유는 없을 겁니다. 또 [베데킨트의] 〈프란치스카〉는 초연이라 표를 구할 수 없을 것이며, 반드시 턱시도를 입고가야 할 텐데 내게는 불가능한 요구입니다. 그대와도 관련 있는 외삼촌 편지를 동봉합니다. 나는 외삼촌처럼 예순 살이 되어도 그처럼 멋진 성격을 갖지는 못할 것입니다. 그는 사랑받을 만하지 않은가요? 그에게 답장할 마음이 있으면 내게 보내주세요. 그 답장을 내가 이어가겠습니다. 그때 원본도 함께 보내주세요.

신랑이 어떻게 생겼느냐고 누군가가 물으면 그의 사진을 찍었다고 하면서 동봉한 작은 구름 사진을 보여주세요. 나는 실제로 그런 사람입니다. 그리고 그대가 실제로 그것을 찍었지요.

프란츠

Nr. 373
1914년 5월 25일

분노 때문에 한순간 가슴이 요동칩니다. 마치 학창 시절 인디언 이야기를 읽었을 때와 같은 상태입니다. 그때는 베를리오즈의 회고록 몇 장을 읽었지요. 하지만 그것에 대해서 말하고 싶지는 않군요.

뭐라고요, 펠리체? 그대에게는 시간이 너무 빨리 지나간다고요? 오월 말에 벌써? 벌써? 좋습니다. 나는 시간의 핸들을 잡고 앉아 있습니다. 그대가 원하면 시간을 뒤로 돌리겠습니다. 지난 이 년 중 어느 달로 시간을 되돌려야 할까요? 정확히 대답하세요!

펠리체, 그대는 나를 부끄럽게 만듭니다. 그대는 편지에서 제 필체를 보니 내 손가락이 벌써 좀 좋아진 것 같다고 쓰고 있습니다. 좀 좋아졌다고요? 내 손가락은 이미 오래전에 나았습니다. 지난번 내 편지의 필체는 지금까지의 필체 가운데 거의 가장 아름다운 것이었습니다.

그대는 또한 나를 우울하게 만듭니다. 그대의 감각은 별로 예리하지 못합니다. 어떤 가구가 필요할까요? 물론 병풍과 "뮐러식 실내 체조"를 하기 위한 매트가 필요합니다. 창문을 열어놓고 맨몸으로 뮐러식 실내 체조를 할 때 맞은편에 사는 사람들이 이 좋은 기회를 이용하여 함께 체조를 해서는 곤란하지요.

연극 프로그램은 이미 보았습니다. 어제 보낸 편지에서 말한 것처럼 나로서는 극장에 갈 가능성이 없습니다. 그 대신 어머니와 오틀라는 극장에 갈 수 있을지 모릅니다. 그나마 아버지가 오기 전에, 다시 말해서 토요일 이전에 가는 것이 가장 좋겠군요. 왜냐

아스카니셔 호프. 이곳에서 1914년 7월 12일 펠리체와의 파혼이 이루어졌다.

하면 아버지에게 연극은 그 어떤 즐거움도 주지 않기 때문입니다. 설사 아버지가 극장에 간다 하더라도 마지못해 가는 것입니다. 따라서 아버지에게는 다른 어떤 것, 이를테면 그대가 언젠가 말한 적이 있는 영화나 나중에라도 표를 구할 수 있는 그 밖의 다른 것을 보여주는 것이 더 좋구요. 어머니와 오틀라에게는 금요일에 "당신들이 원하는 것"을 해주는 것이 가장 좋습니다. 하지만 그대가 우리 식구들을 위해 표를 미리 구입하는 일을 해서는 절대로 안 됩니다.

오틀라는 벌써 화를 가라앉히고 기꺼이 함께 가겠다고 하더군요. 다시 가족사의 어둠이 드러납니다.

그들은 어디에 묵어야 할까요? 그대의 집 부근에는 호텔이 없으며, 있다 하더라도 터무니없이 비쌀 것입니다. 다시 아스카니셔호프에

머물러야 하지 않을까요? 나는 좋든 싫든 그 호텔과 유착된 상태에 있습니다. 그곳에 문자 그대로 뿌리를 남겨두고 와서 내가 다시 갈 경우 그 뿌리에 접목되지요. 그곳 사람들도 나를 좋아합니다. 물론 그곳의 설비는 좀 불편하며 숙박비도 비쌉니다. 하지만 내가 제일 좋아하는 호텔입니다.

그대는 편지마다 결혼 준비가 진척되고 있다고 써야 합니다. 그러면 그대는 이미 나를 만족시키는 셈입니다. 물론 나는 이와 연관된 일의 규모를 알지 못합니다. 그대가 혼수를 준비할 때 가구나 속옷보다 수영이 훨씬 커다란 비중을 차지한다는 것을 잊지 말아요. 그대는 수영에 진전이 있을 때마다 내게 알려주겠다고 약속했습니다. 그러나 그대는 아무것도 알려주지 않고 있습니다. 그대가 수영 강습에 등록한 이후 아무런 진전이 없다는 뜻인가요? 믿을 수 없습니다. 더군다나 그대는 성령강림절에 시험까지 봅니다. 봉이나 기구를 이용해 연습하나요?

그대는 집의 설계도를 받아보게 될 겁니다. 아들러[*]가 같은 건물에 거주한다는 사실은 린드스트룀 회사의 장비들이 낮은 층에서 오 층까지 들릴 정도로 완벽하지(?) 않는 한 나를 방해하지 않습니다. 하지만 그 사이 층에 있는 모든 가정이 그에게서 장비를 구입하는 상황이 벌어질 수도 있습니다. 우리 두 사람이 이 무시무시한 공명 상자를 가지고 무엇을 해야 할지는 물론 나도 모릅니다.

프란츠

Nr. 374

1914년 5월 28일

사무실입니다. 할 일이 많습니다. 나는 화나지 않았습니다. 분노하고

624

슬퍼하고 이와 비슷한 몇 가지 느낌이 들었지만 화나지는 않았습니다(어차피 잠을 못 자긴 하지만 그 느낌들은 아마도 내 불면증에 기여했을 겁니다). 확실히 해두기 위해서 한 마디 덧붙이자면 그대가 편지를 쓰지 않은 기간은 이틀이 아니라 사흘이었습니다.

각자가 투쟁에 필요한 자신의 영역을 고르는 것은 세계사 전체에 나타날 정도로 오래된 일입니다. 내게는 다른 영역을 정복하는 일 외에는 남아 있는 게 없습니다. 훌륭한 일을 위한 훌륭한 강박감입니다. 며칠 내로 그대는 내가 제안한 탓에 두 회사로부터 가구 구매 때문에 시달림을 당할 겁니다. 그중의 하나는 독일 수공업 공장입니다. 거기서 자꾸 편지가 와서 결국 답변해야만 했습니다. 그건 그렇고 나는 그 가구들이 실제로 가장 좋다고 생각합니다. 그 가구들은 가장 우아하고 소박합니다. 이 밖에도 한 프라하 회사의 대리인이 찾아갈 것입니다. 그 사람은 대충 쫓아버리세요. 언젠가 그가 사무실로 찾아온 적이 있습니다. 그때 나는 잠을 설친 상태에서 무언가를 중얼거렸지요. 그는 내게 명함을 주면서 예전에 베를린에 살던 사람으로서 그대의 취향을 특히 잘 맞출 수 있다고 주장하고는 가버리더군요. 그가 최근에 다시 왔습니다. 좀 더 좋은 옷차림을 하고 있더군요. 불행히도 사람을 잘 알아보지 못하는 기억력 때문에 나는 그를 잘 아는 변호사로 착각했습니다. 친절하게 그에게 다가가 악수를 한 다음에야 그가 누군지를 알았지요. (그가 소속된 회사의 가구는 무척 비싸고 요란한 장식이 달려 있다는 사실을 그대는 알고 있어야 합니다.) 나는 더 이상 불친절한 구매자로 돌변할 수 없었습니다. 그가 베를린으로 여행할 기회가 있다면서(그는 금요일에 그대를 찾아갈지 모릅니다) 간청하길래 그대의 주소를 주고 말았습니다. 또한 그는 자신의 방문 사실을 편지로 그대에게 알려주라고 내게 간청했습니다. 내가 친절하게 악수를 청한 이 남자의 소원을 거절할 수는 없었습니다. 그래서 지금 이렇게 비열한 방법으로 그 소원을 들어주고 있는 거구요.

그대와 내 가족 모두에게 안부를 전합니다.[15] 특히 사랑스러운 그대 얼굴에 입 맞추게 해주세요.

F.

Nr. 375

[1914년 10월 말에서 11월 초로 추정]

펠리체, 나에 관한 한 우리 사이에는 지난 삼 개월 동안 좋은 의미든 나쁜 의미든 조금도 변한 게 없습니다. 당연히 나는 그대의 첫 전화를 받을 용의가 있습니다. 또 그대가 그전에 편지를 보냈더라면 곧 답장했을 것입니다. 물론 그대에게 편지를 쓸 생각은 하지 않았습니다. 아스카니셔 호프에서는 모든 편지와 그 내용의 무가치함이 너무나 명백했습니다. 하지만 머릿속에서는(또한 고통 속에서 그리고 바로 오늘) 그대와 관련된 생각과 꿈이 없지 않았지요. 내 머릿속에서 우리가 영위한 공동 생활은 단지 가끔 괴로웠을 뿐 대부분 평화롭고 행복했습니다. 물론 언젠가 그대에게 편지하는 대신에 다른 누군가를 통해 소식을 전하려고도 했습니다. 그대는 짐작하지 못하겠지만, 그것은 내가 평상시처럼 새벽 네 시에 잠에 들려고 할 때 생각해낸 특별한 착상이었습니다.

무엇보다도 나는 우리 관계에서 가장 중요한 것이 명백해 보였기 때문에 편지를 쓸 생각을 하지 않았습니다. 입 밖에 내지 않은 것을 그렇게 자주 증거로 내세우는 그대는 벌써 오래전부터 착각에 빠져 있었습니다. 말이 아니라 믿음이 부족했지요. 그대는 자신이 듣고 본 것을 믿을 수 없었기 때문에 입 밖에 내지 않은 것이 있다고 생각했습니다. 그대는 나의 작업이 내게 갖는 힘을 통찰할 수 없었습니다.

626

그것을 통찰했더라도 완전하지는 않았지요. 그 결과 그대는 이 작업에 대한 걱정으로 인해 나의 내면에서 비롯되어 그대를 혼란케 하는 특별한 것들을 잘못 해석할 수밖에 없었습니다. 하지만 이제는 오히려 이런 특별한 것들이(나 스스로 인정하는 바와 같이 이 특별한 것들은 지긋지긋하고 내 자신에게 가장 역겹습니다) 다른 누구보다도 그대에게 더 강력하게 대두되었습니다. 이것은 매우 자연스러운 일로, 반항심에서 나온 것만은 아니었습니다. 최소한 작업의 관점에서 보면, 그대는 내 작업의 가장 훌륭한 친구였을 뿐만 아니라 동시에 가장 커다란 적이었습니다. 작업은 따라서 본질적으로는 모든 경계를 넘어서서 그대를 사랑한 것과 마찬가지로 스스로를 보존하기 위해서 모든 힘을 다해 그대에게 저항해야 했습니다. 더구나 모든 세세한 면에서 그래야 했습니다. 내가 이런 생각을 한 것은 이를테면 어느 날 저녁 그대의 언니와 함께 거의 고기뿐인 음식을 먹기 위해 앉아 있을 때였습니다. 그대가 곁에 있었다면 아마도 나는 아몬드를 주문했을 것입니다. 아스카니셔 호프에서도 반항심 때문에 침묵한 것은 아니었습니다. 그대가 말한 것은 명확했습니다. 나는 반복해서 말하고 싶지는 않습니다. 그중에는 단둘이 있는 데서 말하기에도 불가능해 보이는 것들이 있었지요. 물론 그대는 내가 오랫동안 침묵하거나 실체도 없는 것을 더듬으며 말한 다음에야 그것을 말했습니다. 그대는 그 후에도 내가 이야기하도록 오래 기다렸지요.

나는 그대가 Bl.[블로흐] 양을 데려온 것에 대해서는 지금도 별로 할 말이 없습니다. 나는 그녀에게 보낸 편지에서 그녀가 참석해도 좋다고 말함으로써 그대의 품위를 떨어뜨렸습니다. 물론 그대가 당시에 나와 안면이 거의 없는 언니[에르나]를 오게 한 것도 이해하기 힘들었습니다. 하지만 이 두 사람의 참석이 나를 별로 혼란스럽게 하지는 않았습니다. 내가 어떤 결정적인 것을 말할 태세가 되어 있었다면 반항심에서 침묵할 수도 있는 일입니다. 그럴 수도 있습니다. 그러나 나는 결정적인 그 어떤 것에 대해서도 할 말이 없었습니다. 나는 모든 것을 잃어버렸다는 것을 알았습니다. 또한 내가 마지막 순간에라도 어떤 돌발적인 고백을 통해 잃어버린 것을 되찾을 수 있다는 것도 알았습니다. 그러나 그 어떤 돌발적인 고백도 할 수 없었지요. 나는 그대를 오늘처럼 사랑했습니다. 그리고 그대가 곤경에 처한 것을 보았습니다. 그대가 나로 인해 이 년 동안이나 아무 죄도 없이 괴로워했다는 것을 알았지요. 이것은 죄인들이 괴로워할 수 없는 것과도 같습니다. 또한 그대가 내 처지를 이해할 수 없다는 것도 알았습니다. 내가 어떻게 해야 좋았을까요? 내가 실제로 행한 것 외에는 할 일이 아무것도 없었습니다. 식구들과 함께 가서 침묵하거나 어리석은 어떤 것을 말하고, 우스꽝스러운 합승마차 마부에 관한 이야기를 듣고, 이번

1914년 8월 제1차 세계대전에 참전하러 떠나는 오스트리아 군대

이 마지막이라는 감정으로 그대를 쳐다보는 것이 고작이었습니다. 그대는 내 처지를 이해할 수 없었습니다. 그렇다고 해서 그대가 어떻게 행동해야 할지를 내가 알고 있다고 주장하는 것은 아닙니다. 그것을 알았더라면 그대에게 숨기지 않았을 겁니다. 나는 그대에게 내 처지를 설명하려고 수시로 노력했습니다. 그대는 물론 내 처지를 이해하기도 했지만 그대와의 생생한 관계로 이끌 수는 없었지요. 예나 지금이나 나의 내면에서는 두 자아가 서로 싸우고 있습니다. 한 자아는 그대가 원했던 것과 거의 같습니다. 그 자아는 그대의 소원을 충족시키기에 부족한 것을 계속적인 발전을 통해 달성할 수 있을 겁니다. 아스카니셔 호프에서 그대가 비난한 것들 중 그 어느 것도 이 자아와는 관계가 없습니다. 한편 또 다른 자아는 작업만을 생각합니다. 작업은 이 자아의 유일한 걱정거리지요. 작업은 가장 비열한 상상조차도 이 자아에게는 낯설지 않게 만듭니다. 즉 가장 절친한 친구의 죽음조차도 그에게는 일시적이나마 작업의 방해로 나타날 것입니다. 이런 비열함을 상쇄하는 길은 그가 자신의 작업을 좋아하는 데 있습니다. 이 두 자아가 지금도 싸우고 있습니다. 하지만 이것은 서로 두 손으로 마구 때리며 덤비는 실제적인 싸움이 아닙니다. 첫 번째 자아는 두 번째 자아에 종속되어 있습니다. 첫 번째 자아는 결코 내적인 이유에서 두 번째 자아를 내동댕이치지는 않을 것입니다. 오히려 두 번째 자아가 행복해하면 그 자신도 행복해하지요. 두 번째 자아가 짐작컨대 상실감에 빠져 있으면 첫 번째 자아는 옆에 무릎을 꿇고서 그를 쳐다보기를 원할 뿐입니다. 펠리체, 사정은 이렇습니다. 하지만 서로 싸우고 있는 그 둘 다 그대의 것이 될 수도 있습니다. 다만 이 두 자아를 박살내는 것 외에는 그들을 변화시킬 방법이 없습니다.

현실적으로 이러한 상태가 나타내는 바는 그대가 이 모든 것을 완전히 인정했어야 한다는 점입니다. 또한 그대는 거기에서 일어나는 모든 것이 그대를 위한 것이기도 하다는 점을 통찰했어야 합니다. 더 나아가 작업 자체에 필요한 모든 것은 반항심이나 일시적인 기분이 아니라 한편으로는 그 자체로 필수적이며 또 한편으로는 이 작업에 극도로 적대적인 나의 생활 환경으로 인해 강요된 도움의 손길이라는 점을 그대가 통찰했어야 합니다. 내가 지금 어떻게 살고 있는지 아시나요. 바로 아래 누이동생의 집에 혼자 살고 있습니다. 매제가 전쟁에 나갔기 때문에 누이동생은 부모님 집에서 지내고 있습니다. 개별적인 일들, 특히 공장 일이 나를 방해하지 않는 한 나의 시간 배분은 이렇습니다. 나의 하루는 세 시 반까지 사무실 근무, 집에 와서 점심 식사, 한두 시간 동안 신문을 읽고 편지를 쓰거나 사무실 일, 집으로 돌아감(그대는 그 집을 알고 있습니다), 잠을 자거나 잠들지 못한 채 침대에 그냥 누워 있음, 아홉 시에 부모님 집에서 저녁 식사(훌륭한 산책), 열 시에 전차를 타고 다시 집으로 돌아감, 기력이 남아 있거나 다음 날 오전 사무실에서의 두통에 대한 걱정이 문제 되지 않는 한 잠자지 않고 버티기 등의 순서로 이어집니다. 지난 삼 개월 동안 저녁에 일을 하지 않은 날은 오늘이 두 번째입니다. 첫 번째는 대략 한 달 전이었지요. 그때는 너무나 피곤했습니다. 최근에 이 주일 간의 휴가도 가졌습니다.[16] 휴가 때의 시간 배분은 이 짧은 십사 일이 하루하루 사라지는 것이 아까운 생각에 가능한 한도 내에서 물론 조금 바꿨습니다. 보통 새벽 다섯 시까지, 한 번은 아침 여덟 시 반까지 책상에 앉아 있다가 잠을 잤지요. 휴가 중 마지막 며칠 동안은 오후 한 시나 두 시까지 잠을 잘 수 있었습니다. 그다음에는 물론 자유 시간을 가지며 저녁때까지 휴가를 즐겼습니다.

펠리체, 그대는 아마도 내 휴가 기간에 적용된 것과 같은 생활 방식의 가능성을 이해할 겁니다. 하지만 평상시의 내 생활은 용인할 수 없고, 또는 적어도 지금까지는 마지못해 용인했습니다. 나는 내 낮 시간에 방 세 개짜리 조용한 집에서 혼자 앉아 있거나 누워 있습니다. 이것이야말로 나 스스로 인정하듯이 내게 어울리는 생활입니다. 친구들을 포함하여 아무도 집에 데려오지 않습니다. 단지 사무실에서 집으로 오는 길에 막스와 몇 분 동안 이야기를 나눌 뿐이지요. 결코 행복하다고 할 수는 없지만 이러한 상황에 적응하면서 내 의무를 다하는 것에 때때로 만족하고 있습니다.

나는 이런 종류의 생활 방식을 항상 옹호해왔습니다. 이러한 생활 방식은 항상 질문과 시험의 연속이었지요. 그대는 이러한 질문에 부정적인 대답을 하지 않았지만, 그대의 긍정은 한 번도 질문 전체를 포괄하지는 못했습니다. 이런 대답의 틈새에 해당하는 부분을 펠리체 그대는 증오, 또는 이 단어가 과하다면 혐오감으로 채워 넣었지요. 이 혐오감을 그대는 프랑크푸르트에 체류할 때 처음으로 갖게 되었습니다. 그 직접적인 계기는 모르겠습니다. 어쩌면 그 어떤 계기도 없었는지 모릅니다. 어쨌든 이런 혐오감은 그대가 프랑크푸르트에서 보낸 편지들에서 그대에 대한 나의 불안에 대답하는 방식 내지는 스스로를 자제하는 방식으로 등장하기 시작했습니다. 아마 그대는 당시에 이에 대해서는 전혀 몰랐으나 나중에는 인정할 수밖에 없었어요. 그대가 나중에 동물원에서 자주 이야기한, 그대에게 말보다는 침묵을 강요한 이 불안은 도대체 무엇이었을까요. 그것은 내 생활 방식뿐만 아니라 간접적으로는 그대가 동의할 수도 없었고 그대를 모욕한 결과가 된 나의 의도에 대한 혐오감에 다름 아니었습니다. 그대가 눈물을 글썽이면서 W.[바이스] 박사의 말을 경청하던 모습이 눈에 선합니다. 내가 그대의 부모님에게 가기 전날 저녁에 그대가(개별적인 예들이 항상 맞는 것은 아닙니다!) 명확한 대답을 줄 수 없었던 것도 불안 때문이었습니다. 또 그대가 프라하에서 몇 가지 문제에 대해 내게 불평한 것도 불안 때문이었지요. 불안은 수시로 나타났습니다.

지금 나는 혐오감 대신에 불안이라고 말하지만 이 두 가지 감정은 뒤섞여 있었습니다. 그대가 마침내 아스카니셔 호프에서 내게 했던 말 역시 이 모든 것이 표출된 것은 아니었을까요? 그대는 당시에 이야기를 늘어놓을 때만 해도 자신의 태도를 의심할 수 있었나요? 그대는 심지어 여차하면 자신이 없어져 버릴지도 모른다는 표현을 쓰지 않았던가요? 펠리체, 그대의 오늘 편지에서조차 나는 이러한 불안에서 나온 듯한 구절들을 발견합니다. 펠리체, 그대는 나를 오해해서는 안 됩니다. 이러한 혐오감은 존속되어왔습니다. 그대는 모든 사람들 앞에서 혐오감에 저항하기로 결심했지요. 그 결심은 좋은 결말로 나아갈 수도 있었습니다. 내 자신이 행복한 시간에는 그러기를 바랐지요. 하지만 이에 대해서는 지금 이야기하지 않겠습니다. 그대는 최근의 내 태도에 대해 설명해주기를 원하고 있습니다. 이러한 설명은 내가 그대의 불안 내지는 혐오감을 지속적으로 지켜보았다는 데에 근거하고 있습니다. 나는 삶에 대한 권리를 부여하는 나의 작업을 감시하는 의무를 지니고 있습니다. 그대의 불안은 작업에 가장 커다란 위험 요소라는 것을 보여주었습니다. 또한 그러한 인식은 나를 두렵게 만들었습니다(훨씬 더 참을 수 없는 불안과 함께). 그 상황은 그대가 편지에 쓴 것처럼 "신경이 날카로워지고, 녹초가 되었어요. 기력이 다한 듯해요"라는 말과 다를 바 없었지요. 나의 내면에 있는 두 자아가 당시처럼 그렇게 사납게 싸운 적은 한 번도 없었습니다. 그다음에 나는 블로흐 양에게 편지를 썼습니다.

아마도 아직은 나의 불안에 대한 근거를 충분히 대지 못한 것 같습니다. 아스카니셔 호프에서 그대는 나중에야 자신의 입장을 설명했습니다. 지금 이것을 증거로 제시할 수는 없어요. 하지만 가장 명백한 예들 가운데 집 문제로 인한 불화가 있습니다. 그대의 세부 계획들은 비록 내가 이의를 제기할 수 없고 의심할 여지없이 옳다고 인정했지만 나를 깜짝 놀라게 했습니다. 다만 그대 자신은 스스로가 옳다고 인정할 수 없었을 것입니다. 그대는 자명한 어떤 것, 즉 그대와 나와 같은 계층의 다른 가정들처럼 아담한 세간을 갖춘 조용하고 가정적인 집을 원했습니다. 그대는 단지 이 사람들이 지닌 것만을 원했지요 (그대의 오늘 편지에도 이 사람들에 대한 언급이 있습니다. 이들은 "꿈속에 우연히 굴러 들어온" 사람들입니다). 그대는 이들이 가진 것을 완벽하게 원했습니다. 한번은 그대에게—그것은 이미 최근의 불안과 밀접한 관계가 있었습니다—사원에서 피로연을 못하게 하자고 간청한 적이 있습니다. 그대는 이에 대해 아무런 대답도 하지 않았습니다. 불안에 휩싸인 나는 그대가 내 간청에 격분해 있다고 생각했습니다. 실제로 그대는 아스카니셔 호프에서 이 간청에 대해서도 언급했습니다. 그러나 집에 대한 그대의 생각은 무슨 뜻이었지요? 그것은 그대가 다른 사람들과는 합의를 이룰 수 있어도 나와는 안 된다는 것을 의미했습니다. 하지만 그들과 나의 경우에 집이 의미하는 바는 완전히 다른 것입니다. 다른 사람들은 결혼을 하면 거의 포만 상태에 빠집니다. 그들에게 결혼은 마지막으로 크게 한 입 음식을 먹는 것과도 같습니다. 그러나 나의 경우는 다릅니다. 포만 상태와는 거리가 멀지요. 나는 결혼 후 매년 확장을 거듭할 사업체를 설립하지도 않았습니다. 또한 질서 있는 평화를 바탕으로 이 사업을 운영하는 데 적합한 집도 필요 없습니다. 내게 그런 집이 필요 없다는 사실만이 나를 불안하게 만든 것은 아닙니다. 나는 축 늘어질 정도로 내 작업에 대해 허기를 느낍니다. 여기에서 나의 사정은 작업과 상반됩니다. 만약 내가 이런 사정 속에서 그대의 소원에 걸맞는 집을 얻는다면 그것은—현실 속에서가 아니더라도 기호 속에서—내가 이러한 사정을 평생 달고 다녀야 한다는 것, 즉 나에 관한 한 최악의 상태를 의미합니다. 나는 내가 지금 말한 내용을 어떻게든 축소해서 더 정확하게 확정 짓고 싶습니다. 그대는 당연히 집 문제에 대해 그대에게 어떤 계획을 기대했느냐고 질문할 수 있습니다. 사실은 이에 대해 대답할 말이 없습니다. 내 작업에 가장 적절하고 자연스러운 선택은 물론 모든 것을 포기하고 프라하가 아닌 다른 어느 곳에 오 층 이상에 위치한 집을 구하는 것이었는지도 모릅니다. 그러나 짐작컨대 그대는 스스로 선택한 궁상 속에 살기에는 부적당하며, 나 또한 그렇습니다. 아마도 차라리 내가 그대보다 더 부적당하지요. 우리 중 그 누구도 그것을 시험해보지는 않았습니다. 이를테면 내가 그대에게 이런 제안을 기대했을까요? 그렇지 않습니다. 그대가 제안을 해온다면 행복에 겨워 어쩔 줄 몰라 했겠지만, 그것을 기대하지는 않았습니다. 그러나 아마도 중도적인 길이 있었을 겁니다. 아니 오히려 분명히 그런 길이 있었습니다. 만약 나와 우리들의 공동 생활을 위해서 무조건 필수적인 것에서 그대를 멀리 떼어놓는 불안이나 혐오감이 없었더라면, 그대는 그 길을 물론 애써 찾지는 않았겠지만 발견할 수 있었을 겁니다. 나는 여전히 이러한 합의에 이를 수 있기를 희망했습니다. 그러나 그것은 희망에 불과했습니다. 이와 반대되는 경우의 징후가 보였습니다. 따라서 불안을 가질 수밖에 없었고, 그대가 살아 있는 사람과 결혼하기를 원했던 나로서는 저항해야만 했습니다.

이제 그대는 사태를 역전시켜 나와 마찬가지로 그대도 존재의 위험에 처해 있었으며 나의 불안과 마찬가지로 그대의 불안도 정당 했다고 말할 수 있습니다. 그러나 사실이 그랬다고 믿지는 않습니다. 나는 그대의 현실적 존재를 사랑했습니다. 다만 그 사랑이 내 작업에 적대적으로 다가올 때만 그것을 두려워했지요. 하지만 그대를 사랑하기에 그대를 돕고 단지 그대를 지키는 일만을 할 수도 있었을 것입니다. 어쨌든 그대의 말은 완전한 진실은 아닙니다. 그대는 위험에 처해 있었다고 했지요. 혹시 그대는 위험에 처하기를 원했던 것은 아닌가요? 한 번도? 전혀요?

내가 말한 내용은 새로운 것이 아닙니다. 다시 좀 요약했을 뿐, 새로운 내용은 없습니다. 새로운 것이 있다면 이 편지가 그동안의 끊임없는 서신 왕래와는 별도로 씌어진 것이라는 점입니다. 그 때문에 그리고 그대가 이런 요약을 원했기 때문에 명확한 답장을 받을 희망을, 내가 가지고 있다는 점입니다. 그대의 답장을 애타게 기다리고 있습니다. 펠리체, 그대는 내 편지를 얼마나 비난할는지 모르지만 답장은 보내야 합니다. 나는 매우 조급하게 그대의 답장을 기다리고 있습니다. 어제 편지 쓰는 일을 중지하고—밤늦은 시각이었습니다—자리에 누워 잠깐 잠을 잤습니다. 그러나 곧 깨어 아침까지 더 이상 잠들지 못했을 때 우리의 근심과 우리의 괴로움이—여기에는 정말 공통적인 어떤 것이 있습니다—가장 절망적이었던 시절과 조금도 다르지 않게 나를 엄습했습니다. 이 모든 것은 서로 연관을 맺고 있습니다. 이런 근심들 중 그 어느 것도 조금만 내버려 두어도 해소되지 않습니다. 마치 혀에 달라붙은 듯이 괴롭히지요. 이날 밤에 나는 내 자신이 어리석음의 한계를 이미 넘어섰다고 생각했습니다. 나를 구할 수 있는 방도를 알지 못했지요. 그대는 내게 답장할 겁니다. 그리고 특별히 호의를 보이고 싶다면, 언제 이 편지를 받았는지 전보로 알려 줄 겁니다.

그대는 에르나와의 서신 왕래에 대해 언급하고 있더군요. 이 서신 왕래와는 상관없이 내가 그대에게 답장을 해야 한다는 그대의 말이 무슨 뜻인지 모르겠습니다. 마침 내일 에르나에게 편지하려고 합니다. 그 편지에 그대에게 편지했다는 말도 집어 넣을 겁니다. 에르나는 상상도 할 수 없을 정도로 내게 잘해주었으며 지금은 그대에게도 그렇게 합니다.[7]

프란츠

1915년

Nr. 376

1915년 1월 25일[1]

F., 내가 종합해야만 하나요? 그럼, 먼저 직접적이고 오래된 관찰부터 시작하겠습니다. 나는 펜을 들면 그대와 가까워집니다. 소파 옆에 서 있을 때보다 더 가까워지지요. 여기서는 그대가 나를 내동댕이치지 않습니다. 내 눈길도 내 생각도 피하지 않지요. 설사 그대가 침묵할 때도 내 질문을 피하지 않습니다. 우리는 이를테면 괘종시계 역할을 하는 교회탑 시계가 걸려 있는 지붕 위의 집에 있는 것은 아닐까요? 가능합니다.

우리가 결코 함께 좋은 시간을 보내지 못했다는 것은 서로가 확인했습니다. 좀 더 과장해서 말하자면 아마도 우리는 단 일 분도 단둘이 완전히 자유로운 시간을 보내지 못했습니다. 1912년의 크리스마스가 기억나는군요. 당시 베를린에 있던 막스는 그대에게 소름이 돋게 하는 편지에 대해 미리 마음의 준비를 시켜야 한다고 믿었습니다. 그대는 의연하게 대처하겠다고 약속했지요. 그대는 이렇게 말했습니다. "이상하군요. 우리는 규칙적으로 매우 자주 편지를 주고받아요. 벌써 그에게서 많은 편지를 받았는걸요. 그를 기꺼이 돕고 싶어요. 그러나 어렵군요. 그 사람이 나를 어렵게 만들어요. 우리는 서로 가까이 다가갈 수가 없어요." 이런 상태는—내 말을 올바로 이해하세요—지금도 두 사람에게 거의 변하지 않았습니다. 그것을 한 사람은 좀 더 일찍, 다른 사람은 좀 더 늦게 인식할 뿐입니다. 그리고 한 사람은 그것을 금세 잊어버리지만 다른 사람은 기억하지요. 그것이 가벼운 구제책일지도 모릅니다. 더 가까워질 수 없다면 멀리 떠나야 하지요. 그러나 이것조차 불가능합니다. 이정표는 한 방향만을 가리키고 있으니까요.

이것이 첫 번째 매정함입니다. 두 번째는 우리 두 사람 모두에게 있습니다. 나는 우리 두 사람이 서로에게 매정하다는 것을 발견했습니다. 이를테면 한 사람이 다른 사람에게 중요하지 않기 때문은

1915년 1월 카프카와 펠리체가 파혼 후
처음으로 만난 테첸-보덴바흐

아니지만 우리는 매정합니다. 그대는 죄가 없기에 죄의식이나 그 괴로움을 모릅니다. 그러나 내 경우는 다릅니다. 내게는 다툴 수 없다는 것이 아마도 불행인 것 같습니다. 이를테면 형식적으로는 내가 요구하는 확신이 꽃을 피우기를 마음으로 기대하며 단도직입적으로 확신시키려고 애쓰지 않거나 오히려 애를 쓰지만 상대방이 전혀 알아차리지 못하지요. 이 점에서 내 무능력은 이만저만한 게 아닙니다. 그런 까닭에 우리는 겉으로는 다투지 않고 평화롭게 나란히 걸어갑니다. 그러는 동안 마치 누군가가 끊임없이 우리 사이의 공기를 칼로 잘라내기라도 하듯이 우리는 움찔하고 움직이지요. 잊어버리기 전에 하는 말이지만, 그대도 다투지 않고 인내합니다. 이런 인내심 역시 죄가 없기에 균형을 맞추려면 내 인내심보다 훨씬 어렵습니다.

물론 내가 정확히 예견했던 일이 일어나고야 말았습니다. 나는 자발적으로 가지 않았습니다. 무엇이 위협하는지 알고 있었던 거죠. 나를 위협한 것은 가까움의 유혹이었습니다. 이 터무니없는 유혹은 내 목을 타고 앉아 이 얼음방에서조차 나를 놓아주지 않습니다. 그대는 오전에 두 개의 지갑이 놓여 있는 벤치 옆에 있었습니다. 그리고 오후에는 커피숍으로 향하는 몇 개의 계단 앞에 서 있었지요. 그 모습을 떠올리는 것은 지난 몇 년 간의 수많은 고된 사고 연습에도 불구하고 거의 참을 수가 없습니다. 이런 상태에서 어떻게 작업을 해 나가야 할지 모르겠습니다. 그러나 어쩔 수 없습니다.

이제는 그대에게 편지를 별로 쓰지 않을 겁니다. 편지들은 천천히 갈 겁니다. 평소 때처럼 자유롭게 편지를 쓰지도 못할 겁니다. 또한 다시는 편지 쓰기를 간청하는 식으로 그대를 몰아세우지 않을 겁니다. 우리는 편지를 통해 얻은 게 별로 없었습니다. 우리는 다른 방법으로 무언가를 얻도록 해야 합니다. 지금은 불가능해 보이지만 아마 다시 오후 시간을 작업에 활용할 수 있을 겁니다. 어쨌든 해볼 생각입니다. 이 작업은 이를테면 어떤 악마가 내가 공장에서 무언가를 만드는 시도를 해야 한다는 것을 그대에게 인식하도록 강요했기에, 어떤 의미에서는 그대에게도 해당됩니다. 어째서 그대는 공장을 나보다 잘 이해한다는 말입니까!

이것으로 충분합니다. 아직 할 일이 많습니다. 관리인이 아픈 탓으로 내가 아침 일찍 내팽개쳐놓은 침대를 다시 정돈해야 합니다. 방을 치우고 먼지를 닦아내는 일도 해야 하지요. 하지만 관리인도 이 일을 거의 항상 등한시했기 때문에 오늘도 이 일이 그리 급한 것은 아닙니다. 그대가 나를 일찍—예상컨대 관리인은 나를 깨우지 않을 것입니다—친근한 꿈을 통해 제때에, 즉 일곱 시 반에 깨워주면 좋겠습니다. 가능하면 나를 깨우기 전에 어디선가 우리 두 사람에게 마련된 좋은 결말에 이를 때 그 꿈이 완결되도록 해주세요.

수없는 인사를 보내며 프란츠

[가장자리에] 베르펠의 책을 그대에게 보냈습니다.

Nr. 377

1915년 2월 11일

F., 마음이 편해질 때까지 하소연을 하렵니다. 그러나 그대는 웃지 않겠지요? 내 작업은 보덴바흐에 가기 며칠 전까지는 비교적 잘 진행되었습니다. 바로 그때 매제의 동생이 입대하는 바람에 초라한 형태의 공장 일이 내게 떨어졌습니다. 공장이 오래전부터, 아니 그것이 처음 생겼을 때부터 내게 가져다 준 고통을 이야기하자면 끝이 없습니다. 나는 정말로 매일 공장을 왔다 갔다 해야만 했습니다. 마지막 남은 의지력에도 불구하고 작업은 더 이상 생각할 수조차 없었지요. 공장은 멈춰 섰습니다. 그러나 어쨌든 거기에는 창고 일이 남아 있습니다. 이를테면 신자들과 고객들을 달래서 보내야 합니다. 따라서 최근에 특히 매달렸던 작업을 손에서 놓아야 했습니다. 그러나 사정은 곧 좋아졌습니다. 적어도 당분간은 그렇습니다. 매제의 동생은 지금 프라하에서 근무합니다. 그는 한두 시간 정도는 공장 일을 돌볼 수 있습니다. 내게 그것은 즉시 물러나라는 신호였습니다. 나는 다시 조용한 집에 앉아 새로이 내 자신을 후벼 파려고 했습니다. 그러나 얼마간 쉰 다음에 다시 자신에게로 돌아가는 일은 내게는 매우 어려운 일입니다. 이것은 마치 어렵사리 열어놓은 문에 자기도 모르는 사이에 다시 자물통이 채워지는 것과 같습니다. 여기에 내 능력에 대한 의구심의 근거가 있습니다. 어쨌든 나는 마침내 다시 나의 내면으로

들어갈 수 있었습니다. 마치 변신한 것 같았지요. 거기에서 강요된 작업 대신 그대를 발견하는 일은 어째서 한 번도 일어나지 않을까요. 행복은 단지 이틀 동안 지속되었습니다. 집을 옮겨야 했거든요. 집을 구하는 일이 무엇을 의미하는지 우리 두 사람은 알고 있습니다. 다시 둘러본 방의 꼴이라니요! 사람들이 더러움 속에 파묻혀 지내는 것은 무지하거나 경솔한 탓이라고 믿어야 할 판입니다. 적어도 여기 사정은 그렇군요. 그들은 더러움, 즉 그릇들이 수북이 쌓인 찬장과 창문가의 양탄자, 함부로 사용한 책상 위의 사진 진열대, 침대 위의 세탁물 더미, 구석에 있는 커피숍 야자나무 등, 이 모든 것을 사치라고 여깁니다. 하지만 내게는 그 어떤 것도 중요하지 않습니다. 다만 조용함만을 원할 뿐이지요. 이들에게는 조용함의 개념이 없습니다. 당연히 일반적인 가정에서는 그 누구도 내가 필요로 하는 조용함을 필요로 하지 않습니다. 다른 사람들이 독서, 학습, 수면이나 아무것도 아닌 일에 필요한 조용함이 내게는 글쓰기에 필요합니다. 어제부터 새로 얻은 방에서 지내고 있습니다.[2] 어제 저녁에는 절망한 나머지 발작을 일으켰습니다. 이 방을 벗어나야 한다면 세상을 벗어나는 것과 같다고 믿었지요. 그 밖에 특별한 일은 일어나지 않았습니다. 모두가 사려 깊습니다. 하숙집 여주인은 나를 위하는 마음에서 매우 조심스레 행동합니다. 옆방에 사는 젊은 남자는 저녁에 피곤한 상태로 상점에서 돌아와 잠시 서성거리다가 이내 잠자리에 듭니다. 그럼에도 작은 집이라서 그런지 문을 여닫는 소리가 들립니다. 하숙집 여주인은 하루 종일 말이 없습니다. 그녀는 잠자리에 들기 전에 다른 세입자와 몇 마디 속삭이는 게 분명하지만 그 소리는 거의 들리지 않습니다. 하지만 그 세입자의 목소리는 조금씩 들립니다. 사방의 벽은 끔찍할 정도로 얇습니다. 나는 하숙집 여주인이 유감스러워했지만 내 방에 있는 괘종시계의 작동을 멈추게 했습니다. 이것이 내가 이 방을 얻어

들어왔을 때 취한 첫 번째 조치였지요. 그러나 옆방의 괘종시계는 그럴수록 더 크게 종을 칩니다. 분침이 째깍거리는 소리를 듣고는 흘려 버리려고 애를 씁니다. 매 시간마다 삼십 분을 알리는 소리는 비록 아름다운 선율이라 하더라도 너무나 크게 들립니다. 폭군 행세를 할 수는 없으니, 이 시계의 작동마저 멈추라고 요구할 수는 없습니다. 게다가 그것은 아무런 도움이 되지 않을 것입니다. 언제나 조금씩은 속삭이는 소리가 들릴 것이며 문에서 나는 종소리도 만만치 않으니까요. 어제 옆방의 세입자는 두 번 기침했습니다. 오늘은 그가 더 자주 기침을 하는군요. 그의 기침은 본인보다는 나를 더 아프게 합니다.[3] 나는 그 누구에게도 화를 낼 수 없습니다. 아침에 하숙집 여주인은 간밤에 속닥거린 것에 대해 사과하더군요. 그러고는 그 일은 예외적인 경우라고 말했습니다. 세입자가 (나 때문에) 방을 바꾸었기 때문이라고요. 그녀는 그를 새 방에 들이려고 했던 것입니다. 또한 문 앞에 두꺼운 커튼을 달겠다고도 했지요. 그녀는 아주 마음에 듭니다. 그러나 미루어 짐작하건대 나는 한 달 뒤에는 이 방에서 나갈 것입니다. 물론 나는 조용한 집에 잘못 길들여져 있습니다. 하지만 다르게는 살 수 없습니다. F., 웃지 마세요. 나의 괴로움을 경멸하지 마세요. 지금 많은 사람들이 괴로워하고 있습니다. 그들에게 괴로움을 초래한 것은 옆방의 속삭임 그 이상입니다. 바로 최선의 경우에도 그들은 자신들의 존재를 위해서, 아니면 더 정확하게 말해서 자신들의 존재와 공동체 사이의 관계를 위해서 투쟁합니다. 이것은 내 경우와도 다르지 않습니다. 그 누구의 경우와도 다르지 않지요. 집을 구하는 일에 대한 소망을 갖고 나를 따라오세요.

그대의 편지에 대해서는 답장을 하겠습니다. 그대는 언제 다시 여행을 떠나나요? 최근에 어느 신문의 문예란에 한 축음기 회사가 녹음기 회사로 바뀐다는 단신이 실렸습니다. 이것은 의심할 여지없이 그대가 다니는 회사를 지칭한 것이었습니다. 그 기사를 읽으면서 기뻤습니다. 나는 그 공장에 대해 내 공장보다 더 진심에서 우러나오는 관계를 맺고 있습니다. 안부를 전하며

프란츠

베르펠의 책은 마음에 들었나요?

Nr. 378 [우편엽서 소인: 프라하]

1915년 3월 3일

F., 오늘 그대의 편지가 왔습니다. 다시 말해서 그대의 편지나 내 편지 둘 중의 하나는 분실되었습니다. 이런 일은 혐오스럽습니다. 지금부터는 그대에게 이주일마다 규칙적으로 등기 우편을 보내려고 합니다.

할 말이 많지만 내용이 드러나는 편지에 말하는 것은 거의 불가능합니다. 게다가 편지에 대한 거부감이 있습니다. 편지 쓰기만 성공하고 다른 모든 일은 실패한다면 무슨 소용이 있겠습니까. 그대의 편지에는 미래의 가능성들이 담겨 있습니다. 좋은 일일뿐더러 마음에 듭니다. 그대는 B.[보덴바흐]에서 나를 오해하지 않았습니다. 그러나 이에 앞서 내게 상을 준다는 차원에서 깔끔하고 멋진 결심이 서 있다 하더라도 실행에 옮기면 될 뿐, 글로 표현하지 않아도 됩니다.

프란츠

[엽서 뒷면에] 편지는 오늘 발송됩니다.

—

원고⁴를 오늘 보내기는 어렵습니다. 원고가 완성되어 출판되기 전에는 안 되겠군요.

1915년 [1914년] 3월 3일

전보와 엽서는 이미 보냈습니다. 지난 몇 주 동안은 일할 기분이 나지 않았습니다. 두통에 시달린 데다 생각들은 좁은 범주 내에서 끊임없이 맴돌기만 했습니다. 두통은 오늘도 대단합니다(별로 잠을 자지 못합니다). 그러나 그 밖에는 더 나은 상태에 있으며 앞으로 더 나아질 것입니다. 내게는 끈질긴 면이 없지 않습니다. 다만 대부분 반대편에 서서 일할 뿐이지요.

[빌레크 가세의] 방은 이미 나가겠다고 했습니다. 꽤 결단력이 필요했지요. 거의 매일 아침 그 노부인이 내 침대로 와서는 집안의 조용함을 몇 배 더 보장하려는 차원에서 새로운 개선책을 속삭이듯 말했습니다. 머릿속에서는 이미 해약하기로 굳게 마음먹은 상태에서 감사의 말을 해야 했습니다. 결국 이틀 전에 방을 나가겠다고 입을 열자 그녀는 곧장 옷장에서 딸의 극장용 외투를 꺼냈습니다(뾰족한 옷깃이 달린 노란색의 극장용 외투는 나를 우울하게 만드는데, 이 외투가 바로 그러한 것이었습니다). 그러고는 딸과 함께 저녁에 작은 축제에 가려고 했지요. 그녀의 기분을 상하게 하고 싶지 않아서 해약을 다음 날로 미루었습니다. 그것은 내가 예상한 만큼 그렇게 나쁘지는 않았습니다. 어쨌든 그녀는 내가 죽는 날까지(그 시기에 대해서는 그녀가 더 자세히 말하지 않았습니다) 자기 집에 머물 것이라고 믿을 만큼 나를 신뢰했습니다. 지금 세를 든 방은 아마 훨씬 더 좋지 않습니다. 하지만 어쨌든 다른 방입니다.[5] 반드시 소란스러움이 나를 그 집에서 쫓아낸 것은 아니었습니다. 최근 작업에서는 아무런 성과도 못 얻었으니까요. 다시 말해서 나는 기본적으로 집의 조용함뿐만 아니라 소란함도 확인할 겨를이 없었습니다. 문제는 아마도 내 자신의 동요였습니다. 이 감정에 대해서는 더 이상 설명하고 싶지 않군요.

그 대신 그대의 꿈을 해석하고 싶습니다. 만약에 그대가 짐승에 깔려 바닥에 눕지 않았다면 하늘의 별들을 볼 수 없었을 테고, 그러면 구원을 받지 못했을 것입니다. 아마도 몸을 곧추 세우는 데 따르는 불안을 견뎌내지 못했을 겁니다. 내 경우도 다르지 않습니다. 그것은 그대가 우리 두 사람을 위해 꾼 공동의 꿈입니다.

편지에서 그대는 한 번은 날더러 베를린으로 오라고 농담 삼아 말하더니 또 한 번은 우리 사이가 앞으로 어떻게 될 것 같으냐며 진지하게 말하고 있습니다. 솔직하게 말해주세요. 그대는 우리가 프라하에서 공동의 미래를 가질 수 있다고 믿나요? 이것이 가능하지 않다면 그 원인은 프라하에 있지 않습니다. 외부 상황은 중요하지 않습니다. 정반대지요. 전쟁이 어느 정도 소강 상태가 되면 짐작컨대 상황도 호전될 것입니다. 나는 현재 천이백 크로네를 받고 있습니다. 꽤 많은 돈이지요. 그러나 전혀 기쁘지 않습니다. 오히려 마치 그 돈이 커다란 방해 요소라도 되는 양 거부하고 싶었습니다. 그대의 의견은 어떤가요?

몇 가지 질문이 더 있습니다. 그대는 왜 잠을 설치지요? 잠을 잘 못 자는 이유는 어디에 있나요? 편지 봉투는 어떻게 구한 건가요? 그대는 왜 『관찰』과 같은 오래되고 안 좋은 책들을 읽는 거지요? 한 가지 제안이 있습니다. 내가 그대에게 보내주는 책들만 끝까지 읽는 건 어떤가요? 그대는 물론 플로베르와 브라우닝의 서간집부터 읽기 시작해야 할 것입니다. 그리고 여름에는 함께 여행을 합시다.

프란츠

Nr. 380 [도착소인: 베를린, 1915년 3월 23일로 추정]

1915년 3월 21일

F., 그대에게서 아직 아무 소식이 없군요. 그 기간이 벌써 오래 지속되고 있습니다. 그대는 봄을 어떻게 맞이하고 있나요? 오늘 오랜만에 산책을 했습니다. 오늘은 일요일인 데다가 날씨도 좋습니다. 게다가 법정의 규정이 바뀌어서 재판 기일이 가장 우스꽝스럽게 연기되는 순간들 중의 하나이지요. 이 순간에는 대접을 잘 받는다는 생각이 들고 의심의 여지없이 명백하게 틀렸음에도 모든 계산들이 잘 들어맞습니다. 그러나 오늘은 이러한 감정이 걸맞지 않습니다. 그것은 적어도 쓸데없는 축적물에 불과합니다. 오늘 오전에는 이것이 필요 없습니다. 그러나 어제, 그제, 그끄저께 등등은 사정이 달랐습니다. 이때는 오전에 아픈 머리를 두 손으로 잡고 흔들었습니다. 머리를 그냥 놔둘 수는 없었거든요. 오늘 오전은 아마도 이것을 상쇄하고 있습니다. 그러나 어제는 이것을 몰랐고 내일이 되면 잊어버릴 것입니다.

가족들은 벌써 이사를 했나요? 저는 이사했습니다. 그 방은 이전 방보다 소음이 열 배나 더 크게 들립니다. 그 외에는 비교할 수 없을 정도로 더 좋구요. 나는 방의 상태나 외관과는 무관하게 지낸다고 생각했습니다. 그런데 그렇지 않더군요. 전망이 탁 트이지도 않고, 창문을 통해 넓은 하늘이나 이를테면 들판은 아닐지라도 먼 곳의 탑을 바라볼 가능성도 없는 상태에서 나는 비참하고 답답합니다. 비참함의 어느 부분을 방의 탓으로 돌릴 수 있을지 구체적으로 제시할 수는 없지만, 그 영향은 결코 적지 않습니다. 방에는 심지어 아침 햇살이 들어옵니다. 이 방은 훨씬 더 낮은 지붕들로 둘러싸여 있기 때문에 아침 햇살이 곧바로 비칩니다. 아침 햇살만 있는 것도 아니지요. 구석 방에다가 두 개의 창문이 남서쪽을 향해 나 있으니까요. 이로 인해 내가 우쭐댈까 봐서 그런지 내 방 위에 있는(세를 놓지 않아 비어 있는)

아틀리에에서는 누군가가 저녁때까지 무거운 장화를 신고 쿵쾅거리며 이리저리 돌아다닙니다. 게다가 그곳에 아무런 목적도 없어 보이는 소음 기구까지 설치해놓았습니다. 이 기구는 볼링을 하는 듯한 착각을 불러일으킵니다. 무거운 공 하나가 방 천장의 한쪽 끝에서 다른쪽 끝까지 재빨리 굴러갔다가 모서리에 부딪쳐 쿵하는 소리와 함께 다시 되돌아 옵니다. 내게 방을 세놓은 부인도 그러한 소음을 듣기는 했습니다. 하지만 단지 세입자를 위해 아무런 노력도 하지 않았다는 말을 듣지 않으려는 취지에서, 그 아틀리에가 세를 놓지 않아 비어있다고 지적하며 소음을 논리적으로 부정하려고 애쓰더군요. 이에 대해서 나는 이렇게 대답할 수 있을 뿐입니다. 그 소음이 이 세상에서 유일하게 근거가 없는, 따라서 제거될 수도 없는 괴로움은 아니라고 말입니다.

더군다나 나는 이를테면 시골에 살고 있지 않습니다. 왜냐하면 발코니에 서 있으면 언젠가 그대와 함께 도면을 검토한 적이 있는 집의 창문들이 보이니까요. 오늘은 아침 햇살이 이 집의 세 창문에도 비치더군요. 이 창문들을 보고 뭐라고 해야 할지 모르겠더군요. 그대라면 무슨 말을 했을까요? 나는 저녁에도 이 창문들을 바라봅니다. 대개 세 창문 모두에 불이 켜져 있습니다. 물론 내 창문만큼 불이 오래 켜져 있는 것은 아니지요. 나는 완전히 혼자 살고 있으며 매일 저녁을 집에서 보냅니다. 벌써 한 달 동안이나 토요일 저녁 모임에 나가지 않았습니다.[6] 그러나 이미 두 달 동안이나 모든 어지간한 작업에서 무능력했습니다. 나에 대해서는 충분히 말했습니다. 이제는 그대 차례입니다!

안녕히……F

Nr. 381 [소인: 프라하]

[1915년 4월 5일로 추정]

펠리체, 오늘도 일요일입니다. 조용하고 아름다운 잿빛 일요일입니다. 집에는 나와 카나리아 새만이 깨어 있습니다. 지금 부모님 집에 있습니다. 물론 내 방에서 들리는 소음은 지옥과 같습니다. 오른쪽 벽 뒤에는 나무줄기들이 무성합니다. 차가 지나갈 때면 그 줄기가 느슨하게 풀어졌다가 다시 위로 올라가는 소리가 들리지요. 그것은 신음 소리를 내는 듯하다가 쿵 소리와 함께 떨어집니다. 그러고는 저주받은 시멘트 집의 공명 속으로 그 소리가 흡수되지요. 지층의 사방에서는 승강기의 기계가 윙윙거리는 소리를 냅니다. 그 소리는 비어 있는 바닥 공간에 울려 퍼집니다 (이것은 이전의 이른바 아틀리에 유령입니다. 그러나 거기에는 빨래를 말릴 때면 슬리퍼로 내 두개골을 두드리는 듯한 하녀들도 있습니다). 내 방 아래에는 아이들 방과 응접실이 있습니다. 낮에 아이들은 소리를 지르며 뛰어다닙니다. 수시로 어디선가 문을 열어젖힐 때마다 피리 소리 같은 소음이 들리고, 보모는 보모대로 조용히 하라면서 소리를 지릅니다. 저녁에는 어른들이 매일 축제라도 여는 듯이 삼삼오오 모여서 잡담을 합니다. 그러나 열 시가 되면 끝이 납니다. 적어도 지금까지는 그랬지요. 가끔은 아홉 시에 벌써 조용해집니다. 그러면 내 신경은 아직 여력이 있을 경우 기적적인 조용함을 즐길 수 있습니다.

낮의 소음에 대한 대응책으로 나는 베를린에 도움을 청하여—나는 수시로 베를린을 찾게 됩니다—일종의 밀랍과 솜을 감아서 만든 귀마개를 구했습니다. 좀 끈적끈적하기도 하고, 죽기도 전에 귀를 틀어막는 일이 성가시기도 합니다. 게다가 소음을 완전히 차단하는 것이 아니라 소음을 어느 정도 줄일 수 있을 뿐이지요. 어쨌든 효과는 있습니다. 내가 며칠 전에 읽은 스트린드베리의 소설 『망망대해』의 주인공은 나와 비슷한 고통을 덜기 위해 독일에서 구입한 이른바 수면용 구슬을 가지고 있습니다. 강철로 만든 이 구슬을 귀 안에 넣고 굴리면 되지요. 그것은 유감스럽게도 스트린드베리가 지어낸 듯합니다.

내가 전쟁으로 인해 고통을 겪느냐고요? 사람들이 전쟁 자체를 통해 무엇을 경험하는지는 본질적으로 전혀 알 수 없습니다. 표면적으로는 나는 전쟁으로 인해 고통을 겪고 있습니다. 우리 공장이 망해가고 있으니까요. 직접 확인했다기보다는 예감입니다. 벌써 한 달째 공장에 가보지 않았습니다. 그나마 매제의 동생이 여기에서 훈련을 받고 있는 덕분에 당분간은 공장에 얼마간 신경 쓸 수가 있습니다. 바로 아래 여동생의 남편은 트라인 근방의 카르파티아 산맥에 있기 때문에 직접적인 위험은 없습니다. 하지만 또 다른 여동생의 남편은 그대도 알다시피 부상을 당한 후 며칠 동안 전선에 있다가 좌골 신경통으로 후송되어 지금은 테플리츠에서 치료를 받고 있습니다.[7] 그 밖에도 전쟁과 관련하여 내가 주로 괴로워하고 있는 것은 직접 참전할 수 없다는 점입니다. 이 말은 솔직하게 적기는 했지만 어리석어 보입니다. 하지만 내게 그런 상황이 벌어질 가능성을 배제할 수 없습니다. 자원입대하는 데는 몇 가지 결정적인 방해 요소들이 있습니다. 물론 도처에서 나를 방해하는 것들도 부분적으로는 이에 포함됩니다.

F., 우리가 프라하에 사는 일을 방해하는 것만 해도 그렇습니다. 여기 조건들은 좋은 편이며 지난 몇 년을 돌이켜보더라도 추구할 만한 가치가 있는 듯합니다. 그러나 나는 여기에 걸맞지 않습니다. 나는 여기에서 주변 환경에 맞서 싸우지는 않습니다(만약에 그렇다면 그대의 도움보다 더 소중하고 좋은 도움은 없겠지요). 다만 내 자신에 대항해서 싸우며 그러한 투쟁에 그대를 끌어들이지요. 이것은 우리 두 사람을 위해서 해서는 안 되는 일입니다. 내가 멋 모르고 그것을 원할 때

면 거의 즉각적으로 벌이 내렸습니다. 타인에 대한 권리를 주장하려는 사람은 먼저 나보다 앞서 나아가거나 내가 능력의 한도 내에서 찾으려는 길을 가지 말아야 합니다. 그러나 프라하에서 나는 내 사정을 고려할 때 전혀 앞으로 나아갈 수 없는 듯이 보입니다.

돈에 대한 내 설명을 그대는 오해한 것 같더군요. 한 달 봉급은 백 크로네 인상된 것입니다. 그 용도에 관한 한 물론 아무런 걱정도 하지 않습니다. 생각해보세요. 내 모든 재산은 공장에 대한 배상 책임과 연계되어 있습니다. 나의 불만은 오직 이 돈으로 인해 내가 지금 앉아 있는 구덩이가 다시 좀 더 깊게 파여졌다는 데 있습니다.

F., 그대는 편지에 자신에 대해서는 별로 쓰지 않습니다. 그대가 어떤 일을 하는지, 예전보다 일을 덜 하는지, 새로운 일자리는 어떤 의미를 갖는지, 누구와 사귀는지, 일요일 오후에는 왜 혼자 집에 있는지, 무엇을 읽는지, 극장에는 가는지, 월급이 줄어들지는 않았는지, 어떤 옷을 입는지(보덴바흐에서 입었던 재킷은 아름다웠습니다), 에르나와의 관계는 어떤지—이 모든 것에 대해서 내가 들은 건 아무것도 없습니다. 하지만 이러한 일들은 내 사고 영역 내에 있습니다. 그대의 오빠는 어떤가요? 그리고 형부는?

할 말이 하나 더 있습니다. 내 방 맞은편에 있는 집을 놓친 것에 대해 우리는 슬퍼하지 말아야 합니다. 시야가 막힌 그 집에는(이와는 달리 내 방은 두 방향으로 시야가 트여 있습니다. 물론 더 자세히 설명하지 않으면 이해하기 힘들겠지만요) 한 여자가 딸과 함께 살고 있습니다. 그 딸에 대해서는 강렬한 노란색 블라우스, 솜털이 난 뺨, 아장아장 걷는 걸음걸이 등이 기억납니다. 그 집은 포기해도 좋습니다.

안녕히…… 프란츠

[1915년 4월 20일로 추정]

펠리체, 그대로부터 소식이 끊긴 지 벌써 오래됐습니다. 무슨 일이 있나요? 누군가가 오랫동안 답장하지 않으면 마치 그가 맞은편에 앉아서 침묵하고 있는 듯한 인상을 받지요. 그러면 무슨 생각을 하고 있느냐고 물어보게 됩니다.

지금 지난해에 대해서 생각해보고 있습니다. 시간이 날 때마다 그 생각을 하지요. 파란색 옷을 입고 안으로 들어온 그녀는 정말 아름다웠습니다. 그러나 주고받은 입맞춤은 순수하지 못했습니다.* 왜냐하면 그는 이 입맞춤을 받을 권리가 없었기 때문입니다. 그가 그녀를 사랑한다는 사실이 그에게 그런 권리를 주지는 않습니다. 그가 그녀를 사랑한다면 이 입맞춤을 거부했어야 하지요. 그런데 그는 그녀를 어디로 데려가려 했단 말입니까? 그 자신은 어디에 서 있었지요? 부모님과(물론 부당한 일이지만 그는 이로 인해 부모님을 거의 증오했습니다) 다른 몇 사람이 공동으로 노력하여 그의 발밑으로 판자를 밀어 넣었습니다. 이 판자는 두 사람을 지탱해줄 수 있을 만큼 튼튼했기에,—이런 초라하고 우스꽝스러운 사실에서 그는 그녀를 받아들일 권리를 이끌어냈습니다. 그러나 실제로는 그의 발밑에 그 어떤 바닥도 존재하지 않았습니다. 그가 지금까지 판자 위에서 몸의 균형을 유지해온 것은 성과가 아니라 치욕이었습니다. 그가 그녀를 어디로 데려가려 했는지 말해보세요. 그것은 생각할 수조차 없는 일입니다. 그는 그녀를 사랑했고, 그 사랑은 만족할 줄 몰랐습니다. 그는 지금도 전에 못지않게 그녀를 사랑합니다. 비록 그녀가 동의한다 해도 그녀를 쉽고 간단하게 얻을 수는 없다는 사실을 마침내 알게 되었음에도 말입니다. 나는 다만 끝없는 괴로움을 통해 교훈을 얻은 이 총명하고 명석한 처녀가 어떻게 여기 프라하에서는 그것이 가능하고 좋을 것이라

카프카의 여권 사진(1915~1916)

고 여전히 믿을 수 있는지 이해하지 못할 뿐입니다. 그녀는 여기에서 전부는 아니지만 많은 것을 보고 이에 관한 읽을거리도 많이 받았으면서도 여전히 그것을 믿고 있습니다. 그녀는 그것에 관해 어떤 상상을 하고 있을까요? 그녀는 한 번이 아니라 최소한 여러 번 올바른 것을 느꼈습니다. 아스카니셔 호프에서° 그녀가 유치하고 악의적으로 한 말은 그 증거로서 충분했습니다.—화제를 바꿔 볼까요.

성령강림절에 만날 수 있을까요? 그러면 매우 기쁠 겁니다. 그대가 전혀 듣고 싶어 하지 않는 듯한 여름 여행이 휴가가 취소되는 바람에 불가능하게 될지 누가 알겠습니까. 하지만 어쨌든 독일로 여행하는 데에는 거북스러운 난관이 있습니다. 그대는 내가 얼마나 오랫동안 여권 때문에 구걸했는지 알고 있을 겁니다. 하지만 여권은 제때에 나오지도 않았지요. 그 후에는 더 이상 그곳에 가지 않았습니다. 동봉한 내용물은 아직도 그곳에 남아 있습니다. 쥐가 갉아먹은 내 소유인 두 통의 그대 전보도요. 당시와 똑같은 일이 다시 벌어지려고 합니다. 그대의 편지, 즉 긴급한 가족 문제에 관한 소식이 필요하지만 다시 이렇게 오래 기다립니다. 그대에게는 여권이 있습니다. 그대가 보덴바흐로 온다면 우리는 보헤미아의 스위스에서 머무를 것입니다. 그대가 혼자 올 수만 있다면 물론 가장 좋습니다. 그것이 가능하지 않으면 아무나 그대가 원하는 사람을 데려오세요. 곧 이에 대해 편지해주기 바랍니다.

안녕히…… 프란츠

두 권의 책이 그대에게 가는 중일 겁니다. 원래는 벌써 도착했어야 하지만요.

Nr. 383 [그림 엽서 소인: 자토랄야우헬리]

[1915년 4월 24일로 추정[10]]

안부를 전합니다. 엽서들 중 일부만 도착하더라도 그것들은 모두 똑같은 의미가 있습니다. 나는 내가 들어 올려 입맞춤한 손이 힘없이 밑으로 내려가는 망상을 하며 여행을 하고 있습니다.

프란츠

Nr. 384 [그림엽서 소인: 하트반]

[1915년 4월 25일로 추정]

누이동생과 매제와 동행 중입니다. 안부를 전하며 긴 침묵을 중단해 달라는 부탁을 드립니다. 나는 성령강림절을 고수하겠습니다. 그대가 원한다면 독일로도 가겠습니다. 그러기 위해서는 그대의 편지를 제시해야 합니다.

Nr. 385 [그림엽서 소인: 나기미할리]

[1915년 4월 26일로 추정]

한 걸음 한 걸음마다 안부를 전합니다.

프란츠

Nr. 386 [그림엽서 소인: 부다페스트]

[1915년 4월 27일로 추정]

누이동생을 데려다주고 돌아갑니다. 유감스럽습니다. 안부를 전합니다.

F.

Nr. 387 [그림엽서 소인: 빈]

[1915년 4월 말로 추정]

마지막 정거장입니다. 안부를 전합니다.

F.

Nr. 388 [그림엽서 소인: 브제노리―도브리코비체]

[1915년 5월 3일로 추정]

그 질문에 대한 대답은 "예, 예, 예"입니다. 하지만 그대는 질문해서
는 안 되며, 그대가 누구에게 묻고 누가 대답하는지 알아야 합니다.
그리고 성령강림절은요?

편지들은 도착하는 데 시간이 오래 걸립니다. 프라이엔발데에서 보
낸 그대의 편지는 엄청나게 지체되었다가 내가 여행을 떠난 직후에
도착했습니다.

그대의 두 번째 편지는 그런대로 제때에 왔고, 책[1]은 어제 도착했습
니다. 이에 대해 감사하며 오후의 절반은 누워 있었습니다. 오늘 아
침부터는 거의 읽지 않은 비스마르크 전기를 달랑 들고 혼자 시골에
가 있었구요. 프라하에서는 오로지 혼자 있을 때만 비교적 편안합
니다.

안녕히…… 프란츠

Nr. 389 [도착소인: 베를린]

[1915년 5월 6일로 추정]

펠리체, 그렇게 쓰지 말아요. 그대는 옳지 않습니다. 우리 사이에는
물론 편지를 통해서는 아니더라도 분명히 해소될 수 있을 만한 오해
들이 있습니다. 나는(유감스럽게도) 달라지지 않았습니다. 내가 흔들
린다고 말한 수평은 그대로 유지되고 있지요. 다만 무게 배분이 약간
달라졌을 뿐입니다. 나는 우리 두 사람에 대해 내가 더 많이 안다고
믿습니다. 그리고 당면 목표가 하나 있습니다. 만약 가능하다면 우리
는 성령강림절에 이에 대해서 이야기할 수 있을 겁니다. 펠리체, 내
가 전부는 아니더라도 거추장스러운 생각들과 근심들을 거의 견디

기 어렵고 거부감이 드는 부담으로 느끼고 차라리 모든 것을 내던져 버리고 싶어 한다고 믿지 마세요. 또한 내가 다른 모든 것에 앞서 단도직입적인 방식을 선호하고 지금은 작은 자연적 범주 내에서 행복해하고 무엇보다도 행복을 추구한다고 믿지 마세요. 그것은 불가능합니다. 내게 일단 부담이 지워지면 불만족이 나를 뒤흔듭니다. 또한 실패뿐만 아니라 모든 희망의 상실과 모든 책임의 소재가 눈앞에 명백해지면 자제력을 잃을 테지요. 펠리체, 어째서 그대는—적어도 가끔은 그렇게 믿는 듯합니다—여기 프라하에서 공동의 삶이 가능하다고 믿는 거지요? 예전에 그대는 이에 대해 많이 회의했습니다. 무엇이 그러한 회의를 없앴나요? 그것을 아직 모르겠습니다.

—

다시 책에다 몇 줄을 적어놓았군요.[12] 그것을 읽으면 불행해집니다. 아무것도 끝나지 않았습니다. 어둠도 그렇고 냉담함도 그렇습니다. 이것을 글로 쓰기가 두렵군요. 마치 그러한 사안들이 실제로 글로 나타날 수 있었다는 사실을 내가 비로소 증명하는 듯합니다. 다시 오해들이 쌓이고 있습니다. 펠리체, 그동안에 생긴 유일한 일은 내 편지들이 더 뜸해지고 달라졌다는 것입니다. 이전에 더 자주 쓴 다른 편지들의 결과는 어땠나요? 그대는 그것을 알고 있습니다. 우리는 새로 시작해야 합니다. 우리라는 말은 그대를 포함하지 않습니다. 왜냐하면 그대는 예나 지금이나 그대 혼자가 문제 되는 한 올바른 상태에 있으니까요.[13] 우리라는 말은 오히려 나와 우리의 결속을 의미합니다. 그러나 편지들은 그러한 시작에 적합하지 않지요. 만일 편지들이 필요하다면—필요합니다—이전과는 달라져야 합니다. 펠리체, 기본적으로는 그렇습니다. 이 년 전 이맘때쯤 프랑크푸르트에 있던 그대에게 써보낸 편지들이 기억나나요? 날 믿어요. 근본적으로 그러한 편지들을 지금 다시 써보내는 데 별다른 지장이 없습니다. 내 펜

끝에서 그것들은 기회를 엿보고 있습니다. 하지만 씌어지지는 않는군요.

—

왜 그대는 군인이 되는 것이 내게 행복일 수도 있다는 점을(그리고 우리들의 행복이기도 합니다. 아마도 우리들의 괴로움은 아닙니다. 어쨌든 우리들의 행복은 내가 항상 의심을 품었던 『살람보』에도 불구하고 공유해야 합니다. 그대는 아마 『감정 교육』에는 이것을 적어 넣을 수 없었을 겁니다) 모르는 건가요. 물론 건강이 허락해야 한다는 전제가 있기는 하지만 나는 그렇게 되기를 바랍니다. 이달 말이나 다음 달 초에 신체 검사를 받으러 갑니다. 그대는 내가 원하고 있듯이 신체검사에 통과되기를 바라야 합니다.

성령강림절에 만날 수 있겠지요. 아직 그대에게서 아무런 소식이 없는 것이 유감스럽습니다. 만약에 그대가 보덴바흐로 오는 것에 대해 조그마한 이의라도 제기한다면 내가 여권을 마련하여 그대를 찾아가도록 해보겠습니다. 베를린이라도 괜찮습니다.

그 비망록이[14] 그대의 신념을 형성하거나 거기에 영향을 끼쳐서는 안 됩니다. 그것은 내 의도가 아니었습니다. 그러나 이 사람의 삶은 정말 추체험할 가치가 있습니다. 자신을 희생하려는 의지와 희생할 수 있는 마음이 돋보입니다. 진정한 의미의 자살과 살아생전에 이루어진 부활도 마찬가지지요. 그 사람은 무엇을 위해 자신을 희생했을까요? 어떤 독자가 책에서 끄집어내도 유지될 수 있는 성공을 인식할 수 있을까요. 그대가 그 책을 읽게 되어 기쁩니다. 바라건대 무치가 식탁 언저리에서 물을 틀어놓음으로써 그대를 방해하지나 않았으면 좋겠군요.

그대와 그 아이에게 안부를 전합니다.

프란츠

Nr. 390 [우편엽서 소인: 프라하]

[1915년 5월 4일로 추정]

편지들은 너무 천천히 갑니다. 편지 한 통은 지금 가는 도중에 있습니다. 그대로 인한 불안감에서 이 엽서를 보내니 그저 악수 정도로 받아주세요. 다른 내용은 편지에 들어 있습니다. 오늘 그대가 [4월] 24일에 부다페스트에 있었다는 사실을 알았습니다. 우리는 필시 동시에 그곳에 있었습니다. 얼마나 아쉽고 어색한 우연인가요! 나는 여행에서 돌아오는 길에 저녁에 단지 두 시간 동안만 거기에 있었습니다. 하지만 그다음 날 낮까지 그곳에 머무를 수도 있었습니다. 얼마나 어리석은 일인가요! 내가 부다페스트에서 느낀 쾌적함의 대부분은 그대를 생각했다는 데에 있습니다. 또한 그대가 바로 그곳에 있었다는 것과(우리에게는 더 나은 듯이 보였던 시기에) 그대 언니가 그곳에 살았다는 것을 비롯해 가능한 모든 것에 대해 생각했습니다. 실로 그것은 가까움의 감정을 가져다주었지요. 그대가 정말로 그곳에 있을 뿐만 아니라 갑자기 내가 앉아 있는 커피숍 탁자 앞에 나타날지도 모른다고 생각하다니 얼마나 어리석습니까!

Nr. 391 [그림엽서 소인: 브제노리—도브리코비체]

1915년 5월 9일 일요일

적어도 삼 주 동안 아무런 소식도 없고 편지들과 수많은 엽서들에 대한 답장도 없습니다. 정말 불안합니다. 겉으로는 멀쩡한 모습으로 지금 높은 정원 테라스에 앉아 먼 곳의 계곡, 들판, 초원, 강, 숲으로 둘러싸인 언덕 등을 바라봅니다. 햇살이 비치는 선선한 날입니다. 그대는 어디에 있나요? 그대가 어디에 있든지,

안부를 전합니다

Nr. 392 [우편엽서 소인: 프라하]

[1915년 5월 26일로 추정]

사랑하는 펠리체,—그대는 내게 F.의 신랑감에 대해 몇 가지 환상적인 질문을 했습니다. 그 질문들에 대해서는 지금 더 잘 대답할 수 있습니다. 왜냐하면 여행에서 돌아오는 길에 기차에서 그를 관찰했기 때문입니다.[15] 이것이 쉽게 가능했던 이유는 기차 안이 혼잡해서 우리 두 사람은 한 자리에 앉아 있었기 때문입니다. 내 생각에 그는 완전히 F.에 빠져 있습니다. 그대는 그가 긴 여정에서 라일락 향기를 맡으며(평소에는 여행을 할 때 그런 종류의 것을 들고 탄 적이 없습니다) 얼마나 F.와 그녀의 방에 대한 기억을 찾아내려고 애썼는지 보았어야 합니다. 그의 맞은편에는 늙은 W.[16] 씨가 앉아서 하이네의 시를 낭송했습니다. 그러나 W. 씨는 듣는 사람의 마음에 들지만 하이네의 시는 그렇지 못합니다. 짧은 한 행이 그의 마음에 들지만, 그것은 아마도 하이네의 것이 아닙니다. 인용구지요. 내 생각에 하이네의 글에는

1915년 성령강림절에 카프카가 펠리체, 그레테 블로흐와 함께 소풍 간 에드문츠클람

이런 내용이 여러 번 나옵니다. "그녀는 사랑스러웠으며 그는 그녀를 사랑했다. 그는 그러나 사랑스럽지 못했으며, 그녀는 그를 사랑하지 않았다 (오래된 작품)." 그러나 하이네에 대해서 쓰려는 것은 아니었습니다. 오히려 그대가 원하는 듯이 보이는 여러 가지 정보를 그대에게 제공하고 싶었지요. 이것은 다음으로 미루겠습니다. 나는 당사자가 F. 보다는 나를 더 많이 신뢰한다고 믿습니다.

[가장자리에] 얇은 장갑 안의 연약한 손에 입맞춤을 보냅니다

Nr. 393 [우편엽서 소인: 프라하]
1915년 5월 27일

사랑하는 펠리체,—그는 자신이 불안하다고 말합니다. 그는 자신이 거기에 너무 오래 머물렀다고 말합니다. 이틀은 너무 많은 시간이라고요. 하루 뒤에는 쉽게 떠날 수 있으나 이틀이 지나면 벌써 유대감이 생겨 헤어지는 것이 고통스럽다고 했습니다. 같은 지붕 아래에서 잠을 자고 같은 식탁에서 식사하는 등 똑같은 하루 일과를 두 번씩 체험하는 것은 상황에 따라서는 일종의 계율에 따르는 의식과도 같습니다. 그는 적어도 그렇게 느낍니다. 그는 불안해하고 있습니다. 그리고 월귤나무 사진을 보내달라고 부탁하는군요. 또한 치통에 관해 알려주기를 원하며 소식을 애타게 기다리고 있습니다. 이 밖에도 나는 그가 현재 불행하다고 말하고 싶지는 않군요. 그는 자신이 혹시 받아들여질지도 모른다는 생각에 기뻐하고 있습니다." 그러나 물론 매우 안 좋은 일이지만 만약에 받아들여지지 않을 경우 그는 상사의 반대를 무릅쓰고라도 동해로 함께 놀러가기를 원합니다.

F

사랑하는 펠리체, 어떤 나쁜 예감이 들었습니다. 그러나 원래 그러한 유의 것은 아니었지요. 필름에는 살아 있는 기색이 전혀 안 보입니다. 우리는 필름이 아니라 투명지에 사진을 찍었습니다. 나는 그 필름을 그대의 방에 건네고, 그대는 그것을 다시 내 방으로 가져옵니다. 모든 것이 무의미합니다. 유대인들은 그대의 카메라를 보고 도망칩니다. 그리고 나는 [카를스바트 부근의]¹⁸ 엘보겐에서 그대를 쳐다보며 그 순간이 영원히 지속되리라고 믿습니다. 하지만 모든 것이 무의미합니다. 그대에게는 아무 일도 없습니다. 그리고 그대는 카메라와 자아를 갖고 있습니다. 그러나 그대는 나를 어떻게 위로하렵니까?

Nr. 395 [우편엽서 소인: 룸부르크]

[1915년 7월 20일[19]로 추정]

사랑하는 펠리체,—그대는 이제부터 소식을 더 자주 받을 것입니다. 그동안의 침묵을 용서하세요. 프라하로 돌아온 후 나는 견디기 어려운 상태에 있었습니다. 어디론가 도망쳐야 했고 상황이 나를 도망치게 만들었습니다. 또한 불면증과 이와 관련된 것들에 굴복할 수밖에 없었습니다. 이를테면 바닷가의 볼프강이나 점점 약해지기는 하지만 예전 습관에 따라 요양원으로 도망치고 싶었습니다. 결국 원거리의 형편없는 기차 연결에(볼프강까지는 열일곱 시간이 걸립니다) 기겁을 한 나는 지금 요양원에 있습니다. 어쩔 수 없이 치욕적인 상태에서 마치 냄비와 냄비 뚜껑의 관계처럼 평소의 삶에 주의를 기울이고

룸베르크의 광장. 이 지방 근처의 프랑켄슈타인 요양원에서 카프카는 1915년 7월, 2주 동안 지냈다.

있습니다. 물론 여기에 오래 머물지는 않을 것입니다. 가을에는 최악의 경우라도 한 주일 쉬게 됩니다. 나의 지병은—잘 모르겠습니다—조급함 아니면 참을성입니다.

안녕히…… 그대의 프란츠

Nr. 396 [그림엽서 소인: 룸부르크]
[1915년 7월 말로 추정]

벌써 조금은 익숙해졌습니다. 주변에는 크고 아름다운 숲들이 있습니다. 완만하고 산이라고 하기에는 나지막한 구릉 지대도 있습니다. 그것은 내 현재 상태와 잘 어울립니다. 일요일에는 집으로 갑니다. 오늘 집에서 보낸 소포를 받았습니다. 그 안에 그대에 관한 무언가가 들어 있을 것 같아 기쁩니다.

안녕히…… 프란츠

Nr. 397
1915년 8월 9일

사랑하는 펠리체,—나는 그대 처지에 서서 그와 탁 터놓고 이야기했습니다. 그 역시 내게 솔직하게 대답했습니다.[20]

나는 이렇게 말했습니다. "왜 너는 편지를 쓰지 않는 거지? 왜 F.를 괴롭히는 거야? 네가 그녀를 괴롭힌다는 사실은 그녀의 엽서들에 분명하게 드러나 있어. 너는 편지하겠다고 약속하고서도 편지하지 않고 있어. '편지가 가고 있는 중입니다' 하고 전보를 치지만 편지를 보내기는커녕 이틀 뒤에서야 겨우 쓰지. 그러한 종류의 일은 다만 여자들이나 한 번, 그것도 예외적으로 할 수 있는 일이야. 그것이 그들의 성격이라면 죄가 없다고 할 수 있어. 하지만 네 경우는 죄가 없지 않아. 왜냐하면 네 침묵은 단지 무언가를 비밀로 해두는 것을 뜻하니까. 따라서 죄를 면할 수 없어."

그는 대충 이렇게 대답하더군요. "하지만 죄를 면할 수 있어. 왜냐하면 무언가를 말하는 것이 비밀로 해두는 것과 별다른 차이가 없는 상황도 있으니까. 내 괴로움은 네 겹이나 된단 말이야. 한번 말해볼까.

나는 프라하에서 살 수 없어. 다른 곳에서 살 수 있을지는 나도 모르겠어. 어쨌든 내가 여기에서 살 수 없다는 사실은 내가 아는 한 가장 의심할 여지가 없는 경우야.

더 나아가: 나는 그런 까닭에 지금 F.를 얻을 수 없어.

더 나아가: 나는(심지어 벌써 출판되어 나왔지만) 낯선 사람들의 아이들에게 경탄을 표해야 해.[21]

마지막으로: 가끔 나는 이러한 사방에서의 괴로움으로 인해 가루가 되는 듯한 느낌이 들어. 그러나 순간적인 괴로움은 최악의 경우는 아니야. 최악의 것은 시간이 흘러가고 나는 이러한 괴로움으로 인해 더 비참하고 무능력해지며 미래에 대한 전망은 끊임없이 더 흐려진다는 점이지.

이 정도면 충분하지 않아? F.와 지지난번에 만난 이래로 내가 무엇을 괴로워하는지를 그녀는 알 수 없어. 몇 주일 동안 나는 내 방에 혼자 있는 것을 두려워했어. 몇 주일 동안이나 잠을 자지 못하고 열에 들떠 있었지. 요양원에 가서야 그러한 일의 어리석음을 확신했어. 거기에는 가령 밤이 없는 것일까? 더 화가 나는 것은 거기에서는 낮도 밤과 같다는 거야. 요양원에서 돌아온 뒤 나는 첫 주를 정신 나간 사람처럼 보냈어. 나는 나의 또는 우리의 불행만을 생각했어. 사무실에서도 그랬지만 평소에 대화를 나눌 때도 기껏해야 가장 피상적인 것만을 이해했어. 그나마 이것도 머리가 빠개지는 듯한 고통과 긴장 속에서 가능했지. 나는 일종의 정신 박약 상태에 있었어. 카를스바트에서도 이와 비슷하지 않았을까? 한편 보덴바흐에서 내가 새벽 네 시에 이불을 뒤집어 쓴 마지막 밤이 생각났어. 나는 이렇게 생각했어. '지금 F.가 여기 있다—나는 그녀를 소유하고 있다—이틀 동안—얼마나 행복한가!' 그다음에 카를스바트로 갔고—덧붙여 말하자면—아우시히로의 정말 혐오스러운 여행이 이어졌어.

이로써 많이는 아니지만 몇 가지 일에 대해서는 말한 셈이야. 이것을 나는 F.에게도 써 보낼 수 있을 거야. 그녀의 대답은 기본적으로 간단히 말해서 '당신 자신이 잘못한 거예요' 정도겠지. 그러한 대답을 일부러 들을 필요가 있을까. 그래서 나는 편지를 쓰지 않는 거야. 내게 새로운 일이 생겼다면 물론 곧 편지했을 거야. 지난 몇 달 동안에 터무니없는 상태가 되어버린 과거의 일은 오히려 그녀도 들어서 알고 있어. 치유책을 모르겠어. 이를테면 다음 일요일에 보덴바흐에서 만난다? 그것은 치유책이 아닐 거야.

기이한 일은 F.가 말할 때와는 전혀 다르게 편지를 쓴다는 점이야. 만약에 그녀가 편지를 쓸 때처럼 말한다면 모든 것은 달라질 거야. 나는 어느 것이 더 낫다고 말하지는 않겠어. 그러나 모든 것이 달라질 거야. 그녀는 내가 약속을 지킨다고 말하지. 그럴 법한 이야기야. 하지만 그녀는 그 이상의 행동을 해. 이를테면 내가 지금 말한 것을 F.에게 말하면 그녀는 이렇게 대답할 거야. "당신이 어떤 사람인지 생각해봐요. 보덴바흐에서 만나는 것을 당신은 그 어떤 치유책도 아니라고 해요. 그러고는 내가 편지를 쓸 때처럼 말한다 해도 더 나을 것이 없다고 하는군요." 이에 괘념치 않고 나는 이렇게 주장하지. "내가 작년에 지금과 비슷한 상태에 있었더라면(그때의 상태는 비록 적지 않게 견디기 어려웠지만 달랐어) F.는 의심할 여지없이 오늘 프라하에 있을 거야. 그러면 두 번째와 아마 세 번째 괴로움은 없었을 테지. 그러나 첫 번째와 네 번째 절반의 괴로움이 점점 커져서 우리 모두를 매몰시켜버릴 정도가 되었을 거야."

그는 이런 식으로 말합니다. 그의 외모가 자신이 처한 상태를 증명하고 있습니다. 그는 열에 들떠 완전히 중심을 잃고 산만해져 있습니다. 순간적으로 그에게는 단 두 가지 치유책이 존재하는 듯합니다. 과거의 일을 없던 것으로 만드는 의미에서가 아니라 앞으로 일어날 일로부터 그를 보호할 수 있을지도 모른다는 의미에서의 치유책입니다. 그중 하나는 F.이며, 다른 하나는 군복무입니다. 하지만 이 두 가지 가능성 모두 박탈당했지요. 그런 점에서 결국 그가 편지하지 않는다 해도 나는 그를 비난할 수 없습니다. 그는 편지를 보냄으로써 침묵할 때보다 더 많은 비애를 초래하지는 않을까요?

안녕히…… 프란츠

베를린 여행과 관련해 그대가 보내겠다고 한 편지를 받지 못했습니다. 그 편지는 당분간 일요일 하루에 대한 의미밖에는 없을 것 같습니다. 이의를 신청한 모든 사람들의 휴가가 최근에 취소됐기 때문입니다.

Nr. 398 [그림엽서 소인: 리카니]
[1915년 여름으로 추정]

하룻밤의 신선한 여름을 즐기고 있습니다. 안부를 전하며

프란츠

주소: S. Fr.[소피 프리드만]
발덴부르크, 프로이시슈−슐레지엔

퀴르스텐슈타이너 거리 66번지

막스가 안부를 전합니다.

Nr. 399 [소인: 프라하]
[1915년 12월 5일로 추정]
사랑하는 펠리체, 아무것도 변한 게 없습니다. 머릿속의 바늘이 더 깊게 들어가지만 않는다면 기쁘겠습니다. 그 때문에라도 편지하지 않겠습니다. 이것은 이미 설명했습니다. 여기에는 또한 그 자체로 충분한 근거가 있습니다. 그대는 내가 카를스바트에서 어땠는지 아직 기억하고 있을 겁니다. 나는 아직 화가 나 있습니다. 이런 인물을 그대에게 들이밀고 싶지는 않습니다. 그대는 이러한 모습의 나를 보아서는 안 됩니다. 더군다나 그대가 보덴바흐로 올 수 있을지 모른다고 생각합니다. 물론 나는 베를린으로 갈 수 없습니다. 여권이 없으니까요. 그러나 이미 말했듯이 보덴바흐에서도 내 모습을 보여주고 싶지는 않습니다. 프라하에서도 내 모습을 보여주지 않겠습니다. 이 말은 내가 완전히 절망하고 있다는 뜻은 아닙니다. 내가 어떻게 아무런 희망도 없이 살 수 있겠습니까? 그러나 그대가 편지를 쓰는 데에는 직접적인 장애가 없습니다. 어째서 나는 가끔 그대에 관한 소식을 듣지 못하는 것일까요? 그대는 나에 대해 슬퍼하고 있나요? 나는 어떻게 해야 할까요? 나는 하늘에서 내려온 천사의 진실한 목소리조차도 나를 일으킬 수 없으리라고 믿습니다. 그만큼 깊은 곳에 누워 있는 셈이지요. 왜 그렇게 되었느냐고 그대가 묻는다면 피상적으로밖에 설명할 수 없을 것입니다. 불면증과 두통을 지적하는 것도 그러한 범주에 들겠지만 이것은 사실입니다. 그대의 언니에게 보내는 소포는 내

일 발송됩니다. 다음 번에는 그대에게 막스의 새로운 소설을 [『하느님을 향한 티코 브라헤의 여정』] 보내겠습니다. 이 소설은 무척 마음에 듭니다.

안부를 전하며

프란츠

에르나의 주소는 어떻게 되나요? 그녀에게 「변신」을 보내주고 싶습니다.

—

그대의 사랑스런 엽서들이 도착했습니다. 만나면 좋겠지만, 그렇게 해서는 안 됩니다. 그것은 이번에도 임시방편일 뿐입니다. 임시 방편적인 것에 대해서는 우리가 괴로워할 만큼 괴로워했습니다. 나는 그대에게 다시, 심지어 지금도, 실망만을 안겨줄 수 있을 뿐입니다. 나는 불면증과 두통밖에 없는 기형아입니다. 이번에는 프라하를 떠나지 않고 휴일에 오래된 길 위를 기어다니려고 합니다. 직장 일은 어떤가요? 오빠 소식을 듣고 있나요? 가족은 어떻게 지내나요? 내가 건성이나마 드물게 답장하기 때문에 그대의 소식이 얼마나 내 마음에 드는지 알려줄 길이 없군요.

F

Nr. 400 [도착소인: 베를린]
[1915년 12월 24일로 추정]

사랑하는 펠리체, 오늘은 간단히 몇 줄만 적습니다. 엽서가 더 확실하게 배달됩니다. 다시 머리가 지끈거립니다. 따라서 그대의 주된 질문에만 답하겠습니다. 즉 나는 전쟁이 끝나면 다른 생활을 모색하고

자 합니다. 나는 공무원답게 미래에 대한 온갖 두려움을 가지고 있음
에도 베를린으로 이사하고 싶습니다. 여기에서는 더 이상 견딜 수 없
기 때문입니다. 하지만 어떤 마음가짐으로 이사하는 것일까요? 현재
의 내 상태에서 볼 때 형편이 제일 좋을 경우 기력이 소진하기까지는
자신을 위해 일주일은 작업할 수 있어야 합니다. 오늘 대단한 밤과
낮을 보냈습니다. 나는 1912년에 떠났어야 했습니다.

안부를 전하며…… 프란츠

[뒷면에] 폰타네 상에 대해서는 신문을 보고서야 겨우 알았습니다.
예전에 딱 한 번 출판업자가 이에 대해 불명확하게 언질을 준적이 있
습니다. 하지만 슈테른하임을 개인적으로나 글을 통해서나 알지 못
합니다.²² 「변신」이 책으로 출판되었습니다. 책의 장정이 아름다워
보입니다.²³ 그대가 원하면 그 책을 보내주겠습니다. 에르나의 주소
는요? 소포는 만족스러운 상태로 도착했나요?

Nr. 401 [우편엽서 소인: 프라하]

[1915년 12월 26일로 추정]

사랑하는 펠리체,—가르미슈로의 여행은 매우 칭찬할 만합니다. 어
쨌든 다른 무엇보다도 건강에 훨씬 좋을 겁니다. 나 역시—이번만이
아닙니다만—프라하로의 여행을 생각해보았습니다. 그러나 모든
점을 고려할 때 그대가 오지 않는 편이 더 좋겠습니다. 무치에게 줄
생일 선물은 내 취향으로 서둘러 좋은 것을 (무엇보다도 그림책) 결정
했으니, 내일이면 구할 수 있을 겁니다. 가르미슈에서 찍은 모든 사
진마다 한 장씩 부탁드립니다. 내가 살고 있는 집의 주인인 S. 슈타인
씨가 지금 사위를 방문 중에 있습니다. 법률 고문관인 사위 S. 프리드

랜더 박사는 샤를로텐부르크, 카이저담 113번지에 살고 있습니다. 그에게 사진들을 전해 주면 내가 그것들을 빨리 받아볼 수 있습니다. 그는 분명히 31일까지만 그곳에 머무릅니다. 그가 더 오래 머무를 가능성도 있지만 현실성은 거의 없습니다.

안부를 전하며……프란츠

1916년

Nr. 402 [소인: 프라하]

[1916년 1월 18일로 추정]

사랑하는 펠리체,—나를 위해 무언가를 쓰기 위해 열흘 만에 처음으로 손에 펜을 들었습니다. 나는 이렇게 살고 있습니다.

지난번 편지에는 곧바로 답장할 수 없었습니다. 그 편지는 기대하지 않았거든요. 눈 속에 있는 그대의 모습은 달리 보이더군요. 그럼에도 이해는 하지만 그것은 끔찍합니다. 나는 그것을 알고 있지만 도울 수도 없고, 그대가 아무런 준비도 안 된 상태에서 어디에서 도움을 받을 수 있는지도 모르겠습니다. 지금은 그 어떤 변화도 가능하지 않습니다. 나중에 형편이 좋아지면 가능할까요? 형편이 좋아지게 되면 저는 불면증과 두통으로 만신창이가 된 몸으로 베를린으로 이사하려고 마음먹고 있습니다(최근에 뜻밖에 좋은 소식을 들었습니다. 이 소식은 나와 직접적인 관련은 없지만 예전 같았으면 한동안 조용히 기뻐했을 것입니다. 하지만 지금의 내 상태는 이 소식을 듣고 한순간 글자 그대로 얼이 빠지고 하루 낮과 밤 동안 머리를 마치 얇고 촘촘한 그물로 감싸놓은 것과 같습니다). 펠리체, 전쟁이 끝나면 나는 그런 모습으로 베를린으로 이사 가려고 합니다. 내가 할 일은 우선 어딘가의 구멍 속으로 기어들어 가 내 자신의 소리를 엿듣는 일이 될 것입니다. 그 결과는 어떨까요? 나의 내면 속에 사는 사람은 물론 희망을 품고 있습니다. 놀랄 만한 일도 아니지요. 그러나 나의 내면에서 판결을 내리는 사람은 그렇지 않습니다. 판결을 내리는 사람 또한 내가 구멍 속에서 스스로를 포기한다 할지라도 할 수 있는 한 최선을 다할 것이라고 말합니다. 그러나 펠리체, 그대는? 나는 어떻게든지 구멍 속에서 기어 나온 다음에야 비로소 그대에 대한 권리를 가질 수 있습니다. 이에 동의하면 그대도 나에 대한 올바른 시각을 갖게 될 것입니다. 왜냐하면 지금의 나는 아스카니셔 호프, 카를스바트, 동물원 등에서처럼 올바른 방식이기는 하지만 그대에게는 버릇없는 아이 내지는 바보, 또는 이와 비슷한 존재이기 때문입니다. 버릇없는 아이를 그대는 보람도 없이 좋아합니다. 그러나 그대는 보람이 있어야 합니다.

이것이 열에 들뜬 머리에 떠오른 장래의 전망입니다. 발끝으로 서 있으면 아름다울 수 있습니다. 이것을 이겨내지 못하기 때문에 절망하는 것이지요. 애써 부인하진 않겠습니다.

—

어제 그대 언니로부터 애정 어린 편지를 받았습니다. 그 편지가 나를 부끄럽게 만듭니다. 무치에게 보낸 선물은 조금도 공치사를 받을 일이 못 되기 때문입니다. 그 선물은 그저 평범한 수준에서 선택한 것일 뿐입니다(이십 마르크는 물론 소포 두 개의 대가로는 과분할 정도입니다). 예쁘장한 무치 사진도 한 장 편지에 들어 있더군요. 어떤 그림(황새와 아이) 앞에서 팔레트를 들고 있는 무치를 찍은 사진은 환상적입니다. 참으로 영리하고 귀엽고 얌전한 아이입니다. 내가 보낸 물건들은 너무 사소하고 보잘것없습니다. 사진을 보니 그 생각이 떠올랐습니다.

—

그대의 지난번 편지에는 사진 한 장을 동봉한다고 씌어 있었습니다. 그러나 그 사진은 편지에 들어 있지 않았습니다. 이것은 내게 결핍을 의미합니다.

—

그대는 내 편지에 내용이 별로 없다고 푸념합니다. 하지만 위에 쓴 내용 말고 무엇을 더 써야 할까요? 모든 단어가 글을 쓴 사람이나 그 글을 읽는 사람의 신경을 몹시 건드리는 것은 아닐까요? 이들에게는 휴식이나 오히려 일, 그러나 다른 일, 즉 행복을 가져다주는 일이 필요합니다. 편지를 봉하려는 지금 마치 그대를 괴롭히기 위해 편지를 세심하게 작성한 듯한 느낌이 듭니다. 이것은 내가 원하던 바가 아닙니다. 나는 그 밖의 모든 것을 원했습니다.

프란츠

Nr. 403 [우편엽서 소인: 프라하]

[1916년 1월 24일로 추정]

사랑하는 펠리체, 그 책은 매우 감사하는 마음으로 받겠습니다 (나는 그것을 알지 못합니다. 다만 그 남자가 바이스 박사의 절친한 친구라는 사실만 알 뿐입니다). 그러나 비난은? 내 글이 침묵보다 더 끔찍하지는 않나요? 그리고 내 삶보다 더 지독한가요? 물론 전체적으로는 내가 그대에게 안겨준 괴로움과 비슷합니다. 하지만 내 기력과 그대의 협조 내에서 내가 설령 먼지가 될 때까지 갈아 으깨어진다 해도 나는 기다리는 수밖에 없습니다. 다른 방도는 알지 못합니다. 글에 대한 침묵은 무엇을 의미할까요? 침묵이 더 낫지 않을까요? 마룻바닥의 문을 열어 젖히고 내가 가진 기력의 초라한 나머지 부분이 나중의 자유를 위해 보존되어 있는 어딘가를 향해 가라앉고 싶습니다. 그 이상은 나도 모릅니다.

안부를 전하며…… 프란츠

[1916년 3월로 추정]

사랑하는 펠리체! 감기가 침묵의 이유라는 말은 여러 가지 사정을 축약한 것에 지나지 않습니다. 나 역시 감기에 걸려서 하루는 침대에 누워 있다가 그다음 이틀은 외출했습니다. 다만 바깥이 마음에 들지 않아서 다시 이틀 동안 누워 있었습니다. 그러나 감기는 내가 집에 머무른 진정한 이유가 아니었습니다. 내가 누워 있었던 것은 전반적인 혼돈과 의지할 곳 없는 감정 때문이었습니다. 나는 기력이 미치는 범위 내에서 변화를 통해 상태가 호전되기를 기대했습니다. 왜냐하면 저는 갇혀 있는 쥐처럼 절망하고 있었기 때문입니다. 불면증과 두통이 저의 내면에서 날뛰고 있습니다. 정말 하루하루를 어떻게 보내는지 설명할 수조차 없습니다. 내 유일한 구원 가능성이자 제1의 요구는 사무실로부터의 자유입니다. 하지만 이를 방해하는 것들이 있습니다. 공장과 지금 할 일이 많은(추가시행규정: 근무 시간―여덟 시부터 두 시까지와 네 시부터 여섯 시까지) 사무실에서 내가 이른바 필수 불가결한 존재라는 것입니다. 그러나 이 모든 장애물들은 점점 더 초점에서 빗나가는 측면, 즉 자유로워지려는 필연성에 비하면 아무것도 아닙니다. 그러나 내 기력이 충분치 못합니다. 아주 작은 장애물조차도 내게는 버겁습니다. 이를테면 나는 사무실 바깥에서의 삶에는 두려움을 갖고 있지 않습니다. 밤낮으로 내 머리를 달구는 이 신열은 부자유에서 생긴 것이지요. 예를 들어 부장이 만약 내가 나가면 부서가 붕괴될 뿐만 아니라(무의미한 상상이지요. 나는 그것의 우스꽝스러움을 꿰뚫어 보고 있습니다) 자신도 아프다는 등등의 푸념을 늘어놓기 시작하면 내면에서 공무원의 체질을 닦아온 나로서는 어쩔 도리가 없습니다. 그리고 계속해서 예의 그 밤과 낮을 보내야 합니다.

펠리체, 그대가 우리 두 사람의 불행에 어떤 책임이 있다면(지금 모든 산을 뒤덮을 정도인 나의 불행에 대해서 말하는 것이 아닙니다), 그것은 그대가 나를 프라하에 붙잡아두려고 했다는 점입니다. 바로 사무실과 프라하가 내 파멸뿐만 아니라 수위가 높아지고 있는 우리들의 파멸을 의미한다는 사실을 그대는 통찰할 의무가 있습니다. 그대가 나를 의도적으로 여기에 붙잡아두려고 하지는 않았다는 말을 믿지 않습니다. 삶의 가능성들에 대한 그대의 상상은 나보다 더 대담하고 활발합니다(나는 최소한 반쯤은 오스트리아 관료주의에 젖어 있고, 더 나아가 개인적인 웅어리 속에 처박혀 있습니다). 그런 까닭에 그대는 또한 구태여 미래를 좀 더 정확하게 계산하려는 욕구가 없었습니다. 그럼에도 그대는 내 자신과 내 말과는 다른 처지라 할지라도 내 내면의 욕구만큼은 그 가치를 인정하거나 예감해야 할 의무를 져야 했는지도 모릅니다. 근본적으로는 그대와 한순간도 대립하지 않았다고 감히 말할 수 있습니다. 그 대신 어떤 일이 벌어졌나요? 그 대신 우리는 베를린에서 어느 공무원의 프라하 살림살이에 쓰일 가구를 사러 갔습니다. 그 가구들은 한 번 설치해놓으면 더 이상 밖으로 옮기기가 어려울 정도로 무거웠습니다. 바로 그러한 견고함을 그대는 가장 높게 평가했습니다. 하지만 식기장은 내 마음을 우울하게 만들었습니다. 그것은 마치 완벽한 묘비나 프라하 공무원의 기념비 같았지요. 가구들을 둘러볼 때 창고에서 먼 어디선가 조종이라도 울렸더라면 꽤 어울렸을 겁니다. 그러나 당연한 일이지만 펠리체, 나는 그대와 함께 자유로운 상태가 되어 내 능력을 발휘하고 싶었습니다. 반면에 그대는 이 능력을 이러한 가구들을 위해 무리하게 요구함으로써 그것을 존중해줄 수 없었지요. 최소한 내 상상 속에서는 그랬습니다. 다 지난 일입니다. 미안합니다. 하지만 그것이 더 나은 새로운 일로 대치되지 않는 한 논의할 만한 가치는 헤아릴 수 없을 정도입니다.

안녕히…… 그대의 프란츠

[이 편지에 대한 추신으로 추정]
내가 편지에 쓴 모든 것이 냉혹하게 보이는군요. 하지만 저는 그것을
빼버릴 수는 없습니다. 그것이 냉혹하다고 생각하지는 않기 때문입
니다. 그러나 밑바닥까지 긁히고 동요하는 상태에서 나는 정확하게
책임질 수 없는 처지입니다. 예를 들어 그대가 감기에 걸렸다는 내용
을 읽고서도 그것을 제대로 이해할 수 없었습니다. 그만큼 유령들이
나를 두텁게 에워싸고 있습니다. 이 유령들에서 자유로워지려 하지
만 사무실이 방해합니다. 유령들은 밤낮으로 내게 달라붙어 있습니
다. 내 의지대로 자유를 추구하는 일은 축복이겠지만 만약 내가 자유
로워지면 유령들은 나를 천천히 함몰시킬 것입니다. 자유롭지 않는
한 나는 내 모습을 보여주고 싶지 않고 그대를 보고 싶지도 않습니
다. 펠리체, 그대가 이에 대해 다른 이유들을 찾는다면 완전히, 그리
고 슬프게도 착각하는 것입니다.
책은 이제 읽기 시작했습니다. 전반적으로 나는 독서를 비롯하여 모
든 일을 자제하고 있습니다. 극도로 번잡하지만 저 스스로 당장 어떻
게 상대해야 할지 모를 정도로 특색 있는 사람이 있게 마련이지요.
게다가 나는 비평가도 아니고 해부하는 일에도 서툴며 쉽사리 오해
합니다. 또 자주 중요한 부분을 건너뛰며 읽는 바람에 전체적인 인상
이 불확실합니다.
내가 그대에게 오래전에 출판사를 통해 보낸『티코 브라헤』와 등기
로 보낸『데어 융스테 타크—연감』[1]은 받아 보았나요?

[가장자리에] 신문 스크랩에 감사드립니다. 석면이라는 단어를 읽
기 위해서는 철자를 하나하나 읽어야 합니다. 그만큼 이 단어는 내게
낯섭니다.[2]

Nr. 405 [전보 소인: 프라하]

1916년 4월 6일

수신인: 펠리체 바우어, 기술 공작소, 베를린, 마르쿠스 거리 52로 추정

여권을 얻지 못함. 안부를 전하며…… 프란츠

Nr. 406 [우편엽서 소인: 카를스바트]

1916년 4월 9일

사랑하는 펠리체, 업무상 이틀 동안 카를스바트에 머물고 있습니다. 오틀라도 함께 있습니다. 어제 저녁 우리들이 처음 들어선 길은―바이마르에서 첫날 한밤중에 괴테 하우스로 갈 때와 비슷하게[3]―탄호이저 빌라로 가는 길이었습니다. 모든 것이―나의 괴로운 밤에 이르기까지―작년과는 다릅니다. 어제 여행을 떠나기 전에 그대의 편지를 받았습니다. 그런 편지를 쓰는 것이 그대와 나를 위해 좋은 일일까요? 분명 아닙니다. 이것은 현재 상태에 아무런 소용도 없습니다. 내가 발덴부르크로 갈 수는 없습니다. 그대도 알다시피 여권을 받을 수 없기 때문입니다. 여행의 필요성을 입증하는 베를린 관청의 증명서를 가지고 가도 마찬가지일 겁니다.

안부를 전하며…… 프란츠

[가장자리에] 오틀라가 안부를 전합니다.

Nr. 407

[1916년 4월 초로 추정]

사랑하는 펠리체, 그대의 편지는 첫 번째 온화한 날씨와 동시에 찾아

왔습니다. 그대가 쓴 글은 읽기에도 좋더군요. 다만 그대는 자신에게 가구가 중요하다는 것을 부정하지 말아야 합니다. 그대에게 중요한 것은 가구 자체가 아니라 가구 주변의 것, 즉 가족 파티와 가정의 평화 사이에 놓여 있는 것과 그대가 이를테면 발덴부르크에서 "멋지고 안락하다고" 느낀 것입니다. 이것은 내 입장에서 꼬치꼬치 캐묻거나 그 밖의 악의적인 것이 아닙니다. 그대는 내 손을 꽉 쥐고 있어도 좋을 것입니다. 근본적으로 가구들을 사지 않은 것은 그대가 아니라 내 문제였습니다. 나 또한 완전하지는 않지만 그렇게 행동했습니다. 그래서 우리가 만나기에 앞서 그대와 나에게 이전의 만남들에 대해 충분히 생각해보라고 주의를 주고 싶습니다. 그대는 만남을 더 이상 원하지 않을 것입니다. 행운이든 불운이든 간에 그대가 항상 치통을 앓는 것은 아닙니다. 나 역시 항상 아스피린을 가져올 수 있는 것은 아니며, 얼굴을 마주 보며 걸어갈 때 항상 그대가 마음에 드는 것은 아닙니다. 따라서 만남은 더 이상 없습니다. 끊임없이 편지를 통해 서로 연락했던 바이스 박사가 최근 며칠 동안 프라하에 있었습니다. 그는 다시 여기로 온 다음 베를린으로 떠납니다. 우리는 사소한 부분에 이르기까지 아스카니셔 호프에서의 장면과 똑같은 상황하에서 적어도 일시적으로는 완전히 헤어져 있습니다. 이런 상황이—내 말은 비슷하다는 의미입니다—특별히 이상하지는 않습니다. 기본적으로 내게는 항상 똑같은 원초적인 비난이 쏟아집니다. 그런 비난을 대변할 때 제일 높고 가장 가까운 친족은 바로 아버지입니다. 언니에게 줄 생일 선물은 물론 발송했습니다. 그대는 휴가를 얻을 수 있나요?

안부를 전하며…… 프란츠

Nr. 408 [우편엽서 소인: 프라하]

1916년 4월 14일

사랑하는 펠리체, 이제부터는 엽서를 더 자주 보내겠습니다. 편지는 너무 늦게 도착합니다.⁴ 또한 특별히 할 말이 있어서라기보다는 오히려 상대방을 확인하기 위해서입니다. 부활절에 마리엔바트에 가 있을 겁니다. 거기에서 부활절인 화요일에 업무상 할 일이 있습니다. 가능하면 오월에 미리 휴가를 얻으려고 합니다. 이제는 더 이상 견딜 수가 없습니다. 덧붙이자면 나는 여기뿐만 아니라 거기에도 있지 않겠습니다. 카를스바트에서 두통은 프라하에 있을 때보다 덜하지 않았습니다. 야외에 있으면 좀 더 좋아질 것입니다. 오늘 무질⁵이—그를 기억하겠어요?—아픈 가운데서도 정상을 유지하고 있는 보병 중위인 나를 찾아왔습니다.

안부를 전하며…… 프란츠

Nr. 409 [우편엽서 소인: 프라하]

[1916년 4월 19일로 추정]

사랑하는 펠리체, 기쁘게도 일이 빨리 진척되는군요. 신문 스크랩에 대해서도 감사드립니다. 바이스 박사에 관한 한 그대는 나를 오해했습니다. 내 상태가 더 좋아지지 않는 한 우리는 더 이상 서로에게 관여하지 않기로 했습니다. 매우 이성적인 해결책이지요. 물론 최근에 그가 자신의 새로운 책⁶을 보내온 일로 인해 좀 우울합니다. 그러나 그는 대단한 작가입니다. 그 책을 꼭 읽어보세요. 그는 지금 베를린에 있기는 하지만 그대가 그와 만난다고 해서 누군가에게 무언가 도움이 되리라고는 생각하지 않습니다. 정반대입니다. 부활절에 나는 마리엔바트에 가 있을 겁니다. 거기에서 부활절 화요일에 공무를 수

행할 예정입니다. 최근에 신경과 의사를 찾아갔습니다. 한마디로 쓸데없는 방문이었습니다. 진단: 심장 신경증. 처방: 전기 요법. 집으로 돌아와 의사에게 거절 편지를 썼습니다. 후유증을 치료하는 것이 무슨 의미가 있겠습니까? 즐거운 부활절이 되기를 바랍니다. 항상 그렇듯이 내 여행은 떠나기도 전에 벌써 기쁨이 달아나버립니다.

안녕히…… 프란츠

Nr. 410 [우편엽서 소인: 프라하]

[1916년 4월 25일로 추정]

사랑하는 펠리체, 마리엔바트에는 가지 않았습니다. 출장은 연기되었습니다. 아마 오월 중순께나 갈 것 같습니다. 나는 이 여행을 휴가와 연계시켜 마리엔바트에서 삼 주 가량 보내려고 합니다. 거기에서 내가 원하는 만큼, 그리고 두통과 자기 비난이 허용하는 한도 내에서 조용히 지낼 겁니다. 그다음에는 물론 프라하로 돌아와 이전보다 살 만한 가치가 더 없다는 결론에 도달하겠지요. 그대는 어떤가요? 그대의 부활절은? 그대의 휴가는? 그대의 사장은? 나는 부활절을 혼자 보내겠습니다. 지금 단지 나만을 위해 펜을 끄적이면서 이 년 뒤 한 문장이라도 제대로 쓸 수 있을지 생각해보았습니다. 골목길과 책상과 소파를 전전하며 하루 종일 괴로운 상태에서 지냈습니다. 불안감이 나를 채찍질하고 두통이 머리를 톱으로 잘라내는 듯했습니다. 이것으로 장황한 이야기를 끝마칠까 합니다.

안부를 전하며…… 프란츠

Nr. 411 [우편엽서 소인: 프라하]

[1916년 4월 28일로 추정]

사랑하는 펠리체, 오늘 엽서 세 통이 왔습니다. 두 통은 알트바서에서 보낸 것입니다. 그곳은 대체 어디에 있나요? 그리고 한 통은 발덴부르크에서 보낸 것입니다. 기분이 좋은 상태에서 그 엽서를 썼다는 사실이 나를 매우 기쁘게 합니다. 물론 나는 유난히 사람을 잘 기억하지 못하지만 그 숙모는 기억납니다. 얼굴은 기억에 없지만, 그녀가 매우 활달하고 적극적이며 이야기하기를 좋아했다는 것은 알고 있습니다. 또한 그녀가 건강하게 장수할 것이라고 장담했던 기억도 납니다. 숙모는 대체 어떻게 돌아가셨나요? 그녀가 확실히 주도권을 잡았던 두 가지 상황이 아직도 기억에 생생합니다. 한 번은 훈데켈렌 호숫가에서였고, 다른 한 번은 타우엔치엔 궁전의 커피숍에서였지요. 우리 세 사람은 어느 탁자 구석에 몸을 밀착한 채 앉아 있었습니다. 그때 그녀는 그대에게 미래에 대해 조언했습니다. 그러나 그 조언은 그대나 나에게 진실이 아니었습니다.

안부를 전하며…… 프란츠

Nr. 412 [전보 소인: 프라하]

1916년 5월 6일

수신인: 펠리체 바우어, 기술 공작소, 베를린, 마르쿠스 거리 52로 추정

오늘에야 편지가 왔음. 따라서 큰 소리로 또는 은밀하게 비난하지 말기를 바람. 안녕히…… 프란츠.

Nr. 413 [우편엽서 소인: 프라하]

[1916년 5월 7일로 추정]

사랑하는 펠리체, 다시 엽서를 보냅니다. 지난 한 주일은 글을 쓰는 것이 낭비라 여겨질 정도였습니다. 편지를 보내준 것에 감사드립니다. 기억에 엄청난 혼란을 일으킨 것을 용서하기 바랍니다. 그때 베를린에서 잠을 못 잔 내 눈에는 친척들이 마치 그림자처럼 어른거렸습니다. 그 후로는 기억력이 정말 더 좋아지지 않더군요. 믿을 수 없는 일이지만 나는 클라라(아마 레빈) 부인을 단치히의 숙모로 여기고 그녀를 박스만 부인과 동일시했습니다. 한마디로 대단한 능력이지요. 어쨌든 나탈리 숙모에 대해서는 조금도 기억나지 않습니다. 다만 우리가 그곳 베를린의 방에 앉아 집설계도를 펼쳐놓았던 당시 그녀의 안락 의자 주변의 어스름이 눈에 잡히는 듯합니다.

안녕히······ 프란츠

Nr. 414 [우편엽서 소인: 프라하]

[1916년 5월 11일로 추정]

사랑하는 펠리체, 그러나 기억에 착각을 일으킨 경우들이 또 있습니다. 이를테면 내가 소피 부인에게 편지를 했다고 한 것도 이에 해당됩니다. 그녀에게 그대를 수소문해달라고 부탁한—그녀는 마음씨 좋게도 실제로 그렇게 했습니다—이래로 내가 그녀에게 편지한 적은 없는 것 같습니다. 그리고 그런 하소연도 하지 않았습니다—바이스의 소설은 벌써 받았겠지요. 그 소설을 주의 깊게 읽으면서 그 사람의 이야기를 잘 들어보세요. 우리가 결별하게 된 것은 처음에는 나에게, 그다음에는 그에게, 최종적으로는 다시 나에게 원인이 있지만 올바른 일이었습니다. 우리의 결별은 내게는 보기 드문, 의심할 나위 없이 확고한 결심에 근거하고 있습니다―휴가는 또다시 확실치 않습니다. 토요일에 마리엔바트로 가기는 하지만 단지 출장에 불과합니다. 이에 대해서는 다음에.

안부를 전하며…… 프란츠

Nr. 415 [마리엔바트 소재 넵튠 호텔의 편지지 소인: 마리엔바트]
[1916년 5월 14일로 추정]

사랑하는 펠리체, 출장차 카를스바트와 마리엔바트에 와 있습니다. 이번에는 혼자입니다. 여러 사람들과 함께 지낼 때 나타나는 유령과 혼자 지낼 때 나타나는 유령이 있습니다. 지금은 후자 차례입니다. 비가 내리는 차가운 날씨에 마부들이 마당에서 잡담을 할 때 특히 그렇습니다. 그럼에도 나는 여기에서 몇 달을 혼자 지내며 나의 상태를 살펴보고 싶었습니다. 시간이 흘러가고 이와 함께 사람들도 헛되이 세상을 떠납니다. 우울한 일입니다. 다행히 사람들은 그러한 일들을 영원히 인식하는 특별한 자질을 지니고 있지 않습니다. 그대의 이마에 흘러내린 머리카락을 쓰다듬으며 그리고 그대의 눈동자를 보며 이에 대해 질문하고 싶지만, 그 근처에서 손이 밑으로 내려가고 맙니다.

사무실에서 벗어나려는, 지금까지 가장 큰 시도는―어쨌든 아직도 상승의 여지는 있습니다!―거의 막바지에 이른 상태며 거의 성과도 없습니다. 이의 신청을 한 사람들은 최근에 매우 짧은 기간의 휴가를 받게 된다고 합니다. 그것도 예외적으로 은전을 베푼 것이지요. 이 기회를 이용해―미련한 일은 아니었습니다―국장에게 편지를 썼습니다. 그 편지에서 여기에서는 일일이 거론하기 힘든 상세한 논거를 제시하면서 두 가지 청원을 했지요. 첫째, 전쟁이 가을에 끝날 경우

장기간의 무급 휴가를 달라는 것과 둘째, 그렇게 하지 못할 경우 이의 신청을 철회하겠다는 것이었습니다. 여기에 담긴 기만적인 성격은(논거는 더욱 기만적이었습니다) 그대도 느끼게 될 것입니다. 아무튼 그것으로 인해 나는 또한 성공의 가능성을 빼앗긴 셈입니다. 국장은 첫 번째 청원을 우습다고 여기고, 두 번째 청원은 무시해버릴 테니까요. 나의 작위적인(세 번이나 완전히 고쳐 쓴) 논거를 감안할 때 그가 두 가지 모두를 무시한다 해도 정당하지 못한 일은 아닙니다. 그는 이모든 것이 정상적인 휴가를 얻어내기 위한 압력이라고 믿습니다. 내게 즉시 휴가를 제안하며 처음부터 그럴 의도였다고 주장합니다. 그러면 나는 휴가가 내 본질적인 희망이었던 적은 한 번도 없고 내게 아무런 도움도 되지 못하며 휴가를 포기할 수도 있다고 대답합니다. 그는 이것을 이해하지 못할뿐더러 이해할 수도 없습니다. 또한 내 신경증이 어디에서 유래하는지 이해하지 못한 상태에서 마치 신경과 의사처럼 이야기를 늘어놓기 시작합니다. 그는 신경을 괴롭히는 여러 가지 걱정거리를―이것은 그를 압박해 왔거나 압박하고 있는지도 모르나 내게는 문제가 되지 않습니다―언급한 다음 자신만의 독특한 방식으로 말합니다. "물론 당신은 당신의 지위와 경력으로 볼 때 조금도 걱정할 필요가 없어요. 그러나 내게는 시작할 때부터 심지어 이런 삶의 나뭇가지를 톱질해 잘라내려는 적들이 있었어요." 삶의 나뭇가지! 내 삶의 나뭇가지는 어디서 자라고 있으며 누가 그것을 톱질해 잘라낼까요? 그러나 국장이 말한 것과는 다른 톱에 의해 또 다른 나무에서 삶의 나뭇가지가 정말로 잘려나가는 동안 나는 아이들처럼 무책임한 태도로 계속 거짓말을 합니다. 이것은 물론 마지못해 하는 일입니다. 나는 가장 간단한 실용적인 과제조차도 매우 감상적인 장면을 연출한 다음에야 겨우 처리할 수 있습니다. 하지만 이것은 얼마나 어려운 일인지 모릅니다. 이것을 위해 거짓말과 작위적인 것, 시간의 소비, 후회 등이 얼마나 동원되어야 하는지 모릅니다. 하지만 나는 이런 시도가 실패로 끝난 다음에야 그 결과에 동의할 수 있을 뿐입니다. 다르게 행동할 수는 없습니다. 나는 오른쪽으로 가고 싶을 경우 먼저 왼쪽으로 간 다음 구슬픈 마음으로 오른쪽으로 가려고 노력합니다(이 비애는 관련된 모든 사람들에게 저절로 드러나는 것으로서 가장 혐오스럽습니다). 근본적인 이유는 두려움인지도 모릅니다. 따라서 왼쪽으로 가는 것을 두려워하지 말아야 합니다. 원래 그쪽으로 가기를 원하지 않는다고 하더라도 말입니다. 그런 예로는 내가 맨처음의 지위에 있을 때 사직원을 내는 문제가 있었습니다. 결국은 사직원을 내지 않았지요. 실제로 그랬던 것처럼 더 나은 지위를 갖고 있었기 때문이 아니라 어느 늙은 공무원의 경우처럼 욕을 먹는 일을 견딜 수 없었기 때문에 말입니다. 오늘은 이만 줄여야겠군요. 태양이 떠오르기 시작합니다.

안부를 전하며…… 프란츠

Nr. 416 [우편엽서 소인: 마리엔바트]

[1916년 5월 중순으로 추정]

사랑하는 펠리체, 편지는 비가 사납게 내리는 가운데 도착한 직후에 썼고, 이 엽서는 출발하기 얼마 전에 쓰고 있습니다. 카를스바트는 정말 편안한 곳입니다. 한편 마리엔바트는 상상할 수 없을 정도로 아름답습니다. 나는 훨씬 오래전에 이미 내 본능을 따랐어야 합니다. 내게 그 본능은 가장 뚱뚱한 사람들이 가장 영리한 사람들이기도 하다고 말합니다. 왜냐하면 어느 곳에서나 샘물을 숭배하지 않고 살을 뺄 수는 있으나, 그런 숲속에서 돌아다닐 수 있는 곳은 여기뿐이니까요. 물론 지금의 아름다움은 고요, 허공, 모든 생명이 있는 것과 없는

것을 받아들일 태세 등에 의해 고조됩니다. 흐릿하고 바람 부는 날씨
조차도 이를 방해할 수는 없습니다. 내가 만약 중국인이고 곧 집으로
가야 한다면(근본적으로 나는 중국인이며 집으로 갑니다) 어쩔 수 없이
다시 여기로 올 것만 같은 느낌이 듭니다. 이것이 그대의 마음에 들
는지 모르겠군요.

안녕히…… 프란츠

Nr. 417 [우편엽서 소인: 프라하]

[1916년 5월 26일로 추정]

사랑하는 펠리체, 우선 무엇보다도 사진에 대해 짧게나마 감사드립
니다. (얼굴이 더 홀쭉해졌나요?) 다른 사진들은 어떻게 해야 좋을지
모르겠습니다. 우선은 막스에게 보내겠습니다. 마리엔바트에서 돌
아온 지 벌써 거의 이 주일이 되어가지만 이런저런 이유로 편지를 쓰
지 못했습니다. 이리저리 표류하는 중입니다. 다만 두통은 여전합니
다. 여권을 받는 일은 불가능합니다. 바이스에 대해서는 나중에 이야
기하겠습니다. 외삼촌에 대한 질문은 나를 즐겁게 만들었습니다. 처
음부터 그대는 외삼촌이 밀라노에 있는 줄 잘못 알고 있는데, 외삼촌
은 마드리드에 살고 있습니다. 박스만 부인의 경우와는 비교가 안 되
지만 조금은 보상이 되는군요. 장기간의 휴가는, 그대가 제대로 이해
한 바와 같이 물론 미래의 안정을 보장한다기보다는 찢겨나가는 고
통을 완화시키는 역할을 합니다.

안녕히…… 프란츠

Nr. 418 [우편엽서 소인: 프라하]

1916년 5월 26일

사랑하는 펠리체, 사무실에 앉아 있는 지금은 오후입니다. 두통으로 아무것도 할 수가 없습니다. 업무를 볼 수도 없고 책을 읽을 수도 없으며 조용히 앉아 있을 수도 없습니다. 그대는 "그래서 내게 편지를 쓰는군요"하고 생각하겠지만 그것이 비난은 아니겠지요. 물론 항상 그렇게 나쁘지는 않습니다. 그러나 삼 일 전부터는 이러한 상태가 끊임없이 계속되고 있습니다.

아름다운 사진입니다. 다만 그대가 다른 사진들에서 기쁜 얼굴을 하고 있지만 않는다면 말입니다. 또한 옷깃이 사진의 분위기를 흐리게 합니다. 내가 착각한 것이 아니라면 메피스토가 그런 깃이 달린 옷을 입고 있습니다. 또 스트린드베리도 그런 복장을 하고 있었지요. 그런데 펠리체, 당신도? 그럼에도 이것은 내게 많은 기쁨을 선사한 아름다운 사진입니다. 발코니, 화초용 격자, 전망 등 모든 게 그대로입니다. 사람들은 어두운 시절의 압박을 헤쳐나가려고 합니다. 휴가는 어떻게 되어가고 있나요? 사장은 벌써 떠났나요? 내가 이미 한없이 긴 기간 동안 편지를 보내지 못한 에르나를 비롯하여 그대의 가족들은 어떻게 지내고 있나요?

안부를 전하며······ 프란츠

Nr. 419

[1916년 5월 28일로 추정]

사랑하는 펠리체, 다시 비가 내리고, 다시 일요일입니다. 오로지 나만이 마리엔바트에 있지 않고 좀 느슨한 상태로 프라하의 구덩이 속에 있습니다. 머릿속은 오 일 전부터 멍한 상태지만 그보다 더 오래된 듯한 기분입니다.

바이스의 소설 『투쟁』에 대해서 그대는 조심스럽게 판단하는군요. 올바른 태도입니다. 나 역시 애정과 경탄이 절반씩 섞인 일종의 불안정한 감동 이외에는 얻은 게 없습니다. 그 책의 중심에 있는 불이 실제적인 요소라는 점은 알고 있습니다. 그러나 낯선 요소에 완전히 빠져들기 위해서는 정신 착란이 필요하지요(불면증과 두통이 그 준비를 위한 조처입니다). 기이한 것은 그러한 원천에서 적지 않은 사람들이 제멋대로 대중소설로 평가하는 소설이 생겨난 점입니다. 그들은 칼의 작용을 느끼지 못합니다.' 하지만 그대는 느낍니다. "아마도 나는 이런 사실을 참을 수 없을 겁니다"라고 그대는 썼더군요. 내가 이런 작용을 기술한다면 실패할 게 뻔합니다―적어도 지금은―그 정도로 꼼꼼하게 따져볼 능력이 없습니다.

내가 이 책에 등장하고 있다는 점은 나도 인정합니다. 그러나 다른 많은 사람들보다 더 많이 등장하는 것은 아닙니다. 그 책에서 실제로 개별적으로 나타나지는 않기 때문입니다. 그것은 서유럽 유대인이 몸을 뒤로 기대고 두 눈을 감으면 일차적으로 동일하게 나타나는 전형입니다. 그러한 전형들은 "원기 왕성할" 경우 완전한 악마일지도 모릅니다. 여기에서 신의 섭리가 호의적으로 나타납니다.

그러나 프란치스카에 관해서는 그대에게서 무언가를 듣고 싶었습니다. 그것이 바로 이 책이 요구하는 바지요. 여기에서 민첩하게 움직이면 작가의 목을 붙잡을 수 있습니다.

그대가 이 책에서 새로운 것을 그다지 발견하지 못하다니 놀랍습니다. 내게는 너무 많아서 어찌할 바를 모를 정도입니다. 외관상의 단순성은 사람의 눈이 특정한 일들을 견딜 수 있도록 하는 데 필요한 어스름한 빛과 같을 뿐입니다.

덧붙이자면 마지막으로 수기 원고를 읽은 지도 벌써 오래되었습니다. 그 원고를 책으로 읽고 나면 그대에게 편지하겠습니다.

이 주일 후, 특히 건강 상태가 더 좋아지지 않을 경우 삼 주 예정으로 마리엔바트로 가려고 합니다. 여기에 눌러앉고 싶었고 국장에게 보낸 편지에 쓴 대로 당분간 휴가를 가지 않으려고 했습니다. 하지만 견딜 수가 없군요. 게다가 사무실 사람들이 나로 인해 감수하고 있는 것은 공무원 전통의 모든 한계를 넘어섭니다.

펠리체, 그대는 한가한 시간에는 무얼 하나요? 그대는 이미 오래전부터 그것에 대해서는 편지에 적지 않았습니다. 「트로이 여인들」을 관람한 적이 있나요? 여기에서 며칠 전에 그 연극을 보았습니다.⁰ 베르펠의 작업은 특출납니다. 이에 대해서는 할 말이 없습니다. 이와는 반대로 공연(레싱 극단)에서 받은 인상에 따르면 이미 오래전부터 그래온 것처럼 앞으로 평생 동안 극장에 가는 것을 포기하겠다고 주저 없이 말할 수 있을 정도입니다.

안녕히…… 프란츠

Nr. 420 [우편엽서 소인: 프라하]

[1916년 5월 30일로 추정]

사랑하는 펠리체, 재미삼아 두 개의 인쇄물을 보냅니다. 괜찮은 읽을거리는 막스의 논문이 실린 『차이트에코』⁹입니다(그는 자신의 근본 사상을 전파하기 위해 이번 겨울에 순차적으로 열한 번의 강연을 했습니다. 그밖에도 피난민 학교에서 쉰 명 이상의 여성들을 상대로 매주 두 시간씩 강연을 했지요. 최근에 이들과 어울려 놀러간 적이 있습니다. 그는 또한 시온주의 여성 클럽에서 한 시간씩 강연하기도 했습니다). 슬픔을 자아내는 읽을거리는 회사 보고서입니다. 그 문서의 대략 십 쪽에서 팔십 쪽까지는 내 작품입니다.

하지만 수백 쪽의 창사 기념 보고서를 보내서 그대를 귀찮게 하고 싶지는 않습니다. 거론하고 싶지도 않은 연례 보고서도 마찬가지입니다.

그대가 보내준 프리드만의 사진들은 무척 마음에 드는군요. 특히 애정 표현을 하는 장면들이 그렇습니다.

안녕히…… 프란츠

Nr. 421 [우편엽서 소인: 프라하]

[1916년 5월 31일로 추정]

사랑하는 펠리체, 물론 전폭적으로 동의합니다. 그러나 요양원에 가겠다는 제안은 무슨 뜻인가요? 내게는 그저 놀라울 뿐인 독자적인 욕구인가요? 아니면 내 처지에 대한 동조인가요? 내 자신에 관한 한 나는 작년에 요양원과는 최종적으로 결별했습니다. 지금은 환자라고 심각하게 느끼고 있지만, 나와 같은 환자들은 차라리 요양원을 피해야 합니다. 이것은 그러나 나 혼자인 경우에만 해당됩니다. 그대와 함께라면 어디라도 좋습니다. 다만 독일에는 갈 수 없습니다. 그러나 그대는 아마도 마리엔바트로 갈 수 있겠지요. 그것을 원했나요? 보헤미아 지방에는 좋은 요양원이 없습니다. 그중에서 가장 좋다는 룸부르크의 요양원도 형편없습니다. 내 입장에서 말하자면 나는 이를테면 오순절 때 내 불행한 머리를 마리엔바트로 가져가고자 합니다. 하지만 시간과 장소에 관해서는 그대의 결정을 기다리겠습니다.

안녕히…… 프란츠

Nr. 422 [우편엽서 소인: 프라하]

[1916년 5월 31일로 추정]

사랑하는 펠리체, 오전에는 요양원 문제를 피상적으로만 다루었습니다. 내가 요양원에 반대하는 근본적인 이유는 요양원이 쓸데없이 많은 시간과 생각을 잡아먹는다는 데 있습니다. 나는 짧은 휴가 기간에 조금이나마 작업을 해볼 생각입니다(내 머리가 허용하는 한도 내에서). 그리고 그대가 거기로 온다면 함께 있고 싶습니다. 하지만 병원에 찾아가 병실에 누워 전기 치료를 받거나 온천욕을 하는 것을 포함하여 의사의 진찰을 받고 싶지는 않습니다. 특히 내 병에 대한 그 훌륭한 진단 내용을 알고 싶지 않습니다. 그것은 육체를 대상으로 한 신종 사무실이나 진배없습니다. 그러나 최종적인 결정은 그대에게 유보합니다. 왜 그대는 요양원에 가기를 원하나요? 뵈멘 지방에는 좋은 요양원이 없지만 슐레지엔이나 저지 오스트리아, 슈타이어마르크 등지에는 그러한 요양원이 있습니다. 어떤 대답을 할지 긴장됩니다.

프란츠

Nr. 423 [우편엽서 소인: 프라하]

1916년 6월 3일

사랑하는 펠리체, 편지에 따르면 그대의 휴가는 칠월 이일이나 삼일에 시작됩니다. 하지만 훨씬 나중의 전보에 따르면 휴가는 칠월 중순이 되어서야 시작되는 듯싶군요. 월요일에 더 정확한 소식을 듣지 못하면 전보를 치겠습니다. '엄청난 일'과 함께 감기가 그대를 다룬 나의 대단한 책에서 그대에게 불리하게 작용합니다. 그것은 나쁘지 않을지도 모릅니다. 오히려 나쁜 것은 그대가 스스로를 그렇게 괴롭히고, 내가 나나 그대를 위해 아무런 도움도 되지 못한 채 그저 바라보아야 한다는 점입니다. 슈테른하임의 단편소설들[10]은 내게 중요한 의미를 지니는 듯합니다. 특히 문학적으로 가장 미약해 보이는 작품이 「슐린」인데, 이 작품은 매우 대중적이고 혐오스러운 표현을 담고 있습니다. 이에 대해 이야기할 기회가 다시 있겠지요―행복한 재회가 이루어지기를 바랍니다.

안부를 전하며…… 프란츠

Nr. 424 [전보 소인: 프라하]
[1916년 6월 9일로 추정]

수신인: 펠리체 바우어, 기술 공작소, 베를린, 마르쿠스 거리 52

왜 답장이 없나요.

Nr. 425 [우편엽서 소인: 프라하]
1916년 6월 14일

사랑하는 펠리체, 잠정적으로 우리는 마리엔바트를 선택하기로 합의한 셈입니다. 의사의 증명서는 이제 독일에서 더 이상 필요치 않습니다. 따라서 그대가 오는 데는 아무 문제가 없습니다. 요양원을 주장하는 그대의 근거들을, 이에 대한 재능은 별로 없지만 벌써 예전부터 곰곰이 생각해보았습니다. 하지만 그 근거들은 근본적으로 요양원에 가지 말아야 하는 근거들이 되기도 합니다. 아마도 우리는―나는 잘 모르겠지만―괴로움과 시간의 경과 등을 비롯한 여러 가지의 특별함 때문에라도 이런 고려 사항들을 조금은 간과하고 있습니다. 한 십 일 정도의 여유를 두고 우리들의 휴가가 시작되는 날을 알았으면 좋겠습니다. 말하자면 나는 테플(마리엔바트 부근)에서 처리할 작은 업무가 있습니다. 그 업무를 우리들의 휴가에 맞춰 처리할 수 있으려면 테플에 도착할 날짜를 십 일 전에는 미리 알려줘야 합니다.

안부를 전하며…… 프란츠

Nr. 426 [우편엽서 소인: 프라하]

1916년 6월 19일

사랑하는 펠리체, 정말 그대보다 일찍 출발하고 싶지는 않습니다. 그대신 그대가 출발할 수 있을 때까지 기꺼이 기다리고 싶습니다. 물론 그 전제로 시기가 팔월까지 미루어져서는 안 됩니다. 팔월에는 프라하에 있어야 하기 때문입니다. 그대가 6월 말에 출발한다면 안성맞춤입니다. 아마 내일은 그대로부터 최종적인 날짜를 알게 되겠지요. 테플에서의 업무 때문에 그렇게 되었으면 좋겠습니다. 어제 막스도 자기 부인과 함께 마리엔바트로 가기로 결정했습니다. 시기는 아직 확정되지 않았습니다. 막스 부인의 막내 여동생이 폐렴으로 죽었습니다. 조의를 표할 생각은 말아요. 그녀는 정신을 잃을 정도로 슬퍼하고 있으며 아무 말도 들으려 하지 않습니다.

그대보다 일주일 먼저 출발하고 싶지 않습니다. 나의 휴가 기간이 삼 주가 될지도 확실하지 않을뿐더러 그대의 도착을 기다리느라고 휴가를 즐기기보다는 오히려 더 불안할지도 모르기 때문입니다.

프란츠

Nr. 427 [전보 소인: 프라하]

1916년 6월 27일

수신인: 펠리체 바우어, 기술 공작소, 베를린 27, 마르쿠스 거리 52

칠월 이일 일요일 저녁 마리엔바트 넵툰 호텔에 도착함.

Nr. 428 [우편엽서 소인: 마리엔바트]

[1916년 7월 14일로 추정]

가련한 그대여, 나는 그대의 펜과 잉크로 편지를 쓰고 그대의 침대에
서 잠을 자며 그대의 발코니에 앉아보기도 합니다. 그런데―나쁘지
는 않지만―홑겹으로 된 문을 통해 복도의 소음과 오른쪽과 왼쪽의
중복 세입자들이 싸우는 소리가 들리는군요. 키가 작은 못돼먹은 여
자를 위시하여 빌어먹을 사람들이 방을 혼동했거나 아니면 더 정확
히 말해서 이인실이 필요했던 거겠지요." 이제 와서 새로 집을 찾아
다닐 기력이 없습니다. 그대가 떠났기 때문입니다―여기에는 에르
나 양이 그대에게 보낸 엽서 두 통과 그레테 양이 보낸 엽서와 전보
가 각각 한 통씩 있었습니다. 그 안에는 그대가 그들에 관해 모르는
내용이 없습니다. 기껏해야 에르나 양이 재단사 때문에 많이 뛰어다
녀야 한다는 정도입니다―지금 다이아나호프로 갑니다. 버터 접시
위로 몸을 기울인 채 그대를 생각하기 위해서입니다. 수많은 인사를
보냅니다.

프란츠

Nr. 429 [우편엽서 소인: 마리엔바트]

[1916년 7월 15일로 추정]

사랑하는 펠리체, 혼자 있으면서도 조용한 방의 위로를 받지 못하다니 한심합니다. 집의 소음이 두렵기도 하고 또 절망한 나머지 어제 저녁 시립 공원과―시립 공원!―번화가를―번화가!―배회했습니다. 하지만 모든 소음에 귀를 기울이겠다는 각오로 일찌감치 돌아왔습니다. 그대는 방 안에서 그것을 어떻게 다 참아낼 수 있었습니까! 오늘 아침에 집을 찾아 나섰지만 아무 소득이 없었습니다. 누구라도 단 일주일을 위해 좋은 방을 내줄 리는 만무하지요. 기공식에 가는 대신에 에르드무테¹²와 함께 다이아나호프에 가 있었습니다. 그대에게 기공식에 관해 설명할 수 없는 것에 화내지 않기를 바랍니다. 다이아나호프에서 볼이 통통하고 키가 아주 작은 리제로테와 어울렸던 어제는, 장미 한 송이를 그녀의 가슴에 꽂아주면서 한참 동안 조언해주었습니다.

프란츠

Nr. 430 [우편엽서 소인: 마리엔바트]

[1916년 7월 16일로 추정]

사랑하는 그대여, 가련한 그대여, (옆방의 노부부는 얼마나 잡담을 하는지 모릅니다) 내가 혼자서 오래된 길을 가는 것은 아무것도 안하고 단지 쉬기만 하는 것을 포함하여 전체적으로 좋은 일인지도 모릅니다. 왜냐하면 나는 그대와 관련해서만 안정을 누리기 때문입니다. 이런 안정감은 우리가 우리 나름대로 한순간 안정을 누릴 수 있다는 범주 내에서 가능합니다. 그대의 안녕을 위해서도 안정감을 활용하라고 부탁하고 싶군요. 이를테면 골치 아픈 일을 피하려고 할 때 한번 시도해보세요. 정상으로 향하는 길은 끝이 없습니다. (지금은 노부부가 무거운 발걸음으로 침대에서 내려오는 소리가 들립니다.) 헬레네 일행과 작별할 때 나눈 대화는 다음과 같습니다. "당신은 우리에게 잘못 알려줬어요. 접속 열차는 없었다구요." "아, 그래요. 나는 자전거를 생각했어요." "우리에게는 자전거가 없었어요." "아, 그래요. 그러면 에거를 구경할 수도 있었을 텐데요. 그곳은 매우 아름다워요." "하지만 우리는 열한 시에 예약을 해놓았는걸요." "아, 그래요. 그러면 걸어가면 되었을 텐데." "하지만 짐이 있었어요." "아, 그래요. 그러면 차를 타고 갔으면 좋았을 텐데요." "고맙습니다. 그렇게 했어요. 하지만 그때 당신에게 줄 사례금을 잃어버렸어요."

프란츠

Nr. 431 [우편엽서 소인: 마리엔바트]

[1916년 7월 18일로 추정]

사랑하는 그대여, 먼저 전할 말이 있습니다. 이틀 전부터 두통에 시달리고 있지만 왜 그런지 모르겠습니다. 두통은 나를 뒤따라 다니는 걸까요? 혹시 영원한 동반자일까요? 마리엔바트의 요양객 가운데 최고의 인물, 즉 가장 커다란 인간적 신뢰를 받을 만한 사람을 우리가 알지 못했더군요. 그는 현재 하시디즘의 대표적인 인물인 벨처 랍비입니다. 그는 삼 주 전부터 여기에 머물고 있습니다. 어제 그가 저녁 산책을 할 때 처음으로 나도 열 명의 사람들에 섞여 뒤따라갔습니다. 이에 대해서는 할 말이 많습니다. 하지만 지금 이 랍비의 존재를 알려준 막스에게 이에 대한 상세한 내용의 편지를 썼습니다.[13] 내 생각에 최고인 마리엔바트 요양객을 그대는 어떻게 생각하나요? 아직 아무런 소식도 받아보지 못한 나는, 예를 들어 오늘 반항—산책로와 비밀—산책로 같은 오래된 길에 대한 이야기에 만족하고 있습니다.

프란츠

Nr. 432 [우편엽서 소인: 마리엔바트]

1916년 7월 19일 [실제로는 1916년 7월 18일 저녁으로 추정]

사랑하는 그대여,—우리의 오랜 친구들이 그대와 함께 떠난 사이에 (코스텔레츠는 실제로 존재했나요?) 새로운 친구들이 옵니다. 그들은 어제 저녁 숲속의 샘물에서 돌아온 내게 작은 충격을 안겨주었습니다. 그 충격은 순간적으로 몸을 마비시키는 듯했습니다. 코스텔레츠의 경쾌한 발걸음으로 국장이 미처 피할 사이도 없이 마주 다가온 것입니다. 그는 그대가 기침 사건으로 알고 있는 사람이 아니라 가장 높은 지위에 있는 사람입니다. 나와 사이가 좋은 그 사람 뒤에는 부인과 딸이 따라오고 있었습니다. 내 모습이 어땠겠습니까! 내가 실제로 앓고 있던 두통을 하소연하거나 줄곧 혼자서 숲속에 있어야 한다고 얘기할 겨를이 없었습니다. 내 모습은 주변의 동정을 사기에 충분했습니다. 나는 한 시간 동안이나 그들과 함께 있었지만 또 만나자는 약속은 하지 않았습니다. 이제는 다시 혼자입니다. 유감스럽게도 아무런 소식도 받지 못하고 있습니다.

프란츠

Nr. 433 [우편엽서 소인: 마리엔바트]

[1916년 7월 19일로 추정]

사랑하는 펠리체, 불면증과 두통이 나를 끊임없이 괴롭혀서 걱정입니다. 그 이유를 모르겠습니다. 하지만 그대와 관련해서는 편안하고 기쁩니다. 내가 지난 사 년 동안 내 자신에게 너무 심하게 대한 것은 아닐까요? 그래서 보복을 당하는 것일까요?[14] 아니면 심한 공복을 느끼게 하는 숲속의 공기가 일시적으로 작용한 결과인지도 모릅니다. 내게 위로의 말을 해주세요. 내 건강 상태는 작업을 허락하지 않습니다. 그렇지만 이것이 가장 나쁜 일은 아닙니다. 팔 일 만에 내가 갑자기 무엇을 할 수 있겠습니까? 또한 내 작업 시간도 아닙니다. 그러나 앞으로는 어떻게 될까요? 초빙[15]과 관련된 문건은 벌써 그대에게 발송했습니다. 그대가 어떻게 언제 그 일에 착수할지 궁금하기 짝이 없습니다.―아버지는 타자기로 그대에게 안부를 묻는 엽서를 쳐달라고 하십니다. 그것을 내 것과 합쳐 엄청난 양으로 그대를 습격하겠습니다.

프란츠

Nr. 434 [우편엽서 소인: 마리엔바트]

[1916년 7월 20일로 추정]

사랑하는 펠리체,―상황을 제대로 아는(또는 정확하게 아는?) 엘스터 부인이 그대와의 만남이 예정된 오후 반나절을 내게서 빼앗아갔습니다―그나마 오늘은 조금이나마 숙면을 취한 덕분에 얼마간 자유로운 기분을 느끼고 있습니다.

물론 식사 후에는 잠을 자지 못했습니다. 어제 저녁에는(날씨가 좀 더 따뜻해져서 발코니에 앉아 있었습니다) 방이 마음에 들기 시작했습니다. 오늘은 남자아이들이 딸린 가족이 옆방에 새로 들어왔습니다(이전에 살던 노부부를 생각해보세요!).

그 아이들은 정말 손재주가 좋고 활달한 편이어서 그런지 벌써 오 분 동안 못이나 이와 비슷한 것을 박고 있습니다. 불면증과 두통에도 국장 정도는 아니지만 하여튼 몸이 불어나고 있습니다. 어제의 식단은 다음과 같습니다.

10시 반: 2×우유, 꿀, 2×버터, 빵 2개. 11시: 250그램의 버찌. 12시: 돼지갈비 소금절이, 시금치, 감자, 바닐라 국수, 빵. 3시: 우유 한 컵, 빵 2개. 5시: 초콜릿, 2×버터, 빵 2개. 7시: 야채, 샐러드, 빵, 에멘탈산 치즈. 9시: 과자 2개, 우유. 지금은?

프란츠

Nr. 435 [우편엽서 소인: 마리엔바트 1916년 7월 21일 자로 추정]

7월 20일

사랑하는 펠리체, 최근 며칠 동안 엽서 세 통을 받았지만 화요일의 편지에 대해서 특히 감사드립니다. 펠리체, 그대는 내게 크고 좋은 영향을 미치고 있습니다. 그대가 이런 영향을 이용할 수 있으리라고 믿습니다. 사소한 모든 어두운 면들에도 불구하고 우리가 함께한 날들을 근거로 하는 말입니다. 내 경우도 그대와 마찬가지였으면 좋겠습니다. 그대보다는 내 입장에서 할 일이 더 많습니다. 두 사람의 입장에서 할 일도 많지요. 지금 벌써 두통으로 인해 기력이 다 떨어진다면 너무 이른 감이 없지 않겠지요. 우리가 곧 다시 만나는 게 좋을 듯싶습니다. 지금 다이아나호프에 앉아 있습니다. 비가 내려서 밖으로 나갈 수가 없군요. 단지 좀 우울할 뿐이며 어떤 수작업 광경을 보고 싶은 욕구를 느낄 따름입니다. 그러나 옆 탁자에서 어린 처녀가 만드는 것과 같은 수작업은 아닙니다. 나는 여전히 모든 수작업에 반대하는 입장입니다.

안녕히…… 프란츠

Nr. 436 [우편엽서 소인: 마리엔바트]

[1916년으로 추정] 7월 21일

사랑하는 그대에게,─건강이 다시 조금 더 좋아졌습니다. 결코 완전하지는 않지만 최소한 십 부로 나누어진 꿈을 꾸는 등 어쨌든 잠을 자며 머리 상태도 더 좋아졌습니다. 여기에 오래 머문다면 매일 "더 좋은"이라는 말을 덧붙일 수 있을 겁니다. 그리고 결국에 가서는 여기를 벗어나 그대에게로 갈 수 있겠지요. 이것은 축복받은 인생 여정입니다. 그러나 이것은 여기에서 식사비로 너무 많은 돈을 지불하고 있기 때문에라도 이미 실행되기 어렵습니다. 저번에 말한 식단은 그로테스크한 형태로 매일 반복됩니다. 물론 막스에게도 편지했습니다. 지금 나는 유대인 국민 보호 시설이 그대에게 어떤 인상을 주고 그대가 어떻게 대응할 수 있는지에 관한 소식을 애타게 기다리고 있습니다. 펠릭스가 있는 곳에는 가지 않았습니다. 카를스바트에서 보낸 그의 첫 번째 카드는 다음과 같습니다. "날이 춥네. 안개도 끼고. 비가 내리고 있어. 나는 추위에 떨고 있네. 아버지도 추위에 떨고 있고 아내도 추위에 떨고 있지. 물가가 비싸네. 빵은 형편없고 공기는 거칠기만 하다네. 나는 부스럼증이 없지만 아내는 목에 통증이 있네. 등등." 그곳의 삶도 쉽지 않다는 것을 그대는 알겠지요. 그의 요양 생활이 수월했으면 좋겠습니다.

프란츠

Nr. 437 [소인: 마리엔바트 1916년 7월 22일 자로 추정]

1916년 7월 21일

사랑하는 그대에게,─내가 다시 이전과 마찬가지로 과장해서 글을 쓰는 걸까요? 사과드릴 일이 있습니다. 즉, 나는 그대의 발코니와 책상에 앉아 있습니다. 마치 두 개의 책상이 천장의 저울판 같습니다. 우리의 멋진 저녁들에 의해 지탱되어온 균형이 깨진 상태에서 나는 혼자 한쪽 저울판에 앉아 가라앉는 듯한 느낌입니다. 내가 가라앉는 이유는 그대가 멀리 떨어져 있기 때문입니다. 그 때문에 나는 글을 씁니다. 또한 지난 이틀 동안 건강이 호전되었음에도 머릿속에서는 여전히 윙윙거리는 소리가 들리는 상태에서 적어도 글을 쓰는 손으로 그대 곁의 평화를 더듬어 찾아가기 위해서기도 하지요. 지금 여기는 내가 원하는 고요함이 지배하고 있습니다. 발코니 탁자 위에는 등불이 타오르고 있습니다. 다른 모든 발코니는 추위 때문에 비어 있습니다. 다만 카이저 거리 쪽에서 균일한 어조의 중얼거림이 들려오지만 방해될 정도는 아닙니다.

잘 있어요. 그리고 나보다 천 배는 더 잘 자도록 해요.

그대의 프란츠

Nr. 438 [소인: 마리엔바트]

[1916년으로 추정] 7월 22일

사랑하는 펠리체, 물론 사람들은 엽서가 어떤 경로로 수신인에게 전달되는지 알지 못합니다. 유감스럽게도 그런 능력이 내게 가장 없습니다. 어쨌든 이틀 전부터 아무런 소식도 받지 못하고 있습니다(왼쪽으로 두 걸음만 움직여도 소식을 들을 수 있을 만큼 함께 가까이 지내던 일에 잘못 길들여져 있습니다). 오늘 펠릭스가 부인과 남동생, 아버지 등과 함께 이곳에 왔습니다. 우편물이 도착할 때마다 그대의 집으로 달려가는 일을 반복합니다. 그러다가 결국 사랑스럽고 입맞춤해주고 싶을 정도지만 어쨌든 조금은 투덜거리는 듯한 엽서를 발견합니다. 낯선 집에서는 방해를 안 받을 수가 없습니다. 어째서 그대는 내가 그대 앞에 무릎을 꿇고 하소연하지 못하게 하나요? 실제로도 그렇지만 그것을 헌신으로 받아주세요. 그리고 리제로테요? 그 부분을 벌써 여러 번 읽었으나 심각하게 받아들일 경우 웃음거리가 될까 봐 여전히 두렵습니다. 그대는 그런 종류의 것을—상대한다는 말은 하지 않겠습니다—뽐내는 내 악취미를 믿나요?

우리는 언젠가 다이아나호프에서 세 살 먹은 여자아이를 보고 웃은 적이 있습니다. 장미 한 송이를 받은 것은 그 아이입니다. 중요한 것은 이 장미입니다. 사랑하는 펠리체여!

프란츠

Nr. 439 [소인: 마리엔바트]

[1916년 7월 23일로 추정]

우리가 전에 가본 적이 있는 에거랜더¹⁶에 앉아 있습니다. 보다시피 우리는 이런 식으로 여러 번의 초대 끝에 만났습니다. 그대에게는 너무 늦은 일이지만요.　　　　　　　　안녕히…… 프란츠

바움과 바움 부인의 안부를 전합니다.

이르마 벨취가 안부를 전합니다.

우리가 오기는 했지만 너무 늦게 와서 유감입니다. 발코니만 남아 있군요. 그럴수록 더욱 안부를 전합니다.

펠릭스 벨취

늙은 벨취가 안부를 전합니다.

파울 벨취

Nr. 440 [우편엽서 소인: 마리엔바트]

[1916년 7월 24일로 추정]

다시 한번 에거랜더에 와 있습니다. 손님들이 끝없이 이어집니다. 그대도 알다시피 사람들은 나를 위로합니다. 모두들 내게 너무 잘해줍니다. 우리와 탁자 두 개를 사이에 두고 떨어져 앉아 있는 코스텔레츠 친구조차 내게 호의적인 미소를 보냅니다. 그는 부지불식간에 그대에게 안부를 전해달라고 내게 당부하고 있음이 분명합니다.

프란츠

너와 가족 모두에게 안부를 전하며

율리 카프카

내가 만약 코스텔레츠……[17]라면 그는 내 귀에 대고 소리를 지를 거예요. 애정 어린 인사에 감사하며 답례 인사를 드립니다.

발리

Nr. 441 [우편엽서 소인: 프라하]

[1916년 7월 25일로 추정]

가련한 그대에게,(우리 모두는 가련하기에, 그리고 사람들은 도와줄 다른 방도가 없을 때 가련한 사람들의 뺨을 쓰다듬기에, 그대는 가련합니다) 다시 비애의 침전물인 사무실에 나와 있습니다. 출판사[쿠르트 볼프]에서 온 편지 하나가 눈에 띄었는데, 거기에는 이, 삼 년 전만 해도 굉장한 의미를 지녔겠지만 지금은 무의미한 내용이 들어 있더군요.[18]

나는 마리엔바트에서의 마지막 행사로 그대에게 편지를 쓰고 싶었습니다. 그러나 시간이 촉박하여 잠시 주위를 둘러보고는 오백 그램의 버찌를 삼키는 일밖에 할 수 없었습니다. 그건 그렇다 치고 마지막 밤이 가장 좋았습니다. 거의 여섯 시간 동안(내가 알기로는) 계속 잠을 자는 등, 신경이 전에 없이 안정을 되찾았습니다. (사람들이 계속 나를 방해하며 내 책상 주위에 서 있습니다.) 거기보다 오히려 여기에서 머리가 더 많이 요동치기 시작합니다. 그 상태가 앞으로 어떻게 될지는 나도 모릅니다. 어쨌든 우리가 서로를 붙잡게 된 것은 좋은 일입니다. 「화부」는 절판될 리 없습니다. 그 책이 마리엔바트로 왔더군요. 물론 늦게 말입니다. 그 책을 그대에게 보냅니다. 에르트무테에 대해서는 다음에 이야기하지요. 그 책은 우리들에게 매우 중요합니다. 유대인 국민 보호 시설? 안녕히. 영원한 입맞춤을 받아주세요.

프란츠

Nr. 442 [우편엽서 소인: 프라하로 추정]

1916년 7월 26일

사랑하는 그대에게, 내 엽서들이 한꺼번에 도착하는 것도 괜찮은 일입니다. 그러면 엽서들을 비교할 수 있을 테니까요. 편지를 쓰는 순간에는 내 자신을 제어하기가 힘듭니다.—내가 점심을 거르는 그대의 생활에 만족한다고 믿는다면 착각입니다. 그것은 매우 나쁜 습관입니다. 그대가 내게 매일매일의 식단 목록을 보내준다면 혹시 그러한 습관에 만족할 수 있을지도 모르겠습니다. 근처에 먹을 만한 것을 파는 식당이 있을 겁니다. 어쨌든 이에 대해 편지하기 바랍니다. 그대가 주식으로 삼는 (대충이라도 잘 씹어먹지 않는 상태에서)[19] 카카오와 빵을 생각하면 거의 우울해집니다. 그대의 과중한 업무를 고려하면 특히 더 그렇지요. 그 소설[20]을 지금 보내지는 않을 작정입니다. 내용이 너무 번잡하군요. 제 곁에 있다 하더라도 그 소설은 그대의 소유

나 마찬가지입니다. 그대가 꼭 공장으로 달려가야만 하나요? 누군가
가 일정한 시간에 그곳에서 건너와 물어볼 수는 없나요?

안녕히······ 프란츠

Nr. 443 [우편엽서 소인: 프라하]
[1916년으로 추정] 7월 27일

그대여,─하루의 오전 일과를 마쳤습니다. 내 머릿속에 들어 있는 유
일한 인식은 구술 작업이 이루어지는 내 사무실 방과 마리엔바트의
숲은 비교할 수 없다는 것입니다─공장의 확장은 무엇을 의미하나
요? 확장이 중요한가요? 그것은 특허와 관련이 있나요? 그대는 일을
더 많이 하게 되나요?─그대는 우리 국장에 대해 묻고 있군요. 그와
더는 이야기하지 않았지만 그 가족은 자주 보았습니다. 나는 마치 학
생처럼 항상 그들로부터 달아났지요. 한번은 다섯 걸음밖에 떨어지
지 않은 거리를 두고 도망치기도 했습니다. 마지막 날에는 국장 부인
에게 나무처럼 큰 다섯 송이 장미를 보내면서 쪽지에 "내 곤란한(가
치가 있는 동시에 의미가 애매한 단어입니다) 상태가 개인적으로······ 할
명예와 즐거움을 앗아갔습니다"라고 썼습니다. 나쁘지 않죠? 어떤
가요? 전반적으로 틀린 말도 아닙니다. 구술 작업을 하느라고 피곤
해진 입술이 기운을 차리도록 인사와 함께 그대의 손에 입맞춤을 보
냅니다.

프란츠

[아래쪽 가장자리에] 유대인 국민 보호 시설은요?

Nr. 444 [우편 엽서 소인: 프라하로 추정]

1916년 7월 28일

사랑하는 그대에게,—여기에 도착한 지 사 일이 지난 후에도 여전히 마리엔바트에서 그대와 커다란 숲의 도움으로 얻을 수 있었던 내, 외적인 안정의 후유증에 시달리고 있습니다. 안정은 벌써 약해지는 반면에 그 후유증인, 두통과 악몽을 비롯하여 예전처럼 잠에서 자주 깨어나는 일이 다시 두드러지고 있습니다. 어쨌든 얼마간의 여행을 통해 얻은 많은 안정과 자유가 해체되려는 머리를 봉합할 수 있을 것도 같은 믿음이 생겼습니다. 곧 그렇게 되어야 할 것입니다. 사무실 생활 내에서 모든 활력은 나쁜 결과를 가져옵니다. 즉, 새롭고 힘차게 반발할수록 더욱 깊이 가라앉는 상태로 이어지지요. 마리엔바트가 그대에게 무엇을 남겼으며 현재의 삶이 좋은 의미에서, 혹은 나쁜 의미에서 이전의 삶과 구별되는지, 그리고 만약에 구별된다면 어떻게 구별되는지 알았으면 합니다. 안녕히.

프란츠

Nr. 445 [소인: 프라하]

[1916년으로 추정] 7월 29일

사랑하는 그대여,—공장이 확장되고 그대 혼자만 남은 것은 좋은 일입니다. 그대가 일을 더 많이 하면 나도 일을 더 많이 하게 될 테니까요. 이런 감정을 갖고 이를테면 카를스호르스트에서 어떻게 살 수 있을지 정말 모르겠습니다.²⁷ 지금은 단지 그대가 일을 더 많이 하는 것이 아니라(사장에 대한 보고는 제외하고) 더 많은 책임을 진다는 것이 위안이 됩니다. 물론 이것도 좋지 못한 일임에는 분명합니다. 일을 더 많이 하는 것이 이것과 관련이 있는지, 그리고 업무 시간은 어떻게 되는지를 적어 보내주세요. 업무가 그대를 점점 더 많이 집어삼키는 것이 슬픕니다. 그대는 린트스트룀 회사를 위해서도 일하나요? (사례비 때문에 싸운 일은 어떻게 끝났지요?) 만약 그렇다면 그대는 물론 국민 보호 시설에서 일할 시간이 거의 없을 텐데요. 나는 그대가 그 일에 참여한다는 소식을 애타게 기다리고 있습니다. 내게 중요한 것은 (그대에게도 마찬가지겠지만) 시온주의가 아니라 일 자체와 그 일의 결과입니다.

안녕히…… 프란츠

Nr. 446 [우편엽서 소인: 프라하]

[1916년으로 추정] 7월 30일

그대여,—어제 받은 엽서를 다시 한번 읽고 있습니다. 그대는 레만 박사에게 어떤 내용의 편지를 쓸 건가요?[22] 어쨌든 그의 처분에 맡기세요. 그대에게 주어진 얼마 안 되는 시간을(산책과 체조는 제외하고 하는 말이지만) 그곳에서보다 더 잘 쓸 수는 없습니다. 이것은 연극, 클라분트, 게르존 등과 그 밖의 모든 것들보다 엄청나게 더 중요합니다. 또한 스스로에게 도움이 되는 일들 가운데 하나이기도 하구요. 즉, 사람들은 도움을 주기보다는 오히려 도움을 받습니다. 이런 일은 마리엔바트의 숲에 있는 모든 꽃들보다 더 많은 꿀을 만들어내지요. 이 일에 단지 대학생들만을 고려하려는 의견에 대해 그대가 어떻게 생각하는지 모르겠군요. 물론 남녀 대학생들은 보통 가장 희생적이고, 결단력이 있으며, 떠들썩하고, 요구하는 것도 많으며, 열심이고, 독립적이며, 선견지명이 있는 사람들로서 이 일을 시작하고 이끌어 갈 수 있습니다. 그러나 살아 있는 모든 사람은 이와 마찬가지로 해낼 수 있습니다.

안녕히…… 프란츠

Nr. 447 [우편엽서 소인: 프라하]

[1916년으로 추정] 7월 31일

그대여,—벌써 며칠 동안 소식이 없습니다(며칠이라고 했지만 사실은 삼 일에 불과합니다). 지금 그대에게 부과된 일과 관련해서는 소식이 없는 기간이 엄청나게 길게 느껴집니다. 물론 내 두통도 (잠을 한 시간 이상 자지 못합니다. 그다음에 다시 잠이 들지만 오래 가지는 않습니다) 이와 같은 방향으로 작동합니다—차갑고 조용한 머리는 뜨겁고 고통스러운 머리와는 다르게 생각하지요. 날씨가 좋은 날이 혐오스럽습니다. 일요일인 어제는 (열두 시 반까지 침대에 누워 있었습니다) 견딜 만했습니다. 혼자서 산책, 풀밭에 누워있기, 우유 마시기, 독서(루블린스키, 『유대교의 탄생』) 등으로 오후를 즐겁게 보냈습니다. 그대는요? 그대는 "기다려라, 곧……"이라는 말이 본디 축원이 아니며, 설사 그렇다 하더라도 "곧"이라는 말이 매우 의문스럽거나 오히려 거의 의문스럽지 않다는 것을 알고 있나요?

안녕히…… 프란츠

Nr. 448 [우편엽서 소인: 프라하]

[1916년으로 추정] 8월 1일

그대여,—중간에 일요일이 끼여 있지만 나흘 동안 소식이 없다는 것이 조금은 섬뜩할 정도입니다. 이제는 한가한 시간에 새로운 즐거움을 누리고 있습니다. 풀밭에 누워 있지요. 시간적 여유가 있지만 교외로 나갈 기분이 들지 않을 때면(일요일 같은 날 프라하 주위는 아름답습니다) 가난한 사람들이 아이들과 함께 앉아 있는 놀이터에 몸을 눕힙니다. 그곳은 소란스럽지 않을뿐더러 [마리엔바트의] 십자형 샘물가보다 더 조용합니다. 최근에 그곳 도로 옆 도랑에(올해는 풀이 이 도랑에도 무성합니다) 누워 있는데, 가끔 공적인 업무로나 상대할 만한 꽤 품위 있는 한 신사가 어느 격조 높은 축제에 참석하러 가는지 쌍두마차를 타고 지나갔습니다. 나는 몸을 쭉 뻗으며 계급의 하락이 주는 기쁨을(물론 단지 기쁨만을) 만끽했습니다. 그대는요? 일요일에 그대는 활기찬 모습으로 내 곁에 있었지만 지금은 조용합니다.

프란츠

Nr. 449 [우편엽서 소인: 프라하]
[1916년으로 추정] 8월 2일

그대여,—벌써 닷새째 소식이 없군요. 그대가 편지를 안 한다고 믿고 싶지는 않습니다. 또한 그대가 병이 났거나 이와 비슷한 상태에 처해 있다고 믿고 싶지도 않구요. 그럼에도 이러한 믿음은 위로가 되지 않고, 내 글은 의미를 잃어버립니다. 어제는 그대에게 『유디셰 룬트샤우』를 한 부 보냈습니다. 막스의 논문은 그가 어떤 작업을 했는지를 보여주고, 편지란은 어느 부류의 여자들이 문제가 되고 있는지를 보여줍니다. 그리고 문예란은(썩 잘 쓴 글은 아니지만) 주목할 만한 시오니즘적인 분위기를 보여줍니다.[23] 어쨌든 그대는 자신이 충분히 알지 못하는 시오니즘 때문에 유대인 국민 보호 시설을 두려워해서는 안 됩니다. 국민 보호 시설을 통해 활동하고 영향을 미치는 또 다른 힘들은 오히려 내게 더 잘 어울립니다. 적어도 시오니즘의 외적인 끄트머리까지는 대부분의 유대인들이 생전에 도달할 수 있습니다. 그러나 시오니즘은 더 중요한 것에 도달하기 위한 입구에 불과합니다. 편지를 쓰는 것이 무슨 소용이 있을까요? 그대가 침묵하는 판국에.

안녕히······ 프란츠

Nr. 450 [우편엽서 소인: 프라하]

[1916년으로 추정] 8월 3일

사랑하는 펠리체,─팔월 일일에 받은 그대의 엽서에 대해 한 주 내내 기뻐했지만 거기에는 그대에 관한 내용이 하나도 없더군요. 내가 요구하는 것은 그대에 관한 소식이지, 외투에 관한 소식이 아닙니다(이 외투를 잃어버린 것에 대해 그대가 "끔찍할 정도로 화를 내서는" 안 됩니다. 그 제품을 구입하는 데 필요한 여러 가지 사항과 언니의 주소를 알려주면 그 외투를 보내주겠습니다). 그대가 과중한 업무에 시달리고 있다는 것을 압니다. 그러나 그대가 외투에 관한 열 줄의 글 대신에 그대의 일이나 음식, 건강 상태 등에 관해 열줄의 글을 썼더라면, 그것으로 인해 나는 새로운 여권 규정 때문에 끝이 없을 정도로 멀리 떨어져 있는 간격을 극복하고 그대가 가까이 다가오는 듯이 느꼈을 것입니다. 하소연과 편지 쓰기가 무슨 소용이 있겠습니까! 이 주 동안 매일 편지를 쓰던 예전으로 다시 돌아갑시다.

프란츠

Nr. 451 [우편엽서 소인: 프라하]

[1916년으로 추정] 8월 5일

그대여,─그대에게 여자 보조원이라도 있었으면 좋겠습니다. 그대가 직책상 갖는 의무는 어떤 좋은 결과 또는 나쁜 결과를 낳습니까? 식사하러 갈 거라는 그대의 말은 무슨 뜻이지요? 어디로요?─그리고 레만 박사는요? 7월 26일의 편지에서 그대는 "어쨌든 내일 L. 박사에게 편지를 쓸 거예요"하고 말했습니다. 8월 1일의 편지에는 "언젠가는 L. 박사에게 편지를 쓰려고 해요" 하는 구절이 있습니다. 2일 편지에서는 "그 일에 매우 신경을 많이 쓰고 있어요"라고 말합니다.

전체적으로 대단한 내용 같지만 아무런 진전도 없습니다. 게다가 그대가 그에게 대체 어떤 내용의 편지를 쓰려고 하는지 모르겠습니다. 그를 한번 찾아가는 것이 제일 간단할 겁니다. 그곳은 샤를로텐부르크[24]에 위치해 있으므로 그다지 멀지 않습니다. 협회의 저녁 모임은 지금과 같은 여름에는 매우 드물 것입니다.—그리고 그 밖의 일은요? 그대는 어떤 책을 읽고 있나요? 일요일은 어떻게 지내나요? 그대는 금요일에 그 화가(파이글로 추정됨)에게 갈 만한 여유가 있나요? 카를스호르스트에는 가본 적이 있나요?

안부를 전하며…… 프란츠

Nr. 452 [우편엽서 소인: 프라하로 추정]
1916년 8월 7일

그대여,—글을 통해 서로에게 다가가지 않는 것이 더 낫겠습니다(최근에 그대가 보낸 엽서들은 어딘지 모르게 허전하다는 느낌이 듭니다. 그런 느낌은 부분적으로는 억지로 쓴 듯한 판에 박은 편지 내용에 기인합니다. 그리고 가장 큰 원인은 그대의 과도한 업무에 있습니다). 우리가 말을 통해 서로를 이해할 수 없을 바에야 차라리 이것이 더 낫습니다. 우리는 이 점에서 근본적인 착각에 빠져 있었습니다. 마리엔바트가 그것을 바로잡아주었지요. 그대가 예전에 글을 통한 의사 소통을, 말을 통한 의사 소통 속에 살짝 집어 넣으려 했을 때 그것은 내게 도피처럼 보였습니다. 하지만 지금은 그대가 옳았다고 생각합니다. 우리는 편지 쓰기를 제한해야겠습니다. 그대가 업무에 방해받지 않도록(이것은 저에게도 중요합니다), 그리고 편지를 써야 하는 일이 그대를 방해하지 않도록 말입니다. 그러면 그대는 또한 적절하고 행복을 가져다주는 살아 있는 글 대신에 차갑고 산만하고 틀에 박힌 열 줄의 글을 억지로 쓸 필요도 없을 것입니다. 내가 이렇게 말한다고 해서 악의가 있는 것은 아닙니다.

프란츠

Nr. 453 [우편엽서 소인: 프라하 1916년 8월 8일 자로 추정]

1916년 8월 7일 11시 정각

사랑하는 펠리체, 저녁인 지금 그대를 생각하면서 마리엔바트 시절 이전과는 다르게 아무런 장애도 없이 행복합니다. 그래서인지 특히 에르드무테의 책에서 읽은 한 부분이 생각나는군요. 이 부분 때문에 이 책이 우리에게 중요하다고 한 것은 아닙니다. 이런 의미에서는 부분들이 아니라 전체가 중요합니다. 그러나 내가 지적한 이 부분은 호의를 베풀어야 할 정도로 교훈적입니다. 백작 부인은 스물두 살의 나이에 결혼한 후 드레스덴의 새집으로 왔을 때—이 집은 친첸도르프의 할머니가 젊은 부부를 위해 당시의 형편으로는 호화롭게 꾸며놓았습니다—눈물을 쏟아냈습니다. 그녀는 이렇게 썼습니다. "우리가 이러한 희롱에 아무 책임이 없다는 것을 하느님이 알고 계신다는 점이 위안이 된다. 하느님의 은총만이 내가 스스로 그분의 진정한 아이라는 것을 증명하게 만든다. 이 점에서 나는 내가 원하는 대로 행동할 수 없었기 때문이다. 하느님은 내 영혼을 붙잡고서 세상의 모든 어리석음에서 내가 눈길을 돌리도록 하신다."[25]

여기에서 어리석은 일은 식사에 몰두하거나 가구 창고를 들락거리는 것입니다.

프란츠

Nr. 454 [우편엽서 소인: 프라하]

[1916년으로 추정] 8월 9일

나의 연인이여, 아름다운 날들입니다. 시간, 기분, 기력 등에 조금이라도 여유가 있으면 도시 밖으로 나가 도로 옆 구덩이에 누워 있습니다. 뿐만 아니라 높은 도로 제방 너머 과수원 뒤편에 있는 작은 숲 언저리에도 즐겨 누워 있습니다. 왼편에는 강이 흐르고 그 건너편에는 나무가 듬성듬성 들어선 산이 있습니다. 맞은편 언덕에는 어린 시절부터 수수께끼처럼 보였던, 그곳에 살며시 끼워 넣은 것 같은 오래된 집이 서 있습니다. 그 주변에는 평화로이 물결치는 들판이 있구요. 석양이 내 얼굴과 가슴에 비칩니다.─어머니와 발리가(그대가 오틀라에게 편지를 쓸 때 말한 누이동생입니다) 어제 왔습니다. 매제는 여기서 휴가를 보내고 있습니다.─텔쇼프는 모르겠군요.─내 편지 쓰기는 모자람이나 낭비의 문제가 아닙니다. 그레테[블로흐] 양에게 안부를 전해주세요. 국민 보호 시설에 대해 그대는 무슨 말을 할 건가요?

프란츠

Nr. 455 [우편엽서 소인: 프라하]

[1916년으로 추정] 8월 10일

나의 연인이여,─그대의 어머니는 그대에게 뭐라고 비난하시나요? 그 때문에 두통을 일으키는지요? 이러한 측면에서 볼 때 지금은 평화가 유지되어야만 합니다. 내게 이에 관해 편지하세요.─그대가 일요일을 즐겁게 보낸다고 할 수는 없습니다. 어째서 그대는 얼마 남지 않은 여름날에 일요일 아침 일찍 교외로 나가보지 않지요? 오틀라와 함께 돌아다니다가(우리가 만난 한 공무원은 오틀라를 내 신부로 알았다고 오늘 내게 말하더군요) 어느 정원에서 생우유를 마시며 산책을 끝냈습니다. 그대는 점심 식사를 하고 돌아오는 길이라고 편지에 적었더군요. 그 음식점은 어디에 있나요? 원래는 토요일에 벌써 왔어야 할 여성 보조원이 월요일에는 출근했나요? 그대가 무엇을 읽는지는 추측하기 힘듭니다. 국민 보호 시설과 관련해서는 내가 그대에게 보내준 『비망록』[26]을 다시 읽어보라고 권하고 싶군요.―"그녀는 일감을 무릎 위에 내려놓고… 아주 기분 좋게……" 그러나 그녀가 절정에 도달한 상태에서 새로운 색깔들을 찾기 시작한다면 어떻게 될까요?

안부를 전하며…… 프란츠

Nr. 456 [우편엽서 소인: 프라하]

[1916년으로 추정] 8월 12일

나의 연인이여,―L. 박사에게 보낸 편지는 매우 좋습니다. 나는 다른 것은 원하지 않았습니다. 그대가 그에게 편지했다는 사실을 알 수가 없었습니다. 게다가 주거 시설의 주소를 착각하기도 했지요. 그 시설은 샤를로텐부르크에 있습니다. 프리드리히샤겐으로의 소풍은 매우 환영하는 바입니다. 그런 유의 일이 자주 반복될 수는 없을까요? 최근에 펠릭스와 그의 부인을 언젠가 그대에게 편지로 대충 설명한 적이 있는 작은 숲으로 데려갔습니다. 그 결과 칭찬을 많이 받았습니다. 그곳은 끝없이 평화로운 곳입니다. 그곳에서 그대는 내 곁에서 살아 움직입니다. 그 밖의 모든 것은 절망적입니다. 최근 삼사일 동안 두통이 사라져서 이성적으로 주위를 둘러볼 수 있을 정도였습니다. 그러나 어제는 두통이 심했고 오늘도 그다지 나아지지는 않는군요. 그대의 사랑스러운 손에 입을 갖다 대며 말문을 닫겠습니다.

프란츠

Nr. 457 [우편엽서 두장 소인: 프라하]

[1916년으로 추정] 8월 13일

그대여,—이처럼 반박하기 어려운 것을 읽을 때면 더욱 혼란스럽습니다. 폰타네는 1876년 왕립 예술 아카데미의 서기로서 공직에 발을 들여놓았지만 삼 개월 반이 지난 후 부인과 심하게 다툰 끝에 사직했습니다. 그는 한 여자 친구에게 이런 편지를 씁니다. "온 세상이 나를 몹시 비난하는가 하면 내가 유치하고 왜곡되고 거만하다고 여기고 있습니다. 나는 그것을 내버려 둘 수밖에 없습니다. 이에 대해서 말하는 것은 포기하지요……" "지금 삼 개월 째 공직에 있습니다. 그동안 기쁜 일을 체험하거나 즐거운 인상을 받은 적이 한 번도 없습니다. 내게 이 자리는 개인적으로나 사무적인 측면에서 혐오스럽기만 합니다. 모든 것이 나를 짜증나게 만듭니다. 모든 것이 나를 멍청하게 만듭니다. 모든 것이 나를 구역질 나게 만듭니다. 나는 내가 늘 불행하며 언젠가는 정신병에 걸려 우울해지리라는 것을 분명하게 느낍니다." "나는 끔찍한 시절을 보냈습니다. 어차피 일어날 일이라면 빨리 일어나야 했습니다. 그러나 아직은 이 불행한 자리를 제안 받은 날 이전까지 그랬던 것처럼 사태를 다시 정상화시킬 힘과 융통성을 지니고 있습니다. 사람들의 현명함은 내게 아무 소용도 없습니다. 그들이 내게 말할 수 있는 것을 나는 이미 잠 못 이룬 백 시간 동안 내 자신에게 말했습니다. 결국 나는 이것을 책임질 수밖에 없으며 안락한 (내적으로 끔찍한 내용에도 불구하고 안락한) 나날들을 작업에 매진하는 나날들과 바꾸어야 합니다." "사람들은 자신의 가장 내적인 본성에 거역할 수 없습니다. 모든 사람의 마음에는 거부감을 느낀다 하더라도 달래거나 극복할 수 없는 무언가가 있습니다. 나는 외적인 안정을 위해 어리석고 빛과 기쁨이 없는 삶을 영위할 것인지의 여부를 결정해야 했습니다."[27] 오늘은 나 대신에 폰타네가 그대에게 편지를 썼습니다.

안부를 전하며…… 프란츠

Nr. 458 [우편엽서 소인: 프라하]
[1916년으로 추정] 8월 14일

그대여,—그대가 자신에게 부과한 의무의 의미를 아직 이해하지 못하겠습니다. 그대에게 유리한 점은 이것과 결부되어 있지 않습니다. 그렇다면 단지 그대 입장에서의 호의가 문제지요. 무엇이 호의를 강요했나요? 그것은 어떤 식으로 이뤄졌지요? 만일 그대가 호의를 보여주지 않았다면 어떤 일이 벌어졌을까요? 점심으로 먹는 초콜릿이 나를 우울하게 만듭니다. 특히 호의가 사라지는 순간 딱하고 부러지는 소리가 나기에 더욱 그렇습니다. 아니, 이런 소리를 단호하게 부정하다니요? 초콜릿과도 무슨 관계가 있었나요? 그 밖의 점심 음식도 빈약했습니다. 그 음식점 이름은 뭔가요? 나는 그 상호에서 무언가를 상상하고 싶습니다. 그대를 이끌어야 할 손이 여기에서 신경과민으로 떨립니다.

프란츠

Nr. 459 [우편엽서 소인: 프라하로추정]
1916년 8월 15일

그대여,—그대의 기념 편지[28]에 관련해 진실을 말하자면 나는 그 날짜뿐만 아니라 햇수도 기억하지 못했습니다. 만약에 내가 무작정 구체적인 시기를 대야 했다면 그냥 오 년 전이었다고 말했을 겁니다. 물론 이것은 맞지 않습니다. 오 년이 아니라 사 년 아니면 사천 년이었으니까요.

이와는 달리 다른 모든 세세한 일들을 그대보다 훨씬 더 정확하게 기억하고 있습니다. 그대는 당시에 주의를 기울일 만한 이유가 없었거든요. 그렇지 않나요? 또한 내가 그대를 호텔로 데려다 주지 않았다는 그대의 말은 역사적 진실을 왜곡하는 것입니다. 나는 브로트 박사와 함께 실제로 그렇게 했습니다. 어쨌든 모든 세세한 일을 기억하고 있습니다.

덧붙이자면 나는 아무런 이유도 없었지만 불안, 욕망, 절망 등으로 인해 고의적으로 여러 번 보도에서 비틀거리며 찻길로 넘어갔던 모든 지점을 기억하고 있습니다. 그대는 승강기 안에서 브로트 씨를 고려하지 않은 채 내 귀에 대고 말한 것이 아니라 기분에 들떠 이렇게 말했습니다. "베를린으로 함께 오세요. 모든 것을 내버려 두고 오세요!"[29]

Nr. 460 [우편엽서 소인: 프라하로추정]
1916년 8월 16일

그대여,—그대는 누구에게 어디에서 어떻게 그 일을 문의했습니까? 누가 어디에서 어떻게 그대에게 이에 대한 정보를 주었지요? 내게 중요한 일이라는 점에서 그대는 좀 더 자세하게 말해야 합니다. 목요일이 지나 그 소식을 받으려면 아직도 한참 남았다는 사실이 유감스럽군요. 월요일 이전에는 힘들겠지요. 서부 카페의 탁자에 대해서는 금방 기억할 수 없었습니다. 다만 연기가 자욱하고 서로 아는 낯선 사람들로 가득한 술집에 내가 언젠가 완전히 우울한 상태로 혼자 앉아 있던 모습이 눈앞에 떠올랐을 뿐입니다. 그다음에서야 베란다에서 그대와 토니와 함께 한 점심 식사가 생각났습니다. 나는 물론 당시에도 그리 쾌활하지는 않았습니다. 그러나 사 년 전! 나는 당시에 매력적이고, 검은 머리카락에, 정신이 건강하고, 잠을 오래 자고, (전래의 의미와는 다른) 완고한 청년이었음이 분명합니다. 이에 대해서 그대는 내게 편지해야 합니다. 그 시절을 기술하면서 다시 젊어지는 듯한 느낌이 드는군요.

안녕히……프란츠

Nr. 461 [우편엽서 소인: 프라하로 추정]

1916년 8월 17일

그대여,—일요일 엽서에서처럼 불확실한 내용으로 나를 걱정하게 만들거나 최소한 불편하게 만들지 마세요. 어째서 갑자기 프란첸스바트[30]와의 마지막 저녁이 생각난 거죠? 그대의 머리를 스치는 많은 것들은 무엇인가요? 그대에게는 무엇이 완전히 명확하지 않은 거지요? 무엇에 대해 쓰는 것이 (또는 걱정하는 것이) 그렇게 어렵나요? 무엇에 대한 할 말이 아직도 많은가요? 이러한 암시를 가능케 한 강요는 솔직하게 말하는 것이 중요하다는 것을 보여줍니다. 그러기를 간곡하게 부탁합니다. 저는 여기에서 그 어떤 것도 고려하거나 참작할 수 없습니다. 함께 있으면 침묵할 수 있습니다. 이것이 삶을 단축시키지만 평균적인 삶은 깁니다. 이와 반대로 서로 멀리 떨어져 있으면 기회가 주어질 때마다 솔직하게 이야기해야 합니다. 요약해서 말하자면 우리는 현재 각자가 서로 다른 섬에 있으며 우편선은 일 년에 한 번 지나갑니다. 이때에도 그대는 글을 암시적으로 쓰렵니까?

안녕히……프란츠

[가장자리에] 제발 'pořič'이라고 정확히 좀 써주세요. 읽을 때마다 화가 납니다.

Nr. 462 [우편 엽서 두 장 소인: 프라하]
1916년 8월 18일

그대여,—어제는 아무런 소식도 없었습니다. 화요일에는 "그녀"가 내게 편지를 쓸 시간도 마음도 없다고 생각했습니다. 그러나 오늘 편지와 엽서가 왔습니다. 매우 사랑스럽고 훌륭합니다—그대가 마침내 국민 보호 시설과 접촉한 사실이 나를 한없이 기쁘게 합니다. 그대는 어디에서 그 부인과 대화했나요?—기록들. 예, 그것은 어렵습니다. 특히 개인 명부를 얻기는 쉽지 않지요. 내가 태어난 지도 벌써 오래되었습니다. 나는 내 서류를 그대 가족이 이 년 전에 벌써 베를린의 누군가에게 주었다고 믿고 있습니다. 서류를 제출한 곳이 사원인지 아니면 관청인지는 모르겠습니다. 어쨌든 이에 대해 알아보겠습니다. 하지만 그러기 위해서는 힘찬 도약이 필요합니다. 끝없는 시간을 관찰해보면 지나가는 일 분 일 분이 그대를 나만큼은 뒤흔들지 않는다는 것을 확신하게 됩니다. 하지만 그렇다 하더라도 우리는 이 점에서 의견의 일치를 보고 있습니다. 이것은 좋은 일이기도 합니다. 부탁이 하나 있습니다. 내 사촌이 결혼했다는 것은 그대도 알고 있겠지요. 그는 부모님이 주는 결혼 선물로 그림 한 점을 원했습니다. 나는 화가인(내가 높이 평가하는 화가로서 우리 사이에서 언젠가 한 번 언급된 적이 있습니다) 프리츠 파이글(빌머스도르프, 바크호이슬러 거리 6번지)에게 편지를 보냈습니다. 값을 낮추기 위해, 온당치 못한 방법이지만 "내가" 선물할 그림이라고 거짓말을 했지요. 그는 내가 지목한 그림들이 현재 쾰른에 있으며 자신은 베를린에 있는 그림들 중에서

718

어느 것을 골라야 할지 모르겠다는 답장을 보내왔더군요(동시에 그는 이백 크로네가 너무 많은 금액이 아닌지 물었습니다. 사실 너무 많은 금액입니다). 그가 그대와 만나고 그대가(평균적인 유대인 결혼 선물에 대한 공평무사한 시각으로) 선물을 고를 수 있도록 그에게 편지해도 될까요? 경우에 따라서 그대는 볼 만한 가치가 있는 많은 것, 즉 그와 그의 그림들뿐만 아니라 그의 부인과 집도 보게 될 것입니다.

안녕히……프란츠

Nr. 463 [우편 엽서 소인: 프라하]

[1916년으로 추정] 8월 19일

그대여,—화가 파이글 문제로 엽서를 보냅니다. 그대의 답장이 도착할 때까지 그를 기다리게 하고 싶지는 않습니다. 그에게 백오십 크로네를 제안하겠습니다(이 금액은 구매 가격이 아니라 호의라고 생각합니다. 이백 크로네 역시 더 많은 금액이기는 하지만 호의가 담긴 가격입니다). 또한 그가 동의할 경우 그대에게 전화로 연락하고 그대와 함께 그림을 골라달라고 부탁할 생각입니다. 그대의 답장을 기다리지는 않겠습니다. 그대가 혹시 이 일에 신경 쓸 수 없을 경우 그에게 전화가 오더라도 그가 직접 그림을 골라줄 것을 나와 합의했다고 말하면 되니까요. 그냥 그가 기분 내키는 대로 고르면 된다고 하세요.

프란츠

Nr. 464 [우편 엽서 두장 소인: 프라하 1916년 8월 20일 자로 추정]

1916년 8월 19일

그대여,—아무 소식도 없군요. 그러나 불규칙적인 연락은 이런 경우에 단지 연락이 늦어진다고 믿을 수 있는 적지 않은 장점이 있습니다.—사람들이 순간적이나마 항상 현재의 기쁨을 누려야 한다면 내 기쁨은 유대인 국민 보호 시설과 관계를 맺기 시작한 그대의 근황을 아는 데 있습니다. 그대가 그대 어머니에 대해 편지한 내용과 관련하여 벌써부터 어떤 말을 해주고 싶었습니다. 즉 나는 그대 어머니가 그대에 관해 알고 싶어 한다는 것과 그대가(나는 이것을 그대보다 더 잘 이해합니다) 아무 말도 하지 않는 것, 이 두 가지를 모두 이해합니다. 하지만 그 사이에는 일종의 균형이 가능해야 합니다. 많은 것을 이야기하지는 못하더라도 함께 고민할 수는 있어야 하지요. 우리 사이의 연락에 관한 한, 이런 사실은 절대적으로 확실합니다. 그리고 서로 연락해야 할 시기 자체도 비교적 확실합니다. 우리의 미래의 삶에 관한 세세한 부분들은 (프라하는 제외하고) 미래에 맡겨야 합니다. 예를 들어 내게 이것을 말하려면 끝없는 강요가 필요하다 할지라도 어머니에게는 그것이 가능한 일입니다. 그러나 그대 어머니는 우리들의 미래에 대해서 보통 어머니와는 다른 관심을 가지고 있습니다. 그래서 미래가 순간적이나마 모호할수록 의견을 내놓을 것을 더욱 요구하게 되는 겁니다.—이와는 반대로 그대가 일요일 낮에는 집에 있어야 한다는 어머니의 요구는 이해하기 힘듭니다. 그것은 그런 식으로 요구할 수 있는 성질의 것이 아닙니다. 특히 그대는 저녁에 자주 어머니와 함께 지내고 있고, 문제가 된 것은 날씨가 좋은 두세 번의 일요일이기 때문입니다. 그대가 이에 대해 만족스러운 대답을 주지 않을 경우 내가 직접 이 문제를 가지고 그대 어머니에게 편지하겠습니다. 매우 악의적으로 들릴지 모르지만 그렇지 않습니다.

안녕히······ 프란츠

Nr. 465 [우편 엽서 세 장 소인: 프라하로 추정]

1916년 8월 21일

그대여,─목요일 아침에 그대는 드라고너 거리[31]가 아니라 프리드리히스하겐에서 저녁 시간을 보낼 생각을 했습니다. 이것은 건강이나 경관의 측면에서 올바른 결정이었으나 그대가 일요일에 서부 카페에서 얻으려고 했던 정보를 고려할 때 조금은 실망스러웠습니다. 월요일에 츨로시스티 박사가(여기서 그녀에 대한 평판은 매우 좋습니다. 그녀에게서 받은 인상은 어땠나요?) 준 정보가 그전의 정보를 무효로 만들었음이 분명합니다. 아직 진행 중이고 완결되지 않은 일이어서 그대가 처음부터 시행 착오를 거치며 많은 것을 체험할 수 있는 장점이 크다는 의미에서 나는 그대에게 주의를 환기시키려고 했습니다. 그대의 소식을 받는다면 정말 기쁘겠습니다.─그래요, 폰타네! 그대는 그의 부인이 비록 자주 부당한 행동을 했다 할지라도 그녀를 함부로 대해서는 안 됩니다. 나는 햇수를 거론하기는 했지만 폰타네가 당시에 쉰일곱 살로서 자신에게 정당한 요구를 제기할 수 있었다는 점은 말하지 않았습니다. 물론 이러한 요구는─내가 믿기로는─다섯 명의 아이가 있는 가족의 요구와는 상반된 것이었습니다. 그는 옳았지만 간단한 문제는 아니었지요. 이 일과 관련하여 그의 부인에 대한 또 다른 편지 구절은 다음과 같습니다. "정서적으로 그녀가 인간은 모든 것에 익숙해진다는 유명한 일상의 명제에 안주하고 있는 것을 내가 받아들이지 않을 경우, 나는 그녀의 요구를 한없이 매정하다고 하지 않을 수 없습니다. 이 명제는 틀린 것입니다. 나는 되도록 감상적으로 되지 않으려고 합니다. 그러나 나이에 상관없이 수많은 사람들이 비탄, 그리움, 상심으로 인해 가슴이 무너져 내리는 듯한 느낌을 갖는 것 또한 분명한 사실입니다. 하루하루의 삶이 인간이 모든 것에 익숙해지는 것은 아니라는 것을 증명하고 있습니다. 나 역시 모든 것에 익숙해질 수는 없을 것이며, 무언가를 견뎌내야만 할 경우에도 울적해지거나 신선한 것이 변질된 것으로, 또는 정신적으로 살아 있는 것이 정신적으로 죽은 것으로 바뀌는 슬픈 변화를 체험하게 될 것입니다. 물론 이것도 '익숙해지는 것'이라고 할 수 있습니다. 그러나 어떻게 익숙해진다는 말입니까!"[32] 이 모든 것은 원래의 편지 내용보다 더 피상적이고 가볍게 말한 것입니다. 아니 오히려 편지 내용 자체가 실제보다 더 피상적인지도 모릅니다. 왜냐하면 폰타네는 가능한 한 이 문제를 뛰어넘으려 했으니까요. 그러나 부인에게 이것을 이해하라는(내 생각에는 함께 체험하자는) 그의 요구는 너무 심했습니다. 나는 그럴 가능성을 부인합니다. 그녀는 물론 그에 대한 신뢰에서 침묵했어야 합니다. 그러나 그녀가 긴 결혼 생활 동안 그것(신뢰와 침묵)을 배우지 못했다면 이제 와서 기대할 수는 없는 노릇입니다. 더군다나 우리에게는 정식 재판을 여는 데 필요한 그녀의 편지들이 없습니다. 이만 줄이겠습니다. 내일 다시 소식이 오기를 바라고 있습니다. 오늘 사무실에서 나를 깜짝 놀라게 하긴 했지만, 작은 쥐가 덫에 놓인 베이컨을 덥석 물듯이 그대의 엽서를 낚아채겠습니다.

안녕히…… 프란츠

Nr. 466 [우편 엽서 소인: 프라하로 추정]

1916년 8월 22일

그대여,─지금 타자기 옆에 앉아서 타자 치는 일을 해보고 있습니다. 타자수가 휴가 중이거든요. 지금 이 순간 그녀에 대한 그리움으로 병이 날 지경입니다. 왜냐하면 그 업무를 대신할 남자는 참을성 있고 열심이며 겁이 많은 사람이지만(때때로 그의 가슴이 뛰는 소리를 듣습니다) 왠지 모르게 신경에 거슬리기 때문입니다. 내일, 아니 내일 모레면 그녀가 다시 옵니다. 그대의 여자 보조원은 어떤가요? 그대는 그녀에 대해서는 아무 말이 없군요. 좋은 생각이 있습니다. 내게 보낼 편지를 타자기로 쳐보세요. 거기에는 이를테면 지난 일요일의 안부 편지보다는(금요일과 토요일에는 아무것도 받지 못했습니다) 훨씬 많은 내용을 담아야 합니다. 아마 타자기로 친 편지는 검열을 더 빨리 통과할 수 있을 겁니다.—벌써 두 번씩이나 일요일에도 사무실에 나오게 하다니 매우 부당한 일입니다. 무엇이 잘 안 되나요? 국민 보호 시설에 관해서는 새로운 내용이 없어서 매우 아쉽습니다. 물론 오래된 것이지만 또 하나의 생각을 말해볼까 합니다(타자기 곁으로 그들이 몰려옵니다). 그대의 사진 몇 장을 보내줄 수 있나요? 더군다나 그대는 이것을 내게 약속하지 않았나요?—오늘 막스와 그의 부인이 내 충고와 안내서를 갖고 마리엔바트로 갑니다. 마리엔바트에 다시 한 번 대리인을 두게 되어서 정말 기분이 좋습니다. 그곳은 너무 멀고 우리에게는 상실된 곳입니다(남자는 타자기 옆에서 눈물짓습니다). 잘 있어요. 항상 그렇듯이 그레테 양에게도 안부를 전해주세요.

프란츠

『유디셰 룬트샤우』를 읽기는 했나요?[33]

Nr. 467 [우편 엽서 소인: 프라하로 추정]
1916년 8월 24일

펠리체, 그대에게 매우 만족하고 있습니다. 다만 그대는 내가 얼마나 만족하고 있는지 보여주기에는 너무 멀리 떨어져 있습니다. 레만 박사로부터 곧 통지가 오기를 바랍니다. 그대의 계획은 아주 좋습니다. 중요한 것은 그대가 무엇을 하느냐와 그것을 어떻게 하느냐입니다.

물론 후자가 더 중요하지요. 결정적인 것은 오직 그것에서 발전된 어떤 것입니다. 다시 말해서 그러한 통합에 담겨 있는 커다란 힘과 접속의 가능성들이 그대에게 생생하게 나타나는 것입니다. 어쨌든 그렇지 않아도 과중한 부담에 시달리고 있는 그대를 위해서 그리고 우선은 조용히 전체적으로 살펴보아야 할 업무를 위해서 처음에는 일을 조금만 맡도록 하세요.

[가장자리에] 금요일과 토요일에는 아무런 소식도 받지 못했습니다. 분실된 걸까요?

Nr. 468 [우편 엽서 소인: 프라하로 추정]
1916년 8월 25일

그대여,—사람들은 시간을 엄수할 수 있을 때는 그것을 지키려고 노력하지 않습니다. 따라서 이제 와서 한탄해서는 안 됩니다. 하지만 아침에 한탄하는 경우가 몇 번 있습니다. 슈바베 양은 누군가요? 그 이름은 그대에게서 들어본 기억이 없습니다. 그녀가 화가 파이글에 대해 좋은 이야기는 그다지 하지 않은 것 같군요. 그의 집과 부인을 볼 만한 가치가 있느냐 하는 그대의 회의가 여기에서 나온 것을 전제로 하면 그렇습니다. 실제로 나는 그와 그의 그림들을 알 뿐이고, 그의 부인에 대해서는 피상적으로만 알고 있으며 그의 집은 전혀 알지 못합니다. 그대에게 볼 만한 가치가 있는 것은, 내 생각에는 많은 진실이 담겨 있으면서도 이해하기 힘든 살림살이의 구조와 같은 전체적인 것의 실례입니다. 게다가 오늘 도착한 파이글의 엽서에 따르면 ("당신의 신부를 개인적으로 알게 된다면 매우 기쁠 것입니다"), 그는 대략 여덟 점의 프라하 그림을 선택하려는 것 같습니다. 이 그림들을 프라하에서 본 적이 있지만, 기억 속에서 각각의 그림을 구별해낼 수는 없습니다. 다만 내가 당시에 이 모든 그림들을 놀란 눈으로 응시했다는 사실만큼은 기억납니다. 현재 이 그림들은 쾰른에 있지만 모든 정황 증거로 볼 때 곧 베를린으로 옮겨질 듯합니다(분명합니다!). 그것들이 도착하자마자 그는 그대에게 전화할 것입니다. 이제 나는 타자기의 비인격성에서 벗어나 최고로 인격적인 인사 속으로 뛰어듭니다.

프란츠

Nr. 469 [소인: 프라하]
[1916년으로 추정] 8월 26일

그대여,—좋은 사진 한 장을, 요구하지 않았는데도(그러나 이런 요구를 담은 편지가 가는 도중에 있습니다) 보내준 데 특히 감사드립니다. 검은색 또는 청동색의 옷을 입은 그대는 특히 자세에서 두드러지고, 하얀 옷을 입은 그레테 양은 매우 진실해 보입니다. 쉬르만 양은 얼굴, 눈, 코, 미소 등이 가식적이고 억지로 치장한 듯이 보인다는 말은 피하고 싶지만, 무슨 말을 하기에는 너무 즉흥적입니다. 특히 매우 훌륭하게 보이는 오빠 곁의 그녀 모습은 무거워 보입니다. 그러나 이것은 그 어떤 심판도 아닙니다.—일요일의 문제는 하루 종일 걸리는 최초의 일요일 소풍에 관한 소식을 받아야만 해결된 것으로 생각할 수 있습니다. 몇 가지 질문에 대한 대답을 아직 받지 못하고 있습니다. 이를테면 마리엔바트에서의 마지막 저녁에 대한 갑작스러운 기억은 무엇을 의미하는지, 또 그대의 어머니와 우리의 미래가 어떤 관계에 있는지에 관한 질문 말입니다.

안녕히…… 프란츠

Nr. 470 [우편 엽서 소인: 프라하]

[1916년으로 추정] 8월 30일

그대여, 오랫동안 아무 소식이 없군요. 나도 좀 혼란스러웠습니다. 하지만 이것은 결코 예외적인 경우가 아닙니다.—그대가 파이글에게서 어떤 인상을 받았는지 매우 궁금합니다. 그대가 정확하게 기억하고 있듯이 나는 그에 대해 편지했지만 그의 베를린 집에는 가보지 않았습니다. 그를 방문하는 일로 아마 날씨가 좋았을 일요일 오후를 허비한 것 같아 안됐습니다. 물론 오후뿐이었지만, 한낮에는 손님이 왔지요. 따라서 그대는 야외로 나갈 수 없었습니다. 겉으로는 다음 기회에 그렇게 하기를 바랐지만 근본적으로는 기꺼이 그렇게 하고 싶었고, 발덴부르크 사람들이[34] 때마침 아침에 떠났는데도 말입니다. 대부분의 책임은 내게 있습니다.. 그럼 때문이지요.—유대인 국민 보호 시설요? 이에 대해서는 이렇게 말하고자 합니다. 즉 아마도 일을 위해서는 어느 정도의 비용이 필요합니다. 그대는 이 비용을 내가 부담하도록 해야 합니다. 그대의 작업에 대한 기쁨 외에도 내게 또 다른 형태로 참여할 기회를 주기 위해서입니다.

프란츠

Nr. 471 [우편 엽서 두 장 소인: 프라하로 추정]

1916년 8월 31일

그대여,— 편지와 상세한 내용에 대해서 진심으로 감사드립니다. 타자기로 친 글은 실망스러운 점이 있습니다. 그래서 혹시 살아 있는 어떤 것을 붙잡을 수 있을까 싶어서 차가운 종이 뒷면을 보게 됩니다. 그러나 장점도 큽니다. 내가 보기에 그대는 타자기에 더 익숙한 듯합니다.—나는 그대가 그 화가 부부와 어울렸으면 좋겠습니다.

우선 그와 단둘이서 이야기를 나누다 보면 그를 좀 더 잘 알 수 있게 되리라 믿습니다. 그대는 그림들을 보고 믿음을 갖게 되었다고 했지만, 내게는 그런 경우가 매우 드뭅니다. 파이글의 그림 두세 점 앞에서는 그런 느낌을 가졌었지요. 나는 심지어 그가 이미 많은 업적을 남겼다고 믿습니다. 그들이 결혼한 지는 벌써 삼사 년이 되었습니다. 그녀는 내게 좀 차갑게 보였습니다. 그러나 커피숍에서 한 시간, 산책하면서 삼십 분을 같이 보낸 것만으로 그녀를 판단할 수는 없다고 생각합니다. 그녀는 이상한 것들을 한 곳에 뭉쳐놓은 사람처럼 보였습니다. 그러나 그녀는 이런 일체감에 매우 만족하고 있었기에 나 역시 그녀를 기꺼이 인정했습니다. 학창 시절의 그에 대한 기억은 별로 남아 있지 않습니다. 그의 모습을 상상해보려고 하면 맨 뒷자리에 앉은 무능하고 키가 큰 학생이 떠오릅니다. 그러나 그것이 그의 모습인지는 확실치 않습니다.—말하거나 생각할 때의 그의 방식, 즉 반쯤은 미친 것 같지만 매우 조직적인 그의 방식은 내게 강력한 영향을 미치고 있습니다. 영원히 찾는 듯하면서 영원히 방심하는 그것을 그대가 "순간적인 낙관주의"라고 말한다는 점에서 나와 완전히 의견이 일치합니다. 물론 그대는 그것을 다만 느낌으로 알고 있을 뿐입니다. 왜냐하면 차를 마실 때는 그것이 명확하게 나타나지 않기 때문입니다. 어린 시절의 어떤 것이 그의 부인에게 영향을 끼쳤는지 내가 설명할 수는 없습니다. 그녀는 비록 차갑고 우울하며 자존심이 강하다 할지라도 그의 본질 속에서 살아가고 있습니다. 내게는 그렇게 보였습니다. 그대는 파리 그림이 결혼 선물로 적당하다고 생각하나요? 그것은 어떤 그림이지요? 얼마나 큰가요? 그가 그것도 보내줄까요? 우리는 백오십 크로네를 지불합니다. 그림 값으로는 매우 작지만 선물 값으로는 매우 큰 액수입니다. 기회가 있으면 오후의 일과에 대해서 편지해주세요. 그곳에서 어떤 느낌을 갖는지에 대해서도.

프란츠

[가장자리에] 블로흐 양은 그것을 어떻게 견뎌내고 있으며, 그것은 그녀에게 무엇을 의미합니까?

Nr. 472 [우편 엽서 소인: 프라하로 추정]
1916년 9월 1일

그대여, 어제의 편지가 아직도 나를 기쁘게 합니다. 그 편지에서 특히 두 가지가 그렇습니다. 즉 훌륭한 관찰력과 사람에 대한 존경심입니다. 그날 오후에 대해, 특히 그대가 보았던 것에 대해 조금 더 이야기해주세요. 그[프리드리히 파이글]는 큰 일을 계획하고 있습니다. 즉 뮐러 출판사를 위해 도스토예프스키 주요 저서에 삽화를 그리는 일입니다. 그가 그대에게 그 일부를 보여주었나요? 최근에 그들 부부와 이야기를 나눴는데, 그들 역시 그대가 말하던 울적함을 느끼고 있더군요. 하지만 이번엔, 사무실로 나를 방문했던 파이글의 동생이 이야기하듯이 그 울적함은 근거가 있습니다.—그레테 양의 괴로움이 내 마음에까지 전해집니다. 그대가 이전에는 이해할 수 없게도 여러 번 그랬지만(나는 그것을 가장 잘 이해합니다. 누군가 온 힘을 다해 어딘가로 들어가려 하지만 곧바로 멱살을 잡힌 채 밖으로 끌려 나오는 때가 있지요) 이제는 그녀를 떠나지 않으리라 확신합니다. 그녀에게 그대가 잘한다면 또한 나를 대신해서 잘하는 것입니다. 머리가 예외적으로 삼 일간 편안했었는데 어제부터 열이 납니다. 발끝부터 머리끝까지요. 이 주일 전 의사한테 갔었는데 그는 의사로서 할 수 있는 최대한 친절 했습니다. (내 절망의 발작은 창밖으로 이끄는 것이 아니고 진찰실로 이끕니다) 그것에 대해 다시 이야기하겠습니다.

진심으로 안부를 전하며…… 프란츠

Nr. 473 [우편 엽서 소인: 프라하로 추정]

1916년 9월 3일

그대여, 몇 마디만 씁니다. 오틀라가 수영 교습소에서 기다리고 있는데 늦었거든요. 반갑지 않게도 피가 다시 머릿속으로 몰립니다. 그래서 그것을 조금 밖으로 내몰아야겠습니다. 그대의 언니에게 아직 글을 쓰지 못했습니다. 한 전보에 그녀의 주소가 있는데, 아직 그것을 찾지 못했거든요. 다만 그대에게 할 수 있는 말은, 만일 그녀에게까지 위험이 닥친다면 거의 모든 것이 다 끝장이라는 것입니다. 그 가능성을 결코 배제하진 않지만 오늘 그런 걱정으로 옥신각신해서는 안 됩니다. 어쨌든 그녀에게 편지를 하겠습니다. 그대 어머니께서 미래가 해결되길 바라는 것은 사실 나를 위해서가 아니라(진실을 말하자면 단지 아파트 문제만 생각했습니다)—그것에 대해 의논하는 것이 좋은 일이긴 하지만—오히려 어머니 자신을 위해서입니다.[35] 그대의 저축은 나에겐 완전히 그리고 거의(화내지 마세요!) 이해할 수 없는 놀라움입니다. 다음에 그것에 대해 더 이야기하지요.

프란츠

Nr. 474 [우편 엽서 소인: 프라하로 추정]

1916년 9월 7일

그대여, 삼 일이나 소식이 없었는데 그 대신 오늘 사진과 함께 편지가 왔습니다. 아주 잘 나온 것은 아닙니다. 그중 하나는 마치 "트로이 여인들"의 장례 합창을 위한 무대 본연습을 보여주는 것 같습니다. 그렇지만 내게 깊은 감동을 주기에 그것을 꼬옥 끌어안습니다. 종종 내게 그런 즐거움을 주길 바랍니다. 아이들에 대한 그대의 질문은 가장 어려운 문제이자, 정말로 풀 수 없는 문제이기도 합니다. 게다가 그 문제는 내 절망─발작의 한 전제 조건으로서, 해결할 수도 등한시할 수도 없습니다. 이 절대적 권능에서 어떤 채찍질이 휘둘러졌는지! 그대의 질문 방식은 대답하기 어려운 것이 아닙니다. 세 쌍의 부부 중 어느 쌍에게나 분명한 변명이나 정당화의 시도가 나타납니다. 그 누구도 정당화할 수 없는 것을 원치는 않습니다. 적어도 자신을 정당화하는 시도, 즉 그 관계보다는 오히려 자신을 정당화하는 시도를 하지요. 여자에게 그것은 죄이자 단점이고, 남자에게는 그저 벌충되어야 할 죄입니다. 어느 정도는 수긍이 가는지요?
집에서 이 엽서를 막 끝내려고 하는데『베를리너 타게블라트』(9월 5일 석간)에서 "어머니와 젖먹이"에 대한 전람회와 그곳에서 있을 강의에 대한 안내를 보았습니다.

안부를 보내며…… 프란츠

[가장자리에] 타자기로 글을 쓰는 것에 절대 반대하지 않습니다.

Nr. 475 [우편 엽서 소인: 프라하로 추정]
1916년 9월 8일
그대여, 그대가 5일과 6일에 쓴 편지가 왔습니다. 정말 고맙습니다. 아파트에 대해 쓰고 있군요. 어제는 고요함을 갈망했습니다. 완전하고도, 뚫고 들어갈 수 없는 고요함을요. 들을 수 있는 귀가 있고 삶의 불가피한 소음을 그 안에서 엄청나게 만들어내는 머리를 갖고도 그 소원을 이룰 수 있을까요? 내가 생각하기에 고요함은 마치 해변가의 물이 물가에 밀려난 물고기를 피해 가듯이 나를 피해 갑니다.

어제는 오토 카우스의 『도스토예프스키』를 읽으며 거의 황홀한 시간을 보냈습니다.[36] 마리엔바트에서 그대에게 블라이의 사진을 보여주었는데, 그 옆에서 제복을 입고 있었던 남자가 카우스입니다.

그 책을 그대에게 추천할 수는 없습니다. 왜냐면 그 책은 적어도 처음에는 전혀 이해할 수 없는 것처럼 보이기 때문입니다. 그러나 우리 시대와 문학에 대해 정통한 사람이라면 누구나 가질 수 있는 그런 관점에서 보면 그것은 너무나 단순합니다.

프란츠

Nr. 476 [우편 엽서 소인: 프라하로 추정]

1916년 9월 9일

그대여, 아직 그대 언니의 주소를 모릅니다. 그러나 지금쯤 그대는 처음 가졌던 흥분 상태에서 벗어났으리라 봅니다. 모든 것이 절박하진 않으며 다만 바람직할 뿐입니다. 그대가 파이글 부부와 잘 지내고 있고 그들이 떠날 것이 분명하니, 혹 그들에게 작별 겸 위로의 방문을 할 수도 있지 않을까요. 아니면 먼저 적당한 카드를 보내는 것이 더 나을지도 모르겠군요. 그는 아직 나한테 편지를 하지 않았고 사진도 오지 않았습니다. 그런데 그는 자신의 삽화들에 관하여 국립 미술관(보데?) 관장으로부터, 특별히 그의 우울증을 없앨 목적으로 쓴 아주 멋진 편지를 받았다고 합니다. 더구나 그의 부인이 그렇게 옷에 많은 관심을 보인다면—특히 그대가 입은 옷이 상복은 아니니—그녀는 그리 나쁜 상태는 아닐 것입니다. 모든 여자들이 비슷하다는 그대의 말은 나를 겁주기 위해서인가요? 그러나 신뢰의 표시로 그 말마저도 받아들이겠습니다. 그대의 목요일 저녁에 대한 소식을 고대하고 있습니다.

서류에 관해서 내가 필요로 하는 것은 내 출생 증명서와 거주권 증명서입니다. 얻기가 아주 쉽다고 합니다. 단지 몇 시간만 내면 됩니다.

안부를 전하며…… 프란츠

[가장자리에] 방금 파이글 동생[에른스트]이 그의 시를—다가가기는 좀 어려우나 아주 진실된 시를—가지고 왔습니다.³⁷

Nr. 477 [우편 엽서 소인: 프라하로 추정]

1916년 9월 10일

그대여, 일요일의 서두름 속에서. 다시 오틀라와 함께 갑니다. 그저께는 휴일이라 내가 최근에 발견한 두 군데 멋진 곳에 갔었습니다. 트로야 근처지만 그 숲 언저리보다³⁸ 훨씬 더 아름답습니다. 그중 한 곳은 아직 길게 풀이 자라 있고, 가깝거나 멀게 그 간격은 불규칙하지만 낮은 제방으로 완전히 둘러싸여 있습니다. 게다가 황홀한 햇빛이 내리쬐고 있지요. 그곳에서 멀지 않은 다른 한 곳은 깊고 좁으며 굴곡의 변화가 심한 계곡입니다. 두 곳 다 인간이 쫓겨나고 난 후의 낙원처럼 조용합니다. 그 평화를 방해하려고 오틀라에게 플라톤을 큰 소리로 읽어줍니다. 그 애는 내게 노래를 가르쳐주었습니다. 내 목 어디엔가 황금이 있음에—비록 양철 소리가 나긴 하지만—틀림없습니다.

안부를 전하며…… 프란츠

1916년 9월 11일

그대여, 아직 이른 시각입니다. 일이 나를 기다리고 있고 부장도 기다리고 있지만 내 머리는 다시 또 충분히 자지 못한 관계로 차라리 의자에 기대어 쉬고 싶어 합니다. 그러나 나는 그대를 위해 여기 타자기 앞에 앉아 있습니다. 그대의 편지가 내게 주는 기쁨은, 내 두 팔꿈치가 다 자유로울 수 있는 큰 공간에서만 표현될 수 있다고 생각하기 때문입니다. 가장 중요한 일은 그대와 국민 보호 시설이 드디어 만나게 된 것입니다. 그 밖의 다른 일들은—좋은 일, 일어날 수 있는 가장 최고의 일들은—저절로 생겨납니다. 외적인 일들에 대한 그대의 판단에 대해—칭찬뿐 아니라 비판도 함께—여기서 할 수 있는 한 전적으로 동의합니다. 그러나 우리의 집을 갖추는 데 있어 피아노를 한 본보기로 삼는 것은 받아들이지 못하겠습니다. 물론 그 모든 것은 사전의 또는 부수적인 일입니다. 주된 일은 인간, 단지 인간입니다. 그것에 대해 더 듣기를 바랍니다. 레만 박사와 그의 강연에 대해 몇 마디만 하겠습니다. 그대가 강연에서 들은 것에 대해서 그리 많이 놀라지 않았다고 하고선(조금은 깔보는 듯 들렸습니다) 강의에서 표현된 사고에 대해서는 오랫동안 낯설게 느꼈다는 것(분명 너무 작다기보다는 오히려 너무 큰 놀라움을 표현하는 것입니다) 사이의 모순을 이해하지 못하겠습니다. 더욱이 강연에 관해서 말하자면, 그대는 엄청난 행운을 얻은 듯합니다. 왜냐면 그것이 핵심적인 질문, 즉 내가 생각하기에 결코 가만 있지 못하고 시오니즘의 기본을 동요시키기 위해 계속 되살아날 문제를 다루고 있기 때문입니다. 그러나 그대를 위해서도 처음으로 중요한 이 일은 그런 동요 앞에서 비교적 안전하게 잘 보호받을 것입니다. 그리고 아마도—아마도라고 하기엔 너무 지나쳐 그 말이 나오려 하지 않습니다. 어쨌든 그곳에서 처음 행해진 그 일을 위해선 내가 일전에 보내주었고 다시 한번, 또 영원히 추천하고 싶은 『회고록』"에 미치고 있는 정신의 작은 입김만으로도 충분합니다. 자, 그곳에 있었던 사람들에 대해, 또 그대가 가장 예쁘다고 생각하는 아이에 대해서 듣고 싶습니다. 보호 시설의 아이들도 그곳에 있었나요? 토론을 진행하는 중에 누군가를 생각나게 하는 그런 토론도 있었나요? 블로흐 양도 있었다니 기쁩니다. 그녀는 뭐라고 하던가요? 그 모든 일에서 특히 나를 기쁘게 하는 것은, 그대 앞에 펼쳐진 이 일을 통해 그대가 지금까지 정말 중요한 일, 즉 그대가 갖고 있는 최선의 능력을 끌어낼 수 있는 그런 중요한 일에서 일부는(단지 일부만. 어느 누구도 자신을 완전히 부인할 수는 없습니다. 나를 지지한다면 그대도 나에 대해 같은 생각일 겁니다) 좀 벗어나 있었다는 사실을 인식하리라는 것을 내가 어느 정도 예감했다는(이렇게 말하는 것이 좀 건방질지도 모르나, 그 일이 너무 중요한 문제고 그대와 내가 가까운 사이니만큼 우리 사이에 건방질 것은 없다고 봅니다) 것입니다. 즉 그대의 사무실, 가족, 문학, 극장 들은 그것들의 본질상 그대 안의 가장 좋은 것 가운데 오직 일부만 요구할 수 있습니다. 그러나 여기에는 그대 안의 가장 좋은 것으로 인해 다른 모든 것들—그대의 가족까지 포함해서—에게 나름대로 유용하게 될 연결점이 있습니다. 이런 말을 하면서 내가 우리 두 사람과 우리 관계를 고의적으로 건드리려는 것은 아닙니다. 이 문제에 대해선 침묵을 지킵시다. 그러나 실제로 이런 생각의 여운이, 한 우연한 저녁으로부터가 아니라 전체 일과 그 가능성으로부터 그대에게 떠오른다면(그래서 이제까지의 그대 주변을 그것으로 채우고 또한 블로흐 양에게도 떠오른다면) 나는 아주 기쁠 것입니다.

내 두통에 관해 말하자면 최근엔 아주 번덕스럽습니다. 대체로 참을 만하지만 몇 차례 순교자처럼 되어버린 날엔 아주 심합니다. 내가 방문한 의사, 그리고 보통 의사들처럼 나를 자세히 진찰한 의사는 아주 기분 좋은 사람입니다. 조용하면서도 재미있고, 나이와 체격(어떻게 나처럼 키가 크면서 마른 사람을 신뢰할 수 있는지 이해하지 못하겠습니다), 그래요, 체격(두꺼운 입술, 크게 움직이는 혀)에 한해 지나치지 않으면서도 꾸밈없는 관심, 의학적인 일에서의 겸손함, 그리고 다른 특색들이 신뢰감을 불러일으킵니다. 그는 신경과민 이외엔 아무것도 발견하지 못하겠다고 했습니다. 그가 한 제안들은 좀 우스웠습니다. 담배를 너무 많이 피우지 말고 술도 너무 많이 마시지 말고(그러나 때때론 조금씩), 고기보다는 채소를 먹고, 저녁엔 고기를 먹지 말며, 때때로 수영장에 다닐 것 등등. 그리고 밤엔 조용히 누워 잠잘 것. 특히 그 마지막 제안은 구미가 당기는 것입니다. 그게 다입니다.

이제 그만 써야겠습니다. 벌써 다섯 번이나 잠시 중단해야 했는데 매번 더 위협적입니다.

지금까지 모호하게 언급되던 슈바베 양도 보호 시설에 왔었나요? 보호 시설과 관련해서 필요하고도 바람직한 지출에 대한 나의 요청에 따라 내가 부담하도록 허락하겠지요? 그런데 최근에 막스에게 『회고록』 한 권을 선물했습니다. 오틀라에게도 주려 합니다. 좌로 우로 그것을 선물합니다. 그 책은 내가 알기론 지금 현재 가장 우선적이고, 가장 적절하고, 가장 활기찬 격려입니다.

　　　　　진심 어린 안부와 함께…… 프란츠

Nr. 479

1916년 9월 12일

그대여, 내게 물어보았던 일에 관해 어제 답장에서 조금 암시했었지요. 물론 가장 중요한 것은 아니었습니다. 그것을 글로 쓸 수가 없습니다. 그리고 입으로 말할 수조차 없다는 것이 위안이 됩니다. 그대는 자신의 성격에 맞게 명확함을 정당하게 요구하고 있지만, 이 문제에 관해서 내 생각은 그대처럼 확실하지가 않습니다. 부정적인 의미에서조차도 명확하지 않습니다. 그러나 설사 그렇다 해도 그것을 전달하는 것은 망설이게 됩니다. 그대에게 어떤 잡지나 책을 건네며 그대에게 적합하다고 생각되는 정신적 거처를 향해 그대를 인도하려 할 수도 있었습니다. 그러나 그렇게 하지 않았습니다. 아마 별 소용이 없었을 겁니다. 이런 종류의 미약한 인도는—그대가 『회고록』에 대해 그러했듯이, 고개를 돌려버림으로 피했을 것이라는 사실을 차치하고라도—미약한 결과만 가져옵니다. 잘 피했다는 말을 덧붙입니다. 왜냐면 먼 곳에서 그대와 지리멸렬한 접촉을 시도하는 것은 경솔하기 때문입니다. 그리고 그렇기 때문에 내가 기대하지도 않았고 그럴 의도도 없었는데 마리엔바트에서 그대가 보호 시설에 대한 내 생각을 자발적으로 또한 아주 좋게 받아들였을 때 나는 정말 기뻤습니다. 그대는 이제 그것을 진척시키려 하고 있습니다. 보호 시설의 현실만이, 아주 작고 작은 그 현실만이 그대에게 중요한 것을 가르칠 수 있습니다. 좋은 선입관이든 나쁜 선입관이든 갖지 마세요. 나에 대한 생각이 이 선입관에 작용해서도 안 됩니다. 그대는 도움을 필요로 하는 사람들을 볼 것이고 현명하게 도와줄 수 있는 기회를 갖게 될 것이고 그대 안에 있는 이런 도움의 능력을 알게 될 것입니다. 그러니 도와주세요. 이것은 간단하지만 그 어떤 근본적인 생각보다 더 심오합니다. 그렇게 되기만 한다면 그대가 물어보는 다른 일들은 이런 간단한 사실에서 저절로 뒤따라 일어날 것입니다. 나로서는 그대가 이 일을 할 경우 어느 정도는 그대를 내게서 먼 곳으로 떼어놓아야 한다는 것을 고려하세요. 왜냐하면 적어도 현재로선—내 건강 상태를 생각하는 것이 아닙니다—나는 그런 일을 할 수 없기 때문입니다. 그런 일에 대한 헌신이 내겐 없습니다. 그것은 단지 어느 정도만 그렇다는 것입니다. 전체적으로 볼 때 그 어떤 일도 이 일이 만들어주는 그대와 나 사이의 정신적 유대보다 더 친밀하게 해주지는 못합니다. 그대가 그곳에서 다룰 모든 방법들, 그곳에서 짊어질 모든 수고(그대의 건강을 해쳐서는 안 됩니다), 그런 것으로 나는 살아 나갈—그대의 지난번 편지로 살아 나가듯이—것입니다. 내가 아는 한 그것만이 정신적 해방으로 이끌 절대적이고 유일한 길, 아니면 문지방입니다. 그리고 도움을 받는 이보다 도움을 주는 이에게 더 일찍 그것이 주어질 것입니다. 그것과 반대된 의견의 오만함에 주의하세요. 그것이 아주 중요합니다. 그런데 그곳 보호 시설에서 어떤 도움을 줄건가요? 사람들은 이미 자신의 피부에 평생 동안 꿰매어져 있기 때문에 그들 손으로 직접 그 솔기를 바꿀 수가 없습니다. 피보호자들은 기껏해야 자신들의 본질을 애지중지하며 봉사자들의 정신에, 아니면 좀 더 간접적으로 봉사자들의 삶의 방식에 접근하려 할 따름이죠. 즉, 다시 말해 현대 교육을 받은 서유럽 유대인의 상태, 베를린적 경향, 그리고 누구나 인정하듯이 이런 종류의 가장 좋은 유형에 접근하려 합니다. 그런 것으론 아주 조금만 달성할 뿐입니다. 예를 들어 만일 베를린의 보호 시설과, 피보호자들이 베를린 봉사자들인(그대여, 그들 중엔 그대가 있고, 나는 그 선두에) 다른 보호 시설, 그리고 콜로메아나 슈타니슬라우 출신인 동부 유럽 유대인이 봉사자인 곳 중에서 선택을 하라면, 크게 한 번 심호흡한 다음, 눈 하나 깜박이지 않고 가장 나중의 시설에 무조건 우선권을 주겠습니다. 그러나 이런 선택은 존재하지 않습니다. 동부 유럽 유대인의 가치와 대등한 가치는 아무도 갖고 있지 못합니다. 보호 시설에서는 주어지지 않지요. 이런 점에서 혈연적 교육조차 점점 더 실패하는 겁니다. 그러나 그런 것은 주어지지 않지만, 아마도—여기에 희망이 있는데—획득될 수, 얻을 수 있을 것입니다. 그래서 나는 보호 시설의 봉사자들이 이런 것을 획득할 가능성이 있다고 상상합니다. 그들은 단지 조금만 할 수 있고 소수이기에 조금만 달성할 것입니다. 그러나 그 의미를 파악하게 되면 정신력으로 할 수 있는 모든 것을 달성할 수 있습니다. 한편으로 그건 많은 것, 단지 많은 것입니다. 그것은 시오니즘에 달려 있습니다(나한테만 타당하지, 꼭 그대에게 그런 것은 아닙니다). 보호 시설에서의 일이 시오니즘에서 젊고 활기 찬 방법을, 오로지 젊은 활력을 얻음으로써, 다른 방법들이 실패하는 곳에서 국민적 노력을 불붙이고, 고대의 거대한 시대에 대한 동경을—물론 한계는 있지만 그 한계 없이는 시오니즘은 존재할 수 없습니다—일으킴으로써 가능합니다. 그대가 시오니즘을 어떻게 받아들이는지는 그대의 문제입니다. 그대가 시오니즘에 심취하면(무관심은 배제됩니다) 기쁘겠지요. 그러나 지금은 아직 그것에 대해 이야기하지 맙시다. 만일 언젠가 그대가 시오니스트라고 느끼고(그것은 이미 그대에게 다가왔습니다. 그러나 단지 다가온 것 뿐이고 아직 심취는 아닙니다) 나는 시오니스트가 아니라고 깨닫게 된다면(그것은 시험에서 잘 나타날 것입니다)—그렇더라도 나는 걱정하지 않을 것이며 그대도 걱정할 필요가 없습니다. 시오니즘은 선의의 사람들을 갈라놓는 그런 것이 아닙니다.

밤이 늦었습니다. 벌써 이틀이나 머리와 피가 전혀 진정되지 않습니다.

프란츠

Nr. 480 [우편 엽서 소인: 프라하로 추정]

1916년 9월 13일

그대여, 오늘은 소식이 없군요. 나의 지난 두 편지에 그대가 원하는 것이 너무 적게 들어 있다고 해도 나쁠 것 없습니다. 바라건대 우리가 자주 그 문제에 대해 이야기할 수 있으면 좋겠군요.

내가 전적으로 동의하고 있는 집 구하는 일은 어떻게 성공했나요? 옛 집을 계속 유지하는 것은 망상이었습니다. 망상이 늘 그렇듯이 경외심을 일으키는 망상이었지요.

그대가 금요일에 시행할 검사는 무슨 검사인지요? 그런데 왜 언제나 내게 공포심을 주는 치과 의사가 다시 나타나는 거죠?—나는 그대의 놀라운 저축액에 당연히 놀랐습니다. 그대는 마법의 손가락을 가지고 있음에 틀림없습니다. 밖으로 흘러 나가는 돈이 우회하여 다시 굴러 들어옴이 틀림없습니다.

그 점에서 나는 마력을 상실한 공무원다운 손을 갖고 있습니다.

프란츠

[가장자리에] 금요일 늦게라도 월요일 소식을 듣게 되길 희망합니다.

Nr. 481 [우편 엽서 소인: 프라하로 추정]
1916년 9월 15일

그대여, 오늘 11, 12, 13일의 엽서 그리고 12일의 편지가 왔습니다. 한꺼번에 몰려온 것이 나쁜 소식을 조금은 상쇄해줍니다. 그러나 아직까지 두통, 치통, 그리고 슬픔은 남아 있습니다. 그대가 보호 시설을 정기적으로 방문하는 것에 대해(처음 한 주에 대한 말로는 과장된 듯싶지만, 결국 그것을 정당화하리라 믿습니다) 나 자신에게, 그대에게, 우리 모두에게 감사하고 있습니다. 그 모든 일의 체재가 그대 맘에 든다니 큰 이득입니다. 그런데 그대는 그 일을, 비록 나쁜 일이 아니더라도, 외적으로 꺼려할 수도 있었습니다. 따라서 그대는 이 특별한

카프카의 편지 739

시험을 면하게 되었습니다. 물론 그렇다고 다른 시험들도 면제된다는 뜻은 아닙니다. 그대가 한 질문에 대해선 다음에 답하겠습니다. 오늘은 좋지 않은 타자기가 할당되었습니다. 그리고 시간도 없군요. 한가지만 더. 최근에 뮌헨에서 "현대 문학을 위한 밤" 행사의 일부로 낭독회에 초대받았습니다. 그리 나쁠 것 같지는 않습니다. 낭독하는 것을 좋아하는 데다, 그리고 어쩌면 그대도 올 수 있을지 모르니까요(10월 6일 아니면 11일). 그러나 내 기력과 시간으로 볼 때 여권 문제가—그런 목적을 위해서 극복할 수 없는 어려움은 아니지만—너무 큽니다. 매우 유감이지만, 거절해야 할 것 같습니다. 그날 밤 볼펜슈타인[40]과 함께 낭독을 할 예정이었습니다.

수없이 안부를 전하며⋯⋯ 프란츠

Nr. 482 [우편 엽서 네 장 소인: 프라하로 추정]

1916년 9월 16일

그대여, 다시 몇 마디만. 그러나 친밀한 말입니다. 보호 시설이 우리를 가깝게 해줍니다. 소녀들이 하는 질문을 겁내지 말아요. 차라리 소녀들을 두려워하세요. 그리고 이 두려움을 보호 시설의 가장 중요한 이득으로 생각하세요. 사실 그대가 두려워하는 것은 질문이 아닙니다. 언젠가는 질문하지 않는 것에 대해 실망할 겁니다. 그리고 그 소녀들의 질문만이 아니라 위협적인 사람, 또는 그대가 친절하고 충실하게 편지를 쓰고 있는 호의적이고 '유용한 사람들'의 질문도 그렇습니다. 덧붙이자면, 종교적인 문제 이외의 다른 문제에서 그들이 그대를 신뢰하는 것은 그대에게 달렸습니다. 종교적 문제에서 공유하는 것이 필요할 때는 도무지 알 수 없는 여러 가지 문제를 포함하고 있는 유대교의 어두운 복잡성이 효과를 발휘하게 하세요. 물론 사

알트노이시나고게(유태인 성당)의 내부

람들이 흔히 그러듯이 어떤 것도 흐지부지되어선 안 됩니다. 그것은 전적으로 옳지 않습니다. 교회당에 가는 것은 생각할 수 없습니다. 교회당은 몰래 숨어 들어가는 곳이 아닙니다. 어린아이였을 때 그럴 수 없었듯이 지금도 그럴 수 없습니다. 내가 어린아이였을 때 교회당에서의 시간이 너무나 지루하고 무의미해서 정말로 그 속에서 익사할 것 같았던 기억이 아직도 납니다. 그것은 그 후 내 사무실에서의 삶을 위해 지옥이 연출한 예행연습이었습니다. 단지 시오니즘을 위해 교회당에 몰려드는 사람은 사람들이 보통 들어가는 문으로 들어가는 대신 단지 율법이 든 궤를 좇아 교회당의 출입구로 들어가려는 사람처럼 보입니다. 그러나 내가 아는 한 그대는 나와 상태가 아주 다릅니다. 내가 아이들에게 말할 수 있는 것은(물론 그런 대화를 끄집어내는 것은 좋지 않습니다. 그것이 저절로 생겨나는 것도 드문 일입니다. 대도시의 아이들은 세상을 충분히 둘러보고 이해하고 그들이 동부 유럽 유태인이라면 스스로를 어떻게 보호하고 다른 사람을 어떻게 받아들일지 압니다) 나의 출생, 교육, 성향 그리고 환경 때문에 그들의 신앙에 대해 보여줄 만한 공통점이 전혀 없다는(계명을 지키는 것은 외적인 일이 아닙니다. 그와 반대로 유대 신앙의 핵심입니다) 것입니다. 따라서 아무튼지간에 나는 그것을 그들에게 고백해야 하지만(나는 그것을 솔직하게 행할 것입니다. 솔직함이 없이는 모든 것이 무의미합니다) 그대는 그들의 신앙과 분명한 연관이 있습니다. 다만 그 기억들은 도시의 소음과, 직장 생활과, 수년간 배어든 대화와 생각들의 혼란 속에 파묻혀 아마도 반쯤 잊혀져 있을 뿐입니다. 그대가 아직도 문지방 위에 서 있다는 뜻은 아닙니다. 허나 어쩌면 먼 곳에서 문의 손잡이가 빛나는 것을 보고 있는지도 모릅니다. 어쩌면 그대는 아이들의 질문에 슬픈 답만을 해줄 수 있을 것입니다. 나는 그것조차 할 수 없지만 말입니다. 그러나 모든 일에서 그들의 신뢰를 얻기엔 충분합니다. 자 그러니, 선생님, 언제 시작할 건가요?

그대 언니에게 편지를 했습니다. 그러나 한편으로는 그대가 나의 반론에 반박하지 않았고 다른 한편으로는 내가 편지를 해서는 안 된다고 하지 않았기 때문에 좀 미온적이나마 확신을 갖고, 그에 맞게 미온적으로 납득할 수 있는 편지를 보냈습니다.

프란츠

Nr. 483

1916년 9월 18일

그대여, 점심 식사는 뒤로 미뤄야겠습니다. 먼저 그대에게 짤막하게 답을 해야만 합니다.—그대가 그 일을 편안하게, 또한 동시에 열성을 가지고 시작한다니 좋습니다. 일요일의 소풍은 그대에게 의미 있는 일이었을 겁니다. 이곳의 날씨는 좋았습니다. 나와 오틀라는 따가운 햇볕이 우리를 똑바로 내리쬐는데도 조금 서늘한 기운을 느끼며, 그리 넓지는 않으나 아름다우며, 굴곡이 심하고, 멀리까지 사방이 잘 보이는 골짜기 언저리에 앉아 있었습니다. 우리는 슈트라호프의 『도스토예프스키에 대한 추억』을 읽고 있었습니다.[41] 그러나 지금부터는 푀르스터의 『청소년 교훈』[42]을 읽으려고 합니다. 푀르스터를 잘 알지 못하지만 그에 대해 좋은 말을 많이 들었습니다. 그러나 그 책에서 예로 든 것들은(펠릭스는 그것을 아주 높게 평가합니다) 나를 좀 당혹하게 했습니다. 이 경우에는 유대인 국민 보호 시설에서의 전반적인 일의 성격도 마찬가지입니다. 즉 사람들은 현실적 일을 위해 교수법을 본질적으로 터득할 수가 없다는 것입니다. 그러나 이성적인 교육학 책의 도움으로 사람들은 스스로의 교육적 능력을 불러일으킬 수 있고 알게 되고 평가할 수 있습니다. 책은 그 이상은 할 수도 없고 기대해서도 안 됩니다. 받아들여진 그대의 첫 번째 제안은 아주 적절하게 여겨집니다. 두 번째 것은 반신반의합니다. 만일 푀르스터를 강좌의 한 과정으로 읽게 된다면 사람들은 집에서는 읽고 싶지 않든지 아니면 아주 피상적으로 읽게 될 것입니다. 반면, 채택된 방법의 경우, 수업을 따라가려는 사람들은 그 책을 다, 즉 자신에게 할당된 부분뿐만 아니라 전체를 읽는 것이 당연합니다. 그러므로 그대의 걱정은 그리 심각한 것이 아닙니다. 누구든 푀르스터를 읽음으로써 배우게 될 것입니다. 그리고 만일 그대의 연구 보고를 통해 사람들이 푀르스터 외에도, 예를 들어, 펠리체에 대해서도 아주 조금의 지식을 얻을 수 있다면 그만큼 더 잘된 일입니다. 특히 교육학 책이 그 일을 위해 얻을 수 있는 성과를 참작할 때 그렇습니다. 제목으로 추론하건대 그대는 중요한 장 가운데 한 장을 받은 것 같습니다. 그런데 왜 거절한 후에? 누구나 다 분담을 맡는 것이 아닌가요?―빈에 있는 국민 보호 시설에 대한 책자를 얻도록 해보겠습니다. 그대는 어쩌면 그것에 대해서 더 정확한 정보를 줄 수 있을지 모르겠습니다. 또한 종교적 교육에 대한 이전의 강의에 대해서도 몇 가지 더 듣고 싶습니다.[43]—블로흐 양도 함께 있었나요?

그대에게 부과된 일이 많은데도 그대에게 너무 많은 글쓰기를 요구하는 것 같습니다. 다만 내가 말할 수 있는 것은 내가 그대에게 야기시키는 일이 크지만, 편지가 내게 주는 기쁨은 더 크다는 것 입니다. 그리고 단지 그대가 과로할 것에 대한 생각으로 그것이 감소한다는 것입니다. 그대의 부장은 베를린에 있습니까? 그대는 보조원이 있나요?

프란츠

Nr. 484 [우편 엽서 소인: 프라하로 추정]

1916년 9월 19일

그대여, 오늘은 아무 소식도 없군요. 어제 푀르스터의 『청소년 교훈』을 그대에게 보냈습니다. 더 정확히 말하자면 제본은 안 되었습니다. 그래서 그대가 이미 제본된 책을 가지고 있다 해도 분해할 수 있는 한 부를 갖게 되니 무거운 책을 늘 이리저리 어쩔 수 없이 갖고 다닐 필요가 없습니다. 어제 대충 읽었는데, 그대가 맡은 장은(두통에도 불구하고) 꼼꼼히 다 읽었습니다. 그 책은 나름대로 경탄할 만한 책이었습니다. 비록 나의 견해로는 그 밑에, 그 위로, 그 옆에 몇 마디 더 토를 달 것이 있지만요. 어제는 눕지도 않고 침대 모서리에 앉아 한 시간이나 더 그것에 대해 생각했습니다. 그러나 사무실에서의 오전이 지나고 나니 이제는 더 이상 기억에 남아 있지 않습니다. 그대가 맡은 장은 서른 문장으로 쉽게 요약할 수 있습니다. 연구 보고의 복사본을 보내주세요. 그리고 나서 그것에 대해 더 이야기하지요. 내가 그대에게 했던 말에 대해서도 몇 마디만 해주세요.—모든 수고를 다 했음에도 집을 찾지 못했다는 것이 가능한 일인가요? 나중에 집을 찾는 문제도 그리 가망은 없을 듯합니다. 어쩌면 내가 갈 수 있을지도 모르겠습니다." 그러나 막스가 초대를 주선했다는 것을 오늘 알았습니다. 그래서 가고 싶은 마음이 줄어들었습니다. 그대는 그 엄청난 여행을 할 건가요? 낭독회에 가기 위해서가 아니라—내가 원하는 것은 그것이 아닙니다—몇 시간을(약 다섯 시간이 될 것입니다) 나와 함께 있기 위해서 말입니다. 그러나 아직 확실하지 않습니다.

프란츠

Nr. 485 [우편 엽서 소인: 프라하로 추정]
1916년 9월 20일

그대여, 소풍을 같이 갔다니 아주 잘했습니다. 하지만 네 시간이나 걸어가는 것은 일주일 동안 지친 소녀에겐 너무 무리입니다. 설사 그것이 보호 시설에서의 저녁에 부족했던 공기를 보상해주고 운동을 보상해준다고 해도 말입니다. 어쨌든 조심하세요. 너무 많이 일을 떠맡지 마세요. 일주일에 하루 저녁은 퓌르스터, 하루 저녁은 강의가 최대한의 양입니다. 그리고 2주에 한 번씩 일요일을 희생하는 것이 적당합니다. 마리엔바트에서 알려준 일정 프로그램에 따라 일주일에 하루 저녁 가볍게 체조하는 것은 내게 즐거움을 줍니다.—[프리드리히] 파이글에 대해서는 들었나요, 아니면 그에게 편지를 했나요? 그가 프라하로 오리라고 생각합니다. 그렇지만 이상한 것은 그가 내게 편지도 하지 않고 사진도 보내지 않는다는 것입니다. 토요일부터 그대에게 아무 소식도 못 들었습니다. 분실된 걸까요?

프란츠

[가장자리에] 치과 의사는 무얼 하나요?

Nr. 486 [우편 엽서 소인: 프라하로 추정]

1916년 9월 22일

그대여, 그대가 다른 강좌를 더 듣는다는 것은 전혀 기대하지 않았습니다. 한편으론 그대를 혹사하지 않고 다른 한편으로는 그대의 수용 능력과 그대의 일을 약화시키지 않으면서 그 모든 것을 다 지탱할 수 있나요? 그대가 이야기하는 토론은 독특합니다. 마음속에서 숄렘 씨의 제안 쪽으로 마음이 쏠립니다. 그것은 늘 극단적인 것을 요구하며 동시에 아무것도 요구하지 않기도 합니다. 그런 제안이나 가치는 그 앞에 놓인 실제적 결과만 가지고 평가할 수 없습니다. 더구나 나는 그것을 보편적인 것으로 생각합니다. 숄렘의 제안은 그 자체로 실행 불가능한 것은 아닙니다.—당신이 소녀들과 사이좋게 지내고 그들과 더 가까워지기를 바란다니 기쁩니다. 그러나 이러한 교제에서 일종의 자기 만족은 매우 해로울 수 있습니다. 자기 만족에 대한 암시는—물론 그것은 아주 미세해서 단지 나의 걱정스러워하는 눈, 특히 예리한 눈에나 보이겠지만—그대의 편지에서 알아챌 수 있습니다. 즉 "그들에게 소중한 사람이 되고, 많은 것을 주고 싶고 줄 수 있기를 바란다"는 구절에서입니다. 고마워해야 할 사람은 자기 자신이지 자신이 아이들의 감사를 받을 자격이 있다고 생각해서는 안 됩니다. 감사해야 할 것이 하나도 없다면, 그녀는 자신의 시련에 대한 보상을 받지 못하는 슬픈 초등학교 여선생의 처지에 있는 것이나 매한가지입니다. 그것은 지옥의 모습입니다.—이제 생각나는데 그대에게 오래전에 바친 단편이 곧 출판됩니다. 옛 헌사를 'F를 위해서'로 대체했습니다. 마음에 드나요?[45]

수없이 인사를 전하며, 프란츠

Nr. 487 [우편 엽서 소인: 프라하로 추정]

1916년 9월 23일

그대여, 소식이 없군요. 이번 주엔 단지 월요일의 엽서와 편지만 받았습니다. 오늘은 날씨가 아주 좋습니다. 그래서 다시 조금은 생기가 돕니다. 아마 그대도 다시 더 멋진 날을, 바라건대 아이들과 덜 힘든 일요일을 보내고 있길 바랍니다. 나도 칸막이가 있는 객실 칸에 그대 옆에 앉아 있을 수만 있다면, 그래서 질문할 수만 있다면 묻고 싶습니다. 아마 그러면 영원한 불안은 멈출 것입니다. 난파당한 사람이 멀리 내다볼 수 없는 파도 사이에서 올라왔다 가라앉았다 하며 무자비하게 떠내려갈 때 육체적으로 불안하듯이 나는 정신적으로 너무나 자주 불안합니다. 벌써 그대에게 여러 번 이야기하려고 했는데, 그대는 막스의 논문 후기에 실릴 예정이었던 「유대인」이라는 짧은 산문이 생각나는지요? 그 당시 발송물은 분실되었습니다. 그러나 그 후에 다시 한번 더 발송했고 부버가 드디어 막스의 논문을 약간의 조건을 붙여 받아들였습니다(내 생각으로는 그것이 가장 이성적이라고 여겨집니다). 그러나 나의 「꿈」은 거절했습니다. 하지만 일상적인 수락의 편지보다 더 경의를 표하는 편지로 거절했습니다.[46] 나는 두 가지 이유에서 그것을 언급합니다. 첫째는 그 편지가 나를 기쁘게 했기 때문이고, 둘째는 그대에게 이 사소한 일의 예를 통해 공무원적인 소심함으로 나의 물질적, 정신적 존재가 얼마나 불안한지 보여주기 위해서입니다. 나는 어느 날 내가 무언가를 성취할 수 있다고 전제해도(나는 불안해서 한 줄도 쓸 수가 없을 것입니다), 나에 대해 좋은 마음을 갖고 있는 사람들조차 나를 거부하리라 생각합니다. 당연히 다른 사람들은 더욱더 그러겠지요.

진심으로 안부를 전하며…… 프란츠

Nr. 488 [우편 엽서 소인: 프라하로 추정]

1916년 9월 24일

그대여, 너무나 멋진 날입니다. 아침에 침대에서 나와 지나는 길에 사무실에 들러 물어보았더니 헛되지 않게 21일과 22일의 편지가 와 있었습니다. 그 편지들이 내게 준 기쁨을 어떻게 그대에게 납득시킬 수 있을지 모르겠군요. 그것은 마치 그 소녀들이 내 아이들이고 어머니를 얻은 것(뒤늦게?) 같다고나 할까요, 아니면 그대가 내 아이고 그대의 그룹에서 어머니를 얻었다고나 할까요, 아니, 내가 어딘가에서 평화롭게 휴식을 취하는데 마침 단비가 나의 들판에 퍼붓는 것과도 같습니다. 그 무엇보다 놀라운 일은 나는 그것을 받을 자격이 없지만 그러나 숨겨진 세상의 법칙 덕분에 나의 자격 없음을 내 탓으로 돌릴 수 없다는 것입니다—내일 상세히 쓰겠습니다. 아니면 내가 어떻게 생각하는지 연구 보고서를 보내도록 하지요. 슐레밀 이야기가 서문으로 아주 좋다고 생각합니다. 내일 『세계문학』 중에서 삽화가 있는 「슐레밀」 열 부를 보내지요.*—나는 그대 옆에서 뮐베크를 향해 성큼성큼 걸어가는 것을 상상하고 있습니다.

프란츠

Nr. 489

1916년 9월 25일

그대여, 그 연구 보고문은—그대가 제시간에 맞추어 받았으면 좋겠는데—그리 썩 잘 될 것 같지는 않습니다. 서둘러 즉흥적으로 쓰고 있습니다. 예기치 않게 오늘 할 일이 너무 많기 때문입니다. 게다가 여러 이유로, 또 이유도 되지 않지만 그 당시 푀르스터를 처음 읽은 이래 더 깊이 읽지를 못했습니다. 오늘은 그대가 맡은 장의 연구 보고문을 쓰기 위해서라도 처음 사십팔 쪽을 이를 악물고 전속력으로 질주해야 합니다. 자, 시작합시다. 아, 그전에 다른 일이 있습니다. 우선 전체의 사 분의 삼은 읽고 사 분의 일은 이야기하면서 충분히 토의하는 것이 옳다고 생각합니다. 그다음엔 자신이 맡은 부분을 특히 더 철저하게 읽고 이런 이점을 다른 사람에게 전해야 하는 보고자로서 전체를 짧게 요약하는 것이 옳다고 생각합니다. 뿐만 아니라 푀르스터가 세운 원칙들의 정당성에 대해 품고 있는 의문점을 이 기회에 말하는 것은, 보고자의 일이 아니라고 생각합니다. 그러나 전체 강좌가 끝날 때나 아니면 이론 부분의 끝에 푀르스터에 대한 몇 가지 의문점을 논하기 위해 자신이 직접 저녁 모임이나 강의를 마련하는 것은 필요하다고 생각합니다. 그때엔 그대에게 기꺼이 내가 생각하는 구상을 덧붙이겠습니다. 자, 그러면 연구 보고를 위해서 적습니다.

지금까지 도덕 교훈의 방법론에 대한 푀르스터의 관점은 주로 두 집단으로 나뉘었다. 하나는 아이들을 지도하는 데 있어 삶에서 도덕률을 향해 위로 나아가는 것이고, 다른 하나는 도덕률에서 삶을 향해 아래로 내려오는 것이다. 물론 유기적으로 서로 결합되는 이 방법들은 원래의 도덕 교훈뿐만 아니라 학문적 교육을 위해서도 중요하다. 오늘 논평하는 단락에서 연구는 학문적 교육의 몇 가지 학과 내의 도덕 강의에 한정되어 있다. 자연 과학, 특히 물리학, 생리학, 천문학과 언어 교육, 역사 교육, 문학사, 음악 교육이 다루어지고 지질 교육도 잠깐 언급될 것이다.

자연 과학에서 도덕률과의 관계는 그 어떤 다른 것에 대한 관계보다 더 중요하다. 왜냐면 여기에 도덕률에서 벗어나게 하는 원인이—그 자체 필연적인 것은 아니나 사실상 존재하고 있는 고유한 원인이— 있기 때문이다. 여기에는 도덕적 반작용의 두 가지 예가 나타난다. 첫째는 무의미성에 대한 서술로(열한 살에서 열네 살의 아이들을 위해서), 도덕률을 사용해야만 하는 도덕적 인간이 존재하지 않을 때 모든 깨달음과 착상이 얼마나 무의미한지를 설명하는 것이다. 상급 학년 학생들을 위해서는 프로메테우스의 행위와 벌을 설명하는 것으로, 더 높은 질서에 대한 반항으로 성취되는 힘과 이 죄에 대한 속죄에 대해 서술하고 있다.

천문학에서의 연결점은 다음과 같다. 코페르니쿠스의 발견에 대한 연구는 눈으로 확인하는 것에 대한 깊은 불신의 행위를 뜻한다. 따라서, 이 유익한 불신은 사람들이 자신의 도덕적 태도를 판단하는 데도 견지해야 한다. 천문학적 연구에서 스스로의 한계를 인정하는 결과를 가져오는 겸허함은 도덕적 태도에서 스스로의 도덕적 실수를 인정하는 데도 추구되어야 한다.

언어 교육은 여기서 인간 사랑의 첫 번째 실천 단계가 중요하다는 확신을 근거로 하고 있다. 그 인간 사랑은 내적으로 상대방을 후대함으로써, 자기 감정의 편협함을 극복함으로써, 관용과 겸손함을 발전시킴으로써 나타난다. 이러한 체험 없이 단순히 언어를 습득하는 것만으로는 거의 성취할 수 없다. 그것을 동일한 언어 공동체 내부에서, 즉 계층 간이나 여러 세대들 간에 지배적인 서로 양립할 수 없는 견해 차이에서 볼 수 있다. 이런 의미에서 언어를 같이 쓰는 동포의 언어를 습득하는 것은 필수 불가결하다.

일반적인 역사 교육에서 도덕적 교훈의 남용과 마찬가지로 역사의 남용도 빈번하다. 세간에 널리 행해지는 시도, 즉 역사를 "세계사는 세계에 심판을 내리는 것이다"라는 주장의 증거 자료로 보는 것은 잘못되었고 위험하다. 차라리 그 자체로는 불가능한 역사의 증명을 포기하고, 가해자와 폭행당한 사람의 영혼에 폭력을 저지르는 파괴 심리를 묘사하는 데 만족해야 한다. 단지 이런 방식으로 사람들은 역사적 사건의 빛나는 외관을 무력하게 만들 수 있다. (어쨌든 '목적이 수단을 정당화시킨다'는 문장과 66쪽의 두 번째 문단을 푀르스터의 특징으로 낭독하기를!) 대체로 자유에 대한 추구는 유혹적이고 폭력적이다. 그것이 갖고 있는 근본적인 도덕적 결함은 크리스티의 예에서 분명해진다.

유감스럽게도 계속하기엔 너무 시간이 늦었습니다. 대략 71쪽까지 온 것 같습니다. 문학과 예술이 남아 있는데 음악 교육은 실례에만 한정되어 있습니다. 그 예들은 적어도 일부는 좋은 것으로, 즉 '두 번째 목소리'[48] 같은 것이 낭독되어야 합니다. 결론적으로 말할 수 있는 것은, 책을 발췌할 때 누구든 주된 교훈에 의해서가 아니라 필연적으로 서로 연관 없는 보기들에 의해—실제적인 항들에서 증가되는데 (그것에 대해 주의를 자주 환기시키지만)—현혹되어서는 안 된다는 것입니다. 그것은 68쪽(마지막 문단의 시작)에서 다시 한번 새롭게 파악할 수 있습니다. 모든 보기들은 물론 이 주된 교훈을 강화시키기 위해서만 쓰여야 합니다.

프란츠

너무 많은 일을 떠맡지 마세요, 펠리체! 이를테면 그대가 왜 보고서[49]를 써야만 하나요?

Nr. 490
1916년 9월 26일

그대여, 어제도 오늘도 아무 소식이 없군요.—우선 간단히 대답할 수 있는 몇 가지 질문을 하겠습니다. 그대는 요즘 보호 시설에서 일주일에 몇 시간씩 보내고 며칠 밤을 보내나요? 보호 시설은 집에서 얼마나 떨어져 있고 거기까지 어떻게 가지요? 종교 교육에 관한 레흐만 박사의 강연은 무엇을 다루고 있나요? 당신은 소녀들이 자신들을 위한 자원 봉사자를 스스로 선택할 수 있다고 했는데, 어떻게 해야 선택할 수 있지요? 어쨌든 그대는 선발된게 아니지요. 그러면 그대는 실험적으로 임명된 건가요? 미리암은 어째서 더 이상 통솔자가 아닌가요? 그녀를 개인적으로 아나요? 그 모임에 지원했던 두 번째 여자는 어떻게 되었나요? 아마도 그대는 그녀를 로트슈타인이라고 불렀던 것 같습니다. 당신들은 일을 나누어서 하나요? 어떤 식으로요? 이제 일요일을 두 번이나 놓친 그대의 친구들, 여동생들 그리고 어머니는 보호 시설에 대해 어떤 태도를 보이나요? 왜 그대는 연간 보고의 일을 떠맡았지요? 분명 그 일은 다른 사람이 할 수 있는 일이었고, 그 보고가 설사 한 쪽짜리라 해도 그대에겐 쓸데없이 엄청난 부담이 되는데요(이런 질문은 사실 이기적입니다. 왜냐면 그 한쪽은 나를 위해 사용되면 더 좋았을 테니까요). 그대의 부장은 베를린에 있나요? 그대는 보조원이 있지요? 그녀는 어떤가요? 왜 또 그대는 이사를 해야 했나요? 지난번의 한 번 실패 이후로 셋집을 구할 시도를 다시 하지 않았나요? 단치거 씨의 소식은 들었나요? 파이글에게 어떤 소식이라도 들은 건가요, 아니면 그에게 편지를 한 건가요? 그대 언니에게는 연락이 있었나요?(나는 아닙니다)—오늘 질문은 충분합니다.

어제 『세계문학』에 있던 「술레밀」을 삽화들이 좀 더 잘 보일 수 있도록 좋은 종이로 된 것으로 열 부 보냈습니다. 그런데 나는 이 책자에 대해 전혀 모릅니다. 그 밖에 그대는 샤프슈타인의 「술레밀」두 부를 받게 될 것입니다. 이 책자들은 아마 『세계문학』에서 뽑은 것보다 더 보기 좋을 겁니다. 특히 옛 사진들이요. 그러나 여기서는 내용이 완전하지 못한 것 같습니다. 소녀들이 그들의 책자를 함께 읽으리라고는 생각지 않고, 그대가 술레밀을 다 읽은 후 그 책자를 그들에게 기념으로 주리라 생각합니다. 그 선택은 역사적 관련성이 풍부하기 때문에 시작으로는 아주 좋은 선택입니다. 하지만 나는 이 행복한 열한 살부터 열네 살의 아이들의 능력과 욕구를 전혀 상상할 수가 없습니다. 그런데 그대는 푀르스터가, 적어도 처음에는 소녀들 교육에 전혀 특별한 관심이 없었다는 것을 눈치챘나요? 그러니 그대의 경험에 따라 보완할 기회가 있을 것입니다. 아직 막스와는 그대들의 집단 강연에 대해 이야기하지 못했습니다. 그도 이 나이대의 아이들을 위해서는 말할 것이 많지 않을 것 같아서입니다. 지금 순간적으로 떠올랐는데, 유일한 것은 샬롬 아슈의 『성경 이야기』일 것 같습니다.[50] 그 책을 잘 아는 건 아니지만, 예전에 그가 쓴 짧은 글들을 읽은 적이 있습니다. 그것은 별로 마음에 들지 않았지만, 이 책은 좋을 것입니다. 그대에겐 다음에 보내주지요. 그대가 앞으로 리히트바르크의 작은 책 『사진 관찰 연습』도 그 책들과 함께 충분히 다룰 수 있으리라 생각합니다. 가치에서는 푀르스터와 비슷한 책입니다. 다시 말해 그 나름대로 우수합니다. 그러나 그 외에는 의구심이 많이 가기도 합니다. 그것도 보내드리지요.[51]

보호 시설에서 너무 많은 일을 하지 말라고 충고했을 때(이미 너무 많이 떠맡고 있지만) 가장 명백히 고려할 점, 즉 물에 너무 성급히 뛰어드는 사람은 다시 성급히 밖으로 뛰쳐나온다는 사실을 생각 못 했습니다. 그대는 그러지 않으리라 믿습니다. 내가 걱정하는 것은 그대가 너무 무리해 일을 하지 않나 하는 것이고, 너무 많은 일을 하다가 그 효율성이 감소하지 않을까 하는 것입니다. 이것에 대해 그대 의견을 말해주세요.

수업 시간을 노래로 시작하고 끝내는 것은 아주 좋은 것 같습니다. 그러나 왜 그대는 노래 부르길 거부하는지 모르겠군요. 카를스바트에서는 노래를 잘했는데요. 꽤 편안하게 불렀다는 말입니다. 나는 그대와는 반대로 밝은 낮에 악몽으로 시달렸지만요. 무슨 노래를 불렀나요?

맨손 체조에 관한 한 뮐러의 방법을 그대에게 상기시킵니다. 그 책을 갖고 있지요? 그러나 그대에게 지적하고 싶은 것은 이 운동은 즉흥적으로 하면 안 되고 연구를 해야, 미리 연구를 해야 된다는 것입니다.

어쩌면 뮌헨에서 낭독을 할지 모릅니다. 그대가 온다는 사실은 (조건부의 수락을 순식간에 무조건적인 것으로 만듭니다) 큰 격려가 됩니다. 그러나 십일월이나 되어야 합니다. 베를린을 경유하는 일은 여러 가지로 불가능합니다. 나로서는 바라는 일이 아니지만요. 그대를 베를린보다는 뮌헨에서 보고 싶습니다. 허나 그대가 할 여행의 수고를 생각하면 마음이 언짢습니다. 그리고 실제로 보기보다는 그대의 눈을 통해 보호 시설을 보고 싶습니다. 현재 내 마음 상태와 내 성격의 이런 점을 잘 참작해주십시오.

프란츠

Nr. 491 [우편 엽서 소인: 프라하 1916년 9월 27일 자로 추정]
1916년 9월 26일

그대여, 그저께, 어제, 그리고 오늘 아무 소식도 없습니다. 너무 오랫동안입니다. 그렇지 않은가요? 하지만 이해합니다. 토요일과 일요일 그대는 시간이 없었습니다. 어쨌든 오늘은 기분이 아주 좋지 않습니다. 어제는 조금 나았지요. 날씨가 아주 좋아서 혼자서 전경이 넓은 고원으로 소풍을 나갔습니다. 그 고원에 대해선 예전에 한번 이야기한 것 같은데요. 마치 더 행복한 딴 세상에 있는 것 같았습니다. 그대는 혼자 있는 즐거움, 혼자 걷는 즐거움, 혼자 햇볕에 누워 있는 즐거움을 아시나요? 그것을 즐길 수 있으려면 과거의 기쁨뿐만 아니라 과거의 많은 불행이 전제되어야 합니다. 둘이 함께 있는 것, 아니면 세 사람이 함께 있는 것에 대해 정말로 반대하는 것은 아닙니다. 그러나 고통을 받은 사람에게 그것은 마음을 위해, 머리를 위해 얼마나 행복한 일인지요! 이해하겠어요? 혼자서 멀리까지 걸어본 적이 있나요? 그러기 위해서는 또한 과거의 많은 불행과 행복이 전제되어야 합니다. 어렸을 때 난 자주 혼자였습니다. 그것은 선택한 것이 아니라 어쩔 수 없이 갖는 행복이었습니다. 그러나 지금 나는 물이 바다로 흘러가듯이 혼자 있는 곳으로 달려갑니다.

안부를 전하며…… 프란츠

막스와 벌써 이야기를 해봤는데, 그가 당장 이름을 들 수 있는 유일한 책은 숄렘 알라이헴의 책이었습니다. 그러나 내가 생각하기에 그것은 아이들에게—그리고 결국 그에게도—풍자적이고 너무 복잡합니다. 그 대신 좋은 수수께끼 책과 또 몰두할 수 있는 책을 그대에게 보내드리지요. 단지 찾기만 하면 됩니다.

Nr. 492 [소인: 프라하로 추정]
1916년 9월 28일

그대여, 오늘 그대의 토요일 편지가 왔습니다. 그러나 그대의 축하 인사는 오지 않았습니다. 이런 상황으로 볼 때 내 연구 보고문이 제시간에 도착할 것 같지 않군요. 그러나 그대가 잘못 생각하는지도 모릅니다. 아마도 저녁 모임은 새해 첫날에 열리지 않을 겁니다. 나를 무엇보다도 초조하게 하는 것은 그대가 아이들과 보내는 밤이 이미 오래전에 지나갔는데 소식을 들으려면 아직 오래 기다려야 한다는 것입니다. 물론 슈라이버[52]를 압니다. 한 번인가, 두 번 그와 함께한 적이 있는데 그에게 호감이 갔습니다. 늘 길을 잃어버리지만, 늘 다시 빠져나오는 사람입니다. 또한 내가 생각하기에 불행한 결혼 생활을 하고 있는 것 같더군요. 그에게 내 안부를 전해주세요. 보호 시설은—제일 우선적인 목적을 제쳐놓더라도—좋은 모임이 될 것입니다. 이들에게 나는 그대를 기꺼이 맡깁니다.

프란츠

Nr. 493

1916년 9월 29일

그대여, 오늘 나는 매우 편안하리라 생각했습니다. 푀르스터 책이 내 옆에 놓여 있습니다. 연구 보고서의 마지막 부분을—어쩌면 더 좋게는 전체를—쓰려고 했지만 그렇게 되지 않습니다. 이 곳은 이전보다 더 활기 있습니다. 끝까지 몇 줄 더 쓸 수 있다면 기쁘겠습니다. 오늘 그대의 화요일 편지가 왔습니다. 이 편지는 옛날 가장 좋았을 때 가장 좋았던 편지보다도 더 우리를 강하고 친밀하게 묶어줍니다. 그럼에도 그대에게 피상적이고 애매하게—내 성격에 어울리는 것보다 더 애매하게—답을 해야 하는 것이 언짢습니다. 나를 피상적이고 수다스럽게 만드는 것은 타자기입니다. 그러나 타자기는 그대를 나와는 반대로 어느 때보다 더욱 명료하게 표현하도록 만드는군요. 글쎄 언젠가는 타자기를 사용해야 하는 필연성이 사라지겠지요. 그 어떤 소식이 상실될지도 모른다 생각하니 또 신경이 쓰입니다. 예를 들어 그대는 지난 월요일 소피 때문에 편지를 쓰지 못했다고 쓰고 있고 그것을 특별히 강조하지만 일요일 편지도 없습니다. 따라서—감히 상상할 수는 없지만—그대가 화요일 편지에 언급하지는 않았지만, 그대가 소녀들을 처음 만났던 토요일 밤에 대한 이야기가 어쩌면 일요일 편지에 있을지도 모른다고 생각했습니다. 그런데 그 편지에도 예정되었던 일요일 소풍에 관한 이야기가 없었습니다. 분명히 편지 하나가 분실된 듯합니다. 어차피 감수해야겠지만 불확실함이 내 마음을 어지럽힙니다. 그러니 내가 파악할 수 있는 기회를 주세요. 그런데 그대는 그대의 신앙 문제에 대한 나의 피상적인 답을 받았나요? 렘이 떠맡은 것은 엄청난 주제입니다. 너무 커서 프리데나우에 있는 가장 아름다운 집을 다 에워쌀 수 있을 정도입니다. 방청자들은 누가 있었나요? 그대는 내게 그 강의와 토론, 또 혹시 레만 박사가 이전에 했던 종교 교육에 대해서 혹시 몇 마디라도 이야기해줄 수 있나요? 물론 렘에 대해서는 그가 여기저기에 썼던 논문들을 통해 알고 있습니다.[53] 그는 불쾌할 정도로 환상적입니다(중간 세계에 대한 그의 학설을 그대가 들어본 적이 있는지 모르겠습니다). 그러나 진실되고, 모순이 없으며 유능합니다. 그렇게 여겨집니다. 그는 몇 살인가요? 그곳에서 누구와 이야기를 나눴나요?

그대가 「미나 폰 바른헬름」에 대한 낭독을 계속 인계받는 것은 무거운 상속입니다. 어린 소녀들이 대체로 복잡한 희곡을 이해할 수 있다면, 또 낭독이 잘 진척되지 않을 때에 적절한 해설을 함으로써 그 작품의 낭독을 중단할 필요가 없다면, 그대의 전임자들이—물론 미리암은 아니고—작품의 의미를 그들에게 틀림없이 일깨웠을 것입니다. 그러나 그것은 내게 이해할 수 없는 일입니다. 이 소녀들이 이미 희곡에 접근했다면 아슈의 책은 그들에겐 너무 어린아이 같을 것입니다(그것이 꼭 잘못은 아니라고 해도). 그렇다면 그들이 성경을 읽는 것도 어떤 의미에서 가능할지 모릅니다. 나는 물론 그것을 못하게 하겠지만요. 어쨌든 나는 그대에게 올바른 선택이 되도록 페레츠의 『민속 이야기들』을 보내드리겠습니다.[54]

수업 시간표에서 친교의 개념을 잘 이해하지 못하겠습니다. 수요일의 이 시간은 토요일의 글 읽기나 연극 시간과 다른가요? 그리고 어째서 그대의 수업은 수요일에는 여섯 시에, 토요일엔 그보다 더 일찍 다섯 시에 시작하지요? 그런데도 그대는 그 시각에, 특히 토요일 봉급 날 그곳에 있을 수 있나요? 블로흐 양도 참여할 수 있는 기회를 얻었다니 아주 잘됐습니다.

어제 파이글의 사진이 두 장 왔습니다. 그중에는 바로 내가 원하던 것이 있었는데, 그것은 기억 속에서 설명할 필요도 없는 것이었습니다.

그대의 축하 인사가 든 편지가 오늘 왔습니다. 꽃 선물은 우리 가정 환경에는 걸맞지 않습니다. 내가 꽃들을 사야만 했다면 나는 내 자신을 먼저 파괴해야 했을 것입니다. 그대는 그것을 원하지는 않겠지요. 그러니 꽃들은 애당초 사지 말아요. 새해가 그대에게 편안한 이틀을 마련해주었다니 새해를 축하해야겠습니다.

프란츠

Nr. 494 [우편 엽서 소인: 프라하로 추정]

1916년 9월 30일

그대여, 오늘은 소식이 없습니다. 뮌헨으로 여행하는 것에 대해 서로 의견의 일치를 보아야 합니다. 날짜는 아직 정해지지 않았는데, 다만 11월일 듯싶습니다. 물론 내 여행이 절대적으로 확실한 것은 아닙니다. 게다가 겨우 이틀만 가능한데, 뮌헨까지의 교통편이 나쁜 것을 생각할 때 너무 짧은 시간입니다. 하루 종일 걸리고 같은 날 저녁에 낭독을 해야 하며 다음 날 아침에 다시 출발해야 하니까요. 일요일이나 휴일이 낀다면—전체 여행을 위해 가장 바람직합니다만—우리를 위한 시간을 하루 가질 수 있습니다. 새해 편지에 그대가 프라하에 올지도 모른다고 했지요. 정말인가요? 가능성이 있나요? 그러나 다시 한번 말하지만—기분 나쁘게 받아들이지 마세요—그대를 이곳에서보다는 보덴바흐에서 보고 싶습니다. 그러나 전혀 보지 못하는 것보다는 이곳에서라도 보는 게 낫습니다. 어떻게 할 건가요?

프란츠

Nr. 495 [우편 엽서 소인: 프라하로 추정]

1916년 10월 1일

그대여, 오늘도 아무 소식이 없군요. 아주 좋지 않은 밤이었습니다. 일부는 그대에게 책임이 있고 꿈 탓이기도 합니다. 이런 내용의 악몽이었습니다. 회사 수위실에서 내게 편지가 왔다고 전화가 왔습니다. 그리로 달려갔지요. 그런데 수위는 없고 모든 우편물들을 언제나 제일 먼저 받아보는 배달과 책임자가 있었습니다. 편지를 달라고 했지요. 하지만 잠시 전만 해도 책상에 분명히 놓여 있었어야 할 편지를 그가 찾아보았지만 없었습니다. 그는 먼저 그 편지를 배달과로 가지고 와야 하는데 우체부에게서 부당한 방법으로 빼앗았다며 수위를 나무랐습니다. 어쨌든 나는 그 수위를 기다려야만 했지요. 드디어 그가 왔습니다. 그는 몸집이 큰 만큼 머리도 아주 우둔했습니다. 그는 그 편지를 어디다 두었는지 몰랐습니다. 나는 절망해서 책임자에게 항의를 하려고 했고 우체부와 수위를 대면시켜 다시는 수위가 편지를 넘겨받지 못하도록 요구하려고 했습니다. 반쯤 정신이 나간 채 나는 복도를 따라 헤매고 계단을 오르락내리락했지만 그 책임자를 찾을 수 없었습니다.

프란츠

Nr. 496 [우편 엽서 소인: 프라하로 추정]

1916년 10월 2일

그대여, 드디어 소식이, 29일의 편지가 왔습니다. 두 번째 『청소년 교훈』 책을 사용하리라는 것을 나는 벌써 사전에 알았습니다. 물론 아주 옳은 일입니다. 그러나 책을 뜯을 때 편안하게 하세요. 숙고와 경험에서 나오는 대로 책만 한 종이에다 각주를 다세요. 그런 다음 그 종이들을 적당한 자리에다 끼워 넣으면 그 책을 그 종이와 함께 제본할 수 있습니다. 그저 아름다운 책이 될 것만 생각하세요.(하마터면 '기억하세요'라고 쓸 뻔했습니다.) 강의를 위해서 적어놓은 쪽지들을 내게 보내줄 수 있나요? 그대가 언급했던 보호 시설의 특성, 즉 누군가를 지배하려는 특성을 여기 먼 곳에서도 알겠습니다.—다음 번에는 지도자에 대해 몇 마디 해주세요. 도보 여행이나 모임이나 그 밖의 것이라도 사진이 있으면 내게 유익하겠습니다.— 샬롬 아슈에 관해 내가 그대에게 보낸 책은 어렵다기보다는 유아적입니다. 그런데 왜 카미소에 대한 언급이 없는 거지요? 결코 다시는 빌덴부르흐에 대해서는 언급하지 마세요. 로제거를 손에 잡는 것도 그만큼 당혹스럽지는 않습니다. 때때로 헵벨을 읽는 것은 아주 좋을 것입니다. 그의 책을 갖고 있나요? 강의가 이루어진다면 11월 10일 금요일이 될 것입니다. 그러면 토요일은 우리들의 시간이 될 수 있습니다. 결정하세요!

프란츠

Nr. 497 [우편 엽서 소인: 프라하로 추정]

1916년 10월 3일

그대여, 또다시 아무 소식도 없군요. 너무나 혹독한 대우입니다. 보호 시설이 여러 슬픈 기억들이 있는 알렉산더 광장 근처에 있군요.[55] 아주 많이는 아니지만, 그래도 자주, 그곳을 지나치며 급히 달려가고, 넘어지고, 헤매고 했습니다. 아스카니셔 호프의 공중 전화 부스에서 한 불쌍한 포로가 나누던 전화 대화, 아니 전화 독백이 생각납니다. 아니, 되풀이하지 않겠습니다. 이것은 시간의 흐름 속으로 기꺼이 던져버리고 싶은 수하물입니다. 그렇지만 구불거리는 물결이 우연히 다시 지나가면서 과거의 일들을 다시 한번 집어 올리려고 할 때는 유용합니다. 그러나 잠시 동안 만족스럽게 보낸 평화로운 시간 이후에 며칠 동안 이리저리 끌고 다녔던 두통으로는 그렇게 할 수가 없습니다.—첫 줄에 썼던 불평은 나의 비이성적인 타자기에서 무심코 나온 말입니다. 좀 더 이성적인 나의 펜은 일주일에 한 번의 편지로도 만족한다고 선언합니다. 그리고 보호 시설을 방문하는 것을 편지와 같은 값어치로 평가합니다. 히르슈의 편지를 받았나요?[56] 그것을 잘 알지는 못하지만, 독일 유대인의 정통적인 걸작이라고 생각합니다. 몇 번째 판인가요?

많은 안부를 전하며…… 프란츠

막스가 감사를 보냅니다. 그리고 그대가 보호 시설에서 하는 일에 대해 기뻐하고 있습니다(그러나 그것은 나와는 다른 기쁨입니다).

Nr. 498 [우편 엽서 소인: 프라하로 추정]

1916년 10월 4일

그대여, 다시 또 아무 소식도 없군요. 차라리 더 이상 그 말을 강조하지 말아야겠습니다. 벌써 필연적인 결론이 되니 말입니다.

—

이것은 아침의 생각이었습니다. 나중에 그대의 일요일 편지가 도착했습니다. 개인적으로, 좀 더 사적인 의미로, 만족할 줄 모르는 나 자신이 싫습니다. 그러나 다시 계속해서 그런 마음이 나를 사로잡곤 합니다. 특히 비참한 저녁 이후 자신을 전혀 조정할 수 없을 때 그렇지요. 그 일에 개의치 마세요!

우리가 뮌헨에서가 아니라 베를린에서 더 많은 시간을 가질 수 있다고 하는데 왜 그런지 모르겠습니다. 그렇지 않습니다. 뮌헨에서 낭독회가 성사되고 그대가 시간이 있다고 가정하면, 11월 11일 토요일을 완전히 우리의 것으로 할 수 있습니다. 그렇게 하루를 다 갖기는 베를린에서는 불가능합니다.—오늘 그대 언니에게 편지를 받았습니다. 그녀는, 말할 필요도 없이, 떠나려고 하지 않으며 비교적 만족하고 있습니다. 그대가 언젠가 위험에 대해 그녀에게 경고하길 부탁했듯이, 그녀는 당신의 걱정을 없애달라고 부탁합니다. 더구나 내가 놀란 것은 처음 그대가 흥분하고 난 이후 내가 여러 번 이야기했음에도 다시는 그것에 대해 언급이 없다는 것입니다. 당분간 그녀가 그곳에 머무는 것이 최선인 것 같습니다.

프란츠

Nr. 499
1916년 10월 5일

그대여, 드디어 타자기 앞에 앉았습니다. 그러나 머리가 좀 아픕니다. 어떤 법칙에 의해 내 안의 피가 날뛰는지 이해할 수 없습니다. 며칠 전부터 다시 온 신경 조직이 동요합니다. 전혀 잠을 잘 수 없습니다. 어제 저녁엔 명절을 이곳에서 보내는 베르그만 박사를 만나러 갔습니다.[57] 나와 학교를 같이 다녔는데 그를 좋아해 다시 만나보고 싶었습니다. 그런데 그대는 그 이름을 알고 있나요? 그 이름은 시오니즘에서 중요한 의미를 갖습니다. 후고 베르그만입니다. 지금 내가 말하고자 하는 것은 어제 아픈 머리로 마치 죄인처럼 그곳에 앉아 있었다는 것입니다. 그러나 이 증상은 최근, 잠시 동안 꽤 좋은 상태에 있기도 했습니다. 그러나 내 현재 상태로 일은 생각할 수도 없습니다. 내가 특히 유감으로 생각하는 것은 결과적으로 내가 그대에게 편지로 도와주기로 했던 일을 도와주지 못하는 것입니다. 그리고 도울 수 있었다면 얼마나 행복했을까 하는 것이지요. 그대는 내게 고마워하지만 그보다는 훨씬 더 많이 도와주고 싶었습니다. 내가 실제로 하는 것은 아무것도 없고, 그래서 비참합니다. 또 내 머리는 단치거에 대해 물어보면서 슈타이니츠를 생각하는 증상을 보였습니다. 그러나 적어도 이런 문제는 잘 해결되었습니다.

어제야 알았는데 『세계문학』의 슐레밀 호의 좋은 판을 더 이상 얻을 수 없다고 합니다. 보통 판은 아이들의 선물로는 썩 좋지가 않습니다. 어쨌든 그대에게 다섯 부만 보내드리지요. 그 밖에 인젤 도서에서 나온 판이 괜찮은지 살펴보겠습니다. 그보다 우선 그대가 맡은 소녀들이 몇 명인지 알고 싶군요.

그대가 전시회[58]를 칭찬한 것은 아마도 홀로 있는 것을 찬양한 지난번 내 엽서와 같은 날 쓴 것 같습니다. 다만 내가 덧붙이고자 하는 것은 이 두 사실이 서로 싸울 필요가 없다는 것입니다. 오히려 반대로 서로 삶을 잘 이룩할 수 있을 것입니다. 전시회로 말하자면 아주 좋았을 것입니다. 그러나 완전하지는 않습니다. 공포의 방이 부실했는데, 그 주요 전시물은 그룹이 되어야만 합니다. 예를 들어 내 사촌과 그 남편 그리고 유모차가 보여주는 모습처럼 말입니다. 좋은 소녀지요. 대단히 머리가 좋구요. 그러나 나이가 들면서 또 계속되는 가난으로 혼란에 빠졌습니다. 의지할 데가 없게 되자 결혼을 하기로 했습니다. 그러나 결혼도 만일 그녀의 마음 상태가 평온했다면 하지 않았을—물론 여러 가지로 잘 알고 있는 친척들의 동의를 얻어—그런 남자와 했지요. 개인적으로 그 남자에 대해 아무 반감도 없습니다. 내가 그와 함께 있던 짧은 시간 동안 그는 매우 유쾌하고 재미있는 사람 같았지만, 그러나 그의 부인이라면 웃음거리가 된다고 느낄 정도로 재미있었습니다. 한마디로 말해 그의 유머는 모든 사람에게 인정받을 수 있는 것이 아니었습니다. 그를 자세히 설명하는 것은 내게 너무 주제넘은 일입니다. 그리고 지금까지 그가 내게 보여준 관심을 생각할 때 불성실한 태도지요. 어쨌든 그의 외모는 보아줄 만하며, 아프기보다는 너무 건강하고 항상 만족해 있으며 나이도 부인과 비슷합니다. 그리고 아이가 있지요. 엄청난 우량아입니다. 거의 두 살이 다 되었는데, 피부는 순수하게 하얗고, 화려한 금발에 맑은 푸른 눈을 하고 있지요. 아빠, 엄마를 다 닮았지만, 두 사람보다는 더 매력이 있지요. 그러나 좀 굼뜹니다. 유모차에 대자로, 움직이지도 않은 채 누워 눈동자에 초점도 없이, 무표정하게 두리번거립니다. 앉지도 못하고 미소 짓지도 않으며, 말은 한마디도 하지 않습니다. 부모가 유모와 유모차 옆에서 산책를 할 때, 그러다 본의 아니게 아는 사람을 만나 멈추어 설 때(예를 들어 나)엄마는 아버지와 아이를 부담스러워하며 선 채 아는 사람과 아이 사이에서 눈에 눈물을 머금고 둘러보고는, 언제나 만족해하는 남편이 혼자 미소 짓지 않도록 간신히 미소를 짓습니다. 그 모든 것이 그 전시회의 일부가 되어야 합니다.

그러나 관두지요. 안부를 전하며.

프란츠

Nr. 500 [우편 엽서 소인: 프라하로 추정]

1916년 10월 6일

그대여, 어제 그대의 일요일 편지가, 오늘은 수요일 편지가 왔습니다. 수요일 편지를 쓰고 난 후 아마 그대는 소녀들 방으로 가는 문을 열었을 테지요. 그때 나는 모든 소망의 힘으로 그 방으로 가는 그대와 동반했을 것입니다.─오늘 다시 에르드무테가 생각났습니다. 대학 도서관이 그 책을 생각나게 했거든요. 비록 내 사촌과는 다른 위치지만, 에르드무테도 어쩐지 그 전시회에 어울리는 것 같습니다. 그녀에게는 아마도 열두 명, 아니 더 많은 아이들이 있었을 겁니다. 모두가 아주 어렸을 때 죽었고, 오직 한 아이만 스무 살을 넘겼지만 그도 곧 죽었습니다. 이 아이들을 돌보는 일 외에도 그녀는 그 당시에 신속하게 전 유럽과 북아메리카에 확장되던 형제 교회를 재정적으로는 완전히, 그리고 종교적으로는 일부를 관리했습니다. 그러고는 쉰여섯 살에 죽었지요. 그녀의 남편은 그녀가 죽은 후 어느 여자와 결혼을 했는데, 그녀와는 이미 정신적으로 오랫동안 깊은 관계였습니다.─오늘 그대에게 「슐레밀」을 인젤 도서 판으로 보냈습니다. 유감스럽게도 모든 판에 오자가 있습니다. 샤프슈타인 판은 정말로 완전하지가 못합니다. 『세계문학』이 너무 빈약합니다. 인젤 판은 활자가 너무 작고, 피셔 판은 너무 비쌉니다. 사진이 없는 판들은 다른 좋은 것이 있습니다. 그대가 필요로 하는 것을 골라서 말해주세요. 부버의 편지를 그대가 원한다면 기회를 보아 보내겠습니다.─안부를 전합니다. 사랑하는 이여.

프란츠

Nr. 501 [우편 엽서 소인: 프라하로 추정]

1916년 10월 7일

그대여, 오늘은 아무것도 없군요. 가장 좋은 소식, 즉 보호 시설에서의 첫 모임에 대한 보고는 시간이 걸리는 것 같습니다. 신속히 오지는 않는 듯하군요. 소녀들에게 권리를 자유롭게 줌으로써 (내가 그대를 바로 이해하고 있다면) 이미 지나치게 비판적인 사람들을 더 비판적으로 만들면서 상황이 어쩌면 불필요하게 까다롭게 될지도 모릅니다. 실제로는 그럴 권리를 주지 않고 그들에게 투표하도록 하면 똑같은 아니 더 나은 결과를 얻을지도 모릅니다. 어쩌면 지금 일이 그렇게 행해지고 있는데 내가 그대를 잘못 이해했는지도 모르지요. 나를 화나게 하는 것은 단지 보고서를 베껴 쓰는 문제입니다. 베껴 쓰는 여자를 찾는 것은 어렵지 않습니다. 이에 그대는 차마 거절하지 못했을 겁니다. 하지만 먼 곳에서는 가혹하게 대하기 쉽습니다.—막스의 논문 「우리의 문학과 사회」는 다음 『유대인』 호에 실릴 것입니다.[59] 내가 정말 어떤 사람인지 말해주지 않겠어요? 지난번 『노이에 룬트샤우』에 「변신」이 언급되었지만 타당한 이유로 거부당했습니다. 그러나 그 작가는 'K의 서술엔 무언가 근본적으로 독일적인 것이 있다'고 말했습니다. 반면에 막스의 논문은 'K의 이야기는 우리 시대에 가장 전형적인 유대인의 기록이다"라고 했습니다.[60]

어려운 일입니다. 내가 두 말을 동시에 타고 서커스를 하는 사람인가요? 나는 말 타는 사람이 아닙니다. 나는 땅 위에 엎드려 있는 자입니다.

프란츠

Nr. 502 [우편 엽서 소인: 프라하로 추정]

1916년 10월 8일

그대여, 오늘 정말 즐겁습니다. 편지, 엽서, 그리고 목요일의 사진들이 왔습니다. 사람들은 새로운 소유물에 대해선 과장을 하지만 나는 정말로 이 사진보다, 왼쪽에는 아이들이 뒤에는 (유모차?) 창이 보이는 이 사진보다, 더 마음에 드는 사진을 받지 못했습니다. 그대는 다소 우울해 보이지만(혹시 카메라 조작을 잘못했나요?), 다른 사진과는 달리—내가 바로 이해했다면—의도적인 것 같습니다. 다른 사진엔 그대는 없지만 같은 그룹들인 것 같군요. 리본을 하고 그대 자리에 있는 소녀는 첫 번째 사진을 찍어준 소녀인가 봅니다. 그대는 벨카노츠 양의 그룹에 있나요? 내가 잘못 본 것이 아니라면 그녀의 얼굴은 섬세하고 오밀조밀하지만 윤곽이 강해 두드러져 보입니다. 자빈헨은 좀 더 나이가 많긴 하나 아주 많이 닮은 한 소녀를 연상시키는데, 그 소녀는 오틀라가 얼마 동안 독일어를 가르쳤던 아이입니다.—제발, 제발, 첫날 저녁 모임에 대해 더 말해주세요.

프란츠

[가장자리에] 오래전부터 매일 편지를 쓰고 있습니다.

Nr. 503 [소인: 프라하]

1916년 10월 8일

카프카의 어머니가 펠리체 바우어에게

사랑스런 딸이여!

조금 늦었는지 몰라도 네가 보내준 좋은 소망의 말들에 깊은 고마움을 보낸다. 우리는 명절 전에 상점에서 무척 바빴단다. 그래서 좀 더 일찍 편지를 하지 못했구나.

우리는 유대인 명절을 진정한 유대인답게 지켰단다. 새해에는 이틀 동안 상점을 닫았단다. 어제는 속죄절을 기리며 금식을 하고 열심히 기도했지. 이미 일 년 동안 단련이 되어서 금식이 어렵지는 않구나. 그렇다고 프라하에서 식량 부족이 그렇게 심한 것은 아니란다. 너를 곧 우리 집에서 볼 수 있기를 바란다. 아마 며칠간 자유로울 수 있겠지.

카를과 페포에게 좋은 소식을 받았단다. 페포는 팔 주 전에 두 주간의 휴가를 얻었고, 카를은 곧 휴가를 받을 거라고 하는구나. 너를 곧 다시 보기를 바라마. 그동안 나는, 또 아버지도 진심으로 안부를 전하며 애정으로 포옹한다.

너의 헌신적인 어머니······ 율리 카프카

우리 아이들이 모두 안부를 전하는구나.

Nr. 504 [우편 엽서 소인: 프라하로 추정]
1916년 10월 9일

그대여, 오늘 아무 편지도 없지만 보호 시설에서의 첫날 저녁의 보고에 대한 결말을 곧 받으리라고 생각합니다. 그대의 주된 과제는 우선 못된 헤르타를 교육하는 겁니다. 그녀의 행동에는 무슨 이유가 있을 거예요. 그대가 소녀들에게 주었던 가르침이 충분하지 않았겠지요. 왜냐면 소녀들이 그 애와 이야기하는 것을 좋아하지 않으니 말입니다. 그대가 직접 그녀에게 편지를 쓰면 좋지 않을까요? 그날 밤 끝에 다른 소녀들이 한 행동을 이해할 수 없는 것은 아닙니다. 나도 그 상황에선 그랬을 테니까요.『미나 폰 바른헬름』을 예상보다 빨리 끝낸 것에 대해 그대는 이미 나의 동의를 받은 것이나 다름없습니다. 아마도 그렇게 하는 것이 최선이었을 겁니다. 아이들에게 이해할 수 없는 것을 억지로 강요해서는 안 됩니다. 그러나 때론 이런 것이 좋은 결과를 낼 수도 있다는 것을 마음에 두어야 합니다. 다만 예측하기 어렵다는 것이 문제지요. 『일리아드』를 낭독하는 동안에 다음과 같이 말했던 교수에게 고마움을 느낍니다. 그는 "그대들과 읽어야 하는 것이 유감입니다. 그대들은 그것을 이해할 수 있다고 생각하지만, 이해하지 못할 것입니다. 전혀 이해하지 못합니다. 몇 줄을 이해하기 위해서라도 많은 것을 경험해야만 합니다."[61] 이 언급은(그 남자는 일정불변하게 이런 어조를 채택했습니다) 『일리아드』나 『오디세이』보다 내 젊음에 더 많은 인상을 주었습니다. 자존심을 상하게 하지만 그래도 강한 인상을 줍니다.

프란츠

Nr. 505 [우편 엽서 소인: 프라하로 추정]
1916년 10월 10일

그대여, 오늘도 아무 소식이 없군요. 슬픕니다. 보호 시설에서의 첫날 저녁에 대해 나는 아직 아무것도 알지 못합니다. 그대의 연구 보고에 대해서도, 그대의 일요일에 대해서도. 그대는 지난 일요일에, 아니면 그전 일요일에도 아이들과 있었나요? 그것이 지난 일요일이었다면, 그대는 분명 폭우 속에서('그에겐 아무것도 감출 수 없습니다') 다 젖었을 것입니다. 그동안 우리, 나와 오틀라는 비를 피하려고(이곳은 단지 조짐만 있었습니다) 평상시 여름 산책을 할 때와는 달리 지그재그로 걷다 헤매었습니다. 오틀라는 비를 두려워하지 않으니 물론 내 책임이지요. 만일 진흙 목욕탕 근처에 베란다가 있고, 그 밑엔 의자가, 그 위엔 그대가 있다면 나도 비를 두려워하지 않을 것입니다. 뮌헨에 대해서 미리 잘 준비하기 위해서인데요, 언제 도착할 건가요? 어느 호텔에 묵을 거지요? 언제 떠나야 하나요? 다 잘 되어가면 그대에게 아직 그대가 모르고 있는 이야기를 읽어드리겠습니다.「유형지에서」라는 이야기지요. 어제 소녀들을 위해 운동을 위한 놀이책을 보냈습니다. 그대가 그 책을 사용한다면 유익하리라 생각합니다. 다음번에도 그런 종류로 다른 책을 보내드리겠습니다. 아이들과 책을 읽는 것은(그대가 시작할「슐레밀」을 제외하고) 좀 더 고려해봐야 되겠습니다. 헵벨, 톨스토이의 민속 이야기, 안데르센 등. 선택하면 보내드리겠습니다.

프란츠

Nr. 506 [우편 엽서 소인: 프라하로 추정]

1916년 10월 11일

그대여, 오늘 토요일과 일요일의 편지가, 조금 나중에 월요일의 편지가 왔습니다. 그대를 내가 불편하게 했나요? 그랬다면 용서하세요. 나는 나 자신을 조금밖에 조율하지 못합니다. 그 조금이 내가 할 수 있는 최대한이지요. 다시 한번 더 용서해주세요. 그러나 연하장을 보내지 못한 것에 대해선 용서를 빌지 않겠습니다. 왜냐면 틀림없이 그대의 어머니가 머리를 흔들었을 것이고, 아니 그보다 더하실 것이 틀림없기 때문입니다. 나는 기껏해야, 그것도 아주 애를 써야 내 존재의 한계점을 인식할 뿐 그 이상 벗어날 수는 없습니다. 그대가 이것을 이해할 필요는 없습니다. 동감할 수도 없을 테니까요. 단지 인식만은 하겠지요. 그대의 어머니도 그것을 이해할 필요도 없고, 할 수도 없으며, 해서도 안 됩니다. 이렇게 나는 필연적으로 실패할 수밖

770

에 없습니다. 유감이긴 합니다. 그러나 이런 장애에서 벗어나고 싶지는 않습니다. 어쨌든 내 능력 밖입니다. 집에서 새해에 대해 한마디도 하지 않았습니다. 그대에게도요. 이날에 별로 의미를 두지 않기 때문입니다. 내게서 독특한 방식으로 나오는 다른 모든 말은 다 거짓입니다. 사실 그대 어머니에게는 피상적이긴 하나 변명할 말이 있습니다. 어머니는 내가 마리엔바트에서 보낸 편지에 답을 하지 않으셨습니다. 그러나 절대 반감은 없습니다. 설사 어머니가 답을 하셨다 해도 나는 새해 연하장을 보내지 않았을 테니까요.[62] 그러니 나를 있는 그대로 받아주세요.

프란츠

Nr. 507 [우편 엽서 소인: 프라하로 추정]
1916년 9월 12일 [실제로는 1916년 10월 12일로 추정]
그대여, 오늘 그대의 화요일 편지가 왔습니다. 그래서 좋습니다. 계속 그러기는 불가능하겠지만요.—그대의 여행이 다행히도 확실하듯이, 내 여행도 그랬으면 좋겠습니다. 그러나 아직도 너무 많은 장애들이 있고, 또 해결하려면 아직 멀었습니다. 게다가 뮌헨까지는 교통편 연결도 나쁩니다.
내 생각으로는, 아침 여덟 시에 떠나(유일한 기차입니다) 오후 여섯 시 이십사 분에 도착하니 금요일 저녁이 될 것입니다. 돌아오는 길에 대해선 아직 확실하지 않습니다. 그러나 일요일 아침 일곱 시엔 떠나야 할 겁니다. 밤엔 기차가 없는 데다 나는 이틀 이상 있을 수가 없으니까요.
크리스마스 여행에 대해 의논합시다. 나는 우리가 사람들로부터 숨는 것을 원치 않습니다. 내가 두려워하는 것은 부모님뿐입니다. 그것도 몹시요. 식사 시간에 부모님과 그대와 함께 앉아 있는 것은(지금 말입니다. 나중엔 좀 더 쉬워지겠지요) 내게 고문입니다. 그러나 그것도 그대 옆에 앉아 있는 행복과 프라하를 그대에게, 오직 그대에게 이전보다 좀 더 속속들이, 좀 더 조심스럽게, 좀 더 진지하게, 보여주는 행복에다 대면 아무것도 아닙니다.—그런데 보호 시설에 대해 좋지 않은 소식이 있군요. 이 문제는 나중에 얘기하지요. 그런데 내가 음악적이지 않나요? "아이들과 있는 것이 아주 편합니다. 사무실에서보다도 더욱"이라는 문장이 내겐 가장 아름다운 음악처럼 들립니다. 블로흐 양은 그들과 어떻게 지내나요?

시민 대학에 대해서 전혀 모릅니다. 언젠가 좀 더 자세한 정보를 부탁했는데 그대는 답하지 않았습니다.

프란츠

[가장자리에] 연간 보고도 받지 못했습니다.

Nr. 508 [우편 엽서 소인: 프라하로 추정]

1916년 10월 13일

그대여, 오늘 아무 편지도 없습니다. 연간 보고도 오지 않았구요. 그대가 든 이유들과 함께 베껴 쓰는 것에 나는 물론 동의합니다. 그러나 그럴 경우, 살아 있는 글 읽기가 타자기가 놓인 책상에 어쩔 수 없이 묶인 상태에서만 성취될 수 있다면—전적으로 일관성을 갖기 위해서—푀르스터 전부를, 또는—영원히 게다가 현재로서는 더더욱 적절치 못한 징벌이지만!—『회고록』[6]도 베껴야 합니다. 그런데 지속적으로 불편한 상태에 있는 내게는 유감스럽게도 별로 좋은 방법이 아닙니다. 그러나 그대는 실망했고 실망스런 보고만 하는 푀르스

772

터 강좌를 위해서 활기를 불어넣을 수 있는 방법을 찾아야만 합니다. 어쨌든 이런 상황에선 이전보다 더 어쩔 수 없이 푀르스터 전부를 개인 배당과 상관없이 다 읽어야만 합니다. 아무리 강좌가 나쁘더라도 푀르스터를 혼자 읽음으로써 얻는 유익을 파괴할 수는 없습니다. 머리가 지속적으로 편안하다면 그래서 푀르스터에 대해 한 단락 한 단락 글로 그대를 이해시킬 수만 있다면! 그는 중요한 사람입니다. 그것은 분명합니다.—오늘 수수께끼 책을 한 권 보냈습니다. 내용이 좀 더 풍부하길 바랐습니다. 하지만 활기찬 여자 친구의 능력으로 그것은 분명히 소녀들을 즐겁게 해줄 겁니다. 레만, 렘, 그리고 벨카노츠가 없으면 어떻게 될까요? 아마도 지금의 모든 좋은 일들이 고통스럽게도 미결정된 상태 속에서 살고 있겠지요. 그 좋은 일들 중에는 우리가 함께 만나는 것도 포함되어 있습니다.

프란츠

Nr. 509 [우편 엽서 소인: 프라하로 추정]

1916년 10월 14일

그대여, 오늘 엽서와 보고서[64]가 왔습니다. 이 종이들이 내게 얼마나 중요한 의미를 갖는지요! 그대에게는 쉬운 일이 아니었을 것입니다. 우선 훑어보기만 했지만 아주 사려 깊고 내용이 풍부합니다. 다만 어린 소년 무리들에 대해 이야기한 부분이 좀 터무니없긴 하지만, 맨 처음 보고서로는 보아줄 만합니다. 부족한 것은 주최자와 보조원들에 대한 충분한 고려입니다. 시오니즘이나 압도적인 열광만으로는 충분치 않습니다. 게다가 이것도 전쟁 후에 보조원들과 그 도움을 받는 자들 사이의 유대가 더 가까워져야 한다고 변명하듯이 언급되었습니다. 이런 점에서 아직 많이 부족합니다. 그대의 불평도(그것에 대해 자세히 알고 싶습니다) 그 사실을 확인시켜줍니다. 또한 여자아이들의 발전이 남자아이들의 발전에 못 미칩니다. 그리고 무엇보다도 보고문에 지속적으로 약간의 거만함이 보입니다. 그러나 사람은 계속 노력하며 나아간다는 사실에 의해 이것은 시간이 없애줄 것입니다. 책을 보내서 그대를 괴롭히는 것은 아닌지요? 푀르스터를 읽는 시간을 빼앗고 있지는 않나요? 어째서 내가 오래전에 에르드무테를 다 읽지 못했다고 생각하는 거지요? 본질적이 아닌 각주를 제외하고는 마리엔바트에서 전부 다 읽었습니다. 이 정당하지 못한 질책을 즉각 소풍 사진을 보내어 속죄하십시오.

프란츠

Nr. 510 [우편 엽서 소인: 프라하로 추정]

1916년 10월 15일

그대여, 날씨가 너무 좋습니다. 나는 사무실에 있습니다. 위안이 되는 것은 그대가 뮐렌베크에 있다는 것입니다. 오늘도 편지가 없군요. 그대는 내게서 소식이 없다고 자주 말했지만 놓친 소식들이 그다음 날 왔다는 말은 하지 않았습니다. 하지만 나는 매일 편지를 썼으니 그랬어야만 합니다. 보고서를 두 번째로 읽기 전에 어쩔 수 없이 막스에게 빌려주었습니다. 여성 클럽을 위해 필요하다더군요. 그 클럽은 불안정하고, 취약하긴 하나 결코 무가치한 조직은 아닙니다.[65] 너무 모든 것을 개인적으로 받아들인다는 그대의 불평이 바로 이 클럽의 좌우명입니다. 그 보고문에서 눈에 띄는 것은 좀 더 나이 많은 소년들에 대해 다루고 있는 부분의 우수성입니다. 그 출처는 분명 레만일 것입니다. 그것은 여러 사실들과 결과들로 이루어져 있고, 다른 나머지는 사람들이 당연하게 받아들이는 것들에 대한 것이지요. 처음 보고서에는 적절한 듯싶습니다. 겸손하게 보고한 유치원도 우수한 것 같구요.—오늘 나는 혼자입니다. 오틀라는 시골에 갔습니다. 펠릭스와 그의 부인을 데리러 가든지 아니면 혼자 산책을 가든지 하나를 선택해야 합니다. 무엇을 할까요?

프란츠

Nr. 511 [우편 엽서 소인: 프라하]

[1916년으로 추정] 10월 16일

그대여, 짜증나는 날이지만, 그대의 13일 편지로 진정되었습니다.—어제 혹시 잘못 추측한 건 아닌지 혼자 있으며 생각해보았습니다. 멀리까지, 거의 다섯 시간을 걸었습니다. 혼자이긴 했지만 완전히 혼자는 아니었고 쓸쓸한 계곡이긴 했지만 완전히 쓸쓸하지는 않은 계곡을요. 혹시 내 염려들이 관자놀이의 피를 다 말려버리는 것은 아닌가 할 정도로 그 염려들을 의식했습니다.—자빈헨의 문제는 정말 미묘합니다. 몇 가지 전제 조건들을 이해할 수 없습니다. 금고가 있는 목적이 뭔가요? 자빈헨이 2마르크를 빌리고도 다른 사람에게 말하지 않았나요? 금고 안의 돈을 쓰는 방법은 누가 결정하나요? 돈은 어디서 생기지요? 이전의 교장이 그 일을 알고 있나요? 말할 필요도 없이 나는 자빈헨의 정직성을 의심하지 않습니다. 그녀는 도움을 필요로 합니다. 그러나 만일 돈을 빌려가는 형식적 절차가 이루어지지 않은 것뿐이라면, 다른 소녀들도 똑같이 정직하며, 똑같이 도움이 필요할 수 있다는 것을 생각해야 합니다. 단지 금고 가까이에 앉아 있지 않아서 손해를 본다고 느낄 수도 있다는 것을 고려해야 합니다. 어쨌든 자빈헨은 결코 자신의 명예를 상실해서는 안 됩니다. 그들 모두가 서로를 신뢰했다면 그 일은 일어나지 않았겠지요. 그대가 할 일이 많습니다. 먼저 자빈헨과 헤르타를 만나보세요.

프란츠

Nr. 512 [우편 엽서 소인: 프라하로 추정]

1916년 10월 17일

그대여, 기적 중에 기적입니다. 아직 확정된 것은 아니지만 갈 수 있을 것 같습니다. 예측 가능한 모든 장애를 제거한다면 이 모험이 예측할 수 없는 장애들로 인해 불가능해지는 일은 없을 겁니다. 그렇지만 글 읽기가 11월 10일에서 17일로 미뤄지는 경우를 배제할 수는 없습니다. 결정은 다음 주 중에 날 것입니다. 그것이 10일이 된다면 그대는 나를 위해 11월 9일 코랄리온 홀에서 있을 예정인 밀란[66]의 낭독을 포기해야 합니다. 만일 10일이 아니라면 그대는 나를 위해 코랄리온 홀로 가야만 합니다. 선정된 것들(에셴바흐, 켈러, 슈토름)은 켈러를 제외하고는 그의 가장 뛰어난 점을 보여주지 못할 것입니다. 아마도 야콥젠의 단편소설을 읽을 때와 비슷할 것입니다. 예전에 그것을 들어본 적이 있는데, 그의 실력이 가장(물론 비교적으로) 미약하게 드러나더군요. 어쨌든 펠리체, 꼭 가서 들어보세요.—그대가 그들에게 "행운의 고무 장화"를 읽어준다는 데 정말로 동의합니다. 안데르센을 더 많이 읽어주세요. 그러나 다음 시간에 끝까지 다 읽을 작정이 아니라면 아예 읽어주지 마세요. 미나 폰 바른헬름을 읽을 때처럼 아이들이 전체를 바로 이해하지 못하는 일이 다시 생겨서는 안됩니다.—오늘도 편지가 없습니다.

프란츠

Nr. 513 [우편 엽서 소인: 프라하]

[1916년으로 추정] 10월 18일

그대여, 나의 가여운 초과 우편요금 지불인이여, 나를 용서하세요.
그러나 전적으로 내 잘못이 아닙니다. 그대를 납득시킬 만큼 아주 자
세하게 설명할 수도 있습니다. 그러면 분명 나를 용서할 것입니다.
게다가 우체국 직원인 막스조차도 지금까지 그런 엽서를 사용했습
니다. 그대의 토요일 편지가 오늘 도착했습니다. 조금 늦게 월요일
편지가 왔구요. 특히 나중의 편지가 위로가 되었습니다. 어제 오후
에 베를린 우편을 수송하던 차에 불이 났습니다. 그래서 오늘 하루
종일 나는 그 불 난 차에 대해 걱정을 하며, 그 속에서 소풍에 대해 쓴
그대의 월요일 편지가 재가 되어 사라지지 않았나 걱정하며, 아침 내
내 멍한 채 생각에 잠겨 돌아다녔습니다. 나중에 그대의 편지가 도착
했으니 결국 불탄 것은 아니었습니다.—막스는 뮌헨에 가는 허락을
받지 못했습니다. 어쨌든 저녁 모임 초입에 그의 시를 내가 몇 개 읽
을지 모릅니다. 시를 잘 낭송하지는 못하지만, 더 나은 사람을 찾지
못할 땐 기꺼이 내가 하겠습니다. 그렇지만 그대가 오지 않는다면 나
는 차라리 가지 않겠습니다. 이제는 그대를 그곳에서 보리라는 생각
에 익숙해졌습니다. 분명 10월 22일 이후에 그대의 부장이 돌아올
것이고, 그때까지는 그대가 올 수 있는지 없는지를 확실히 알게 되겠
지요.

프란츠

Nr. 514

1916년 9월 19일 [실제로는 1916년 10월 19일로 추정[67]]

그대여, 어머님, 부모님, 꽃, 새해, 그리고 식탁에서의 일행들에 대해

그대가 말한 일들을 받아들이는 것이 그리 간단한 일은 아닙니다. 그대 역시 우리 집에서 나의 온 가족들과 식탁에 앉아 있는 것이 "즐거운 경험에 속하는" 일은 아니라고 했었지요. 그대는 그대의 의견을 말한 것이고, 내가 그것을 좋아하든 좋아하지 않든 상관없이 그것은 당연합니다. 그런데 좋지는 않습니다. 그러나 그대가 만일 반대로 썼다면 나는 더욱 싫었을 것입니다. 그대가 생각하기에 무엇이 그대를 불쾌하게 만드는지, 어디에 그 불쾌함의 원인이 있는지 간단하게 말해주세요. 우리는 이 문제에 대해 내 관점에서 자주 이야기했습니다. 하지만 여전히 진실을 조금이라도 파악하기가 너무나 어렵습니다. 그러니 늘 다시 시도를 해야지요. 대략—진실에 일치하기보다는 좀 무자비하게 말해서—내 입장을 다음과 같이 서술할 수 있습니다. 늘 다른 사람에게 의지해온 나로서는 사방에 독립, 자립, 자유에 대한 무한한 갈망이 있습니다. 나는 내 시야가 광란적인 가정 생활에 의해 분해되게 하기보다는 차라리 눈가리개를 하고라도 나의 길을 끝까지 가겠습니다. 그런 이유에서 내가 부모님에게 하는 모든 말들, 그들이 내게 하는 말들이 내 발밑에서 장애물이 됩니다. 나 자신에 의해 만들어지지 않은 관계는 무엇이든—비록 그것이 내 본질에 반대된다 해도—무가치합니다. 그것은 나의 보행을 방해합니다. 나는 그것을 증오합니다. 아니면 거의 증오하려고 합니다. 길은 멀고 능력은 보잘것없습니다. 그러한 증오에는 많은 이유들이 있습니다. 그러나 나는 부모님의 자식입니다. 나는 그들에게 묶여 있고, 나의 누이동생들에게도 혈연적으로 묶여 있습니다. 일상 생활에서는 특정한 목표에 대한 집착 때문에 이 사실을 의식하지는 않습니다. 그러나 근본적으로 내가 알고 있는 이상으로 그 사실을 존중합니다. 때때로 이것이 나의 증오의 원인이 되기도 합니다. 집에서 이인용 침대와 잠을 자고 난 침대보, 조심스럽게 펼쳐진 잠옷 등을 보면 구역질이 나려고 합니다. 위가 뒤집히지요. 마치 나의 출생이 아직 끝난 것이 아니어서 거듭 이 숨 막힐 듯한 삶의 숨 막히는 방에서 태어나고 있는 듯합니다. 즉, 이런 지겨운 일들과 전적으로는 아니더라도 적어도 일부는 단단히 연결되어 있어 마치 그것을 확인하러 돌아가는 듯합니다. 때때로 그것들은 마치 내 발을 꺾어놓으려는 듯이, 마치 고대의 진흙 속에 빠진 것처럼 달라붙습니다. 때때로 그렇다는 말입니다. 그렇지 않을 때는 나는 그들이 결국 나의 부모님이고, 없어서는 안 되며, 나 자신에 힘을 주는 요소이며, 단지 장애물이 아니고 나 자신에게 속하는 존재라는 것을 압니다. 그럴 때 나는 사람들이 최선의 것을 바라듯 그들에게 최선의 것을 바랍니다. 왜냐면 이전부터, 나의 모든 악의, 무례함, 이기심 그리고 불친절에도 불구하고 나는 언제나 그들을 두려워했기 때문입니다—오늘까지도 그렇습니다. 결코 중단하는 일이 없지요—그리고 물론 당연하긴 하지만, 한편으로는 아버님이 그리고 다른 한편으로는 어머님이 나의 의지를 꺾었기 때문에 나는 그들이 그럴 가치가 있는 분들이길 바랍니다.(때때로 나는 오틀라가 내가 옛날에 바라던 어머니 같습니다. 순수하고, 진실되고, 성실하고, 일관되고. 겸손과 자부심, 감수성과 신중함, 헌신과 자립, 소심함과 용기 등이 아주 정확히 평형을 이룹니다. 내가 오틀라를 언급하는 것은 비록 눈에 띄지는 않으나 그녀 속에서 어머니가 존재하기 때문입니다.) 그래서 나는 그들이 나의 의지를 꺾을 만한 가치가 있는 사람들이길 바랍니다. 결과적으로 내게는 그들이 실제보다 몇백 배나 더 순수하지 못합니다. 그러나 걱정하지 않습니다. 그들의 어리석음은 백 배나 더 크고, 그들의 부조리도, 그들의 비속함도 백 배나 더 크니까요. 반면에 그들의 장점은 실제보다 더 작아 보입니다. 그래서 나는 그들에게 배반감을 느낍니다. 그러나 나는 미치지 않고는 자연의 법칙에 반항할 수 없습니다. 그래서 미움이, 단지 미움만이 있습니다.

그러나 그대는 내게 속합니다. 나는 그대를 나의 것으로 만들었습니다. 동화에 나오는 그 어떤 여자를 얻기 위한 싸움도 그대를 얻기 위해 내가 싸운 내면의 싸움보다 더 격렬하고 더 절실하지는 못합니다. 처음부터, 언제나, 그리고 영원히요. 그래서 그대는 나의 것입니다. 그러므로 그대의 친척들과 나의 관계는 내 가족들과의 관계와 비슷합니다. 물론 그들의 장점과 단점을 생각할 때 비교할 수 없이 미약하지만, 그들도 나를 방해하는 인연을 이룹니다(설사 서로 한마디 말도 나누지 않는다고 해도 나를 방해합니다). 그리고 위에서 언급한 의미에서 무가치합니다. 이런 말을 하는 데 있어 나는 그대에게 나 스스로에게만큼 솔직합니다. 내게 섭섭해하지 마세요. 거만하다고 생각하지 마세요. 절대 그렇지 않습니다. 적어도 그대가 생각하는 것처럼은 아닙니다.

그대가 지금 프라하에 있고 내 부모님과 식탁에 앉아 있다고 생각해 보세요. 그러면 내가 부모님께 갖는 갈등은 더 커질 것입니다. 그들은 내가 맺고 있는 가족과의 유대가 더 커질 것이라고 생각하고는(그렇지 않습니다. 그래서도 안 됩니다) 나도 그렇게 느끼도록 강요할 것입니다. 그들은 내가 그들 계열에 속하고 그중 초소 하나가 옆방 침실이라고 생각하지만 나는 합류하지 않습니다.

또한 내 반대를 무릅쓰고 그대와 동맹을 맺었다고 생각하겠지만 그렇지 않습니다. 그들에 대해 생각하던 추함과 경멸은 더 커지기만 합니다. 그들이 비교적 위대한 사람들보다 더 우월하기를 기대하기 때문입니다. 그러나 그렇기만 하다면 그대가 말한 것을 왜 좋아하지 않겠습니까? 나는 글자 그대로 내 가족 앞에 서서 칼을 휘두릅니다. 상처 주고 또 방어하기 위해서 말입니다.

이 일에 있어서는 내가 그대를 대신해서 행동하게 내버려 두세요. 그대 가족들에 대해서는 나를 대신해서 행동하지 마세요. 그것은 너무 큰 희생이 아닌가요? 그 희생이 너무 커서 그대 스스로는 할 수 없을 테니 그대를 그 일에서 벗어나게 하면 좀 편해질 것입니다. 그대가 그렇게 한다면 나를 위해 많은 일을 하는 셈입니다.

하루나 이틀 일부러 편지를 하지 않겠습니다. 그러면 그대가 내 방해를 받지 않고 그것에 대해 숙고한 후 답을 할 수 있을 테니까요. 그대에 대한 나의 신뢰가 너무 크기에, 단 한마디라도 대답으로 받아들일 것입니다.

프란츠

Nr. 515 [우편 엽서 소인: 프라하]
1916년 10월 21일

그대여, 다시 또 이 자리에 있습니다. 그저께 그리고 어제 그대의 화요일 편지와 수요일 편지를 받았습니다. 그러나 소풍에 대한 이야기는 없더군요. 아마 간절히 기다리던 사진과 함께 오려나 봅니다. 그 사진 중엔 그대의 것이 많이 있기를 바랍니다. (지금 막 전화기로 달려갔는데 여권과 국경 출입 허가가 났다고 통고받았습니다. 이제 사증만 있으면 됩니다.) 그대가 하우슈너 부인에 대해서 물어 보았는데 개인적으로는 모릅니다. 그러나 한 번 그녀의 소설을 읽었는데, 그리 불합리하지만은 않은 아주 긴 장편이었습니다.[68] 그리고 최근에 그녀가 막스에게 보낸 편지를 읽었는데, 그녀가 저지른 약간의 혼란으로 아주 재미있었습니다. 그녀가 그 혼란을 해결하려고 했던 방식으로 인해 감동적이고 유쾌했습니다. 게다가 지금 막스에게 들은 바로는, 그녀는 아주 부자고 인도주의적이며 인정이 많다고 합니다. 이런 점에서 (그런 관점에서 그녀는 친시오니즘파입니다만) 그녀도 보호 시설에 흥미를 갖고 있을 것입니다. 따라서 적당한 경우에, 혹시 보호 시설에서의 예의 그 오후나 저녁에 초대를 받는다면 상당한 기부를(그녀는 베를린의 한 큰 여성 단체의 회장입니다) 할 것입니다. 어쨌든 그녀는 프라하에 십일월 초순까지 있을 겁니다. 막스는 화요일에 그녀를 보려고 하는데, 그때 알려주겠습니다.

프란츠

Nr. 516 [우편 엽서 소인: 프라하]
1916년 10월 22일 7시

믿을 수 없게도 이른 아침입니다. 더구나 지독한 저녁을 보낸 후에 말입니다. 오틀라와 시골에 가려고 합니다. 장막절을 지키기 위해서가 아니라 단지 오틀라의 옛날 여교사를 만나기 위해서입니다. 오틀라에 대해 말하자면, 결코 그 애를 높은 본보기로 삼으려던 것은 아니었습니다. 어머니와 비교했을 때 그 애의 좋은 점들이 두드러져 단순히 좋게 이야기한 것뿐입니다. 오틀라가 조금은 자기 만족적이고 계산적이라는 것과, 또 다른 점들을 감추려던 것은 결코 아닙니다. 내 입장에서는 칭찬할 권리도 비방할 권리도 없습니다.

안부를 전하며…… 프란츠

Nr. 517 [우편 엽서 소인: 프라하]
1916년 10월 23일

그대의 목요일 편지가 오늘 왔습니다. 내 소식이 충분치 못하다고 그대가 자주 불평하는 것을 보고 그대가 실제로 받은 편지가 무엇인지 알면 좋겠다고 생각했습니다. 지난 금요일을 제외하고는 매일 편지를 썼기 때문입니다.—펠릭스와의 이전 약속에 대한 그대의 추측은 옳았습니다. 사실 어떻게 질문했는지를 보면 그리 어려운 일도 아니었습니다. 그런데 이제는 나를 위협하려는 건가요? 다행히도 위안이 위협보다 더 나를 두렵게 합니다. 펠리체, 그대의 위협은 미치광이 따위를 구속하는 가죽 옷으로 꼼짝 못하게 묶지 않는 한 실현될 수 없습니다. 분명 그러지는 않겠지요. 그 대신 좋든 나쁘든 나를 그대로 내버려 두세요. 어제 시골은 아름다웠습니다. 몇 년 사이에 나도 변했더군요. 나 자신도 의식하지 못한 채 도시 거주자에서 시골 사람으로요. 아니면 그 비슷하게요. 우리는 황량하고 외딴 장소에 갔습니다. 그곳은 아주 전원적이고 아주 아름다웠습니다. 그곳에서 일 년에 육백 크로넨을 받으며 행복하게 만족스런 생활을 하고 있는 초등학교 여교사 집에 갔습니다. 사실 그녀는 대학생으로 자기 자신과 학교를 위해 그곳에서 임시직을 얻어 독일어 수업을 하고 있습니다. 한 달에 오십 크로넨 이상을 벌고 있지요. 게다가 운 좋게도 처음 육 개월 동안은 집세를 내지 않고 살았답니다. 열 살, 열한 살의 소년 소녀들 쉰다섯 명을 가르칩니다. 그런데 인젤사의 「슐레밀」과 수수께끼 책이 그대에게 전달되었나요?

프란츠

Nr. 518 [우편 엽서 소인: 프라하]
1916년 10월 24일

오늘도 소식이 없습니다. 어제 편지에서 다음 구절은 많은 즐거움을 주었습니다. "그대는 자신을 너무 분명하게 알고 있는 사람이라 오히려 혼자 있을 때 그 외의 시간보다 더 침체됩니다'라는 구절입니다. 그 말은 혼자 있는 것, 아니면 간단히 말해 자신을 똑바로 인식하려 하는 것(나의 특권이지요)이 나를 우울하게 할 수 밖에 없다는 말이지요. 그렇다면 나의 내면이 꽤 나쁘다는 말이군요. 그것이 당신이 의미하는 건가요? 당신이 옳을지도 모릅니다. 여기 나를 재판하는 여자가 (마리엔바트에서 그녀가 한 말을 했었지요. 내가 비도덕적이라고요) 있습니다.[69] 어제 그녀의 소식을 들었습니다. 며칠 전 그녀는 내가 첫째, 모든 것을 충동에 의해서가 아니라 결과를 신중히 계산한 후에 말하기 때문에 부자연스럽고, 둘째 좋은 남자가 아니라고 말했다는군요. 그렇게 말한 그녀는 현명하며, 나는 아주 적절한 말을 들은 셈입니다.—그래서 모든 소녀들이, 한프까지 포함해서 소풍을 갔군요. 그대의 부장은 휴가를 연장했나요?—나는 아직 낭독회에 대해 확정적인 날짜를 줄 수가 없습니다. 또 다른 어려움이 생겼습니다. 인젤 출판사가 발행한 "블라우바이스"의 작은 노래책을 네 권 보냈습니다.[70] 아주 멋진 책입니다.—그대는 종교에 대한 강좌 말고 프뢰벨 강좌도 듣고 있나요?—동화의 밤은 어떤가요?—누가 푀르스터 강좌를 지도하죠?

프란츠

Nr. 519 [우편 엽서 소인: 프라하]

1916년 10월 25일

그대의 토요일 편지가 오늘 왔습니다. 자, 소녀들이 어느 정도는 그대를 내게서 **빼앗아**갔군요. 만일 그들이 그대를 내게 천 배나 더해서 돌려주지 않았다면 그들 탓을 많이 했을 겁니다. 오늘은 그만 쓰겠습니다. 급한 일들이, 안절부절못하게 만드는 일이 많이 있습니다.

프란츠

막스가 하우슈너 부인을 어제 만나 그대의 방문을 알렸습니다. 지금은 단지 멀리서 기부하기만을 바랍니다. 그러나 개인적으로 그리고 진심으로 저녁 초대를 받는다면 다른 방식으로 그녀가 원조할지도 모릅니다.

Nr. 520 [우편 엽서 소인: 프라하]
1916년 10월 26일
그대의 월요일과 화요일의 편지가 오늘 왔습니다. 오랫동안 두통에서 벗어났던 마법의 상태에서 다시 한번 두통이 심각하게 찾아왔습니다. 하지만 일시적일 것이라 믿으며 기쁘게 참고 견디려고 합니다. 일반적인 소풍의 모습들이 그대의 소풍엔 빠져 있습니다. 그 대신 보통 소풍에서 하지 않는 일들이 많이 있더군요. 아마 소풍이 성공한 이유가 거기에 있는 것 같습니다. 블룸슈타인 양에 대해선 아무 말도 해주지 않았습니다. 그러나 사진이 모든 것을 분명하게 해줍니다.— 낭독은 11월 10일 금요일, 여덟 시에 하려고 합니다. 내일 뮌헨에 도착하는 정확한 시간을 알려 주겠습니다. 그대는 언제 도착할 예정인지, 어디에 머물 것인지 알려주세요. 낭독은 확실하게 결정되었습니다. 그렇지만 작은 장애가(내 책임은 아닙니다) 있는데, 단지 지나치게 불안한 내 눈에만 그렇게 보일 뿐 주된 장애는 되지 않을 것입니다. 그대가 아직 정규 강좌들을 듣는 것은 무리인 것 같군요. 그리고 스트린드베리에 대한 강좌도요! 그렇지만 정말 그 강좌를 듣는다면 내게 지금 그리고 앞으로도 그것에 대해 적어주세요. 하우슈너 부인을 만나지 못했습니다. 그녀는 나를 모릅니다. 그러나 그녀가 좋아하는 막스가 당신의 방문에 대해 이야기했습니다.

프란츠

Nr. 521 [우편 엽서 소인: 프라하]

1916년 10월 27일

그대여, 수요일에 쓴 친절한 말들은 고맙습니다. 근본적으로 나는 우리가 이 문제에서 서로 의견이 일치한다고 믿습니다. 그리고 계속 일치하리라고 믿습니다. 그러나 때때로 상기시켜주면 더욱 좋겠지요.—자, 낭독은 11월 10일입니다. 막스와 내가 각각 하룻밤씩 맡으려고 했는데, 막스가 그럴 목적으로 이틀 동안 휴가 신청을 낸 것이 거부되었습니다. 따라서 그는 갈 수 없습니다. 나는 그가 낭독할 시들을 좋든 싫든 떠맡아야 합니다. 그가 그 낭독회에서 완전히 빠지면 안 됩니다. 전혀 아무것도 하지 않는 것보다는 불완전하게라도 낭독을 통해 참석하는 것이 더 낫지요. 내가 낭독하는 것을 방해하는 것은 단지 뮌헨의 검열이 야기할 어려움뿐입니다. 하지만 그들이 반대할 것이 또 뭐가 있나 싶습니다.—그대가 출발하는 날 밀란의 낭독에 참석하는 것은 과장된 것이겠지요. 무엇보다 그는 겨울마다 여러 낭독을 합니다. 그리고 그의 재능이 아무리 크다 해도 잠을 잘 자는 것이 그에 못지않게 중요합니다. 그리고 셋째로 여전히 고려해보아야겠지만, 만일 정말 참석할 거라면 그의 강좌에서 바로 내 강좌로—지나친 기대와 함께—오면 안 됩니다. 나는 뮌헨에 여섯 시 이십사 분에 도착합니다. 그리고 일요일 일곱 시에 떠납니다. 우체부는 만족스러운가요? 그러나 그는 내게 부당한 일을 했습니다.

프란츠

[가장자리에] 아직도 푀르스터를 읽고 있나요?

786

Nr. 522 [우편 엽서 소인: 프라하]

1916년 10월 28일

그대여, 다시 밤들과 두통으로, 두통과 밤들로(어느 말을 그대가 더 좋아하든) 시달렸습니다. 그들은 나를 괴롭히려고 손을 맞잡았습니다.—요전 날 나는 『헝가리의 인신 제물』을 읽었습니다. 그것은 츠바이크의 비극입니다. 초자연적인 장면들은 그의 작품에서, 또 내가 알고 있는 그에게서 기대할 수 있는 대로 형편없습니다. 그러나 현실적인 장면들은 아주 생생합니다. 분명 실례에서 따온 것일 겁니다. 그럼에도 세부적인 부분까지 두 세계를 구분할 수는 없습니다. 그는 실질적인 사례와 합일된 채 그 마법에 붙잡혀 있습니다. 내가 알고 있던 그가 아닙니다. 어느 한 부분에서 나는 읽던 것을 그만두고 소파에 앉아 울었습니다. 운 지 여러 해가 되었습니다.”

프란츠

[가장자리에] 여행이 끝날 무렵 우리는 같은 기차를 타지 않을까요? 나는 에거를 경유해 갑니다.

Nr. 523 [우편 엽서 소인: 프라하]

1916년 10월 29일

그대여, 오늘 그대의 목요일 편지가 왔습니다. 그대가 옳습니다. 우리는 드디어 서로 만나 이야기할 수 있군요. 낭독회가 분명 이루어지길! 제안한 것 말고는 다른 선택이 없습니다. 다른 것은 읽고 싶지도 않습니다. 만일 당국이 허락하지 않는다면 나도 거절해야만 합니다. 그래서 걱정하는 것입니다. 그렇지 않다면 언급할 필요도 없는데요. 우리가 실제로 함께 여행을 한다면 나로서는 아주 잘된 일입니다. 그러나 그럴 경우 그대는 삼등칸으로 끌려가거나 끌려 내려올 것입니다.—어제 파이글과 이야기를 나눴습니다. 전화로 불러냈지요. 그가 집을 세주고는 정확하지 않은 주소를 우체국에 주었기 때문에, 그대의 편지뿐만 아니라 다른 편지도 그에게로 가지 못했습니다. 그런데 왜 그대는 성인 교육에 대한 책이 필요한 거지요? 어떻게 그것을 구할지 모르겠습니다. 사진들이 오지 않았습니다. 필름을 싼 종이와 함께 버리지 않았기를 바랍니다.

프란츠

Nr. 524
1916년 10월 30일

그대여, 아무 편지도, 아무 편지도 기대하지 마세요. 그대가 지난번 편지에 말한 것처럼 내가 나에 대해 보고할 만한 것이 있었다면 내 펜이 그대에게 그것을 알려주기 위해 얼마나 질주를 했겠습니까! 그러나 사정이 그러하듯이—나의 삶은 두 부분으로 이루어져 있습니다. 한 부분은 그대의 삶에서 영양분을 취해 볼이 불룩합니다. 그 자체로 행복하며 그래서 나는 위대한 남자가 됩니다. 그러나 다른 부분은 마치 풀어헤쳐 진 거미집 같습니다. 동요와 두통에서 자유로운 것이 그의 가장 큰, 그러나 자주 갖지는 못하는 행복입니다. 이 두 번째 부분에 대해 무엇을 할 수 있겠습니까? 마지막으로 작업을 한 이래 벌써 이 년이 되어갑니다. 그러나 그 일에 대한 소질과 욕망 이외엔 아무것도 없습니다. 자, 이제부터 10일 또는 11일 후엔 서로 볼 수가 있겠군요. 그러나 이 행복한 기대가 너무 심한 불안감을 만들어내 많이 쓸 수가 없습니다. 아무것도 그것을 방해하지 않기를!
몇 가지 물건들을 함께 보냅니다.

1) 오틀라의 사진. 아주 못 나온 것입니다. 교정 중인 치아와 입이 헤벌쭉 벌어진 것 말고도 심한 단점이 있습니다.

2) 부버의 편지. 오늘 다시 읽어보니 주목할 만한 것이 전혀 없습니다. 왜 그것을 언급했는지 모르겠습니다. 단지 그대가, 내가 한 말 때문에 잘못 인도되어, 그것을 요구하기 때문에 보냅니다.

3) 나의 또 다른 활동에 대한 한 예로서 호소문 하나.[72] 내 이름을 서명자 가운데서 발견할 것입니다. 원래는 이름이 조직위원회 중 한 사람으로 위에 있었으면 했는데 노력이 부족한 탓인지 밑에 많은 사람들무리 속으로 내려갔습니다. 본문은 (다른 많은 것들처럼) 역시 내가 쓴 것입니다. 이 일에 대해선 그만하지요.

4) 낭독회 프로그램. 끝에서 세 번째 장에서 「선고」가 광고된 것을 볼수 있을 겁니다. 그러나 볼프는 내겐 알리지도 않고 채 그것을 다시발표하지 않으려고 합니다.[73] 그러나 나 자신은 죽은 사람이나 마찬가지고 관자놀이에서 욱신거리고 있는 생명에만 귀를 기울이고 있기 때문에 상관하지 않습니다.

나의 재판관에 대해선 걱정하지 마세요.[74] 그 일에서 안심되는 (만일그대가 원한다면 불안스러운) 일은 그녀가 바로 육 개월 전에 있었던 다섯 번에서 열 번의 짧은 대화를 통해 그 사실을 끌어내고 있다는 것입니다. 곧 다시 볼 수 있기를, 안녕!

프란츠

Nr. 525 [우편 엽서 소인: 프라하]

1916년 10월 31일

그대여, 지난 며칠 동안 사무실에서 편지를 하기엔 너무 바빴습니다. 지난번 그대가 보낸 편지는 금요일 편지였습니다. 그리고 오늘은 아무것도 없습니다.—말할 필요도 없이 아이들의 서재는 그대가 관리하는 동안 그렇게 빈약하게 비축되어서는 안 됩니다. 그래서 오늘 근본적인 작은 시작으로, 샤프슈타인의 파란색 작은 책자들을 보냈습니다. 그대가 갖고 있는 『페터 슐레밀』처럼 두꺼운 종이로 장정되어 있습니다. 천으로 제본되었다면 물론 더 좋았겠지만 너무 비쌉니다. 어쩌면 사용하기 전에 보호 시설의 강습회에서 제본할 수도 있겠군요. 그 책들은 모든 연령층을 위한 책입니다. 세심하게 분류할 필요가 없습니다. 사실 남자아이들에겐 내가 가장 좋아하는 책인 샤프슈타인의 초록색 책들이 가장 좋습니다. 그러나 한꺼번에 다 보내고 싶지 않아 나중에 보내려고 합니다. 그 책들 가운데 한 책은 마치 그 책이 나에 관한 책인 것처럼, 마치 내가 피하고 있는, 아니 피했던 삶의 원칙에 대한(자주 그런 감정을 갖습니다) 책인 것처럼 너무 깊은 감동을 주었습니다. 『설탕 남작』이라는 책으로 마지막 장이 가장 중요합니다.[75] 사실 아이들 책들 중에서는 선발하기가 쉽지 않습니다. 내 경험에서 가장 좋은 아동 도서를 꼽으라면 필경 호프만의 작은 책자들[76]을 들 것입니다. 하지만 시시한 작품입니다. 우리가 읽고 있는 이 책들이 다음 세상에선 얼마나 아름다운 책들이 될까요!

언젠가 한번 문고에 대해 실제 제안들을 내놓겠습니다.

프란츠

Nr. 526 [우편 엽서 소인: 프라하]
1916년 11월 1일

그대여, 이게 무슨 말인가요? 이제 와서 오지 않겠다고 위협을 하다니요? 끊임없는 작은 장애들이 없어진 후 이것이 가장 큰 장애가 되다니요? 그래서는 안 됩니다.

그대 부장의 휴가에 대한 결정은 벌써 오래전에 났을 텐데요.―사진들과 그대의 월요일 편지가 오늘 왔습니다. 숲에서의 일행들 모습이 사랑스럽습니다.

그러고 보니 그들이 그대의 아홉 소녀들이군요. 한프도 거기 있군요. 이번엔 S.만이 미소를 짓지 않고 있습니다. 가장 예쁜 아이는 왼쪽에 가는 띠가 있는 블라우스를 입은 소녀입니다. 그 사진은 앞에서 달팽이 같은 자세를 하고 있는 아이 때문에 좀 망가졌습니다. 그런데 키들이 크군요. 그리고 두세 명만 제외하고는 전형적인 얼굴들입니다. 하지만 얼굴이란 천 개의 사진을 보아야만 완전히 알 수 있습니다. 두 장의 사진에서는 아이들이 춤을 추고 있습니다. 노력을 하면 누가 누군지 알겠지만 아주 다르게 보입니다.

아이들과 찍은 그대의 사진은 아주 잘 나와 꽃과 함께 찍은 사진, 즉 좀 잘 못 나오고 불투명한 사진을 견디어내게 합니다. 다섯 번째 사진은 설명을 해주어야겠습니다. 오직 S.만 알아볼 수 있습니다.

하누카 희곡[77]을 구할 수 있을지 모르겠습니다. 그러나 즉시 노력해보겠습니다.―내가 보낸 신문에서 그대가 보았던 나의 굴욕(거짓말이 굴욕이라면)에 대해 어떻게 생각하나요?[78] 그것은 단연코 내가 겪은 가장 심한 굴욕은 아닙니다. 사방에 그보다 더 심한 것들이 존재하지요. 그러나 그것도 충분히 굴욕적입니다.―오지 않는다고 다시는 협박하지 마세요!

프란츠

Nr. 527 [우편 엽서 소인: 프라하]

1916년 11월 3일

그대여, 그저 나를 겁주기 위한 위협이었군요. 정말 겁을 주긴 했습니다. 하지만 결국 그대는 오겠지요. 출장 허가증이 아직 확실하지 않습니다. 그곳에 서류가 월요일에야 도착했습니다. 아직도 불안합니다. 그리고 진실을 말하자면, 허가 나는 것이 비록 아무 상관이 없다 해도 정말로 허가가 난다는 것이 상상이 안 됩니다. 어쨌든 장애가 생길 경우 전보를 보내겠습니다. 우선은 그대를 볼 생각으로 행복합니다. 우리가 타는 기차는—유감스럽게도 지금 기차 시간표가 없어 지도만 보고 판단하건대—비자우 근처에서, 즉 한 시와 두 시 사이에 연결됩니다. 우리가 기차에서 만난다면 시간을 많이 벌 수 있습니다. 말할 필요도 없이 나는(미신적인 이유에서 앞서와 같은 조건을 답니다) '바이에른 호프'에 머물 것입니다.—하누카 희곡을 찾을 수 있을지 모르겠습니다. 한 소녀가 무언가 해줄 수 있지 않을까 기대했었지만(그녀는 작년에 이곳에 있는 동유럽 유대인 유치원에서 다른 아이들에게 연극 연습을 시켰는데 내 조카도 데려갔습니다. 아주 어린 아이들을 위한 작품이라 부적절하지만, 그녀는 아주 뛰어납니다)—그러나 그녀조차 아무것도 갖고 있지 않았습니다. 유대인 출판사가 하누카 책들을 발행 할 예정입니다. 어쩌면 그들이 그대에게 교정쇄를 보여줄지도 모릅니다.

프란츠

Nr. 528 [우편 엽서 소인: 프라하]

1916년 11월 5일

그대여, 시골로 여행을 가기 전 이른 아침입니다. 어젠 그대에게 아무 편지도 없었습니다. 사실 나도 쓰지 않았습니다. 나의 여행은 매일 점점 확실해집니다. 어쨌든 수요일이나 목요일에 사랑스런 말 "우리는 갑니다"나 슬픈 말 "안 됩니다"와 함께 전보를 보내겠습니다.

프란츠

Nr. 529
1916년 11월 14일

펠리체 바우어의 어머니에게

친애하는 어머니!

마리엔바트에서 제가 보낸 편지가 호의적으로 받아들여졌다는 펠리체의 이야기를 듣고 이전보다 가벼운 마음으로 생일 축하 편지를 쓸 수 있습니다. 제가 이미 자주 보고, 듣고, 말했다시피 저는 사이좋게 지내기 어려운 사람입니다. 제 자신에게조차도 그렇습니다. 그러므로 제게 따님을 주시고, 그래서 당연히 요구하실 권리만 있으신 어르신께서 애쓰시는 것은 더욱더 관대한 일입니다. 그러니 앞으로도(생일 축하 편지에도 저의 이기심이 섞이는군요) 계속 제게 인내심을 가져주십시오. 그리고 펠리체를 위해, 또 그녀를 통한 저를 위해서도 제 기억 속에 남아 있는 당신의 그 젊은이 같은 활력을 앞으로도 유지하시길 바랍니다.

손에 존경의 입맞춤을 보냅니다. 에르나와 토니에게도 안부 전해주십시오.

프란츠 올림

Nr. 530 [우편 엽서 소인: 프라하]

1916년 11월 21일

그대여, 여러 날 아무 소식이 없군요. 왜죠? 지난번에 보낸 내 엽서의 요점을 모르겠습니까?[79] 물론 그것은 함께 살아가는 것의 기본적인 문제에 대해 이야기하고 있습니다. 그 문제에 대해서만 이야기하자면, 그대가 나의 이기심에 대해 무심코 그러든 당연히 그러든, 계속해서 비난하는 것이 앞으로도 무한히 계속되리라는 위협을 생각할 때 그대로 놔두질 못하겠습니다. 그것은 정당하기 때문에 내게 더욱 심하게 영향을 미칩니다. 정당하지 못한 것은 나를 비난하는 사람이—사람보다는 사물을 향한 나의 이기심에 대한 권리를 행위보다는 말로써 부정하는 사람이—바로 당신이라는 것입니다. 이기심의 문제에서 내가 적절한 한계를 두고 있다는 믿음은 나에 대한 그대의 신뢰를 전제로 하고 있습니다. 어쨌든 나의 죄의식은 늘 크기 때문에 밖에서부터 또 먹이를 공급받을 필요가 없습니다. 반면에 나의 기질은 너무나 약해 종종 이런 종류의 먹이를 삼킬 수가 없습니다.

프란츠

Nr. 531 [우편 엽서 소인: 프라하]

1916년 11월 23일

그대여, 나도 그렇게 생각합니다. 현재 상태에서(두통을 포함해서) 어떻게 내가 존재할 수 있습니까? 이런 종류의 말다툼이(그 소름 끼치는 제과점!)[80] 다신 일어나지 않으리라 확신할 수는 없습니다. 하지만 적어도 우리가 함께 있는 짧은 시간에 대한 불안이나 고뇌를 더욱 강화시키는 그 막연한 악몽 같은 감정에 대한 불안은 일어나지 않을 것입니다. 따라서 일반적인 인간의 불행 가운데 한 부분으로 감수하려

794

고 합니다. 그대가 돌을 친다면 그 돌은 조금 긁힐 것입니다. 그러나 돌이 예상보다 빨리 부서지지 않는다면 손이 그것을 견디어내듯이 견디어낼 것입니다.—지금 내 마음을 사로잡고 있는 것은(뮌헨 이래로 드물게 일어나는 두통을 제외하고) 이사에 대한 생각입니다. 여느 때의 나의 부정적인 마음 상태를 고려할 때 작지만 매우 긍정적인 희망이 그 이사와 연결되어 있습니다. 임대 중개소를 방문했던 것은 그리 싫어할 만한 일은 아니었습니다. 그때부터 세 명의 여자가 내 주위를 맴돌며 지나치다 싶을 만큼 내게 친절을 베풉니다. 중개소의 주인과 내가 살 예정인 집의 건물 관리인, 그리고 내게 집을 팔 사람들을 돌보던 하녀. 거기에 어제부터 어머니도 합류를 했습니다. 아주 친절하게요. 결정이 나는 모레쯤에 털어놓으려고 합니다.—내일 책들이 그대에게 발송될 겁니다.

프란츠

Nr. 532 [우편 엽서 소인: 프라하]

1916년 11월 24일

오늘 아침 그대에게 엽서를 쓰기 시작했다가 방해를 받아 중단했는데 지금 그 엽서를 찾을 수가 없습니다. 보통 이런 일은 서류철에서나 일어나는데, 기분이 좋지 않습니다.—그대여, 그대가 생각한 대로 그렇지는 않습니다. 그대는 내가 보낸 생일 전보를 받지 못한 듯합니다. 우편 배달은 요즘 썩 믿을 만하지 못합니다. 십칠일 밤에 보냈는데, "마음으로 포옹을 하며"라는 말이 있지요. 배달되기에는 너무 이례적인 말이었나 봅니다. 어쩌면 앞으로는 항의를 해야 할까 봅니다.—지금은 집 문제가 다시 나의 주된 관심사입니다. 좀 슬프긴 하지만요. 다시 한번 결정이 이삼일 미루어져야만 합니다. 얻을 수 있을지도 불확실합니다. 그대가 알아야 할 것은 방이 두 개인 집이 있는데 부엌이 없으나 모든 세부 사항까지 내가 꿈꾸어온 것에 부응합니다. 얻지 못한다면 참을 수 없을 것입니다. 비록 이 집이 내게 내적인 평화를 주지는 못한다 해도 일할 수 있는 가능성은 줄 겁니다. 또한 감히 말할 수 있는 것은 낙원의 문이 즉각 활짝 열리지는 않겠지만, 어쩌면 그 벽에서 눈으로 들여다볼 수 있는 작은 틈새 두 개를 발견할지도 모른다는 겁니다.—오늘 보병인 레만이 막스에게 보내는 편지를 읽었습니다. 그 편지에서 그는 그대가 하는 어려운 일에 찬사를 보냈습니다.—크리스마스요? 나는 갈 수 없을 것입니다.

프란츠

Nr. 533 [우편 엽서 소인: 프라하]

1916년 12월 4일

그대여, 그대가 전에 썼던 편지, 그대에게 되돌아갔던 편지가 오늘 왔습니다. 우린 서로를 더욱 신뢰하는 것 같습니다. 크리스마스에 대한 나의 의견은 변함없습니다.

우리가 만날 수 없다는 것을 들으면 고통을 느끼겠지만 내 의견이 옳다는 것을 확신합니다.—그대의 두통으로 나는 대단히 괴롭습니다. 그대와 나는 하나의 평온함을 함께 나누어 갖는 걸까요? 그래서 내가 모든 일에서 좀 더 평온해질 때 그대가 갖는 평온함의 몫이 더 줄어드는 걸까요? 그 이유가 뭘까요? 지금의 불안함이 한 달 전보다 더 큽니다.

그런데 보호 시설은요? 그것이 그대의 관심을 끌고 그대에게 힘을 주지 않나요?—그대 친구의 희곡을 이제는 읽을 수가 없습니다. 내가 그것에 대해 얘기를 듣기도 전에 막스가 며칠 전 보내 버렸습니다. 그는 그것이 별로 칭찬할 만한 것이 아니라고 합니다. 물론 나는 당신이 원하니까 읽어보고 싶지요.

그러나 이제 그것은 가버렸고, 다시 그것을 보내라고 하는 것은 의미가 없습니다. 나의 도움은 물론이고 나의 의견도 작가에게는 아무 소용이 없을 것입니다. 그런데 막스는 최근에 이런 유의 요청을 너무 많이 받았습니다. 그래서 어쩌면 주의 깊게 읽지 않았는지도 모릅니다.

프란츠

Nr. 534 [우편 엽서 소인: 프라하]
1916년 12월 7일

그대여, 며칠간 소식이 없군요. 내가 언제나 영원히 행복한 상태에서 살고 있다고 생각해서는 안 됩니다. 아마 비교적 평온한 것은 불만이 쌓이는 중이라 그럴 겁니다. 그래서 예를 들어 지난밤 같은 경우엔 그 불만이 불쑥 튀어나와 아우성을 지르고, 다음 날 (오늘)은 자신의 장례 행렬을 따라가는 일행 가운데 하나인 듯이 헤매고 다닙니다.—그대는 낭독회에 대한 논평에 대해 물어보았지요. 나는 『뮌헨 아우그스부르거 신문』에서 하나 더 읽었습니다." 첫 번째 것보다 조금 더 친절했습니다. 하지만 근본적 의견은 서로 비슷해서, 친절한 어조가 오히려 실제 그날 밤의 엄청난 실패를 더 강조하는 것 같았습니다. 또 다른 논평은 구하려고 하지도 않습니다. 어찌되었든 이러한 의견들이 정당하다고 인정합니다. 거의 진실에 가깝습니다. 오로지 뮌헨에 가기 위한 수단으로 나는 내 글을 남용했습니다. 그렇지 않으면 그곳엔 아무런 정신적 연줄이 없으니까요. 게다가 이 년이나 글을 쓰지 않았는데 뻔뻔하게도 대중 앞에서 낭독을 하다니요. 지난 일 년 반 동안 프라하에서 가장 친한 친구들 앞에서조차도 한마디도 낭독하지 않았으면서요. 그런데 프라하에 돌아오자 릴케가 한 말이 생각났습니다.「화부」에 대해 아주 호의적인 말을 한 뒤에 그는「변신」이나「유형지에서」는 그만큼의 성과를 이루지 못했다고 했습니다. 이런 관찰은 이해하기 어려울지는 모르나 통찰력이 있는 관찰입니다.[82]

프란츠

Nr. 535 [우편 엽서 소인: 프라하]

1916년 12월 8일

그대가 부장의 크리스마스 여행에 대해 쓴 엽서가 오랜 시간이 지나서야 도착했습니다. 하지만 그것마저 없었다면 오랫동안 아무 소식도 받지 못했을 겁니다. 그런데 엽서를 받은 뒤에도 아직도 머리가 아픕니다. 그리고 지금 그대는 침묵 속에 있습니다. 하누카 희곡은요? 곧 유대인 출판사의 책들을 보내겠습니다. 책이든 소포는 받았나요? 내일 무치를 위한 소포를 보내겠습니다. 아니, 어쩌면 그대의 지시를 기다리는 것이 더 낫겠습니다. 지금까지 내가 모은 것은 책 두 권, 장난감 하나, 사탕, 카를스바트 비스킷, 초콜릿 등입니다. 그 밖에는 내 상상력이 말을 듣지 않습니다. 작은 옷, 아니면 그런 종류의 무언가라도 포함되어야 하지 않을까요? 그 일에 대해선 정확한 지시가 필요합니다. 그 밖엔 오틀라에게 구하도록 시키겠습니다. 그리고 코코아도 들어가야 할테니, 코코아도 좀 구해놓겠습니다. 그러고 나서 그대 소식을 기다리지요.—요즘 오틀라의 집에서 지내고 있습니다.[83] 지난 이 년 동안의 어느 때보다 낫습니다. 좀 더 개선되면서 숙소가 점차 완전해져가고 있습니다. 그러나 결코 완전하진 않을 겁니다. 왜냐면 내게 완전이란 밤새 그곳에 있는 것을 뜻하니까요. 그래서 나는 편안한 시간이 시작될 때쯤, 즉 처음엔 여덟 시에, 그다음 엔 여덟 시 반에, 지금은 아홉 시 이후에 집으로 갑니다. 이 좁은 거리에서 별이 빛나는 밤에 집 문을 걸어 잠그는 것은 이상한 느낌을 줍니다. 요전 날, 같은 시각쯤 한 이웃(크놀 박사)이 길 한가운데에서 사탕이 든 산타클로스 주머니를 들고 아이들이 나타나길 기다리며 서 있었습니다.

안부를 전하며…… 프란츠

Nr. 536 [우편 엽서 소인: 프라하]

1916년 12월 9일

장갑에 관해 쓴 그대의 편지가 오늘 9일에야 도착했습니다. 그런데 그대의 친척이 10일에 떠나니까 그곳으로 장갑을 보내는 것은 아무 의미가 없습니다. 더구나 그 장갑은 월요일에나 구할 수 있을 것 같군요. 따라서 어쩌면 월요일에 '무가치한 견본'으로 그것을 보낼지도 모릅니다. 그럴지도 모릅니다.―그대의 편지가 짧은 것은 두통 때문인가요? 그 단어를 듣지 않는 한 그러리라 생각지는 않습니다. 그대의 육체적 건강에 대한 신뢰가(다른 것에 대한 신뢰도 그에 못지않지만) 그만큼 큽니다.―아니면 편지가 간결한 것이 화가 난 것을 의미하나요? 하지만 달리 어쩔 수가 없었습니다.―나는 계속해서 그 작은 집에서 지냅니다. 그러나 시간표를 다시 조정해서 밤까지 지내려고 합니다.―베를린에서 밀란, 보르하르트, 블륌너(에시히의 루시) 등 값진 강연들이 많이 있었는데 뒤늦게야 알았습니다.[84] 지금 집으로 가는 대신 한 모임에서 서기 노릇을 해야만 합니다.

프란츠

Nr. 537 [우편 엽서 소인: 프라하]

1916년 12월 13일

그대여, 그렇게까지 나쁘지는 않을 겁니다. 이틀 후면 그대는 그런 식으로 쓰지 않을 겁니다. 두통에서 벗어났다는 말이 없군요. 나는 아직도 그 작은 집에 있는데, 때로는 아주 잘 지내고 어떤 때는 별로 좋지 않습니다. 평균치로 살아가야지요.—플로베르를 읽지 못했습니다. 그러나 인간 본질에 대한 그대의 지식을 테스트하기 위해서라도 곧 읽을 겁니다.—아, 청소년을 위한 독서 목록이 아직 오지 않았습니다. 그러나 곧 오겠지요. 내일 그대에게 낭독할 책을 하나 보내겠습니다. 장갑은 구했습니다. 물건만요. 그러나 부치는 것은 거의 불가능합니다. 다음 주에 한 친구가 독일로 가는데 그것을 들려 보내겠습니다. 무치에게 보낼 소포에 대한 정보를 기다리고 있습니다.

프란츠

Nr. 538 [우편엽서 소인: 프라하]

1916년 12월 14일

그대여, 그래요, 책입니다. 곧 그 책들을 받게 될 겁니다. 유대인 서점들은 아주 이상합니다. 발송하는 것도 특이해서 아주 오래 걸립니다. 하지만 주말에는 보낼 수 있겠지요.—어제 그대에게 『작은 도리트』를 보냈습니다. 분명 그 책을 알고 있을 겁니다. 어떻게 디킨스를 잊어버릴 수 있겠습니까? 아이들과 전부 다 읽지는 못하겠지만 일부분만 읽더라도 그대와 아이들에게 많은 즐거움을 줄 겁니다.—하누카 축제를 잘 보내세요. 그때 분명 사진도 찍겠지요. 나는 그것을 받을 자격이 있구요.—집에서 나는 온갖 종류의 어려움들과 싸우고 있습니다. 하루는 그것을 만들어내고, 그다음 날은 그것을 만들어낼 때보

다 더 힘겹게 없애버리고 있습니다. 하
지만 그곳에서 지내는 것은 멋진 일입
니다. 한밤중에 도시 안에 있는 오래된
성의 계단을 따라 집으로 어슬렁거리
며 내려오는 것은 정말 멋집니다.[85]

프란츠

알테 슐로스슈티게 쪽으로 향한 흐라드신의 동문

Nr. 539 [우편 엽서 소인: 프라하]
1916년 12월 20일
그대여, 내게서 소식이 없다고 슬퍼하
지 마세요. 그것은 진정 내가 원하는 것
이 아닐뿐더러 나를 불안하게 합니다.
게다가 지금 나는 아주 예민합니다. 단
순한 이기심만이 다른 영혼으로 전달
됩니다. 하여튼 슬퍼하지 마세요. 소식
이 없는 것은 편지들이 쌓여가는 것보다 적어도 더 나쁘지는 않습니
다.—나의 삶은 단조롭습니다. 그리고 타고난 불행, 세 부분으로 된
불행의 감옥 속에서 나아갑니다. 아무것도 할 수 없을 때 나는 불행
합니다. 무언가를 할 수 있을 때는 시간이 없습니다. 미래에 대해 희
망을 걸어볼라치면 이전보다 더 일을 할 수 없게 되지 않을까 하는
불안감이 생깁니다. 그 밖에도 여러 불안감이 존재합니다. 절묘하게
계산된 지옥이지요. 그러나—이것이 중요한 점입니다—좋은 순간
이 아예 없는 건 아닙니다. 무치의 선물은 이번엔 아주 멋질 겁니다.
오틀라는 위임받은 일을 수행했습니다. 그대가 내 외삼촌의 주소에
대해 그렇듯이, 어리석게도 이 주소에 대해 언제나 주저하게 됩니다.

아츠슈탈로스 우트카 2번지, 구트만 부인의 집이 바른 주소이길 바랍니다.

이 전날 우리의 주된 문제의 해결에 대해 언급했는데, 덧붙일 것은 없나요?

프란츠

Nr. 540 [우편 엽서 소인: 프라하]

1916년 12월 22일

그대여, 며칠 동안 편지가 없습니다. 무치에게 어제 소포를 보냈습니다. 멋진 물건들입니다. 그러나 한 가지 결함이 있습니다.—적당한 놀이를 발견할 수 없어 쌓기놀이 돌을 보냈습니다. 그러나 나머지 것들이 이 미숙함을 채워줄 겁니다. 어제 청소년들을 위한 도서 목록을 보냈고, 오늘은 어린아이들의 도서 목록을 보냈습니다. 모두 곧 그곳에서 합쳐질 겁니다. 그러나 장갑은 아직 이곳에 있습니다. 내 친구는 다음 주에나 떠납니다. 또 다시 거주지에 대한 걱정거리가 생겼습니다. 그 모든 것에 대해 시간적 순서대로 다음에 알려주겠습니다.[86] 그 밖에 여러 가지 다양한 일들이 있었습니다. 어쨌든 건강은 더 좋습니다. 어제 뮌헨이 생각났습니다. 쾰벨이 시를 세 편 보내주었거든요.[87] 의심할 바 없이 그것은 순수하고 맑은 마음에서 나온 것들이지만 여기보다는 뮌헨에서 더 좋았습니다. 최근에 언급했던 뻔뻔함에 관해 말하자면 (덧붙이자면, 나는 블룸슈타인이라는 이름을 좋아합니다. 부드러운 면과 딱딱한 면이 나란히 있는데 부드러운 쪽은 딱딱한 쪽에 더 가깝게 다가가기 위해 그 철자 중 두 개를 희생했습니다), 그 '뻔뻔함'은 배우 뢰비가(그에 대해 종종 얘기했었지요) 보낸 편지에 의해 벌을 받았습니다.[88] 그는 지금 부다페스트에서 크게 성공했는데,

나에 대해 엄청난 비난(결코 정당하지 못합니다)을 하고 있습니다. 내가 이곳에서 그를 위해 별로 한 것도 없이 그를 소홀히 다루었다고 말입니다.

프란츠

Nr. 541 [소인: 프라하]
1916년 12월 31일

프란츠 카프카의 어머니가 펠리체 바우어의 어머니에게

친애하는 안나!

다가오는 새해가 당신에게 몇 줄 쓸 수 있는 기회를, 동시에 새해에 대한 우리의 진심 어린 소망을 보낼 기회를 주는군요. 전능하신 분께서 이 끔찍한 전쟁이 어서 끝나게 해주시기를 바랍니다. 그래서 우리의 마음과 생각이 다시 평안해지고, 우리와 우리 아이들을 위해 삶이 즐거운 일들을 가져다 주기를 말입니다. 신께 감사하게도 우리는 잘 있습니다. 부지런히 일하며 확신을 가지고 앞날을 고대합니다. 당신과 자녀들은 어떤가요? 당신들을 자주 생각합니다. 펠리체가 크리스마스에 우리를 방문하여 놀래켜주길 기대했는데 떠나올 수 없나 봅니다. 그 애를 다시 본다면 우리 모두는 무척 기쁠 겁니다. 곧 오기를 바랍니다.

우리 사위들은 다행히도—전쟁의 시기에 가능할 수 있을 만큼—잘 있습니다. 에밀리 아주머니는 어떤가요? 그녀에게 우리의 안부를 전해주시겠어요?

당신에게서 곧 좋은 소식이 오길 바랍니다. 진심으로 안부를 전하며

당신의 우정 어린…… 율리 카프카

당신의 사랑스런 아이들에게 진심으로 안부를 전합니다. 나 대신 펠리체에게 입맞춤해 주세요. 내 남편과 아이들도 모두 안부를 전합니다.

1917년

Nr. 542

[1916년 12월 말에서 1917년 1월 초로 추정[1]]

그대여, 여기 나의 집에 대한 역사가 있습니다. 거대한 주제입니다. 감당하지 못할까 두려울뿐더러 내겐 너무나 엄청난 일입니다. 글로는 그것의 천 분의 일만 묘사할 수 있으며, 다시 그것의 천 분의 일만 기억할 수 있고, 그대를 이해시키는 데는 다시 그것의 천 분의 일만 성공할 수 있습니다. 그럼에도 말해야만 합니다. 그대의 충고를 듣고 싶으니까요. 그러니 자세히 읽고 잘 충고해 주세요. 그대는 이 년 동안의 나의 괴로움을 잘 알고 있습니다. 세계의 고통에 비하면 미미하지만 내게는 심각합니다. 내 방은 안락하고 쾌적한 구석방인데, 창이 두 개고 발코니 쪽으로 문이 나 있습니다. 여러 지붕들과 교회가 보입니다. 이웃들은 참을 만합니다. 왜냐면 조금만 익숙해지면 그들을 전혀 볼 필요가 없으니까요. 이른 아침의 시끄러운 거리와 화물차들, 그것에는 거의 익숙해졌습니다. 그러나 방이 살기에 적합치가 않습니다. 긴 복도 끝에 위치해 있고 겉보기에는 고립되어 있는 것 같지만, 콘크리트 집이라 열 시가 지나도 이웃들의 한숨 소리, 아래층 사람들이 이야기하는 소리, 부엌에서 때때로 무언가 부서지는 소리들이 다 들립니다. 더구나 위로 얇은 천장 너머에는 다락방이 있는데 내가 막 일을 시작하려고 하는 늦은 오후에, 언제 갑자기 가정부가 빨래를 널러, 말 그대로, 물론 아무 악의 없이, 구두 뒤꿈치로 내 두

개골을 지나갈지 알 수 없습니다. 때때로 피아노 소리도 들립니다. 그리고 여름에 반원 내에 인접해 있는 다른 집들에서 노랫소리, 바이올린, 축음기 소리 등도 들려옵니다. 그러고는 밤 열 시가 되어야 조용해지지요. 평화의 가능성이 없습니다. 전적으로 고향을 상실한 느낌입니다. 온갖 종류의 광기를 부화시킬 장소입니다. 점점 더 커지는 나약함과 절망. 이것에 대해 더 무슨 말을 하겠습니까? 그러나 계속하지요. 지난 여름 어느 날 오틀라와 나는 살 집을 찾으러 나갔습니다. 진정으로 평화롭고 조용한 장소에 대한 가능성을 믿지 않았지만 어쨌든 찾으러 나갔습니다. 우리는 클라인자이테에서 몇 곳을 둘러보았습니다. 오래된 성의 다락에 조용한 방이 하나 있다면 평화 속에서 몸을 쭉 뻗을 수 있을 텐데 하고 끊임없이 생각했습니다. 그러나 아무 데도 없었습니다. 적당한 것이 전혀 없었습니다. 재미로 우리는 한 작은 골목길에서 물어보았습니다. 네, 한 작은 집에 십일월부터 세들 수 있었습니다. 자기 나름대로 평화를 찾고 있던 오틀라는 그 집에 세드는 생각에 푹 빠졌습니다. 나는 타고난 나약함 때문에 그것에 반대했습니다. 또한 내가 그곳에 산다는 것은 생각할 수도 없었습니다. 너무 작고 너무 더럽고 전혀 사람이 살 곳이 못 되는 결점투성이었습니다. 한데도 오틀라는 고집을 부렸습니다. 그러고는 그곳에 살던 가족이 집을 비우자, 페인트 칠을 하고 몇 가지 대나무로 된 가구(이것보다 더 안락한 의자는 보지 못했습니다)를 사 그 집을 차지했습니다. 가족들에게는 비밀로 한 채 여전히 그것을 가지고 있습니다. 이 무렵 나는 뮌헨에서 새로운 용기를 얻고 돌아와 임대 사무실로 갔습니다. 그들이 내게 맨 처음 제안한 집은 매우 아름다운 큰 저택 안에 있는 셋집이었습니다.[2] 방이 두 개고 넓은 홀이 하나 있는데 그 절반은 욕실로 개조가 되었으며 일 년에 육백 크로넨이었습니다. 마치 꿈이 이루어진 것 같았습니다. 곧바로 그 집을 보러 갔습니

806

다. 방들은 천장이 높았고 아름다웠으며, 마치 베르사유 궁전처럼 붉은색과 금빛으로 어우러져 있었습니다. 조용하고 환상적인 안마당이 내려다보이는 네 개의 창문, 그리고 한 창으로는 정원이 보였습니다. 정원! 큰 저택의 문으로 들어서면서 눈을 믿을 수가 없었습니다. 양쪽의 여인상 조각들로 둘러싸인 두 번째 아치형 문을 통과하니 큰 정원을 향해 둘로 갈라져 아름답게 뻗어나가는 돌계단을 볼 수 있었습니다. 그 정원은 정자를 정점으로 언덕을 이루며 넓게 펼쳐져 있었습니다. 하지만 한 가지 결점이 있었습니다. 현재 집주인은 부인과 이 혼한 젊은 남자로 하인과 단 두 달만 살고는 갑자기 근무처를 옮기는(공무원입니다) 바람에 프라하를 떠나야만 했습니다. 그런데 그는 그 집을 포기하기엔 이미 너무 많은 비용을 들였던 터라 그 집을 그대로 소유하고 적어도 그가 쓴 비용의(전기 시설, 욕실 개조, 벽장 만들기, 전화 시설, 고정된 큰 양탄자) 일부라도 보상해줄 누군가를 찾고 있었습니다. 나는 그 사람이 아니었습니다. 그는 육백오십 크로넨을(대단히 적은 액수입니다) 요구했습니다. 허나 내겐 너무 큰 액수였습니다. 더구나 너무 지나치게 높고 추운 방은 내겐 사치스러웠습니다. 끝으로 나는 가구도 없었으며 고려할 작은 문제들이 더 있었습니다. 그런데 그 저택 안에 있는 관리실에서 직접 세를 얻을 수 있는 셋집이 또 있었는데, 그 집은 이 층으로 천장이 좀 낮고 거리가 내다보이면서 창밖엔 바로 흐라디쉰이 인접해 있었습니다. 좀 더 쾌적하고, 인간적이며 가구가 좀 더 수수하게 갖추어져 있었습니다. 이곳에는 한 백작 부인이 손님으로 (필경 겸손한 요구로) 있었는데, 그녀의 소녀적인 취향의 낡은 가구들이 아직도 있었습니다. 그러나 그 집을 얻을 수 있을지 확실하지 않았고, 그것은 나를 절박하게 만들었습니다. 이런 상태에서 오틀라의 집으로 갔습니다. 그 집은 이미 그 당시 꾸미는 것이 끝나 있었습니다. 새로 이사 온 집이 가질 수 있는 모든 결점들을 다 갖고 있었는데 어떻게 달라졌는지 다 설명할 시간이 없군요. 이제는 그 집이 맘에 듭니다. 모든 점에서요. 집을 향해 올라가는 아름다운 길, 고즈넉함. 단지 얇은 벽이 이웃과 안를 갈라놓고 있는데도 이웃은 아주 조용했습니다. 나는 보통 그곳에서 저녁을 먹고 자정까지 머뭅니다. 그러고 나서 내 집까지 걸어오는데, 그 길에는 좋은 점이 있습니다. 그 길은 내가 쉬고자 할 때 머리를 식혀줍니다. 그곳에서의 생활에 대해 말하자면, 자신의 집을 갖는다는 것은 정말 특별한 일입니다. 세상을 뒤로하고 방문도 아니고 셋집도 아니고 내 집의 문을 걸어 잠근다는 것 말입니다. 현관문을 열고 나오면 바로 조용한 거리의 눈을 밟을 수 있습니다. 그 모든 것이 한 달에 이십 크로넨이고, 나의 누이가 모든 필요한 것들을 조달해줄뿐더러 꽃 파는 어린 소녀(오틀라의 학생)가 필요한 만큼만 아주 조금씩 내 시중을 들어줍니다. 모든 것이 잘 되어가고 있고 좋습니다. 그런데 바로 지금 이 순간에 대저택에 있는 셋집을 얻을 수 있다고 결정이 났습니다. 내가 호의를 베푼 적이 있는 그 관리인은 내게 친절했습니다. 거리가 내다보이는 그 셋집을 육백 크로넨에 얻을 수 있지만 기대했던 가구는 얻을 수 없습니다. 두 방과 넓은 홀. 전기는 있지만 욕실과 욕조가(필요하지는 않지만) 없습니다. 자, 간단히 말해서 대저택의 셋집보다 현재 이 집의 이점은 이런 것이 있습니다. 1. 모든 것이 다 그대로 있다, 2. 지금 만족스러운데 왜 후회할지도 모르는 상황을 만드는가, 3. 자기 소유의 집을 잃는다, 4. 밤에 걸어오던 일, 그래서 잠을 더 잘 자게 해주던 일을 하지 못한다, 5. 방들 중 하나는 무척 큰데 침대 하나만 달랑 있기 때문에, 현재 우리 집에 있는 오틀라의 가구를 빌려와야 한다, 6. 현재 있는 곳에서 사무실까지는 십 분이나 더 가깝다, 그리고 마지막으로 대저택의 셋집은 서향이지만 지금의 방은 아침 햇살이 들어온다는 점 등입니다. 반면에 대저택의 셋집이 갖는 이점은 1. 일반적인 변화와, 변화 그 자체의 이로움, 2. 나 자신의 조용한 집이 생긴다는 점, 3. 현재 작업하는 곳은 완전히 독립적이지 못하다는 점 등입니다. 사실 나는 오틀라를 오지 못하게 합니다. 오틀라가 아무리 상냥하고 희생적이라 해도 그 애가 기분이 나쁠 때는 종종 그러고 싶은 마음이 듭니다. 동시에 내가 그 집에 다시 가지 않는다면 오틀라는 섭섭해할 겁니다. 근본적으로 그녀는 때때로 점심 시간에 그곳에 들르는 것만으로도(일요일엔 여섯 시까지 있습니다) 아주 만족해합니다. 4. 비록 내 집까지 걸어가는 즐거움을 갖지 못하고 밖에서는 문을 열 수가 없어 저녁에 나가는 것이 어렵지만 그 대신 주인 가족만을 위해 지정된 공원의 일부분을 밤에 산책할 수 있습니다. 5. 전쟁이 끝나면 일년 휴가를 얻고 싶습니다. 즉시 가능하지는 않겠지만요. 그러면 그대와 나는 프라하에서 얻을 수 있는 가장 멋진 셋집을 가질 수 있습니다. 비록 짧은 기간 동안이나마―그동안 그대는 부엌이나 욕실 없이 지내야 합니다―그대만을 위해 마련된 집이 생기는 겁니다. 내 구미에도 맞을뿐더러 그대는 두세 달 동안 휴식을 취할 수 있습니다. 그리고 봄과 여름과(주인 가족은 집에 없을 겁니다) 가을의 그 멋진 정원. 그러나 당장 그 셋집을 결정하지 않으면―이사해 들어가든지 아니면 임대비를 내든(석달에 백오십 크로넨, 공무원 개념으로는 정신 나간 사치!)―얻지 못합니다. 사실 이미 얻은 것이나 마찬가지인데, 관리인은 기꺼이 계약에서 나를 자유롭게 해줄 것입니다. 그 문제는 그에게 나만큼 중요한 것은 아닐 테니까요. 너무 조금밖에 이야기하지 못했습니다. 자, 이제 그대의 판단을, 당장, 내리십시오.

그대여, 그대에겐 핑계 대지 않고 하나하나 다 털어놓습니다. 유일한 핑계는 오늘에야 편지를 쓴다는 것입니다. 그대가 침묵을 지키기 때문에 침묵을 지킨 것이 아닙니다. 그대의 침묵은 놀랄 일이 아닙니다. 오히려 나를 놀래킨 것은 그대의 친절한 답변이 었습니다. 지난번 내가 보낸 편지 두 통은³ 유별나고 끔찍했습니다. 그러니 그대가 답할 이유가 노골적이든 회피적이든 전혀 없었습니다. 그래요, 나는 그것을 알고 있었습니다. 하지만 글을 쓰다가 잠이 들고 맙니다. 그러고는 곧바로 깨어나지만 이미 늦습니다. 물론 이것이 나의 가장 나쁜 속성도 아닙니다. 내가 침묵했던 이유가 있습니다. 마지막으로 편지하고 이틀 후에, 정확히 사주 전에 아침 다섯 시경 객혈을 했습니다. 아주 심하게요. 십 분 이상 목으로 피가 쏟아져 나왔습니다. 결코 멈출 것 같지 않았습니다. 다음 날 의사를 만나러 갔는데 그는 그 후로 여러 번 나를 검진하고 엑스선 촬영을 했습니다. 그러고는 막스의 주장으로 전문의를 만나러 갔습니다. 의학적으로 자세히 말하지 않고 간단히 말해 나는 양쪽의 폐가 결핵입니다. 그런 병에 걸린 것이 놀랍지 않았습니다. 피도 그렇구요. 이미 나는 수년 동안 불면과 두통으로 심각한 병을 불러들였습니다. 그래서 결국 혹사당한 나의 피가 분출한 것입니다. 그런데 서른네 살에 하룻밤 새에 나를 덮친 것이 하필이면 폐결핵이라니요. 가족 중 병력이 있는 사람은 하나도 없는데요. 이 사실이 나를 놀라게 합니다. 받아들여야지요. 사실 나의 두통은 피와 함께 휩쓸려 나간 것 같습니다. 현재로선 앞으로의 경과를 모릅니다. 앞으로의 진행 상태는 비밀입니다. 어쩌면 내 나이가 그것을 더디게 진행하도록 할지도 모르지요. 다음 주에 적어도 석 달 동안 오틀라가 가 있는 시골 취라우(플뢰하우 우체국)에 가 있으려고 합니다. 퇴사를 하려고 했지만 나를 위해 그렇게 허락하지 않더군요. 또한 조금은 감상적인 고별극도—오랜 관습이기에 지금도 거절할 수는 없습니다—내 요청과는 반대되는 작용을 했습니다. 그래서 나는 그대로 고용된 채 휴가를 떠납니다. 물론 모든 일을 다 비밀로 하려는 것은 아니지만 부모님껜 알리지 않고 있습니다. 처음엔 그럴 생각이 없었습니다. 단지 시험 삼아 어머니에게 신경이 좀 예민해 장기 휴가를 얻으려 한다고 했더니 그것을 당연하게 여기시고 조금도 의심하지 않으셨습니다(어머니는 언제나 아주 작은 암시에도 내게 영원한 휴가를 허락하실 준비가 돼 있습니다). 그래서 그냥 그대로 놔두기로 했고 아버지에게도 당분간 그렇게 되어 있습니다.

자, 이것이 내가 사 주 동안, 아니 실제로는 단 일주일 동안(정확한 진단이 나온 것이 일주일 됐으니)비밀로 하던 것입니다. "가여운 펠리체" 하고 지난 편지에 썼던가요. 이 말이 내 모든 편지의 마지막 말이 될까요? 칼은 단지 앞쪽만 찌르는 것이 아닙니다. 돌아서 뒤쪽을 찌르기도 합니다.

프란츠

그대가 지금 이 순간 내가 매우 아프다고 생각할까 봐 보충합니다. 나는 별로 아프지 않습니다. 오히려 그 반대입니다. 그날 밤 이후로 기침을 하는 것은 사실입니다. 그러나 그다지 심하지 않습니다. 이따금 좀 열이 있고 밤에 땀을 조금 흘리며 숨이 좀 차지만, 그 외에는 지난 몇 년 동안보다 더 좋습니다. 두통은 사라졌고 그날 아침 다섯 시 이후론 이전보다 잠을 더 잘 자고 있습니다. 내가 아는 한 가장 나빴던 것은, 적어도 일시적으로는 두통과 불면증이었습니다.

Nr. 544 [소인: 취라우]

[1917년 9월 30일에서 10월 1일로 추정]

사랑하는 펠리체여, 그대의 편지가 그저께 도착했습니다. '어떻게? 그렇게 일찍' 하고 나 자신에게 반문했습니다. 그러고는 한참 동안 읽지 않았습니다.' 그러나 그 편지가 9월 11일의 편지인 것을 알았습니다. 그대는 그 편지에서 그대의 여행 가능성에 대해 불확실하게 이야기했습니다. 게다가 그대가 주소를 보헤미아로 하는 대신 모라비아에 있는 플뢰하우로 하는 바람에 나한테 오기까지 그렇게 오래 걸렸던 것입니다. 이것이 그 당시 답을 하지 못했던 것의 설명이 됩니다.

그런데 오늘, 일요일에 9월 24일과 26일의 편지가 왔습니다. 아침에 일찍 왔는데 열어 보지 않았습니다(다른 사람의 편지도 왔는데 그것도 열지 않았습니다). 어머니가 낮에 오셨습니다(그녀는 그대에게 내가 기분이 좋아졌는지 물어보았지만 그대는 모르겠다고 대답했다는 이야길 하셨습니다). 저녁에도 여전히 편지를 읽고 싶은 마음이 없었습니다. 우선, 숨을 좀 돌리려고, 숨을 좀 돌리기 위해 그대가 편지에 뭐라고 썼든 상관없이 그대에게 편지를 하고 싶었습니다. 물론 결국 그 편지들을 읽었습니다.

그 편지엔 당연한 말이 씌어져 있었습니다. 그대도 이해할 수 있듯이, 나는 그대가 하고 있는 일을 하지 말았어야 한다고 생각될 때 또 지금과 같은 그대 모습이 그렇지 않았어야 한다고 생각될 때 부끄러움을 느낍니다.

그대가 이해한 나의 모습이 바로 나 스스로 수년 동안 발견한 내 모습입니다. 단지 좀 더 분명하게요. 그래서 나는 그대가 나에 대해 이해한 것을 설명할 수 있습니다.

그대도 알다시피 내 안에는 두 개의 모습이 서로 싸우고 있습니다.

그 둘 중 좋은 모습은 그대에게 속한다는 것에 대해 지난 며칠간 난 조금도 의심하지 않았습니다. 말로 또는 침묵으로 아니면 그 둘이 섞인 채 그대는 오 년 동안 그 싸움의 진행에 대해 들어왔습니다. 그리고 그 대부분의 시간 동안 그대는 고통을 받았습니다. 내가 그대에게 언제나 진실했는지 만일 그대가 물어본다면 내가 대답할 수 있는 것은 오직 이뿐입니다. 즉 의식적인 거짓말을 그렇게 애써서, 아니 더 정확히 말하자면, 그 어느 누구에게도 그대에게보다도 더 애써서 거짓말을 삼간 적은 없었다는 것입니다. 숨긴 적은 종종 있지만 거짓말은 아주 조금─'아주 조금' 거짓말을 하는 것이 있을 수 있다고 가정할 때─했습니다. 나는 정직하지 못한 사람입니다. 그게 내가 평형을 유지할 수 있는 유일한 길입니다. 내가 탄 배는 부서지기 쉽습니다. 나의 궁극적인 목표를 검토해볼 때, 내가 좋은 사람이 되려고 노력하지 않는다는 것과 최고의 재판관에 부응하는 사람이 되려고 하지 않는다는 것이 드러납니다. 바로 그 반대지요. 나는 모든 인간과 동물 사회에 대하여 알려고 노력합니다. 그들의 기본적인 애호, 욕망, 도덕적 이상을 알려고 하고, 그것들을 간단한 규칙으로 만들어 가능한 한 빨리 이 규칙들을 누구에게나 만족스럽게 적용하려 합니다. 그리고 실제로 (여기서 모순이 나옵니다) 너무나 만족한 나머지 보편적인 사랑은 잃어버리지 않은 채 결국엔 불에 태워지지 않는 유일한 죄인으로서 나의 타고난 비열함을 온 세상이 볼 수 있게 행동으로 옮깁니다. 요약해서 말하자면 내가 관심 갖는 것은 인간 재판소입니다. 그러나 이것마저 속이려 합니다. 물론 실질적인 기만 없이 말입니다.[5] 우리의 경우에 적용한다면 그것은 단지 임의적인 것이 아니라 나를 가장 잘 대변해주는 것입니다. 그대는 나의 인간 재판소입니다. 내 안에서 싸우고 있는 둘은, 아니 그 둘로 이루어져 있는 나는─작게 고통받는 나머지까지 다 포함해서─하나는 선한 것이고 하나는 악한 것입니다. 때때로 그들은 역할을 바꿉니다. 그래서 이미 혼란스런 그들의 싸움을 더 혼란스럽게 만들지요. 그러나 최근까지는 그러한 뒤바뀜에도 불구하고 가장 가능성이 없는 일(가장 가능성이 있는 것은 영원한 싸움)이 그리고 언제나 찬란한 것으로 여겨졌던 그 일이 일어날 수 있었습니다. 수년 동안 가련하고 비참했던 내가 드디어 그대를 가질 수 있었습니다.

출혈이 너무 많았다는 것이 갑자기 드러납니다. 그대를 얻기 위해 선한 쪽(이제 그것은 우리에게 좋은 것을 의미합니다)이 흘린 피는 악한 쪽에 이익이 됩니다. 필경 아니면 아마도, 악한 쪽이 자신의 방어를 위해 결정적인 새로운 무기를 스스로 발견하지 못했을 때는 선한 쪽으로부터 그것을 제공받습니다. 나는 이 병이 결핵이 아니라고 몰래 생각합니다. 적어도 당분간은 결핵이 아니라 나의 총체적인 파산이라고 생각합니다. 나는 싸움이 더 오래 계속되리라 생각했습니다. 그러나 그렇지 않았습니다.—피는 폐에서 나오는 것이 아니라 두 투사 가운데 한쪽이 결정적으로 찌름으로써 나옵니다.

아이가 어머니의 치마를 붙잡음으로 큰 힘을 얻듯이, 한쪽은 나의 결핵에서 큰 힘을 얻습니다. 다른 한쪽이 무얼 더 할 수 있겠습니까? 싸움은 가장 멋지게 결말이 나지 않았나요? 그것은 결핵이고, 그것이 결말입니다. 허약하고 지친 상태에서, 또 이런 상태를 그대에게 거의 보이지 않은 채, 여기 취라우에서 그 다른 한쪽이 그대 어깨에 기대는 것 말고 무엇이 더 남아 있습니까? 순수한 사람 가운데에서 가장 순수한 그대, 당황하고 절망해서 끔찍한 비열함을 드러내놓기 시작하는 그를—인류의 사랑, 또는 그에게 배속된 대리녀의 사랑을 소유했다고 믿는 그를—놀라움으로 바라보는 그대에게 말입니다. 그것은 내 노력의(이미 그 자체가 왜곡인데) 왜곡입니다. 내가 왜 장벽을 치는지 묻지 마세요. 그런 식으로 내 자존심을 상하게 하지 마세요.

그런 말 한 마디에 나는 이미 그대 발 아래 있습니다. 즉시 나의 실질적인, 아니 훨씬 전부터 존재해온 명목상의 결핵이 내 얼굴을 찌릅니다. 그러면 나는 포기해야 합니다. 그것은 하나의 무기입니다. 그에 비하면 '육체적 무능'에서 나의 '일', 또 나의 '인색함'까지 그전에 셀 수 없이 사용했던 다른 것들은 유용하고 소박하게 보입니다.

이제 나 자신조차 믿지 않는 한 가지 비밀을 그대에게 말하려고 합니다. 그것은 진실일 수밖에 없습니다. 나는 결코 건강해지지 못할 것입니다. 그것이 접의자에 누워 건강해지기 위해 요양해야만 하는 결핵이라서가 아니라 내가 살아 있는 한 지극히 필수 불가결한 무기이기 때문입니다. 그리고 이 두 가지 모두 삶에 머물러 있을 수는 없습니다.

프란츠

Nr. 545 [소인: 취라우, 플레하우 우체국]
[1917년 10월 16일로 추정]

사랑하는 펠리체여, 막스가 최근에 보낸 편지의 서두 부분을 그대에게 베껴줍니다. 그것이 나, 아니 우리의 상황을 대변해주고 있기 때문입니다. "자네를 불안하게 하는 것이 아니라면, 자네 편지는 아주 평온한 느낌을 주었다고 말하고 싶네. 이제는 그것을 말해버렸군.— 그것은 이 병이, 아니 그 무엇도 자네를 불안하게 하지 않으리라고 생각한다는 증거지. 자네는 자네의 불행 속에서 행복해하네."

그에게 뭐라고 답을 했는지 말하기 전에 묻는다면, 그대도 같은 의견이 아닌가요? 그렇게 노골적은 아니더라도, 넌지시라도 말입니다. 그렇다면 그대에게, 끊임없이 잇따르는 보기들 가운데 하나를 들겠습니다. 취라우에서 그날 밤 그대는 집 밖으로 나섰지요. 그대가 떠나기 바로 전이었습니다. 한참 동안 내 방에 앉아있다가 그대를 찾으러 정원에 나갔다 돌아오니 오틀라는 그대가 집 앞에 있다고 했습니다. 그래서 그대에게 가서 말했지요. "여기 있었군요. 사방으로 찾았습니다." 그러자 그대는 "바로 전에야 나는 방에서 당신 목소리를 들었어요"라고 했습니다. 우린 격투장을 바라보며 계단에 계속 서 있었지만 사소한 몇 마디 외에는 거의 아무 말도 하지 않았습니다. 그대는 그대가 한 여행의 무의미성과 나의 이해할 수 없는 행동, 그리고 그 모든 것 때문에 불행했습니다. 나는 불행하진 않았습니다. '행복'했다고 하면 내 상태를 잘못 묘사하는 것이겠지만 괴롭긴 해도 불행하진 않았습니다. 나는 그 모든 비극을 내 스스로 보고 인식하고 그리고 내 능력으로는 (적어도 살아 있는 사람의 능력으로는) 감당할 수 없을 만큼 엄청나다고 생각한 것보다는 작게 느꼈습니다. 이런 인식 속에서 나는 입술을 꽉, 아주 꽉 다물고 비교적 평온할 수 있었습니다. 그렇게 함으로서 나는 어쩌면 연극을 했는지도 모르지만, 그것은 내 스스로 용서할 수 있습니다. 왜냐면 내 앞에 놓인 광경은(물론 처음이 아닙니다) 너무나 지옥 같아서 나는 어쩔 수 없이 그 자리에 있는 사람을 위해 기분 전환이 되는 음악으로라도 돕고 싶었습니다. 그러나 늘 그렇듯이 성공하지 못했고, 그럼에도 또 행해졌습니다.

막스에게도 비슷하게 대답했습니다. 비슷한 의미로 말입니다. "불행 속에서 행복하다"는 그의 관찰은 나를 넘어섭니다. 그것은 일종의 현대 비평입니다. 그가 그것을 논문으로 썼는지는 모르겠지만 그의 마음속에서는 오랫동안 지니고 있던 생각입니다. 그가 그것을 어떻게 판단하든, 즉 단언이든 동정이든 아니면 극단적인 경우의 경고든 그는 옳습니다. 단, 곧잘 그렇듯이 비난이나 꾸중으로 생각해서는 안 됩니다. "불행 속에서 행복을 찾는 것"과 함께 "행복 속에서 불행을 찾는 것"(비록 전자가 더 결정적이지만)은 카인이 낙인 찍혔을 때 했던

말일 것입니다. 그것은 세상과 함께 평등하게 걸어나갈 수 없는 것을
의미합니다. 낙인 찍힌 자는 세상을 파괴한 자이며, 그것을 되살릴
수 없어 꿈속에서 쫓긴다는 것을 의미합니다. 그러나 그가 느끼는 것
은 불행이 아닙니다. 불행은 생명에 속하는 것이고, 그는 이 생명을
제거했기 때문입니다. 그러나 그는 그 사실을 지나칠 만큼 분명하게
알고 있습니다. 이런 범위에서 그것은 결국 불행이 됩니다.

내 몸 상태는 우수합니다. 그대의 상태에 대해서는 감히 묻지 않겠습
니다. 다음 토요일에 막스는 여기서 아주 가까운 코모타우에서 시오
니즘 강연을 하려고 합니다. 나는 그들과 함께 기차를 타고 일요일
오후 취라우로 갔다가 그날 저녁 프라하로 돌아올 겁니다. 나는 전문
의와 치과 의사에게로, 그리고 사무실로 돌아오는 것입니다. 이 셋을
다 방문하는 것은 내겐 하나의 시련입니다. 여행 자체는 가장 큰 시
련이구요. 이삼일 내로 돌아오길 바랍니다.
막스가 이곳을 방문하는 것은 순전히 코모타우에서의 강연 때문입
니다. 왜냐면 그전에 나는 구체적인 이유를 들면서 막스, 펠릭스 그
리고 바움에게 나를 보러 오지 말라고 했기 때문입니다.
나는 칸트를 잘 모릅니다. 그러나 그 문장은 국민들에게는 아주 잘
적용이 됩니다. 하지만 내란, 즉 '내적 전쟁'에는 결코 적용되지 못합
니다. 여기서 평화는 오직 죽은 자나 바랄 수 있는 것입니다.

프란츠

신문기사

1912년 11월 24일 편지에 동봉한 것: 1912년 9월 25일 『프라거 타크블라트』에 실린 고지문

우간다 순교자의 시복식

8월 13일 로마 교황청 의식집회의 법령은 22명의 흑인 청년 기독교인으로서 26년 전 신앙을 위해 최초의 순교자로 화형을 당한 이른바 '우간다 순교자' 시복식 절차의 개시를 공고했다. 로마에 있는 성베드로 클라버 신심회 중앙 본부에서 보고한 바에 따르면 이 문제를 논의하던 추기경들은 이 젊은 순교자들의 영웅적 기백에 눈물을 흘릴 만큼 감동받았다고 한다. 시복식 절차 개시에 대한 소식은 흑인들, 특히 순교자들의 고향인 북부 빅토리아 니안자 지방의 흑인들에게 큰 환호를 받았다. 그들은 춤추고 뛰어오르면서 그 기쁨을 표현했다.

1913년 6월 1일 편지에 동봉한 것: 1913년 6월 1일 『프라거 타크블라트』에 실린 고지문

동유럽 유태인 배우

6월 2일 브리스톨 호텔에서 저녁 8시에, 프라하 시민들에게 가까이 하기 어려운 지역으로 추방되었지만 아주 가끔 중부 유럽에서 직접적인 영향을 미친 예술계의 거목을 만날 수 있는 기회가 주어졌다.

많은 사람들은 아직도 지난해 이디쉬 극장이 구시가지의 큰 홀에서 소박한 무대를 열었을 때 우리에게 허락되었던 그 특별한 저녁을 기억할 것이다. 사람들은 이상한 세계로 빠져들었다. 그 세계에서 사람들은 어린아이 같은 환상의 힘에 둘러싸였으며, 열광적인 팬들은 발밑에 널빤지를 깐 바닥과, 몇 조각의 알록달록한 천 조각을 몸에 지니는 것만으로도—그리고 한 개 반의 측면 세트와 팔걸이 의자인 옥좌, 그리고 작은 책상 사이에서 극적 체험을 하는 것으로 만족했다. 이착 뢰비는 일반적인 평가에 따르면, 이디쉬 희곡 문학에 기여한 연극 예술의 가장 중요한 대표자이다. 아직도 사람들은 그의 작년 업적—완고한 악한, 후회막급한 건달, 동양의 간사한 잠포[원문대로] 판자 배역을 맡아하던 하인 역할, 가만히 있지 못하는 손 연기, 매혹적인 미소를 지을 때 생기는 얼굴의 주름, 걸음걸이, 능숙한 변신과 노래 부를 때의 아름다운 남성적 목소리—을 잊지 못한다. 6월 2일, 낭독자이자 가수이자 배우인 이착 뢰비를 두 번째로 맞이하는 기회가, 또 아직은 갇혀 있지만 미래에 발현될 예술가적 재능을 새로이 예감할 기회가 우리에게 주어진다.

1916년 10월 30일 카프카의 편지에 동봉한 것:「독일계 보헤미아 사람들을 위해 프라하에 군인과 민간인을 위한 정신과 병원을 설립하고 경제적으로 후원하기 위한 독일 단체」의 호소문 원문

동포들이여!
모든 인간적 불행을 가득 안고 있는 세계 전쟁은 또한 신경의 전쟁이기도 하다. 그전의 전쟁보다 더욱 그러하다. 이러한 신경 전쟁에서는 너무나 많은 사람들이 희생된다. 지난 수십 년간 평화 속에서 집중적

인 기계 산업화로 인해 산업에 종사하는 사람들의 신경 조직이 그 어느 때보다도 더 많이 공격당하고 해를 입고 장애를 일으켰듯이, 현재의 전쟁 상태 속에서 거대하게 증가한 기계화는 전쟁에 참여한 사람들의 신경 조직에 심각한 위험과 장애를 야기한다. 심지어 전문가조차도 그것에 대한 충분한 지식을 갖지 못할 정도다. 이미 1916년 6월에 보헤미아의 신중한 통계자료를 바탕으로 볼 때 독일계 보헤미아에서만 4000명 이상의 전쟁 불구자들이 신경 장애의 고통을 받고 있다. 우리 앞에 어떤 일이 더 기다리고 있는가? 얼마나 많은 신경병 환자들이 보헤미아 지역 밖에 있는 병원에 누워 있는가? 얼마나 많은 전쟁 포로들이 정신병 환자가 되어 돌아오겠는가? 무수한 불행이 도움을 기다리고 있다. 우리 도시의 거리에서 볼 수 있는, 신경병으로 경련을 일으키며 날뛰는 사람들은 셀 수 없이 많은 수의 환자들 가운데 비교적 심하지 않은 사람들을 대표할 뿐이다.

우리는 어떻게 해야 하는가? 우리는 선택할 수 있다. 우리는 모든 것을 그대로 방치할 수도 있다. 전선에서 돌아온 정신병 환자들이 병원으로 밀려들지만, 오직 최소한의 사람들만 정신병을 치료하는 제한된 수의 정신과로 들어갈 수 있고 그 나머지는 일반 병실로 간다. 전문적 정신과에서는 분명 회복이나 치료의 결과에 도달할 수 있다. 완전하지 못한 임시변통 속에서나마 그것이 가능하다. 그러나 이런 행운의 진료를 받는 사람들이 얼마나 적은가! 일반 병원에 있는 다수의 정신병 환자들, 그들은 어떻게 할 것인가? 오늘날 아무리 좋은 의지가 있어도, 아무리 좋은 의학 기술도 그들에겐 아무 도움이 안 된다. 자신의 목숨을 다해 조국을 지키고 조국을 위해 자신과 가족의 미래를 위험에 내건 그들에게 조국은 아무 도움도 주지 못하고 있다. 왜냐면 도움은 오직 시설이 잘 갖추어진 현대적 병원에서 진료받을 때만 가능하기 때문이다. 그러나 그러한 곳이 없기에 이 불행한 자들의 운명은 이미 결정된 것이나 마찬가지다. 그들은 치료받지 못한 채, 평화시에 치료받지 못한 정신병 환자들의 수를 증가시키면서 영원하고 끊임없는 고통의 희생자로서 고향으로 보내진다. 그들의 가족에게는 고통을 주고 독일계 보헤미아 사람들의 인구를 감소시키면서 정신 병원의 후보자가 되는 것이다. 이것이 독일계 보헤미아인이 그 아들들에게 주는 보상인가?

그러나 또 다른 가능성이 있다! 독일계 보헤미아인, 즉 독일어를 쓰는 전 동포들이 스스로의 노력으로 정신병 치료를 위한 대규모 국민 병원을 지을 수 있다. 또한, 평화 시나 전쟁 시나 이러한 기관에 관심을 갖고 있는 정부의 지원과 사회의 보험 회사, 개인 보험 회사, 철도 관리국, 대지주, 대기업, 그리고 누구든 아무리 적은 현금이라도 따뜻한 마음으로 돕고자 하는 사람들의 기부금으로 지을 수가 있다. 모든 필요한 것을 다 갖추고 있고 모범적인 독일 제국의 병원을 본받아 지어진 이러한 유의 국민 병원은 독일계 보헤미아 사람들에게 많은 축복을 가져올 수 있다. 지금, 그리고 전쟁 후 앞으로 필요한 만큼 오랫동안 독일계 보헤미아 출신의 전쟁 부상자들을 위한 병원이 마련될 수 있는 것이다. 그러나 원래의 영원한 목적, 즉 정신병으로 시달리며 돈이 없는 독일계 보헤미아 동포에게 숙소를 마련해주고 치료를 해주는 데에도 기여해야 한다. 과학과 인간애의 무기로 평화 시뿐 아니라 전쟁 시의 커다란 불행을—완전히는 아니더라도 크게—굴복시킬 수 있다.

우리는 이 두 가지 가능성 가운데 하나를 선태할 수 있다. 아니 선택의 여지가 없다. 비록 우리들 도움의 가능한 성과가 그렇게 성대하게 보장되어 우리 앞에 있지 못한다 해도 그 일에 전력을 다해 참여하는 것이 우리의 당연한 인간적, 애국적, 국민적 의무일 것이다. 그렇기 때문에 서두르는 것이 무엇보다 필요하다.

이미 시작되었다. 10월 14일에 프라하에 있는 '독일인의 집'에서 독일계 보헤미아의 모든 정당과 신분과 지위의 대표자들의 회의가 개최되었다. 그들은 만장일치로 그리고 간혹 희생 정신을 발휘해, 도움을 받는 것이 불가피함을 인식하고 '독일계 보헤미아 사람들을 위해 군인과 민간인을 위한 정신 병원을 설립하고 경제적으로 후원하기 위한 독일 단체'의 본부를 프라하에 두기로 결정했다. 이 단체는 독일계 보헤미아인의 국민전쟁 구호기관의 일부로 간주되며 잠정적으로 이 회의에서 선출된 '준비위원회'에 의해 대변된다.

첫 번째 할 일은 기금을 모으는 일이다. 이러한 목적으로 우리는 그대들이 오스트리아에서는 유례가 없는 이 위대한 독일계 보헤미아인들의 작업에 가능한 한 참여하고 친구들에게도 참여하도록 권할 것을 공손히 부탁한다.

이러한 참여는 정관에 의거해 다음과 같이 행해질 수 있다.

첫째, 자발적인 기부금을 통해.

둘째, 5000크로넨 이상 기부하면 이 단체의 창립자가 되고, 한 명의 환자를 지정하여 병원에 입원시킬 수 있는 자격을 얻을 수 있다.

셋째, 일단 1000크로넨 이상을 기부하면 이 단체의 후원자가 되고, 창립자와 후원자는 정신 병원에 세워질 기념 현판에 그 이름이 기록되어 기억될 것이다.

넷째, 일 년에 최소한 5크로넨을 회비로 내면 일반 회원이 될 수 있고, 아니면 적어도 200크로넨을 한 번에 냄으로써 일 년 회비를 대신할 수 있다.

우리는 우리들의 요구이자 사랑하는 우리 조국의 요구가 헛되지 않으리라 확신한다.

기부금을 보내려면 동봉한 불입표를 통해서 송금하면 된다. 당분간 편지는 다음의 주소로 보내면 된다. "독일계 보헤미아 사람들을 위해 군인과 민간인을 위한 정신 병원을 설립하고 그곳을 경제적으로 후원하기 위한 독일 단체, 프라하—포리크 7번지, 노동자재해보험 공사."

1916년 11월에 프라하에서.

※ 이 호소문은 로버트 마르슈너, 오토 프리브람, 그리고 프란츠 카 프카 자신을 포함해 100명이 넘는 유명한 독일계 보헤미아 사람 들에 의해 서명되었다.

1912년

1)   막스 브로트의 아버지 아돌프 브로트는 프라하 우니온 은행의
      지점장이었다. 당시 브로트의 부모는 아들 막스, 오토와 함께
      샬렌 가 1번지에서 살았다. 딸 소피는 독일에서 살던 상인 막
      스 프리드만(펠리체 바우어의 사촌)과 결혼했다.

2)   1912년 여름에 카프카는 막스 브로트와 함께 바이마르에 여
      행을 간 듯하다. 그 '예술적 명소들'때문에 예술의 여신인 '탈
      리아' 여행으로 부른다. 1912년 6월 29일 일기 참조.

3)   보헤미아의 수호 성도인 벤첼의 날.

4)   아마도 오페레타 〈마녀 치르체와 그녀의 돼지들〉(프란츠 블라
      이와 막스 브로트가 공동 편집한 율레스 라포르그의 선집 『익살꾼 피
      에로』를 1909년 베를린에서 출판했는데 그 안에 들어 있었다)의 공
      연 계획이었을 것이다. 그러나 상연하지 못했다.

5)   막스 브로트가 발행한 문학 연감 『아르카디아』. 1913년 6월 쿠
      르트 볼프 출판사(라이프치히)에서 출판했다. 이 연감에 기고
      한 카프카의 작품은 단편 「선고」다.

6)   에른스트 로볼트 출판사(라이프치히)에서 나온 카프카의 첫 번
      째 책 『관찰』. 『쿠르트볼프, 1911년부터 1963년까지 출판자의

편지 교환』(발행인은 베른하르트 첼러와 엘렌 오텐이고 프랑크푸르트 암 마인에서 1966년 출판되었는데 앞으론 간단히『볼프, 편지 교환』으로 줄여 씀), 25쪽 참조.

7) 카프카가 9월 28일에 보낸 네 장(33.3×20.7센티미터) 분량의 편지를 의미한다.

8) 막스 브로트의 누이동생.

9) 첫 번째는 1912년 12월 21일 편지에 동봉하고 두 번째는 1913년 5월 18일에 동봉했다.

10) 다음 달에 나올「변신」에서도 비슷한 구절이 나온다. "……그리고 머리에 들것을 진 정육점 점원이 으스대며……"(카프카 전집 1「변신」이주동 옮김, 167쪽 참조)

11) 원주 5번 참조.

12) 일기(1913년 2월 11일과 12일)와 1913년 6월 2일 펠리체에게 보낸 카프카의 편지 참조.

13) 당시 카프카는 대부분의 편지를 등기로 보냈다.

14) 1912~1913년의 발칸 전쟁에서 불가리아·세르비아·그리스·몬테네그로의 연합군은 터키를 이겼다. 그 결과 오스트리아-헝가리 제국은 세르비아의 강화된 결합력을 위협적으로 느끼게 된다. 특히 1908년에 병합된 보스니아와 헤르체고비나의 발칸 지역에 대한 안정된 소유권에 위협을 느꼈다.

15) 『관찰』의 원고. 1912년 8월 14일 막스 브로트에게 보낸 편지 참조. "나는 어제 작품을 배열하는데 있어 그 아가씨의 영향을 받고 있었네. 그래서 쉽게 생각할 수 있는 것은 그 어떤 우둔함에서 우스운 배열이 은밀하게 생겨났을 것이라네."

16) 『일기』1912년 8월 20일 참조. "그녀가 누구인지 나는 전혀 궁금하지 않았으며, 곧 그녀에게 만족했다."

17) 베를린 레지덴츠-앙상블이 공연한 진 길버츠의 오페레타 〈자 동차 걸〉.

18) '페리'라고 불린 펠리체의 남동생 페르디난트.

19) 펠리체의 언니 엘제가 부다페스트에서 결혼했다.

20) 빈에서 아돌프 뵘이 발행한 팔레스테인 재건에 대한 월간 잡지.

21) 막스 브로트의 소설 『아놀트 베어―한 유대인의 운명』(베를린, 1912).

22) 마티아스 아허의 논평이 『동양과 서양』 XII, 8권(1912년 8월), 775~776쪽에 실렸다.

23) 막스 브로트의 소설 『노르네피게 성』(베를린, 1908).

24) 루드비히 풀다의 동화 희곡 「부적」에서 나온 인용이 약간 변경 되었다.

25) 식당, 커피숍, 무도회용 큰 홀과 회의용 큰 홀을 갖춘 그라벤 거 리의 북동쪽 끝에 있는 프라하의 레프래젠타치온하우스.

26) 『일기』 1912년 1월 3일 참조.

27) 카프카의 소설 『실종자』(일반적으로 『아메리카』로 알려져 있음) 에서 「옥시덴탈 호텔」 장의 끝에서 두 번째 문단과 비교해 보라.

28) 카프카의 누이동생의 이름은 엘리(가브리엘레), 발리(발레리) 그리고 오틀라(오틸리)다. 엘리는 1889년 9월 22일에 태어나 카를 헤르만과 결혼했으며 발리는 1890년 9월 25일에 태어나 1913년 1월에 요제프 폴락과 결혼했다. 카프카가 가장 사랑하 던 누이동생 오틀라는 1892년 10월 29일에 태어나 1920년에 결혼했다.

29) 엘리의 남편 카를 헤르만.

30) 펠리체 바우어는 1909년 8월부터 칼 린드스트룀 회사(베를린) 의 속기 타자수였다. 1912년부터 대화 재생기 부서에서 지배

인을 맡게 되었다.

31) 여동생 엘리(헤르만)의 아들 펠릭스.

32) 「재봉 학교에서」라는 단편은 막스 브로트의『여자들의 가계─세 편의 단편』(베를린, 1913)에 나온다.

33) 『관찰』원고 뭉치.

34) 게르하르트 하우프트만의 드라마「가브리엘 실링의 도주」.

35) 카프카의 법률학적 저술과 직업적 유능성에 대해서는 클라우스 바겐바흐의『프란츠 카프카─1883년~1912년 동안 청년기의 전기』(베른, 1958), 141쪽 이하 참조(이후론 바겐바흐,『전기』로 줄여 쓴다).

36) 카프카는 1911~1912년 겨울부터 러시아 태생의 이디쉬 배우 이샤크 뢰비와 사귀었다. 카프카는 프라하에서 뢰비 극단의 객연을 통해 그를 알게 된 후 이 유랑 극단의 활동에 관심을 갖는다. 바겐바흐,『전기』, 179쪽 이하 참조.

37) 카프카가 여기서 말하는 이디쉬 강연의 밤은 1912년 2월 18일 프라하의 유대인 시청에서 개최되었다. 카프카의 개회 강연의 본문은『시골에서의 결혼 준비』, 421~426쪽에 걸쳐 있다. 또 일기(1912년 2월 13일과 25일), 249쪽 이하 참조.

38) 카프카의 아버지는 백정의 아들로서 아들의 채식주의 생활을 이해하지 못했다. 막스 브로트가 1912년 11월 22일 펠리체 바우어에게 보내는 편지에서 카프카의 채식주의에 관해 언급한 것을 참조하라.

39) 마리 베르너 양. 아이들을 가르치려고 카프카의 집으로 왔다. 바겐바흐,『전기』, 26쪽 참조.

40) 누이동생 엘리의 딸 게르티. 카프카에 대한 그녀의 기억은 막스 브로트에게 1947년 8월 27일에 보낸 편지에 들어 있다. 브

로트의『프라하 서클』(슈투트가르트, 1966), 116쪽 이하 참조.

41) 1912년 12월 출간된 로볼트 출판사(라이프치히)의『관찰』본에 실린 짧은 산문 중 하나. 로볼트 출판사에 보내는 카프카의 편지,『편지』(1912년 10월 18일), 110쪽.

42) 『관찰』은 카프카가 원한 대로 특별히 큰 글자로 인쇄되었다. 1912년 9월 7일과 10월 18일 볼프 출판사에 보낸 편지(볼프,『편지교환』, 25쪽과 27쪽) 참조.

43) 이 편지는 발송되지 않은 채 카프카의 유물에서 발견되어 막스 브로트가 출판했다.『프란츠 카프카―전기』3쇄본(프랑크푸르트 암 마인, 1954), 171쪽 이하 참조(이후론 브로트,『전기』로 줄여 쓴다).

44) 이 미완의 소설은 1927년 막스 브로트가『아메리카』란 제목으로 출판했다. 펠리체와의 편지 왕래에서 카프카가 말하는 소설은 이 작품을 가리킨다.

45) 「큰 소음」이란 제목으로 프라하의『헤르더―블래터른』I, 4-5(1912년 10월), 44쪽에 실렸다. 1911년 11월에 완성된 작품으로 첫 번째 원고는『일기』141쪽에 있다(1911년 11월 5일 혹은 6일).

46) 1912년 11월 9일 펠리체에게 보내는 편지 초안 참조.

47) 추정하건대 이 편지는 펠리체로 하여금 막스 브로트에게 편지를 해 카프카의 행동에 대해 물어볼 마음이 생기게 한 것 같다. 1912년 11월 15일 자 막스 브로트의 답장 참조. 이미 며칠 전에 막스 브로트는 베를린에 머무는 동안 펠리체와 카프카 사이를 중재하려고 하였다. 그것에 대해 카프카는 1912년 11월 13일 브로트에게 보내는 편지에서 "자네는 선의와 이해심과 직감에서 할 수 있는 모든 것을 다 말했네. 그러나 자네 대신 천사가 전화로 얘기했다 하더라도 나의 독 있는 편지에 맞서지

못했을 것이네"라고 하였다.『편지』111쪽 참조.

48) 회사의 기념 축제 때 펠리체가 맡았던 연극의 역할.

49) 어떤 책을 말하는지 밝혀지지 않았다.

50) 플로베르에 대한 카프카의 열광은 막스 브로트의『카프카의
　　　신앙과 교훈(카프카와 톨스토이)』(빈터투르, 1948), 20쪽 이하와
　　　바겐바흐,『전기』, 159쪽 이하 참조.

51) 프라하 왕실의 자택에서 멀지 않은 곳에 발트슈타인 궁전이 담
　　　으로 둘러싸인 정원과 함께 있다. 그곳은 1623년에서 1630년
　　　사이에 알브레히트 폰 발렌슈타인 장군을 위해 지어졌다.

52) 점심 휴식 시간이 없는 일반적인 근무 시간으로 오후 두 시나
　　　두 시 반에 끝난다.

53) 카프카의 어머니가 카프카에 대해 갖고 있던 생각은 펠리체와
　　　의 대화에 대한 카프카의 묘사에서도 나타난다.『일기』(1911년
　　　12월 19일) 198쪽 이하 참조.

54) 「변신」에 대한 첫 언급이다. 1912년 12월 6일까지의 편지에서
　　　카프카의 '단편'이란 언급은「변신」을 가리킨다.

55) 이탈리아 계통의 일반 보험 회사. 카프카는 그곳에서 1907년
　　　10월부터 1908년 7월까지 근무했다. 바겐바흐,『전기』141쪽
　　　참조.

56) 노동자재해보험공사의 여러 부장 중 한 사람인 로베르트 마
　　　르 쉬너 박사.『편지』501쪽에 있는 브로트의 주석 참조. 바겐
　　　바흐,『전기』148쪽과『시골에서의 결혼 준비』426쪽 이하와
　　　454쪽 이하 참조.

57) 1912년 7월, 카프카는 하르츠의 융보른에 있는 자연 치료 요
　　　양원에서 삼 주일을 보냈다.『일기』667쪽 이하 참조. 그 노래
　　　는 알베르트 그라프 폰 슐리펜바흐의〈이제 안녕, 너 작은 거리

여)이다. 1912년 막스 브로트에게 보낸 편지에도 언급되었다.
『편지』102쪽 참조.

58) 슐레지엔 출신의 토지 측량 기사 히처 씨를 카프카는 1912년
7월 하르츠의 융보른에서 휴가와 요양을 하는 동안 알게 되었
다. 『일기』(1912년 7월 14일) 671쪽 참조.

59) 단식과 기도의 날.

60) 첫 번째 편지는 1912년 11월 16일 자 편지를 말하고, 두 번째
는 1912년 11월 11일 자(두 통) 편지를 말한다.

61) 새벽 세 시가 아닌 오후 세 시. 펠리체의 오해를 설명하면서
1912년 11월 24일 편지에서 카프카는 시간을 확인시킴.

62) 1912년 11월 22일 펠리체에게 보내는 막스 브로트의 편지 참조.

63) 카프카의 누이동생 발리의 남편 요제프 폴락.

64) 이 시의 번역과 주석은 한스 하일만의 책『기원전 12세기부터
현대 중국시』(뮌헨, 1905)에서 인용한 것이다. 막스 브로트는
저서『카프카의 작품에서 절망과 구원』(프랑크푸르트 암 마인,
1959) 67쪽에서 "카프카는 이 책을 다른 어떤 책들보다 무척
좋아해 자주 열광적으로 낭독해주었다"고 적고 있다.

65) 카프카는 그 당시 부모님의 집에서(몰다우 근처 니클라스 거리
36번지 길모퉁이 집) 살았다.

66) 펠리체의 몇몇 어린 여동료들이 그녀의 생일을 기념하여 짧은
시를 썼다.

67) 1912년 9월 25일의『프라거 타크블라트』에서 '우간다 순교자
들의 시복식'에 대한 공고가 있었다. 카프카는 이 기사를 오려
편지와 함께 보냈다(이 순교자들은 1964년 10월에 성인 명부에 올
랐다).

68) 이 소송 보고에 대한 신문 기사는 남아 있지 않다.

69) 일찍 장님이 된 프라하의 작가 오스카 바움(1883~1941). 카프 카는 1904년 브로트를 통해 오스카를 알게 되었다. 그의 친구 로는 막스 브로트, 펠릭스 벨취, 프란츠 카프카가 있다. 이 젊 은 작가들은 거의 매 주말 모여 서로에게 자신들의 작품을 낭 독해주었다. 막스 브로트의 「오스카 바움의 창작에 대한 비망 록」, 『유대인』 I(1916/17), 852~854쪽 참조.

70) 막스 브로트는 카프카가 1912년 11월 24일 「변신」을 낭독했 다고 증명한다. 그러나 그것은 단편 전체였을 것으로 추측된 다. 브로트, 『전기』 157쪽 참조.

71) 1912년 12월 3일 편지 참조.

72) 동방 유대인 배우들의 순회 극단. 이샤크 뢰비도 소속돼 있었다.

73) 분명 11월 24일 편지에서 청구했던 린드스트룀 회사의 취지서.

74) 그 친구는 프리드리히 실러 박사인데 브레슬라우의 관청 공무 원이다. 『일기』(1912년 7월 11일~20일) 669쪽 이하와 288쪽 이 하 참조.

75) 막스 브로트, 『격렬한 감정』, 라이프치히, 1912.

76) 이후의 편지에서도 여러 번 언급이 되는 화가이자 인쇄 예술 가 프리드리히 파이글(1884~1966). 프라하 그림들을 통해 유 명해진 파이글은 1894년 알트슈태터 김나지움에서 일 년 동 안 카프카의 학우로 지냈다. 바겐바흐, 『전기』 160쪽 참조.

77) 칼 린드스트룀 회사의 창립 기념일에 한 아마추어 공연.

78) 헤르더 협회의 프라하로의 초대.

79) 소설가이자 극장가인 헤르베르트 오일렌베르크(1876~1949) 는 12월 1일 밤 프라하의 문학서클인 '콘코르디아'에서 낭독 을 했다.

80) 발리는 1913년 1월 12일에 결혼했다.

81) 주 36) 참조.

82) 『일기』(1912년 8월 20일), 285쪽 참조.

83) 그 방문객은 막스 브로트였다. 그는 1912년 11월 중순경에 베를린에서 펠리체를 방문했다. 막스 브로트의 1912년 11월 15일과 11월 22일 편지 참조.

84) 추정컨대 클라우스 바겐바흐의 『프란츠 카프카―자기 증언과 사진 기록들』, 로볼트 출판사의 전공 논문 책 91권(라인벡, 1964), 57쪽에 있는 사진(앞으로는 바겐바흐, 『전공 논문』으로 줄여 쓴다).

85) 1910년 10월.

86) 아마도 바겐바흐, 『전공 논문』 68쪽의 사진.

87) 바겐바흐, 『전기』 279쪽 이하 참조.

88) 노동자재해보험공사의 간부 선거. 1912년 12월 5일 편지 참조.

89) 1912년 11월 30일 편지 참조.

90) 오스트리아의 소설가이자 수필가 오토 스퇴슬(1875~1936). 브로트, 『전기』, 157쪽 참조. 카프카는 편지에 출판사 목록인 『1912년의 책』에서 오려낸 슈퇴슬의 사진을 동봉했다. 그리고 사진 옆에 슈퇴슬의 소설 『아침 놀』에 대한 서평을 인용했다. "사람들은 다른 사람 아닌 라베와 그의 『굶주린 목사』에 대해 상기하게 된다." 거기에 덧붙여 카프카는 가장자리에 "아, 굶주린 목사! 그가 어떻게 아침 놀과 비교될 것인가!" 하고 썼다.

91) 친구들 모임에서 한 첫 번째 낭독에 관해서는 『일기』(1912년 9월 25일), 295쪽 참조. "나는 눈물이 났다. 이야기의 확실함이 실증되었다."

92) 1912년 11월 27일 편지 참조.

93) 얀 첸 차이의 시 「깊은 밤에」를 암시한다. 1912년 11월 24일의

편지 참조.

94) 1912년 11월 15일 편지.

95) 아마도 1912년 12월 4일, 프라하 작가의 밤을 의미하는 듯하다. 1912년 11월 30일 편지 참조.

96) 작가·비평가·번역가인 파울 비글러(1878~1949). 그의 평론 『보헤미아』(1912년 12월 6일, 12쪽)에서 카프카에 대하여 "그의 단편 「선고」는 위대하고, 놀랍도록 위대하고, 정열적이고 잘 훈련된 재능이 뚫고 나온 것이다. 그 재능은 이제 혼자 자신의 길을 걸어갈 힘을 갖고 있다"고 하였다.

97) 예루살렘에 있는 교회당의 정화를 기념하고, 기원전 164년에 유대 왕국의 마카배우스가 시리아인을 몰아낸 뒤에 다시 세운 제단의 축성을 기념하기 위한 '빛의 축제'를 말한다.

98) 1912년 6월 융보른에 있는 유스트 요양소.

99) 1912년 11월 28일의 두 번째 편지 참조.

100) 카프카는 이 엽서를 펠리체의 사무실 주소로 보냈기 때문에 관습적인 호칭 'Sie'를 사용했다.

101) 베를린의 주간 잡지 『행동』의 선전용 엽서에는 막스 오펜하이머가 그린 아우구스트 슈트린드베르크의 초상화가 있다.

102) 지방 법원 도시인 라이트메리츠에 카프카의 삼촌이며 상인인 하인리히 카프카의 미망인이 재혼하여 살고 있었다.

103) 각주 90) 참조.

104) 1912년 12월 10일 『베를리너 타게블라트』(629호)에 실린 빌헬름 헤어초크의 논문 「현대란 무엇인가?」를 가리킨다.

105) 『일기』(1911년 12월 23일) 202쪽 참조. "베르펠의 시 때문에 나는 어제 오전 내내 머리가 안개로 가득 찬 것 같았다. 한순간 겁이 났다. 나는 지체없이 그에 대한 열광으로 미칠 만큼 감동받

았다."『일기』(1912년 8월 30일) 286쪽 참조 "어제 토요일에 베
르펠은 아르코에서「삶의 노래」와「희생」을 낭독했다. 대단하
다. 그의 눈을 바라보며 저녁 내내 그의 시선을 놓지 않았다."
'아르코'는 프라하의 문필가 카페다.

106) 『관찰』의 헌정사는 'MB(막스 브로트)를 위하여'라고 되어 있다.

107) 펠리체의 여동생. 토니 바우어도 칼 린드스트룀 회사의 속기
사로 일하고 있었다.

108) 12월 25일에서 26일 편지 참조. 이 이야기의 원고는 포함되어
있지 않다.

109) 펠릭스 벨치. 1884년 프라하에서 태어나 1964년 이스라엘에
서 사망한 철학자, 신문 기자, 대학 도서관원, 그리고『은총과
자유, 중용의 모험』과 막스 브로트와 함께 쓴『표상과 개념』의
저자이기도 하다.

110) 「선고」참조. "층계에서 그는 마치 경사진 평면을 가듯이 달리
다가 하녀와 부딪쳤다. 아침 청소를 하려고 올라가던 참이었
다. …… '맙소사!' 하고 그녀는 소리치면서 앞치마로 얼굴을
가렸지만 그는 이미 사라지고 없었다"(『단편 전집』, 67쪽 이주동
옮김).

111) 하르츠의 융보른에 있는 유스트 요양소. 주 57) 참조.

112) 1912년 12월 25일 『베를리너 타게블라트』 4면의 부록에 실
린 앙케트는 "그는 미남이어야 하나요? 그녀는 현명해야 하나
요?"였다. 프란츠 블라이, 프란츠 베르펠, 막스 다우텐데이, 후
고 잘루스 그리고 루돌프 헤어초크의 답변이 실렸다.

113) 『아메리카』 278쪽 이하와『일기』 279쪽 참조. 1912년 6월
1일 카프카는 체코 정치가인 조우쿠프의 "아메리카와 관료주
의"에 대한 슬라이드 강연에 참석했는데 그곳에서 그러한 데

모의 진행 과정을 알게 되었다. 그의 소설은 같은 해 여러 삽화
와 함께 출판된 조우쿠프의 책 『아메리카』(라다 오브라주 아메
리케호 지보타 출판사, 프라하, 1912)의 보고들에서도 많은 자극
을 받았다.

114) 헤르베르트 오일렌베르크의 1911년 4월 1일 자 『판』 지(I, 2)
   에 실린 「우리 시대 아버지의 편지」와 『실루엣. 독일에서의 문
   화 욕구에 대한 입문서』(베를린, 1910).

115) 프라하 다리는 1918년까지 통행세를 받았다. 바겐바흐 『전
   기』 67쪽 이하와 리하르트 카츠 「프라하의 교량 통행세」(『포시
   세 차이퉁』, 1921년 1월 5일,) 2~3쪽 참조.

116) 1906년 라이프치히에서 로베르트 레홀렌에 의해 편집되고 출
   판된 『코르시카에서 헬레나까지 나폴레옹의 유명한 격언과
   말들』.

117) 헤르베르트 오일렌베르크는 1912년 그의 작품 『베린데』로 폴
   크스실러 상을 받았다.

1913년

1) 배가 있는 사진은 1912년 12월 3일에 쓴 카프카의 편지에 묘
   사된 펠리체의 사진을 가리킨다.

2) 카프카의 1912년 12월 29일에서 30일 편지 참조.

3) 소설 『아메리카』의 284쪽에 나오는 장면을 암시한다.

4) 소설 『아메리카』의 293쪽 이하 참조.

5) 노동자재해보험공사의 그 당시 사장은 오토 프리브람 박사였
   다. 그의 아들인 에발트 프리브람과 카프카는 김나지움을 졸
   업할 무렵과 대학 시절 동안 친구였다. 카프카의 1913년 3월
   10일에서 11일 편지 참조.

6)   올라 한손의 「슈트린드베르크에 대한 회상」(1912년 잡지 『노이
     에 룬트샤우』 11호, 1536쪽 이하와 12호, 1724쪽 이하) 참조.

7)   『아버지에게 드리는 편지』 참조.

8)   요제프 폴락이 한 말 "안녕하십니까! 프란츠, 어떻게 지내십
     니까? 집에서 무슨 편지가 왔습니까?"를 가리킨다. 카프카의
     1913년 1월 10일에서 11일 편지 참조.

9)   1912년 11월 24일 편지 참조.

10) '유대인의 신화'에 대한 강연은 '바르 코흐바' 서클의 축제일
     에 행해졌다. 그 내용은 『유대교에 대하여. 모음집』에 수록되
     어 출판되었다(프라하의 유대인 대학생 서클 '바르 코흐바' 발행,
     라이프치히, 1913, 21쪽 이하).

11) 『중국의 유령 및 사랑 이야기들』, 마르틴 부버 편집 및 소개, 프
     랑크푸르트 암 마인, 1911.

12) 후고 폰 호프만슈탈의 『모든 사람』은 1912년 5월 12일 프라
     하의 '현대 독일 극장'(베를린 독일 극장의 초청 연극으로서)에서
     공연되었다.

13) 베를린의 라인하르트 앙상블의 여성 연극 배우 게르투르드 아
     이졸트.

14) 러시아 발레는 1910년 초 프라하 현대 극장에서 초청받아 공
     연되었다. 여자 댄서 에두아르도바에 대해서는 『일기』(1910)
     9쪽 이하 참조.

15) 에밀 자크달크로체(1865~1950)는 작곡가이며 개혁 교육에 입
     각한 리듬 체조의 창시자이자 유명한 헬레라우어 연구소 소장
     이었다. 카프카는 1914년 달크로체 학교를 시찰했다. 『일기』
     (1914년 6월 30일), 406쪽 이하 참조.

16) 1913년 1월 14일에서 15일 편지 참조.

17) 1912년 11월 24일 편지 참조.

18) 이전 편지들에서 언급된 장편소설『아메리카』로 추정.

19) 『중국의 유령 및 사랑 이야기들』주 1913년 11) 참조.

20) 그때까지 출판된 부버의 책으로는『랍비 나흐만의 이야기』(프랑크푸르트 암 마인, 1906)와『바알 신의 전설』(프랑크푸르트 암 마인, 1908) 등이 있다.

21) 1912년 11월 24일 편지 참조.

22) 시리즈로 만들어진 사진들이 회전 장치에 의해 빨리 넘어가서 물체가 움직이는 듯한 인상을 주는 요지경 상자 비슷한 기구.

23) ‘우간다 순교자들의 시복식’에 관한 신문 기사를 동봉한 1912년 11월 24일 카프카의 편지 참조.

24) 게르트루데 키르하이젠,『나폴레옹의 주변 여인들』, 뮌헨, 1912.

25) 『헵벨의 편지』, 쿠르트 키흘러의 편집, 예나, 1908.

26) 주 1912년 90) 참조.

27) 1913년 1월 30일『보헤미아』에 실린 오토 피크의『관찰』에 대한 서평.

28) 편지를 몰래 읽는 펠리체의 어머니를 겨냥한 말이다. 1912년 12월 14일에서 15일 자 카프카 편지에 담긴 초기의 생각 참조.

29) 이 편지는 현재 남아 있지 않다.

30) 『세계의 친구』, 프란츠 베르펠의 시집, 베를린, 1911년으로 추정.

31) 1886년에 태어난 쿠프트 핀투스는 시사 평론가이자 비평가였으며 쿠르트 볼프 출판사의 편집부에서 일했다. 그는 또한 1919년에 처음으로 출판된 표현주의 경향의 작품 선집『인류의 여명』의 발행인이었다.

32) 「유대인 극단」이라는 제목의 이 기사는 이미 1913년 1월 17일

『라이프치거 타게블라트』에 실렸다.

33) 오토 피크(1887~1940)는 프라하의 저널리스트, 서정 시인, 소설가, 체코어 번역가로 활동했다.

34) 카프카의 친구인 펠릭스 벨치의 가족.

35) 펠릭스 벨치와 막스 브로트, 『직관과 개념』, 라이프치히, 1913. 이 책은 1913년 2월 말경 라이프치히의 쿠르트 볼프 출판사에서 나왔다.

36) 장편소설 『실종자』의 첫 장인 「화부」일 가능성이 크다.

37) 1913년 12월 중순 카프카는 프라하의 토인비 홀에서 클라이스트의 「미하엘 콜하스」일부를 낭독했다. 『일기』(1913년 12월 11일), 341쪽 참조.

38) 1913년 2월 9일 자 부다페스트 신문 『페스터 를로이드』에 실린 오토 피크의 『관찰』에 대한 서평.

39) 에곤 에르빈 키슈.

40) 프랑크 베데킨트의 연극 「히달라, 혹은 존재와 소유」. 이 연극은 1913년 2월 12일 프라하의 현대 독일 극장에서 초연되었다.

41) 『관찰』에 관하여 「어떤 책에서의 사건」이라는 제목으로 주간지 『메르츠』(뮌헨, 7권, 1913년 2월, 268쪽 이하)에 실린 막스 브로트의 서평. 이 서평은 『카프카─심포지엄』(위르겐 보른, 루드비히 디츠, 말콤 파슬리, 파울 라아베, 클라우스 바겐바흐 편찬, 베를린, 1965, 129쪽 이하)에 재수록되었다.

42) 1913년 2월 4일(『편지』, 113쪽) 카프카가 브로트 부부에게 보낸 엽서 참조.

43) 카프카가 2월 14일에서 15일에 쓴 이 편지를 펠리체는 일요일에 받아 보았다.

44) 1913년 3월 17일에서 18일의 편지에서 카프카는 이러한 신뢰

의 정당성에 대한 회의를 보여주고 있다.

45) 카프카는 1913년 3월 1일 노동자재해보험공사의 부서기로 임명되었다. 1912년 12월 11일 봉급 인상과 승진에 관한 카프카의 청원의 자세한 내용에 대해서는 야로미르 루칠이 잡지『스보르크 나로드니호 무제아 프라체』(제8권 제2호, 1963, 65쪽 이하)에 기고하였다.

46) 「변신」의 결말 부분. 주 1912년 70) 참조.

47) 미완성 작품인 에른스트 리만 이야기.(1913년 2월 28일 자)『일기』, 298쪽 이하를 참조.

48) 부다페스트에서 결혼해 살고 있는 펠리체의 언니 엘제.

49) 파울 린다우의 동명 연극을 영화화한 것. 처음으로 영화에 출연한 알베르트 바서만이 주연을 맡았다. 1913년 1월 30일 자『프라거 타크블라트』에는 바서만의 기고문「영화 배우와 연극 예술가」가 실렸다. 같은 지면에 카프카의『관찰』에 대한 오토 피크의 첫 서평도 실렸다.

50) 카프카는 1910년 12월 베를린에서 알베르트 바서만이 주인으로 나온 햄릿 공연을 관람했다. 1910년 12월 9일 막스 브로트에게 보낸 카드 참조(『편지』, 84쪽).

51) 카를 구츠코프의 비극.

52) 카프카의 일기장 중 1913년 2월 28일과 5월 2일의 기록은 빠져 있다.

53) 오스카 바움의 「이방인」은 1913년 3월 13일 『보헤미아』에 실렸다. 앙리 베르그송에 관한 펠릭스 벨치의 논문은 같은 날『프라거 타크블라트』에 실렸다.

54) 카프카의 친구인 그는 클린트보르트샤르벤카홀에서 자신의 문학 작품 중의 일부를 낭독했다. 1913년 4월 15일 석간판의

『베를리너 타게블라트』에 실린 Th. T.의 비평 참조.

55) 1913년 2월 18일에서 19일 편지 참조.

56) 1913년 3월 13일에서 14일의 편지에 동봉한 글. 오스카 바움의 「이방인」과 앙리 베르그송에 관한 펠릭스 벨치의 논문.

57) 막스 브로트, 「오스트리아 가정의 특성」, 『베를리너 타게블라트』, 1913년 3월 23일, 부록 4쪽.

58) 이 편지는 인편으로 전달되었다.

59) 프란티제크 콜(1877~1930)은 1904년에서 1915년까지 프라하 국립 박물관의 사서였으며, 그 후에는 국립 극장의 희곡 전문가로 활동했다. 카프카가 자신의 첫 번째 약혼을 언급하면서 콜에게 보낸 편지를 얀 바그너가 잡지(『스보르니크 나로트니호 무제아 프라체』, 제8권, 1963)에 실었다.

60) "어두운 뒷부분에―곱슬거리는 머리카락으로―화려하게 치장한 아름다운 부인의 머리가 보입니까?"(K. W. 뮐러, 「괴테의 마지막 문학적 활동」(1832), 『괴테의 대화』, 비더만의 편집, 제4권, 454쪽).

61) 1913년 4월 3일 막스 브로트에게 보낸 편지 참조. "어제 베를린으로 엄청난 고백의 편지를 보냈다네. 그녀는 실제적인 순교자이며, 나는 그녀가 이전에 세상 전체와의 조화 속에서 행복하게 살았던 바닥을 파헤친다네."

62) 4월 초에 바우어 가족은 베를린 NO, 임마누엘 키르히 거리 29번지에서 베를린샤를로테부르크, 빌머스도르퍼 거리 73번지로 이사했다.

63) 체코 작가 페트르 데메크(1870~1945). 카프카가 언급한 소설은 1913년 프라하에서 출판된 『가슴과의 유희』이다. 이 소설의 겉장은 네 개의 타는 듯한 가슴으로 교태를 부리는 여인의

모습을 보여준다. 데메크는 당시에 카프카 가족이 살던 건물, 즉 프라하 I, 니클라스 거리 36번지에 살고 있었다.

64) 주 1912년 39) 참조.

65) 1912년 가을 쿠르트 볼프는 에른스트 로볼트 출판사를 인수하였다. 1913년 2월 중순부터는 출판사명을 자신의 이름으로 바꾸어 계속 운영하였다. 두 번째 로볼트 출판사는 1919년 2월 베를린에서 설립되었다.

66) 프리드리히 후흐의 단편소설 「손님」, 『노이에 룬트샤우』, 1913년 4월, 457쪽 이하.

67) 1913년 4월 16일 『베를리너 타게블라트』(부록 4쪽)에 카프카의 『관찰』에 관한 알베르트 에렌슈타인의 서평이 실렸다. 『카프카―심포지엄』(135쪽 이하)에 재수록.

68) 1913년 4월 16일 쿠르트 볼프가 카프카에게 보낸 편지 참조. 그 편지에서 그는 「변신」, 「화부」, 「선고」를 한 권에 묶어 출판해주겠다고 약속한다(볼프, 『편지교환』, 30쪽 이하).

69) 마드리드에 거주하는 카프카의 외삼촌 알프레드 뢰비

70) 바우어 가족의 새집은 카프카가 베를린에 들를 때마다 묵은 '아스카니셔 호프'에 이전보다 훨씬 가까운 곳에 위치하고 있다.

71) 펠리체의 오빠인 페르디난트의 약혼에 따른 접견일.

72) 프라하의 간선 도로.

73) 1912년 11월 13일 카프카가 막스 브로트에게 보낸 편지 참조(『편지』, 139쪽).

74) 『관찰』에 관한 막스 브로트의 서평. 주 1913년 41) 참조.

75) 1905년과 1906년 추크만텔에서 만난 한 여인과의 관계를 말한다. 바겐바흐의 『전기』, 130쪽 이하 참조. 카프카는 그녀를 『일기』에서 언급한 적이 있다. "추크만텔과 리바에서처럼 사

랑하는 여인과의 관계에서 오는 달콤함……"(1915년 1월 24일, 460쪽), "나는 추크만텔에서의 경우를 제외하면 여자와 친한 적이 한 번도 없었다. 그다음에는 리바에서 스위스 여자와 친하게 지냈다"(1916년 7월, 505쪽). 1916년 7월 중순 막스 브로트에게 보낸 카프카의 편지 참조(『일기』, 139쪽).

76) 이것은 '한 달간의 대기 시간'(1912년 9월 28일에서 10월 23일까지)에 썼지만 부치지 않은 두 번째 편지이다. 이것에 대해 카프카는 1912년 10월 14일 소피 프리드만 부인에게 보낸 편지에서 언급하고 있다.

77) 막스 브로트, 『여자들이나 하는 짓, 세 가지 단편소설』, 베를린, 1913.

78) 6월 1일, 『프라거 다크블라트』에 실렸다.

79) 단편소설 「선고」는 카프카가 펠리체에게 처음으로 편지를 보내기 이틀 전인 1912년 9월 22일에서 23일 사이의 밤에 씌어졌다. 『일기』(1912년 9월 23일) 참조.

80) 『일기』(1913년 2월 11일) 참조.

81) 이미 언급했듯이 6월 1일 『프라거 타크블라트』에 실린 비망록.

82) 카프카는 이 편지를 늦어도 6월 10일에 시작했다. 1913년 6월 10일 편지 참조. "…… 사실은…… 논문을 준비하고 있는데 아직 완성되지 않았습니다."

83) 카프카가 성령강림절을 이용하여 베를린을 방문한 지 3일 뒤인 1913년 5월 15일 펠리체에게 보낸 편지 참조.

84) 1913년 6월 16일 하인리히 에두아르트 야코프가 쓴 서평.

85) 『일기』(1913년 7월), 311쪽 참조. "결합, 즉 저쪽으로 흘러넘어가는 것에 대한 불안. 그러면 나는 더 이상 혼자가 아니다"(「나의 결혼에 대한 찬성과 반대를 의미하는 모든 것의 집합」에서).

86) 카프카 가족의 하계 숙소는 당시 프라하 남동쪽의 작은 마을인 라데소비체에(그림 엽서는 '라데소비체의 풍경과 빌라'를 보여 준다) 있었다.

87) 이것은 카프카가 나중에 카드로 보낸 듯한 내용으로, 바로 전의 편지에 담긴 '새로운 계획'과 관련이 있다.

88) 주 1912년 5) 참조.

89) 당시 카프카의 주소는 니클라스 거리 36번지였다.

90) 카프카는 1909년 9월 브로트 형제와 함께 리바에서 휴가를 보냈다.

91) 대략 1909년 가을부터 카프카는 덴마크의 체조 교사 J. P. 밀러의 교범에 따라 규칙적으로 운동했다. 1910년 3월 10일과 18일에 막스 브로트에게 보낸 엽서와 1919년 봄(?) 편지(『편지』, 79쪽 이하와 254쪽)의 참조. 1913년 밀러식 체조의 『여성용 교범』이 출판되었다.

92) 구스타프 로스코프, 『악마의 이야기』, 라이프치히, 1869, 1권, 326쪽. 괄호 안의 글은 카프카가 첨가한 것이다.

93) 파울 프리드리히, 「비유와 관찰」, 『문학의 메아리』, 제15권 제22호(1913년 8월 15일), 1547쪽 이하.

94) 카프카에게 헌정한 막스 브로트의 시 「루가노─호수」는 뮌헨의 주간지 『메르츠』(VII, 1913년 8월)에 실렸다(브로트, 『전기』, 100쪽 참조).

95) 『일기』(1913년 8월 21일), 318쪽 이하 참조.

96) 다음 편지 참조.─카프카는 1913년 5월 16일에 처음으로 펠리체의 아버지에게 편지할 생각이 있음을 말했다. 이에 대해 베를린에 간 성령강림절 때 그녀와 이야기를 나누었다. 또한 이 편지를 쓰겠다는 생각을 5월 23일에서 8월 14일까지 펠리체

와의 편지 왕래에서 수차례 말했다. 8월 14일의 일기에서 그는 "부모님에게 보내는 편지는 나에게 커다란 어려움을 안겨주었다……"라고 썼다(『일기』, 316쪽 참조). 그리고 8월 15일 펠리체에게 보내는 편지에는 "나는 그대 부모님에게 불가피한 말을 했습니다"라는 구절이 들어 있다. 8월 21일 카프카는 펠리체 아버지가 아직 답장을 보내지 않는 것에 대해 불평했고, 8월 24일이 되어서야 카를 바우어의 답장을 받았다. "오늘 그대 아버지에게 느긋하고 사려 깊은 편지를 받았습니다…… 하지만 그대 아버지의 편지가 느긋한 것은 단지 제가 그분을 속였기 때문입니다." 1913년 8월 21일에 이미 카프카는 더 명확한 내용이 담긴 편지의 초안을 썼지만 보내지는 않았다(『일기』, 318쪽 이하 참조). 그 사이에 펠리체는 카프카의 재촉에 못 이겨 아버지가 그에게 두 번째 편지를 쓰도록 영향을 미친 듯 보인다. 이 편지에서 카프카는 펠리체가 '결혼이라는 모험'에 대해 아버지와 이야기를 나누지 않았다고 유추했다. 그래서 카알 바우어에게 보내는 편지를 동봉하게 된다. 계속된 편지 왕래에서 밝혀지듯이 펠리체는 이 편지를 아버지에게 건네주지 않았으며 카프카는 이에 불만을 토로했다. 1913년 9월 2일 카프카가 펠리체에게 보낸 편지 참조.

97) 조금 변용된 내용이 『일기』(1913년 7월 21일 혹은 22일), 310쪽에 적혀 있다.

98) 펠리체의 동생 에르나는 카프카가 펠리체와 함께 반제에 있는 클라이스트의 무덤을 찾아갔다고 편집자에게 전했다. 그녀의 기억에 따르면 카프카는 이 무덤가에서 '깊은 생각에 잠겨' 오랫동안 머물렀다.

99) 구호 체제와 사고 예방에 관한 제2차 국제 회의가 있던 시기에

빈에서는 제11차 시온주의자 회의가 개최되었다(1913년 9월 2일~9일). 이 회의에 카프카도 참석했다(『편지』, 120쪽 참조).

100) 하인리히 라우베, 『프란츠 그릴파르처의 전기』, 슈투트가르트, 1884, 164쪽.

101) 카프카가 1913년 9월 7일 엽서에 인용한 하인리히 라우베의 그릴파르처 전기.

102) 작가 로베르트 벨치의 누이이며 카프카의 친구 펠릭스 벨치의 사촌. 그녀는 나중에 카츠넬존의 부인이 되었다.

103) 서정 시인이며 소설가인 알베르트 에렌슈타인(1886~1950). 구스타프 야누호, 『카프카와의 대화』, 프랑크푸르트 암 마인, 1951, 51쪽 이하 참조.

104) 빈에 있는 채식 전용 레스토랑.

105) 『일기』(1915년 11월 4일), 485쪽 참조.

106) 카프카는 데젠차노에서 쓴 글을 나중에 발견하여 1913년 11월 6일 펠리체에게 보내는 편지에 동봉했다.

107) 카프카는 당시에 프라하 독일 대학의 철학 교수인 크리스티안 폰 에렌펠스의 세미나에 가끔 참석했다. 세미나에서 만난 이 처녀는 나중에 일기에서 또 언급된다. 『일기』(1913년 12월 14일), 344쪽 참조.

108) 카프카가 11월 27일부터 12월 29일 사이에 펠리체에게 보낸 편지 네 통은 분실된 듯하다. 1914년 1월 28일 카프카가 그레테 블로흐에게 보낸 편지 참조. "베를린을 다녀온 [1913년 11월 8~9일] 후 처음으로…… 11월 27일 F.에게 편지했습니다. 답장은 받지 못했습니다.…… 그리고 나서 대략 14일 후에 다시 편지를 썼습니다. 답장은 역시 오지 않았습니다.…… 편지 두 통과 전보 두 통을 더 보낼 작정입니다."

109) 리바에 사는 이 스위스 여자와의 만남에 대해 카프카는 일기 (1913년 10월 15, 20, 22일)와 막스 브로트에게 보낸 편지 (1913년 9월 28일)에서 언급하고 있다. 카프카는 그녀의 이름을 말할 때 항상 W. 또는 G. W.라는 머리글자를 사용했다. 1913년 10월 20일 일기 내용에 따르면 카프카는 그녀와 리바에서 함께 지낸 일을 발설하지 않기로 약속했다.

1914년

1) 1914년 2월 9일 펠리체에게 보낸 편지 참조.

2) 카프카는 이날 베를린에서 다음과 같은 내용의 전보를 받았다. "드레스덴으로 가는 것은 불가능함. 안녕. 펠리체."

3) 이런 생각의 여운은 장편소설 『소송』의 마지막 장에서 찾아볼 수 있다. 이 소설의 대부분은—약혼이 깨진 후—1914년 후반기에 쓰여졌다. 형장으로 가는 길에 요제프 K.는 뷔르스트너 양과 한 번 더, 또는 최소한 그녀와 비슷하게 생긴 여자와 만난다. (원고에서 카프카는 그녀의 이름을 항상 'F. B.'로 표기한다). 그를 데리고 가던 형리들이 그가 길의 방향을 결정하도록 허락하자, 그는 "그 아가씨가 앞서 걸어간 길로 결정했는데, 이것은 이를테면 그녀를 따라잡으려 하거나 되도록 오래 보고 싶었기 때문이 아니라 단지 그녀가 의미하는 경고를 잊지 않기 위해서였다."

4) 1914년 4월 5일의 일기, 1914년 4월 15일과 17일 그레테 블로흐에게 보낸 편지, 1916년 3월 펠리체에게 보낸 편지, 1917년 7월 27일 쿠르트 볼프에게 보낸 편지 참조.

5) 이날 이후의 편지들에서 여러 번 거론되는 무치(또는 빌마)는 부다페스트에서 결혼한 펠리체의 큰언니 엘제의 딸이다.

6)   1914년 8월 카를 린트스트룀 회사는 펠리체를 위해 5년 근속 기념식을 열어준다.

7)   「브레샤의 비행기」는 1909년 9월 28일 주간지 『보헤미아』에 실렸다. 카프카가 막스와 공동으로 쓴 여행기 「리하르트와 사무엘」은 1912년 5월 잡지 『헤르더블래터』(1권 3호)에 실렸으며, 1935년 베를린에서 출판된 『프란츠 카프카, 단편소설과 소품』에 재수록되었다.

8)   브로트의 소설 『하느님을 향한 티코 브라헤의 여정』은 먼저 월간지 『디 바이센 블래터』에 (1915년 1월부터 6월까지) 연재되었다가 1916년 쿠르트 볼프 출판사에서 출판되었다. 이 소설 앞에는 "나의 친구 프란츠 카프카에게"라는 헌사가 적혀 있다.

9)   카프카의 외삼촌 지그프리트 뢰비(매렌 지방의 이글라우 근방에 위치한 트리슈의 시골 의사)와 루돌프 뢰비(프라하에 거주하는 회계원)를 말한다.

10) 1914년 5월 16일 그레테 블로흐에게 보낸 편지 참조.

11) 1914년 5월 16일 그레테 블로흐에게 보낸 편지 참조.

12) 「화부」에 대한 카밀 호프만의 서평이 실린 1914년 5월 9일 『베를리너차이퉁』을 말한다.

13) 1914년 3월 1일 이후에 곧 보낸 듯한 이 편지는 지금 남아 있지 않다.

14) 카를 린드스트룀 주식 회사의 프라하 지점장을 말한다.

15) 카프카의 어머니와 누이동생 오틀라는 베를린에 머물고 있었다.

16) 1914년 10월 5일부터 19일까지. 『일기』(10월 7일과 15일) 참조.

17) 카프카는 펠리체의 가족 중에서 에르나를 가장 높이 평가했다. 그가 바우어 가족을 처음 방문했을 때(1913년 성령강림절)

에르나는 그에게 다른 식구들보다 더 친절하게 대했다. 그리고 약혼이 깨진 뒤 베를린을 떠나올 때도 그를 레르터 역까지 배웅했다. "그리고 E.는 나를 좋아한다. 그녀는 법정 [아스카니셔 호프에서의 논쟁] 앞에 선 나를 보았음에도 이해할 수 없을 정도로 나를 믿는다. 심지어 나는 때때로 나에 대한 이러한 믿음의 영향력을 느낀다……" 1914년 7월 28일의 일기 참조. 1914년 7월 26일 카프카는 덴마크의 동해 해수욕장 마릴리스트에서 프라하로 돌아오는 길에 베를린에서 에르나 바우어와 다시 한번 만났다.

1915년

1)   1915년 1월 23일과 24일 주말에 카프카와 펠리체는 베를린과 프라하 사이의 철로에 면한 보헤미아의 국경 도시 보덴바흐에서 만났다. 이 만남이 어떻게 이루어졌는지는 현재 남아 있는 편지들을 통해서는 알 수 없다. 보덴바흐에서 함께 지내는 동안 카프카는 그녀에게 1914년 하반기에 쓴 작품들을 읽어 주었다. 그중에는 문지기 전설을 다룬 「법 앞에서」도 들어 있다. 이 작품은 같은 해 9월 7일 프라하의 잡지 『젤프스트베어』를 통해 처음으로 출판되었다. 1915년 1월 24일의 일기 참조.

2)   카프카가 빌레크거리에 위치한 집에 마련한 최초의 자기 방. 그 주택에는 누이동생 발리 폴라크의 셋방도 있었다. 1915년 2월 10일 일기 참조.

3)   『어느 투쟁의 기록』의 일부인 「이웃 남자」에 등장하는 화자의 상황 참조. 파슬리와 바겐바흐의 시대 분류에 따르면 이 단편은 1917년 5/6월에 창작되었다.

4)   추측컨대 장편소설 『소송』의 일부를 말한다.

5) 랑엔 거리에 위치한 집 "춤 골데넨 헤흐트Zum Goldenen Hecht". 토지대장 번호 705, No. 18(오늘날에는 16). 그 집에서 카프카는 잘라몬 슈타인 씨로부터 발코니가 달린 6층의 구석방을 임대차했다. 그 방에서는 프라하 구시가지의 지붕과 탑들 너머로 몰다우 강 건너편의 라우렌치베르크가 보였다. 1915년 3월 21일의 편지 및 1915년 3월 17일의 일기 참조.

6) 브로트, 벨치, 바움 등이 주축이 된 주말 모임에 카프카도 참석했었다.

7) 카프카의 누이동생 엘리의 남편 카를 헤어만은 헝가리의 카르파티아 산맥에서 병사로 복무했다. 다른 누이동생 발리의 남편 요제프 폴라크는 가벼운 부상을 입었다.

8) 1916년 7월 중순 막스 브로트에게 보낸 편지에서 카프카는 약혼 입맞춤에 관해 설명하고 있다.

9) 1914년 7월 23일의 일기 참조. "…… 충분히 생각하고 오랫동안 묻어둔 적대적인 말을 한다."

10) 카프카는 누이동생 엘리가 헝가리에 병사로 가 있는 남편을 찾아갈 때 동행했다.

11) 추측컨대 스트린드베리의 소설 『둘로 깨지다』를 말한다. 1915년 5월 3일과 4일의 일기 참조.

12) 이 편지에서 나중에 언급되는 몇 줄의 글은 펠리체가 선물로 받은 플로베르의 『살람보』에 써 넣은 것이다.

13) 카프카는 여기에서 플로베르가 말한 "dans le vrai(올바른 상태에)"를 번역하여 사용하고 있다. 이 말은 플로베르의 걸녀 카롤린 코만빌이 카프카도 아는 자신의 책 『은밀한 추억』에 인용했다. 카프카는 플로베르 풍의 "Ils sont dans le vrai(올바른 상태에 있다)"라는 말을 대화에 자주 사용했다. 그러면서 자신을

'올바른 상태'의 외부에 사는 사람으로 인식했다.

14) 추측컨대 릴리 브라운의 『어느 여자 사회주의자의 비망록』(전 2권, 뮌헨, 1909~1911)을 말한다.

15) 카프카는 성령강림절(5월 23일과 24일)을 펠리체와 함께 보헤미아의 스위스에서 보낸 다음 프라하로 돌아왔다.

16) 추측컨대 카프카 친구 펠릭스 벨치의 아버지를 말한다.

17) 카프카는 무엇보다도 공무원 생활과 "공무원 성향"에서 벗어나기 위해 군대에 징집되기를 바랐다. 1915년 4월 5일과 5월 3일, 1916년 5월 14일 펠리체에게 보낸 편지 및 일기(1915년 5월 14일, 1916년 5월 11일과 8월 27일) 참조.

18) 카프카와 펠리체는 1915년 카를스바트에서 만났음이 분명하다. 1915년 8월 9일과 12월 5일 및 1916년 1월 18일과 4월 9일의 편지 참조.

19) 카프카는 1915년 7월 20일부터 31일까지 룸부르크(북 보헤미아)의 요양원에 있었다.

20) 이 편지의 대화에서 1인칭과 3인칭 형식은 『어느 투쟁의 기록』에서 3인칭 형식을 통한 관찰과 비교할 수 있다. 이러한 비교를 통해 이 작품의 자서전적인 성격이 더욱 뚜렷해진다. 이것은 카프카가 3인칭 형식을 통해 표현한 또 다른 관찰들에도 적용된다. 이를테면 『소송』의 마지막 부분에서 작가는 그의 수기 원고가 보여주듯이 3인칭에서 갑자기 1인칭으로 전환한다.

21) 작품집 『관찰』에 수록된 단편 「독신자의 불행」.

22) 1915년의 폰타네 상은 카를 슈테른하임이 단편소설 「부제코브」 「나폴레옹」 「슐린」 등으로 받았다. 백만장자였던 슈테른하임은 상금으로 받은 800마르크를 프란츠 블라이의 추천에 따라 카프카에게 주었다.

23) 이미 『바이세 블래터』 제10집(1915년 10월)에 발표된 카프카의 이 단편소설은 1915년 11월 『데어 융스테 타크』(쿠르트 볼프, 라이프치히)로 합본(22/23)되어 출판되었다.

1916년

1) 『데어 융스테 타크』. 현대 문학 연감, 라이프치히, 1916. 이 연감에 「법 앞에서」의 복사본이 실려 있다.

2) 카프카는 프라하에 있는 소규모 석면 회사의 일부 지분을 소유하고 있었다. 그는 이 회사에 대한 기억을 떠올리고 싶어 하지 않았다. 1912년 11월 1일 펠리체에게 보낸 편지 참조.

3) 카프카는 1912년 여름 막스 브로트와 함께 바이마르를 방문했다.

4) 군대의 우편 검열 때문에 편지는 프라하에게 베를린까지 대개 5일에서 7일 걸렸다. 엽서는 검열에서 빨리 통과되었다.

5) 로베르트 무질은 카프카를 1914년 2월 문학 잡지 『노이에 룬트샤우』의 편집에 참여시키려고 했다. 1914년 2월 23일의 일기 참조. 무질은 1914년 『노이에 룬트샤우』 8월호에 카프카의 『관찰』과 「화부」에 대한 서평을 실었다.

6) 『투쟁』. 바이스는 카프카가 이미 수기 원고를 통해 알고 있는 이 책을 보내면서, 카프카가 『바이세 블래터』에 서평을 써주기를 바랐다. 카프카는 1916년 6월 27일 에른스트 바이스가 라엘 잔자라에게 보낸 미공개 편지에 드러나듯이 이를 거부했다.

7) 1914년 1월 27일 카프카가 오스카 폴라크에게 보낸 편지 참조. "나는 사람들이 누군가를 깨물고 찌르는 그런 책들만을 읽어야 한다고 믿네. …… 책은 우리 내면의 얼어붙은 바다를 깨는 도끼여야 해."

8) 에우리피데스의 「트로이 여인들」. 독일어 작업은 프란츠 베르펠이 맡았다. 이 작품은 1916년 5월 24일과 25일 베를린 레싱 극단의 초청 공연으로 무대에 올려졌다.

9) 막스 브로트, 「동시대 문학의 세 가지 주요 흐름」, 『차이트에코』(뮌헨), 제2권(1915~1916), 13호.

10) 카를 슈테른하임, 『세 단편소설』(「부제코브」「나폴레옹」「슐린」), 쿠르트 볼프 출판사, 라이프치히, 1916.

11) 카프카가 자리를 비운 사이에—그는 그 전날 펠리체를 프란첸바트까지 배웅했다—그가 묵던 방은 사전 통보도 없이 다른 사람에게 임대되었다. 그에게는 대신 펠리체가 묵었던 방이 주어졌다. 막스 브로트에게 보낸 편지[1916년 7월 중순] 참조.

12) 『로이스 추 플라우엔 백작 가문 출신의 친첸도르프 백작부인 에르드무테 도로테아』를 말한다. 그녀의 삶은 경건주의 및 동포 교회의 역사에 기여한 것으로 나타나 있다. 빌헬름 야나슈(신학 박사), 『동포 역사를 위한 잡지』(헤른후트), 제8권(1914) 참고 (이 책은 507쪽에 이르는 단일 논문으로 이루어져 있다).

13) 막스 브로트에게 보낸 편지[1916년 7월 중순] 참조. 기적의 랍비 벨처가 마리엔바트에 머무른 것에 대해 율리우스 엘리아스는 1916년 7월 20일의 『베를리너 타게블라트』(석간)에 「마리엔바트」라는 제목의 글을 실었다.

14) 1916년 7월 20일의 일기 참조.

15) 유대인 국민 보호 시설 직원으로의 초빙을 말한다.

16) 마리엔바트 근교로 소풍갈 때 자주 찾던 음식점이다.

17) 단어의 뒷부분은 읽을 수가 없다.

18) 1916년 7월 28일 쿠르트 볼프 출판사에 보낸 편지 참조.

19) 미국의 건강 전도사 호레이스 플레처(1849~1919)는 특히 음식

을 잘 씹어 먹으라고 권했다. 독일어 "fletschern(씹어 먹다)"는 그의 이름에서 따온 것이다.

20) 추측컨대 카프카가 마리엔바트에서 펠리체에게 읽어준 「늙은 독신자 블룸펠트」를 말한다.

21) 카프카는 펠리체와의 결혼 후 베를린 근교인 카를스호르스트에서 살 생각을 했다.

22) 지그프리트 레만 박사는 유대인 학교 제도와 관련하여 처음에는 베를린에서, 나중에는 이스라엘에서 커다란 역할을 했다. 1917년 3월 그의 논문 「유대인 주거 시설과 주민 수용소의 개념」이 『유디셰 룬트샤우』(제22권 9호와 10호)에 실렸다.

23) 『유디셰 룬트샤우』 제21권 29호(1916년 7월 21일). 이 잡지에는 막스 브로트의 논문 「프라하에 있는 갈리시아 피난민들을 위한 임시 학교」와 카프카가 언급한 편지 견본이 실려 있다.

24) 바우어 가족은 당시에 베를린의 샤를로텐부르크, 빌머스도르퍼거리 73번지(몸젠 거리 귀퉁이)에 살고 있었다. 그러나 카프카는 나중에 스스로 설명했듯이 유대인 국민 보호 시설과 샤를로텐부르크에 위치한 유대인 주거 시설을 혼동했다.

25) 친첸도르프 가문의 백작부인 에르드무테 도로테아, 주 1916년 12) 참조.

26) 『어느 여자 사회주의자의 비망록』, 주 1915년 14) 참조.

27) 1876년 6월 17일과 7월 1일 폰타네가 마틸데 폰 로어에게 보낸 편지. 카프카에 의한 편지 내용의 변경은 그다지 두드러지게 나타나지 않는다.

28) 펠리체가 카프카와 처음으로 만난 날(1912년 8월 13일)을 기념해 보낸 편지.

29) 1912년 10월 27일의 편지 참조.

30) 마리엔바트에서 함께 묵은 후 카프카는 그녀를 그곳까지 데려 다주었다.

31) 드라고너 거리 22번지(현재는 막스 베어 거리 5번지)에 유대인 국민 보호 시설이 있었다.

32) 1876년 7월 1일 폰타네가 마틸데 폰 로어에게 보낸 편지.

33) 1916년 8월 2일 카프카가 보낸 엽서 참조.

34) 당시에 발덴부르크(슐레지엔)에 살고 있던 펠리체의 친척 막 스와 소피 프리드만.

35) 1916년 8월 19일과 26일 엽서 참조.

36) 오토 카우스, 『도스토예프스키. 그의 인격에 대한 연구』에세 이, 뮌헨, 1916.

37) 볼프, 『서신교환』, 40쪽 참조.

38) 1916년 8월 9일 엽서 참조.

39) 『어느 여자 사회주의자의 비망록』, 주 1915년 14) 참조.

40) 작가 알프레트 볼펜슈타인(1888~1945). 1916년 11월 10일 저 녁에 뮌헨에서 낭독을 한 카프카 외에도 다음의 작가들이 순 서대로 그들의 작품을 낭독했다. 1916년 9월 8일 프리트랜 더 (뮈노나), 9월 26일 라스커-쉴러, 10월 10일 볼펜슈타인, 10월 27일 도이블러, 11월 17일 베허와 헤르츠펠데, 그리고 12월 4일 쾰벨.

41) 추측컨대 도스토예프스키 문학 전집(도스토예프스키, 『문학전 집』, 제2부, 12권, 뮌헨, 1913)에 쓴 N. N. 슈트라코프의 서문.

42) 프리드리히 빌헬름 푀르스터, 『청소년 교훈』, 베를린, 1904. 부 모와 교사 그리고 성직자를 위한 책. 유대인 국민 보호 시설의 안내 책자엔 그 책에 대해 이렇게 씌어 있다. "교사 양성을 위 해 자원 봉사자들은 강좌에서 푀르스터의 청소년 교훈을 공부

854

한다. 그 이유는 유대인 윤리를 기반으로 한 교육학 책이 부족하기 때문이다. 토요일 저녁에…… 푀르스터 세미나에서 다룬 교육 문제들을 유대인적, 종교적 관점에서 조명할 기회가 있다."『베를린의 유대인 국민 보호 시설』, 첫 번째 보고, 1916년 5월~9월, 베를린, 1917, 15쪽 참조.

43) "유대적―종교적 교육의 문제", 지그프리트 레만이 보호 시설의 봉사자들과 그 손님들 앞에서 한 강연.

44) 9월 15일 언급된 뮌헨에서의 작가 낭독회.

45) 연감『아르카디아』에서 처음 출판될 때 앞에 쓴 헌사는 "펠리체 B. 양을 위하여"라고 되어 있었다. 1912년 10월 18일 편지 참조.

46) 『소송』을 쓰면서 파생된 산문「꿈」. 원래는 막스 브로트의 논문 "우리의 문인과 공동체"와 함께 월간지『유대』1권 7호(1916년 10월)에 실릴 예정이었으나 마르틴 부버와 공동 편집한 선집 『유대인의 프라하』(젤프스트베어 출판사, 프라하, 1916년 겨울)에 실림. 1916년 말에『1917년의 새로운 젊은이의 연감』(노이에 유겐트 출판사, 베를린, 172쪽 이하)에 실리고, 1917년 1월 6일에 다시 한번 더『프라거 타크블라트』에 실림(부록으로).

47) 아달베르트 폰 카미소의 단편『페터 슐레밀의 이상한 이야기』.

48) 푀르스터의『청소년 교훈』중 (78쪽 이하) 한 장의 제목.

49) 펠리체는 이미 언급한 소책자, 즉 유대인 국민 보호 시설의 간부들이 발행한 소책자의 원고를 타자로 썼다.

50) 샬롬 아슈,『성경의 작은 이야기들』, 유디셔 출판사, 베를린, 1914.

51) 알프레트 리히트바르크,『한 학급과 함께한 시도로서 예술 작품에 대한 관찰 연습』, 예술 교육을 육성하기 위한 교사 연맹

발행, 1898, 드레스덴.

52) 작곡가 아돌프 슈라이버(1883~1920)을 말한다. 막스 브로트는 그에 대한 책을 하나 썼는데 『아돌프 슈라이버. 한 음악가의 운명』(1921년, 베를린)이다.

53) 작가 알프레트 렘[알프레트 레만의 가명](1889~1918)을 말한다. 이미 이름을 거론했던 지그프리트 레만의 동생으로 단편 및 장편소설, 일련의 문화 정책적 논문들로 유명하다. 카프카가 여기서 인용하고 있는 「중부 독일의 이념」을 위해선 렘의 「우리 독일계 유대인」(『행위』, 독일 문화를 위한 사회—종교적 월간지 7집, 11호, 1916년 2월), 946쪽 참조.

54) 이츠코크 라이브페레츠, 『민속 이야기들』, 유대인책 『옛 종족으로부터』 전집 3권, 베를린, 1913.

55) 유대인 국민 보호 시설은 베를린의 노동자 계급 주거 지역에 있으며 알렉산더 광장 근처다. 클라라 에셀바허, "주거문제", 『새유대인 월간지』, 4집, 11/12호 참조.

56) 벤우질[잠존 라파엘 히르슈의 가명], 『유대족에 대한 열아홉 통의 편지』, 잠존 라파엘 히르슈 발행, 1863. 4판, 프랑크푸르트 암마인, 1911.

57) 후고 베르그만, 프라하 철학자, 시오니스트, 후엔 예루살렘에 있는 히브리 국립 도서관의 사서이자 히브리 대학교의 교수.

58) 1916년 9월 7일 엽서에서 언급했던 베를린 전시회 '어머니와 젖먹이'를 말한다.

59) 브로트의 논문은 『유대인』 1권, 7번(1916년 10월), 457쪽 이하에 실렸다.

60) 로베르트 뮐러는 그의 평론 「환상」(『노이에 룬트샤우』, 1916, 2권, 1421쪽 이하)에서 다음과 같이 쓰고 있다. "이전 카프카의

순박한 소설 기법 즉 독일 전형적인 것, 칭찬할 만한 젊잖음, 직장인적인 서술 등은 사실에 가설을 덧붙임으로 기형화되었다." 막스 브로트의 논문 「우리의 문인과 공동체」에서는 카프카에 대해 "비록 그의 작품에서 결코 '유대인'이라는 말이 나오진 않지만 그의 작품은 우리 시대의 유대인 기록에 속한다"고 쓰고 있다.

61) 추정컨대 카프카의 라틴어와 그리스어 선생 에밀 그슈빈트를 말한다. 바겐바흐, 『전기』, 39쪽 참조.

62) 보아하니 카프카는 펠리체의 어머니에게 유대인의 설날에 인사를 하지 않았다.

63) 『어느 여자 사회주의자의 비망록』, 주 1915년 14) 참조.

64) 이미 말한 적이 있는 『베를린 유대인 국민 보호 시설』, 첫 번째 보고, 1916년 5월~12월, 베를린, 1917. 20쪽에 달하는 이 간행물에는 "우리가 하는 일을 후원해주는 분들, 막스 브로트 박사, 마르틴 부버 박사, 구스타프 란다우어, 지그베르트 슈테른, 유대인 율법학자 바르샤우어 박사에게 진심으로 감사드린다"라는 헌사가 씌어 있다.

65) 회원이 겨우 몇 명뿐인 프라하 시오니즘 클럽인 "유대인 부녀자 클럽"이라 생각된다. 그 모임엔 카프카의 여동생 오틀라도 참여했다. 프라하 주간지인 『젤프스트베어(자기 방어)』는 때때로 이 클럽의 모임에 관해 보고를 하고 있다.

66) 낭독가 에밀 밀란 교수(1859~1917).

67) 『일기』(1916년 10월 18일), 513쪽 참조.

68) 여류 소설가 아우구스테 하우슈너(1852~1924). 그 소설은 아마 『로보지츠 가족』, (1908, 베를린)일 것이다.

69) 마리엔바트에서 막스 브로트에게 보내는 편지 참조. 『편지』,

140쪽.

70) 시오니즘 청소년 동맹 "블라우 바이스(청-백)"의 노래책.

71) 아놀드 츠바이크, 『헝가리의 인신 제물』, 5막의 유대인 비극, 1914, 베를린.

72) 부록 참조. 동봉된 나머지 편지들은 보관되지 못했다.

73) 카프카의 의심은 근거가 없다. 「선고」는 10월 말 쿠르트 볼프의 시리즈 '새날'에 34권으로 출판된다.

74) 1916년 10월 24일 보낸 엽서 참조. "여기 나를 재판하는 여자가……"

75) 오스카 베버, 『설탕 남작』. 남아메리카에 간 한 전직 독일 장교의 운명. 막스 뷔르거의 삽화. 샤프슈타인의 푸른 책 시리즈 54권, 1914, 쾰른. 카프카는 이 시리즈를 즐겨 읽었다. 바겐바흐 (『전기』, 263쪽)에 거명한 책 말고도 18권 『1812년부터 1814년까지 푀르스터 플레크의 러시아에서의 체험』과 32권 『1870~1871년의 우리들의 젊은이』도 읽었다. 『일기』(1915년 9월 16일이나 1913년 12월 15일)참조.

76) 『슈트루벨페터』의 저자 하인리히 호프만의 아동 도서라 생각된다.

77) 하누카 이야기를 묘사하는 많은 극작품 가운데 하나.

78) 10월 30일 편지에 동봉한 호소문을 의미하는 것이 아니라면, 그 신문은 남아 있지 않다.

79) 이 언급과 관련된 엽서는 바로 그전의 엽서인데 남아 있지 않다.

80) 이 언급은 1916년 11월 10~12일 뮌헨에서 함께 머문 것과 관련된다.

81) 1916년 11월 13일 정오판『뮌헨 아우구스부르거 석간 신문』에 실린 카프카의 뮌헨 낭독회(1916년 11월 10일 골츠 예술—살롱

에서)에 대한 비평. 카프카가 알고 있는 두 번째 비평은 1916년 11월 11일 『뮌헨의 새소식』 3면에 실림. 『카프카 심포지움』, 151쪽 이하 참조.

82) 릴케와 카프카는 개인적으로 만난 적이 없다. 카프카는 아마도 오이겐 몬트를 통해 그의 작품에 대한 릴케의 의견을 들었을 것이다. 또한 그 당시 「유형지에서」는 아직 출판되지 않았기 때문에 뮌헨에 살고 있던 릴케는 9월 30일 도착한 원고를 읽고 오이겐 몬트와 논의했을 것이다. 오이겐 몬트, 『뮌헨-다카우, 문학 기념첩』(타자된 원고, 뮌헨 시립 도서관), 42쪽 이하 참조. 1922년 2월 17일 쿠르트 볼프에게 보내는 편지에서 릴케는 카프카의 작품에 대해 대단한 관심을 보인다. "부디 카프카가 내놓는 모든 작품에 관해 나를 위해 메모해두십시오. 나는, 그대에게 단언하건대, 그의 최악의 독자는 아닙니다." (볼프의 『서신 교환』, 152쪽) 루 알베르트 라사드는 릴케가 그녀에게 카프카의 「변신」을 읽어주었다고 적고 있다. (『릴케와의 노정』, 프랑크푸르트 암 마인, 1952, 43쪽)

83) 카프카의 여동생 오틀라는 조용한 알히미스텐 거리 22번지에 작은 집을 갖고 있었다. 그녀는 그 집을, 특히 소음에 민감해 방해받지 않고 작업하길 원하던 카프카에게 내주었다. 그는 그곳에서 자지는 않고 밤늦게 랑에 거리나, 더 늦으면 쉰보른-팔레에 있는 방으로 돌아갔다. 야누흐의 『카프카와 그의 세계』, 130쪽의 사진 참조.

84) 에밀 밀란은 12월 7일 코랄리온 홀에서 낭독을 했다. 같은 날 루돌프 보르하르트는 베를린 필하모니 대강당에서 '전쟁과 독일의 결정'에 대해 강연했고 루돌프 브륌너는 12월 6일 '폭풍'이라는 미술 전람회 저녁에 헤르만 에시히의 단편 「루시」를 낭

독했다.

85)   야누흐의『카프카와 그의 세계』, 127쪽 사진 참조.

86)   1916년 12월 말과 1917년 1월 초의 편지 참조.

87)   1917년 1월 3일 고트프리트 쾰벨에게 보내는 편지 참조. 그 편
      지에서 시를 받은 것에 대해 감사하고 있다.

88)   이 '뻔뻔함'에 대해 말하고 있는 엽서는 남아 있지 않다.

1917년

1)   이 편지(아니면 편지 초안)의 복사본이 카프카의 유품 가운데에
      서 발견되었다. 그리고 브로트에 의해(『전기』, 193쪽 이하) 출판
      되었다.

2)   마르크트 거리 365-15의 클라인자이테에 있는 쇤보른-팔레.
      그곳에서 카프카는 1917년 3월 초부터 8월 말까지 살았다. 야
      누흐의『카프카와 그의 세계』, 132쪽 이하에 있는 사진 참조.

3)   보관되지 못했다.

4)   펠리체는 9월 20~21일 취라우로 카프카를 방문했다. 펠리체
      가 출발하기 전의 저녁에 대해선 그다음 편지와『일기』(1917년
      9월 21일), 531쪽 이하 참조.

5)   『일기』(1917년 9월~10월), 534쪽과 1917년 10월 초에 막스 브
      로트에게 보내는 편지(『편지』, 177쪽 이하) 참조.

6)   1917년 10월 12일 막스 브로트에게 보내는 편지(『편지』, 181쪽
      이하) 참조.

원주 참고 문헌 목록

막스 브로트가 편집하여 Fischer Taschenbuch로 출판된 카프카의 책들 중 본 텍스트의 주석과 연관된 책은 다음과 같습니다.

—『아메리카*Amerika*』(Bd. 132)

—『성*Das Schloß*』(Bd. 900)

—『일기*Tagebücher* 1910-1923』(Bd. 1346)

—『편지*Briefe* 1902-1924』(Bd. 1575)

—『선고와 다른 단편들*Das Urteil und andere Erzählungen*』(Bd. 19)

—『어느 투쟁의 기록*Beschreibung eines Kampfes*』(Bd. 2066)

—『시골에서의 결혼 준비와 다른 단편들*Hochzeitsvorbereitungen auf dem Lande und andere Prosa aus dem Nachlaß*』(Bd. 2067)

1912

8월 13일	프라하에 있는 브로트의 집에서 펠리체 바우어와 처음으로 알게 되다.
9월 20일	펠리체에게 첫 번째 편지를 보내다.
9월 22~23일	하룻밤에 단편 「선고」를 쓰다.
10월 14일 · 18일	소피 프리드만에게 보내는 카프카의 편지. 펠리체가 그에게 답을 하지 않았기 때문에 그녀의 친척에게 중재를 요구하다.
10월 23일	'3주간의 기다리는 시간' 후에 펠리체로부터 답장이 옴.
11월 15일 · 22일	막스 브로트가 펠리체에게 편지를 쓰다.
11월 17일~12월 7일	「변신」을 탈고하다.
11월 24일	오스카 바움의 집에서 아직 완성되지 않은 이야기 일부를 낭독하다.
12월 4일	프라하에 있는 헤르더 협회 작가들의 밤에서 「선고」를 대중 앞에서 낭독하다.
12월 중순	『관찰』을 로볼트 출판사에서 발행하다.

1913

3월 1일	막스 브로트의 집에서 「변신」을 낭독하다.
3월 23~24일	처음으로 베를린에서 펠리체와 만나다.
3월 24일	프라하로 돌아오는 길에 라이프치히에서 쿠르트 볼프를 만남.
4월 7일	프라하에 있는 트로야에서 정원 일을 시작하다.
4월 7일~17일	펠리체는 프랑크푸르트 암 마인에 있는 전시회에서 그녀 회사의 대표자로 일하다.
5월 11일~12일	성령강림제일 동안 베를린 두 번째 방문
5월	「화부」가 쿠르트 볼프사의 시리즈 '새날'의 세 번째 책으로 출판됨.
5월 중순	「선고」를 연감 『아르카디아』에 발표하다.
6월 10~16일	펠리체에게 처음으로 구혼의 편지를 보내다.
6월 28일	프라하에서 의사이자 작가인 에른스트 바이스를 처음 만남.
8월	펠리체는 실트 섬에 있는 베스터란트에서 여름휴가(8월 1일~17일)를 보내다.
9월 6일	마르쉬너 부장과 함께 구호 제도와 재해 예방을 위한 국제회의에 참석코자 빈으로 여행하다. 빈에서 13일까지 체류하다. 제11회 시오니스트 회의에 참석하여 알베르트 에렌슈타인, 리제 벨취, 펠릭스 스퇴싱어 그리고 에른스트 바이스를 만나다.
9월 14일	빈에서 트리스트로 가 베니스까지 증기 기관차로 여행하다.

9월 15~16일	베니스에서 머물다. 베로나와 데젠자노를 경유해 가르다 호숫가의 리바까지 여행하다.
9월 22일	이때부터 하르퉁엔 박사의 요양소에서 '스위스 여자'인 G. W. 만나다.
10월 29일	9월 20일 이후 중단되었던 펠리체와의 편지 왕래를 다시 시작하다.
11월 1일	프라하에서 그레타 블로흐와 처음 알게 되다. 11월 10일 블로흐와 서신 왕래 시작하다.
11월 8~9일	베를린에서 펠리체와 짧은 만남을 갖다. 에른스트 바이스의 집을 방문하다.
12월 중순	에른스트 바이스가 펠리체 사무실을 방문하다. 카프카의 부탁으로 펠리체의 오랜 침묵에 대해 물어보다.
12월 말	프라하에서 에른스트 바이스와 만나다.

1914

1월 초순	카프카는 한 편지에서 다시 새롭게 구혼하나 펠리체는 대답을 회피하다.
2월 28일~3월 1일	베를린에서 펠리체를 만났으나 펠리체는 그와의 약혼을 반대하다.
3월 말	카프카는 펠리체가 그와 결혼하지 않을 경우 프라하를 떠날 결심을 하다.
4월 12~13일	베를린에서 펠리체를 만나다. 비공식적인 약혼을 거행하다. 펠리체는 9월에 결혼할 결심을 하다.

5월 1일	펠리체가 프라하에 와서 카프카와 아파트를 구하러 다니다.
5월 중순	카프카는 방이 세 개 딸린 랑엔가세 923-5에 위치한 아파트를 얻다.
5월 26일	카프카의 어머니와 누이동생 오틀라가 바우어 가족의 손님으로 베를린에 머물다.
5월 30일	공식적으로 약혼하기 위해 아버지를 모시고 베를린으로 감.
6월 1일	성령강림제 월요일인 이날 바우어 가족의 환영을 받다.
6월 중순	에른스트 바이스가 프라하로 왔다가 6월 19일 다시 베를린으로 돌아가다.
7월 2일	7월 11~12일 주말에 의논하러 베를린으로 갈 결심을 하다.
7월 12일	아스카니쉬 호프 호텔에서 그레테 블로흐, 에르나 바우어 그리고 에른스트 바이스가 모인 가운데 의논을 하나 파혼하다.
7월 13일	베를린에서 발틱 해로 여행을 가다. 두 주일 간 휴가를 즐기다. 처음엔 트라베뮌데에서, 다음은 에른스트 바이스와 라엘 산자라와 함께 덴마크 발틱 해변 휴양지 마리리스트에서 보내다.
7월 26일	베를린을 경유해 프라하로 돌아오다.
8월 초	카프카는 『소송』을 쓰기 시작하다.
10월 5~19일	휴가 동안에 글 쓰는 데 전념하다. 계속해서 『소송』과 『실종자』 작업을 하면서 「유형지에서」를 쓰다.

1915

1월 23~24일	보덴바흐에서 펠리체를 만나다. 파혼 이후 첫 만남이다. 카프카가 펠리체에게 문지기 이야기에 관해 읽어주다(「법 앞에서」).
2월 8일	「나이 든 독신주의자, 브룸펠트」를 쓰기 시작하다.
3월	빌렉가세(빌코바 울리체) 868-10에 있는 방을 해약하다. 랑엔가세(들로우하 트리다) 705-18에 있는 새로운 집 '금빛 가물치에게로'에 있는 방으로 이사하다.
4월 말	여동생 엘리와 함께 엘리의 남편(헝가리의 카르파티아 산맥의 부대에 배속된 군인)이 있는 곳으로 여행하다.
5월 23~24일	뵈멘의 스위스에서 성령강림절을 펠리체와 친구인 에르나슈타이니츠 그리고 그레타 블로흐와 함께 보내다.
6월	칼스바트에 펠리체와 함께 머물다.
7월 20~31일	룸부르크(북부 뵈멘)에 있는 프랑켄슈타인 요양소에서 체류하다.
9월 7일	프라하의 주간 신문 『자기 방어』에 「법 앞에서」를 발표하다.
10월	『백지』(1915년 10월호 제10권)에 「변신」이 실리다.
11월	「변신」 이쿠르트볼프사의 '새날' 시리즈 중에서 2권 1책(22권과 23권)으로 출판되다.

1916

4월 9일	칼스바트에 오틀라와 함께 머물다.
5월 9일	가을에 전쟁이 끝나는 경우를 대비해 노동자재해보험공사에 휴가원을 신청하다. 그렇지 않을 경우를 위해 노동자재해보험공사의 직원에게 유효한 군복무 면제 신청을 하다.
5월 13~15일	칼스바트와 마리엔바트에 출장을 가다.
6월 3~13일	펠리체와 함께 마리엔바트에 가다. 카프카가 펠리체에게 「나이 든 독신주의자, 브룸펠트」를 읽어주다.
6월 13일	카프카는 펠리체와 함께 어머니와 누이동생 발리를 만나러 프란첸스바트에 가다. 그곳에서 펠리체는 베를린으로 돌아가고 카프카는 열흘 더 머물다.
9월,	카프카는 펠리체에게 베를린에 있는 유대인 국립 요양소에서 활동할 것을 권유하다.
10월	쿠르트볼프사의 시리즈 '새날'의 34권으로 「선고」가 출간되다.
11월 10~12일	펠리체와 함께 뮌헨에 가다.
11월 10일	카프카는 골츠 화랑에서의 새로운 문학의 밤에서 그의 단편 「유형지에서」를 낭독하다. 고트프리트 퀼벨, 막스 풀버, 오이겐 몬트를 만나다.
12월,	12월 초부터 카프카는 알히미스텐 거리 22번지에 있는 오틀라의 작은 집(즐라타 울리카)에서 매일 여러 시간 글을 쓰면서 보내다.

1917

3월 초	마르크트 가세 365-15(트르찌스테)의 쉰보른 궁전에 있는 아파트를 계약하다.
7월 초	두 번째 약혼을 하다. 펠리체가 프라하에 오다. 함께 아라트에 있는 펠리체의 언니를 만나기 위해 부다페스트를 경유해 여행을 하다. 카프카는 혼자 빈을 경유해 돌아온 뒤 루돌프 푹스를 방문하다.
8월 9~10일	각혈을 시작하다.
9월 1일	쉰보른 궁전에 있는 아파트를 포기하다.
9월 4일	막스 브로트와 피크 박사를 만나러 가다. 폐결핵이라는 진단이 내려지다.
9월 12일	북서 뵈멘의 취라우에 있는 오틀라에게로 가다.
9월 20~21일	펠리체가 취라우로 카프카를 방문하다. 10월·11월, 월간지『유대인』10월호에「재칼과 아랍인」, 11월호에「학술원에 드리는 보고」를 발표하다.
12월 25~27일	펠리체가 프라하를 방문하다. 두 번째이자 마지막 파혼을 하다.

펠리체에게 보낸 편지에 나타난 카프카의 문학적 삶
권세훈

I. 들어가는 말

카프카는 1912년 8월 13일 자신의 절친한 친구 막스 브로트의 집에서 우연히 펠리체 바우어를 알게 되었다. 각각 베를린과 프라하에 직장을 갖고 있던 두 사람은 직접 만난 횟수가 몇 번 되지 않는 것과는 극히 대조적으로 수많은 편지 교환을 통해 마음을 주고받은 끝에 1914년 7월 약혼하지만 곧 파혼하고 말았다. 1917년 7월에 어렵사리 이루어진 두 번째 약혼도 카프카의 폐결핵 발병을 계기로 결국 결혼으로 이어지지 못했다.

카프카가 1912년 9월 20일부터 1917년 10월 16일까지 펠리체에게 보낸 편지와 엽서는 오백 통이 넘는다. 특히 처음 일 년 동안 카프카는 그녀에게 거의 매일 편지를 쓴다. 하지만 그 내용은 사랑을 고백하고 장밋빛 미래를 함께 그려보는 단순한 연애편지가 아니라는 것을 보여준다. 카프카는 펠리체의 사랑을 절실하게 원하는 동시에 오히려 그녀와 일정한 거리를 유지하려고 한다. 이 편지의 이중적 성격이야말로 카프카의 삶과 문학에 지배적인 '대립적인 세계 사이의 경계'를 보여주는 또 하나의 예다.

카프카는 자신이 문학과 펠리체 사이에서 양자택일적인 결정을 해야 한다고 생각한다. 편지에서 그러한 결정은 끊임없이 지체되고 지연된다. 그의 편지들은 바로 이러한 지체의 과정을 보여준다. 이러한 경향 또한 카프카 작품의 특징이기도 하다는 점에서 그의 편지는 작품과 동질적인 글쓰기에 속한다.[1] 펠리체를 대화 상대자로 하는 편지 형식을 빌려 카프카는 가족 구성원 및 친구들과의 관계를 비롯한 인간관계, 어린 시절의 기억, 사무실에서의 경험, 자신의 작품에 대한 평가, 작가적 삶의 고충 등이 마치 상처를 후벼파듯이 또는 조그마한 봐주기도 결단코 용서할 수 없다는 듯이 극단적으로 표현한다. 표면적으로 드러나지 않거나 침묵 속에 응어리진 고통 속에서도 과연 삶이 가능하냐는 의문을 끊임없이 던지는 그 내용들은 시대적 상황에 바탕을 둔 정치, 사회적인 입장 표명이라기보다는 개인적인 내적 갈등에 집중되어 있다. 이것은 사적인 편지인 탓도 있겠지만 근본적으로는 카프카 자신의 문학적 삶이 그 어느 것보다도 우선하기 때문이다. 물론 그의 문학적 삶은 독자의 손을 거치는 순간 결코 단순히 개인적인 차원에 머물지 않고 올바른 삶에 대한 해답을 구하려는 한 인간의 체험으로서 공유의 폭을 넓혀간다.

본 논문에서는 펠리체에게 보낸 편지들에 드러난 삶과 문학의 관계를 비롯하여 문학에 대한 작가로서의 애착과 고뇌 등을 살펴보고

---

1) '지연'의 개념은 카프카의 세 장편소설 모두에 해당된다. 『실종자』는 주인공 카알이 아메리카 대륙에서 현대 문명이 지배하는 사회에 편입하지 못한 채 끊임없이 그 주변을 맴도는 상황을 그리고 있다. 『소송』의 주인공 요제프 K. 역시 자신도 모르게 기소된 상태에서 재판 기일도 알지 못한 채 마냥 기다리기만 할 뿐이다. 재판은 간혹 불시에 엉뚱한 장소에서 열리지만 소송의 이러한 비정상적인 진행 방식은 피고인에게는 재판이 지연되고 있다는 인상을 강화시켜주는 역할을 한다. 카프카의 마지막 장편소설 『성』의 기본 구조 또한 주인공 K.가 성으로 들어오라는 허락을 기다리는 형태이다. 이러한 '지연'의 끝은 사태의 해결이 아니라 주인공의 파멸로 작용한다. 다시 말해서 주인공들에 대한 최종적인 판결은 지연된 시간만큼 유보되었을 뿐이다. 따라서 '지연'은 주인공의 생존 방식인 동시에 삶 자체를 지속시키는 기능을 한다. 그 이면에는 삶이 지속되는 한 해결은 없고, 삶이 끝나는 순간 그 어떤 해결도 무의미하다는 암시가 들어 있다.

자 한다. 카프카에게 문학은 내적 진리를 의미하는 동시에 다른 수단을 통해서는 불가능하게 보이는 자유를 향한 통로이다.

II. 문학과 삶

카프카는 전업 작가가 아니라 법학 박사로서 시민적인 직업을 동시에 가졌던 인물이다. 세속적인 성공을 바라던 아버지의 강요에 따라 법학을 공부한 그는 1909년 10월 노동자재해보험공사에 취직한 후 건강상의 이유로 1922년 7월 사직할 때까지 매일 오전 8시에서 오후 2시까지 사무실에서 근무했다. 직업 생활과 창작 작업을 동시에 수행해야 하는 이중생활 속에서 카프카는 문학에 전념할 수 없는 자신을 끊임없이 채찍질한다. 그러한 자기 극복의 의지가 없었더라면 20세기를 대표하는 그의 작품 또한 탄생하지 못했을 것이다.

펠리체에게 보낸 편지에서 카프카는 창작과 관련하여 자신의 생활 방식에 대해 이야기하고 있다.

저의 생활 방식은 단지 글 쓰는 일만을 위해 준비되어 있습니다. 만일 그것이 변화를 겪게 된다면 오직 글 쓰는 일에 가능한 한 좀 더 부응하기 위해서입니다. 시간은 짧고, 저의 힘은 미약하며, 사무실은 끔찍하고, 집은 시끄럽기 때문입니다. 만일 아름답고 반듯한 삶이 가능하지 않다면 요령 있게 헤쳐 나가도록 힘써야 합니다. 시간을 성공적으로 잘 분할하는 요령에 대해 느끼는 만족감은, 원래 쓰려고 했던 것보다 썩어진 글에서 피로감이 훨씬 더 분명하게 드러날 때 느끼는 영원한 비참함에 비하면 아무것도 아닙니다.(p.49~51)

시간, 능력, 주위 환경 등 모든 면에서 열악하다고 느끼는 상황 속에서도 카프카는 문학에 자신을 바치고자 한다. 카프카에게 문학은, 정상적이고 순탄하다는 의미의 "반듯한gerade" 삶이 불가능하다는 전제 아래 온 신경을 집중해야 겨우 시야에 들어오는 작은 틈새들을 이리저리 "헤쳐 나가야durchwinden"하는 고단한 행군과 같다. 이러한 상황은 단순히 목적을 이루는 데 수반되는 난관을 의미하는 것이 아니라 목적지 자체가 불투명한 상태에 있다는 것을 나타낸다. 가령 도중에 실종될지도 모르는 위기의식 속에서 카프카는 스스로에게 더욱 엄격한 자기 관리와 절제를 요구한다. 직업을 병행해야 하는 현실에서 카프카의 글쓰기는 무엇보다도 효율적인 시간 배분을 필요로 한다. 예를 들어 그는 "창작에 한두 시간을 할애하는 것은 충분치 못하고" "열 시간은 되어야 한다"(p.356~357)고 여기며 단 며칠 동안이라도 글을 쓰지 못할 경우에는 심한 자책감에 시달린다. 직장 생활과 수면부족에서 비롯된 물리적인 피로감은 작품에 대한 불만족으로 이어지며, 이러한 상태는 편지에 자주 언급되듯이 다시 두통과 불면증을 일으키는 악순환을 이룬다. 이와 관련하여 카프카는 "왕왕 한편으로는 글쓰기에 의해, 다른 한편으로는 사무실에 의해 내 자신이 으깨지는 소리를 듣는 것 같습니다"(p.175)고 말한다. 글쓰기와 무관한 직업과 연관된 절망은 카프카의 단편 「포세이돈」의 주인공처럼 바다의 신이면서도 바다와는 유리된 채 사무실에 앉아 끊임없이 계산을 하는 상황을 연상시킨다. 그러한 피상적이고 비본질적인 삶으로부터의 탈출인 동시에 본래의 자아를 찾기 위한 시도가 바로 창작이다. 그러나 창작은 스스로의 요구를 충족시키지 못하는 결과로 말미암아 또 다른 절망을 낳는다. 두 개의 대립적인 삶에 공통적으로 나타나는 부정적인 세계 인식은 카프카의 영혼을 지배하는 영원한 화두이다.

카프카는 직업뿐만 아니라 가족 내에서도 진정한 삶의 의미를 발견하지 못한다. "저는 가장 훌륭하고 사랑스러운 사람들인 가족 내에서 그 어떤 이방인보다도 낯설게 살아갑니다. 지난 몇 년 동안 저는 어머니와 하루에 평균 스무 마디의 말도 나누지 않았습니다. 아버지와는 인사를 나누는 정도의 말밖에 하지 않았습니다."(p.613~614) 그는 공동체의 최소 단위라고 할 수 있는 가족에 높은 가치를 부여하는 동시에 그러한 공동체에 동화되지 못하고 침묵 속에 빠져드는 자신을 비난한다. 타인과의 의사소통이 불가능한 현실에 대한 카프카의 대응 방식은 가식과 미숙함이다. 이것은 카프카 "자신의 욕구에 의해서가 아니라 이미 성장하여 흠잡을 데 없이 걷는 식구들이 원하기 때문에 처음으로 보행 연습을 하는 어린아이"(p.529)의 태도와 같다. 남들에게는 자연스러운 일이 카프카 자신에게는 언제나 어색하고 습득하기 어려운 일로 나타난다. 이때 그는 현실을 타파하려는 파격적인 행동 대신 타자(특히 아버지)의 요구 내지는 직업적 현실에 순응함으로써 비록 흉내에 지나지 않는다 할지라도 자신이 속한 사회에서 이탈하지 않으려고 한다. 그 대가로 독자적인 삶은 불가능할 뿐만 아니라 행복 또한 그의 몫이 아니다.

카프카에게는 기본적으로 직업이 현실이라면 문학은 이상이다. 직업과 문학을 적대적인 관계로 파악하는 그에게 "유일한 구원 가능성이자 제1의 요구는 사무실로부터의 자유"(p.749)이다. 그의 고뇌는 직장 생활을 그만두지 못하는 상태에서 문학을 추구한다는 데 있다. 그러나 이러한 이중생활은 단순히 그의 우유부단함이나 자의든 타의든 간에 직업이 호구지책의 결정적인 수단이라는 사실만으로는 설명되지 않는다. 직업과 문학은 서로 상보적인 관계를 이루고 있는 듯 보이기 때문이다. 다시 말해서 직업을 포기하는 순간 현실적 토대가 사라지면서 아마도 문학 자체도 비현실적으로 되어버릴 위험성을 안고 있다. 카프카가 생각하는 "가장 좋은 삶의 방식은 글 쓰는 도구와 램프를 갖고 밀폐된 넓은 지하실의 가장 깊숙한 곳에 앉아 있는"(p.312) 것이다. 여기에서 카프카는 창작의 이상적인 상태를 절대적인 고독과 연결시키고 있다. 이러한 고독은 일상 세계에서는 가능하지 않고 "수도원의 삶"(p.606)을 요구한다. 수도원의 삶은 물론 종교적인 차원이 아니라 모든 인간적인 관계와의 단절을 의미한다. 더 나아가 지하실은 카프카 스스로 말하듯이 "은둔자가 아니라 죽은 사람처럼 정적을 필요로 하는" 작가에게 주어지는 공간이며. 그러한 의미에서 "창작은 깊은 잠, 곧 죽음"(p.546)이다. 직업이 상징하는 외면적인 삶이 카프카를 견딜 수 없게 만드는 것과 마찬가지로 문학을 통한 내면적인 삶 또한 극단적으로 자기 파괴적인 성격을 지니고 있다. 따라서 일상적인 현실 세계에서 완전히 발을 빼지 않는 한 이상적인 창작 단계에도 도달하지 못하지만, 또한 최종적으로 스스로를 소진시키는 순간도 유보된다.

　카프카는 자신이 추구하는 좋은 글의 의미를 "모든 괴로움의 치유와 행복을 약속하는"(p.377) 것에 두고 있다. 그는 일상적 현실에서 겪고 있거나 불가능한 일을 문학을 통해 달성하고자 한다. 카프카가 생각하는 행복의 본질은 물론 물질적인 차원과는 거리가 멀다. 그것은 내적인 욕구가 경험적 현실과 더 이상의 충돌이 없이 하나가 되거나 혹은 그러한 내적인 욕구의 표현인 문학 작품이 의도한 대로 씌어졌을 때 느끼는 충만감에 있다. 전자의 경우는 공동체적 삶을 가리키며, 그것은 바로 펠리체와의 결혼을 통해 이루어질 수 있는 것처럼 보인다. 카프카에게 결혼은 단순히 인생의 새 출발이 아니라 공동체적 삶의 가능성을 열어주는 기회로 작용한다. 다음의 편지 구절은 펠리체에게 느끼는 행복이 문학이 가져다주는 행복의 연장선상에 있음을 암시한다. "글쓰기가 잘 진행된 기간은 이틀이 아니라 단 하루였습니다. 일주일 중 단 하루 말입니다. 이때 그대는 내가 지하실로 내려가지 못하도록 막아섰습니다."(p.323) 부분적이기는 하지만 카프카가 자신의 작품에서 느끼는 만족감은 삶에 대한 희망을 불러일으키고, 이것이 모든 인간관계의 단절, 즉 '죽음'을 의미하는 지하실을 회피하게 만든다. 펠리체가 지하실을 막아선다는 것은 삶에 대한 카프카의 긍정적인 인식이 그녀와 직접적으로 연결되어 있음을 보여준다. 카프카는 영혼에서 우러나오는 글쓰기를 통해 비로소 펠리체와 가까워짐을 느끼는 것이다. 그러나 펠리체를 얻는다는 것은 문학의 절대적인 조건인 고독을 잃는다는 모순을 낳는다. 다시 말해서 펠리체와의 결합은 문학을 포기하게 만들 뿐만 아니라 문학을 떠난 자신을 생각할 수 없는 카프카에게 곧 자아 상실을 의미한다. 결혼과 문학 사이의 이율배반적인 관계가 이 작가로 하여금 연인과의 결혼을 한사코 거부하게 만드는 결정적인 요인이다. 결혼 후의 생활과 관련하여 카프카는 자기가 "자신을 위해 글을 쓰지 않아서가 아니라 글을 쓰지 않음으로써 더욱 쓸모없고 더욱 불안하고 그래서 그대 맘에 들지 않는 사람이 되고"(p.247) 말 것이라고 고백한다. 그는 결혼이 존재의 근거인 문학을 소홀하게 만드는 데 그치지 않고 펠리체에게도 불행을 가져다 줄 것이라는 괴로움에 시달린다.

그는 문학과 결혼이 양립할 수 없다는 사실을 잘 알고 있다.

창작을 위해 가장 큰 인간적인 행복을 포기하려는 욕망이 끊임없이 내 모든 근육들을 도려냅니다. 나는 스스로를 해방시킬 수 없습니다. 포기하지 않을 경우에 갖게 되는 두려움이 내 모든 것을 어둡게 만듭니다. (…)
나의 진정한 혈족처럼(그 힘과 포괄성에서는 그들에게 가까이 다가가지 못하고) 느껴지는 그릴파르처, 도스토예프스키, 클라이스트, 플로베르, 이 네 사람 중에서 도스토예프스키만이 결혼했으며, 내외적인 압박에 못 이겨 반제에서 권총 자살한 클라이스트만이 올바른 출구를 발견했습니다. 이 모든 것 자체는 우리에게 아무런 의미도 없습니다. 각자는 새로운 삶을 살아갑니다. 내 자신도 우리 시대에 드리운 그림자의 한가운데 서 있을지도 모르지요. 그러나 이것은 삶과 믿음에 대한 근본적인 질문입니다. 여기서부터 그들의 태도에 대한 해석은 훨씬 많은 의미를 지닙니다.(p.618~619)

카프카는 작가를 지향하는 한 창작 이외의 모든 것을 버려야 한다고 생각한다. 특히 "가장 커다란 인간적인 행복"이라고 할 수 있는 펠리체와의 결혼이야말로 창작을 저해하는 결정적인 방해물로 인식한다. 카프카에게는 문학뿐만 아니라 사랑조차도 절대적이다. 영혼을 전부 바치지 않는 사랑은 의미가 없고 그러한 사랑을 원할 경우 문학은 불가능하다. 그의 이러한 결론은 카프카가 동류의식을 느끼는 다른 작가들이 대부분 독신자의 삶을 고수했다는 사실만으로도 설득력을 가진다. 비록 작가들의 개인적인 삶이 각 시대의 환경에 따라 다르다 할지라도 독신자의 예술이라는 원칙에는 변함이 없어 보인다. 작가의 고독은 시대의 아웃사이더로서 문학을 통해 현실의 고통을 고스란히 받아내는 숙명을 안고 태어났음을 암시한다. 그러나 세속적인 행복 대신 문학을 선택하는 일은 결코 쉽지 않다. 그래서 카프카는 "근육을 도려내는" 괴로움을 느끼며 일종의 무기력 상태에 빠져든다. 이러한 무력감은 다시 스스로를 해방시킬 수 없다는 자괴감으로 다가온다. 출구가 보이지 않는 상황에서 카프카는 클라이스트의 자살을 하나의 모범 답안으로 제시한다. 죽음은 문학을 불가능하게 만드는 삶에 대한 거부이자 자아 해방의 길이다. 하지만 이와 동시에 문학 자체도 더 이상 가능하지 않다는 사실을 카프카는 인정할 수밖에 없다.

실제로 카프카는 펠리체와의 두 번째 약혼이 깨지게 만든 폐결핵의 발병을 우연한 사건으로 여기지 않는다. "나는 결코 건강해지지 못할 것입니다. 그것이 접의자에 누워 건강해지기 위해 요양해야만 하는 결핵이라서가 아니라 내가 살아 있는 한 지극히 필수 불가결한 무기이기 때문입니다. 그리고 이 두 가지 모두 삶에 머물러 있을 수는 없습니다."(p.906) 여기에서 결핵은 단순히 의학적인 치료를 필요로 하는 육체적인 질병이 아니라 원래부터 삶과는 대극적인 존재이며 삶 자체에 그 원인이 있다. 그것은 한편으로 "글을 쓰고자 하는 욕망 속에 언제나 숨어 있는 악마"(p.219)가 작용한 결과이며, 다른 한편으로 문학을 위해 삶을 포기한 것에 대한 징표이다.

III. 내적 진리로서의 문학

문학은 카프카에게 삶과의 공존이나 화해가 불가능한 것으로 나타난다. 이때 문학은 작가의 생산물이라기보다는 다름 아닌 카프카 자신과 동일시된다. 즉 그는 자신과 문학을 분리하여 생각할 수 없다. "나는 문학에 관심이 있는 것이 아니라 문학으로 이루어져 있습니다. 나는 다른 그 어떤 것도 아니며 그럴 수도 없습니다."(p.595) 이 편지 구절에서도 알 수 있듯이 카프카에게 문학은 수단도 목적도 아니며 존재 자체를 규정하는 개념이다. 그의 이러한 견해는 주어진 현실에 좀 더 적응하라는 펠리체의 충고에 대한 다음과 같은 답장에서도 간접적으로 드러난다. "인간은 그 현재 모습을 받아들이거나 현재의 모습대로 내버려 두어야 합니다. 인간을 변하게 할 수는 없습니다. 기껏해야 본질을 방해할 뿐이지요. 인간은 무엇인가를 끄집어내고 다른 것으로 대체할 수 있을 만큼 개별적인 것들로 이루어져 있지 않습니다. 오히려 모든 것은 하나의 전체입니다."(p.643) 문학을 통한 본질적 삶을 추구하는 카프카에게 현실적 조건에 따른 삶의 변화는 곧 정체성의 상실을 의미한다.

따라서 카프카가 보기에 자신의 문학적 소질은 중요하지 않은 것이 아니라 아무런 의미도 없다. "나는 글쓰기에 소질이 전혀 없습니다. 아무런 소질도 없습니다. 내 자신만이 있을 뿐입니다. 소질은 뿌리째 뽑아내거나 억누를 수 있습니다. 문제가 되는 것은 내 자신입니다. 내 자신조차 뿌리째 뽑아내거나 억누를 수 있습니다."(p.605) 일반적으로 개인의 소질은 전체적인 능력 중에서 뛰어난 부분을 뜻한다. 어쨌든 소질이 개인을 특징지을 수는 있어도 전체를 대변할 수는 없다. 그러나 카프카의 경우에는 전체와 부분의 구분이 없으며 주체(작가)와 객체(글) 사이의 경계도 사라지면서 자아 해체라는 극단적인 단계까지 나아갈 수 있다. 그래서 카프카는 자기 자신마저도 내던져버릴 수 있다고 말한다. 그럼으로써 혼란이나 무규율 상태에 빠져드는 것이 아니라 오히려 펠리체를 포함해서 문학 이외의 모든 것에 무관심할 수 있는 자유를 얻고 그만큼 문학에 집중할 수 있다. 따라서 자기 부정은 무無의 상태와는 거리가 멀 뿐만 아니라 문학을 향한 적극적인 의지의 표현이다.

외부 세계와의 관계에서 낯선 이방인처럼 느끼는 자신에게 글쓰기는 "내면적 존재의 유일한 가능성"이라면서 카프카는 "내적인 형상들 사이에서나 깨어 있을"(p.480) 것이라고 고백한다. 이 말을 뒤집어보면 카프카는 구체적인 현실 속에서 오히려 비현실적인 상황에 놓여 있는 듯한 인상을 받는다는 것을 추측할 수 있다. 현실의 비현실성은 일상적인 세계 한가운데에서 느끼는 낯섦을 의미한다. 의학적인 차원이 아니라 카프카 스스로의 판단에 의한 병적인 심리 상태는 "내 가장 깊은 내면에 있는 의사는 내가 글을 써야 한다고 말합니다"(p.490)라는 진술에서도 알 수 있듯이 카프카를 더욱 문학 속으로 빠져들게 만든다. 문학은 말하자면 현실에서의 낯섦을 몰아내기 위한 치유 방법이다. '내적인 형상들'이 구체화된 작중 인물들 역시 행동 의지의 결여 내지는 서투름, 불안, 고독의 모습을 보인다는 점에서 카프카 자신과 다를 바 없다. 그러나 여기에서 중요한 것은 이 인물들을 통해 카프카가 주변 세계와의 관계 속에서 자신의 삶을 객관적으로 조망하고 규명함으로써 스스로를 이해하려고 시도한다는 점이다. 가령 그는 『실종자』의 주인공 카를로 하여금 협소하고 고리타분한 유럽에서 벗어나 광활하고 현대적인 아메리카에서 삶의 의지를 시험하게 만든다. 또한 그는 「선고」에서는 결혼을, 「변신」에서는 직업을 부각시켜 아버지로부터의 독립 가능성을 구체적인 상황 속에서 시험해본다. 카프카에게 문학은 사전에 그 결과를 알 수 없는 삶의 실험이다. 이와 동시에 주인공의 좌절은 이미 결정되어 있다. 문학은 바로 카프카 자신의 현 존재를 투영한 것이기 때문이다. 그의 소설은 절대적 권위를 지닌 전체 세계에 대한 주인공 개인의 가망 없는 투쟁을 중심으로 전개된다. 그런 까닭에 카프카는 "소설에서 앞으로 일어날 사건에 대해 조명을 요구한다기보다는 두려워한다"(p.355)고 말한다.

카프카가 "자신과 연관이 없는 것은 쓰고 싶지 않다"(p.341)고 말할 때 이것은 단순히 작품의 전기적인 성격을 가리키는 것이 아니라 일상 속에서는 감히 붙잡을 엄두를 내기 어려운 내면의 목소리에 귀를 기울인다는 것을 의미한다.

글을 쓴다는 것은 자신을 과도하게 열어놓는 것을 뜻합니다.

인간적인 교제에서 마음을 극도로 열어놓거나 헌신을 할 때는 자신이 그 안에서 길을 잃어버린다고 느끼게 됩니다. 제 정신이 들어서야 그것에서 물러서려고—그는 살아 있는 한 살기를 원하니까요—하지요. 이렇게 자기를 드러내는 것과 헌신도 글쓰기엔 전적으로 충분치 않습니다. 표면에서 받아들이는 글쓰기는—그 외에 다른 방도가 없고 더 깊은 샘은 침묵할 때—하찮은 것입니다. 진정한 감정이 이 표면적인 것을 흔들기라도 하면 한 순간에 무너지고 맙니다.(p.311)

카프카가 생각하는 이상적인 글쓰기는 두 가지로 요약된다. 첫째, 내외적으로 자기 자신을 둘러싸고 있는 모든 사회적, 경제적 굴레뿐만 아니라 정신적, 육체적 걸림돌을 제거하여 자유로운 상태가 되는 일이다. 둘째, 내면 깊은 곳에서 영혼의 샘물을 길어 올리는 일이다. 이것은 독자적이면서 그 어떤 변수에도 흔들리지 않는 내적 진리라고 할 수 있다. 카프카가 추구하는 문학은 다른 방법으로는 표현할 길 없는 내면의 요구를 글로 가시화하는 것이다. 이를 위해서는 "정상적인 상태에서는 인식 불가능한, 심연에서 문학에 집중하는 어떤 힘"(p.530)이 필요하다. 이 힘에 대한 신뢰는 곧 자기 신뢰를 의미하며 작가로서의 카프카를 흔들리지 않게 만들어주는 버팀목이다.

내적 진리로서의 문학은 착상 단계에서 일종의 이지적인 사고작용을 통해 전체적인 구도와 배열을 결정한 다음에 의도한 바를 기술해가는 과정을 밟는 것이 아니라 내면의 긴장을 통해 자연스럽게 우러나오는 내적 충동을 얽히고설킨 실타래를 풀어가듯이 서사의 세계에 펼쳐놓는 것이다. 형태가 분명하지 않던 형상들이 통일된 전체로서 모습을 갖추어가는 동안 작가는 거의 무의식적으로 펜을 움직인다. 이러한 서술 방식에서는 처음과 끝이 구분되지 않기 때문에 작품 속에서 시간이 경과하더라도 사건의 본질적인 진전은 기대할 수 없다. 각 인물들은 초기의 생각과 행동을 반복적으로 보여줄 뿐이다. 결코 적지 않은 분량을 하룻밤 사이에 단숨에 써 내려간 「선고」를 그 예로 들 수 있다. 실제로 이 작품은 카프카 스스로 "육체와 정신이 완전히 열린 상태"[2]에서 창작했다는 표현을 쓰며 높이 평가했을 정도로 그의 대표작들 가운데 하나이다.

단편소설 「선고」의 해석에 종종 인용되듯이 펠리체에게 보낸 몇 통의 편지들은 이 작품이 작가와 펠리체에 대해 갖는 의미 관계를 보여준다. 그중에서도 작중 인물들의 이름이 시사하는 바가 크다.

그대는 「선고」에서 어떤 의미를 발견했나요? 직접적 연관성을 토대로 유추할 수 있는 의미 말입니다. 나는 그러한 의미를 발견하지 못할 뿐만 아니라 설명할 필요도 느끼지 못합니다. 그러나 그 소설에는 눈에 띄는 것이 많습니다. 이름만 보더라도 그렇습니다. 그것은 내가 그대를 알게 되고 그대의 존재로 인해 세상의 가치가 높아졌지만 그대에게 편지를 보내지는 않았던 시기에 쓰여졌습니다. 게오르크Georg는 프란츠Franz와 철자 수가 같습니다. '벤데만Bendemann'은 Bende와 Mann으로 이루어져 있으며, Bende는 Kafka와 철자 수 뿐만 아니라 두 개의 모음 위치도 같습니다. 'Mann'(남자)은 가련한 'Bende'에 대한 연민에서 그의 투쟁을 강화시키는 역할을 합니다. 또한 '프리다Frieda'는 펠리체Felice와 철자 수뿐만 아니라 첫 철자도 같습니다. 그 이름에는 'Friede(평화)'와 'Glück(행복)'의 의미가 담겨 있습니다. '브란덴펠트Branden-feld'는 'feld(들판)'로 인하여

---

2) Franz Kafka: Tagebücher, hg. von Hans–Gerd Koch, Michael Müller und Malcolm Pasley, Frankfurt a. M. 1990, p.461

'역자 후기'에 갈음하여   881

'Bauer(농부)'와 연결될 뿐만 아니라 첫 철자도 같습니다. 그런 몇 가지 사항은 물론 내가 나중에야 발견한 것들입니다.(p.520)

카프카가 「선고」를 창작한 1912년 9월 22일은 펠리체를 안지 한 달 뒤이며 그녀에게 처음으로 편지를 보내기 이틀 전이다. 그날부터 대략 8개월 뒤에 씌어진 이 편지에서 카프카는 결혼의 시도와 좌절을 다룬 자신의 작품이 그녀와 직접적인 연관성이 없다는 점을 강조하고 있다. 그럼에도 그는 작품의 주인공 게오르크 벤데만과 그의 결혼 상대인 프리다 브란덴펠트의 이름이 자신과 펠리체를 연상시키는 이유를 설명하고 있다. 작중 인물의 이름은 철자들의 구조로 볼 때 실제 인물과 유사하다. 뿐만 아니라 의미적으로는 '남자' '평화' '행복' 등에서 볼 수 있듯이 카프카가 자신에게서는 발견하지 못하거나 스스로에게 요구하는 성격을 담고 있는 동시에 펠리체에 대한 긍정적인 가치를 부여하고 있다. 즉 '남자'는 결혼을 관철시키는 데 필요한 투쟁을 상징하는 반면에 '평화'와 '행복'은 그러한 투쟁이 지향하는 바를 가리킨다. 여기에서 주목할 만한 것은 카프카 스스로 밝히고 있듯이 이름이 지닌 이러한 상징성이 작품을 쓸 당시만 해도 의식되지 않았다는 점이다. 카프카는 이보다 훨씬 앞서 씌어진 편지(1912년 10월 24일)에서도 작품에 등장하는 처녀의 이름 머리글자가 펠리체와 같다는 사실을 뒤늦게 깨달았다고 전하고 있다. 물론 카프카의 이 말을 액면 그대로 받아들일 수는 없다. 카프카가 결국 결혼의 실패를 보여주는 이 소설의 내용을 펠리체와 연관시킬 경우 그녀의 마음에 안 들지도 모른다는 생각을 했을 개연성도 충분히 있기 때문이다. 그러나 다른 한편으로 카프카는 펠리체와의 만남에서 이 소설의 착상을 얻은 듯하지만 구체적인 내용의 전개에서는 현실과의 연관성을 의도적으로 고려하지 않은 상태에서, 아니면 최소한 의식하지 않은 채 자신의 내적 상황을 문학적으로 형상화했다고 할 수 있다. 무의식적인 차원에서 이루어진 문학적 형상화는 카프카 자신이 한 사람의 독자로서 작품과 작가 개인 사이의 관계를 돌이켜 생각하게 만든다. 이와 같은 카프카의 독특한 작가적 상황 속에서 현실이 문학이 되고 문학은 다시 현실이 된다. 이것은 「선고」에서 표현된 주인공의 결혼 실패가 2년 뒤 카프카의 실제 현실로 나타나는 것에서도 확인할 수 있다. 또한 「선고」의 주인공은 아버지에게 결혼할 여자에 관한 이야기를 하기 전에 먼저 러시아 친구에게 편지로 이 소식을 전하는 것과 마찬가지로 카프카는 마드리드에 사는 외삼촌에게 자신의 약혼 계획을 편지로 알린다. 이와 관련하여 카프카는 "나중에서야 이 편지와 「선고」가 기이할 정도로 일치한다는 생각이 떠올랐다"(p.582)고 펠리체에게 말한다. 여기에서 문학은 카프카에게 자신의 삶을 미리 보여주는 거울과 같은 역할을 한다. 이것은 또한 카프카의 현재적 삶이 늘 똑같은 고통의 연속이라는 점을 보여준다. 이 고통은 일시적이거나 피상적인 것이 아니라 존재 자체에 뿌리박은 근원적인 것이다.

카프카 소설에 등장하는 인물들은 작가의 분신과 같은 존재로서 종종 문학과 현실 사이의 경계를 넘어서서 구체적인 일상 속으로 들어온다. 예를 들어 카프카는 펠리체에게 다음과 같은 구절이 담긴 편지를 보낸다. "오늘 그대에게 「화부」를 보냅니다. 거기에 나오는 어린 청년을 호의로 맞아들여 그대 옆에 앉힌 다음 그의 소원대로 그를 칭찬해주세요."(p.524) 장편소설 『실종자』의 일부이기도 한 「화부」의 주인공 카알은 부모 곁을 떠나 낯선 아메리카 대륙으로 가는 배 안에서 정의를 주장하다가 오히려 내몰리는 곤경에 처한다. 자신이 옳다고 생각하는 바를 관철하려는 카를의 행동 방식에는 현실 극복 의지가 부족하다고 느끼는 카프카의 소망이 투영되어 있다. 이제 이 카알은 더 이상 작품 내에 머물지 않고 카프카의 또 다른 자아를 지닌 형태로 펠리체를 찾아간다. 그녀가 카알을 칭찬할 필요성은 바로 그의 결단력이라면 온갖 장애가 가로막고 있는 결혼도 성사시키기에 충분하다는 데 있다. 작품 속의 카알은 결과적으로 좌절을 맛보고 말지만 중요한 것은 결과가 아니라 현실에 대처하는 의지와 용기이다. 펠리체에게 보낸 또 다른 편지에서 카프카는 이 소설의 주인공과 관련한 색다른 경험을 이야기하고 있다. "지난번에 아이젠 거리를 지나가고 있는데 누군가가 내 옆에서 '카알은 뭘 하고 있지?'하고 말했습니다. 뒤돌아보니 내게는 신경도 쓰지 않은 채 한 남자가 혼잣말을 하며 걸어가고 있었습니다. 그 질문도 혼잣말이었습니다. 카알은 내 소설에 등장하는 불행한 주인공입니다. 악의 없이 내 곁을 지나가던 그 남자는 무의식적으로 그 과제를 제기함으로써 나를 비웃은 셈입니다. 그의 말을 격려로 여길 수는 없으니까요."(p.410~411) 여기에서도 카알은 단순히 작중 인물이 아니라 마치 한동안 관심을 갖고 지켜보지 못한 동료나 친구 같은 인상을 준다. 실제로 이 편지가 씌어진 시기에 카프카는 1912년 9월부터 1913년 1월까지 여섯 개의 장을 완성하는 등, 의욕적으로 써오던 『실종자』의 작업을 거의 중단하다시피 한다. 카프카가 카알의 행적에 대한 타인의 궁금증을 격려로 받아들일 수 없는 이유는 아마도 그의 불행에 대한 자책감에 있는 듯하다. 카프카의 영혼을 전수받은 카알은 결코 다르게 행동할 수 없으며 불행은 이미 예정되어 있기 때문이다. 주인공의 운명과 관련하여 카프카가 스스로에게 가하는 비난은 자기 연민이기도 하다.

문학과 삶이 서로 교차하는 카프카에게 작품의 주인공은 삶의 동반자이자 자신을 복제한 것이거나 혹은 그러한 모습에서 벗어나고자 하는 희망을 지닌 제2의 자아이다. 글의 세계에 존재하는 그 희망은 비록 거의 언제나 희망으로만 남을 뿐, 현실의 벽은 두텁기만 할지라도 삶을 지탱케 해주는 작은 등불과 같다.

Ⅳ. 자유를 향한 열정으로서의 글쓰기

"마지막 숨을 거둘 때까지 소설을 위해 자신을 모조리 소비하고자 하는"(p.79) 카프카에게 문학을 뺀 삶은 부수적일 뿐이다. 그 결과로 그는 스스로를 문제적 개인으로 판단한다. 20대를 시작하는 시기부터 그는 이미 자신의 삶이 정상적인 궤도를 벗어나 있다는 점을 자각한다. 이러한 인식은 의식적으로 독자적인 삶을 추구해서가 아니라 오히려 일상생활에 대한 부적응 상태에서 출발한다. 카프카에게는 가령 작가로서 스스로를 차별화하는 데에서 오는 자부심이나 자기 존중이 적어도 겉으로는 드러나지 않는다.

> 한 십 년 전부터 나는 점점 건강하지 못하다고 느껴왔습니다. 건강함의 쾌감, 모든 면에서 순종적이며 지속적인 주의와 걱정 없이도 작동하는 육체의 쾌감, 즉 지속적인 쾌활함과 무엇보다도 대부분의 사람들로부터 자유로울 때 생기는 이러한 쾌감이 내게는 없습니다. 그것은 내 모든 삶의 표현에서 결여되어 있지요. 그러한 결함은 내가 언젠가 가졌을지도 모르는 어떤 특별한 질병에 원인이 있는 것이 아니라 오히려 정반대입니다. (…) 이러한 상태는 자유롭게 말하고 먹고 잠자는 일을 방해할 뿐만 아니라 그 밖의 모든 자유로움도 방해합니다.(p.510~511)

카프카의 자가 진단에 따르면 그는 육체적인 활력이 결여된 일종의 병적인 상태에 있으며, 그것은 육체적인 질병이 아니라 정신적인 자립 내지는 독립이 불가능하다는 생각에 기인한다. 성인이 되어서도 느끼는 미성숙 상태는 일차적으로는 아버지의 억압적인 가정 교육이 크게 영향을 끼친 듯이 보인다. 잠재 의식 속에 뿌리내린 강박 관념은 일상의 자연스러운 리듬을 깨뜨리고 자유로운 사고와 행동을 가로막는다. 하지만 카프카의 이러한 기질은 근본적으로는 모든 사물을 예사롭게 받아들이지 않는 의식 구조에 바탕을 두고 있다. 현실에 쉽게 안주할 수 없는 예민함과 자신이 자유롭지 못하다는 인식이야말로 카프카를 작가로 만든 중요한 요소이다. 작가는 일반적으로 현실의 벽을 넘어서서 자기 해방을 꿈꾸는 사람이기 때문이다.

불안한 대인 관계와는 반대로 카프카는 유독 글을 쓸 때에만 자신과 좋은 관계를 유지한다. 그는 글쓰기를 통해 비로소 내적인 자유를 찾을 가능성을 발견한다. 다시 말해서 내면속으로 수축해 들어간 상태에서의 글쓰기는 카프카로 하여금 자아의 주인이 되어 최소한 스스로를 주장할 수 있는 것과 함께 스스로에게 책임을 질 수 있게 만든다. 자아와의 화해가 가능한 글쓰기를 카프카는 자신의 유일한 "좋은 본성"(p.539)이라고 여긴다. 그러나 글쓰기의 힘을 빌린 현실에서의 탈출은 임시방편에 지나지 않는다. 문학적(허구적) 세계에서의 자아실현이 현실 세계를 대체할 수는 없기 때문이다.

글쓰기를 통해 인식한 자유의 가능성을 현실에서 구현하는 방법이 바로 펠리체와의 결합이다. 자유가 현실에서 '건강함의 쾌감'과 연결되어 있다면 카프카에게는 펠리체야말로 그러한 존재의 실체이다. "활달하고 생기가 넘치며 자부심과 건강을 갖춘"(p.529) 그녀에게서 카프카는 육체적으로나 정신적으로 자신에게 결여된 면을 발견한다. 그녀와의 결합은 현실에서의 안정과 자립적 삶을 보장해주는 듯하다. 그래서 카프카는 그녀를 향해 "자유를 원하는 이 세계를 머릿속에 지니고 있지 않았다면 그대를 얻고 싶다는 생각을 품지 못했을 것”(p.539)이라고 말한다. 카프카에게는 글쓰기가 곧 펠리체에게 가까이 다가가는 동시에 문학과 현실이 하나가 되는 것을 의미한다. 이 상태는 카프카가 자신의 “재탄생”(p.414)을 주장할 정도로 외부 세계와의 의미있는 소통을 통해 과거와는 전혀 다른 모습으로 거듭나는 경우를 가리킨다. 그러나 이것은 앞에서도 살펴보았듯이 원래부터 가능하지 않다. 펠리체에게 카프카와의 결혼은 “거의 만족스러웠던 지금까지의 삶”(p.532)을 포기하는 것과 같기 때문이다. 그럴 경우 카프카가 그녀에게서 발견한 건강한 삶은 더 이상 기대할 수 없다. 절대적인 고독을 요구하는 카프카의 글쓰기는 결혼하는 순간 펠리체에게 직장을 비롯한 모든 사생활의 희생을 강요한다. 카프카에 비한다면 상당히 현실적이라고 할 수 있는 그녀의 처지에서 보면 이것은 카프카가 생각하는 것처럼 결혼의 “방해” 요인이 아니라 커다란 “손실”(p.640)임이 분명하다. 이러한 인식의 차이는 아마도 펠리체와 카프카 사이의 관계가 멀어지는 결정적인 요인들 중의 하나이다. 또한 결혼 후에 펠리체가 외롭고 고달픈 전업 주부로서 넉넉하지 않은 소시민의 가정을 꾸려가야 한다는 것을 한편으로 안타까워하면서도 다른 한편으로 당연하게 생각하는 카프카의 의식 속에는 가부장적인 전통이 아직 살아 있다. 카프카는 아버지의 남성적 전횡으로 대표되는 “가부장제에서 벗어나려고 하면서 자기 스스로 가부장제적인 거동을 받아들이고”[3] 있는 것이다.

펠리체에 대한 카프카의 이율 배반적인 태도는 “그대를 붙잡고 더 이상 내놓지 않을 것입니다”(p.360)라는 말과 “그대를 감싸 안고 그 누구에게도 내맡기지 않을 처지가 못 됩니다”(p.361)라는 말이 함축적으로 보여주고 있다. 카프카의 내면 속에서는 한편으로 펠리체를

---

3) Elisabeth Boa: Balubarts Braut und die Medusa. Weibliche Figuren in Kafkas Briefen an Felice Bauer und Milena Jesenska. In: Franz Kafka, Text+Kritik, VII/94, p.279

소유하고 싶은 감성적 욕망이, 다른 한편으로 결혼이 창작을 방해한다는 이성적 사고가 각각 자신의 정당성을 주장하면서 싸우고 있다. 그의 편지들은 이러한 비애에 관한 기록인 동시에 그것을 뛰어넘으려는 절박한 시도이다. '글을 쓴다는 것은 자신을 과도하게 열어놓는 것'이라는 카프카의 말은 창작뿐만 아니라 바로 그의 편지들에도 적용된다. 여기에서 그는 끊임없이 자신의 불행을 극단화함으로써 스스로를 점검하고 자기 자신을 이해하려 한다. 이 편지들이 갖는 독특한 의미는 헤벨의 편지에 대한 카프카의 평가에서도 간접적으로 알 수 있다.

> 다시 헤벨의 편지에 빠져 있다가 그대에게 다가갑니다. 시민적인 직업을 갖고 서민적인 근심이 많은 사람들이 어떻게 그런 편지들을 읽는지 모르겠습니다. 거기에서는 창작 작업을 통해 자극되고, 무기력 속에서조차 변함없는 내면을 지닌 어떤 사람이 과격하기 이를 데 없는 자기 고백을 통해 스스로를 고양시키고 있습니다.(p.347)

헤벨의 편지와 마찬가지로 카프카의 편지 내용 역시 건전한 시민이 가질 수 있는 세속적인 관심과는 거리가 멀다. 이 두 사람은 공통적으로 그러한 모든 외면적인 것을 포기하는 대신 내면적인 성숙을 선택한다. 그 수단인 자기 고백은 가변적인 현 존재의 부정을 통해 자신의 실체를 인식하려는 차원에서 스스로를 드러내는 고통스러운 작업이다. 이것은 또한 억압적인 주변 세계의 영향에서 벗어난 진정한 자아에 이르는 길을 모색한다는 점에서 자유를 향한 갈망의 산물이라고 할 수 있다. 그런 의미에서 카프카의 편지는 그의 작품과 동일한 차원에서 이해할 수 있다. 창작이 내적 진리를 추구하는 것과 마찬가지로 편지도 자신의 내면을 여과 없이 보여줌으로써 모든 가식적인 면을 제거한 참모습을 발견하려는 카프카의 고뇌를 담고 있다.

   V. 나오는 말

   프라하의 카프카와 베를린의 펠리체 사이에는 단순히 공간적인 거리가 아니라 넘어설 수 없는 심리적인 간극이 존재한다. 그 거리는 카프카가 글을 쓰는 밤이면 "믿을 수 없을 정도로 확장"될(p.325) 뿐만 아니라 너무 멀어서 "영원히 극복하는 데는 괴로움이 뒤따른다"(p.328). 그 극복은 바로 결혼의 소망이 실현될 때 비로소 가능해 보이지만 카프카의 삶 자체가 이것을 허용하지 않는다. 그는 그 원인을 무엇보다도 문학을 떠나서는 살 수 없는 자신의 처지와 결부시키고 있다. 그의 편지들은 비사회적인 존재로서 고독을 감내할 수밖에 없는 작가적 삶에 대한 일종의 자기 변명이다. 그런 의미에서 카프카의 내적 고통은 창작의 원동력이기도 하다. 집요하게 자신을 분석하고 비판하는 가운데 결코 변화할 수 없는 삶의 방식을 고집스럽게 내세우는 이 편지들의 실질적인 수신자는 바로 카프카 자신이다.
   카프카에게 결혼은 정상적이고 건강한 삶을 대변하는 반면에 문학은 주변 세계와의 모든 일상적 관계를 끊은 고독한 상태에서야 가능하다. 서로 배타적인 이 두 가지 가능성 중에서 카프카는 결국 후자를 선택하지만 그 자체가 딜레마로 작용한다. 결혼을 포기한 대가로 얻은 문학은 궁극적으로 삶이 가능하지 않다는 것을 입증하고 있기 때문이다. 이것을 증명이라도 하듯이 그는 마흔한 살의 나이로 삶을 마감한다. 삶은 오히려 카프카와 헤어진 지 2년도 안 되어 한 부유한 상인과 결혼한 펠리체의 몫이다.

결정본 '카프카 전집'을 간행하며

불안과 고독, 소외와 부조리, 실존의 비의와 역설······ 카프카 문학의 테마는 현대인의 삶 속에 깊이 움직이고 있는 난해하면서도 심오한 여러 특성들과 연관되어 있다. 그러나 지금 카프카 문학이 지닌 깊이와 넓이는 이러한 실존적 차원에 국한되지 않는다. 카프카의 문학적 모태인 체코의 역사와 문화가 그러했듯이, 그의 문학은 동양과 서양 사이를 넘나드는 매우 중요하면서도 인상 깊은 정신적 가교架橋로서 새로운 해석을 요청하고 있으며, 전혀 새로운 문학적 상상력과 깊은 정신적 비전으로 현대와 근대 그리고 미래 사이에 가로놓인 장벽들을 뛰어넘는, 또한 근대 이후 세계 문학에 대한 인식틀들을 지배해온 유럽 문학 중심/주변이라는 그릇된 고정관념들을 그 내부에서 극복하는, 현대 예술성의 의미심장한 이정표이자 마르지 않는 역동성의 원천으로서 오늘의 우리들 앞에 다시 떠오른다.

■ 옮긴이 **변난수** 1954년 충청남도 대전 출생으로 연세대학교 독어독문학과 졸업하고 미국 뉴욕주립대(버팔로)에서 독문학 석사와 비교문학 박사학위를 받았다. 대구대학교 교수 재직. 현 대구대 명예교수로 있다. 논문으로 카프카의 「'시골 의사'에 있어서 언어와 현실의 불연속성」 외 다수가 있다.

■ 옮긴이 **권세훈** 고려대학교 독어독문학과 및 동 대학원 졸업하고 독일 함부르크 대학교에서 카프카와 포스트모더니즘에 관한 논문으로 박사학위를 받았다. 한국문학번역원을 거쳐 현재 주독일 한국문화원장으로 재직 중이다. 옮긴 책으로 『잘못 들어선 길에서』 『광기에 관한 잡학사전』 『부엌의 철학』 『개성의 힘』 외 다수가 있다.

카프카 전집 9
카프카의 편지 약혼녀 펠리체 바우어에게

1판 1쇄 발행	2002년 11월 29일
개정1판 2쇄 발행	2023년 1월 5일
지은이	프란츠 카프카
옮긴이	변난수, 권세훈
펴낸이	임양묵
펴낸곳	솔출판사
편집장	윤진희
편집	김현지 김재휘 최소민
경영관리	이슬비
주소	서울시 마포구 와우산로29가길 80(서교동)
전화	02-332-1526
팩스	02-332-1529
블로그	blog.naver.com/sol_book
이메일	solbook@solbook.co.kr
출판등록	1990년 9월 15일 제10-420호

© 변난수, 권세훈, 2002

ISBN	979-11-6020-022-5	(04850)
	979-11-6020-006-5	(세트)